收获

2020

文学榜

中短篇小说

《收获》文学杂志社——编

上海文艺出版社

中篇卷

目录

短篇卷

收获文学榜 2020

中篇卷

我们的娜塔莎

蒋　韵

授奖词

蒋韵总是在无情的世界里寻找多情，《我们的娜塔莎》以诗意笔触回望过去严酷年代，以缠绵悱恻笔调打造爱之坚贞，用欲说还休口吻描画友情之痛。娜塔莎与中国丈夫的异国之恋，杜若、姜友好、夏莲、娜塔莎四位女性之间的相互扶助与疏离，缔结出一曲有关人性与命运的浪漫神话，深情呼唤无尽岁月中的绮丽与悲伤。（徐坤）

一　城市童话

安同志带着他的妻子娜塔莎来到这个北方城市落户的时候，是1958年。那一年，杜若刚满四岁，是幼儿园小班的学童。杜若的生活，照说，和他们没有丝毫的瓜葛。

杜若家，住城南，安同志和娜塔莎家，确切住在哪里，地址不详。

安同志叫什么，他们都不知道。这个他们，指的是长大后的杜若和她的伙伴们，是这个城市里所有那些不安于小城生活的时尚青年。那时，人们把这样的青年称为：

思想意识不健康。

安同志叫什么，一点不重要，重要的是他很勇敢和浪漫，在莫斯科或者列宁格勒学习的时候，爱上了一个叫娜塔莎的俄罗斯姑娘。这样的恋爱或者婚姻，在当时，据说有很多，但往往都在中国男生回国时宣告分手。安同志却没有松开他的手，他紧紧地拉着他的娜塔莎，坐了九天九夜火车，穿过俄罗斯广袤的土地，无边的白桦林，穿过秋色迷人的西伯利亚，把这个穿布拉吉、吃面包黄油酸黄瓜的姑娘，还有他们四岁的儿子和两岁的女儿，带回到了我们的土地上，带回到了大陆深处这个吃五谷杂粮的北方城市。

透过车窗，安同志指着蓝天之下两座并立高耸的古塔，说道："亲爱的，我们到家了。"

那是这城市的标志，双塔。它们一千多岁了。安同志搂住了娜塔莎的肩膀，说："你听到它说什么了吗？它说，好小子，你真有本事啊，带回一个这么美丽的好媳妇。"

这像是一个童话的结尾，"从此他们过上了幸福的生活。"而真实的生活才刚刚开始。

接下来，是1960年，共和国历史上的饥馑之年来到了。

再接下来，就是安同志的祖国和娜塔莎的祖国交恶。后来，在一个叫珍宝岛的小岛上，两个国家终于刀兵相见。

那时，这个城市刚刚"复课闹革命"不久，那些自1966年之后，在"江湖上"浪荡了三年的小学毕业生们，一拥而入，走进了这城市各个中学的大门。教育革命了，也不需要考试，也不看成绩，只看你家庭住址，就近入学。杜若非常幸运，她的家，和这城市曾经最好的中学，华北地区重点学校，仅隔一条马路。一抬头，就能看到那学校晚自习时璀璨的灯光。母亲常对杜若说："杜若，你将来一定要考到那里去啊，那是你的学校。"杜若说："那杜仲呢？怎么就是我的学校，不是杜仲的？"母亲不说话了。

杜若家姐弟三人，她最大，老二是弟弟杜仲，最小的是妹妹叫杜茯苓。姐弟三人的名字，都是中草药。

三个孩子中，最聪明的，是杜若。母亲一直这样认为。

这下，聪明的杜若和不够聪明的杜仲，不费吹灰之力，都进了这所全省最好的中学。但母亲却高兴不起来。这个世道，不是读书的世道了。再好的学校又能怎样？果然，开学没有多久，杜若就被选进了学校的宣传队，跳舞唱歌去了。接下来，竟是全体停课，备战备荒，挖防空洞，防止苏修的进犯。

整个城市，进入战时状态，各家各户，每一扇玻璃上都用裁开的纸条贴了米字，怕的是苏修的飞机轰炸。甚至做好了战争疏散的准备。一旦局势吃紧，有很多人将会离开城市，疏散、撤离到安全的后方去。

报纸、广播，都是战争的论调。

全市举行了战备汇演，杜若的学校排演了一个类似活报剧又类似音乐剧的节目，名字叫《珍宝岛的胜利凯歌》。里面有歌有舞，有说有唱，有解放军、有老渔民，有女民兵，有反坦克火箭弹也有三八大盖和红缨枪，总之慷慨激昂、起伏跌宕，以破竹之势，一路披荆斩棘，杀进决赛圈直至获奖。另一边，挖战备防空洞的也不示弱，往昔的操场，如今沟壑纵横，像战壕像掩体。土方工程比预期提前完成，全校同学又马不停蹄去砖窑拉砖，去河边拉沙，烧石灰，不到半年，防空洞大功告成。别说，还真是漂亮。红砖碹顶，处处有巧思，俨然就是个地下王国。有许多人来参观，也同样获得了表彰。

不过，也付出了代价。那是在挖土方时，曾出过一次事故。有一天，一个男同学不知怎么失足掉进了三米多深的壕沟底，受了重伤。有人说是他和人打架，推推搡搡，没站稳栽进去的。有人说他是遭人暗算，趁他不备被一把推下去的。奇怪的是现场居然没人看见发生了什么，人人似乎都有不在场证明，没人说得清楚真相。出事后，女同学们都为他难过，担心他是否会落下残疾。男生们则说，这就叫报应，为什么掉下去的偏偏是这个二毛子？谁让他们来侵略我们的？

这摔伤的同学，叫安向东。从前，他不叫这个名字，他叫安德烈。

他是个中苏混血儿，高大、英俊、迷人。

摔伤后的安德烈再也没来过学校，他退学了。谁也不知道他去了哪里，只听说他的腿落下了残疾。一个美男子，有了残缺。那时学校采用军事化的管理，班级用军事术语“连、排”来命名。杜若和他不同排，不同连，没有过任何的交集。只有一次，某个黄昏，放学后，杜若有事耽搁了，出来时，昏暗的走廊上静悄悄，一个人迎面走来，杜若不禁停下了脚步，她以为自己产生了幻觉：这是什么？是从希腊神话中跑出来的男神吗？她错愕地闪过这念头。好美啊。她觉得呼吸不畅。第一次，她被美伤害。原来，“美”和帝国主义一样是霸道、不讲理、有侵略性的。

后来她知道了，这个美男子，叫安向东。

安向东或者安德烈出事后，杜若难过了许久。为一个陌生人难过，杜若自己也觉得匪夷所思。她不能想象看见一个瘸了腿的安向东从走廊里迎面走来，她觉得那是冒犯。对什么冒犯，对谁冒犯，她说不上来。多年之后，杜若似乎想明白了，那是对造物、对生命最神秘秩序的冒犯吧？一件如此完美的杰作毁了。

这个安向东，或者安德烈，是不是安同志和娜塔莎的儿子？应该是吧？这城市，莫非还有隐藏的娜塔莎或者玛莎、柳芭不成？不过杜若也不能确定。谁又能确定呢？安同志和娜塔莎一直像传说一样活在这个城市，杜若从不知道有谁真正认识他们。反正杜若身边没有这样的人。杜若的父母身边也没有一个这样的人。

姜友好是北京人，在山西这个内陆省份当兵。复员后分到了省人民医院，做了一名眼科护士。

姜友好是个喧哗的漂亮女人。她走到哪里，哪里就不会安静。她来到这个内陆城市没有几年，就有两个男生为了争夺她打架斗殴伤人进了局子，还有一个自杀未遂。还没等那个切腕的人养好伤口，姜友好女士就又有了新的恋情。周而复始。后来，毫无征兆地，就突然结了婚。用今天的话说，她是闪婚。她丈夫是现役军人，在海军服役。姜友好回北京探亲时，偶遇了也是回京探亲的年轻的海军军官，看到他的第一眼，姜友好就叹气了，在心里对自己说：“友好啊，你玩够了，疯够了，可以歇歇了。”

他们的新婚之家，就安在姜友好工作

的城市。她供职的医院在集体宿舍的筒子楼里分给了她一间屋子，足有十六七平方米，向阳，通风，四壁洁白。从前，姜友好的好客是出名的，朋友、朋友的朋友、朋友的朋友的朋友，最终都成了姜友好的座上客。有很多四处招摇说是她朋友的人，其实，她连对方的名字都记不住。婚后，她一反常态。安静了下来。从前，那么喜欢热闹，其实，是心里空虚孤单。现在，有了海军军官，她觉得自己有力量可以对付这个沉闷的城市和生活了。

她开始认识一些新的人，新的朋友。和从前的那些朋友渐渐断了联系。杜若就是这时候认识了她。杜若从铁路建设兵团回来，分配到了一家集体所有制的小工厂上班，被飞迸的铁屑伤了眼睛。她中学的同学带她去了省立医院的眼科，说："我认识那里的一个护士，她能想办法给你多开几天假条。"杜若就这样认识了姜友好。

杜若的同学叫夏莲。夏莲是列车员，跑北京。她常常会替姜友好从北京带东西回来。友好的家人把东西送到月台上，他们像地下工作者一样三下五除二完成交接。那些东西，几乎都是吃的，糕点、花生米、腊肉、炼好的猪板油、芝麻酱，有时干脆就是一大块冷冻的五花肉，或者一袋大米。这个城市，物资奇缺，供应的口粮以粗杂粮为主，肉、蛋、食油，则少得可怜，每人每月的份额以"两"为单位来计算。所以，像夏莲这样跑北京、郑州、上海的列车员，真是抢手啊。他们源源不绝往自己的城市输送着紧俏的物资，像曾经的"飞虎队"。

所以，姜友好怎么能驳夏莲的面子呢？她很痛快地帮了她们的忙。

真正让杜若和友好熟识起来，是因为后来的一件事。

有一天，杜若自己很冒失地跑去医院找友好了。那是一大早，医院还没上班，她挂了号，等在眼科门诊前。一看见姜友好，她就迎了上去。

"你好，你不记得我了吧？"她说，"我是夏莲的朋友。"

"我记得，"姜友好说，"有事吗？"

杜若脸红了，"真不好意思，能帮我开个病假条吗？"她说，"单位在搞会战，赶活儿，一律不准请事假，我是真没办法了。夏莲跑车，不在，我只好厚着脸皮来找你，能帮忙吗？我急需要两天的时间。"

"什么事？"

"一个朋友借给我一本书，只给我两天时间，那书是大部头，太厚了，我要是白天上班，晚上看，就是一分钟不睡觉也看不完，"杜若回答，"可是我太想看那本书了，想了很久，好不容易才借到手——"

"我知道了，"姜友好打断了她，"没问题，我可以帮你忙。"

杜若没想到，她答应得如此爽快。假条到手，她骑着自行车飞奔而去，都不记得自己是否说了谢谢。可她心里真是感谢啊。她听夏莲说过，这个姜友好，有个不一般的出身，父亲是京城的高官，二十年代的老布尔什维克。如今虽然"靠边站"，但，《红楼梦》讲话，瘦死的骆驼比马大。原以为她会很傲娇，没想到，竟如此的不搭架子。

到下个星期天，杜若在家掌厨，顺势做了一些蛋饺。她把蛋饺装到饭盒里，去找夏莲，说："这个，你送给姜友好吧。你不是说她这个人就好吃吗？我家没什么稀罕东西，这蛋饺的肉馅里，我掺了点莲菜，味道还细致。"对自己的厨艺，杜若还是自信的。

又一个休息日，夏莲来找杜若，说：“姜友好请咱们去她家吃饭。”杜若还没回答，夏莲又说：“不过她请你来掌勺。”

这下，杜若自然没法推辞。

姜友好的家，明亮、清爽。白色亚麻补花床单，花朵也是白色的，同款的桌布、窗帘，遮盖住了公家分配的千人一面的家具。一色白亚麻中间，只有一只花瓶是猩红如血的。那是一只水晶花瓶，后来杜若知道，那花瓶是她父亲早年从捷克带回来的。

“我从来没有见过这么素净的婚房。”杜若深觉意外地这么说，心里其实还补了一句：“雪洞一般。”

“我也从来没有见过，因为一本书跑来找我开假条的。”姜友好这样回答。

杜若愣了一愣，脸红了。

“哎，是什么书？”姜友好笑着问，“那天没顾上问你是什么书你就跑了，弄得我心里直痒痒，痒到现在。我就想知道，到底是什么书值得你费那么大劲？”

杜若也笑了：“《罪与罚》。”她回答。

“哦——”姜友好长长地哦了一声。

她听说过这本书。也知道作者。但这个人写的书她一本也没看过。从前，她的那些朋友，也几乎没有一个人看过这个人的书。他们顶多看《娜娜》、看《俊友》、看《小酒家》，或者看《德伯家的苔丝》，这个人的书，他们不碰。她也不碰。

“你有点儿特别，”她说，“喜欢看布道的书。”

“你是不是觉得，我特别乏味？”杜若笑着问。

“不啊，”姜友好笑了，“我觉得你这人特有趣，为了看一本布道的书而撒谎，你不觉得有罪呀？还有，你身上有两点正是我最喜欢的。”

“哪两点？”杜若好奇地问。

“一，爱脸红；二，会做菜。”姜友好回答，“真是完美的朋友。”

她们都笑了。杜若想，这个人，也有趣。

夏莲说：“杜若，今天给友好露一手，她这里有好东西，你猜我昨天给她捎回来什么？一块牛肉！”

那一天，杜若用这块珍贵的牛肉，做了好几道菜：一道酱牛肉、一道咖喱土豆牛肉、一道是经典的红烧牛肉。还炝炒了一道醋熘白菜，做了一个冬瓜火腿汤，焖了一小锅米饭。杜若对姜友好说：“酱牛肉我们不动了，留着，你自己吃方便。卤汤你明天可以用来下面条。”

姜友好笑着说：“不，汤我要留着，好好保存，留一百年，就是百年老汤。”

杜若笑了，知道姜友好这么说，是委婉地赞美她的厨艺。

那天，她们喝了酒，酒是竹叶青，本地的名酒。杜若把酒倒在了一只小瓷壶中，将小壶坐在了一只钢精盆里，里面蓄了热水，权当温酒器。杜若说：“天冷，酒要温了喝才好。”

姜友好说：“杜若，你好精致。”

杜若说：“这不是我说的，是薛宝钗说的。”

姜友好回答：“所以呀，你是活在书里。我们，是活在这个浊世上。”

杜若认真地望着姜友好，说：“正因为是浊世，才想逃进书里啊。”

窗外，下雪了。是这个冬天的第一场雪。三个人，围坐在一张折叠桌旁，喝着温过的竹叶青。外面的世界，渐渐白了，屋顶、马路、树，都被雪遮盖、包裹。听不到雪落的声音，可杜若知道，雪落在大地上是有声的。她有时会在落雪的夜晚一个人站在雪地中央，静静地，听雪落的声音。时间久了，那细微的、细碎的沙沙声会渐渐变得扎耳朵。这种时候，杜若会觉得世界在她心里醒了。

姜友好说："下雪真好，真适合这样吃吃喝喝啊。"

夏莲说："冬瓜汤要不要再热热？"

姜友好说："杜若，你的厨艺是跟谁学的？真厉害！你会做西餐不会？你知道红菜汤怎么做吗？"

杜若摇摇头，说："不知道。红菜汤我只听说过，在小说里看见过，可我不会做，"她笑了，"我没吃过西餐。"

姜友好说："真的？我有个朋友，做西餐很拿手，你没听说过她吗？她叫娜塔莎，是个苏联人。"

杜若一下子瞪大了眼睛："娜塔莎？当然听说过，"她回答，"这个城市，谁没听说过娜塔莎？可我一直不确定，娜塔莎是个真实的人还是个传说。"

"怎么会不是真实的人？"这下轮到姜友好吃惊了，"她已经在这个城市生活了十多年了呀！"

"你认识她？她是你的朋友？"

"对呀。"

原来真有娜塔莎这样一个人啊。杜若终于、终于遇到了一个认识她、还是她朋友的人。她忽然觉得一阵心跳：

"那，安向东是娜塔莎的儿子吗？你认识安向东不认识？"她问。

"你是说安德烈吧？"姜友好沉默一下，回答，"当然认识了，你认识安德烈？"

"我认识安向东，他是我同学，"杜若说，"我们初中时一个学校，算不上认识。"是的，算不上认识。没有说过一句话，可是，这么多年过去了，提起这个人，还是脸热心跳。

姜友好望着杜若，望了一会儿，说："你又脸红了。"

杜若说："不是，是你家暖气太热了。"

姜友好笑了："好吧好吧，就算是我家暖气的问题。"这个过来人，什么没见过？她忽然问："哎，你既然都认识安德烈，怎么会不相信有娜塔莎这样一个人？没有娜塔莎，哪来的安德烈或者安向东？"

杜若不知道该怎么回答。娜塔莎也好，安德烈也好，对于杜若来说，他们遥若星辰。杜若在这个世界，而他们在星空，都不是她生活里的人。

"你听说过安德烈的事吗？后来？"姜友好关切地问。

她摇摇头。

"安德烈失踪了。"姜友好轻轻说。

"失踪？"杜若完全没听明白她在说什么，"谁失踪了？"

"安德烈呀！"姜友好回答，"安德烈失踪好几年了。"

失踪？这听来简直就更像是……小说。杜若愣愣地望着姜友好，姜友好说道：

"是真的。安德烈残疾了，这你知道吧？他瘸了一条腿，这件事对他的打击特大，他是个特别自恋的人，我们有朋友说他就像希腊神话里面的那个水仙花少年……"

纳喀索斯，也叫塞纳西斯。杜若知道这故事。这个美少年纳喀索斯有一天在水中看见了自己的影子，可他不知道那是他自己，他太爱那个水中的少年了，终于有一天，他纵身投入水中向那个自己的影子求爱，溺水而亡，死后，化身为水仙花。

那天，杜若听姜友好讲了另一个水仙花少年的故事。

二　安德烈或者安向东

姜友好是先认识安德烈，后来才认识娜塔莎的。安德烈比姜友好小许多岁，认识他是在北京一个朋友的家里。那时她还在部队，回京探亲，去这朋友家玩儿，一进门撞上了安德烈。她倒吸一口气，惊住了，想，这是哪里？不是北京吗？怎么会跑出这么一个古怪的小妖？

可是，真好看啊。

那时安德烈也就十三四岁，个子已经很高了。从外形上看，他几乎就是母亲的翻版，唯一不同的，是他头发和眼睛的颜色。母亲的金发碧眼，在他这里，变成了某种奇妙的棕色，说不出的一种灵动和神秘。朋友介绍说："这是我表弟安德烈。"

姜友好失声叫起来："你怎么配有这样的表弟？"

"嗨嗨怎么说话呢？"朋友说。

这朋友五大三粗，外号"李逵"。

安德烈应该是从小就习惯了这样的眼光，他知道在别人眼里自己是个异类。他平静地望着姜友好，说道："我叫安向东。我是哪儿哪儿人。"他说的是那个北方省城。

"巧了，我就在那儿当兵。"姜友好说，"你家住哪儿？"

安德烈说了。

"不过，姐姐，我说了你也不能到我家去，你是军人，你不能去我们家。"

姜友好说："现在不能去，复员转业就可以了呀。"她望着那个美少年笑了，"安德烈，就冲着你，我也得复员。"

安德烈有点慌了："你是在开玩笑吧？"

姜友好哈哈大笑："我当然是在开玩笑。"

可是她真的复员了，还没有服役期满。当然不是因为安德烈。是她实在不适合军人的生活，她天性太自由放浪。起初，当兵是父亲的意志，而复员，则是她自己的主张。父亲没有拗过她，暗地里还是帮了忙，尽管他还未"解放"，但总还是有人脉。结果，姜友好虽然没能回到北京，但毕竟分配到了那个城市最好的医院里。很快地，在这个城市，她就拥有了自己生活的圈子，有了一群朋友。

是她把安德烈拉进了这个圈子里。

当然，这城市不算大，这圈子里，原本也有认识安德烈的人。就像滚雪球一样，你认识我，我认识他，渐渐地，大家就滚成了一团。

安德烈家里没有电话，她写信约他见面，他来了，看见穿便服的她，安德烈说："姐姐你真的复员了？"

姜友好回答："当然是真的，"她指指身后医院的大门，"要不你进去问问？"安德烈笑了。这是他们认识后，她第一次看见这个美少年的笑容。她觉得突然像是被阳光晃了眼睛。

"喂，你猜我下一步计划干什么？"她笑着问他。

"干什么？"

"等你长大，嫁给你，"她说，"让你娶我。"

她以为安德烈会大惊失色，会惊慌不已。可是没有。安德烈听了，认真地看着她，摇摇头："不行，姐姐，"他说，"我不会娶你的，你千万不要等我。"

姜友好哈哈哈大笑，推了他一把："逗你玩呢！"她说。不过她马上感到了好奇："哎你为什么不娶我呀？我不算漂亮吗？拒绝我的人，你可是第一个呀！你是不是觉得自己特好看啊？"

安德烈笑了："我是好看啊。很多人想当我的女朋友。可我已经有女朋友了。"

"你才多大就有女朋友了？"姜友好板起了脸，"不能这么早谈恋爱知不知道？"

"你这么说话像我妈妈。"安德烈说。

姜友好笑了："你女朋友是谁啊？说给我听听？"

"不告诉你，"安德烈说，"但我可以告诉你的是，不管将来我女朋友是谁，我都不会娶。我不结婚。"

这下轮到姜友好吃惊了："为什么呀？安德烈？"

"我不说，"安德烈回答，"不想说。"过了一会他强调，"叫我安向东，这是我的名字。"

这美少年，他不快乐。姜友好想。她其实有点懂得他不快乐的原因。那就让他快乐起来吧。

当天她就带他去了一个聚会，是在一个住在省府大院的朋友家。那天的来人中还真有认识安德烈的，果然是个女孩儿。他们说起学校的事，挖防空洞什么的，那女孩儿的妹妹和安德烈在同一所学校。

"我妹说，你们班男生欺负你，是吗？"女孩儿忽然这么问。

"没有。"安德烈从容地否认。

这个朋友的父母都不在家，刚刚去了"中办学习班"，那学习班在外地。家里没有家长，完全由着他们这些孩子折腾。那天他们煮了一大锅西红柿挂面，开了几个午餐肉罐头，炒了一大盘醋熘土豆丝，戳了两瓶白酒在桌上。大家又吃又喝又吵又闹，但安德烈始终是安静的，滴酒不沾。有人硬把酒杯塞给他，姜友好拦住了，说：

"他还是学生，不能喝酒。"

"靠，咱哪个不是当学生的时候就喝酒了？姜友好你敢说你不是？"

姜友好回答得斩钉截铁："他不一样。"

"他是不一样，"那人嘻嘻笑着回答，"哪个老毛子不喝酒？"

姜友好顺手把自己杯中的酒泼到了对方脸上。

"姑奶奶说不能喝就不能喝。"

回家的路上，安德烈对姜友好说："姐姐，其实你不用替我拦着我也不会喝，我答应过我妈妈，我妈说我外公就是一个酒精中毒的酒鬼，那是她的噩梦。我妈说她为什么嫁给我爸和他跑这么远来到这里，很大的一个原因就是，中国男人不像俄国男人那样酗酒，尤其是那些在苏联的留学生培训生什么的，他们有纪律管着，更是模范。我爸就是没有纪律管着也不喝，他不爱酒。"他停顿了一下，"我也不爱。"又停一下，"我不能爱。"

"安德烈——"

"我是安向东，"他打断了她，"我叫安向东，姐姐。"

姜友好的心里，真的涌起了怜惜。城市的夜晚，黑暗而荒凉，他们同骑一辆自行车，他带着她。她默默地从后面搂住了他的腰，把脸贴在了他完美到无懈可击的脊背上。那一刻，她真觉得自己有了一个弟弟，这个非亲非故的城市给了她一个混血的、身份难堪的弟弟。她会保护他，她想。安德烈，不，安向东，我会保护你。

可是他出事了。掉进了防空洞里。是

被人推下去的。股骨粉碎性骨折。伤愈后，瘸了。

瘸了一条腿的安德烈，变了一个人。

起初，出事时，学校把他送进了附近的一家医院，做了手术，打了钢钉。那医院从前骨科很强大，但时逢乱世，一切都不正规，手术不成功。情急之下，姜友好帮他转到了自己供职的医院，做了第二次手术。

这仍然不算是一次完美的手术。

姜友好天天去病房看他。就是这时候她认识了娜塔莎，也认识了安德烈的妹妹安霞。安霞比安德烈小两岁，和安德烈截然相反的是，猛一看，就是一个肤色白皙的中国女孩儿，五官轮廓完全是父亲的轮廓，认真看，才能看出她眼睛的颜色是深棕色的，那种接近黑色的、本分的棕，让人踏实和安心。

没有见过安同志。安同志在“学习班”，不能自由行动。

安德烈的腿打了石膏，高高吊着，固定在病床上。他沉默，一天也说不了几句话。来探望他的，也都是女同学，姜友好想从她们中间找出那个“女朋友”，却一无所获：她看不出异常，他对她们一样的礼貌和漠然。没人的时候，姜友好忍不住八卦地问道：“哎，哪个是你女朋友？告诉我呗。”

“姐姐你还真信啊？”安德烈冷冷地回答。

那神情和语气，让姜友好感到怪异和陌生。

窗外，麻雀喳喳叫着。树叶开始飘落，秋凉了。安德烈望着窗外的天空，忽然问道：

“姐姐，我会不会变成一个瘸子？”

姜友好回答说：“想什么呢？你见过谁骨折了变瘸子的？现代医学治不了癌症还治不了骨折了？”

他嘴角轻蔑地翘翘。

“我有不好的预感，”过了一会儿他这么说，“要是我真瘸了，我宁愿死。”

姜友好一把捂住了他的嘴。

“安德烈你听好了，你要再敢说这些话，你要敢这么想，我——”她恶狠狠地瞪着他，“你信不信我现在就掐死你？”

他慢慢移开了她的手。

“听我讲个故事，”他说，“就是那年，去北京的时候，在一辆公共汽车上，我遇到一个女孩儿。那天车上人不多，我一上来，就看见了她，”他微微笑了，“没有人会看不见她，真美啊！我从来没见过这么美丽的姑娘，穿一件蓝印花布中式上衣，脑后梳一根独辫，神态就像仙女。以往，走到哪儿，我都是那个被注目的人，可是那天，她的一双黑眼睛就像蛊术一样把一车人的魂儿都吸进去了。这是我第一次遇到了一个比我美丽的人，一个让我呼吸不畅的人……车到了一个站上，停了。她站起来，朝车门走。一车的人这时都倒吸一口气。她摇摇摆摆走着，腿有严重的残疾，一看，就是小儿麻痹后遗症，瘸得非常厉害。她在一车人的注视下走完了那几步路，一切都毁灭了，真残忍呐，也真羞耻。我就站在车门那里，因为惊愕，我都忘了给她让路，我永远忘不了她对我说‘请让让’时那种羞惭的神情……姐姐，你愿意让我变成那样？”他望着姜友好说。

姜友好拼命摇头：“你怎么会那样？瞎说，你根本不会变成那样。”但姜友好知道自己是色厉内荏，因为，事情很可能“是那样”，他的状况，不乐观。可她仍然嘴硬：“就算瘸了也不会那样——”

“那是什么样？”他笑了，“你告诉我。”

“你当然还是你——”

“安德烈吗？”他犀利地看着她，“你总是忘了我是安向东，我一直努力做一个安向东，可是我永远做不成。假如有一天我回到我母亲的故乡，在那里，恐怕也没有人把我当成一个纯正的安德烈。我只是个二毛子，对吧？好在我这个二毛子还算好看，漂亮，那是我仅有的一点东西，假如我连这个也没有了，变成一个残疾，那你让我靠什么活？”

姜友好眼睛渐渐湿了，她握住了安德烈的一只手，把它贴在自己脸上：“我不知道，安德烈，”她轻轻说，“我从来不追问，我不思考这些，为什么要思考？为什么不尊重生活的神秘感非要破解它？你破解得了吗？傻孩子，你学学我，活得就容易了。”

半年后，八个月后，一年后，最后一次复查终结了，所有人终于放弃了幻想，承认了那个不好的结局。

股骨干严重受伤缺损，加上手术的失败，安德烈的一条腿无可挽回地变短了。比起小儿麻痹后遗症那一类残疾，他瘸得不能算厉害，可是，他不是别人，他是水仙花少年。

他把自己关到了房子里，不见人。

医院组织巡回医疗队，上山下乡。姜友好跟着医疗队去了南部的中条山。临行，她去了一趟他家。可是，他不见她。任凭她怎样敲他家的门，他也不开。只是说：“你走吧，姐姐。”声音平静而冷漠。

他母亲娜塔莎追出来，说：“友好，怎么办？他要毁了。”娜塔莎突然迸出了哭声，“他开始问我要酒喝了。”

她们站在拥挤狭窄的楼道里，对望着，没有谁来救她们。门里，是那个绝望和无辜的、正在放弃自己的孩子，她们束手无策。她们都没有办法还给那孩子完美，神没有应许她们。楼梯旁一小扇肮脏的玻璃窗外，是彩霞满天的黄昏，流金溢彩，美如梦境，一束光涌进来，网住了轻轻哭泣的娜塔莎。姜友好默默地上前，拥抱了一下她，转身离去，她不想让那个母亲看见自己眼里的泪水。

一年后，等到姜友好从南部乡下回城，再见到安德烈时，她几乎没有认出他来。那是朋友们为她接风的聚会，他来了。姜友好一抬眼，看到眼前站了个陌生人：又高，又臃肿，皮肤粗糙，眼睛浑浊，满脸的粉刺，红肿着，浓浓的、不洁的络腮胡须，满身的酒气。姜友好惊得半天合不上嘴，许久，她小心翼翼问：

“我该叫你什么？安德烈还是安向东？”

“随便，”他笑着回答，“哪有那么多事，爱叫啥叫啥。”

他用水杯喝酒，是那种玻璃水杯。满满一大杯白酒几口就光了。和人叫板时，咕嘟咕嘟一口闷，喝得凶猛而贪婪。他就这样无可救药地朝着那个酒鬼的宿命坠落。还没终席，人就像一摊烂泥一样瘫倒在了地上。姜友好想把他拖起来，拽起来，朋友们就说：

“别管他了，每次都是这样，”他们若无其事地说，“开始大家还送他回家，时间长了，就烦了。哎，这次又是谁叫他来的？谁吃饱撑的把他叫来了？”大家你看我，我看你，都摇头。

没人叫他来，没人找麻烦。可是这不大的城市，他们这些人相聚的地方也就这几处，他总能循着酒味儿而来，来了，就赶不走他。一个酒鬼的自尊心算什么呢？早就让人踩成一摊烂泥了。姜友好听他们你一言我一语，低头望着地上的那个人，慢慢问道：

“不管他，就是说，就让他这么躺着？”

“对，就躺着呗。”

“那你们走了呢？你们都走了，他还一个人躺在那儿？躺在这脏地上？”

“那倒不会，这几个地方的服务员都认识他，他们有办法吧？大不了把他抬到门外躺着，风吹着酒醒得快。”

姜友好不说话了。她沉默一会儿，然后抬起胳膊指着大门，轻轻说道：“滚！”

他们没听清：“什么？”

“滚！”她大吼一声，“滚——”

“你疯了姜友好？”做东的主人，她父亲老部下的儿子，也喊起来，“为了这么一个二毛子，你六亲不认了？”

她随手抄起一只饭碗，朝地上狠狠一摔，碗茬飞迸：“我以后要是再和你们这群王八蛋交往，我就和这碗一样不得好死！滚！”

“疯子！花痴！你也不看看，他还是以前那个小白脸吗？就这死狗，你也稀罕？”

“啪”一声，一只碗就飞到了他脸上，登时，那额头上就见红了。血顺着眉骨流下来，流到他眼睛里，虽说店堂里除了他们这桌之外没几个客人，却也引起一片尖叫、惊呼，乱成一团。姜友好跳到了凳子上，居高临下，指着他鼻子骂道：“操你妈满嘴喷粪！你瞎眼了敢欺负我弟弟！告诉你们，谁他妈以后敢欺负我弟，姑奶奶我活剥了他——”

那天的结局，是她的眼睛也变得一团乌青。父亲老部下的儿子一拳砸到了她的眼睛上。人们拉开了他。他也知道对一个女人动粗胜之不武。他们一群人裹挟着那受伤的人走了，去医院包扎。她就坐在那一堆狼藉之中，等着安德烈醒来。

天黑了。就快打烊了。店堂里一片寂静。外面，偶尔有汽车驶过的寂寞的声音。这城市的夜晚，有种比自然更深邃的荒芜。

一个服务员壮着胆子走到了姜友好身边。

“同志，我们快下班了。”服务员说，“你试试能不能叫醒他？”

就在这时，一个人进来了。姜友好看见那人，“哎呀”一声，得救似的叫起来：“安霞！是你呀，你怎么来了？”

安霞说：“我来找我哥。”

“你怎么知道你哥在这儿？”

“我不知道，”安霞安静地回答，“我一家一家找。这个时间，他还不回来，我妈就让我们出来找他。他常去的那几家，我一家一家找，总能找到。”她望着睡在地板上的哥哥，“找到了，就是这个样子……”

姜友好一阵鼻酸。

“嗨，你进来吧！”安霞冲着外面喊了一嗓子。一个大男孩儿应声而入，是个像运动员似的健壮的孩子。“这是我朋友。”安霞对姜友好说，“他会骑三轮车。”

那天，他们几人合伙把他抬到了三轮车上。安霞抱着她哥坐在车斗里，对姜友好说：“我们走了，谢谢你。”

一辆借来的、载货的三轮车，两个孩子，经常，在这城市的夜晚，载着一个沉醉不醒的酒鬼，一个酒精中毒者，穿街过巷。男孩儿在前边骑，女孩儿则把那酒鬼抱在怀里坐在后边的车斗里。有月亮或者没有月亮，下雨或者天晴，情愿或者不情愿，没有选择。那是她哥哥。她不幸的亲人。她抱着他就像一个小母亲。

一周后，安德烈来了，来找姜友好。那天是星期天，姜友好在家，她开门看到门外站着的安德烈时，并没有吃惊。她默默地闪身让他进来，她知道他会来。

这天的安德烈，看上去，清爽了一些，至少，衣服是洁净的。他望着坐在对面的姜友好，说的第一句话是："我七天没碰酒了。"

姜友好没说话。

"可我不知道我能坚持多久。"他说。

姜友好还是没说话，因为她也不知道。

"他们说，你为我打架了。"他看着姜友好那只淤青还没退净的眼睛，说道："抱歉——"

姜友好摇摇头："安德烈，你该说抱歉的人，不是我，"她回答，"你最该说抱歉的，是安霞。"她这么说的时候，鼻子突然酸了。

"我知道。"安德烈闷闷地说，"每次去找我的，去把我弄回来的，都是安霞。我爸不在，我妈不敢去找，她说，她一个苏联女人，满城跑，让别人看见，会给我添更多的麻烦。所以，也就只剩下我妹了……"

"安德烈，"姜友好说，"你不知道那有多让人难过……为了她，戒了吧。"

安德烈沉默不语。

隐隐地，听见了鸽哨的声音，细碎，悠扬。这城市最美的季节到了，秋天到了。天变高了，有了一种别的季节没有的空净澄明。姜友好起身，泡了两杯绿茶，端了来，说：

"喝茶吧，我们家乡的茶。"

他笑了笑，说："不喝了，我就是来跟你道个歉，走了。"这一笑，隐约地，有了一点从前那个安德烈的影子，"不再打扰了。"

她没有挽留他，她真不知道该跟他说些什么，她仍然没有足够的准备来接受这样一个安德烈。他跛着腿，走到门前，那一跛一跛的姿态，让她心痛。他握住门把手，停了一停，回头说道：

"这些日子，我一直在想，不知道我妈妈的家乡是个什么样子，"他又一笑，说，"那茶的颜色真漂亮，再见——"

他走了。

姜友好后来想，那天，自始至终，他没有叫她姐姐。

那是姜友好最后一次见他。

"他是去跟你告别。"杜若说。

"是，"姜友好回答，"可我当时没意识到。不久，他跟他妈妈说，想出去散散心，想去爬华山。他妈妈答应了，给了他钱。这一走，从此就没了音信。"

菜凉了，酒也凉了。少年的故事告一段落。杜若起身，热菜，温酒。她端着热好了的冬瓜汤回到桌前坐下，姜友好举起了酒杯说：

"添酒回灯重开宴。"

杜若举起杯来，回了一句："相逢何必曾相识？"

"杜若你这句不对，"夏莲也举起了杯子，"姜友好可不是天涯沦落人啊。"

杜若笑笑，望着姜友好，说："骨子里是。"

姜友好把杯中的酒一饮而尽，重新斟满了，郑重地举到了杜若脸前："杜若，从今天起，不管你愿不愿意，我是交定你这个朋友了。"

杜若没有回答，只是把杯中的酒，一口饮干了。酒使她的眼睛里波光粼粼："姜友好，我能像安德烈一样，叫你姐姐吗？”

“当然可以。”姜友好说。

“姐姐。”杜若叫了一声。突然热泪满盈。

许久，姜友好轻轻说：“杜若，你喜欢安德烈吧？”

雪还在下。纷纷扬扬。天渐渐黑了。她们没去开灯。窗外别人屋顶上厚厚的积雪，闪着微光。杜若望向了窗外，说：“冰天雪地，他会在哪儿？”

“不知道。”

“我喜欢安德烈，姐姐，”杜若说，“是那种遥远的喜欢。就像我喜欢星星，喜欢流云，喜欢江河，喜欢黄山的云雾和古希腊雕像，一句话，我喜欢美。我并不想拥有它们，只是远远地喜欢着，就很满足。但那是今天之前，今天之后，一切都不同了，从今往后，这世界上，多了一个让我牵挂和心疼的人，我心疼他，姐姐……”

姜友好懂。

她们就这样成了朋友。

几乎每个星期天，杜若都要来姜友好家，来了，就一起做好吃的。夏莲如果不跑车，也会过来凑热闹。姜友好家是杜若最好的舞台。夏莲从北京输送来的那些肉、蛋之类的食材，正好让杜若大显身手。面对着一桌佳肴，常常让姜友好惊叹。

“杜若，你小小年纪，这厨艺是跟哪个大师学的？”

“赵佩兰大师，”杜若开玩笑地回答，“在下的家母。”

“好羡慕啊！”姜友好说，“有个厨艺如此了得的妈妈，太幸福了。”

“是。”杜若说，“我妈热爱烹饪，而我爸又是个吃货，他的味蕾天生比别人丰富，他俩堪称珠联璧合。所以我妈就是炒一个白萝卜丝，也尽心尽意，比别人炒的好吃太多。就像现在，什么都缺，什么都没有，可我妈总会绞尽脑汁让每一顿饭都尽量可口，因为我爸的人生信条就是：吃饭无小事。”

“听你这么说，我都惭愧了，”姜友好说，“要不，也让我家人帮你家采买东西？让夏莲一块儿带回来？”

“那怎么可以？绝对不行！”杜若郑重地拒绝，“我爸的另一个信条就是：不给别人添麻烦。”

“那你就把我这里的东西带回去些，咱们分享。”

“更荒谬了。”杜若回答得斩钉截铁，“我爸还有个信条，就是：君子不吃嗟来之食。”

“你爸怎么有那么多信条？”姜友好笑了。

杜若也笑了。

“其实，我爸妈南方老家那边也有家人偶尔会接济我们，给我们寄些腊肉腊肠，梅干菜笋干之类，而且我们南方人，每人还多供应几斤大米，比起这城市的许多人，已经好太多了。”杜若说，“我妈常说，好日子谁都会过，能把匮乏的、困难的日子过得有尊严又有滋味，才是了不起。”

“你家的人简直都是哲学家，”夏莲笑着说，“简直太恐怖了！”

“你妈这话，我听另一个人也说过类似的。”姜友好若有所思地说。

“谁？”

“娜塔莎。”姜友好回答。

哦，安德烈的母亲。杜若想。那个传说中的女人。

下一个星期天，在姜友好家里，意外的事情发生了。杜若进门来，看见一个丰硕的、有些臃肿、远远谈不上美丽的异国女人，正端着一只碗，在搅拌着什么。姜友好说：

“杜若，这是娜塔莎。”

走了这么远的路，从1958年，到现在，她们遇见了。

几年前，安同志去世了。死于脑溢血。那时他还在学习班，不能回家。据说他早晨就剧烈头疼，中午没吃饭，下午就昏迷了。夜里，传呼电话找她，是他们单位的人，通知她去某某医院。她去了，看见他躺在急救室的床上，人已经不行了。

火化时，送行的除了殡仪馆的工作人员，只有娜塔莎和安霞。安同志的问题，还没有“定性”，为了避嫌，没人敢来吊唁。在火葬炉前，娜塔莎最后亲吻了安同志，没有哭。

之前，她曾不止一次对安同志说：“你要答应我，不能走到我前边，你要走我前边，我会恨你。”

安同志回答说：“我答应你。”

她又说：“你还要答应我，将来，我死了，你要送我回去。”

安同志说：“我答应你。”

这样的一问一答，信誓旦旦。可实际上，他们都知道，那是多么的不靠谱和渺茫。他们躺在床上，他搂着她，心里一阵一阵苍凉。安同志知道，在遥远的她的故土，妻子也早已没有亲人了。她的父亲和哥哥，都死于卫国战争。母亲则是在战后不久病逝。安同志认识她时，她就已经是一个孤儿，也因此，安同志当初才非常自信和意气风发地对她说：

“跟我回中国，我会给你一个最幸福的家。”

显然，他食言了。他没能使她感到“最幸福”。他也没能做到，走到她后面，送她魂归故里。

她把安同志的骨灰盒抱回家，安放在他们的卧室里。她说：“我知道你不舍得走，你在等安德烈回家。”夜深人静，有时，她会听到房间里传出轻轻的叹息声，她问道：“是你吗?”听不到回答，她就在黑暗中坐起来，一支接一支吸烟。

她想念他们，安同志，还有，亲爱的，亲爱的安德烈。

安霞也去插队了。安霞插队的地方，不算太远，属于这城市的远郊区，家里，就只剩下了娜塔莎一个人。现在，她想念的人里，又多了一个。

几乎没什么人和她来往。她曾经在这个城市的图书馆上班，工作就是翻译一些外文资料，但多年前她就因为身体的原因办了“病退”，吃劳保。她得了肺结核。那时中苏交恶，报纸连发“九评”，发《某公三哭》，她病退得也正是时候。多年来，她蜗居家中，做主妇，从前的同事早已断了往来，邻居们也都是点头的交情，谁愿意和一个苏联女人扯上关系呢？曾经，有一个女教师，是中俄混血儿，她们有过几年的友谊，后来，1966年之后，这友谊就戛然而止。

在这城市，她举目无亲。

后来就认识了姜友好。

当然是因为安德烈。是她的安德烈，让她认识了这个热情、冲动、有古道热肠的姑娘。她猜，那是上帝对她这个流落异乡的母亲的怜悯。

这城中，只有这一个人，敢来敲开她寂寞的房门，和她谈安德烈，听她讲安德烈种种的故事。起初，她来，会问娜塔莎：

“有消息吗?”渐渐地，时间长了，就不再追问。不是不想，是不敢。她们彼此都顽强地、坚韧地相信着一件事，就是：她们的安德烈，娜塔莎的儿子和姜友好的弟弟，一定还活在这个世界上。她们嘴里不说但其实心里都在猜测着一个最大的可能，那就是，他越过了国境线，回到了他母亲的故国。

这种猜测，让她们有一种罪恶的、隐秘的安心。

她来，常常会带一些吃的，有时是一块牛肉，有时则是一盒咖啡。总之都是雪中送炭。娜塔莎会留她吃饭，给她做她喜欢的俄式菜肴，她也会把自己的事讲给娜塔莎听，她一次次热闹的恋情，那些呼啸的、死去活来的追求者，等等。终于，她安静了，安静地走心地爱上了一个人，把自己嫁出去了。

娜塔莎送了她一块琥珀吊坠和一条银链做结婚贺礼。那是她从故国带出来的不多的几件纪念物。她对姜友好说：

“友好，结婚后，你就别再来了。”

“为什么?”

“你丈夫是现役军人，为了他，你要避嫌。”娜塔莎郑重地回答。

姜友好愣住了，显然，她没想到这个。她认真思索了片刻，说：

“娜塔莎，你早入了中国籍，早就是中国人了。我为什么不能和一个中国人做朋友啊?”

可是，话虽如此，姜友好自己也知道，娜塔莎的话，是有道理的。她不是真的不懂轻重利害。婚后，她不再去看娜塔莎，不再和她有任何联系。可她心里却有着愧疚，觉得自己和所有人一样，抛弃了娜塔莎。

那是对安德烈的背叛。

她永远记着那个孤独迷惘的少年，站在阳光下，叫她姐姐。仅此一声呼唤，就是一世的亲人。她甚至猜想，那最后一次见面，他其实是隐晦地、曲折地，把娜塔莎托付给自己了。记得临出门时，他说的最后一句话，是他的妈妈，以及妈妈的故乡……

她和她的海军军官郑渡江说起过娜塔莎，也说起过她的愧疚。郑渡江是某部的作训参谋，他安慰妻子说：“友好，就先听娜塔莎的，等过两年我转业了，咱俩一块儿去看她。”

姜友好明白了。她不能给丈夫惹麻烦。

但是冥冥中一定有什么在帮忙，杜若来了。

婚后一年多来，姜友好第一次联系了娜塔莎，她给娜塔莎写了一封短信，说，一个朋友，特别想学做俄式菜肴，不知道娜塔莎能在这个星期天来家里教授一下吗?她在信的末尾写道：“娜塔莎，这个小朋友，你一定会喜欢，因为我喜欢她，哦，对了，她是安德烈的同学。”

她知道，有了最后这句似乎是轻描淡写的话，娜塔莎一定会来。

姜友好说：“杜若，这就是娜塔莎。娜塔莎，这是杜若。”

杜若一时手足无措。

星辰似的娜塔莎，月光似的娜塔莎，不应该是这样一个肉身的人，一个气味浓烈的人，有着结实的下巴和硕大无朋的胸部，系着围裙，站在她面前，手里捧着一只碗。她觉得有一种压迫感，如山的肉身对她的压迫。她感到自己呼吸都变得急促。

“杜若，”只听姜友好叫她，说，“娜塔

莎来，是来教你做西餐的。”

“哦——”杜若慌乱地回答，“谢谢您。”又补一句，“太谢谢您了——”

娜塔莎看看她，没有寒暄，说道：

“来，洗手，我先教你做蛋黄酱。”

原来她正在搅拌蛋黄酱。那是做土豆沙拉必备的酱料。将新鲜鸡蛋磕进碗里，只取蛋黄，加一点花生油进去，用筷子不停地、朝着一个方向搅拌，等到蛋黄和油充分融和，再继续添加食油，接着搅拌，再加油，再搅拌，如此循环往复，直到蛋黄变成如奶油般浓稠缠绵，蛋黄酱就算是大功告成。做法简单，但要有耐心，也要有一些技巧。

杜若接过了娜塔莎递过来的瓷碗，渐渐地，她的心静了。一切，有了真实感。置身于厨房、食材、炊具，这些日常的场景中，杜若如鱼得水。搅拌这点小技巧，她一点就通。但她觉得奇妙，蛋黄、油，如此简单，却能催化出另一种物质，犹如新生命。这让她心生喜悦。

“人真是聪明。”她忍不住这样说。

“这算什么？”姜友好笑道，“人都登上月球了，一个蛋黄酱还值得感叹？”

杜若回答：“那种聪明和我无关。太大了。我只能被小聪明、小收获感动。”她回头望着那个师父说，“娜塔莎，谢谢你。”

她脱口叫出了她的名字，也没有再说那个敬语：您。她真心地喜欢这样有收获的一天。

娜塔莎说：“今天教你土豆沙拉和红菜汤，你要是还想学别的，就到我那里去，我那里厨具齐全。”她望着她微微一笑，“当然，你要是不介意的话。”

杜若收敛了笑容。她想，这个苏联妇女，这个壮硕的俄罗斯母亲，这就是安德烈的妈妈啊。安德烈的妈妈在教她做菜，多么不可思议，简直有天方夜谭般的奇幻。她忽然觉得幸福来得太突然：“介意？”她回答，“我当然介意，我很荣幸。”

姜友好笑了。她知道事情成了。

那天的土豆沙拉和红菜汤，是杜若的西餐启蒙。正确地说，是不算纯粹的俄式西餐。娜塔莎的红菜汤，早已因为照顾安同志的口味，被不知不觉改造过了。就像几十年后遍布世界各地的宫保鸡丁、咕咾肉一样，早已不是原本的滋味。可杜若不知道，就是知道了，又有什么关系？她仍然会认为，这是世界上最好吃的红菜汤。

娜塔莎那天并没有留下吃饭，她执意要走。她说：“友好，饭我就不吃了，我家里还有事。”姜友好知道她家里没事，却也知道她是不想逗留太久，一是避嫌，二是，逗留越久，越难以割舍。特别是几杯酒入肠，怕是会更加伤感。姜友好笑笑，说：“行，你走吧娜塔莎，千里搭长棚，没有不散的宴席。”姜友好那天，特地，戴上了娜塔莎送她的琥珀项链，那是一块古老的波罗的海琥珀。娜塔莎伸手摸了摸那晶莹剔透的宝贝，说：

“它真适合你。亲爱的。”

姜友好一下把她抱住了，红了眼圈。她紧紧搂着她，说：“对不起，对不起，对不起娜塔莎——”

许久，娜塔莎说道：“友好，你是我见过的，最善良的人。你已经为我们做了太多太多，又不是生离死别，我们总还会见面的不是吗？”

姜友好松开了手，说：“再见！”

娜塔莎努力地微笑，说：“再见！”

那一刻，杜若有些明白了，她们其实是在“生离”。

还明白了一件事，姜友好，是把娜塔莎托付给自己了。

三 杜若与娜塔莎

杜若是普通人家的孩子。

杜家一家五口人，住在父亲单位的宿舍公房里，是两间青砖灰瓦的平房。生活谈不上富足，也绝不算清苦。父母的薪水，不高，不丰裕，却也不很低，再加上母亲善于持家，所以，他们的日子，过得衣食无忧，在那个年代，几乎算得上是小康了。

杜若父亲供职的这家研究所，叫“中医研究所”。但杜若的父亲并不是中医，他毕业于南方的某个医学院，一毕业则被分配到了这个严寒干旱物产不丰的北方城市。那时，这家研究所刚刚成立，设立了附属医院，是新中国的新事物，提倡中西医结合，病理、化验、影像这些现代医学手段一样也不能缺，于是，杜若父亲就被分配到了这家新医院的放射科，做了影像学医生。

命运真是奇怪，杜医生不信中医，却将要在一个中医院里度过未来的岁月。他不吃中药，却几乎是在第一时间就喜欢上了晾晒在太阳下的那些草药的气味。他也很喜欢看人将草药在碾槽里碾碎的那种劳作，喜欢那些中草药的名字，淡竹叶，六月雪，茵陈，钩吻，念起来，意境悠远，像一个个曲牌、词牌，有诗意。总之，杜医生是有些文艺气质的，他以审美的态度看待着这个他将要贡献一生的地方。

孩子们出生后，他给他们起名，都是草药：杜若、杜仲、茯苓。

杜若妈说：“怕人家不知道你在哪上班啊？你是有多喜欢这里？”

杜若母亲赵佩兰女士，是内科大夫，也是杜医生的同学。但赵大夫真正热爱的不是医生这个职业，她不热爱任何职业，她热爱家庭生活。她的理想，是做一个有知识的家庭主妇。

杜医生说：“你呀，当初该去读家政系。”

赵女士说：“那我还怎么嫁给你？”

杜医生说：“你本来就不该嫁给我，你应该嫁给一个大教授，住在清华园或者北大的什么园里，做太太。嫁给我，委屈你了。”

“下辈子吧。”赵女士宽宏大量地说，“这辈子就这么凑合吧。也就这么几十年，一眨眼就过完了。”

赵女士善烹饪，厨艺一流。杜医生则天生味蕾丰富敏感，是美食家的坯子。两人也算高山流水的知音。赵女士是钟子期，杜医生则是俞伯牙，一个会做，一个会吃。而他们寄居的这个北方内陆城市，在许多时候，是贫瘠的，样样都缺，俗语说，巧妇难为无米之炊啊。可不是还有另一句话吗：沧海横流，方显英雄本色。说的就是赵女士了。

在艰难的日子里，赵女士绞尽脑汁，使他们家的餐桌，尽可能不显贫乏、粗陋。两毛钱的猪肉，也能变出花样，肥的切片，煸成金黄色，煸出油来，加酱油加糖，红烧小萝卜；瘦的切丝，炒蒜苗、炒青椒、炒芹菜或者炒榨菜，再烧一个冬瓜粉丝虾皮汤，或者西红柿土豆浓汤，就是一顿有荤有素、有菜有汤、色香味俱全的正餐。每月供应的猪肉，再少，也要将一部分肥膘炼一些猪油，存起来，没肉的时候，猪油就是救场的法宝：一碗素面，加小小一勺猪油进去，哦，天地变色，换了人间。

杜医生常常感慨："一箪食一瓢饮，回也不改其乐。"

杜若就说："备注，这一箪食一瓢饮，得是我妈加料的，否则，您也照样不堪其忧。"

杜医生就笑，说："是我运气好啊。"他看着大女儿，说，"杜若，将来，谁娶到你，也是福分啊！我可不舍得让你像你妈一样，为一日三餐这样呕心沥血。你要跟那个浑小子说，你不会做饭。"

杜若夸张地叹口气，回答说："爸，可我和我妈一样，就喜欢做饭啊。"

是，耳濡目染，杜若得到了母亲的家传，在这城中，有她这样厨艺的年轻人，怕是鲜见，而像她这样热爱烹饪的，就更是凤毛麟角了。

下一个星期日，杜若就去了娜塔莎家。

看上去，也是一栋普通的三层楼房，红砖到顶，陈旧的楼梯，一门两户。娜塔莎家在三层，从前，安同志还是这家设计院总工的时候，这一层中的两户被打通了，住了他们一家，十分宽敞。如今，打通的房间早已被封闭，另外一边，搬进了别人，割让出去了一半。可尽管如此，在这个城市，也算是优渥的居住环境了。

两间房屋，向阳，背阴的一面是厨房和卫生间以及一间没有窗户的小杂物间。那两间向阳的房间，一间大，一间略小。大的那间，用一排书柜隔断，一边做了客厅和餐厅，一边则是娜塔莎的卧房。客厅里，有一只深枣红色丝绒双人沙发，有波斯铜盘做桌面的小茶几，有铺着亚麻台布的餐桌，有胡桃木雕花的玻璃餐具柜。柜子里，陈列着一些漂亮的瓷盘，而柜子上，则摆放着家人的照片。一眼，杜若就看到了安德烈。

那是一张单人照。背景是天空。天空下，站着一个忧郁的少年。他穿着最平常的白衬衫，风吹乱了他的头发，微眯着眼睛，像是眺望。呼之欲出的美啊。杜若望着他，想，原来你是生活在这样的地方，可你，偏说自己是安向东。

忽然就感到了一阵刺痛。

"你们是同学？"身边响起了娜塔莎的声音。

"是。"杜若点点头，"不一个班，他不认识我。"杜若微微一笑，"可我认识他。"

"他好认，"娜塔莎说，"特殊。"

"他美。"杜若说。

娜塔莎愣了一愣。有些惊讶她的直率，还有她的措辞。她不说好看，不说漂亮，她说美。

"是，"娜塔莎说，"我也曾经为这个骄傲。"她伸手抚摸一下照片上那张无懈可击的脸庞，"可是也太容易被摧毁。"

"不，那要看怎么说，至少我记住的，就是这样的安向东，照片上的安向东，"杜若回答，她还是不习惯叫他安德烈，"永远的大卫，永远的纳喀索斯，永远的……美少年，不会变。"

她在安慰一个母亲。娜塔莎知道。善良的姑娘，她想。在沙漠般广漠的敌意和冷酷之中，这一点善意，就是绿洲。阳光洒满房间，从厨房里飘出了一股浓郁的香气，娜塔莎说："哦，面包烤好了，跟我去看看。"

那是杜若第一次看到一只面包的诞生。从烤箱里取出，皮色油亮焦黄，热气腾腾，芳香四溢。她惊喜地问道："这就是俄罗斯大列巴吗？"

"是。"娜塔莎回答，"本来想烤一个黑

面包，怕你吃不惯。其实，配牛肉或者鱼，黑面包才更正宗。”

就这样开始了。杜若和娜塔莎之间的故事。厨房里的故事。那厨房很宽敞，远非杜若家的小厨房可比。有稀罕的电烤箱。灶台阔大，房间中央安放一张大方桌，既是操作台，也是主妇休憩喝茶的地方。墙角处，整齐地码放着一堆劈好的果木柴和蜂窝煤，这个城市，还没有煤气和天然气，家家户户烧煤做饭。墙壁上挂着几只黄铜的煎锅，擦得光亮如镜。那煎锅，真是古朴漂亮。

那天，娜塔莎教杜若做了炸猪排，以及酸黄瓜的腌制方法。她留杜若吃饭。说，一个好大厨，要亲自检验自己的劳动成果呀。杜若也就没有客气。娜塔莎一边在餐桌前摆放刀叉餐具，一边说：“这餐桌，好久不用了，家里的男人们不在后，我和安霞，就不在这餐桌上吃饭了。”

她们俩，正式地，一个桌头，一个桌尾，对席而坐。镶金边的白瓷盘，沉甸甸的银餐具。菜式却是简单的，酸黄瓜配小小一块炸猪排。盘子硕大，越显得猪排瘦小伶仃。新烤的面包在筐子里，切了片，放在餐桌正中央。没有奶酪奶油，却配了一小碟中国的豆腐乳。鲜红的腐乳，白瓷碟，鲜明如画，却有一种挣扎在里面似的。

“安德烈的爸爸，喜欢吃腐乳。他喜欢用新烤的面包配酱腐乳吃。”娜塔莎这么说，“时间长了，我也喜欢上了。”

娜塔莎凝视着碟子又说：“安德烈也喜欢。”

原来是这样，杜若想。她伸手取来一块面包，无师自通，用手边的黄油刀切下一小块腐乳，涂抹在面包上，咬了一口，微酸的面包和咸香的腐乳，以及酥脆的面包皮，搭配起来，果然，是好吃的。杜若笑了，说：

“我中有你，你中有我，妙。就像——”她想想，“友好的名字。”

娜塔莎也笑了，说：“杜热，你真是个有趣的人。”她汉语很流利，不知为什么却总是发不好“若”这个音。“我天天吃，也想不出这样的形容。怪不得友好一定要让我们认识。其实原本我有顾虑，后来想，是友好的朋友，一定是和友好一样好的人，果然。”

“友好是女侠。”杜若认真地说，“江湖最后的侠客，我比不了。”

“快尝尝猪排，冷了，就不好吃了。”娜塔莎说。一边举起刀叉，向杜若示意，“来，看我怎么切。”

猪排裹了蛋液和面包糠，外焦里嫩，颜色金黄，咬下去，一声脆响之后，肉香四溢。只可惜，没有几口，盘子就光了。她们几乎同时从盘子上抬起头。

“太好吃了。”杜若说。

“太少了。”娜塔莎说。

都笑了。

“前些天，安霞回来一趟，给她买肉做了些吃的带走了，肉票就剩这些了。”娜塔莎抱歉地说，“好怀念能够大大方方慷慨宴客的时光……”

“娜塔莎，酒海肉山就不珍贵了，”杜若说，“这块炸猪排，我想我会记一辈子。”

“谢谢你，杜热。”娜塔莎深深地看着她，“谢谢你这么说。”

那天，从娜塔莎家出来，杜若就去找夏莲了。

“夏莲，你北京那边，有关系吧？”她问。

“有啊，干什么？”

“能帮我买点牛肉、猪肉，或者排骨

吗？”杜若说。

“这事啊，”夏莲回答，“你找姜友好不就行了？你让她家人帮你买，到时候和她的东西一块儿交接，多省事。”

“不，不找友好，”杜若说，“这事别告诉友好。你能找到别人吗？”

“行吧，”夏莲说，“可是，你干吗这么神秘？”

“可能的话，能买点黄油就更好了。”杜若避而不答。

“黄油？”夏莲更加地好奇，“你买黄油干什么？你发烧了？你怎么不买鱼子酱？”

“哦，你提醒我了。”杜若拍拍脑门，“要是有鱼子酱罐头，就买一盒。”

夏莲怀疑地打量着她，半晌说道：“不对，杜若，你坦白吧，到底怎么回事，你不说，休想让我为你服务。”

夏莲和杜若，住同院。她们从幼儿园起，就是同学。夏莲家和杜若家，一个住前排，一个住后排。夏莲的父亲，是药剂师，而她母亲，则在煎药房煎汤药。那些年，中学没复课时，夏莲常带杜若去煎药房那里玩，拣药渣里的莲子和大枣吃。

“我在学做西餐，我得自己备料。”杜若只好回答。

“天哪！和谁学？这你哪儿学得起？”夏莲叫起来，“哎我可告诉你杜若，到时候你可别让我垫钱，咱们亲姐妹明算账！”

杜若从口袋里，掏出几张十元的钞票，往桌子上“啪”一拍，说：“五十块，我预存你这儿，行了吧？”

夏莲惊得眼珠子都要掉出来了。杜若出徒不久，一级工，月薪三十出头，这破釜沉舟的架势，是不活了吗？

“你疯了？”夏莲说，“还是失恋了？这是受了多大的刺激？”

杜若笑了，说：“你不想让我成一个西餐大厨啊？等我学好了，你上我家来，你想吃啥我给你做啥。”

“我对西餐没兴趣。”夏莲回答，“不过我对教你西餐的人有兴趣。”夏莲笑了，头一歪，“坦白吧，是谁啊？在哪儿上班？比你大几岁？让我见见他，我就帮你买。”她猜想，许是杜若交男朋友了。

杜若一推她：“想哪儿去了？”她说，“与风花雪月无关。一个女师父，和我妈差不多大，行了吧？你要不想帮忙，直说！我去找别人。”

杜若的忙，夏莲不帮谁帮？于是，这一周，牛肉、排骨，下一周，猪肉、黄油，一样样地，陆续地，买到了。杜若自备食材上门，学做菜，自然是不想给娜塔莎增添负担。听姜友好说，多年来，娜塔莎一直领着劳保工资，只有四五十元钱，从前，有安同志，自然不是问题，如今，安同志走了，这钱养活她和安霞两人，远谈不上富足。杜若自备食材，娜塔莎因材施教，带牛肉来，就做罐焖牛肉、土豆烧牛肉，罗宋汤也就是红菜汤；带猪肉来，就做炸猪排、肉饼、肉冻……

但是这让娜塔莎深深地不安。她知道这些东西来之不易。几周后，她对杜若说：“杜热，你要再带这些东西来，我就不让你进门了。”她说得斩钉截铁，杜若想了想，回答说：

“那我们定君子之约，我不带东西来，你也不能准备，我还不算笨，咱们纸上谈兵，你讲，我用笔记录下来，怎么样？”

娜塔莎笑了，说：“好，”然后她说了一句中国的成语，“君子一言，驷马难追。”

杜若准备了一个笔记本，红色的塑料皮，上面印着“备战备荒为人民”这样一行语录。里面，洁白的扉页上，杜若郑重地写下了题目：《娜塔莎菜谱》。写下这行字，杜若笑了，自己也觉得不很合适。想再换个本，找出来，一看，封面上印的是：要斗私批修。更不合适了。想想，算了，就用“备战备荒”吧。国家在敌对，人民在修好啊。杜若开玩笑想。笑了。

从此，娜塔莎口述，杜若记录。第一道菜式，就是：土豆沙拉。杜若在后面做了这样的备注：“这是我认识娜塔莎的开始，她跟我说的第一句话是，来，我教你做蛋黄酱。在这之前，我以为，娜塔莎只是一个传说。蛋黄酱也就是美乃滋，不过我们的美乃滋是改良过的，因地制宜，用普通食油代替了橄榄油，里面，除了盐，不加任何香料。”

那些她们一起做过的菜，一样一样，杜若都详细记下了。没做过的，娜塔莎想起什么，就随口讲出来。常常，这些菜肴，都伴随着一个故事。或者，是在讲述一件旧事时，忽然想起一个菜品。她和安同志第一次约会，安同志点了一个什么菜啦，她怀安德烈时，特别想吃的一种甜品啦，诸如此类。现在，她们彼此都没有了负担，杜若说来就来，说去就去，来了，娜塔莎不过是一杯热红茶或者一杯咖啡款待。咖啡是速溶的，固体的一块，包着纸，叫“咖啡糖”。偶尔，她会做一些叫作“欧拉季益”的俄式松饼来做茶食。自然，这欧拉季益的烘焙方法，也被杜若原原本本记录了下来。

“我吃过的最好吃的欧拉季益，是我妈妈做的。”一次娜塔莎这样说，“我妈妈年轻时非常美丽，安德烈长得就像我妈妈，她在一家餐厅做服务员，认识了我父亲。我父亲那时在大学里做助教，年轻，英俊，朝气蓬勃，他们是一见钟情，如烈火干柴，还没结婚就有了我哥。”娜塔莎笑笑。说，一个老故事而已。无非是，婚后，并不幸福。先是父亲在大清洗中被小小地牵连，出了问题，被迫离开了莫斯科。几年后回来就变成了一个毫无廉耻的酒鬼，“就像，后来的安德烈。”娜塔莎迟疑一下，这么说。

“我父亲几乎没有一天是清醒的，永远醉醺醺回家，身上沾满呕吐的污渍，臭烘烘一头栽倒在地板上、沙发上、床上，有时彻夜不归，我妈妈就彻夜不眠……她心疼他。可我，我记不住我母亲嘴里那个英俊的、帅气的父亲，他离开莫斯科时，我才五岁，所以，我以这个酒鬼父亲为耻，我恨他，我甚至诅咒他死。果然，战争来了，他死了，德国飞机轰炸莫斯科，一颗炸弹落在了我们家住的那幢楼上，而在炸弹爆炸的瞬间，我父亲扑上来护住了我，把我压在了他的身子下面。他死了，我活着，他的血流了我一脸……上帝听到了我的诅咒。”娜塔莎无声地笑笑。

“后来，我妈妈告诉我，我父亲也最喜欢吃她做的欧拉季益，她说，你知道吗？你和爸爸一样，你们都喜欢咸味的欧拉季益，特别是牛肝口味的。”娜塔莎说。

那天回到家里，杜若在这道菜谱的后面，记下了娜塔莎的这一番话。她很感慨，想，活到娜塔莎那么大，活到父母那么大，活到更老，这一日三餐中，该有多少的故事？

四　丽人行

那已经是春天了。这个城市的春天，总是来得很晚，又短。清明过后，谷雨过后，才姗姗来迟。飘柳絮了，飘杨絮了，杨花落了一地，几乎一眨眼，就是夏天。这个季节，杜若喜欢在休息日骑自行车去城外挖野菜。河滩、野地、田地旁，绿意盎然，到处生长着新生的蒲公英、荠菜、苦苣、马齿苋等等。杜若最爱的当然是荠菜。她一早踏着露水出发，中午之前，就会有满满的收获。这样，晚餐的餐桌上，就有新鲜的荠菜饺子吃了。

她约娜塔莎去郊外挖荠菜。

她骑车去和娜塔莎汇合，意外的是，竟看见了姜友好。姜友好推着一辆红色的坤车，26英寸的大链盒“凤凰”，和娜塔莎并排站在路边。

“友好，你怎么也来了?”杜若十分惊讶，“你怎么知道的？谁告诉你的?”

“我听夏莲说的。”友好笑笑，“她说你要和你的师父去挖野菜，我忍不住跑来了。”

有一年没见了，友好看上去清减了许多。“你瘦了友好，”杜若望着她脱口说，“你没事吧?”

“我能有什么事?”姜友好豪迈地反问。

也是，姜友好能有什么事呢？杜若笑了，说：“太好了，三人行。”姜友好说：“丽人行。”

天气晴好，天空湛蓝。树叶是初生的新绿，鲜嫩得让人心软。她们三人骑行，姜友好的“红凤凰”十分招摇，比它更招摇的，是金发白肤的娜塔莎。三人三骑，被人看了一路。杜若多少有点不习惯，姜友好却全然不在意，大声笑道：“田汉先生塑造，三个摩登女性。说的就是我们呢!”那是被批判的毒草电影《丽人行》的题记。杜若心里咯噔一下，她觉得姜友好的举止有点夸张，这让她有些不安。好在城不大，朝西，过桥，再朝南，渐渐有了郊野的风景。她们来到一片野草滩，抬头就是烟蓝色的西山。支好自行车，杜若用手一指说：“这是我的宝地，这里的荠菜，又多又好。”

娜塔莎和姜友好，都不认识荠菜，杜若教她们辨识。果然，这里的荠菜一丛丛一片片，四处可见，鲜绿水灵，三个人分头寻找，没用太久，她们的大网兜就装满了。杜若说：“够了，足够我们吃饺子了。歇歇吧。”

她们席地而坐，手被野菜的汁液染绿了。各自都带了军用水壶，也不顾卫生，拧开就喝，仰着脖子，咕嘟咕嘟喝得十分欢畅。草滩上，有些不知名的小野花开了，这里一片，那里一片，静静地，开得又寂寞又热闹。阳光照在她们脸上、身上，天地静谧得如同没有人类。许久，姜友好说：

“真好。都不想回去了。”

“是啊。”娜塔莎说，“就像在梦里，不想醒来。”

“我爱田野。”杜若说，“来了，就不想走。”

“以前，安德烈还小的时候，夏天，我常常带他和安霞去采蘑菇。我知道一个地方，有松林，有榆树和槐树林，夏天，下过雨之后，树下到处都是新鲜的刚出生的松蘑、榆蘑。采回来，我给他们烧蘑菇汤，安德烈闻着蘑菇汤的香气，会说：真幸福啊——”娜塔莎望着烟蓝色的西山，这么说。

“那是什么地方?”姜友好神往地问，“我们也去好不好?”

飞来一只喜鹊，倏地落在了草地上，歪着头，冲着她们，喳喳喳激愤地叫着，对峙着，杜若笑了，“鸟听到我们的话了，这里是它们的天地，你看，它不满意了。”

她这么说，“走吧，我想让你们尝到最新鲜的荠菜。”

这城中的习惯，休息日吃两顿饭，那天的正餐，是荠菜猪肉馅饺子。杜若原本计划包纯素馅的，但是姜友好说：“荠菜猪肉才是在论的呀。”她执意骑车跑回家拎来一块猪肉，说是夏莲昨天才给她捎回来的，刚好派上用场。“有肉大家吃！”她说得兴高采烈。杜若想，友好这是怎么了？有点不太对劲，不避嫌了吗？想问她，又没问出口，是真心不舍得破坏这难得的欢乐。于是三个人，择菜、剁肉馅、和面、包饺子，干得热火朝天。拌饺子馅负责调味的，自然是杜若，剁肉时，她仔细地剔除了所有的筋络血管，剁好后，用生姜水打馅，使肉变得鲜嫩无腥。荠菜则切得细碎均匀。菜和肉的比例也恰到好处。调味料却极简单，除了肉馅需要少许酱油煨起，就是一点盐、一点白糖和一勺的熟食油锁水，其余的，葱、香油、味精、五香粉之类一概不用。这样，杜若说，才不干扰和毁损荠菜的清鲜。

果真，太好吃了。

娜塔莎说：“杜热，这是我这么多年吃的最好吃的饺子。”

姜友好说：“杜若，你真是个宝藏，认识你这么久了，居然还能给人带来惊喜。”

杜若笑而不答。

娜塔莎又说：“我要是早认识你就好了，安德烈的爸爸和安德烈都很喜欢吃饺子，可惜我的饺子总也做不好。”她盯着盘子里的饺子说，“现在我就是学会了，他们也吃不上了。”她笑笑，“我就不学了。”

“娜塔莎，不是还有安霞吗？”姜友好说。

“安霞不一样，安霞从不挑剔，我做的任何东西她都说好，真心赞美，我想，这大概是因为她刚懂事就遇到了“三年困难”时期吧？她知足。”娜塔莎回答。她大概也觉得这回答有点言不由衷，“好吧，友好，别这样看我，我承认，上帝也知道，我爱安德烈可能更多一点……吃到他喜欢吃的东西，做他喜欢做的事情，我就有罪恶感：我的儿子不知道在哪里流浪、受难，我却在享受——”

“又来了娜塔莎，”姜友好打断了她，“你没有做错任何事，亲爱的，不对的是他。不过今天我不想说安德烈，就今天一次，原谅我……今天我只想说快乐的、高兴的事。你这里有酒吗？哦抱歉我忘了，你家里怎么会有酒？这么美味的饺子，焉能无酒？此刻有杯竹叶青就好了。”

杜若起身，说：“我去买。”娜塔莎叫住了她，说：“我有威士忌，我去拿。”

杜若和娜塔莎对视一眼，愣住了。

片刻，娜塔莎捧着一个托盘过来了，上面有酒瓶和三个酒杯。酒瓶是打开的，里面的酒只有大半瓶。她一边倒酒一边说：

“安德烈的爸爸走后，我一个人太寂寞，偶尔会喝一杯。”她笑笑，“不过你们放心，我不是安德烈，不是我父亲，我还有安霞。来——”她举起了杯子，问，“为什么干杯？”

杜若说：“为春天，为田野，为慈悲的荠菜，为我们爱的人。”

姜友好说：“还有，为自由，为无牵无挂。”她嫣然一笑，“为——为我重新变成一个自由的单身女人——”

什么？娜塔莎和杜若以为自己听错了。

“我离婚了。”姜友好笑着说。

杜若惊住了。

“为什么？”娜塔莎心慌意乱地问，“是

因为我的缘故?”

“怎么会因为你?”姜友好回答,“当然不是。是因为我父亲,我父亲的问题至今没有结论,而我丈夫他遇到一个千载难逢的好机会,出使国外,做武官。这机会不是什么时候都能遇到……”

年轻的海军军官十分为难,也不能怪父母逼他,在锦绣前程和扯后腿的倒霉女人面前,有几人不势利?何况这二老原本就不喜欢那个名声不好的儿媳妇,不满意这门婚事,他父亲说,爱美人不爱江山,那得是皇帝,你哪有那个资格!海军军官痛苦不堪。姜友好出手了,说,不就离个婚吗?成全你!成全你们家!于是找了人托关系,很快办了离婚手续。临别时,姜友好对他说:

“记住,不是你做了陈世美,是我先休了你的。你走你的阳关大道吧,我回江湖了。”

此刻,姜友好举着酒杯说:“我回江湖了,干!”

娜塔莎和杜若,谁都不举杯。

姜友好放下了酒杯:“怎么了?不欢迎我回来啊?”

许久,杜若说道:“姜友好,姐姐,你难过,伤心,就别撑着了,要朋友是做什么用的?”

姜友好哈哈笑了:“小杜若啊,你太清纯了,太幼稚太罗曼蒂克了,我早跟你说过,我是浊世里的人,遵从的是浊世里的规则,有什么可伤心的?”她举杯一饮而尽,“娜塔莎,姐姐,你来,你陪我喝一杯。”

娜塔莎举杯,一饮而尽,说:“友好,知道吗?我很想你,非常想。”

杜若眼圈红了,也举起来杯子:“你说的,田汉先生塑造,三个摩登女性,”她咕咚咽下一大口,呛得直咳嗽,“我们三人,丽人行,不分开。”

娜塔莎说:“二十年前,我还称得上是丽人,现在可不是了。现在是丽人的妈妈了!”

姜友好笑道:“谁说的?丽人永远都是丽人,外表不是了,骨子里也是。美人在骨不在皮。”

三个“丽人”都笑了。

姜友好说:“娜塔莎,你家里有照相机吧?来,我们拍张合影,留个纪念,题记就写:丽人行。”

果然有相机。“海鸥 135”。果然就照了。咔嚓一响,留下了这个春天温情的瞬间。胶卷是相机里几年前没拍完的,也不知是否过期,也不知能否成像。她们不能确定。就像她们不能确定明天会发生什么一样。

那天,姜友好没有回家,几杯威士忌竟然使她醉倒了。她吐了酒,头晕,娜塔莎安顿她在安霞的床上躺下了,说:“你歇会儿,醒醒酒。”她顷刻就睡着了,睡得很沉。现在,她没有什么可顾忌的了,她不再需要为了她的爱人她的丈夫忍痛和朋友疏远绝交。活了这么多年,她只做过这么一件违心的事,上天就惩罚了她。

半夜里,她忽然醒了。一盏床头小灯昏黄地亮着,许久,她才想起自己是置身何处。她爬起来,开门,穿过走廊,来到了娜塔莎的房间。也有一盏灯微微地亮着,但娜塔莎却和衣睡着了。她走过去,站在了娜塔莎的床前。娜塔莎睁开了眼睛,说:“醒了你?”她没有回答,蹲下来,把脸埋进了娜塔莎的臂弯里:“怎么办啊娜塔莎,我舍不得他……”说完,她无声地哭了。

当晚，杜若回到家里，发现夏莲在等她。她母亲说：“你可回来了，夏莲等了你一晚上。”

她拉着夏莲进了里屋。

“你太不够意思了，”夏莲一进屋就喊，“说，你的师父，是不是娜塔莎？”

“你知道了？”杜若说，“姜友好告诉你的是吧？”

“你还好意思问？”夏莲很委屈，“杜若啊杜若，你居然瞒着我，欺骗我，害我还以为你有了男朋友！天天让我为你们服务，却不让我知道真相，你是不信任我还是有了新朋友就不要我这老朋友了？”

“不是的夏莲，是友好托付我的事，她没让我和别人讲，所以我还没敢告诉你——”

“姜友好更不够意思，”夏莲不容杜若分说，打断了她，“她认识我在先，认识你在后，结果她倒把你当朋友把我当她的交通员了，天天给她传递这传递那，有了好事，一点也想不起我来！”

杜若笑了：“好事？夏莲，原来你觉得这是好事啊？友好可是因为顾忌她的丈夫——”杜若顿了一下，想，是前夫了，“因为那个现役军人海军军官，才不和娜塔莎来往了。你不怕别人说你和苏联人交往啊？”

“你怕不怕？”夏莲反问，“你不怕我怕什么？娜塔莎是克格勃吗？我一个列车员，你一个小集体工人，克格勃吃饱撑的找咱们啊？”

“不是啊，夏莲，”杜若说，“安德烈、安向东是克格勃吗？当然不是，可是你当初退学了，没看到那些人欺负他，孤立他，谁要是敢跟他来往，就骂他和苏修穿一条裤子，最后，还把他推到了防空洞底……就拿昨天说吧，我们骑车去郊外，一路上，路人看我们的眼光，千奇百怪。你不在乎？”

“不在乎，”夏莲回答，“我只在乎，你们拿不拿我当朋友。”

杜若觉得心里一热。

“娜塔莎说，等夏天到了，她带我们去树林里采蘑菇，她知道有个地方下了雨，蘑菇很多。到时候，我们一起去，浩浩荡荡的。”她笑了，“然后，我来负责，给你们做鲜蘑饺子或者蘑菇汤。那味道一定美极了！”

但是她们没有等到这一天。

先是夏莲，忍不住在饭桌上说起了采蘑菇的事。她妈说：“蘑菇可不能瞎采，小心中毒。你问你爸是不是？”

她爸是药剂师。

夏技师说：“可不是，年年都有人死于蘑菇中毒。”

夏莲说：“没事，我们有专家，娜塔莎年年都去采。”

夏技师“嗯？”了一声，竖起了耳朵。夏技师这人，历史上，有点小污点，本来就胆小怕事，如今，有了这污点的阴影，活得就更加谨小慎微，战战兢兢：“娜塔莎是谁？”他警惕地问道。

“就是我从前同学的妈妈，你们应该听说过吧？”夏莲回答，“那个中苏混血儿，安向东，娜塔莎就是他妈。”

夏技师差点被一口窝头噎住：“你，你怎么会和一个苏联女人搞到一起？你怎么会认识她？”他说，紧张得脸都绿了。

“紧张什么呀，”夏莲回答，“是杜若，杜若在和她学做西餐，她是杜若的师父。”

“杜若！”夏技师愤怒了，“我早就跟你说过，别总和杜若混在一起，她思想意识不健康，太复杂，和你不是一路人，他们家和我们家也不是一路人，看看看看，出事了吧？”

“出什么事了？”夏莲反问，“能出什么事？”

“和苏联人都混到一起去了，和头号敌人混到一起了，你还要出什么事？”夏技师声音像蝉鸣一样变得尖利。

“什么叫混到一起？我又不认识娜塔莎，我还没见过她呢！”

“谢天谢地！”夏技师双手合十拜了拜，说：“你喊什么，你怕人听不见啊？告诉你夏莲，马上和杜若断绝来往，你听见没有？马上和她断绝一切关系！她爱惹什么祸是她的事，千万不要让她再来招惹咱们家，听懂没有？咱们这个家，能平平安安到今天，知道有多不容易吗？你让一家人过两天安生日子行不行啊？啊？”

他眼里几乎迸出泪光，夏莲忽然觉得不忍心。她只好说道：“知道了，我不理杜若就是了……”这句话一出口，她心痛了。

可是夏技师还是不放心，思来想去，第二天傍晚，他去了杜家。两家大人，几乎从无往来，夏技师登门，这让杜医生和赵女士感到非同寻常。果然，是棘手的事。夏技师窃窃低语和杜医生交涉了十分钟后离开了杜家。出门，正好和下班回家的杜若打了个照面。杜若叫了一声“夏叔叔”，他没理，径直而去。

杜若感到奇怪。

杜医生说：“杜若，你惹事了。”

“怎么了？”

“你知道夏技师来干什么？他来给我下最后通牒来了。”杜医生回答，语气平静，“他说，以后，不许你和夏莲往来，他要夏莲和你划清界限，他们家和我们家也要划清界限，假如，你执意不听的话，他会采取革命行动。”

“采取什么行动？”杜若很好奇。

“他会去革委会揭发我，罪名是，纵容你里通外国。还有，”杜医生顿了一下，“去公安局告发你。”

杜若倒吸一口冷气。

“他还算君子，明人不做暗事。”杜医生说。

“杜若，你在和一个苏联女人学做西餐？”杜若的母亲赵女士疑惑地问，“真的假的？夏技师胡说吧？”

“真的。”杜若回答，“他没胡说。她是我同学的妈妈，就是那个——小时候就听说的娜塔莎。”

“你？”赵女士愣了一愣，“你可真胆大包天啊——”

“杜若，”杜医生说，“刚才，夏莲爸爸有一句话说得不错，他说，他们一家能平平安安过到今天，不容易，咱们家又何尝不是？”他叹口气，“生逢乱世，多事之秋，杜若啊，别怪我们胆小怕事，未雨绸缪，就不要再去学做什么西餐了，这是多奢侈的事。”

父亲语气平静，但杜若还是听出了深深的悲凉。她心里一痛。

“也不要再去找夏莲了，”赵女士迟疑一下，歉疚地说，“就当你失忆了，不认识这个人了。我知道你们两个好，夏莲也是个好孩子……只是，她爸那个人，真要去告发你们，不是闹着玩的。”

这一晚杜家的餐桌上，气氛沉闷压抑。杜仲去乡下插队了，不在家。四口人，围着一张折叠桌，沉默不语地吃着简单的晚餐。杜若低头扒拉着碗里的饭粒，食不下咽，一双筷子伸了来，一块腊肠落进了她的碗里，她一抬头，是父亲。

杜若心里翻江倒海。

第二天早晨，杜若推车走出小区大门，就看见夏莲站在路边，她知道她在等她，但她没有理睬，刚要蹬车，夏莲过来挡住了她的去路。

“杜若。”夏莲喊。

杜若说：“夏莲，你别来找我了，你再来，你爸就会去告发我里通外国了。”

“对不起，杜若，”夏莲咬了下嘴唇，“我爸太过分了——”

“不，我不怨夏叔叔，”杜若平静地回答，“他是为了保护他的家人，我父亲也一样。他也不让我和娜塔莎来往了。”

“都怨我。”夏莲说。

“我想了一夜，”杜若说，“我们没有权利任性，没有资格任性，没有权利让我们的亲人，为我们担惊受怕，受我们牵累……夏莲，”她冲朋友笑笑，“就此别过，从今往后，我就不认识你了！”

说完，她蹬车而去。

夏莲望着她的背影，看她沐浴在新鲜的朝阳里，渐行渐远。她们差不多从有记忆起就相识，做了这么多年的朋友，如今，将成为路人。夏莲哭了。她在心里喊，亲爱的，亲爱的，亲爱的，再见了。

杜若心里，也在告别。

和还没来得及抄录的菜谱，和那些菜式后面的故事，和互为知音的那种默契与欢喜，和期待的采蘑菇、野游，和一诺千金的承诺，和不畏惧人言，和不掺杂任何杂质的友谊、情义，和对被欺凌者的悲悯，和坦荡、骄傲、崇尚自由、特立独行的那个自己，一一告别。

仅仅是一点小风浪，她就现了原形。杜若含着眼泪微笑。现在，她是一个与她曾经鄙夷的那些人中的一个了。滚滚洪流中的一个了。怯弱、自私、猥琐、不敢承担、人云亦云。

再见了，她在心里说，那个昙花一现的美好的杜若。

再见了，美好的“丽人行”……

最后一次，夏莲去给姜友好送北京邮包。夏莲说：“姜友好，以后，我不能再来了。不能再给你带东西了。”

“怎么了？”姜友好奇怪地问，“不跑北京了？”

“杜若也不能来了。”夏莲说。

姜友好愣了一下，问道：“出什么事了？”

“能不问吗友好？”夏莲悲伤地笑笑，说，“友好，也许，我们本来就不该认识。抱歉。”

沉默许久，姜友好笑笑，说：“懂了。”

杜若也做了一件必须做的事情。她跑了许多家文具店，终于买来一本她还满意的笔记本。牛皮纸质的封面，很干净，很空旷。内页没有格子，纯净而洁白，有一种深沉悲哀的寂静，如同被积雪覆盖的俄罗斯大地。杜若在这个本子上，工工整整地，重新抄录了一份她的《娜塔莎菜谱》，连同那些说明和备注。在最后一页上，她写了这样一些话：

亲爱的娜塔莎：

抱歉我食言了。我没有勇气看着你的眼睛，面对面与你道别，更没有勇气说出那个道别的理由。那让我羞耻。这本菜谱，我重新抄录、整理了一份，里面，记载着我们曾经拥有过的一段珍贵时光，点点滴滴，都是我的回忆，以及，你的……

原谅我不能像姜友好那样无畏和勇敢。我说过，她是一个仗剑独行的侠客，而我，只是万千庸众中怯懦、卑琐的一员。别了，娜塔莎！珍重！珍重！珍重！这样说的时候，我心里在落雪……

她最后一次，来到了那幢红楼里，站在了三层那扇门前。她把装着笔记本的一只网兜，挂在了门把手上。她依恋地摸摸门把手，站了一会儿。终于，敲敲门，然后，掉头蹬蹬蹬跑下了楼梯。

几天后，杜若收到了一封本埠来信。寄信人是姜友好，里面有一张照片和一封短信，只有几句话：

“本来不想给你了，可还是没忍住。就算是临别纪念吧。不知道具体发生了什么，但还是大致可以猜到。照片拍得不错，你想留着，还是怕受牵连烧了撕了毁了，一切由你。”

没有署名。

是那张合影。三个人，坐在地毯上，漂亮的波斯地毯。姜友好搂着娜塔莎，娜塔莎则搂着杜若。三个人都在朝着镜头笑，可看得出来，只有杜若一人的笑，是春天般的微笑，少女的微笑，明朗、明净、毫无提防和心事，不知道生活的厉害。

照片上，印着白色的题记，真的写的是：丽人行。

杜若低头，亲了亲照片，亲了亲照片上的自己。多么明媚啊，她怜悯地想。哭了。

一年后，姜友好的父亲复出，姜友好也被调回了北京。

这城中，娜塔莎再没有一个朋友了。安霞在乡下一直没能回来，娜塔莎也无可挽回地染上了酒瘾。有一天，醉酒后，诱发了急性胰腺炎，剧痛使她站不起来，她挣扎地爬着打开了房门，却昏倒在了家门口。邻居发现她的时候，人已经不行了。送到医院，没能抢救过来。

终年四十二岁。

她跟随安同志来到这城市时，是二十五岁。清新如一棵小白桦树，眼睛像天空般蔚蓝。

古老的双塔，悲悯地俯瞰着罪孽的城市。

五　我们的娜塔莎

许多年后，这个城里，有了一家俄罗斯餐厅，餐厅的名字有点拗口，叫作：我们的娜塔莎。

不少人提议，干脆就叫“娜塔莎”算了，简单明了上口。但是老板不同意。

老板说：“娜塔莎就是我们的。”

谁也不明白这话的意思。不明白就不明白吧。老板不解释。

菜肴是常见的俄罗斯菜式，没有花式噱头，但是品质无可比拟。鱼子酱和一些主要调味品都来自俄罗斯。主厨也是从俄罗斯聘请来的，但老板本人则兼副主厨。有几道菜，副主厨一定要亲自动手或者把关，一道是红菜汤，一道是咸味的欧拉季益，还有一道叫“丽人行”，这是所有菜品中的一个异类，不算传统也不算纯粹的俄式，发明者是老板本人。那是一道鲜菌菇汤，汤里煮有饺子。假如是春天，这饺子的馅料必定是荠菜主打。虽然，这道菜名不见经传，但是，味道极其鲜美，口感丰富，颇受顾客欢迎，几乎成为这家餐厅的代表作。

餐厅的装修，格调不俗，有俄罗斯乡村的风情。裸露的原木的梁架，石墙，烧果木的大壁炉，铁艺的风灯。迎门的主墙壁上，挂着一幅大大的照片。是一幅老照片，做了特殊的处理，看上去，颇有古典油画的效果。那是一张合影，三个女人，坐在一块波斯地毯上，望着镜头微笑。其中一人，是个丰满的异国女人。只不过，照片上的这三人，既不是明星、名士、名人，也不是首长官员，亦非摄影名家所摄，毫无出处，但，它挂在那里，却非常醒目，有一种岁月的惊心动魄和隐约的神秘感。

老板在等待能认出这张照片的人。

等待一个跛腿的男人。一个曾经的美少年。

等待一个叫姜友好的女人。

从上世纪九十年代开业，几十年过去了。餐馆从最初的火爆到后来的平淡甚至是萧条，老板依旧坚守着，她还在等。

杜若还在等。

或许，杜若并不等什么，并不等谁。她坚守着，只是让这个城市记住，曾经，有一个叫娜塔莎的女人，在这里活过，爱过，死过。

清新如白桦树的苏联姑娘。

黄河故事

邵　丽

授奖词

邵丽的《黄河故事》讲述的是一段家族史，更是女性自立自强的命运史。“黄河母亲”不寻常的命运、坚韧和伟岸，是小说的主旋律。包括母亲在内的女性，黄河般地一往直前不可阻挡，一如九曲黄河水波涛翻滚摧枯拉朽。小说对女性获取独立地位的新解具有鲜明的时代感，其人物形象栩栩如生；而讲述方式在是与非是之间，在虚构与非虚构之间，讲述的仿真性强化了小说的真实性。其叙述语调的生活化和平实性带来了艺术技法的“陌生性”和风格化，是近年来中篇小说创作的翘楚之作。（孟繁华）

一

如果不是为了给父亲寻找墓地，我觉得在很长的时间内我也不会再回郑州。如果不回郑州的话，我们家庭发生的那段历史，我是没有时间也没有心情讲出来的。但是话又说回来，试图忘掉历史的人，恰恰都是有故事的人。

至于为什么要寻找墓地安葬我的父亲，说起来真让人难以启齿。他死去几十年了，骨灰却一直在殡仪馆的架子上放着，积满尘土。而那些尘土，大部分却是别人骨灰的扬尘。我常常觉得上帝是个最好的小说家，他曾写出世界上最短也是最精彩的小说：“你必汗流满面才得糊口，直到你归了土，因为你是从土而出的。你本是尘土，仍要归于尘土。”归根结底，这也是我们要安葬父亲的动因，他一直没有被埋到土里。对于一个死去的人来说，没有埋到土里就等于没死完、没死透、没死彻底，只是一个野鬼游魂罢了。

我到深圳已经二十多年了，后来我又把母亲和妹妹接来深圳，她们也在这里十年多了，而我父亲的骨灰还留在郑州。每到清明或者春节，我和妹妹便依着老家的习俗，买点黄表纸，到楼下西侧的十字路口烧一烧，算是对往生者和活着的人都有个交代。火燃起来，明明灭灭地映红我们姐妹俩的脸。时间过滤了悲伤，更何况我们本来就不十分悲伤。我们有时还会一边烧一边说起别的事情，有时候还会笑起来。行道树上的火焰花偶尔有一两朵跌下来，轻微的一声响，像是一声轻轻的叹息。花开得正盛，在夜晚的灯光下更是红得决绝。深圳的花从冬天一直开到夏天，我们总是分不清木棉树、凤凰花和火焰木的区别，都是一路的红。但这火焰花开在树上像是正在燃烧的火焰，白天一路看过去，一簇簇火苗此起彼伏，甚是壮观。

火焰花下，适合我们搞这个仪式。也红火，也清爽。母亲从不参与，但也从不干涉，她对此没有态度。

最近几年过春节，深圳都是这种阴不阴晴不晴温不暾的天气，好像对过年有着深刻的成见，非要闹情绪似的，让人一天到晚心里堵得像是塞满东西的屋子。我百无聊赖，睡得晚，起得也晚。那天早上起来下到一楼，看见母亲和妹妹还坐在客厅里有一搭没一搭地说话。昨天是阴历二十四。二十四，扫房子。打扫屋子时拿下来的全家福照片被母亲拿在手中擦拭。从侧面看起来，她像一架根雕。她很瘦，干而硬，又爱穿黑衣服。两只树根一样的手拿着相框，让人有一种硌得慌的感觉。她就是这样，以自己的形象、语言和作为，始终与世界拉开距离，至少是以这姿态与我拉开距离。

我没理她们，把面包片从冰箱里拿出来放进吐司炉里，然后拿了一只马克杯去接咖啡，自己随便弄点东西胡乱吃吃。每天早上我起得晚，而我母亲和妹妹总是六点多起床，七点多就吃完早饭了。她们俩还保留着内地的生活习惯，早睡早起。岂止是把内地的生活习惯带到了深圳，我看她们是把郑州带到了深圳，蒸馒头、喝胡辣汤、吃水煎包、擀面条、熬稀饭，而且顿顿离不了醋和大蒜。搬到深圳这些年了，除了在小区附近转转，连深圳的著名景点都还没看完。对于我母亲来说，什么著名的景点都赶不上流经家门口的那条河。不过那可不是什么小河，母亲总是操着一口地道的郑州话对人家说，黄河，知道不？俺们家在黄河边，俺们是吃黄河水长大的。

“这过完年啊，”母亲看着那张照片，嘴张张合合，往照片上喷着哈气。我看她夸张的样子，很想笑，对自己的亲生女儿，没有必要这般表演吧？的确，就这两年她像换了个人，会说起父亲。过去许多年里，她是从来不提我父亲的，我们当着她的面也从不说起父亲的任何事情。在我们家里，好像父亲这个人是从来不曾存在过似的，“你得回郑州一趟，人家一直打电话，说殡仪馆又要搬迁了。还得给你爸再挪个地方。”

“回郑州?”我端着咖啡，挨着妹妹坐在她斜对面，“你呢?”

“我们不回!”

我问的是她，她回答的是我们。我母亲这些年就是如此，她敢于替我妹妹的一切做主。而且，现在只要说让她回郑州，她好像遭受多大惊吓似的。

“那好吧！本来我也想回去一趟，把我那套老房子处理了算了，趁着现在郑州的房价正高。”

“别。你先问一下你弟弟，看他要不要。”她跟我说话从来就不容分说，“再一个说了，我老了也得有个挺尸的地方吧?”

“好。”我嘴上答应着，心里却暗自好笑。我弟弟又不在郑州，也很少回郑州住，他在郑州买个房子干什么呢？我的眼睛像透视镜一样，对她那点小心思门儿清。她是想让我把那房子留下来，却又不肯说，她在我面前是需要维持尊严的。我并不缺那一两百万元，我是故意说卖房子的事给她听。既然她不开口讲出来，我就没必要让她过于遂心如意。

“还有，”她停下手里的活儿，用右手食指重重地敲打着桌面，严肃地看着我和妹妹，“你们姐弟几个商量商量，让你爸这样挪过来挪过去终究也不是个办法。不行的话，在黄河北邙山给他买块墓地安葬了算了。人不就是这回事儿？不入土就不算安葬。你爸死几十年了没安葬，他不闹腾才怪！入土为安。”

我妹妹好像才突然睡醒似的，从手机上抬起头，看看她，又看看我。估计刚才我们说的什么她都没怎么听，但只管伸个懒腰站起来说：“好！我没意见。”

对母亲的话，我却一下子没有意识过来，端着咖啡杯子的手在唇边呆住了。自从我爸死后，几十年来她第一次这样郑重其事地主动说起安葬他的事儿。不知道为什么，我的心突然有点发紧，手心里汗津津的，说不清楚是疼痛、伤心还是恼怒。

“我打电话问过了，一块差不多的墓地二十多万，你们看看怎么办吧!”

我一边抿着咖啡，一边拿眼睛盯着她。我知道她这话是说给我听的，这钱弄到最后还是得我出。于是我想了一下说：“妈，普通墓地二十多万，只能用二十年；好点的墓地五十多万，宽展，而且可以终身使用。你不是不想让我爸挪来挪去吗？再者说，还有你，百年后我爸身边可给你留个位置?”

我这样说的时候，眼睛一直没从她脸上挪开。她先是像被蝎子蜇了一样立起来，想说什么，又似乎感觉我不怀好意，叹了口气重重地坐下来说：“百年之后是以后的事，我死了，自己又不当家。你们把我埋在那个……他身边，可不是我自己要求去的!”

她差点脱口说出“饿死鬼”三个字，过去她老是这样称呼我死去的父亲。

“那就这么定了?”

“好吧。那就买好的，五十多万的!”母亲说。

“妈，要不这样，”我笑着对她说，“要是二十多万呢，我自己拿了就算了。这五十多万，你看我们姐弟五个，一人拿十万，剩下的钱，包括安葬的各种开销全都由我包了。这样大家都尽点孝心，您觉得怎么样?”

她看看我，又看看我妹妹，好像没听懂似的，一脸迷茫的神情。

“不过我大姐二姐还有弟弟，你得先一个一个给他们打电话说一下。我这次回去好跟他们商量这事儿。”

她终于弄明白我的意思了，估计心里有点恼怒，把镜框来来回回翻了几遍，然后面朝下，咣当一声扣在桌子上，说：“好吧!”

那是我们家唯一的一张全家福，我弟弟周岁那年照的，弟弟还被母亲抱在怀里。那个相框里父亲的照片，也是他留在世上唯一的一张。他表情别扭得好像走错了门似的，目光迟疑地看着镜头，一只眼大，一只眼小。

深圳这座城市，说到底也就几十年的工夫。可她平地起高楼，活生生长成一副王者之相，现代化的高楼大厦，大块的绿地，原生的和移植过来的古树，虎踞龙盘。生机勃勃的现世存在，会让人忽略她的历史。

我刚来深圳时，是一名工地上的建设者。那时我刚初中毕业，是个瘦骨伶仃的毛丫头。唯有的，是眼里的那份倔强。我离家闯世界时的弱小，母亲可能早就忘了。可我怎么能忘得了呢?

灶王爷赏饭，从承包公司的餐厅开始，我慢慢起家，是这座新兴的城市成就了我。她包容、接纳、充满机遇，她给了我这样的打拼者一个广阔的生长空间。有时我关了灯躺在黑夜的床上，隔了窗去看外面灯火璀璨的一座城。偶尔一两声隐约的汽笛的回响，有恍若隔世之感。一切都是安稳的、踏实的、充满秩序的。我的屋子，纯天然的木质地板。我的床，我身边睡着了的丈夫。我以为我已经彻底忘了自己是他乡之人，忘了自己的过去。就像身处的这座城市一样，忘了她的历史。

刚开始做餐饮的时候，我的餐馆有几个拿手菜在附近名声传开了，生意还不错。后来我将粤菜、豫菜和其他一些地方菜融合，尽可能满足全国各地各种人的口味。名气渐大，不仅扩大餐馆，开了分店，又与人合开了一家快餐公司。

我有做菜的天赋。我们姐弟几个后来都开饭店，估计跟我父亲有很大关系。对此，我母亲是不甘心的，至少表面上死不认账。要说几个孩子也都挣钱，但开饭店挣的钱让母亲非常不屑。虽然她未必听说过“君子远庖厨”的圣人之言，但靠吃都能活一辈子，养活一家人，到底是个啥世道呢? 这是母亲心里的疼痛。她羡慕我们的老邻居周四常，孩子个个有出息，不是县长就是局长，逢年过节家里跟赶集似的不断人，还都拎着大包小包的。我们家可好，不管谁回来都是浑身油渍麻花的，头发里都有一股子哈喇子味儿。

有时候我想戗她几句，想想又忍了。她抱怨的时候，从来不觉得自己住在深圳的高端小区，而且这些都是靠开饭店换来的。我，也就是她的亲生女儿，如今是多么耀眼! 我是深圳几家最大的餐饮集团公司的老板之一。

我真的天生就是该吃这碗饭的，来深圳做餐饮业不几年，生意很快就做得风生水起，在周围的佛山、珠海、东莞都开了分公司。我做生意实在，舍得下本，而且保证食材新鲜地道。宁可利润少一点，薄利多销，也绝对保证质量。我的盒饭业务几乎包揽了半个城的学校、医院和工厂。

那时深圳的房子还不贵，我买了一套花园洋房，三层，楼顶还带个大花园。那年妹妹离婚后来深圳住几天想散散心，看到我过得这样舒适，非要闹着到深圳来跟着我，说是要换个环境。我说，咱妈又离不开你，你过来她怎么办？

小妹说："那肯定把咱妈也搬过来啊，你房子这么大，空着多不好！房子圈不住人气儿可不行。刚好你公司也缺人手，用自己人不比用外人强？"

我权衡了一番，与我老公商量，可否让我母亲和妹妹来深圳与我们同住？我老公是个热情对待所有亲戚朋友的家伙，他哪会有不同意的可能。与其说是商量，只是想给老公打一下预防针，"你要有所准备，我妈可不是个一般的妈。"我说完定睛看他，想让他明白跟我母亲共同生活的艰难。我老公不说什么，只是轻松地笑笑。从那张单纯得一目了然的脸上，我知道一切对他都不能构成什么问题。

就这么简单，我妹妹辞了职，开始当然是瞒着我母亲。她们就此搬到了我这里。千里迢迢，离乡背井，我们俩都不曾想到，母亲这回竟然这样顺当。她们一住就是十多年，母亲虽然嘴上抱怨各种不如意，却从来不提回郑州的事儿。

眨眼之间就过完了年，年后这一段时间是餐饮业的淡季。我把公司的工作给合作伙伴和妹妹——她在我公司做财务总监——安排妥当，就从深圳回了郑州。

在高铁快进入河南境的时候，我不禁想起当初让她们来深圳的情景。开始妹妹跟母亲说这事儿，母亲像被烫了一下，差点跳起来。她说，那地方又热又潮，人还不卫生，老鼠长虫都吃，太恶心了！

妹妹说："家里有空调，热了你不用出门。况且也没人逼咱吃老鼠长虫不是？你想吃啥咱们自己弄。"

"反正我是不去！"母亲说。

我妹妹威胁她说："你要是不去，就自己留在郑州好了，我去！"

我妹是幺妹，只有她和我弟弟敢跟母亲当面顶嘴。

母亲看着她，长长地叹了口气，犹豫了半天才说道："现在的你姐，可不是小时候的她。她要是发起脾气来，还不把我们俩给吃了？"

妹妹吃惊地问她："你乱说！我姐还会发脾气？你这是听谁说的？"

"不用听谁说！"母亲说。

妹妹说："妈，别老是挑剔我姐了。你有我姐这样的闺女，真是你的福气。看看你吃的用的，有谁对你这么好？"

"她有你对我一成好，也算我没白养活她！"母亲恨恨地说。

妹妹打电话笑着跟我讲起这个，我也在电话里把它当成笑话来听。我嘴上笑着，心里却有无限的酸楚。

我那些年是怎么过来的？

我做什么工作，我住什么房子，我结婚嫁了一个什么样的男人，谁关心过？特别是我母亲。我总是设想，哪怕哪一天家中接到我死在外面的消息，她肯定会一如既往地活。我在她心中的分量，并不比我父亲更重一点。

不过，我母亲能主动跟我妹妹说起我的脾气，我真有点吃惊。不是她以死相威胁，反复叮嘱我那件事情在任何时候、给任何人都不要说出去的吗？事情已经过去很久了，不管是我还是我母亲，都应该守口如瓶才是。所以这一辈子，这事儿绝对不会从我嘴里说出去。即使她说了，我也决不会承认。

我故作轻松地说："我的脾气怎么了？别说我没脾气，即使有脾气，也绝对不敢在她面前发啊！"

"那是，谁都会，就你不会！"妹妹说。

说到最后，妹妹的声音却有点哽咽了。妹妹说："三姐，我知道你的委屈。咱们姐弟几个，你对咱妈最好，对咱们家贡献也最大。"

我说："胡说什么呢？哪里有什么委屈！而且早就过去了。"

很多东西，的确已经过去了，甚至从来就没人记得，比如我受到的冷落和伤害。

也或许一切都没过去，但我们谁都不愿意去触碰，那太危险了。

比如我父亲的死。

正月初十那天，我正在郑州丹尼斯进口超市买东西——去大姐家得给小孩们买点吃的。走到款台拿出手机刷钱的时候，我看到有妹妹的几个未接电话，还有她给我发的微信，说母亲突然晕倒送医院了，是被急救车接走的。我顷刻之间急出一头汗，超市里太闹腾，我顾不得结账，放下东西就匆忙往外走。我想到春节前刚刚给她体检过身体，除了胆固醇有点高，其他各项指标都正常。医生还开玩笑，说再活二十年都没问题。怎么会出这种状况呢？她的身体按说不应该有大问题呀！除了这个，我还吃惊自己会如此的紧张，心里默念了几声菩萨保佑。

走到超市外面给妹妹打了电话。在电话里，妹妹的声音显得很轻松，依然像往日那样没心没肺的口气。她说，姐，你不用急着回来了。医生已经全面检查过了，没大问题，说是一过性黑矇，主要是脑部供血不足引起的。

我松了一口气，说："你快吓死我了，也不再发信息说一下。不过这距她上次犯病快二十年了，那次是2000年的阴历七月二十六。"

"咦？"妹妹吃惊地说道，"我真服了你了姐，对妈最孝顺的真是你，连她生病的日子你都记那么清楚！"

之所以记得这个日子，是因为孝顺吗？也许是，也许不是。说是，事到临头我还是这么恐惧，怕她有个闪失；说不是，毕竟那是我自己的日子。

我打了一个哆嗦，被自己的心思吓了一跳。

因为，这个日子我死都记得，它与我母亲当时犯病的时间只是重合而已。但我发誓，我们家没人记得，包括我母亲也不会记得。

每年的这个日子，我都当成自己的生日来过。

二

我跑了一个多小时也没找到殡仪馆。新开的道路横七竖八，连导航都常常弄错。周围布满了盖好的和正在盖的高楼大厦。世界在破坏中得以重建，但的确福祸相倚，看是对活着的还是死去的人而言。死者为大，宜静不宜动。

每个城市都有自己的生长逻辑，但也习惯于模式克隆。有时候从郑东新区走过，我觉得自己好像并没有离开深圳，从建筑到周围的绿化，看不出来有什么差别。

绕了半天找不到方向，我只好停车向路边的一个老人问路。老人摘掉头上的草帽，一张黢黑苍老的脸，我竟然认出他是过去我们村的，但是叫什么名字已经记不得了。我下了车，向他问好。他狐疑地看了我半天。我说出我父亲的名字。他看着我，擦了好几下眼睛，好像要哭的样子。估计他是沙眼，当地人叫“风流眼”，遇风流泪。他说他不愿意搬离这个村子，但是房子都拆完了，他就在工地上给人家帮忙，干点力所能及的零活。他虽然没我母亲年龄大，但也很老了，应该像我母亲一样，住在某个孩子家里享清福。

他朝右前方的一个地方指了指说，咱们村里死了的都在那儿挺着。“挺着”就是躺着的意思。我的父亲也在那个几乎看不到的地方挺着吗？我仔细看才看到一片灰砖建筑，它被灰头土脸地夹在几条道路中间，只是因为有一个在顶端抹了白漆的烟囱，才能让人勉强认出它来。这个建了不到十年的建筑，又面临着拆迁，它将成为饥不择食的城市胃口里的一粒齑粉。

我们那儿过去是郑州郊区比较偏远的村庄，不过村子靠近黄河，与我们紧邻的圃田，曾经出过一个叫列子的名人。这里在公元前四百多年之前就被称作郑国，不管郑国长的啥样，早已面目皆非了。不消说黄河水频繁泛滥，造了被毁，毁了再造。就是改革开放后，我们原来居住的村庄也早已被那只巨大的城市之胃吞没了，舔得干干净净，没有留下任何痕迹。不过圃田竟然还有遗存，列子当年隐居修炼的那座屋子还在，据说已经申报了非物质文化遗产。列子在当地的传说颇多，除了是什么思想家、哲学家、文学家、教育家，还是养生专家，非常会吃。连庄子都夸他会轻功，能“御风而行”。这个传说跟当地人的会吃不知道有没有关系，据说国宴师傅很多都是来自这个地方。

如今，高速公路从此穿行而过，那些在这片土地上种植、恋爱、争吵和繁衍的人们不知所终。现在这里已经规划成一个市内森林公园，城区还在不断地扩充。他们模仿别的城市，将一些不知从哪里弄的古树移植过来，在这里生长得从容而傲慢，好像它们几百年前就住在这里似的。倒是我这个土生土长的当地人，举目萧然，无所凭依。

跟老人告别的时候，他问：“你妈还在不？”

我说：“还在。身体还好着呢！”

“嗯。”他把草帽戴上，低头摆弄着手里的扫帚，“你姐可是发大财了。你们姐弟几个都发财了。唉，”他目光犹疑了一下又说，“那又能咋样呢？你爸死了恁多年了。你妈倒是享福了。你爸死时候，还是我们几个人跑了几十里从河下沿抬回来的。”

估计他并没闹清楚我是我父母的哪个孩子。

“我爸的尸体那时候是怎么发现的呢？”我抓住仅有的一点机会，想跟他聊几句我爸。可他不再搭理我，只顾低头扫他的地去了，顷刻间我们之间沙尘横飞。

在城市的驱赶下，父亲的骨灰也搬迁了好几次。现在没地方去，只好暂时寄存在殡仪馆的骨灰堂里，跟无数素不相识的人挤挤挨挨相依为命。这已经是他的第三个栖息之地了。父亲命苦，生前没有过几天安生日子，死后也颠沛流离，不得安宁。更可悲的是，写着他名字的骨灰盒里，装的也许根本就不是他的骨灰，甚至也不是某一个人的骨灰，而是很多人的骨灰。这事儿细想起来真的很恐怖，幸亏我父亲性格好，没有什么仇人——在第二次搬家的时候，运骨灰的卡车在道路上发生了侧翻，所有的骨灰都撒了出来。当时殡仪馆严密封锁消息，很多年后我们才从别人口中得知。但大家都像我们一样，把它视为无稽之谈，更没人去殡仪馆闹事，都宁愿相信自己亲人的骨灰没有问题。

何止如此呢？父亲的死，到现在还是一个未解之谜。不过也说不定，也许根本没有什么谜。但是，在他死的前几天到底发生了什么？没有人告诉我们，母亲更是守口如瓶。虽然当时甚至其后很长时间，村里还有人在背后指指点点，说是我母亲逼死了父亲。但毕竟只是胡乱猜测，拿不到台面上。况且他堂堂七尺男儿，怎么可能会被一个比他矮一头的女人逼死？也太说不过去了。我只记得之前几天，母亲曾经跟父亲在食品公司闹过一场，但那绝不至于让父亲轻生。况且那个事情过去之后，母亲回家并没有再跟父亲继续闹腾，甚至提都没再提这件事，父母两个的生活也没有任何反常。

我父母一共生了我们姐弟五个，前面我们三个姊妹像下饺子似的来到人世间。从我记事起，我就知道我们家是母亲当家，满屋满院都是母亲。父亲像是一个影子，悄没声儿地回来，悄没声儿地走。母亲每天忙忙碌碌，忙完地里忙家里。可是父亲像个没事人一样，不是谁家有个红白喜事去帮人家做菜，吃一顿饱饭心满意足地回来，就是跟着一群人去打兔子钓鱼，好像他是这个家里的过客。

等添了我弟弟和最小的妹妹，家里日子更不好过了，经常是吃了上顿找下顿。父亲虽然不干什么活儿，但饭量很大，估计很多时候都吃不饱。有时候他站起来去盛第二碗饭，母亲就会看着自己的饭碗，恶狠狠地小声骂道：“贪吃鬼！”母亲生气时的脸很黑，骂人的时候更黑，又穿一身蓝黑衣服，像一团蘸满墨汁的废纸堆在那里。有时候她骂完，把碗咣当一声搁在桌子上，两只手扳着自己的一只腿，斜欠着身子坐在那里生气。她不光生父亲的气，也生自己的气，生一堆儿女的气。我母亲这一辈子，大部分时间似乎都在生气。她觉得这个世界上的一切，都跟她的想法格格不入。

我虽然小，也明白母亲骂的这句话是什么意思。每当她这样骂父亲的时候，我们吃完各自碗里的东西，也不敢再去盛饭了。这倒成了一件体面事，母亲老是拿这事在外面夸自家的孩子懂事，说，我们家要是饭做少了，根本吃不完，孩子们那个懂事啊，你让我，我让你，谁都不肯吃；做多了反而不够吃，孩子们抢着吃。

在家里母亲倒是很少当着我们的面数叨父亲，有时候他们吵架也是回到自己屋子里，关着门吵。只是有一次中午，除了干菜和一点玉米面，母亲实在找不到更多做饭的东西。而父亲却从人家的宴席上吃得油汪汪地回来。母亲气得把水瓢都摔碎了，当着我们的面口不择言地数叨起父亲来，说：“只有地痞流氓二流子才光顾着自己那张嘴，一人吃饱全家都不饿了吗？”

我父亲有时也会带一些剩饭菜回来，香气诱人。如果不被我母亲看到也就罢了，我们几个狼吞虎咽地吃一顿。若是被我母亲迎面碰到，她就一把夺过来扔在地上：“连要饭的都不会吃人家的剩嘴头子！”

父亲也不辩解，闷声不响地回到屋子里，坐在凳子上抽耳朵上夹回来的那支烟，他不会抽烟，总被那明明灭灭的火和一团烟气弄得挤眉弄眼的。要么就面无表情地看着地下，很像在煞有介事地思考人生重大问题。

我们趁母亲转身的工夫，狼一样地抢食地上的食物。这更加让母亲恼羞成怒，她过去用脚踩，把馒头踢飞，然后逮着谁，迎头就是一巴掌。大的哭小的跳，场面甚是壮观，很像武打片里的一场群殴戏。

由此，我母亲更加仇视我父亲，所有的混乱不堪都是他带给这个家的。母亲需要稳定，需要尊卑有序的尊严和面子，需要家要有个家的样子。而父亲就是破坏秩序的始作俑者。

上学之后才听村里的老辈人说，我爷爷和我姥爷是世交。爷爷是个远近闻名的老中医，写一手好字，开的药方都被人当字帖用。姥爷家境富裕，是三村五里闻名遐迩的乡绅，也写得一手好书法。两个人到一起，就是写字、下棋、喝酒。据说我爷爷最佩服的人就是我姥爷，说他人仗义，事儿做得公道。要是没有我姥爷主持公道，村子早就乱得没有章法了。

母亲从未说起过他们，父亲也没说过。只是有一次我大姐入团要填表，问起姥爷和爷爷来。正在纳鞋底子的我母亲突然抬起头来，显出一脸的自豪。她说："你姥爷，真没白活！"后来听我二姨说，枪毙我姥爷的时候，正在上中学的母亲就穿着上白下蓝的学生装，站在离她爹很近的地方。枪响之后，血沫子顺着风扑了我母亲满脸满身，她眼睛都没眨一下。

"你爷爷也没白活！他跟你姥爷一样都是体面人。"过了一会儿，她又补充道，"你姥爷拄着拐棍儿往村里一站，那没有不听他说话的。再大的事儿，他只要站那儿三说两说，都摆平了。"

父亲出走的那天夜里，天气非常恶劣，外面电闪雷鸣，风雨交加。我们早早就上了床。半夜里我们突然被他们房间发生的激烈争吵弄醒了，然后就听见有什么东西被打碎和我弟弟惊恐的哭声。我们姊妹四个的房间与父母隔一间堂屋，他们住东屋，我们住西屋，弟弟跟着他们睡。

大约半个小时后，他们房间里安静了下来。除了听见外面的风声雨声，夜晚屋子里静得吓人，仿佛能听见我们几个的心跳。不过没有一个人说话，也没有一个人起来看看。刚开始的时候，被惊醒的小妹吓得想哭。大姐在她脸上狠狠拧了一把，她缩进被窝里再也没敢出声。

第二天早上我们才发现父亲不在。第三天、第四天，天气转晴了，万里无云，世事一派祥和。但我们再也没见到父亲。

母亲依然忙里忙外，操持着一家人的吃喝。我们没有一个人问起过他，好像家里压根就没有这个人似的。

第五天早上，我们还在梦里，就被母亲一个一个从被窝里拽起来。她让我们立马穿上衣服，往我们每人头上和腰里勒上一条白布。她冲我们喊："都出去哭吧，你爹死了！"

二姐听了，坐在床上哭了起来。母亲一把把她拽起来吼道："哭什么！要哭去后面好好哭！"

她的声音听起来，有好大的怒气。

那时我刚从二姨家回到这个家不久，心里根本不知道害怕。我们跟着母亲，来到屋后的院子里，看到院子中间的席子上躺着一具巨大的尸体，被水泡得像一头牛，浑身散发着腐臭的气味，头肿胀得像一个粪筐那么大。这怎么会是我们清秀瘦弱的父亲呢？我犹犹豫豫地站在那里。母亲不由分说便把我按跪下，然后就号啕起来。

我们扭头看着母亲，她移开捂在脸上的手巾，拿眼睛狠狠地剜我们，我们只好也学她的样子，跟着号啕起来。

二姐只是默默地流泪。

在我们村子里，我们这个姓氏是一门很小的人家，没人出头管事儿，再加之父亲又是横死，所以也没举办什么葬礼。我们哭了一场，就把父亲草草送到火葬场了。

事后听母亲跟村上的人说，黄河水那么凶险，哪一年不淹死一堆人？父亲是趁下大雨到黄河捞鱼，被大水卷走了。再后来，母亲说起这事儿的时候，总是会在后面加上几句："摔死的都是会骑马的，淹死的都是会洑水的。许是饿死鬼托生的，怎么那么贪吃呢！"

此次之后，再说起父亲，她都喊他"饿死鬼"。

我那时候懵懵懂懂的，听了母亲这话，真是觉得父亲是自己找死。他太贪吃了，下那么大的雨去打什么鱼呢？除了二姐，本来我们几个跟父亲也没多少感情，他死了也就死了，过去了也就过去了。我们甚至还有点庆幸，家里的空气应该不会再那么紧张了吧？

几十年后，母亲给父亲选择了黄河边的邙山墓地。母亲说，你爸活着的时候喜欢去北边的黄河打鱼，就葬在那里。我也觉得那个地方不错，人家的广告语就是"生在苏杭，葬在北邙"。虽然那个北邙说的是洛阳，但是邙山东西狭长，黄河边的邙山的确也属于北邙。

我找了好几个老同学，他们还都在管事儿的位置上，但是价格怎么也压不下来，五十万已经是最少的了。对于快速发展的城市来说，墓地本来就是稀缺资源，而邙山墓地更是寸土寸金。

母亲想把父亲安置在这里，不知道考虑了多长时间，肯定不是突发奇想，但也不会谋划很久，她是个心里存不住事儿的人——只有父亲的事情除外，那是她的黑匣子，也许父亲根本就没什么事儿。那到底是什么事情促使母亲做出给父亲买墓地这个决定的呢？她是突然想到还是悟到了生命中的某个东西？

那天我给母亲打电话，问她给大姐二姐和弟弟说了没有。我说虽然我的房子可以卖两百来万，但一下子也出不了手。这几年生意上连续投资，手上也没闲钱啊。母亲不耐烦地说："打了！都打了！"

其实，开始我就知道让我们姐弟几个每人都拿钱的想法几乎是不可能实现的。我母亲就是想要我主动说出来，所有的费用我一个人出。这话我早憋在喉咙口了，不吐出来，是不想让她觉得太随便，谁的钱也不是大风刮来的，况且各自是一家人，我可以在姊妹困难时帮他们一把，但每次把责任都推给我，显然令我不快。要是我遇着困难他们帮不帮我，就难说了。

但是出乎意料的是，现在母亲的态度突然转变了，立场似乎很鲜明。她斩钉截铁地给我说："我也想通了，这不是谁拿不拿的事儿，不是谁钱多谁钱少的事儿，而是你们几个，都得对你爸尽尽孝心！"

"你爸好歹也是一辈子，你们现在吃香的喝辣的，都这么好，做儿女不尽一点孝，良心上过得去吗？"

我天！这是我母亲吗？是从她口里说出来的话吗？一辈子否定自己丈夫，否定得如此彻底，几乎可以说是一无是处。她这是怎么了？这话从她口中一说出来，我在电话这头差点笑出声。可想想又有点沉重起来，无论如何，不管她是怎样想的，现在她能对我父亲说这样的话、做这样的事儿，至少对我们这些孩子们的感情算是一点弥补、一点安慰吧——那感情的缺口虽然随着岁月的流逝曾经模糊过，但只要认真打量，它依然在那里，从来没有消失过。

三

现在郑州老家这里只剩下了大姐一家人。弟弟随弟媳一家搬去了开封，母亲和小妹又跟我去了深圳。原来二姐和二姐夫住在辖区的东南角，他们在那里开了一家小饭店，主要卖卤肉、羊肉汤等地方小吃。二姐的店在附近很有名气，她会做生意，也很会做人。由于她的卤肉卖不完其他小店就没生意，所以她每天卤多少肉是定量的，去得晚了就没了。她这样做，主要是想给同行留足生存空间。后来二姐查出淋巴癌，为了看病方便，他们卖掉饭店和住房，搬到市人民医院附近去了。那儿离火车站也比较近。

大姐住的地方早已由村庄变成了社区，是村子拆迁之后就地安置的。大姐夫在村里人缘好，大小也是个村干部，所以他们家分了临街的三层楼。大姐和大姐夫开的也是饭店，店面比二姐的要大得多。当初大姐执意要起个“大饭店”的招牌，大姐夫不同意，说二妹开个小饭店，我们起个大饭店的名字，自己不说什么，人家外人会看笑话。但大姐执意这样做，后来虽然生意做得很红火，但她的口碑还是赶不上二姐。二姐把饭店卖掉搬走跟这有没有关系，也未可知。二姐就是这种性格，酸辣苦甜都搁在自己心里，从来不抱怨什么。

陆续有了孙子辈之后，大姐忙不过来，大姐夫也不想干了，就把一楼二楼的饭店承包给人家。他们一家住在三楼。说实在的，有这么多年的积累，他们的日子过得轻松又殷实。

大姐和大姐夫都是二婚。要说也不算，反正也没办结婚手续就在一起过了。他们的婚姻认真说起来，绕的圈子还真不小。大姐现在嫁的这个人，我可以喊他姐夫，也可以喊他表哥。表哥的母亲是我二姨。二姨是母亲的堂妹。

曾经有那么几年时间，我被二姨抱养过。那时父亲还活着，不知道什么原因，那年夏天我拉痢疾，长达一个多月治不好。家里也确实困难，拿不出更多的钱给我看病，再加上当时农村的医疗条件有限，几片包治百病的小药片，怎么也治不了我的病。拉了几十天，开始还会跑厕所靠墙根，慢慢裤子都提不上了。医生束手无策，父母更是一筹莫展，到最后也就不再抱着我去医院了。父亲自己也想了很多办法，给我弄来一些药草，一样一样地熬了喝。我喝进去多少吐出来多少，终是没有用处。后来他干脆天天躲出去，不敢面对我，害怕看见我那难受的样子。母亲也不知道听谁说了，狗翻肠子人拉稀，这病没得治，就直接把我扔到灶火后边草灰堆里，随便拉去，反正也不用洗。她后来从不提这事儿。要说也没啥大惊小怪的，乡下小孩子命糙，哪个病了不是拖拖就好了？要是好不了，那也没办法，拖好了是病，拖不好了是命。说白了，其实是等我自生自灭。这样拖着拖着我真的就气息奄奄了。我不吃饭，也不再说话。我妈便在我们家西屋地上铺了一张席子，把我放在上面，就等着我咽气了。

不知道我二姨怎么听说了这件事儿，那天天还未明，她就拉着二姨夫来到我们家。一看见蜷成一团的我瘦得没了人形，二姨抱着我大哭道："我的儿，你妈这是让你等死啊！"也许她是菩萨派来救我的，我已经两天没睁眼了。她的眼泪滴在我脸上，我奇迹般地睁开了眼睛，眼巴巴地看着她。二姨是个从不会说重话的人，那天和我妈戗戗了半晌："就是个猫狗也不能看着它死吧？"我妈说："你说得轻简，这都多少时候了？药也没少吃，钱也花干了。换你伺候她一个多月试试看！她自己不吃不喝，谁有本事救活她？"

二姨闻听此言，抱着我蹲在地上放声大哭。二姨夫把我从二姨怀里接过来，抱着我头也不回地就回了他家。他们没有闺女，只有一个儿子，就是上面我这个表哥。二姨天天没日没夜地把我搂在怀里不松手，熬一锅小米汤放在跟前，喂了吐，吐了再喂，愣是把我从死神手里夺了回来。

我的病奇迹般地慢慢好转了。待能吃点其他东西，我二姨夫就用一垛麦秸换了一只奶羊，一天一大碗鲜羊奶。家里养了两只母鸡，鸡下蛋的时候，二姨就让我蹲在鸡窝旁等着。带着体温的鸡蛋热乎乎地握在我的小手心里，快乐得眩晕。我奔过去交给二姨，全家人都舍不得吃，全都给我攒着。

我二姨不知道从哪得了个偏方，说鸡蛋囫囵着隔水干蒸，治痢疾。我吃的时候，表哥就在旁边看着。我让他，他就说不爱吃鸡蛋，可我分明听到他吞咽唾沫的声音。一个秋天过去，我吃胖了也长高了，更重要的是，脸上有了笑颜。可能就是那些有爱的日子，奠定了我此后人生的信念。我每天几乎是贪婪地窝在二姨的怀里，这是我梦想中母亲的暖。而我自己的亲娘，自从我记事起就没有抱过我，还整天说我是块木头。我夜晚做梦都能梦见我母亲用一根指头戳着我的头说："无情无义，整天木个脸，好像谁都欠她二斗米钱。"

在二姨家的几年，是我过得最幸福的时光，后来我也一直把那里当成自己的家。我还学会了撒娇，晚上躺在二姨的怀里，我娇羞地说："我会听二姨二姨夫的话，好好念书。等我长大有本事了，买好多好多鸡蛋，给你们吃。"我第一次说出这样矫情的话，不敢看二姨的眼睛，我知道二姨会笑得嘴都合不拢。可是她的眼泪哗哗地淌，把我的头发都弄湿了一大片。

"我苦命的儿！"二姨用指头梳着我的头发，心疼地叹息道。

我把二姨夫抱我回去的那一天当成是我的新生。农历七月二十六。我母亲第一次晕倒也是在那一天。我一直有点奇怪，为什么母亲正赶上那一天生病？莫非冥冥之中真有什么神奇的力量吗？

表哥和我大姐是同班同学，在学校里两个人非常好，谁若有点儿稀罕的东西，都偷偷带给对方。但当着别人的面，两个人从不说话，一开口就脸红。这事儿被同学看出端倪，开始起哄，喊他俩两口子。二人也算是青梅竹马，情投意合。这事不知怎的传到我母亲耳朵里了，她跑到我二姨家大闹了一场。我妈不喜欢二姨的儿子，说他没有汉子气，太懦弱。她连带着把二姨二姨夫数叨得恨不得找个地缝钻进去，她跳着脚说，你们得管好自家儿子，他再招惹大妞，我闹得让他上不了学！

二姨小声回嘴道："骂过来骂过去，那不是你的外甥啊？"

"我不认这个外甥！从小就瘪犊子一

样!”母亲瞟了一眼二姨夫道。

其实二姨也不喜欢我大姐，她觉得我大姐太能了，也太自私，大的不睬小的不让，吃屎都得占个尖儿。所以二姨索性借着这个事儿，先托人给我表哥定了一门亲，好歹将这事平息了。

还是我大姐先结的婚。男方家庭条件不错，爹是邮电上的一个小头目，妈在卫生院工作，是有头有脸人家的孩子。我母亲最看好的就是男孩的汉子气，高大威猛，坐像一座钟，走路一阵风。把我母亲高兴得合不拢嘴说：“敢做敢当，一看就带种!”

但结了婚不久，两人就开始打闹。我姐脾气逞强惯了，处处要压人家一头。那个男的也是个火暴脾气。结婚没几天就开始斗，男人索性不进家，在外头整夜玩。不回来就不回来，我姐丝毫也不会示弱。男人从外面打一夜的牌回来，看看锅里没个热乎饭。鞋上一脚泥，直接要进屋睡觉。我姐拦着劈头盖脸地吵道：“邋遢死算了!我刚刚拖完地，你就不会爱惜点儿?”他闻听此言，穿着鞋跳到婚床上，边蹦边用被子褥子蹭他的鞋子。“我看你是皮痒欠揍，你算个鸟毛，这还是不是俺家?”我姐气得当下就扔下手里的活儿，回了娘家。

日子还得过，儿子不争气父母遭难，我姐一次次跑，他爸妈一次次带着他去我家把我姐接回去。这还不算什么，过些日子，我姐发现他不只是打牌，还爱赌成性。于是屡屡阻拦他，把他惹急了劈头盖脸就是一顿暴打。我大姐挺着大肚子，青紫着半拉脸哭着回娘家，说：“妈，这就是你相中的男子汉，真带种!”我妈说：“他爹娘不管吗?”我大姐哭着说：“谁敢管他?说轻了，摔盆子打碗；说重了，电视机随手就砸了。”

我母亲不羞不恼地听着：“看这样，儿子赌钱也不是一天半天了，他爹娘不管就是帮凶。有人生没人养的，你咋就恁好欺负?”

我大姐哪是个省油的灯?打不过儿子骂爹娘，打也打了，骂也骂了。开始他父母还管，后来干脆躲开不问了。一家人早已是麻木了。

我妈说：“不急。你现在还没有说话的地儿，等你肚子里的孩子落地，你还不想说啥说啥，想咋说咋说!”

半年后，我大姐果真生了一个大胖儿子。我妈仗势冲到人家家里找事儿，人家一家人慌着讨好，滚烫的鸡蛋茶堆尖捧上一大碗，这是当地最大的礼节。热脸蹭个冷屁股，我母亲推开家里人，当着人家爹妈的面训斥那男的：“你要想当爹，就要有个当爹的样子!不好好过日子还不如早点离了算了，孩子我们带走!”

那男的还没说话，公公婆婆早就慌作一团，恨不得和儿子一起要跪下来磕头求饶。

“我们会管好孩子，他再不学好我就拿砖头拍死他。”那当爹的说。

我妈这一闹，再加上得了个大胖儿子，男的着实老实了一阵子。我妈还挺得意的，教导我姐道：“这管男人啊，得看火候。你看关键时候我一出面，他就老实了吧?”

哪知话还没落地儿，要赌债的来家把门堵了。他在外面又输了十几万。堵门的说，不还钱就剁手。

我母亲得了信，没等我姐回去求救，就央着村里的一群人过去了，把一家人堵到屋里，问他们怎么办?

那男的知道这回祸惹大了，扑通跪在我母亲面前。

“站起来!”我母亲厉声说道，“大老爷们能随便跪吗!”

那男的跪着没动。我母亲对我姐说：“抱着孩子跟我回家吧!”

那男的从怀里掏出一把刀来，把自己的左手放在地上，用右手举刀把左手小指剁掉了。

一家人鬼哭狼嚎地扑到一起，妈妈捂着儿子的手说：“钱我们替他还，我们还。”

到关键时候，爹妈还是心疼自己的儿子，舍不得打舍不得骂了。

我母亲看这情形，心早已经凉到底了。这样纵容着，还能有个好？她看着他血淋淋的手，丝毫不为所动。“离婚。”

那边的母亲哭号着说：“他年轻不懂事，再给他一些时间，他会改的。”

我母亲说：“摊上你们这样护犊子的爹妈，他这赌怕是戒不了的，没救了。”

我母亲这样说，好像她很懂。其实她真的见过，她小时候见她爹料理过赌徒，都是指天发誓，最后个个都家财散尽。赌真是改不了的。

我母亲说完，就带着众人把我大姐和孩子接回了娘家。

对方花那么多钱娶个媳妇，又得了个孙子，末了落个人财两空，毕竟心里过不去。三番五次来求情。男人长得确实排场，事到临头还会办事，今天买新衣服，明天买金戒指，说话求饶像换了个人似的。不知底细的真觉得我母亲不懂事，心也忒狠。我姐有点动心了，她说：“妈……”我母亲挥手截住她说：“这事儿啊，长痛不如短痛。你是不知道利害。话我先撂这儿，你要还跟他过，今后他把你娘俩卖了也别再踩我的门了!”

拉拉扯扯，拖了一年多才把婚给离了。

这边大姐结婚不久，那边我表哥也结了婚。他们婚礼的时候我去了。女方长得比我大姐好看多了，人也温柔。结婚后两个人过得还不错，生了个女儿，我二姨给带着。那几年时兴到南方打工，男的女的都出去打工。表哥恋家，又担心二姨二姨夫的身体，不愿意到南方去，就在郑州随便找些零活做。表嫂跟着人家去了东莞，开始在工厂，后来做保洁，再后来我表哥都闹不清楚她做什么工作了。头几年一年还回来一两趟，给我二姨放下一点钱，大人小孩都买些吃的穿的。后来过年也不回来了。再回来就是要求办离婚，家产一分不要，女儿也不要，只要一张纸带走就行了。

表哥刚离了婚，我姐就带着儿子搬他家去了。大姐的儿子那会儿正是会说囫囵话的时候，忽闪着一双星星一样的大眼睛。见了我二姨二姨夫就喊爷爷奶奶，又忙不迭地去拉妹妹的手。二姨二姨夫又喜又忧，吓得一整夜睡不着觉，怕我母亲去闹。我二姨买了点心果子，要去找我母亲商量，临出门被我大姐拦下了。我大姐说，不去，不用说，越说事越稠。

大姐又说，这回由不得她做主。

结果我母亲一句话都没说，认了。真是愣的怕横的，横的怕不要命的。

我大姐和我表哥两个人虽然重新组织了家庭，但也没再认真去办结婚手续。法律上说是不允许近亲结婚，怕后代有遗传病。但他们还是坚持生了个儿子，很聪明，也很健康。

从那以后我们再见了表哥，都喊大姐夫。

我到大姐家的时候还不到十点，坐下唠了一会儿家常。大姐身边放着一堆儿童衣服，好像是刚刚洗过的，她在一件一件地拆衣服领子上的标牌。我也有这个毛病，女儿的新衣服先剪标牌，小孩子皮肤嫩，标牌摩擦怕孩子不舒服。几次我伸手想帮她，都被她拒绝了。后来她对大姐夫说，你带着三妹出去转转，她很久没回来了，看看咱们这里的变化。大姐夫迟疑一下，说，咱们一起去吧，今天三妹回来，我们别做饭了，到下面饭店吃算了。

大姐瞪了他一眼，说，去吧，我做饭！饭店的饭有啥吃头儿，你还没吃够咋的？

大姐夫没再说话，带着我出了门。只要他身边没有其他人，我依旧喊他哥。我说哥，不用开车，咱就在附近随便走走吧！他说，好。然后就自顾低着头，带着我向村子西边的新区走去。路两边种着香樟和银杏，都是很名贵的树种。树坑里看着是嫩绿的草，修剪得非常平整，用脚踩一下，却发现是塑料垫子。一棵棵排列整齐的塑料草苗种在垫子上，做得很逼真。新区刚刚建成，一派新气象，从道路到房屋都是新崭崭的，但是看起来满不是那么回事儿。不过要真挑毛病，又说不上来什么，就像看到那树坑里的塑料草坪一样，光鲜，却形容不出心里是什么滋味儿。说到底，是找不到家的感觉了，这也许就是我，包括我母亲和妹妹不愿意回来的原因吧。

我表哥打小就性子腼腆，不善言辞。我妈一辈子就看不上老实巴交的人。可我了解他，他跟我二姨夫一样，心里特别实诚，就是说不出来。以我大姐的泼辣性子，那会儿怎么会喜欢上他？或者说他们怎么会相互喜欢？这也真是让人想不到。各花对各眼，世上的事儿确实不好说。

我被养在他们家的时候，表哥特别疼我，不用我二姨和二姨夫交代，他处处让着我。你能感觉他发自内心对我的接纳，好像我从来就是他自己家的妹妹。那时因为我瘦小，觉得他好高大。现在他明显变老了，不但头发全白了，眉毛胡子也星星点点得白着，背也有点驼了。他对着我笑的时候，我突然有种想哭的感觉。想起有一年下大雪，他去学校接我。他嫌我穿得单薄，不由分说就把自己的棉袄脱下来裹在我身上。路上的沟坎被大雪封平了，我不小心踏进一个坑里，半截身子都被埋进去了。他将我捞出来，顺势提起来扛在肩上往家走。大雪漫天，天地间晃动着我们兄妹俩，那情景我一辈子也忘不掉。我踢腾着要下来，怕他累着。他反而跑起来。不知触碰到哪根神经，我咯咯咯笑起来。他不知我为什么笑，却也跟着笑起来，越笑越止不住。他把我放下来，我们俩索性一边打着雪仗，一边大喊大叫大笑着往家跑。我表哥一向讷言，仿佛是被压抑得太久，需要来一次宣泄。毕竟是两个小孩子啊，生活的困窘让我们过早成熟到沉默。我们就那样疯着、笑着、闹着，跑了一路。他笑起来的样子很生动，与平日里闷闷的模样大不一样，像是两个人。他只穿一件单褂子，却大汗蒸腾，头顶上都冒出烟来。那时他多健壮啊！

想着这些，我扭头去看他的脸。他要是笑的时候，模样仍是周正好看。而他却闷着，无端地露出几分悲苦。

我说："哥，你还好吧？"

"挺好的呀！"他回过头来，又那样看着我笑了笑。

"咱家那闺女现在咋样？"

"去找她妈去了，在那边成了家。偶尔回来一趟，看看奶奶。"

他看看我。

“只要孩子过得好就行。”我也看看他。

可能是天有点冷，他笑了一下，嘴巴略微有点僵硬。

“哥！”我站下来，也希望他站下来，说几句话，或者拉拉他的胳膊。可是他还低着头慢慢往前走。

我心里说不出来的难受，眼睛湿润了。

我们回到家时，大姐已经做好饭了，一个肉丝炒红辣椒，一个木耳海米炒白菜丝。主食是一盘素煎包，底子炕得焦黄。还有一盆紫菜蛋花汤，黑黑黄黄的热汤上，细细地撒着一撮青蒜苗末儿，看颜色就觉得好喝。我们家的人都天生的好厨艺，再怎么简单的饭菜，也能做得像模像样。但说实话，招待远方的客人的确有点寒酸了。

大姐夫看看菜，看看我，又看看大姐。大姐解下围裙扔在椅背上，用手捶着腰说：“我们眼下比不得三妹，山珍海味人家顿顿吃。小户人家就这样，从小就在一个锅里捞稀稠，她啥不知道?”

我连忙说：“是是是，我现在吃得很少，减肥呢。”

大姐夫拍了一下手说：“哎呀忘了！早上我起来专门给三妹买的她爱吃的烧鸡和合记牛肉还在冰箱里呢!”

我心里一热。大姐却有点嗔怒地瞪他一眼说：“那你还不赶紧拿出来?”

我也好几年没回来了。大姐虽然也比过去老了，但她吃得胖，看起来满面红光，好像跟大姐夫不是一代人。吃饭的时候，大姐跟我郑重地说起父亲墓地的事儿，她说母亲已经给她打过电话了，让她出十万块钱。

我故作轻松地说：“要说这事儿早就应该办了，老是让咱爸挪来挪去，连个固定的地儿都没有，也不合适。”

“这事儿是不是你的主意?”大姐瞪着我问。她跟母亲一样，从小到大就用这种口气跟我和二姐说话。

大姐夫低头给我夹了两块牛肉，又给我盛了一碗汤。虽然他没抬头，但我知道他在小心地听着。

“不是谁的主意，关键是这事儿应该办了。”我也明显感觉到大姐的话里有情绪，努力显出不在乎的样子，“妈跟我和小妹商量，我们都同意了。”

“反正我是拿不出来这么多钱!”大姐忽然涨红了脸，眼里竟然涌出了泪来。她把筷子拍在桌子上，索性捂着脸哽咽着哭了起来，“我们比不得你，十万块钱跟拔根毫毛一样。老大老二生孩子的生孩子，上学的上学。都是些造粪机器，睁开眼睛就只管要钱，四处都是用钱的地儿。我和你姐夫都不干了，你们觉得我会屙钱啊?”

“大姐。”我看着她，一时不知道说什么好。她用“你们”这个词儿，更是让我觉得刺心，好像我们是合着伙来勒索她似的。什么时候母亲被划到我阵营里来了?我和母亲，能是“我们”吗?

“三妹轻易不回来，你不会好好说话啊?”大姐夫想劝她。

“你出去!”她不容分说地尖声向大姐夫吼道，然后用手指了指门口。

我怕大姐夫尴尬，说：“你先出去吧姐夫，没事，我跟大姐说说话。”

大姐夫出去了。大姐从座位上站起来，又一屁股坐在沙发上。她忘记了沙发上都是孩子的衣服，又像烧着了似的跳起来，换到另一个沙发上，用手拍着沙发扶手说：“用钱的时候才想起来我是她闺女了？那时候咱弟弟卖房子，卖给人家要十六万，卖给我，她非撺掇着要十七万。你想想，我还是她亲闺女吗?”

大姐说的这事儿确实是母亲干的，当时弟弟在开封开饭店正缺钱，准备把这里的老房子卖了，对外要价是十六万。大姐知道了想要，来跟母亲说，意思是看能否再便宜点儿。母亲不晓得大姐知道底价，好像还很偏向大姐似的，把价格说到十七万。大姐气得脸都白了，房子也没买。虽然当时一万块钱不是个小数目，但事情已经过去这么多年了，她还在为这事较着劲。

“还有你!”她忽然用手点着我，对我怒目而视，“你这样干，有意思吗？你以为我不知道是吧?”

“我?”我一脸无辜地看着她，“我怎么了?”

“你怎么了？你知道为什么从小到大我和妈都不喜欢你吗？你心里藏的东西太深！你明知道这个事儿办不成，至少不是这么办的。我、你二姐还是咱弟弟谁会拿出十万块钱来？可你为什么还非要撺掇母亲给我们都打电话呢？你这就是为了看她的笑话！你就是想证明给她看：都靠不住，最后还得靠你！这个家都得靠你!”

我的头好像受到重重一击，有点眩晕的感觉。她说的也不完全是错的，开始我的确就是想让母亲看看每个孩子的态度。她一辈子说一不二，也该清醒清醒了，该让她为她的自负难受一下。但后来也的确是母亲的态度变了，她说让儿女各自尽孝心，也是事实。我满脸委屈地说：“大姐，这事儿真不是我提议的，是咱妈说让每个儿女都为爸尽点孝心。你别想多了。”

大姐的口气也慢慢缓和了下来，但吐出来的话却更狠：“三妹，你用顺从来抵抗她，你用孝顺来折磨她，你以为我们都看不懂是吧？你这样做不嫌累吗？她都多大岁数的人了，你还要她，不放过她？再说了，”她冷笑一声，“她现在想要我们对咱爸尽孝心了，当时你们小不知道，可我能不清楚父亲是受了什么样的羞辱才跑去投河的吗？她就是这样指着父亲的头，”大姐的指头几乎戳到我脸上，“她那天说，你要是有一点囊气，就扎河里死了算了!”

她看着我惊愕的表情，放缓了语气：“当然，她也没想让父亲真的去死，只是图骂着痛快。可父亲却真的死了。父亲死了，死得那样难看，她落了一滴眼泪吗？家里死一只羊都比父亲死了更让她伤心!”

她一口气说了这么多，突然就安静了，似乎也痛快了一下。

我心中波浪滔天，恨不得放声大哭一场。但我脸上依然平静。我说：“大姐，我记得父亲出走那天我们几个挤在一张铺上睡觉，你是看见了还是亲耳听到了妈那样骂过爸?”

大姐脸红起来：“还用亲眼所见吗？全镇子里的人都知道。”

可能大姐夫听见屋子里声音小了，他推门进来了。我把大姐重新拉到餐桌边，把她的筷子捡起来擦了擦递给她，笑着安慰她说：“大姐，这事儿咱们几个还要商量着来。如果你现在真拿不出钱来，我先替你出了。”她不说话，大姐夫也不敢说话。我继续说，“现在我就是这样想的，就是想着把父亲的墓地买了，赶紧结束这件事儿。本来我已经考虑好了，这次回来处理我的房子，反正卖房子的钱我也用不着，就先给咱爸买块墓地，等你们以后宽裕了再说!”

“你们想买你们买，别说替我垫上的事儿!”大姐的火一下子又蹿了上来，“咱爸活半辈子就是个笑话！他还没让咱们家人的脸丢尽？好意思去占几十万一块的墓地？人死了就是死了，埋啥样他还能知道咋的？况且这能改变他带给咱们家的耻辱吗？”

“大姐！”我的情绪再也控制不住了，站了起来。她怎么可以这样说自己的父亲？过去我是没忘记，但也没记住什么。“咱爸已经死几十年了，他是什么样都不重要了，重要的是他给了我们几个生命。你只记着他带给我们的耻辱？你倒要说说，咱爸到底带给咱们家什么耻辱？”

“那还用说？”她的嘴张了张，却并没说出什么来。

大姐夫连忙把我拉坐下，用乞求的目光看着我。我心一软，真的有点可怜他，于是就不再说什么了。

大姐一直没再动筷子，我和大姐夫也没动。屋子里的空气像凝固了似的，浓得化不开，让人喘不过气来。又坐了一会儿，我站起来，从行李箱里掏出一堆给新生儿买的礼物，还有红包装着的两万块钱，放在客厅的桌子上。本来还想说点儿什么，但脑子里一片空白。

我甩上门，直接从楼梯走了下去。快到一楼的时候，大姐夫才气喘吁吁地撵了下来。我莫名其妙地对大姐夫说：“哥，过日子不是靠忍的，她要一直难为你，该打就得打。男人不能软弱，软过了头就是窝囊，别像咱爸！”我哭了，大姐夫也流泪了。

四

关于父亲，我只听二姨只言片语地说起过。那时她已经是胃癌后期了。我负担了全部治疗费用。可她做了胃切除手术后，受不了化疗的折磨，坚决拒绝继续治疗，回到家里养病。

人常常就是这样，你对他非常好的人，他未必会还报你的好；而对你有恩的人，你也未必会报答得了人家的恩情。我觉得我对二姨就是这样，除了每年打几个电话，就是回到郑州的时候去看看她。所谓看看她，无非就是给一点钱，拼命让她接受，几乎就是强迫了，为着让自己安心。我曾想接她到深圳跟我住，我母亲坚决反对：“她又不是没有儿子，你接她来算什么？再说了，还有你二姨夫，总不见得他也跟着来。”我母亲话说得咄咄逼人。这倒不是阻止我接她来的原因，我主要是害怕她过来，母亲那脾气，会让她整天心不落地。其实我心里很清楚，二姨那样责己的人，她哪就会肯真的来呢？

我从来没有专门为二姨回来过，更没有在家陪伴过她。我不能放弃最后陪她的机会了。我丢下手头的工作，专门从深圳赶回来陪她，不管需要多长时间。

她已经消瘦得不成样子了，但精神还算好，经常断断续续地跟我聊过去的事情，我姥爷，我母亲。“你妈这一辈子，也不容易。”我二姨一辈子都不会说自己的好，更不会说别人的不好。

我给二姨熬小米粥，做手擀面，炖鸡蛋羹，就像我小时候她喂我一样喂她。她吃不了几口，只是神情快乐了一点。她催我回深圳，却拉着我的手一刻不肯松开。她依赖我，就像个小女孩。她没有闺女，我大姐肯定是指望不上。我哥有时回来看看，也只是看看，待不了多长时间，我姐的电话就会追过来。

我二姨夫比我妈小好几岁，却也老得不成样子了。虽然身体没什么大毛病，但也说不上好，不是这疼就是那痒。他费力地照顾老伴，老两口相依为命。我真担心，我二姨不在了他怎么办呢？想想他那时候一口气抱着我走了十几里路，气都不带喘的。人，没几年好日子，就像二姨说的那样。

傍晚会有一段安静的时光，太阳落下去了，天还很亮。我扶二姨坐到院子里的躺椅上，看着倦鸟归巢，天一点一点地暗下来。啪的一声，一片梧桐叶子落下来，像是一头栽倒在地上。有一种锐疼刺进身体的某一处。隔壁邻居家有小孩在哭，是个口齿伶俐的女孩儿，估计也就五六岁的样子。她的哭闹里带着娇嗔，正是拥有全世界的年纪，那般理直气壮。我想到了我的女儿，她也是这样，哭起来无凭无据无法无天，感情竟然可以宣泄到如此畅快，哪是我们可以想象的啊！她们这一代人，生出来就含着金钥匙，享受万般宠爱。不过，总有那么一天她也会像我一样，坐在老人跟前，眼睁睁地看着亲人们一个个离开，却又无能为力。

我握着二姨的手，一个关节一个关节轻轻摩挲，有时候我们不知道怎么的就说起了我父亲。我没有打断她，也没有专门问过父亲的事情。我在她的叙述里慢慢地、小心翼翼地还原我的父亲，真害怕稍微多用一点力，父亲就消失了。但后来我发现，其实我的努力完全是徒劳的。在二姨的嘴里，我的父亲是一个矛盾体。有时候他是那样善良，踩死个蚂蚁都心疼，对人和气，甚至还有些儒雅。有时候他又是那么懒惰、颓废，让人哀其不幸怒其不争。在我母亲眼里，这些都还不是最重要的，母亲最恨的是他贪吃。听不得别人家里来客，他会在人家门前转几遍，生着法子也要去帮厨。那时正逢困难时期，谁家也不想多管一个人的饭。虽然他总能用简单的食材做出蛮像样的饭菜，但他不请自来还是让人家觉得是个笑话。遇到谁家有红白喜事，他就更不把自己当外人，不等请就提着菜刀找上门去。我大姐所说的耻辱，估计就是这个形象的父亲吧。除此之外，我还真不知道父亲曾经给我们家带来过什么耻辱。

其实，每个人都经不起认真打量，谁都有不堪的时候。只是，父亲遇到母亲，就像油遇到了水，妖怪遇到了孙悟空，她总是让我父亲现形。我有时候会走神，觉得现在的大姐夫，就好似当年的父亲。好端端一个体面男人，愣被大姐弄得一脸困顿。幸亏现在过的是好日子，吃穿用度不用忧心，大姐夫还不至于像父亲那样被羞辱。

“唉，你爸啊，”二姨说起我爸时候的表情，有时候看起来有些过于认真，反而让我觉得很陌生。她说的每句话也像是经过深思熟虑、字斟句酌的，这更是让我心里疑窦重重，好像她故意在回避着什么。所以她说的时候，我一字不落地听着，总是沉默以对，等她慢慢地表达完，生怕漏掉一个细节，“他算是生错了地儿，一辈子没跟人红过脸，也从来没见他说过别人的不是！”

“村里人都说他是个热心人，待人又得体！”二姨夫补充道。

而有时候她又会说：“你爸确实是狗屎扶不上墙，也指望不上他。你妈一个人拉扯一大家子也真够苦的。如果不是他太那个，你想想你妈会那样对他吗？”

我问二姨关于我父亲留下的食谱的事儿。这事儿过去在镇子远近传得神乎其神，说我爷爷家曾经有一本秘传的食谱，传给了我父亲。我父亲又传给了我二姐。父亲活着的时候私下教过的几个徒弟开的饭店，都说是我父亲秘传的手艺。而且我家姐弟几个都开饭馆，也都有几个拿手菜。

二姨夫说：“怪了，我整天和他在一起，从来没听说过你爸留下过什么食谱，更没听说过他教过任何一个徒弟。”

我记得我曾经就这事儿问过我二姐。我二姐说，父亲死前确实到学校给她送过一个本子，那本子上也确实写的都是做菜的事儿，是父亲自己写的。但她没有仔细看，父亲死后她珍藏着，有一天却发现本子不翼而飞。

一直到二姨去世后，她说的父亲“那个”，我才多少明白一点是什么意思。在我拼缀起来有关父母的图景里，父母这桩婚姻，两个当事人都不大愿意，完全是我爷爷强行拉郎配一手造成的。

我父亲生于中医世家，家庭条件优裕，从小到大都是衣来伸手饭来张口，没受过任何委屈。可我父亲除了会念书，其他心思全用在吃上了，常常偷我爷爷的药材炖鸡煮鸭。他卤的猪头肉能香一条街，做年食也样样在行。开始我爷爷看他聪明，对他寄予厚望。后来看他只在意庖厨，非常失望。但他打也打了，骂也骂了，儿子却终是不上进，最后索性由他去了。好在那时候爷爷家丰衣足食，也不在乎父亲糟蹋一点食材和药材。父亲尽着性子痛痛快快当了几年“少爷厨子”。

而我母亲虽然是个女孩子，但从小就被我姥爷送进了学校，成为县中为数不多的女学生。她学校未念到毕业，解放了，我姥爷被当作恶霸被政府镇压。说起我姥爷，他的故事可以拍一部电影，肯定还得是加长版的。他出身优裕，自幼聪慧过人，过目不忘，完全可以考个好功名。但他志不在此，特别喜欢《东周列国志》里的人物，义字当先。他在乡里更爱出头逞强，喜欢当老大，仗着家里有钱，既喜欢仗义疏财，也热衷于抑富济贫。有人对他感激涕零，也有人对他恨之入骨。我姥爷被枪毙那一天，传说跪了一街筒子人，求政府手下留情，都是受过他恩惠的人。

我母亲自小就随她父亲的性子，敢作敢为，倒也是个自立自强的主儿。父亲被镇压，她一点也不觉得羞愧，竟然指挥着愿意帮忙的人给爹爹办理了丧事，像送别一个正常人一样，丧礼办得有鼻子有眼儿。平日里出出进进，她腰板挺得直直的，小小年纪，家里家外都能独当一面。在全镇子上，也算是响当当的女汉子。我爷爷为此格外看好她，这桩婚事是过去爷爷和姥爷商量过的，所以尽管两个当事人都不满意，爷爷还是拿当年和我姥爷的约定镇着他们，逼迫他们结了婚。大概在我爷爷的世界观里，说过一次的话，就是诺言。

按照当时的形势，我爷爷的家财和他在当地的影响，也足以被划个地主富农。好在上天眷顾他，让他在我姥爷被枪毙后不多久竟然无疾而终。我父母结婚的时候，家里的财产大部分都被充了公，只给他们留下了两间破房子和必要的生活用具。

开始母亲还把对未来的希望寄托在父亲身上，想着他出身大家，见过世面，应该有主见，有魄力，两个人齐心协力挑起生活的担子，没有什么过不去的。她哪里会想到，父亲眼高手低，说起来头头是道，干起事情来百无一用。所以家里的事情，渐渐地都要由母亲来做主。

后来我大姐出生，家里的日子过得更加紧巴。刚好有一个机会，外地的几个客商要去武汉贩药材，不知道怎么打听到我父亲懂这个，就找到他让他帮帮忙，一起去一趟武汉。母亲想着这是个好机会，就把自己千辛万苦攒的一点钱拿出来，把自己的金戒指都卖了，让他跟着人家去武汉长长见识。

临行前，母亲一夜未睡，帮他收拾路上用的东西。缝了一条腰带，把钱夹在里面。

天还未亮，母亲就擀好面条，把我父亲喊起床。

面条里放了细细的姜丝、葱花、麻油，还卧了几个荷包蛋。

“人家说这面越拉扯越长，”母亲用少有的温柔口气说，“人在外面，得想着家里。一定多长个心眼儿，不能光顾吃喝。要把人家的生意照顾好，咱们自己也赚点儿。”

“这你就放心吧！”父亲胸有成竹地说。

吃过饭，母亲提着包袱，一直把父亲送到路口，看着他和那几个客商会合，直到看不见他们人影了才回去。

还是十几岁的时候，我父亲曾经跟着他的父亲我的爷爷去过武汉。我姥爷那一次也去了，他们是到武汉三镇拜访湖北的几个朋友，在那里好住了几日，天天吃香喝辣，坐着朋友的汽车到处游逛。那真是一个光怪陆离的世界，景美人美，吃的也美。尤其是武汉的小吃，让父亲乐不思蜀，大饱了口福。

父亲跟着那帮客商搭火车走到汉口已经是第二天傍晚了，他们草草吃了碗面就找地儿休息，准备第二天一早去药材市场。毕竟人家是来贩药材，不是来海吃胡喝的。但父亲被心里的馋虫勾着，哪里睡得着？看看一帮人睡了，他自己又溜到江边的小吃摊上一家一家地品味。吃到高兴处，也学旁边的人买了米酒大碗来喝。谁知道那酒喝着好喝，但后劲大。等他想站起来的时候，已经醉得东倒西歪了。好不容易找到住宿的旅馆，天已经快大亮了。他扔在床上昏睡了三天三夜。同去的人喊他不醒，见他不是个做事的人，也不再管他，把他身上的钱财洗劫一空，一去不回头。按后来母亲的说法，人家没把他扔长江里喂鱼，已经算是万幸了。

三天后父亲才醒来，看看身无分文的自己，一时间没了主意。后来他把自己身上值钱的东西都抵给旅馆才得以脱身，靠沿途要饭走回来的。母亲看见他蓬头垢面、衣衫不整地回来，只道是他被人偷了，不但没责怪他，反而还千方百计安慰他说，你不知道外面的险恶，第一次出去没经验，慢慢就学会小心了。

二姐和我出生后，家里的日子更难了。母亲找到我舅舅借了点钱，安排父亲去城里买一台缝纫机。她在城里上学的时候跟人学过一点缝纫，想把这个手艺捡起来挣点钱补贴家用。谁知道他去城里转了一圈，买了一辆三轮车回来了。

母亲看他煞有介事地骑着三轮车回来，样子看起来很是滑稽可笑，就耐着性子问他：“让你去买缝纫机，你怎么买个这东西回来？”

“这东西？这东西好啊！”父亲从三轮车上跳下来，像得胜回朝的将军，一边轻轻抚摸着三轮车座子，一边眉飞色舞地跟母亲说，“我去供销社问了，缝纫机要票，没有票人家不卖。这个不要票，这多好啊！多实用啊！给人拉点东西，既不用什么手艺，又自由自在，而且男女都能干。缝纫机就你自己能用，我不能在家闲着吧？”

母亲不但没生气，还就着这事儿，逢人便夸奖他有眼光，有头脑。

开始一段还真不错，给人家拉货送东西挣了点钱。每天见了钱，都完好地交给母亲。可巧有一天，他给饭铺子送菜，卸货的时候看见大厨正在做菜。他一时技痒，讪笑着凑过去说："老弟，要不我帮你干一会儿？"

大厨斜睨他一眼，说："老兄，还是好好送货吧！这活儿哪是你干的？"

父亲便去找掌柜的。掌柜的也听说过我爸，只知道他过去老是去人家帮忙，但没听说他在饭店做过，便对我爸说："老兄，今天不行，这可开不得玩笑，外面好几桌客人等着上菜呢！"

父亲说："不误事的。不误事的。"说罢就去菜案边站着。大厨正想看看他的笑话，便把刀顺过来，刀把子递给我父亲。

我父亲接过刀，神情立马肃穆起来。他挽了挽袖子，并未急着下手，而是一边用磨刀棍细细地磨着刀，一边认真地看着面前点菜的单子，仔细盘算了一下，才开始切菜。也未见他有大动作，只见菜刀贴着案板，像小鸡啄食似的不停地动着。不一会儿工夫，他面前就规规整整摆满了肉丝、肉丁、肉片和花红柳绿的各种配菜。案上的东西准备齐了之后，他才开始开火、架锅、烧油。在父亲的操持下，一时之间只见勺子翻飞、碗盘叮当。平时蔫不拉叽的父亲，好像突然间换了一个人，简直像个音乐演奏家，把各种乐器调拨得如行云流水，荡气回肠。一会儿便让老板和大厨看傻了。

"我的天！"老板以掌击手，兴奋地喊道。

没多长时间，客人的菜全部做好了。菜案干干净净，锅灶也利利落落。这让掌柜的和大厨看得心服口服，半天才回过神来。掌柜的本来就是个二把刀，靠糊弄过路的赚几个钱。我的大厨也是一般的厨子，只能应付个粗茶淡饭而已。

"今天真是开眼了，想不到咱这里还有这样的高手！"掌柜的不住嘴地赞叹道，"人家多少有点手艺都去考厨师了，您咋没去呢？"

父亲就不能听到人家表扬他做菜好，这是他最高兴的事儿。他乘兴把大厨喊到跟前，把做菜的方法和火候一一讲给他，让他照着做。掌柜的也高兴，觉得我父亲实诚。待客人走了之后，让他拣拿手的做了几个菜，跟大厨三个人在外面坐了。

掌柜的说："今天算是遇到高人了。不知道能不能请大哥委屈到我这小铺子里，算给小弟我帮帮忙。"

大厨也在旁边，不住口地喊我父亲："师傅，师傅。"

我父亲说："很抱歉，这个我做不了。"他知道如果要跟母亲提到这个，母亲肯定会跟他拼命。

"价钱您只管提。"掌柜的说。

"不是钱的问题。"父亲说。

掌柜的无奈，只好劝我爸喝酒。三个人喝干了两瓶烧酒。父亲喝了酒，仍和上次一样，头晕眼黑。掌柜的要找人送他，他大咧咧地说没事儿。两个人把他扶到三轮车上，他走了不多远，便一头栽到沟里，肋骨立时断了两根。

家里没钱，母亲只好把三轮车卖了，卖车的钱还不够治病的。母亲虽然脾气不好，但大事上总还是明白事理，人都这样了，她反而不再苛责，尽心给父亲治病。特别对于父亲喝酒，虽然坏了两次事儿，但母亲并没有过分责怪他。她觉得一个男人不吸烟，再不喝酒，就更没一点汉子气了。她偶尔说起我姥爷，一顿喝一斤酒，一点醉态都没有，说话滴水不漏，那叫一个威风！

但是出两次事以后，父亲再也滴酒不沾。他知道自己吼不住那一口。

看着他一个大男人整天无所事事，母亲暗自着急。想着他自小背过汤头歌，多少也懂点医术，于是就去托了镇上的一个人，让给他找点事干。这个人曾经是她爹的跑腿儿，和她家的人关系很好。过去她爹也常常带他在家里吃饭。她爹被镇压了，这个人却因为在政府里有关系，被树成受欺压的劳苦大众的典型，后来竟然当了干部。但他人倒不坏，当了干部之后对我们家还是比较宽容的，至少没有落井下石。我母亲去求他，他二话没说，就安排我父亲到镇上一个兽医站当临时工。要说这真是有点乱点鸳鸯谱，兽医跟人医毕竟是两码事。好在我父亲还懂点中草药，安排到兽医站，如果他愿意好好干，也说不定真的能干好。

但他去了不到半年就被开除回来了，还背了三十块钱的罚款。那时候的三十块钱，够一个家庭吃一年半载的。事情的经过是这样的：有个生产队的一头驴生病，已经病得走不成路了，用拖拉机拉到兽医站。那天刚好我父亲值班，看了看这头驴后，他说已经没有治疗的价值了。不知道他是想展示一下自己的手艺还是可惜这头驴，他提议大伙儿凑点钱把驴买下来。五块钱买了一头病驴，杀了之后他配了煮肉的汤料，然后亲自下手卤了一锅驴肉。兽医站的人每人都分了一份儿。后来不知为什么被镇上知道了，说是破坏人民公社生产资料，要追究兽医站的责任。兽医站的领导把责任一股脑推在我父亲一个人头上。他被开除不说，还罚了三十块钱。

不过他那次出事儿以后，卤煮驴肉便成为镇子上的一道地方名吃，一直到现在都经久不衰。再一个就是我父亲会做饭的名声也传出去了。

为了这件事，我母亲大病了一场，好久都没迈出过家门。身体好了之后，她性格像变了个人似的，脾气暴躁得简直像一支炮仗，遇火就着，对父亲再也没有任何温情。从此之后，我们家人再也没人敢在她面前说到吃的话题。没人在后面督促着，父亲也不再出门找事儿干了，天天浑浑噩噩混日子。后来发展到母亲在家里不管怎么对待他，他都跟木头人一样，装作没听见。

父亲死后，有一次母亲跟二姨哭诉道：“如果他能出去拼一拼，就是把家里所有东西都输干，我也不会责怪他一句，他也不枉活一场！”

二姨说：“人各有命，就像你说的，我嫁一个杀猪的，不照样得过日子吗？”

说起二姨夫，母亲总是不屑一顾，她觉得好歹我爸也是个少爷出身。“不过，他一个大男人，天天在家里混吃等死，活着就是丢人。就这你还说我家的孩子教育得好，教育得好。好什么好？不都跟他一样，一窝子饿死鬼托生的！”

我二姨夫在我二姨病逝后的第七天死于心肺衰竭。我回到深圳还没来得及喘气，又飞回了郑州，帮哥哥处理后事。

在我母亲嘴里，二姨夫一辈子都只是个杀猪的，是个没丁点出息的人。可这个杀猪匠和我二姨恩爱一辈子——可能也称不上恩爱吧，平淡夫妻，一辈子没吵过嘴，但也没爱得死去活来过；从没大富大贵过，可也从不缺衣少食，相依相伴过了一生。

二姨缺少我母亲的志向，从不巴望自己的丈夫或者儿子能出人头地。他们两个相依为命，都活到八十多岁。

对于他们的去世，母亲并未表示过多伤心，该做什么还做什么。只是说到二姨的时候，她会说："要说不该啊，她比我身体好嘛！"或者说："她这一辈子，过得也不值。"对二姨夫的死，她没有任何态度，问都没问过，自然没人知道她心里是怎么想的。我想，她不至于对食品公司那档子事儿还耿耿于怀吧？

五

二姐是在孤独中长大的孩子，在我们家，她虽然比我处境好一些，但也不怎么讨母亲喜欢。为什么唯独我们俩不讨母亲喜欢呢？虽然我们从来没在一起说起过这个事儿，但是各自心里都有数。二姐贪吃，而且性子懒散。这是母亲最受不了的。而至于我，母亲说得更难听，她说我从长相到性格，特别像我父亲。有一次忘记因为什么事儿，她跟大姐说起我。她说，你三妹要是再长了胡子，活脱脱就是你爸又从黄河滩爬回来了！

在我们家，二姐长得最漂亮，就是不爱说话，是我们村有名的冷美人儿。我父亲最喜欢的也是二姐，暗地里夸奖这个闺女像个大家的孩子。二姐说，她不像我们几个深受母亲的控制，时时处处孤立父亲。她不但不讨厌父亲，甚至还有点喜欢他。他从来不打骂孩子，大小事说一句狠话都很少。她说她喜欢父亲看她时的目光，柔软得跟兔子一样绵软的眼睛。打记事起就喜欢腻着父亲，整半天整半天地拱在父亲怀里自个玩儿。父亲偶尔会给她讲些个故事，猫姑姑的鱼汤之类的，反正都跟吃有关。猫姑姑给小猫做鱼汤，新鲜的鱼放上几朵蘑菇，再加上葱、姜……煮出白浓浓的汤，那个好喝啊，把小猫的肚皮都撑破了。每次故事还没讲完，二姐的口水都流出来了。母亲嫌二姐贪吃，也可能与这有关吧。

我母亲不喜欢二姐的再一个原因，就是她脾气特别倔，自己不愿意干的事情，怎么说都不行，打骂也没用。有一次，她嫌母亲用我大姐的旧衣服给她改做的棉袄太难看，不愿意穿。母亲就把棉袄从她身上扒拉下来扔在地上，说不愿意穿就别穿！大冬天的，她硬是穿着一件单衣去上学，回来冻得感冒了好几天。

不过，说她贪吃还真有点冤枉她，我觉得她只是好吃，最多是会吃而已。在吃的问题上她比较挑剔，喜欢吃的东西一定要吃够，不喜欢吃的东西，宁愿饿着肚子也不吃。本来在我们家"吃"就是一个最大的贬义词，是一种恶。而她不但贪吃，还把倔劲儿用在吃上，这让母亲更加愤怒。一个人对吃这么讲究，还有什么救儿？所以母亲刻意要在家里创造一种以吃为耻的氛围，并把这种观念深深地种植在我们的骨子里：贪吃的人都不是什么好人，都不会有什么出息。

我们对于父亲的疏离就跟母亲的这种教导有关。一直到现在，我们也避免在母亲面前谈论吃。虽然都开饭店，但是在家里闭口不谈饭店的事儿。母亲不管在任何时候、任何情况下，也绝对不会去我们任何一家饭店吃饭。

二姐是我们家唯一一个读书读出功名的人，这让母亲以吃为耻的文化受到很大的冲击。收到录取通知，二姐也不向她报喜，通知书关抽屉里，一句话都没有。其实母亲早已经听说了，但她不说，母亲也不问。她曾经向我大姐抱怨道，知道是个不孝顺的，翅膀长硬了还不知道会咋着呢！所以二姐考上学，本来是给家里挣足了面子，应该在村里放一场电影祝贺一下。有人提起这事儿，母亲一口回绝了。二姐走的时候她也没送，一早就下地干活去了。

我借了一辆自行车，把二姐送到了市内的学校。

二姐财会专科学校毕业后，分配到区政府上班。她漂亮，又有文凭，一上班就被区里一个副书记看上了，想娶回家当儿媳妇。副书记找了个中间人，就是原来跟着我姥爷，后来在镇子上当干部，给我爸安排过工作的那个人。他来找我母亲。刚刚说明来意，我母亲便说："其他人说这事儿，我不一定答应。要是您说了，我信！"

母亲跟二姐说这门婚事的时候，带着几分得意，好像她立了好大的功："看看人家的那个家，若不是不讲出身成分了，人家能看上咱？"

让母亲想不到的是，二姐死活不答应。她知道那个副书记的儿子是个混世魔王，打架斗殴不说，多少女孩都被他糟蹋过。

对二姐的拒绝，母亲眼睛都没抬，说："年轻人，哪个不昏上几年？看人家那家庭，父母哪会不操心？结了婚就好了。"我二姐说："人家家好，和我有什么关系？我是跟人过，不是跟他家庭过。谁想嫁谁嫁，反正不是我！"

母亲气得站起来，指着二姐半天说不出话来。后来看见二姐往外走，她在后面跳着脚说："从小到大你都哭丧着个脸，等着我死是吧？人，说一句就得算一句！我已经答应过人家了。你要不答应，要么你离开这个家，要么我死。你看着办吧！"

二姐二话不说，收拾了几件简单的衣服，头也不回地走了。

就是那一次，那一年的阴历七月二十六日下午，母亲又一次气得犯了病，一头栽倒在沙发上，口吐白沫，人事不省。后来拉到医院抢救了半天，虽然并没有生命危险，但还是把我们吓得不轻。

最终二姐还是屈服了。

本来就是硬撮合的，再加上性格差异那么大，结婚以后两个人完全过不到一起。书记的儿子不务正业，天天泡在歌厅酒吧，经常是十天半月我二姐还见不到一次他的人影。但我二姐从没回家诉过苦，跟任何人都没提过这事儿。后来还是我母亲看着不对劲，结婚几年了也没孩子。找人一打听，两个人基本没在一起住。母亲把二姐找回去问她，这些事儿为什么不跟她说。

二姐说："不想说。"

母亲说："那就立马跟他离婚！"

二姐说："不想离。"

母亲说："你说不离就不离了？"

我母亲实在咽不下这口气，到书记家跳着脚骂了几次。人家那家也不是任人撒泼的地方，立刻催着儿子离了婚。本以为我们家还会闹，我母亲一句话没再说。我二姐净身出户，带着自己的衣服就走了。

二姐离婚后，那家人倒是有点后悔，毕竟自己家的儿子什么样他们比谁都清楚。二姐与他结婚几年，从不吵闹，也没向家里提过任何要求。在单位更是低调内敛，踏实得像颗螺丝钉。穷人家也能教养出这般又懂事又有尊严的孩子，他们觉得很难得。

他们再找那个中间人来说合，被母亲一口回绝了。

二姐离婚后也没有回娘家住，而是住在区里给的一间单身宿舍里，像是什么事都不曾发生过，安安静静过自己的日子。二姐后来又找的这个人也是她的同学，原来在西北当兵，执行任务的时候腿被冻坏了，是立过军功的。后来转业到地方上，安排在镇政府办公室工作。在学校时二姐倒没有怎么在意他，记不得他什么样子了。但现在他毕竟是当过兵的人，受过部队的训练，总是把自己收拾得整整齐齐，腰杆挺得笔直，办事利利索索，如果不仔细看，走路的时候完全看不出腿是受过伤的。二姐知道他的伤情有多重，他能坚持这个姿态，需要怎样的毅力啊！

这个人也很同情二姐的不幸，总是不动声色地帮助她。毕竟她的前公公还做着领导，虽然人家丝毫没有难为她，却很少有人敢和二姐走得近。势利是人的本能，她也不怪谁。可大家的冷淡和明显的距离感，让后来的二姐夫感到不快，他就是那个时候走近二姐的。

二人相处久了，日久生情。他向我二姐求婚的时候，我二姐就提了一个条件，要求两个人同时辞职，不再看人家的脸子了。

他二话不说，先打了辞职报告。

母亲听说了这事，跟二姐闹得要死要活的。一家子人都上不了台面，好不容易出了这么一个体面人，说不干就不干了。又要找二姐的同学去闹，被我二姐呵斥住了："辞职是我自己的事，也是我要求他辞职的，你找人家说什么理？"

我母亲说："不是因为他你会辞职？"

我二姐说："我结婚是你选择的，离婚也是你定的。难道你还想让我再来一遍吗？"

我母亲气得三天不吃饭，病得一个月起不了床。

二姐他们两个人辞掉工作结了婚，在他们居住的村（那会儿已经叫社区）东边盘下了一个餐馆，主卖卤煮驴肉和牛羊肉类的食品。周围的人都说二姐的卤肉好吃，传说是我父亲给她秘传过食谱，得过我父亲手把手的真传。每当有人问起他俩的时候，他们都矢口否认。这让人家越发觉得这传说是真的，而且添油加醋，越传越神。

后来是我问她，她告诉过我，父亲确实给过她一个做菜的笔记本。她一直藏在家里，不知怎么的，那个本子不见了。我二姐找我母亲讨要，我母亲死不承认，说她没拿。二姐这种性格，倔起来谁也没办法，天天追着母亲要。后来把母亲逼急了，母亲说："你说是我拿，就是我拿了。我塞灶火里烧了！"二姐更急，说："那是我爸留给我的，你凭什么烧了？"母亲劈脸给她一巴掌，把二姐打得一头撞在门上，头上立马鼓起了个大包。母亲说："我凭什么烧了？就凭我不想让你们成精！一个二个都成馋嘴精了！"

对于二姐的再婚，后来母亲再也没有干涉，可是她辞了公务员开饭店，真是让她吐了一回血，一下子老了好几岁，一个人关着门叹气："学还不是白上，真随了你那死鬼爹。原本我就说她哪来的恁大福气，到底是盛不住啊！"

母亲一次也没去过我二姐的店，经过那条街都绕着走。逢年节走娘家，我二姐绝不带自己饭店的食品，带的都是超市里买的礼物。

也真让我母亲说着了，也许是遗传基因的作用，也许父亲留下菜谱这件事在我们心里深深地扎下了根，要不我们姐弟几个怎么不约而同都选择了开饭店呢？

二姐他们的饭店开了几年，生意很不错，也赚了一些钱。她却一路瘦下去，而且一直没生孩子。二姐夫拉着她去医院检查，结果发现患了甲状腺肿瘤，已经有癌变了。虽然手术做得还不错，而且三个疗程的化疗做下来，二姐的身体并没有很大反应，头发也没掉，但二姐夫还是不放心，经常要拉着她去全国各地的大医院找专家。二姐想着刚好趁着这个机会，也可以给二姐夫治疗治疗他的伤腿。于是两个人一合计，就把饭店转让给别人，老房子也卖了，买了一辆旅行车，天天跑着求医问药。最近我联系了她两次，他们一次是在北京，一次是在天津。直到我要走的前一天他们才赶回来。

本来我在郑州东来顺火锅店定了个房间，二姐喜欢吃涮羊肉。可是怎么说她就是不出来吃饭，我只好让火锅店把东西打包送到她家里来。

那天我到她家的时候，他们正在整理大包小包的中药，屋子里弥漫着一股药香。因为是逆光，或者是心理作用，我看着她瘦得像个影子一样坐在那里，禁不住一阵心酸。我屁股还没坐稳，她就说起母亲打电话安排父亲墓地的事儿，说早就该好好办了。然后，她手朝里面指了指，对二姐夫说："你去把东西拿过来给三妹吧！"

二姐夫站起来的时候，我才拿眼睛去打量他。他也比过去瘦了，但精神头很好。他身上有一股正气，因此看起来哪里都大方端正，和二姐很是般配。关键是两个人相敬如宾，日子过得很称心。不过到底上了岁数，能看出来腿走着还是多少有点不利索。他回到里屋，拿过来一个用报纸包着的大纸包，在沙发上打开一看，里面是十捆百元钞票。

"这是十万块钱。"二姐夫指了指那钱，然后怕烫着似的缩回手，两只手来回搓着。

我哦了一声，站起来走过去，把纸包重新包好，放在二姐面前的桌子上。我说："二姐，姐夫，这个事儿你们不要管了，先抓紧时间看病。二姐，尤其是你，谁不知道你现在过的什么日子？这几年你们俩看病估计把家里的钱都折腾差不多了。即使你们要出这笔钱，我也先替你们垫上，以后再说好不好？"

"那怎么行？"二姐生气地瞪着我，"谁也代替不了我，你也知道父亲跟我最亲。"说着她的眼圈红了，低下了头。

"我知道。等你们缓过劲来再说吧！我这次来不是要钱的，就是过来看看你们。一直想让你们去深圳住一段时间，你们总是害怕给我添麻烦。自己一家人，能有什么麻烦呢？"我的眼泪也流了出来，在我们家，我跟二姐最好，"而且我跟大姐也说好了，我的房子卖了，钱也不存了，先把坟地买了，把咱爸安置好，以后再说好吧？"

二姐低着头没说话，也没再推让。

我怎么会不知道父亲对二姐最亲呢？在我们家，唯一能跟父亲说话聊天的只有二姐。二姐跟我说过，父亲出走的那天下午，曾经专门到学校来找她。那时她还在上中学，他在学校门口旁边等着她放学出来。那是秋天了，他一个人瑟缩着站在离校门口很远的地方，害怕人家看见他。二姐出来没看见父亲，只顾低着头跟在其他学生后面往前走。后来她感觉有人在旁边跟着她，扭头发现了父亲，也不知道他已经等多长时间了。但周围都是同学，她也不好意思喊他，那时候的学生都怕家长到学校来，让同学们看到笑话。女儿在前面走，父亲就远远地跟在他们后面，直到周围没人了，二姐才站下来。

父亲从怀里掏出一个夹了肉的馒头递给二姐，馒头里的肉夹得很厚，一闻就是父亲卤料的味道。那是他从人家酒席上带过来的，包馒头的纸油汪汪的。二姐接过来，感觉还热乎乎的。

两个人站在那里，父亲看着瘦小的女儿三下五除二就把一个大馒头吞进肚里，意犹未尽。父亲的眼圈却登时红了，一脸的惭愧，那神情好像是在说："妞，爸没本事，要是你生在过去，想吃什么爸都给你做。"

俩人还没说几句话，远处又过来几个同学。二姐急得想走开，害怕被同学撞见。

"二妞，我想给你说个事儿，"父亲从怀里掏出一个红塑料皮本子递给二姐，"这个你放起来……"

那几个学生走得越来越近，二姐匆忙接了，没等父亲把话说完便扭头跑开了。

那是父亲和他的孩子说的最后的话，至于他还想说什么，永远也无从知晓了。

二姐说，她和父亲分开后就开始后悔了，以后很多年里，她一直为这件事情后悔，不仅仅是因为后来他死了。她说，当时她就非常伤心，一个寒瑟的父亲，特地来看女儿，她就那样把他撂开不管了。她应该让他把话说完，当时没想那么多，只是觉得以后还有机会。

"谁知道，再也没有机会了！"二姐每次说到这里，都会哭一次。

二姐讲了这一段故事之后，我曾经跟她讨论过这么一个问题：如果父亲不是自杀，他为什么要跑那么远去学校找你，交给你那个笔记本？在家里完全有足够的时间，也有很多机会啊！可见对于他的死，他是有预见的。至于那天夜里跟母亲发生的争吵，最多是促使他下决心的一个因素。说母亲逼死了父亲，完全是无中生有的臆测。

二姐长长地叹了口气，说，咱们家那环境，还容得下他吗？然后又摇摇头说，别想了，都过去了！

火锅把二姐家的温度升高了，她的新家还没开通暖气，空调功率太小。二姐解开围巾，脱了外套，我看到了她脖子上手术留下的疤痕。现在的外科技术好，倒是做得细细的不太明显。我站起来，把我脖子上的珍珠项链取下来要给她戴上，装饰衬托一下，刚好能遮住一部分痕迹。二姐坚决不要，使劲和我推让，脸涨得紫红，脖子上的疤痕变得更红了。二姐夫说："三妹真心给你的，你要再推让就生分了。留下吧！你也从没给自己买过一件首饰。"我眼圈又红了，我那里有一大盒子珠宝玉器。看看我身上的衣饰，再看看她。同是一个母亲生的，命运却有着巨大的差距。

我说："这珠子不值几个钱。二姐是个美人，戴在她身上就是比我戴着好看。"

那是我年前刚买的南洋珍珠，十毫米的金珠，我知道我要是说出来价钱，抵死她也不会要。

我对二姐夫说，该去给二姐添几样像样的衣服了，女人打扮得漂漂亮亮，运气都会跟着好起来。

二姐夫以军人的认真口吻说道："是的，年前后我催她七次了！这几年病着，她心都懒了。"

我笑了笑说："二姐，你过的是自己的日子，干吗总是跟谁赌气似的？"

她有心结，父亲的死，以及，母亲对

她的干涉，一直都没有化解，沉积在她的心底。但我知道，你无法说服她，除非她自己走出来。

二姐这才不再推让了。她把珠子在脖子上转了一圈，问二姐夫，好看吗？二姐夫笑了笑，点点头说："三妹说得很对，人就得打扮，看着精神。明天就去买新衣服，咱好马得配好鞍。"

二姐的情绪也轻松多了，对我说："三妹，现在咱妈最离不开的就是你了，你也够心累的。"

我笑了，说："天底下谁会信啊？她不是离不开我，是离不开小妹。"

"信不信由你，"二姐本来也想笑，但没笑出来。她下意识地摸了一下脖子上的疤痕，"我最了解她，你别看她说什么，要看她做什么。她就是嘴硬。她为什么自打去了深圳一趟也不回来？"

然后她拿起我的手压在她手上，认真地说："别跟咱妈计较了，她一辈子就那样。她一直跟我过不去，更跟你过不去。我吧，生性就这样子。那时她可能觉得或许你能有点出息，能吃苦，也能忍。她就是怕你像咱爸，太没心劲儿了！你什么都不要，都不争取，她是恨铁不成钢。她最崇拜咱姥爷，就怕自己的孩子像咱爸。"

我的泪涌上来，努力把它压下去。但是仔细想想，二姐的话也让我不舒服。她怎么也会像大姐一样，看得出来我在跟母亲计较？这话从大姐嘴里说出来我还受得了，从她嘴里说出来我很难接受。不过话又说回来，我不是也一直觉得二姐心里在跟母亲计较吗？

但我不能跟她辩解。虽然我无论如何也改变不了她母亲也是我母亲这样一个事实，但母亲从小到大这样对待我，总得有一个理由吧？我始终痛苦的不是她这样对我，而是她为什么这样对我？

但是我说的却是："她那样子对咱爸，我这些年也一直在想，咱爸又有哪样做错了呢？说咱爸给咱们家带来耻辱，连大姐也这样说。咱爸到底给咱们家带来什么耻辱？"

"那要看怎么说了，每个人看问题的角度不一样。"二姐若有沉思，"算了，反正都过去了。"

二姐这话，让我更是难受，莫非她也曾经认为父亲给我们家带来过耻辱？

"我不认为咱爸给咱们家带来过什么耻辱，而且如果没有咱爸，咱们几个会开饭店吗？"我心里空落落的，有一种坍塌般的悲凉，"有些事情可以过去，有些事情永远都过不去。我现在琢磨出每一道菜，都会想，我这菜就是做给爸看的，就是想让他满意！咱妈整天讨嫌他，说他嘴馋，他要是活着，我就让他吃个够，龙肝凤胆我都给他买！"

一句话，说得我们姐俩的眼圈都红了。我们不敢看对方，眼睛盯着咕嘟咕嘟冒热气的火锅。后来还是二姐夫添菜，我们才结束了这难挨的沉默。

吃过饭，我们又说了一会儿话。临走的时候，我给二姐放桌子上五万块钱，说让她和姐夫看病用。她也没有推让。

第二天我回深圳是坐的飞机，我急着赶回去看看母亲的病情。大姐夫把我送到机场，接到二姐的电话，她和二姐夫也赶到机场送我。二姐还收拾了一包东西，说都是母亲爱吃的咸菜什么的，让我带回去。我把东西塞进行李箱里，回到深圳才发现咸菜下面整整齐齐压着十五万块钱。

但是那串珍珠项链她留下了。

六

最早起步的时候，我十几万块钱给自己在郑州买了套房子。一来那时候郑州的房子便宜，与深圳比起来像买白菜似的。二来是怕钱握在手里不牢靠，说到底更是为了让自己安心，万一哪天外面的路走不通了，自己总是个有家的人。

回到我自己的房子里，才觉得是真正回到了郑州，而不是像走在梦境里，飘忽得惶惶不可终日。有时候我不想受任何人打扰，就关掉手机，静静地坐在空荡荡的房子里想那些过去的事情。历史正汹涌而来，我像坐着时光之船，一点一点地穿越历史的激流，与自己的过往擦肩而过时，即使是伤痛也变成了甜蜜。

我想起了母亲。跟母亲在一起生活了几十年，我也没弄明白她。她的性格非常古怪，或者说非常奇特。我常常想，即使我父亲是一个上进的人，能达到母亲所要求的高度和标准吗？母亲最羡慕的人就是我们家邻居周四常，父父子子都是走的仕途，里里外外都风风光光。而我们呢？母亲觉得一家子都是卖饭的，挣再多钱，也是从人家嘴头子里抠出来的，怎么说得起嘴？一粒老鼠屎坏一锅汤，都是我爸把儿女带歪路上去了。

二姨说，母亲的性格最像我姥爷。我姥爷最后被枪毙，也不是作了多大的恶，而是他眼睛太尖、嘴巴太利。他是镇上的摆事老大，谁家父子兄弟分家，闹三天打断胳膊腿都扯不清。着人请他去，他穿着长袍拄着拐棍往人家堂屋里一坐，三下两下就把家当给分了。虽然他处事公道，大家也都相信他，但毕竟事到临头，有满意的有不满意的，反正满意不满意都得听他的，一句都不敢抱怨。一个镇子就这么大，谁敢保证今后没事不求到他门下？不过话又说回来，在熟人社会里，让人敬着却又让人怕着，终不是啥好事。

我从一开始就知道在这个家里母亲最不喜欢的是我。但她从来没说过我有哪一点不好，也许她是整个不喜欢我，也许是我没有一点讨人喜欢的地方吧。小时候我在家里就是干活最多的一个，她像从来没看见一样。其实，哪个孩子不渴望疼爱呢？我越是刻意迎合，她对我的反感越甚。莫非仅仅因为我在长相上像父亲？这无论如何说不过去，毕竟我性格不像父亲，也并不贪吃。

开始母亲最喜欢的就是大姐一人，说她不但漂亮，也会说话，办事也有胆儿，拿得起放得下。后来有了我弟弟，她的心思大部分就放在我弟弟身上了。但相对我们姊妹几个而言，她还是偏向大姐。没儿子的时候，她希望在女儿中培养一个男儿。有了儿子，她觉得找到了希望，殊不知真正性格像我父亲的就是我弟弟。但她不承认，也不允许我们任何人这样说。

父亲去世后，二姨曾经跟我说过，母亲找人算卦，人家告诉她我命里克父母，父亲去世就是因为我妨的。一直到今天，我和母亲从未亲近过。她和妹妹在一起，看电视都挤在一张单人沙发上，出门手牵着手。我哪怕靠近她一点，都能明显感觉到她身体的抗拒。

唉！她究竟是害怕我什么呢？以她的性格，我不相信她是害怕我真的会妨死她。

整个成长期我都非常自卑，为自己给父母带来厄运而惴惴不安，因此在她面前就更加局促，到后来说话也变得结结巴巴的。母亲说我长大了是个会使心眼的人，整天低着头，说话哼哼唧唧的像蚊子叫。

“低头婆子仰头汉！整天低着头，心里有啥见不得人的事儿?”母亲说。

母亲的情绪感染了大姐，或者说，大姐觉得她可以代替母亲。家里除了母亲，大姐就是当家人。父亲对这个家庭的影响几乎可以忽略不计。在这种环境下，家里的粗重活自然都是我的，洗衣服、做饭、打扫院子。我干活多，出错就多，经常被母亲责骂。我记得有一年冬天，快过年了，气温特别低，我提着一篮子衣服去河里洗。河上空旷无人，就我一个，棒槌敲打着衣服，�——砼——砼地传出老远。我并不觉得委屈，干活似乎天经地义。即使是这样的日子没有尽头，能让我待在这个家里就让我很满足了。我常常在书上看到“忧愁”二字。可忧愁是富贵人家的事情，我没有权利忧愁，我只是盼着母亲让我上学。我拼命地干活，好让母亲满意。

那天洗完之后，可能是蹲的时间太长了，站起来的时候一头栽倒在地上。两只手本来就冻得都是口子，地上的沙和石子儿都钻到伤口里，让我疼出了两眼泪。寂寞的旷野里，天那么高远，我那么渺小。

我要是栽倒在河里呢?我要被水冲跑了又有谁会拉我一把?也许死了会更好些，我父亲不会就是这样想的吧?

我吓得哭了起来，对着一河的水哇哇哇地号叫：“啊——啊——啊——爹呀，妈呀，二姨呀，二姨夫呀……”

在家里我不敢哭，掉滴眼泪都不容许。母亲心情不好时，碰巧我干的活儿她又不满意，她就会拧我，但只是拧我的胳膊、屁股。大姐也会拧我。她拧我的时候不说话，只是死劲儿掐我的脸。母亲也骂我：“我还没死呢，你给谁哭丧?”偶尔她心情好些，便会笑话我：“瞧瞧，自己倒会惯自己，我们家出了个小姐!”

我每次委屈得受不了了，就会跑去二姨家。我哭二姨也哭，她说，哭出来就好了，小孩子老憋屈着会落下病的。

那天哭完，回家我也没跟母亲说，自己跑到卫生室让医生把石子儿拣出来，包扎一下就过去了。直到我结了婚，才在老公的哄劝下，又做了一次手术，把里面的最后一颗小石子儿拿了出来。那剩下的一颗石子儿，在我肉里疼了多少年?

估计我母亲从来就没想过，我那会儿还是个小孩子，而且是个十三四岁的小女孩儿。

在二姨家，我的身体和情绪都慢慢恢复了。读完小学，有一天母亲突然来到二姨家，说要把我带回去。二姨和二姨夫都很吃惊，说孩子在这儿好好的，你这是干什么?母亲不耐烦地朝他们摆着手说：“闺女是我生的，我也没说过要把她送给你们。你儿子也大了，你们家就两间小房子，男大女大的，一个屋里住着不方便。她杵在你们家里，净是碍事儿。”母亲说完，瞪我一眼命令说，“站在这里干啥?还不赶紧去收拾你的东西!”

我靠着二姨站着，看着母亲凶狠的样子，腿都是软的。但我怕她跟二姨闹，便嗫嚅着说：“我马上就去收拾。”

她朝我不耐烦地摆摆手说：“那就赶紧去吧!”

二姨跟着我来到里屋，一边帮我收拾东西，一边流泪。二姨夫蹲在门口，一根接一根抽烟。表哥那天出去了，不知道是有事儿，还是故意躲出去了。不过即使他在，肯定也不敢说什么。

我跟着母亲回了家。原来是家里添了弟弟妹妹后，她腾不出手干家务活了。她见我身体好了，让我回来好歹多个帮手。那时候大姐在她面前还吃香，霸道凶狠，啥事都推给小的。二姐本来就倔，不大听她使唤，一天到晚捧本书，心不在焉地干点活儿她也看不上。二姐也没少挨打。母亲说："随她那死鬼爹，啥都别想指望。"

快开学的时候，我跟母亲说我要上学。母亲吃惊地看着我说："你也要上学？你大姐、二姐都上，你再上，莫非要把我拆骨卖肉？"

我说："妈，我保证一边上学一边干活，绝对不在家吃闲饭。"

"不上了！"她对于我敢还嘴，更加恼羞成怒。

过了好久，她看见我一直站在那里没动，口气有点儿软了，说："你这样的死脑筋，上也是白上。你先把家里活干好，以后再说吧！"

我不再乞求她，我知道跟她说软话没用，只有把事儿做好才有可能改变她的想法。所以我每天五点多起床，十点多才睡，把家里的事儿理得头头是道。我再提出上学的时候，她没有阻拦。

我初中毕业后，顺利地考上了高中。那天趁她在家做针线，我蹭到她跟前，跟她说我要上高中。

"不上！"她抬头斜了我一眼，就低下头去。父亲活着的时候，有时尽管她说话不好听，但还讲理。父亲不在之后，她的脾气变得更加暴戾，说话就跟放小刀子似的。

我站在她跟前，磨磨蹭蹭不走。

"你就是在这里扎根儿，也不能再上了！"

我依然站在那里。她干完手里的活儿，看都没看我一眼，噔噔噔地从我身旁走出去了，脸色阴沉得像要下雨一样。

这次看来是真不让我上了。

我想到了二姨，我不想她还能想谁呢？趁母亲不在家，我去找二姨。到了二姨家已经快中午了，我看到二姨夫和哥正在吃饭。二姨不在，二姨夫说她去舅舅家了。说话间，哥已经给我盛好了饭。在我吃饭的时候，哥说，你二姨明天才能回来，你要是有急事，我骑车载你去，或者我把她喊回来。我想了想说，如果二姨在那边没有急事的话，还是把她喊回来吧，我有点急事，在咱们家说方便些。我在二姨家里，说话就口齿利落，像换了个人。

我哥饭都没吃完，放下手里的碗，推着自行车就走了。

二姨半下午回来了。我一直站在门口等她。她看见我，眼圈先红了。还没待她进屋，我扑通给她跪下了，抱着她的腿哭着说："二姨，您救救我吧，我想上学！"

"你妈又不让你上学了？"二姨蹲下来，抱住我的腰，"我明天就去给她说。她要是不同意，我供养你！"

说话间，我哥也从外面进来了。我们四个人坐在屋子里，你看看我，我看看你，好像谁都没勇气再提这个话题。大家心里都明白，二姨去见我妈也于事无补。后来还是我哥打破了沉默，我哥说："这样吧，明天我去给大姨说，你上学，我去替你干活。"

"那肯定不行！"我脱口而出。我知道，二姨二姨夫身体都不好，这个家离不开他，我不能再拖累这个家庭。

"没事儿，"我哥说，"就这么着！"

我知道母亲的性格，我哥这样说也只能是安慰我而已。

我跑来二姨家，也只不过是哭一场，发泄发泄罢了。二姨能有什么办法呢？

吃过饭，我提出要回去。二姨也没再留我。她一直在哭，她知道自己斗不过我母亲，让我哥骑车把我往回送。我们一路无话，但好像又说了一路的话。我知道他说的什么，他肯定也知道我说的什么。

到了村口，我哥把我放下，连看都没看我一眼就折转头往回走，根本没提去找我母亲的事儿。我猜他肯定在哭。我看着他走远了，突然间又泪流不止，我喊道："哥！"可能是因为迎着风他没听见，或者他听见了不敢停下来，只顾低头骑着车走了。

我停了好大一会儿，拐上另外一条路。那条路直通黄河花园口桥，桥下就是黄河最深的地方。我走到黄河边，想着过往的一切，万念俱灰。前无目标，后无退路，还不如一死了之，免得牵累这么多人。我不是怕母亲的脸子，而是看不得二姨一家人的眼泪。

我还想到了我的父亲，他肯定也是怀着我这种绝望的心情，纵身跳入黄河的。父亲会泅水，我也会。既然黄河能带走父亲，也一定能带走我。

一想到父亲，我不但没有伤心，反而有一种说不出来的高兴。

月亮升起来了，把河滩照得恍如白昼。我沉着坚定，一步一步朝河边走去。河边是茂密的香蒲，我扒开香蒲往前走。前面有两只憩息的水鸟突然受到了惊吓，扑棱棱飞起来，就在我头顶上盘旋。我继续朝前走，眼前出现了一只鸟巢，像一个精致的手工编织的小篮子，那么小巧，那么温暖，挂在香蒲秆上。我走过去，看见鸟巢里有两只刚刚出生的水鸟，还有几只鸟蛋。在月光下，鸟蛋发出异样的光，好像通体晶莹剔透。我看着那两只幼小的生命，毛茸茸的，张着小嘴叫着。我站住了，犹豫起来，多么温馨幸福的一家啊！我不能打扰它们的生活。我折回头，慢慢往岸上走去。

抬头寻找那两只老鸟的时候，我突然看到了远处的城市。在夜色里，它离我是如此之近，灯火此起彼伏，照亮了半边天空。虽然在这里长大，可我从没有这样认真地打量过她，尤其是没有看过她深夜里的面容。平时她僵硬的、阔大的钢筋水泥身躯，在夜里突然显得柔软起来，像起伏的山峦。她那明明灭灭的灯火，多像生命的律动。是的，她像有生命似的看着我，温柔地眨着眼睛。她在召唤我。我为什么不走向她？这难道不是一条比死亡更宽阔、更诱人的道路吗？

我的心一阵疼痛，一阵温暖。就这样死去，我不甘心。我要走进城市，我要感受城市。虽然我并不知道外面的世界等待我的将会是什么，但至少它会给我自由，让我自己能够决定活不活，以及，怎么活。

我没有明确的志向，我甚至没有梦想，我追逐的是一个可以远远离开家的地方，越远越好。

后来的事实也证明了，没什么，真的没什么。我一个身单力薄的小女孩子，随着建筑大军进入城市，而且直接去了深圳。那不是一道窄门，她所给我的生命的力量，比父母给我的更坚实，也更坚定。

说真的，从我离开家那一天起，我已经下定了决心，不管混成什么样，我决不会再回家。

七

我父亲还在的时候，我二姨夫在郊区食品公司上班。那时候食品公司还属于国有，基本上所有的副食品都由国家垄断，不允许私人经营。其实说到底，二姨夫就是个杀猪的。这也是最让母亲看不起的地方，所以二姨夫很少到我家来。我母亲要是去他家也不搭理他，如果她偶尔去二姨家，碰巧只有二姨夫一人在家，母亲会扭头便走。她只跟我二姨说话。

二姨夫在食品公司负责杀猪、分割猪肉，最后还要处理猪骨头。认识他的人都说，杀猪匠可是个肥差，给个大队书记也不换。当时这活儿也确实是个肥差。看到他从街里走过，很多人都露出钦羡的目光。他浑身上下散发着猪油的香气，满脸油光。在那个吃不饱的年代里，他不但能吃上肉，还能喝上肉汤，确实让人羡慕不已。

他之所以能吃肉喝汤，就是当时猪骨头也是国有财产，不能随便废弃，要卖到废品收购站。收购站就在食品公司隔壁，但食品公司得把猪骨头处理干净才能交给收购站。这就是二姨夫能吃肉喝汤的根源。最后一道工序，是他负责把剔剩下的骨头放在大锅里煮，以便把骨头上的肉剔除干净。所以，他和食品公司的其他工作人员吃肉喝汤不但是权利，还是责任。

那时候生活匮乏，卖和买都凭票。一个人一月二两肉票，所以也不是天天杀猪，老百姓一年都吃不上几次猪肉，有时候十天半月才杀一回。每当杀完猪之后，食品公司的人就蜂拥而上，围着几口大锅啃骨头喝汤。有时候啃不完，还能从骨头上剔下一些肉来，被他们揣在身上偷着带回家。

刚刚开始的时候，二姨夫可怜我父亲，赶哪次杀猪多了就会偷偷地把我父亲带进去吃喝一顿。那是我父亲最快活的日子，他总是早早地去，帮我姨夫打打下手。熬汤的活儿他争着抢着就做利索了，啃一次骨头会让他高兴好几天。后来去得多了，他跟食品公司的人也熟络了，就不再偷偷摸摸，而是大摇大摆地去了。

有一次煮肉，父亲又是早早地过去。这次他带了一包自己配好的几味中草药，趁二姨夫没注意扔在汤锅里。肉还没煮好，香气已经溢满了半条街。食品公司主任跑过来，问我二姨夫是怎么回事儿。二姨夫只顾在烧锅后面低着头干活，也没太在意，就跟主任说，没怎么啊？怎么了？

主任说："你鼻子让蛆堵住啦？还没闻见香味儿？"

话还没说完，副主任带着食品公司的好几个职工跑过来，都是奔着这香味儿来的。

二姨夫疑惑地看看父亲。父亲也红了脸，嘿嘿地笑着说："也没什么，就是在药铺弄了几味中药放进去。你们放心喝，滋补壮阳，保证可以让老婆满意。"对他而言，说出这样的话等于是冷笑话。食品公司主任也没笑，他神情严肃地训斥道："这是吃的东西，你敢乱弹琴，不要命了？"说完，他实在禁不住那馋人的香味，舀了一勺汤递给副主任。副主任刚一进口就笑逐颜开，说，是真他妈的好喝！副主任又舀了一勺递给主任。

主任吹了吹，把一勺汤全部喝下去了。然后闭着眼，一脸的陶醉，向我父亲伸出大拇指说："想不到你还有这个绝活儿！"

父亲得意地搓着手，嘿嘿地笑，那意思好像是说，我也不是白来吃肉的。

后来每逢杀猪的日子，主任都让我二姨夫喊上我父亲。二姨夫也不好到我家去，就站在我家门口附近等。后来我父亲掐好日子，有时候二姨夫还没上班，他就在路上等着他。

过了一段时间，食品公司主任说，你老是这样来不合适，万一人家说句闲话，我顶不住。这样吧，你读书多，每次你到食品公司来，也不是为了吃喝，你给大家说说书里的故事，算是咱们食品公司的理论学习夜校吧！

父亲听见这话，高兴得了不得，毕竟这是他的强项。每当吃饱喝足，他就坐在那里给大家说故事。从《水浒传》《三国演义》到《烈火金刚》，他讲得头头是道儿。高兴了甚至来一段“三言二拍”里的荤段子，让人听得合不拢嘴。大伙儿听得入了迷，恨不得彻夜不让他走，常常会说到凌晨才回家。食品公司的主任总结说：“过去人家说书中自有颜如玉，书中自有黄金屋。现在应该加上一句，书中自有猪肉汤啊！”

这次他没得意，显出尴尬的神色，讪讪地笑着说：“也是。也算是。”

那一天恰逢下大雨，雨水把我们家的后墙给冲垮了，眼看着房子摇摇欲坠。母亲让我和二姐去找他。我们赶到食品公司，看到他坐在一圈人中间，眉飞色舞地说着什么，周围的人哄然作笑。昏黄的灯光照着他油乎乎的嘴和黏腻腻的头发，活脱脱一个电影里汉奸的形象。我跟二姐羞得简直想找个地缝钻进去，互相推托着谁都不肯进去喊他。我们捂着耳朵面朝着墙，既不敢看也不敢听。直到等着他讲完一段，二姐才让我过去喊他出来说话。二姨夫也跟着出来了，听了我们说的消息，俩人慌了说，你们先回去，我们马上再带几个人一起去看看。临走他还没忘记把用塑料袋装的省下来的一点碎肉递给我二姐。

我和二姐刚刚走出食品公司的大门，就看见母亲怒气冲冲风风火火地赶过来。她也没打伞，浑身淋得精湿。湿衣服像绳子一样缠着母亲，让她看起来像个水生动物。她一眼就看见二姐手里的塑料袋，不由分说，劈手夺下来，拿着那个袋子就冲进食品公司院子里。我和二姐在后面小跑才能撵上她。她进了院子后，刚好与他们带的一群人迎头碰上。她吼了一声冲向我父亲，把那包碎肉劈头盖脸地朝他砸去。碎肉和汤汤水水顺着我父亲的头发往下滴落。我二姨夫过来劝阻，我母亲一口痰吐在他脸上。然后也不管我们，扬长而去。

那是母亲第一次在有外人的场合没给父亲留脸面。

八

在深圳稳定下来之后，我回了一趟郑州，临行前专门去香港给母亲和姐妹们买了大包小包的东西。那时候母亲跟妹妹住在一起，我到郑州的时候，妹妹没在家，跟着单位的人一起出去旅游了。妹妹本来想让她也跟着一块儿去，她说跑不动，就留在家里。她这些年跟我妹妹几乎没有分开过一天。她依赖她，确切说是控制她。

我总觉妹妹的离婚是与母亲有直接关系的。这桩婚姻原本是母亲给定下来的。妹夫是个公务员，人长得体面，工作也体面。母亲的确比较满意，她自己也出去说，几个孩子里面这是她最满意的婚事。但妹妹结婚后，她几乎寸步不离地跟他们在一起生活。我妹妹心大，是个马大哈脾气。妹夫也是个有心胸的人。平日里小两口言来语去的，说了什么彼此并不在意。毕竟感情好，两个人有时候开起玩笑来也不怎么讲分寸。当妈的听了，却觉得这里那里都不对劲。有时候女婿无意说点什么，她不等我妹妹开口，直接就接上去了，弄得女婿甚是尴尬。对于女儿，她更是任意指责，只要不高兴了，非要说出口来不可。

慢慢地，两口子之间就出现了罅隙。但我妹妹是个没心没肺的性格，大咧咧地不当回事，也从不拿老公当外人。有时候明知道母亲没理，却还是站在母亲这一边跟老公斗气，哭了闹了，就觉得没事了。时间长了，妹夫夹在两个人中间确实不好过，但他始终忍气吞声，觉得忍忍就过去了。但他的忍让换得的却是母亲变本加厉的控制。有一次因为单位提拔了几个人，没有妹夫。他回来向我妹妹发了几句牢骚，说了，心里的结也就解了。谁知我妹妹又学给了母亲。我母亲找个机会，就仔细地盘问妹夫，一边问一边横加指责。本来单位的事就够烦心的，回家还要再受丈母娘一遍羞辱，这把妹夫平日压下去的怨气激起来了。实在是忍无可忍，他分明不是在跟一个人过日子，而是在与两个人作斗争。于是，他就跟我妹妹摊牌说，咱妈仅在家里管管我也就算了，现在她连我工作的事儿也想管，这日子能过下去吗？妹妹又拿这话去吓唬母亲。谁知母亲根本不吃这一套，她说："不知道好歹的东西！乡下孩子，住我们的房，吃我们的饭，我们娘俩伺候得像爷一样，家务活没让他碰过一指头。凭啥还这么仗势？他说过不下去，那你就拿话撑着他！想怎么着都行，看看谁后悔！"

妹妹觉得母亲说的也有道理，就拿硬话撑住了妹夫。

婚最终还是离了，我母亲等着人家后悔，可很快那边就结了婚。刚离婚那会儿，我妹妹哭了一阵子。后来自己也觉得没了丈夫更舒适点，不用在意谁谁的感觉了，想睡就睡想起就起，妆不用化衣服也不用挑拣，饭想怎么吃妈就给怎么做，也挺好的。妹妹年轻貌美，在银行工作，收入不算差，离婚后介绍对象的也不少。我妈看了总是挑肥拣瘦不满意。她也懒得跟我妈理论，反正妈说好就好，说不行就不行，她没意见。她的口头禅就是，不操闲心，简简单单地生活，只要快快活活就成。只要不让她自己想事儿，处处让妈当家做主，她图个省心。反正我妹妹省心了，我妈就开心了。这世上如此般配的母女，说出来还真没几个人相信。

这次母亲不愿意跟着妹妹出去旅游也是有原因的。她曾经跟着出去玩儿过，和一群年轻人在一起，开始大家都客气着。可她还跟在家一样，什么事由着自己说了算。时间长了，大家就觉得老太太有点过分了。人家不驳她的面子，可也不理她那么多。出来玩儿带个老人，两边都很尴尬。她渐渐觉得大家都对她不敬，大家说什么故意递眼色插不上话，心里非常失落，旅游还没结束，就气鼓鼓地让妹妹带着她回来了。后来我妹妹出去玩儿，她十有八九都反对。这次见她实在要去，就赌气说懒得动，自己在家待着。

我赶到妹妹家已经很晚了，当天晚上也没说那么多，洗洗就睡了。第二天我睁开眼，已经快九点了。我听见客厅里有动静，便走过去，看见母亲正在翻我带的东西。我脸也没洗，就赶紧过去帮忙。

她低着头翻拣东西，看见我进来，一脸的尴尬。

"你这都是在市场上捡的货底子吧?"她说。

我笑着说:"那可不是！这都是我去香港买的，因为怕不好带，我把包装盒都扔了。"

"嘁!"她拿起一支欧姆龙血压计扔在床上,"在咱们这儿地摊上，十块钱就买了。"

我耐心地说:"妈，您不懂，那是专门给您买的，日本原装的，要一千多。"

"这也是给我的?"她拿起一打丝光袜，当时比较时兴这个,"这是人穿的？跟葱皮儿似的。"

"这是给妹妹买的。"我打开最大的那个包袱,"这是我给您买的几件衣服，您刚好试试合适不?"

她扭头看了看，不屑地说:"不试。看着就不行。"然后拍了拍自己身上的衣服,"看看你妹给我买的衣服，哪哪都是合身的。布料还厚，穿着沉甸甸的。"

我笑了笑，拿起一件马甲给她披上，说:"衣服可不是料子越厚越好。这个您还是先试试看吧!"

"咦？你啥意思？你是说你妹妹买的东西不好?"她好似遇到蛇一样拨开我拿衣服的手,"不行！我不喜欢这不长不短的东西!"

"这个呢?"我把一件毛料外套往她身上披,"这是法国进口的，牌子货。"

她一把推开我，转身就往她自己房间里面走。

"我不需要你孝顺，我不要你的东西！也不会穿你买的东西!"她说。

我感觉到自己体内有一枚炸弹爆炸了，累积了几十年的能量一下子爆发出来。我冲过去，一把抓住她后面的脖领子，想把她拉回来。她一边往前挣，一边拿手往后面推我。但我毕竟比她力气大，强行把她拉回来按在沙发上，低声叫道:"我看你试不试！我看你试不试!"一边说，一边就往她身上套那件外套。她拼命挣扎，但是一言不发，咬着牙跟我对峙。但毕竟是那么大年纪的人了，很快她就不反抗了。

我们俩都斜靠在沙发上喘着粗气，愤怒地看着对方。

她忽然现出软弱的神情，几乎用乞求的口气跟我说:"今天这事儿，不管到啥时候，不管对谁，都不要说出去。说出去我只有死！好吗?"

我没理她，猛地站起来，走到卫生间用冷水冲了半天脸。我出来看见她很平静地坐在沙发上，冷冷地看着我。她那种眼神我是第一次看到，是一种深入骨髓的厌恶。我不禁一阵发冷。

"你回来就回来，买这些大包小包的东西干什么？就是为了让邻居看见，说你对我孝顺、对我好?"她的眼睛里突然流出了眼泪，这是我第一次见她流泪。父亲死的时候她只是干号几嗓子，并没有落泪。"你太有心眼了。你对我好？真对我好吗?"她的眼泪越过脸上的沟沟壑壑，那黑褐色的泥土一样的颜色。在这块土地上，我从来没感受到过温暖,"你这样子做给别人看，还不是为了报复我？小时候我对你不好，你偏对我好，看我老脸往哪搁？你就想这样子让我羞愧死是吧?"

我也冷冷地看着她，一句话都没再说。但是心里突然有一种极大的、恶作剧般的满足，我觉得我平生第一次在她面前占了上风。

第二天我就回了深圳。我和她单独住在同一个屋子里，觉得那三室一厅的屋子还是太小了，压抑得我时时刻刻都想爆炸。

九

关于父亲是被母亲逼死的说法为什么在我们镇子上不胫而走，我到现在也没闹明白。其实我们家也没人真正去追究过原因。一来也没外人在我们跟前说起过，二来母亲对这种说法压根儿没当回事，甚至连嗤之以鼻都算不上。二姨倒是跟我说起过，她的说法还有一定的合理性。她说：“人家也不是说你妈逼死了你爸，而是你爸受不了你妈对他的态度，自己投河死了。”

态度？我估计这个词二姨不知道在心里斟酌过多少次，但我听了心还是往下一沉。这么多年我们要么是从未想起过，要么是忘记了或者刻意回避，在母亲营造的家庭氛围里，我们的“态度”在哪里？如果父亲真是被“态度”逼死的，那么这“态度”里，有多少是我们的成分？难道这些事情一股脑都怪在母亲一个人身上吗？

然而，想了一下我还是说：“听说会水的人，投河是淹不死的，所以他们死的话也不会选择去投河。是不是真是我爸去打鱼被河水卷走了呢？”

“真不好说，”二姨轻轻地叹了口气，“那谁说得了呢？到底河跟河不一样啊，人家都说黄河是面善心恶，长江是面恶心善；我没去过长江，黄河每年淹死那么多人，有几个不是会水的？”

我说：“我爸跟他们不一样，他懂得黄河的水性。差不多每次下大雨或者发水，都要去黄河打鱼。”

二姨说：“常在河边走哪有不湿鞋？我约莫着那是你爸的命。”

在村人眼里，我父亲是一个非常幽默风趣、知书达理，而且相当有生活情趣的人。打兔子钓鱼，套野猪网鸟，还会讲故事，简直无一不通。更重要的是他的一手好菜，哪怕是一根白萝卜到他手里，都能做得跟别人不一样。毕竟他是大家庭出来的，吃过见过那么多，而且读过很多书，背过汤头歌，懂中草药。

我记得父亲在的时候还是大集体，没有包产到户，我们郊区人还靠种地过日子。有一次在田里干活，他到田边的沟里解手，发现了一个兔子窝。于是他又喊了几个人，从窝口开始刨土。然后他把耳朵贴近土地，听了一会儿，拿着铁锹朝地下插去。在他插下去的地方把土刨开，果然锹下有只兔子。父亲没用一滴水，把一只兔子剥得干干净净，然后跑着到周围采集了一些野草野花什么的塞进兔子肚子里，放在火上烤。那个香味儿弄得大伙儿也没心思干活了，到处跑着找兔子窝。后来我父亲还为此在生产队的大会上做了检讨。

那时候的生活已经渐渐有了起色，村里谁家有红白喜事总是请我父亲帮忙。我父亲忙活一天，可以得几个馒头，一盆抹桌子菜。我们家的生活虽然好了一点，肉还是吃不起。再说了，这总比父亲游手好闲强得多。母亲尽管厌烦得不得了，开始极力反对，后来到底管不了。父亲倔强起来，母亲也没办法。于是她只好睁一只眼闭一只眼，只当没看见，反正她是从来不会吃一口的。

有一次，母亲回我舅舅家走亲戚去了。刚好我家的一只羊被生产队的拖拉机撞倒了，流了很多血。眼看着奄奄一息快没命了，父亲趁着它死之前，就把羊杀了。其实羊很小，也很瘦。我爸用羊骨头烩了一锅菜，把好点儿的羊肉都给母亲留着，等着她回来再吃。

饭做好后，全家人正准备吃，我妈从姥姥家回来了。看见我们围着桌子等着吃饭，便问我大姐道："哪里弄的肉这是？"大姐说，我爸把家里的羊给宰了。她并没有告诉母亲，说羊被撞着了。也可能是故意不说，也可能还没来得及说。母亲一听这话，二话不说就折返到厨房拿了一把菜刀出来，要去砍我父亲。父亲赶紧逃到西边屋子里，从里面顶住门。母亲拿着菜刀，一刀一刀剁在门上。她一句也不叫喊，害怕邻居们听见。后来菜刀深深陷在门板上，她实在没力气拔出来，才算作罢。

可等母亲回到堂屋，我们已经把桌子上的菜吃差不多了。母亲气得把桌子一把掀翻了，瘫坐在地上，一左一右地扇自己的脸。

十

刚到深圳的时候，我在建筑公司的工地上当小工。其实小工是最累的，搬砖、和灰、清理建筑垃圾什么的，都是小工的活儿。那种累是说不出来的，也不是劳动强度有多大，而是消磨你的耐力。所以多年之后有人问我那会儿累不累，我真不知道该怎么说，只能说记不得了，也许是真的想不起来。很多时候做梦都还是在搬砖，或者和灰。攀上脚手架，一脚踩空，我从上面掉下来了。正奇怪着摔这么狠怎么会不疼，恰好就醒过来了，一身都是湿淋淋的汗水。

那天是下班后的休息时间。男的都打牌喝酒去了。天气晴好，蓝天白云。我坐在简易宿舍门口看书。有个穿着休闲装，长得黑黑胖胖的大个子男人领个狗在工地上转。他已经从我跟前走过去了，又转回来，走到我的跟前问："你是在这里干吗的？"

"哪里？"我疑惑地指了指前面的工地，"这里？"

他认真地看着我，点了点头。

我说："我是工地上的工人。"

他吃惊地看着我："我们工地上有这么小的工人？"

我翻他一眼说："个子小不少干活，我都干一年了。"

我看看他，也不知道他是谁，听他说话口气蛮大的。我低下头继续看书。

"你多大了，闺女？"他没走，停下来站在我跟前。

"十八了。"我说。为了到这里打工，我多报了三岁。虽然我瘦了点儿，但个子不算低。

"你有十八？"他准备扭头走了，又拐了回来，也不跟我商量就把我手里的书拿过去。那是一本《高中数学》，他看着快被我翻烂的书页和我在上面记的笔记。

"这上面都是你写的？"他的声音温和得让我难受。长这么大，从来没遇到过有人这么温柔地跟我说话。再加上刚才那么没有礼貌，我有点不快。而且他的河南信阳话让我听起来有点困难，但出于礼貌，我还是认真地点点头。

然后他放下书，一声不吭地走了。

大概过了三四天吧，工头突然通知我让我去公司财务科报到。到了财务科上班以后我才知道，那天跟我说话的是公司老板，怪不得他说话口气那么大。他是怜悯我，他的女儿跟我差不多大小，因为神经衰弱，经常头疼，不能到学校上课，就请老师在家里教她。患个头疼就能请老师在家上学？反正有钱人就是任性。

老板安排我在财务科当了记账员。过去工地上的工友们看见我都阴阳怪气的，不知道我走了谁的门子。连我自己都觉得不可思议，运气来得太意外了。记账员的工作与做小工有天壤之别，相当于建筑公司的白领。在这里，我又打起了上学的主意。我一边工作，一边报考了电大。课程对我来说并不是很难，数学我能考满分。我不明白这么容易的题，有的学生为什么愣是学不会。上电大时，我是最优秀的学生。

老板的女儿叫任小瑜，我们是在我到财务科上班一年后才认识的。那天财务科长通知我说，下午下班后不要走，老板和老板娘要请你吃饭。当时我很诧异，我一个毛头丫头，人家老板凭啥请我吃饭，而且还带着夫人！

下班之后，科长把我领到职工食堂里面的小餐厅，把我介绍给老板就出去了。我看到老板和一个中年妇女在屋子里坐着喝茶，我站在门口手足无措。老板和那女的见我进来，都站了起来，热情地跟我握手让我坐下。坐下之后，我才弄明白这个妇女是老板娘。她并不像是影视剧里的当家夫人，她们一个个耀眼而且霸道，一副高高在上、不食人间烟火的样子。而眼前这个女人看起来面目良善，模样周正耐看，但打扮得非常朴素，甚至还没有我们财务科的年轻员工打扮得入时。平时老板穿衣服也不十分讲究，那一次见他我还以为他是工地的工头之类的。

正说话间，一个女孩子推门进来了。她穿着一身运动装，理了一头短发，瘦得像根棍儿。皮肤是那种不健康的苍白，嘴唇也没有血色。但人看起来温和恬静，倒是个好孩子的面相。

“爸，”她走到我旁边拉了把椅子，“这就是你跟我说的爱学习的姐姐吧？”

老板摸了摸自己的头，不好意思地咧着大嘴憨厚地笑了。

他们三口热情地述说着，开始因为紧张，我不知道他们在说什么，听了好一会儿才弄清楚是怎么回事儿。原来老板家里有个保姆兼家庭教师，现在人家结婚走了。她想让我接这个角色。

我一口回绝了，我说我还是想上班。

“你看这样好不好？”老板娘讨好似的看着我，“你半天上班，半天陪小瑜学习。至于家务，我另找人。”

“好吧好吧姐姐！”那女孩拉着我的胳膊摇晃着，“你这么小就出来打工，还能考上电大，肯定有一肚子故事！我爸爸天天在家夸你。我一个人在家好难挨，我想让你陪着我一起学习！”

“她叫任小瑜，”老板娘怜爱地看着女儿，“从小被娇惯坏了，不懂事，恳请你能带带她。”

老板也看着我，说：“先委屈你试试吧，也不勉强。不行了再说。”

我看着一家三口诚恳的样子，勉强答应了。那时候我对富人没有一点好感，也是多年受仇富教育的结果。

任小瑜果然是个好孩子，虽然生在富贵之家，可一点都不娇横，还特别有善心。有一天学习完，我们一起出去散步，在小区外面看见一个孩子面前摆个牌子，上面写着：“我饿了，实在走不回家了。请好心人给我十块钱。”她马上就从口袋里掏出十块钱给那个孩子。回去的时候我问她：“万一是个骗子呢？”

她站下，认真地看着我说：“万一不是呢？”

我看着她，看着明亮的天空和宽阔无边的草地，看看远处的高楼和身旁盘根错节的老榕树，看看树上树下快乐的鸟儿在啁啾，我的眼睛润润的。纵使我是铁石心肠，也很难不被这样一个冰清玉洁的女孩打动。这世界的好都属于她。我也已经长大了，想明白了很多事理。我不能责怪父母生下了我，但也不能不说，是自己投错了胎。家庭环境对一个人的性情影响太大了！

并非我天生不是个嫉恨人的人，我是被这一家人的善感化了。我在小瑜身上，不，在他们这个家庭也学会了很多东西，那是在我那个家庭根本体会不到的，那种亲人之间的爱和默契，那种充满善意的做事风格，那种待人处事的谦恭，都对我以后的人生产生了极大的影响。在他们家，我对财富、对富人有了全新的认识。穷不一定都是好，富也不一定就天然带着恶。

小瑜长得瘦弱，却是一个超级爱吃的家伙，也真是会吃。学习期间，基本上每周她都要带我去几个好吃的地方，从日本料理到墨西哥烤肉，从杭帮菜到川湘菜，从海鲜到笨鸡笨鸭，基本上没重样过。但让她想不到的是，只要吃完她爱吃的菜，回来我都能试着给她做出来。她喜欢吃川菜馆的麻辣小鲍鱼，每个礼拜都要去吃。偌大的一盘红辣椒碎，里面埋着可怜的几只小鲍鱼，一盘菜几百块，差不多是我半个月的工资。我拉着她去鱼市上转，鲜活的小鲍鱼十块钱一只。我们买了十几只，另外买了葱姜、新鲜的青花椒和小红尖椒。我回家用刷子将鲍鱼洗净，放在开水中烫一下，取出完整的鲍鱼肉，切片。锅里放一点橄榄油，先将鲍鱼片爆一下，加入葱姜和新鲜的红辣椒和青花椒。鲍鱼本身带鲜，不要任何调味品，只需一点生抽和黄酒。做出来之后看着就让人馋涎欲滴，小瑜一口气吃了半盘，老板和老板娘也连称鲜美，好吃。

做菜我这么无师自通，自己也感到很吃惊。虽然我很小就开始做饭，但都是萝卜白菜家常便饭，鸡鱼肉蛋都很少做，像海鲜什么的过去见都没见过。莫非我们家族真有会做菜的基因？

有一年过中秋节，老板要在家里请几个好朋友吃饭。任小瑜提议由我来做菜。她的这个提议立即得到了老板和老板娘的赞同。这就是这家人的风格，倒不是他们认为我能做好，而是觉得不该当着孩子的面驳我的面子。那天我和小瑜亲自跑到市场上买菜，把我们最喜欢吃的菜列了个菜谱，做了十几道菜。那真是我最得意的一次，菜还没上完，就把参加宴请的人的味蕾征服了，都交口称赞，说在哪个高级饭店请的专业厨师？小瑜得意地把我这个半大妮子介绍给大家的时候，几位客人都惊呆了。

这样过了两年，小瑜的成绩上去了，我也拿到了电大会计学专业的本科毕业证，接着我还想考会计师资格。任小瑜也要去加拿大留学了。我完成了任务，也算报答了恩情，准备着离开这个家。临走的那一天吃过晚饭，我正准备回去休息，老板却招呼我留下了，说要给我谈件事儿。

“我们公司的餐厅，是我最头疼的事情。”老板开门见山地给我说，“换了好几任厨师，大家还是不满意。除了中午，实在没办法了，才有一些人在这儿吃饭。公司想接待客人，菜总是不让人满意，弄得很没面子。有些中层干部和员工请朋友吃饭，大家宁愿舍近求远出去，也不在咱们自己餐厅吃。这么大个公司，餐厅都弄不成个样儿，公司补贴很多，还连年亏损。”

我认真地听他说，没有插话。

“我的想法是，让你把这个餐厅管起来。”老板说。

我很吃惊，这可比不得在家里烧几道家常菜。况且我仅仅是一个小小的记账员，没有任何领导经验。但我也不想一口回绝，不就是做饭吗？我思考了一会儿才说：“请您给我几天时间，我考虑考虑再说好吗？”

我长成了一个大姑娘，我有了自己的想法。

我私下里考察了一下，觉得餐厅的问题可以归纳为三个：第一个是主管负责制，会造成主管与厨师之间的矛盾，没有厨师负责制合理；第二个问题，我们公司大部分员工是北方人，而请的厨师都是当地的南方人，菜品和口味方面南北方相差太大；第三个问题是北方人晚上喜欢吃面条或者喝粥，而这些东西南方厨师根本不会做，或者做不好。

在送任小瑜去机场的路上，我把我的想法跟老板讲了。我说：“咱们这个餐厅，位置特别好，周围基本上都是市场和公司总部，想吃点好的要跑好远。如果我们做好了，公司的员工吃饭不但可以不花一分钱，餐厅还能挣钱。无非就是把公司临街的地方调整出几间房子给餐厅，需要朝外开个大点儿的门脸。”

然后我说出我的决定：“我不想当这个主管。我想承包这个餐厅，我先试三个月，若是能成，除了我们的员工免费吃饭，我再给公司每月上交五万元利润，算是房租费。”

我说的是五万元，不是五百也不是五千。我被自己吓了一跳。对于做餐饮，我骨子里有一股子狂野。

老板还没答话，老板娘就激动地拍了一下车座扶手，说：“这个也算我一份儿。反正小瑜走了，我在家也没事儿！”

老板微笑着点了点头，又摇摇头说：“果真，我没看走眼啊！”

然后他侧过身问我：“听小瑜说你爸自己写过菜谱，难不成真给你们留下过秘传绝技？”

我不知什么时候竟然给小瑜说起过我的父亲。但老板此时此地说起他，让某种情绪击中了我。我有点发抖，不知道是激动还是伤感。

我意味深长地回答道：“是啊！”

十一

我想说说我的爱情。

有人说穷人不配拥有爱情，毕竟贫贱夫妻百事哀。这是我从父母和我的那些穷亲戚身上看到过的。再美好的初见，也终是会被日子的窘困弄得千疮百孔。在我开始创业的那几年，拒绝过许多真真假假的求爱者。一晃我就过了三十岁，小瑜的妈妈给我介绍过不下十个人，我并不是没看上，是压根儿就没认真看过，心不在此。我一个人在深圳，唯一能待得住的地方就是小瑜家。叔叔阿姨两口子是真心待我好。小瑜一直在国外，每次假期回来我们俩都黏在一起，几乎没分开过。小瑜真是又懂事又孝顺，在国外也时刻惦记着爸爸妈妈，每次打电话都让我多去家里陪他们。我一有空就会去，反正我一个人也没什么事，真是把这里当成自己的家了。每次去都顺便在超市买些菜，亲自下手做给他们吃。阿姨常常开玩笑说：“丫头，咱们家小瑜要是个男孩，我就让她娶你。你和这个家天生有缘分。”

小瑜当然不会娶我，她嫁了个美国老公。她那边欢天喜地，四处晒旅行照。这边爸妈哭得稀里哗啦的。就这么一个女儿，却远嫁到大洋彼岸。当时我也觉得嫁个外国人，心里无论如何都过不去。我打电话问她：“你是不是吃错药了？你那么百依百顺的一个人，怎么在婚姻大事上不听听叔叔阿姨的意见呢？”

“你怎么这么糊涂呢？”她一边嘻嘻笑着，一边特别认真地跟我说话，“一码归一码，孝顺是孝顺，那是我应该做的；可婚姻是我自己的事儿，我不能让任何人替我做主。况且，我父母并没有阻拦我，一直说尊重我自己的选择啊。”

我的心一阵疼痛，想想姐姐和妹妹的婚姻。我对婚姻有一种本能的抗拒和恐惧，之所以一直不找对象，恐怕也和这个有关系。

每当叔叔阿姨心里因想女儿而伤感的时候，我就劝他们说，还不如移民到美国，索性跟着小瑜他们一起生活算了。叔叔说，他的公司离不开，如果他走了，从河南老家拉出来的这儿百号人怎么办？况且他一口西餐都咽不下去。阿姨也说，她一句英语都不会，跟个外国女婿生活在一起，她根本无法接受。

那些日子我怕他们伤心，去家里的时间更多了。我去他们家以后一直拿得有家里的钥匙，小瑜出国的时候我想还给他们，阿姨还把我说了一通：“你也想走啊，小瑜不要我们了，你也想抛弃我们？”他们完全把我当成自己的女儿了。我出入自由，我交代保姆买什么菜做什么饭，我管制叔叔抽烟喝酒，带阿姨去做护理去上瑜伽课，一副当家做主的样子。不了解的人还以为我是任老板的另一个女儿。阿姨听人这么说，也从来不反驳，反而得意地看着我，一脸的幸福模样。我不得不说，我命好，开始闯世界就遇到这么一家人。并不是每个人都能如我这般幸运。

叔叔总是担心阿姨想女儿会想出病来，就让她每隔一段时间去美国看看小瑜。没跟他们在一起生活的时候，他们这样的人是别样世界的人，和我的家庭相去千里。他们原本也是基层小公务员出身，两夫妻辞了工作一起闯天下，同甘共苦，相濡以沫，一步一步熬到今天。与他们相处多年，从未见他们发生过大的口角。有时候叔叔因为工作不顺心，回家说话声音高一点，阿姨就连哄带劝地安慰他。阿姨不高兴叔叔喝酒，逢他喝醉也生气，生气也只是嗔怒：“你不爱惜自己身体，你老了病了我可不伺候你！”叔叔就笑道：“那还不好办？到时候我就找个年轻漂亮的伺候，你可别不乐意。”阿姨说：“估计你不敢，你找一个试试？我不说话，你闺女就会收拾好你。”叔叔说：“我怎么会怕一个毛丫头？我是怕你不要我，上哪再找一个给我亲手擀面条蒸馒头的女人？”

我觉得他们就像孩子一样，还保留着童心。这样从不斗心眼，对所有人都坦诚相待的两口子，怎么能把企业做这么大？可又如何能不把企业做这么大？这对我后来的企业管理也是一个深深的触动。

他们斗嘴的时候若是我在，就假装愤怒地提出抗议：“秀恩爱等我不在的时候秀，别忘了家里还有一个大龄女青年。”我总能在合适的时候逗得他们哈哈大笑，我们合着就该是一家人。

真的！

就是那次，叔叔和阿姨又一起去看小瑜，我奉命在家里看家。家里还养着小瑜的宝贝狗任小白和任小白的女儿小小白。任小白是一只白色的泰迪犬，已经十四岁了，走路都有点蹒跚，得有专人伺候。阿姨不在，我就是狗保姆。

叔叔阿姨刚走不久，家里就来了客人。

我正打扫卫生，听见有人按门铃。我打开门看见一个一脸傻笑的人站在门口。小小白大声地抗议着，不想让生人进门。他却开口便叫："小瑜姐!"

来的人是个毛头小子，长相嘛，乍一看一般般，仔细一看更加一般般。个头倒是不低，怎么着也得有一米八靠上。这么高大的个子，却一脸稚气，戴着两只银圆大小的圆饼眼镜，看起来很搞笑。

我被这个人的傻气逗笑了："你什么眼神，凭我这五大三粗的样子，你哪只眼看见我是你小瑜姐了?"

"那你是谁?"他把头伸进门里寻找。

"我是你小瑜姐的朋友，不行吗?"

我把他让在沙发上，给他倒了水，便上楼给小瑜打了个电话。小瑜那里是半夜，她睡意蒙眬地听我说完，在电话里哈哈大笑，她说："他就是我给你讲过的那个傻呆。"我在这边也哈哈大笑，"傻呆"的故事我听得可不少。我问小瑜："我该怎么安置他?"小瑜说："你怎么安置任小白，就怎么安置他得了！给他找个睡觉的地方，一天三顿饭管饱。出门脖子上挂个牌，写上咱家地址和你的电话号码，别万一走丢了回不来。"

这人是任小瑜的表弟，阿姨的亲侄子。阿姨姓乔，她侄子叫乔大桥。小瑜给这个表弟取绰号"傻呆"。傻呆也不是十分傻，是他们老家的高考状元，清华大学建筑系学生，今年硕士毕业。假期结束就要去美国读博，已经被美国康奈尔大学风景园林专业录取。小瑜说，她这个表弟除了会学习，情商是个零，一句囫囵话都说不好。谁要是问他长大干什么，他就回答，学习。要是问他有什么爱好，他仍是回答，学习。他在清华读了六年，北京城都没转过来。小瑜曾问他清华大学校园有什么特色。他直接给她发来一张校园的鸟瞰图，然后再发一大堆评论文章。再问他，他就说学校哪哪有几棵百年老树。再问仍旧说不明白，好像他在清华只待了六天，而不是六年。

"不知道这样一个傻呆，是怎么考上康奈尔大学风景园林专业的。这个专业一直是康奈尔大学的优势，别说在美国，就是在世界范围内都算得上前列了。"小瑜说。

也别说，看看那瓶底儿似的眼镜就知道为什么了。

家里多了一个人，让我很有压力，下了班还得想着给他弄饭。但他在家里待了两天我就放松了。乔大桥比任小白娘俩还省心，给啥吃啥。到了饭点，我做饭，他就规规矩矩地坐在餐桌边等着，两手放在膝盖上，等着我端给他吃。菜做好了，若是我忘了放碟子和筷子，他不说话，就坐在那里一直等着。我的天！这真是弄个油饼挂脖子上都不知道转圈吃的主儿。有一次我有个应酬，给他打电话说晚会儿再吃饭。一直到我回来，他就坐在餐桌边傻等着。我赶紧给他做了个蔬菜沙拉，下了一碗水饺。他呼呼啦啦就吃完了。我问他："沙拉好吃吗?"他回答："好吃。"我收拾碗碟时发现，洗的蔬菜全部吃了，旁边小碟子里的沙拉酱动都没动。我哭笑不得，笑话道："傻呆，你吃的是原味蔬菜。"

从那以后我就和小瑜一样称呼他傻呆。

他随即就答应了，一点抗议的意思都没有。

我比乔大桥大七岁，在他跟前却像个妈。我带着他理发，进理发店时像个流浪汉，出来时就变成了一个少爷。我看他打扮得三不整四不齐的，就领他去买衣服。我挑什么他就穿什么，我是设计师，他就是我的模特。从服装店出来，就像换了个人，精精神神一个帅哥。

我给了傻呆一把钥匙，上班时我告诉他看书累了就出去转转。他也很听话，看一会书就到隔壁的市民广场晃悠一圈。那天我回来，他告诉我今天转了十一圈儿，走了三万多步。我说那好吧，今天犒劳你，咱们出去吃吧！他立马站起身，在门口等着我带他出去吃饭。在路上，我给他讲各种菜的味道和特色。他看着我，嗯嗯嗯地答应着。我以为他对这些不感兴趣，便说：

“人活着，不懂吃还有什么意思？”

“是的，可也不一定！”他认真地回答我，这是他第一次敢于反驳我。

“好吧，傻呆，”我像对待小孩子那样拍着他的肩膀，“你倒是给我说说，有什么意思。”

他脸红了，低下头，没有说话。

我的头发是轻烫一下披在肩上的，做饭时以免碍事，就随便弄个什么绾一下。有一天我给傻呆煎牛排忘了弄头发，低头的时候头发挡住了眼睛。我正要用手理一下，头发忽然被身后的一双手拢起来。我知道是傻呆，也没太在意，只是感觉他用个什么东西给我别了一下。吃完饭我去清洗时才发现，头上别着一个水钻的发卡。我最不擅长的就是弄头发，不是披着就是绑着，被他这么拢起来别上一个头饰，一张脸都变得闪闪发光。我跑出去问傻呆：“你这东西哪来的？”他一脸诚实地回答：“在商场买的。”

“你自己？去商场了？为什么想起买这个？”

“你的头发总是披着，我觉得拢起来更好看，更显气质。”

“好看？气质？”天啊，这是傻呆在说话吗？

接下来还有更多的意外，他会突然买一本书说：“送给你的。”

“为什么要送我这本书？”简·奥斯汀的《傲慢与偏见》，小瑜推荐给我读过。

“你很像她。”

“谁？”

“伊丽莎白。”

“咦？傻呆啊傻呆，你是说我像伊丽莎白小甜瓜吧？皮糙肉厚是吧？”我说完哈哈大笑。

“有啥好笑的，”他沮丧地看着我，“我是认真的。”

“说你是个傻呆一点都没冤枉你！我哪里有一点‘伊丽莎白’的影子？莫非哪里还有达西等着你老姐我是吧？”

调侃了几句，脸色突然就凝重起来。某种伤感的情绪蔓延开来，我的脸上肯定出现了类似忧伤的神情，也许那一会儿真的像迷茫时的伊丽莎白。

“你会有的。你很好，非常好。”

我看见了他镜片后的眼睛，纯净得像一只羔羊。

我把书还给他，突然无厘头地烦恼起来，把他扔在客厅里，独自走了。我的突然翻脸让他不知所措，接下来的几天我都爱答不理的，我做好饭会命令他自己去端盘子，自己摆碗筷。他吃完了我又凶他，让他自己收拾。他真的去洗，我又劈手夺过来。我被一种前所未有的情绪控制了，一种深藏在心底，连自己都不知道的烦恼和喜悦。

我在黑夜里拧自己的脸，我这是在干什么？我面对的只是一个孩子，一个傻呆。

我给自己冲了个冷水淋浴，在镜子里，我甩甩头发让自己恢复精神。一切又恢复了原状，我恢复成一个大姐，一个小母亲。我忘记说了，傻呆三岁就没了母亲。母亲说是进城购物时走失的，二十年没有消息。有人猜测死了，又有人说被人贩子卖到山窝子里了。失踪两年被法院宣布死亡后，父亲又娶了后母，生了两个妹妹。傻呆是跟着祖母长大的，他读书的费用全是姑姑，也就是小瑜的妈妈出的。

闲暇时间，我又开始带着傻呆四处游走。我们去植物园，他拽一根草茎，三下两下就拧成一个戒指，捧着递给我。那么大的手，托着一点小小的精致，真是憨态可掬。抬眼看他的脸，一脸孩子气的傻笑。我们去看电影，他一下子变成另一个人，他会告诉我电影的来龙去脉，原著是谁、人物故事的合理和不合理、演员哪一点没表现到位，等等。他熟悉那么多演员，包括国外的，好像都跟他哥们似的。莫非他什么都懂得，却装傻充愣欺骗我们？

好在他就要离开了，他要去遥远的美国。我们，或许一辈子都不会再见面了。

果然我没猜错。傻呆真不傻，他去美国后开始对我全方位展示他的霹雳手段，一天一封邮件，狂轰滥炸。我不知道他从哪儿弄到我的邮箱的，他并没有问我要过。傻呆的爱情炽烈到足以把我融化。我知道我们之间的差距有多大，年龄、文化以及阶层，每一项都足以让我窒息。所以我一直拒绝，绝望地等待着他苏醒。他开窍了，说不定哪一天就会和小瑜一样宣布婚讯，娶个洋妞也说不准。

这样痛苦地煎熬了三年，我瘦了，瘦得像个麻秆一样。瘦了之后也变白了。我不是矫情，我真的忧郁了，是那种来自心底的掩不住的哀伤。他们说我的气质越来越像一个大企业家。的确，我的生意越来越好，我变得越来越高级，离原来的我也越来越远。

这一天终于到来了，傻呆告诉我他提前毕业了。他发来穿着博士服的照片。那一刻我有点迷糊，不是说要五年才能毕业吗，怎么三年就毕业了？也太牛了吧？

照片上，他长大了许多，肩宽了，像一个成熟的男人了。他张开双臂，像个外国人一样对我歪着头笑着，那笑容我是那么熟悉。我多想扑进去，那个怀抱是我日思夜想的。我想爱他，好好爱！

傻呆说，美国有给他工作的机会。

我回复他，好啊，你有才华，那边的空间可以让你更好地施展。

傻呆说，我要你也过来，嫁给我。美国的中餐也有很大的市场。

我毫不犹豫地告诉他，我不会去的！离开中国，我做出来的仅仅只是食物而已，不管挣多少钱都不会成为我的事业。我并不明白我为什么这样说，我是爱差不多被我遗忘的家乡吗？我已经走得太远了。

我告诉他，“忘记我吧！找个合适姑娘成家立业。”

我好久再没收到他的任何消息，我昏睡了两天，觉得一切都过去了。也许根本没来，也不该来。我要求自己把一切都放下，毕竟长痛不如短痛。

一个月后，阿姨打电话让我回家一趟，说有要事。我连忙放下手头的工作赶回家去。进门就看见了笑嘻嘻的傻呆。那一刻，我如遭雷击。阿姨说："大桥把什么都告诉我了，他要娶你。"

"我?"我也顾不得面前是阿姨，泪流满面，泣不成声。

"好孩子，这几年你一直都心事重重，你该早点告诉我。"

我呆呆地站着，哽咽着说："阿姨，这不合适。"

"再没这么合适了，傻孩子！他不娶你娶谁呢！往后啊，该改口叫姑姑了。"阿姨过来拉住我的手说。

我和傻呆第二天就去办理了结婚手续。傻呆把工作签到了深圳的一家设计院。办完手续，我们默默走到办事处对面的公园里。好像一切才刚刚开始，又好像一辈子的话语都已经说完。他说："你去哪我就跟到哪，我是你永远割舍不掉的一部分。"

我看看他，把手递给他。这是我们第一次手拉手。他把我揽在怀里，我把头抵在他的胸口说：

"傻呆，我也是。"

傻呆说："你是我生命中最重要的人。"

我说："傻呆，你是我的全部。"

说完，我忽然颤抖起来，泪流满面。我拿着他的手放在我泪湿的脸上，轻声说道："阿呆，阿呆，掐我的脸，我要疼！我不是在做梦吧?"

然后我就伏在他怀里痛痛快快地纵声哭出来。有生以来，我这是第一次这么痛痛快快地哭，那声音盖过了周围的一切。我的眼泪鼻涕濡湿了他的新衬衫，我哭花了自己精心勾描的脸。我把我这些年的眼泪都攒着，就是为了哭给他，一个傻呆，我的阿呆！

在傻呆面前，我彻底地打开了我自己。多年藏在心底的郁结，一层层地揭开，我的家庭，我的母亲，甚至我父亲的死。我说："阿呆，一直以来我都是赌着一口气过来的。我也不清楚赌什么，反正是放不下。"

傻呆抚着我的后背，深情地说："没事亲爱的，你会放下的。"

"会吗?"我在黑夜里大睁着眼睛。

不过，我终于相信了这个世界上是有爱情的。我的父母不懂得，我的兄弟姐妹不懂得，但我懂得了。

十二

这次回来，本来我不再想找弟弟说安葬父亲的事儿，我知道说了也是白说，我弟媳妇那一关就过不了，到时候不但拿不到钱，还会惹一肚子气。但母亲既然已经给他打了电话，说这钱要他们拿，我不见就是我没走到，到时候两边都会怪罪我。

这次母亲对父亲的事儿这么上心，我和妹妹猜了很多次，都猜不出来她的心思。是不是跟她这两次生病有关？也许她觉得自己也快走到生命尽头了，见面时要对父亲有所交代?

但母亲并不是那样的人，她一生都不肯示弱。

到弟弟那里去我还要了却一桩心愿，我想去看看他们那里办事处的派出所所长，我曾经托人家办过兄弟媳妇的一桩事儿，办完之后一直没有时间感谢。

弟弟算是弟媳家的入赘女婿。我们姐弟几个的婚姻，除了我还算顺当，其他几个的事儿扯起来都有点长。当年弟媳的父亲在我们村子边上开了一个超市，弟媳也跟着父母过来读书，刚好跟我弟弟是一个班。弟媳长得虽然不是太漂亮，但被娇养的孩子不一样，气质独特，且能歌善舞，自幼学得一手好琵琶。弟弟一门心思迷上了她，可是人家根本没把我弟弟放在眼里，她喜欢的是我们这个城中村村主任的儿子。高中一毕业，两个人就大操大办结了婚。

那时候城市化刚刚开始，村里大拆大建，政府和开发商都要征地，所以村主任是个肥差，恐怕也借机敛了不少钱。村主任的儿子买了一辆大路虎，天天跟开个坦克似的到处显摆。有次他拉着父母去朋友家喝酒，回来的时候被前面的一辆破手扶拖拉机挡住了路，路虎发挥不了威力，怎么按喇叭，前面始终不让开路。那天他们都喝了不少酒，情绪极度亢奋，再加上有点生气，他大着舌头问父亲："老大，今天让您破费点小钱吧？"他父亲眼睛都没睁开，大大咧咧地说："小子，你看着办吧！"他一脚油门轰到底朝拖拉机冲去。想着他这么好的车，对付一个破手扶拖拉机根本不是事。没承想拖拉机被撞飞了，车斗里拉的几十根钢筋借着惯力冲出来，有几根从路虎的挡风玻璃上直插进来，他父子两个穿个透心凉，当场就死了。

那时候我未来的弟媳刚刚生了一个儿子，正是在家里颐指气使作威作福的时刻。可是这突如其来的打击，让这个家顷刻之间支离破碎。婆婆虽然伤得不重，但精神却差不多崩溃了，家里什么事儿也管不了，家里亲戚过来连偷带拿，弄得一个家乌烟瘴气。弟媳本来贪图人家的家业，可房本上没一处写的是她的名字。更难以接受的打击来了，婆婆失去了丈夫，失去了儿子，她再不能失去孙子。开始霸着孙子不让儿媳妇碰，后来干脆抱着孩子藏起来不见面了。

弟媳被这突如其来的变故弄得晕头转向，天天脸不洗头不梳，病得要死不能活，父母只好把她接回娘家。恰好那会子我们村子拆迁，把他们的超市也给拆了。她父母又带着她回了老家开封。

我弟弟觉得这是天赐良机，一而再再而三地追到人家家里，捧着大金戒指求婚，非要跟人家当上门女婿不可。对这送上门来的好事，人家还能说什么呢？兄弟媳妇收拾得花枝招展地应下了这门婚事，二话不说就去办了结婚手续。老两口生有一儿一女，儿子结婚后另过了。跟前就这么一个闺女，父母高兴得不得了，直喊我弟弟活菩萨。他们觉得是我弟弟救了他家闺女，救了他们一家子人。

这事儿把我母亲气得一死一活的，但是没用。说来也怪了，母亲对我们几个姊妹从来都是斩钉截铁，不允许还嘴，就是对自己的儿子，从来没敢说过一句硬话。但这次我母亲开始还是拼命阻拦了，要死要活的。我弟弟说，我就是要娶这个人，你要是敢逼我，我立马去投黄河，让你们家断子绝孙！

母亲吓得脸色都变了，她知道我弟弟不会泅水。

母亲的重男轻女是摆在桌面上的。自从我们家有了弟弟之后，她就再也没有把我们姊妹几个看在眼里，全世界就只有她的儿子。好吃的好穿的都是他的。但弟弟是扶不上墙的烂泥，虽然也不干什么坏事儿，就是混吃混喝，没囊气，更没什么志气。有一次，我二姐说，他就是我父亲的翻版。这话被我母亲听到了，一巴掌扇到二姐脸上，五个指印几天都没下去。她死都不愿意承认自己的儿子像他爹，更不会允许自家人这样说。

弟媳他们那个镇子离开封中心城区很近，现在已经成了市经济开发区。说来也怪，不管我弟弟做事如何荒唐，自打和弟媳结了婚，突然就上路了。两夫妻在镇上开了一家饭店，开始是我弟弟亲自掌勺，硬是把饭店一铲子一铲子炒出名气来了。后来他培养了几个徒弟，又招了大厨，生意慢慢做大了。开封是个古都城，古迹颇多，来看古城的人尽管不火爆，可也常年络绎不绝。几年下来，临街盘了几间门面房，接连生了两个闺女，一高兴在店后面又买了几亩地盖了个小院，日子过得相当滋润。

我母亲一直没认这个儿媳妇，这也是她这么多年不愿意回河南的一个原因。我妹妹有时候逗她，你不认媳妇总不会孙女也不认吧？我母亲说："我这一辈子就厌烦闺女。"我母亲就是这样，她后半辈子都是吃闺女的，住闺女的，但是要让她心里认可闺女可真是不容易。

去年弟媳妇的娘家侄子想去当兵。但这孩子在当地名声太坏，品行差，打架斗殴是家常便饭，是派出所的"常客"，所以派出所死活不给盖章。弟媳不知道怎么打听到我跟派出所所长的老婆是小学同学，关系很好。其实，过去许多年并不来往，只是近几年我成了家乡的名人，她来深圳旅游找我，是我接待的。她很是感激，关系就热络起来了。

弟媳便让弟弟给我打电话。我拒绝了，说这事儿不好管，让人家为难的事儿我开不了口。我弟媳自个儿给我打了电话，还没张口就先哇哇大哭。说她娘八十多岁了，就这么一个孙子，不把他安置好，老娘会死不瞑目。对于这个半路冒出来的弟媳妇，我不知道该怎么拒绝，也知道如果拒绝了她，我弟弟面临着怎样的处境。于是万般无奈，就给派出所所长的老婆打了电话。派出所所长的老婆倒是干脆利索，她在电话里说，这不是个事儿，你谁都不要找了，这事儿你妹子我说了算！咱们办事处就是走一个兵，也是你这亲戚的！

果真人家把这事儿利利索索给办了。

那天去看他们，因为带的东西多，我让大姐夫开车跟我一起去。现在郑州和开封已经实现了一体化，道路非常好走，我们早早就到了他们家。弟弟已经明显发福了，头发也谢顶得厉害，那个中年油腻的样子猛一看真像我父亲。但认真打量，跟我父亲还是相差甚远。我父亲骨子里有一种尊贵，那是别人触碰不得的，虽然历经岁月的消磨，但依然坚硬；而我的弟弟则缺少这种东西，他是一味地软。我母亲不承认儿子像父亲，我倒是觉得他不配像父亲。

我弟媳则打扮得光鲜亮丽，乍看起来比我弟弟小好几岁。其实她比我弟弟还大两岁。弟媳一副志得意满的样子，一见面没有寒暄几句，就高门大嗓地说着他们现在的一切，刚刚从云南买回来的红木家具啦，在云南茶山上定制的老树普洱茶啦，刚刚去日本旅游买回来的衣服啦。反正绕过来绕过去，就是闭口不提父亲墓地的事儿。

在我脑海里闪回的，还是我们过去的家庭。我想起父亲和母亲，心头难免有一阵心酸。看着我油腻不堪的弟弟，禁不住总是想到在昏黄的电灯光下说书的父亲。

说了一阵子话之后，我给派出所所长的老婆打了电话，说中午我请他们吃饭。人家也挺给面子的，我放下电话不久，两口子就过来了。中午喝得很是高兴，两口子也很会办事，所长夫人给我带了礼物，场面弄得热热闹闹，给足了面子。弟弟弟媳也很高兴，我弟弟亲自掌勺，上的都是店里的高端拿手菜。我们几个轮番敬酒，大家尽兴而归。

吃完饭，我送走客人，去了趟洗手间。从洗手间出来，发现人都回后面院子里去了，只有大姐夫站在门口等我。我正要出去，却被服务员拦住了，说让我到款台结账。我愣了一下，笑着说，你弄错了，我是你们老板的姐姐，今天是你们老板请客。服务员也笑着说，老板娘刚才专门交代了，说是你请来的客人，这账她让你结。见我愣了一下，服务员说："我听老板娘说，您是深圳回来的大富翁，这点小钱算什么啊？您不知道老板娘的脾气？这两千九百二十块钱如果您不拿出来，得从我的工资里扣。"

我笑了笑，赶紧从包里抽出三千块钱给她，说多出来的算是小费，我们深圳都兴这个。服务员立时脸笑得开了花一样，说，姐可真有气质，和我们老板娘比起来，你是牡丹，她也就是朵西兰花。说了自己先捂着嘴笑歪了脸。

出了门，我看见大姐夫已经坐在车里了，知道他为刚才的事儿不高兴。我拉开车门，把他喊下来，小声说："哥，算了，这种事儿一介意，反而显得我们小气，让咱弟弟也下不来台。"

他长叹了口气，跟着我回到后面院子里，坐下来喝了一阵子他们的古树普洱茶，又和弟弟弟媳说了半天话。弟弟说："姐，你轻易不回河南，走时想带点啥？我给你买去。"弟媳妇不等我谦让就抢着说："深圳什么没有？人家咋会稀罕咱这些不入流的东西？"我弟弟闷了一会儿，站起来又坐下，终还是起身去院子里翻出一袋子晒干的草叶子，说："这是我们秋天在黄河滩挖的蒲公英，沙地里长的，连着根拔出来晒干的。这个熬水喝，消炎效果非常好。咱妈爱嗓子发炎，不用吃药，拿这煮水喝一天就好了。"弟媳妇也赶忙说："对对对，蒲公英可是个好东西，特别是黄河滩里的，纯野生，听说还有降三高的作用呢！"

关于父亲的墓地问题，他们一字没提。我更不想再提起。

车子走到半道，我弟弟突然发来一条微信：三姐，我挺想咱妈的，她要是愿意回来住一阵子，我去郑州陪她。

我回复道：好的！想想过于程式化，便把感叹号删了，在后面加了一个愉快的笑脸。

我离开的那一天，大姐夫送我。二姐和二姐夫后来也赶了过来。在机场托运完行李，到了安检口跟他和二姐、二姐夫告别的时候，大姐夫递给我一个用旧了的小化妆包，他说是大姐让交给我的。我随手放在手提包里。在飞机的头等舱安置好之后，我带有几分好奇地打开那个小包，里面一层一层地用餐巾纸包裹着一卷硬硬的东西。一共包了五层，打开之后，一个红皮笔记本的塑料封面里，夹着一个自制的小本子。那种纸质相当低劣，但剪裁得很整齐，顶头用白线极精细地缝合在一起。白线已经泛黄了，被手指摸过的地方也形成了灰黑色的霉斑。仔细辨认，缝起来的地方还露着"兽医站处方笺"的暗红色字迹。

那一刻，我几乎魂飞魄散。平静了好一会儿，哆嗦着掀开小本子，扉页上写着：《关于做菜的几种方法》，居然还用了书名号。一页页地翻下去，一共二十几页，每页一道菜，详细地记述了选材和制作方法。

这就是我们探寻了几十年的秘密，我

父亲的菜谱。钢笔，漂亮的楷体，线条流畅优美，刚柔并济。

你可以想象我搂着那个本子，那种激动，那种癫狂，那种伤感，那种得意，简直是无法用语言描述出来的。我静静地等待着飞机倾斜着身子升到两千米、五千米、八千米、一万米的高空，它的爬高过程也是我的心情爬高的过程。等飞机平稳了，我镇定地站起来，把自己关进头等舱的卫生间里，哭了笑，笑了又哭，纸巾用了一大堆，脸上的妆容被冲得乱花残蕊。我索性用清水洗了个彻底。假面消失了，镜子里几乎是一张让我自己陌生的脸。我打量着这张脸，想起傻呆常常说的一句话：你不化妆的样子才是最好看的。真的是这样，说不上是清水出芙蓉，但确实很好看。我对着镜子，给了自己一个开心的笑脸。

十三

回到深圳，我给母亲看了父亲的墓地购买合同。只是预付了定金，手续繁复得比买楼盘都不差，真正拿到墓地还得排队等到一年之后。这也就意味着父亲在入土之前，至少还得流浪一次。有人说现在的人生不起、活不起，也死不起，我算是信了。

母亲还没出院。她自己不愿意，说是要做完全部检查再说，反正现在国家给报销。我笑了，我说国家不报销难道还不给你看病是吧？

“那可说不定！”她总是喜欢嘴犟。关于购买墓地大家兑钱的事，她一句都不提。

我和医生商量了一下，医院保留住院手续，白天观察，人晚上回家住，第二天早晨再来。医生同意了。母亲也挺高兴，在这里住几天，虽然住的是单间，可满楼道人闹哄哄的，医生护士一会儿一趟，她根本睡不安生。病号饭有盐没味的，估计受了不少委屈。在她下床我妹妹给她穿鞋的时候，她提出想吃老家菜，说人一生病，就特别想念老家的味道。

我笑着说道：“您和小妹天天在家不都是吃老家菜嘛！”

她说：“那不一样。”

我朝妹妹挤挤眼，依然笑着说：“不行您换个口味儿，去尝尝我们的餐厅好不好？”

她也不答话，径直朝门外走去。

我开车带着她们跑了半天才找到一家好点儿的河南馆子，点了几个河南特色的菜品。有红烧鲤鱼、老豆腐蘸酱、炸八块，尤其是她喜欢吃的扒羊肉。开始上菜，她吃得很高兴。我妹妹看她情绪不错，就特意多给她夹菜。后来等扒羊肉上来了，她把筷子放下，站起来趴在上面一边看一边拿鼻子吸溜吸溜闻着，然后摇摇头，噗的一声坐下了，脸色也阴沉起来。她用手指着盘子里的羊肉说，这菜不是这个做法嘛！肋条肉要用肥肉，这瘦不拉叽的羊做不好。葱段也得用油炸黄，不能炒成这样黑不溜秋的！

我和妹妹惊呆了，从小到大，这是她第一次说到菜，而且是我父亲最拿手的一道菜。我和妹妹相互看了几眼，谁都不知道该说什么。后来还是妹妹说，这是在深圳，能吃到这样做的羊肉已经不错了，就凑合着吃点吧，回家让我们姐俩亲自给你做。

她要了一碗疙瘩汤，桌上的菜一口也没再动。吃完饭回家的时候，我们一路无话。最近一段时间，我觉得母亲的情绪确实很反常。

妹妹陪母亲住楼下，我和老公女儿住

楼上。寒假还没有结束，老公带女儿去普吉岛玩去了，屋子被保姆收拾得纤尘不染。回家这几天，快把我累散架了。我把浴缸的水放满，想躺在里面舒舒服服泡个澡。

在我昏昏欲睡的时候，听到母亲和妹妹在下面说话。楼上楼下的浴室在同一个位置。母亲说："……要说你们姊妹兄弟几个，嫁的娶的就你三姐夫最好。人有学问，又懂得跟人亲。我们娘俩在人家家一待这么多年，一个不喜欢的脸色都没有。"

"你不是说，住的是你自己闺女的房吗？"我听见我妹妹咘咘地笑。

"别再胡说，再怎么说人家是一家人！女婿脸难看，我能吃得下饭？再说了，你房子弄好几年了，要不是你姐夫不让搬，说住一起热闹，我们娘俩……唉，我能不知道好歹，大桥这孩子，待人亲。"

"而且是真亲，我姐夫是不是真有点傻，跟谁都像没出五服一样，傻亲傻亲的。"我妹妹又咘咘地笑起来。

我母亲叹了一口气："我不是不想让你再找，是怕你找不到好人。你能遇着一个你三姐夫这样的，我死也瞑目了。"

我的眼睛湿润了，真上岁数了，最近变得越来越爱哭。我们姊妹四个，只有我一个人的婚姻是自己做的主。我母亲见到大桥后一直客客气气，不夸赞也不批评，从来没有态度。现在她这样评价大桥，其实也是对其他几个女儿的道歉。她实在太强势了。

母女二人沉默了一会儿。

后来我听到母亲说："……你爸啊，本事不大，气性不小。"母亲像是自言自语，也像是在对妹妹说。

父亲死的时候我妹妹还小，对父亲一点印象都没有。平时我和姐姐说起父亲，她也很少插话。

"妈，我爸已经去世几十年了。"我听见水花呼啦呼啦响，估计是在给我妈搓背。母亲这些年一步也离不开妹妹，她也真是会伺候人，"妈，您快快活活过好自己的晚年，什么都别想了。"

"唉——"母亲长长地叹了口气，"要是能放下就好了！"

我不忍心再听下去，起来把窗户关严实，也没心情泡澡了。浑身又疼，人又困，躺在床上却怎么都睡不着。父亲死时的情景老是在眼前晃来晃去。父亲的死像一个死结，纠缠了我们几十年，莫非母亲想把它解开吗？突然想起来，在我回郑州给父亲买墓地之前，她曾经给妹妹我们两个说过这样的话："不入土就不算安葬。你爸死几十年了没安葬，他不闹腾才怪！"这话是什么意思？到底是谁？怎么闹腾了？父亲肯定不会闹腾她，只有她自己闹腾自己，心里过不去这个坎儿罢了。

可是这道坎儿我也不敢往深处想，真不敢再想下去。

过得去吗？

过不去吗？

一股无以言表的杂乱而又清晰的疼痛浸透了身体的每一处。我们只有一个父亲，可是他已经死去了；而活着的，也是我们姐弟五个唯一的母亲啊！

母亲，我是恨着她的。可我恨了多少年就爱了多少年；恨有多深，爱就有多深。倏忽之间，她已经八十六岁了。我在黑暗中大睁着眼睛，任泪水濡湿枕头。我清晰地意识到，她离死亡越来越近了，这是我心底最恐惧的，要多恐惧有多恐惧。

我心里某些冷硬的东西在松动，好像沉积了几十年的冻土层在慢慢融化。尽管我不去想，可那些过往的日子突然雪片般地向我飞来，一层一层地落在我心底，令我百感交集。

下午在医院看妹妹给母亲穿鞋的时候，我突然想起一件事。我在郑州的老房子收拾东西的时候，看见母亲乱七八糟的衣服里面，还裹着一只纳好的鞋底子，只有那一只。当时我就猜想，另外一只是丢了，还是根本没纳出来？那只鞋底子很大，显然是父亲的。如果是父亲去世前纳的，为什么母亲还要一直保留着呢？

那只鞋底子虽然做工不是很精致，但明显看出来，母亲还是下了很大功夫的。鞋底子纳得厚厚实实，针脚密密麻麻。它像有生命似的与我对望。一瞬间，我被感动得热泪盈眶。我想起二姨说过，家里再穷，我母亲也保证父亲出门必须穿戴得齐齐整整、干干净净，能有模有样地站在人前。这母亲一针一线纳出来的鞋底子，曾经寄托过她多大的希望啊！

我拿起那只鞋底子，把它紧紧贴在脸上很久很久，感受着它的坚硬和温暖，然后把它放进我包里。我想，等父亲入土的时候，我一定要把它跟父亲放在一起。

郑州的小房子我在售房网上挂出去了。可我没告诉任何人，在东区最好的地段北龙湖西岸，买了一套带院子的洋房，两层带地下室，加在一起有四百多平。我母亲要是想回郑州就让她回来住，她稀罕土地，深圳的楼顶上搁满了盆盆罐罐，里面种满了荆芥、玉米菜、薄荷、小茴香，都是她让我妹在网上买的家乡的菜种。一个带院子的房子会是我母亲晚年最美好的期盼吧，可以让她任意栽花种菜。这里距开封也只有半个小时的车程，孩子们谁想陪她住谁就过来，反正房子足够大。

我待在郑州的这一段时间，抽空转了市区的各个地方。西区改造成了一个标准的绿城，拥挤却充满秩序。而庞大的郑东新区，高楼大厦之间，有着阔大的开放式公园，处处草木葳蕤，生机勃勃。郑州，也许克隆了别的城市，但她长得像谁又如何呢？无论像谁，她毕竟是她自己，她有自己的核心文化，她有自己的发展逻辑。过去那个老郑州是回不来了，但是一个崭新的郑州依然是郑州。人在变，城市也在变。我父亲死去几十年了，不也一样在改变？

我的家乡，一切皆好，一切都会变得越来越好。当我们想着她好，想着让她好的时候，她怎么能不好呢？

我父亲将回到黄河岸边的邙山，他可以俯瞰河流的两岸。他老人家在另外一个世界，也一定改换了容颜，体态从容，坦然以对。

我估算了一下，这个眼下已经拥有一千万人的特大城市，按照国家中心城市的规划，还有两千万人的增长空间。虽然这个城市处处都是豫菜，但不具规模，没有完备的标准，也不成体系。这里的粤菜馆子也有几家，但做得不伦不类，更是不具规模。我要回到郑州来，我想研究开发豫菜体系。我还想把地道的粤菜搬回来，甚至想搞一个菜系融合工程。我设想用餐饮撬动一个有着巨大的潜力的市场。这样的设想，母亲还会觉得做餐饮拿不出手吗？

我的父亲叫曹曾光，他生于黄河，死于黄河，最后也将葬于黄河岸边。他再也不是我们家的耻辱，我要完成的正是我父亲未竟的梦想。

浪的景观

周嘉宁

授奖词

踩着踏板冲入湖里的形象，连缀起小说中几处关于“浪的景观”的描写与议论，那是弄潮儿追波逐浪的高光时刻，转眼也成为好景难再的下行起点。尔后，“干燥的下世纪”到来了，科技的力量将无孔不入甚至深入下水道，社会管理越来越精细化，城市生活变得更加安全、更加秩序井然，偶发与意外都将减少；同时，我们和我们的生活都被收割得整整齐齐。在个人史与社会史的交织中，《浪的景观》向一个混乱无序中又生机勃发、边角毛茸茸还未被修剪平整的时代致敬。这篇小说“见证一个时代的落幕”，免不了怀旧，叙写的又是青春记忆，刻骨铭心的青春记忆。两者叠加，在其他作者那里，会造成多么深刻而难以自拔的自我迷恋，可想而知。然而也许是素来诚挚的写作天性，诚挚居然赋予周嘉宁一种自反性。于是，怀旧和些许伤感，都洇染于拔地而起的生机与天宽地阔的绵长中。（金理）

我曾不知天高地厚地以为，2003 年是我青年时代最倒霉的一年。按照计划，我本应顺利度过大专最后一学期。但是四月非典疫情变得严峻，我就读的野鸡学校封校的同时，提前解散了应届生。没有对我造成具体影响，我当时已经在一所广告公司实习了整整三年，这份工作是群青跟着彬彬去日本前留给我的，他走了，我多少有点顶替的意思。和群青相比，我缺乏野心，这个行业不适合我，而我也没有其他想去的地方，于是老老实实地学习软件。被学校解散以后，反而多出来很多时间可以每天都去办公室学习。结果到了五月中旬，业务受疫情影响严重，将上海分部遣散了。

我稀里糊涂地接受了这个消息，只想着接下来既不用去学校，也不用去上班，不知道该做什么。为了回避父母的担忧和责难，我依旧像平常一样每天按时出门，甚至更早。网吧里空荡荡的，只有一些不怕死的衰人，我也不怕死，但受不了那种极度警惕和绝望的气氛，不愿待在那种地方，于是便沿着黄浦江畔，一片区域一片区域地寻找露天篮球场，那里有大量和我一样，不分昼夜闲逛的人，我们每日流动，与不同的陌生人打球。我还去了多年没有去过的植物园和动物园，去了旧机场的停机坪，去了崇明岛，看见不少平常想象不到的风景。搭最晚一班船渡过东海回家时，二楼甲板只坐着我一个人，外面的黑暗中也看不到别的船，我在春日温暖的海风中玩手机上的俄罗斯方块，几乎忘记了被打断的未来。

之后的就业市场极其不景气，而我无心投放的简历竟然收到一个回复，甚至不需要面试，于是酷暑来临之前我成为一间画廊的临时工。去了才知道负责人口口声声所谓的布展全部都是工地上的体力活。我和几位真正的工人一起搭脚手架，搬运，测量，砌墙和粉刷。几年前在美校没有学好的东西在这里又跟着师傅从头学了一遍。每天傍晚我爬下脚手架，心想目前的局面就是这样了，我毫无未来可言，此刻却在做着自己能够胜任的事情。

九月开学以后，社会秩序已经慢慢恢复，我一再拖延，终于还是回到学校正式办理毕业手续。学校竟然又缩小了一圈，不是心理错觉，学校原本借用了闹市区背面一栋机关建筑，一再缩水，那年一楼和二楼被收回，成为知青联谊会。我往上爬了两层，在办公室里遇见两位同样来办理手续的同学，但大家都埋头核对材料，一心只想和这里告别，谁都不愿和谁打招呼，也不关心彼此的去向。办完手续以后我与社会上的一切正式脱离了关系。本应该给家里打个电话，却第一时间打给了群青。他上个星期回国了。

“你在哪里？我去找你。”群青接起电话说。

“你说个地方吧。”我回答。

“那去外滩看灯啊。”群青说。

我这才想起来，这原本是一年里我最喜欢的日子，国庆假期前一天。夏季一事无成，然而空气干燥，气温适宜，高架一半在阴影里，一半是金色的。真正的假期甚至连第一天都还没有开始。

群青是我在美校“关系班”的同学，不是高中，是中专。这个班上的大部分人都和我一样，学习不行，没有特长，父母有一些人脉关系，但人脉关系不过硬，没多大用处，只能把我们安排在这里作为过渡，希望我们在流落社会之前能够开窍，或者至少，学会一些谋生的技能。学校在吴淞郊区，靠近海，与世隔绝，曾经是海军训练基地的营房，所以操场上仍然留有很多身体训练设备，我们在这里像法外之徒一样度过了成年前最自由的三年。群青是班里唯一有美术基础的，他能调配出差别细微的颜色，使用工具得心应手，了解各种材料的特征和形态的变化。他的父母都是贵州一所工厂技术学校的美术老师，上海过去的知青。群青原本可以考上当地最好的重点高中，但他只想往外面跑，于是坚持独自回到上海参加中考。回来以后才知道两地使用的教材不同，这样稀里糊涂准备了一个多月，自然一所像样的学校都没有考上。群青这个人在学校里没什么朋友，一来他专业成绩太好，和我们班甚至整个学校的整体氛围不符合，二来他性格内向，心事重重，不好接近。

开学第一个星期，我在宿舍打赌输了以后连做五十个“俯地挺身跳”，还没做到二十个，就晕头转向撞到床架，撞得满口血。在医务室里面遇见群青，他因为擅自使用工作间的车床，削掉半个手指尖，血染半边衣袖。我们两个人哼哼着一同被校车送往市区的医院，路上相互展示牙齿的缺口和指尖露出的骨头。回来的时候，群青的手指包扎完毕，我则永远失去了半颗门牙。我俩因此成为患难之交。

之后我和群青都选了标本处理课，因为无法满足于课堂上只能摆弄死鱼和飞蛾，便一起去学校后山碰运气，希望能捉到鸟或者其他小动物。大部分时候一无所获，但最终在冬天结束前撞了大运，我们捡到一只刚刚死去的黄鼠狼，遵循物尽其用的自然法则，将腐烂的肉留给后山的昆虫食用，取下头部带回学校，去腐清洁，再经过一个星期双氧水的浸泡之后，获得一枚洁白坚固的纪念物。群青去日本的前夜，我们买了两瓶红星小二，学习古惑仔那一套，以黄鼠狼的头骨为证，一饮而尽，约定了永恒的友谊。

转眼几年没见，我们约定在英雄纪念碑底下见面。横穿过中山东路以后，我不由自主朝防波堤飞奔，直到一眼在人群中看见群青。他长得普普通通，但向来都极其好认，穿着一件迷彩冲锋衣，走的时候是寸头，现在留成了长发。我一边跑一边大声喊他，他也大力朝我挥手。

“你的牙怎么还没修好?”群青见到我就大笑。

“不重要!”我也大笑，知道自己非凡的心情绝非幻觉。

我和群青上次来外滩还是五年前的国庆前夜，全市市民都涌向黄浦江看焰火，无论从哪个方向进入外滩都寸步难移。人群像层层巨浪一样往防波堤倾轧，警察手挽手站成人墙，目不斜视，并且有卡车不断运来一车又一车公安学校在校生。所幸我们逆着人流在焰火表演开始前爬上了福州大楼楼顶。很多居民带着躺椅和板凳，旁边鸽棚里的鸽子在黑暗中休息，轻轻发出咕咕声。天空中升起第一朵烟花时，美得好像夜空本身的产物，是和闪电或者雨水一样的大自然。人们内心的赞叹也成为共振。但是那天没有一丝风，江面上燃烧以后的硫黄烟雾无法消散，反而在空中凝聚，很快我们便什么都看不见了。

焰火表演结束以后，人群渐渐松动，公安学校的学生先行撤离，接着是警察，到了后半夜，整片外滩只剩下巡逻队和成群结队不肯离去的中学生。每个人手里都握着巨大的充气塑料玩具，从任意两个方向迎面遇见的队伍，瞬间汇拢开始战斗，又瞬间结束各自继续向前，直到遇见下一群对手。我们买了大号充气榔头，但不属于任何一支队伍，我们跟着胜利的队伍跑，也跟着失败的队伍跑。直到马路彻底空了，公交车都已经停运，我和群青回到防波堤，和剩下的人一起，围成一小堆一小堆坐着，在郊游的气氛中，等待清晨的到来。

那之后不久，彬彬家里突然出事，临时决定举家搬去日本投靠亲戚，避过风头。学校里的人都以为群青和彬彬的恋爱就此到头了，出人意料的是，群青花了大半年时间就考出了日语三级资格证书。第二年春天，他放弃了美术类大学的专业考试，通过留学中介找到一所位于横滨的语言学校。当年出国留学在我们这样的破学校里并不常见，几位老师虽想挽留，却立场不定，于是不知怎么的便木已成舟。高考前夕我到机场和群青告别，之后独自坐大巴回到学校，跑去网吧打了一宿游戏。

高考失利以后我不想出去混社会，鼓起勇气回到补习学校复读，第二年春季招生勉强考上一所大专。报到第一天我就后悔了，学校里死气沉沉，没有住宿，我不得不搬回家里，和父母住在一起，这让我觉得自己是社会的蟑螂。但群青的情况比我糟一百倍。他刚到日本便发现学校的注册地在横滨，就读的学区却在偏远乡郊，不通新干线，每天从火车站发两班巴士，四周皆是荒野。而且按照规定，在校期间不允许打工，他相当于是被中介骗了。由于父母为他出国而背了债，他只能离开学校，回东京打黑工，到日本的第一个月就成为黑户。然而群青在电话里和我讲得惊心动魄，一点没有沮丧的意思。我问过好几次彬彬家里到底是不是真的有问题，我看新闻里很多人去了日本以后打一辈子黑工，和家人十年没有相见。我的意思是他别把自己整个搭进去。但群青保证说彬彬家里只是被牵连，事情会过去的，他们每一个人都会重新获得自由。在此之前，他有他的计划。他要先还清父母的钱，如果政策允许的话，也想继续在东京找个学校念书，走一步看一步。

结果几年里平平静静的，群青打工的餐厅却遭遇同行举报，几个黑户都被遣返。他告知我的时候，已经坐上了虹桥机场的巴士。这对他来说是重创还是解脱，我也说不好。

我们逆着人流离开防波堤，提着一袋零食，回到楼顶的天台。鸽子已经回到棚里，天台上没有其他人，刮着秋季罕见的大风。晚上不会再有焰火表演，现在都改成灯光秀了，激光在对面的楼群上打出虚拟的浪，还有海豚跃出浪尖。但我们在楼顶看不到，前面的楼群遮住了视线，爬到水塔上面，还是不行，只能听见时断时续的音乐里，低音的轰鸣。群青费很大劲才在大风里点上一根烟。

“你接下来有什么打算？”他问我。我没想过，我没有什么打算。

“喂。那我和你说件事情，你考虑考虑。”他语气变得严肃。

“你说啊。我听着。”我回过神来。

“我和你提过我有一个朋友吧，之前往来东京和上海做二手衣物和古董买卖的。他要移民去加拿大，所以在人民广场的服装档口着急找人接盘。我昨天去见了他，也去档口看过，和以前老谢那里肯定不能比，但是气氛不错，都是同龄人。我在日本没少帮他忙，他答应前两个月不收我们租金，相当于送给我们练手。之后的合同我们直接跟台主签。我问了老谢的意见——”

“赶紧接下来啊。这么好的条件，别拱手让人了。”我有点着急。

“你听我把话讲完行不行。我现在的情况是，彬彬一时回不来，我五年之内签证受限也别想再回日本，从前的计划都泡汤了。但我得赚钱，遣返的罚款，外加父母那里欠的钱也都还没有还清。所以现在我没有回头路，也没有自由。你也得先考虑考虑清楚，可能会很苦，也可能会失败。过两天再告诉我就行。”

“别过两天了，过了这村没这店。”我心里泛起一些热浪，是很久没有过的感觉。

“有你这句话就行了。”群青也站了起来，把烟头弹开很远。我们靠在水塔的栏杆上，能看到对岸巨大的白色光柱打向天空。

服装档口的事情不是空穴来风。念书时，我和群青在学校里几个青年老师的影响下迷上摇滚乐。傍晚他们在学校广播室里一边喝啤酒一边用高音喇叭放平克乐队的歌，我们在操场上一边跑圈一边听得热泪盈眶。当时能够找到的资讯极其稀少，书店里的音像制品柜台翻来覆去只有两排摇滚磁带。还有一档电台节目，但每周只有一次，而且主持人疯疯癫癫的，有时候整整半个小时听众们都迷失在失真的噪音中，不知如何是好。我后来从这档节目里了解到一则歌友会的信息，便叫上群青一起怀着朝圣的心情去参加过几次活动。活动多半在五角场附近几所大学的学生活动室里，组织者放一晚上演唱会的录像带，介绍欧洲和美国的摇滚新浪潮。大家七倒八歪坐在地上看，可能因为心情过分郑重，都看得疲惫万分，结束以后全体像梦游一样涌到门口大口大口呼吸和抽烟。来的人大多是附近大学里诗社和剧团的成员，都在练吉他，都在找排练场地，都说自己的乐队在招募乐手，人也都挺好的，又忧郁，又懂礼貌。

起初我以为老谢是歌友会的组织者。他年龄最大，体格如劳动者一样强壮，因为极度热情而显得笨拙，说一口滔滔不绝的脏话，与知识分子大学生们内向拘谨的气氛格格不入，却几乎每次活动都到场。我一开始以为老谢就是那位疯狂的主持人，打听下来才知道他是华亭路服装市场的个体户。他这个人夸夸其谈，特别容易动情，有时候让人受不了。有几次他讲述他亲眼见证的伟大演出时几乎要泛起泪花。但老谢因为搞服装的关系，交际甚广，常常能带来稀缺珍贵的演出录像带，所以大部分人虽然看不上他，歌友会却没他不行。

不过老谢不知为何却对我和群青刮目相看。他说群青是年轻版的窦唯，而我是年轻版的——他想了半天说出一个我从没听说过的外国人名字，他解释说反正也是传奇级别的朋克。他这个人夸起人来没谱到了不真诚的地步，不太能信，但我心里还是挺高兴的。有一次活动上放的是平克乐队的《迷墙》现场录像带，结束以后大家的情绪格外激动，迟迟不甘心散去，于是我和群青又跟着他们去了大学附近的一间酒吧。这是我第一次去酒吧，没有带够钱，就只要了一杯啤酒，从头喝到尾。虽然我当时对柏林墙的事情一无所知，但其他人一路聊到布拉格之春，我昏头昏脑地听着，被感动得一塌糊涂，结果出来的时候回吴淞的末班车已经没有了。我和群青也没有太担心，和其他人一起走在路上，陆续握手告别，最后只剩下我们和老谢，老谢的热情没有消散，还在说个没完。郑重其事的气氛随着夜晚的流逝而变得更为深邃，我感觉自己被当作真正的成年人一样平等地对待着。我们又在路灯底下站了很久，最后老谢借给我们一百块钱打车回宿舍，我们问他留了联络地址。过了一个星期再去歌友会的时候却没有遇见他，于是我和群青按照地址去还钱给他。

当时的华亭路服装市场还在鼎盛时期，层层叠叠的露天档口罩着铁皮或者遮雨布。我和群青一头钻进迷宫般的通道，顿时懵了。原本只在音乐录像带里见过的事物突然变得触手可及。美军风衣，利维斯牛仔裤，阿迪达斯复古运动衫可以随意挑选。仿佛档口的世界不遵循外面的物质流通法则，专将幻梦变为现实。

老谢的档口是从自己家的天井延伸出来的违章搭建，具有得天独厚的优势。他没想到我和群青会去找他，很高兴，提早收摊，领着我们去了他的仓库。他的仓库就是身后自己家的阁楼，也是违章搭建，楼梯又窄又陡，我的头几乎顶着前面群青的屁股。但是仓库里面整洁干燥，一股迷人的牛仔布料味道。挪开货物之后，是一块两米见方的狭窄空间，按照年代分类排列着各个国家的军队防寒大衣，战地迷彩，工作服和海军毛衣，墙上贴着海报和唱片封套。老谢说上面有的大明星都在他这里买过牛仔裤。群青指着一张窦唯的海报问，“窦唯也在你这里买过裤子？”

“魔岩三杰都来过。”老谢得意地回答。

“什么时候的事情啊？”群青将信将疑。

“也就是香港红磡之后那两年吧。他们从南京一路演到上海。”老谢说。

“真的假的，都没听说过。”我说。

“你们知道什么，那时候还在听小虎队呢。”老谢说。

“窦唯在现实中是什么样？”群青问。

“特别牛逼。特别时髦。穿美军风衣和鬼冢虎球鞋。当时没人这么穿。”老谢说。

“那他在你这里买了什么？”群青问。

“你们等等。”老谢说着在身后的书架上翻找，抽出来一本杂志来，指着里面的一张照片说就是这条裤子。这是一本日本杂志，通篇采访也不知道讲了什么，但照片配的确实是极其年轻的窦唯，而且有好几张，是他和朋友们在北京郊区的水库玩耍，我和群青拿在手上看了半天，没有任何一张照片里能看清他到底穿的是什么裤子。但是群青立刻对老谢说，他要买这条裤子，就要窦唯穿着的这条裤子。

群青当时是同学里最有钱的，因为他自学网页设计，轻松找到好几份兼职，赚到的钱都花在老谢那里。升旗仪式的时候，他穿着从老谢那里买来的紧身利维斯牛仔裤和牛仔衬衫，大摇大摆地横穿操场，看得其他同学目瞪口呆。

渐渐的，学校里那几个青年老师都专门来向他打听裤子是哪里买的。于是群青找我商量，从老谢那里进一些裤子到学校里卖。起初我们小心谨慎，每周末只带两三条回学校。等现金流滚动起来以后，胆子也敞开了。直至生意被学校教导处出面取缔之前，我们陆陆续续卖出四十多条裤子，都是紧身到绷着蛋的款式。于是在接下来的两年里，每周一全校升旗仪式的时候，操场上有四十个多个人穿着我们卖出去的牛仔裤，不时扯着裆部调整蛋的位置——我觉得这几乎算是一场革命了。

群青要分给我卖裤子的钱，我没要，他想尽办法给我，我又想尽办法还给他。

最开始用来进货的钱都是他做网页赚来的，而且他在上海寄住亲戚家里，各方面都需要钱。但是过了一个星期，群青送给我一双匡威球鞋，最正统的高帮系带，白底红边，整条华亭路都没有卖。我吃惊地问他是从哪里弄来的，他说他横扫了整个上海，最后在第一百货商店的运动专柜找到，仅此一双，英国制造，我至今都记得价格是375元，一笔巨款。这是我得到过最珍贵的礼物。

我和群青一起去签档口合同的那天，我穿着他送给我的匡威鞋，他穿着从老谢那里买来的窦唯同款牛仔裤，这两样东西都不可避免地磨损和褪色，但在我们心中永远代表着尊严和好运。路上我不时去摸左侧肋下，那里的衣服内兜里插着一只牛皮信封，装着我的全部存款。我们签下的档口在人民广场迪美地下城，转来的租约又续签五年。我对五年没有什么概念，我生命中还不曾出现任何一件事情是以五年作为计数单位的。

我们入场的时候外贸市场已经发生过一次大震荡。华亭路市场2000年拆迁以后，有资本和人脉的老板在淮海路区域开设独立商铺，剩下的汇入襄阳路。老谢的档口和家里的违章搭建在拆迁中被全部移除。他这个人善于一蹶不振，无法适应时代的震荡，于是没有参与襄阳路市场抢占地盘的腥风血雨，在家里炒股票，荒度时日，一年之后才重出江湖，盘下两个小仓库，退居到七浦路市场，自此只做批发买卖。市场的大生意都在一楼二楼交易，三楼是废物们的荒漠。老谢盘踞三楼一角，手机信号若有若无，用电子设备联络不上，要找到他就得转两趟公交车亲自相见。整片批发市场以天桥为起点，乌烟瘴气，小偷成群。全国各地货源汇集，因为抢货和帮派斗争，巷子里的械斗时有发生。老谢的境遇表面看起来一落千丈，实际却因为陆续接了好几笔贸易公司的大单而交了好运。但他无动于衷，大声哀叹，坚持认为自己被流放了，从上世纪的幻梦中被流放。所幸，我们的友谊从那个幻梦中被保存下来。

当时的迪美地下城与其他地方垄断货源和势力割据的状况完全不同，进驻的多半是我和群青这样刚刚入场的同龄人。地下城是九十年代中期建造的新型防空洞，面积等同于半个人民广场，分区域招商，缓慢拓展。一半已成规模，另外一半还无人管理。我们的档口位于边界，编号A37。虽然与期待中的一切相距甚远，但这里的气氛极其地下，男孩女孩都没钱没背景，美院和服装学院的学生居多，也不着急赚钱，因此有一种不成气候的学校社团感觉。大家每天交换来自批发市场和服装厂各种无用的小道消息，使尽浑身解数打扮，只为了让自己看起来不同于外面的普通人。

我和群青虽然干劲十足，却毫无头绪。头一个月我们搭乘地铁和轻轨，纵向和横向扫荡了上海市区和近郊的纺织批发市场，却始终无法在货源上达成一致，而且过多的垃圾货源像污染物一样伤害我们的意志力。之后随着气温断崖下跌，我们渐渐乱了阵脚。到了十一月底，无论什么样的货源消息都会追踪，孤注一掷的念头变得非常强烈，有好几次追进居民小区单元房里传销组织的老窝。我心里很清楚，再进不到合适的货就等着完蛋吧。这是我记忆中最冷的冬天，日以继夜刮着北风，我和群青沿着苏州河，从一个仓库摸到下一个仓库，像冰天雪地里迁徙的动物。

十二月的第一个星期，我们得到消息说虹口那边鬼市有批冬天的货天亮进仓，得赶早去抢。我和群青第二天凌晨三点按地址找到仓库，空无一人。我们在避风处等待，太冷了，只能不停聊天分散注意力和保持清醒。熬到破晓时，薄雾里出现一辆货车，远光灯照在我们身上。不等司机师傅卸货我们就跑过去看，是从山东运来的一批贴标羽绒服，日单户外功能性品牌。我和群青交换了一个眼神，就已经确定这批货无论如何都要拿下。只是我们热情过头，失去讲价的先机，全部的钱只够支付订金。死皮赖脸与司机师傅交涉下来的结果是，先交订金，晚上九点取货并交付全款，过时不候，订金不退。

我和群青离开仓库以后，双手插兜往轻轨站的方向走，外面是一片拆迁中的棚户区，气温甚至比夜晚更低。第一班轻轨还没出站，我们站在露天站台上，刚刚失去了全部的钱，是真正意义上的一无所有。我问群青，“我们去哪里？”

“去找老谢想想办法。”

“不是说好不找老谢吗？”

“我们说好了不从他那里进货。没说不能借钱。”

“这有区别？”

“从他那里进货是不思进取。从他那里借钱是走投无路。”群青的语气不如平时确定，但我心里清楚他说得没错，我们走投无路。到批发市场的时候，老谢刚刚发完一车皮的货打算回家睡觉，见我和群青披着一身晨雾，几句话就问清楚了我们的处境。他先领着我们去楼下出租车司机面馆里吃了一大碗面，然后叫我们等着，他自己去银行跑了一趟，回来的时候手上多出一只塑料袋，大大咧咧从里面掏出来几叠现金递给我们。数目远远超过我们实际需要的。我心里狠狠一暖。

“你们搞到车了？”老谢问我们。

“什么车？”我和群青都一头雾水。

“你们拿什么去运货？”老谢说。

“助动车行吗？”群青问。

“我爸也有一辆。”我说。

“我操。你们闹着玩吧。”老谢拍掌大笑。

我和群青面面相觑，不明白他是什么意思。

“几百件羽绒服你们搞辆金杯车都得跑几趟。”老谢说。

“你有金杯车吗？”群青问。

“我不会开车，我骑三轮。”老谢说。

“三轮摩托？”群青问。

“三轮板车啊。”老谢回答。

“你骑板车送货？”群青问。

“操。你不是百万富翁吗？”我问。

“你们这话说的，一副没见过世面的样子。板车比金杯车能装啊，能和公交车抢道。”

“怎么样。你会骑三轮吗？”我问群青。

“这有什么难的。”群青说。

晚上我和群青在老谢的仓库碰头，骑着他的板车回到清晨的仓库，担心过的事情一件都没有发生。货已经全部清点好了，一捆捆码得整整齐齐，司机师傅开着取暖器，一边吃盒饭，一边听相声。我被暖烘烘的空气里飘浮着的羽毛绒绒刺激得鼻涕眼泪横流。

“你哭什么？”群青问我。

“我没哭。你他妈才哭。”我一说话却呼呼流出更多眼泪。

这批货我们分两车拉完。第一车直接

拉到地下城，但地下城那段时间消防检查，晚上十点以后不允许进出，所以第二车只能拉到群青家里。群青回到上海以后没再寄人篱下，自己在浦东轮渡码头附近租了便宜的屋子居住，那屋子破得惊人，没有空调，没有热水，不通煤气，住在那里像是每天都在军训。我俩轮流蹬车，轮流坐在车板上护货，碰到上坡就一起下车推，连滚带爬地赶上最后一班轮渡。那天的黄浦江上大风大浪，整艘船都往一边倾斜，我和群青费了很大功夫才把板车固定好。然后我们拆开两件羽绒服自己穿上，爬上甲板。没有云，空气冰冷干净，能看见明亮的冬季大三角。

“你闻闻，是不是有鸭子的味道?”群青突然把头埋进衣服里。

“废话。说明这是货真价实的鸭绒。”我说。

群青咔嗒咔嗒地点烟，我们被鸭子的味道围绕，暖暖和和，自由自在。

春节里我和群青高高兴兴地去给老谢拜年，正巧碰上老谢过生日，一定要留我们去乍浦路的大饭店吃饭。年初四的夜晚，整条乍浦路灯红酒绿，空气里浸着白酒芬芳，每间酒楼门口的大水缸里都游着红彤彤圆鼓鼓的发财鱼，齐齐朝着一个方向挤，撞到玻璃再折返。酒楼里面金碧辉煌，桌面大小的枝形吊灯下面坐满人，食物被放在干冰里冒着烟端上来。蟠桃大会也不过如此。

“没想到你平时挺摇滚的一个人，这种做寿风格怎么和我爷爷一样。”我讽刺老谢。

“你们懂个屁。今晚迎财神，明年走大运。”老谢回答。

老谢大宴宾客，渠道上的合伙人，报纸和时尚杂志的编辑，电视台刚刚露面的年轻主持人。还不断有新的朋友从其他地方转场过来的，热情洋溢，都已经喝多了。老谢挨个给大家互相介绍。说到我和群青的时候，他说我们是他来自上世纪的老朋友。我挺感动的，我不知道老谢原来有那么多的朋友，而我们是里面年纪最小的。大家互相握手，拍打彼此的肩膀，坐下来喝酒。他们聊娱乐圈消息，股票，夜总会和世界局势。大部分事情我都没有经验，却听得津津有味。我觉得老谢的朋友们普遍过着既浪漫又务实的生活，在金钱的热浪里翻滚，却愿意为一些特别抽象的事物一掷千金。有位戏剧学院的老师问群青是不是本校学生，还是哪个剧场的演员，看着脸熟，肯定在台上见过。群青说他不是学生，没有念过大学。那位老师一定要留下群青的电话，说等开春招生的时候再联络他。之后服务生端上来一只裱花奶油蛋糕，于是那位老师带头唱起了生日快乐歌。我这才知道原来老谢三十五岁，而我一直以为他只有二十七八岁，他是那种和具体年龄数字没有关系的人，似乎从未年轻，也不会衰老，但是再一想，自我们认识起，确实已经过去好多年。吹灭蜡烛之后，歌却没有停下来。我们一起唱了罗大佑，伍佰，《Hey，Jude》——“Na，Nana，Nananana”——一首接着一首，越唱越激动，酒越喝越多。唱到《明天会更好》的时候，已经有人开始哭泣，大家都站起来，嚎啕大哭的人站到椅子上，还要往桌子上爬，被拉住。酒楼里其他桌上的人也加入进来，人群啊年龄啊身份啊，诸如此类的差异都短暂消失，但是在集体的合唱中，整体气氛却突然不可挽回地跌向伤感。

“哎。”坐在我旁边的女孩冒出一句轻轻的叹息，我不知道她是什么时候坐下的。不是我吹牛逼，美校也好，地下城也好，我是在漂亮女孩扎堆的地方长大的。我刚刚进美校的时候，高年级的学姐们烫着头，个个打扮得像香港大明星，傍晚在操场上练习迈克·杰克逊的舞步，我觉得自己暗恋过她们中间起码一半的人。所以也不能怪我整晚都没留意到她。她长手长脚，个子中等。自然卷发费了很大力气似的用皮筋绑住，又随时都要挣脱出来似的。穿着不协调的长裤和短风衣，有种乱七八糟的流浪儿气质。我心里琢磨着她的那句叹息是不是有点讥讽的意思。

“你也是电台的吗?”女孩转头看着我，像是留意到我的内心活动。

“什么电台?”

“那是我搞错了。你是做什么的?”

“我是个体户。和朋友一起卖衣服。”这是我第一次以这样的身份介绍自己。

“挺有意思。但你看起来一点也不时髦啊。”

“我还行吧。我可能是那种在精神上比较时髦的人。”

“哈哈哈。你是有种自暴自弃的气质。”

“那主要是因为我缺了半颗门牙。”

“你的牙怎么了?”

“你看过《古惑仔》吗?”

“哈哈哈。别闹了。你们的店在哪里?”她继续问我。

“不能算是店，没有名字。而且也没决定好到底卖什么。”

“那倒是挺酷的。”

“不是像你想的那样，我不是那种酷酷的成天无所事事的人。我勤劳勇敢。”我几乎每说一句话都在后悔，不知为什么无法自控地想要表演拙劣的幽默。

“我问个正经问题行吗?”女孩问我。

“你说。”

“我能采访你吗?你和你的朋友——”

“你是说正经的采访吗，我们有什么可采访的啊。你是记者吗?”

“是啊。”接下来她说了一个报纸的名字，我没有听说过。

“我平时不看报纸。”我非常不好意思。

“我们还在创刊的筹备阶段，而且我还是实习生，我今年夏天才正式毕业。”

“为什么要采访我们，不会有人要看的吧。”

“我在做一个叫做二十一世纪新浪潮的专题。”

“什么是新浪潮啊?”

“就是写写我们大家都是怎么瞎胡闹的。”

“哈哈哈哈。你叫什么?”我问她。

“消失的象。”

“什么。这是什么破名字?”

“这是笔名，我在报纸上发表文章的时候用这个名字。”

“用这样的名字能写出正经报道吗?”

“不都说了是瞎胡闹吗。”

“这个名字到底是什么意思啊。你喜欢动物还是怎么回事?”

“没什么特别的意思。就是一本书的名字。”

“是小说吗?我书读得少，但我会去找来看看的。”

“不必不必。我也就是随便起的。”

“那我应该叫你什么?”

“小象?别人叫我什么的都有，我无所谓。”

“那我就叫你小象好了。我觉得你比较

像一头小象。”毕竟我从未在真实的世界中见到一头小象啊。我们交换了电话号码，我在手机通讯录里保存了“消失的象”。

接近零点的时候酒楼里的人都开始往外涌，大家合力抬出整捆整捆的满地红，手臂粗细的高升和冲天炮，桌子大小的焰火盒子，垒成一座座碉堡。我看得目瞪口呆，直到第一支焰火呼啸着窜上了夜晚的天空，震耳欲聋的，我缩起脖子感觉自己身处战场。如果此刻财神正在巡游，他一定也会驻足观望。

“恭喜发财。”老谢拍拍我的肩膀。

“太厉害了。钱的味道应该就是硫黄味的吧。”我说。

“你还没见过前几年更厉害的时候，放焰火放到警察都要封路待命。”

“生日快乐啊。”我也拍拍老谢的肩膀。

“别提了。三十五岁，一事无成，在这里空许愿望。”

“一事无成挺好的。这不正是时代的潮流吗。”

“后来你还去过歌友会吗?”老谢突然问我。

“再也没去过了。歌友会还没解散?”

“早就解散了。我最后一次见到那群人还是千禧年的元旦，你能想象吗，都过去那么久了。我们去了好几所学校做放映，其实就是玩命玩了三天三夜。后来大家都开始使用互联网了，感觉是一夜之间，每个人都取了不同的网名，比自己的名字酷多了，从此再也不需要在现实中见面了。”老谢大声叹气，又动情了。

“我觉得那样挺好的。我其实没有特别喜欢那些人。”

“我知道，那种臭傻逼知识分子味呗。但我有时候就是会被这种东西迷住。”

“我不懂知识分子什么的。我只是不喜欢那里的一种阴郁气氛。”

“做生意不能太执着于气氛。”

“你是说我吗？我一点都没觉得自己在做生意，没那种正儿八经的感觉。”

“那你境界挺高的。”

“别笑话我了，我是说真的。我不知道做生意的感觉，你是过来人，你教教我。”

“你见过那些在海里冲浪的人吗，在明晃晃的水里长时间地等待一个完美的浪，等浪来的时候，奋力跳上板子，在浪尖上划出一道又长又美的白色弧线。”老谢这样说，好像我们正置身于虚构的海，而他奋力向前伸出手去说，“你看。”人们踩着厚厚的红色纸屑，引爆更多的引火线，站在硫黄的浓雾中许下新年愿望。我看见群青被点燃的哑炮烧着了头发，却没再见到小象的踪影。

“我们现在看到的也是浪的景观。”老谢说。操。他这句话真的太煽情了。

那批货一共三百七十五件羽绒服，开春前就几乎卖完，提前还清了欠老谢的钱。功劳主要归群青。他会说日语，模样像日本青年，每天只要坐在档口便是一种广告宣传，让人不由自主也想穿上他的衣服，成为同样的颓废派。我们为了更进一步地渲染氛围，从老谢那里要来不少九十年代的日本杂志海报贴在墙上。而且我们只卖一种衣服，特别硬核。不少人以为我们直接从日本进货，有海外关系，对此我们从来也没有否认，口碑很快便传了出去。

赚到钱的虚荣心稍稍鼓舞了我和群青，之后只要那位司机师傅从山东拉货到上海，我们便第一时间去候着。为此经常凌晨便各自出门，沿着苏州河，摸黑骑车去仓库，在冷雾中等待他的货车入库。大部分时候我们都空手而归，但其实我从心底里来说，也没有对好运的再次眷顾抱有期望，倒是师傅被我们倔强的意志力弄得挺不好意思的，建议我们说，要想找到称心货源，还是得亲自去北方沿海地带跑跑，那里遍地都是服装厂。

于是我和群青去驾校报考了 B 型货车驾照。自此以后每星期都有两三天清晨，我们在人民广场公交站见面，一起坐驾校班车去嘉定的练习场学车。第一次去广场集合的时候天都没亮，有霜冻，为了节省体力，我们坐上班车以后彼此都不讲话，打着瞌睡。但车厢里很冷，窗户漏风，很难真的睡着。驶出市区以后两侧是宽阔的土路。天始终不亮，像在大片的阴影里。这样的日子持续了整个春天。

这期间老谢提议我和群青去一趟北京，说那里搞服装的气氛很不一样。这趟旅行我和群青都期待已久，想从野狗一样的生活里喘口气。

到北京的第一晚我和群青在鼓楼的青年旅馆睡大通铺，都是背包客，晚上八点以后淋浴间就没有热水，拉屎得去外面的公共厕所。但附近的胡同里都是二手衣服店，乐器行和酒吧，卖各种意想不到的破烂，去小饭馆里吃刀削面，旁边坐着一群穿匡威球鞋的朋克。特别野，特别贫穷，特别嚣张，让人不由自主想要成为这个公社的一员。

接下来的四天里，我和群青每天都去世纪天乐和动物园批发市场报到，大铁皮棚底下都是满口京腔的男孩女孩，又疯狂又颓废，个个都像在演王朔的电影。我们在世纪天乐的一个档口狠狠心，拿下几件美国的二手皮夹克，价格高得离谱，但老板特别能聊，最后还给我们留了一个地址，叫我们离开之前一定要去那里看他们乐队的演出，他请我们喝啤酒。回去一查才知道他是那种教父级别的鼓手。

最后一天傍晚我们真的按照地址找了过去，却在什刹海背后的胡同里迷了路，天黑以后整片胡同都没有路灯，我们饥肠辘辘摸进一间酒馆，意外发现二楼的露台在办派对，碳盆里烧着火，很多吃的，很多酒，有个流浪汉在拉手风琴，跺着脚唱悲怆的俄罗斯歌曲。那里卖十块钱一杯的鸡尾酒，一股酒精和香料味，但我和群青喝了一杯又一杯，全部都喝多了。走出来的时候，不知道怎么地突然置身什刹海边，那里的冰还没有完全化开，湖面上停着白色的鸭子船。而我们什么都顾不上，蹲在树下，哇哇乱吐。后来我们运回来的那几件皮夹克，还没有来得及上架就被隔壁几个摊主一抢而空，早知道豁出去把那批货全包下来了，这件事情我至今想来都有些遗憾。

第二天我和群青宿醉着坐夜班快车回上海，驶出北京没有多久，我便接到小象的电话，黯淡的电子屏上闪动着“消失的象”这几个字时，火车正开进山里的隧道，周围一片黑暗，这个电话像是来自于另一个地方，其他的世界，以至于我接起电话傻乎乎地问：“你在哪里？”

“我在学校宿舍，站在阳台上。你呢？”小象的声音从黑暗中传来，又清晰又确凿。

“我在从北京回来的火车上。也不知道开到哪里，刚刚穿过了好几座山，现在外面是平原。”

“真好啊。你去了北京。”

“我猜你肯定忘记了我们的约定。”

“我没忘记。”

“那就是反悔了，发现我们的采访不值一做。”

“我一直在写毕业论文，废寝忘食的，刚刚写完就给你打电话了。真的很抱歉。”

“抱歉什么，我很高兴你没有消失。你的论文是关于什么的?”

“我不会告诉你的，你肯定会觉得特别枯燥。”

“你不说说怎么知道。没什么能让我感到枯燥。”

于是小象认认真真从头说起。起初我们都还有点紧张，她只想尽快说完，渐渐的却越说越远了。中间她偶尔会停下来，等等我，于是我发出一点声音，让她知道我始终在，无需担心。我握着手机蹑手蹑脚地从上铺爬下来，在过道找了一个靠窗的座位坐下，我一点都不觉得枯燥，反而入了神。中间我打断了她一次，是因为手机提示没电了，于是我拿着充电器来到车厢交接处的插座旁边，坐在地上，接缝处不断涌进来潮湿柔和的季风，我想火车已经离开了华北平原。她问我还在听吗，我说是的，我可以一直听下去。所以一直等到她讲完以后，我才告诉她，“火车已经离开华北平原了。”

“那明天我们约个时间见面好吗？我们可以开始采访。”她问我。

“明天是指醒来以后的明天吗?”我问她。

“是啊，醒来以后的明天。等你回到上海以后。”她确定地回答。

于是我们约定了见面的时间地点，照理应该道别，但我们都沉默着不想说再见。这样的时刻我应该说些什么呢，我心中有着千言万语，我可以说说美校后山的四季，吴淞码头靠岸的远洋船，还有黄鼠狼的头骨。我还可以问她，你知道吗，北京的公共厕所没有隔断，拉屎的时候正对着对面人的脸。我不记得前后的顺序，但是这些话我全部都说了。直到车厢里的人陆续从无边的梦中醒来。我站起身，窗外已经是黎明的农田和天际线的霞光。

“哎呀!”我惊呼。

“怎么了?”

“我本来想好要在火车过长江的时候告诉你的。现在已经过了。”我告诉小象。

火车到站以后我和群青告别，没有回家，却直接坐上了通往五角场方向的公交车。歌友会时代我曾去遍了那里所有的大学，没有想过几年后重返是要去见女孩。我在校门口给小象发了一条消息，然后凭记忆穿过操场，往学生活动中心的方向走。我猜想小象还在睡觉，但是她立刻回复了我。她也醒着，而且一点也没有感到意外似的，好像我们本来就说好要在学校见面一样。我却紧张起来，走进旁边的小卖部里想买些什么，口香糖或是可乐，结果只买了一小盒避孕套揣在口袋里。这不在我的计划之中，我和小象没有任何计划。

我原本还在担心是否记得小象的长相，但其实她刚刚进入我的视野范围，还只是一小片模糊晃动的光晕，我便认出她来。她的模样和冬天见面时不太一样，穿着不长不短的裙子，头发没有绑着，迎面走来像一把乌黑的小小火焰。步伐飞快，手指上挂着的一串钥匙响个不停，转瞬便来到我跟前。

我们逆流穿过去教学大楼上课的学生，来到学校后门，各自吃了一碗面条。一夜没睡，却都感觉不到疲惫。小象问我想去哪里，我没有什么想法。于是我们坐在排球场边看了好久排球队的训练，然后才穿过草地回到她的宿舍。又是一个晴朗的白天，干燥的青草轻轻擦过我的裤脚。

“当心脚下。”小象在草地上灵巧地跳跃。

“当心什么？”我跟上她的步伐。

“天热起来以后，草坪上就会有前一天晚上留下的避孕套。”小象回答。

天黑之前我和小象在她的宿舍里用完最后一枚避孕套才抱在一起沉沉睡去，再次醒来已经斗转星移。我们在一起待了两天，离开小象的时候，外面温度骤降，我再次穿过草坪，凌晨的露水降落在我的身上，我的心里怀着无限温柔和无限混乱。

三个月以后，我和群青考出了驾照。从老谢朋友那里买下一台几近报废期限的桑塔纳。车是从希尔顿酒店淘汰下来的，之前跑了八年的酒店出租，虽然和梦想拥有的吉普越野相去甚远，但开价只要一万块钱，是我们所能负担的上限。而且车被维护得很好，里外看起来都干净体面，后窗遮着干净的白色纱帘。引擎自然是老化了，动不动就温度过高，车里必须常备一箱水给水箱补给降温，但老谢允诺说开上两年没有问题。我们也觉得跑短途拉货足够用了，于是验车之后当即付了款。拥有车以后的第二天，我和群青便打算开车去杭州近郊的服装工厂碰碰运气，顺便在高速公路上拉拉车速，清理引擎积碳，算是为之后去北方跑长途练练手。

我们清晨出门去接小象。她早早等在路口，背着旅行袋和水壶。这将是采访的最后一站。我原本以为所谓采访不过是聊一下午的天，结果却从春天一直持续到夏天，小象跟随我和群青跑遍了上海的批发市场。她有种热忱到奋不顾身的劲头，甚至比我们更忘情地投入我们的生活中，以至于所有让我和群青感到疲惫和重复的事情，以她的视角被重新看待之后，又再次具有了意义。

群青向来对我找女孩的审美嗤之以鼻，却意外地和小象非常合得来，毫无防备地接纳了她。我觉得这一方面是因为小象有种能令人敞开心扉的天赋，而且完全没把群青心事重重的性格当回事。另外一方面是因为我和小象并没有能够发展成真正的恋爱关系。我对小象的感情强烈且真实，但在我想要付诸真正的行动之前，她告诉我，她的男友在法国念政治学。他们相处多年，感情坚固，互相支持，约定两年后在巴黎重聚。所以她每周末都去法语培训中心上课，打算去法国念书。我想象过和她恋爱，无数次的，但能想到的场景和事情却都非常有限。我没有受到过良好的情感教育，缺乏勇气，而且目光短浅。但不管怎么说，我和小象成为了朋友，是值得信赖的朋友，也是伤心万分的朋友。

我和群青第一次真正开车上路都争先恐后要握方向盘，又都很紧张，两个人不断熄火和踩急刹车，在市区磨磨蹭蹭，等开上高速公路已经烈日当头。车里的冷气修不好了，不得不开着车窗，一旦提起速来，猛烈的风灌进来把群青的烟灰吹得到处都是，而且发动机的声音与公路的噪音震耳欲聋，只有把音乐的声音也开到最大才能与之抗衡。而小象兴致高昂，她大声跟着唱歌，朗读高速路牌上面奇怪的美丽的地名。

到了杭州以后，我们沿着钱塘江进了山，山里大片大片的茶树令人流连忘返，我们把车停在山腰处，顺着溪流的方向走，在茶林深处遇见一间小庙。庙里的气氛平静温和，有两棵挺拔的银杏，有香火，但没有人的踪迹。我们被一种少见的心情驱使，纷纷抽了签。小象抽的是大吉，我抽的是小吉，群青抽到凶。我想看群青的签上写的是什么，但他已经把那张纸扔进香炉里烧了，说这样菩萨才会帮他解决问题。小象的签上说的是宝塔和星辰，我的签上说的是迁徙的鸟。我们也没有看懂，模棱两可，但都把签留了下来。

我和群青第一晚便已经在网吧搜索了杭州所有制衣厂的地址，在地图上做好标记，规划了路线。第二天出发前群青叫我把现金都拿出来，不要全部放在包里。

“那放在哪里?”我问。

“都分散开来，袜子里，裤腰里都塞一点。”群青回答。

“有这个必要吗，又不是在穷乡恶土。”我虽然不服气，也还是照做了，两只袜筒各塞了一卷钱，其余的钱卷在信封里塞进裤腰，有种郑重闯天下的荒唐感。

接下来的两天，我们循着地图分片扫荡，去了十间工厂，却一无所获。于是第四天，我们抛弃了地图，过复兴大桥以后，沿着钱塘江北上至萧山，眼看就要一路追踪到海边，落日前在临海工业区里找到一间工厂，打听下来有一批日本订单的惠比寿牛仔裤正在加工五金配件。我和群青吸取了之前的教训，装模作样，冷静讲价。这批货的量很小，厂里的人显然没当回事，只想随意将我们打发，给出的要价却低得惊人。我们找机会掏出藏在袜筒和裤腰里的钱，赶在对方反悔之前把货拿下。

然而刚刚返回停车场，便有三四个人大声吆喝着从两个方向走对角线朝我们靠拢。我大脑空白一片，用眼角余光看到群青和小象都朝着车的方向冲刺，于是我也拔腿要跑，却被人从侧面猛踢膝盖和肋骨，滚到地上，下意识地紧紧蜷住身体，以缓冲肩膀和后背受到的重击。好不容易挣脱起身，看见一个人仰在地上，鼻梁歪了，他正茫然地伸手去扶。而群青抡着从后备厢里取出的千斤顶，仿佛青年哪吒。其余几个人见这阵势也颓了下来，垂着手，不再逼近。于是群青举着千斤顶和我一起缓缓后撤，掩护我拾起地上的货，跃进车里。接着群青放开手刹，踩下油门，从未有过地一气呵成，车子剧烈抖动着冲出厂区。

外面暮色降临，空气湿热，群青稳稳地握着方向盘，肩膀笔直，令人平静。小象靠在我身边，手指蜷在我的手心里，像一只休息的鸽子。我们的货都在，一件没少，我们的桑塔纳在关键时刻经受住了考验，自此以后也成为忠诚可靠的老友。我捏了捏小象的手指，想说一句话，但稍稍吸一口气，胸口痛到眼前发黑。

“停车。”我突然剧烈反胃到背脊都汗湿了。

“你别瞎动，要是肋骨断了扎进肺里就完了。”群青说着靠边停车。我原想反驳两句，但打开车门便立刻吐了，吐的时候太痛，只能吐一会儿，休息一会儿，靠在座位上小心翼翼地喘气，再继续吐。群青下车抽烟，见我吐得差不多了，便点了根烟，猛抽两口以后递给我说，“抽几口，会好受点，能镇痛。”我浅浅抽了一口，适应以后又抽了好几口，烟雾进入身体以后，不知是不是心理作用，痛感真的退去一点，至少又能开口说话了。

“刚刚那几个人是怎么回事?”我问。

“不像是厂里的，没准是当地黑社会。”群青说。

“黑社会来弄我们干嘛，我们就拿了这

么点货。黑社会那么小气啊。”我说。

“我觉得那几个人多半是搞错对象了。”小象说。

“那你说我们都心虚跑什么呢?”群青说。

“任何人碰到这种情况都会想要跑吧!”小象说。

“你在日本没少打架吧。看你刚刚那架势，不是我们美校的做派。”我问群青。

“装装样子，现在虎口还是麻的。”群青说。

“我至少为采访贡献了精彩的结尾。”我说。

“我觉得我们永远也不会知道这个结尾到底是怎么回事了。”小象回答。

“要是按照电影情节的发展，刚刚那个人被群青打死了，我们在这里抛下车告别，各自消失在荒野，永远不会再相见。”我说。

“你别胡扯。那个人不会死的。而且这里是杭州，也不是荒野。”群青说。

“别那么严肃。哪里都可以是荒野。”我说。

“那天你抽到的签到底说了什么?”小象问群青。

“你真的相信这种东西?”群青问。

“就是因为不相信所以才问你啊。”小象说。

“但我也没太看懂，就说了螳螂啊黄雀啊之类的。”群青说。

“螳螂捕蝉，黄雀在后吗?”小象问。

“原话不是这样，但差不多就是这个意思。”群青说。

“真够无聊的。”我说。

“是啊。真够无聊的。”小象说。

“你花了那么多时间在这个采访上到底值得吗?”群青问小象。

“当然值得。你们等着瞧。”小象说。

“这种虚无的事情，你怎么能那么确定。可真羡慕你。”群青说。

“再给我一根烟吧。”我问群青。

“我的烟快没了。”群青说。

“我还有薄荷糖你要吗?”小象问我。

“我们现在在哪里?”我问。

“不知道，但我们一直顺着钱塘江，再往前可能就是入海口。”群青说着拿出地图。我们凑在昏暗的顶灯底下琢磨许久，对照工厂的位置和行驶的方向判断，我们所处的位置在海宁观潮台的对岸，这时天已经彻底暗了下来，没有月亮，也没有潮水。

“我们要是在这里不走，讲不定能看到巨浪。”我说。

“哪来的巨浪?”群青分给我一根烟。

“不知道，潮水是行星之间的引力造成的。”我在胡说八道，我觉得我的脑子摔坏了。

“操，油灯亮了。”群青说。我没搭理他，找出烟盒里最后一根烟。车门全部打开着，但是车一停下来就没有风了，密密麻麻的蜻蜓在低空盘旋，仿佛近处就将有一场风暴。而小象带着她的傻瓜相机跑出很远，闪光灯在黑暗里打出的光晕在我的视网膜上停留了很长时间。

这一趟回来，我断了两根肋骨，轻度脑震荡，有阵子往右侧翻身就会头晕。因为必须在家里静养，吃喝全部依靠父母照顾，持续了一年多的谎言终于说不下去了，意志力也已经瓦解，便干脆从香港公司遣散说起，直到在杭州工厂被打，全部都告诉了家里人，中间一度说得情绪激动，却不敢停下来，怕一旦停下来，那股劲头就消失不见。说完最后后背发凉，等着大闹一场，但好久都没动静，回过神来，发现我妈背转身去，正轻轻擦去眼泪。弄成这样我特别难受，差点也要落泪。

之后老谢不听劝阻非要来探望我。酷暑天，抱着一只西瓜从地铁站走到我家，又爬了几层楼梯，一身臭汗站在我家狭小的客厅里，像退潮以后搁浅的海豹，满身泥沙。我父母本来就怀着对个体户的偏见，不太待见我那些所谓社会上的朋友，老谢横冲直撞的模样无疑印证了他们的疑虑，于是他们冷淡地打过招呼以后就回避了。老谢自己浑然不觉，放下西瓜以后，从包里掏出一套《战争与和平》说是给我解闷。之后他情绪激动，绕着沙发前言不搭后语地说了一堆，概括起来就一个意思，我和群青出名了。

“什么意思？怎么出名了？”我莫名其妙的。

“你们两个傻逼堂而皇之闯进外地黑工厂拿货。械斗之后抢了一批牛仔裤回来。”

“是不是群青跑你那里吹牛去了。械斗个屁，就是个乌龙罢了。”

“报纸上登了啊。专题大报道，厚厚一叠。”

“今天出刊了？那你给我带报纸了没？”

“哎。我把这正事给忘了！”

尽快把老谢打发走以后，我缠紧胸托去楼下溜达了一圈，第一间报刊亭说这期是创刊号，送赠品，已经卖脱销了，第二间报刊亭还剩五六份，我只买了一份，我为小象高兴，希望有更多人能买到剩下的。报纸出乎意料地厚，小象的文章是特刊头版，我站在路边迫不及待地翻到那一页，是一张占据了半个版的黑白照片，我们泊在观潮台对岸时小象跑出很远去拍的。画面里没有我和群青，只有车门全部敞开着的桑塔纳，以及我撑着车框，夹着烟的手。天将暗未暗，我们的车像一台搁浅了的飞行器。周围的风景虽然被定格，却仍然给人瞬息万变的印象。这是整篇报道里唯一的照片，而文章本身竟然占据了接下来的整整六个版面，我明白了小象说等着瞧的意思，这几乎是抗洪救灾级别的报道了吧。

回到家里，我平静了一会儿才开始读这篇文章。读完以后又回过头去，把重要段落重读了一遍，反反复复读了好几遍。里面全部的事情都是我和群青经历过的，我们不断移动，在各种交通工具上，从浦西到浦东，从长江流域到华北平原，带着一点点的钱和可有可无的决心，游荡在批发市场铁皮大棚闷热的通道间。

文章的结尾，没有人消失在观潮台对岸的荒野，小象转而描述了之前一个普普通通的凌晨，我们从浦东江边的仓库出来，珍惜春天仅剩的几个夜晚，没有着急回家，反而往纵深处越走越远。周围的一切都是新的，刚刚浇灌的道路甚至还没来得及命名，我们有一搭没一搭地讨论大陆的尽头是什么，便来到了尽头。那里是一个通宵开工的地铁工地，冷光灯像好几枚巨大的人造月亮，不见人影，但是机器全力运转，一根根直径惊人的管道将那里的泥浆源源不断地输送到卡车上，再运送出去。我们无所事事，在吞吐的轰鸣声中看得如痴如醉。直到灯光熄灭，机器一部接一部地停止运行，天快要亮了，从公共绿地里跑出来一大群觅食的猫，轻轻穿过马路。

“这里为什么会有那么多的猫？我问他们。而群青摆摆手说，不是我养的。”

文章至此结束了，最后的署名是——

消失的象——就好像我和群青以及作为第一人称叙述者的小象虽然没有消失在荒野，却依然在奇异的氛围中消失在了时代的这一边。我想起在采访持续的这三个月里面，很多个夜晚，我们三个人从地下城走出来，季风潮湿柔和，我们行走在延安路高架桥底下，如同行走在沉默的鱼腹下面。我极其想念小象，回过神来，拨了她的电话。

“你写得真好。你把我们写得像堂吉诃德一样浪漫。哎。”我说。

“那你为什么还在叹气。”小象说。

“因为在所有浪漫的事实中，你还是漏掉了关键性的一项。”

“不可能。你说说。”

“我们会开手动档，持有货车驾照。是不是大浪漫，还有比这更浪漫的吗?”

“哈哈哈哈。”小象的声音始终确定，无论如何都不会消失。

一个月以后，我胸侧和背后的淤青已经愈合，老谢帮我挑了一个良辰吉日返工。等我回到地下城才意识到老谢为什么说我和群青出名了，我不得不对着各种人，把事情的经过讲了一遍又一遍，渐渐的那段经历对我来说，便成为了他人的冒险。正逢迪美地下城新一轮扩张，成为时髦大学生和年轻白领的乐园，周末总有记者来这里捕捉浪潮的走向。似乎想要赚钱，便总能找到捷径。这样天时地利人和，我们档口的现货第一次被彻底卖空了。我和群青因此决定把去山东跑货的计划提前。

我们不在档口的时候雇了老谢的远房表弟帮忙。表弟十九岁，蓬勃开朗，前一年高考失利，不想复读，也没有正式去混社会的决心。家里情况不错，于是打算送他出国读书。所以他上午学英语，下午来我们这里，周末晚上去酒吧跑堂，和客人练习英语口语。

出发前我们又和那位跑长途的司机师傅见了一面，带着香烟和白酒，算是感谢和告别。师傅爽快地给我们牵了几条服装厂的线，又兴致勃勃传授了一通在路上找小姐的经验，帮我们调整了离合器，最后以昂贵的价格卖给我们一台从广州带回来的新款导航仪。

第一次去山东正是秋天最好的时候，我们计划从潍坊，到胶州，即墨，最后至崂山和青岛返程。每到一个城市，我们都按照惯例先找网吧歇脚，吃泡面，搜索当地的服装厂和市场，标记在地图上并且规划好路线，为了省钱，轮流在招待所或者网吧或者录像厅过夜。因为吸取了之前的教训，进入厂区的时候我们都小心谨慎，避人耳目，对门卫通通谎称自己是来招工的。最终抵达青岛时，已经过去了十几天。除了导航仪不断导致的方向混乱外，其他一切顺利，约定的货都将在年底前陆续发往上海。返程前，我们去海边看了看，天冷了，海滩浴场一个人都没有，移动更衣间都锁起来了。秋天已经彻底结束。我们踩着湿滑泥泞的沙滩走出很远，死去的海藻被留在砾石里，海面起着湿冷的雾，往陆地移动，流动在植物和楼房之间。

回到上海以后我和群青晨昏颠倒，几乎每天凌晨都去地下城接货。我们和其他几十个人一起，各自等待晨雾中一辆辆来自四面八方的长途货车。天寒地冻的，我们都精神抖擞，如同置身战壕。

十二月底我和群青第二次去山东，走相反的路线，从淄博到济南再到泰安，最终在泰安耽搁了很多天。我们在当地一间小工厂觅到一批日本订单，户外冲锋衣，那个品牌当时还没有进入大陆市场，群青想要把整个厂的货全部买断。这个想法在我看来匪夷所思，我们的策略始终是小批量走货，保持更多选择的自由，也不至于被利益压垮。群青的突然冒进令我感到不安，彼此无法妥协。我认为群青利欲熏心，他认为我随波逐流。

第二天清晨群青便出门了。我醒来发现他的旅行袋不见了，手机关机，我去停车场一看，他把车开走了。操你妈，群青。我以为他已经一走了之，于是去附近的火车售票处查了一下当晚回上海的火车票，走到半路开始下雪，我冷静下来，回到招待所，意志力也随之消失殆尽。

然而接近傍晚的时候，群青推门进来。

“我去爬泰山了。”他放下旅行袋，拍去身上的雪籽，仿佛远方来客。

“泰山？”这真是他妈的出人意料。

“一上山就开始下雪，我坚持了一段，没有要停的意思，见势不妙赶紧折返了。”

“还在下雪吗？”我起身来到窗边。

“好大啊。”群青回答。

“我一直在想拿货的事情。”

“你怎么想的，我觉得你要是实在不同意——”

“不是这样。可以都拿下来。但是想想去年这个时候。”

“我们像野狗一样从一个仓库到下一个仓库。”

“我就问你，你没担心过眼下的一切都会消失吗？”我问他。

“当然都会消失啊，不然呢，建成一座纪念碑吗？”群青头也不回地回答。

晚上我们勉强找到一间没有打烊的饭馆，喝了不少白酒，出来的时候已经是漫天暴雪，我从没见过这样的风景，被强烈震慑，想着纪念碑的事情，又一个人在无序混乱的大寂静中走了很久，才愿意回头。两天以后雪彻底停了，空气清澈寒冷，高速公路重新开放。我们清理了车身的积雪，用热水浇灌冻住的雨刷，离开泰安之前先去了那间工厂，一路沉默，交付了全款订金，拿下整个厂里的货，然后联系老谢，问他临时租用在虹口的仓库。

回程途中，高速公路的积雪已经被清理，堆在护栏两侧，冻成连绵的灰色冰原。一路上看到好几起事故，追尾的，侧翻的，调了个头撞进护栏的，司机们缩着脖子站在外面的积雪里等待救援。我们像极地中的破冰船，筋疲力尽地龟速行驶，精神紧张到不敢打开收音机。直到驶出了积雪的区域，风景瞬间开阔，两旁是冬天的山和冻住的湖。我们的车虽然无法制冷，却能放出十足的暖气，群青突然精神起来，一脚油门踩到底，我们似乎在重力加速度中穿越到了虫洞的另外一侧，周围都是，飞艇的残骸。

回到上海，圣诞节已经结束，于是我和小象说好一起跨年。市区的交通从下午起便瘫痪了，所有人都想在这一天终结旧的事物，我也一样。从一个地方缓慢地移动到下一个地方，经过高架、隧道和桥，电台里播放着冬季的热门金曲，主持人不断接听打进来的热线电话，互相高高兴兴地说着美好的愿望。马路上的年轻人都精心打扮过，穿着靴子，戴着贝雷帽，去和喜欢的人见面。我的心里也不免流动着极为温柔的物质。

到小象办公室的时候，她正挣扎着从行军床上爬起来，毯子还保留着半个人的形状，她嫌碍事地把头发全部绑在头顶，戴着眼镜，套头衫从领口到胸口都是脏的，像是已经在办公室里住了很久。我从没见过比小象和她的同事更疯狂更热爱工作的人，他们的办公室二十四小时都在运作，备着折叠躺椅，睡袋和各种生活必需品，如同夏令营地。

时间还早，小象让我稍等片刻，她要把手里的校对稿看完。她的二十一世纪浪潮项目还在继续，关于我和群青的采访文章让她在报社获得了年度奖励，也获得了更多支持和自主权，包括可以调用的摄影记者。这段时间她都在追踪一个本地乐队，我因此也跟着她看了好几场演出。乐队还在自我塑性和调整阶段，整体气质摇摆不定，既愤怒炽热，又柔软放浪。成员的数目也说不好，少的时候两个，多的时候五六个。主唱是体育学院的学生，国家一级运动员，不会乐器，但一心想做乐队，想成为帕蒂·史密斯那样的人，在台上的能量和嗓门都很大，跳起舞来像悬崖上的羚羊。小象毕业以后便和她一起合租了一间旧公房，在五角场附近的教师小区里，走路就能去排练房。大开间带阳台，窗边和门边各摆着一张床，中间用桌子和沙发隔开，装着极其吵闹的窗式空调。她俩都不收拾房间，衣服在椅子上堆成小山，地板缝里全是朋友们通宵畅谈留下的烟灰，锅碗瓢盆和唱片书籍一起摆得到处都是，硬币一旦掉在地上，就别想再找到。

但我和群青都挺爱去那里的，每次赚到钱了就从超市买一堆吃的过去找她们涮火锅。配菜都是群青弄的，要不是见他利利索索地切葱花和剁蒜泥，很难想起来他在日本待了好多年。乐队的其他成员也会带朋友过来，多的时候十几个人，都端着碗坐在地上，有的人还得合用一只碗或一双筷子。这样从头到尾吃上好几个小时，电闸跳两三次也影响不了大家的兴致。有一次散场以后，小象在电脑键盘底下找到五百块钱，我们分析下来这笔钱肯定是有人故意留下的，估计是发了笔横财，便想帮助一下这里贫穷的朋友们。

小象递给我一些过期的报纸，于是我坐在行军床上边看边等她，毯子像小动物的窝一样热烘烘的，床脚放着她的法语参考书，厚厚一叠，每本上面都是无数标签和折角。她已经完成了法语考试，我没有问她成绩，但不用说，她可以通过世界上任何一场严苛的考试。我把那些书整理好，挪到一边，胡思乱想着睡着了，被叫醒的时候是晚上九点，小象已经收拾好了东西。她穿着快要拖到地上的大衣，戴着绒线帽。走出门外，像很久没呼吸过新鲜空气的人那样，打了一个寒战。其实天气回暖了，我们开车穿过淮海路，马路上有种纸醉金迷的气氛，巨型的广告牌和霓虹灯全亮着，以至于我们关了车里的暖气，打开车窗。空气又潮湿又暖和，像是春天提前到来，小象把胳膊伸出窗外，来回摆动，轻抚着风，直到开进隧道。

“我在报社做实习生的时候，跟着我师傅做的第一个采访就在这里。”小象说。

“隧道里吗？”这里开始堵车，前面亮着无尽的尾灯。

“是啊，当时还只造到一半，正深入水下。我们戴着安全帽，跟工作人员去过水底的工地。工作人员讲解了盾构法的建造技术，但我没听进去，完全被这里深邃的气氛迷住了，感觉空气的密度和振幅都和外面不同。”

“哪里不同了？”我摇起车窗，外面都是废气。

“现在不行。现在感觉不到了。我也再没感觉到过。”

“到底是什么感觉?”

“那时觉得前方阻断的淤泥被渐渐清除之后，通往的不是江的对岸，而是其他地方。”

“其他什么样的地方?”

“你从来没有考虑过去其他地方吗?”小象问我。

“我不是刚从其他地方回来吗，还遇见了暴风雪。”我没有回答她的问题，更为专心地踩着离合和刹车，向前挪动。我们的头顶究竟是黄浦江的哪一段，我尽力想象其他的地方，想象四壁的混凝土和越来越浑浊的废气外面都是无尽的水和平静的浪。而我们的车已经缓缓沿坡道驶出了隧道，遗憾的是，外面虽然起着雾，楼群的分布一如既往，是我见过无数次的江的对岸。

我和小象去了浦东一间现场酒吧和乐队的朋友们见面，他们在那里做暖场演出。因为在路上堵了很久，到的时候他们已经演完了。那个地方是很早以前的防空洞改造的，一半沉在地下室，要走过一段楼梯和一段又长又曲折的走廊。里面空气浑浊，两面墙上贴满海报和照片，舞台跟前的方寸之地挤满了人，撞来撞去。我们在后台的休息室里找到其他人，他们正好叫了盒饭，于是我们坐下来一起吃了迎接新年的晚餐，互相祝愿新年快乐。

但我们都没能在那里坚持到零点，外面演到一半的时候，消防接到投诉，过来拉掉了电闸，于是所有人都挤在狭窄的楼梯里往外涌，几乎每个人的手里都捏着烟，确实快要烧起来了，但是井然有序，也没有人感到危险。好不容易走到外面，干净清澈的空气一下子涌进肺里，氧气饱和到头晕。门口围着很多人，都不甘心就此散去。在这种地方我总会想起歌友会的老朋友，但其实压根没有相像之处，全变了，过去那种压抑的气氛早就荡然无存，我也不知道那些在学生活动中心门口抽烟的青年后来都去了哪里，来到二十一世纪以后，他们成为了什么样的人。总之我再也没有见过像他们那样郁郁寡欢又彬彬有礼的人了。

晚上主唱要去男友那里过夜，我便和小象一起回到她那里。房间里比外面更冷，我们下载了一部电影来看，但小象在办公室里住了两天，特别累，很快就睡着了。于是我把电脑调成静音，独自看完了下半部。窗外传来庆祝新年的焰火声，像来自远方的炮火。接近清晨的时候，我做了极度混乱的梦，在梦中无声地大哭，继而惊醒，伸手在真实的世界中摸索，小象仍然在我的拥抱中，我抚摸她的脸，却惊慌失措地摸到一手真正的泪水。

新年里我和群青都不打算休息，元旦第一天便去市场找老谢，看见批发大楼门口拉着警戒线，漩涡状的人群正在向外疏散。我以为又是群殴，见到老谢以后才知道，是有人爬到大楼顶上跳了下来。二楼东北帮的，我和群青也有点印象，平时穿得珠光宝气的，专卖韩国衣服，二楼连着好几个档口都是他的。去年开始不做外贸了，直接从韩国拿版过来找工厂做假货，胆子肥了，货都是用火车皮装的。结果有一批货被对手抢版先做了出来，导致他这里大批货物积压，资金链立刻断了，借了高利贷，垮掉的过程有如一场雪崩，没能撑过年底。

“我得去庙里拜拜菩萨，新年第一天怎

么那么不吉利。”老谢说。

“你太迷信了啊。”群青说。

“你们完全捕捉不到风向。没听消息说襄阳路的市场要拆了吗?”老谢问我们。

“听说了。但没那么快吧。”我回答。

“事情都会有连锁反应。这里的台费已经翻了两倍不止。你们的档口签了多少年?”老谢又问。

“我们签到北京奥运会,还早着呢。谁知道到时候是什么情况。”我回答。

“是啊。讲不定我们半途就发财了。”群青说。

“你说赚到多少钱算是发财?”我问他。

“一百万?”群青说。老谢嗤之以鼻。

一百万究竟是多少,我和群青心中都没有概念,然而周围的事物正在不可避免地经历一场缓慢的持续的地壳运动,塌陷,挤压,崛起,我们身处其中,不可能察觉不到。租约到期的摊主撤走一批又一批,随即便填补进来新的,从未有过断档。我们眼睁睁地看着造假体系的建立和扩张,乌泱泱的假货带来乌泱泱的人流,每到周末,长途大客车拉来四面八方的旅行团。“以前这里不是这样的”——我和群青都试图向表弟描述地下城的光辉岁月,但其实没什么可说的,那根本称不上是光辉,只是更贫穷,更混乱和更诚实。倒是表弟在这里交到了不少朋友,打烊以后他和他的朋友们一起去滑冰或者去 KTV。他还确信自己见到了谢霆锋。

我和群青都不愿在地下城里待着,觉得那里乌烟瘴气,于是等北方的积雪融化得差不多的时候,又或长或短地,跑了好几趟山东。一方面为了拓展货源,寻找新的方向,免得在地下城同流合污。另外一方面的原因主要在我,我以最愚蠢的方法逃避与小象的告别。在外面待的时间最久的一回,我们在菏泽的一间小厂订下一批冬天的防寒风衣后,离开山东边境,前前后后总共游荡了将近三个星期。原本只想沿着黄河往西行驶一段,而水域逐渐开阔,大片大片的水鸟突然从栖息地起飞。我们下了国道,走地图上没有的小路,中间不时停车,撒尿,抽烟,望野。我没提回程的打算,群青便也不问,两肋插刀,一路奉陪。住招待所,找网吧,泡公共澡堂,不知不觉已经来到黄河转角。在那里的水库遇见一群游野泳的老人,送给我们一袋煮好的玉米,又指点我们去附近山里看瀑布。

进山之前,我和群青前后收到表弟发来的短信,两条短信一模一样,“老谢有事,速速回电”。但我们看到的时候手机已经没信号了。是座小山,荒蛮迷人,昆虫齐鸣,穿过几片荆棘以后已经能听见激流和岩石的碰撞声。但我们心神不定,惦记着老谢的情况,决定不再深入山脊的背阴处,转而朝平坦开阔的地方走,寻找手机信号,结果一路走到公路旁边才接通了表弟的电话,表弟在那头颠来倒去地告知,老谢被警察带走整整一个星期,档口也被查封,现在不让联络,具体情况还不清楚。

“什么叫具体情况还不清楚啊。”群青又拨了几次老谢的电话,当然不可能接通。

“别打了。现在就回去。”我打断他。

“你说老谢干什么了?”群青问我。

“他能干什么啊?”

“嫖娼还是吸毒之类的,都不像是他会干的。”

我们瞎琢磨了一阵,回到车上。按照地图和路标指示的方向开上高速公路,开始折返。因为怀着坚定的决心,一刻都没耽误。夜深以后的公路上都是跑长途的重型货车，像梦游的幽灵，彼此拉开很长的距离，远光灯的范围内都是寂静。我和群青在休息站买了几罐红牛，轮流开车，另外一个人也不敢睡着，大声放着最吵闹的音乐，大声交谈，穿梭在那些幽灵之间。

“你知道黄河的尽头在哪里吗？”群青问我。

“在哪里？珠穆朗玛的雪峰吗？”

“我也不知道。你就没想过这个问题吗？”

“没想过。我一点也不想去那里。你呢？”

“我想过啊。但我想的是，我们的终点无论如何也不会在那里。”

十几个小时以后，我们从内环转到延安路高架，清晨，下着雨，空空荡荡，展览中心尖顶那颗黯淡的红色五角星出现时，便预示着下一个岔道口我们即将返回的现实。

我们刚出菏泽没多久的时候，老谢便出事了，被扣在拘留所审着，一审审好多天，像个要犯似的。后来弄清楚事情原委，是有个浙江帮的小子背后插刀，那段时期全市批发市场都在打假整治，那小子趁此形势举报老谢走私。老谢稀里糊涂被人盯了一个月，两车渠道不明的货栽在警察手里。警察顺着老谢的线索，端掉了一整条运输链，牵连不少人。

老谢十五天以后被放了出来，但意志消沉，不愿见人，不接电话，也不回复任何短信。从表弟那里辗转传过来的消息说，家里托了很多关系找到一个被追债的人替他顶罪。到了老谢这里已经算是运输链的最末端，从轻判了八年。说好的价格是一年十万，但对方家里有小孩和老人，于是老谢送去了全部积蓄，我们都不清楚那一共是多少钱。我和群青去批发市场找过他几次，他的档口始终贴着封条，不出一个月再去看，便易主了。浙江帮那个小子我们都认识，是一个面容苍白，尖嘴猴腮的青年，在防火楼梯抽烟时碰见，还聊过两句。应该也是一个棋子罢了。老谢出事以后，他在市场里也待不下去，突然间销声匿迹。

之后表弟的父母也不敢再让他晃在社会上，把他送进全日制的英语补习学校，着急送他出国。我和群青在这种形势下当然没有挽留，除了结算清楚他的工资之外，还额外给了他一个红包。之后如果他真的要出国，足够他买一张价格合适的往返机票去任何地方。这一年地下城有人一夜暴富，就有人一夜退场，金钱的味道不再是比喻和想象。我所认识的时代冲浪手都已经不知不觉地消失在了白色泡沫里，而我和群青没有被席卷而走，不是出于我们的头脑或者野心，只是因为尚存一些好运。

等到老谢终于露面，天已经凉了。这期间我和群青奔波于仓库、批发市场和地下城，一天都没休息过。所以老谢来找我们，我们决定无论如何要一醉方休。

我在延安路高架下面一路小跑，大老远便看到老谢站在涮肉店门口。寒流突袭，他穿着皮夹克，戴着帽子，面容严肃，像个保安。我想起来我从没见过他严肃的样子，但他严肃起来也一点都不威严，甚至有点可笑，还有点可怜。因为太久没有见过他，我们彼此都挺不好意思的。涮肉店门口摆着烧热的炭，火星一阵一阵地无序飞舞。老谢不知怎么的伸出手来，于是我们郑重地握了握手，他的手干燥有力。我这才看到他的脸上，我以为是灰尘，其实是文了一颗空心的小小泪珠——“操。真浪漫。牛逼啊老谢。”我说。

我们三个人都怀着没有明天的决心喝酒，喝得地上都是啤酒瓶和黄酒瓶，被炭火的热气熏得神志不清，频频举杯共饮，愿世间所有的卑鄙者，所有的白痴暴徒胆小鬼，所有的杂碎恶棍匪徒废物混蛋无赖，愿他们万劫不复，愿他们自食其果，愿他们坠入深渊。

“我要去结婚了，祝福我吧。”老谢突然像要去赴死一样地告诉我们。

“别闹了。”我说。

“说真的。我要结婚了，我要离开这里，再也不会回来。”老谢说。

“你什么时候有对象了？”群青问。

“我们在 eBay 上认识的。我把我那些宝贝都卖了。”老谢说。

“都二十一世纪了你竟然还玩网恋。”群青说。

“你把那些衣服都卖了？”我问老谢。

“卖了。阁楼里面那些衣服全都卖了，但你放心，杂志和碟片我都为你留着，全部转移到你们在用的那个仓库里。仓库那边我预付过租金，现在还剩下几个月，到时候你们可以续租，要是不想再租了，我的东西卖了也好，留着也好，随意处置就行。”老谢说着说着真的严肃起来。

“发疯了。你不打算再回来了吗？”我问。

“我做这行十几年，没有回头路。既然想好要走，就不会再回来了。”老谢说。

“你要去哪里？”群青问。

“我对象在悉尼。”老谢说。

“你会说英语？”我问。

“操。”老谢说。

“无论如何你的东西我们都会给你留着的。”我说。

“不用了。我不会再碰那些东西了。我的前半生，都在幻觉中。”老谢缓缓说。

“谁不是呢。你能确定你的后半生就能摆脱幻觉吗？”我想到那些衣服心都要碎了。

“我本来想不辞而别的，再也不见任何一个老朋友。但我还是不够酷。”老谢说。

“我们能找到那个杭州小子。”群青说。

“都到这个地步了。找不找都不重要。”老谢说。

“你这个人啊，还说什么幻觉，你真是一个大傻逼你知道吗。”群青说。

“哈哈哈。行吧。我是一个大傻逼。”老谢说。然而他前一秒还在笑，后一秒便泪流满面，“那我们在世界上的其他地方再见吧！不见也行。”

“那好。”群青说。

“不见也行。”我说，说完便转身吐了。

恢复意识以后我已经身处医院的输液室，第二袋生理盐水快滴完了。我努力回想几个小时前的事情，老谢的眼泪，我们的交谈，最后我一屁股坐在树下，不愿再站起来，留下手掌的挫伤和额头的乌青，无论如何，记忆的一小片区域已经埋入泥沼，不会再现。然而输液室里暖气十足，护士不见踪影，群青和老谢却都没有离开，在旁边的长凳上睡得四仰八叉，轻轻打呼。我找不到手机，也不清楚时间过去多久，但我一点也不想叫醒他们。我仔细想着老谢和我们告别的话，那些话啊，我一个字都不会去相信。但我知道他要去解决自己的问题了，今天过后，我再也不会见到他。

老谢具体是哪天走的没有告诉我们，之后我和群青去整理仓库，把他留下的东西都封箱保存了起来。而去年从泰安厂里订回来的那批冲锋衣原封没动在仓库里放了将近一年，终于赶上应季的销售时间。由于数量庞大，群青顺势提出，我们可以趁此机会在淘宝上试水。我对网络销售向来提不起兴致，觉得不够老派，也不够古惑仔。但是群青两年前便已经注册好了账号，早已有了跃跃欲试的启用打算。

网店的事情上，我们尽力而为，却没有怀着任何期望，然而经历了缓慢的销量爬坡之后，竟然每天最少也能卖出去三十来件，巅峰时能达到一百件，远远超过在档口的零售。我们总结下来，一是出于季节需要，二是我们前前后后在美校和广告公司学会的东西用在页面设计上绰绰有余，三是我们赶上了网络销售的第一波红利。两个月以后，账上总共多出十万块，以前摸爬滚打得到的任何一笔收入都比不上。这个数字过于不真实，以至于我和群青都感到必须庆祝一下，才能克服强烈的虚无感。

然而我们从来没有庆祝过，我和群青的人生中似乎都从未出现过任何值得庆祝的事物。在过去的三年里更是已经习惯了最低能耗的日常生活，像是一场漫长的锻炼，在物质与精神上始终保持着相对贫穷的状态。我们不知道该如何庆祝，也不知道该去哪里庆祝。

星期五晚上我们叫上了小象和主唱，一起去了外滩江畔的楼顶酒吧。谁都没去过，是从购物指南杂志上找到的。因为要去好地方，每个人都穿上了自己喜欢的衣服。置身于陌生的昂贵的事物之中，来自于地下城的风格格格不入，但我们自由自在的，并没有因为自己和其他人不一样而感到拘束。酒吧有宽阔的露台，正对江面，刮着料峭的春风，很冷，但是烧着一盏盏的煤气灯，大家都围坐在蓝色的火苗底下，脸被烧得又烫又红，喝了一轮又一轮的酒。这大半年来我狼奔豕突的，忙得跟狗一样，而小象申请好了法国的学校。我们因此很少再单独见面，两个人都克服着自己的脆弱，将情感的需求奋力限制在友情范畴之内。小象剪了很短的头发，像是在做非常具体的出征前的准备。我总能被她心里常存的坚定所打动，此刻变得更为强烈。

“我们打算春天去北京。”主唱说。

“又去演出吗？”我问她。

“这次不是演出，是搬去北京。这一年里去全国各地参加了好几次音乐节，认识了不少乐队的朋友，大家都想往北京跑，都说好了，也都鼓励我过去。北京的能量场真的特别厉害，每次从那里回到上海，都像是做了一场春秋大梦。”主唱说。

“那是下了很大的决心啊。”我说。

“都打算好了吗？”群青问。

“打算好了。有朋友在通县乡下租了一个大院子，还空了两间平房。我在那里住过，他们吃住排练都在一起。我打算先在那里住一段时间。”主唱说。

“你男朋友呢，和你一起去吗？”群青问她。

“分手了。你们没看出来我很痛苦吗？但我不能被这种东西打败了。”主唱说。

“到北京了再另找，鼓楼东大街上遍地都是玩乐队的男孩。”我说。

“小象也和我一起去啊。你没告诉他们吗？”主唱拍拍小象。

“我还没说。之前不是一直没能决定时间嘛。”小象说。

“去北京？”我的血液瞬间涌向大脑，手脚发麻。

“你去北京干嘛，你也组乐队？”群青

问小象。

“报社的师傅调去了北京的新闻杂志，我决定跟他。我一直想当调查记者，北京的杂志辐射面更广一些，可能有更多伸展的空间。”

“你不去法国了？”我打断了她。

“不去了。”小象回答。

“不是都申请好学校了吗？”我不自觉地提高了声音。

“申请好了。但我决定放弃了。”小象尽量平静地回答，仿佛在安慰我，而我分不清自己是混乱还是难过。

“你们两个真太突然了。北京有那么大吸引力吗？”群青说。

“你们不也去过北京吗，那里有种公社的气氛，在这里永远也不会有。”主唱说。

“我理解。在这里永远也不会有。”我说。

后来对岸楼群的霓虹在一瞬间熄灭，但轮船仍然缓缓行驶于黑暗的江面。酒吧里的驻唱乐队已经开始收拾设备，主唱跑去和他们交谈了两句，接过麦克风朝着我们清唱起来——“天下没有不散的宴席，你的眼泪，欢笑，全都会失去”——大家这时候都已经喝多了，变得极其伤感，但我看着小象，她的眼睛闪闪发光。我才缓缓意识到，我的心脏所遭受的重击不是痛苦，而是极其难得的喜悦。我为小象感到高兴，她不再是年轻的女孩，她在自己的世界实践中成为了年轻的女人。这让我羡慕极了。我们都为主唱拍手，露台上零零星星剩下的几位客人也都在拍手，不是热烈的掌声，但持续了很久很久。

酒吧打烊以后，我们穿过马路，来到清晨的防波堤，庞大的货轮从晨雾中驶来，每个人的身上都罩着薄薄一层水汽。我们像是身处无边无际的梦，轮流传递着剩下的最后一根烟，小象递给我，我珍惜地抽了一口，又递了下去，轮了两圈。星星在冷冷的光线里逐渐消失，出租车在我们身后排队等待着，而司机都站在外面抽烟，一点也不着急，任由我们继续待着，什么都不做，连烟都抽完了。

“抱歉我没有事先告诉你。”小象坐在我身边。

“别这么说，我没那么小气。”我安慰她。

“当时你从北京坐火车回来，在车上，我们打了一晚电话。”小象说。

“下车我就去见你了。这是我做过最浪漫的事了，以我的智商，只能做到那样了。”

“等我坐火车经过长江和华北平原的时候会告诉你。”

“可别忘了。”

“我的决定没错吧。真不知道啊。我以后讲不定会后悔至极。”小象说。

我想说那你随时都能回来，但没有说出来，我并不希望她真的回来。当时我们身处的世界里连一件大事都还没有真正发生过，但我知道在之后漫长的时间里总会发生，到那时，小象只会步入世界震荡的深处，越去越远。要说我感到难过，那是因为我们即将告别，却并没有真的在一起。而此刻，对岸的天空笼罩着水雾和早春粉红色的光。小象坐在我身边，一如既往地清晰，确凿，尚未消失不见。

我们的庆祝才刚刚结束不久，外贸市场便发生第二次巨震，襄阳路市场确定了整体拆迁的时间并且发出公告，随之产生的连锁效应导致地下城档口租金再次急剧上涨，相比三年前翻了四倍不止。从襄阳路涌入一批实力雄厚的摊主接手了半边地下城，抹去了这里最后一些浪漫和无序的气象，行业内不正当竞争白热化，从此成为真正的角斗场。我们的档口处于激流中如一粒小小顽石，所幸我们还剩下两年合约，还有几条长期且稳定的货源。因此收到租约到期通知时，我和群青理所当然都认为是搞错了，完全没有放在心上。

直到台主本人找上门来，一看，根本不是当初和我们签合同的那个人。一番交涉以后才弄明白，三年前将档口签给我们的是二道贩子，如今租金水涨船高，而且随着地下城的版图不断扩张，我们的位置竟然在格局的迁移中渐渐占据了中心地带的一隅，导致附近板块几个制假的帮派都在打着吞并的主意。台主是温州人，看似是客客气气和我们商量，实际已经和接盘的下家有了协议，完全没有给我们留下余地。

我们负隅顽抗了一阵，然而这期间卷帘门两次被撬，货物没有失窃，却遭损坏。管理员置若罔闻，二道贩子联络不上。我尚且怀有鱼死网破的傻逼决心，但第二次恶行发生之后，群青联络了台主，谈拢了价格。一周过后，台主约我们在附近银行见面，现取了十万块钱给我们，算是违约赔偿。事情的发展过分迅疾，令人来不及做出任何情绪上的反应。

从地下城撤走的当天，气象预报挂了热带风暴预警，外面飞沙走石的，地下城里却仍然挤满放暑假的学生。暴雨在午后降临，滞留的人只能等待风暴转弱或者过境，好几个档口放着粤语怀旧金曲，竟然涌现出些许昨日重现的伤感气氛。但排水系统很快就不堪重负，地底开始渗水上来，于是大家又从无所事事的状态中纷纷惊醒，恢复了各自为政的面貌，从漫起来的大水中抢救货物。

然而没有任何东西值得我和群青去抢救，我们留在这里的大部分货物，连带着情感，本来就已经毁坏了。于是我们坐在浸水的纸箱上面，无动于衷，看着其他人众志成城，用防火沙袋徒劳地阻拦正从地底泛起的浪。而群青当着管理员的面，点了一根烟。

暴雨在傍晚终结，档口整片整片陷落，大家停下手里的动作，停留在水里发呆和叹息。外面的马路也被淹了，车困在漩涡里，没有交警，于是司机们自己下车疏散，有几个还穿着睡衣，流浪的狗湿漉漉的，都像从一场梦游中醒来。一年里白昼最长的日子已经过去，接下来，暮色将一天比一天提早降临。但是空气干净，流动着深邃的泥土清香，折断的大树横倒在地上，树叶和断枝堵塞了下水口。我和群青光着脚，淌水走出地下城，原本想带走的东西一样都没有拿，至此与这里告别。我们在这里听过不少都市传说，自己却一样都没有遇见。没有见过窦唯，没有见过谢霆锋。我们也结交了一些朋友，却很遗憾，没能在他们消失前发展出任何坚固的友谊。

失去档口使得大部分事情暂时停摆，而我和群青终于得以度过一个暑假。于是群青三年里第一次回贵州看望父母，杳无音讯，直到八月底才返回上海。他已经还清了家里全部的欠款，因此心情轻松，而且在贵州的时候每天爬山，晒得漆黑，精神抖擞。

我们的心情都发生了变化，说不上是沮丧或者消极，但确实有种类似及时行乐的愿望。既不想返回地下城，也不愿入驻批发市场，于是除了保持网店运转之外，干脆打起游击战，每天都装着货物去市场里挨个兜售。要是好运，跑一个上午就全部清空了。而我们两个人仿佛游戏界面里的宝物小贩，行踪不定，无足轻重，不会影响任何一条叙事线的发展，却给他人带去惊喜，同时也收获劳动的喜悦。

年底平凡的一天，我们从仓库出来，去熟识的修车师傅那里给车做保养，顺便把脱落很久的保险杠复原回去，修车铺就在批发市场旁边，于是我们把车放在那里，顺道去市场里面看看行情。刚刚从地下层出来，便看到外面的人仿佛管道里的污水一般，从天桥的方向往市场里涌。我和群青本能闪开，知道又是一场群架。去年开始，每隔一段时间楼顶和天桥就有人往下跳，还有人跑去更远一点的河边。恶性械斗也或大或小地发生过好几场。楼里不相关的摊主都司空见惯，利落地拉起自己的卷帘门。

我和群青从未见识过规模如此庞大的斗殴，手持钢管的人乌泱泱往里涌，大部分不是市场里的，也分不清到底哪边是哪边，两方面的人进来以后一时都很茫然，盲目地示威。直到赶来的警车警笛齐鸣，仿佛突然吹响的开场哨，两边的人随之自然分出一道空地，对峙片刻以后分成两股洪流，从防火楼梯和电梯往二楼跑，一路打砸。我和群青跟随一小撮群众往外面走，而大楼两头出口都已经被警察封锁住了，不让进出。我们只好回头，找到安全的角落待着，等待风头过去。

“你看那个人。”群青压低声音捅我，我顺着他指的方向，看到消防通道入口站着一个穿着皮夹克的青年，面容苍白，尖嘴猴腮，从自己人的队伍中失散了，握着一把警用手电，倒退着环顾四周。

“操。没看错吧？”我确认了一遍。

“不会错。肯定是今天被他们那伙人叫回来充人数的。”群青说着已经跟了过去，我也紧随其后。我们各自从被捣毁的残骸里捡起一截角铁，握在手里又冷又锐利。

那个人步入消防通道以后，停住脚步，背对着我们，似乎也在彷徨。如果要动手，现在是最好的机会。但我肌肉紧绷，精神崩溃，心脏的噪音让大脑混乱涣散。直到眼睁睁地看着那个人，他下了很大决心似的迈出步子往上走，打破了刚刚寂静的平衡。我在意识中已经伸出手去，他却突然大叫一声，往后踩空一步，继而像被子弹打中的大鸟，滚下半截楼梯坐在地上，发出蜂鸣般的呜咽。两个抡着三轮车铁把式的人自上而下，从他身上踩过，冲下楼去。留下那个人，额角到耳朵被抡开了，像一页翻开的书。

眼前的场景过分古怪和阴暗，我一步也不愿继续靠近。无论刚才在我心中燃烧着的是什么样的火焰，都已经彻底熄灭。我和群青远远扔开手中的角铁，发出哐当巨响，那个人竟然回头看我们，像是求助，又像是示好。

不出半个小时，整栋大楼已经哀鸿遍野，特警入场，拉网兜人。封锁打开以后，我们穿过废墟，和其他群众排队等待放行，出示和登记了身份证以后，得以离开大楼。外面飘着细小的雪籽，刚刚清过场，四处都不见人影。我和群青走到修车摊，师傅问里面的情况，我们还处于惊愕中，什么都说不上来。师傅递了烟给我们，说我们的车不行了，随时都要报废，别再折腾了，补点润滑油，再凑合帮我们把保险杠复原回去，等过段时间彻底坏了再找他换辆别的——“吉普行吗？”他问我们。我们都不吭声，抽着烟，站在门口等他把车开出来。

“刚刚你有没有动过一丝那种念头？”我缓过来以后问群青。

“嗯。”他回答。

“我们没动手是对的，你说呢。”

“不知道。但我当时想好了，万一我俩真的动了手，不管是谁，都算在我头上。”

“算在你头上是什么意思？”

“作为感谢。”

“感谢什么？”我懵了。

“我打算走了。他们不会再找到我的，不管出什么事，我都算是畏罪潜逃了。”

“你去哪里啊？”

“我托关系搞定了签证的事情。”

“不是说回不去日本了吗？”

“不回日本，我要去加拿大。彬彬家里人没有回来的希望了，事情已经定局了。但是她考上了加拿大的学校，所以我打算先过去以后再想其他办法。无论如何，到了那里，我和她就都自由了。”

“你确定那是自由吗？”

“不确定。但我现在是这样想的。”群青回答。

批发大楼周围的路障还没有解除，缴械投降的伤者陆陆续续从里面出来，七倒八歪地排成一排，一直排到了大楼拐角，都松了口气似的，大口大口吐着烟。师傅把我们的车开了出来，保险杠用好几层封箱带给重新粘了回去，绑得结结实实。这车早已过了说好的两年期限，但它体体面面，和我们珍惜的每件东西一样，保持着尊严。师傅打开车门说：“你们听说里面的消息没？又打死一个人。据说几个核心成员当场抽的生死签去认的罪。我在这里十几年了，这种阵势前所未有，门口那些人处理到现在还没处理完。我告诉你们啊，我们今天在这里也算是见证一个时代的落幕了，自此往后，里面所有的人都要重新考虑接下来的打算。”这话说得挺牛逼的，我端端正正敬他一根烟。

我和群青也重新考虑了接下来的打算。我们中断了进货，计划在他离开之前将仓库里的存货清空。至于那以后，群青让我早做打算，但他不会再参与其中。我一如既往地接受和应允，心里却一片空白。回想起来，那一段时间里，我仿佛置身于一场被动的梦，而这场梦早在我意识到之前便已开始，起点在哪里，自然无法追溯。我并没有因此而感到困扰或者沮丧，相反，我精神百倍，每天在仓库和市场间摸爬滚打。直到告别的前一晚，我们在仓库里彻夜结算账务，做完的时候也差不多该出发去机场了。路上天慢慢亮起来，广播里通宵的音乐节目正要说再见，我想着这些年里，一起见证过四季的清晨，不由有些激动。而群青歪在旁边睡着了，头枕着玻璃，在颠簸中发出轻轻的咚咚声。因为时间还早，我把车停在机场高架的岔道口，摇下车窗抽了一根烟。冷风灌进来，群青醒来打了一个寒战，茫然四顾，问我，“到哪里了？”

“到机场了。”我告诉他。

“我梦见我们在高速上，出口全封了，我们经过一个又一个山洞。”

“这像是现实，不像是一个梦。”我说。

“嗯，这像是一场历险。”群青说。

将群青送走以后，我回到家里关起门来，大睡一场。醒来以后翻出老谢当年大老远跑来送给我的《战争与和平》，发现这套书竟然是他看过的，不仅看过，书页被翻得柔软，还留下不少折角和划线，想必是真的很喜欢才送给我，我不禁有些感动，随之再次感到羞愧和懊恼。我在家里不分晨昏地看书，忘乎所以地置身于书中多雨的旷野，与几支纵队一起行走在浓雾里。在老谢重重划下粗线的段落里，士兵们几乎都处于中场休息，他们刚刚结束了一场战役，吃饱了，还喝了酒，在篝火旁边烧得暖烘烘，虽然失去行动和精神的自由，却被有规则的东西限制和引导着，战场之外的世界荡然无存，反而感觉无忧无虑。对此，我感同身受。等我终于从书里缓过神来，已经过去了十来天，正好是战地医院里一个伤员能下床吸口新鲜空气的周期。

我从家里出来以后做的第一件事情，是去医院补好门牙。然后我锁了仓库，并从银行里取出三年来的全部存款，交给我妈，作为交换，却不知道自己要交换的到底是什么。我妈看着我的牙，又看着我的钱，百感交集，又气急败坏，大哭一场。第二天钱原封不动地放回了我的抽屉里。我才意识到这真的是很大一笔钱，我不知为何赶上了一次浪潮，清醒过来的时候，却已经搁浅在了岸边。

之后我从邮箱里找出主唱发给我的一条音乐网站的招聘，职位要求写得很模糊，只强调对于二十世纪后半叶的流行音乐具有热情。我按地址写过去一封邮件，立刻得到回复，约好去面试。对方是一个知识分子打扮的青年，比我略略年长。他坐在会议桌的尽头，看起来却比我更羞怯和紧张。我为了缓和气氛，说了一些十年前歌友会的轶事。他不好意思地说，他当年也曾参加过不少活动，还因此在电台做了一年实习生。但千禧年还没到来的时候，他便出国念书了。如今刚刚回国，想要参与互联网文化的发展。他说这里的工资微薄，但我们会共同见证新事物的诞生。这样的话无法打动我，而且我负责的具体工作是条目输入，每天对着同样的表格页面输入唱片信息，如同流水线的工人。

无论如何这都不是我的打算，我对新事物的诞生毫无兴趣，我只是失去了无所事事的勇气，并且还在等待旧梦的彻底终结。于是我按时上班，专心致志，丝毫不感觉枯燥。在工作的第一个星期过后，我在网站试运营的内部论坛里看到魔岩三杰的演出消息，他们要在连云港的海边游乐场里举办一场迎接北京奥运会的义演。时间是七月最后一个周末的晚上。

三周以后的星期六，我按照巡厂的习惯，清晨从仓库出发，七点前便开上了高速公路。两边都是熟悉的夏日风景，距离我和群青上一次开在这条公路上，已经过去了整整一年。打开音响，还是伍佰，《夏夜晚风》，是一个演唱会的翻录版本，伍佰唱到一半说，“我来过这里好多次，好干净哦。和我住的地方很像，我们那边也下雨，也一样炎热。”

我反正已经习惯了高速公路的酷暑，汗在椅背留下身体的形状，柏油路面的反光像一个又一个的水洼。中途遇见一段暴雨，我在漫长的水幕中同时开着远光灯和雾灯，于无穷无尽的寂静里突然钻出乌云，看到右侧山坡上连绵的白色风车，缓缓转动。

下了高速后我去麦当劳里大吃了一顿，吹了空调，活动了身体，傍晚出发去往海边。顺着公路驶离市区，大海便在身侧，有时错觉自己正行驶于海面。太阳没有落山，月亮已经升起，同时散发着浅浅的温柔的光。一个小时以后我来到地图上指示的位置，却没有任何游乐场的迹象，远处的沙滩空空荡荡，突兀地立着几根被海风腐蚀的罗马柱。

我一度以为弄错了日期或者地点，但门票确认无误。于是我尽量朝着海岸线的方向行驶，直到被植物和堤坝阻拦，只能下车继续步行。没有舞台，没有白色的光柱，没有人。我在粗糙如砾石的沙滩上奋力往海边走，经过无人使用的沙滩排球网，天迅速暗下来，粉色的光消失殆尽以后，一座巨大的建筑物凭空矗立在我跟前，是沙滩上的金字塔，我叹息着抬头，尖顶旁边出现了一颗明亮的星星。

太牛逼了。这是我见过的第二座金字塔。美校的第二年暑假我和群青一起去西安，通宵硬座，下火车以后便直接从游客集散中心坐车去看兵马俑。上了一辆破破烂烂的小巴，只有我们两个人，一上车便睡着了，醒来时置身于荒漠，眼前是一个简陋庞大的铁皮棚，像废弃已久的竞技场。我们虽然心怀疑虑，但在高音喇叭的循环下，被下了迷药似的购买了昂贵的门票。里面竟然也分成一号，二号和三号坑，中间用小火车连接。小火车是免费的，直接跳上去就行。我们坐火车转了两圈，仿佛游览月球陨石坑的旅人。一号坑很大，厚厚的土里稀稀落落放着几个兵马俑，探照灯的强光把空气里的灰尘照得一清二楚。二号坑和一号坑一模一样，尺寸稍小。三号坑是露天的，还在建造中，没有兵马俑，却矗立着一座金字塔，巨大，压抑。火车会从金字塔的内部穿过去，里面什么都没有，只有一段长长的干燥的黑暗和一些风的回声。

我用手机拍下了海边的金字塔，想用电子邮件给群青传送一张照片，但信号时断时续。于是我沿着沙滩一路往前走，将手机举过头顶，尽力收集来自虚空的回响。前面的沙滩上出现了一小堆一小堆聚拢在一起的人，搭着帐篷，烧着炭火，伴着音箱放的歌轻声合唱。我走到他们中间，像走入一段回忆，仿佛那些郁郁寡欢的年轻人自学生活动中心门口失散以后，便始终被困在这片沙滩上。

“朋友。你也是受害者吗?”有一个人大声问我。

“我吗?”我停下脚步环顾四周。那个人朝我走来，他穿着一件解放军空军夹克，看样子是那种或许能成为朋友的人。

“你也是来看演唱会的吗?”他问我。

“我可能弄错了，我没找到游乐场。”我回答。

“你没弄错，我们也一样，我们都是被骗的。没有演唱会，也没有游乐场，都是虚构的。这里只有大海。”他大声叹息。

“都是虚构的啊。”我却放下心来。

“你要加入我们吗？都是朋友，来都来了，我们在讨论怎么维权。”他指指身后。

“不了。我的朋友也在等我。”我指指前面，感谢了他，和他告别，继续沿着沙滩往前走。我不再怀着寻找任何事物的决心和愿望，反而感到轻松和自由。没有浪，海面漆黑宁静，与天空连接在一起，泛起薄薄的雾。我的手机突然亮了一下，提示我邮件发送了出去，黑暗中金字塔的照片，咻的一声，在某一个瞬间，便穿越了雾的防火墙。

爱好哭泣的窗户

叶兆言

授奖词

这是一部向纳博科夫《洛丽塔》和托马斯·曼《魂断威尼斯》致敬的作品，也是一曲精深和艰涩的爱的礼赞。叶兆言以其丰厚的学养，以及巨大的抒情和解构的力量，拆穿重重女性主义的迷障，直抵爱的隐秘内核——爱情必须是利他的、超性别的，但求付出不求回报。人必须爱着，活着才能有所附丽。(徐坤)

1

社会学家易蓉蓉天生丽质，口才很好，出现在任何一个演讲场合，都不会让听众失望。现如今，能说会道的女人很多，像她这样有学问，又漂亮，又谦虚，又能说话得体，又能讨巧卖乖，实在凤毛麟角。她的演讲很有听众缘，广告一打出来，立刻有人奔走相告，到时候走廊上，过道上，窗台上，都是听众。

易蓉蓉喜欢说自己像条漫步在岸边的鱼，这是经常要举的一个例子，她喜欢这样的形容，一条能靠鳃来呼吸的鱼，这条鱼并不是一直待在水中，它喜欢在岸边散步。易蓉蓉喜欢把自己形容成一条有超自然能力的鱼，经常在岸边行走，她可以用那双鱼一样的眼睛，凝视水中的太阳，欣赏水中的月亮和星星。水草旺盛，水流中鱼群在游，在她脑海里穿梭。

在一次演讲中，易蓉蓉又一次提到这个意象，又一次以河边散步的鱼为例，滔滔不绝侃侃而谈。终于，演讲快结束，到对话环节，有位年轻听众举手请求发言，问易蓉蓉这种听上去有些诗意的形容，是不是有点不伦不类，可以不可以简单理解为“脑袋进水了”，而且还不只是进了一点点水，是进了很多的液体，多到了可以养鱼，所以有鱼群在里面游来游去。这个提问显然是在挑衅，有些无礼，顿时引起哄堂大笑，手上拿着话筒的主持人很尴尬，一时间，不知道应该如何应对。

“没想到会是这样一个提问，问得好，问得很好，有时候，我确实觉得自己脑袋进了水。”

易蓉蓉并不觉得提问有多突兀，笑着做了回答。这样的场面很容易应付，她早已经习惯，非常认真地强调一句。说有个叫郑板桥的老家伙曾经说过，人生嘛，要“难得糊涂”。什么叫难得糊涂呢，说老实话，就是在适当时候，要让脑袋进点水。谁也免不了脑袋进水，所谓脑袋进水，其实就是难得糊涂一回，关键在于这个“难得”。什么叫难得，难得就是不容易，也不只是我，有时候，我是说有时候，我们的脑袋都可能会进水，我们会突然变得有点傻，变得很傻。傻就傻吧，进水就进水吧，大家好好想想，如果我们的脑袋里都能养鱼，这多好。

听众一片笑声，气氛立刻变得轻松欢快。易蓉蓉是个聪明的演讲者，热情奔放，知道如何掌握尺度，作为一名女性社会学家，通常只谈女性问题。她的聪明就在于先让听众觉得她并不聪明，然后再从容不迫地谈些女性敏感话题。她知道自己说的有些话，在听众耳朵里，尤其要让女性听众的耳朵，能够听上去很出格，很可能是奇谈怪论。结果总是这样，有些听众喜欢，一定会有另一部分听众不喜欢，易蓉蓉久经沙场，知道怎么对付，知道不能激怒那些不赞成她观点的听众。

演讲在热烈的掌声中结束，易蓉蓉有一位大学同学在此地当市领导，说好了要一起吃晚饭。演讲主办方有好几家，既有当地妇联挂名，又有银行赞助，晚宴由当地最著名的房地产商买单。因为有市领导参加，有八项规定，竟然不敢拿酒出来。易蓉蓉的那位同学目前还是副职，不过已经传说他马上就要转正了，因此，虽然是老同学见面，事先说好，酒一滴都不能碰，菜的规格也不能超标。

只能以茶代酒，大家举杯，易蓉蓉笑着说：“这年头，跟领导见面，不能喝酒，真煞风景，我曾经听人说，你过去很能喝。”

老同学说：“那是过去，现在谁还敢喝。”

“为什么？”

“过去当领导，是不能不喝，现在当领导，是不能喝，绝对不能喝，酒是根本不能碰了。”

老同学出身农村，当年读书的时候十分腼腆，都不太敢正眼看女生。现如今完全变了个人，身材保养得很好，不胖也不瘦，头发梳得光亮，亲切和蔼，领导派头十足。因为公务繁忙，只能很亲民地陪易蓉蓉坐一会儿，随时准备告辞。有限的时间里，老同学回忆了一番当年，说起易蓉蓉当年如何漂亮，说她那时候绝对属于校花，当时男生包括市领导本尊，如何有贼心没贼胆，想追都不敢追，害怕别人说癞蛤蟆想吃天鹅肉。大家听了狂笑，易蓉蓉也不脸红，说你真要敢追，说不定就追上了，不过话说回来，你要是跟了我，恐怕也就当不上这个市领导，那可损失太大。大家听了又狂笑，哄堂大笑，老同学同样不脸红，谈笑风生，说也不一定，癞蛤蟆真吃到天鹅肉，说不定我就住到月宫里去了。然后很快，说告辞就告辞，向易蓉蓉拱手致歉，连声说怠慢，连声说不好意思，照顾不够周到，晚上还有个重要会议不能不到场。一行人众星捧月送他出去，易蓉蓉也不得不站起来，一本正经涮了他一句，说：

“你今天跑来干什么呢，就为了接见我一下，给老同学一个面子？”

市领导一走，大家重新坐下来，继续吃。气氛更加活跃，红酒白酒全拿了上来，问易蓉蓉准备喝什么，易蓉蓉也不推辞，拍了拍手，说什么酒我都能喝，今天什么酒好，我就喝什么。主人听了高兴，说易老师爽快人，女中豪杰，我跟你说，我们今天喝白的，这个茅台绝对是真，而且还是过了期的，我们都喝过期的茅台。易蓉蓉听了笑起来，说过期好，过期的酒要赶快喝掉，不喝浪费了，咱们不能浪费，领导不喝，我们喝。

于是就喝，痛痛快快地喝，易蓉蓉是那种既有酒量又有酒胆的女人，不仅敢喝，而且还真懂酒，知道什么是好酒，知道今天这个好酒，未必存心招待她的，人家是准备招待她的老同学。市领导有八项规定约束，为了前程不敢喝酒，现在她就代他喝，代他喝个痛快。

2

易蓉蓉渐渐意识到自己喝得有点多，好在好酒不上头，人觉得晕乎乎的，有些酒意，感觉非常好，要的就是这个感觉。她是个喜欢喝点酒的女人，一开始，只是无意中发现自己有酒量，宴会上别人让她喝，她糊里糊涂也就喝了，喝多了，不仅发现自己能喝，而且还真喜欢喝，喜欢闹酒。出门讲演，正式开讲前，一般还能控制，尽量不喝酒，即使喝，也只是喝一点。讲演完了，活儿干完了，就难免失控，喝着喝着，就喝多了。

喝多了，不代表易蓉蓉已经喝醉，只是走路有些踉跄，有些话多。不想再坐车，离住的酒店也不远，散步过去，主办方派了一男一女两个工作人员陪同。很快送她到酒店大堂，发现一名下午听过讲座的年轻女性还在等候，手上拿着一本易蓉蓉的新作，要求签名。年轻女性染了亚麻色的头发，浓妆艳抹，指甲涂成了深蓝色，看上去有点怪怪的。她远远地冲过来，两名陪同的工作人员连忙阻拦，不让接近。易蓉蓉说没关系，不就是签个名吗，我给她签，签了不就没事了。说着主动伸出手去，接过那本书，准备在书上写字，随口问着，“是不是就签个名？”

年轻女性嗓音有些沙哑，低沉地说：“最好能写一句话。”

“写什么？”

“写什么都行，老师随便写。”

易蓉蓉歪头想了想，在扉页上写了两个字“随便”，然后龙飞凤舞地签名。签字的时候，她脑子里闪过了一个念头，就是这年轻女子的眼睛真是好看，那一头看上去不是很自然的亚麻色头发，显然是染的，可是那双美丽的眼睛无疑是天生，眼神中透露出了一种期盼，带着一点点忧郁，水汪汪的，总之是只要让人看了一眼，很难再忘记。

年轻女性提出了进一步要求，问能不能请老师喝个咖啡，或者喝个茶，就在这旁边的咖啡座。陪同的工作人员中那名男性立刻反对，说易老师很累了，需要赶快休息，请她不要再打扰易老师。年轻女性有些失望，眼巴巴地看着易蓉蓉。没想到易蓉蓉兴致很高，不当回事地说：

“不就是再喝杯咖啡吗，好吧，那就喝，喝就是了，正好醒醒酒。”

易蓉蓉这么一说，工作人员也不好再说什么，不能再干涉。反正客人送到酒店，任务已完成，事情已经结束。她要喝就喝吧，想喝什么都可以，哪怕是再喝酒，喝醉了拉倒。于是工作人员挥手告辞，易蓉蓉便和那位亚麻色头发的年轻女性入座，一人要了杯咖啡，一边喝，一边聊。这时候，易蓉蓉仍然不是很清醒，酒意还很浓，大大咧咧地看着对方那双美丽的眼睛，说我们要谈些什么呢，你想跟我说什么。年轻女性就说要把自己的故事，说给易蓉蓉听，易蓉蓉便说你的故事好玩吗，有意思吗。

“当然会有意思。”年轻女性看上去心事重重，有一点难以掩饰的悲伤，眼中似乎还含着泪水，抿了口咖啡，很认真地接着说，“我的故事可能真的会很有意思，不过我现在还在犹豫，真的，我是在犹豫，不知道该不该跟你说，要不要把自己的故事告诉你。这样吧，先把我的名字告诉你，我的名字叫‘盛戎’，盛大的盛，投笔从戎的戎。这是我妈给我取的，我妈特别喜欢京戏，她就是那种叫什么的，对了，叫票友。我妈喜欢花脸，唱京戏的有个很有名的花脸叫裘盛戎，易老师知道不知道这人，我这名字，就是这么来的。”

“你的名字是你妈给你取的？”

“对呀，是我妈取的。”

“你不喜欢？”

“不喜欢，我从来就不喜欢这个名字，从来都没喜欢过。”

“这名字听上去很阳刚，不是吗？”

接下来，易蓉蓉和这个叫盛戎的年轻女性坐在那儿，有一句没一句地说话。咖啡早就喝完，各人又要了一杯红方威士忌，也喝完。对方显得很羞涩，一肚子的话，总是欲言又止，说了半天，还是没说出什么具体的事。说来说去绕东绕西，易蓉蓉有点被搞糊涂，既不知道她想说什么，也不知道她要干什么。这期间，易蓉蓉上过一次厕所，等到下一次又想去，她想到了告辞，决定回自己房间。盛戎看出她的不耐烦，仍然是欲言又止，仍然是小心翼翼，说我知道这个故事很难说出口，我的故事真要说起来，会很长很长，这样吧，易老师能不能把电话和微信给我，我在电话或者微信里跟你说，我觉得这样更好，更方便。

“好吧，我们就用电话或者手机联系。”

易蓉蓉几乎立刻意识到不应该把手机和微信留给对方，显然是身体里的酒精在起作用，影响了自己的判断能力。事实上，一边在给对方留电话和微信，一边已经后悔了。果然，刚进入自己房间，盛戎的电话便追进来，直截了当地问易蓉蓉，能不能到她的房间面谈。盛戎说在房间里谈话可能会更好，更方便，有那么一些话，在楼下大堂咖啡座，实在是不容易说出口，不太好意思说。对于盛戎的请求，完全出于本能，易蓉蓉一口拒绝，说对不起，我不会让一个陌生人进入自己房间，这个希望你能理解，真要有什么话想说，你还是就在电话里说吧。

电话那头一阵沉寂，过了一会儿，电话断了。又过一会儿，铃声再次响起，还是那个盛戎，她说好吧，我在电话里跟你说，你先让我找一个没人的角落，我会好好地跟你说的，我会把我的故事，原原本本都告诉易老师，毫无保留地告诉你，你呢，可以把这些故事写在你的新书里，只要不用我的真名就行，这也是我唯一的要求，易蓉蓉觉得对方是在钓自己胃口，她也太自以为是，也不想想，别人对她的故事，是不是真有兴趣。

“这样吧，还是把最重要的先告诉你，”盛戎吞吞吐吐地说着，“只有把这个说出来，把这个说了，我们才可能继续谈下去，才可能继续往下说，真的，我告诉你实话，还是说了实话才好。对，必须要先说实话，我——是这样，我其实是个男的。你知道，我是个男的，真的是个男的，对不起，我这么说，是不是吓着你了，我真的是个男的。这样吧，让我先找个地方，一会儿再给你打电话。”

易蓉蓉确实被吓着了，被吓得不轻，脑海里像放幻灯片一样，闪过许多镜头。盛戎是男是女，也许并不重要，现在重要的不是这个人的身体，而是这个人的可疑身份。易蓉蓉突然意识到，浓妆打扮的盛戎，非常可能是个从事色情行业的人。为什么会欲说还休，为什么会吞吞吐吐，为什么会泪眼婆娑，答案显而易见。作为一名女性社会学家，作为一名在社会上有些名气的女权主义者，因为经常说出一些出格的话，因为经常发表一些有争议的观点，易蓉蓉知道人们对她会有种种误解，而关于她最广为流传的一个八卦，就是说易蓉蓉是同性恋。

色情行业也算是易蓉蓉研究过的一个课题，当然更多时候，只是纸上谈兵，在文字中分析，从理论到理论。她知道很多城市中，色情行业货真价实，暗流涌动，它们是城市蓬勃发展的一个组成部分。在高档酒店，在五星级宾馆，卖淫嫖娼可以说屡禁不止。易蓉蓉眼下所在的这个城市，曾经一度被称为“色情之城”，她好像突然就想明白了，一下子找到了答案。为什么会有一个娇艳的美女，在楼下大堂里等候自己，为什么，显然易蓉蓉可能是一名同性恋的传闻，在起着推波助澜的作用。

因此，盛戎以那种温柔低沉的声音，说着“我其实是个男的”时，她感到了崩溃，真是感到很崩溃，感到非常哭笑不得。这时候，易蓉蓉又想到了楼下那个人的一双眼睛，想到盛戎那双泪汪汪的大眼睛，那种似哭带泪含情脉脉的眼神。为什么会这样呢，为什么，这玩笑也开得太大了一点。易蓉蓉从来不会歧视同性恋，而且也十分愿意支持同性恋者权利，然而她知道自己绝对不是同性恋，在那方面没有一点兴趣，是个不折不扣的直女。她喜欢漂亮男人，也喜欢与漂亮女人在一起，但是完全是两种不同的喜欢。如果派一个花样美男来勾引她倒也罢了，现在竟然让一位美女冒充男人来试探自己，这又是唱的哪一出戏。

转眼间，易蓉蓉就要五十岁，在心理年龄上，她觉得自己起码还应该小个十岁。原因嘛，可能是丈夫要比她小三岁的缘故，因为丈夫年轻，她就要处处比他显得更年轻。易蓉蓉对着镜子开始卸妆，看着镜子里酒意未消的自己，庆幸没有带盛戎回房间。如果稀里糊涂，如果没有一口拒绝，冒冒失失让那位盛戎上了楼，接下来还真不知道会发生什么样的咄咄怪事。有些事情很可能还真就说不清楚了，易蓉蓉想到刚回酒店大堂，陪同的工作人员为什么会气势汹汹阻拦，为什么不让那个叫盛戎的女人接近自己，很显然作为一名本地人，那个工作人员心知肚明，什么都知道和明白，知道盛戎是什么人，他一定知道这个女人是在从事色情行业。

易蓉蓉开始有点担心，担心那个叫盛戎的女人会冒冒失失上楼来找自己，毕竟她们已在一起喝过咖啡，喝过红方威士忌，已聊了半天。大堂里监控一定记录下来了，她越想越怕，万一要是真找上门来，又该怎么办。易蓉蓉想自己肯定不会开门，绝对不能开门，说什么也不能让她进房间，进了房间就说不清楚。她的这种担心，她的这种恐惧，并不是没有由头，在大堂喝咖啡喝威士忌，易蓉蓉的房卡就扔在吧台上，盛戎显然看到了她的房号。因此，现在她真的要来，真的是找上门来，也不是不可能。好在现在进电梯都要刷房卡，没有房卡上不了楼，想到这，易蓉蓉突然感到了一阵安慰。

妆卸到一半，看着镜子里的自己，易蓉蓉眨了眨眼睛，做了一个带点顽皮的鬼脸，笑着对镜子说，可惜是个女的，他奶奶的，如果真是漂亮小伙子，真是个帅哥，真是个小鲜肉，我说不定还就真的让他上来了。上来又怎么样，上来就上来吧，在实际生活中，除了自己丈夫，易蓉蓉并没有和其他男人那个过。她只是想象自己有些浪漫，有些大胆，有些风流韵事。就在这时候，搁在床头柜上的手机又响了，盛戎又把电话打了上来。

3

这一次盛戎竟然是用视频与易蓉蓉聊天，她坐在一个角落，很小心地问易蓉蓉是不是连上了 WiFi。易蓉蓉说她的手机无限流量，用不用 WiFi 问题不大。刚说完就后悔，觉得不应该这么说。她脑子里现在有点乱，很乱，一方面，直觉告诉她应该拒绝，必须拒绝，不应该和眼前这个不清不楚的女人纠缠。另一方面又十分好奇，很想知道下一步会怎么样，会发生什么样的状况，会说些什么话，易蓉蓉很想看看这个人接下来究竟会玩些什么幺蛾子。

信号不太好，手机上画面经常卡住，盛戎正戴着耳机在说话，画面此时定格在她抹得很红很厚的嘴唇上。每隔一会儿，她便会很认真地问易蓉蓉：

“易老师现在能听见我说话吗，喂，能听见吗?”

“能。”

有时候易蓉蓉懒得回答，不说话，对方会不停地追问，问她能不能听见，非要等到她说了能听见，才会继续往下说。盛戎让易蓉蓉猜自己在什么地方与她视频，易蓉蓉说这还要猜吗，你不是说了，就在楼下大堂里。

“问题是在大堂的哪个位置?”

“还是喝咖啡的那地方。”

“当然不是，你再猜。”

易蓉蓉觉得这样的对话太无聊，屏幕开始定格在对方那双美丽的眼睛上。

“你猜呀?”

这是一双非常美丽的大眼睛，一双会

放出电波的眼睛，眼角是湿润的。易蓉蓉想再这样下去，她应该找个借口，说手机没电了，说自己要洗澡，然后就不再跟这个人玩了，没必要为她浪费时间。

“易老师肯定猜不着，你真的是猜不着。”

“我不想猜了。”

“好吧，让你看几个镜头，你就知道这是在哪里，你看看，你好好地看一下。”

手机屏上扫过的画面并不流畅，可是不难看出是在什么地方。

易蓉蓉有些吃惊：“你是在厕所?”

“对，是女厕所。”

盛戎显得有些得意，告诉易蓉蓉，总算让她好不容易才找到，找到这么一个地方真不容易，既安静，又可以充电。她说你不会想到吧，竟然是找到厕所里来了，我自己也没想到。

“对了，你等等，让我进去方便一下。”

盛戎拔下了电源线，她所处的位置，是女厕所中让人梳洗补妆的地方。她正在往里走，走进了一个格间，销门，低声继续说话。同时，易蓉蓉也听见有人正在进来，显然还不是一个人，是两个女人，用当地的方言在说话，听不懂在说什么。隔壁木板门传来了重重撞击声，女人尿尿声音很大，说话声音也很大，很嘈杂。

易蓉蓉说：“我听不清你在说什么。”

盛戎压低了嗓子：“我没说话，现在是这两个女人在说，吵死了，声音太大，要等她们走了，我再跟你说。”

易蓉蓉感觉到了荒唐，太荒唐。这时候，她还坐在镜子前，妆还没卸完，看着镜子里的自己，看着架在那儿的手机，觉得实在太可笑，怎么会无聊到跟一个厕所里的女人视频。有人在进进出出，盛戎在手机里突然很惊奇地喊了一声，然后又听见她压低了嗓子说着，这门板上写的都是些什么呀——“黄晓明，我爱你”——还画了个“心”，这哪是什么心呀，分明就是个桃子，我拍下来给你看，在厕所里写这个，真是恶心，一看就还是刚写的，还是用眉笔写的，你说这叫什么事。

冲水的声音一而再地响起，人声，门板声，脚步声，镜头乱晃，手机掉线了。很快，盛戎发了一张截图过来，就是在厕所里拍的那张，一颗桃子一样的红心，紧跟着图片后面是盛戎写的一段文字：

“被恶心到了，黄晓明这人你爱得着吗!”

易蓉蓉忍不住也笑了，社会学著作中，有过对男厕所涂鸦的专门研究，她曾经看过这样的一本书，根据博士论文改写的时尚读物，写得十分有趣。在自己的女性主题演讲中，说起男人的下流和无耻，她还经常提到这本书。有时候，厕所不止是用来排泄粪便，还是男人性压抑发泄的场所。易蓉蓉觉得这张图片应该保留下来，以后叙述后现代女性性心理的时候，可以作为很好的资料派上用场。

视频又一次连上了，盛戎又一次回到先前的位置，继续给手机充电，戴上耳机。她显然能看到易蓉蓉正在卸妆，说易老师你其实不用化妆，你天生就是个大美女，一边说，一边掏出一支口红，也涂自己的嘴唇，涂完了，对着镜子搔首弄姿，冲着手机屏幕嫣然一笑：

“易老师，我说我是个男的，这话是不是把你给吓了一跳?”

“怎么说呢，我恐怕也是见多识广，见怪不怪，你说什么，对我来说，其实都无所谓，无所谓的，你想怎么说都行。”

“易老师信不信呢，相信，还是不相信?”

“我无所谓。”

“什么叫无所谓?”

“无所谓就是无所谓。”

易蓉蓉的回答有点出乎预料，盛戎突然不知道应该怎么说话，她重重地叹了一口气，神情依然还是忧郁。这时候，又有人进来上厕所，从她身边经过，大家正好不用再说什么。盛戎拿出一支眉笔，对着镜子补妆，描来描去，等那人出来，洗手，离去，她又轻轻地压低了嗓子说一句：

“不管你相信不相信，我还是要告诉你，我真的是个——男的。”

“好吧，你是个男的。”

“起码从性别特征说，我现在也还是个男的。”

“好吧，你现在还是个男的。”

“真的是男的。”

“既然是男的，干吗还要待在女厕所?”

“你说我现在这个模样，能进男厕所吗?”

盛戎的声音低到了几乎听不见，又有人来了，这次是直接过来洗手，哗啦啦流水声，谈话自然中止。洗完手人走了，谈话又继续，易蓉蓉说我觉得你这个人很变态，你是不是有病。盛戎说我确实是有病，确实是变态，我就是一个变态，你现在终于相信我是个男的了吧。易蓉蓉提高了嗓门儿，说我不相信，我凭什么相信，凭什么要相信，而且我已经说了，你是男是女也不重要，对我来说，无所谓，你要说是男的，就是男的好了，你要说是女的，也没什么问题，反正就这么回事。

盛戎被易蓉蓉再次弄得无话可说，又叹了口气，她总是在叹气，很无奈地叹气，说来说去，说到底，你还是不肯相信，我真的是个男的，要不这样吧，易老师要是真不相信，我可以给你看的，大不了我就豁出去，让你验证一个正身，让你看一看我的那个，看了你就会相信了。易蓉蓉立刻大叫起来，说别这样，你别这样，这样你就是属于耍流氓，你不可以这样，别耍流氓。

看到易蓉蓉急成这样，盛戎好像重新获得了说话的主动权，又占据了心理优势，苦笑着说：

“别慌呀，易老师就是想看，也不会给你看的。”

盛戎又说：

“这是非常隐秘的事，我怎么可能会轻易给别人看呢?”

易蓉蓉很快从惊慌中恢复过来，猜想自己一定是遇到了人妖，对于去过泰国观光的中国人来说，人妖是怎么回事，多少都知道一点。她也算是见过世面的女人，记得当时在清迈看人妖表演，怎么一弄，那玩意儿就变成了一个女的，又是怎么一弄，又变成了男的。所有一切都是在一瞬间完成了，易蓉蓉是近视眼，那天虽然戴着隐形眼镜，还真是没看明白怎么回事。今天遇到这样的荒唐事，既然让她遇到了，就干脆从容面对，就当是在体验生活，就当是在收集素材。大不了被玩个仙人跳，易蓉蓉打定主意，反正大家只是在手机上聊天，对方随便怎么瞎说八道，只要她不下楼，只要盛戎不上楼，不到房间里来骚扰，只要是坚决不见面，又能拿她怎么样。

或许还是酒精的作用，易蓉蓉虽然有过一阵又一阵惊慌，很快镇定下来；俗话说，平生不做亏心事，半夜不怕鬼敲门，她相信自己也是见过世面的，三教九流，多少都有些了解。事实上，今天晚上她也很愿意跟人聊聊天，尤其像这样有惊无险的对谈，闲着也是闲着，起码到目前为止，她也还是毫无困意。对方绕了半天，究竟想说什么，想干什么，仍然还是一头雾水。老是这么猜谜并不好玩，不能老是这么玩下去，易蓉蓉希望盛戎能够直截了当，别再玩什么是男是女的性别游戏，有什么屁快放，有什么话，痛痛快快说出来。

易蓉蓉的话正中对方下怀，盛戎的眼睛闪亮，说她也不想绕圈子，她也希望能直截了当：

“我就是想和易老师讨论，讨论一下你今天讲座中说的那个‘零余人’话题，我觉得我就是易老师说的‘零余人’，我就是。”

易蓉蓉今天讲座的标题是《当代中国社会中的女性“零余人”问题》，她的本科学历是中文，有了中文系的底子，她后来做社会学研究，总是摆脱不了中文腔，也就是中文系的说话语调。易蓉蓉博士论文的辅导老师曾经很激烈地批评过她，提醒她要注意摆脱论文中的中文腔，不要动不动就用文学作品来举例。“零余人”是从现代作家郁达夫的小说中化出来的，这个文学形象又是来自更早的俄国，可以追溯到普希金和屠格涅夫的作品。易蓉蓉今天的讲座，偏重的是知识女性话题，探讨的是高学历女性的生活状态，很显然，盛戎看上去根本就不像，她根本就不配。

易蓉蓉说：“你口口声声说自己是个男的，我今天谈论的话题，可是女性‘零余者’。”

“我觉得我更像一个女性‘零余者’。”

“那么你又说自己是女人了？”

“易老师不是说了，我是男是女不重要。”

“我们花了差不多一晚上时间，来讨论你是男是女，难道不无聊吗，有意思吗？”

盛戎很真诚地说：“没意思。”

4

盛戎重重地又叹了一口气，开始正经八百地叙述自己的故事，说我要说的这个故事，易老师你很可能会不相信。因此，我还是要和你强调，现在我这模样看上去，是像个女的，可我确实还是个男的。我也真不愿意自己是个男的，这是没办法的事，我必须要把这个话说清楚，不交代清楚，我的故事就没办法往下说，没办法说。易蓉蓉说好吧，你只管说下去，我不再会打断你，你想怎么说，就怎么说，对不起，我的手机好像也要充电了，你先让我接上充电器。

易蓉蓉给自己的手机充电，为了让通话更流畅，她约盛戎把视频通话改成语音通话，并调到扬声器播放模式上，这样既可以听到声音，对方又看不到房间里她的图像。接下来，盛戎开始滔滔不绝，大段大段地说故事，说我就先从自己大学毕业开始说起。于是女性的盛戎，或者说男性的盛戎，在手机那边喋喋不休，自顾自地说起来，易蓉蓉这边开始宽衣解带，匆匆清洗浴缸，然后往浴缸里放洗澡水。本来以为等到浴缸的水放满了，盛戎的话也差不多就应该说完，没想到说了半天，故事才刚刚开头。

盛戎的故事一听就有太多破绽，嗓音沙沙的，渐渐地，易蓉蓉还真有些辨不出男女。有时候像是一个女人在自言自语，有时候又更像是一个男人在说悄悄话。盛戎说起了一个叫孔欣煜的女人，说起自己与她的第一次见面，说自己与这个姓孔的女生真是有缘，两人第一次相遇，就糊里糊涂地上了床。除了这个叫孔欣煜的女生，盛戎又提到了一个叫陆良朋的男生。陆良朋是盛戎的大学同学，事情的头绪说起来真的是很乱，很荒唐，很荒诞，孔欣煜是陆良朋的女友，陆良朋呢，是个花花公子，人长得挺高大，挺帅气，学校排球队的主力，球打得好，男生和女生都容易喜欢他，在校期间不断地换女朋友。

刚开始头绪真是乱，易蓉蓉也听不太明白，渐渐开始清晰。盛戎说自己也还算是曾经喜欢过这个陆良朋，起码不反感。事实上，当时在班上，陆良朋的名声并不太好，原因之一，就是都在传说他把班上能泡的女生，差不多全泡了。当然，是不是真的泡上，也不好说，从这位陆良朋嘴里说出来的话，必须打折扣，很难说有几句是真的。大家都知道他喜欢吹牛，大家也都知道，越是喜欢吹牛的男生，女孩子越是喜欢。那时候，不安分的同学都在外面租房子住，这位陆良朋自然也是，大学毕业要离校，盛戎还没找到正式工作，在一家研究所实习，人家也不提供住房，要自己找地方住，陆良朋就对盛戎说，看在老同学面子上，你可以搬到我租的房子里去，那房子我已经租下了，租金早就预付，我呢，反正也是要去外地，我一走，你就可以搬到那房子里去住。

盛戎想这倒也不是坏事，省得自己再去寻找，便跟着他去看房子。看了觉得挺满意，非常满意，很不错的一个小环境，生活设备齐全，立刻以转租形式，付了一笔钱给陆良朋，等他一走，便搬进去住。在校期间，盛戎一直是个乖孩子，是个很本分不起眼的学生，一直都是住宿舍。现在毕业了，一个人单独住，没有了拘束，开始感到从未有过的自由。陆良朋走了，衣柜却没有清空，打开一看，里面全是女人衣服，除了长裙短衫，还有很多性感内衣。最不像话的是，床头柜抽屉，还放着一盒没用完的避孕套，那种进口的，上面全是洋文，贴了中文标签和价格。

盛戎说自己也不知道陆良朋什么时候会再来，会把这些玩意儿拿走，他人已去了外地，给他打电话，说那都是我前女友的东西，你把它们都扔了吧。盛戎没有照办，没有把那些东西扔了，而是让它们搁在原处。反正盛戎也没多少衣服，没什么自己的东西，在生活方面，并不是很讲究，能将就也就将就了。上班实习的地方很远，早出晚归，有时还要加班，基本上不开伙，能在单位吃，就在单位吃，要不然就在外面随便吃一点快餐。

与孔欣煜的第一次见面是在情人节那天，这日子太好记，正好又是个双休日，她火烧火燎，咚咚咚敲门进来，很不友好地问盛戎，你是谁，你怎么会在这儿。盛戎便回答，为什么你要这样问我呢，我还想用同样问题问你。孔欣煜说你别跟我绕圈子，给我好好说话，老实一点，陆良朋那王八蛋到哪儿去了，你让他立刻给我滚出来。别以为电话他把我拉黑，人躲着不见面，就拿他没办法，跑得了和尚跑不了庙。对了，你凭什么在这儿，你知道我可以立刻叫你滚蛋。孔欣煜气势汹汹这么一说，盛戎立刻明白了，这个人无疑是陆良朋的前女友，她很可能是过来取自己的东西。

盛戎很和气地跟她说话，完全是一种商量口吻："能不能火气不要这么大，你让我好好说话，其实好好说话的，更应该是你，不是吗？你突然闯了进来，好像很占着理的样子，我已经住在这儿了，凭什么要我让你，凭什么是我滚？”

孔欣煜仍然气势汹汹：“我当然占着理，这房子是我租的，和中介还有房东一起签的合同，都还在我手里呢，真金白银，也是我付的钱，再说一遍，这房子我租的，用的是我的钱。就凭这一纸合同，我可以不可以立刻叫你滚蛋？我还要告诉你，陆良朋他没出过一分钱。”

盛戎说自己当时就蒙了，没想到事情会是这样，真是没想到，立刻意识到对方肯定是占着理。陆良朋这个人的品质，向来都很有问题。如果眼前的这位女士宣布这房子是她租的，是她付的钱，那么基本上可以肯定，就是她租的，就是她付的钱。陆良朋骗吃骗喝相当有名，他一直觉得这是自己魅力的一部分，当时从盛戎手里拿了转租的钱，他没有一点犹豫，完全就是理所当然。

盛戎解释说：“我已经把这个房子的租金，给了陆良朋。”

“你给了他租金？”

“对呀。”

“你还把租金付给陆良朋，他竟然也会收下，他竟然也好意思收下，他没说这房租是谁预付的？”

“没有。”

盛戎说如果陆良朋说了，房租不是他预付的，那么也没有理由再收盛戎的租金，他就不应该再收这份钱。这话一点分量都没有，根本帮不上盛戎什么忙。租房合同在孔欣煜手里，人家显然是占着理，她现在完全可以赶盛戎走。自觉理亏的盛戎，赶紧给陆良朋打电话，可是对方根本不接，发短信也不回，继续打，继续发短信，到最后，一打就掐断，通了掐断，通了又掐断，再打，干脆拉黑了。

孔欣煜冷笑，好像知道结局会这样：“你有没有跟陆良朋签合同？”

“没有。”

“你付钱给他，有没有收据？”

“没有。”

“那你有什么？”

盛戎愁眉苦脸地说：“什么都没有。”

孔欣煜直摇头，说既然什么都没有，就收拾东西走人吧，你把这个地方赶快给我腾出来，我不想再见到你，你走吧。说着，很强悍地又加了一句，你要是想赖着不走，我就打 110，对了，我还可以给房东打电话，叫真正的房东来赶你走，让他给 110 打电话。盛戎很无奈，很委屈，说情况真要是像你说的那样，我也是讲道理的，不会赖着不走，我会走的。当时盛戎说话的样子一定很可怜，完全是被对方的强大气势压倒了，孔欣煜说我问你，你还有什么地方去吗，你跟陆良朋到底是什么关系。

盛戎说我们就是同学，就一般的同学，上大学时我住宿舍，现在大学毕业了，宿舍不让住，只能搬出来，搬到了这里，我又不知道这房子是你租的，是你付的钱，我要是知道，情况也就不会这样。说着说着，委屈得都想哭，人情真是险恶，一个刚走上社会的大学生，还没被社会上的人骗，还没被老板和客户欺负，先被自己同学给坑了。这时候，盛戎真的是想哭，欲哭无泪。如果要从这个地方搬走，他说我又能去哪呢，不知道该怎么办，我不知道。

孔欣煜开始有点同情盛戎，她检查了一下房间，清点自己的物品，发现基本上都还保存完好。最让她感到意外的是，藏在一件风衣夹层口袋里的一张银行卡还在，还有几百块的现金也应该在。陆良朋显然没发现，如果让他知道，肯定会立刻据为己有，因为他知道银行卡密码，绝不会放过这笔钱，无论多少钱，都敢花掉，花个一干二净。这种事几乎不用怀疑，他就是那样一个渣男，就是个不折不扣吃软饭的家伙。

“你和陆良朋就是一般的同学关系?”

“就只是同学关系。”

“没别的关系?”

“当然没有别的关系。”

孔欣煜的心情似乎变得好一些，问盛戎在这住多久了，又问是不是真没其他地方可去。盛戎便做出可怜样，告诉她实情，说自己已住了三个多月，真没别的地方可去。孔欣煜就说，没地方去。我也不一定非要撵你走，走不走全在我一句话，看来你是真被陆良朋这王八蛋给坑了，唉，你个菜鸟，真是只没用的肉鸽子，活该给人宰，活该给人杀了做菜，你说不坑你坑谁，骗了你也是活该。

让对方这么一顿奚落，被对方这么一番教训，盛戎的心情反倒感到了踏实，因为踏实，也就轻松了一些。孔欣煜说得很对，说得太对，自己确实没有社会经验，活该挨宰，活该受骗。孔欣煜态度也明显转变，变宽容了，变活跃了，说她也没想到今天会是这样的结局，会遭遇到这么一幕戏，会碰到他这么一个老实巴交、根本不知道怎么保护自己的无用之人。今天是情人节，孔欣煜说她无非是过来看一看，看一看老情人，看看陆良朋这个王八蛋还在不在，是不是还坚守在这里。她很想看看他最近在干些什么，是不是又有了别的女人，如果没有，说不定自己心血来潮，头脑发热，就原谅他了，然后说不定还跟他一起过个情人节：

“过情人节没有情人，挺难受的，不是吗?”

盛戎不知道说什么好，不知道怎么回答。

“今天这个情人节，真他妈有点意思，没想到会是这样，太让人失望了，我还以为会在这儿看到陆良朋和他的新女友。”

盛戎仍然不知道说什么好。

“我也太幼稚了，竟然还会这么想，竟然还忘不了陆良朋这个王八蛋。”

孔欣煜说她肚子有点饿了，本来是还不饿的，现在越想越气，越气越饿，是真的有点饿。她已经很长时间没吃东西，说我们干脆点两份外卖吧，你想吃点什么。盛戎说我不饿，说完觉得不好意思，好像自己有点小气，舍不得花钱，连忙纠正，说好吧，你说你要吃什么，我来请客，我来点。孔欣煜说这个用不着你请客，我反正是饿了，饿得受不了，就想赶快随便吃点什么东西，这样吧，我就点肯德基了，点这个最快，我手机里都有现成的地址，马上就会送过来。说话之间，她已经在手机上完成了操作。

5

浴缸里的水凉了，易蓉蓉不得不再添加上一些热水。她在浴缸里已泡了很久，一边泡，一边很闲适地听盛戎说自己的故事。酒精仍然还在起作用，听着听着，差一点就睡着，或者说已经睡着了。只是打了一个盹儿，迷迷糊糊睡了，又突然醒过来。盛戎还在滔滔不绝，到这时候，易蓉蓉基本上已相信，相信盛戎就是，或者说就应该是个有易装癖的变态男人。现在这个变态的男人，正躲在酒店大堂女厕所，一边给手机充电，一边跟易蓉蓉进行语音通话。很显然，这家伙不止行为变态，精神上非常压抑，看得出来，他非常希望能向易蓉蓉诉说自己的故事，非常渴望能有这样一个倾诉机会。

根据盛戎的叙述，不难判断，在读书的时候，也就是在上大学期间，他一定是个比较本分的小男生。除了上学，知道的事情肯定很少，没什么社会经验。混到大学毕业，拿到了文凭，到工作单位去实习，当一名见习生。离开学校宿舍，告别了充满拘束的集体生活，住在同学先前租好的一个房子里。这里原本住着一对小情侣。男的就是盛戎的同学陆良朋，女的呢，就是那个正在不断奚落和教训盛戎的孔欣煜。

盛戎说孔欣煜是个长得很有特点的女人，个子不太高，染了一头金发，性格十分泼辣，说话仿佛是在发射连珠炮，一串接着一串。叫来了外卖，很快就把自己那份吃完了，她的胃口很好，非常好，接下来，又把盛戎没吃的鸡腿也吃了。孔欣煜跟盛戎解释，自己是从外地坐火车过来的，没想到她租的房子已经被人占了。盛戎被她说得有些不安，她安慰盛戎说你不着急，我还没做最后的决定，还没决定是不是要赶你这个倒霉蛋走呢。

盛戎告诉易蓉蓉，当时他心里七上八下，一直在偷偷地盘算，如果孔欣煜要赶他走，他又该住到哪儿去。没想到孔欣煜十分大度，也不跟他多说这个，不说要不要他走，说对了，弄了半天，你还没告诉我叫什么名字，我姓孔，叫孔欣煜，孔子的孔，欣欣向荣的欣，煜呢，就是李煜的煜，李后主的那个煜。对方把自己名字介绍那么详细，盛戎也很认真地介绍自己名字由来，说他妈喜欢京剧，喜欢花脸，喜欢裘盛戎。

孔欣煜立刻兴致勃勃问了一句，说你会不会唱京剧呢，既然你妈那么喜欢京剧。盛戎回答说他不会唱，不但不会唱，而且也一点不喜欢京剧。孔欣煜说我也不喜欢京剧，这玩意儿太老掉牙了，陆良朋就喜欢，不只是喜欢，还能唱上几段，他自己觉得唱得不错，其实唱得难听死了。盛戎听她又说到陆良朋，说陆良朋会唱京剧，心里就在想，自己与陆良朋同学四年，还真不知道他会唱京剧，只知道他排球打得好，只知道他很有女生缘。

孔欣煜问盛戎，他与陆良朋在校期间的关系到底怎么样，盛戎想了想，说真的只能算一般吧，孔欣煜又问，一般又是什么意思，你们男生是不是都不怎么喜欢他，都会觉得他人品不好，都会觉得他为人有点渣，他这个人就是渣，绝对就是个渣男。盛戎便实话实说，说我们接触也不太多，他也没时间跟我们多交往，大家就是普通的同学，我觉得他就那样，还行吧，反正你们女生好像都还喜欢他。说到这里，孔欣煜忿忿不平地来了一句，说我知道这家伙骗女生很有一套，他的那点破能耐，都用在了骗女孩子上。

盛戎能够感觉到，孔欣煜嘴上虽然在骂陆良朋，心里还是有点惦记他，说来说去，话题就会落到陆良朋身上。盛戎觉得应该换个话题，便问孔欣煜念的是哪所学校，文科还是理科。孔欣煜说我为什么要告诉你，反正不是 211，更不是 985，这又怎么了，请你不要用那种鄙视的眼光看着我好不好，我是一点都不觉得你们那个学校有什么好，211 怎么啦，985 又怎么啦。

盛戎不知道她为什么突然要用到“鄙视”两个字，这两个字用得有点莫名其妙，他只是随口一问，其实并不关心她是哪个学校。

盛戎告诉易蓉蓉，当时他只是不想过多地说到陆良朋。不管怎么说，陆良朋都不应该把这个可能会有争议的房子，再转手租给自己，然后收了他的租金逃之夭夭。他不应该这么做，不应该。盛戎已经对孔欣煜说了老实话，在校期间，他与陆良朋的关系很一般，他们真的没有过什么太多来往，真的只是普通同学关系，最普通的那种。他恨不得直截了当地告诉孔欣煜，陆良朋很傲慢，很自以为是，很可能根本就不太看得上性格内向的盛戎。盛戎也是真的不太了解陆良朋，但是孔欣煜好像就是不愿意相信，就是不肯相信，说着说着，又向盛戎追问起陆良朋的下落，好像他是故意要隐瞒一样。

易蓉蓉从浴缸里爬了出来，因为心不在焉，差一点滑个大跟头。她用浴巾擦着身体，擦干了，又往身上涂润肤液，一边很细心地涂抹，一边往四处看。窗帘没拉，所在的楼层很高，完全不用担心别人会看到自己。手机还在充电，盛戎还在那里继续说着，还在继续叨叨。酒店浴室是新式装潢，用一道可以移动的幕墙隔开，洗完澡，再将幕墙移开，浴室和卧室就连成了一体，正好电源连接线也足够长，竟然能把正在充电的手机直接移到床头柜上。

盛戎告诉易蓉蓉，后来的事态发展，完全出乎大家意料，谁也没料到最后会是那样的结局，谁也没想到。故事的进展有些缓慢，由于在一开始，盛戎已经说过，他和她上了床，那么在这之前的一切描述，无非都是些过渡。过渡当然是必要的，过于拖沓，老是不谈到实质性情节，这就是在故意卖关子了。况且，尽管一再说自己是男人，可是盛戎说故事的语调，仍然还是带着女气，还是有点女生的味道，或者说还是感觉很娘，特别是与孔欣煜说到陆良朋的时候，就仿佛两个女生在议论一个男生。

说着说着，盛戎会冷不丁地在电话那头问一句，说易老师你在听吗，你还在不在听。这时候，易蓉蓉便清清嗓子，轻轻咳一声，表示她还在听，表示她还没睡着。于是盛戎便接着往下讲述，继续叨叨，话一直是不太投机，孔欣煜并没有最后表态，没有说清楚这房子到底还让不让他继续住下去。她显然不甘心就这么离去，一会儿说自己要走，说马上走，可就是迟迟没有离去的意思。她的很多东西还在这儿，柜子里还挂着她的衣服，角落里还有一双她的红皮鞋，早已经落满了灰尘。

话不太投机，大家找话说又太累，孔欣煜突然主动提出要和盛戎玩一会儿电子游戏。当初陆良朋与孔欣煜同居，每天都是魔兽 Dota，结果成绩全线飘红，几乎没办法毕业。孔欣煜不喜欢打魔兽，常常逼着陆良朋陪她一起打英雄联盟。英雄联盟又叫 LoL，很热门的竞技网游之一，玩的时候，不但有情侣英雄，也有情侣英雄的酷炫皮肤，最适合在情人节两人一起玩。孔欣煜说她大老远地坐火车赶过来，可能就是想和陆良朋再玩一次英雄联盟。她喜欢在游戏中处于那样一种局面，两个人一起玩下路，眼看着就已落入下风，就要完蛋了，这时候会有一种不一样的浪漫，胜负已经不再重要，重要的是两个人一起开心地玩耍，生死与共，你保护着她，她依赖着你。

现在，陆良朋已不在这里，当初是孔欣煜主动出走，她是被他活生生地气走的，她大哭着离开了，发誓不会再回来。然而她又食言了，又回来了，他已经不在这里。孔欣煜只能把一腔委屈、满肚子的不高兴，都发泄在无辜的盛戎身上，她说你怎么会这么笨，怎么会这么愚蠢，玩游戏的水平竟然会这么差，男生像你这样，难怪找不到女生。她讥笑盛戎没有女朋友，活该被陆良朋这样的同学欺骗。

盛戎被她骂得无话可说，看她又好像不是真的很生气，反驳了一句：“你说得对，我是被陆良朋欺骗了，可是按照你说的话，按照你描述的那样，你不也是被他骗了。”

孔欣煜说：“我和你不一样，我是被他骗了感情，被他骗财骗色，我比你更愚蠢，更惨。”

易蓉蓉打了一个哈欠，觉得老是听盛戎说这些太没意思，绕来绕去，东一榔头西一棒，不知道他究竟要说什么。时间似乎也不早了，她开始有些困意，不想再继续听他说下去，准备强行打断他，说你现在还在女厕所吗，你那手机的电恐怕也应该充满了吧。盛戎回答说早就充满了，他其实已经离开女厕所，这时候，正坐在大厅一个沙发上，环境还算可以，面前还放着一瓶百岁山矿泉水。

易蓉蓉直截了当地问盛戎，说了半天，你和那个姓孔的小女生，最后到底怎么样了，你不是一开始就说你们当天便上了床吗，到底又是怎么一回事。这一招单刀直入，一下子把盛戎给问住了，对方沉默了，不说话。

易蓉蓉笑了，说：“你跟我说实话吧，你就直接告诉我得了，你们两个一起打游戏，打完游戏呢，游戏打完了干什么？”

“孔欣煜又叫了外卖。”

“又叫了外卖？”

“又叫了两份肯德基。”

“然后呢？”

“然后我们把肯德基吃了。”

“吃完以后呢？”

“又打了一会儿游戏——”

易蓉蓉觉得自己都快崩溃了：“然后呢，然后你们又叫了两份外卖，又叫了两份肯德基？”

“不，没有再叫肯德基，没有再叫外卖，我们上床了。”

“天哪，你们上床了，”易蓉蓉笑了，略带讽刺地说着，“绕了这么一大圈，你们两个总算是终于上床了，终于。”

盛戎的声音变得很低沉，好像很不好意思继续往下说，有些话不想说，有些话说不出口。停顿了好一会儿，才接着往下继续，说孔欣煜让我假装就是陆良朋，她让我扮演陆良朋，她说今天是情人节，今天是个特殊的日子，是一个值得纪念的日子，是一个必须有些说法的好日子，她要和她的渣男前男友陆良朋再做最后一次。这一次告别相当于永别，这一次永别意味着永远不会再见。反正说开始就开始了，从一开始，她就一直在骂骂咧咧，粗话连篇，一口一个陆良朋你不得好死，一口一个陆良朋你死有余辜。易蓉蓉觉得盛戎跟自己叙述的这个场面，很滑稽，很精彩，也很浪漫。很有镜头感，完全可以把它拍到电影里去。

易蓉蓉说：“这是你的第一次吗？”

盛戎迟疑了一下，有些扭捏地说：“也不是。”

“我怎么感觉你一点经验都没有，很

被动。”

“我是有些被动吧。”

“这个女孩把你当作了她的前男友，你又是怎么想的，你当时的状态，又怎么样？”

“我就想象自己可能就是陆良朋，我当时就尽量这么去想，有一段时候，我只是说有一段时候，真觉得自己好像就是，就已经是这个人了，我突然觉得我就是陆良朋，陆良朋就是我，我觉得自己就是孔欣煜的前男友。”

“有意思，你这个觉得我就已经是人家‘前男友’的想法，非常有意思，非常有想象力，干得漂亮，干得痛快。”

“干得漂亮？干得痛快？”

“对呀。”

“可我没觉得有多漂亮，也没觉得有多痛快。”

“为什么？”

“我觉得怪怪的。”

“为什么？”

“我的眼前都是孔欣煜的金发，散发着一种很独特很奇怪的味道，那味道说起来也算是挺好闻的，只是有点奇怪。我已经跟你说了，她染了那么一头金发，长发飘逸，像金色的瀑布一样披挂下来。我看不见她的脸，也不想看她的脸。她像一头狮子，像一头愤怒的雄狮，舞动着它的金发，张牙舞爪，很疯狂，我看不清孔欣煜的脸，看不到她的表情，看不清，看不到。她叫着，喊着，我当时突然产生了一个非常奇怪的念头——真的是个非常奇怪的念头。”

“什么念头？”

“我就在想，她那个地方，会不会也染成了金黄色，我当时真是这么想的，我真的很想知道。”

“结果呢？”

“什么结果？”

6

第二天下午，易蓉蓉在当地一所大学还有场演讲，标题是《女性主义的后现代》。这个题目看上去很有学术性，其实跟前一天演讲的《当代中国社会中的女性“零余人”》也没太大区别，无非看上去更加学院化。鉴于易蓉蓉的青年长江学者身份，她已被要去演讲的这所大学聘请为驻校兼职教授，会得到一份很不错的报酬，以后每年要在这儿上满一个月的课程。因此正式演讲前，还要举行一个隆重仪式，大学党委书记，一位很成功的知识女性，亲自给易蓉蓉颁发聘书。

女书记长得不漂亮，甚至略有点那个，虽然是在念稿子，但她的讲话热情洋溢，声音响亮，讲着讲着便脱稿，就女性话题大发议论，很有几分女强人的霸气和豪爽。讲完，易蓉蓉上台接受聘书，然后接着公开演讲。她早就准备好了开场白，一番很真诚的感谢以后，易蓉蓉又一次提到了“在岸边散步的鱼”，强调作为一名社会学家，必须要像一条有着超自然能力的鱼那样，要有一双鱼的眼睛，不管水质清澈还是浑浊，这条鱼都是从来不眨眼睛，除了潜伏在水中，它还必须能够上岸，能够在岸上漫步，能够从岸上看见水下的芸芸众生。因为是在大学，她知道今天的演讲，要更具有学术性，要让听众感到演讲者很有学问。

学术和学问向来容易蒙人，这年头哪有什么真学问，既然是在大学公开演讲，学生都是组织好的。如果不事先安排好，仅仅靠一张演讲预告，贴几张海报，学生根本就不会来听讲座。易蓉蓉知道演讲要想精彩，要想让听众听进去，就一定要讲故事，要好玩，才能抓得住人，同时，又必须说一些大家可能不太容易听懂的大道理，要把那些本来很浅显的话题，故意弄得复杂一些，要把明白，弄得不太明白。

譬如“女权主义”和“女性主义”的区别，在分析两者的区别之前，易蓉蓉先对福柯进行了批判，福柯是后现代的祖师爷，要谈后现代，就必须先拿祖师爷开刀。然而这种“开刀”，有时候就是变着法子致敬。福柯曾经说过，所有的权力，都会制造反抗，以反面话语的形式产生出新的知识，制造出新的真理，并组成新的权力。因此，后现代女性主义的抱负，就是要发明一套女性自己的话语。

“为什么呢，因为我们的这个世界，用的都是男人的话语，男人就是这个世界的话语，就是这个世界的中心。”

在演讲中，易蓉蓉一再强调她所要表达的观点，这就是我们所要求的一切、我们正追求的东西，一言以蔽之，简单地说，就是一定要有我们女人自己的声音，我们要学会用我们女性的声音发声，而不是学着像男人那样说话。这个世界是男人的，它也应该是女人的，男人以男人的名义讲话，女人呢，也必须以女人的名义讲话，这不仅仅是个平等不平等的问题，而是必须要有女性的独特性，女性就是女性，这可不是一个简单的权利问题，事实上，到目前为止，太多的女性主义文字，一直是在用男人的语言对女人耳语，用男人的语言跟女人说悄悄话。

演讲的前半段，易蓉蓉侃侃而谈，挥洒自如，表现非常出色。听众显然被她的口才折服了，许多大学生，尤其是女大学生，听得目瞪口呆。易蓉蓉正在享受自己的表演，她的讲话一次又一次被掌声打断。这样的效果是可以预料的，而且易蓉蓉很自信，相信自己会越说越好，越说越能抓住听众。渐渐地，话题过渡到了女人的化妆打扮上。

“我们都知道中国有一句古话，就是‘女为悦己者容’，我想这句古语很值得讨论，从男权的角度出发，这是为了要讨好自己男人。女人为什么要化妆呢，为什么要涂脂抹粉呢，还有，为什么要去抽脂，隆胸，拉皮，为什么，很简单，都是为了讨好男人，因为这个世界是男人的，讨好他们总是会有一些不得已的成分在里面。对了，必须要强调一下，我说的这个什么抽脂，什么隆胸，还有什么拉皮，暂时和同学们还没有关系，你们还年轻，你们风华正茂，你们暂时还不会想到这些，还用不到考虑这些，对你们来说，这些事还很遥远。”

听众大笑，女学生笑倒一片，易蓉蓉停顿了一下，喝了一口水，继续往下说：

“因此，作为女性，能不能为‘悦己者容’，要不要为悦己者化妆打扮，答案是肯定的，也可能是否定的，为什么，因为肯定，它几乎不容怀疑，我们女性事实上不都是这样吗，爱美是我们女人的天性，不要说我们女人，现在许多男人不也是这样，不也是这样爱臭美吗，有个什么词是形容他们这些人的——”

底下一片骚乱，七嘴八舌：

“帅哥。”

“小鲜肉。”

易蓉蓉抓住机会与听众互动：“对，还有什么形容，谁能说一下？”

一个戴眼镜的女生站了起来，说：“小白脸。”

“小白脸，对，很好，还有没有？”

一个短头发女生坐在那儿喊了一句，易蓉蓉没听清楚，希望她能再说一遍。短头发女生依然是坐着不动，加大了声音喊着：

“吃——软——饭的！”

“好，吃软饭的，这个也可以算，还有没有了，谁还能再补充？”

下面的人继续补充，七嘴八舌，有的说“贱男”，有的说“渣男”，还有的说“花样美男”，还有的说“天界妖童”。易蓉蓉说贱男和渣男可能不能算，“花样美男”十分形象，可以算，她想说的只是男人现在也开始臭美了，男人也开始化妆打扮，也开始“为悦己者容”，这应该是人类发展的一个进步标志。让她感到最有趣的是“天界妖童”，因为这是易蓉蓉第一次听说这个词，她很想知道这个词的出处。

“能告诉我这四个字是怎么来的吗？”

没人愿意回答这个问题，出现了冷场，易蓉蓉只好自问自答：

“我猜想很可能是电子游戏里的人物，这四个字挺有意思。反正我并不觉得是贬义词，也不觉得是在骂人。这样吧，让我们还是把话题回到‘女为悦己者容’上面，我觉得这句话其实是非常的后现代，是后现代女性主义最好的广告，为什么呢，因为它表现出了女性很强的自我选择意识。如果说一个女人去做隆胸手术，用女权主义的观点来解读，这就是男人在命令他的奴隶，也就是命令他的女人，为了满足主人的欲望，为了娱悦主人，去做这个手术，因此这个女人完全是男性权力的受害者。但是如果我们换个角度，不是从猎物的这个角度去看待，而是从猎人的视野去想，那个女人打算去做隆胸手术，去拉皮，去抽脂，不是男人压迫她的结果，很可能是她自己的自我管制和自我统治，是自我遵从规范的结果，她很可能不是因为被动，为了取悦，而是为了要更加主动，因为她更想扮演猎人的角色。”

没想到易蓉蓉的思绪，最后会被盛戎给打断，她突然就在人群中看到了盛戎，不知道是什么时候进来的，也许演讲刚开始就进来了，早就已经在这儿，一直在下面注视着自己。经过昨晚的对话，易蓉蓉已认定盛戎是一个男人，是个有着易装癖的男人，然而现在再次面对，大家再次面对面，看到盛戎的那个模样，易蓉蓉还是觉得这人更像一个女人，更应该是个女人。盛戎完全就是女人的样子，混在女生一起，埋没在女人堆里，你看不出与别的女性有任何区别，她怎么可能是个男人呢。

易蓉蓉突然意识到自己很可能被骗了，很可能，盛戎本来就是个女人，她说的那些故事，根本不存在，什么孔欣煜，什么陆良朋，还有租房子，叫外卖，买肯德基，打游戏机，玩魔兽，疯狂地做爱，都是胡说八道，都是没有影子的胡扯。这显然是个变态女人的胡思乱想，应该说是不同寻常的变态，天知道盛戎那混乱不堪的脑海里，都在想些什么。她究竟想干什么呢，为什么要一次又一次地跑来听易蓉蓉的演讲。这个世界上会有许多奇奇怪怪的人，盛戎毫无疑问就是其中一个，现在，这个女人已经盯上了易蓉蓉，接下来会怎么样，会发生什么事，还真不好说。易蓉蓉开始有点后悔，后悔昨天晚上没有当机立断，不应该花那么多时间与她纠缠，不应该落入她设计的圈套。

此时此刻，盛戎那双美丽的大眼睛含情脉脉，正目不转睛地盯着易蓉蓉。事实上，一旦意识到这双眼睛的存在，明知道此刻它在一动不动地盯着自己，这个炯炯有神的目光，一直在注视着自己，易蓉蓉还是无法不去正视。她想到了避开，想到不去理睬，想到应该忽略它的存在，可是又会情不自禁地看过去，主动与它对视。双方眼神立刻便对上了。盛戎一直在等候易蓉蓉的目光，像磁铁一样吸引着，她的目光很清纯，充满了一种天真的期待。

易蓉蓉思路全乱了，该说的没说，不该说的却已经开了头。思想的野马开始奔跑，虽然有 PPT，有提纲，她完全可以照本宣科，可是情绪已被破坏，思路已被打断，语气也变得结巴。最后她不得不看看手表，说时间也差不多了，我们还是进入对话环节吧。刚说完，又有些后悔，她担心盛戎会举手，会抢话筒提问。底下已有很多人把手举了起来，话筒被递到一个个子不太高的女孩子手上。女孩子站了起来，先试了试话筒的声音，然后开始提问：

“易老师好，我是一名来自人文学院的研究生，想向你提两个问题，首先，我们大家都知道，你说到了女性主义和女权主义的区别，说了很多，可是我们如果翻开英文字典，会发现在西方，它们都是一个词，都是 feminism，为什么同一个词语，你非要做出不同的解释。当然，在中国，女权研究是有着特殊意义的，它可以是一项政治运动，可以挑战诸如生育的权利，堕胎的权利，被教育的权利，以及代表的权利，也就是 representation politics，还有性骚扰、性别歧视与性暴力等议题……”

提问很长，说了半天，还是停留在第一个问题上，具体想问什么，也没说出来，听众已经不耐烦了，开始发出嘘声。这位女研究生的英语大约还不错，不时地会冒出几个英文单词。因为她就坐在盛戎身边，当时往那个方向递送话筒时，易蓉蓉想到提问的很可能就是盛戎。提问的这位因为说得太多，话太长，到最后，自己也忘了想问什么，又接着准备问第二个问题，易蓉蓉不得不打断她：

“对不起，我很认真地听了，可是我并不明白，确实是有些不太明白，需要我回答什么样的问题呢。我觉得有些问题，你的那些问题，好像都已经在帮我回答了，用不着我再说了。”

听众为易蓉蓉表现出来的机智喝彩，大家对提问者的卖弄早已不满，喝彩声就是对这种不满的发泄。其实易蓉蓉内心很乐意女研究生这么滔滔不绝地说下去，一直说下去，对方一个劲儿地说，自己便可以不说，便可以趁机休息。关于女性主义的话题，易蓉蓉最害怕跟女生纠缠，有些话是说不清楚的，俗话说，女人何苦为难女人，可是女人最容易为难女人，最容易争斗，知识女性更容易争斗，可能最初是想弄个明白，结果却是越弄越不明白。

接下来的提问开始变得简单，越来越简单，大家争先恐后，踊跃举手发言。对性骚扰，对 MeToo 运动，还有女性下岗、流产和遗弃女婴等问题，易蓉蓉都简短地发表了自己的看法。她已经从不安的情绪中恢复过来，思想重新开始活跃，盛戎的存在对她已没有丝毫影响。现在，易蓉蓉的表现很专业，她开始从容解答问题，四两拨千斤，无论说什么，都是娓娓道来，什么样的提问，都能够回答得非常到位，既显得有很深奥的学养，又是非常人性化平民化，让各方面的人都能愉快地接受。

演讲终于结束，终于在热烈的掌声中画上圆满句号，有人上来献花，有人捧着她的著作请求签名，还有人要求一起拍照留念。所有这一切，易蓉蓉都很熟悉，应付自如。通过眼睛的余光，易蓉蓉意识到盛戎正在向自己走过来，她好像还有些犹豫，有些不好意思，磨磨蹭蹭地来到了易蓉蓉的身边，十分亲切地叫了一声：

“易老师好，我今天又来了，又来听老师的演讲。昨天已经跟易老师要过签名了，我今天能不能跟老师一起拍张照?”

盛戎提出这个要求的时候，易蓉蓉正准备和别人一起合影。演讲结束后，用手机求合影变得很流行，她显然没理由拒绝盛戎，也没必要拒绝，不就是一起拍张照吗，又能怎么样。想和易蓉蓉一起拍照的人，还有好几位，易蓉蓉只能像个模特一样，被动地站在那儿，一动不动，身边的人不断地在换，走掉一个，又上来一个。她的脸上必须始终保持着微笑，微笑着看为她拍照的人。

这时候，面对正在排队等候一起拍照的盛戎，易蓉蓉心里忽然想到了孔欣煜，想到盛戎故事中的那个女孩。这时候，孔欣煜的形象开始活灵活现，出现在易蓉蓉脑海里。她突然意识到，孔欣煜可能不仅是个人名，这个人也许确实就是存在的。很可能，这个孔欣煜根本不是什么别人，很可能就是易蓉蓉身边的这位美女盛戎。盛戎和孔欣煜很可能就是同一个人，易蓉蓉只是不能确定，哪一个才是这个人的真名，到底是盛戎，还是孔欣煜。

真相已接近大白，自称是男性的那位盛戎，非常可能只是化名，完全就是虚拟的，伪造的，不存在的。因此，在与盛戎一起合影时，易蓉蓉心里带着几分得意，觉得自己把一个不太容易想明白的事，总算给弄明白了，一堆杂乱无章的线团，终于让她给理出头绪。盛戎开始与她合影，易蓉蓉注意到，那个最先站起来提问的人文学院女研究生，此时也站在自己对面，正盯着她和盛戎看。易蓉蓉心里在盘算，拍完照以后，是不是可以考虑问一下身边的这位美女盛戎，问问她自己的推理对不对，准确不准确，她到底叫什么名字，叫盛戎，还是叫孔欣煜。

就在这时候，身边的美女盛戎喊了一声，她喊的这一声，让易蓉蓉大出意外。盛戎并没有跟易蓉蓉说话，她不是在跟易蓉蓉说话，而是在跟对面的那位女生招呼，也就是那位最先提问的人文学院女研究生。易蓉蓉听见身边的盛戎在喊那位女研究生，在招呼她：

“孔欣煜，你也过来吧，一起与易老师拍张照。”

7

孔欣煜的突然出现，让易蓉蓉不知所措，没想到真会出现这样一个人，没想到这个人就是盛戎说的孔欣煜，就是昨天晚上叙述的故事中那个女生。易蓉蓉有一种让人捉弄了的感觉，孔欣煜确实像盛戎说的那样，除了不是一头金发，其他基本上都能对得上号，个子不高，漂亮，爽快果断，说话语速很快。盛戎招呼她过来一起拍照，她摇摇手，意思是说算了吧，我不想拍，我干吗要和这人一起合影，我才不在乎呢。

站在易蓉蓉面前的这位孔欣煜，态度并不是很友好，当然也不能算太不友好。她显然没有盛戎那样的热情，不冷淡也不热情。根据日程安排，易蓉蓉要过几个月，要到下个学期，才会来驻校，因此，已经订好回家的飞机票，晚上十点钟的航班。在这之前，还有些时间，学校安排学生陪她先四处参观，看看图书馆，看看未来要入住的教师公寓，在学校食堂吃个简餐，送她去机场。孔欣煜便是校方安排陪同的学生之一，听演讲的同学都散了，大礼堂已没什么人，她把学校交代给自己的任务，再一次说给易蓉蓉听。

“易老师，我们学校还是挺大的，图书馆就在这儿，我们先看一眼，然后就可以坐车去教师公寓。”

“好啊，我听从你们的安排。”

“你看，这里是图书馆，它紧挨着大礼堂。”

易蓉蓉按捺不住好奇心，很冒昧地问了一句：“你就是孔欣煜?”

“对呀，我就是孔欣煜。”

“孔欣煜就是你?”

孔欣煜感到奇怪，看着易蓉蓉，不明白她为什么会这样反复询问，不明白她为什么要用那种好奇的眼光看自己。易蓉蓉笑了，盛戎传递过来有些焦急的眼色，显然是希望她不要这样问孔欣煜，不要这样跟孔欣煜说话，不要这样看着孔欣煜。很快参观完图书馆，本来也只是象征性地看一眼，易蓉蓉注意到并没有多少人在看书学习，很多座位都是空的，或者说大多数座位都是空的。

作为一名大学老师，易蓉蓉早已习惯了图书馆中这样的场景。盛戎一直也在陪同，然而她的行为很奇怪，事实上，她更像是在陪着孔欣煜，她更关心的是孔欣煜的一举一动。易蓉蓉看见她们两个在说悄悄话，说什么，当然是不想让易蓉蓉听见，然而又明显能够感觉得到，她们说的话，一定是与易蓉蓉有关。校方安排了一辆小车，易蓉蓉要坐这辆车去教师公寓，最后送机场，也还是这辆车。

现在与易蓉蓉在一起的，除了盛戎和孔欣煜，还有其他同学，一辆小车坐不下。盛戎主动表示，自己可以骑自行车去，孔欣煜做出安排，谁坐小车一起走，谁骑车。结果学生会负责接待的一名男生，一看就像名学生干部，被安排坐到前排副驾驶的位置上，易蓉蓉和孔欣煜则坐在后面。小车很快，穿过林荫道，穿过一栋栋大楼，经过体育场，驶入学生住宿区，到达教师公寓。也没什么可看，跟易蓉蓉所在的大学外教公寓相比，几乎没有什么差别，都是非常标准化，房间不是很大，有独立卫生间，有可以做饭的小厨房，仿佛同一个模子浇铸出来。

从教师公寓出来，骑车的那几位也赶到了，盛戎因为是一头亚麻色的头发，站在那几个人中间，看上去特别显眼。易蓉蓉笑着对他们挥手示意，盛戎的眼神十分清澈，水汪汪地看过来，问怎么这么快就出来了，里面怎么样，易老师对这地方还满意吗？孔欣煜便说，我们没问，我们没好意思问。这时候，那名学生会的干部发言了，很严肃地说，我们学校请的外国专家，也就住在这个地方。他的话很有干部派头，说完了，别人都不知道怎么接他的话。易蓉蓉只好笑着点点头。孔欣煜看着他，说你这话什么意思，好像外国专家就更厉害，就应该比中国专家高一头，真是莫名其妙。

学生会干部被她戗了一下，解释说自己不是这个意思，说跟学生宿舍相比，这里也还算不错了，又说我们学校博士生宿舍，说起来是两人一间，其实基本上都是一个人一间。易蓉蓉一时没明白过来，说现在很多学校的博士生，都是一人一间，我们学校几个人住一套，每人一间，大家共用一个客厅。很快易蓉蓉就明白了，原来在座同学中，只有这名学生会干部，是刚直升读博士的研究生。他说这些话，无非表示自己与大家不一样。

接下来，去学生食堂吃饭，学生会干部负责为易蓉蓉买单。他一本正经地把孔欣煜叫过来，说其他人我管不了，你这一份我可以帮你买，到时候一起做账一起报销。孔欣煜听了，十分不屑，说用不着，我们自己买好了。结果易蓉蓉要了一份海鲜石锅米饭，学校食堂居然还能有这个，这地方靠近海边，点海鲜肯定不会错。吃饭的时候，盛戎和孔欣煜很亲密地坐在一起，吃完饭，学生会干部又把孔欣煜叫过来商量，说自己晚上还有事，不去机场送易老师了，送易老师的事，交给你。说完，很认真地看着易蓉蓉，说易老师抱歉了，晚上还有工作，就不亲自送你去机场，我是真的有事。

易蓉蓉说："用不着你们送，有司机师傅送就行了，用不着的。"

学生会干部说："不，要送的，你是尊贵的客人，一定要有人送，必须要有人送。"

孔欣煜站在一旁不说话，冷笑，然后大家一起离开食堂，易蓉蓉看见孔欣煜在招呼盛戎，说你陪我一起送易老师。盛戎听了十分乐意，连声说好。在学生食堂门口，大家匆匆挥手作别，没想到学生会干部会一本正经地主动伸过手来，要与易蓉蓉握手，其他的人都笑，都在笑他的举动，弄得易蓉蓉有点尴尬。然后，她被安排坐在前座，孔欣煜与盛戎坐在后排。车子刚开出去，孔欣煜便忍不住，说真是受不了，不就是一个学生会的小官僚，一个博士生，干吗要这么嘚瑟，干吗要这么做作，就害怕别人不知道他是谁，何苦呢，有这个必要吗。

易蓉蓉回头问孔欣煜，说我只知道你是人文学院的研究生，你是博士生，还是硕士生？孔欣煜说当然是硕士生，说我们这个专业，在我们学校，还没有博士点。易蓉蓉觉得挺好奇，说没想到你是学古典文学，一个学古典文学的，对女性主义还挺有研究。孔欣煜的回答漫不经心，说我也没想到自己会读古典文学，我都不想读这个专业了，没意思。易蓉蓉笑了，说其实现在读什么专业都没意思，你既然已经读了，先把一个文凭混到手再说。孔欣煜说我爸也是这么说，你跟他说的一样，想想也对，都到了这一步了，当然要读下去，好在唐诗宋词，我还算是喜欢，管他呢，读就读吧。

坐在后排的孔欣煜和盛戎，紧紧地依偎在一起，样子非常亲密。就在回头的一瞬间，易蓉蓉看见她们十指紧握，紧紧地扣在一起，孔欣煜的状态很放松，她小鸟依人地靠在盛戎肩膀上。易蓉蓉突然又想到了昨晚盛戎说过的那些故事，想起了盛戎叙述过的那些场景。现在，坐在易蓉蓉身后，没有疑问地应该是两名女生，说话小心翼翼的盛戎和说话犀利泼辣的孔欣煜，然而因为昨天晚上的长谈，盛戎究竟是个什么样的角色，究竟是男是女，又开始困扰易蓉蓉了。

去机场要两个多小时，考虑到自己身边还有一位开车的女司机，易蓉蓉知道有些话不方便问，她最多只能跟她们聊聊天，随便说些什么，譬如孔欣煜是学古典文学，那么盛戎呢，她读的又是什么专业。

盛戎直截了当地回答，说："我不是这个学校的学生，我是早就毕业了。"

易蓉蓉回过头，看着盛戎："你干什么工作呢？"

易蓉蓉盯着盛戎看，想看看这个人到底有没有喉结。盛戎避而不答，拒绝回答这个问题。易蓉蓉需要一个答案，答案好像已经有了，根据已有的经验判断，她觉得这两个女生更像是一对女同性恋。作为一名女性社会学家，一位国内有名的学者，易蓉蓉对同性恋一点都不陌生，她文章中曾多次写过这方面内容。香闺结友倍情痴，盟重金兰信不疑，如果真像易蓉蓉预料的那样，那么盛戎很可能只是女同关系中，扮演偏男性的那一方，这也是为什么她会一直说自己是男人的缘故。

孔欣煜在后排对盛戎说着什么，好像在责怪对方，盛戎呢，好像在向她认错。这一切，让易蓉蓉更加坚信自己的判断，于是也故意很随意的样子，再次扭转过身体，问盛戎昨天晚上跟她聊的那些事，说了那么多，是不是都是真的。

孔欣煜想不明白地问盛戎："你们说什么了？"

盛戎掩饰说："没什么，没说什么。"

孔欣煜不相信，继续追问："没说什么？"

"真没说什么。"

这时候，易蓉蓉心里不免有些小小得意，她不再说话，保持着沉默，保持着悬念。透过车内后视镜，她的目光与盛戎对接上了，盛戎使了个狡黠的眼色，嘴角露出了会心微笑。易蓉蓉也忍不住笑了，孔欣煜看见易蓉蓉在笑，认定这两个人肯定说过什么，不过她似乎也不在乎，别人会怎么看，她根本不在乎。孔欣煜注意到易蓉蓉正不时地偷眼看她和盛戎，索性就掏出化妆盒给自己补妆，补完了，又很认真地给盛戎补口红，那架势就是你爱怎么想，就怎么想，我们就这样了，你又能怎么样。

爱美可以传染，坐前排的易蓉蓉受到她们影响，将手机调成自拍状态，把它当作镜子，看了看自己的脸，然后也掏出小镜子和粉扑，给自己重新补妆。小车在高速公路上飞速行驶，大家都不说话，安静了一会儿，盛戎打破了僵局，问易蓉蓉到了目的地，有没有人来接她。易蓉蓉回答说当然没有人接，时间已很晚，地铁恐怕也没了，实在不行的话，就打车回去。她接着又补充了一句，说自己喜欢坐地铁，打车可以报销，她的科研经费根本用不完，然而她平时还是更愿意坐地铁。

终于到机场，易蓉蓉与盛戎和孔欣煜道别，向司机师傅表示感谢，然后拎着行李，走进候机大厅，掏身份证办理登机手续，感觉到自己手机震了一下，打开一看，盛戎刚发过来一条微信，上面写着：

"易老师一路平安！"

8

飞机最后还是晚点，易蓉蓉只能把这次延误归结为自己运气不好，过去一年里，飞行了二十多次，几乎没有一次准点起飞。最糟糕的还遭遇了一次航班取消，她被困在昆明机场，等候第二天一早的飞机。第二天还要给本科生上课，按照学校规定，不管什么样理由，赶不上上课，都算是严重教学事故。

好在延误的时间也不算太长，过了快两个小时，开始登机，飞机在机场滑行，走走停停，又拖沓了差不多一个小时。这期间，闲着无聊，易蓉蓉一直都在看手机。盛戎又开始给她不断地发微信，问飞机是不是准点。她很沮丧地回了一条：

“没有意外，果然还是延误了。”

然后盛戎就一条接一条地发过来，问延误多少时间，因为什么原因延误了，希望易老师能够静心等候，不要着急。易蓉蓉嫌她太啰嗦，回了一条：

“不好意思，我手机快没电了。”

盛戎立刻又发微信过来，还是一条接着一条，说易老师你不用回复，你赶快找个地方充电，候机的地方肯定可以充电，肯定有，老师没带充电宝吗。现在的年轻人手机上打字飞快，盛戎继续一条条发微信，说好像就要下雨了，不过老师在候机大厅不会受影响。事实上，易蓉蓉的手机还有电，也带着充电宝，只是不想跟盛戎纠缠，现在她只想一个人安静那么一会儿，让大脑静一静，休息一下。

飞机终于起飞，在空中飞行，降落，在跑道上滑行，易蓉蓉将手机飞行模式取消，立刻又有很多条微信进来，其中有一条是她老公写的：

“不等你了，先睡，明天还要上班。”

其他都是盛戎的，起码有二三十条，基本上都是问候，很显然，一直在关注着易蓉蓉，在关注她的动态。到家已是深更半夜，易蓉蓉感到非常疲惫，在行李箱里找钥匙，摸索了好半天，才在一个角落里摸到钥匙，蹑手蹑脚开门进去，拿出换洗衣服，匆匆洗个澡，上床睡觉。老公早睡了，听见她回来，迷迷糊糊地问了一句，又继续沉入梦乡。

这时候，易蓉蓉突然没了困意，因为要给手机充电，她又将手机拿过来，就在床头接上电源，顺便再看一会儿手机，看一会儿朋友圈。到了这个时间节点，手机显得很安静，应该不会再有什么人发消息，没想到手机抓在手上，不一会儿，朋友圈就又上来了一条新的微信，这是盛戎刚发布的，一组易蓉蓉演讲时的图片，还配好了说明文字。可惜那些照片拍得并不好，不清楚，人也拍得不好看。

几乎是同时，盛戎发给易蓉蓉的微信，一闪一闪也到了：

“易老师，平安到家了吗?”

想到盛戎在这时候，还在惦记自己，易蓉蓉有些感激，便回了一条微信，并且在后面添加了两个“抱拳”的小图标：

“已经到了，谢谢。”

“易老师早点休息。”

“我已经上床了。”

“上床就好，易老师晚安，睡个好觉。”

“马上就睡。”

“晚安!”

“晚安。”

在这一组对话中，易蓉蓉又加了几次“抱拳”的小图标，通常在表示谢意的时候，她只会加上这个。盛戎聊天时玩小图标的花样就太多了，琳琅满目，一会儿是“鲜花”，一会儿是“拥抱”，还有一杯又一杯的“咖啡”。有些小图标究竟是代表什么，易蓉蓉也弄不清楚，只能大致猜个意思。

因为没有睡意，在身旁老公此起彼伏的鼾声中，易蓉蓉又把盛戎与自己的微信，重新细细地审读了一遍。盛戎究竟会是一个什么样的人呢，是男是女，是他还是她。确实有点神秘莫测。与真人在一起，怎么看，盛戎都应该是个女的，可是叙述自己身份时，又不止一次强调自己是男的。易蓉蓉几次留意，想看看盛戎到底有没有喉结，好像是真看不出来，一会儿觉得有，一会儿又觉得没有。

易蓉蓉只是个半路出家的社会学家，她知道自己并不是什么都懂，知道自己经常只是装得很博学，装得很有学问，仿佛什么都懂，什么都知道，事实上，很多事她都不懂，都不知道，不仅是她，很多所谓的著名社会学家都一样。有太多种可能，如果在生理上，盛戎是女性，那么很可能就是女同中的 T。“T”来源于英文单词 tomboy，意思是指淘气的女孩。如果盛戎在生理上是个男的，那么很可能就是有易装癖。什么样的可能都有，可是如果说盛戎是 T，也就是说在女同中特质应该倾向于阳刚，或外貌喜欢男性化的“淘气女孩”，这个明显又有差错，因为盛戎一点也不阳刚，男性化根本就不沾边，而且也不“淘气”。如果说是易装癖，那么盛戎又确实太厉害，他的易装术太高明，男扮女装的本领也太强大了，也太像女人了，比女人还女人。

想着想着，易蓉蓉睡着了，睡得并不是很踏实。不断做梦，各式各样的怪梦。梦到她在草原上奔跑，身后有一只狼在追逐自己。天亮时，被老公刷牙的声音惊醒了。易蓉蓉老公刷牙声音很大，用清水漱嘴，喉咙口总会发出一种很奇怪的声音。他是一名公务员，在副厅级干部的位置上，熬了很多年，最近很可能就要转为正厅，上司已跟他谈过话，给了他非常明确的暗示。刷完牙，从卫生间出来，看见易蓉蓉醒了，便过来跟她亲热。在她额头上轻轻亲了一下。

亲完了额头，还要亲嘴，易蓉蓉说你走开，死走，人家还要睡呢，我昨天晚上睡得太晚了，这会儿还没睡醒。老公说你睡醒了也没戏，我上班时候到了，没时间了，已经来不及打一炮。易蓉蓉说你这人怎么这么无聊，这么粗俗下流。老公便笑，说跟自己老婆，粗俗一点又怎么了，下流一点又怎么了，犯法吗。说着手伸进了被窝儿，在易蓉蓉身上乱摸乱捏。自从儿子出国上大学，他们省了不少心，夫妻之间情趣大增，老公粗俗不堪的语言，也越来越多，越来越过分，易蓉蓉给出的解释，老公是公务员，平时在外面要道貌岸然，要装腔作势，太压抑，回到家里，彻底放松，就会忍不住要流氓。

易蓉蓉说：“又要开始耍流氓了。”

老公说：“这怎么能怪我呢，三十如狼，四十如虎，五十坐地一对了，那两个字怎么说的?”

易蓉蓉恼了，恶声恶气地叫起来：

“滚，立刻滚。”

老公走了，上班去了，易蓉蓉迷迷糊糊还想睡，又感觉是让老公弄醒了，真醒了，要想再睡着也不容易。她忽然就联想到了盛戎，想到自己为什么要为盛戎的性别纠结，当时要知道盛戎是男是女，很容易，并不困难，直接验明一下正身就可以。她想到那天晚上两个人视频了那么长时间，盛戎在酒店大堂的女厕所，一本正经地说要让她检验，让她看一眼，让她确认性别，易蓉蓉被吓得够呛，其实真看上一眼，又能怎么样，看了也就看了，看了就能知道怎么一回事，就不会为是男是女再纠结。

既然睡不着，肚子又有点饿，易蓉蓉便爬起来吃点东西再睡。餐桌上放着牛奶面包，都是现成的，老公已为她准备好，吃完了，困意又来了，便接着睡。这一睡，到再次醒过来，已经是中午。手机的电早充满，易蓉蓉想肯定会有盛戎的微信，应该有，打开一看，微信倒是有好多条，恰恰没有盛戎的。她隐隐感到有那么点失望，有一点出乎意外。心想盛戎也许跟自己一样，昨天晚上没有睡好，深更半夜地还在与易蓉蓉发微信，因此，现在很可能还在补觉，年轻人睡觉，应该是很能睡的。

接下来三天，都没再收到盛戎的微信。或许此前对方过于主动，易蓉蓉不只是出乎意料，不只是有点失望，而是很失落，很怅然若失。别有一番滋味在心头，断断续续地总是会想到盛戎这个人，想到盛戎那双泪汪汪的眼睛，想到盛戎与孔欣煜的关系，易蓉蓉知道不可能主动与盛戎联系，自己与盛戎的故事很可能到此为止，说结束就结束。此后又是一个多星期，仍然没有盛戎的信息，好像事情真的告一段落，就此翻篇。

没想到那天正给本科生上课，盛戎又给易蓉蓉发来微信。因为调在静音状态，当时也没敢看，下课了，有同学过来提问，易蓉蓉一边回答问题，一边很随意地看手机，只是扫了一眼，就看见盛戎的头像上有个红圈，已发了两条消息过来。回答完同学的提问，她开始阅读这两条微信，第一条微信是简单问候，下一条微信则是希望能够约个时间，然后再用微信继续聊聊天。易蓉蓉立刻用语音作答，告诉对方自己正在上课，不方便，晚上再说。

发出去便后悔了，没必要这么迫不及待，没必要这么快就做出回复。不过，回也回了，并不是什么大不了的事。晚饭以后，老公开始看电视连续剧，电视剧很烂，老公却一直在追着看。易蓉蓉躲进书房，开始审阅研究生论文，心里还想着许诺的要与盛戎聊天，可是看论文，看着看着也忘了。研究生论文写得很差，真的是很差劲，口气很大，立论很宏伟，都是虎头蛇尾，最后也不知道自己要说什么。

电脑上发出了声响，盛戎的微信又发过来了，问易老师正在干什么，方便不方便聊天。易蓉蓉立刻回答，说自己正在看研究生论文，同时抱怨了一句，说现在的研究生论文水平太低。她在电脑上打字极快，可以一边看论文，一边与人聊天。盛戎的微信开始一条接着一条发过来，来不及看。

“这些天太乱了，没时间跟易老师聊天。”

“孔欣煜知道我跟易老师聊过天，不是很高兴。”

“她有些生气。”

“她不愿意我跟你多说什么，有些事，她不想让别人知道，她不许我说。”

“我觉得天底下，没有什么不能说的事。天下可能只有不能干的事，譬如杀人放火，却没有不能说的事。况且杀人放火这种事也是有的，我觉得，有些事，我们既然做了，就可以说，易老师，你还在吗？还在看论文，能看到我的留言吗？”

易蓉蓉回复了一句，告诉对方自己能看到留言。

“能看到就好，我就继续说，还是觉得没什么不能说的事。为什么不能说，我就是要说，就要说。上次已经跟易老师说到了孔欣煜，我告诉你，我们的相识，真的是很奇葩，太奇葩了。她莫名其妙就这样出现了，就这样出现在我的生活中，然后呢，然后就莫名其妙地改变了我。莫名其妙就是莫名其妙，真的，这个事情发生得太突然，我突然就被整个地改变了，突然变成了一个自己都不认识的人。”

易蓉蓉守株待兔，对方还在一条一条地发微信，源源不断地发着，盛戎的头像在不停地闪烁，有的微信很短，就一句话，有的很长，一发过来，就是一大段。

“孔欣煜对我说，我们过去很可能见过面，她说她经常去看陆良朋打排球，说我们很可能那时候，大家就见过面，一起看过打球。”

“我也在想，我们真有可能是见过面的。”

“不过陆良朋这个人，女朋友太多，经常换，老实说，我们当时也弄不明白，不明白谁谁谁。大家就算见过面，也不一定记得住。”

“而且，我也很少去看陆良朋打球。”

“应该是二年级的时候，去看他打过几次球，后来越来越少了。”

“越来越少。”

“我跟孔欣煜在一起后，问她，是不是还在惦记陆良朋，她承认，她说是的，还在。”

“对了易老师，我就这么跟你一条又一条的，会不会不耐烦，不耐烦。”

“我不管，我就这么说下去。”

“我会一直说下去的。”

9

通过微信聊天，易蓉蓉对盛戎的了解，越来越多，越来越深入。盛戎的性别现在基本可以确定，为了让易蓉蓉相信，他已将自己的童年照片、身份证、高考的准考证，都用图片形式，发给易蓉蓉，让她核对验证。这些东西可以确凿无疑地证明，盛戎确实是个男性。事实就是，易蓉蓉见到的那个染着亚麻色长发的美女，那个躲在女厕所里跟自己视频的盛戎，只是一个装扮成女性的变态男。真是太不可思议，盛戎告诉易蓉蓉，起码到目前为止，在还没做变性手术之前，在生理上，他还应当算是个男的。

易蓉蓉对盛戎这个人的认知，可以说是被彻底地颠覆了。女同的预设显然又是个错误，让易蓉蓉最想不明白的是，盛戎为什么会这样，为什么要男扮女装。他和孔欣煜之间，究竟又是什么样的关系。盛戎告诉易蓉蓉，自从第一天开始，他和孔欣煜就没真正地分开过。不能说他们没有缘分，不能说他们不是一见如故，从结识的当天，就开始了同居生活，然后又相亲相爱，相依为命地一起过起日子。很快，孔欣煜痛下决心考研，认真复习备考，还真的就让她考上了。

孔欣煜属于那种很有才华的女子，记忆力超群，唐诗宋词张口就来。有点名气的古诗古文，倒背如流。读中学比较偏科，自恃又太高，结果高考没考好，只进了一个二本。为此很不甘心，很不开心，一直都有些自暴自弃。与盛戎同居后，为了一雪前耻，为了改变二本学历，孔欣煜参加了研究生考试，她的志向是北大和复旦这样的名校。真到了要填报志愿，信心又明显不足，犹豫再三，退而求其次，报考了现在读书的这所大学。也就是聘易蓉蓉当驻校教授的那所学校，一所新成立的大学，地处沿海城市，校园非常优美。没想到一考真考上了，孔欣煜并不十分满意，毕竟还不是一流大学。

盛戎便追随着孔欣煜，一起来到美丽的沿海城市，享受温暖的海风。为了孔欣煜，他愿意走遍天涯，愿意放弃一切，愿意为她做任何事情。一时间，盛戎感觉很幸福，从未有过的那种幸福。他喜欢她，爱她，喜欢并爱这个城市。因为与孔欣煜在一起，盛戎告诉易蓉蓉，他开始尝试成为一个真正的男人。这种告白让孔欣煜觉得十分幼稚，也十分可笑，她好像根本不在乎他是不是男人。在两个人的交往中，孔欣煜更强势，更开放，更像一个男人。盛戎说他非常乐意听孔欣煜的话，凡事都愿意让她来做主，什么主意都希望她说了算。孔欣煜曾经说过，人只要能够相爱，真正地相爱，性别一点也不重要。

有时候，盛戎和孔欣煜都觉得，如果性别这玩意儿，真要能颠倒过来的话，他们两人性别互相换一下，可能会非常幸福。可惜盛戎是男人，这个事实无法改变，孔欣煜是女人，这个事实也不能改变。所有的矛盾焦点，好像都是因为这个，从一开始，孔欣煜再怎么像男人，还是一个女人，她的心里就是不肯放下陆良朋，她一直在惦记他，一直都在惦记。

通过一条又一条微信，盛戎开始向易蓉蓉抱怨，说孔欣煜口口声声，都说是要忘了陆良朋，实际上呢，她从来也没有，从来没有。一说起这个陆良朋，孔欣煜就会立刻忘乎所以，就会立刻无所忌惮。女人永远都是女人，女人永远有女人的弱点，永远有女人的毛病。一说起陆良朋，孔欣煜好像从来都不在乎盛戎可能会有的感受，不在乎他可能会有的痛楚，而那种痛楚显而易见，易蓉蓉作为一个局外人，都能够从盛戎的诉说中明显地感觉得到。盛戎向她诉说这些烦恼的时候，几乎就是在呼天抢地地控诉：

“我不在乎他们和好，不在乎，如果陆良朋和孔欣煜真能够和好的话。”

“我们只是不应该这样相互折磨。”

“没必要这么浪费时间。”

“他们真的能够和好，我祝福他们！”

“这并不是一个简单的二选一问题，其实，我是真的想祝福他们。”

“我感到很痛苦，因为爱，所以很痛苦。”

“我突然意识到，爱就是一种痛，一种抹不去的伤痛，一道一直在流血的伤口。”

“因为痛，你才能真正感觉到爱。”

盛戎说着说着，便有些语无伦次。他告诉易蓉蓉，事实上，孔欣煜好像从来就不知道忠诚是怎么回事，在这方面，她和陆良朋如出一辙。或许她觉得对盛戎根本没有忠诚的义务，他们的关系太特殊，孔欣煜一直都在偷偷打听陆良朋的消息，只不过是没有得到他的消息。她向每一个可能知道陆良朋消息的人打听，千方百计想要找到他。虽然已和盛戎生活在一起，他们的关系并不像情侣，并不像是一对爱人，更像是一起生火做饭的临时合伙人。

“这话孔欣煜经常会说，她经常会这么说，动不动就会这么说，说我们就只是一对临时的合伙人。”

“她说我们的关系就这样，就是临时的。”

“她还说难道不是这样吗？”

“她说别以为睡在一张床上，我们这样那样了，就一定是什么情侣关系，我觉得我们更像是合伙人，说是合伙人更合适。”

易蓉蓉能感觉得到，盛戎似乎也承认，他并不太反对孔欣煜用合伙人这个形容。这两个人的同居关系，他们的生活状态，确实只是像合伙人，而且还是没有签订任何契约的合伙人。大家都有些被动，盛戎甚至承认自己就是陆良朋的替身，孔欣煜把他当作了陆良朋，他干脆也就真把自己当作了陆良朋。盛戎说自己有时候就像个演员，不得不客串扮演一下陆良朋。听上去很变态，真的是非常变态，易蓉蓉想想都觉得恶心，都觉得荒诞，怎么能这样，怎么可以这样。她无法想象盛戎和孔欣煜究竟是什么样的关系，真想象不出，盛戎在不断地发微信，一条紧接着一条，已经发过来了一大堆微信，多得让人都来不及消化。易蓉蓉按捺不住好奇心，回了一条微信过去，说让我最想不明白的是，你又为什么要男扮女装呢。

“这个问题，最后肯定是要说的，我会回答这个问题。”

“易老师你不着急，你容我慢慢说。”

“会说的，易老师不着急。”

“我会把一切都告诉你。”

“毫无隐瞒。”

“先跟易老师说说我们一起去孔欣煜家这事，这个事必须要说，不说，我和孔欣煜的故事，就没办法往下说，没办法说。这个事说来话长，三言两语可能说不清楚。”

“我会慢慢地给易老师说这事。孔欣煜读研的第一年，快过年了，她突然说要回老家一趟，要去看看她爸。她爸跟她妈离婚了，她一直跟着她爸过。她妈也早就结婚，与她一直没有来往，孔欣煜她妈从来就不管孔欣煜。”

“孔欣煜说她就跟没妈一样。”

“她要去看望她爸，喊我一起去。”

“她要我跟她一起去看孔爸，孔欣煜她爸没有再结婚，不过他一直有女人，孔欣煜说他从来都不缺女人，说孔爸总是在跟不同的女人混。孔爸这几年身体不太好，平时也很少有联系，反正孔欣煜突然心血来潮，突然说要回家过年，要回去看一看她爸。她说她查看过飞机票的价格，很便宜，春节那天的机票，要比火车票便宜得多，如果买来回票更便宜，绝对是白菜价。”

“她要我陪她一起去，一起去看孔爸。又说孔爸这人在女儿教育上，比较保守，如果带个男孩子回家，肯定是没地方住。他接受不了自己女儿没结婚，就和男孩子睡一个房间。她说，他接受不了，如果你装扮成一个女的，装扮成一个女孩子，就可以跟我住一个房间，就可以睡在我房间里，我爸绝对不会想到你不是女的，他绝对不会想到。”

“糊里糊涂地我就答应了。”

“竟然！”

“我答应了！”

“她为我买了一个假发套，我头发本来就长，我们在柜台上试了又试，戴了还就跟真的一样。回到住的地方，她又为我化妆，这种游戏我们平时就玩过，她喜欢为我化妆，喜欢把我打扮成一个女孩子，说我长得比女孩子还像女孩子，说我真扔在女孩子堆里，也一定是个漂亮的女孩子。”

“易老师你还在听吗???”

这时候，易蓉蓉是一边看盛戎的微信，一条接一条看，一边看学生论文，学生的论文太糟糕，很难看进去。前面几条微信还没看完，她已经看到了这最后一条，看到了那三个问号，立刻回一条微信过去，说自己一直在看他的微信，正在看，于是盛戎的微信，又排山倒海地发了过来。

“我怕易老师会不耐烦，反正我们就真的去孔欣煜家，去了她的老家，孔爸呢，也真没想到我是个男的，真没想到。”

“他可能根本就没往那方面想。”

“她家是县城，房子也不大，孔欣煜的

房间很小，就一张小床。”

“我们其实也就只待了三天多。”

“这三天里，很多时间都是在那个小房间里耗着。孔爸家有网络，没有 WiFi。”

“我们也试着想玩游戏，孔爸家的电脑太老了，老掉牙了，玩不起来。”

“我们就上网找美剧看，在笔记本电脑上看。”

“可以说，整整看了两天美剧。孔爸给我们做吃的，他烧的菜很好吃，孔爸的那个女人来了半天，这是个新人，孔欣煜也没见过她。大家都很客气，都没什么话说，也用不着说什么。”

“我们看了两天美剧，然后就接到了那个电话，电话铃突然就响了，我是说孔爸家的那个座机，突然响了起来。孔爸在厨房里忙，他在为我们做菜，孔欣煜想肯定是找她爸的，孔爸老是不接听，她就跑出去，到客厅里去帮她爸接听电话。”

“当时的美剧剧情，也正是最紧张的时候，孔欣煜一边去接电话，一边喊着讨厌，说为什么要在这个关键时候来电话呀。我问她要不要按暂停，她说不要，不要，说马上就回来，接了电话马上就回来。”

“说马上回来。”

“但是，但是并没有马上，根本就不是什么马上，她这一出去了，半天没有回来。我不得不按住暂停，等她。”

“等她。”

“她没有马上回来，我就一直按住了暂停，在房间里等。一直在等。她一直不来，一直不来。”

10

盛戎意识到一定是出了什么问题，孔欣煜一直不回来，外面好像也没有什么声音，他不得不出去找她，看看她在干什么。孔欣煜抱着电话，木木地站在那，不说话，看到盛戎开门出来，立刻把头扭了过去，背对着盛戎。孔爸还在厨房里忙，炉火正旺，还在那做菜，盛戎轻手轻脚地走过去，走到孔欣煜身后，拍了拍她的肩膀，压低了嗓子，问是谁的电话。孔欣煜回过头来，对他做了个噤声手势，让他别说话。

这时候，孔爸端着一盆菜出来，说可以吃饭了，饭菜都做好了。孔欣煜也对他做手势，让他噤声。孔爸觉得奇怪，自言自语来了一句，说是谁的电话，怎么还会有电话找你。孔欣煜急了，对孔爸使劲挥手，让他别出声，同时又对电话里解释了一句，说刚刚是我爸，他在问是谁的电话。然后又说，一会儿我给你打过去吧，现在我们要吃饭了，我找个笔，记一下你的电话号码。说着，对盛戎示意，让他赶紧找笔和纸。盛戎手忙脚乱，找了一圈，也没找到。孔爸说这家里一时间，还真找不到什么纸和笔，现在没人再用这些玩意儿。

孔欣煜便对盛戎下命令，说赶快去拿手机，我来报号码，你输在手机上。盛戎奔回小房间，拿着自己的手机冲出来，孔欣煜大声地报号码，盛戎便记录在微信上，立刻将记下的号码转给她。孔欣煜还不放心，一把拿过盛戎的手机，又跟对方核对了一遍，然后才把电话挂了。

“这谁呀。”盛戎和孔爸几乎同时发问。

孔欣煜根本不想回答这个问题，她的表情有些木然，回房间拿了自己手机，先看那个号码有没有通过盛戎微信转过来。吃饭的时候，孔欣煜有点心不在焉，谁跟她说话都是爱理不理，时不时地盯着手机看。她按照刚刚那个号码发了一条消息出去，发了以后，就一直在查看有没有消息回过来。她现在根本不想搭理一起吃饭的盛戎和孔爸，结果挺好的一顿饭，孔爸做了几个拿手菜，吃得十分沉闷，大家都不说话。

“这是怎么啦，闺女？谁的电话让你这么不开心？”

孔爸憋不住，还是问了一句。

“我不想说，我现在不想说，行不行？”

“行，不说不说。”

吃完饭，回到自己小房间，盛戎还在犹豫，要不要问，该不该问，没想到孔欣煜态度突然改变了，她竟然会主动问他，让他猜是谁的电话。盛戎说他怎么知道，而且他也不敢问。孔欣煜笑了，笑得十分灿烂，说我现在就要你猜，你猜猜这是谁的电话，你应该能猜出来。盛戎说我猜不出来，干吗还要猜呢，你干脆告诉我不就行了。孔欣煜说我就要你猜，就要你猜。看得出来，孔欣煜实际上没有不高兴，恰恰相反，她还有点按捺不住的喜悦。盛戎仿佛也意识到什么，显然是出了点幺蛾子，他感觉到很可能是谁给她打了电话，只是不想说，不愿意说出来。

结果孔欣煜主动说了，她告诉他：

“是陆良朋。”

果然没有出乎盛戎的预料，果然是陆良朋。

孔欣煜说：“真的是陆良朋！”

孔欣煜说：“真的是这个王八蛋！”

盛戎早就习惯了孔欣煜对陆良朋的咒骂，现在感到好奇的，只是为什么他会在这个时间节点突然出现，而且还是打孔欣煜家的座机。为什么不直接打她的手机呢，为此孔欣煜帮陆良朋作了解释，原来他早就换了新手机，旧手机号码都没了，可能是误删，也可能是有意删了，反正没有再保留孔欣煜的电话。既然大家已分手，确实没必要再留着，对于这一点，孔欣煜充分理解，她也是在生气的时候，将陆良朋的信息都删了，能删除的就删除，能拉黑的便拉黑。

与陆良朋不一样，删除了，拉黑了，孔欣煜还是能记得他的手机号码，当然是旧手机号码。她曾无数次拨打过这个号码，一开始只是不接，只是“你所拨打的电话号码暂时无法接通”，后来就干脆是“你所拨打的电话号码是空号”。无论带着什么样的怨恨，她还是忘不了陆良朋，为了能恢复联系，为了让他想找自己时能找到她，运营商无论多么好的优惠，手机也换了几次，孔欣煜始终都没更换手机号。只可惜她的这番良苦用心，没有任何意义，刚开始是陆良朋不想和她联系，怕新的女朋友多心，后来想联系，早就忘了她的号码，忘得干干净净。事实上，他当年就没有记住，能记住的，无非是手机上的一个人名。

没想到他今年回家过年，闲着无聊，在一本旧杂志上，无意中又看到当初随手写的一个电话号码。当时也是在寒假里，也是各人在各家，那时候，孔欣煜与陆良朋刚确定恋爱关系，两人还处在甜蜜之中。孔欣煜用手机给陆良朋打电话，打着打着没电了，便告诉他自己家里还有一个座机，把座机号码告诉了对方，陆良朋呢，也就随手写在父亲新买的一本《小说月报》上。这刊物父亲一直没舍得扔，陆良朋今年回家过年，无意中又让他看到了，抱着试一试的心理，拨打了电话，没想到还真与孔欣煜通上话。

陆良朋告诉孔欣煜，回家过年很无聊，真的是太无聊了。他说回到老家，回想起逝去的岁月，不仅觉得无聊，而且对自己充满了怨恨，觉得人生太失败。他告诉孔欣煜，自从跟她分手，又交过好几个女朋友，一个接着一个。事实上，跟孔欣煜打这电话之前，分别给那些分手的前女友都打过电话。他说这是在存心找骂，故意要让前女友骂骂，让她们好好地恶心恶心自己。陆良朋告诉孔欣煜，说心里最放不下的前女友，当然还是她，他现在最想听到的骂声，希望是能够来自孔欣煜，陆良朋说他非常希望有个真正相爱过的女人来骂他。

孔欣煜让盛戎放心，她告诉他，自己绝不会再相信陆良朋的甜言蜜语。说她太知道这个王八蛋有多坏，太知道他那些屡试不爽的骗人小花招，她早已经被他伤透了心。伟大的哲学家赫拉克利特曾经说过，人生不可能两次跌入同一条河，一个人不可能总是犯同样的错误，孔欣煜好像把一切都想明白了，都想清楚了，她冷笑着告诉盛戎，说你知道陆良朋为什么要说刚跟前女友打过电话，为什么，他就是想让我嫉妒，他那点小伎俩，我还会不知道？

孔欣煜说：“其实天下最会嫉妒的人，就是他陆良朋，他想跟我玩这一招，根本就没用，我才不会上他的当呢。”

孔欣煜说：“我一点都不嫉妒！”

孔欣煜告诉盛戎，她太了解陆良朋这个人，这个人生而为男人，却有着女人一样的小肚鸡肠，比女人心眼还小的小心眼。她说她直截了当地告诉他，告诉陆良朋，说自己已有了一位挺不错的新男友，现在真正要感到嫉妒，应该要嫉妒的，是他陆良朋。说她就是要让陆良朋难受，他想让我骂他，呸，我还偏不骂他，就是要让他不称心，我就是要让他难受，只要他难受。跟我说他又交了一堆前女友，以为我会难受，会不痛快，跟我说这个没用，我一点都不难受，一点也没不痛快。他结交多少前女友，跟我又有什么关系呢，一点关系都没有。他这次的如意算盘，肯定又打错了，我才不会上当，不会上当的。

盛戎无话可说，他向来不是个话多的人。孔欣煜怎么说，他都是很认真地听着，只是认真在听，并不是真的相信。盛戎根本就不相信，一点都不相信。孔欣煜这人永远自以为是，总是觉得自己对，她一会儿表现得很平静，很理智，一会儿又异常兴奋，手舞足蹈。说为什么陆良朋会希望有人骂他呢，因为他混得太失败，太失败了。他罪有应得，这绝对是个报应，陆良朋说他恨不得把所有的前女友都召集起来，浩浩荡荡地召集到一起，为他开一个声讨大会。

盛戎有点不太相信，问了一句：“陆良朋真会给所有的前女友打电话？”

“他说他打了。”

“他说打了，你就真相信？”

“也不会完全相信。”

孔欣煜说自己都被陆良朋骗过太多次了，才不会完全相信他的鬼话。不过她说的这些话，一再表明的那个态度，不要说盛戎不相信，恐怕她自己也不太确信。结局明摆着，孔欣煜肯定会再次挨骗，会再次落入陆良朋的圈套。结局就是显而易见，不用再怀疑。自从接了那个电话，孔欣煜的状态便有些问题，便不太正常，她说陆良朋很快又会再打电话过来，每次客厅里传来铃声，都会飞奔出去，可是每次都不是，都是找孔爸的。

陆良朋并没有打电话过来，一直都没有电话，既不打手机，也不打座机。最后是孔欣煜憋不住，连续给他发了几条短消息，又把自己的微信号发给陆良朋。对方很冷淡，好像根本就没时间跟她敷衍。孔欣煜于是很生气，越想越气，躲在厕所里，直接给陆良朋打电话，问他为什么不打电话，为什么。陆良朋不冷不热地回了几句，说我没说要给你再打电话，大过年的，我不是已经问候过你了吗。再说了，你现在既然是挺好，那就很好，我很高兴呀。孔欣煜气鼓鼓地挂了电话，发誓再也不跟陆良朋联系。

很快到了要返回的日子，孔爸好像一直也没起疑心，没想到女儿带回来这个盛戎会是男的。孔爸的新女友过来串门，盯着盛戎看半天，盛戎让她看得挺不自然，女人眼睛才是毒辣的，也不知道她是不是看出了什么破绽。孔爸不会开车，也没车，恰巧这位新女友，又会开车，又有车，主动申请送他们去机场。从孔欣煜家所在那个县城去机场，差不多有两个小时的路程，一路上，孔爸的新女友都在跟孔欣煜聊天，一直在说孔爸的故事。路上遇到了堵车，三辆车连环追尾，本来时间非常宽裕，弄得有点紧张。

时间当然还来得及，只是让盛戎有些尴尬，因为他当时还是男扮女装，两人匆匆急着赶飞机，竟然把这事给忘了。自助取了机票，排队过安检，两人也是只顾着说话，快到窗口才突然想起来，才突然想到盛戎的扮相。这时候，要想找个没人的地方，恢复盛戎的男子打扮，然后再重新排队，已经来不及，只能硬着头皮上前，在窗口试试运气。盛戎将身份证和机票一起递了过去，窗口的工作人员火眼金睛，眼睛立刻瞪得很大，说怎么回事，你怎么是这个打扮。

盛戎也不知道应该如何解释。

孔欣煜便冲了过去，为盛戎打圆场："不好意思，我这位朋友的妆是我化的，我们只是开了一个小小的玩笑，因为时间来不及了，我们没有来得及改过来，对不起。"

工作人员让孔欣煜立刻退到黄线后面，让盛戎自己作解释。孔欣煜只好往后退，退到黄色警戒线之外，她忍不住又喊了一声："不好意思，我们真的是没有别的意思。"

结果盛戎和孔欣煜被安检人员带走了，不由分说地带到一间空屋子里，仔细核对检查，电脑上核对了又核对，检查了又检查，然后又是非常认真地搜身，上上下下里里外外，摸了个遍，经过了严厉警告，最后才算是可以放行。这时候，登机已经结束了，他们被安检人员直接送上了飞机，飞机上的人早已等得不耐烦，盛戎和孔欣煜刚进入机舱，空姐便迫不及待地关上了舱门。

11

陆良朋上大学时，在自己班上，并没有什么特别要好的同学。喜欢他的都是别的班的，都是那些对他没太多了解的人。他个子挺高，很帅气，又是校排球队的主力队员，女生很难不喜欢他这个类型。现如今，说起运动好的男生，女生们一致认为，打篮球的性格会更好一些，篮球有直接身体对抗，你来我往，很男人；而排球呢，中间隔着一张网，你打过来我打过去，看起来热闹，没有直接的身体接触，因此相比较而言，打排球的男生便可能会娘。

从相貌上看，打排球的男生连青春痘都要少一些，女生们背后议论，嘴上都说更喜欢打篮球的男生，更喜欢有男人味的男生，说归说，还是喜欢长得干净的男生，喜欢小白脸，喜欢小帅哥。她们很难抵抗陆良朋的追求，关于他，最能够招来仇恨和众怒的，就是把能泡的女生，基本上都泡了。这话究竟是自己吹嘘，还是别人乱说，无法考证，只是客观上提高了他的知名度。都知道他喜欢吹牛，也敢吹牛，反正男女之间的恩怨，从来都是宁可信其有，不可信其无。同学们一起聊天，男生有男生话题，女生有女生话题。说到陆良朋，女生起码在嘴上都是恨。男生是又恨又羡慕，无论嘴上还是心里，都是恨和羡慕。

在校期间，陆良朋与盛戎很少打交道，虽然是一个班的同学，两人并不熟悉，完全两路人，两股道上跑的车。陆良朋学习成绩差得惊人，考试不及格是经常，作弊是必须，最后能毕业也是绝对困难。除了打排球，打魔兽 Dota，泡妞，他这人实在乏善可陈。身上只有缺点，缺点之外，仍然还是缺点。陆良朋的毕业论文，是孔欣煜在网上通过中间人找枪手帮他完成，当时预付了定金，拿到枪手论文，陆良朋竟然打算赖掉后面佣金，结果中间人大怒，威胁孔欣煜，如果不惩罚性地加倍付款，便要爆料，便要向陆良朋所在的学校检举揭发。

自从有了陆良朋的那次电话，盛戎开始感觉到孔欣煜正在变化，十分明显的变化。不再像过去那样活跃，不再动不动就说笑。她的神经质仿佛也在好转，盛戎记得那天上了飞机，孔欣煜开始一个劲儿地喊肚子疼，每次要来例假，她都会这样，会有很强烈的痛经反应。事实上，已经疼了半天，去机场的路上就一阵阵难受，上飞机后，安定下来，反应更加厉害。突然想到身边没有卫生巾，便关照盛戎，下飞机第一件事，就是赶快帮她去买。她完全是把盛戎当作自己的闺蜜，根本没想到他一个男人，去买这玩意儿合适不合适。

陆良朋没有再打电话过来，没有再给孔欣煜打电话。孔欣煜也没有再打电话过去，接下来，好像没发生过什么事儿一样，孔欣煜也从来不提陆良朋。差不多有半年时间，一切似乎都已过去，一切都开始变得平静，风平浪静，都变得很正常。有变化的反而是盛戎，自从男扮女装去见孔爸，他对自己成功地扮演女孩子，越来越有信心，越来越有兴趣。盛戎开始留长发，画眉毛，涂指甲，动不动就跟孔欣煜分析研究，怎么化妆更好看，怎么打扮更有女孩子味。

孔欣煜警告盛戎：“你现在真的很变态。”

孔欣煜说：“你现在越来越变态。”

盛戎也不太明白自己为什么会这样，知道这个变化不太好，不太妙，可是也很难控制这种欲望。有些事情真说不清楚，有时候，越是想说清楚，越说不清楚。盛戎告诉孔欣煜，他小时候一直觉得自己可能是个女孩子，他母亲喜欢女儿，一直把他当女孩子养。这显然不是个事实，作为独生子女的一代，他可能自小就没有太强的性别意识，但是小时候，盛戎并没有觉得自己是女孩，他从来没有觉得自己是个女孩。

故事总是被人讲出来的，盛戎开始跟孔欣煜编造故事，他说小时候，母亲带他去女子公共浴室洗澡，很漂亮的一个浴室，突然有一群赤身裸体的女子向他冲了过来，指责他一个男孩子，不应该跑到这地方来。盛戎说可能就是这个缘故，可能就是因为这一次经历，被吓着了，被吓坏了，被吓得不知所措。可能正是从那个时候开始，他的潜意识里，就希望自己是个女孩子，如果是女孩子，他就和别人一样，就不会被指责。事实上，这个故事完全是编造，它源于盛戎母亲的一段讲述，而她恰恰就是那群赤条条裸着身体指责小男孩的女人之一。

如果非要说出一些因果关系，盛戎确实在梦中遭遇过类似情景，这和他的第一次梦遗有关。冤不一定有头，债也不一定有主，非要说出一二三四，盛戎只能说自己不遇到孔欣煜，可能就不会有后来的变化。是孔欣煜帮他买了长发，是孔欣煜让他男扮女装，是孔欣煜为他涂脂抹粉，归根结底一句话，孔欣煜改变了他，他已经被她改变。孔欣煜的最初愿望就有些莫名其妙，她希望他们之间只是一种闺蜜关系，于是天遂人愿，真的发展成了好闺蜜。

孔欣煜带着男扮女装的盛戎逛大街，带着他去打耳洞，做美容。一开始完全是为了好玩，到后来，就是真的好玩。习惯成了自然，越玩越嗨，越玩越开心，整日沉浸在一种别样的两人世界里。所有这一切，都只是在陆良朋的突然出现之后，才再一次地发生了改变。这一次改变很戏剧化，大家都没有预料到，没有想到接下来会那样发展。

陆良朋的突然出现，就和那天突如其来的电话一样，事先并没有一点点预兆，说来就来。战斗说打响就打响了，他突然出现在盛戎和孔欣煜所居住的城市，刚开始还很平静，陆良朋找了家小旅馆住下，悄悄地给孔欣煜打电话，约她在当地的一家肯德基见面。于是这两个人就偷偷地见了面，瞒着盛戎，一开始也没什么，大家好像都很理智。孔欣煜尤其冷静，陆良朋试探地问她，说你男朋友是干什么的，他如果知道我们见面，会怎么样。

孔欣煜说：“他会打得你鼻青脸肿。”

陆良朋说：“那好，就让他把我打得鼻青脸肿好了，我不就是来讨打吗。”

“我男朋友正好没地方施展拳脚……”

“他干什么的？”

“放高利贷的。”

“你怎么会找了个放高利贷的？”

“我需要有个能保护我的人，不行吗？放高利贷的又怎么了，我告诉你陆良朋，千万别小瞧了贩夫走卒之徒，千万别小瞧了引车卖浆之流，我看他们一点也不比你差劲。”

陆良朋开始无语，不吭声，他自恃体育好，喜欢运动，又长得人高马大，常常不把别的男人放眼里。孔欣煜这一番话，让他开始感觉到了危险，不是完全相信，又不能不相信。他知道孔欣煜这个人喜欢走极端，不要说结交了一个放高利贷的，就是傍上一个黑社会老大，也完全可能。孔欣煜属于那种不怕事的女孩，当年他们在一起交往，有很多麻烦事，最后都是她出面才摆平。

眼见陆良朋被自己吓住了，孔欣煜有些得意，又忍不住失望。她担心他真被吓尿了，吓厥了，弄得什么都不敢说，什么都不敢做。孔欣煜知道陆良朋这个人是不折不扣的渣，她太熟悉他的品性，一向都是欺软怕硬，标准的银样镴枪头。今天这个场面，眼下的这一幕戏，孔欣煜在心中盼了许久，她一直在等待，一直在期待，好不容易才实现，好不容易才梦想成真。千万不能因为她开的一个小小玩笑，弄假成真，最后把他给吓跑了。

接下来故事不太复杂，没事没事，终于开始有事，盛戎发现孔欣煜失踪了，突然人就没了影子，突然就没有了她的任何消息。打电话不接，发微信不回。最后索性连手机都关掉了。自从与她结识，还没有真正分开过，发生这样的状况，这还是第一次。真是匪夷所思，盛戎开始为孔欣煜的安危担心，不知道是不是应该报警，毕竟他们所在的这个城市，治安并不是特别好。

“如果再没有你的消息，我可就要报警了。”

盛戎又发微信，又发短消息，说如果再没有回音，就打算报警，真的要报警了，他说他是真的着急，越想越怕，越怕越急。就在这时候，孔欣煜回了微信，说你报什么警，有毛病是不是，我挺好，没事，没事，无非就是想一个人安静几天。口气中似乎很不耐烦，有一点不高兴，盛戎不知道她为什么不高兴，为什么不耐烦，想自己好像也没有得罪过她，干吗要不高兴呢，干吗要一个人安静几天。因为想不明白，他立刻又拨打她的手机，这次通了，只撂过来一句话：

“烦不烦呀，跟你说了，我想一个人安静几天。”

接着，又补了一句：

“我没事。”

孔欣煜虽然说她没事，盛戎心里还是放不下。她的电话一直处于关机状态，这个肯定不太正常。三天以后，盛戎接到一条孔欣煜的微信，说要跟他长谈一次，把有些话说说清楚。微信有点没头没脑，盛戎打电话过去，还是关机。盛戎完全没有头绪，摸不着头脑，不知道她这是玩的什么花样。只好继续等待，等孔欣煜的电话。直到过了一个星期，才又一次收到她的微信：

“现在方便说话吗？”

盛戎看见微信，立刻回复过去：

“方便。”

于是电话打过来了，孔欣煜开口第一句就是：

“不好意思，这些天我和陆良朋在一起。”

盛戎没觉得太意外，想到过这种可能性，只是没想到果然如此。

接下来，孔欣煜告诉盛戎，此时此刻她是一个人，陆良朋并不在自己身边，有些话，现在说起来比较方便。说陆良朋已知道她和盛戎的关系，知道她和盛戎住在一起。孔欣煜嗓子有些沙哑，她说陆良朋很生气，因为他说没想到，自己的女友竟然被他一个同学给睡了，他的同学竟然把他女友给睡了。孔欣煜说陆良朋表示，一定要盛戎亲自给他道歉，并且发誓以后再也不跟孔欣煜往来。陆良朋说盛戎必须当面道歉，当面说对不起，当面赌咒发誓，要发毒誓。

孔欣煜说很可能大家必须要见个面，把话说说清楚，真要见面，盛戎必须还要先答应几个条件，答应了她的条件才能见面。孔欣煜的条件不仅苛刻，而且荒唐，她要盛戎承认自己是个同性恋，因为她已跟陆良朋说了，说盛戎是个 gay，她很抱歉，说她知道自己不应该这么说，这么说对他可能是个伤害，可是她已经说了，说了就很难再改口。说她告诉陆良朋，她和盛戎之间的关系，只是闺蜜，只是非常好非常亲密的闺蜜。孔欣煜解释说，她当初不过是随口这么一说，只是头脑发热，为了好玩，为了哄他，没想到陆良朋当真了。

盛戎的脑子里有些混乱，非常地混乱，前几秒还是这样，很快又是那样。他并不害怕跟陆良朋见面，天要下雨娘要嫁，有些事是躲不了的，也用不着躲，见面就见面吧，又能怎么样。只是想不太明白，不知道自己应该是以什么样的身份，以什么样的打扮，与陆良朋面对面。只是觉得有刀子在胸口狠狠地捅了一下，知道会很疼痛，可是暂时还没觉得，麻木了，感觉不到。

盛戎一直在听孔欣煜说，终于捞着机会可以说话：

“你到底要我干什么呢?”

孔欣煜说：

“我也不太知道，我不知道。”

话说到这，说不下去，都卡壳了，就僵持在那里，没办法再往下说。双方都不知道该怎么往下继续，好像怎么说也不合适。过了一会儿，孔欣煜说，盛戎你听明白了吗。盛戎想了想，回答说听明白了，然后立刻又改口，说他还不是太明白。现在只知道陆良朋来了，只知道陆良朋很生气，只知道孔欣煜和他在一起已经好几天了，只知道她希望他说自己与她只是闺蜜。孔欣煜说对呀，我就是这个意思。盛戎反问了一句，就这个意思，这个意思有意思吗，你觉得很有意思是不是。盛戎说，你是不是觉得别人都是枚棋子，在你眼睛里，别人就是棋子，我就是枚棋子，你想怎么摆，你想怎么放，都可以，是不是这样。孔欣煜被问得哑口无言，说其实我也不完全是这个意思。

盛戎说：“那是什么意思?”

“我的意思是——”

孔欣煜还真说不清楚究竟是什么意思，许多事大家都还没想明白，也想不太明白。孔欣煜说我也知道自己不对，我确实做得不对，我确实做得不好，我不应该这样。她说，我知道你会很生气，知道你会不高兴。可是我也不知道事应该怎么处理，你说我应该怎么办呢，也许怎么处理都不对，都不应该，都是错的。我跟陆良朋说了，我说你走吧，永远不要再来，永远不要，可是他不肯，他不肯就这么离去。陆良朋说他一定要见你一面，他还说非要让你当面道歉，你知道，他就是这么个不讲理的人。

盛戎阴沉着脸，一句一顿地说：

“孔欣煜你想想，我会道歉吗，我能道歉吗，我凭什么?”

“我也是这么跟他说的，”孔欣煜叹了一口气，满是歉意地说，“我就是这么跟他说的，我说人家盛戎为什么要跟你道歉，为什么?”

12

盛戎收拾好行李，做好了离开的打算。一个行李箱就放在门口，里面装着自己的全部家当，必须要带走的东西。这箱子还是孔欣煜考上研究生后买的，当时盛戎很兴奋，决定勇敢地追随孔欣煜，跟她一起奔赴那个面朝大海的城市，开始一种全新生活。对盛戎来说，这种开始非常刺激，非常有意义。现在，又被迫选择了离开，盛戎在电话里告诉孔欣煜，自己可以选择离开，自己可以放弃眼下的生活，但是绝不可能向陆良朋道歉。盛戎不是要强的人，但是，在这一点上，不可能有所让步。

孔欣煜带着哭腔说，你用不着道歉了，你根本不用道歉，只要在他面前发誓，再也不和我联系就行。孔欣煜说陆良朋现在已经让步，他不会再强迫你道歉，不会再有什么过分的要求，你只要跟他说以后不会再跟我见面。盛戎说我可以对你发誓，我可以对你这么说，要我跟他这么说，这做不到，我做不到，他也休想得到，休想。

三个人最后还是见了面，本来只想电话里说一声，然后不辞而别，盛戎不想看到陆良朋，不想再见他。正犹豫着，孔欣煜竟然把陆良朋带回来了，这时候，想躲也躲不开。盛戎并不害怕见到他，只是不想再看到陆良朋的嘴脸，只是觉得两人这么突然见面，会非常尴尬，非常没意思。这一天，为了离家出走，盛戎故意让自己的打扮显得很中性，很平常，让别人一眼看上去，觉得这人是男的也可以，觉得这人是女的也可以。

果然陆良朋见了盛戎，第一句话就是：“喂，我说你他妈究竟是男的，还是女的。”

盛戎气鼓鼓地还了一句：

“你管我是男的还是女的！”

陆良朋笑了，不冷不热地说：“我也就是随便一问，你不说就拉倒，我就不应该问的。”

盛戎说别跟我说这个那个，我也不想跟你说这个那个，我都懒得理你，懒得理睬你这样的人。陆良朋说你以为我想理你，我想理睬你这样的人？盛戎不愿意拌嘴，说你只要问问孔欣煜，她到底愿意跟谁，她到底想选择谁。她如果决定要跟你，她要是选择你，我立马就走，二话不说，立马走人，再也不会回来。她要是想跟我，如果她要选择我，那么废话少说，你滚蛋，立刻滚蛋，你也不用再回来了。

陆良朋说：“这叫什么事，搞得跟真的一样，就我们俩，争一个女人，争一个孔欣煜，你也配？”

盛戎说：“我不配，你更不配。”

陆良朋说：“这话应该由我来说，是我不配，可是你更不配。你才不配呢，老同学你知道吧，是你不配，你根本就配不上她。你说说看，你凭什么喜欢她，凭什么喜欢她孔欣煜，你是他妈真的不配！”

孔欣煜在一旁一直不说话，她的表情有些凝重，很痛苦，好像是十分地不愿让盛戎就这么离开。盛戎要让她做选择，她觉得自己没办法做选择，她没办法当着他们两个人的面做决定。决定其实已经有了，选择其实也已经选择好了，肯定会有一个人要走开，这个人是谁，究竟谁应该离开，明人不说暗话，响鼓不要重槌，答案早就有了，大家心里都明白，都已经明白了。

盛戎不想跟陆良朋多说，跟他纠缠毫无意义，纯粹浪费唾沫，可是忍不住你来我往，还是拌了好几句嘴。孔欣煜听不下去，说我们能不能好好地说话，大家能不能像朋友一样，像好朋友那样，心平气和地说话。陆良朋带着讽刺说了一句，这个我还真的很难做到，你让我跟这么一个不男不女的东西，怎么去做朋友，怎么好好说话。孔欣煜便把声音提高了，有些生气地指责，说陆良朋你文明一些好不好，别把话说得这么难听好不好，别得寸进尺，你也不想想，你自己又是什么东西，你再这么说话，我真会跟你急的，我们不是说好了吗，要好好说话，你不能这样。

陆良朋说：“好吧，就算是我不对，都是我不对，我说的都不是他妈的人话。看在大家是同学的面上，盛戎你呢，也不用跟我计较了，大人不计小人过，不用跟我生什么气，我这人就这样，就这么差劲，就是个人渣，谁都知道的，谁跟我生气，都不值得。”

孔欣煜补充了一句：“确实不值得。”

孔欣煜十分诚恳地说：“盛戎我知道你要走，你真要走，我不拦你，也拦不住你。我知道你对我好，和陆良朋这个狗东西相比，你才是真的对我好，你才是真爱我，真的，我这是在跟你说真话。你为人绝对比他好，好太多了。现在，既然大家不得不分开，不得不告别，为什么我们不能先找个小馆子，先吃一顿，喝一次告别酒，或者大家干脆去吃一次火锅算了。”

陆良朋觉得这个主意不错，非常不错，因为他肚子还真是觉得有点饿。俗话说了，天下的事，没有一顿饭不能解决的。人是铁饭是钢，说一千道一万，这饭还是总归要吃，上馆子，吃火锅，叫外卖，都可以。陆良朋说我这人只要有的吃，也不讲究，都行，都可以，反正最后不管是谁离开，孔欣煜这个主意挺好，我们先吃饱了饭再说，我举双手赞成，大家没必要饿着肚子说话。

最后还真就叫了外卖，是火锅，最新流行的韩国部队火锅，用盛戎的手机刷的支付宝。很快大包小包地送过来了，有特制的韩国辣酱，番茄酱，方便面，南瓜片和莴笋片，鱼豆腐冻豆腐，蒿子秆，油豆皮，千叶豆腐，西葫芦和黄豆芽，一大包鲜虾和肥牛，鹌鹑蛋，甜不辣，金针菇和平菇，火腿肠，当然，还有加了份的辣白菜。柜子里拿出电火锅，插上电源，不一会儿就可以开吃，这之前，孔欣煜大约也跟陆良朋介绍过，她和盛戎已吃过好几次，感觉很不错，既方便，又经济实惠。

从头到尾，陆良朋一直都在吃，一直在喊好吃。孔欣煜也吃得挺香，看得出，这两个人都有些饿，胃口好极了。当然更可能是故意装作不在乎，装作无所谓，以此来掩饰他们内心的不安。盛戎基本上没吃，手上也拿了一双筷子，看陆良朋吃，看孔欣煜吃，完全像个局外人，觉得自己现在很像搁在门口的那个行李箱，脚上已经安装好了轮子，随时随地会被人推走。吃到差不多的时候，盛戎将手中的筷子往桌上一放，对孔欣煜说自己要走了，希望她好自为之，希望他们能过得幸福。

孔欣煜举着筷子冲了过来，她呼喊着，就冲了过来，抱住了盛戎，先在盛戎耳朵根上吻了一下，又吻了一下，然后就沿着腮帮子，一路亲吻过去，最后咬住了对方的下嘴唇，轻轻地抿着。盛戎闻到了一股火腿肠的味道，味儿很大很强烈。

孔欣煜的手上还抓着筷子，她说：“我不想你走，真不想你走。”

盛戎说：“我也不想走，可我不能不走。”

“不走，不要走。”

孔欣煜终于把手中的筷子扔了，她紧紧抱住盛戎，非常亲密地和他抱在一起。两个人都依依不舍，孔欣煜抱着盛戎的脑袋痛哭起来，哭得十分伤心，越哭越伤心。先哭的是孔欣煜，她泪如雨下，一边哭，一边喃喃自语，喊着“对不起，对不起，真的是对不起”。盛戎受她影响，也开始有点忍不住，眼泪哗啦啦就流了下来。

那凄惨的场景，让一旁的陆良朋也觉得有些看不下去，太伤感了，他叹了一口气，说：

“喂，能不能别这样？”

陆良朋说你们这是在给我演什么呢，到此为止了行不行，告一段落行不行，也考虑考虑我的感受。他酸溜溜地看着孔欣煜和盛戎，说你们这样，让我觉得自己好像又错了，又他妈的错了，感觉我老是在犯错，一次次地犯错误，很罪过不是吗。孔欣煜气鼓鼓地说，你本来就错了，你当然错了，你一直都是错。陆良朋听了，苦笑着摇摇头，无话可说，怔了一下，说既然是这样，你们都这样了，干脆还是我走好了，让我离开就是了，我也可以走的。孔欣煜说不要得了便宜还卖乖，你真要走，我不拦你，你滚好了，你可以滚，别以为别人离不开你。

盛戎在他们的拌嘴声中离开了，不想再听这两个人的争吵。十分平静地离开了，行李箱在门口，盛戎走过去，拉着它就向外走去，说走就走，没有一点犹豫，没有一点拖延耽搁。孔欣煜和陆良朋仿佛唱双簧似的，还在你一句，我一句，盛戎不在意他们在说什么，说什么已不重要。坚定不移地走了，一去不回头，一去不返。事实上，盛戎还没想好自己要去哪里，然而这个也已经不再重要，现在什么都不重要，都无关紧要，盛戎义无反顾，盛戎勇往直前，反正就是昂着头往前走，走得越远越好。

天气正在变色，阴沉沉的，一场大暴雨即将来临。这个海边城市经常会下雨，盛戎没带伞，行李箱里也没有伞，忘了拿。走着走着，眼看着雨就要下来，如果不赶快找个可以避雨的地方，肯定会被淋成落汤鸡。说时迟那时快，开始有雨点了，雨点很大，来势极其凶猛，前方不远处正好有个不小的可以避雨的公交车站，盛戎连忙拉着箱子跑过去，还没来得及赶到，还差那么几步，雨哗啦啦下来了，打在公交车站的玻璃顶篷上，噼里啪啦乱响。

幸好在公交车站躲雨，雨再大，也淋不着。仍然没想好应该去哪，盛戎还在想，心里还在盘算。事实上，根本就没有什么地方可以去，盛戎追随孔欣煜来到这个城市，一直都是和她住在一起。除了租住的那个小屋，盛戎就没在别的地方待过，根本就不知道还有什么地方可以安置自己。过去的这些日子，盛戎的生存状态一直都与孔欣煜有关，一直都围绕她在设计，是孔欣煜改变了盛戎的生活方式，她改造了盛戎，也重新塑造了一个新的盛戎。在孔欣煜出现之前，盛戎的一切都是日常的，平庸的，没有任何波澜，上学，考试，再考试，升入初中高中，考上大学，找单位工作实习，所有一切，好像都是早就注定，都是已经安排好的。

是孔欣煜改变了盛戎的生活轨道，她随心所欲的人生态度，她的不计后果，她的歇斯底里，她的一头金发，包括她那非常狂野的做爱方式，让盛戎从一个循规蹈矩的年轻人，变得越来越出格，越来越不像话，越来越疯狂。是孔欣煜让盛戎变得不男不女，是孔欣煜让盛戎变成了现在的这个模样，这一切，恰恰又都是盛戎所不曾预料的，都是盛戎所希望的，都是盛戎所乐意的。盛戎非常愿意这样，无怨又无悔。盛戎其实很享受这些出格，毫无疑问，盛戎享受了这些不像话，盛戎享受了这些疯狂。

雨很大，非常的大，脸上全是打湿的雨水。事实上除了雨水，更多的应该是泪水。盛戎发觉自己不知不觉中，流淌了很多眼泪。公交车站顶篷是透明玻璃，暴雨如注，仰望天空，看着雨水哗哗直下，仿佛天也在伤心痛哭。一想到这个，盛戎索性毫无顾忌地放开来哭了。这时候，让眼泪尽情地流吧，反正别人也看不到。听母亲说，盛戒小时候就爱哭泣，一碰就哭，为此父亲很生气。为了让自己像个男子汉，为了让父亲满意，盛戎真的就很少再流眼泪，但是在内心深处，还是本能地想哭泣。人的心灵上都有扇窗户，盛戎拥有的是一扇爱好哭泣的窗户，平时总是在掩饰，在掩饰这种发自内心深处不断涌动的悲伤，而掩饰悲伤的最好方法，就是不要让眼泪流下来。

一辆公交开了过来，很空的一辆车，车上几乎没有人。公交车停下来，等了一会儿，见等候者并没有上车的意思，又缓缓地开走了。看着公交车远去，盛戎有些后悔没上车，为什么不坐到车上去呢。不知道自己要去哪，也不知道公交车会驶向哪里，管它要去哪呢，反正现在没地方可去，反正是走投无路，爱去哪就去哪。此时此刻，盛戎很像水面上的一片浮萍，身不由己随波逐流，结果下一趟公交车开过来，毫不犹豫地上去了。

接下来一段日子，多少有点黑色。“黑色”这词是盛戎自己说的，过去的生活是灰色，只有和孔欣煜在一起，日子才会变得五彩缤纷。易蓉蓉没想到她会成为盛戎最好的倾诉对象，没想到盛戎会以各种方式倾诉，抓住各种机会，一有机会便喋喋不休。不断地发微信，写电子邮件，把发在论坛上的匿名文章，转给自己看。以下就是盛戎发表在论坛上的一些文字，标题是《我和G先生不得不说的故事》，盛戎特别注明，文字有加工，有虚构，别人可以当作真实的传记看，也可以把它当作网络小说。为了便于易蓉蓉阅读，盛戎将这些文字，按照论坛上发布顺序编排，有选择地保留一些网友的跟贴，同时也删去很多没有意义的评论。

13

我和G先生不得不说的故事

楼主：京东购来的小男孩
时间：2017－04－27　16：53：51
点击：594649
回复：3360

我和他们两位的结局就这样，就这个样子。一时间我的心里真的很乱，不知道是舍不得她，还是他，还是他们两个。雨太大了，哗啦啦地还在下个不停，我的身上已经打湿，拖在身后的箱子也湿了，脸上都是泪水。无论我走出去多远，跟他们分手的情景还是历历在目。K的倩影在我眼前无法抹去，仿佛我们还在拥抱中，同时，又有些怀念L的音容和面貌，我想起上大学时看L打排球，好多女生为了他欢呼。他那么帅的男生，女孩子怎么会不喜欢他呢。我想，K喜欢L不是没有道理的，她应该喜欢他，为什么不呢？郎才女貌很正常的事情，我不应该嫉妒他们。

我应该为他们的复合感到高兴，为什么不高兴呢，可是，我好像高兴不起来。我感到很悲伤，当我离开他们的时候，真的很悲伤。真的舍不得——

引用6楼@北大小巴发表的：

你到底是舍不得谁呢，是这个女的K，还是那个男的L。

引用48楼@mm--lonely发表的：

你们究竟是什么关系呀，谁睡了谁，你睡她，睡他，还是她他睡你，好乱。

我已经说了，是都有些舍不得。

至于是怎么个舍不得，三言两语也说不清楚。我已经约好了要和G先生见面，今天这个见面，应该是很重要的，我要抓住这个机会。我们已经见过几次面了，为什么今天的这次见面，会很重要，容我慢慢说，我还要做做准备。

我们约好在一家茶吧见面，我准时到达，可是G先生爽约了，他给我发来一条消息，说是一个小时以后才能到，非常抱歉。

他问我能不能等他，或者是另外约个时间。

引用7楼@mm-lonely发表的：
打电话骂他。

我反正已经到了茶吧，既然到了，反正也是没事，我决定等他。

回了一条消息，他立刻也回了，让我先要一壶自己喜欢的茶，他会尽快赶过来。

幸好带着电脑，要了一壶花茶，打开电脑，随便写点什么。对了，我应该先告诉大家，G先生是个什么样的人，他长得帅不帅。

G先生很帅的，中年成功男，是我的一个客户。我当时是在一家文投公司上班，G先生是做金属礼品盒的老板。他的公司属于那种家族企业，他本人有加拿大身份，从小是在香港长大，香港九七年回归前，全家移民加拿大。

自从我跟K来到这个海边城市，找工作一直不太顺利。主要是也没什么工作经历，我的文凭虽然还算过硬，但是在这里，好像也不是特别在乎你的学校出身，什么985，什么211，最后也就那么回事。虽然待的时间不长，已经换了好几家公司。

G先生我是在上一家公司就接触过的。和K分手以后，她和我通过几次电话，问我过得好不好。她还是很关心我，我还能怎么说，当然是说很好。而事实当然又是，很不好，一点都不好。我所在的那家文投公司经营状况相当糟糕，老板动不动就说让公司倒闭算了。因为业务的关系，我和G先生有了来往，接触了好几次，他知道我们公司的情况不好，有意让我去他们公司上班。

当然，我也是从G先生的眼神里，看到一些别的意思。什么意思，也说不太好。他是个有家室的男人，有老婆，有孩子，然而他看人的目光，有时候有点不对头，他看起人来，有时候很专注，两只炯炯有神的眼睛，会一直盯着你看。

引用5楼@南阳少主发表的：
楼主不绕弯子了，先说自己是不是gay
引用24楼@4A级帅男发表的：
这个眼睛里看来是有故事，楼主加油

G先生打了个电话过来，说大约还有二十分钟可以到。我说没关系呀，不着急，可以等他，我可以等。说老实话，我的心里其实有些忐忑，为什么呢，因为我想起曾经有过一次这样的等待，往事不堪回首，那一次等待的结果非常不好，可以说是非常糟糕。

那还是大学二年级的事，那时候，我们班上有好几位同学都在社会上做家教，当时都是通过学生会安排的，一方面，也算得上勤工俭学吧。

我的雇主W是个小富婆，也不知道她

是干什么的，好像是公务员，又有一点什么小生意。她说自己老公是个海员，经常要出国，出去一趟，就要很长时间才会回家。

我辅导的学生成绩很好，不明白为什么这样的孩子，仍然还要请家教。W说，现在的孩子都请家教，她不能让自己的孩子落后了，许诺如果小孩中考成绩理想的话，会重赏我。她说除了物质奖励，还可以有别的奖赏。

她没说别的奖赏是什么，但是我已经感觉到她说的是什么。

对了，我必须要说一声，W也是一位很漂亮的女人。

引用20楼@方应杰发表的：

怎么说着说着，冒出来一个W，真是套路呀，快说，是不是和这位雇主有了一腿

W说她老公长年不在家，不管是不是套路吧，反正我是真相信了。那种事情来得也很自然，听那些经常做家教的同学说，挣钱的办法很多，做家教最容易一举两得。什么叫一举两得，不解释了，应该说我觉得有点意外，又不能算太意外。很多事，大家想也能想到。

W也是约在一家茶吧会面，让我一个人等了半天，等了好半天才来，来了，说了一会儿话，就带我去了一家小旅馆，那种可以开钟点房的小旅馆。

W问我是不是第一次，她说能看出来，应该是第一次。我们女人第一次叫开苞，叫破瓜，男孩子第一次又叫什么。

W有一点狐臭，她还抹了很浓的香水，味太大了，我感到有点窒息，喘不过气。

后来，她总是喊我过去拿学费，去她家拿学费。在付学费方面，她一直就是故意拖欠一两次。这样，她便可以用要付学费的借口，喊我过去。再后来，她便说她老公是个非常会嫉妒的男人，如果他知道了我们之间的事，他很可能会杀了我们俩，杀了她，或者杀了我。

开始是W叫我过去商量，怎么应对她的老公。很快，她知道我是在逃避，便威胁我，如果我不过去，她便要向她的老公坦白，要把我们的事情说出来。

她说她要破釜沉舟，她把她老公说得跟恶魔一样。

我真的是很烦恼，她让我感觉到自己无路可走，让我感觉到走投无路。我开始试着关手机，不看电脑，没想到她最后竟然找到我们学校来了——

不好意思，G先生来了，他正在打我手机。

引用20楼@方应杰发表的：

楼主在这关键时刻中断，不厚道

引用27楼@游击健儿发表的：

这种好事上哪找，躲就不必了

引用40楼@朵儿1973发表的：

感觉很真实，也曾为女儿找过这样的家教。老公从机关下派去做村官，一个月回来一次。有次正好来大姨妈，老公回来，很不高兴，怪没事先说一声，也怪他，问题是他也没事先通知呀。我们家那家教跟楼主不一样，一脸青春痘，个子不高，眼睛老盯着人家不该看的地方看，他喜欢穿那种半截运动中裤，到膝盖那种，那个部位经常凸起来，能感觉到已那个了，我觉得他是有意的，故意给我和我女儿看。我怕他会进一步做出什么过分的事，就把他辞了。

匿名用户回复@朵儿1973：

干吗辞了，小鲜肉不尝个鲜

@朵儿1973回复匿名用户：

不想让自己做出什么后悔的事

@游击健儿回复@朵儿1973：

哈哈，已经后悔了

G先生给我打了电话，说车已经停好了，他正在走过来。这时候，我坐的位置对着门口，一抬头，看见他正走进来，正在东张西望，就对他挥挥手。

一坐下来，G先生就问我想好了没有，是不是已经准备好了。他这是在问我，是不是已经做好了去他公司的准备。

我说准备好了。

我说我可能会让他失望。

他说不会的，他说我不会让他失望。

我知道G先生并不是看中我的业务能力，他有兴趣的是我这个人，他显然是喜欢我。我不知道接下来会怎么样，实际上，我已经不在乎了，怎么样都行，跟K分开以后，我成了一叶浮萍，最后会漂到哪去，埋没或是沉沦，已经不太重要。我在电话里告诉K，我现在过得很好，她好像是真的相信，说你能好就好，你能好我就放心了。我也问她，她过得好不好，她也回答说很好，但是我相信她一定是过得不好，我能从她的声音中，听出她的不称心如意，我能感到她不快乐，很不快乐，就跟我现在一样。

G先生注意到了我眼眶中的泪水，他问我这是怎么了，怎么回事，为什么要流眼泪。我没有回答，因为我不知道怎么回答。本来就有点伤心，有点不痛快，被他一问，更伤心了，更不痛快。他伸出手来，轻轻地为我擦泪，这一擦，我突然觉得忍不住，真的没办法再忍住，顿时泪如雨下。

我想起那次与K和L的分手，我独自离开，在那个公共汽车站，下着瓢泼大雨，车站顶篷是透明的，雨水哗哗地流着，我觉得玻璃上流淌的都是我的眼泪。人生有时候，能够痛痛快快地哭一场，也是挺不错的事情。

我因为忍不住，就又痛痛快快地哭起来。

毕竟这是在公共场所，G先生有些尴尬，我也开始觉得很不好意思，必须赶快收住，不能在这里哭泣，不应该在这儿哭泣。

引用45楼@社会闲散人士发表的：

怎么老不更新，已经好几天过去

引用47楼@小鱼儿发表的：

烂尾了，编不下去了

引用55楼@我不是个坏女人发表的：

楼主加油!!!

引用70楼@朵儿1973发表的：

W的故事怎么发展，等待中

又是一个多月没更新了，真快成为烂尾楼。今天正好有空，再过来搬几块砖头。

先给大家做一个选择题，说是一场大灾难就要来临，有三个人正处于危险之中。这时候，一个男人恰巧驾车经过，他所面临的选择是，可以从三个人中，带走一个人，被带走的这个人可以有生存的机会，也就是说，他只可以拯救其中一个人。这三个人中，一个是他最爱的女人，一个是对他有过救命之恩的朋友，还有一个是年纪很大又体弱多病的老人。现在问题是，无论他选择谁，无论带走哪一位，都意味着对另外两个人的背叛，他是选择背叛爱情，还是背叛友情，还是放弃那位老人，因为老人最没有能力保护自己。

据说这是一家著名公司招聘高层管理人员时的选择题，很多人不知道怎么回答，怎么回答都有问题。我先不说出答案，答案以后再公布。

今天要跟大家说的是什么呢，是去G先生公司后的事，那天谈话之后，第二天我就去G先生的公司上班了。公司人不多，效益好像还不错，大家对工资收入也还满意，毕竟现在很多企业的经济效益都非常不好。

在G先生公司上班差不多有十天吧，G先生说他太太听说公司新进了员工，要请新员工吃饭。他说这话的时候，有些犹豫，怕我会拒绝。可是我没有犹豫，我一口就答应了，答应得太干脆，以至于G先生也感到有些意外，说太好了，我这就给我太太说，我这就给她打电话。

这个电话打得有点尴尬，好像他在说谎，在编造理由，既然是太太主动要请客，干吗还要电话汇报呢。

下班以后，G先生开车载我去他家，一路上，大家好像无话可说，快到他家时，他说了一句，我太太也不是每一位新员工都请吃饭，待会儿到了我家，你千万不要说漏了嘴，不要说听说你会宴请每一位新员工，我只不过是随口一说的。

G太太是个很耐看的中年妇女，说她耐看，因为她的相貌虽然普通，但细看起来，很有女人味，个子不高不矮，皮肤不白不黑，不胖不瘦，说话带着一口广东腔。从头至尾，她都好像没有正眼看过我。

不会跟你们仔细讲述那天晚上发生的事，不会把它说出来。一切都有点意想不到，是那么不可思议，但是，也很正常。天底下什么样的事都会有，都会发生，有些事不说大家也明白，如果不明白，说了也还是不明白。我答应了要去G先生家，就已经做好了一切准备，无论会怎么样，不管发生什么，我都准备坦然面对。

事后，G先生夫妇很满意。

下面回复@朵儿1973：

W的故事也是我不想说的，她这人很过分，很疯狂。时间过去很久了，这是我最不愿意提起的一段往事。毕竟我那时候还是个二年级的大学生，一点社会经验都没有，当时根本不知道怎么应付她。

W当时不是一个人找到我们学校来的，她还带着她的老公。她把她老公带来了，来了以后，也不多说什么，要求跟他们走。我还是怕学校知道这事，便老老实实地跟他们走了。

跟他们一起去了一家小的快捷旅馆，那男的说，我们今天有话要谈。他是练过拳击的，身体很壮实。进了房间以后，W就关照那个男的，就是关照她的老公，说帮我好好地收拾他，你不能放过他，不能让他白睡了你的老婆，你的那个拳也不能白练。

W说完就走了，临走前，她狠狠地瞪了我一眼。

我记得W曾经说过，她老公是海员，经常出国，说他是个嫉妒狂，如果事情败露，会杀了我们。

我当时真的是害怕，W的那恶狠狠的一眼，让我不寒而栗，让我寒毛直竖。房间里现在就只有我们两个人，那男的手臂上竟然还文了一个虎头，就像电影上玩黑社会的马仔，他说那我们就练练吧，我是练拳的，我比你厉害，我不欺负你，这样，你先来，你打我三拳，我呢，还你一拳。我不知道说什么好，就很丢脸地哭了，真的哭了，是吓哭了。他说你这细皮嫩肉的，真是不禁我打，就你这小身板，我都不知道我这拳头应该往哪抡。

后来我才知道，他是那样的人。

当时我并不知道，我甚至都不了解什么是同性恋，根本就不懂，不知道什么是gay，什么是同志，更不知道什么是攻，什么是受。我也没想到他后来也会喜欢我，也会很在乎我，没想到他会那么恨自己的老婆，他根本就不在乎 W，根本在心目中就没有 W 的位置，他们的婚姻早就名存实亡。

我没想到我们之间会有那样的故事，如果说女人让他没什么感觉，那么 W 对于他来说，就纯粹是个摆设，是个幌子，就是内心深处的一份讨厌。

他说他第一眼就看上我了，就喜欢我了。他对我比他老婆对我更好，W 只是利用我，他是真心地喜欢我。

他看上去很粗暴，其实内心非常温柔。

我当时以为他只是气疯了，只是想羞辱我，想让我难堪，想让我难受。唉，这种事真是没办法说出口，我做梦也不会想到会那样，你不可能会想到，实在是太让人感到屈辱了，天底下不会再有比这更羞辱人的事，真的是让人太痛苦了，真的是很难堪，真的是很难受，太疼了，太疼，当时我是连死的心都有，我宁愿他狠狠地打我几拳。

今天先写到这，回头看了一下，前面跟大家说过的选择题，最佳答案还没有公布，现在把它说出来，最佳答案：把车钥匙交给对自己有恩的那位男士，让他开车带老人离开，然后自己与心爱的女人留下，等待灾难降临，他们选择一起面对，生死与共，福祸同享。这才是人生最圆满的结局。我觉得这个答案才是最正确的，选择和自己心爱的人一起留下，不管这个人是男人还是女人，这才是人生真正的最圆满的最佳答案。

14

很快，新学期已经到了，易蓉蓉又一次来到这个海边城市，来到孔欣煜所在的学校，履行自己的教学课程。由于此前一直都与盛戎有联系，因此，易蓉蓉入住学校当天，盛戎就迫不及待地赶过来看望。半年过去了，盛戎并没太多变化，还是女性打扮，还是亚麻色的头发。虽然在心目中，易蓉蓉将盛戎定位成一个有着易装癖的男性，可是一看到盛戎，看着盛戎的一举一动，一颦一笑，她仍然会产生疑惑，仍然不太相信，仍然怀疑盛戎所说的这一切，都是编造的，都是胡说八道。

盛戎看上去完全像个女人，就应该是个女人。易蓉蓉在中文系读本科，古典文学的老先生讲解纳兰性德诗词，说这个清代词人的词最大特点，是全词你不一定会记住，但是总会有那么一两句，让人永远难忘，譬如“兴亡满眼，旧时明月”，譬如“人生若只如初见”，又譬如“一片伤心画不成”。看到盛戎，易蓉蓉会情不自禁联想到纳兰性德的名句，想到中文系老先生说起这位诗人的表情，想起他当时怎么着重解释“泣尽风檐夜雨铃”的意境。

盛戎告诉易蓉蓉，说自己和 G 先生的故事，基本上都是真实的，可信度起码可以达到九成。盛戎告诉她，自己其实很快就离开了 G 先生的公司，离开的原因也很简单，因为G先生不想让别人知道他们之间的事情，这种事让别人知道了毕竟不好。G先生帮盛戎找了个拿干薪的地方，不用去上班，在家操作电脑就可以。这样，大家来往更方便，两人都觉得挺好，盛戎成了满足G先生特殊需要的人。反正你情我愿，双方都不吃亏，盛戎现在也很需要这份收入，为什么呢，因为这个钱可以用来贴补自己和孔欣煜的生活，接下来，即将生孩子的孔欣煜会越来越需要钱。

孔欣煜与陆良朋早已分手了，易蓉蓉上次在这个城市的时候，这两个人就已经断绝了关系。盛戎又一次地和孔欣煜生活在一起，事实上，自从盛戎与他们分开以后，孔欣煜和陆良朋的关系很快就变得不堪，变得越来越糟糕，越来越水火不容。不是冤家不聚头，孔欣煜和陆良朋总是没完没了地吵架，一次次上演分手的闹剧。分了合，合了分，有一段日子，经常会接到孔欣煜电话，让盛戎过去帮忙调解，处理矛盾。渐渐地，陆良朋对盛戎也没了敌意，他们之间竟然也能保持一种非常特殊的和谐关系。

盛戎告诉易蓉蓉，自己其实一点也不记恨陆良朋，从来也没有真正地恨过他。只要陆良朋愿意，只要孔欣煜愿意，只要大家愿意，只要大家不在乎，盛戎完全可以接受三个人生活在一起。为什么不能三个人一起生活呢，陆良朋曾经不无幽默地告诉盛戎，说我他妈实在是不好那一口，要不然，我干脆跟你一起过算了，你知道，你有时候比孔欣煜更有女人味，你真要是个女人就好了，我觉得我都有点喜欢你了，这个孔欣煜，我是真受不了她。

陆良朋说："是真的受不了！"

陆良朋又说："我宁愿她能像你这样，脾气好一点，温柔一点，不要闹，不男不女也没关系。"

尽管从未见过陆良朋，通过盛戎的描述，易蓉蓉对这个人，好像也已经很熟悉，他的形象总是在她脑海里飘过来飘过去。盛戎告诉易蓉蓉，虽然陆良朋逃走了，事实上，真正忍受不了对方的，还是孔欣煜。陆良朋这种人，说白了，他就是一个被宠坏了的小男人。这种人最无能而且最无用，永远都处在人生不得意之中，永远都是牢骚满腹，永远都会觉得这个社会最对不起的那人，无疑就应该是他。找不到一份正式的工作，或者说从来就没认真地找过一份工作。不是纨绔子弟出身，却有着一身纨绔子弟的坏毛病，少爷的脾气，公子哥的花销，穷汉的命，一方面挣不到什么钱，另一方面，又一直不拿钱当钱。

当天晚上，盛戎执意要为易蓉蓉接风，说一起去吃晚饭，说孔欣煜也会过来，就在学校食堂吃。到时间，孔欣煜真来了，挺着个大肚子，与上次见面相比，人明显胖了许多，头发也剪短了。一起去学校食堂，还是有一段路要走，天正在黑下来，盛戎一路很细心地照应，生怕会有人迎面跑过来，无意中撞到孔欣煜。易蓉蓉看盛戎这么小心翼翼，问孔欣煜预产期是什么时候，盛戎急着代她回答了，说还有一个多月，很快就要生了。孔欣煜告诉易蓉蓉B超结果，是一个女孩，她说自己喜欢女孩，女孩好。

盛戎说："对，我们喜欢女孩，不喜欢男孩。"

"做B超的时候，我问医生，是男孩还是女孩？"孔欣煜笑着作补充，"医生先是不肯说，我就说我喜欢女孩，我真的喜欢女孩，我希望是女孩，结果那个医生就脱口而出了，告诉我：‘那好，你真想知道，恭喜你，确实是女孩。’”

孔欣煜到来之前，盛戎跟易蓉蓉提前打过招呼，让她千万不要提起陆良朋，因为孔欣煜最不愿意别人在她面前说到他。没想到孔欣煜自己接下来会主动提及，说我们就是喜欢女孩，男孩子有什么好的，长大了肯定会跟他那爹一样，成为一个坏坏的渣男。她这么一说，易蓉蓉情不自禁地看了一眼盛戎，盛戎也正好对她看，结果就是两人都心照不宣地笑了。孔欣煜说你们笑什么，本来就是这样，陆良朋他就是个人渣，他这人就是一坨狗屎。

促成陆良朋与孔欣煜分手的直接原因，是孔欣煜发现自己怀孕了，虽然一直都采取措施，还是出了意外。孔欣煜曾经流过一次产，这次去医院检查，医生建议保留孩子，并且暗示，年轻女性多次流产，很有可能会影响以后的生育。因此她突然很想要这个孩子，与陆良朋讨论，一言不合，两人便吵起来，嗓门儿便大了。越吵越厉害，越说越难听，说到临了，陆良朋强词夺理，说我们既然是避孕的，已采取了措施，为什么还会出现这样的问题，到底又是怎么一回事，这说明很可能会有问题。

孔欣煜无话可说，气得不知道说什么好，便问他，说你觉得会是什么问题呢。陆良朋气呼呼地来了一句，说有什么问题，这个就要问你了。孔欣煜大怒，说陆良朋我明明白白地告诉你吧，孩子不是你的，是我跟别人的。陆良朋连忙辩白，说我不是这个意思，这话是你说的，我可没有说。孔欣煜说你确实是没有说，我只是替你把想说的话，都说出来，我这是在帮你说呢，你要有种，就应该自己说出来。这时候，陆良朋大约已产生了要逃离的念头，他突然住了口，不再跟孔欣煜斗嘴，随她说什么都不吭声。

接下来，孔欣煜以为自己是吵赢了，暗自还有点得意。她本来是个不打算结婚的人，不折不扣的新女性，最欣赏不婚主义，因为肚子有了孩子，明知道陆良朋不可能是个合格的父亲，明知道他为人很差劲，很渣，非常渣，现在却开始有些动摇了，心里就想，男人是不是做了父亲会不一样，会改正自己的臭毛病。不管怎么说，孔欣煜还在读书，研究生读书期间，是允许结婚的，一个女研究生如果是未婚妈妈，多少有点不合适。结婚有结婚的好处，起码生个孩子是名正言顺。

没想到陆良朋说跑就真的跑了，逃之夭夭，突然无影无踪。他给盛戎发了一条很长的微信，在微信中，先老一套地又把自己痛骂了一顿，然后便是一本正经地托孤，希望盛戎能够帮他照顾孔欣煜肚子里的孩子。说着说着，话就不靠谱了，他说我真希望这个孩子是你的，当然，说不定也真是你的，天底下的事都是可能的，为什么这个不可能呢。我知道自己这么想会很无聊，可是我陆良朋从来就是个无聊的人，无聊的人有些无聊的想法，这不是很正常吗。陆良朋越说越来劲，越说越不像话，越说越无耻，为了给自己逃脱找个正当的理由，他不仅暗示孔欣煜与盛戎有可能，还怀疑她与自己的导师汪教授有一腿。

盛戎告诉易蓉蓉，自己当时将这条微信删除了，几乎是立刻就删除。一个人在混账的时候，什么样的混账话，都有可能说出来。盛戎不想让孔欣煜看到这条微信，因为知道她看到会受不了。孔欣煜是那么爱陆良朋，那么死心塌地，一次次地原谅他，纵容他，无论他有多坏，多么让人不齿，孔欣煜还是忘不了他，还是会接受他。甚至连他的逃跑也可以理解，可以原谅，人生就是这样，越是伤害越是爱，越是爱越是伤害。

陆良朋最后能说出这样的话，会找出这样的理由和借口，实在是太疯狂，实在是太没有良心，实在是太没有理智。盛戎为孔欣煜的痴心和痴情感到无奈，也为陆良朋的所作所为，感到伤心感到悲哀。这个可怜的家伙，为了逃避责任，竟然敢编造出这样的理由，竟然会下作到要找这样的借口。其实也不是真觉得陆良朋有多下作，盛戎与孔欣煜平时仿佛一对闺蜜，在背后一起议论陆良朋，经常会用到“下作”这个词，这个词也完全不是贬义。有的人坏，是天生的，陆良朋就是这样，他不这样下作，就不是陆良朋。

陆良朋逃走的前一天，恰逢孔欣煜生日，他让盛戎花钱准备了一个冰淇淋蛋糕，为她庆生，并且祝福她腹中的胎儿。地点选择在了海滩上，落日时分，一切都显得十分浪漫，有情有调，用手机播放“祝你生日快乐”，点上了蜡烛，还一起在沙滩上跳舞，光着脚丫。陆良朋与孔欣煜跳，也和盛戎跳，在一起跳得时间最长的却是盛戎和孔欣煜，一边跳，陆良朋一边没心没肺地为两人录像。盛戎告诉易蓉蓉，自己和孔欣煜做梦也没想到，第二天陆良朋说消失就消失了。

易蓉蓉在给学生上课期间，孔欣煜的导师，那位汪教授，曾专门来听过一次课。她感到有点意外，不明白他为什么会过来，为什么要关心她的讲课。传说这位汪教授可能要升任人文学院的院长，他的年龄看上去应该与易蓉蓉差不多，一本正经道貌岸然，天气很热，仍然是西装革履。从头至尾，他都在偷偷地看手机，下课了，过来跟她讨论，好像很认真地听了课似的。易蓉蓉对这位汪教授没有丝毫好感，硬着头皮跟他握手，微笑着跟他敷衍。

事实上，即使盛戎没说过这位教授怎么骚扰孔欣煜，就算不知道任何的具体细节，易蓉蓉也能够想象出他会是怎么样的一个人，也能够想象孔欣煜会怎么反抗，会怎么对付他。近水楼台先得月，校园里自以为有机可乘的衣冠禽兽多得很，孔欣煜是中国古典文学的研究生，除了喜欢李白杜甫白居易，显然对女权主义的研究，更有心得，更有体会。她对如何防范性骚扰、怎么对付色狼更有一套。盛戎告诉易蓉蓉，孔欣煜很有心机，手上攥着汪的把柄，她和陆良朋已为他录了视频，而且还有证据确凿的微信截屏，如果在学业上敢有所刁难，便鱼死网破，将他的丑闻公布于众。

又是很快，半个月已经过去，作为兼职教授，易蓉蓉在这个学校的课程，完成了一半。说好要请盛戎和孔欣煜吃一顿，孔欣煜倒也不客气，说我太想吃一顿烧烤了，易老师既然要请客，你就请我们吃烧烤吧。易蓉蓉一口答应，说她带了游泳衣，来的时候特地买了一件，人都到了海边城市，总要到海里去游一次吧，总不能白来是不是。她说哪天你们先陪我一起游泳，然后我们挑个地方吃烧烤，地方你们挑，挑个好点的馆子。

结果那天去海边游泳，只有易蓉蓉一个人下了海，孔欣煜挺着大肚子不方便，盛戎当然也不方便。海水略有些凉，易蓉蓉游了一会儿，多数时间都是穿着泳衣在沙滩上看风景，看靓男和俊女。这个城市的风气显然比较开放，有人在打沙滩排球，一对男女就在离他们不远的地方亲吻，女的是比基尼，男的光膀子沙滩裤，光天化日之下，动作很大，尺度也有点过分，孔欣煜说她看见这两人的手都已不太老实。

盛戎提醒孔欣煜不要乱看，易蓉蓉便笑了，说看看又怎么了，有人都敢做了，干吗还不敢看。她的声音有点大，那边的两个人受到干扰，也侧过头来，往这边看。于是相互对看，盛戎还有些不好意思，看了一眼，目光就离开了，其他的几位好像都不太在乎，你要看我，我也看你，大家都不受影响。比基尼女郎突然一个翻身，索性骑坐在沙滩裤男身上，继续放肆地亲热。与比基尼女郎的泳衣相比，易蓉蓉的泳衣显得保守了一些，不过穿在身上仍然很好看。

易蓉蓉说："一个人游没意思，我也不想再下海了，水还真有些凉。"

"易老师的身材保持得不错，"孔欣煜摸了摸易蓉蓉的手臂，对盛戎说，"比我们年轻人还好，你看她的皮肤多光滑。"

孔欣煜不仅摸了易蓉蓉的手臂，还把手放在她裸露光滑的背上，继续抚摸，而且让盛戎也摸摸。盛戎便真的伸过手来，抚摸易蓉蓉的背，轻轻地抚摸着，非常地温柔，不说话，不停止，抚摸面积也越来越大，越来越肆无忌惮。易蓉蓉顿时感觉到了一种从未有过的体验，很舒适，很刺激，或许刚游过泳，刚从海水里上来，她觉得有点冷，而身体又似乎正在迅速地热起来，幽暗的火苗在燃烧。盛戎的手仿佛带有魔力，那是一种非常异样的感觉，干爽和湿润，易蓉蓉想到了盛戎纤细的手指，想到了盛戎光滑白皙的手臂，想到盛戎那双动辄泪汪汪的眼睛。想到了《红楼梦》中的贾宝玉，想到了宝玉的一尘不染，也想到了宝玉与秦可卿的关系，与袭人的关系，与男孩子秦钟的关系。一时间，易蓉蓉想到了许多，想到了太多，她甚至想到前不久刚看过的一部外国电影《阿黛尔的生活》，说的是女同性恋的故事。

故事从来都不重要，或者干脆说吧，盛戎究竟是男是女也不重要。或许怀孕的关系，孔欣煜不停地要去上厕所，盛戎每次都小心翼翼地陪她去，陪了三次，第四次孔欣煜不让陪了，说我没问题的，没事，你用不着再陪，我也没有多少尿，只是有一点想尿，你就坐这儿陪易老师聊会儿天，你们可以趁这个机会，在背后说一会儿我的坏话，我这人很坏的，有很多毛病，你们尽管议论，尽管说。

孔欣煜去上厕所了，趁着只有两个人，易蓉蓉按捺不住好奇心，问起盛戎今后的打算。盛戎说还能有什么打算，如果陆良朋回来，如果他会回来，他们不再需要自己，自己就离开，肯定会离开，如果他不回来，如果孔欣煜愿意，自己就心甘情愿地陪她一辈子。易蓉蓉注意到，盛戎说这番话的时候，并没有任何信心，眼睛已经红了，泪水又在眼眶里打转。盛戎说，易老师知道什么叫备胎吗，我就永远是个备胎。

盛戎说，我没有别的想法，就想实实在在地爱一个人，只爱一个人。

易蓉蓉就问："这个姓陆的会回来吗?"

盛戎回答说不知道。

易蓉蓉说："我觉得他不会，他不会再回来。"

盛戎想了一会儿，结论还是那句：

"不知道。"

飞　发

葛　亮

授奖词

《飞发》是一个关于手艺人的故事，一个关于工匠精神的故事，也是一个关于人的命运与尊严的故事。同样，葛亮也以严格的工匠精神，完成了现代汉语与古典文学的有效衔接。一百年来，现代文学与古典文学的关系时断时续，文脉不畅，葛亮以个人的能力，在《飞发》中恢复了自鲁迅、张爱玲、阿城以来汉语小说的传统和风度。（吴玄）

喂呀呀！敢问阁下做盛行？
君王头上耍单刀，四方豪杰尽低头。

——题记

楔子

“飞发”小考

清以前，汉族男子挽髻束于头顶；清代则剃头扎辫，均无所谓理发。

辛亥革命，咸与维新，剪发势成燎原。但民国肇造期的“剪发”，把辫子齐根剪断而已，发梢披散，非男非女。发而能“理”，决定性条件乃西洋推剪之及时传入。有了推剪，中国男人才有延至今日之普遍发型。

“理发”之英文表述，是 to have a

haircut。cut者，切割而已，就与“发”之动宾配搭而论，规范化汉语把它演绎为“理”，言简意赅。

不过粤方言自有特点，广府人善于吸纳外来词并使之本土化。例如“理发”，地道粤方言要说“fit发”，把fit读得更轻灵，便成“飞”。何以粤方言弃cut而选fit？首要，是fit之核心内涵乃“使之合适”，把头发修整得合适，正好跟“理”相符。“飞发”即“fit发”，其有上海话可资佐证。自十九世纪中叶出现洋泾浜英语迄今，上海俚语把配备传动装置的小机械称作“飞”，如单齿轮作“单飞”，三级变速自行车叫“三飞”。洋泾浜的“飞”，已被确证为对于fit的借用。异曲同工，粤方言借fit指称理发。

民间另一“桥段”即与配备了弹簧的推剪相关。剪发师傅是用推子和剪刀来剪发，每推一下，手部都有一个向外甩的动作，把顾客的头发甩至一边，因此便有了“飞发”一词；而近更有一说，源于男发剪技之“铲青”，亦作“飞白”。铲也要铲得有层次，可看出渐变效果。此“渐变”，便是英文的fade，也就是飞发之“飞”。由此源自西方的“Barber Shop”，便顺理成章，成为港产的“飞发铺”了。

壹

年初的一次春茗，我的朋友谢小湘对我说，你们中文系，真是个藏龙卧虎的地方。

我摆摆手，表示谦虚。

我和小湘算是港大的校友，但在校时并不认识。他是读电机工程的。他爸是港岛一间酒楼的主理，机缘巧合，在一次朋友的婚礼中相识。他每每和我饮茶，总是会告诉我一些学系的新闻。大约因我深居简出，他四处包打听的性格，是有些讨喜的。

他说，真的，我前些天遇到了你的师兄，翟博士，他开了个理发店。

我一时愣住，头脑里风驰电掣，想起了翟健然。高了一级，跟系主任研究古文字。博士论文研究楚简，四年，认出了五个半字，在当时的学术界还引起过不小的轰动。毕业以后，传说他在新亚研究所做过一段时间的研究员，许久没有联系了。

我于是明白了小湘说的“藏龙卧虎”。是的，近年来，我们中文系不走寻常路的同窗，的确不少。在一次文化部组织的活动上，我和学妹小哲惊喜相遇。才知道她早就放弃了对“新感觉派”的乐理研究，投身梨园，已经是香港粤剧界崭露头角的花旦。依稀谈起当年我给她带导修，说，师兄，我大二古典小说课程演讲提到任白，唯你一个还能聊得上，我就觉得自己得出来闯一闯。至于闯得更大的，是我同门师弟陆新航，博论跟导师研究南社。前段时间，还在巴士上看到他巨大的照片，写着港大五星导师。才知道已经跻身补习行，是业内甚有名望的“四小天王”。同学聚会，他自谦下海不过是要给女儿买奶粉。旁边同学起哄，瞒不过上了新闻啊，“天王陆生斥半亿，喜购康乐园跃层别墅”。

但是，翟师兄开理发店这件事，还是有些超越了我的想象。印象中的他，头发有些谢，终日穿一件深灰的美式夹克，见人脸上总是有谦卑的笑。但只要不见人的时候，立刻换上了自尊而清冷的表情。

五月的一个周末，我收到了一张甲骨拓片。是个搞现代艺术的朋友，要做一个专题展，叫“符语千年”，大约是有关中国巫文化的。他电邮中说，这是新出土的甲骨，上面有些字不认得，请我找人帮他认一认。

我忽然想起了翟健然，就找出小湘给我的地址。

当我到达北角时，太阳已经西斜。我沿着春秧街一路穿过去，才发现，这里已经和我印象中的发生了很大变化。早就听说要仿照台北的松山，做一个文创园区。没想到几年间已经成形了。路两旁的唐楼，都带着烟火气，保留了斑驳的外墙，甚而还能看见五十年代鲜红的标语的痕迹。墙上装有简洁的工业风的外楼梯，虽也是复古的，但因为明亮的红色，却带着劲健的新意。我想一想，原来是《蒂凡尼的早餐》中防火梯的样式。大约走到了以往丽池夜总会的旧址，已经是一个广场，这才看见有一些肥胖的铸铁雕塑。这些人形没有面目，或坐或卧，都是很闲适的样子。我立刻意会，这是本地一个艺术家的新作。他的雕塑系列“新欢·如胖”(For New Time's Sake)，分布在这座城市不同的地点。比如油塘地铁站，或是湾仔利东街。这些作品中的形象一律是富足而悠闲的，有着今朝有酒今朝醉的表情，或许寄予了对本地人生活的亟盼。其实香港人是如何都闲不下来的。我就在转身的时候，看见了“乐群理发”的标牌。

这幢红砖墙的独立建筑，在广场的一隅，不知是什么名堂。外面是转动的红白蓝灯柱，在香港其实也很少见到了。

我确认了一下地址，推门进去。门上有铃铛“当啷”一声响，提醒有客人进来，也是复古的装饰。店里有人迎出来，正是翟师兄的脸，挂着殷勤的笑。他招呼我，问我预约了几点。我说，我并没有预约。他说，不碍事，正好有个客 cancel 了 appointment，他可以为我服务。

但是，翟师兄始终没有认出我来。我一时竟不知怎么开口与他叙旧。他的模样依旧，并未老去，但神情昂扬。穿着洁白的制服，身姿也是挺拔的。更不可思议的，头上竟是一头丰盛的黑发，用发油梳得十分整齐。

在我愣神的时候，他问我怎么剪。

当时我的眼睛，正盯在墙上挂着的一张猫王海报。埃尔维斯·普雷斯利，在这店里昏黄的射灯光线中，浅浅地笑。

翟师兄站在我身后，微笑说，虽然依家兴复古，但这个“骑楼装”，还是有点夸张哦。

我这才回过神，说，那，那就稍微修一修。

“修一修。”这个似是而非的要求，往往会让理发师和顾客，都有台阶可下。

但是，翟师兄却忽然现出肃然的表情，道，到我这里，怎么可以修一修。来，我给你推荐一个发型。

我嗫嚅着，以为他会拿出一本目录给我挑，这是一般发廊通常的做法。然而，他指着橱窗玻璃的一幅招贴画说，我只剪这六种发型。我放眼望去，这张发型示意图是以手绘的。模特都是欧美人的样子，暗影呈现深邃的轮廓，头顶一律用白色标记了耀眼的高光。

每张图底下，有英文的注释。比如 City

Slicker[①], Aristocrat[②], Valentino[③], Executive[④]。在一张看起来十分浮华、布满了波浪的发型下头，写着 Play Boy[⑤]。

翟师兄跟着我的目光，详加介绍说，这个“水浪涡”靓仔得来，但打理起来好麻烦。“九龙吊波”就好些，出街冇问题。

他返身看一看我，依你的头型，剪这个“蛋挞头”最正。既然怀旧，就做足。

这烟火气的名字，让我愣一愣，看不出怎么像“蛋挞”，但却似曾相识。他瞧出了我的犹豫，便说，潮流就是这样。兴足十年，兜兜转转又十年。当年 Casablanca 里头的 Humphrey Bogart[⑥] 就是这个发型。

我顿时明白为什么觉得眼熟，于是点点头说，那就这个吧。

坐下的时候，我的心情很复杂。因为我在翟师兄的眼中，只看到了面对一个陌生顾客的殷勤，以及职业性的微笑。我想，即使并非同门，但毕竟在一个系里呆了四年的时光。记忆竟然真的可以了无痕迹。

他走到了墙角，打开一只电唱机，又弯下腰，挑拣了会儿，才将一张黑胶唱片放进去。音乐响起来，瞬间就将这店里的空间充盈了。沙沙地响，圆号和塞克斯风的前奏，是久远前灌制唱片的信号。即使许久没听爵士，我还是认出来，《Summertime》。比莉・哈乐黛的声音，永远略带苦难感。

翟师兄按了一个按钮，开始将理发椅缓缓降下，我的脸冲着天花板。音乐充盈着空间，让不算狭窄的店堂，忽然显得拥挤。

翟师兄给我干洗头发，手法十分轻柔。我的眼睛，停留在了天花盘旋的裸露的排风管道上。我看到一滴冷凝水，与另一滴聚合在了一起，越来越大，就快要滴下来了。

这时候，我感觉到眼睛上一阵温热。翟师兄将一块毛巾覆在我的脸上，同时闻到了植物清凛的味道。黑暗里头，我听到他说，这是柑叶精油，能够放松心神。听爵士，要闭上眼睛。哈乐黛的声音，像一个黑洞，进去了，就一眼望不到头。你知道吗？我第一次听《Strange fruit》，听到泪流满面。

说到这里，他的语气轻颤了一下。其实此刻，我努力想睁大眼睛，看一看翟师兄的神情。我回忆在大学里的每一个和他交谈的线索，他的寡语、不苟言笑，都恍如隔世。

包括在头顶工作的一双手，按摩间的停顿和敲击，也让人踌躇。当我终于想要问句什么，他告诉我，头已经洗好了。

他用吹风机将我的头发吹干，然后说，我要开动了。

翟师兄拿出一只电推，在我的后脑勺

---

① City Slicker：城市滑头，系美国俚语，本意指油头滑脑的城市人，后引申为一种时尚风格。

② Aristocrat：贵族式，一种时尚发型样式。

③ Valentino：瓦伦蒂诺式，一种时尚发型样式。

④ Executive：一种风靡 20 世纪 60 年代的发型样式，其代表人物是披头士乐队。

⑤ Play Boy：花花公子，一种浮浪夸张的时尚发型样式。

⑥ Humphrey Bogart：亨弗利・鲍嘉（1899—1957），美国男演员，1942 年与女星英格丽・褒曼出演爱情电影《卡萨布兰卡》(Casablanca)，饰演玩世不恭、率性而为的酒吧老板里克・布莱恩。该片获第十六届奥斯卡最佳影片奖。

动作，手法十分娴熟。我面对着落地大镜，看到他专心致志，这倒是有几分印象中面对古文献的情形。此刻，我放弃了唤起他记忆的想法，于是有充裕的时间看清楚整个店面的陈设。虽然墙体用原木砌成，没什么多余的装饰，走的北欧路线，但细节上，却有许多欧洲 barber Shop 的痕迹。取光的玻璃柜里，摆着品牌的洗发水、润肤皂，甚至还有不同款型的须后水。普普风的大幅电影海报，镶嵌在镀金的画框中。桌椅，包括他特制的工具箱，都规则地铆着铜钉，是略有奢华感的暗示。

我从镜中看到对面的墙上，贴着许多的黑白照片。有风景，也有人。仔细看去，大都是本地风物，拍得非常有韵味。光影之间，竟让我联想起喜爱的摄影师何藩。其中一张，我一眼认出，是在港大附近水街的甜品铺“有记”。照片上的女人，是我们都十分熟悉的老板娘。她以精明著称，但对学生仔，永远有一种宽容慈爱的神情。

我不禁说，这些照片，真好。

别动。翟师兄略使了一下力气，将我的头扳正。然后轻轻说，我过去这些年，都花在这些照片上了。

我心里倏然漾起暖流，虽然不知道他何时有了摄影的爱好。但是感慨，师兄原来以这种方式，记录下我们共同的母校时光。

我说，“有记”去年关门了啊。

他说，嗯，是啊。

我发现他在用推刀时，话少了很多，似乎神情也肃然起来。我想，这样好，还是以往的翟健然。

过了一会儿，他改用了剪刀。在两鬓铲青的上缘修剪发梢。这时唱片放完了，我只听到耳畔有极其细碎的声音。嚓嚓嚓，嚓嚓嚓，好像蚕食桑叶。

他说，再冲下水。

他给我擦干头发，一边问我，等一阵出去系倾公事，还是去 party?

我愣一愣。

他笑说，莫误会，我要为你塑形。不同场合，塑形的方式不同。

我说，其实没什么所谓。

他开了电吹风，一边用手指一点点地将湿头发顺着一个方向捻开。吹风的声音很大，忽然戛然而止，店堂里过分地静了。我的目光又移到那些照片上，其中一张，看不出是什么年代，但应该是久远的。一位理发师傅，站在街边给一个孩童剪头发。理发椅不够高，上面还架了一只矮凳。旁边有个穿着碎花短衫的母亲。她看着理发师的手势，一边用手绢擦着汗。脚边是个菜篮子，里面装着丰盛的果蔬。

翟师兄一边将一些发油，抹在我头顶，一边说，还是做个斯文的型吧。

我问，你为什么把理发店开在这里?

他手略为停了一下，然后说，这里原本是我的摄影工作室。

我说，你只拍黑白照片啊。

他笑一笑，对。你不觉得拍摄黑白照片，其实和剪头发是一回事吗?

我想一想，无从发现其中的联系。

他指着其中一张给我看，那是一个巨大的天台，有星星点点的光晕构成了斑驳的形状。他说，为什么黑白相好，因为是用最有限的，表现最多的。不同的光影部位间，黑色与白色的浓度都不同。黑白之间，还有太多的层次，我们叫灰度。灰度的频率、节奏和连贯性，最变幻莫测。我们亚洲人的发色以黑色为主，懂得观察，处理得出色的话，中间也绝非只纯粹地有黑、白两色而已。最可看的，其实是中间渐变的部分。

这就是我剪头发的道理，男人的发型，无外乎厚、薄两个部分。头顶发线最厚，发脚和“的水”部分的发线则最为单薄，每每露出头皮与皮肤。一个优秀的发型，同样存在着灰度，如何去铲青或偷薄，使头发在薄与厚之间，展现出优美的渐变、结构、轮廓和光泽，道理就如摄影中对灰度的处理一样，无比奥妙，要将这个灰度拿捏得好，是门很大的学问。懂得欣赏的话，实在又是一件很好玩的事。

他将一面镜子放在我身后，左右观照，我果然看见，中间有水墨退晕一般的渐变，从鬓角到耳际，是圆润青白的流线。

我看着镜中的自己，也有些陌生。这是一个我从未剪过的发型，带着某种老派的年轻，但似乎还原了这些年在我身上消失的一部分。

我说，剪得真好。

翟师兄眨一眨眼睛说，谢谢侬。

他见我愣住了，便说，你的广东话很流利，但是能听出上海口音。我认识一个老人家，口音和你一模一样。

他从上衣口袋里掏出一张名片，对我说，谢谢帮衬，欢迎下次再来。

我接过名片，上面是一个英文名字。Terence Zag。

在校时从来不知道，一直循规蹈矩的翟师兄，还有个时髦的英文名。

我终于忍不住。我说，师兄，你不认识我了吗？我是毛果。

这回轮到他愣住了。

但很快，他就哈哈大笑起来。他说，你是不是找翟健然？

我茫然地点点头。

他笑得更厉害了。我一直以为比我大佬要靓仔好多，还是时时被人认错。

他将名片反转过来，一拱手道，我是翟康然，幸会。

在明园西街见到翟健然时，已经是黄昏了。

翟康然带着我，在北角的街巷往返穿梭，终于停下。我再一次看到了“乐群理发”的标牌，但这个门脸却要小得多，甚至有点过于简陋。

它的左边是一个花店，右边是一个腊味铺，两者间其实应该是一处后巷。它就在这巷口上搭建起来。门口也是三色的灯柱，但却是用油漆画在墙上的，静止的螺旋形的图案。

翟康然并没有进去。只是在门口喊，大佬，有人搵你。

就有人掀开了塑胶门帘，走了出来。

没错，是我的师兄翟健然。

我一时有些恍惚。因为面前是两个一模一样的人，但似乎又大相径庭。走出来的那个，仿佛比我印象中的，头发更为稀薄了。他佝偻着肩膀，架着高度数的近视眼镜，但并没有挡住青紫的黑眼圈。他脖子上挂着围裙，出来时，还使劲在围裙上擦一擦手。

而我身边的这个，挺拔而壮硕，穿着合体的 A&F 的 T 恤衫。站在夕阳里头，金灿灿的。他见翟健然出来，没有多话，但目光却向店里草草扫了一眼，转身便走了。

见到我，翟师兄眼里有惊喜的一闪，这让他刚才木然的神情生动了一些。

他说，毛果。

而我也只是微笑了一下。因为，毕竟

刚才和翟康然的见面，已经消耗了大半故人重逢的热情。

这时候，天上忽然下起了淅淅沥沥的雨。翟健然拍了一下我的肩膀，将我让进了店里。

店里的空间非常局促，还有两个人。准确地说，是两个老人，一个站着给另一个在剪头发。站着的那个，头发已经快掉光了。我注意到，他和翟健然的脸相十分相似，更瘦一些。脸色干黄，也戴着眼镜。眼镜腿上缠着胶布。

翟师兄开口道，爸，这是我学弟。

老人轻轻“嗯”了一声，并没有抬头，只是说，坐。

翟健然将椅子上的一摞杂志搬下来，让我坐。这椅面上的皮革似乎修补过。我坐上去，感到不太平整，大约是里面的海绵脱落了。迎面是一个变电箱，上面贴着一个财神，手里拿着“招财进宝”的条幅。下面有个接线板，延伸出各式缠绕的电线，蜿蜒向店里各个角落。

我看到翟健然有些抱歉似的，看着我。我才想起说明自己的来意，从包中拿出iPad，找出朋友传来的拓片，说请师兄帮忙认一认。

翟师兄扶一扶眼镜，很仔细地看，然后从手边拿出一张报纸摊开，开始用笔在上面勾画。

有些淡淡的香气，在空气中浮动，是隔壁的花店传来的。但同时也有些陈年腐败的、酸而发酵的味道，是这老旧巷弄的气息。

每几分钟，便有行人匆匆经过，大概是抄后巷作为捷径。耳边传来老人清喉咙的声音，间或有孩子的吵闹和女人大声的呵斥。

翟师兄专心致志，似乎没有被这些所打扰。同样专心的是他的父亲翟师傅，大概因为视力的缘故。他将头埋得格外低，几乎贴着那位客人的脖颈。他用剃刀，细细地在客人“的水”处刮着。这是理发最后的程序。他仿佛做工艺的匠人，用了很长时间刮完了一边，接着又去刮另一边，又用去了很长时间。他轻轻对客人说，得喇！

翟师傅用一只鬃毛扫在客人后颈轻轻地扫，一边很小心地将围单一点点地扯开来，好像生怕头发茬儿掉进客人的衣领，然后扑上了爽身粉。客人满意地在镜中看一看，从口袋里掏出包烟，递一颗给他，道，好手势！

客人付过钱。翟师傅忽然喝一声道，你畀多咗喇。老人优惠二十八蚊咋！①

他一边敲敲大镜上的价目表，上面写着：长者小童，二十八元。

客人一愣，却即刻佯怒道，老人？你话我老人？丢！我无头发咋？收咗佢啦！

他也不依不饶，硬是抽出了几张，塞回这老客人手里，道，你以为我唔知咩，你上个月满六十五，都可以申请长者八达通啦。同我扮后生，唔知丑！

两个人就这样嬉笑怒骂着。老客人终于拗他不过，将钱收回去，却没忘回头追一句，得闲来揾我饮茶。我请！

翟师傅用围单在理发椅上掸一掸，然后对远处挥了挥手。

① 你给多啦，老人优惠只要二十八块啊！

他坐下来，点上那颗客人留下的香烟，抽了一口。翟师兄立刻抬起头，对他道，阿爸，医生话，你唔好食烟啦。

他一拧颈子，背对着我们，说，你理我做乜嘢？

翟师傅走到门口，看着外头的雨，好像下得大一些了。我听到他和隔壁腊味铺的人寒暄。对方说，今日落雨，生意唔好。早点收。

他点点头道，都系，长做长有啦。

这时候，翟师兄叹了一口气。我安慰他说，不急。我让朋友再问问别人。

他摇头道，都认出来了。翻来覆去，不过还是那几个字。可见近几年，也并没什么新的发现。

我很开心地说，师兄还是你厉害。好汉不减当年勇！

“认出来又点？又不能用来搵食。”① 这时候，就听到翟师傅苍老的声音传来，虎声虎气的。

我们两个于是都沉默了。

这时候，我才看到翟师傅盯着我看，目光透过眼镜片，鹰隼一般。他拍拍理发椅，冲我说，坐低。

我犹豫了一下。他更大力地拍，说，坐低。

我于是坐下，翟师傅给我围上了围单。拿出剃刀，开始在我后脑勺上动作。我感到了一阵凉意，但那不是来自锋刃，倒好像是丝绸柔软地掠过我的脖颈。

这时，头顶响起了一个炸雷。雨忽然更大了，势成滂沱。雨水沿着塑胶皮的门帘流下来，外头的景物也都模糊了。雨打在铁皮的屋顶上，砰然作响。但翟师傅的手并没有一丝停顿，甚至没有过犹疑。那种凉意渐渐暖了，像是猫尾巴在皮肤上轻扫，有种舒适的痒，一下又一下。

暴雨卷裹。终于有雨水从屋顶渗漏下来，滴落在了我面前的镜台上、隔壁的座椅，以及打湿了那一摞杂志。翟师兄倒是有条不紊地，在滴水的各处放上不同的容器接着，仿佛驾轻就熟。他将一只空保鲜盒放在镜台上，很快里面就积聚起了一汪小潭。

这时，滋的一声，灯忽然灭了。店铺沉入一片黑暗之中。

暗中只有一星光，在镜子里头一闪，那是翟师傅还叼在嘴里的香烟。

我什么都看不见，想他也是一样。但我感到他的手没有停，锋刃丝绸一般，熟练而清晰地在我颈项、两鬓游走，有极轻细的摩擦声。

翟师兄点亮了一支蜡烛。昏黄的光晕中，我忽然看见了一颗人头，在我的身后的柜上微笑，不禁一个激灵。

我有些恐慌地转了一下头。终于看清，那不过是一颗塑胶的模特儿的头，有茂密卷曲的头发，大概是用于给理发师日常练手。

感觉到有一双手轻轻地将我的头扳正，说，别动。

声音似曾相识。在黑暗中，这双手没有停。

翟师兄找到了电箱。将电闸拉了上去，店堂重现光明。

翟师傅已经在用毛扫扫着我颈子上的头发茬，他笑笑说，睇下点？

① 认出来又怎么样，又不能用来讨生活。

我看到我的两鬓、后面的发际，被他刮得十分干净。是匀净的青白色。然而，让 Terence 引以为傲的灰度，所谓 fading，没有了。不见退晕，非黑即白，界线分明。

他将我的围单取下来，有一些轻柔的光，从眼镜片后放射出来，对我说，依家青靓白净①翻！

但即刻，鼻孔里轻“哧”了一声，说，不知所谓，飞发佬呢啲位都整唔清爽，畀啲客出街，好丢架！②

我听出了他话里的针对。站起来，下意识地掏出了钱包。他用手使劲一挡，说，你在那边付过了。我帮条衰仔补镬，唔收得。

翟师兄送我出门。沿街的店铺陆续关门了。也是华灯初上的时候，不知是哪户人家，飘出了极其浓郁的炒虾酱的香味。

我们默默走着。我说，师兄，你离开新亚多久了。

他愣一愣说，有一排喇。③

我说，你学问这么好，不可惜吗。

他摇摇头，说，你知道的。我在校时就不善人际，应付不来这么多的事情。好多都是功夫在诗外。与其要费心机和人打交道，不如整天和人头打交道，还简单些。

我说，你在这儿帮你爸爸。那 Terence 那边呢。

他又沉默了，半晌，说，一言难尽。

送我到了路口。我说，师兄，好久没见了，一起吃个饭吧。

他说，不了，改天再约。我要回去帮阿爸收铺了。

我顶着新发型，去学校上课，意外地受到了学生们的赞美。

如今的大学生，行止已不以含蓄为准则。他们总是如此直接而发自肺腑地表示喜欢与不喜欢。下课时，有个学生专门走到讲台对我说，毛老师，呢个发型好劲，好似 Sam 哥。

Sam 是吴镇宇在《冲上云霄》里扮演的角色。当年街知巷闻，是个型到爆的机师。

我承认，我的虚荣心莫名地得到了很大的满足。

于是两周后，我又去了“乐群理发”。

我的头发生得快和茂密，而且发质硬挺。九十多岁的老外公常说，我刚生下来，就是“一头好鬃毛”。所以，想保持一个时髦的发型，于我殊为不易。

我和翟康然预约了下午的时间。他见到我，似乎很高兴。

我有些意外的是，翟健然也在。他佝偻着身形，坐在一边的沙发上，看着翟康然为上一个客人做收尾的工作。

那客来自法国，有着巴黎人一贯的健谈与爱交际。他走的时候，连坐在旁边的我，都知道他是一家欧洲香精公司的驻港代表，住在西半山，有两个孩子和一条金毛犬，以及一只英短金渐层猫。他似乎对翟康然的服务十分满意，说要介绍更多的朋友来。

---

① 形容人清俊，白皙洁净。

② 理发师连这些地方都不能剪干净，还要给客人上街，太丢脸了。

③ 有一段时间啦。

终于，翟康然让我坐下，去换了一张唱片。“Torn Between Two Lovers”的吉他前奏，在店堂里头响起来了。所有的陈设好像都镀上了一九七〇年代的昏黄。

他给我围上了围单，看看镜中的我。忽然眉头一皱，轻轻说，有人动过了。

嗯？我有些茫然。

他说，那些 fading 的部分，有人动过。

我明白了，他指的是用去了很多的时间，打出的渐变式“飞青”。但我吃惊的是，这头发已经长了半个多月，他竟依然一眼看出，那些他所说的黑白之间的“灰度”，被人染指。

他咬了一下嘴唇，似乎忽然明白了。他转过头，狠狠对翟健然说，你看看，他永远不放过。别人都是错的，只有他自己那套老古板的套路，才是对的。

我在镜子里，看到翟健然张了张口，终于欲言又止。

在以下的时间里，没有人再说话。翟康然面目十分严肃，格外细心地为我剪发。剪刀在我的面颊、前额、耳尖游动。

金属摩擦的声音，混合着音乐的声响。

“Couldn't really blame you, If you turned and walked away. But with everything I feel inside, I'm asking you to stay.”①

他的动作依然很轻柔，应和音乐的节拍，金属在皮肤上游动。我倏然记忆起了另一把剃刀，是丝绸轻掠过的感觉。

在他为我塑形的时候，翟健然终于站了起来，走近了我们。

或者是为了打破一直沉默的尴尬，我说，师兄，这张照片上的人，好像你们两个。

我指的是墙上一张很老的黑白相。因为我在另一间“乐群”见到过同一张，只不过更为老旧些。那上面有几个年轻人，都是在彼时很时髦的打扮。他们一律留着齐肩的长发，站在中间的那个，眉目酷似翟师兄和 Terence。

翟健然目光落在了照片上，愣住了。他没有回答我，但似乎是什么让他下了决心，他很认真地说，阿康，你再考虑一下。

翟康然也就开了口，但声音有些冷：我说很多遍了。他想剪头发，可以到我这里来。

你知道那是不一样的。翟健然叹了口气。

Terence 在我脖子上扑爽身粉。口气软了下来，说，大佬，就算林生不收回间铺，好快政府也要清拆。他不是要更怒气？依我看，长痛不如短痛。

翟健然搓一搓手，说道：你知道老窦②的情况，我们要对他好一点。

我听到了他声音中的无力。Terence 手停一停，回转了身，眼睛直直看着他的胞兄，说，他的情况，难道不是在安老院更保命。你辞咗份工，由他性子，陪他日做夜挨，就是对他好？

翟健然哑然。他没有再说话，而是径直向门口走去。

走出去的一刹那，好像被猛烈的阳光刺了眼睛。他用手挡了一下，似乎回头又

---

① 选自《Torn Between Two Lovers》，是由美国女歌手 Mary MacGregor 演唱的一首歌曲，发行于 1976 年。中国歌坛天后王菲曾翻唱过此歌，曲名《中间人》。

② 老爸。

看了我们一眼。

当我出去的时候，看见翟师兄还站在烈日底下。整个人呆呆的。

我走过去，说，师兄，你怎么还在这儿。多晒啊！

他这才回过神，用一块不太洁净的手帕，擦了擦额头的汗。他说，我在等你。

等我？我说，为什么不在里面等。

他用殷切的眼光看着我，说，我，我想请你帮个忙。

我们坐在附近一间冰室里。外面的阳光，似乎是太猛烈了。景物在蒸腾的空气中，影影绰绰地抖动。炎热得不太像是初夏。我们靠窗坐着，可以看到外面依墙生了一丛芭蕉。叶子浓绿而肥厚，在暴晒中耷拉了下来。

翟师兄呆呆望着面前的杯子，说，这个冰室，有四十年多了。小时候，阿爸收工，会带我们来吃红豆冰。你看那个肥仔老板，是我的小学同学。

我说，师兄，我能帮什么忙。

他似乎立时不安起来，用手指捻动吸管。他眯起眼睛，忽然抬起头，对我说，医生话，阿爸还有一年多了。

他将身体前倾，想要与我靠近些。他说，肺癌第三期。我们只要一年，再租一年就行。

他说得支离破碎，但因为早前他和康然的对话，我基本上拼接起了事情的大概。

我说，所以，是业主不肯续租了，但你们还想将老店做下去？

他点点头，说，阿爸不知自己的情况，还想要做。其实是几十年的街坊了，但林伯去年过身，他的仔想收翻间铺，不租给我们了。

我们近来成日收到匿名投诉。“四大部门”都来，消防、地政、食环什么的，好折磨。又说你是僭建，要看地契。那么旧年代的地契，业主不帮手，我真的应付不过来。

想起了翟康然的话，我说，按理讲，休息一下，对伯父是比较好的。

翟师兄摇摇头，你不知道，阿爸好硬颈。明知成条街都快清拆了，还要做。我和业主谈过一次，可他觉得太麻烦，不如收回。我嘴巴又笨，都不知该怎么说。博论答辩，我都结结巴巴，是上不了台面的。其实前年你发新书，我去书展听过你的演讲，讲得真好。你能不能帮我去跟业主说说，我们只要一年，就一年。

我说，其实，Terence 说让他到新店里来，倒是个两全的办法。

翟师兄沉默了一下，终于说，阿爸和细佬，已经几年没怎么说话了。还是你陪我去，好吗？

我看着他热切的目光，说，好。

翟师兄似乎舒了一口气，整个人也松弛了下来。

他想起什么似的，对我说，你在店里看到的照片，是阿爸在“丽声”的电影训练班拍的。旁边都是他同期的学员，后来蓝天和丁虹，都做了大明星了。

贰

“飞发”暗语

旧时广府理发业，内部使用暗语繁多。

如称理发为“摩顶、割草、扫

青”；理发师则称“摩顶友、扫青生”；理发店称“扫青窑”；头发叫“乌云”或“青丝子”，剪发洗头叫“作浆”；胡须叫“蚁王”，剃胡须称“管蚁”，挖耳称“推雀”；徒弟拜师为“单零”。

到了近时飞发铺，又用“草”来指代头发。以此类推，厚头发是“叠草”，短头发是“短草”。剪发为“敲草”，洗头则为“浆草”，烫头发为“放草”，染发为“包草”，吹头发为“爬草”。头发茂盛的客人，则为“草王”。

理发师傅之间，交换顾客信息，也自有一套话语系统。“生”代表男性顾客，“莫”代表女性。小女孩为“莫仔”，成年女性为“莫全”，“顺莫”指靓女，“波亚莫”则专指“挑剔麻烦的女客”。

店堂内外，数目字的暗语则从一至十，编成顺口可唱歌诀：

百万军中无白旗，夫子无人问仲尼。霸王失了擎天柱，骂到将军无马骑。

吾公不用多开口，滚滚江河脱水衣。皂子时常挂了白，分瓜不用刀把持。

丸中失去灵丹药，千里送君终一离。

这些暗语乍看玄妙，但细看不过是关于数字笔画拆分的字谜。如“百万军中无白旗”，即把“百”字的上边一横与下边的白字分开，便成了“一”；“夫子无人问仲尼”的“夫”字，将其“二”与“人”分开，便成了“二”；“霸王失了擎天柱”，将“王”字的中间一竖抽去，便成了“三”；“骂到将军无马骑”的“骂”字，将下边的“马”字去掉便成了“四”……以此类推，“丸中失去灵丹药”，将“丸”字中的“、”抽去，就成了“九”；“千里送君终一离”，将“千”字的上边一撇“离”去，便成了“十”。这种类似文字游戏的暗语，亦似江湖隐语，长期流行于市井业界，也别有一番趣味。

叁

翟师傅叫翟玉成。年轻时候，有个外号，叫“孔雀仔”。

这其中有一段故事。他当年考上“丽声”的电影训练班，培训期间，是要住宿的。年轻的孩子们，晚上玩得疯一些。夜里回宿舍迟了，吵醒看更的阿伯，不免被唠叨几句。阿伯是新界大埔人，没有读过什么书，一见他就说，“雀仔，外出揾食咁迟都知返啦。”原来是不认识他的姓“翟”，只当是“雀”。一来二去，“雀仔”就成了他的花名。翟玉成自己是不甘心的，因为他格外的骄傲和自尊，又精于潮流装扮。有人便完善了这个外号，叫他“孔雀仔”。但是，虽然他的相貌可称得上清秀，却并非特别出众或个性张扬。这个绰号就显得名不符实。久了，大家仍旧叫他“雀仔”。

后来，当他在理发店做工时，老板为了招揽生意，便将他在“丽声”时的照片放大，贴到了店里当眼的位置。果然吸引了一众师奶，到了店里便点名让他剪。追着他问，丁虹是不是割过双眼皮，蓝天和赛落是不是一对，李由是不是有私生子。开初时候，因为能带出自己的见闻与掌故，他便好脾气地一一作答，至少也是敷衍。

一时之间，他成了当红的理发师傅。但久而久之，他的故事不免重复而缺乏新意，而在这个过程中，每次的讲述其实多少也触碰了他的痛处。毕竟这些同期学员，有一两个已经成为了明星。而他又是格外自尊的人。有次，一个太太忽然向他打听起梁慕伟，他终于不耐烦，冷笑一声，说，他迟过我好多先入来“丽声”。

或许是他的神情，触怒了太太敏感的神经。于是客人在服务结束时，去经理那里投诉了他，还抛下一句，故意很大声让他听到，“有乜巴闭①，不过一个飞发佬!”

或许如此，让他动了自己开店的念头。

至于为什么要开理发店，他也有一套说法。

那时节的青年人，在工厂里打工其实是时髦。可翟师傅除了短暂地在一间塑胶花厂做过一个星期，再也没有打过一天的工。用他自己的话来说，“工”字不出头。要想出人头地，就要有自己的一爿生意。

这观念，大约是家里世代累积的言传身教。按说五十年代时，内地迁港移民如涛而至。翟家来的时候，已是尾声。情形又是较为落魄的，不像前人带了雄厚的资本来，他们除了几枚傍身的黄鱼和细软，别无所有。

翟家在佛山也是大户，家里有种植香柑的果园。但到他父亲一辈，已经是强弩之末。时代的一番迭转之后，自然是动了根基。到了香港，本想东山再起，但人生地不熟，英雄难有用武之地。将不多的家底跟人投资，不知底里，也败在了里头。按理说，如果甘下心来，细水长流地过倒也算了。翟父是心气高的人，爱面子，先前的排场不想倒，便更加速了衰落。他们从半山搬到了北角，是在翟师傅上小学的时候。在他成长的记忆里，父亲是个半老的人，总是带了周身的酒气和输了牌九的怨气。翟师傅是二房庶出。他的“大妈”，父亲的原配，终日躲在逼仄的小房间里，吃斋念佛。所有的持家的重担，便都落到了翟师傅的母亲身上。母亲又的确是能干的，迅速地将自己嵌入了这福建人与上海人混居的地界，独当一面，几年后竟在春秧街开了一爿南货店。翟师傅自小就浸淫在这方呎之地，深谙福建人的务实和上海人的精明。这让母亲大为放心，觉得家业有继。

但她不知道的是，这做儿子的内里呢，却觉得自己是个理想主义者。虽然读书不成，却深爱电影和戏剧。大约皇都戏院一有新的戏码，便迫不及待地翘课去看。而且呢，海纳百川，并不挑戏。从邵氏的黄梅调，一直看到张彻的新武侠，当然还有午夜二轮重放的詹姆斯·迪恩的黑帮片。看得多了，自然人就自信，觉得自己也可以演。北角一带，当时有一些左翼剧团，都是热情的年轻人为主力。他就报名参加。可试戏的时候，那剧团的负责人说，演戏靠天分，但得有个方法。你底子不错，还缺些方法。

这话对他是很大的激励。他并不当是托辞，而体会出了自己是块璞玉的意思，“玉不琢不成器”。后来在报纸广告上看到电影训练班在招收学员，便毅然辍了学。

如今，翟师傅仍然保留了定点看粤语

① 有什么了不起。

残片的习惯。甚至在理发铺里，终日开着一台小电视，有个台叫“岁月流金”，都是老电影。台词他都背得出，只当是店铺里的背景音。

在训练班期间，他照样早出晚归，似乎比以往更为勤奋。因为这孩子独来独往惯了，家里竟没有看出一丝破绽。直到了年尾，有个女孩子找上门来，才知道自家儿子，竟瞒天过海了半年。

这女孩是翟师傅在训练班交下的女朋友。后来他回忆起，便说是初恋。但他对这初恋的回忆并不美好。也怪自己儿女情长，夭折了演艺事业的大好前程。这女孩后来也并没有读完训练班，草草地就嫁人了。中年失婚，后来又嫁，境遇也每况愈下。翟师傅便评价说，将自己当戏来演，可不就败给了“命”字。

这事让翟家大为光火，尤其翟师傅的父亲。老翟先生的亲生母亲便出身梨园。这女人到了翟家，生下了他，却抛夫弃子，又偷偷跟戏班子跑了。这令他成长的境遇，很不如意，所以一辈子痛恨伶行。此刻，老翟先生前所未有地清醒，指着儿子骂，我是戏子养的，知道戏子的德性。生个儿子，还要当个下贱的戏子，死都阖不上眼。

好说歹说，翟师傅不学电影了。但中学他也是死活不想再上。家里就想他早点接手南货店，他便说，人各有志。我这辈子，可不再劳你们操心了。

他自然有自己的主意。在公司上训练班时，年轻的孩子们没少见到往来的明星，便也提前染上了娱乐圈虚荣的习气。男的要型，女的要靓，除了衣装，便是被前辈们带去 Salon 做个好看的发型。发型要 keep 住，绝非易事，常常帮衬便也日渐看出了端倪。一来二去，他便懂得，这里不单是整个香港最潮流的地方，还是个如假包换的交际场。这发廊开在铜锣湾百得新街，叫“新光明”。客人大抵是社会绅商名流、导演明星和骑师等等。

翟玉成便去毛遂自荐。老板见小伙子是以往的客人，以为他胡闹。他就将训练班的照片拿出来。老板看照片上方烫了四个字：“明日之星”。他说，我一个“明日之星”，都来给你撑场面，不就是店里的生招牌吗。

老板一想也对，便叫他试试，半年出不了师便走人。何曾想读书不行，演技欠奉，这年轻人学起剪发却灵得很，合该是祖师爷赏饭吃。活好，加上人样子标致，说话又很伶俐。打小在南货店锻炼出的好口才，全都派上了用场。不出一年，已惹得新老顾客都十分喜爱，人人点他。他在店里是“8 号”，行话叫“番瓜”。预订的电话来了，大半是找“番瓜仔”或“雀仔”的。木秀于林，长了自然惹人不待见。再加上他自己，见技术上再无所精进，也有些疲于敷衍那些九不搭八的故事。所以，后来遭遇了投诉，对他并不是意外。或许，反而是一个台阶，他便就此跟老板辞了职。

老板自然早看出了他的心气儿，也不想再留了。算是好来好去，还多给了一个月的工资。但他没想到的是，一个月后，这小伙子便和自己打起擂台。

说起鲫鱼涌英皇道上的“孔雀理发公司”，那真是翟玉成师傅一生中的高光。是他落手落脚，亲自打理起的生意。

北角一带的老辈人，谈起“孔雀”，总是有许多可堪回味之处，仿佛那是他们的集体回忆。如同时下上海静安区的老人儿，谈起百乐门，谈得眉飞色舞，其实并不见得都是当年叱咤舞场的老克腊①。毕竟“孔雀”作为一间高级发廊，当年用的是会员制，并非可以自由出入。

大家记忆中的，大约是“孔雀”堂皇的门口，高大的西门汀罗马柱上是拱形的圆顶，上面有巨大的白孔雀浮雕。灵感来自翟玉成爱去的“皇都戏院”上的浮雕“蝉迷董卓”，声势上却有过之而无不及。据说当年在夜色中，这孔雀便是缤纷绚丽的霓虹，不停地变换着颜色。在罗马柱旁，则有一对汉白玉的维纳斯。但和人们所见的断臂女神不同，这对维纳斯复原了自己的双臂，一个举着镜，而另一个则托着一只地球。创意谈不上高妙，但足以让人印象深刻。

就如同对这繁华包裹下内里的不知情，当这间高级发廊在北角的版图上荡然无存，人们也并说不出子丑寅卯，仿佛先前描述的，只不过头脑中的海市蜃楼，连自己都疑心它曾存在过。对于这个花名叫“孔雀仔”的发廊老板，也就有了许多的猜测与想象。因为他的年轻，没有人会相信白手起家的传奇，坊间流传的是他与一个女富商之间的暧昧。

多年后，翟师傅已入老境，再回忆起霞姐这个人，会觉得恍若隔世。因为开始与结束，似乎都没有清晰的界限。但有件事他记得很牢，可谓眉清目楚。

那时他还在“新光明”。有天黄昏时，正在为一位女客梳很复杂的盘髻。时间久了，客人阖目养神，忽然睁开了。在镜子里头，他看见这女人原本严厉的目光柔和了，落在他在头顶动作的手上。她说，你的手真好。指头又白又长，比女仔的手还漂亮。可惜了，应该去弹钢琴。

对于“可惜了”的评价，他在心里不置可否。但当下却是享受这句话，手势便分外地仔细与尽心。

后来，霞姐的确教会他弹钢琴，但他也只会她教给他的那几支曲子。在如水的夜凉中，他坐在“丽池”顶楼的落地窗前，弹《致爱丽丝》。霞姐说，我教会你，就是只要你弹给我听。你不要弹给别人。

“丽池”有三分之一的业权，属于霞姐的先生。准确地说，霞姐是他的外室。这男人发迹于南洋，捭阖半生，在一片莺歌燕舞中想通透了，终于叶落归根。霞姐跟他，从青春少艾到寞寞徐娘。他自然也没有负她，算是打点好了她的后半生。香港就这一点好，交易都在明处。哪怕中间有情，都是实打实的，没有一丝虚与委蛇。霞姐对翟玉成有真心，但也是“讲清楚”后的真心。她看出这个年轻人，有着同辈不及的现实与早熟。这份自知之明，不会给她带来麻烦。只是因为年龄的关系，还欠缺见一些世面。这她不怕，她的过去，就是他的世面。

翟玉成承认，这个女人深刻地影响了他，并不仅仅在经济和事业上。还有她的品位和审美，在漫长的岁月中以心得与阅历做底，没有保留地传授给了他，塑造他，并使之居高不下。至于爱情，因为年龄的悬殊，于他们都显得奢侈。毋宁说，她给他带来了十分完整的情感教育。有关爱的质量，门槛被无限提高。这让他此后，对

① “老克腊”指某一类人群，曾盛行于上个世纪。在当下，他们的言谈举止，生活品位仍保持着老上海的旧日时尚。某种程度上说，“老克腊”代表着昔日考究和精致的上海文化风貌。

女人变得很挑剔。与他个人的境遇无关，就只是挑剔。

无疑，是她为“孔雀”带来丰沛的人脉，使得“会员制”经营可实行得顺风顺水。其间形成了微妙的舟与水的辩证。达官巨贾、名人士绅以“孔雀”的服务彰显地位，后者自然也倚重于前者打开局面。而从“新光明”这样的发廊挖来师傅与客源，到后来似乎成为顺理成章的常态。尤其邓姓大哥，是霞姐的“契哥”。作为家喻户晓的明星，兼有三合会首脑身份，他入股“孔雀”，自然使得业内不敢再有任何微词。至于有心还是无意，本地的小报都算是拍到了几张他口中叼着雪茄，在保镖簇拥下进入“孔雀”的照片，算是坐实了“力撑”的姿态。

让翟玉成抱憾的，始终是半途而废的演艺生涯。在他又蠢蠢欲动时，邓哥适时发出警告，有关这一行的水深难测。但这不影响他格外善待娱乐界的朋友，例如女猫王沈梦、歌手吴静娴等等，都是他的座上宾。后来，在他们的鼓动下，他终于在两部电影中客串过角色。一部因为尺度问题，没有上映。他在里面演一个偷渡而来和女友团聚的青年，因后者的背叛而自尽。最后有一句台词，“香港也没这么香”。而另一部里，则是和女主角有简短床戏的花花公子。他在里面的表现十分生硬，且能隐约看到松弛的肚腩。他为对自己身体的不自律而懊恼，也从此放弃了演戏的梦想。霞姐也只是宽容地笑笑，“‘雀仔’就是这个脾性，你说他不听。试过不行，他就安生了。”

现在看来，这句话有如谶语，甚至预示了翟玉成一生的转折点。当“试”成为常态的时候，人往往会忽略评估其中的代价。何况彼时，香港的经济已走向了蓬勃，每个人对自己能力的预判，都会稍微夸张一点点。然而就是这么“一点点”，可能会影响未来的走向。

并非是要为翟玉成开解，但是有一些历史事实，可能会帮助我们了解他的心态。二十世纪整个六十年代，是香港工业腾飞时期。由 1962 年至 1973 年，香港的本地生产总值 GDP 撇除通胀后，每年以 9.4% 复式增长。1962 年的本地生产总值为 86 亿港元，上升至 1973 年的 410 亿港元。一九六〇年代，香港工业成就举世知名，是全球最大的纺织制衣、钟表、玩具、假发、塑料花等的出口王国；旅游业亦享盛名，有“购物天堂”之称。就业情况良好，失业率几乎接近零。

不得不说，翟玉成得自遗传的生意头脑，比较他的父辈，还多了与生俱来的野心。在家人尚在犹豫时，他毅然投资了一家成衣公司，并且在此后的两年获得了丰厚的利润。当然，这其中自有霞姐的点拨。在一个蒸腾的时代中，她要做他的底，让他放心地当他的弄潮儿，而不至于从浪尖上跌下来。他是风筝自飞于南天，卓然同侪，他身后有一条看不见的引线。而放线人，便是霞姐。

但是，翟玉成对这条引线的感受，渐渐地从牵挂而转为牵制。其中有一种很难言喻的傀儡感。迅速的成长，让他产生了一种错觉，自己的骨骼血肉，已经足够的丰满强劲。而这一点，让他在性事上表现出更为明显的主导。这是具有迷惑力的细节。霞姐点上一支烟，拍拍他光裸的后背，满意地叹一口气，称他已“大个仔”了。他们都没有体会到，这句话下面暗藏的危机。

仅仅在两年后，香港爆发了前所未有的工潮，并因此发展成为轰轰烈烈的反殖民运动。百业萧条，“孔雀”自然难以独善其身，翟玉成在成衣厂的投资，亦有不小折损。他没有听霞姐的，选择壮士断腕，关闭“孔雀”。这间高级发廊每天都有着庞大的开支，不得不将晚上的霓虹也关掉。翟玉成对霞姐说，“孔雀”是我的梦，还没有做踏实，我舍不得醒。

事实上，这次坚持成为日后他与霞姐争执的资本。这个时代，或许先天就是为翟玉成这样的年轻人所准备的。为了“孔雀”，他日渐逸出了霞姐那代人相对保守的轨道，而与这城市的起伏同奏共跫。年轻的翟师傅，曾是1969年底远东交易所开业以来，第一批入市的香港人。恒生指数两周后创下160.05当年新高，从而由此开启了这座城市的股市神话。

这神话的覆灭，是在五年之后。老辈的香港人回忆，都说其中过程不突兀，有许多不可思议的信号，如今被称为笑谈。翻开当年的报纸，“置地饮牛奶”收购战，“过江龙饱食远扬”事件，桩桩足可警惕，但在一个全民嘉年华的时代，只当是这神话链条中的异彩。自1972年至1973年，香港有119家公司上市。市民们陷入了“逢买必涨，不买则输”的狂欢中，每日以粗糙而世俗的方式，举办自己人生的盛筵。“鱼翅捞饭”“鲍鱼煲粥”“老鼠斑制鱼蛋”是一九七三的荒诞与疯狂。这一年，“孔雀”也迎来了它的巅峰时刻。翟玉成亲自登高，将两颗硕大的哥伦比亚祖母绿，镶进了浮雕白孔雀的眼睛里。

孔雀瞳仁中的绿光，说不出的艳异，其实是最后的回光返照。只一个谣言引发的蝴蝶效应，便破碎了泡沫，让恒指在一年间跌至150点，跌幅近91%。来势汹汹的股市坍塌，殃及楼市，元气大伤。数万股民毕生积蓄，朝夕化为乌有，哀鸿遍野。这场股灾，让多年后的香港人谈起，仍是噤若寒蝉。以致TVB以此为题材的剧集《大时代》播映，派生出了都市迷信般的“丁蟹效应”，如幽灵在城市上空游荡不去。

即使到了暮年，翟玉成听到《大时代》的主题歌《岁月无情》，总会伴随着一阵生理的痛感。

“爱几多，怨几多；柔情壮志逝去时，滔滔的感触去又来。”所谓柔情与壮志，只不过都是孔雀的尾翎，盛时展开来是一幅锦绣。一根根地脱落了，被踩踏进了泥土，怕是自己都不想回头去看一眼。

幸耶不幸，当年他遇到的，也还都算是重情义的人。最后的疯狂中，他暗自转移了霞姐的部分资产投入股市，直至一败涂地。她没有起诉他，甚至没有追讨，权作为了分手的礼物。而因道上的规矩，邓姓大哥要为“契妹”讨个公道，便叫手下人斩了他的一根手指。斩断了，即刻派人送去医院，给他接上了，也算是顾念交情，留足面子。

在医院里醒来，他睁开眼睛，看到陪在病床边的，是好妹。

郑好彩是“孔雀”的美发助理，其实干的是俗称“洗头妹”的活儿。当然她一边为贵客们洗头，一边也在接受着剪发的训练，再过一个月就满师。

在“孔雀”这样的理发厅工作，于她这样的女孩，多少有一些虚荣的性质。对其他人来说，还未来得及体会这场中的浮华，便要离开，是会不甘心和落寞的。但她却没有。

“好彩”在广东话里，是“幸运”的意思，经理就顺理成章给她起了个英文名字，叫 lucky。如今要离开了，lucky 没有了，她还是好彩。

她自然说不出“成败一萧何”这样的话，但她信命，也服气命，是随遇而安的脾气。日后，她便总是想起当年面试时的一幕。那日看其他来面试的女孩，都是漂亮的。她也算生得周正，胳膊是胳膊，腿是腿。但身形却敦实，其实是很好的干活的身架子。但是，她举目四望，看这理发厅里，是她想不到的堂皇，水晶吊灯将繁花般的光影投在了天花板和四壁上。喷泉跟着音乐的声音起伏，上面有个小天使，手中是一把金色的弓箭。这些都与她的日常无关，她便有点慌，好像自己走错了地方。面试的一个环节是洗头。到了要她下手的时候，她的手不听使唤，不停地抖。被她洗头的那个模特，索性站起来，说，不行了，这妹仔抖得厉害，跟触电了一样。我都跟着抖。

好彩叹口气，擦一擦手，准备离开。手却又不抖了。这时她听到一阵笑声。就看见一个青年靠着门站着，西装搭在肩膀上，嘴上叼着一根烟，似笑非笑望着她，说，留下吧。

好彩愣愣地看着，想，这人可真是个靓仔啊。

经理便赶紧说，还不快谢谢成哥。

她张一张嘴。此时的翟玉成，还未从一夜笙歌的宿醉中醒来，他揉一揉惺忪的眼睛，悠长地打了个呵欠，对她摆了摆手，转身就离去了。

或许，就是这惊鸿一瞥，让好彩有了种种的回味。日后，她常问起翟玉成，当时为什么要留下她。翟玉成开始会笑着敷衍，说，睇你靓女嘛。她自然是不信，再追问，翟玉成就不耐烦再说了。

其实进来“孔雀”后，她极少能看到翟玉成。因为大堂里的电梯，可以直达三楼，那里是办公区和贵宾室。而老板照例并不会在他们工作的地方出现。偶尔看见了，他往往和别人在一起寒暄或应酬。她远远看见他在笑，却觉得这笑里其实是疲惫和肃然的。

那天，她最后离开“孔雀”时，禁不住还是回头看一看。巨大的拱顶上，已经没有了霓虹闪烁。在渐沉的暮色中，是一团突兀的灰。她心里头有些哀伤，倒不是为了自己。她想，不知道这么大的房子，以后可以派什么用场。会是什么人接手，那么美的喷泉，不知还留不留得下来。“但我再也不会回来了。”这样想着，她心里莫名地也有些悲壮。

可是呢，离开没有很久，她却又回来了。但大门已经贴了封条，进不去了。她透过大门的门缝向里看，里面一片漆黑。这让她觉得十分狼狈。她开始在门口徘徊，一面在想办法，一面在心里骂自己“大头虾”。她想，丢什么不好，哪怕丢了整个工具箱呢。偏偏丢了这件。

丢掉的是一把剃刀。ZWILLING J. A. Henckels，德国产，很贵。才买了三个星期。原本是想用来做自己出师的礼物。可实在是太喜欢，就提前买了。这花去了她半个月的工资，想来还是十分肉痛。她沮丧地想，这真是赔了夫人又折兵。公司匆匆散了伙，还有半个月工资没着落，这把刀一丢，可凑了一个月的整。

正当她左顾右盼，终于准备放弃时，看到公司的后门开了，她想天无绝人之路。刚想要溜进去，却看走出了一伙人。几个魁梧的汉子，中间架着一个人。那人走路踉跄着，脸色煞白，一只手上裹着纱布，已经被血渗透了。她仔细一看，是翟老板。吓得一个激灵，忙躲到了暗处去。她心里头风驰电掣般，想起了公司里听到的许多流言。不是说，这人已经和姘头卷款逃去了国外吗？

她又看了一眼，看到翟玉成向这边方向偏了一下头，青白的脸上是种麻木和绝望。她回忆起了，那长久前的惊鸿一瞥，他似笑非笑地看着她，说，留下吧。

她看到一辆车在后门停下，那几个人将翟玉成推了上去。她心里咯噔一下，不知哪里来的勇气，飞快地拦住了一辆“的士”，说，跟上前面那辆车。

翟玉成醒来时候，看到的人，是郑好彩。

她俯在床头的栏杆上睡着了，睡得很熟，竟微微打着鼾。他在回忆里使劲搜索了一番，终于想起了这个长相敦实、脸庞红润的姑娘，是“孔雀”的员工。听有些人叫她“好妹”。

他感到肩膀有些酸痛，轻轻移动了一下身体，床“咯吱”响了一声。郑好彩揉揉眼睛，懵懂地抬起头，看着翟玉成正看着她，这才猛然醒了过来。她用手背擦了擦嘴角的口水，一时又愣住了，和眼前的这个人对望了一下。

忽然，她想起什么似的。站起身，将床头柜上的保温桶打开来，倒出了一碗。往翟玉成面前一杵。翟玉成下意识地往后一躲。好彩说，猪脚啊，今朝起早炖了两个钟。以形补形。

翟玉成和郑好彩的婚礼，并没有留下什么痕迹，甚至没有一张像样的结婚照。

好彩是个孤儿，在圣基道福利院长大。翟玉成早先因为投资股票的纠葛，跟家里断绝了关系。其实他父亲早已去世，母亲积劳成疾，前两年也过身了。留下一个“大妈”，已经老得不行了，倒是还在家里吃斋念佛，不闻窗外事。翟玉成跟几个兄弟反目后，也再没回过家里，从此形同孤家寡人。

结婚那天，便自然省去了一个“拜高堂”的环节。来的都是以前好彩在纺织厂上班的工友，都是一样敦实爽朗的姑娘，在一个潮州卤味店摆了一桌。到拍照时，姑娘们簇拥着好彩，倒将翟玉成挤到了一边去。照片上新郎就讷讷地站着。日后好彩看那照片，说，好像是一群女工旁边站着个傻佬工头。

其实，好彩并不想铺张婚礼，她甚至从未对小姐妹们说过翟玉成的过去。关于以前，她只想记得那个将她“留下来”的瞬间，中间可以跳过所有的事，再连接到这个眼前的人，依然是她在乎的。

婚礼后，她将姐妹们的“人情”都记了账，这一块将来是要还的。她经年的积蓄，都是嫁妆，竟然也有不小的一笔。翟玉成没有人来随分子。但是第二天，却收到了一个很大的礼包。打开来，里头是厚厚的一叠“大牛”（五百块）。这礼包没有具名，只在右下角，写着四个字：“孔雀旧人”。

这笔钱，他们没有动，因为不清楚来历，便存到了银行里头。但后来，终于还是用掉了，因为“孔雀”虽然申请了破产，翟玉成却还有一些零星的外债没有清。息口不高，但几年间的通胀很厉害，都怕夜长梦多。

好彩没和翟玉成商量，自己出去觅了间铺子。她本不是个精打细算的人，但她现时手里握着压箱底的嫁妆，却知道一分一毫都是未来，不能有半点的差池。

到了开张的前一天，她才带了翟玉成看那间铺子。这铺子搭在明园西街的后巷，左手是个五金铺，右手是个烧腊店。外头粉白的墙，是好彩落手落脚刷的。铺子上头，“乐群理发”四个字，一笔一画都格外方正踏实。门口的三色灯柱，不是红白蓝，倒是红白绿。翟玉成想，这是仿照“孔雀”的灯柱。他是别出心裁的人，别人要用蓝，他偏要用绿。但眼前这灯柱，是转动不了的。因为也是好彩，一笔一画地画在墙上的。

好彩左右看看，悄悄对他说，我们好好做，往后把隔壁的店也盘下来。

翟玉成看看好彩，眼里满满憧憬，全是将来。此时，他心里却都是过去，忽然发酵一样，堵住了他的胸口。他深深地吸一口气，想，这辈子，就这样了。

小门面的生意，靠的是街坊帮衬。好彩醒目，知道开业那天，自己给自己送了一个花篮，又放了一挂鞭炮，便是让左邻右舍都知道。

人们便看，这小夫妻两个，女的有股市井的爽气，见人三分亲。男的很俊秀，话少，神情倒是郁郁的。虽然没有什么夫妻相，干起活来，倒是十分默契。两个人都是勤勉的。那时候的香港人，别的不认，就认人勤力，所以都慢慢地喜欢他们了。

其实，翟玉成被斩了手指，接上了，但却留下了后遗症。大概是伤了神经，雨天疼，拿起稍有重量的东西，便抖。越想集中心神，越是抖得厉害。

他不能剪头发，也不能替人刮胡子。只能给好彩打下手。夜晚在灯底下，他惨然一笑，说，当年你手抖一时，我留下你。如今我可能要抖一辈子，你能留我到几时。

好彩什么话也不说，只是将他的头揽到自己胸口，紧紧地。翟玉成听到好彩的心跳，也听到自己的心跳，渐渐地，就跳到一处了。

可他究竟是不甘心，闲下来，便跷起二郎腿。举着剃刀，拿自己的膝头哥练。开始不行，手稍微一抖，膝盖上就是一道血痕。他便擦掉渗出的血珠，再练。一个小时练下来，就是密密麻麻、蛛网似的血道子。

好彩见到了吓一跳，说我好彩唔好彩，怎么嫁给个傻佬。她便买了个冬瓜。冬瓜大小像是人头，上有一层绒毛，像是人的须发，正好给他练手。

练完了，晚上他们将这冬瓜吃了。从此一时冬瓜海带汤，一时蚝豉肉碎，一时花生瘦肉，轮番地煲。晚上吃，他们就笑，都觉得这一餐好像是赚来的，心里满足得很。

他这样练着练着，手倒真的渐渐定了。

有一天，他们收到一个包裹。打开来，里头是一把剃刀，还有一只推剪。好彩认了认，“哎呀”一声叫起来。原来这把剃刀，是 ZWILLING J. A. Henckels。和她在“孔雀”丢掉的那把，一模一样。

包裹上没有具名，还是那四个字，“孔雀旧人”。翟玉成看好彩高兴得像个孩子，心里也笑，暖一下。

到了年底时候，好彩有了身子。第二年入秋，生了一对双胞胎。两个男孩，广东人叫“孖生仔”，是好兆头的意思。孩子的眉眼像翟玉成，清秀。身形似好彩，敦实实。他们就给起了名字，一个叫阿健，一个叫阿康。

但都觉得意犹未尽，就请教店里的老客，教中学的叶老师。叶老师就给加了个“然”字。翟健然，翟康然，果然雅了许多。

孖生仔六岁的时候，好彩又怀孕了。夫妻两个就说，这回要好彩的话，就是个女仔。

翟玉成对好彩说，女女好，知道疼惜人。好彩说，对，长大了，会帮阿爸捶筋骨。

两人就说，那我们去黄大仙，烧香许个愿，求给我们一个女仔。

生下来了，真是个女仔。夫妻俩欢喜极了。对他们来说，这是双喜临门。隔壁的五金铺不做了，租约夏天到期。他们就跟业主商量，想把铺子盘下来。两厢就谈好，就差签约了。他们说，这女女是我们的福将。以后会越来越好。

给女女取名字，爷娘各一个字，叫“彩玉”。到街坊发猪脚姜、红鸡蛋，都说这名字好听，很吉利。

出了月子，好彩要抱了女女去福利院看院长。这些年，逢到年节，好彩都要去自己出身的福利院，好像回娘家。翟玉成说，路途远，我陪你去。

好彩说，前街孟师奶，约了今日来烫头发，她晚上要去北角饮宴。老街坊，不可失信人。你好好帮她整。

见他不放心，好彩说，我叫阿秀陪我去，总成了吧。

阿秀和好彩是一个福利院出来的姐妹，这些年一直要好。翟玉成便说，好，那你早去早回。

好彩到了福利院。大家都很欢喜，聊了很久。院长说，我也快退休了，看到你过得好，心里真是开心。我当年没给你取错名字。

回程时，好彩就想，如今有了女女，天遂人愿，该去黄大仙烧炷香，还个愿。

她便让阿秀先回去。阿秀忖一忖说，那行，家里等我煮饭，你知道我婆婆厉害。你自己小心点啊。

好彩在黄大仙庙烧了香，又发了新的愿。从庙里出来，她闻着自己一身的香火味，觉得心里定定的。

她往大巴站的方向走，看见迎面走来一队童子军。小小的男孩子，穿着浅绿制服，走路雄赳赳的，都很神气。大概是刚刚野营回来。好彩想，孖生仔再过一年，也到了幼童军的年纪，到时穿上制服，也会一样的神气。

她这样想着，心里满足，一面就看这队童军手牵手，过马路。

当邻近她的时候，忽然看见一个男人斜刺跑过来，摇摇晃晃地，手里举着一把刀。孩子们一哄而散。男人愣着眼睛，只追其中一个男孩，眼看就要追上，刀要斩下来。好彩没时间想，一个箭步上去，挡在了男孩前面。一回身，护住了那孩子。那刀便刺在她后背上，她推一把孩子，叫他快跑。男人拔出刀，又更猛地刺下来。

好彩倒在血泊里。人们制服了那疯汉，报了警，叫了救护车。想将她扶起来，扶不起，见她已经没有了知觉。手里还紧紧抱着自己的婴儿。女女脸上身上都是血，直到将她与好彩分开，才嚎啕地哭起来。

翟玉成赶到医院，跟着担架车往手术室里跑，一边大声叫着老婆的名字：好彩，好彩……

好彩煞白着脸，这时忽然张开眼，看着他，竟淡淡笑了下。她说，“我唔好彩啊。”

就又闭上了眼睛。

好彩死后的那个月，翟玉成那根被斩断的手指天天疼，疼得钻心。

有人来探他。他就狠狠扇自己耳光，说，那天要跟去，好彩就不会出事。

别人劝他。他就说，千不该万不该，去什么福利院。福利院是孤儿所，她好来好去，留下仔仔女女做孤儿。

人们就又劝他，还有你在，孩子们怎么会做孤儿呢。

这时候，女女彩玉哭起来。他冷冷斜一眼，并不管。他说，不是为咗呢个死女胞，好彩点会出去，点会去黄大仙还愿？佢累死佢阿妈，抵死。

人们看他哭着，一边诅咒自己的亲生女儿，有些不解，更多的也万分同情，这男人突然遭遇不幸，是觉得人生坍塌了，糊涂了。总要时间，才能走出来。

但翟玉成，这以后，天天任由婴儿在家里哭，哭到没力气。也不开工，自己一个人，坐在家门口喝酒。喝到酩酊，就躺倒在地上不起。

孖生仔的小哥俩，却因此迅速地懂事了。他们还没有消化和真正理解母亲的死，却已经在讨论和试探中，模仿阿妈的手势照顾妹妹，给她喂奶粉，换洗尿布。

但他们，毕竟也还是很小的孩子，并不具备常识。如果不是因为社会福利署的义工来家访，他们都不知道妹妹已患上了黄疸病。

待发现了，已经迟了。婴儿太小，也太弱，没抢救过来。不到两个月，便随阿妈去了。

将女女葬了，葬在阿妈身边。当天回来，翟玉成又喝了大醉。孖生仔远远看他，谁都不敢说话。他看儿子们，眼光里忽然都是恶。走过来，左右开弓地打。阿健闷着头，任他打。打累了，他喝一口酒，又换了阿康打。阿康挣扎一下，他打得更凶。小小的孩子，捉住他的胳膊，狠狠咬下去。趁他一松手，跑出家门去了。

街坊的舆论，渐渐就变了，不再同情他。

但可怜一对孖生仔。阿妈走了，还是长身体的年纪，没有人照顾，还有个不生性的老爸，往后可怎么办。

有善心的，便偷偷招呼了小兄弟两个，到家里吃晚饭。临走，哥哥眼睛定定地看饭桌上的叉烧包。街坊以为他没吃饱，便包起来给他带走。

回到家，清锅冷灶。翟玉成一只手拎着酒瓶，看到儿子们，骂道，死仆街，放学唔知返，学人做古惑仔！

从腰间抽下皮带就要打。阿健不躲，由他揪住衣领。阿健从书包里拿出叉烧包，说，阿爸，你先吃了吧。你一天没吃饭了，吃饱了才有力气打。

翟玉成一愣，抬起的手，慢慢垂下来。他觉得这只右手，忽然间抖得很厉害。他用左手牢牢地握，但终于无力地松开了。他猛然将儿子揽过来，用下巴紧紧抵住，觉得眼前一热，立时模糊了。

手这时候，倒是慢慢不抖了。

第二天，人们看到翟玉成在“乐群”门口，脚下搁着几只油漆桶。他弓着身子，细细地刷那三色的灯柱。是缘着好彩当年画下的轮廓，一笔一画，刷了一道又一道。

肆

有关“三色灯柱”的典故

迄今香港的飞发铺，店外仍然悬有一到两条红蓝白灯柱，被称为Barber's Pole。这通常被理解为招徕顾客的手法，实则不止灯饰这么简单。

其渊源可追溯至中世纪的欧洲。在《开膛史》一书中，我们可以看到一张中世纪理发师画像。理发师的右手拿着剪刀，平时为人们理发用；而左手拿的是比刮胡子用的剃刀大得多的手术刀。这是因为，1215年拉特兰会议作出裁决后，形成了一个新的职业——理发师兼外科医生（barber-surgeon），并且风靡中世纪的欧洲。1361年法国巴黎理发师协会颁布规章，并于1383年重申：“皇帝的第一位侍从理发师掌管全巴黎市所有理发师的业务”且是“国内所有理发师和外科医生的首脑”。从这则规章中可以看出，当时被理发师一统的外科医学地位。

在那个时代，很多手术都是由理发师完成的，所以有种说法理发师是外科医生的祖师。1365年巴黎已有40名理发师出身的外科医生。在英国，爱德华四世（King Edward Ⅳ）在1462年成立了第一个理发师公会，并将其作为其他行业的典范，授予公会成员在伦敦拥有理发和外科手术的垄断权。至1540年，亨利八世准许有证书的理发师参加外科医生协会。

早在中世纪，欧洲已出现并流行一种放血疗法，但是血在宗教教义里一直是一种比较敏感的存在，所以早期实施者都是教会内部的神职人员，直到1163年，教皇亚历山大三世下放了放血疗法权利，将任务交给了民间理发师（barber）。每逢春、秋两季，许多人特别是有钱人，都要定期接受放血，以增强体质，适应即将来临的气候变化。

由此，理发行业的柱状标志起源于放血之举。因为放血通常就在浴室中进行，病人先用温水沐浴，使血液流动加快，这样更容易放血。病人手中握着一根木棍，理发师在要放血部位的上方缠上绷带（通常是在上臂）阻止血液流动，再用小刀割破隆起的血管，血就此流出，由于压力较大，有时甚至喷涌如泉。放血后，理发师把绷带洗干净，放在室外的柱子上晾晒。久而久之，这种在风中飘动的绷带竟然成了理发师招揽生意的广告。

于是，人们设计了一个招牌。顶端的黄铜水池用于盛放水蛭，底端的水池用于收集血液，圆柱代表病人手中握着的木棍，而柱子上的红色和白色条纹则是源于理发师将洗过的绷带悬挂柱子上晾晒。风中的绷带相互扭转，围柱环绕。大约1700年，这种圆柱就成了理发馆的固定标识。随着外科技术的发展，外科医师协会规定外科医生的标识为红白相间条纹，理发师的标识则调整为蓝白相间的条纹，以示区别。后来，理发店标识将二者结合起来，使用红、白、蓝三色条纹，红色代表动脉，蓝色代表静脉，而白色则是缠绕手臂的绷带。

此后，放血以及其他外科医疗交还给医生，理发师回归本业。然而，门口使用三色灯柱，却已经成为了理发店的一种标志。直至今日，旋转的灯柱在世界各地依然被当作理发店的象征，甚至还出现在某些地方的法律文件中；例如，2011年美国宾夕法尼亚州的理发师执照法就要求：“每个理发店应提供一根旋转灯柱，或一个表明能提供理发服务的标志。”

伍

我陪同翟健然见了飞发铺的业主林先生。在一个钟头后，林生答应了我们续租一年的要求。他最后对翟师兄说，我是看当年好姨的面子。这一年，叫你阿爸好来好去，莫再荒唐了。

这话里的话，隐隐地，未免冷酷。但既然已有了结果，也就不深究了。

年底时，我一个好友结婚，让我做“兄弟”。朋友是个华侨，在美国长大，对中国文化抱有海外华裔归根式的好奇。因为和本港一个女孩迅速地堕入了情网，这个婚礼便要成为他们共同想要的样子。中西合璧的婚礼形式，包括“兄弟们”的服装与发型，也是一种不可思议的复古。因为多年的交情，自然是迁就了他。我看着他发来的图片，想象着我们将要顶着一式一样的发型出现在婚礼上。我终于揶揄他说，你是要让我们都做你的葫芦兄弟了。

他在whatsapp①的那头，似乎很茫然。我于是知道，以他的成长环境，是不会理解这么曼妙而贴切的比方的。但是，我仍然答应他，去为兄弟寻找能剪出这张早期好莱坞电影海报中出现的发型的师傅。

于是我找到了翟康然。我说，Terence，麻烦你，我知道复古是你的拿手好戏。

他看了一眼，笑笑说，这个我恐怕剪不来，太古早了。不过我可以带你去见我的师父。

我有些吃惊，心里想，难道他的师父，不就是翟老先生吗。

但是，鉴于我知道他和他父亲的关系不是很和睦，于是也没有多问。

于是我见到了老庄师傅。

别误会，我这样称呼他，并非是因为他如何仙风道骨。而是他的年纪看上去，确实足够大了。这是从他脸上的皱纹和体态看出来的，尽管他极力地让自己看上去挺拔些。是的，在我看来，他是个很体面的老人。头势清爽，梳理得一丝不苟。制服里头的白衬衫领子浆洗过，抬手时可以看到一颗考究而低调的袖扣。

大约因为Terence作了介绍，他见我便用上海话打招呼，侬好哦？

我说，我其实是南京人。

老庄师傅便笑了，说，江苏人啊，那我们才是老乡，你听我上海话里有江北口音。我老家是扬州。伊拉香港人也搞不清爽，江浙人在这里都叫上海人。

这时，一个满头发卷的师奶说，庄师傅，你好帮我弄一弄啦。

他忙走过去，把一个宇航员帽样的东西推上去。那是台烘发器，看得出有了年头。他一边轻声和师奶说了句什么，一边拆下她头上的发卷，又喷了点水，才开始给她吹头发。这时候眼里的笑意没了，眉

① whatsapp是一款可供iphone手机、Android手机和Blackberry黑莓手机用户使用的、用于智能手机之间通讯的应用程序。

头因专注紧锁，嘴也抿起来。

他熟练用卷发梳，一边梳理一边吹风。这吹风机是白铁制成的，是个海螺壳的式样。我依稀觉得在哪里见过。忽然想起来，是年前的一个贺岁的卡通片《小猪佩奇》。有好事的网友将祖师版的吹风机刷成了粉色，竟与佩奇别无二致，不期然掀起一股怀旧风潮。如今在这里见到了实物，有异样的亲切，不禁多看了几眼。那师奶以为我在看她，有些不好意思，用广东话说，后生仔，你是不知我们年纪大了，头发薄，卷一卷才好出街见人。庄师傅就说，吹出力道，打松了，又年轻十岁。

师奶便笑了，改用上海话说，庄师傅嘴巴甜得来。

庄师傅说，我老老实实，不讲大话的。

师奶呵呵笑道，冲这个甜嘴巴，好手势，我月月都从九龙过来帮衬的。大家好讲上海话，认牢这个师傅。

庄师傅说，哪里有，有两个号头没来过了。

师奶便立即说，你都晓得，阿拉在浦东买了别墅，虹口也有套房子，一年总要回去住一住，才划算。

庄师傅便接话，侬就算不住，房价这些年，都是坐火箭升上去，富婆做得适意得来。

师奶似乎急了，身形一扭，开口声音忽然有些娇嗲，侬弗要乱讲啊。

这时候，Terence 忽然低声说，师母来了。

那个师奶便好像定住似的，正襟危坐。一个身形精干的女人走过来，蜡黄脸色，利落的短发，面目严肃，倒不太能看出年纪。她抱了一沓白色的毛巾，放进了座位旁边的抽斗里。打量那位客人，倒是微笑了一下，说，何师奶，好气色。

这瘦小的人，竟是浑厚的烟嗓，倒显得整个人不怒而威了。

先前的师奶，声音低下去了八度，客气道，老板娘讲笑。阿拉侄孙周末摆满月酒，飞个靓头发去饮宴。

老板娘说，多谢帮衬啦。

说完，收了几条用过的毛巾，放进一只塑料篮子里，利落落地又走了。

她前脚刚走，这何师奶便道，阿弥陀佛，得人惊。

“唔好郁。[①]”就听到庄师傅柔声道，大概头发吹到了尾声。师奶熟练地从桌上抽出一张纸巾，掩住口鼻。庄师傅用一大罐喷发胶，喷洒了一圈；又找出一罐小的，在额头喷了喷。

“何师奶，我同你讲……”庄师傅一开口，“自然定型，今晚唔好落水洗……知道喇，次次来，次次讲。”何师奶不耐烦似的，却又轻声笑起来。

庄师傅拿一面镜子，给她左右照照，又给她细细掸掉身上的碎头发。何师奶站起身，说，真的好手势，靓翻啰。

便到柜台去结账。她临走先搁下五十块小费在台上，然后才出门去，身姿虽丰润，竟是有些婀娜的。

庄师傅将钞票塞给 Terence 说，康，拿去给你朋友买雪糕。

Terence 笑着推却，说，师父还当我们是细路仔。

---

① 不要动。

庄师傅就装到自己口袋里，倒有些不好意思，说，嗨，世道不景，阿拉这辰光，唯有靠熟客啰。

这时候，便听到那把庄太的烟嗓，是熟，熟得很。六十岁的人了，还跟人飘眼风。这个何仙姑！

庄师傅呵呵笑着，说，话是话，好歹人家也帮衬了二三十年。

老板娘说，是啊，住在北角就帮衬，搬去了土瓜湾，坐船也要过来同上海老乡倾倾偈。

Terence 就说，师母，何师奶口水多过茶，师父可是目不斜视。

庄太就佯怒道，康仔，你就护你师父的短罢。

说罢叹一口气，说，如今都请不到小工，我一个要顶八个用。你们男人家进来剪头发、剃须、汏头、擦面，至少要用六条毛巾。我哪里洗得过来。

庄师傅便道，夫人辛苦，谁叫你是女中豪杰。

庄太嘴里"哧"一声，我是劳碌命，老板娘是摆摆样子，人家有别墅的才是女中豪杰。

庄师傅回过头，对我们做了一个鬼脸。庄太说，以往生意好时，我们光师傅就有十几个。你看现在，那边的龙师傅，来香港才二十多岁。现在刚过八十寿，也还是在做。

我远远看去，这个师傅须发皆白，胖胖的，一脸的福相，倒真看不出已经是耄耋老人。他哈哈一笑，说，我这是香港精神，手唔震，就做落去。我们这间老字号，客同师傅，都是死一个少一个。有啲一百岁、坐住轮椅都嚟帮衬。两三个月冇嚟，到个仔嚟剪发，我话乜咁耐唔见你妈姐？佢就话过咗身啰。[1]

庄师傅这时坐下来，接口道，对，李丽珊是香港精神。我孙女最中意麦兜，吃菠萝油也是香港精神。

他打开一只纸袋，拿出面包，又打开一只保温杯。一边啃面包，一边便说，从早上到现在，才有空吃口饭。你是 Terry 的朋友仔，不和你见外了。按规矩我们上海师傅做事，有客时不能吃东西。不像广东师傅，叼着香烟给客人剪发，冇眼睇。[2]

这时候龙师傅转身收拾手上的活计，背影有些蹒跚。庄师傅轻声说，看他乐呵呵，去年底心脏才搭了桥。没办法，也是没有年轻人肯入行。

Terence 便说，师父急用人，我就来帮手。

庄师傅使劲摆摆手，大概是面包吃得急，堵在嘴里讲不出话来。庄太就接口道，可不敢请你，你老窦不要上门一把火烧了我们"温莎"。

这时候，我才仔细环顾了这叫作"温莎"的理发店。带我来的时候，阿康特别强调，这是一间上海理发公司，不是一般的飞发铺。

其实地方不很大，大约是因为两整面墙都是镜子，感觉阔朗了许多。地面用石青色的马赛克，唯有柜台镶嵌一面大理石，

① 有的一百岁了，坐着轮椅都要来帮衬。三两个月没来，到了他儿子来剪头发，我说很久没见你阿妈啊？他就讲已经去世了。

② 看不下去。

在柔和的灯光里，也并不显得冰冷。上面钉着几个明星的黑白“大头相”，赫本、梦露和吕奇。巨大的月份牌，上面有个旗袍女子。丹凤眼，腮红，欲语还休的样子。整个厅堂里，响着极其清淡的音乐，是上个世纪的风雅。唯有一只方形的挂钟，式样和做工，虽是金灿灿的，却显出批量生产的简陋，让这气氛有些破了功。

这时，庄师傅吃完了，将那装面包的纸袋折叠好，扔进垃圾桶里。细细地洗了手，这才走过来，说，拿给我看看。

我将朋友发来的照片给他看，他说，呦，花旗装，这发型可是很久没剪过了。你这个朋友仔有眼光。

他便拍拍我的肩膀，先去洗个头，然后遥遥地喊，五叔公！

刚才那个龙师傅，便引我过去。我走到洗头椅上躺下来，他说，后生仔，到这边来。这边是男宾部。

我茫然站起来，才看到他站在店堂的另一侧，有几个水盆。庄师傅哈哈笑着说，阿拉上海理发公司，分男女，“架生”不同。广东理发店汱头朝天困，阿拉铺头，男宾是英雄竞折腰。

我在龙师傅指引下坐下来，俯下身将面冲着白瓷洗脸池。龙师傅用手试试水温，这才轻轻将水淋在我的头上。这感觉很奇妙，好像童年时外公给我洗头的感觉，是很久前的了。这位老人家手力道很足，又有很温柔的分寸。擦干前，用指节轻轻敲打，头皮每一处都好像通畅清醒了，舒泰极了。

站起身，庄师傅冲我招招手，让我在一个庞大的理发椅上坐下来。

我这才注意到，男女宾的座椅原来也是不同的。女宾部的要小巧简单一些。

五叔公汱头适意吧？他一边用吹风机给我吹头，一边问。

他便好像很得意，说，那是。我们这边啊，人手依家少咗，可功架不倒。汱头、剪发、剃须、擦鞋，讲究几个师傅各有一手，成条龙服务。哪像广东佬的飞发铺，一脚踢！

这吹风机的声音很大，我有些听不清他说话。吹完了，我说，师傅，这风筒有年头了吧。他说，你话这只“飞机仔”？你自己看看。

我借着光一看，刻着字呢，隐约可见字样，“大新公司，1960 年 3 月 7 日”，算起来有六十年了。

我说，是个古董呢。

他一边剪，一边说，要说古董，我这里不要太多。就你坐的这张油压理发椅，我在日本订了来，盛惠三千八一张，我买了八张。当时一个师傅的月薪才三百块，是一年薪水。六〇年代，可以买两层楼呢。

庄太接口道，埃个辰光（这时候），真不如买了楼。乜都唔做（什么都不做），现在卖了手头两千多万来养老。

庄师傅不理她，你看这老东西，质量交关好。真皮座垫头枕，几十年才换了一次皮，脚踏可调高低，椅背可校前后，还带按摩。适意得来，这么多年，帮我留住了多少客。

他一边说，一边踩那脚踏，椅背便降下来。我似曾相识，便说，“乐群”那里也见过这张椅。

Terence 便道，我那张，是找人仿制了师父这里的，如今买少见少。“温莎”这几张真古董，林家卫拍《一代宗师》，张震的白玫瑰理发店，在这儿借过景。景能借，椅子能仿，可手艺借不了。艾伦你就闭上眼睛，叹下什么是真功夫。

我果然闭上眼睛，一块滚热的毛巾敷在面上，顿时觉得毛孔都张了开来。就感到一把毛刷在脸上轻抚，有一种小时候的花露水味道，滑腻而冰爽，是剃须枧液。一丝凉，从唇上开始游动，然后是下巴、颈项、面颊两边，奇异的张弛，是伴随手指在脸部的轻按与拉伸。这感觉似曾相识，但似乎又是全新的体验。大约因为一气呵成，有一种可碰触的洁净。像是锋刃在皮肤上的舞蹈，令人几乎不忍停下。

我忽然明白了，翟康然师出有名，的确不是来自他的父亲。

我的脸上又被敷上了毛巾，作为这冰爽后的一个温暖的收束。

椅子被渐渐升起来，我看到庄师傅牵过椅子侧面的一条皮带，将剃刀在上面打磨。他说，这东西我们叫“吕洞宾裤腰带”，我一柄“孖人牌”，磨了几十年，还经用得很。

他笑道，你大概听说过扬州三把刀。这剃刀在上海理发公司才叫发扬光大，我“温莎”的回头客，来来往往，都是为了再挨我这一刀。

我看见他将刀刃已经磨成了波浪形的剃刀，用布擦干净，很小心地放进手边的盒子里。

庄师傅剪头发，不用电推，只用牙梳和各色剪刀。他的手在我头顶翻飞。剪刀便如同长在他的手指间，骨肉相连，无须思考的动作，像是本能。流水行云，甚至不见他判断毫微。手与我的头发，好像是老友重逢的默契。

待那只大风筒的声音又响起来，已是很长时间后了。但我似乎又没有感到时间的流逝。镜子里头，是个熟悉的陌生人，却如同时光的倒流，与这店里昏黄的灯影、墙纸上轻微蜿蜒的经年水迹、颜色斑驳的皮椅，不期然地浑然一体。

成个电影明星咁！庄师傅赞道。他最后细心地调整了我额前发浪细微弯折的曲度。

临走时，庄师傅从柜上取下一个金属樽，对我说，你的发质硬，要仔细打理，照我说的方法。我送你一罐发蜡。

我接过来道谢，上面只有“温莎”两个字。他倒是眨了眨眼睛，道，都说我们上海师傅孤寒，那是没遇到知己。

走出店，翟康然看看我说，我师父做的花旗头，是一绝。和外头不一样，但他不教我。

我问，为什么。

他问，你没看出，他根本看不上广东飞发吗？

其实，他是看不上我阿爸！没有等我回答，他说，但师父答应他，不给我出师。他一天不教我花旗头，我就不算是他徒弟。

我终于问，你为什么不跟翟师傅学剪发呢。

翟康然没说话。我们俩在北角默默地走，我看到了翟师兄对我说过的皇都戏院。在英皇道的拐弯处，巨大的玫瑰色的背景，是业已斑驳的浮雕，“蝉迷董卓”。我细细地辨认，看不出蝉，也不见董卓。但可以想见昔日的堂皇。如今熙熙攘攘的人流，没有谁在此驻足，哪怕抬起头看一眼。不期然地，我想起了“孔雀”。

我说，Terry，我想进去看看。我们走入去，其实里面并没有什么可看的。只有两个卖玩具的档口，和一个临时搭建起的报纸摊档，兼卖色情杂志。翟康然翻看了一下，说，也不知还卖不卖得掉，价钱倒没怎么涨。当年冲田杏梨那期出街，我们几个男生，集钱买《龙虎豹》来看。摊主说，铺租可涨得好犀利。翟康然就掏出钱，买了一本，说，当个纪念吧。

这地铺的尽头，是个眼镜店，叫“公主眼镜中心”。他对我说，那时候我哥刚上初中，来这里配近视眼镜。我爸说，“讲好孖生，又不见康仔眼有事，晒咗啲钱①!”你说谁好好的，会想要近视。我哥读书勤力，家里那个十五瓦的小灯胆，不近视才怪。

自然这地处偏僻的眼镜店，也并没有什么生意。我们驻足，老板便走出来，脸上挂了殷勤的职业笑容。他愣一愣，招呼说，康仔！

Terence 便道，水伯，我陪朋友来看看。他是个作家呢。

这叫水伯的老板说，好好，作家好。我细个时，成日睇梁羽生小说，你写不写武侠的。

我便说，我想写写老香港。

水伯踌躇一下，便大笑道，说，老香港，咪就系我哋呢班老嘢②，有什么好写哦。

接着他又说，哈哈，康仔，不如写你老窦啦。我好耐未见佢，仲未死？③

阿康便答他，就快了，肺癌第三期。不过他自己唔知道。

我只觉头脑轰的一声。水伯变得手足无措，他显然没预计老伙计之间的玩笑话，会招致如此答案。但阿康说得不露声色，风停水静，仿佛只是在讲一件极小的家庭琐事。

我看出，他眼里有淡淡的恶作剧的神情，在面对这一瞬难言的尴尬。他并没有给水伯足够的反应时间，就告辞离开。留下这个老人，五味杂陈的表情还凝固在脸上。

我们走进北角官立中学。大概因为这天周末，并没有什么人。

校园里有一棵参天的榕树，垂挂下的气根，在地上又生出了新的枝叶。它的大和古意，与校园里翻新的校舍、运动设施似乎有些不相称。

我们在树底下的长凳坐下，阿康说，我好久都没回来了。现在看，这些东西怎么都变得这么小。

你不知道，以往对面有个夜总会。舞小姐的宿舍就在楼上。我们这些男生一下课，就跑到教室天台上看，好彩能看到她们换衣服。她们也不避人，还跟我们抛飞吻。有一次啊，我们刚跑到天台上，就看见了教导主任，眼巴巴地望对面。

我大佬，就从来不跟我们去看。他们都说，我跟翟健然，除了长得分不清，没一处一样。可是我第一次逃学，就是我哥帮我顶下来的。

那天逃学，翟康然走进了“温莎”这间上海理发公司。

他是受了一个同学的影响。这个同学是 Queen 乐队痴迷的拥趸。一九七〇年代，因为 Queen 和 The Osmonds，加之本

① 浪费钱。

② 不就是我们这班老东西。

③ 不如写你老爸啦，我很久没见过他，还没死吗？

港温拿乐队的推波助澜，几乎全港的青年男性都开始蓄发，留椰壳头，成为盘桓良久的时尚标杆。但此时这波风潮早已经过去，这个男生仍然坚定不移地将一头长发，作为对偶像表达忠诚的标志。哪怕冒着被处分的风险，仍然在所不惜。但某一天，他走进了教室，同学们惊奇地发现，他的头发剪短了，一同剪掉了他的不羁。但他的新发型，整洁而精致，却呈现出了某种高贵而成熟的气质。在这些成长于北角街巷的孩子们来说，这是新奇的。翟康然和他们一样，第一次体会到发型对一个人的改变，可以如此巨大。他看到这个同学，显然对自己的改变持某种骄傲的态度。当反复被人问起，这个孩子才言简意赅而略带神秘地说出“温莎”两个字。

翟康然站在这间理发公司门口，看着这两个字。它的标牌上有一个简洁的男人人形，用的是剪影的手法。他打着领结，嘴上叼着烟斗，是个西方的绅士的形象。在一瞬间，翟康然觉得自己十多年养成的审美，受到了某种击打。

他走进去，首先就看见了大理石影壁上赫本与梦露的大幅黑白海报。梦露浅笑着，垂着眼角望着他，带着某种欲语还休的魅惑。他同时听到了舒缓而节奏慵懒的音乐，这和此时本港的流行，也大相径庭。年轻的他并不熟悉，这是爵士，来自于柜台上的一台山水牌唱机。

他模仿着身边的大人，坐下。立即有个胳膊上搭着毛巾的人走过来，半屈着身体面对他。他的手里有一只木盒，里面放着几种香烟，有万宝路、总督等牌子，供客人挑选。学校的规矩，此时让他仓皇地摆了摆手。这人便转向下一个客人。他看着身边的人，接过了报纸与香烟，立刻有一只 zippo 的 K 金打火机，“咔”地在嘴边打响。这“咔”的一声，在翟康然听来，有一种难以言喻的形式美感。他想，他自己家的铺头，只在阴湿的墙角放着几本公仔书——《傻侦探》《财叔》《老夫子》《铁甲人》，用来哄一哄哭闹的街童。

他远远地看见这店里的师傅。

这些师傅各司其职，有的在给人洗头，有的在刮脸，有的在客人临出门前为客人擦鞋。有条不紊，是他所未见过的排场与讲究。师傅原来都是一样的装束，穿着枣红色的制服。这是“温莎”许多年没变过的 barber jacket。这制服上两侧各有一个口袋，左红万、右马经。

唯有一个人，穿着深蓝色。这个人和他的父亲年纪相仿，但却比他老窦挺拔得多，浆洗得挺硬的衬衫衣领，将他的身形又拔高了一些。他打着黑色的领结，和门口招牌上的绅士一样。此时，他正弓下腰，与一个客人耳语，脸上是专注与殷勤的表情。

就这样，翟康然目睹了庄师傅为一个男客服务的整个过程，并且就此做了决定，要拜他为师。

在回家的路上，翟康然步态轻松，尽管他花去了他积攒的零花钱。但他耳畔似乎还响着带着上海口音的那句略软糯的“先生”，而不是粗鲁地叫他“细蚊仔”。他觉得自己的脸颊无比光洁。因为这声“先生”，他剃去了在荷尔蒙涌动下，已经长得旺盛得有些发青的唇髭。此前，他从未刮过胡子。这个上海师傅柔声问他要不要刮去，因为此后长出来，会更加坚硬。他毅然地点了头，像是接受了某种告别青春的仪式。他在路上走着，忽然闭上眼睛，回味着手调的剃须泡在脸颊上堆积的润滑，而后锋刃在皮肤上游动略为发痒的感觉。他再睁开眼睛，觉得神清气爽，他是个真正的“男人”了。

翟康然傲然地走进了逼仄的家。他已预计到了父兄的反应。在昏暗的灯光里头，翟健然抬起头，看着胞弟顶着从未见过的发型，进了门。他恍惚了一下，大约因为这张和自己一模一样的脸。他的目光从眼镜片后投射过来，定定地、呆钝地落在了阿康身上。然后猛然转过头去，他看见醉酒的父亲，红着眼睛，像是在望一只误打误撞、从外面走进来的野猫。

翟康然在父亲的眼睛里，终于看到了一丝怯懦。为了掩饰这怯懦，翟玉成从腰间抽出了皮带，走向自己的儿子。他比平时走得慢一些，并不是因为他喝得比平时更多，而是他有些犹豫。当他说服自己，“慢”只是更为表现自己权威的动作，翟康然已经捕捉到了父亲的犹豫。当后者终于抡起了皮带，要抽向他的时候，他一把握住了父亲的手。眼神里浮动了一种轻蔑的笑意，这笑意和他的新发型配合得天衣无缝，是见过了世面的少年老成。这笑终于激怒了翟玉成。他使了一下劲，却发现自己动弹不得。这时，他惊恐地发现，原来儿子已经长大了，长到了与自己相等的身量。甚至更高，因看向自己的目光是俯视的。

翟康然当然有了得逞的快意。一个飞发佬的儿子，却去了别人那里剪了头发，并且是他从未操刀过的发型。他知道父亲已经深深体会到了羞耻。是的，这十几年来，经过父亲的手，他多年剪的是最为简易的“陆军装”与“红毛装”。身为一个飞发佬，翟玉成并不想将精力用在自家孩子身上，因为无关乎营生。他对两兄弟向来是粗疏和敷衍的。

这个精致而略显浮华的发型，在一个中学生的头上，无论视觉与心理，都对他造成了打击与挑战。他想，他长年寄身于街巷，大概有多久没剪过这样的发型了。

翟玉成后退几步，颓然地坐下来。翟康然只当是他内心的挫败与虚弱。他的举动，印证了孩子对他的想象，这就是个终日酗酒、混吃等死、虚张声势的飞发佬。

但是做儿子的不知道，在这一刹那，父亲的脑海里出现了“孔雀”两个字。这是他内心最后的体面，多年来隐藏在他记忆的暗格中。像所有的秘密一样，被用酒精麻醉，行将凋萎，但终究是没有死。

翟康然自然不知道当年“孔雀”的盛况，即使有老辈的北角人曾经提起，他也不会觉得与自己有一丝一毫的关联。这间港产的发廊，已经彻底从城市版图上消失，成为某个阶层温柔的时代断片。前无过去，后无将来。

翟玉成知道，尚年少的儿子，终于与他青年时的职业理想，出现了交叠。这或许是遗传的强大。幸耶不幸，但儿子的理想，却是寄身于另一个人身上。

你要同个外江佬学飞发？他问儿子。

对！翟康然并未正眼看自己的父亲。他仅仅是通知他。

庄锦明看见这个男孩走进来，直接了当地向他提出了学师的要求。

他望着这个不知天高地厚的孩子，心想，如今是什么世道，广东仔都这么理直气壮，想学上海理发？

彼时，尽管整个香港飞发业在时代的浪潮中节节败退，“上海理发公司”在其中，仍然是个奇妙的闭环。

这大约因为某种流传至今的排场与尊严。

剪头发在庄锦明家里，算是世业。老早的扬州三把刀，他家里是占了两把。爷爷辈除了剃刀，还有修脚刀，一上一下。后来时世迭转，背井离乡，便都转做了头上功夫，出了几个有名的理发师傅。“上海老早剃头店，都是阿拉同乡开的嘛。”这是颇令他自豪的一句话。他父亲出师后，便在上海金门饭店的“华安理发”做，算是很见过了世面。“埃个辰光，剃头店的门是旋转的，有红头阿三开门，老高级的。”后来庄老先生积攒了客源，自己出来开店。再往后，便和几个朋友南下了香港。

大约过了些时候，庄老先生便将儿子也申请了来港。说实话，刚来时，少年的庄锦明对香港是失望的。他回忆起当时感受，常以“蹩脚”一言蔽之。满眼是低矮陈旧的三层唐楼。而因为还未大规模地填海，湾仔铜锣湾一带，也是缺乏气象的。虽说他出来时，相形昔日繁华，上海已有些“推背”（走下坡路），但较香港还是绰绰有余。好在他所在的区域，是北角。那里有许多的上海人，殷实些的迁去了半山继园一带。到他来港，还有不少散居民间，在春秧街、明园西街等处和福建人混居在一起。这里便称为“小上海”，自然也带来了上海人的品位和生态。洋服店、照相馆、南货店是不缺的。早上起来，想吃地道的粢饭、咸浆、鳝糊面也都可以找得见地方。庄锦明并不觉得和在上海时有太大差别。

此时，年轻如他，当然意识到了“上海”二字，已经成为了某种时髦的风向标。而上世纪的五六十年代，如庄老先生开的上海理发店，也成为这海派的时髦里最显性的基因。上海理发师傅，为香港带来了“蛋挞头”“飞机头”等经典发型，也带来周到的服务。“顾客至上”的原则甚至价格的高昂，形成了某种洋派传统的仪式感，令街坊式理发的粗枝大叶相形见绌。

到庄锦明开店时，上海理发虽远未至强弩之末，其实已过了盛时。这大约因为全球化与资讯的传递，已经进入了新的纪元。各种流行与风潮在欧美出现，很短的时间内就可在世界燎原。然而这风潮又的确捉摸不定，受到各种因素的影响，反战、平权、朋克运动甚至只是一出电影。飞发师傅们并不懂得这些，他们只看到本港年轻人的头发越留越长，可以许多个月都不剪。而蓬松与疏于打理，竟然也会成为某种审美和流行。这是不可思议的，并影响到了他们的生计。

庄老先生过身后，庄锦明退租了原来在渣华道的铺位，选择在春秧街另开了一间新店。对于一个上海理发店，这具有某种革命的意义。从另一角度来说，或许也是他的聪明之处。

他的前辈们，是不曾在如此街坊的地方开店的。上海理发店，一直都是壁垒分明的阶层标志。但“温莎”的到来，则打破了这一壁垒。在有限度地保留一贯的服务与形式的前提下，它以入乡随俗的作风和惠民的态度面对了街坊。这就是其意义。换言之，它让北角的普罗街坊得以平价享受了从未体验的飞发排场，以及与之相关的虚荣。在消费学和市场学的界定里，“上海理发”类似贺施所提出的 Positional Goods（地位性商品）。庄锦明可谓抓住了其中的精髓，且深谙其道，如同当下某些奢侈品牌与大众连锁店合作，推出所谓设计师款。牺牲了一点矜持，就获得新的市场与口碑。

于是，“温莎”的铺租，自然也就更为合算。它没用庄家老店张扬气派的门脸儿。在人头熙熙攘攘的春秧街上，它的左邻右舍，是面粉厂、南货店以及果栏。每天清晨伊始，这街道上即开始了一天的劳作。所以它的气质，也便随之勤勉而务实，类似于某种脱胎换骨。比起老店，它也关得更加晚，在门前“叮叮当当”的电车声中，来往的人们都看得见它的灯光和招牌上绅士剪影的标志。

如此，庄锦明为北角的街坊，忠诚地提供着对绅士的服务，但他却并未牺牲应有的品质与流程。比如师傅次第接力式的服务，各司其职。这对于人手是有要求的，鉴于香港人工的相对高昂，便很需要控制成本的艺术。

在这方面，庄锦明可谓得天独厚。他出身于理发的世家，而与他的太太家里亦是同行。在他奔赴香港继承父业时，两家留在内地的亲戚，正与时代同奏共跫。他们是知青一代，经历了上山下乡，被下放到安徽和苏北插队。他们通过高考和招工，回到城里，成为了教师、工人和家庭主妇。

在时间的淘洗中，他们渐渐忘却了祖业。直到有一年清明，庄锦明携太太回来，给他祖父上坟。他们发现，这个香港亲戚衣锦还乡，靠的正是家传。这才唤起了他们对手艺的记忆。庄锦明看着三堂哥一家局促地住在已颓败的亭子间，在走廊里烧饭，不禁脱口而出，不如你们来帮我吧。

于是这些亲戚们，申请了三个号头的探亲签证，来到香港，为新开的“温莎”助阵。即使手势生疏，但遗传的天分，使他们在汏了一个星期的头之后，已然可以上手，独当一面。在这三个月里，庄锦明管他们吃住，给他们三四千的月薪。当他们回去时，带了万余元的港币现金。可以想见，相对于内地当时普遍工资，这是一笔巨款。因此，亲戚们可谓前赴后继，“温莎”也从未缺过人手。

庄锦明回想起那时的自己，尽管摆出了躬身的姿态，内里仍有些气傲。

他看着这个少年，长着广东人典型的微凹的眼睛，眼里泛着微光。庄锦明以一种看似亲和、实则居高临下的态度，打发了他。

但是，这个少年第二日傍晚又来了。坐在同一个位置，是在等客区的角落，大约为不影响其他的顾客。他一声不吭，只是定定看着庄锦明剪发。由于他并未打扰店里的工作，无可指摘。直到快要打烊时，他才走过来，再次表示了想要学师的愿望。

这一天很累，庄锦明没有了敷衍他的兴趣，就说，后生仔，你看，我们不需要人手了。

少年问，我想学徒，我不要工钱。

庄锦明直接了当地说，我不收学徒。

但是这个少年仍然每天都会来，甚至不再询问他，只是以一种坚执的目光望着他，眼睛都不眨一下。庄锦明在他的注视下，有些不自在，但久了也渐渐习以为常。

直到有一天，他听到了两个客人的议论。

一个说，这细路，不是“乐群”那个飞发佬的仔吗？孖生的。

另一个答，是哦，不知是老大还是老二。

这个便说，老二吧。老大是个四眼仔。

店里的师傅便对庄锦明说，难怪熟口面。自己家开飞发铺，跑到人家铺头学师，系唔系黐线[1]?

这句话提醒了庄锦明。后来，翟康然问起，究竟是什么原因，让师父忽然回心转意，收下了他。庄锦明笑而不语。

其实，当他在春秧街开铺的那一天，他已经十分清楚，自己会触动同业的利益。

而近在咫尺的“乐群”，必然是其中之一。即使“温莎”以屈尊的姿态，但在价格上还是比“乐群”高了二十元。但毕竟高得有限。一如前述，北角的居民，已视“温莎”为改变生活品质的捷径。这阻挡不了客源的流动。如果付出了十几二十块，就可以不用忍受横街窄巷里经年的污水与死耗子味，享受好得多的服务，何乐而不为。

直到终日在宿醉中上工的翟玉成，也意识到了情势的变化。他看见隔壁铺卖烧腊的大强仔，从“温莎”中走出来，喜气洋洋地。长相粗豪的强仔顶着一个精致的蛋挞头，走出来，青靓白净起来。翟玉成无名火起，因为强仔终年都在他那里剪一个陆军装，那是一种极易打理的、类似光头的发型。中饭的生意空当，一只电推就可顺手搞定。强仔的移情，既不符合就近原则，也无关乎效率，这足以令人警惕。

“温莎”的出现，改变了北角飞发佬的生存环境，是必然的。在翟玉成们看来，无异于鸠占鹊巢。他们深信这间“上海理发公司”，一定名不符实。“白粥价，碗仔翅当鱼翅卖!”是对非法打破业态的控诉。翟玉成并未加入这种控诉。只有他自己知道，他心底埋藏着一个“孔雀”。这个别人眼中的神话，是他个人的秘密。尽管永远秘而不宣，也使得他在内心不屑于和这些飞发佬们为伍。

但是，当得知自己的儿子，要拜在这个上海师傅门下时，终于对他造成了打击。

那段时间，“温莎”的生意已经过了开业时盈门的火爆，进入了平稳期。但是庄锦明心中并不畅快。

即使有所准备，他所感受到来自于同业的敌意，依然大于想象。关于他出现了诸多的流言。在开初的时候，他还一笑了之。但是这些流言在流传的过程中，捕风捉影，生长、丰满、自我逻辑化，变得越来越有鼻子有眼。

其中之一是说，他开所谓“上海理发店”，但自己却不是上海人。他的祖上，是来自苏北乡下的修脚师傅。这自然是为了撼动他的权威与手艺继承的合理性。而另一说，则是讲他在开店执业之前，是在北角的殡仪馆，专为死人剪头发。这个诡异的谣言，显然是空穴来风，却有着令人啼笑皆非的依据，是因为他用来打薄的牙剪，比一般剃头佬的要小一号。

这些谣言彼此交缠串连，编织成了一个完整的故事。这个故事的核心内容便是，他是个出身低下、手段阴暗的侵入者，“上海”二字不过是用来惑众的表皮。

在长期的哑忍后，他决定捍卫自己的尊严。

他收翟康然为徒，于是有了意气的性质。

他不相信翟玉成在这个谣言链条中的无辜。打击一个，便可儆百。

① 是不是脑子有毛病。

翟康然在意外的喜悦中进入了“温莎”，因为珍惜，他很清楚成为一个学徒需要做的一切。

没有拜师礼，没有敬师茶，他理解为这是所谓洋派作风。他也有了一身制服，枣红色，左红万，右马经。虽然并非为他度身订做，有些宽大，但他依然有了某种骄傲。他看着镜子中的自己，背后也有镜子，一个叠一个，一个套一个，前前后后便有无数个自己。像是将这有限而无限的世界充盈了，他心底升起了一丝浅浅的得意与安心。

这店堂里的爵士，忽然转成了一个女子苍厚的声音，妖冶慵懒。他不知这是白光的歌声。但穿过这歌声，他似乎看到了三十年代的老上海。那是他从未去过的地方，只在电视与画报上见过。但他仿佛看见了摩肩接踵的大厦，外滩一望无尽的灯光，滔滔的黄浦江水，远方传来鸣船的汽笛声。入时的男女，衣香鬓影，拥在一起舞蹈。在霓虹的闪烁中，若隐若现，晨昏无定。

他想，这就是他的理想。他要成为一个上海理发师傅，他离这理想，越来越接近了。

他还是个少年，理想也注定有少年的天真，以及少年的一根筋。他在中五辍了学，投入了他自己所认为的事业。

这时，旁边响起一个声音，康仔，倒痰罐了啦。等着积元宝咩。

他这才回过神来，赶紧拿起痰罐。里面的味道让他干呕了一下。痰罐里的污物上，漂着几颗烟头，是冲鼻的气息。但他忍住，利索地走出去。

看着他的背影，这一瞬，庄锦明心里有一丝不忍。他甚至动摇了一下，但稍纵即逝。他想，已经一周过去了，这孩子竟没有看出他非出自真心。他甚至没有体会到周遭的嘲噱与淡淡恶意。

在翟康然看来，师父安排他的工作无外乎两样，给客人递烟与倾倒洗刷痰罐。他想当然将之视为历练。他看过太多这样的故事，师父用不可思议的方式考验徒弟，其中大多与屈辱相关。但这些考验，无一不指向倾囊相授与终成大器。

这一天收工前，庄锦明点起了一炷香，要求他扎下马步，然后悬在手中摇晃一支筷子，模拟理发的动作。

翟康然想，终于接近了这个故事的正式起点，师父开始教他了。

他定定地站着，让自己的背挺着更直一些。不久之后，他感到腿开始沉重，手腕也因无依持发起了酸。

当他的腿开始发抖时，感到膝盖被猛地一击。他连忙振作了精神，让自己站得更直一些。

他的身后又响起了上海话，间或是讪笑的声音。这是他这些天里，唯一感到不友善的地方。这些师傅，总是在他经过时，改用上海话交谈，似乎有心要让他听不懂。他听到他们在身后议论。他们都是知情的人，他们在等待他的耐心和自尊感的崩塌。

这时候，门打开了。庄锦明看见一个精瘦的男人走了进来，脸色青黄，顶有些谢。重点是，来人有双微凹的眼睛。庄锦明心里冷笑，他想，事情终于接近戏骨了。

翟玉成看着自己的儿子，以一个滑稽的姿势站着，面对自己，手里执着一根筷子。因为看见了父亲，他的手忽然静止，整个人的姿势，便更为滑稽，像是一个傀儡。意想中的，他感受到了屈辱。

儿子的身后，站着一个男人，头发梳理得一丝不苟。嘴角有些下垂，是严厉的表情。他的手中举着一只鸡毛掸，狠狠地打在儿子的腿弯，说，手莫停！

这一下，仿佛打在了翟玉成身上。他走到翟康然跟前，说，康仔，走。

庄锦明又一下打下来，说，叫你手莫停。

他看到了这个男人额上渐渐爆出了青筋，但仍不露声色。这已经让他意外。庄锦明想，小看了这个广东飞发佬，还真沉得住气。

庄锦明始终没有正眼看他。在长久的沉默后，这男人终于拉动了翟康然一下。

庄锦明这才站起身，厉声道，我教训徒弟，旁人插什么手。

他仍然没有看翟玉成。翟玉成静默了一下，提高声音说，这是我儿子。

庄锦明冷笑，同时闻到了一股酒气。他想，酒壮怂人胆。这人露出了色厉内荏的一面，所以管教不了他的儿子。他转向翟康然，问道，康仔，是吗？

翟康然一声不吭。

翟玉成上前一步，定定看着庄锦明道，你又飞发佬，我又飞发佬，凡事讲个将心比心。

庄锦明说，我不懂什么飞发，阿拉上海师傅，只讲理发。

翟玉成脸上的肌肉抖动了一下，这轻微的表情被庄锦明捕捉住了。他想，好，这个中年男人，终于要失态，他能怎样。无理取闹，歇斯底里，一哭二闹三上吊。他便输了。

翟玉成说，你唔返学，唔返屋企，依家唔认我呢个老窦。[①] 我只问你一句话，你跟定这个外江佬学飞发？

愣在那里的翟康然，这时忽然抬起了脸，看着父亲，坚定地点了点头。

翟玉成叹一口气，回转了身去。他往前走了几步，站定。却又转身过来，举起了自己的右手，竖起食指。他说，康仔，你听好。二十年前，我为“孔雀”，断佐呢条手指，后来驳返。

他虚无地笑一下。人们看到他用左手握住了这只手指。只听到“喀啪”一声，近旁的人来不及反应。看到翟玉成又举起了这只手指，已经无力地垂挂下来，仅有一层皮肤相连，像是一节凋萎的枯枝。

大约因为万分疼痛，他轻咬住了嘴唇。但面部表情，竟然还十分平静。他说，依家断多一次。你我两父子，今后桥归桥，路归路。

这时候，瞠目结舌的人们，才回过神来。他们七手八脚地拥住翟玉成，要将他送医院。但是，他轻轻推开了人们，自己往前走。他甚至自己用左手，推开了沉重的玻璃门。疼痛让他体力不支，稍微晃动了一下。但他只在门口站了几秒，便昂然地、步履坚定地走开，渐渐消失在众人的视线中。

良久的安静后，庄锦明听到了人们的议论，他间或听到“孔雀”两个字。这是流传在北角很久的传说。

他感到自己攥着鸡毛掸的手心，已渗出了薄薄的汗。

---

① 你不上学，不回家，现在不认我这个老爸。

陆

理发店的胰子沫，
同宇宙不相干，
又好似鱼相忘于江湖。
匠人手下的剃刀，
想起人类的理解，
画得许多痕迹。
墙下等的无线电开了，
是灵魂之吐沫。

——废名《理发店》

柒

我在这个冬天，接到了翟健然的电话。

赶到医院，我看到翟师傅静静地躺在床上。他紧闭着眼睛，面目紧蹙，头发凌乱地散在枕头上，像是经历过了挣扎。他的右手，伸在被子外面，插着点滴。那手干枯黑黄，经络密布，仿佛被滤干了水分的树枝。其中一条枝桠，有着明显的错位，那是他变形外翻的食指。

翟健然将我叫到一旁，轻轻说，昨晚一直昏迷，今早才醒过来，现在又睡过去了。医生说了，也就这两天的事。

我看到了他的黑眼圈，比平常更为浓重，应该是一宿没有睡。我心里不禁有些发涩，说，师兄，真难为你了。

翟师兄叹一口气，戚然道，但凡醒过来，就跟我嚷嚷，说要回飞发铺去。现在，也嚷嚷不动了。

我说，话是话，你陪了他一整年。

他摇摇头，老窦心里明镜似的。他知道，我也只是陪着他，不是陪他的手艺。

我们便静静地坐着，再也没有说话。倒是可以听到翟师傅微弱的呼吸声。每次听上去不太均匀了，翟健然便急忙要站起来。等他呼吸和缓下去，才又坐下。

窗户外头，望出去，有整面的闯眼睛的绿。那是一座古老的教堂，似乎在翻修。绿色的纱幔是为了遮住脚手架，便只能看见教堂的轮廓。方正的钟楼，以及一个高耸的尖顶。

半晌，门打开了。我们看到翟康然走进来，他身后还有一个人，是庄师傅。

庄师傅看上去，比我上次见到，更老了一些。他终于没有了挺拔的姿态，变得有些佝偻了。他在翟康然的搀扶下走过来，手里拎着一个工具箱。

他看着床上的翟师傅，无声地叹了口气。翟康然将一只凳子放在床头，让师父坐下来。庄师傅稍事停顿，打开了工具箱，拿出了牙梳和推剪。

他伸出手，摸一摸翟师傅的头发，说，都是汗啊。康仔，给你老窦擦一擦。

翟康然用一块消毒棉，一点点地，在父亲头上擦拭。他的手，有轻微的抖动。

庄师傅声音发冷，低声道，衰仔，咁样（这样）抖法，仲想出师?!

我看到翟康然站起身，走到窗前去。他背过身，肩膀无声地颤抖。我走过去，看着他。他已泪流满面。

庄师傅叫健然将翟师傅的头垫高，自己微微躬身，就住他，开始动作。无关乎步态的蹒跚，他的手竟还是灵活利落的，从头顶开始，一点点地，小心地剪。剪下一点，便用毛巾接着那头发，不让它落在枕头上。病房里，一时间，只有“喀嚓喀嚓”的金属摩擦的声音。因为安静而空旷，这声音一点点放大，竟然十分响亮。

我们看到翟师傅的眼皮，轻轻动了一下。他睁开了眼睛。

他的头不能动弹，但能看到我们，眼珠一轮，最后落在了庄师傅身上。这混浊的眼里，有些虚弱的光，我可以辨认出一瞬的惊讶，然后松懈下来。

他转向庄师傅。我们听到了他干枯而艰难的声音，他说，都传你以往是给死人剪头发的。我不信，如今瞧你这手势，八成是真的。

他的嘴唇翕动了一下，微微张开，竟然笑了。

“唔好郁。”庄师傅没有停止动作，他的手，正在翟师傅鬓角，用剃刀修整“的水”。他说，我这柄“孖人”，用了二十年，还锋利得很，比你的 Henckels 可经用多了。

你又知我用 Henckels？翟师傅眼睛对着天花板，好像在自言自语。

庄师傅刷上须泡了，轻手而利落地为他剃须。手并未有一丝停顿，他说，十几二十年，你的事，我什么不知道。

我们在旁边看着这一切。庄师傅剪这个头发，用去的时间格外长，剪得格外细。在临近尾声时，他为翟师傅的脸颊，擦上了一点须后膏。我闻到了淡淡的薄荷味道。

他对翟师傅说，我啲上海师傅唔孤寒的①。这是贵嘢，一般人我不给他用。

他站起身，轻轻地抬翟师傅的头，将头下的垫单取出来。然后拿出一面镜子对着翟师傅，问，老板，点啊？

翟师傅看着镜中的自己，似乎端详了许久，才开口说，好手势。

说完这句话，他又微笑了一下，这才阖上了眼睛。

尾声

翟师傅的追思会上，用的是他年轻时的照片。

那黑白照片是翻拍过的，有一点模糊，但是，可以辨认出这青年惊人的英俊。大约是因为那双微凹的眼睛，里面还盛着许多的憧憬。但人似乎又有面对镜头的羞涩，整个面目便生动了起来。

翟师兄告诉我，这是老窦当年考电影训练班的报名照，他找了许久。

来吊唁的人并不很多。老庄师傅看见我，热情地打招呼。我问他可好，他说，上次没来得及和我说，他已经关了“温莎”，将理发椅送给了阿康三张，其余捐给了港岛民俗博物馆。

我表示了惋惜之情。他却很看得开似的，摆摆手说，年纪大了，去年经过了疫情，更想通了。他说，康仔出师了，我教会他剪花旗装。

顿一顿又跟我说，他没想到，剪了一辈子头发，最后一个客，是翟师傅。

说到这里，他不禁也有些失神，道，我们这行，医者难自医。到时我的头发，又是谁来剪。

临走时，我向翟师兄道别。

看他眼神远远地落在远方，手里是一封帛金。

那信封上工整地写着四个字：“孔雀旧人”。

---

① 我的上海师傅不吝啬的。

骑白马者

孙　频

授奖词

孙频的《骑白马者》，接续《鲛在水中央》，再次回到了山上，那苍凉隐秘的空间，藏匿着一些消失的人和难以破解的生活密码。山上的集体生活瓦解之后，不愿下山或者没有能力下山者，就变成了背对现实的象征。历经兴建、停滞和完成的山庄，更像是试图修复往昔生活的徒劳。山上是一个安宁的归处？还是失败者转身的自我收留？小说写得苍劲飘逸，又不乏勃勃生机，寻找之动与躲藏之静，人世的芜闹与山上的枯寂，提问与解题，形成紧密咬合的平衡状态，展现了小说家孙频正在努力构建的小说美学。（李伟长）

1

我骑着摩托车沿山路盘旋而上。

正是五月，黄刺玫漫山遍野，横扫其他植物，凭着气势竟跻身为山中一霸，几欲把半条山路都吞噬掉。走着走着前面忽然就没有路了，嬉笑打闹的黄刺玫挡住了去路。在阳光下看上去，这些浅黄色的野花忽明忽暗，像一些鬼魅之眼睁开了又闭上了，忽然间又睁开了。发酵过的花香肥腻殷实，在山风中静静飘着，让人恍惚觉得前面一定隐藏着什么。等到摩托车碾过去，却发现，什么都没有，花妖后面仍然只是一条寂静的山路。

在没有人的地方，树木、石头、山谷看上去都明艳异常，还有些凶猛，随时会扑面而来。

沿山路盘旋而上的时候，会看到这巨大的山体里镶嵌着贝壳类的海洋生物化石，还能在断崖上看到里面清晰的岩层，花岗岩、片麻岩、辉绿岩、石英岩、角闪岩，一层一层，如那些早已长眠的时间。曾经的海洋、鱼群和火山如今静静埋葬于这大山深处。在山中行走，常有沧海桑田之感忽然迎面袭来。

走着走着，路的前方猛地跳出一个山坡，林中一片开阔的空地上现出一座孤零零的小木屋，这是护林员住的房子。我一直骑到离木屋很近的地方才停住，熄灭油门，从摩托车上下来，顺便把挂在车把上的一个塑料饭盒摘下来。屋门口正蹲着的一个男人始终没有回头看我一眼。我走过去，站在他身后，发现他正给一只小狗挠痒痒。另外两只大狗躺在旁边晒太阳，它们过于安静了，已经不再像狗，好像已经过渡成了另外一种陌生的兽类。听到我的脚步声，它们没发出任何一点声音，其中一只微微睁开眼瞟了我一眼，便又闭上了。那只小狗大概刚出生不久，巴掌大，正张开细嫩的四肢，露着肚皮，任凭主人给它挠痒痒。我站在他身后，咳了一声，说，这小狗是刚抱来的吧？以前没见过。

他还是没有回头，只背对着我说话，声音听起来嗡嗡的装满回音，刚生下没两天，是那对母子生的。说着他指了指那两只晒太阳的大狗。那两只狗看上去年龄个头都差不多，分不出哪个是母亲，哪个是儿子，都纹丝不动地晒着太阳。

他继续摆弄那只小狗，我则继续站在他身后看他摆弄狗。深山里的光阴夹杂着虫鸣鸟叫和草木的清香，缓缓从我们身上踩过去，脚步迟缓犹疑，似乎只要我一伸手，就能抓住它。木屋前的一块菜地是他自己开垦出来的，主要种土豆。土豆是山民们的主要食物，几乎顿顿不离土豆。一般来说，早晨是土豆小米稀饭，中午是烩土豆或焖土豆，晚上是土豆泥，拌上盐，再喷上一勺葱油。地头干裂的黄土里像牙齿一样长出了一排参差不齐的青菜，还有几棵剑拔弩张的大葱，各自在头顶举着一朵毛茸茸的大花，引来了一群蜜蜂。

此外便是无边无际的山林。这木屋和菜地像是从山林手里好不容易抢出来的，一不小心就会被夺回去。我看到木屋边上已经包了一圈瘦小的毛榛和栎树。山林是会自己走路的。有时候猛一回头，却发现它已经跟在你身后了。

四周山林如海，木屋如沉在井底，站在屋前就能听见阴森的山风在密林深处徘徊低吼，伴着红角鸮哀哀的叫声，一种长着两只大耳朵的鸟。不过当有阳光照下来的时候，山林看起来忽然就璀璨极了。站在这半山腰上看下去，山林绚烂夺目，绿色的是油松和侧柏，白色的是山梨花或杏花，红色的是花楸或山杨，黄色的多半是黄刺玫。等到秋天的时候，黄刺玫的果实可以采来磨成面粉，做馒头或者是烙饼吃，有一种奇异的清甜。

蹲在地上的护林员终于站了起来，矮

个儿，穿着一身洗得发白的旧迷彩服，表情呆滞地看了我一眼，又偷偷看了一眼我手中提的饭盒，目光缓缓驶到别处，说，过来了？我在这山里第一次遇见他的时候，他就是这样，穿着这身旧迷彩服，眼睛一旦盯住什么就半天不动，像压路机一样死命在上面碾压。有时候，他分明已经不再看你了，但出于庞大的惯性，他一时还不能把自己的目光及时拖走，只好任由那些空心笨重的目光黏在你身上。因为一个人独自呆久了，他的语言能力已经明显退化，经常要过半天才能找到下一句话，这使他的每一句话听起来都是残疾的。

第一次见到他的时候，他牢牢盯住我看了大半天，我被看得毛骨悚然，他才终于说了一句，过来了？我说，一个人巡山怕不怕？他呆望着远处，极慢地眨了两下眼睛，半天才丢出一句，谁说不怕？我问，一个月给你多少钱？他转过身去用慢动作喂狗，那时候还只有那一只母狗，等狗都吃得差不多了，他才丢出一句，八百块。这时他慢慢扭头看了我一眼，磕磕绊绊地补充道，额也是挣过大钱的人，早几年，在山下的，厂子里，看门，一个月还给额，三千块……三千块呢。后来，厂子，不景气，关门啦，额上山也是图，图挣人家，两个钱。

我明白了，他也是逆流上山的人。这几年山民纷纷从山上搬下去，搬到平原的县城里，多半都是因为打工和孩子的上学问题。山民们大规模迁徙下山使得平原上人口剧增，一时房租上涨，有几个新小区的房子几乎变成了山民聚居区。山民们下山之后把山上的土豆和伞头秧歌也带到了平原上，以至于晚上的广场舞里突然嫁接了好几条扭秧歌的伞队，花红柳绿的。大山里则更加空荡幽静了，鸟兽和树木纷纷住进了废弃的山村。但也有少数人会逆流而上，从平原回到山里。比如这护林员，比如我。

我也住在这样一间小木屋里，在阳关山更深的八道沟里。我在木屋墙上挂了一张巨大的地图，无聊的时候就站在地图前看地图。我从小就是个喜欢琢磨事情的人，我慢慢在地图里看出了一些门道。地图上有三条大通道，一条是蒙古高原和东部平原之间的长城，一条是青藏高原和南部平原之间的茶马古道，还有一条是从古长安出发途经大漠一直向西的丝绸之路。这三条大通道把平原和高原、沙漠和绿洲、游牧区和农耕区都连了起来。移民们千百年来在这些通道上迁徙流动，远离故土，走西口、闯关东、下南洋。

就像这阳关山，全是密密麻麻的原始森林，古时候的人们大概是为了躲避战乱，从平原来到深山里，很多年后又因为子女的教育问题迁徙到平原。有的山村学校，原来有一百多个学生，后来到几十个，十几个，到最后只剩下了一个学生。我已经分不太清楚，对于人们来说，这种迁徙是一个必然要到来的进化过程，还是一个不可抗拒的衰败过程。对于我来说，前半生是跟着欲望走的，后半生，我只想跟着心走。

我把手里的饭盒递给护林员，刚炸的油糕，皮还脆着，给你送几个过来。他站在那里没动，只拿眼珠偷偷扫了饭盒一眼，半天才敢问一句，甜的咸的？我说，石榴形状的是咸的，半月亮形状的是甜的。他仍不肯接饭盒，笨重的目光碾压过黄土和大葱，不知道要落到哪里，嘴里却说，额自小，好吃甜的，就是，甜的吃多了，这不，牙也快掉没了。我硬把饭盒塞给他，他这才接住了，也并不急着打开，就那么用两只手矜持地抱在胸前，好像并不想要。嘴里还在向我拼命解释着，额不是，很爱吃，油糕，不太好消化，额不急着吃，等，等放到晚夕（傍晚）再吃。

对于他来说，吃一顿油糕就等于过节。我隔三岔五来给他送点吃的，几乎每次都这样，他表示他不是很爱吃，也并不急着吃，要先放一放再吃，然后等我转身离开的一瞬间就会把它们吃光。我再次骑上摩托车准备拧油门的时候，他双手紧紧抱着那只饭盒忽然大声对我说，夜来，有一只花豹，敲额的门，额用强光手电，一直照它，照它，它就在门口，蹲了一黑夜，天明才走掉，额一夜，没睡。我说，晚上记得把门从里面关好。然后拧了一把油门。他手捧饭盒小跑两步又追上来，有些绝望地对我喊道，你没见，好大，一只花豹，就在额门口，守着。

他张开的嘴里果然没几颗牙，看着有些荒凉，像个黢黑的山洞。我知道他不想让我走。但我还是拧了一把油门，骑着摩托车重新上了山路。

这条山路是沿着文谷河修的，河拐弯的地方，路也跟着拐弯，像河的影子。文谷河从阳关山最高峰出来之后，自西向东，流经几座大山几道大沟，最终流入盆地，汇入汾河。河流的两岸孕育出不少小村庄，珍珠一样被河流串成一串。所以只要跟着河流就能出山。在我小的时候，木材厂砍下的圆木都是放进河里，顺流而下带出山的，放排人站在木排上点着竹竿。那时候，我经常会骑在一截圆木上跟着河流漂一段再爬上岸，在岸边看着那些滚圆笔直的木头在河道里熙熙攘攘地拥挤着，谈笑着，结伴出山而去。冬天，河道结冰，白色巨蟒一般蜿蜒在山间，那些圆木则一路滑着冰，照样呼啸着出山。

河流在视野里若隐若现，即使钻进了河柳丛里踪迹全无，仍然可以听到哗哗的流水声就在咫尺。走着走着，河流冷不丁又冒了出来，活泼泼地在阳光下闪着金光，河流两边青草夹岸，蒲公英携伞飞行。偶见有白色的巨石挡在河道中间，河流也是欢快地侧身而过，并不上前挑衅。

几道巨大的山沟像神将一般守在河流两侧，八道沟、八水沟、大背沟、大沙沟、小沙沟、未后沟、西塔沟。在每个沟口都驻守着大力士一般的山风，它们终日呼啸着守在那里，逡巡、比武，力大无穷，可以轻易把一辆汽车掀上天。

走着走着忽然看到河边的山坡上着了一树白花，山梨花开得太多太稠，好像整棵树都燃烧起来了。这棵树像支火把一样站在山坡上，竟把周围一圈都照亮了。我站在树下，花瓣像雪一样落在我脸上。又往前走了一段路，河滩上出现了养蜂人的帐篷和蜂箱。我停下摩托车，向他走过去。在回到山中的这两年时间里，只要在山里见到陌生人，我都会试图过去搭讪几句。我试图找寻一个人。我相信这个人其实还在这深山里。

养蜂人头上戴着斗笠，斗笠下罩着烟雾一样的面纱，看不清眉眼。我走过去的时候，他隔着一层面纱打量着我，并不言语。我看着那层面纱，心里忽然就一紧，但还是和他打了个招呼，忙着呢？蜜蜂在这里采的是什么蜜哪？他隔着面纱吐出三个字，百花蜜。一阵山风拂过，烟雾一样的面纱荡漾起来，露出了他的一只嘴角，那只嘴角看起来坚硬神秘。

我抬头看了看天，群山之上已经开始出现幽暗的暝色，一只苍鹰张开巨大的双翅，正在暮云里无声滑翔。我用手指关节敲了敲蜂箱，对他说，给我打一斤蜂蜜，不会掺假吧。

他二话不说，噌地揭开一只蜂箱，里面设着隔断，像小公寓房一样，无数只蜜蜂正栖息在里面，猛一看，简直让人有点眩晕。有几只蜜蜂从箱子里飞了出来，我吓得往后一躲，他使劲向我招手，怕什么，蜜蜂要怕你才是，蜇了人它就没刺了，少了刺的蜜蜂是不会回家的，反正是要死的，它们情愿死在外面。死在里面的尸体也很快会被其他蜜蜂清理出去，你看看这蜂箱里多干净，啧啧，比我住的棚子都干净，蜜蜂可比人爱干净多了。

他说着抽出一块隔板，上面粘满蜂蜜和蜜蜂，他用指头蘸了蜂蜜放在自己嘴里吮吸着，边招呼我，来嘛，过来吃，你吃吃看嘛，看到底是真的还是假的。说着又从木板上掰下一块胶状物递给我，再吃吃这个，蜂胶，卖得死贵，好东西，和人参一样。

我嚼着那块难以下咽的蜂胶搭话道，一只箱子里住这么多蜜蜂，就一个蜂王？他放下隔板，小心盖上箱子说，原先一只箱子里就一只蜂王，不过现在蜜蜂与时俱进，改革了，有的箱子里能住两只蜂王。蜂王也不容易，一天到晚坐着不动，就干两件事，吃蜂王浆和生孩子，一辈子吃了生，生了吃，一只蜂王一天要生三百只蜜蜂呢。

我指了指箱子旁边的蜜蜂尸体说，这些蜜蜂怎么就死了？都是丢了刺的？他捡起一只死蜜蜂给我看，死掉的蜜蜂轻飘飘的，像个空壳，他说，因为它是只雄蜂嘛，这就是它的命，雄蜂的婚礼和葬礼是在同一天举行的，结婚的那天就是它的死期。人各有命嘛，蜜蜂也一样。

山中的光线正无声而迅速地向西撤退，地上的灌木和河流渐渐失去颜色，褪变成枯瘦的黑白。只有长着松树的山顶还在夕阳里闪闪发光，如同银色的雪山。我看了看河滩四周，只有密林和灌木丛，还有这条日夜不息的河流。我问他，你一个人就在这河滩里过夜，不怕吗？他嘎嘎大笑着把斗笠摘掉，方才的那只神秘的嘴角消失了，变成一个圆圆的大脑袋，眼睛和嘴巴都比别人大一个号，整张脸看上去有一种辽阔感。这样一张脸，在黄昏的光线里看着竟有几分明媚。不像是我要找的人。不过也说不定，人的面相是可以随环境变化的。

我下意识地看了看周围，确实，那个暗处的人可以幻化作无数种面孔出现。因为，我根本没有见过他。

他用手指指蜂箱，说，有这么多小朋友陪着我，我还怕啥嘛。我们养蜂人就是跟着花期走，一路上都在打听哪里的花刚开了，哪里的花快要开了，哪里开花去哪里，像不像采花大盗？前几天听人说方山的枣花开了，明天就准备赶过去呢。和你说，有一次我在野地里搭帐篷，旁边就是个老坟墓，不管它，反正我也不认识谁在里面，里面的人也不认识我，无冤无仇，总不至于半夜出来吓我。要是里面是自己认识的人，那就有点麻烦了，为啥？因为你能想见它的样子嘛，你要敢闭上眼，它就在你眼前晃啊晃，晃啊晃，你就觉得它真的从里面走出来了，你说是该和它喝酒呢还是和它聊天呢。所以不认识的死人也就不用怕嘛。停顿片刻之后，他瞪着两只铜铃大眼补充了一句，伙计，蜂蜜你到底要还是不要？

我买了一罐蜂蜜，挂在摩托车把上，沿着山路继续往前。走着走着，连山顶上金色的夕照也消失了，夕阳沉没，鸦青色的群山愈发肃穆寂静。我经过了大沙沟、八水沟，走到八道沟的时候，天色已经完全暗下来了。山路两边的森林已经变成了没有任何缝隙与光亮的黑森林，阴森蓊郁，有几棵大松树的枝杈狰狞地举向夜空。森林和崎岖的山路完全连成了一体，已经看不到河流在哪里，但水声还挂在耳边，愈发清脆。光听着这流水声，会觉得这条河正在黑暗中变结实变强壮，似乎马上就要从地上站起来了。渐渐地，连我自己也被这夜色完全融化了，我伸出手来竟看不到自己的五指，我消失了。

等到眼睛完全适应了这大海一般的黑暗，就会发现这样辽阔的黑暗也是分层次的，深深浅浅的黑暗杂糅在一起，如同剪影。进了八道沟就是苍儿会，路边出现了一个岔路口，我略一犹豫，还是拐进那条岔路。几分钟之后，一座空无一人的山庄阴森森地出现在了我面前。

我把摩托车停到一边，坐在一块石头上，点了一根烟慢慢抽上了。夜空里已经出现了星星，深山里的星空分外澄净，那些闪着寒光的星星看上去就在头顶，伸手就能摘下来。此刻我的头顶上方正悬着一把巨大的勺子，北斗七星横亘于荒野之上。一年当中的二十四个节气里，北斗星的勺子把都会指向不同的方向。几千年里，山民们都习惯以北斗星来判断时令。

星空下的山庄默无声息，没有半点灯光，看上去鬼影幢幢。这座度假山庄已经被废弃在这深山里好几年了，门口大石头上刻着四个字“听泉山庄”。进了山庄的大门先是一片山杨林，一大片建筑在树林里若隐若现，有宾馆、餐厅、会议室、活动室。在宾馆的后面还有几个巨大的园子，有一个江南园，花园里种下了不少茂林修竹，按照江南景致设下了四景：杏花烟、梨花月、孤山梅、梧桐雨。又在园内引水造湖，湖边建有亭台楼阁，一座水榭叫“夕月楼”，一处凉亭叫“苍霭亭”，轩为“听雨轩”，还仿照网师园建了一扇月宫满月门。湖上架有石拱桥，可在桥上垂钓观鱼。假山叠成数道绝壁，一条瀑布从山顶飞泻而下，假山边种了红枫、牡丹与黑松。秋日霜染枫叶，冬日，还可以出来一种青松伴崖石的生趣。

再往前走是一个世界园，园子里都是一些微缩版的世界著名建筑，金字塔，埃菲尔铁塔，比萨斜塔，凯旋门，自由女神像，希腊神庙，还有一座小型天安门。这些微缩建筑像侏儒一样挤在一起，相互取暖。再往前走是一个史前动物园，林立着各种用水泥做的史前怪兽，除了各种各样的恐龙，还有鱼龙、长颈龙、沧龙、械齿鲸、帝鳄等怪兽，还有些叫不上名字的奇怪动物，很多已经缺胳膊少腿。最后一个园子是个花花绿绿的游乐园，废弃的过山车如巨蟒一般盘旋在杂草之中，旋转木马下面挂着几匹颜色剥落的木马，首尾相追，一动不动。当年山庄还没有建完就停工了。

如今，山庄门口早已荒草没顶，在夜色中看过去，似是狐妖鬼怪们住的荒冢。

2

抽完一根烟，我站起来，抬头看着夜空。这星光下的废墟早已脱尽了肉身，骨骼林立。所有过往留下的残垣断壁，与这原始森林交错生长在一起，在荒野中散发出一种奇异的美。其实我早就发现了，就是那种一切变成废墟之后奇异而无法言说的美。

最初的焦虑在山林的星移斗转中渐渐消失。每次当我在月光或星空下驻足，悄悄打量这座废墟，都会觉得，在这样的深山老林里留下这样一处梦境般的废墟，也许并不是全无意义。我好像暗暗捡到了一个被遗留在深山中的谜语，却无法告诉任何人。

大山与夜空的交界处闪过一颗流星，拖着大尾巴，转瞬即逝，脚下的大戟和青蒿散发着冷香。在这样寂静的山林里能听见时间层层剥落之后，掉在地上的扑簌声，如落叶一般。

听泉山庄里面包裹着的是曾经的阳关山木材厂。1956 年建成，1998 年消失。

我就是在那座木材厂里出生长大的，父母都是厂里的工人。小的时候，我和厂里的发小周龙，在春天的时候去山里捡柴挖野菜，卷耳、鹅肠菜、小苜蓿、歪头菜、野葵都是可以吃的，金露梅和银露梅的嫩叶采了可以当茶喝。野杏花折几枝，插在罐头瓶子里可以开好几天。春天的大山里，花香熏的人昏昏欲睡，每到中午，厂里的大喇叭就开始广播评书，家家户户听着评书吃午饭，就着野葱和腊八蒜。然后在花香里小睡片刻。

夏天的时候，我们去山里采木耳、挖草药。我熟悉这山中的每一种药材，蛇苔可以治蛇毒，木贼止血明目，翠雀可以治牙痛，蝇子草治肠胃炎，小花草玉梅可治肝炎，梅花草清热退烧。黄昏的时候，我和周龙经常躲在木材厂对面河里的大石头上偷偷观察别人，我们对厂里每个人下班后做了什么都看得一清二楚，竟慢慢掌握了每个人的生活规律。那时候全厂只有一台黑白电视机，信号还不好，到了晚上，便有人抱着电视，有人拖着电线，有人裹着床单，一群人前呼后拥地抱到山顶上去看。我和周龙则在天完全黑下来之后，躺在尚有余温的大石头上，沐着月光，听着身下哗哗的流水声。萤火虫在我们身边飞来飞去，星星点点的，有时候还会落在我们额头上，胳膊上。

秋天我们去山里捡蘑菇采野果。蛇莓、山桃、覆盆子都熟了，毛榛的种子可以做肥皂，野酒花可以酿啤酒，刺梨和毛樱桃可以酿果酒，五铃花的根可以熬糖，野玫瑰可以做玫瑰酱。工人们把砍下的树木放到窑里熏干，再把干木料垛成一堆一堆的四方形，一眼看过去，简直无边无际，如兵营扎寨。那时候人们盖房子都得用木料，为买到木料还得走后门，所以木材厂的工人们都以自己的这份工作为骄傲。

冬天的时候我们进山打猎。大雪足有半腿深，山腰上挂着雪白的冰瀑，晶莹剔透，往返的时光都凝固下来，文谷河已结成冰河，在冰面上滑着冰就可以一直滑出山去。山中冬夜漫漫，工人们没有什么娱乐，有时候便以听房为乐。有人在熄灯之后，裹着大衣穿着棉鞋，蹑手蹑脚走到人家门口，坐下来，把耳朵趴在门上听房。有时候听着听着就靠在门上睡着了，结果早晨人家一开门，他扑通一声摔到了人家家里的地上。还有的时候，竖着耳朵听了半天却什么都听不到，忽然有人把手搭在他肩膀上拍了拍，我都还没回家呢你听什么？快回去洗洗睡吧。

我十二岁那年才第一次出山，第一次

见到了坐落在平原上的县城。那天晚上我坐着厂里的运木料的卡车，跟随父亲进了趟县城。我正在车厢里睡得迷迷糊糊的，忽然被叫醒，猛然看到前面跳出一大片灯火。我从没有见过那么多灯光，那么多商店，街上有那么多人。有些被吓住了，竟说不出一句话来。后来跟着父亲进了一个商店，我吓得连头都不敢抬，里面摆的好东西实在太多太多了，我却根本不敢多看一眼，就一直低着头。没想到世界上竟有这么多好东西，简直像来到了天上的街市。

我是1997年参加的高考。高考完之后我就已经有预感，可能要与心仪已久的大学失之交臂了。高考完的那个傍晚，我一个人在山里溜达，不觉走进了八道沟。这种大沟的两面都是高山耸立，沟中间一条河川，河川的名字多简单粗暴，依顺序分别叫做头道川、二道川、三道川。出沟后都汇入文谷河，随河水出山。高山之间的一道天空渐渐暗下去了，有住在山顶的苍鹰偶尔从头顶滑过，姿态静谧悠远。

我不想回厂里，也不知道该干点什么，有一种无边无际的巨大虚空，于是就那么沿着河川一直往前走，往前走。走着走着天就黑透了，高山和夜空之间生出一道柔和的界线，再走，半轮明月就爬上来了。月光照着山谷，河流闪着银光，我脑子里想了很多很多，像是把自己的一生都在这个晚上想完了，却又像是什么都不敢去想。

我一边胡思乱想一边沿着河流往前走，泉水叮咚，微云淡月，晚风里尽是草木的清香，走夜路的野兽也会躲开我，它们都怕人。我就那么走啊走，后来走着走着忽然发现天已经开始亮了，月落乌啼，东方出现了青白色的天光。我竟然在山谷里走了整整一夜。

高考成绩出来了，我果然只考上了一所普通大学，又因为四年的学费问题，我最终做出了决定，放弃上大学，去城里打工。那时候我便暗暗发誓，即使是打工，有一天我也要让所有的人都看看。

在我离开厂里的第二年，因为木材逐渐被钢筋水泥代替，商品房开始代替自建房，木材已难有销路，木材厂完成了它的历史使命。大部分工人只好下山，到平原的县城里租间房子，自谋生路。还有的工人去了更远的河北、山东打工。我的父母也跟着工人们去了平原上的县城里，开始了四处打零工的生活。

1999年的秋天，我独自一人进了阳关山，回了一趟深山里的木材厂。让我惊讶的是，已经停电停水的厂里居然还住着十来个工人，他们已经在废弃的工厂里住了一年多了，其中居然还有周龙和他的母亲。

秋天是山里最美的季节，层林尽染，秋阳点亮了山中的每一片树叶，好像每一片树叶上都站着一支蜡烛。松树下的银盘巨大如伞，大片橙色的沙棘如火焰燃烧，山鹛争相啄食刺李，松鼠用石头打磨着橡果。我和周龙在山里慢慢转了一天，我问他这一年多是怎么生活的。他说，其实也好办，喝山里的泉水，吃山里的野果蘑菇，砍柴生火，自己再种点土豆，也就够吃了，在山里哪有活不下去的？我说，晚上没电你们做什么。他说，晚上就点着蜡烛聊天。我说，就你们十来个人天天在一起，还有什么可聊的？他嘴角微微一笑，目光很柔软地亮了一下，可聊的多着呢，我们想说的话说都说不完。我沉默了一会儿才说，为什么不下山去？他的目光垂下去，看着脚下的一株草芍药，说，觉得在山里自由，也不知道出去了能干什么。

晚上，我们在他破败的宿舍里，点着蜡烛，喝着用地榆嫩叶泡的茶继续聊天，过了十二点了，我们还在聊，过了半夜两点了，我们还在聊。我们坐在昏暗的烛光里，守着彼此巨大的影子，都毫无睡意，似乎真的有说不完的话，却又不知道自己到底说了些什么。就这样，我们一直相守着坐到了天亮。东方既白，他吹灭烛头，在一缕青烟里对我微微笑着说，你看，有没有可聊的？

又过了几年，我父亲去世，我按他的临终交代把他葬在了大山里。山里的坟墓就像山里的人家一样，都孤零零地游荡在大山的褶皱里，很少有墓碑的，无名无姓，只是每座坟墓上都种着一棵柳树。有的柳树已经很老很老了，得两个人才能抱得过来，树皮漆黑皲裂，像是真的来自于阴森的地下。柳树下的坟墓则小如馒头，几乎要缩回到地底下去了，这必定是座年龄很老的野坟。

埋葬好父亲之后，我又回了趟厂里。走到厂门口的时候吓了一跳，原来的木材厂和厂里一望无际的木料垛都不见了，取而代之的是一座修了一半的度假山庄。门口镇压着一块巨大的石头，上面刻了四个字，用红油漆描了：听泉山庄。

这山庄好像是从天外飞过来的，铁门上挂着一把生锈的大铁锁，我在门口往里张望了半天，正准备翻墙进去，忽觉得背上有些异样，一扭头，正好和一个坐在树下的老头四目相对。那老头坐在大树的阴影里，正饶有兴趣地看着我。我向他走过去，他戴着草帽，指缝里别着一根筷子那么长的手卷纸烟，放在嘴角品了一口，眯着眼睛，有些高兴地对我说，翻啊，继续翻啊，额看着你翻，怎么不翻了？

额，是山民们独有的一个发音，到了十几里之外的平原上就会自行消失。很多年里，我走在城市的街上，在人群里偶尔听到这个发音，都会觉得像被什么东西狠狠咬了一下，连忙在人群里到处寻找。那个代词却已经同它的主人一起消失在了人海里。

我忙说，老伯，木材厂呢？你知道这里原来有个木材厂不？

老头坐在树下，把一条腿抬到另一条腿上，抖着腿说，兀来大（那么大）个厂子，额能不晓得？小子，你是来买木料的还是来要游乐园的？

我一愣，说，老伯，我家就是这厂里的啊。

老头也愣了一下，继续抖着腿说，你看着兀来小，衣裳穿得时兴，也是这厂里头的人？你不晓得？木材厂倒塌以后，有个老板看中了这个地方，真是个偶人（坏人），看见有山有水风景好，就把厂子租下来，还租了额们四百亩地，一亩地一年给四百块钱，说是要盖个度假村搞旅游开发。说现在种几亩地又挣不了钱，让额们都给他打工，他给额们发工资。不少人家的小子在外头打工，都给叫回来了，说家门口就有钱挣。现在彩礼要得太重，不少小子都吃（娶）不起婆姨，就都回山里来了。结果那偶人盖度假村盖了一半就跑了，估计是没钱了。把额们都要笑了一遍，真是个偶人，租下的地也毁了，庄稼都不能长了。跟前的两个村，苍儿会和岭底，因为抢度假村的工程还打了起来。

我问，那老板后来去哪了？

老头站起来，顶着大草帽，拍了拍屁股上的两片土，上下打量着我说，早跑毬了，不晓得去哪里了。有人说他为了盖度假村欠了一屁股债，还不起钱躲起来了，有人说他跑到南方做买卖去了，又挣了大钱。反正是找不见了，听说这偶人也是从阳关山里出去的，不晓得是哪条沟里生出来的。原先日捣（骗）额们说，要搞旅游开发，旅游能带动跟前几条沟致富，村里几家靠路的都赶紧借钱开了农家乐，俺行（家）也开了，结果呢，连个鬼都不上门吃饭。

我使劲朝铁门里张望着，说，那厂里留下的十来个工人去哪了？

老头把烟叼在嘴角，从身上摸出一把青铜色的大钥匙，走过去把铁门哗啦啦打开，说，那就不晓得了，额守在这里本来是要收门票的，里头有恐龙嘛，好看着呢，不过你原先就是厂里头的人，就不收你的钱了。

我在废墟一般的度假山庄里游荡了半日，仿佛在梦游。我曾经熟悉的宿舍、厂房、熏窑、食堂，连一点痕迹都没有留下，好像它们只是我的一个梦境，从来就不曾真实存在过。但分明地，我每踩下去一脚，都有一种心惊胆战的感觉，好像踩在了它们的尸骨上面，我走得步履蹒跚，像一场战争之后唯一剩下的幸存者。

我在宾馆后面忽然看到了那片荒芜破败的江南景致，它们出现在这北方的深山里，看起来有一点侵略性，有一点胆怯，还有一点滑稽。因为长期无人打理，那一点江南的情致早已变形，疯长成一种自暴自弃的匪气。继续往前，我来到世界园里，看到了那些侏儒般的小型建筑，有的只建了一半，我感觉自己像个误闯进来的巨人，它们个头矮小，拥挤而诡异地站在一起，又像是正在卖力地服役，拼命要告诉人们，这就是世界，世界其实就是这个样子的。然后，继续往前，我看到了那些用水泥做成的恐龙和怪兽，很是魔幻。风吹日晒，恐龙身上涂的颜料已经褪掉大半，露出了里面的水泥。我错愕地从一个微缩世界里一步跨进了史前，看着这个马戏班一样笨拙的史前园，竟觉得有些心酸，不忍多看。以为这就该走到头了，没料到，一个五颜六色的游乐园猛地蹿了出来，立在我面前。设备已经生锈，盘旋的过山车看上去摇摇欲坠，木马呆呆立在眼前。

更令我惊奇的是，就在这游乐园里，竟然还有一块整齐干净的莜麦地，边缘清晰，像一块突然飞过来的绿毯子铺在那里。莜麦地里连棵杂草都看不见，说明这地是有人经常来照料的。

我在这片废墟里站立了很久。天色渐渐暗了下来，山林拖着自己巨大的阴影静立在四周，腕龙伸出的长脖子变成了一道蛇形的黑影，似在空中拼命探寻什么。那些矮小建筑的屋顶在昏暗中看过去，像一片阴森的墓碑。在那一瞬间，我有一种感觉，我觉得修建这山庄的人根本不是来赚钱的，他像是跑到这深山老林里来搞一场盛大的行为艺术。他用这种魔幻而天真的组合方式把这些建筑叠加起来，最后竟让它们在深山里叠加成了一种梦境，古怪而神秘。他更像一个艺术家。

我走出山庄大门的时候，那个老头还等在那里。看见我出来了，便又把铁门锁上。我说，老伯，你们村不是开了农家乐么，太晚了，我今晚不下山了，要不去你们村住一晚？他攥着那把大钥匙，似乎在黑暗中犹豫了一番，最后还是点点头，对我说，俺行就有，跟额走吧。

老头姓井。去他家的路上，我问，农家乐平时有生意吗？他摇头晃脑地说，不是和你说了嘛，平日连个鬼都不上门。当初要是不给人们念想，人们也不会想着甚开农家乐挣钱，靠甚旅游挣钱，额们在山里本来也活得好好的，有吃有喝，就是钱少点。跑回来的小子们后来又下山打工去了，得挣钱吃婆姨啊，不然这辈子就等着打光棍吧。现今村里的光棍汉是越来越多了，女子们如今都不愿留在山里，都想嫁到城里，要楼房要小汽车。额们是老了，不想动了。

我说，那个开发度假村的老板是个什么样的人，你见过吗？

他说，怎么能没见过？烧成灰也认得他。那个偶人，个头中不溜秋，平常人长相，横看竖看都不像个兔头（厉害）。

我笑笑，说，这人其实挺有意思。

他忽然扭头看了我一眼，我们在黑暗中短暂地四目相对了一下，他说，你认识这人？

我在黑暗中都感觉到了他的目光，微微一愣，说，没有没有，就是随便说说。

黑暗的森林从四面八方包围着我们，我能听见森林里传出的白骨顶苍老的叫声。老井的影子已经消失在了黑暗中，模糊一团，他看上去就像一个透明的魂魄在我前面游荡。走着走着，前面的密林里忽然渗出一点灯光。是一个小山村。

3

这个山村叫山水卷。在这深山里，时常散落着一些古老而优美的村名，像什么柳树底、木瓜会、佛罗汉、杏坛、青岸。

村里不过十来户人家，十几盏灯火撒在漆黑的山谷里，萤火虫一般微弱。刚一走进村口，忽听见一片犬吠声袭来，此起彼伏，划破夜空，有几盏灯火在犬吠声中次第熄灭下去。还亮着的几盏愈显孤寂和寒凉，似乎只要用手轻轻一碰，也会转瞬熄灭，隐遁于黑暗。山村背后黑色的山峰看上去巍峨阴森，高耸入夜空。

一进村我就感觉到了，这个村子里有一种奇怪的紧张，好像空气里到处飞舞着密密麻麻的神经末梢，不小心碰到一根，其他就会哗哗响成一片。我跟着老井进了他家的院子里，东面三间房，西面三间房，六间房里只有东面最里面的那间亮着灯，其他几间都黑黢黢地沉着。那间房里亮着一盏昏暗的灯泡，灯光枯瘦，整间房看上去像一颗黑暗中长出来的牙齿。院子中间有一棵枣树，树下有张石桌，桌子上还歪歪扭扭刻着棋谱。

老井让我在树下坐会儿，他去给我做晚饭。我问，你老伴呢？他指指屋里，躺着呢，是个瘫子。我正坐在树下抽烟，忽听见院子里什么地方有轻微的脚步声，脚步声在我背后忽然停住，我猛一回头，看到我背后站着一个男人。一个四十岁左右的男人，光着膀子站在那里，一只手里夹着一根烟，烟头一明一灭。另一只胳膊只剩下三分之一，创口已经被新长出来的肉包起来，包成一只稚小的胳膊，看上去像是刚刚从身体里长出来的肉蕾。男人盯着我，慢慢举起左手吸了口烟，烟头一闪，脸上倏地亮了一下，目光阴沉凶悍。

这时候，老井把晚饭端出来了，一笼山药丸子，一锅小米稀饭，一碟炒酸菜，还有一口杯高粱酒。他对男人低声喝道，连个衣裳都不晓得穿，快进去。男人并不理他，又游弋到了我对面，继续挑衅地盯着我看。他走路的时候，那只小胳膊在他身上甩来甩去，像个随身携带的玩具。老井又给我捧出一碗血红的西红柿酱，说，这是额家小子，早二十年前就下山打工去了，那时候还没什么人下山打工的。他在山下受了不少苦，有阵子还挣了不少钱，后来做买卖又全赔进去了，在山下活不下去了就又回山里来了，回来的时候就成这模样了，少了只胳膊，婆姨也跑了。

男人不耐烦地喝了一句，少说几句不行？老井闭了嘴，拿围裙反复擦了擦手，呆了一呆，进屋去了。一阵晚风拂过，树上的小青枣像下雨一样噼里啪啦落了一地，我走过去给男人递了一根烟。他就着窗户里暗黄的灯光，冷飕飕地打量着我身上穿的衣服，脚上的鞋子，又对着我的鞋子冷笑了一声，说，你脚上的耐克是真的假的？我没说话，递烟的手也没收回来。他犹豫了一下，还是接住了那根烟，又就着灯光仔细辨认了一下是什么烟。最后才叼在嘴角，啪一声，用火机点着了。

抽了口烟，他炫耀地抖了抖右侧的那只小胳膊，好像随时要打开窝着的翅膀飞走，然后又用标准的普通话问了我一句，你来山里干吗？我说，我们木材厂的人早都下山了，我就是回来看看。他眯起眼睛盯着我，回来看看？看什么？有什么好看的？我说，木材厂什么时候变成度假山庄我都不知道，这是什么时候的事？他一边抽烟，一边鹰隼般地在我面前盘旋着，说，奇怪吗？时代发展的必然结果，现在都买楼房住了，你家还用木料盖房子？

我不言语，坐到树下开始吃饭，小青枣像棋子一样敲打着石桌，不时落到我碗里一颗。吃到一半忽听见他又问我，你在山下做什么？我含糊地说，做点小生意。他冷笑两声，小生意？能抽起这么好的烟？

我没再说话，蘸着西红柿酱大口吃完了那笼山药丸子，那杯酒我一口没动，这个地方让我感到不安。山中的夜晚凉气逼人，他不穿上衣是故意的。显然，展览残肢能带给他某种快感。

我小的时候，没事就在这些山村里玩，对这些山村太了解了。因为闭塞，山村里的人近亲结婚的比较多，所以生下来的孩子要么是傻子要么就特别聪明。又因为在大山里长大，从小受的禁锢很少，山野的广袤无际使山民性格里有一种无拘无束的东西。一旦下山，之前物质和眼界的匮乏，就会导致他们充满掠夺性，每到一个地方就多一层欲望，很像当年的蒙古族骑兵。我之所以这么了解他们，是因为，我自己就是这样一个山民。

我掏出烟盒，自己点上一根，又给他递过去一根。这次他不接，因为没有了右手，那只左手看起来极长极大，关节突出，有些可怖地挂在那里。我伸出去的手只好又缩了回来。山里温差大，晚上还挺冷，他站在那里似乎打了个冷战，那只小胳膊挂在那里，像金属一样闪着寒光。我不再看他，只管低头抽烟。

然后我看到了他的两只脚，光脚穿着塑料拖鞋，又移到了我对面。只听他说，这杯酒，你为什么不喝？嫌这酒不好？我笑了笑，说，不会喝酒。他用左手端起酒杯晃了晃，又逼过来一句，为什么不喝这酒？怕有毒？我环顾了一下四周，村庄两边都是黢黑幽寂的高山，一轮金色的残月刚爬上山顶，坐在院子里也能听到来自山谷里的流水声。我看着他的眼睛慢慢又说了一遍，真不会喝。

他也盯着我看了几秒钟，忽然一翻手，把一杯酒都倒进喉咙里去了，然后使劲把杯子往桌上一蹾，继续盯着我说，看清楚了吗，有毒没？

我说，兄弟，哪有这样喝酒的。他像匹马一样喷着刚硬的酒气，目光开始变钝变笨重，坦克一样缓缓向我碾压过来，他盯着我说，你骗谁？做生意的还有不会喝酒的？我当年下山就是这么喝过来的，一开始给人打工，后来一步一步做到经理，后来我自己创业，为了拉客户差点把胃都喝烂，在山下那么多年，我能不知道？你倒是给我说清楚，这酒你为什么不喝？

我目光落在他那只肉蕾一样的小胳膊上，我盯住那里看了几秒钟，笑着说，这胳膊怎么没的？欠人钱了还不起？

他手里还捏着那只空酒杯，死死盯着我，并不说话。我把一只手伸进裤子口袋里，慢慢摸索着，他的眼睛又盯着我那只手，一眨不眨。我们之间的空气变得很脆很硬，玻璃一般。夜更深了，山谷里的流水声愈发清晰，近在耳侧，似乎我们此时正漂流在一条大河之上。我那只手终于从口袋里掏了出来，握着半包揉皱的香烟，我把那半包烟扔在了石桌上。

我们谁都没去动那半包烟。这时候，老井戴着围裙过来收拾碗筷，闻到男人身上的酒味，忽然，他伸手就在男人的后脖子上扇了一巴掌，嘴里说，又喝酒，甚也干不了还老想喝酒。男人没有还手，直直扛着脖子，一边翻起眼睛瞪着老井，那只小胳膊来回晃荡着。僵持了一会儿，他扛着的脑袋慢慢垂了下去，然后，也没和我打声招呼，就趿着两只拖鞋走开了。

老井在很慢很慢地收拾碗筷，并不抬头看我。我站起身来，又点了一根烟，说，由着他多说几句，少了条胳膊，谁心情都不会好。老井头也不抬地说，他觉得自己也风光过，他不甘心落下这个下场。我半天无语，抽完一根烟之后才说，刚吃过饭，我出去转转，消化消化。

说完我才忽然注意到，不知什么时候，院门已经从里面锁上了。院子里摆着一只洗衣服用的大铝盆，储了一盆水，月亮正卧在里面，像一只安静的贝壳。

老井把碗筷哗啦抱进铝盆里，月亮碎了一盆。他一边用丝瓜瓤刷碗，一边说，早些去西房里歇息吧，黑天半夜的去哪里转，山上有麻虎（狼）。

这时候我已经敢肯定，这个村庄是有秘密的。不过，在这大山里，每道褶皱里都可能隐藏着一个秘密。有的秘密如林间草木一样，从长大、凋零到腐朽，都不会有人知道它们曾经存在过。有的秘密如山间蛰伏的猛兽，即使离得很远，你也能从空气中嗅到它们身上的气味。

我想起我九岁那年，有一次来了一支测矿的队伍，在山里到处放炮炸石头，折腾了几天无功而返。那天，我一个人在山上玩，忽然碰到一个妖怪一样的老人，头发和胡子长得都快拖到地上了，指甲太长了，已经卷了回去，卷成了蜗牛壳的形状，身上披着麻袋一样的破布。我吓得半死，不敢哭，连路都走不了了，却听见老人忽然结结巴巴地问了我一句，小儿，是不是……日本人投……投降了？前两天……我听见打炮了，是哪个……部队……打的炮？原来，这是一个解放前藏在了山洞里的老兵，当年他们那支部队和日本人在这山里打仗，除了他之外全军覆没，他怕被日本人抓到，躲起来就再不敢下山，一躲就躲了几十年。

我又想起小时候在山上玩耍的时候，只要下过雨，山坡上就会露出很多白骨，还有很多龇牙咧嘴的骷髅，朝天瞪着两个黑洞。胆子大的小孩会把骷髅当皮球一样踢来踢去地玩。据说这里曾是秦朝的一个古战场。

我又想起岭底村那个面目和善的老头，据说他的老婆早就跟人跑了，下山去了。很多年里，就只有他和他唯一的女儿相依为命，那女儿长大之后也没有嫁人，三十大几快四十岁的时候，还和父亲生活在一起，寸步不离，无论种地还是赶集，都是一起来再一起走。

我又想起这大山里有一种古老的风俗，拉偏套，从前几乎每个山村里都有拉偏套的女人。就是一个女人可以有很多相好的男人，相好的来登门，没有空手来的，都讲究一个义字。要么带钱，要么带吃的，还要帮助女人家里种地。这样一来，女人就靠着拉偏套养活了一家人，给丈夫买酒，供养孩子们上学。

那次下山之后我又是好久没再上山去，等到再上山的时候，已经是五六年之后了。这次，我拎着简单的行李只身上了山，雇了几个人，在离听泉山庄不远处的山谷里，建了两间木屋。后来又从附近的村民手里买来一辆二手摩托车。

我再一次站在了听泉山庄的门口。大门紧锁，锈迹斑斑，门口的荒草已经没过人头。我想起了曾经在木材厂生活的种种片段，记忆如落在雪地上的爆竹碎片，使眼前的废墟看起来竟有些触目惊心。它看起来仍然不像是真的。我从小长大的木材厂就埋葬在它的下面，可是那木材厂的下面还埋葬着几百万年前的岩层，岩层的下面又埋葬着曾经的海底，几亿年前，这里遨游的是鱼虾和海兽，各种水草交缠嬉戏，贝壳伸出柔软的手脚在海底走路。那时我只要双脚腾空，就可以在这海底游来游去。时间静静地埋葬了一切。

周围一片死寂，看不到一个人影，我于是翻墙进去了。宾馆和餐厅的玻璃都已经碎掉，一扇扇窗户张着黑洞洞的嘴巴，山风如蛇一样穿梭而过，呼啸于其中。宾馆大堂里的桌椅都还在，蒙着厚厚的灰尘，墙上挂着巨大的蛛网，只是没有一个人影。我穿过去，来到了后面的园子里，那几个园子更加破败，都已经被荒草吞没，蝮蛇在草丛间游过。那些侏儒般的建筑隐隐藏匿其中，偶尔露出一角诡异的飞檐，看上去像一片年久失修的乱坟冈。怪兽身上爬满绿色的藤蔓，在死寂中竟生出一种奇异无声的暴烈。一辆手推车扔在墙角，上面爬满了牵牛花，从车轮到车把，将那辆破手推车严严实实地缝在了里面，粉色的紫色的牵牛花盛开在冰凉的金属上。更令我惊奇的是，那块莜麦地居然还在，平整干净，傲气逼人，竟长得生机勃勃。

从山庄出来之后，我向老井住的那个村庄走去。走到村口的时候，太阳刚刚开始落山，金色的山顶闪着光，而黑暗已经开始从无边的森林深处升起。这次我看清楚了，村口有一座破旧的山神庙，庙前有一棵几人抱不拢的老槐树。三个老人并排坐在树下的大石头上，一个模子里拓出来的动作和表情，袖着两只手，目光僵硬迟缓地盯着我看。我走过去很远了，他们的目光还黏在我身上。山村里就这样，谁家如果来了一个亲戚，全村人都要跑过去围观好半天，好像是全村人的亲戚，所以我并不奇怪。

村子不大，我很快就把整个村子绕了一圈。

山村枯寂，鲜有人声，只有叮咚的流水绕村而过，竟有回声，一时让我怀疑这村子早已经变成空心的了。全村竟然没看到一个小孩，我记得小的时候我去那些山村里玩，村口的大树上经常爬满了小孩，那些小孩看起来就像是从树上刚长出来的。现在，山村里只剩下了几个石像一样的老人，他们坐在门口的石墩上，颓败的屋檐下，飘着灰白的头发，灰蒙蒙的眼珠子可以盯住人一看大半天。

我坐在河边的大石头上慢慢抽了两根烟，看着河水在我脚下一点一点变暗变浑浊，黑色的河水陡然比白天变得狰狞，流水声脱离开河水，游荡于四野。天黑下来了，一轮明月爬了上来。河边是一片古老的松树林，有一棵松树还站到了水中，倒影瑟瑟。松树高大疏朗，树下铺着厚厚的松针，踩上去柔软异常，让人的脚步声都有了兽类的警觉与轻盈。有的松树下还长着雪白的银盘和姬松茸，在月光下闪着银光。我起身走进松林，松涛阵阵，清亮洁净的月光从枝叶间筛进松林，使地上看起来像匹华美的豹子。

我行走的时候，月亮穿过树枝也跟着我无声行走，一切都寂静极了。

居然没有犬吠声。我忽然就感觉到，那个秘密可能已经被这个村庄消化掉或吐出去了。现在，这就只是一个与世隔绝的小山村，安静、苍老、弱小，被时代遗弃，随时都可能消失在大山深处。我在松林里隐约看到，村子里的几盏灯火次第亮在了山谷里。

老井家的院子开着门，我走了进去。院子里空荡荡的，地上铺着一层月光，一个老头坐在枣树下，正趴在石桌上独自下棋。枣树下吊着一盏昏暗的灯泡，在黑暗中挖出一束光柱，光柱里像雪花一样飞舞着无数只小飞蛾。我走近那束光柱仔细辨认了一下，正是老井。他埋着头，看起来很忙，一个人既下红棋，又下黑棋，刚飞出去一匹红马，又跳出来一只黑炮。我在他对面坐下，我们两个人被罩在灯光里，如同乘坐着一艘孤单的宇宙飞船，周围皆是茫茫太空。

我说，老井。他抬起头盯着我看了半天，目光由虚变实再变虚，重新低头看棋，嘴里喃喃招呼了一句，上来了？手里又跳了一个红車。他下棋，我看棋，沉默半天，我忽然像想起了什么，问道，你老伴呢？他没有抬头，说，没了，都说瘫子不好死，还不是死了，谁都要死的。我又问，那你儿子呢？怎么没见你儿子。他还是没抬头，好像也没听见我说什么，只专心看着棋盘，忽然，他用很大的力气杀出黑炮，啪一声吃了红車。吃完之后，手里摩挲着两只死掉的棋子，慢吞吞地问了我一句，你从哪边过来的？走松树林没有？在松林里没看见额家那小子？

我看了看不远处黢黑的松树林，疑惑地说，你儿子在松树林里干吗？他又捡起一只黑卒走了一步，说，他就埋在那林子里，没看见？我浑身一哆嗦，吃惊地看着他，你说什么？他把黑卒推过河，眼看着它送了死，这才慢慢抬起头，看着我说，他都走了五年多快六年了，你上次来额家，你走了没几天他也走了，也不晓得去了哪里，也不晓得是死是活，连个电话都没打过。额就在林子里给他立了个衣冠冢，额要是哪天死了，等他的鬼魂找回来的时候，好歹也有个去处。

我惊呆了，半天才问出一句，他为什么要走？他把那些黑色的棋子纷纷推进河里，目送着它们纷纷被淹死，只留下孤零零的老将和两个孱弱的士兵遥遥守在故地。

他把那些棋子全部推下河之后，突然就暴怒地说，你说为甚，他好歹也是见过世面的人，也是挣过大钱的人，别人都不敢下山的时候他就下山打工去了，他在山下什么没见过？你穿的好鞋吃的好烟让他看，你说是为甚了？不是你刺激了他？他还是想活出个人样给额看，就他一个残疾人。

我忽然不知道该说什么，便沉默下来。月光像霜一样在院子里铺了一层，寒光闪闪。他已经重新开始摆棋，很认真很用力地把一个个棋子摆好，还觉得不够端正，搅乱又摆。他的声音却逐渐变小变弱，好像不知道自己在和谁说话，你说额家那小子要是当年不下山，就在山上放放牛，种种地，是不是也过得不赖？空闲时候还能和额一起下下棋。他下山的那些年，额老盼着他能回来，回来看看额们，可等他真的回到山上了，额又觉得他不该回来，觉得他还是在外面好。出去了的就再回不来了。

我沉默不语。

他又说了一遍，出去了的就再回不来了。

棋摆好了，他呆呆看着两队人马，看了许久许久，好像在等对方先走。对方不动，他便终于替对方先走了一步当头炮，这才像想起了什么，忽然问了我一句，你又回山上干甚来？我说，还是山上好，自在。他冷笑一声，说，现今山上的人差不多都下山去了，山上的学校都没了，人们都觉得山下好，热闹，你倒回来干甚？我又沉默片刻，说，山里清净。他笑了一声，头都没抬。

一时无话，他又寂寞地走了两步棋。犹豫了一下，我终于问道，听泉山庄那老板后来一直没回来？他忽然抬头盯着我，说，你打听田利生想干甚？我说，田利生是谁？他说，你不是想打听山庄的老板吗？就是这人。我说，没什么，就是忽然想起来问问，这人其实挺有意思。

他手里摸着一枚棋子，试探着问我，田利生是不是也欠了你钱？

我说，没。

他胡乱把那枚棋子敲下去，慢慢说，听说这偶人……盖山庄借了不少钱，还占了额们的地，现今是旅游开发没搞成，地也不能种。要能把这偶人找见就好了。

说到这里，他用眼角的余光偷偷瞟了我一眼。

我说，找见他又有什么用？

他说，怎么没用？有用，让他把这盖了一半的山庄盖完，搞旅游。

我说，你上次不是说，这人要么躲起来了，要么就是跑到南方挣大钱去了。

他忽然抬起脸来看着我，声音平平静静，真要挣了大钱额都给他放鞭炮，起码能让山庄那个烂摊子开业了。

一阵山风吹过，挂在枣树下的灯泡猛地摇曳起来，昏黄的灯光披头散发地晃动着，他的那张脸一明一灭，时而跳进光影里，时而又躲在阴影里。我能感觉到，有什么东西正从黑暗的心脏里缓缓地一步一步地走出来。

被风吹下的枣树叶纷纷扬扬地旋转于我们的头顶，好像我们正端坐在一场大雪之中。我替他推出一个红車，说，中国这么大，谁知道他去了哪里，怎么可能找得到？他手里捂着一枚棋子，并不放下，眼睛盯着棋盘说，你要是欠了债，会往哪里躲？

说罢他抬头缓缓看了我一眼。我微微一哆嗦，没吭声。

他继续道，你想那田利生自小就是在这山里头长大的，他对哪里最熟？他要在这大山里躲起来，还能被外人寻见？怕一辈子也寻不见吧？他盖这山庄把自己的钱都砸进去了，你说他要是真的在南面挣了大钱，能不回来收拾他这烂摊子？

我又替他敲了一枚棋子，看着棋谱说，你的意思是，这个人其实一直就躲在这山里？他没有言语，只从腰间摸出一张纸撕成两半，又摸出一包烟叶，卷了两根纸烟，伸出舌头舔了舔，把口封上了，递给我一根。我抽了两口，说，这人找到找不到和我也没什么关系，我就是随便问问，人家又没欠我的钱。他干笑两声，继续抽烟，一根烟快抽完了，他才半笑着说，看你这么上心，额还以为那偶人也欠了你的钱，欠了钱就把狗日的找出来，问他要钱嘛，你要说没欠那就没欠。

我已经敢断定，这些村民也在寻找那个叫田利生的人。

确实，我也想找到他，但我对他的寻找并不像真实的，更像网络中一种虚拟的游戏。

那个晚上，到很晚我才告别老井，一个人沿着河流，朝山谷里的木屋走去。月亮大极了，近在头顶，月光照亮河流，河水闪着水银似的碎光，银盘和白桦都在月光里闪着银光，夜归之路看上去光华夺目。红纹腹小鸮的哀鸣幽深地回荡在山林里，当地人管它们叫呱呱油，它们多住在坟墓或枯树上，叫声也比别的鸟枯冷，在深夜里很容易分辨出来。一只青鼬无声无息地在我前面踱步，我停下，让它先过去。一只大花鼠攀着树枝从我头顶跃了过去，毛茸茸的尾巴在月光下甩过一道优美的弧线。

我伫立月下，看着自己被月光投在地上的影子。这影子像时间的阴面，我可以看到它，而时间的阳面，我是无法看到也无法触摸到的。它的源头也许在那些镶嵌在山体中的海洋化石里，也许在山中那些千年古树的年轮里。不知道这时间的阴面和阳面之间，是否有着一道神秘的阀门，可以随意出入往返。回到山中的这段时间，我住在木屋里，只有两身衣服来回替换，却觉得已经足够了。一双已辨不出颜色的旧耐克鞋，袜子破了洞，仍旧穿在脚上。喝山里的泉水，每日吃两顿饭，也多是土豆莜面，或是山里采来的蘑菇和野菜。除此之外，我竟什么都不需要了。曾经那些缤纷绚烂的欲望一层层褪去，如今竟有一种水落石出的枯瘦和洁净。

我抬头看了看月亮，月光像雪一样落在了我脸上。它似乎可以把一切照出原形，让一切无处隐遁。没有人知道，我其实根本不缺钱，在我随身带的那张银行卡里静静蛰伏着一笔庞大的存款。然而我发现，我对钱的概念渐渐模糊下去了。如我所料，重新回到山里之后，每日的生活几乎都不需要钱。那张银行卡终日藏匿在我贴身的衣服里，我没有一次想到过要用它。它的功能正渐渐退化，正变得与一块石头一张纸无异。有时候忽然想起它，又觉得它像一个时刻栖息在我身上的庞然大物，诡异可怖。

月光倾盆而下，整个山林如沉在很深的水底，黢黑的树影成了摇曳的水草，夜行的动物和鸟儿姿态轻盈逍遥，如水底的游鱼，连山间的石头都变成了珍奇的贝类。脚下的山路似凌空铺设而成，能一直通到月亮里去。我跟着流水声慢慢往前走，并不在意到底走到了哪里，就像多年前我高考完的那个夜晚，我沿着山沟一直往前走，往前走。那个晚上，我在心里规划好了我的一生，我决定一旦走出这大山就永不再回来，无论吃多少苦。后来，走着走着，山与天的交界处就出现了一层青色的光芒，然后，那点光芒慢慢蜕变成了玫瑰色、橙色、血色、金色。我知道，天就要亮了。

这么多年里，我时常做梦，却永远只能梦到十八岁时候的自己，我梦见自己终于去上大学了，走进教室却发现教室里空无一人，走廊里有我高中同学的背影，我拼命追过去，但怎么都看不到他的那张脸。这二十年的时间里，我渴望能追上所有的人。

现在，我只渴望被所有的人忘记。

5

山中岁月虚静，一日便长于千年。我骑着那辆二手摩托车漫山遍野地溜达，从一道沟到另一道沟，从一个村庄到另一个村庄地找人喝酒。一来是为了打发孤独，二来是为了打听一些关于田利生的消息。

找人喝酒之前，我一般要先去岭底村买点酒肉。岭底村的村口有棵大槐树，一千多岁了，快老成了妖精。树下有个小卖部，极矮小的一间房，门窗都不过巴掌大，黑乎乎的，像只螺蛳壳蹲在那里。门上终年挂着门帘，夏天是竹帘，冬天是棉布帘，棉布帘是用五颜六色的布头拼起来的，喜气洋洋的，在冬天尤其是下雪天十分扎眼。

这么小一间店，一掀帘子进去，就会被里面凶悍的香气迎头一击，像大棍袭来一般。这家小卖部常年卖自家煮的猪头肉，也不知道是用什么办法煮的，皮肉通红烂熟，异香扑鼻。有时候去得早些，便能看到一只金红色的猪头完整地摆在案上微笑，鼻子、耳朵都完好无损。他家也卖猪尾巴和猪蹄，但口感上稍逊于猪头肉。

这天，我掀帘子进去，店主戴着两只油腻的蓝套袖，正坐在猪头后面抽烟。见我进来，叼着烟挥起刀，在案板上哗哗刮两下，拍拍猪头问，要哪边？我略一端详，说，要鼻子，再要一只耳朵。话音刚落就见刀光一闪，猪鼻子和猪耳朵给我砍下装了袋。我又要了一瓶八两醉，付了钱，还递给店主一根烟。在山里，见人就递烟是一种礼仪。

我拎着酒肉，骑着摩托车晃到了葫芦村。听说这村里有个人和田利生比较熟。我知道老井和那些债主可能也在寻找田利生。与他们相比，我像一个潜在水底的人，在水波的光影里，在明暗的交替中蛰伏着，我抬起头就可以看到他们从水面上游过去的影子。斜射的阳光落入水中，穿过波纹，忽然照亮了水底的某个秘密。

我也问过自己，为什么要寻找这个与自己无关的陌生人。显然，我和老井和那些债主们找他的目的是完全不同的，老井是想让他把山庄建完，债主们是为了问他要钱。可是对于我来说，每次在月光下去看望那片废墟的时候，总觉得那坟墓般的废墟里面埋葬着一种奇特的生机。天真而骄傲，像一个少年写在日记本里的稚拙理想。

但我和老井有一点认识倒是不谋而合，那就是，这个人很有可能还在这山里。

走进葫芦村，我刚想问人打听有没有一个叫刘天龙的人，忽然就见一面墙上用石灰赫然刷了三个大字，天龙街。气势轩昂，大字后面还有一个箭头朝里指示方向。一种沙漠客栈里才有的杀气从这三个大字里溢出来。我沿着这条天龙街往里走，却不知道哪家是刘天龙的家。有锣鼓声在街上欢天喜地地穿梭回荡，好像大夏天就在准备过年一样。我循着锣鼓声来到一个敞开的院子门口，只见院子里有一圈人围着一只大鼓，大鼓很大，像个小房子，里面能住好几个人。三条壮汉裸着上身，正扎着马步，围成三角形隆隆打鼓。其中一个像是怕裤子掉了，不时空出一只手来提提裤子。

旁边还围着两个拍大镲的壮汉，金黄的大镲上系着红绳，在阳光下鲜艳夺目，大镲一开一合，状如闪电。两个壮汉如雷神一般威风。外围还围着几个妇女，一边嗑瓜子，一边盯着大鼓微笑着，也不知道在笑什么。还有一个圆鼓鼓的女人坐在地上看打鼓，一边看一边拍手，她看起来怎么也有五十多岁了，居然还扎着两只羊角辫，像个大号的儿童，但目光呆滞，看起来多半是个傻子。因为近亲结婚多，山村里经常能见到各种傻子，倒也不稀奇。

终于热火朝天地敲完一个段落，几个人满头大汗地歇下来喝水，一边喝一边用鼓槌敲对方的脑袋玩。我凑过去问，现在不过年不过节的，你们怎么想起来大夏天敲鼓？那个提裤子的打量了我一眼，喝了两口水才说，歇着没事情做嘛，种地本来就不挣钱，现在地也没了，被田利生租走搞旅游开发了。在外头打工一个月挣两千块钱，还不包吃住，没毬意思，还不如回山里舒坦，反正也饿不死，给人打什么工嘛。额们几个凑钱买了个鼓，没事就打鼓玩嘛，清早打，晚夕打，自家给自家寻点高兴事。

山里人喜欢打鼓倒是真的，他们对鼓有各种打法，丰收鼓、花庆鼓、牙鼓、求雨鼓。我摸摸那口大鼓，像一只温顺沉默的大动物，我小心翼翼地问道，你说的那个田利生，现在跑哪去了？一个女人灵巧地吐出两片瓜子皮，差点吐到我脸上去，只听她说了一句，鬼晓得那狗日的躲到哪去了。我只好又问，你们村有没有一个叫刘天龙的，他家住哪？一个长着一口黄牙的男人笑了，一个指头朝街上比划了一下，往里头走，要一直往里，最后一家，看仔细，就那独门独户的一家啊，就是他家。

我只好顺着天龙街一直往里走。很快一条街就走到头了，房子一家挨着一家，并没有见到黄牙男人所说的独门独户。我正在街尽头来回打转，忽然看到不远处的山坡上孤零零地坐着三间砖头房子。那三间房看起来又瘦又小，游民一般孤单又羡慕地望着村庄。我知道黄牙男人说的谜底了，最后一家啊，就是这家。

走到房前，只见屋檐下挂着一条横幅，红底白字"农民大学"，横幅在风中猎猎飘摇。门口停着一辆破旧的电动三轮车，在旧脸盆和破瓦罐里种着几株指甲花和鸡冠花，还把空鸡蛋壳扣在上面，以增加花的营养。我正猫着腰看花，竹帘一挑，从中间屋里出来一个矮个子男人。因为个子矮，看人的时候习惯性地仰着脸，好像时刻在寻找太阳的方位，向日葵一般。他问我，你寻谁？我说，我找刘天龙。他很干脆很自豪地说，额就是。我晃了晃手里的猪头肉和八两醉，说，过来找你喝酒。

他狐疑地看了我一眼，用很聪明的口气说，怕是找额有什么事吧。然后他反手挑起帘子，另一只手做了个邀请的姿势，请，屋里坐下再说。

屋里简直可以用家徒四壁来形容，一张土炕，炕上卷着两卷寒瘦的被褥。一张木桌，两把木椅，一只破板凳，墙角还卧着两只鼓鼓囊囊的大麻袋，不知道里面装着什么。我忍不住好奇还是问了一句，这麻袋里装的是什么？他朗声说，猪饲料。

他去给我倒水切猪头肉，我在屋子里到处闲逛。屋里还有个歪歪扭扭的破书架，书架上摆着几本满是灰尘的书，有《论语》《奇门遁甲》《黄帝内经》《处世谋略》《孙子兵法》《中毒与急救》《丰田车》。一只水泥板柜像棺材一样一声不吭地蹲着，大概是用来装粮食的。板柜上摆着一张照片，他和一个女人的合影，刘天龙站着，那女人坐着，女人看起来年龄比他大好多，像是他妈。再仔细一看，我忽然发现，照片里的女人正是那个扎着两个羊角辫看打鼓的傻子。

我一边思忖一边抬起头，正看到墙上贴着一张发黄的纸，最上面用挺拔的钢笔字写着“天龙报第十期”，下面的标题是“您我共同走一起，脱贫定会大风起”，再下面是密密麻麻的四字真经，我看到最后一句“谦虚互友，百川乃大”，再下面还有落款“一个想和大家一起走上精神与经济共同脱贫的农民”。还盖了一个红色的大印章“农民大学”。

这时，刘天龙把切好的猪头肉端上来了，酒杯也取来了，还在一只古董般的陶瓷茶缸里给我沏了一杯银露梅茶。我说，你自己还办了一份天龙报？厉害呀。他把两只手搭在胸前，像个导游一样向我介绍道，办农民大学总得有份自家的报纸嘛，天龙报额已经办了十期了，内容都是额一个人编一个人写，额相信再多办几期，效果就会出来，你看这句，肚中无食，身上无力，心无理念，如人无心。还是能说到点子上吧？

我点点头，编得不错。

他又移步到书架前，拿起那本《丰田车》，用手掸掸灰，拍着书对我说，额把这本书研究了最少十几遍，人家丰田车的理念是什么？就是先造人再造车，掌握丰田的生产方式，必须懂得丰田怎么培养人才，怎么造就丰田文化，你看看人才在这社会里多重要？额和村里人说，他们不听，不听额也没办法嘛，额和他们本来就没法子交流。

我指着那本《奇门遁甲》说，你还研究这个？里面是不是有穿墙术和隐身术？你学会了没？他像没听见，伸出手把那几本书上的灰尘挨个掸了掸，一一摆放整齐，有些倨傲地向我介绍道，你看额还研究中医和哲学。额得了病从来不去看医生，都是自家给自家治病，山里头什么草药都能采到，额还能给额老婆治病，还给额二叔治好过肺结核。你有没有肺结核？额可是知道一个治肺结核的秘方，还是悄悄告诉你吧，捉一只癞蛤蟆，活的，往蛤蟆嘴里塞三个生鸡蛋，用泥把蛤蟆糊住，放到灶洞里烤熟，再把蛤蟆肚里的熟鸡蛋取出来吃下去，吃了几次就把他的肺结核给治好了。额也喜欢看哲学，额认为农民脱贫是需要有哲学思想的，不然能脱了个贫？额说什么他们都不信。你看看这《孙子兵法》，额认为农民养猪一定要先看看孙子兵法，养猪靠什么？一是道，二是天，三是地，四是将，五是法，阴阳、寒暑、远近、死生都决定了你能不能养得好猪。

说到这里他又做了个邀请的姿势，请我参观他的另一间屋子。门上也挂着门帘，我一挑门帘进去，猛地看到屋里正卧着三头大白猪，不知是什么品种，身材魁梧，鼻子很长，头很小。原来这间屋子是专门用来养猪的。我说，你在屋里养猪啊，猪的待遇不错。他微微点点头，垂下的一只手翘着兰花指，这使他整个人看起来忽然有几分奇怪的轻盈。他说，外面风吹日晒，冬天把人都冻成活鬼，猪也能冻死，三间房额和额老婆又住不过来，就让出一间给猪住嘛，谁住不一样？

我说，给猪住也挺好，挺好。

这时门帘一挑，忽然飘进来一个人，说是飘进来的，是因为此人居然没有脚步声，忽然就出现在了我们身后。我扭头一看，吓了一跳，是个圆滚滚的女人。再一看，这不是刚才看打鼓的那个傻子嘛。她体形笨重肥大，但走起路来居然没有任何声音，影子一般就飘了过来。她扎着两只羊角辫，头发上刚插了几支蒲公英花，盯着我呆呆看了几秒钟，忽然咧开嘴，无声地对我笑了笑。然后又拉住了刘天龙的一只手不放。

刘天龙拍拍她的头，你这是又要得饿了吧？然后转头向我介绍道，这是额老婆。我想起他俩那张母子般的合照，心里不免暗暗吃惊。只见刘天龙似乎犹豫了一下，但他好像很快就下了什么大决心，他抬起一只手拍着女人的肩膀，那只手上的兰花指还翘着，他的眼睛躲开我，看着我身后的三头猪，郑重地对猪说，额老婆叫花花，是额从山里头捡回来的，她一个人在山里转悠迷了路，额碰见她的时候，她都快要饿死了。和你说实话吧，她脑子有点问题，还是个哑巴，也不知道是从哪道沟跑过来的，她也讲不出来。额就把她领回家里来了，额也是一个人过，她也是一个人，俩人一起搭伴过日子总比一个人好吧。别看她有点傻，可是会认人，也能认下回家的路，每天跑出去耍，耍累了就自己找回来了，都丢不了。

我摸出两根烟，递给他一根，他说，出去抽，这里有猪，别呛着它们。我们走出去，就那么站在房前抽了会儿烟，一根烟抽完，他不似刚才那么郑重紧张，我们都仰起脸来看着天上快步奔跑的云。大山里的天空经常是一种剔透的蓝色，像一面汪洋大湖悬在我们头顶。我找话道，确实，两个人过怎么也比一个人要好，一个人还是太孤单了。

他继续仰脸看云，我注意到他那只翘起的兰花指始终没有放下。认真看了半天云，像是累了，他终于垂下头，说，你这人不赖，走，伙计，回屋喝酒去。

我俩围着桌子开始一杯一杯地喝酒，那女人抱着一只塑料碗坐在我们前面的那只小板凳上，碗里放了几块猪头肉。她拿勺子吃肉，每吃一块，就抬起头对着我使劲地笑。刘天龙起身给她碗里倒了点醋，说，晓得吧，蘸着醋吃肉不腻。又坐下，眯着眼睛，把一杯酒哗啦倒进嘴里。几杯酒连着下去，自己并不吃肉，却又忙着给女人碗里添了几块肉。

他忽然一声叹息，你算说对了，两个人怎么也比一个人要好，就是和一个傻子一起过，也比一个人要好。她怎么也是个人啊，她是个伴儿啊，大黑夜里，只要身边躺的是个活人，心里头就觉得踏实。你看额这老婆，是个傻子，还不会说话，只会哭和笑，高兴了就笑，不高兴了就哭。有时候额去山里采草药采木耳，她就四处找额，额要是晚上住在山里没回来，她能哭一个晚上。你看她心里明白不明白，谁对她好，她都明白着呢，就是说不出来。额每天给她扎辫子给她做饭，还给她看病给她洗衣服，都是额伺候她，没人伺候额，可是能有个伴儿额就知足了。

我说，人是得有个伴，起码心里头就不空了。我们又干了一杯，我把烟盒放在桌上，他假装看不见，直到我递给他一根，他迟疑了一下，才默默接住。抽了一口烟，他徐徐喷出一缕青烟，拿烟的那只手还是翘着兰花指。他忽然有些伤感地说，额无儿无女，一个人过成什么样就是什么样了，额要是死了，也只有额这傻老婆会哭额，会到处去找额。额也算有点头脑的人，就是生错了地方，这个没办法，额认命。额现在就想给村民们办个农民大学，额当校长，带领全村人致富，从物质到精神上的致富。脚踏大地，手撑春天。怎么样？也是额写出来的。

我像忽然想起来什么，随口说了一句，你让我想起一个人，叫田利生，你认识这人不？我觉得你俩不知道什么地方有点像。

刘天龙放下杯子使劲一拍大腿，说，额要是不认识他谁还认识他，额在他那里打工的时候，他觉得额能写会画，很赏识额，就让额给他写山庄的宣传语，深山明珠，华北宝藏，这句宣传语听过没？就是额写的啊。

我装作恍然大悟的样子，说，原来就是你写的啊。

他神情变得肃穆庄严，个头好像忽然间也膨大了一倍，他郑重点点头，的确是额写的，盖度假山庄的时候，额可帮他写过不少东西。他还请额喝过酒，就额们两个喝，一直喝一直喝一直喝到半夜。

他指了指我的杯子，又指了指他的杯子，有些焦灼地来回比划着，试图给我解释，就是这样坐着喝，喝了两瓶好酒，就着腌狍子肉和麻油拌苦菜。他能看得起额，他是真能看得起额呀。

说到这里他忽然哽住，说不出话来，便又独自喝下去一杯酒，之后用手指抹了抹两只嘴角，定了定神才说，额知道，村里人都看不起额，额也不在乎他们看不起额，额活得很知足，有吃有穿有老婆，还有书看，还想怎样？人一辈子还不就是这样，到终了人人都一样。额知道田利生的不少事，喝了点酒，就告诉你吧，其实田利生和额一模一样，也是山沟里长大的穷小子，要甚没甚，可是人家比额有本事，挣了钱，又回山里盖度假山庄，钱不够，还能把别人的钱借来用。后来他就跑了，孙子兵法里的瞒天过海嘛。

他忽然吊起两只醉眼看着我，额早先问过他，你打包票这度假山庄能挣了钱？你猜怎么？他光是笑了笑，甚也没说，你说他这是甚意思？

我默默不语地抽着烟。

他这时候伸出一根指头慢慢朝我晃了晃，又使劲指着自己，那根指头在微微发抖，指了自己好半天才说出话来，额刘天龙一辈子就这样了，额认了。可有的人就不像额这样认命，你晓得田利生的本事有多大，他喝多了自己告诉额的，他当年下山的时候，身上就装着几块钱，晚上就睡在桥洞下面，在城里给人到处打工，什么营生都干过，连死人都抬过，后来赚了点钱还被人骗过，可是他后来还是挣到了大钱。他可是有本事的人哪。

这时候傻女人端着空碗蹭到了刘天龙身边，一边对我怯怯地傻笑一边看着盘子里的肉，见我看她便躲到了刘天龙身后，又探出一角脑袋来偷偷看我。刘天龙夹了两块肉放到她碗里，她高兴得手舞足蹈，又坐回板凳上去吃起来。我给他和我各倒了一杯酒，一口喝干，我说，连你老婆的辫子都是你给她扎的，不容易啊。

他拍着胸脯说，自己的老婆嘛，刚来额家的时候，她瘦得像只毛猴，你看这会儿，吃胖了最少也有五六十斤。额就盼着额能比她多活几天，要是额先死了，怕她一天也活不了啊。

我想起了我的妻子，但我不愿对任何人提起她，我只愿把她埋在自己心里。我第一次见到她的时候，我刚去省城打工不久。我在城中村里租了间最便宜的房子，我开始四处找工作，一边找工作一边去大学里蹭课。城中村藏污纳垢，楼下是烟雾缭绕的麻将馆和粉色灯光的小发廊，还有肮脏的小诊所，门口挂着灰扑扑的白帘子，帘子上印着个红十字。栖息在城中村的除了村民，就是落魄的本地人和刚进城的外地人。

那晚，我一个人在楼下的小面馆里要了一碗面，一个女孩坐到了我对面。长头发长脖子，小眼睛，高颧骨，穿条短裤，光脚穿着拖鞋。她的右胳膊上有青色的文身。她也要了一碗面，然后递给我一根烟，自己也点上一根，老练地抽了一口，朝我喷出两个烟圈，嘴角半笑不笑，说，老见你在这吃面，外地人吧？我停下吃面，看着她，说，是。她说，在外面混不容易吧。我忽然就无来由地愤怒起来，说，你管我。她撇了撇嘴角，说了句，傻逼。然后朝昏昏欲睡的服务员打了个响指，给我来四个啤酒。

两瓶啤酒喝完，我问她，你是做什么的？她握着瓶脖子说，我是本地人。我说，本地人怎么了，了不起？她把酒瓶往桌上使劲一蹾，用一个手指指着我的鼻子，说，傻逼，你敢再说一遍。我扔下筷子，手中握了一个空瓶子，看着她说，你到底想干嘛？她呆了片刻，小眼睛里忽然泛着光，半笑着对我说，操，你知道不，你和别人真不大一样，我早就注意到你了，我看你快连碗面都吃不起了吧。我倒喜欢看你在那想事情，也不知道在想什么，哎，你说说，你倒是想出什么来了？

我手里还抓着酒瓶子，我很想告诉她，其实我考上了大学，只是我没去上，录取通知书就在我身上。但我什么都没说。

只听她又说，哎，要不咱俩处对象吧，在一起租房子能省下一个人的房租，还能一起做做饭，一个人的饭，妈的，真是不好做，剩个饭还得再买个电冰箱？再说了，这里的房租马上又要涨了，还不能月付，最少押一付三。

我说，你为什么不回家？她撇撇嘴，我自己跑出来的。我久久看着她胳膊上青色的文身，说，你多大岁数就跑出来了？她又招手要来两瓶啤酒，我们一人一瓶，瓶盖飞出去，她咣咣猛灌几口，嘴角挂着白沫，她也不擦一下，只咧开嘴，笑着说，十六，下雪天穿着秋裤光脚跑出来的，牛逼不？

我们在城中村合租了一间出租屋，她有台旧电视机，还有炒瓢电饭锅碗筷等一套现成家什。她在出租屋的电灯开关上，门把手上，窗户上，都贴上了彩色的纸蝴蝶，还在桌子上摆了两个坐在一起的木偶人。在一起住了半年她都没回过一次家，也从没有给家里打过一次电话。

住了半年之后我提出要离开。那个晚上，她洗了头发，换了件干净睡衣，关好门窗，悄悄打开了煤气阀才在我身边睡下。我半夜被尿憋醒，只觉得头晕恶心，想喊人，却已经说不出话来，浑身像团棉花，我滚下床，挣扎着爬到门口把门打开，我俩才勉强捡回两条命来。此后她便没收了我的钥匙，把我关在出租屋里看电视，每天下班带饭菜回来给我吃，无论我去哪里她都寸步不离地跟着。我说，你觉得这样有意思吗？她说，你别想走，你就在家里躺着看电视，我什么苦都能吃，我也能挣到钱，我养你。

又过了一段时间，一个周末，她让我陪她一起去逛街。那天她特意扎了个高高的马尾辫，显得人很精神，中指上戴着一个几十块钱给自己买的戒指，她说戴戒指就表示自己快要结婚了。她一路上都拉着我的手。逛街的时候，我借口到公共厕所里上厕所，然后，赤手空拳地从她身边逃走了。

我对坐在板凳上的胖女人笑了笑，她像一个稚童一样盯着我，然后也无声地笑了起来。

这时候我转移了话题，我说，田利生这么赏识你，也没告诉你一声他去了哪？

他的目光似乎在我脸上停留了一下，并没有聚焦起来，又很快移到了猪头肉上。他看着那半盘肉问，他也借了你的钱？

我一惊，忙说，没，我根本不认识他，我就是觉得这个人挺有意思的。

他忽然语速很快地说，怎么个有意思了？甚就叫有意思？实话告诉你吧，你想找他，额比你还想找他呢，他跑了，额的工作也没了，额那工作成天写写画画，多好。

我说，那你去找过他吗？

他点点头，说，额倒是去山水卷找过他，前几年的事，当时山水卷的村民把他藏起来了，怕他被那些要债的人收拾了。他要是死了，他们的地也没了，旅游开发的事也泡汤了，他们肯定要保护他。结果额去了也没找到他。估计是他后来又从山水卷跑了。

我说，他自己跑了？为什么？

他说，山庄盖了一半，他不得想办法弄钱？不知道跑哪去了，后来也没见他再回来，估计是没弄到钱。

我说，现在地也不能种了，度假山庄又成了个烂摊子，说句实话，像他这样的人，你们恨不恨？

他看着我慢慢地笑了，露出了一嘴炫目的黄牙，他说，说句实话吧，一亩地四百块钱，人们还是愿意把地承包给田利生，为甚呢？因为现在种地根本不挣钱，不如包给别人还有两个租金。你说下山打工吧，额就不愿意去，租个人家的破房子，山下的人也看不起你，在自己家起码心里舒坦。现在这社会，人人都想着怎么致富，额村里的人本来还等着靠他的旅游开发挣钱呢，他倒跑了。不过田利生这个人其实并不爱钱，你是不知道，他平时连件好衣裳都不舍得给自己买，抽的也尽是赖烟，吃饭就吃一碗面，你说他要钱有甚用？所以嘛，他把挣下的钱都投到度假山庄里打水漂了。依额看，钱对他来说就是过过手，他自己都不留，恨他做甚？

我忽然就有些失态，刚倒的一杯酒居然洒出去一半，我连声说，对，钱其实就是过过手，还不知道最后流到哪里。

我们又一连喝了好几杯，直到把一瓶酒都喝光。他趴在桌子上睡着了，发出一串轻微的鼾声。坐在板凳上的女人捧着那只空空的塑料碗，像小女孩一样看着我，我朝她看的时候，她便使劲对我笑。我指了指趴在桌上的刘天龙，试着对她说，他睡着了。她像是没有听懂，还是咧嘴对着我笑，嘴角垂下一道口水，一直滴到了手上。我摇摇晃晃地起身，走了出去。走到屋门口忽然听到后面有呜呜的声音，回头一看，却见她已经不在凳子上了，她过去抱住刘天龙，嘴里正发出呜呜的哭声。她又胖又大，刘天龙又瘦又小，看起来她像只柜子一样，能把刘天龙整个装进去。我想过去帮忙，又一想，终究还是没进去。

我离开卧在这山坡上的三间小屋，朝着自己的摩托车走去。在这山林里，即使醉酒摔倒也无妨，大不了就地在路边的草丛里睡一觉。这是我在山外渴望了多年的自在。

晚上，我举着一支蜡烛站在那张巨大的地图前。上高中的时候，我最喜欢学地理，尤其喜欢背那些花花绿绿的地图。再长的河流，落到地图上也不过是一条细细的蓝线，就像被施了魔法的龙，一直变小变小，直到最后变成了一只虫子。那时候看地图对我来说是一种享受，我会觉得自己获得了无限的自由，如大鸟一般，可以随意在那些高山大川之间往返。

事实上，在离开大山之后，我也确实流浪过很多地方，我每到一个地方，都遇到过自称是从洪洞大槐树迁徙出来的移民后代。我在广州做服装批发生意的时候，曾在一个村里见过一座王氏祠堂，祠堂里详细记载着这户王姓家族的迁徙过程，他们的祖宗是明朝洪武年间从山西洪洞迁徙过来的。

我在成都时曾经认识了一个女人，东北口音，她却说她家祖上是清朝时候从山西移民到东北的。她说她还是山西人，又问我打听关于山西的种种，说她一直想去趟山西，尤其想去五台山烧香许愿，她特别想有个自己的孩子，听说五台山许愿很灵。又说她们那个地方的人，不是移民就是流民，要么就是被派过去戍边的，没有几个是本地人。她在成都开一家按摩店，手里有几个花枝招展的姑娘。她自己四十大几了还没有结婚，无儿无女。后来她认了个十八九岁的干女儿，认亲的时候隆重摆了酒席，还邀请我去参加。那干女儿当场叫了声妈，领了一个六万块的红包。她对她干女儿说，只要你听话，肯为我养老送终，我死了以后财产都是你的。酒席上她喝醉了，抱着她的干女儿痛哭，一边哭一边不停地说，以后你把我当亲妈，我把你当亲闺女，你把我当亲妈，我把你当亲闺女。

过了没多久，她的干女儿就偷了她的全部积蓄逃走了。她反倒一滴泪都没有了，她笑着对我说，怕什么，当初老娘出来闯荡的时候也就这样，手里一分钱没有，晚上直接睡马路，不就是绕来绕去又绕回去了，地球还是圆的呢。再后来，她就消失了，不知道去了哪里。

我还曾在开封的一条老街上见到过一个卖馄饨的人，他长着一张外国人的脸，深目高鼻，却说着一口流利的河南话。我问他是哪个国家的人，他用围裙擦擦手，说，师傅，俺就是河南人，俺爷爷就是在这开封长大的，他的爷爷是北宋时候就来到开封的犹太人，来了就再没走。我说，你真不觉得自己是犹太人？他长长的睫毛在阳光下像鸟一样扑闪着，我发现他的眼珠是蓝色的，但他还是认真透顶地说，俺就是河南人，以前有人也回去过，后来又回来了，犹太人根本不认我们。

流浪的地方越来越多之后，我从大山里带出来的口音渐渐消失了，没人能听得出我到底是哪里人。我有时候会说自己是东北人，有时候说自己是山东人，还有时候会说自己是湖北人。我孤独地北伐、南征，事实上，我已无法向别人讲述我究竟来自哪里。在我看来，我出生的大山与任何地理上的划定都没有关系，它是隐藏在空间里的空间，是存在之外的存在，古老、坚固、缥缈。有时候我远远想起它的时候，都忍不住会怀疑它到底是不是真的。如果它并不是真的存在，那我便也不是一种真正的存在。那我所有的欲望和不甘也只不过是一种幻象。

夜已经很深了，还是睡不着。我披衣出门，沿着山路慢慢往前溜达。黑串在不远处发出甜润的叫声，dear，dear。一大片山林在晚风中摇摆，发出低低的呼啸声。满天都是星星，夜空就在头顶，那些星星似乎随时都能掉下来。我借着星光，不觉走到了听泉山庄的门口。那片废墟在黑暗中静默着，我隐约还能听到它的呼吸声，它看起来像极了我在城市里反复做过的那些梦境。

我坐在门口的石头上抽了根烟。山庄的梦幻感让我再次想到了那个叫田利生的男人。我能感觉得到，他一定还在这大山里，甚至，他可能就躲在离我不远的地方，一边抽烟一边默默地观察着我。想到这里，我不禁打了个冷战，起身朝四下里看去，只有寂静黢黑的山林，我却仿佛看到这无边的山林里浮出一张人脸来，这人脸越来越清晰，发着光亮，像灯笼一般飘到了我面前。他似有千言万语要和我说，却只和我默默对视片刻，便又消失了。

我打听到了，听泉山庄里那块霸气的莜麦地是属于兄弟俩的。这对兄弟都是老光棍，住在几里地之外的杏坛村，相依为命。我买了一块猪头肉，买了一壶八两醉，看那家店里卖的五香豆腐干也不错，便又称了二斤豆腐干，一起拎着上了摩托车。

据说这兄弟俩住的院子是全杏坛村最破的院子，所以很好找，我一进村就毫不费力地看到了这个院子。土坯墙塌了一半，院门是用细树枝扎起来的，我刚一进去，忽然有一只皮球那么大的小狗滚到我脚下，细声细气地冲着我叫起来，一边叫一边不停往后退。院子里有两间正房坐北朝南，西面搭了一间小棚子做厨房，房前种了几棵树，还种了一排黄瓜，有只黄瓜很老了也没人摘，大头朝下耷拉着。有个老人正抡着镐头在树下刨坑。听见狗叫便停下来，一手拄着镐头，一手搭起凉棚朝我这边张望。

我有些看不出他的年龄，只见他一头白发，脸上有一只很大的红鼻子，十分夺目，大概是因为酒糟鼻的缘故，鼻头通红，在阳光下看上去像只草莓。两只小眼睛因为害了眼病，不停流泪，只是很勉强地睁着一条缝。他驼着背，穿着一条很长的灰色涤纶裤，裤腰提得极高极高，一直提到了胳肢窝那里，又用红裤带使劲绑上，这使他看起来只有下半身没有上半身，好像两条腿直接就和脑袋连在了一起。

我心想，不知道这是哥哥还是弟弟。一边想一边朝他走去，那只小狗划着四只小短腿，一边倒退一边还不忘朝我叫几声，叫得有点敷衍，它看起来简直比一只老鼠大不了多少。我走到老人面前，他两只手紧紧扶住镐头，小眼睛十分警惕地盯着我。我对他晃了晃手里的酒肉，说，老伯，我也是这山里的，就是过来坐坐，找你们喝酒。在大山里，从一个村到另一个村串门喝酒是常事。他还是用两只手牢牢抓着镐头，沉默了片刻，忽然就语速极快极暴躁地冲我嚷了一句，额不认得你，回你行（家）去。

我正站在那里不知所措，右边那间黑洞洞的正房里忽然吐出一个人来。又是一个老人。这个老人看起来更高更瘦，拄着一支拐杖立在门口。他身上穿着一件很古老的旧军装，把扣子一直扣到最上面一颗，箍着皱巴巴的细脖子。他眯起眼睛打量了我好半天，然后朝我招手道，进锅舍（屋子里）坐坐来。

院子里刨坑的老人跳着脚喊道，你认得这人？瘸腿老人不耐烦地朝他做了个赶鸡的动作，不认得就不能说话了？快做你的活吧，管得真宽。说着，拄着拐杖把我带进了他屋子里。一进屋我感觉像掉进了山洞，周围黑咕隆咚，需要呆立片刻，眼睛慢慢适应了这黑暗，才大致看到了屋里的陈设。地上凹凸不平，有一张土炕，炕上连着冷灶，一只板柜和一只立柜一胖一瘦地站在一起，地上还有张破木桌，一高一矮两只凳子。我环顾了一下四周，发现屋里光线暗主要是因为窗户外面罩着一层牛皮纸，大概是冬天的时候怕冷，起保温作用，结果到夏天也懒得拆了，反正到了冬天还要用。

我把酒和肉放在小木桌上，说，老伯，能喝点酒不？他先看了我一眼，又盯着酒肉看了半天，好像在辨别它们的真假，然后冲着门外喊了一声，燕红啊。不一会儿，一个二十七八岁的姑娘走了进来，借着屋外的光线，我看到这姑娘长得倒眉清目秀，烫着卷发，穿一条绷得紧紧的牛仔裤。她进来看了我一眼，叫了一声，爸，咋了？他指指猪头肉，说，把肉切了，额们喝点酒。她有点不高兴地说，说不喝了不喝了又喝。但还是拿着肉去了厨房。

他坐在高凳子上，让我坐在矮凳子上，这样使他看起来有点居高临下。他指了指自己的腿，意思是那条腿不能打弯，只能坐得高高的。我说，是你闺女？他很得意地说，是额当年从垃圾堆上捡回来的，她刚生下几天就被爹妈扔到垃圾堆上了，额把她捡回来把她养大成人，还供她念完了初中，你晓得她现今在哪不？在广东，可挣钱了。

这时候我听见那姑娘对院子里刨坑的老人说，爸，你快歇歇吧，日头这么大。我心想，原来她管两个老人都叫爸爸，看来是被这兄弟俩一起养大的。别的小孩从小都是一个爸爸一个妈妈，她倒好，从小两个爸爸。这么想着，心里忽然就一阵难过。只听院子里的老人高声吼道，干不完歇什么歇？去哪儿歇荫凉？歇下来怎么活？歇下来吃甚？

过了一会儿，她把切好的猪头肉端了进来，切得薄薄的，拌了黄瓜丝，浇了醋，拿来两双筷子。我招呼她一起吃，她对我笑了笑，我给你们做面去。说罢又出去了，两条细长的腿挺好看，我心想，这姑娘在广东不知道干什么工作。

这时候地上忽然大摇大摆地走过去一只大老鼠，并不怕人，好像是按时出来散步的，倒把我吓了一跳。他却很镇定地说，额当是什么，一只毛姑姑嘛，家养的毛姑，和家里人一样。这时候我发现那筷子上面都是一层厚厚的油腻，好像几百年没有洗过的样子。他倒了两杯酒，催促我，吃嘛。我畏惧地看着那筷子，迟迟不敢动手。他慢悠悠地自己先喝了一杯，又往嘴里送了块猪头肉，嚼了，斜着眼睛看着我说，你不吃是嫌额脏，怕额下毒毒死你吧？

我忙说，怎么可能，我是不饿，早饭吃多了。他又给自己倒了一杯酒，像蜜蜂一样凑过去闻了闻，又小口喝了半杯，咂咂嘴，说，你不用和额犟，人总得动脑子吧，人不用脑子能行？人不用脑子那就是猪。你真不用和额犟，额是参加过二万五千里长征的人，参加过敌后武工队，额能不晓得？

我心里正想着他的年龄不大可能参加过长征，忽听见他使劲敲着筷子又说，你不用和额犟，怕额下毒毒死你是吧？你动个筷子不行？死不了，吃吧。我只好横下心来，拿起油腻腻的筷子夹了一块猪头肉送进嘴里。我俩碰了一杯酒，他有些高兴地说，你看，没把你毒死吧，你怕个甚？你真不用和额犟，额甚没见过？毛主席，周总理，额保证完成任务，额是民兵队长，小分队，跟额走，拿绳子捆了狗日的，这阵子就去村西头集合，快跟上额。

他脸上出现了一层梦幻般的迷狂色彩，他好像迷路了，又好像急于要靠近某种沉睡，一种古怪的沉睡绑架了他。在那么一两个瞬间里，他满是皱纹的脸上真的浮现出了几缕四十年前才有的光华，那种年轻璀璨的光华从很深的皱纹里忽然浮了出来，又在瞬间凋敝、消失。我明白了，这人可能脑子已经有点不清楚了，他已经分不清四十年之前和四十年之后的时间了。这些时间对他来说，已经如雨林里的藤萝交缠，永远地共生为一体。他甚至分不清楚自己到底是二十岁还是六十岁。

我给他满上酒，敬了他一杯，他神情恍惚地喝掉酒，嘴里又开始咕哝，你真不用和额犟，额什么都知道。

我说，我不和你犟，给我讲讲，你这腿是怎么瘸的？

他审视地盯着我看了好半天，才犹疑地说，你是上面来的干部？

我说，不是，我就是随便问问。

他有些微微的失望，但还是开口道，这腿，拐了好多年了，额在街上本来走得好好的，就被一辆车撞倒了，额可不是那种讹人的赖皮，额对那司机说，没你的事，走吧。那车就走了，结果额的腿就落了个残废。残废是残废了，不过一年能有一万块钱的残疾补贴，额和额大大（哥哥）就靠这一年的一万块钱过生活。你想想，一万块钱啊，这么多的钱还不够额和额大大花？额俩花都花不完。所以告诉你吧，不要以为额没有钱，额的钱多的是，额满足得很，一个正常人一年也挣不下一万块钱吧。额可是民兵队长，村里的民兵都得听额的，一个民兵跑过来告诉额，鬼子又进村了，额得拿枪，枪放哪了？你等着，额去问问额妈，她就躺在那张炕上，她老是病着，下不了炕，就一直在那炕上躺着，等一下，额要给她去送饭。

我下意识地扭过脸朝那张炕上看了看，炕上铺着一张墨绿色的油毡，油毡上面只有一卷油乎乎的被褥和一卷卫生纸。并没有一个人影。我忍不住打了个寒战。

7

那姑娘送进来两碗手擀面，刀工了得，面条切得如银丝一般，上面撒了黄瓜丝浇了西红柿卤头。然后就坐在一边看着我们，自己也不吃饭。我用叔叔对小女孩的口气问她，燕红啊，两个爸爸你觉得哪个更亲？她没说话，倒是老人喷着一嘴浓烈的酒气，用筷子敲着桌子说，哪个亲？额和他是一辈子合不来，他那脾气，见谁骂谁，连额也骂，要不是老子残废了一条腿每年能挣一万块钱，额俩吃什么喝什么？喝西北风？早把两张嘴吊起来了。

这时候忽听见有人在窗根下用极快的语速回骂了过来，一万块钱怎么了，没你的一万块钱还不活了？每天三顿饭是谁做？每天是谁去种地？是谁割的莜麦？老子每天给你做饭伺候你十来年了，你说甚说？

那姑娘朝我摆摆手，小声说，他们就这样，每天就在这院子里转圈，也不敢出门，也不和邻居交往，每天都要吵架，不过一会儿就忘了，他俩其实谁也离不了谁，少了一个另一个也没法活，就靠在一起相依为命呢。

屋里的老人不敢再大声骂回去，只是小声嘟囔着，告诉你，不要和额犟，人都是长脑子的，对不对？他抬起头看着我，又问了一遍，人都是长脑子的对不对？我说，对。他滋溜又喝下去一杯，然后又一杯。我说，老伯，你每天都怎么过的？他用手抓起一块豆腐干，咬了一口，细细嚼了，说，怎么活？慢慢活。

然后他低头看了看我碗里的面，说，快吃吧，里面没下毒。我端起碗往嘴里划了两口面，他见我吃了面，便笑眯眯地又问我，看你身上穿的衣裳不赖，你每天花五十块钱够不够？额看你不够。额还不知道，这社会，你肯定不止一个老婆，你说吧，你到底有几个女朋友？别以为额甚都不知道，额不会看电视？电视里演的额都记得清清楚楚，一个男的找了好几个老婆，说是女朋友。人总得动脑子的，对吧？额还是个民兵队长。

我又吃了一口面，说，我现在就一个人。他快乐地用筷子敲着桌子，你看，你看，额就说嘛，你一天花五十块钱肯定不够，你老婆和你离婚了？是嫌你女朋友多吧？好几个女朋友，一天花五十块钱怎么够？我看他挺高兴，便说，老伯，你呢，怎么一直没成家？他慢慢搬动了一下自己的那条瘸腿，就像在搬动一件笨重的旧家具，然后，他把脸慢慢扭向那张黑黢黢的炕上，他的声音听起来忽然有些悲伤，他说，额妈就躺在那张炕上，她病着，起不来，她一直就躺在那张炕上，她问额，二强，是你回来了？外面是不是下雪了？穿厚点，不要冻着了。

这时候那姑娘把酒瓶子抱走了，她说，不能再喝了，一天三顿要喝酒，都是喝最便宜的酒，四斤酒十五块钱，有一次喝得爬都爬不起来，躺了一段时间，就那段时间没喝酒，一下地就又开始喝。他哀求地看着她，闺女，再喝一杯，就一杯啊。她便又给他倒了一杯，顺便给我也倒了一杯。然后抱着酒瓶子出去了。

我俩把这杯酒也干得一滴不剩，我才问道，老伯，听泉山庄的游乐园里有一块莜麦地，可是你家的地？他昂着脖子，很得意地说，除了额家的还能是谁家的地？田利生那个偶人，一亩地四百块钱就要租额们的地，人都是长脑子的，对不对？四百块钱能花几天？花完了钱额们到哪里找人要钱去？只要还有地就不怕饿着，粮食才是额们的大事，以为额真没脑子？额是民兵队长，手下管着十几号人，毛主席，周总理，额都和他们老人家保证过的。

我说，那田利生也同意把你们的地留在游乐园里继续种？

他的眼睛看起来像是浸泡在酒精里的，通红通红，却越来越浑浊。他盯着我说，那偶人敢不同意？他不同意试试，额可是民兵队长。忽然，他趴在我耳边小声说了一句，额手里可是有枪的，谁不怕额？然后又抓起一块豆腐干扔进了嘴里，慢慢地嚼着。

我说，那块地在游乐园里，那你们怎么进去种啊？

他有些不屑地看着我，怎么也不用脑子想想，人都是有脑子的嘛，肯定是有后门的，那后门的钥匙就归额保管。

这时候，从门外忽然跳进一个人来，冲着我们用极快的语速嚷道，你说钥匙归你保管？天天去种地的是额，钥匙在额身上，甚时候轮到你保管了？

我一看，是那个在外面刨坑的哥哥，此刻他驼着背跳到我们面前，两条腿上直接连着一个白花花的脑袋。我忙说，老伯，快歇下来吃口饭吧。他狠狠瞪了我一眼，额的活干不完就不吃饭，不像你们这些闲驴瘦马，甚也不干也敢吃饭?！粮食从地里长出来就是随便让你们吃的？你说，你打听田利生到底想干甚？

我吓一跳，忙站起来说，不想干嘛，就是进去玩的时候看到你家的地还在游乐园里，种得还不赖，一年能打多少斤莜麦啊？

他吼道，地是额的，谁也别想租走，盖金龙宝殿也不行，给额金元宝也不行。

我说，没人要动你们那块地，田利生都没动，我就是想问问你们，那田利生后来到底去哪了？

他举起脸，气冲冲地对我又吼，额们不晓得，额们和他没关系，他开发他的旅游，额们种额们的莜麦。那偶人还想租额们的地？他小子试试。额现在还天每（每天）去种地，秋天就能打莜麦吃，别人家哪还有地种？现今这全村就额还有地，谁也不能动了额的地。

我被他的气势吓得后退几步，顺手拿起放在板柜上的一把扫帚端详起来，我找话说，这么软和，是不是拿马尾巴做的？他驼着背向我冲过来，一把抢过扫帚，吼道，不要动额家里的东西，甚也不要动。然后又冲着坐在凳子上的弟弟吼道，她燕红不要以为拿回来五万块钱就能吞掉额们的财产，财产是额们俩的，不能给别人，谁都不能给。回来了不就是吃额的喝额的，将来结了婚生了娃，再带回来一个小的吃额的喝额的。

弟弟瘸着一条腿，站不起来，只好使劲翻起眼睛看着哥哥说，额说藏在板柜里保险，你说会被毛姑姑咬，非要埋到地里头，埋到地里头就不会被人发现？等额们睡着了，人家偷偷进来就把钱挖走了，埋在院子里，一挖就挖到了。

哥哥又大吼，额把兀来大个坑都挖好了，棺材都能埋进去，还埋不下五万块钱？

弟弟说，人总得有点脑子吧，你到底有没有脑子？埋在院子里，黑夜被人挖走了怎么办？

哥哥咆哮着，那你倒是说，到底放到哪里保险？不埋到地里埋到你的骷髅里？

弟弟拄着拐杖拼命站了起来，哥哥驼着背冲上去，两个老人扭作一团，像动画片里的熊大熊二抱在一起嬉戏打闹。

趁他们打闹，我把口袋里的五百块钱放在板柜上，悄悄出了屋子。出门一看，那姑娘正无声无息地守在门口。她在阳光下对我笑了笑，笑容很是好看，她总让我觉得她不像是在这个家里长大的，好像和这个家里一点关系都没有。她说，从小就这样，我早就习惯了。顿了顿她又说，他们说的财产就是这两间破房。你不要怪他们，他们只是太没有安全感了，因为他们太可怜太不容易了，所以他们的任何东西都不允许别人动一下，他们怕自己仅有的一点东西都被人抢走。

我点点头，说，两个老人能养活自己已经不容易了，能活在自己的世界里其实也挺好。她皮肤苍白，鼻子挺拔，从侧面看，下巴尖尖的，从她脸上隐约能看出她亲生父母的模样。我想，她小时候会不会奇怪，为什么别人都是一个爸爸一个妈妈，而她却是两个爸爸。只是心里想想，到底没说出口。

她看着地里刚刨出的那个坑，忽然有些疲倦地说，他们总怕被人骗了，其实就两间破房，哪有什么东西可被骗的。我这几年在广东打工，这次给他们带回来五万块钱，想让他们修修房子，可他们不愿意，一定要把这钱存起来，又不肯存到银行，说银行不安全。两人每天商量着把五万块钱保存到哪里，都商量了有十来天了，天天吵架，还是没个结果。过两天我也要回去上班了。在南方的时候，我总想回来看看，可一回来又想赶紧走掉。

我想应该对她说点什么，但终究没有再开口。

她把我送到门口，忽然说，你找田利生？早两年我就听村里人说过，田利生可能跑回他老家躲起来了，他老家那个村叫花前村，过了西塔沟，都快到老蜜沟了。这个人，我见过一次，有一次我爸爸带我去那游乐园里种莜麦，园子里没什么人，正好碰到他了，他一个人坐在木马上抽烟，见了我们还过来帮我们种地，其实人还挺和善。

这天，我骑着摩托车到镇上寄信。我每月给妻子写一封信，我从不留自己的地址，因为她根本不可能给我回信。不过这并不重要，重要的是，我一直在给她写信。

离开她之后，我辗转过好几个城市，干过各种活，又试着交过几个女朋友，却都无法长久。我仍然渴望成功，舍得用一个月的工资买一张成功学讲座的门票。我从不和过去的同学联系，也不想知道关于他们的任何消息。几年之后，我却还是在某一天回到那个城中村，四处打听她的下落，她居然还在那个城中村里租着原来的房子，当时那城中村已经被列入拆迁范围。再后来，我结婚了，我妻子就是她。结婚后我才发现，她其实比谁都适合做妻子，她喜欢默默守在我身边，喜欢做饭喜欢做家务，尤其喜欢蒸馒头。蒸馒头的时候，她总是独自呆在厨房里，久久看着锅里冒出的白雾笼罩一切，她整个人会变得极其静谧安详。

庞水镇上有一个小邮局，邮局里常年只有一个男人上班。我每次去的时候，都见他穿着墨绿色的制服，像棵植物一样长在柜台后面盖邮戳。我会趴在柜台上久久看他盖邮戳，怀疑他晚上睡觉是不是也在这柜台后面，因为他看起来永远都一模一样，从不曾挪动过。他并不主动和我搭话，好像他根本就不需要和人说话，他只是埋着头盖那些黑色的邮戳。

寄完信走出邮局，阳光正从一朵巨大的云里钻出来，整个世界忽然陷入了一种意外的明亮，好像到处都是崭新的，到处都在闪闪发光。我坐在台阶上抽了一根烟，那邮局里的职员竟然也走出来了，坐在我身边问我要了一根烟。他居然有腿，并且会走路，我吃了一惊。我们俩坐在那满是灰尘的台阶上各自抽了一根烟，相互没说一句话。

邮局旁边是个破旧的小诊所，诊所里有个白胡子白眉毛的老中医，看起来至少有一百岁了。诊所门口常年立着一块木牌子，上面写着几句话，“东方曰星，其时曰春，其气曰风，风生木与骨。南方曰日，其时曰夏，其气曰阳，阳生火与气，阴生金与甲，寒生水与血。”抽完烟，我骑着摩托车走了，他依然坐在阳光里，默然目送我远去。

庞水这个名字就是大水的意思，听起来颇为富丽堂皇，因为这个镇子是在三条河流汇聚处长起来的，最不缺水。建国后在这里建了一个文谷河水库，那水库在冬天的时候会结成一面洁白的冰湖，大镜子一般，明晃晃地落在群山之间。冰湖上一马平川，开阔辽远，山峰隐匿，世界忽然变得浩荡洁净，大卡车都能轰隆隆驶过去。冰湖极大极璀璨，便衬得那镇子瘦小羸弱，瑟瑟地偎依在冰湖旁边。

前几年不知从哪里传过来旅游开发这几个字，全镇的人都在摩拳擦掌，做了不少小木船在水库上漂着，但深山里鲜有人至。到了冬天，这些小木船便一起被冻进了冰湖，像琥珀里的小虫子尸体。原先的相貌还在，只是不能动了，这种沉寂会在某个瞬间忽然给人一种无来由的阴森感。

每次经过这镇子的时候，我都会想，田利生会不会就藏在这镇子里，就在这些来来往往的人群里，每一个擦肩而过的陌生人都可能是他。他的衣角倏忽闪过，出现在月夜的山林里，湖中的倒影里，出现在山鹛的叫声中。只是，我一直无法看清那张脸。在那么一两个瞬间里，他从人群中猛地回过头来，我却忽然看到了一张和自己一模一样的脸。我惊骇地发现，我已经变成了他，或者，是他变成了我。

他像我的一个梦境，我觉得我必须得找到他。

我决定去一趟花前村。从我这里到花前村，要翻过几座大山，经过几条大沟，八道沟、大沙沟、小沙沟、未后沟、西塔沟。再往前走就是老蜜沟，已经进入了原始森林的最核心地带。那里的植被基本都成了针叶林带，到处是高大疏朗的落叶松，只夹杂着少许青杆和白杆。因为海拔高，那里只坐落着极少的几个村庄。

早晨起来，带了两个凉馒头我便骑着摩托车上路了。路过一片白桦林的时候，我听到有啄木鸟在林子里，笃笃笃，有条不紊地敲打着树干。山民们把啄木鸟叫花牵树得木，听起来更俏皮更明艳。白桦林的旁边还有一片红桦林，一白一红，唱戏似的。红桦的树皮不像白桦那么紧致结实，看起来颇有些衣衫褴褛的感觉，但那些红色的树皮在清早的阳光里鲜艳夺目，几近于要燃烧起来了。我小时候，就用过红桦树皮做的帽子和书包。

每翻过一座山，经过一个大沟的时候，便能听到有很远很空旷的风声从深不可测的地方奔跑而来，衣服被吹得鼓起来，像只气球，似乎连人带摩托车都能被轻轻托起来，御风而行。所以每经过一道大沟的时候，尽管被山风吹得七歪八扭，我心里却十分喜悦，感觉自己马上就要飞起来了，连笨重的摩托车都在瞬间变得轻如羽毛。

越走海拔越高，山路两边的植物从花楸、糙苏、蛇床、舞鹤草渐渐过渡到亚高山灌丛草甸带，随处可见地榆、花锚、金莲花、木贼。鸟儿也从啄木鸟、褐马鸡、斑鸠过渡到了云雀、金雕、红嘴山鸦。走着走着，便见前方群山之间，天高云淡处飞过一只大金雕，两只巨大的翅膀稳稳托着流云，睥睨一切，迎着阳光悠扬骄傲地滑翔。我久久目送着那只金雕远去的背影。

已是正午时分，腹中开始感到饥饿，我停下摩托车，把两个凉馒头吃完，趴到河边喝了几口水。河边的草地上长满了眼睛一样的紫地丁，好像遍地都是柔软的目光。吃完我继续赶路，沿着河流又走了一段路，忽然看见河边栖息着一大群羊，一个放羊的老汉孤零零地坐在河边的石头上。看见我过来他急忙向我招手，我停下摩托问他怎么了。他手里握着一支赶羊铲，脸上紫黑色的大嘴唇，笑起来的时候，嘴巴可以一直豁到耳根处。他笑着说，伙计，着急不着急走？不着急的话就跟额说几句话吧，好些天没人和额说过话了，憋死了，这羊又不会说话，羊要能说话额早就和羊搗歇（聊天）去了。

我看了看四周，除了他和一群白花花的羊，就是山林和草甸。我想了想，便放好摩托车，问他，这羊是不是都在午睡？他连忙点点头，说，它们刚吃了草舔了盐，晌午要歇两个钟头，头羊不动，大羊就不动，大羊不动，小羊就跟着不敢动。

头羊是一只威风凛凛的黑山羊，长着两盘大角，管理着一群温顺的白绵羊，白绵羊都蜷成一个团，看上去像一块块岩石。我掏出烟盒，递给他一根，自己也点了一根。我俩对着河水抽了会烟，他问我，去哪尕？我说，花前。他抬头看看天，那不远了，再翻过两座山就是。

他们放羊的一天动辄要走十几里路，所以看哪里都觉得近。一只小羊不愿再佯装睡觉，想偷偷溜走，老汉见状，并不起身追赶，只用羊铲射过去一颗石子，小羊便又乖乖躺下，继续装睡。两根烟抽完，我们到底也没说上几句话，我觉得有点对不住他，但还是决定继续上路。他也打算继续上路，便叫醒了头羊，那只威风凛凛的黑山羊亮着两只大角站了起来，于是，所有的绵羊都跟着站了起来，简直像一支训练有素的部队。山羊沿着河流往前走，后面跟着浩浩荡荡的绵羊部队。我骑着摩托车也慢慢向前走。

羊群准备过河了，这儿的河流从一片河柳里冷不丁拐出来，带着些野气左顾右盼，脚步湍急匆忙。那只山羊带头过河，走到河中央的时候，脚下一打滑，居然掉进了河里。后面的绵羊见头羊掉进河里了，纷纷跟着跳进河里，最后面的小羊们犹豫了一下，也跟着跳进了河里。顿时，一条河像煮饺子一样，漂满了大大小小的绵羊。绵羊不会游泳，只好一边挣扎着一边咩咩叫着，一边被流水冲走。

我见状，赶紧扔下摩托车过来帮着捞绵羊，老汉快要哭了，一边跳脚一边大叫，不要跳了不要跳了，你们怎么就不能长一点脑子。说罢扑通一声跳进了河里，手忙脚乱地扛起一只绵羊，再扛起一只，绵羊在他肩膀上哀哀地哭叫着，自己跳进去的，也不知道在哭什么。我们折腾了半天，最后还是淹死了好几只绵羊。老汉守着一堆绵羊的尸体，好像农民在秋天刚刚收成的棉花。

村里人要开着拖拉机过来接他和羊，而我打算继续赶路，他为了表示对我的感谢，送给了我一只刚刚淹死的小羊，说羊羔肉最是鲜嫩。我看看天色，已经下午光景了，西行的阳光开始迟钝下去，不敢再逗留，我便把死去的小羊绑在摩托车的后架上。它摸上去四肢柔软，好像还活着一样。

8

因为海拔的原因，能感觉到山林里的凉意越来越重，脚下的泥土也渐渐变成了深色的黑毡土。两边的油松和冷杉变得越来越高大粗壮，高高的树冠连得遮天蔽日，连一丝阳光都透不进来。林子里的很多地方还残留着去年冬天的积雪，这些积雪可能终年都化不掉。山林的深处隐隐能听到大鵟的叫声，阴森凄厉。

太阳已经开始落山，苍鹰的身影飞进夕阳里，接着，那最后的金色光线也一点一点消失了。即使是在日落之后行走在这样的原始森林里，我仍然没有感觉到任何恐惧，我真正的恐惧，其实都在人群里了。在我最充满征服欲的那些时候，其实也是我最恐惧的时候。我做过搬运工，洗碗工，做过服装批发，做过调料推销员，开过小超市，开过小饭店，再到酒店，再到金店。那些往事像用玻璃垒起来的，垒到一定程度的时候，却发现一切竟是透明的，就像不曾存在过一样。那是我创造出来的一个乌托邦。

一弯冷月从山林间升了起来，云朵流动得很快，看起来像是月亮正在云层后面奔跑。山林间的积雪反射着冰凉的月光，高大的冷杉像剑一样刺向夜空。走着走着就看到，前面隐隐出现了几点微弱的灯光，那是个隐藏在森林里的村庄。

果然是花前村。我有些纳闷，这样一个原始森林深处的小村庄，终年有积雪不化，为何给自己取名为花前。村里只有七八户人家，最边上一户人家的大门洞开着，门上还挂着一盏红灯笼。山风呼啸而过，红灯笼在风中左右摇曳，血红色的灯光溅了一地。

我扛着那只死羊进了院子，院子里又是狗叫又是鸡叫，还有猪在什么地方哼哼，听起来像进了动物园。我打量了一下这院子，借着月光能看到院子里坐着三间房，奇怪的是，只有两间的上面盖了二层，而且二层比一层瘦小一圈，看上去像小孩子过家家把积木随便搭了上去。

其中一间房里亮着昏黄的灯光，我推门进去。屋里有一男一女，男的坐在自制土沙发上，很瘦小，剃着个光头，小眼睛，留着两撇八字胡，八字胡下面有两颗巨大的门牙，他正像只大兔子一样一边剥着花生吃一边喝酒。女的则很丰满，黑色紧身衣绷在身上，到处波浪起伏，一只眼睛稍微有点斜视，头发染成栗色还烫了，挂着一头卷儿，她一手端着酒杯喝酒一手往铁皮炉里扔柴。这森林最深处的村庄一年四季都得生炉子驱寒驱潮。

我说，我来这里找人结果迷路了，能不能借宿一晚上？我可以出钱。我又指了指那只死羊，说，这羊羔是今天刚死的，淹死的，不是毒死的，也送给你们吃肉。男人用小眼睛盯着我看了几分钟，又盯着死羊看了几分钟，忽然咧开嘴笑了一下，一嘴黄牙，招呼我道，伙计，来找人的？尽管住下，来，先过来喝杯酒再说。又对炉前的女人说，老婆，快去拿根猪尾巴来。然后，他又笑嘻嘻地看着我说，额可保存着好几条猪尾巴呢，自家舍不得吃，都给切人（客人）留着呢。本来还保存着个猪鼻子，一直没切人来，额就自己吃了，早知道就给你留着嘛，是不是？

女人把一条粗大的猪尾巴端了上来，还添了一个酒杯。他给我倒了杯酒，我一看，酒装在一只大葫芦里，有点仙气，喝了一口，好烈的高粱酒，感觉和喝酒精差不多。他给我抓了一把花生，说，尝尝，这是额自己种的。我剥了一个花生，扔到嘴里，生的，很涩，像是刚从地里挖出来的。我说，吃着不赖，你还会自己种花生？

他抿了一口酒，有些不屑地晃晃光头，种花生？小看额了吧，你看看这锅舍（屋里）的家具，每一件都是额自己做的，柜子是额自己打的，这沙发是额自己包的，还有这房子这院子，都是额自己盖的。他又拎起一段猪尾巴朝我晃了晃，这猪也是额自己养的，额养猪，从来不喂什么乱七八糟的泔水，额就喂它粮食和土豆，吃的和人一样好，额养的猪那都是无公害猪。你去附近几道沟里打听打听额田中柱是什么人物？额不骗你，额还真是个人物。

说罢，他骄傲地和我碰了一下杯，一饮而尽，然后，剥出一粒花生，高高抛起来，用嘴稳稳地接住了。

我打量了一下周围，房间里的家具倒真不少，有床有立柜有平柜有茶几有沙发，还有两只花凳，上面摆着两盆呆头呆脑的万年青。柜子上地上还摆着很多根雕和葫芦，天花板上也挂着大大小小的葫芦，挤眉弄眼地看着我，最大的一个简直有半个人那么大，老态龙钟，像个葫芦爷爷，我好像不小心闯进了葫芦的老穴。所有的家具上都落着一层厚厚的灰，看起来已经有几千年没有打扫过了，出土文物一般。

我说，难道这根雕也是你自己做的？他不解地看了我一眼，好像我的问题着实羞辱了他，他反问我道，不是额做的是你做的？连这吃饭的木碗，看到没，都是额自己做的。这葫芦也是额自己种的，上面都刻了画的，三打白骨精，猪八戒背媳妇，要什么有什么，你要不要买几个？这花凳也卖，价钱嘛，你看着随便给，反正都是额亲手做的，几百不嫌多，几十不嫌少。

我喝了一口杯中的酒，呛得嗓子疼，但猪尾巴卤得真不错，绵软入味。我啃完一截猪尾巴，说，看不出你还这么心灵手巧。他又往嘴里扔了一颗花生米，把两只手得意地叉在胸前，我注意到他的右手上少了半根指头，使那只手看起来像某种武器一样可怕。他冷笑一声说，你以为？额当年技校毕业的时候也是个人物，额从小练过武术，会缩骨功，有一次打架被关起来了，额就用缩骨功跑了出来，再抓老子，老子还用缩骨功跑出来，看谁还敢抓老子。额还会电工，额可是一个好电工啊，所有的电路问题，不管大大小小，额都能解决。你也不去打听打听，额田中柱是谁？告诉你吧，额真是个人物，年轻的时候有人让额去国家安全局上班，只要交一万块钱就进去了，可是额不愿意，守着老婆过小日子多好。额不喜欢受人约束，不喜欢成天坐在办公室里上班，额要是愿意，早就在国家安全局上班了。额这个人就是喜欢自由快活，啊，喜欢自在散澹。额也不愿意跟他们出去打工挣那几个辛苦钱，在山里多好，守着老婆，能种地，还能上山打猎。你不知道额枪法有多准，额年轻的时候进山打猎，跟着野兽一跟就是七八天，也不睡觉，什么花豹狗熊野猪，都打到过。对了，那副花凳你到底要不要？便宜卖给你。还有那只最大的葫芦也便宜给你，上面刻着寿星佬儿。

我咳嗽了一嗓子，有些不好意思地说，我骑着摩托车，不好带啊，以后再说吧。他立刻说，怎么不好带，额给你绑在摩托车上。话音一落，我们俩都沉默了下去。沉默了半天，为缓解尴尬的气氛，我站起身来到处游弋参观，看到这屋子还套着一个里间，我便进去参观。里间地上摆满了各式各样的工具，刨子、电焊机、切割机、电圆锯、电钻、气钉枪、车床，和墙上杂乱无章的电线及一大堆插板连在一起。我忽然感觉自己像来到了科幻电影的某个空间里，周围的世界忽然就变得不真实起来，连外屋的那两个人也忽然像外星人了。这些工具上也落着厚厚一层灰，几千年没有打扫过的样子，使我意识到，这还是在田中柱的家里，我并没有游离到外星球上。

回到沙发上我俩继续喝酒，我说，老田啊，你从哪儿弄了这么多工具？他正嚼着一颗花生米，嚼着嚼着就得意地笑了起来，好多都是额自己用破零件做的，那台电焊机看到了没？就是额自己做的。我大惊，你还会做电焊机？他一边对我笑着一边忽然伸出了那只缺了指头的右手，在我面前炫耀地晃了晃，像是怕被我抢走，又赶紧收回去了。他指着那只手说，晓得这个指头怎么没的？就是被这玩意儿切下来的，就像切菜一样，那指头掉下来了自己还能动。这不，额指头少了一根，少一根就少一根嘛，什么了不起的事，额眼睛都没眨一下，额起码自由，自由多好。你说，自由好不好？

我说，对，挺好挺好，老田，我得敬你一杯酒。他高高兴兴地连喝了几杯，喝得小胡子上都是酒，在灯光下亮晶晶的。他忽然摸着光头站了起来，摇摇晃晃地走到床前，从床下拖出一只尿盆来，他笑嘻嘻地问女人，老婆，你说额尿到哪儿去呢？然后，不等老婆回答，他就叮叮当当地尿到了盆里。

为了能盖住这撒尿的声音，我大声说，老田，你家里哪来的这么多灰？怎么像刚从地里刨出来的。他心满意足地尿完，抖了抖，放下尿盆，又摇摇晃晃地回到了沙发上。他脸上的表情越来越明媚喜悦，好像一晚上发生了很多欢天喜地的大事。他指着女人说，额老婆不喜欢打扫卫生嘛，不喜欢就不扫嘛，灰多点就多点嘛，又死不了人，你说是不是？钱少就少花点嘛，又死不了人，你说是不是？额和额老婆天每（每天）都过得高高兴兴，想干甚就干甚。额和额老婆说，你想和谁睡就和谁睡，主要是图个高兴嘛，啊，图个高兴。额老婆有二十几个相好的，就是图个高兴嘛，额们过得比鸟儿还自由。

说到这里他扬起小眼睛看了看挂在墙上的歪歪斜斜的破钟，忽然说，九点了，到了额睡觉的时间了，一到点额就睡着了，额先去睡了，你们俩聊吧。说罢起身走到床前，脱了外面的裤子，穿着一条脏兮兮的绒裤钻进了被子里，然后悄无声息地用被子蒙住了头。过了大约一分钟，最多一分钟，我便听到被子下面传出了有节奏的鼾声。

那女人把手里的酒喝完，把最后一根柴扔进了红红的炉膛里，把炉门关上，然后斜眼看着我。我有些心惊，想，她为什么要这样看着我。后来一想，她的眼睛斜视嘛。那女人放下杯子，站在炉子前，两只手搭在肥硕的胸前，有点像报幕员。她沉默片刻，似乎有些犹豫，但还是问了我一句，你……不睡？我忙笑着说，时间还早，睡不着啊。她依然站在那里没动，两只手还搭在那个位置，来回搓着。

她又沉默了一会儿，忽然低下头看着自己的两只手，一绺烫过的卷发垂下来遮住了她的一只眼睛，她挑起那只眼睛，用眼风斜斜瞟了我一眼。我忽然有些紧张，胡乱拿起一只杯子，问，我口渴，哪里有水？她指了指蹲在墙角半人高的大水瓮，我走过去拿起葫芦瓢，舀水喝了几大口。

喝完水回头一看，那女人已经走到了床前，她指了指沙发又指了指地上及床上，说，你随便睡，想睡哪睡哪，额也睡了。说罢上了床，也拿起被子蒙住头，很快就无声无息地睡着了，把我一个人留在了空荡荡的地上。在昏暗的灯光下，那两个蒙在被子里的人安静得有些吓人，像两颗埋在土里还没来得及发芽的土豆。

我走到院子里点了一根烟，那只狗冲我有气无力地叫了两声便也悄无声息了。松树清冽刚劲的冷香塞满了整个院子，如同一场冰凉的大火在燃烧。只有原始森林深处才有的神秘像只巨大的野兽，无声地行走在我身边，我看不到它，却能感觉到它的呼吸就蹭着我的鼻子。月亮再次从云层后面钻了出来，冷冷注视着大地上的一切。我一边抽烟一边在院子里徘徊，我明白了，这个女人是拉偏套的。没想到，直到现在，大山深处还有女人操持着这种古老的营生。

我和衣在沙发上迷迷糊糊睡了一觉，第二天早晨，天还没亮，就见院子里已经烧起了一堆熊熊大火，火光在晨雾中挖出了一个明亮的大洞。火上架着一口澡盆那么大的铁锅，猛一看，还真的以为是架起了澡盆子准备洗澡。我凑过去一看，锅里煮的都是小土豆，老田正叉开双腿，扎着马步，用一把铁锹使劲搅土豆。我说，老田你这是在做早饭？怎么做这么多？他头也不回地说了一句，额家从不吃早饭，这是猪食。

天渐渐亮了，晨雾褪去，整个院子慢慢从黑暗中浮了出来，带着点不情不愿。火堆在晨光中渐渐枯瘦下去，热气腾腾的猪食熟了。老田喂猪的时候我认真参观他的院子，发现院子里有五间房的地基，却只盖了三间，我问他为什么，老田慈祥地看着自己的几头猪，说，盖了三间就没钱盖了嘛，能盖几间算几间，是人盖房子，又不是房子盖人。

我看见院子里有棵枣树，枣树叉上挂着的玉米穗子比我见过的玉米都要小，就好奇地问，老田，你这玉米是什么品种？这么袖珍，你的小土豆也是袖珍品种？

这时候他老婆也起床了，正在院子里梳头，她打着哈欠接了一句，没钱买化肥嘛，纯天然的，可不长这么小。

我又踱步到鸡笼子前，一看，里面养着几只草鸡，一只公鸡，居然还有两只褐马鸡。我说，老田，你居然养褐马鸡，你怎么没养两只孔雀？他笑得小胡子都翘了起来，大嘴咧开，露出了三十二颗牙齿，说，以前养的更多，还有珍珠鸡，额还驯了只老雕，厉害得很，后来都死了。我说，可惜了，怎么死的？他老婆不紧不慢插了一句，饿死的。

这时候老田已经把那口刚煮过猪食的大锅洗得锃亮，他兴致勃勃地敲着大锅说，今儿晌午吃羊肉，就把你夜里带来的那只羊羔给煮了，吃羊羔肉再喝点酒，别说国家安全局，叫额去做神仙额都不去。说着说着他的口水已经流出来了，忙擦了一把。他又围着那口锅手舞足蹈，看看，这口铁锅也是额自己打的，费了不少铁哪。我大惊，你还会自己打铁？他不屑地看了我一眼，敲着他的大锅说，打铁算什么？你记住，这世上根本就没有额不会的事情，额田中柱大小也是个人物。看看这锅，煮两个猪头不成问题，煮一只整羊也不成问题。今儿吃你的羊，等额过年煮了猪头，把猪鼻子和猪耳朵都给你留着，你年后过来，放开肚子吃。

等到中午时分，果然吃到了喷香的煮羊肉。我们三人围着桌子，一边大块吃羊肉一边喝酒，他老婆酒量惊人，一眨眼就悄悄灌下去好几杯，看样子能轻易把几条大汉放翻。我惊叹，好酒量。老田一边啃羊骨头，一边说，额和额老婆说，你想喝酒就喝酒，想抽烟就抽烟，想睡谁就睡谁，人就图个高兴嘛，要不图高兴，额老早就去国家安全局上班了嘛，哪有守着老婆好？你看额家门口一年四季挂着红灯笼，不过年不过节也挂着，就图个高兴嘛。有一次额小姨子来额家，黑夜等额老婆睡着了，额就和额小姨子睡到一起了，快活嘛，人活着图甚？就图个快活。

他老婆一只脚踩在椅子上，嘴里啃着羊肉，斜着眼打量他一番，就你？

他腆着脸从羊肉里剔出几只小拐骨，拿块破布细细擦了半天，然后把羊拐骨捧在手心里，像捧着一团雪花。他笑着对老婆说，就是说个笑话逗你高兴，等额把这羊拐骨染成红色了给你玩，好不好？四个羊拐骨，还差个乒乓球，额也给你做。

9

我酒足饭饱地歪在椅子上打着嗝，慢条斯理问了他一句，老田啊，你们这村里的人是不是都姓田？他啃着羊蹄点点头，大部分姓田，几辈子以前就是一个老祖宗。我说，那你们不都成亲戚了？他说，出了五辈子就不算亲戚了。我忽然像想起了什么，问道，有个叫田利生的人你认识不？是不是就是你们村的？

他把脸从羊蹄上抬了起来，看着我忽然意味深长地笑了一下，两撇小胡子一抖动，说，额和他打小一块放牛一块耍，你说认得不认得？你说过来找人，就是找他吧。我说，这人真是你们村的？他在八道沟那边开了个度假山庄，你知道不知道？

他抱着那根羊蹄又慢慢地啃了一会儿，啃得只剩下了一根明晃晃的骨头，然后扔给了趴在地上的狗。他似笑非笑地看着我说，先说说，你找他干甚？我忙说，其实也没什么事。他说，你是不是也觉得田利生很有本事？我正不知道该如何搭话，只听他又继续道，人家十几岁就下山了，在城里到处做买卖，听说挣了大钱，可不是有本事的人？

我刚想开口，他忽然语气一拐，自己把话接上了。他声音忽然变大变粗，像他身体里住着的另外一个人猛地探出了方形的脑袋，他说，人人说他有本事，你倒给额说说看，什么叫有本事？到底什么叫本事？

我一时愣住了，但很快就明白过来，现在他根本不需要我的回答。果然，他又继续，额俩光屁股时就在一起耍，田利生有几斤几两额还不清楚？放牛他不如额，打猎他不如额，手巧他不如额，额能打到豹子，他打到过甚？种地他不如额，额一个人种了几十亩地，额能一个人盖房子，额能一个人打家具，额能用破零件组装电焊机收音机，额连剃头都能自己给自己剃，你看额这光头剃的，不赖吧？你倒是给额说说看，到底什么叫有本事？

他用缺了一根指头的右手拍着桌子，脸涨得通红，披在肩上的衣服也掉了下去，露出了穿在里面的背心，我看到背心上印着几个红色的大字，金万程轮胎。他老婆咣当扔过来一条羊腿堵住了他的嘴，她说，快少说几句吧，额跟着你没饿死就算不赖了。说罢又一仰脖子，滋溜下去一杯酒。他又要跳起来辩解，我忙说，你可能还不知道吧，这田利生为了盖度假山庄欠下了不少钱，被人到处追着要债，现在都不知道跑哪去了，他会不会就在你们村？

他呆了一呆，好像一时没听明白我在说什么，片刻之后又像恍然大悟一般，把掉下去的衣服重又披在肩上，笑嘻嘻地对我说，欠了人好多钱？怪不得你上来找他，额晓得了，你是公安局的。我忙说，不是不是，我就是想找他说说话。他独自点了点头，若有所思地说，那额晓得了，田利生欠了你不少钱，你是来讨债的。

我又要否认，他却忽然扭过脸来，神秘地笑着对我说，要是欠了你钱，那额得告诉你，额在山里头真见过田利生一回。去年额去西塔沟打猎，在林子里忽然撞见了他，他和另外两个人在一起溜达，额说，你甚时候回来的，也不回村里坐坐？他说，过阵子就回村里去，这几天忙，和朋友谈个事情。他指了指和他一起走的那两个人，介绍道，这是额的朋友，原来在八道沟的那个木材厂里上班，额们有事，先走了，回村里了找你喝酒。他们三个就走了，他后头一直也没回村里来，额在山里也再没碰见过他。

我大惊，问，他说的那个在木材厂上班的人长什么样？他又独自喝了一杯酒，歪头想了想，说，就瞟了一眼，谁能记那么真，也就是个普通人样。我说，个子呢，个子高不高？他又倒了一杯酒，却举着酒看着他老婆说，老婆啊，你看看这有本事的人到头来欠了一屁股债，你说你是跟着他好还是跟着额好啊？他老婆撕了一块羊肉，回他说，少放屁。

他又扭过脸来，兴高采烈地对我说，伙计，你说说看，你说他田利生真比额有本事？他能强到哪里去嘛？最后还不是躲回山里来了，哪有额过得自在。

说完他把杯里的酒咣当灌进了肚子里，然后，看了看墙上的破钟，忽然说，到额午歇的时间了，你坐着，吃着，喝着，额得先睡会儿。然后摇摇晃晃地站起来走到床边，娴熟地钻进了一堆皱巴巴的被子里，把头严严实实蒙住，立刻又睡着了。

回去的路上，我一直在想，如果田中柱说的是真的，那和田利生在一起的那两个人究竟是谁。可能是周龙，也可能是别的工人。难道他们一直就在这山林里没走？他们又怎么会和田利生在一起？

一只赤狐在前面闪过，它回头看了我一眼，倏忽便没有了踪影，一阵山风袭来，整个山林发出了沉闷沙哑的喘息声，我像行走在一只巨大的肺里。这山上的几道大沟都幽深不可测，没有人知道那些大沟的尽头到底通向哪里，也没有人知道这山林的深处究竟埋藏着多少秘密。想在山林里找到一个人，几乎是大海捞针。

天黑下来了。我在幽寂的黑森林里赶路，一边想起了很多往事。我想起了很多年前的夏日傍晚，那时候，木材厂还没有倒闭，我和周龙躺在厂门口那条河里的大石头上，偷偷观察工人们下班以后的动向，谁和谁在谈恋爱，谁和谁刚闹了别扭，谁喜欢一个人进山采木耳，我们都知道得一清二楚。等天彻底黑下来之后，我们躺在尚有余温的大石头上，听着耳边潺潺的流水声，看着身边飞来飞去的萤火虫。

我又想起在城市里生活的这么多年，就是在路边看到一棵树，我都会习惯性地走过去看看树底下有没有蘑菇。我父亲过世前，住在我买的楼房里死活不愿用有马桶的卫生间，一定要远远跑到公厕去上厕所。我忽然想到，让一个人彻底放弃自己的习惯真的是一件很难的事情。这个想法在已经被黑暗笼罩的森林里发出了奇异的光亮。猫头鹰藏在什么地方哀鸣，我恍惚看到路边的黑森林里静静立着三个没有脸的人，石像一般，他们正无声无息又满怀心事地看着我。

又一个黄昏，我独自来到听泉山庄的门口。木材厂改成度假山庄之后，门前的那条河还在，河里的那几块大石头也还在原处。我躺在那块最大的石头上，等待天色一点一点暗下来。半透明的黑暗像植物一样从山林里、河水里长了出来，很快就淹没了大地上的一切。我躺在那里，多年前的那些人和事如在眼前，我伸手就可以摸到他们，仿佛中间这二十年的时光其实并不真正存在过。我恍惚看到周龙就躺在我旁边，一边听流水声，一边伸手捉住了一只萤火虫。我对他说，这么多年你都去哪了？

没有人应答，只有在黑暗中愈发清晰的流水声包裹着我。我定睛往四下里一看，除了我，并没有第二个人影。山林与巨石都已经隐匿于黑暗，边缘清晰可触。不远处的听泉山庄死寂地蛰伏在黑暗中，与平时并无不同。

我连着去河边守了多夜，都没有看到任何人影。二十年前的那些人和事，再次变稀薄变透明，当我向他们走去的时候，他们朝我笑着，却从我身体里穿行而过，了无踪迹。

这个晚上，我在河边的大石头上一直坐到深夜，抽了半包烟，只听到附近有黑串在叫，开始有困意袭来，我便起身，准备回去睡觉。

从山庄门口经过的时候，我忽然就产生了一个奇怪的念头，想进去看看它半夜的样子。于是我翻墙进去，穿过那片杨树林，朝着那片鬼影幢幢的废墟走去。

一轮残月挂在高大的树枝上，大嘴乌鸦站在月亮里啼叫。我一步一步地往前走，仿佛听到脚下踩到了什么呻吟声。我有一种奇异的感觉，我只是站在了天地间的一重空间里，在我的脚下和我的头顶，还有数层空间，我认识和不认识的人正在其中来来去去，熙熙攘攘。

前面就是那幢黑黢黢的宾馆，宾馆的后面就是那几个梦境一般沉睡的园子。它在黑暗中看上去分外庞大和沉寂，我在那幢楼下点了一根烟呆呆站立了一会儿，任由四面八方的荒凉包裹着我。一根烟抽完，我用力碾灭烟头，再抬起头的时候，忽然发现宾馆的一扇窗口亮出了很微弱的光。我浑身一哆嗦，疑心是自己眼花了，揉了揉眼睛定睛再看，确实是一点微弱而惊心动魄的光亮。

我循着那点光亮进了宾馆的大门，爬楼梯上了二层，我屏住呼吸，无声无息地走到了那个房间门口。我轻轻推门，门虚掩着，一推就咯吱一声开了，散发出木质腐败的味道。

房间里有两张床，中间一只床头柜。然后，我看到地上坐着三个衣衫褴褛的人，围着一支正燃烧着的蜡烛，他们正坐在那里聊天。听到门响，那坐在地上的三个人不约而同地朝我扭过脸来。

尽管十几年没有见过了，我还是立刻就认出，其中一张脸竟是周龙。另外一张脸似曾相识，当后来看到他的那条断臂的时候，我忽然想起来了，他是老井的那个儿子。还有一张脸是我从没有见过的，一个陌生人。

他们围着一支蜡烛坐着，蜡烛的旁边摆着一壶茶。周龙看到我似乎并没有太大的意外，他让我也坐下，从床头柜上拿了一个空杯子，给我也倒了一杯茶。我喝了一口，是拿金露梅嫩叶晒的茶。

我们四个人默默地坐着，一时无话，我终于先开口道，我们有十几年没见了吧。周龙的脸在烛光里忽明忽暗地跳动着，我有些看不清他的表情，只见他点点头，说，有十几年了，时间过得真快。我说，这十几年你都去哪了？他说，哪儿也没去，我一直就在这山里。我惊讶道，你从来没有下过山？他静静地说，从来没有。我说，那你这十几年在山里都干吗呢？他似乎笑了一笑，然后沉在一团暗影里说，可做的事情太多了，打猎、采蘑菇、摘野果、晒茶叶、酿酒，晚上泡壶茶一起聊天，可以一聊就聊到天亮。

我听到自己的声音开始发抖，有那么多可聊的吗？他的脸被烛光劈成两半，一半是明的一半是暗的，我看到明的那一半在烛光里柔和地笑着，像极了多年前我们一起在他宿舍聊天的那个夜晚。然后，我听到他说，可聊的多着呢，我们想说的话说都说不完。

我忽然想起来，宾馆的这个位置正是从前木材厂职工宿舍所在的位置。我看着那团烛光，不由打了个冷战，踌躇半天还是说了一句，这宾馆是不是就盖在咱们厂以前的旧宿舍上面？周龙没有说话，只是坐在那里，安静地微笑着。他什么都不问我，不问我这么多年去了哪里，都干了些什么，他一句话都不问。这让我越来越感到惊慌，我把那半杯茶一口气都喝了下去，还是觉得口干舌燥。

我舔了舔嘴唇，转脸对老井的儿子说，我去过你家，还在你家住了一晚，你记得不？他用那只完整的胳膊给我添了茶，目光柔软，同样安静地对我笑着说，你记错了，我从来没有见过你。我有些绝望地说，怎么没见过？你姓井，你爸爸在村里开了个农家乐，你妈是个瘫子，对不？他只笑着摇了摇头，却不再说话。

我又扭脸对那个陌生人说，你是哪里的朋友？也是我们木材厂的吗？我怎么从来没见过你。那男人盘腿坐着，上身纹丝不动，也对我笑笑，说，我就是这山里人。我问，哪道沟的？他笑着说，在这深山里，处处可为家。我忽然就脱口而出一句，你是田利生吗？

他在烛光里甚至都没有再看我一眼，只平平静静地说，朋友，你认错人了。我忽然就有些失控，我对这三个人大声说，你们认识田利生吗？就是建这个山庄的老板，我想和这个人聊一聊，就只是想聊一聊，我有很多话想和他说，我知道他想干什么，我知道他为什么要建听泉山庄。

他们三个好像根本没有听见我在说什么，周龙对那陌生人说，刚才讲到哪去了，继续啊。那人便又讲了起来，……第四天晚上我偷偷去天桥下一看，他还睡在那天桥下面，他的那匹白马就拴在旁边。白天这里不许流浪汉放铺盖，他白天就骑着马在城市里到处捡垃圾，靠吃垃圾为生，只要看到有字的纸就捡起来保存着，他把这些有字的纸攒起来装订成一本厚厚的书，晚上就躺在马路边看这本书。我偷偷躲在一边，见他躺在了路边，在身上盖了一条很脏的破被子，捧起那本自己装订的书，很认真地一个字一个字地看着。我觉得不忍心，便忽然从暗处走了出来，他有些吃惊地看着我。我要给他放下点钱，他坚决不要，我拿出一个面包给他，他也坚决不要。我在他面前呆呆站了一会儿，说，你的马怎么办呢，城市里没有草原，它吃什么？他说，我的马从来不吃草。然后他又低下头去看书，我只好离开了。到了第五天晚上我又去天桥下一看，他已经不在那儿睡了，他的马也不见了。因为我发现了他，所以他骑着马走了。以后我再也没见过他……

我忽然有一种天方夜谭里的感觉，山鲁佐德为了活下去，必须在每天晚上给国王讲一个故事，而且从来不能讲到结尾。我想，他会不会就是田利生，他被另外两个人绑架了？为了活下去，他得不停给他们讲山外面的故事？可他讲得津津有味，甚至都不看我一眼。我又想，也许他真的不是田利生，他就只是一个陌生人。听到后来，一阵困意袭来，我居然睡着了。

第二天醒来的时候，我发现房间里只有我一个人，那三个人都没有了踪影。我环顾了一下房间，很久没有人住过的样子，玻璃已经碎掉，地上、窗台上落满了灰尘，床头的油漆剥落下来，整个房间里散发着一种腐朽的霉味。我有些怀疑昨晚看到的三个人只是一个梦境，但是一低头，我看到地上有蜡泪的痕迹，床头柜上还摆着那只我昨晚用过的空杯子。

连着几个晚上我又去听泉山庄等着他们，我彻夜站在黑暗中寻找一扇透出烛光的窗户，但是，没有，他们再没有出现过。

我终于做出了决定，接手下听泉山庄的烂摊子，重新把中断了几年的土地租金付给山民们，把重建山庄的很多工程也承包给了当地的山民们，我给他们开出很高的工资，在外面打工的那些小伙子们又纷纷回到了山里。我还请了设计师来专门设计山庄里的那几个园子，把从前留下的废墟重新修葺一遍。江南园里亭台楼阁，移步换景，新建起了明月楼、花药馆、饮绿轩、听风阁。园中新挖了一池湖水，拱桥卧于湖水之上，湖边柳树成行，傍晚夕阳西下之时，万千垂柳临风摇曳，如烟如雾。湖中种了荷花养了锦鲤，可以泛舟，可以观荷，还可以凭栏赏月。假山奇石间曲径通幽，花药杂草隐没其中，只闻幽香沁人。

整个山庄更加像一个不真实的梦境了。

我把我银行卡里那笔庞大的存款全部用了出去，一分钱都没有留下。我用了二十年历尽艰辛攒下的这笔钱，如今它如流水一般悄无声息地流走了。我张开双手，手心里空无一物，心中却万般宁静柔软。

在山庄正式开业前的那个晚上，我又给妻子写了封短信，信中写道，“时间说慢也慢，说快也快，有时候觉得一辈子其实也不过就是一眨眼的功夫。只要我们的魂魄还在这个世界里，就还会有相见的一天。我在这里过得很好，山川沉静，斗转星移，它们是如此的牢固而长久，没有人间的一切变数。钱在这里没什么用处，在这里几乎不需要花钱，我的每一天都过得很平静很自在，没有什么可以再绑架我，相信你也一定会喜欢上这里的。”这天正好是我妻子去世三周年的祭日。

那时候她已经生病几年了，病情日益沉重。她去世的前一天晚上，忽然爬起来，动手给我蒸了很多馒头，各种形状的馒头，燕子形、佛手形、石榴形、莲花形。我不忍多看，也不忍阻止，只说，蒸那么多能吃得完吗？她也不说话，细细把面团捏成各种动物和花卉，放进锅里。出锅的馒头白胖雀跃，散发着人间最结实最朴素的气味。最后，她关了灯，躺在我身边，我把她抱在怀里，她已经变得极轻极瘦，像个小女孩一样，没有一点分量。我们就那么拥抱着，久久无语。晚风从窗户里吹进来，纱帘像烟雾一样弥漫在屋子里，摞在桌上的一堆馒头在黑暗中绽放出小麦的清香。我以为她快要睡着了，却听见她的声音忽然从什么遥远的地方飘了过来，很轻，像片羽毛，还有些欢快，她说，你本来是可以去上大学的，可惜没上成。我每天晚上睡觉前都要担心，一觉醒来你已经不在了，现在终于不用担心了。

山庄开业之后，只有前三个月有陆陆续续的游客来玩，山上的，山下的，有单独来的，有三五成群结伴来的。三个月之后，山庄里已经基本人迹罕至。我知道，过不多久，山庄的铁门又会重新锁上，那把大铁锁很快就会变得锈迹斑斑。

我毫不惊奇。因为，这一切我从一开始就知道。

10

又一个深秋来到了，大山里再次变得绚烂而萧瑟，五光十色的树叶纷纷扬扬地飞舞在金色的阳光里，大喜鹊几口就吃掉了一只山梨，松鼠们坐在树下耐心地打磨橡果。山庄的大门早已经锁上，很久没有再打开过了。

这个深夜，满天星光，一条灿烂的银河从头顶迤逦而过。我在山中独自溜达，不觉来到山庄门口，便点了一根烟，在荒草里的一块石头上坐了一会儿。夜露寒凉，打湿了我的衣服，我正准备起身回去，却忽然看见有个人影正立在山庄门口。是个男人的身影，中等个子，我看不清他的脸。只见他站在那里，隔着铁门朝里面张望了很久，然后他掏出一根烟，点上了，一边抽烟一边有些快乐地哼起了一支小调。一根烟抽完，他碾灭烟头，又趴在铁门上，留恋地朝里面看了一眼，然后转身离去。他慢慢消失在了黑暗中。

我想冲着他的背影大喊一声，田利生。但终究没有，我只是站在原地，目送着他的背影一点一点地消失在了夜晚的森林里。

然后，我裹了裹披在肩上的衣服，慢慢朝我的小木屋走去。

天空之镜

陈　河

授奖词

陈河的《天空之镜》视角独特而新颖，作品通过一个叙事者“李”的旅行，将故事锁定在传奇英雄切·格瓦拉身边的一位拥有中国名字和外貌的男人身上。出于中国人身份意识的投射，李对这个叫奇诺的人充满了兴趣，并立志追溯其根源。在一系列的努力和机缘巧合里，奇诺的面目渐渐清晰，并由此牵引出一群生活在南美洲的中国人的故事。这是一次历史和心灵的双重之旅。叙事者李由此重建了自我意识并获得了心灵的救赎。更重要的是，作者陈河借此书写了中国人曾经的颠沛离散史——这一离散是现代大迁移的必然逻辑和后果。在新冠疫情所带来的全球格局大变化的现实中，陈河的这篇作品尤其具有世界眼光，参与而不是隔绝、开放而不是内卷，才是中国人和中国故事的应有之道。（杨庆祥）

1. 从拉帕斯入境

飞机降落在高原城市拉帕斯机场。这里海拔四千多米，是玻利维亚的行政首都，地势比西藏拉萨还高。

机场不大，旅客也不是很多。李等在过海关的队伍里，脑子里老是有一个幻象，觉得今天是 1966 年 11 月 3 号，切・格瓦拉就排在他的前面。格瓦拉持着一份伪造的护照，化装成了一个秃头戴眼镜的人，正在通过海关警察的盘问。这一个幻觉让李无端紧张得手心冒汗。他十几年前就已经使用世界上畅通无阻的加拿大蓝皮护照，不像过去持中国护照常会遇到刁难，根本无须紧张。很快轮到他进关检查，警察随口问他来玻利维亚做什么？他回答是来旅行。警察在护照上盖了印，他就出关了。

为了出行方便，李把行李都装在一个随身可以带上飞机的拉杆箱里，再加上一个双肩包。所以他下飞机后不用等行李，很快就到出租车站，让司机拉他到预订好的 COPA CABANA 旅馆。五十三年前切・格瓦拉进入拉帕斯之后，住的就是这个旅馆。半个小时后，李到达了这个有年头的旅馆。旅馆外面是简陋的泥土墙，里面建筑结构却是精致的，有好几个连环套着的四方院落。

李入住进了二楼一个房间。他放下行李，脱下外套，坐到了一张带木头扶手的沙发上，从双肩包里拿出切・格瓦拉的《玻利维亚日记》，翻到中间的插图页面。第一张插图照片就是格瓦拉入住这个旅馆后，自己给自己拍的照片。照片是透过一扇带把手的玻璃门拍的，他穿着一件桃心领的羊毛衫，大半个脑袋秃着，手里拿着一部照相机，坐在也是木头扶手的沙发上，嘴里衔着一支雪茄，眼睛看着照相机镜头。李看看房间，面前也有一扇和照片里一样的带玻璃的门，沙发的木头扶手也是深色的。莫非格瓦拉当年住的就是这个房间？不管怎么样，他已经进入了《玻利维亚日记》的场景里了，一切就像个不可思议的梦境。

这个梦境的缘起有几个节点。最初是十多年前他在古巴切・格瓦拉墓园发现那个外号叫“奇诺”的队员可能是个中国人时，就萌生去玻利维亚做调查的想法。而最近的一个节点是一年前李在秘鲁高原湖泊的的喀喀湖的时候，人们告诉他的的喀喀湖有一半属于玻利维亚，那对岸闪光的湖岸就是玻利维亚土地。当时李的心里闪过一道光：“哎呀！这就是玻利维亚，越过这条边境，我就可以到玻利维亚去寻找切・格瓦拉当年走的游击队之路了！”李这样想的时候，内心马上有一个强烈冲动，必须要到玻利维亚去一次。

从那之后他开始安排玻利维亚旅行线路，之前他以为玻利维亚只是一个贫瘠的高原国家，没什么旅游资源。但他开始看攻略之后，才知玻利维亚不仅有古老美丽的高原城市，还有大片亚马逊雨林盆地，最著名的是西北部的乌尤尼盐沼湖，因地处四千米高的高原，高纯度的盐沼结晶产生强烈的发射效应，被号称为“天空之镜”。李在玻利维亚旅游目录上输入一个关键词：CHE GUEVARA（切・格瓦拉），结果马上跳出了好几个 CHE GUEVARA TOUR（切・格瓦拉主题旅游线路），里面有详细的日程和地图。李仔细研究着行程和地图，兴奋地看到《玻利维亚日记》所写到的地理都在行程里面了。他没有想到玻利维亚会有格瓦拉游击队主题旅游线路，之前他以为要是去寻找格瓦拉踪迹，完全得像考古学家一样去发掘呢。他联系了当地几家旅行社，发现都是西班牙语，能提供英语翻译的只有一家名字为 AMBORO TOURS 的公司，收费要比西班牙语团高一倍。他和 AMBORO TOURS 公司联系上，用西联汇款打了定金。之后，他订了飞往玻利维亚的机票。

李安顿好之后，就下楼了。他从前台拿了一张城市地图，要出去走一走。他没准备在拉帕斯逗留，明天一早就要坐车八百公里去圣·克鲁斯，格瓦拉的旅游线路是从那里开始的。现在距离他飞机落地已有两个小时，他开始感觉到高原反应，腿变得沉了，胸闷气短，人有点昏昏欲睡。他平静地迎接着高原反应来临。最近两年，他走了好几个高原地方，先是在秘鲁，之后在国内去了梅里雪山、稻城亚丁和西藏高原，经常在海拔四五千米以上。他来拉帕斯之前读了游记攻略，知道这里最著名的是女巫市场，还有几个西班牙风格的教堂。他走了这几个地方之后，他就到了武器广场，几乎南美的大城市都有同名的武器广场。他在武器广场附近的一个餐馆坐了下来，一边看着广场上的人群和景色，一边吃着晚餐。

趁着李在吃晚餐时候，让我们稍稍了解一下这个人的背景吧。他的老家在中国江南一个小城，1994 年 5 月出国到了东欧的阿尔巴尼亚做生意，曾遭武装人员绑架，五年之后移民到了加拿大，在多伦多定居二十年了。从近两年频繁在高原旅行来看，他大概是个有空闲的人。但是他肯定有某些不同之处，因为一个普通生意人是不会去追踪切·格瓦拉足迹而深入玻利维亚的。他二十来岁开始写小说，想当一个作家，但没有写出有影响作品。后来他选择出国经商中断了写作。在国外生活十多年之后，2005 年他重新开始写小说，这一回他源源不断写出一本本受读者欢迎的书。就在几个月之前，他去了意大利的西西里巴勒莫参加他的一本新书发布会活动。意大利读者喜欢他的书，巴勒莫市长还给他颁发了荣誉市民的证书。读者不必在百度上搜寻李的信息，李不是他的真姓名，也不是他的笔名，只是作者在这个故事里给他的一个临时代号。

李坐在餐馆外边的露天位置上，桌子上有一瓶无糖的可口可乐，他总是不爱喝酒。他以一个经过长期训练的作家眼睛观察着广场上人流和光线变化。他对南美这片土地有着特别的感觉，因为在他开始写作时，正是拉美文学开始进入中国的时候，他熟读过马尔克斯、博尔赫斯、略萨等人的作品，所以眼前武器广场场景在他的心里会唤起阵阵熟悉感。注意到这一点，会对我们了解李这个人有帮助。事实上，他追寻切·格瓦拉不是在追一个狂热的革命者偶像。更多的意义上，切·格瓦拉像是博尔赫斯笔下的一个在交错时间小径中行走的刀手，是一个文学的想象。他追寻切，某种程度是在追寻自己内心深处的一个影子。这个影子深埋在意识的深层，他无法接触到。但如同声纳的原理，他把心力专注到切·格瓦拉的事迹时，能隐隐约约感觉到内心那个影子的回声。

晚餐后，天开始黑了，他在暮色中走回旅馆。回去是上坡路，高原反应开始加重，走路变得很吃力。到房间后，他想要打开电脑做些事情，发现房间里没有上网密码提示，只得回到楼下接待前台去取。

前台的接待员不在，大厅很安静，只有沙发上有个棕发的女人坐着看手机。李等了几分钟，接待员还没出现。他不经意间和沙发上的女士有了目光接触，出于礼貌，他和她打了招呼，并问她知不知道接待员去哪里了？

“不知道，你有什么事吗？”她说。

“我想问一下 WIFI 的密码，你知道密码吗？”李说。

“我不知道，不过我们可以试一下这个。”她说着，站起来走到前台。那里的有张纸头上有一串数字。她让李把数字输进去，网络马上通了。

“你是从哪里来的？”她问李。旅馆里相遇的人通常都会这样问。

“加拿大。不过我是中国人，居住在加拿大。”李说。

“来这里旅行吗？要住几天呢？”她说。

“是来旅行，下午刚到，明天一早我就离开，要去圣・克鲁斯那边去。”

“为什么要去那边？据我所知，圣・克鲁斯不是旅行热门的地方。而拉帕斯才是最热门的地方，你为什么不待几天？”她说。

“你知道吗？我这回是专门到圣・克鲁斯去行走切・格瓦拉游击队的线路，所以心很急切，想早点赶到那边去。对不起，你应该知道切・格瓦拉是谁吧？”李说。

“我当然知道切・格瓦拉。因为我是阿根廷人。”女士说。

“真的啊。阿根廷人肯定都知道格瓦拉的。”李说。

“是的，如果你真想了解切，那你应该来阿根廷走一走。”

“是的，我读过切的《摩托车日记》。我前些日子还研究过这条线路，看到在伊瓜苏瀑布附近就有切的家庭住过的房子。”

“不，切的老家房子在南部省份，一个非常美丽的地方，你应该去那里。”

“切因为小时候有气喘病，他家里选择了不同的气候地方居住，所以会有好几个住地对吗？”

“一点没错。你对切了解的不少呢。我有点奇怪，你作为一个中国人，怎么会对切・格瓦拉这么感兴趣？”

“这事说来有点长。大概是十年前吧，我到古巴度假时去参观过圣・克拉拉的切・格瓦拉墓园。在墓园的博物馆里，我看到在玻利维亚游击战中，格瓦拉身边有个队员的外号叫奇诺（CHINO），我虽然不懂西班牙语，但明白 CHINO（奇诺）的意思是中国人，当时就有了一个疑问，莫非格瓦拉的身边真有个中国人？度假回到加拿大之后，我也查过一些资料，想证实格瓦拉队伍里到底是不是有个中国人，但一直找不到答案。所以这一回我要到切・格瓦拉游击队活动过的现场去，我想当地的导游应该会知道奇诺的身份，会帮我解开这个谜。”

“我知道奇诺这个名字。但他不是中国人。他只是眼睛是这样的。”她用双手在太阳穴边把眼睛往后拉，表示中国人眼睛比较眯。“可能他的眼睛像中国人，所以大家叫他奇诺。”她说。

“是吗？”李说。她这话让他有点失望，CHINO（奇诺）真不是中国人吗？但另一方面，这世界上居然还有别人知道奇诺，让他受到鼓舞。

“你是一个非常有趣的人。希望你接下来的旅途愉快。特别是希望你会解开 CHINO 身份之谜。”她说。

“谢谢你！阿根廷人。”李说。

2. 前往圣·克鲁斯

第二天一早，李前往巴士车站。从拉帕斯到圣·克鲁斯有八百五十多公里，大部分路程在高原安第斯山脉的高山路上，得行驶十八个小时。李在定线路时其实有另外两个轻松一点的选择。第一是直接从多伦多飞到圣·克鲁斯。但他因为想模仿切·格瓦拉当初进入玻利维亚的线路，所以第一站选择了拉帕斯。还有从拉帕斯有飞圣·克鲁斯航班，只需一个多小时，机票比巴士的还便宜。但是李了解到当时格瓦拉进入拉帕斯之后，是当地的游击队联系人科科陪同他坐一辆越野吉普经安第斯山脉到达圣·克鲁斯这边的，所以他就决定坐当地巴士走走这条高原之路。

对于李这样一个幻想型的人来说，在高原上行驶是一个不错的主意。他在秘鲁高原第一次到达了五千米以上的高度，看一座座圣洁的雪峰不时出现在远处，在缺氧引起的眩晕和恶心状态中似乎更能感觉到神的存在。半年之后，他在云南从梅里雪山脚下徒步走进了四五千米的雨崩村。没多久，他又一次从成都出发，坐巴士班车沿着318国道经过稻城亚丁，最后到达了西藏。现在他又一次在高原地带活动，他已经迷上了这种行走状态。巴士位子很宽，旅客不多，他边上没人，所以他可以舒展着肢体。车子升到五千米以上，他进入缺氧状态下半睡半醒的迷糊中。晕乎乎的眼神里，车窗外一忽儿闪过发呆的野生驼羊，一忽儿是高高的雪峰。这时他意识中浮现出一个记忆的画面：一个女人裸露后背上张开双翅的飞蛾文身图案，非常美丽奇特。十年前古巴海边度假区维拉蒂罗机场入境处，这个女人排在李的前面。古巴海关的效率极慢，过一个人要等十几分钟，所以那天这个女人后背一直展示在李眼前。这个女子戴着一顶做工精致的草帽，穿着后背裸露的短裙装，皮肤被阳光晒成棕色。李几次看到过她的正面，她身材健硕胸部丰满，是单独的旅行者，有一张华人的脸，但显然不像在大陆成长的。“她是个什么人呢？她是独自来度假？她不像一个旅行者，穿着那么讲究的高跟凉鞋，她是来会见一个什么有钱的人吧？她背上的飞蛾图案是什么意思呢？她会说中文吗？”李当时就这么胡思乱想着，还偷偷用诺基亚手机拍了她背后的文身图案。从那之后，这个昆虫的文身图案，就刻印在他意识深处。

后来这个文身图案和切·格瓦拉形象联系到了一起，当他在古巴各地看到格瓦拉戴着贝雷帽的大型画像时，会情不自禁给他插着一对隐形的飞蛾翅膀。这一次他在古巴待了十天，大部分时间是在度假区的海滨享受阳光，中间去了哈瓦那，参观了海明威的瞭望山庄故居，之后去了一个他计划要去的地方，切·格瓦拉纪念碑所在地圣·克拉拉。在这之前，他对格瓦拉了解的不是很多，只知道他是个受西方愤青崇拜的偶像，萨特也推崇他。不久前，史蒂芬·索德伯格导演的好莱坞电影《切》上演，李看了这部上下集的大片，电影里有格瓦拉带部队攻陷圣·克拉拉城的情节，所以他才会想到到古巴一定要去圣·克拉拉看看。

他坐巴士前往圣·克拉拉，古巴的巴士全是中国造的宇通牌，很显眼。路上还看到几个油田的磕头机吸油塔，有中石化的标志。到了车站之后，改坐马车进入了城内。他在这个城市里看到一个奇特的景象，满街的人都拿着一根塑料做的扫把柄。他百思不解，这个疑问直到下午他转到一个百货店门前时才解开，很多的人在这里排队，手里拿着一张计划供应券，为了买到这一根塑料扫把柄。这下他明白了，古巴还是计划经济，物质供应短缺。人们可能有很长时间买不到扫把柄了，这回终于生产出来一批，全城的人都来排队。也许过几天，全城满大街的人手里会拿着个水桶或者锅盖子。

看过当年激战的火车站之后，李前往了这个城市主要吸引游客的地方：切·格瓦拉墓园和博物馆。墓园中央有一个特别高大的格瓦拉雕像，他戴着贝雷帽，横挎着冲锋枪，造型很好，但是看起来很粗糙，像是用普通水泥做的，已经风化得很厉害，颜色也都退了。墓园的一侧是格瓦拉博物馆，里面的收藏很丰富，有格瓦拉用过的衣服、武器等实物。大量的图片中有几张述说格瓦拉带领古巴人种甘蔗的往事，让李亲切想起在1965年那段时间他家乡供应的就是棕色的古巴糖。然后他看到了格瓦拉玻利维亚游击队生活部分，看到他在坚持了十一个月山地游击战之后，被抓获、枪杀。这个时候，有一件事引起他注意：游击队中有一个队员的名字叫奇诺（CHINO）。准确说这不是名字，是外号，每个游击队员都有一个外号。他觉得奇诺（CHINO）这个外号有点怪，好像是中国人的意思。而让进一步奇怪的是，当他走到了地下层全体游击队员的墓穴时，看到挨着格瓦拉墓穴的就是奇诺，上面写着他的真实名字：JUAN PABLO CHANG NAVARRO LEVANO。墓穴里有微暗的长明灯，照着死者浅浅的浮雕。李心里一动，因为他注意到了长长的名字中那个CHANG字，这是外国人翻译中国人“张”的写法。如果说他叫奇诺是出于偶然，那么加上了一个“张”的姓，是中国人的可能就很大。李久久看着奇诺的画像，但是浮雕上看不出他有什么中国人的特征。关于这一段，他在前面和阿根廷女士交谈时已经提到过，说明他心里一直惦记着这件事情。他在这里买了一本英文版的《玻利维亚日记》，后来仔细阅读时，看到这本不长的日记里，格瓦拉有很多次写到奇诺，但没说他是哪个国家的人。李猜想奇诺可能是玻利维亚的一个姓张的早期华人移民的后代，他企图在网上查找奇诺的资料，想搞清他的身世。但是因为研究格瓦拉游击队的资料都是西班牙语的，他不懂西班牙语，无法进行下去。然而他没有忘记这件事，奇诺的名字像是一颗种子埋在他心底，一遇到合适的条件就发芽长出枝叶来。这一回，他终于登上了切·格瓦拉游击队线路。李抱着这样一个希望，到了玻利维亚游击队活动的现场，一定会有人知道奇诺的来历。

从拉帕斯出发，第二天上午才到达圣·克鲁斯城。李住到预订好的拉斯帕尔马酒店，倒头昏睡了一阵，醒来时已是中午。他赶紧起身，今天要去一下AMBORO TOURS旅行社，把旅行费用用美元现金付清。他查了一下谷歌地图，旅行社就在中央广场隔一条街的地方，打车需十分钟，步行大概半个小时左右，他决定步行过去，一边走路一边熟悉街景环境。

没费多少周折，他到了中心主广场，过了一条街找到了旅行社。门牌号下面有一扇小门，里面是一个光线不好的楼梯间。他往里张望时，里面一个看门的老人向他示意去楼上，办公室在上面一层。他上了楼梯，二层楼梯周围有不少房间，所有的门都关着。他看到一扇门上有 AMBORO TOURS 旅行社标志。他敲了门，门打开了。

开门的人是个不高的男人，看样子像白人，穿着带领子的短袖汗衫，户外活动短裤，身体很结实，像在健身房练过的。他就是和李联系的人。李感觉中以为他会是一个皮肤黧黑的当地印加人，所以略感惊讶。之前他给的西联账户，收款人用的是一个女性名字，看来是他的妻子，这会儿她不在。他叫马扎罗。付清美元现金之后，马扎罗告诉李明天的英语团只有他一个客人，公司驾驶员去别的地方了，他自己来给李开车，到了目的地巴耶格拉德后会有当地英语导游陪同。

3. 伊格拉村电报房

第二天早上七点，李下到旅馆的门厅，马扎罗已经在沙发上等着。他今天穿上了户外行装，戴着鸭舌帽，背着双肩包，看起来比司机更像个旅行者。他的车子停在门口，是一部越野的尼桑皮卡。后车斗上有供野外林地观景的开放座位，看起来很拉风。

车子出城后，路况还算不错。这里不是安第斯山脉，是玻利维亚的低陆平原。不久，远方出现一座高山，马扎罗说今天要去的地方在这座山的背后，要开三四百公里车。地势渐渐升高，路边出现一些村落，居民的样子和城里的人不一样，部分人穿土著山民衣着。马扎罗说他们是高原下来的，寄生在城市边缘。说他们只会挣钱存钱，极少花钱，不讲生活质量。路边不时能看见一些巨大的广告牌，上面有个政治人物画像。李看不懂上面的写的话，但大概能猜出是个竞选广告。马扎罗说这是现任总统莫拉莱斯，也是个高原的人，他的任期已经早超过了，还不想下台。马扎罗的话表明他不喜欢高原上的人。

马扎罗英语说得很好，也算喜欢交谈的。他说自己很小的时候去美国，在加州生活十八年。回到玻利维亚有十多年了，现在和老婆开旅行社，有一个两岁的孩子。他在美国的时候还生过两个孩子，一个大概在法国，一个还在旧金山，他和这两个子女已经没有联系。李看他的样子像是白人，问他是不是西班牙人后裔？马扎罗一口否认，说自己是玻利维亚人。他说就像玻利维亚丛林里的猴子有黑色的，黄色的，白色的。他只是一只白猴子罢了。

一个小时后，平坦的道路消失了，开始进入了盘山颠簸不平的路，车速明显减慢。这公路本来铺有沥青，但现在大部分破碎，坑坑洼洼，有些大坑得小心绕着走。马扎罗的情绪开始变坏，说这条路去年还是不错的，是被修高速公路开铜矿的中国公司大型机械压碎了，所以才会这样糟糕。马扎罗说中国公司要帮助玻利维亚修建这条横贯全国的高速公路，以后从圣·克鲁斯到巴耶格拉德只需要两个小时，而不是现在的七八个小时。李说这不是很好吗？当地老百姓是不是很高兴？马扎罗说当地人民根本不关心，也得不到好处，都是政客得利。马扎罗还说修建高速路是中国提供无息贷款，但前提是工程要交给中国公司来做，等于这些钱还是回到中国人口袋，而贷款还是要还的。马扎罗的话越说越不好听，说中国公司在这里破坏了自然环境，对当地工人待遇不好。让李印象深刻的是，马扎罗对中国情况有所了解，能说得出中国领导人名字。

路上不断堵车，看样子一天时间都会花在路上了。李想起了几个月前在老挝朗波拉邦湄公河上坐游船时，导游指着一条在建的横跨湄公河的大桥说，这是中国公司的项目。李当时心里有自豪感，问导游当地人开心吗？那个导游说的话和马扎罗一模一样：老百姓不关心，只是政客在得利。而在那次从朗波拉邦去万象的路上，道路因为中国公司在一侧修建高速公路，把老路面碾得粉碎，车子一直颠簸着。李想：中国公司真是在世界各个角落无所不在了。

路又一次堵上了。这回是前方有个塌方，工程队正在用大型挖掘机临时挖出一条道路来。因为一时走不了，李下了车活动一下腿脚。他看到前方有一个穿着黄色施工安全服的华人，开着一台印着中建三局标志的车，便过去打招呼。这个人看到李是中国内地人，大为高兴，问他来这里干什么？李说是来旅游的。对方说很少有内地的中国人到这个鸟不拉屎的地方来旅游，说着就聊起天来。他说自己姓崔，人家都叫他小崔。李问他是哪里人？来这里多久了？小崔说自己是江西南昌一带的人，他们工程队里都是江西人。他这么一说，让李想起二十年前在阿尔巴尼亚的时候，曾经有一支南昌工程队在地拉那承建楼房，但最后在当地动乱中被抢掠一空。他向小崔说起这事，没想到小崔说自己知道这件事，他现在公司的老总有一回在大会上讲述公司海外三十年发展历史的时候，说起过这段故事，说工程队后来是坐希腊海军舰艇撤退的。李说正是这样，问他的老总叫什么名字。小崔说他叫杨永登。李马上想起了杨永登，当年他们很熟，经常一起吃饭喝酒。李正想和小崔详细说说，这时路通了，马扎罗按喇叭要走。李拿出手机，和小崔加了微信，说回头在微信上再详聊。小崔说会告诉杨总这件事。

过了这座山的施工区，路开始好开了点。快到的时候，马扎罗让李注意路边没有牌照的汽车，说这些车牌照不是丢了，根本就没上。山民不理会政府法令，不上牌照不交保险，反正这些车也不会开到圣·克鲁斯城里去。李一看路边停着的一排车子，大约四成都没牌照。他问马扎罗要是这些车子出了事故怎么赔偿呢？他耸耸肩说天知道。下午 3 点多，才接近目的地，比正常时间晚了两个多小时。马扎罗说当地导游会在前面一个路口等着。马扎罗说了 She，所以李才知道当地导游是个女的，之前他一直以为是男的。这个时候他开始急切想见到她。

下一个路口，马扎罗把车停下，李没看到导游等在那里。马扎罗打了电话，西班牙语说了一通，李听不懂。马扎罗说她马上过来，因为她在另一个路口等了。说着话时，李在倒车镜里看到有个人匆匆过来了。马扎罗也看到了，说就是她，名字叫玛利亚。李下了车，在车门边迎接着她，显得分外尊敬。他看到过来的玛利亚是个年轻的当地女子，皮肤黝黑，头发略显棕色，她和那些高原山民不一样，没突出的特征，是一个普通南美女子，穿着一条中性的灰色夹克衫，衣服和牛仔裤都松松垮垮，手里有一个小型的双肩包。李和她用英语问候过之后，就上了车。马扎罗没下车，他对玛利亚说李是从加拿大来的中国人，对格瓦拉的事迹有很大兴趣，会有很多问题问她。这回为了让李听明白，他对玛利亚说英语。然后，他就开车向前了。

玛利亚开始了导游解说。她说现在这个地方就是巴耶格兰德（VALLEGRANDE），当年政府军围剿格瓦拉游击队时指挥部就设在这里。游击队被消灭之后，大部分尸体在镇上的医院展示，之后被埋在机场边上野地里。她说两天的行程安排今天是到山区游击队活动现场，明天再回到巴耶格拉德镇参观医院和游击队员墓地。李多次读过格瓦拉的《玻利维亚日记》，对游击队活动线路地理名字有点了解，尤其是对日记里经常写到的格兰德河印象深刻。李不想马上询问奇诺身份的事，想先听听玛利亚讲解，在合适的时候提出他最重要的问题。

大概半个小时之后，车子进入了岔道，一条简易的土路。路边有一个巨大木牌，上面有一张切·格瓦拉戴着贝雷帽的照片。玛利亚让车停了下来，说知道为什么这里有这个戴贝雷帽的格瓦拉画像吗？你看左侧的路边那一块圆形的石头，样子是不是很像一个贝雷帽？李顺着她所指的方向看，真的有一块巨大的扁平石头，很像是贝雷帽。玛利亚说当地人把这块石头当成神迹，竖起这个画像牌子。李和玛利亚以格瓦拉画像为背景拍了一张合影。这个时候，李注意到一个细节，他看到了玛利亚从一个小布袋里掏出几片绿叶子放进嘴里咀嚼，是古柯树叶。古柯叶是提炼海洛因的原料，咀嚼古柯叶子是高原山民的习惯，秘鲁的山地旅馆有给旅客免费提供。虽然这是当地传统，但看到玛利亚咀嚼古柯叶时，李觉得还是有点怪怪的。

再次出发时，李觉得现在可以开始提自己的问题了。他已做足了准备，把《玻利维亚日记》书上奇诺和格瓦拉的三张照片存到了 IPAD 一个文件夹上，他打开IPAD，让玛利亚看照片。他开始说：

“玛利亚，我这回到这里一个重要的事情就是想解开奇诺的身份之谜。你知道奇诺是中国人吗?”他说，声音因紧张有点发抖。

“是的，奇诺是中国人。”玛利亚说，她的声音很平静。

“你能确定吗？玛利亚。”李说。

“他父亲是中国人，但他母亲是秘鲁人。”玛利亚说。

“有什么资料和文件可以证明他是中国人吗?”李说。

“前年，也就是 2017 年的时候，这里举行过切·格瓦拉游击战五十周年的纪念活动，全世界来了一大批的学者专家，还有当年游击队员的家属。有一个秘鲁作家告诉我他知道有一本奇诺的传记。那本书里有奇诺的出身证明，写明他父亲是中国人。”

“你知道书的名字吗？我要找到这本书。”

“我知道的，晚上到旅馆时我给你找出来。”玛利亚说。

“真是太好了。我心里一个十年的谜团终于解开了。”李说。他太高兴了，这一趟辛苦真没白费。

车子往上爬了一阵子坡，转过了山，在一个高处，前面豁然开朗。面对群山，脚下有一块肥沃的平原，山脚下有一条带状的有很多枝杈的河流，闪着亮光。李的脑子里跳出一个名字：格兰德河。玛利亚说，是的，这就是格兰德河。切·格瓦拉游击队的活动都是在河的沿岸进行的。起初，他们由于没有一张准确的地图，搞不清河的走向，有时只能根据河水的流向、河水的含盐量去寻找方位。李此时还处于解开奇诺身份之谜的兴奋中，思绪特别活跃，《玻利维亚日记》一些片段从记忆里流淌出来：

> 2月23号
>
> 从那一刻起，我完全是凭着意志力坚持往前走。这一地区最高海拔一千四百二十米，居高俯瞰，下面是一大片广阔的区域，格兰德河、纳卡瓦苏河河口和部分罗西塔河尽收眼底。地形和地图上标明的有出入，在一条清晰的分界线后，地形陡然下降，接着出现的是八至十公里宽的林木茂密的高原，远远还能眺望到一片平原。

李觉得这段日记描绘的正是他现在的目光所及的地形。李还想起女游击队员塔尼亚遭伏击的地点就在河的上游。南十字座电台宣称，在格兰德河畔发现了女游击队员塔尼亚的尸体。这条消息并不像有关内格罗那条消息那么真实——她的尸体被运到了圣·克鲁斯。也许河是最能代表时间的，孔子对着河说逝者如斯，希腊人赫拉克利特说一个人不能两次趟进同一条河。五十多年过去了，这条河还是那一条河吗？

按照行程，下午本来是要去切洛峡谷(Churo Creek)。这里是游击队最后一战的发生地，切·格瓦拉和奇诺等人就是在峡谷里被抓获的。但由于路上堵车太久，现在太阳已经下山，参观峡谷来不及了。马扎罗说只能把这个行程改到明天早上，现在要去晚上的住宿地吃饭。在中途，玛利亚让马扎罗停了一下车，让李下车看一个重要的地点。她指着公路边下方约一公里远有好些红色屋顶的村子说，格瓦拉被俘获之后，政府军带他到了这个村里，奇诺第二天被抓获也关在这里。政府军就是在这个村里枪杀了格瓦拉，在杀死他之前先杀死了奇诺。之后，格瓦拉的尸体用直升飞机运到了巴耶格拉德。格瓦拉被枪杀的场面，李在好莱坞大片《切》的电影里看到过，他对直升机运走格瓦拉尸体的情节印象特别深。眼前这个村子的红屋顶看起来很新，很刺眼，不大像是过去的建筑。李心里是很想进这个村子看一看，这么重要的地方，怎么能隔这么远一看了事呢？不过时间的确是比较晚了，天已经黑下来，他不好意思勉强马扎罗和玛利亚带他进村子参观，于是就远距离拍了几张照片。他用手机测了一下海拔高度，显示一千八百米。格瓦拉在日记里每天都会记下海拔高度。格瓦拉用的是物理测量仪器，李用的则是卫星定位软件。

然后车子再次发动前进，这个时候要点起大灯，天已经完全黑了。李以为要在黑暗中开很久车，可没多久，车子就在路边停了下来。马扎罗说到达今晚就餐和住宿的地方了。玛利亚介绍说这个地方是伊格拉村（LA HIGUERA），今晚吃饭住宿的地方是过去村里的电报房，游击队曾经住过这里。李记得格瓦拉日记里的确写到了电报房，具体发生了什么他已经记不清楚了，但肯定不是什么让格瓦拉愉快的事情。

沉重的暮色中李看见电报房在路边的高坡上，有一扇大柴门虚掩着。马扎罗下车把那个柴门的门闩搬开，然后车子开进了一个不大的停车坪。李下了车，往上走了几步到了电报房的院子。三个人坐在一张木头桌子边的椅子上。玛利亚说主体的那一个长房子是电报房原建筑，没有重建过。院子里没有电灯，借着星光，李看到那长房子屋檐下墙上挂着一些马鞍，子弹带，钢盔之类的东西，还有一些装在相框里的照片。玛利亚说这个屋子现在是客栈的客房，经营这个客栈的是一个法国人，他就在附近，马上会过来。李听到这个话觉得惊奇，在这个荒山野岭里，居然有法国人开客栈，这个人一定是十分喜爱切·格瓦拉的。法国人天生有革命和浪漫情怀，有很多喜欢格瓦拉的人。

说话间，有人过来了，是个头发灰白的男人。他好像和马扎罗很熟，和他谈了一个事情，后来就走了。马扎罗说这就是客栈的男主人。他说自己明天想到圣·克鲁斯去，可车子发动不起来，问能否搭他的顺风车？接着过来了一个年轻的白种女人。她和玛利亚和马扎罗都很熟，用西班牙语招呼着，还贴脸拥抱。之后她用英语对李表示亲切欢迎。李猜想她应该是旅馆的女主人。女主人介绍了客栈的设施，因为环保理念，房间里不提供电力，用蜡烛照明。屋内没有卫生设施，院子里有一个公用的厕所浴室，有电灯和热水淋浴。厨房里有一个电源插座，晚餐期间可以给手机充电。女主人说自己现在过去准备晚餐，大概需要一个小时，问他们要不要来一杯喝的，有咖啡、卡普、果汁等。李其实对于咖啡没什么兴趣，不过以为咖啡是餐饮里包含的，就说要一杯咖啡吧。但他马上有点后悔，因为马扎罗和玛利亚一声不响没要喝的，李明白这咖啡一定是额外收钱的。他的晚餐已经包在行程里，所以这一杯咖啡钱会算在马扎罗账单上。马扎罗和玛利亚都没有要咖啡，说明他们舍不得花钱。他偷偷打量了挂在厨房外面的餐单和价格，一杯咖啡要两块多美金，对工资不高的玻利维亚人来说这价格是很贵的。李其实很愿意自己掏钱请他们喝一杯甚至吃顿饭，但事情不能这样做，所以他就想行程结束时多给点小费作补偿吧。

女主人送上咖啡之后，就离开去准备晚餐了。李独自享用这杯令他尴尬的咖啡。马扎罗坐在对面，脸色阴郁冷漠。玛利亚则低头看手机，装古柯叶子的小布袋放在台子上，她不用眼睛看，手指习惯性地从里面掏出几张叶子塞到嘴里，好像嚼口香糖一样。她在手机上寻找关于奇诺的那本书。这里没有电力，没有 WIFI，不过还有微弱的手机信号。李注意着玛利亚脸部表情，她微皱着眉头，对极其缓慢的网速无奈地摇头。李有点紧张，只怕玛利亚找不到那本书。过了一阵子，听到玛利亚说了一声：找到了！他顿感欣喜，看到玛利亚在一张纸上面写下了一长串的文字：

JUAN PABLO CHANG NAVARRO
(1930—1967)

“他死的时候是三十七岁。”玛利亚说。这是李听到的第一个关于奇诺的个人具体信息。他把玛利亚手机上显示这本书信息的页面翻拍下来，虽是西班牙语，但上面的书名、作者、出版社、页数都能看的出来。

“我之前只是猜想奇诺是中国人，以为他是玻利维亚本地的，没想到他是秘鲁过来的。”

“他不是一个普通的秘鲁人，是秘鲁共产党的领导人，在国际上都有影响的。你知道吗？他来这里的目的是想把格瓦拉请到秘鲁去打游击的。他有很多事情，在《玻利维亚日记》里是看不到的。”玛利亚说。

这时候晚餐开始了。他们进到了餐室里，这里没有电灯，点着蜡烛。餐食很简单，只有一道沙拉和一道牛肉。李这回接受教训，自己带了一瓶水，怕点饮料会额外收钱。但没想到女主人送来了包在餐费里的一大瓦罐的奇恰酒。奇恰酒（Chicha）是一种玉米发酵做成的酒精饮料，古印加人几千年前就用来祭祀神明。李在秘鲁曾经喝过一次，喝起来不大有酒味，但是后劲很厉害。今晚他只在酒杯里倒了一小半，说自己不会喝酒。马扎罗和玛利亚开始一杯杯喝奇恰酒，李注意到玛利亚的脸红了起来，她又开始了嚼古柯叶子，眼睛发着亮光，这个时候的玛利亚显得漂亮生动。李心里有一种奇怪的熟悉感，好像眼前的玛利亚是一副他见过的古画中的人物，或者说，她嚼古柯叶喝奇恰酒的形象和他意识深处的一个记忆相吻合。

李观察到餐室的墙上也挂着一些图片，由于有烛光还能看清。部分图片李是看过的，但有几张没见过，其中有几张是奇诺的。一张是他被打死后尸体驮在马背上的，还有一张是他的尸体躺在医院地上，上面的清洗池上一群人在处理格瓦拉光着上身的尸体。李用手机把这几张图翻拍了下来。晚餐期间马扎罗说了男主人明天要去圣·克鲁斯是为了去看一架刚刚发现的切·格瓦拉用过的望远镜，一个当年的政府军士兵当时偷偷藏着，现在想拿出来卖。马扎罗说这法国人已经收藏了很多切·格瓦拉的物品，包括他的电筒、手枪和照相机等，他对切·格瓦拉很有研究。

晚餐后，马扎罗和玛利亚要到后面一个专门给导游住的屋子去住，电报房的客房很贵，只给游客居住。马扎罗说明天要早起，六点钟就出发。李到了自己的房间，用手机电筒照明看到了两张低矮的床之前有一个小台子，上面放了两根蜡烛和两包火柴。他擦了一根火柴，把蜡烛点亮。借着昏黄的烛光，见墙上有一张切的画像，一张五角红星图。屋顶上面是一层厚厚的草毯。李拿出牙刷毛巾等用品，到房间外面院子里公用厕所兼浴室去洗澡。洗澡的时候从通气孔小窗口看到厨房里女主人还在收拾洗刷他们用过的餐具。李想起她之前说的可以到厨房外插头给手机充电的事，洗好澡之后，就带着手机过去充电。

女主人很热情，和他攀谈起来。当女主人得知李来自中国大陆，显得很是惊讶，说这里以前从来没有来过大陆中国人。他是第一个到这里过夜的中国大陆人。

“你知道吗？在五十多年前，这里来过一个中国人的。那就是游击队里面的奇诺。”李说。

“对的，对的，奇诺是中国人！天哪，你怎么会知道奇诺？几乎所有的游客都只知道切·格瓦拉，不会知道奇诺，除非是专门的研究者。”女主人兴奋地大声说着。

“这么说你也知道奇诺是中国人！真是太好了。你是怎么知道奇诺是中国人的？有什么根据？”李为遇到又一个知道奇诺的人而高兴。他想从她这里得到奇诺是中国人的更多的证据或者故事细节。

“他的妹妹来过这里，就住在你住过的这个房间。那是前年，2017 年，纪念游击队事件五十周年的时候，奇诺的妹妹来了，就住在你今天住的这个房间。她在纪念签名册上写了字，还留下了联系地点。那回她非常激动伤感，她是个非常优雅的人，我现在还能细致回忆起她的样子。”

女主人说着拿出了纪念签名册，请李

在签名本上写上几句话。李想看看奇诺妹妹的留言和签字，就问女主人是否可以带纪念册到房间里去写？她说当然可以的。于是，李对她说晚安后，抱着厚厚的签名本，回到了房间。关上了门，李躺在床上，看着屋子上的横梁和红星图，他心里升起一种幸福感，又有一个证据证明奇诺是中国人，而且奇诺的妹妹住过这个房间，纪念册里有她签字留言，他觉得自己和奇诺的距离一下子变得很近了。

是的，五十多年前格瓦拉的游击队来过这里。李从双肩包里取出了《玻利维亚日记》，寻找关于伊格拉村电报房的那一段文字。他找到了，时间是 1967 年 9 月 28 日。格瓦拉在日记里这样写道：

> 一到伊格拉村，一切都变了。男人全跑光了，只剩下几名妇女。科科进了报务员的屋，里面有一台电话。他拿回一份二十二日的电报，从中我们得知巴耶格拉德的副镇长通知村长，若该地区有游击队出现，要立即通报巴耶格拉德，电报费用由镇里支付。村长已经跑了，但是他老婆向我们保证，村长今天没对任何人说起过游击队的事，因为村里的人都到邻近的哈圭镇上过节去了。
>
> 先头部队于下午一点出发，争取抵达哈圭镇后再就有关医生和骡子的事做出决定。当我正往山顶去的时候，也就是一点半的光景，沿着山脊响起了枪声——我们中了敌人埋伏了！我在村子里一边组织抵抗，一边等着幸存者回来，并在通往格兰德河的公路上设置了出口。不一会儿，贝尼尼奥来了，他受了伤。随后，阿尼塞托和小巴勃罗也来了，小巴勃罗一只脚也伤得不轻。米格尔、科科和胡里奥牺牲了。后卫部队沿大路快速前进，我牵着两头骡子跟在他们后面，落在后面的人受到敌人火力的攻击，没有跟上来。为了在小路上把敌人甩掉，我们让两头骡子走下面的深谷，我们则沿着一个小峡谷继续往前走，再往上走一点峡谷里就有略带咸味的水流过。午夜十二点我们就躺下睡了，因为无法再往前走。这一次我们损失惨重，痛苦揪心的一天，刹那间我们好像是走到了生命的最后时刻。

李读着日记，想象着电报房外边游击队遭埋伏，三个游击队员死在机枪扫射。他估计这三个游击队员就死在离这里很近的地方，而当时，格瓦拉和其他游击队成员可能就藏在这个屋里面。李从格瓦拉这段日记里读出沉重苦难的气氛，格瓦拉已经感到末日来临。

烛光映照的屋内有一种奇怪的气氛，山地夜间气温骤降，湿气浓重。李没有脱衣服，靠在被子上看着屋顶发呆，不知不觉睡着了。他做了一个奇怪的梦，梦中自己伏在窗外一个突出的水泥物体上，上不去，觉得这个水泥物体随时会断裂，自己会跌落深渊。他想往上爬回到窗户，又不敢动，怕引起水泥物体断裂。后来醒来，长长松了一口气。他起来到户外的厕所去小便，银河流沙，满天星光，空气新鲜但不是很冷，望得见周围的山间小道。他站在星光下，听到各种奇怪的声响，有些声音像铁器碰撞，也有一些解释不清。他突然看见从远处的山道走来一个人，是玛利亚。她在夜色中那样清晰可辨，好像自身发着光辉的圣母似的。李以为她也是去共享厕所，想赶紧避开，这种情况遇见会比较尴尬。但她没去厕所，而是径直向前，对站在院子中的李视而不见。李震惊中猜想她可能有梦游症，但又怀疑自己在梦中。为了证明自己不是在做梦，他用手机对自己拍了一张照片，以证明自己是清醒的。

他突然醒了过来，喘着大气。刚才的梦真实感那么强，让他难以相信不是真的。他打开手机，上面并没有那张自拍照。显然，他的确是在做梦。

4. 走下切洛山谷，最主要的现场

次日晨六点钟李起身，坐上车子出发。但没开出一百米，车子就停了下来，原来今天行程的第一个点就是附近的伊格拉村主广场。这个时候天还没亮，一盏昏暗路灯照明下可见空地中央有一圆形台基，上面有一座切·格瓦拉的塑像，油漆很新但没有艺术感。前面还有一个比较小的塑像，玛利亚说这小雕像在格瓦拉被打死后当地山民就塑了，后来被政府拆毁了多次，可每次都很快重新塑起来。现在，因为商业性旅游，村头广场有了三座格瓦拉塑像。玛利亚说接下来要去参观关押格瓦拉的长屋子，他就是在这屋里被枪杀的。马扎罗已经去请村里看守房子的人来开门，守门人很快会过来。

这个时候，李明白了昨天在山上面玛利亚停车指给他看的红屋顶村子就是他现在所在的地方。当时他为没有进这个村参观心里不悦，并不知道今天一早会来这里。他顿觉兴奋起来，因为这是一个非常重要的地点。

他站在那个长屋子的外边等看管房子的人过来。1967 年 10 月 7 号晚上，格瓦拉就关在这个屋子里。政府军事先就决定如抓获格瓦拉就打死他，因为如果公开审判的话，没有人能辩论得过格瓦拉，还会引来大批国际名人支持他。而这个时候，奇诺也被抓到了，关在附近另一个屋子。第二天早上，政府军为了折磨格瓦拉，在打死他之前，先开枪打死了奇诺，让他听到枪声。政府军士兵中间选出了一个自愿去枪毙切的人，那个人夜里一直喝酒壮胆。第二天当那个士兵拿着枪进入屋子时，格瓦拉已经知道要打死他了。玛利亚说了一个细节，说当时有七个游击队员逃脱出包围圈，从村头上面的山上潜行而过。他们听到村子里响了几声枪响，但不知道这几枪是打在格瓦拉身上的。这些游击队员在玻利维亚大山里潜行三个多月，除了一个在遭遇战中被打死，其他六个最终逃入智利境内。

看门人到来开了门。这屋子里面，挂着一些复制品，只有那一扇木门是当时的原物。这个屋子原来是伊格拉村学校的教室，后来没人愿意在这里上课。政府军部队因为消灭了游击队获得了一笔奖金。他们不敢领取，用这笔奖金修建了新学校。

李现在才知道，原来他昨夜睡觉的地方，距离切·格瓦拉和奇诺被枪杀的地点不到一百公尺。这个高度凶险冤气万丈的历史地点必定存储着巨大的能量磁场，所以他昨晚睡眠会那么怪异难受。现在天已经亮了，他们开车出村头，路边看到有一个小坟墓，上面有三张照片。这就是格瓦拉日记里写到的电报房外遭伏击丧身的三个队员，名字是米格尔、科科、胡里奥。

下一个地方是去格瓦拉和奇诺被抓获的地点切洛峡谷（Churo Creek）。车子行

进了约十分钟后，进入了一条小道尽头停下。然后，三个人往里走。李想起在圣·克鲁斯的时候，马扎罗问过他想不想去峡谷下面？峡谷很深，上下要三个小时，需要体力，有的游客不愿意下去。李当时说要去的，现在到的就是这个地方。进入了小道不久，边上的树林里有好些牛。李对这些牛不陌生，因为格瓦拉在日记里不时提到游击队买了农民的牛宰了吃。再往前走，看见了有一座木头的房子，有一个六十多岁的当地农妇在那里等着。她比一般当地人要高大健壮，模样很自信。玛利亚介绍说这位妇人是这片山地的地主，我们要去的山谷就是她家的土地。李问当年格瓦拉在时这土地已经是她家的吗？玛利亚说是她家的。那时她才十四岁，游击队来的时候孩子和女人都会逃离躲藏起来，她父亲接待过游击队。游击队的人给他拔过牙，不过当时他并不知道哪个是格瓦拉，因为每个游击队员都满脸胡子像野人，看起来都一样。玛利亚说当地人现在把格瓦拉当成了神，长久没下雨的时候会祈求格瓦拉给点雨水。马扎罗说玛利亚会带李下峡谷去，他在上面等。他看了手表，现在七点半，他们回来的时候应该是十点半，然后去巴耶格拉德进早餐。

玛利亚在前面带路，李跟在后面，进入屋子后面的山地。走过一段两边种着玉米的斜坡之后，开始进峡谷。小道笔直下降，时而有水流冲过。玛利亚说前些天下雨，雨大的时候这里不能走路，今天还比较幸运。好些地方被树木枝蔓挡住，李说格瓦拉日记很多处写到游击队员持着砍刀开路，玛利亚说山地女主人也有这样的刀，经常要来砍一砍。李觉得马扎罗不在场，玛利亚活跃了很多。她不像昨天一样只是个导游，显出了一个年轻人天性。她在前面走几步，会停下来给李讲解。越过一个山坡，格兰德河现在很清晰地展现在眼前，看得清河水涟漪的反光，一直延伸至远处的平原。玛利亚开始问一些中国和加拿大的事情。她说自己除了去过一次委内瑞拉，其他国家都没去，最想去中国的长城，还有古巴。她的家在巴耶格拉德附近的山里，家里兄弟姐妹很多。她在圣·克鲁斯读了职业旅游学校，选了格瓦拉专业，所以对格瓦拉有些研究，对其他游击队员也有了解。她说大部分游客只是通过《玻利维亚日记》了解这场游击战，而她接触到的有政府军方面的资料，有其他游击队员的日记等等。她对自己选择当格瓦拉专题导游很满意，因为这个专题和其他的风光导游不一样，让她深入到了政治和历史，让她接触到世界各地对格瓦拉怀有兴趣的人，而这部分游客通常都是一些有思想的人。玛利亚说有很多女游客都说切·格瓦拉特别帅气，那只是爱他的表面。她说自己深深爱着格瓦拉的灵魂，不只是他，是所有的游击队员。玛利亚下山的速度很快，又不停说话。李得全力以赴才能跟上她。

说话间，就到了峡谷的底部。李看到在开阔地上有一个石头围着的圆圈，上面有油漆写着的标语。圆圈中央有一个红五星的图案，还有一棵非常茂盛的开着白色花朵的树木。

玛利亚说：我们到了！李放慢了呼吸，知道自己进入了这次旅行最重要的一个历史场景，格瓦拉就是在这里弹尽粮绝被俘获的。李走到圆圈的中央，正对着他的那段圆弧上写着：HASTA LA VICTORIA（直到胜利），左侧那圆弧上写着 PATRIA O MUERTE!（祖国，或者死亡）。玛利亚说：这句话是格瓦拉在纽约联合国大会发言时著名的结束语，后来游击队员见面时就会喊这句话作为口号。在右边的圆弧上写着 SIEMPRE（直到永远）。玛利亚说，2017 年纪念切·格瓦拉玻利维亚游击战五十周年活动时，基金会在这里建筑了这个纪念圆圈。距圆圈右侧约五十米有一块石头，上面有一棵树，石头上刻着 CHE VIVE，这就是格瓦拉最后被擒之处。

她带着李往前走了几步，这里是 V 字形的峡谷最低处，是一个有溪水哗哗流过的水沟，沟中有一些大石头，上面覆盖着藤蔓杂草树根。过了小水沟地势就陡然上升。玛利亚说，格瓦拉和其他游击队员最后时刻就隐藏在这个水沟里。实际上政府军已经彻底包围这条水沟，知道游击队在里面，但是没有主动进攻，等着他们出来。当时游击队员几天没喝水，因为是旱季，这水沟里是干涸没水的。玛利亚说格瓦拉经过考虑，让游击队分成三个部分，七个队员顺水沟往西边方向撤退，奇诺等三个人沿着水沟往东边转移。他自己和威利等人开始正面突围出去。他一跃而出，被政府军枪弹射中腿部，躲到了那块石头下面。政府军士兵见他受伤，包围过来。接下来发生的情况有三个版本，玛利亚说，一个版本是格瓦拉的步枪坏了，手枪子弹也打完了，他见敌人过来，用拳头进行击打。另一个版本是他高喊：我是格瓦拉，不要开枪打死我。还有一个版本是他的队员威利挡住了敌人，说他是格瓦拉，不要枪杀他。格瓦拉被俘获几个小时后，奇诺也被抓住了，他已经双目失明，什么也看不见。玛利亚和他坐在一块石头的两端，在清凉如许的流水声中向他叙说这个故事，她每天都要对游客说同样一个故事，几乎是倒背如流，但是听起来还是那么有感情。

听玛利亚讲发生在水沟的事，阳光照射过来，在水汽和树丛间发出虹彩折射，让人有时空交错的幻觉。李回过头，看到玛利亚脱下了棒球帽，双手捧起溪水洗脸。她刚才赶路太急，出了很多汗。她把帽子打湿了，这样戴起来会凉快些。李对着游击队最后藏身的水沟拍了很多张照片，其中好几张有玛利亚的身影。

该回到峡谷上面去了。玛利亚问李还有问题吗？李说想看的都看到了，回去吧。他们按原路上去。现在太阳出来，天热了，上坡要费力得多。李在水沟里待的时间比预计长了一些，玛利亚想赶时间，脚步加紧，让李觉得有点气喘吁吁。他吭着头走路，和玛利亚拉开了一点距离。他看到玛利亚走热了，先前她穿着一条印着 NEW YORK CITY 的灰色夹克衫，现在她把衣服脱了扎在腰间，只穿着一条绿色的 T 恤衫，李顿时觉得空气里传来玛利亚身体的气味。她没用香水，是一种自然的体味。她这条汗衫背后开领低，李看到她的后背上有一个文身图案，只看到露出领口的一部分，显出这是鳞翅目昆虫口器和触角。突然之间，李想起来那次进入古巴海关时排队在前面的那个漂亮女人后背文身昆虫图案，和玛利亚背上的看起来非常像。李被好奇心驱动得兴奋起来，很想搞清楚这是什么文身图案，但是隔着距离，玛利亚又一直在走动，无法看得清。李用手机偷偷拍了几张她的背影，想把照片放大后看清楚细节。但是他还是无法看明白，因为图案只露出一小部分，大部分都被 T 恤衫遮住了。只有脱下 T 恤衫，后背才能露出那一对翅膀。这一个文身符号像是有巨大的魔力，让李神情恍惚，还让整个场景和气氛都变得怪异。玛利亚在他距离十几米的地方停了下来，转过了身子对着他。他往上走了几步，看到玛利亚直视着他，眼神很奇怪，脸上有一种奇怪的笑意。李以为玛利亚要和他说话，可她没说。仅仅为了说话而已，李提了一个自己都觉得很愚蠢的问题：

“玛利亚，你背上的文身图案是蝴蝶吗?”他说。然后看到玛利亚继续直视他，脸上的表情奇怪极了。

“NO”。她说了一个字，对着李，步子开始向他移动。一刹那，李以为玛利亚是走向他。但是不对，玛利亚的步子越来越快，是没有控制的踉跄步子，顺着坡度往下冲。李此时要是抱住她就好了，就不会出现下面的事。但他反应没这么快，也不敢去抱住她。眼看她直接冲向陡坡，李明白不对劲了。她踉跄冲到陡坡边缘时扑倒，边上有一个荆棘树丛，她被树丛挡了一下，然后摔下十多米深的陡坡。李知道出大事了，赶紧跑下陡坡下方，看到玛利亚伏在地上。要命的是她的T恤衫被荆棘挂住撕破了，露出后背。尽管是危急时刻，李还是看清了这个图案，不是蝴蝶，是一对巨蛾的翅膀，很像他在古巴海关看到那个女子背后文身图案。他伏下身，对着玛利亚喊。她的脸上全是血，失去知觉，没反应。李觉得这下他可摊上大事了，他心里有一冰冷的笑声响起：原来是这样！从古巴开始，一切都已经注定好了。

5. 巴耶格拉德警察局

李知道自己又面临危机，必须冷静做出正确决定。他马上想到打救援电话，可是一看手机上信号完全没有，电话是不通的。他托着玛利亚的头部，额头上有个伤口，正在出血。他用干净的纸巾捂住她伤口，一只手打开她落在边上的双肩包往外倒，想找到可以包扎的材料。包里倒出好些古柯叶子、两条巧克力、一个苹果，还有一条头巾。他赶紧用头巾包扎了她的头部。她处于昏迷状态，没有知觉。李再次试了电话，还是一点信号没有。他起初想到背着她上去，但是上去的路还得走一个小时，他根本没这个能力。他大声喊叫求援，峡谷里只有回声，没人回应，上面的人根本听不到。他观察着玛利亚，她还有呼吸，还有脉搏，他等了十来分钟，她还是这样昏迷着。他继续喊了好几下，还是没有听到有人回应。这个时候他做出决定，自己上去求援。他在玛利亚的头部下面垫上她的双肩包，脱下自己外衣盖在她身上，心里祈求着玛利亚千万要坚持住。

上山的路很难走，好在只有一条小径，不至于会迷路。他发狂一样往上爬，一边还喊叫，让上面人早听到。他终于看见了那个房子，看到了马扎罗站在树下看着，他的脸是冷漠的，并没有向他主动走来，而是等在那里。当李喘着气说了事情经过，马扎罗脸色充满怀疑。马扎罗马上对峡谷女主人说了话，让她找人帮助，自己和李走下峡谷去救援玛利亚。

一个小时后，在几个村民帮助下，玛利亚被抬到了上面，放上了马扎罗的越野车往巴耶克格兰德开去。马扎罗已经打电话告知医院，车子一到，医院那边马上进行了救治。医生说要安排她做CT检查，她还是处于昏迷状态。李和马扎罗等在医院的走廊里。不久后，从玛利亚村里来了一大群人。他们穿着高山部落的传统服装，戴着毡帽，腰间挂着刀，样子有点凶猛。

他们显得很激动，和马扎罗交谈着，用一种不信任的眼光看着李。他们之间的话李听不懂，但是他们的肢体语言让李感到他处于危险之中。

之后，来了两个警察，一个会说英语，带李到附近的警察所单独做了交谈，让他把事情经过说一下。

“出发的时候她情况正常吗?”警察问。

“是的，很正常。”李点头表示同意。

“她是怎么摔下去的？你说说经过吧。”警察问。

“她摔下去之前已经出现神志不清，控制不住身体冲下了山坡。”李说。

“据我们所知，玛利亚是个专业导游，带游客下切洛峡谷过无数次，从来没有发生过这样的事情。你说她摔下之前已经处于神志不清状况，有什么更具体的细节可以说吗?”警察说。

“我们走得比较快，一边走一边说话，山路下过雨，很滑，体力消耗很大。这个行程本来是前一天的，因为从圣·克鲁斯过来时堵车耽误时间，才改到今天一大早，所以没有吃早餐就去峡谷了。我刚才在想，玛利亚是不是有低血糖的毛病，没吃早餐下峡谷引起血糖过低，产生眩晕才摔下了陡坡。玛利亚摔下山坡后我因为要找包扎的东西把她的包里东西倒出来，里面有巧克力、苹果，说明她对低血糖是有所提防的。”李说出了自己的想法。他对低血糖症状略有所知，他听过一个人说自己开车时突然因为血糖低而失去知觉的事。

警察把他的话记录下来。这时警察提了一个让李意想不到的问题，说想检查一下他的手机，并要了他的护照。李心里很不愿意，但是不能拒绝。他马上对自己拍的照片后悔起来。警察一张张翻转着李拍下的照片。在峡谷水沟里拍的有一张是玛利亚捧起流水洗脸，有一张是她把帽子放在溪水里打湿，都是背影。警察问他为什么拍玛利亚的背影？李解释说当时他是要拍水沟的场景，因为空间很窄小，玛利亚不可避免会出现在画面里。警察继续翻着他手机照片，最后的很多张是玛利亚上山时脱下了外套穿着T恤衫的背影。警察说这些照片什么意思？李不知怎么回答才好。他对着玛利亚的后背偷拍是为了她背上的文身图案，但要是跟警察说这些会越说越麻烦。他决定不提这个原因，说自己是一个作家，要留一些旅行资料照片。警察把他手机上所有照片做了拷贝，然后把手机还给了他。但是，护照没有还给他。

警察让李继续在警察所等着，给他送来水和三明治。下午的时候，马扎罗过来说，玛利亚继续昏迷，要住院。医生说她有脑震荡，情况好的话几天内应该会醒来。马扎罗说自己要回圣·克鲁斯去，警察说李不能离开，得留在这里，因为有些疑问要澄清，得等到玛利亚苏醒过来说清楚当时发生的情况。李知道这下可遇上大麻烦了，自己已经被当成一个嫌疑人，只有玛利亚醒来说明情况才能为他洗脱。可是玛利亚会昏迷多久？会醒来吗？他想起过去看过的雷蒙德·卡佛一篇小说，小说里一个小男孩头部被撞了一下，后来昏迷。医生做过CT检查后说是轻度脑震荡，一个星期后会醒过来。但是，这个小孩最后死掉了。现在他面临的情况和卡佛小说里描述的有点相似。会说英语的警察对李说警方无意限制他自由，只是希望他配合，先留在当地。警察提醒李要注意安全，这地方的人脾气不怎么好，玛利亚亲友中会有些情绪冲动的。李知道这一点，因为路上马扎罗几次说这里很多车子都没有上牌照，说明这里的居民是不驯服的。他问警察他一个人在这里，又不懂西班牙语，怎么保证安全？警察给他推荐了一个旅馆，建议他自己出钱找个保镖，是前警察，会带有手枪。

李住到了这个旅馆里面。巴耶克格兰德是个小地方，就两处旅馆。所以他住在什么地方根本保不了密。保镖不会说英语，李也弄不明白他的真实身份。李告诉自己必须冷静下来，目前最主要还得保护自己，得改变这种随时可能受到安全威胁的状况。他想到要找大使馆寻找帮助，他在阿尔巴尼亚被绑架的时候，中国大使馆全力以赴，把使馆作为阿尔巴尼亚警察营救他的指挥中心。但是，他现在已经不是中国公民，是加拿大国籍了，再找中国使馆是不会得到帮助了，他只能求助于加拿大使馆。他给加拿大使馆打了电话，说了自己的情况。使馆领事说目前他的情况不算危急，使馆不能介入，但是会关注这件事，让他及时保持联系。李收了电话，越来越不安，觉得自己随时都可能遭遇危险。他突然想起了昨天路上遇见的加过微信的那个中国公司的小崔，想起了他说的南昌公司老杨是他们老总。他打开了微信，给小崔发了一条消息，说他遇上麻烦，想立即联系老杨，问他能不能帮助一下，告诉杨总他是阿尔巴尼亚的李。小崔很快回答，说马上转告杨总。

晚上十一点左右，他的手机叮响了一下。是小崔的信息，说已经告诉杨总，杨总会联系他。李同时看到有个微信名老杨树的人找他说话。李知道是老杨，赶紧回复说自己是阿尔巴尼亚的李，问他还记得不？对方说当然记得，问他怎么会到玻利维亚这个偏僻的山地来？也是来做生意吗？李说了自己的情况，说自己现在身处险境。老杨说自己刚才在开会。他公司总部在距离这里还有一千两百公里的乌尤尼。公司在巴耶格拉德附近有个工地，他会马上告诉工地的人，让他们到巴耶克格兰德来看他。但是要到明天，今夜应该不会有事情的，让他放心睡觉。

第二天一早，有两辆丰田越野吉普车开到了旅馆，下来四个中国人，是老杨让他们来看望李的。他们和李谈了一下，说不能住这里，先住到工地去吧。他们带着李去了警察局。他们和警察局的人很熟悉，说说笑笑打招呼，警察局长同意让李先住他们那里。于是，李坐着他们的车走了。他们的工地在巴耶格兰德二十几公里外面的大河边。坐在吉普车里，李紧绷着的神经松了下来，感到那么安全，他进入了中国的保护层，虽然他已经是持加拿大护照。

6. 在老杨的工地

工地预制场和住宿区在格拉德大河上方，可以看到大河蜿蜒伸展一直消失在远方的丛林。工程队要在山腰处用盾构掘进机挖出一条隧道来，还在格兰德河上建一座悬索长跨度大桥。工地上住了成百上千工人，建了一整排的房舍。下午放工的时间到了，穿着橙色工作服戴着安全帽的工人进进出出。在更远处的河边工地上，有巨大的塔吊、龙门吊在转动，地上铺着无数上百米长的桥梁预制件，宏大的场面只能用改造山河这样的话来形容。当年在阿尔巴尼亚的时候，李觉得老杨的建筑工地很了不起，其实那只是建一座九层公寓的工地，和现在的规模简直是无法比较。

现在李暂时找到了一个庇护之所。他好像在洪水激流中被冲得晕头转向时突然踩到了一沙洲，让他惊魂稍定。但这只是一个暂时的安静，不知道接下来会怎么样。也许洪水会退去，也许接下来会有滔天巨浪吞没他。他现在只能指望玛利亚早日苏醒，但是他也担心，玛利亚苏醒过来后是否会清醒记得，会不会产生幻觉，做出对他不利的指证。他想起根据福斯特同名小说拍摄的电影《印度之行》有这样的情节，当地的男向导带着白人女子去看一个古印度教洞窟。白人女子不慎跌入了深谷，醒来后却产生幻觉，指证是向导性侵她导致她跌落。在特殊的时刻，人的记忆有可能发生扭曲的。有一点他是相信的，玛利亚的事故不是出于偶然，而是一个历史血案留下来的一个业障。在他进入峡谷时，那块山地的女主人说过格瓦拉已经成为了神，能降雨治风，这就给峡谷蒙上一层迷信的雾气。古巴海关看见的女子背部蝴蝶图案为何会在玛利亚背上出现？一瞬间它的翅膀扇起妖风将玛利亚吹下陡坡。李凭多年生活经验深信某种神秘现象的存在，还从叔本华、荣格等人著作里看到他们也相信神秘超验的现象。现在他介入到了这个历史业障的磁场里，只好顺着磁力发生的方向旋转了。

李把手机连接到了手提电脑上，手机里被警察拷贝过的照片都还在。尽管现在看这些照片会有刺痛感，李还是决定再仔细看看，他要搞明白当时究竟发生了什么情况。他看着那几张水沟里玛利亚的背影，显然他是有意偷拍的，他奇怪当时自己为什么要这样做？然后他看到一连串的玛利亚后背照，当时为了能拍清楚她的文身，他用了不同焦距和模式，想拍下最清楚的图像。他选出最清楚的几张，在电脑上放大了。玛利亚背部露在T恤之上的图案现在一动不动呈现在李眼前，是一只羽化过的昆虫的头部，口器、眼睛、前肢都能明显辨认。李心里还有一张图片，那是玛利亚跌下陡坡衣服被撕开后背部全裸时的文身，他觉得不是蝴蝶，是飞蛾。但他已经无法把它和古巴海关看到的那个女子后背文身相比较，因为记忆中的细节已经模糊。而就在这个时候，李突然想起当时他曾经用诺基亚手机偷拍过古巴海关那女子的背影。多年前的照片大部分删掉了，但有部分存在谷歌云里。他在一大堆陈年的文件中慢慢爬梳，居然找到了那一张照片。早年的诺基亚照相虽不是很清楚，但李马上肯定照片上的文身图和玛利亚后背的是一样的。为什么会有这样巧合的事？李思索着，觉得这个文身图案可能是一种符号，被不同的人采用。李决定向人求教，他想到了一个熟人——在耶鲁大学执教中国文化的苏教授。有一年李和一群朋友在耶鲁大学校园里，听苏教授说过他被耶鲁大学骷髅会半夜请去讨论的事。耶鲁大学里有最好的符号学专家，一定会有人认得这个飞蛾文身图。李想好之后，就给苏教授发了古巴照的照片和玛利亚后背的半截子文身图，请他帮助找出答案。

为了排除内心的苦闷，打发时间，李觉得还是把注意力投注到工作比较好。他开始在谷歌上寻找 JUAN PABLO CHANG NAVARRO 1930—1967（胡安　巴勃罗　张　纳瓦罗 1930—1967）这本书。为了这本书，他跑了这么远的路，并因此陷入当下的困境。这本书在没出现之前已经显出了它的诡异之处，使他产生敬畏之心，给它取了一个名字：胡安之书。它应该像是一本经文，写在羊皮卷上，甚至可以是木简，贝叶树，纸莎草，藏在某个悬崖的洞窟里。李在网络上找遍了所有的旧书店，图书馆，但是都找不到哪里可以获得或者借阅到这本书。几个北美大学里工作的朋友帮他一起寻找，最后多伦多约克大学的徐教授发现在美国新墨西哥州大学发现有一个拷贝，立即通过约克大学图书馆向对方图书馆调阅这本书。她告诉李要等待几天。

李目前的收获是他确定了奇诺是个中国人。他不是玻利维亚华人，而是秘鲁的华人。奇诺是怎么从中国来到秘鲁的呢？为什么他会从秘鲁来玻利维亚参加游击队？他从这些个疑问开始了他的研究。他第一个举动是在谷歌上输入秘鲁华人的词条，看到了这么一段文字：

> 从 1849 年到 1874 年之间的苦力贸易中，超过十万名清朝广东人、福建人被卖入秘鲁，他们有的在铁路矿山岛铺铁轨、挖矿、掏粪，有的被卖给了种植园主，在种植园里种地、采摘蔬菜水果。劳工从凌晨 4 点开始干活，一直要干到晚上天黑，逃跑的被抓捕后遭鞭打并且戴上脚镣。苦力干满八年契约时间后会获得“自由人”的身份，可以选择回国。由于对清政府的失望和痛恨，十万华人劳工中仅有几十人选择归国，都留在了秘鲁，同当地黑人、印第安人、因纽特人等族群通婚，落地生根。后来，少部分华人凭借着后天的努力和秘鲁逐渐民主化的大环境，有的成为企业家，有的成为作家，有的成为政治家，进入秘鲁上层社会。

李看到这一段话时吃了一惊。他只知道在北美有华工淘金和修太平洋铁路的事情，没想到会有十万多中国苦力输入到秘鲁这么一个小而贫穷的地方。他马上有了追究下去的兴趣。接下来几天，他沉入了这一段历史，阅读了大量资料。隔着历史时空距离，太平洋海面上出现了一只只苦力船。

秘鲁于 1825 年结束了内战之后，到四十年代中期，沿海地区经济稳定发展。沿海地带农田种满了仙人掌、胭脂红、甘蔗和棉花，秘鲁鸟粪作为高效能的肥料在世界上需求量大增，采矿业繁荣。秘鲁政府和资本家开始推动国内经济发展计划，兴建灌溉运河、电报、港口、铁路。但秘鲁相对于国土面积人口偏少，才两百万多一点，而人口七成是土著印加人。土著印加人大部分居住在高山区，刀耕火种，饲养自己的牲畜，不肯离开高山到沿海地带工作。本来庄园主还有些好用的黑人奴隶，由于美国内战之后黑奴解放，这里的黑奴也跟随着被解放了。黑奴以前在皮鞭下干活，一旦被解放，都不愿意干活了。这一情况下，秘鲁精英的目光开始悄悄注视着太平洋对岸的中国。这个时候美国的太平洋铁路还没开始兴建，加利福利亚的淘金热也刚刚开始，中国早期移民已开始蜂拥而入北美洲。1849 年 11 月 17 日秘鲁正式颁布引进中国人的“中国人法令”，秘鲁议会注意到中国人由于国内的战乱和贫困，愿意出洋。他们本身是农民，不像欧洲人那么傲慢，温顺不闹事，中国政府也不像欧洲国家政府那么不好惹。而最主要的是，中国人数量多，简直是取之不尽。这些条件固然非常诱人，但是有一条，就是两国距离遥远，有九千多英里，海船要走一百二十天航程，比非洲黑奴运送到美国还要遥远很多。

经过数年的混乱状态，澳门的巴腊坑成为了贩卖中国苦力到秘鲁的中心。因为澳门是葡萄牙殖民地，中国清朝官衙管不到，人口贩子可以在这里自由自在。人贩子把骗来的农民带到了澳门巴腊坑，让目不识丁的他们签订卖身合同，之后就关押了起来。如果农民这个时候想反悔，就会遭到毒打。凑满了三五百人，和奴隶船一样的海船就会装载他们开始九千英里的航程。而在这个航程里，百分之三十左右的中国苦力会死在途中，尸体抛入海中。

1870 年 9 月 30 号，法国注册的“诺威尔·朋内普罗”号载运三百一十名苦力从澳门出发前往秘鲁，离港数日后苦力杀死了船长和八名水手，然后驾船返回中国，其中一些苦力成功得以逃脱，但不是全部人。法国驻广州领事要求处决已经捕获的参与夺取船只的十六名苦力，这十六个苦力被中国刽子手砍了头。这批苦力中，有一个名叫郭阿新的逃到了英国殖民地香港。中国广东省总督在法国压力下，非正式地向英国总督提出引渡这个苦力的要求。郭阿新案件引起英国律师弗朗西斯注意，决定为郭阿新辩护。法庭上开始了旷日持久的诉讼。这期间，法庭对搭乘“诺维尔·朋内罗普”号的三百一十名苦力的招募及其所受待遇的历史做了相当彻底的调查。据证实，其中一百八十名苦力在巴腊坑待了好几天，等着上船；而其余的人则是在船开航的前一天被带来的。苦力们由各载三十多人的数艘小艇运到大船上去。每批苦力都由手持上着刺刀的滑膛枪的葡萄牙士兵们押解。在审讯中，郭阿新声称他从来没有想到过要去秘鲁，他是在不知道要去遥远的秘鲁情况下被弄到这艘船上来了，和他一起上船的人都哭喊着说他们是被绑架来的。在审讯中发现船只横贯甲板有一道由四英寸见方和高达七八英尺硬木做的栅栏，每扇门前都架着一尊炮口瞄着栅栏门的加农炮。苦力不许越过栅栏到船尾一侧来，白天那里有哨兵站岗。夜晚苦力被关在船舱里，有一名水手持枪把守。船上除了加农炮，还有十二支滑膛枪，刺刀，一些剑和左轮枪，还有一定数量的火药和葡萄弹，这些都是用来对付船上苦力的。

英国人达菲尔德说有一次他坐在一间屋子里，里面挤满经营鸟粪生意的人，一个曾在运载苦力船上当大副的意大人在讲故事。此人声称有一次他和中国苦力对峙中认为自己生命处在危险之中。“在那种情况下你怎么办呢?”有人问道。“我用枪杀死了他们中的两个。”意大利人这样回答，对此听众爆发了一阵大笑。有人问：“那么他们对你又怎么样了呢?”凶手回答说：“多亏船长本图里尼先生用快艇把我送上了岸，几天之后，我再次登上了一条运送中国苦力的船。上帝，但愿这回我不会再打死船上的苦力。”小酒店里人又爆发出一阵大笑。

从 1849 年后的二十五年里，总共有十几万华工苦力从这条死亡之路抵达了秘鲁。

经过死亡航行，幸存者到达了秘鲁首都卡亚俄港口，等待他们的将是一场拍卖。在准备拍卖的过程中，苦力要穿上随身带来的最好的衣服。当时的一份报刊曾这样报道：“他们的衣着，一般只穿一条赭色肥大的裤子，旅途中一直穿在身上的短上衣和常见的中国式木屐，一顶帽把整个脸都遮住了。为了怕风把帽子吹掉，他们小心翼翼把帽子系在下巴上。”苦力还要把自己那点零碎儿例如毯子、小箱子和做饭用的铁锅一一带在身边。既经打扮整齐，整理好了衣物，他们就在甲板上有时也许是在码头上站好了队，拍卖舞台就算布置就绪了。广告上常常这样写着：“刚刚登陆的苦力，健康状况良好，肢体强壮。”大多数苦力都是卖给了种植园主或是他们的代理人。未来的买主由一个能估量苦力体力和特性的老手陪伴着，在苦力中间走来走去，品头论足进行挑选，捏捏苦力臂上的二头肌，掐掐肋部，然后把苦力像陀螺似的转两圈。在这个过程中，中国人的脸上流露出困惑不安的表情。也有一些比较有主意的苦力急于显示自己的优点。当有些苦力刚被选中，站在队伍一边的时候，他们的亲兄弟或堂兄弟们总是迫切希望能分配到一起，假如雇主不同意这样，这些“中国佬”常常努力争取，凭借肢体语言如手势如愿以偿。但是大多数苦力最终也只有听天由命。

有关苦力到达目的地和编进种植园劳动大军的过程，被记载在一篇通信中。

刚刚抵岸的苦力被售出后，运送到了种植园。一个会说或是略懂西班牙语的中国人，比如一个家仆会来当翻译，种植园主人或者是监工坐了下来，准备在登记簿上做名册。新来的苦力站好了队，也有几个苦力极为木然地蹲在旁边。苦力被翻译叫到前面来，并问他们的名字。苦力如实答道，叫阿福，阿山，阿台，阿勤等等。他们的契约被检查一遍，再还给他们，之后关于给他们命名的重大仪式开始了。“得了，管他叫卡利斯托吧。”主人说。“不行啦，先生，我们已经有一个叫卡利斯托的啦。”一个手下人插嘴说。“那我们有叫萨穆埃尔的吗?”“还没有，先生。”“那么就管他叫萨穆埃尔吧。”给新来的苦力命名并不容易，因为像胡安，佩德罗，曼努埃尔，何塞等常用的名字已经都用过了。取名人后来想到一个聪明的办法，他要过一本日历，从中挑选一些生僻的名字，比如潘克拉西奥，蒂西亚诺，塞农，米梅尔多，普罗达西奥等等。取名这个难题迎刃而解。下一个中国人被这样写进登记册：塞万提斯·阿新，年纪二十九岁。身材中等个头。肤色白中透黄。前额突出。眼睛是眯缝眼。嘴巴很大（主人突然抱怨道：又是个会吃饭的家伙）。个人特征，左臂肘部上端有一伤疤。这个过程完成后，苦力们拿着自己的行李被带到他们住的房子里去。

苦力从事很多工作，最多的是在种植园和在海岛挖鸟粪。一位美国驻秘鲁领事1870年曾描述了中国苦力悲惨详情：在鸟粪岛上被雇佣的苦力每天要装载一百推车的鸟粪，如果不能把这一数量的鸟粪运到斜槽上去（鸟粪经由斜槽再输送到船上），他们就得用星期天来完成他们的任务。没有人关心他们的吃穿，他们之中每四个人就有一个患病，生病的苦力虚弱得站不起来，还要被迫跪着劳动，从鸟粪里往外捡出小石头。当他们由于不断地推手推车，手掌被磨得异常疼痛，只好把手推车绑在自己的肩上。这种情况下，生命对中国人来说已毫无意义，借死亡摆脱悲惨命运成了部分苦力们的想法，苦力劳作的那些鸟粪岛上，主人在岸边经常布置岗哨，以防止苦力们绝望时投海自杀。

英国人达菲尔德写下了这么一件事。一天晚上在利马他享受着一位极端好客的说英语的秘鲁资本家的款待。餐桌上他提出的一个问题：“您是怎么干出这番事业的?”对方回答说：“这个嘛，我买了六个中国人，教他们开机器，这些鬼东西比我学的还要快得多，不到三个月，我发现我每个月能轻而易举地进款一万元。”在利马，有很多出身名门和深受尊重的人都是从买卖或使用中国苦力当中发财致富，而且在这些富丽而堂皇的大厅中，有关中国的话题就像在有亲属被绞死的家庭中，提到绞刑架一样地不受欢迎。

住在工地简易宿舍里，李借助互联网把秘鲁中国人移民史搞明白了。他对这些史料并不陌生，因为北美的移民历史也有同样情况。但是这回看秘鲁的华人历史却觉得和自己那么近，因为这些人是奇诺的祖先。他试图去思考奇诺故事和他祖先的历史联系之处。李以前曾从台湾作家骆以军的演讲里看到一段话：“你在这个旅途中，很像隔着一层厚玻璃在看玻璃另一端的人们，他们活生生地活着，可是你看他们却像默片。或是你其实很像在他人的梦境中游走。”他从窗外可以看见下工的穿着橙色工作服的工人们鱼贯进入了住地，非常奇怪的是，他感觉早期的秘鲁中国苦力的事好像就发生在昨天，他们和在格拉德河上修建高速公路的中国工人似乎是坐同一条船过来的。

7. 天空之镜，去乌尤尼探访老杨

第三天，老杨打来电话，说本来要过来看望李，可是这几天有突发事件，走不开，只得想请李到一千多公里外的乌尤尼聚一下。李心里犹豫，一千多公里高原路至少要坐两天的车呢，而且他不知道巴耶格拉德的警察是不是会放他走。老杨说不要担心路程，他会派直升飞机过来接他，至于巴耶格拉德警方他会打招呼的。于是在当天下午，李看到天空上出现一架直升机，噼啪噼啪降到了工地的直升机坪。机上下来两个人把李迎接上去。因为李是杨总的特别客人，来接他的两个年轻人对他非常尊敬。这个时候李才知道老杨现在已经职务很高，他的权力覆盖了安第斯山脉几个大工程和矿山。李想起二十多年前那次老杨的地拉那工地在动乱中被当地暴民抢掠一空之后，两百多个江西民工撤退到了大使馆，挤满使馆内所有空间。使馆内的粮食很快被吃光，厕所抽水马桶被民工擦屁股的报纸堵塞，而使馆外面还在枪声大作。李在经过使馆一个屋子时，看到了老杨独自坐着，脸色铁青，大使坐在一边和他说话。当时有流言老杨情绪很坏，想开枪自杀，大使在开导劝阻他。后来整个工程队撤退回到了中国。李没有再见到他，起初听说他欠了一身债，拖欠工人工资，后来慢慢断了消息。没想到此时成了大人物，像一只安第斯山脉的神鹰。

把老杨当成神鹰一点没过誉，他现在的地位的确是举足轻重。他的总部驻地是乌尤尼——世界上最高最大的盐沼地，几万平方公里的盐沼没受到破坏，高度结晶的盐粒在高海拔纯净空气中发出强反射，美丽得令人窒息，宇航员在空间能看到这里像一面镜子，所以这里被号称为“天空之境”。李在研究玻利维亚攻略时就看到乌尤尼是世界顶级的旅游区，老杨的总部所在地和乌尤尼景区隔了一座山，景色比目前开放的景区更加绮丽，但游客是无法到达的。老杨已经获得这块地的有限开采权。这里的盐沼从西班牙殖民时期就出产钾盐和硝石，而现在最为珍贵的是盐沼里蕴藏着稀有元素锂，高能量的电池都离不开锂。

杨永登当兵出身，在基建工程兵打坑道，退伍的时候是一个连长。他被安排到了一个国有建筑公司当队长，不到半个月，这个建筑队就发不出工资，被私有的建筑队挤垮了。老杨在短期内由一个军官变成失业的建筑业人员。但他找到了一个机会，科威特有些建筑项目合同，官方优先考虑让国有的建筑队参加。老杨走投无路，决定去科威特试试运气。因为坐飞机成本太高，劳工输出是坐船的，要在海上走一个多月时间。之前曾经发生过工人阑尾炎发作，船上做不了手术而死亡的事故，所以劳务输出公司统一规定凡输出的劳工出发前必须切除阑尾。工人们都怕开刀，观望着领导。老杨知道这个规定毫无道理，把人当畜生。但是他没时间争论，就带头做了阑尾切除手术。工人们都跟着他做了阑尾手术，拿到医院证明，才登上了轮船前往科威特。

科威特两年，靠着老杨的军事化管理，在沙漠上建起了一幢幢房子，眼看完工了可以分到一笔钱，却遇上萨达姆发兵占领科威特的事，几百号工人顿时身陷战火。好在中国政府做出安排，让他们沿着沙漠撤退到约旦国，中国政府派飞机撤走人员。老杨回国过了个年，很快就接到另一个合同，前往利比亚去承建一个大型建筑——卡扎菲的行宫。这回是在地中海边的非洲国家。起初的情况还都不错，没想到卡扎菲一直惹祸，把美国人惹恼了，派了飞机行刺卡扎菲。最后一招是冻结利比亚货币，不让进入流通。老杨他们和利比亚签的合同规定结算货币是利比亚币，结果拿到的钱等于废纸，根本兑换不了。老杨和他手下守着一堆废纸在利比亚等了半年，困难的时候把附近山里的乌龟都捉来吃光了。

这一些事情是在李见到老杨之前发生的。李第一次见到老杨是在地拉那，他们刚从利比亚撤退回来。虽然损失了所有的投资，但是接了一个马来西亚中间商在地拉那建造公寓楼的项目。这个项目是阿国总统沙里·贝里沙和马来西亚总理马哈蒂尔签下的友好项目，前景美好，所以老杨来到地拉那的时候立刻变得春风得意，大使馆对他们全力支持。记得邓小平去世的时候，除了大使馆摆了灵堂，老杨公司的工地也设了牌位让地拉那华人去鞠躬吊唁。过年的时候，所有的中国人都被请到工地去吃过年饭。但是老杨的坏运气还没到头，当他们干到第二年底，楼房结顶到第九层时，阿尔巴尼亚发生动乱，工地被洗劫一空。这回又是国家出手撤侨，撤退人员坐上了中国政府调来的希腊军舰在爱琴海游了一圈，上科孚岛转机到瑞士苏黎世，再坐大飞机回到北京。

老杨在回到南昌之后，反而淡定了，好像横遭灭顶之灾是注定的，如果顺利完成工程挣了一大笔钱反倒是不正常。但是他的运势正在好转，上面的人注意到了老杨的经历，看到他在那么困境中所表现的坚毅和冷静能力，天生就是个在海外冒险的人。那时正流行组建集团公司，他没有钱，凭海外经验成为股东，最终进入集团高层。老杨这回的海外工程是在南美洲高原地带，所瞄准的目标不是那么简单的几座楼房，而是几座大型矿山，数条高速公路。他们手里的乌尤尼盐沼有限开采权，更是一个分量极重的战略项目。

李乘坐的直升机降落到了驻地。那里是一片干打垒土房，外墙都是泥浆抹的，让李想起焦裕禄时期的河南兰考县。门口有当地的保安，检查来客有没有带武器。进门之后，李发现屋内装修和设施却是很好的，宽敞温暖，和国内的机关一样有巨大的办公桌，显眼的位置上摆着中国和玻利维亚国旗，后墙是一幅万里长城彩雕。老杨坐在屋内的一张大沙发上，和一个帽子上插鹰羽毛的高原部落头领以及一个翻译在谈工作。他示意让李稍等。李看到二十多年没见的老杨变化相当大，路上相遇一定会认不出。不只是岁月侵蚀，是高原生活改变了他很多，脱发，两颊高原红，虚胖，头发往后梳理成领导型。

几分钟后帽上插羽毛的人结束了和老杨的谈话，退出了房间。

“哎呀呀，好兄弟，没想到在这里会见到你。”老杨用江西口音很重的普通话热情和李寒暄。“我昨天还在想，在这样一个鸟不拉屎的地方相见的，大概只有你我这种人。当初在阿尔巴尼亚听说你被绑架时，我们都为你捏了一把汗，以为你死定了，没想到你活着出来。所以前天我收到你的微信消息，马上就想起了你这个人，而且也不觉得奇怪，知道你就是一个全世界冒险的人。”

“这二十年，我的确跑了很多地方，在很多的地方都见到有中国项目，这些时候我都会想起了你们在地拉那的事情，觉得你一定还在海外某个地方继续干工程。就像你说的，我在这里和你相见并没有觉得特别奇怪。”李说。他说的是真话，没有取悦对方的意思。

“跟我说说，你怎么变成一个作家了？你之前不是做药品生意的吗？我文化不高，早年也读过几本书的，《水浒》《西游记》《三国演义》不用说了，《青春之歌》《林海雪原》什么的也读过，觉得作家是了不起的人。你怎么会跑到巴耶格拉德这里来调查采访？”

李把自己因出国经商中断写作，移民加拿大后又重新写作的经历简述了一下。然后就转到说自己到玻利维亚寻找格瓦拉身边的中国人奇诺的缘由。

“一开始的时候我只是好奇，想搞明白格瓦拉身边这个叫 CHINO 的队员是不是华人？但现在我的想法发生变化，觉得是在寻找一个更大的东西。高原让我眩晕，让我更有历史感。我发现自己进入了历史的现场，或者说时光转轮中。因为在发现奇诺身份的同时，我开始了解到华人苦力被贩卖到秘鲁的这段历史。为什么中国移民后代中会出现奇诺这样的游击队员？我试图从历史的源头来寻找原因，这几天我脑子里都是太平洋上那些贩卖苦力的三桅船，那些在海岛上挖鸟粪的中国苦力脸上烫的印记。我觉得奇诺的愤怒可能就是从那里开始的。而更有意思的事情是我发现在当前，在中国苦力贩卖到秘鲁一百多年之后，中国人再次大批进入了南美洲，也是在挖矿修路。这里面究竟存在着一种什么关系？这就是我几天来苦思冥想的。”李说着，充满了激情。

“你这么一说我听明白了，你所做的事情的确是一件有意义的事。这一带国家特别是秘鲁，早年的确来过很多华工。我们在搞工程中间挖到过华人的坟墓，墓碑上刻着中国字，一律面向中国的方向。我让所有工程人员遇到中国人的坟墓都要善待，加以祭奠，不惊扰他们的孤魂。我有时会觉得，这些古墓其实就是我们自己的坟墓。”老杨说。

“有一件事情让我激动迷惑而不安。早年的华工来这里是被奴役的，现在你们来了，显然地位完全不一样。我不知你们是作为建设者，改造者，或者只是来获得利润和资源？我在路上听到了一些话，当地人反对你们。我的导游司机一直这么说。说高速路工程得利的只是政客，本地人没好处，说你们给他们贷款，然后工程是你们做，钱还回到你们手里。还说当地工人在中国公司待遇不好。”李说。

“这些完全是媒体的胡说，还有我们竞争对手造的谣言。我们建设科恰班巴水电站这件事就可证明。科恰班巴这个地方一直供电短缺，其实它有水资源发电，一百年前就设计了建水电站，可就是穷，电站一直建不起来的。后来我们提出来承建，不用他们的资金，建好后电费收入里我们分成一部分，结果两年不到就建成了。科恰班巴人做了一百年的梦实现了，每家每户都用上了家用电器。我来到这块土地已经有二十年了，这段丰富的经历可以让你们作家写上几本书。我们刚来时是在哥伦比亚的丛林里搞石油项目，那里有毒枭，反政府游击队。我们很快遭到哥伦比亚左翼游击队的攻击，被绑架了三个人，十七个月后才获得自由。那个时候我已经输到了底，没有什么可输了，所以什么也不怕。当初有很多小公司蜂拥而来，搞矿场的，淘白银的，搞石油的都有，最后都输的精光，撤退回国。这里的老百姓太难搞定了。一个公司挖一个矿，上游几百公里的居民都说污染了他们的水，他妈的哪有下游的水往上游跑的？可你不能和他们说理，因为他们的脑子就是不一样，土著印加人不仅相信水可以倒流，也相信时间可以倒流的。”

“你这么说我相信。当初在阿尔巴尼亚的时候，记得经常停水，因为失去了中国的支援，他们自己无力维修水管，骂中国人当时给他们埋的水管太小了。中国给了那么大支援，最后还成了冤家。”李说。

“这个账应该这样算。当初我们支援了阿尔巴尼亚那么多年，最后换来的是阿尔巴尼亚在联合国上带头提案驱逐台湾让我们返回联合国，在非洲花的钱也是这样，我们都是靠这些国家起哄才回到联合国。而现在情况更加不一样了，我们必须走出去。欧洲国家几百年前就出来了，美国也是这样。现在轮到中国发展了，你看这几十年中国发展的速度简直让人瞠目结舌，内部的市场已经完全不够，资源也不够，中国这条龙养大了，太巨大了，必须放到外面去闯荡。”老杨说。

“我在海外做工程三十多年，都大半辈子了。这二十多年一直在安第斯高原，适应了稀薄的空气，心脏变形，心室肥大，回到江西受不了了，只能住在南美高原才舒服，很可能最后会死在高原上。我倒是悟出一个道理：你必须善待你所在的这块土地和居民，才可能被他们接受。想起以前在科威特利比亚包括阿尔巴尼亚，我们只是想捞一票就走。最后没捞到自己却输个精光。有一年在亚马逊河边，我们给一个土著老人描绘开发之后他们的幸福生活，老人指着他茅屋后面一棵奇怪的果树，摘了一个在手里，说：这果子叫 Araza，我要的只是随手能摘到这样的果子，你们会给我吗？这个人给我上了一课，让我知道只有树上继续长满 Araza 果子，我们才可以在这里生存下去。为了乌尤尼盐沼的项目，我们花了十几年的工夫，才取得了所在国政府和当地百姓信任，拿到这块地的开发权。我们现在是战战兢兢如履薄冰地去做环境保护，你知道，表面上我们是开采这里的钾盐，而实际上是为了其中蕴藏的另一种重要元素。世界新能源界有一句话说：谁掌握了这种元素资源，谁就掌握了世界。”老杨这样说，不把锂这个字说出来，显然他对这种化学元素怀有禁忌迷信和极大的尊敬，如同中国古代人忌提皇帝名字一样。老杨现在有了足够的警觉：一切都可能是幻象，短时间内会灰飞烟灭，消失无踪。

这个晚上，老杨安排李住到乌尤尼盐沼湖中央的基地接待中心，这里是体验乌尤尼“天空之镜”幻景的最好位置。乌尤尼盐沼是在安第斯山脉隆起过程中所形成，在经过剧烈的地壳运动从海底隆起后，其间形成了许多咸水湖。约在四万年前，咸水湖逐渐干涸，形成了乌尤尼盐沼。盐沼如一巨大无比的镜面，实际上镜面上布满高纯度的盐粒子结晶，在4000米的高原稀薄空气中产生全息的反光现象。李在夜间走出了旅馆房间，气温很低，只见整个夜空上星河经过反射变成了3D状态。现在李知道他脚下的盐沼里蕴藏着锂元素。一小时前他在谷歌上查证这方面资料，看到有个科学家算过用乌尤尼的锂做动力可以推动地球逃离太阳系到银河外的星际去，就像《星球大战》电影系列里的一个情节一样。李久久仰望和星空，由于“天空之镜”的反射效应他仿佛置身于某个星座中。相对于星空来说，盐沼的形成和人类的历史只是像火柴擦亮的一瞬。这一时刻的时间是平面的，在无数闪烁的星星之间，李仿佛看见了格瓦拉、奇诺那些在山地里奔走的游击队员身影，还有那些坐着三桅船漂过太平洋的华人苦力的眼睛。

8. 安之书之一

李回到了巴耶格拉德工地之后，接到了约克大学徐教授的邮件，说已经调阅到了美国墨西哥州大学的电子版书本。李一看发来的“胡安之书”扫描件，果然和普通意义上的书不一样，是一份用打字机打出来的文稿影印件，全是西班牙语。文稿的后部分有一些资料照片，可能是奇诺中学和大学时期的证书和成绩单，上面写有他出生的年月。他的国籍和他父亲的国籍都写着 CHINO（中国）。李把这些都打印了出来，总共有六十多页纸，用文件夹装起来。

要把这本书翻译出来不难。只要李开口，老杨这边的西语翻译会帮他翻成中文。不过李不想麻烦老杨太多，他通过国内文学界的关系联系到一家外国语大学，一个西语专业老师连夜赶工为他把资料翻译成中文。邮件传了过来。

胡安·巴勃罗·张·纳瓦罗·雷瓦诺 1930—1967

此书纪念马里诺·张·纳瓦罗，他引导了兄弟胡安·巴勃罗对生命旅程的重建。在危地马拉的独裁统治下，他不幸被暗杀，工作被迫中断。

李看到上面这一句题记的献词吃了一惊。这句题记表明奇诺有一个叫马里诺的哥哥在危地马拉被刺杀。现在他知道了奇诺有妹妹，也有过哥哥。他开始往下读这一份写于1969年的奇诺传记。

胡安·巴勃罗·张于1930年生于秘鲁首都利马市。同一年，人民运动进入到由抗议上升到政治斗争的一个重要阶段；奥古斯托·莱基亚长达十一年的独裁统治结束；秘鲁共产党创始人、拉丁美洲革命生活模范和富于战斗精神的斗士何塞·李洛斯·马里亚特奎逝世。巴勃罗·张童年和少年时期的家庭环境与利马城市小资产阶级普通家庭相似，除了一个方面不同，那就是中国传统的存在——他的父亲胡安·巴勃罗·张·纳瓦罗是移居秘鲁的中国后裔，配偶是秘鲁本地女子迪奥尼西亚·雷瓦诺女士。

本世纪以来，许多像巴勃罗·张这样的中国——秘鲁式家庭已融入秘鲁人民的社会和政治生活中。在胡安·巴勃罗·张之前，出现过多名深受秘鲁人民高度重视的著名中国后裔历史人物。著名工会领袖阿达尔韦托·丰肯和保障土著人民不受帝国主义剥削和压迫的铁杆捍卫者彼得·祖冷，都同样是华人移民后裔。

三十年代后半期，他在利马的一所学校读小学，在利马的大团结学校“阿方索·乌加尔特”读中学。1945 年，全国民主阵线青年阿普拉党在校园中开展活动，巴勃罗·张加入了他们的行列。在中学的最后几年，他将学业和政治宣传工作结合在了一起。他中学五年级的证书（1947 年）表明了他学业优异。他成绩最好的课程是秘鲁历史和政治经济学，这无疑影响了他随后的大学选举和政治选举。相反，在基础教育和预科军事课程上，他获得了最低的分数，朋友和家人关于他身体缺陷的证词也印证了这一点。但是他早期加入阿普拉党后展现出的政治美德弥补了他的身体缺陷。

1948 年，他进入圣马科斯国立大学文学院，并积极参加大学生集会和政治示威。此时布斯塔曼特的政权已经瓦解，阿普拉党准备通过武装起义取代政权。但阿普拉党武装队伍在俄卡亚俄、利马和其他内陆省份军事行动都没有取得成功，马努埃尔将军于 1948 年 10 月 2 日上台建立了军事独裁，对阿普拉党武装分子、共产党人、工会和民众领袖实行了八年的迫害。

在非常困难的政治迫害条件下，胡安·巴勃罗·张参加了圣马科斯大学文学院的入学考试。鉴于政治环境，他的大学第一年是不寻常的。他的“文化史”课程取得了最好的 15 分。学生运动让他置于历史舞台显眼位置，他开始意识到自己将要成为一个主要角色。他在太平洋中的监狱岛埃尔弗朗顿被关押了两年。在忍受了监狱的恶劣条件的同时，他进行自我教育和学习马克思主义，思考秘鲁的社会问题和未来。他的同学玛塞拉说：“胡安·巴勃罗·张有很多的长处，特别是具有很大的智力优势，他是我当时认识的圣马科斯大学当中印象最深刻的那一个。”

结束了在埃尔弗朗顿岛的两年监禁后，他被驱逐到阿根廷，当时阿根廷由多明戈·庇隆（Domingo Perón）将军统治。胡安·巴勃罗没有浪费任何时间，进入了布宜诺斯艾利斯大学文学系学习，并加入了该国反对庇隆主义的斗争学生革命运动。他不久被驱逐到了玻利维亚，玻利维亚军政府又将其交给秘鲁当局。回到秘鲁领土时，胡安·巴勃罗利用其聪明才智规避警察监视并“消失”了，他秘密进入普诺并在库斯科待了几个月。秘鲁警方在该国首都和南部进行搜查，但未能找到他。在库斯科，胡安·巴勃罗接受了圣安东尼奥·阿巴德大学文学系讲授的课程。但他在大学中秘密行动吸引了警方注意，很快被捕并被转移到了利马。他一直被关在监狱，直到 1953 年 5 月，他又开始了流亡，这次是去墨西哥。当时他 23 岁，有四次被驱逐出境的经历。在阿兹特克的土地上，他住在华莱斯区汉堡街 77 号的一个学生公寓里。7 月 31 日，他报名国立人类学与历史学院，作为社会人类学的学生，在那里上了两个学期的课程。

在墨西哥，他加入了共产主义流亡组织，其他拉美革命家如菲德尔·卡斯特罗，切·格瓦拉当时也都在墨西哥流亡。自胡安·巴勃罗·张抵达墨西哥后，他与拉美共产党流亡者一起参加了各种政治和群众活动。1954年年底，在艾森豪威尔总统访问墨西哥之际，政府担心会遭到抗议者袭击，将拉美流亡者限制在布加雷伊监狱内。墨西哥当局注意到胡安·巴勃罗·张这位年轻激进分子的丰富的“履历”，由当时的总统阿道夫·鲁伊斯·科尔蒂内斯亲自决定，将他驱逐到法国去。

1955年，他抵达法国，对知识的渴望以及将学问用于生活和政治的愿景，使他成为巴黎索邦大学心理学学生。在巴黎，他迅速联系上了来自世界各地的流亡革命者，主要是拉丁美洲人和非洲人。他结识了65路游击队领袖吉列尔莫·罗巴顿，与莫桑比克解放阵线领导人马塞利诺·多斯·桑托斯保持着密切的联系，后来该组织获得独立，桑托斯成为了共和国副主席。巴黎生活使他能够密切了解与法国殖民主义作斗争的阿尔及利亚游击队的经历，1955年5月，他与巴黎的非洲拉丁美洲流亡者一起为民族解放阵线（FLN）起草宪章，该宪章确定了为解放阿尔及利亚人民而斗争的道路。

1956年，秘鲁马努埃尔·奥德利亚的独裁政权告一段落。面对反对派和民众的不满，他被迫离职，给予大赦和举行共和国总统大选。胡安·巴勃罗接受了大赦并返回秘鲁，他重新进入圣马科斯大学文学系学习，并加入了革命学生前线组织的核心，负责活动的组织和领导。那个时候，美国副总统理查德·尼克松到访秘鲁，决定参观一下圣马科斯大学的著名古建筑，但是却因为该校学生领导人胡安·巴勃罗·张，马里奥·齐亚培和马扎罗斯·埃尔南德斯为其准备的“欢迎宴会”——臭鸡蛋、垃圾、石块——而没能成行。为此胡安·巴勃罗·张和其他学生领袖又被丢入了位于秘鲁草原中心处的“埃尔赛巴”监狱。重获自由后，胡安·巴勃罗·张投身于法兰西报社和安沙报社工作，并加入了工会。投身工会运动让他之后又坐了很多年的监狱。

在1959年第十五次秘鲁共产党利马部门会议上，成立了列宁委员会，胡安·巴勃罗·张名列其中。从古巴革命和中国解放革命及阿尔及利亚解放运动中，胡安·巴勃罗·张认识到必须建立起一个武装前线组织，这个前线将左翼所有的分散人员紧紧聚集在一起从而变得更加团结，在广泛认为容易分崩离析的群众运动中，拥有一个前线将是对革命武装最好的支持和依靠。在这样的想法引导下，一年之后，一个由胡安·巴勃罗·张主要推动的全新的组织形成了——革命左翼前线（FIR），其主要目标是：无条件支持占领土地，改组秘鲁工人联盟，争取政府索赔，对所有政治和社会囚犯实行大赦，无条件地捍卫古巴革命，没收所有大型庄园和免费分配土地给农民，对所有公司进行国有化，变革工人政府。这些想法一定程度参照了中国革命经验。左翼前线发动中央山脉的秘鲁农民参加革命，在库斯科等山区开展武装斗争。政府军采取了对策，很快消灭了大部分的游击队。最著名的事件是秘鲁著名诗人哈维尔·俄拉伍德和其他国家解放军的战士在去往目的地 Madre de Dios 丛林途中遭到伏击，被机枪打死。

1965年，胡安·巴勃罗在捷克斯洛伐克进行了短暂的停留，然后去了古巴，在切·格瓦拉身旁进行了军事训练。1966年1月3日至15日，他作为ELM代表参加了在哈瓦那举行的三角洲会议，会议上成立了总部设在哈瓦那的亚非拉人民团结组织（OSPAAAL）。1966年1月16日，胡安·巴勃罗出席了拉丁美洲团结组织（OLAS）27个代表团的筹备会议，该会议决定于1967年8月举行第一次会议。

在1966年7月至9月期间，他在古巴切·格瓦拉指挥的核心志愿军旁边进行了军事训练。在同一时期，秘鲁人何塞·弗洛雷斯（外号黑人）和卢西奥·加尔万（外号尤斯塔奇）已经在玻利维亚的基地潜伏下来，他俩同胡安·巴勃罗一样都是秘鲁国家解放军（ELN）的成员。胡安·巴勃罗很快就加入了切·格瓦拉的玻利维亚行动。在1966年末，他负责秘鲁境内的秘鲁国家解放军和格瓦拉的玻利维亚游击队之间的沟通，直接协调布置前线行动。切·格瓦拉在日记里描述了1966年12月2日与奇诺（胡安·巴勃罗）进行的一场对话：

“奇诺一早就到了，热情奔放的一个人。我们谈了一天，谈的要点是：他将前往古巴亲自通报形势；两个月后，那时我们的军事行动已经开始，可以派五个秘鲁人加入我们的队伍；眼下将有两个人来，一个无线电技术员和一个医生，他们将在这里待上一段时间。奇诺向我们伸手要武器，我答应给他一枚迷幻麻痹性毒气弹，几支毛瑟步枪和一些手榴弹，再为他们购买一支M-1式步枪；他们要派五个秘鲁人过来和我们建立必要的联系，以便把武器运到的的喀喀湖对岸靠近普诺的一个地区，我同意在这方面给予配合。他诉说了在秘鲁遇到的困难，还谈了一项解救卡利斯托的冒险计划，我看该计划不切实际，他认为，游击运动的幸存者目前还在那一地区活动，但到底什么情况他也没有把握，因为谁也没有到那里调查过。”

随后他留在了在切·格瓦拉的军事核心团体里。在这一场不成熟的游击战中，他全身心投入，变成了军人的榜样，根本不顾及他的生理缺陷、高度近视和因不断的牢狱之灾和流亡导致的孱弱体魄。这一切都看在切·格瓦拉眼里，他在1967年6月29日的日记里把奇诺列入楷模战士名单。他坚持到了最后一分钟，充满热情和信念，友爱而努力，总是谦虚、总在微笑、从不动摇，沉默而意志坚强，至死忠于国际主义革命信仰。在玻利维亚的伊格拉村，他与切·格瓦拉以及数名游击队员一起被捕，并于1967年10月8日被枪杀。

在这一切面前，没人在乎选择革命之路的细微差异；不管是否犯过错误，胡安·巴勃罗·张，这位洋溢着人性主义光环的秘鲁中国人，永远都是人民和人民革命的典范。

9. 胡安之书之二

李一口气读完了第一部分的传记，知道了奇诺一生的事迹。原稿要比上面摘要的庞杂得多，里面详细叙述了秘鲁共产党内部斗争事件和人事变化，篇幅很长，有很多证据和引文等。材料虽然很丰富翔实，可没有细节故事。在接下来的第二部分有一段奇诺妹妹埃伦蒂拉·张的讲述，让第一部分说到的某些事件变得生动了。

一九六九年埃伦蒂拉·张对胡安之书作者的一段讲述

好吧，我现在说说巴勃罗的事情。按时间来说，巴勃罗在玻利维亚遇难已经一年多了。要是早些时候，我是不能说起我的兄弟的，一说起他我的悲伤就不可制止。过了一年之后我开始平静一些。我一直不能相信他已经死了，除非我亲眼看见他的尸体。也许都是谎言，他还在某个遥远的地方活着呢。我和巴勃罗的哥哥马里诺当年在危地马拉被暗杀，我是看到他尸体的，这样我就相信他已经死了。说起来真是悲伤，我只有两个哥哥，现在都遇难了。我就从我的大哥马里诺的尸体在危地马拉被暗杀之后运回到利马那天说起吧。

我大哥马里诺被人在背后刺了三刀死在危地马拉的街头。他的尸体被他的同志用冰块和福尔马林药水保存，借助一远海渔船运回到了利马的家里。他的尸体在我家的厅堂里摆放了两天，我父亲坚持叫了中国僧人给他念经，安抚亡灵。我大哥马里诺的很多朋友过来告别，我不知道他竟然有那么多的朋友，那时我还小，后来知道这些人都是我大哥的秘密组织的成员，有些人其实都没见过我大哥的面，他们把鲜花放在我大哥的尸体前面。和我大哥尸体运回来的，还有一个皮箱，里面是我大哥读的书。

我听父亲说，我们家曾祖父是一百年前从中国广东坐船来到秘鲁的，我父亲在利马长大，我母亲是秘鲁人，高原上下来的，说凯楚阿语。我家里是开中药店的，父亲继承祖业当中医，当地很多中国人来这里看病。我大哥还在利马时，我父亲和他商量过让他在药店里当掌柜，大哥没听他的。现在大哥没有了，父亲和巴勃罗说，再过几年让他来接班。巴勃罗是个很顺从的孩子，很听爸爸的话，我那时觉得巴勃罗以后一定会是药店的主人。

和马里诺尸体一起回来的那箱子书，巴勃罗都放到了自己的床底下保管了起来。我发现那以后每个晚上他的房间灯都亮着，他在看哥哥留下的书。父亲经常半夜里起来发现巴勃罗还没睡，就敲门让他不要夜里看书，早点睡觉。他把灯关了，但我从板壁缝里发现他还躲在被子里面用手电筒看书，那时他的眼睛已经近视得很厉害了。他上中学高年级时成绩很好，校长每年发奖状，父亲很高兴，在中国人中间很有面子。中学时期他只是看哥哥留下的那些书，还没有参加街头的学生运动。

我的两个哥哥的共同偶像，是那个早逝的革命家何塞·李洛斯·马里亚特奎。他们读的最多的书是他那本《七个方面秘鲁国情的论述》。何塞·李洛斯·马里亚特奎二十九岁双腿截肢，三十五岁就死了。在崇拜者心里，他是和耶稣一样的人，恨不能追随他而去。

有一天，我发现他有一支手枪，藏在地板洞里，是大哥留下的。这是我们的秘密。他给我说了大哥的事情，说他是英雄。我们去野外，把枪藏在一个树洞里。他经常半夜回来，我给他打掩护，不让爸爸知道。直到有一天，他被抓了，警察到家里来，翻箱倒柜搜查。好在我们把枪藏到野外了，警察没找到什么。我哥哥被放了出来，这是他第一次被捕。

1948年他进入圣马科斯大学读文学系，社会活动越来越多。他和他的同伴印发小册子，散发传单，上街游行。那个时候法国大革命的风气流入了秘鲁，城市里起义者和学生会在街头筑起了堡垒，焚烧商店、议会、警察局，城市陷于瘫痪。当时很混乱，学生会有很多派别，各有主张，内部斗争很剧烈。马努埃尔将军的军政府终于决定要采取武力，发出了最后通牒，要求所有在武器广场大街的起义者离开。设定的期限是三天。这个通牒发出后，情况更加糟糕，起义者认为在最后通牒之下撤离大街等于承认失败，不如战斗到底，决一死战。而当局已经发出通牒，就不能再后退。利马的市民和全国的民众都在观望焦急。

10月9号这一天中午是最后的时刻。在武器广场大街上一边是军队和警察。他们前面的是一排装在车上的移动高压水炮，但是在水炮的边上已经有机关枪的枪口对着起义者，后面是一排排坦克装甲车，数不清的军队部署在附近的街巷里，随时可以集结冲锋出来。在大街的另一头，起义者也手持各种武器，石头，长矛，匕首，不少人口袋里还藏着短枪，毫不示弱。正午时分，大教堂沉闷的钟声敲响了，最后的期限到了。军队开始进攻，他们的水炮开始喷射，慢慢向前移动接近起义者，如果遇到抵抗，机关枪就会扫射。而起义者也在大声鼓噪着，向前移动。两边本来隔三百英尺距离，慢慢在缩短，眼看一场血腥的战斗就要发生。这个时候发生了一件事情。

就在两边的队伍像被激怒的公牛一样开始对冲的时候，从起义者的这一边突然冲出了一个人。他手里举着一面巨大的秘鲁国旗，对着军队走过去，站在了马路中央，然后横向移动，像是节日礼仪表演一样挥舞着国旗，来回走了三趟。他直接走到军队面前，面对着骑着高头大马的军队指挥官。报纸上说当时举旗的人好像是一只安第斯山上的大鹰一样在即将出现的战场上飞舞着，他的奇怪行为让军队碾压的步履停了下来，起义者那边也停止了脚步，不解地看着这个不怕死的举旗人。由于他举的是秘鲁的国旗，军队这边的指挥官向他行礼，并有礼貌地询问举旗人他这样做是什么意思？这个人就是我哥哥胡安·巴勃罗。

我的哥哥对着军政府指挥官说，我是阿普拉党员胡安·巴勃罗·张，是学生会代表，是来寻找和平的。只要你们停止进攻，往后撤退一百英尺，我就可以让起义的队伍也往后撤退一百英尺。然后你们要是再后撤一百英尺，起义者也会撤退一百英尺。军政府的指挥官其实也想避免流血，但是对眼前这个拿着秘鲁国旗的年轻人并不相信。他将信将疑地举手让军队后退一百英尺，然后手一放，军队停止后撤。他看到我哥哥举旗在空中挥舞了三下，起义者的人马也开始后撤一百英尺后停了下来。这样的后撤双方都重复了三次。最后，和平的气氛降临了。军政府和起义者代表最终举行了谈判，阿普拉党成为了合法的政党，同意放弃武装斗争。全国为之欢呼。而我的哥哥在这次运动中的神奇表现成为一个英雄。所有的报纸都登载了他那天举着旗帜独自行走的醒目图像，大标题上写着：这就是一代领导人出生的方式。

那以后，我哥哥虽然还是大学三年级学生，才二十一岁，却已经是秘鲁有名的政治人物。他写了很多的文章，分析秘鲁的社会问题，抨击资产阶级。不久后，出现了这样一件事情，秘鲁国会议员普拉蒂斯塔在报纸上发表一篇文章。他攻击了我哥哥政治观点，其中说到我哥哥是中国人，当年像猪仔一样在海里漂过来，现在应该滚回去。这些话让我们中国人都愤怒了。那个时候，中国人在秘鲁已经经济实力很好，有很多杰出人物，大律师，大商业家，只是政坛上还没有重要人物。我们不知道怎么去回击这个议员普拉蒂斯塔的脏话。我哥哥采用了一种出人意料的办法，他直接到了国会，找到议员普拉迪斯塔，要他在报纸上公开撤回他的侮辱性言论并道歉。当普拉蒂斯塔拒绝这样做时，我的哥哥像一个西班牙绅士一样把一只白手套扔在他的面前。普拉蒂斯塔想不到我哥哥会这样做，当他捡起这只白手套时，一场决斗就在所难免了。这事成了全国性大新闻，报纸热闹得翻了天。

决斗的时间很快定了下来，对方的助手送来了决斗挑战书。当时决斗这种古老的方式早就没人用了。西班牙传统决斗方式一种是用匕首，还有一种是用手枪。我哥哥是聪明人，知道自己身体弱，用刀赢不了的，就挑选了用手枪。哥哥带着我去乡间练习打枪，用的就是我死去的大哥马里诺留下的那支手枪。他一边练打枪，一边给我说普希金决斗的故事。我害怕他会被打死，要他取消决斗，他说已经发出的决斗挑战好像射出的箭，是无法收回的。后来决斗如期举行，是在一个树林中的河边空地上。我看到对方好多人是骑着马过来的。我哥哥和议员普拉蒂斯塔隔着一百英尺同时开枪，都打中了对方，但不是致命的部位，没有死掉。那以后，我不怕死的哥哥更加出了名。

尽管我哥哥在那次的街头对峙中获得了和平之子的美誉。但是在之后的一年里，他所属的政党阿普拉党再次在全国武装起义，烧警察局，袭击军营。我哥哥在十月份被马努阿尔将军的寡头政府逮捕了。我听说我哥哥带人埋伏了一个军队巡逻队，抢走一批枪支。他被捕之后是秘密关押，我们都不知道他关在哪里，甚至不知道他的死活。后来有了一点风声，说巴勃罗被关在埃尔弗朗顿的海岛监狱，我们找到中国人大律师和军政府交涉，花了很多的钱打通关系，终于在我哥哥被秘密关押一年之后，我们到埃尔弗朗顿岛上去探望他。

这个太平洋海流中的岛屿监狱是没有居民的，只关押着政治犯。我后来知道这个岛之前是个荒岛，上面有千百年的海鸟鸟粪，几十尺深，最早来秘鲁的华人苦力就是在这里采鸟粪，无数人死在了这里。他在一个铁窗后面和我们见面。他的身体已经完全垮掉了，看起来像个骷髅骨架。当时他被判十年的徒刑，这个监狱简直就是个地狱，睡在水泥地上，吃的很差，没有医疗。他都没有力气说话了，只有眼睛还发着亮光。我们对他说，一定会把他救出来。后来我们的华人宗亲会社出了大力气，雇了最有名的大律师，花了很多的钱买通关系，终于让我哥哥获得释放了。军政府在释放他之后，很快就把他驱逐到阿根廷去了。

没有想到在海岛监狱竟然是我和我年轻的哥哥最后一次见面。他被驱逐到了阿根廷之后，就一直没有回到家里。他后来一直在到处漂泊，一次次制造事件，一次又一次被拉美几个国家政府驱逐，一次次被关在监狱。他偶尔会给我来信，在巴黎时给我买过礼物托人带回给我。我经常从报纸上看到他的消息，看到他参加很多国际会议，看到他到了苏联，到了捷克，到了古巴开会，穿着西装非常像一个政治家。我一直觉得有一天他会成为一个政治人物，成为议会代表，成为一名部长，甚至成为总理。但是，我没有想到，在1967年的10月，我会看到了他被打死后的照片。他死在玻利维亚的山地游击战，是被俘获后处决的。我真是说不出的悲伤啊。

10　胡安之书之三

胡安之书作者采访豪尔赫·特纳

豪尔赫·特纳（Jorge Turner）是土生土长的巴拿马人。自1969年以来，他作为流亡者一直住在墨西哥。他目前是一名记者，同时也是墨西哥国立自治大学政治学院的一名教师，也是一位杰出的资深国际主义激进分子。他是1968年发表在第32期“Tricontinental”杂志上“拉丁美洲革命家胡安·巴勃罗·张”的作者。也写了很多关于巴拿马和拉丁美洲的论文和书籍。

您是怎么认识胡安·巴勃罗·张的?

我在墨西哥生活了很多年，在那里我经历过了人生的好几个阶段。我大概在1953或者1954年认识了胡安·巴勃罗·张。我不仅结识了他，而且还认识了许多当时住在墨西哥的拉丁美洲流亡人士。五十年代最初几年是拉丁美洲的独裁统治最盛的时期，也是流亡人员最多的时候。我记得当时有好些流亡者：从菲德尔·卡斯特罗到佩雷斯·希门尼斯，人道主义期刊编辑劳尔·罗阿·马查多兄弟，还有诗人卡洛斯·奥古斯托·莱昂。这群人中胡安·巴勃罗·张非常突出。我依然记忆犹新的是在我们的某次谈话中他告诉我曾是阿普拉党军人，当他来到墨西哥时，他已经是一名共产主义武装分子了。

据我了解，您和他以及其他拉丁美洲人总是聚会。您能告诉我诸位当时在谈论什么吗?

我们总是聚会，此外还会有正式会议和同其他职业者一样非常严肃的经验交流会。主题几乎总是围绕着拉丁美洲革命和在我们每个国家革命的可能性。有时我们会设想很远的未来，有时我们的愿景则立足当下。我们的会议往往没有秘密，而是我重复说的，只是交流经验和评估每个人分析问题的角度的会议；我们阿普拉党人和共产党人进行了讨论，倾向于建立长期政治活动的平台，不仅为了摆脱独裁，还要实现能够面对帝国主义和提高拉丁美洲人民生活水平的政权。

我们聚会的地方通常是在墨西哥城的 El Gallito 酒吧。里面全是流亡革命者，整天是高谈阔论唇枪舌剑。格瓦拉和他的未婚妻希尔达是这里的常客，我也经常在这里。1954 年 12 月一天，我突然见到了巴勃罗·张，那时他已经在流亡者中以奇诺的外号被人熟悉。我和他有几年没见到了。他刚刚被秘鲁政府释放，坐了三年的监狱，被驱逐到了墨西哥。那天他显得很忧郁，不安和好斗，当大家听切·格瓦拉在咖啡馆里谈论革命的时候，他说了第一句话是：我不喜欢咖啡馆里的革命者！这句话让气氛很尴尬，那时没人敢冒犯切·格瓦拉。但是联想到奇诺一直在监狱中生活，加上秘鲁共产党内部的派别严重斗争，他的偏执是不奇怪的。所以格瓦拉同意了他的话，说："我也不喜欢他们，真正的革命者必须永远愿意采取行动。"那一天格瓦拉想让奇诺开心起来，他谈到了阿根廷人和秘鲁人之间的传统友谊，并说了一连串的笑话，在座的所有人都乐不可支，似乎使每个共享桌子的人都感到高兴，只有胡安·帕勃罗似乎坚不可摧地闷闷不乐。后来话题转到谈艺术，诗歌和戏剧，尤其是关于荒诞戏剧的创作者塞缪尔·贝克特（Samuel Beckett）以及他的杰出作品《等待戈多》。奇诺毫不犹豫地确认，戈多确实是上帝的代表，每个人都在等待上帝，没有人看到并且永不到达。他的话和手势一样显得偏激动。

团队是由哪些人组成的，都有哪些人聚集，您还记得一些名字吗？

好吧，我记得最团结的群体是共产党武装的或者是对共产主义抱有同情的秘鲁人，以及最叛逆的阿普拉党人和批评他们政党领导人的那批人。在阿普拉党人中有刘易斯·德拉普特·乌塞达，终其一生都坚持斗争理念，一直到最后手持武器死在秘鲁山区。还有胡安·巴勃罗·张，他是一名共产党武装分子，他的信念非常坚强深刻。另一方面，赫雷洛·李内罗·切李也在，他曾在墨西哥的其他地方生活过，由于年龄因素，他是秘鲁组织的元老之一。还有两位很有成就的诗人：胡安·贡萨洛和古斯塔夫·巴尔李塞尔，如今很杰出的小说家曼努埃尔·斯科尔扎也参加过我们的会议。那个时候，每个游击队都喜欢有一个诗人，像公元前斯巴达军队一样。

您怎么看胡安·巴勃罗的，作为朋友，作为一个人和一个斗士？

我一直记得他是一个伟大的朋友，也是一个善良的人。他对自己的信念非常坚定。他是百分之百的激进分子和一个很大程度上受到马克思主义政治熏陶的阅读者，他几乎没有时间进行娱乐活动。也就是说，他是一个致力于武装和政治组织的人。教条主义和他的想法相距甚远，他同情别人的问题，并尽可能保持态度一致。

您还记得他读过什么枕边读物吗？能说吗？

由于每一个秘鲁左派人物都是何塞·李洛斯·马里亚特奎的信奉者，胡安·巴勃罗特别喜欢阅读玛利亚特奎的作品。但是他意识到马里亚特奎理论需要更新，或者说成为马里亚特奎分子的最好方式就是成为这个时代的马列主义人士，是胡安·巴勃罗·张所处的时代的，而不是马里亚特奎的时代。另外，他还读马克思和恩格斯的书作为参考。他对人类学有很大的热情，阅读了很多与这个主题有关的作品。

您知道胡安·巴勃罗和切·格瓦拉最初在哪里认识的吗？

我记得切·格瓦拉和胡安·巴勃罗是在墨西哥见面之后不久，胡安·巴勃罗被驱逐出墨西哥到了巴黎。不过如果他们没在墨西哥相遇，那么他们很可能会在危地马拉见面。如果胡安·巴勃罗和切·格瓦拉错过了危地马拉的机会，那么他们将在哈瓦那古巴革命胜利时会面。我们革命者是一个相互吸引的大家庭，切·格瓦拉和胡安·巴勃罗有一千次的机会能见上面。

切·格瓦拉的第一任妻子，希尔达·伽得亚是秘鲁人，是胡安·巴勃罗的老朋友。希尔达对中国有特殊感情，她很早就要求格瓦拉和她一起到中国去，永久住在那里，不回来。后来虽然没有成功，但是这个情结一直都在，让格瓦拉对中国一直有好感。他两次访问中国，见到过毛泽东主席，因此中国买了很多古巴的糖。格瓦拉在中苏论战中偏向中国，以致后来一直受苏联排斥。我猜想某种程度切·格瓦拉因为奇诺是中国人对他有偏爱。

您后来知道是胡安·巴勃罗在切·格瓦拉的武装组织中吗？您有直觉到吗？

我不知道。我最后一次见到他是在1966年初在哈瓦那举行的三重洲会议上。像所有真正的革命者一样，胡安·巴勃罗并不说他不应该说的话，即使是对他最信任的人。我隐约知道胡安·巴勃罗已成为激进分子，他有思想和意愿进行更高层次的革命活动。那次，在我离开哈瓦那的前夕，他约我有急事，请求我帮忙。我们尽管谈了很多话，他还是没有向我透露他的秘密行动计划。这是我最后一次见到他。他当时委托我完成一项可能会发生不幸的任务，幸运的是，这并没有发生。那一刻，我不能推测出他和切·瓦格拉联系上了，即将跟随他参与到一个包括数个南美国家的游击运动。这就是为什么当我从报纸上得知到他在1967年10月在玻利维亚和切·格瓦拉一起牺牲时，我那么惊讶的原因。

您在1968年11月杂志《Tricontinental》的文章中说，胡安·巴勃罗·张不是最适合的游击队战士，这一说法的依据是什么？

胡安·巴勃罗·张是一个百分百的革命激进分子，但这并不意味着他是"完美"的。他很多方面没有擅长。他是近视眼，一个城市人，没当过农民，与玻利维亚游击战其他队员比，他在丛林中行动困难重重。胡安·巴勃罗丢了眼镜，什么都看不见。为了解决这个问题，他只得抓住一根棍子的一端，一个游击队员在前面拉着他走。胡安·巴勃罗很英勇，但他不喜欢刻意为之。他不喜欢戏剧化，不会疯狂地去做超出他能力的事情。现在研究所知，奇诺是玻利维亚游击战总计划的协调员之一，其中包括秘鲁在内的几个国家的游击队员。他非常清楚根据其自身活动能力更适合在城市里面做政治斗争，但他不会因此拒绝农村游击运动，可见他是一个愿意为自己的信仰做出最大牺牲的人。说他不是最适合的丛林游击队战士一点都没有贬低胡安·巴勃罗的意思。他是一位伟大的秘鲁人，是拉丁美洲家园的伟大公民。

胡安·巴勃罗是如何认识他的伴侣哥伦比亚人伊雷拉·瓦伦西亚？

他们在墨西哥国家人类学与历史学院相遇。在五十年代的最初几年里，胡安·巴勃罗关注人类学，也是国立人类学院的学生，而伊雷拉毕业于该学院。他们在那里相遇并相爱。她下了很大工夫，防止胡安·巴勃罗从墨西哥被驱逐，并在我们所说的声援活动中和他并肩。她不是完全的革命者，而是对革命者有好感和同情心。

在胡安·巴勃罗被驱逐出墨西哥之后，他又见过伊雷拉吗？

似乎他们不再相见了，然后她和另一个人一起过正常的生活。她说是他主动和她断了关系，我相信是因为他知道会自己早晚要牺牲的，不想有家室，不连累别人。

11. 李在游击队活动区域的复盘

第七天，老杨打来电话关切，问李过得怎么样？有什么事情只管说。李说有点闷，想回到当年游击队的营地，沿着格兰德河岸走一走。老杨说没问题，他安排一下。工地第二天安排了司机开了一辆越野吉普，和一个西语翻译一起出发往河谷深处出发。

坐在没有棚盖子的吉普前座，在山地疾驰。李的心情堵得厉害，因为玛利亚还没醒来，他头上悬着一把剑。这一条路现在叫CHE RUTA，意思就是"切的道路"。李还记得玛利亚说过这一条路不是原来的路，是当地的山民在游击队事件之后建的。居民本来想请求政府来建，政府没理会，结果所有村落的山民自己组织起来，出工出钱，用手工人力在险峻的山区建这条路。后来政府被打动，派了大型的机器来帮助当地山民建了这条路。

不过当年这里还是有路的，起码是可以开进吉普车。切的日记里经常提到有汽车出现，还伏击过政府军汽车。李记得最清楚的是日记上写到女队员塔尼亚坐吉普进入营地，粗心的司机没有把吉普车隐藏好，结果被政府军发现，在车上找到很多塔尼亚的材料，暴露了她的身份。塔尼亚是有东德外交人员身份的古巴女间谍，和当时的玻利维亚总统巴里恩托斯有亲密往来。发现了塔尼亚的真实身份后，总统巴里恩托斯恍然大悟，派了重兵来剿灭游击队。塔尼亚本来只是来传递一下文件就离开的，格瓦拉已经安排她在阿根廷做联络工作，而这下子，她就被困住了，路上都有检查站，她只得选择了留在游击队营地。噩运很快笼罩了她。

而另一个在这条路上几进几出的人则是奇诺。

切·格瓦拉当时对形势有一种想法，认为拉丁美洲的反对帝国主义的热情很高，只要他在某个国家燃起游击战争之火，就可以成燎原之势，古巴革命的胜利就可以复制。他的计划得到了奇诺的全力支持。奇诺当时已经创建了秘鲁人民解放军，但是力量非常薄弱，缺少人员资金和武器。他建议切·格瓦拉把游击队的主要基地和战场放在秘鲁的高原普诺地区，在这里点燃照亮整个拉丁美洲的革命烈火。格瓦拉起初同意了这个计划，他看中了秘鲁高原，也许因为从聂鲁达的《马丘比丘之歌》里得到启示，他的背囊里一直放着聂鲁达的诗集。普诺地区和玻利维亚接壤，大部分是高山峻岭，非常适合游击战争。但是就在 1965 年夏天，奇诺的秘鲁人民解放军遇到一次重大打击，在阿亚库乔山几乎被政府军彻底击溃。这让切·格瓦拉改变了计划，把地点移到了玻利维亚的南部。1967 年 3 月 19 号，奇诺第二次来到了切的游击队营地，切的日记里面有详细记载：

> 我初步与奇诺谈了一下，他要求我们连续十个月每月为他们提供五千美元的援助，哈瓦那那边让他来和我商谈此事。奇诺带来一封信，阿图罗无法解码，因为信太长了。我告诉他，我原则上同意他的要求，只要他们六个月后拿起武器投入战斗就行。他认为，在阿亚库乔地区，他需要十五名战士归他指挥。此外，我们还达成一致，目前给他派五名战士，过一段时间后，再给他派去十五名，这些人要先在战斗中经过培训，然后再带着武器派到他那里去。他应该给我送来两台中距离（四十英里）的发射台，我们将设置密码，以保持长期联系。看来他很感兴趣。

李想起玛利亚之前说过奇诺这一次来这里，其实还是想劝说切·格瓦拉把队伍带到秘鲁的普诺去。他就是那么一个书生意气的人，脑子还是想着原来的计划。切没觉得他的主意有多好，但还在支持他在秘鲁境内开展游击战，和玻利维亚这边相呼应。奇诺第一次进入游击队营地是 1966 年 12 月 2 号，这一次来这里他还只是一个访问者，他接下来的行程是去古巴哈瓦那，参加拉丁美洲团结组织大会。

古巴的拉丁美洲团结组织大会上高朋满座，各国代表高谈阔论，大会之后还有安排到海边度假游览。奇诺心里着急，没心思和那么多的空想革命家闲谈，更觉得在海边休假是对在丛林里忍饥受饿的游击队员的犯罪。他见到了菲德尔·卡斯特罗，把自己的想法都说出来，让他劝说切·格瓦拉带领游击队转移到秘鲁去。他开好会，马上回玻利维亚去。卡斯特罗把一封写给切·格瓦拉的信，一些文件，密电码和药品，交他带给切·格瓦拉。奇诺回到了格兰德河边，游击队渐渐陷入了困境，被受美国训练和支持的政府军特种部队包围。他本来是可以离开这里的，但是他选择了留下来，和格瓦拉一起战斗。

李在这一个峡谷的边缘坐着沉思，看着对面的山林出神。恍惚中在对面山坡的树林间隐约看见一些人马。他晃了晃脑袋，幻觉消失。但是事实上，在1967年的9月中，对面山坡上的确是走过了一支疲乏不堪的游击队人马。切骑在一匹小白马上，气喘病发作，每吸一口气都要用尽全力。他治疗哮喘的药已经用完，最后甚至在静脉里注射上了一种含有1/900肾上腺素的洗眼药水。为了去镇上搞到治哮喘的药，游击队组织了一次进攻，结果被政府军埋伏，牺牲了几个队员。政府军已经知道格瓦拉需要治哮喘的药，把周围所有城镇这类药品都严格管制起来，不让游击队得到。游击队搞不到粮食，前一日，他们打到了一头貘，大家烤着吃了几口。但是格瓦拉吃了这野兽的肉之后过敏，更加剧了哮喘。现在他们要越过这个山岭，转移到对面的峡谷去。低落的士气甚至都传递到了格瓦拉骑的这匹小马身上，它停住了脚步，它其实是累得走不动了，它也几天没有喝水，没有吃草料。格瓦拉拉了几下缰绳没作用，变得暴怒，用拳头击打小马。小马没反应，结果切暴怒之下，抽出开山刀，对着小白马的脊背砍了一刀。小白马血流如注，格瓦拉被队员劝住。

而跟在格瓦拉队伍后头的，就是奇诺。因为饥饿干渴，他的身体已经垮了，视力几乎完全消失，用了眼镜也只能看见一点模糊影子。比起其他的队员，他所承受的苦难要严重得多。在接下来的日子里，他完全是凭着意志在坚持着。然而，他除了接受身体的考验，精神上还要接受一重苦难。在前一天，他受到了一次从没有过的羞辱。因为吃那一只貘肉的时候，他把分给他的那一块肉都吃了下去，本来是要求留一半在第二天吃。有人向格瓦拉打了小报告，当着众人的面，格瓦拉大发脾气责怪了他，说他是个贪吃的人，还把他降了职务。在这种极端的困境下，人性会发生严重变态。联系到格瓦拉哮喘时用刀砍小白马，可以看到绝望和冷漠正在降临到他身上。丧失视力体力虚弱的奇诺现在成了游击队的负担，总是走在队伍的最后面，把游击队的行动拖延了。和他一起从秘鲁过来的队员尤斯塔奇没有背弃他，让他拉着木棍的一头带着他走。格瓦拉在10月7日日记里，也就是他的最后一天的最后一段日记里写下了下面一段话，最后一句话写到了奇诺，但居然是一句羞辱他的话。写了这段话的当天，格瓦拉和奇诺被抓获，再过一天他们都被枪杀。“月亮在夜空中缓缓穿行，我们十七个人趁着夜色出发了。行军很劳累，我们在山谷里跋涉，一路留下了不少痕迹。附近没有房子，但是有一些土豆苗床，就是利用这条溪里的水流入水沟以后灌溉的，可现在没有一滴水。凌晨两点我们停下休息，因为再往前走也毫无意义了。当我们不得不夜行军的时候，奇诺就成了不折不扣的累赘。”

从这里走到切洛山谷的路，是他最后的路程，是一条绝对之路。在这段路上，他把眼镜丢失了，几乎已经双目失明。干渴折磨着他，几天前开始就完全没有喝到水，连尿滴都没有了。现在身体在消耗血液里的水分在支持着。绝对的干渴会导致幻觉，身体变成了干渴的本身。是的，到这个时候他已经成了无用的人，他成了一个概念，一个数字。游击队被困在切洛峡谷那条干涸的水沟，格瓦拉决定做最后一战，一支队伍向上走，一支队伍往下撤。当格瓦拉冲出沟壑突围最终被俘获时，奇诺像一个梦幻一样还在沟里面漂移，他完全没有了视线，照看他的秘鲁队员随着下撤的队伍走了。奇诺在沟底摸索了半天，最后遇上了政府军的士兵。

五十多年后，李在奇诺走过的路上复盘着游击队的行动。他恍惚中再次看到了树林里出现了奇诺。他那么宁静而疑惑地看着天空，双目失明让他有了博尔赫斯一样的深邃而内向的目光。他是一个自找别扭的人，一个甘愿寻找和经历苦难的人，而几乎所有的先贤都是这样的一种人。

吉普在山里转着，到了河边一边开阔地，风景展现开来。这里是普通游客无法到达的地方，是塔尼亚遇难之处。有个牌子上写着西班牙语，翻译说记述了1967年9月7日塔尼亚和其他几个游击队员在这里过河，被埋伏在岸上的政府军用重机枪扫射。塔尼亚的尸体随着河流往下漂流，第三天发现时脸部已经被河里的食人鱼啃得露着骨头。由于她是女性，当地的教会给她安排天主教葬礼，总统巴里恩托斯还专程过来参加葬礼。李还记得《切》电影里有这么一个镜头。巴里恩托斯揭开了昔日亲密女友塔尼亚尸体脸上的头巾，吃了一惊，问手下人是怎么回事？回答是被食人鱼啃的。之后塔尼亚被葬入教会的墓地，这个时候，格瓦拉和奇诺还在山地里奔突，距离死期还有一个月多一天。

中午时分，终于到了格兰德河那一段最开阔的地方。在对岸，是一大片肥沃的平原，一直延续到另一座大山，那是另一座山脉杜兰山。游击队始终在河边一带行动，为的是水源。司机说在这里用午餐，他们自己带了午餐。远处河面上出现了一座大桥的轮廓，这就是老杨公司的高速公路工程一部分。

在川流不息的格兰德河边，李回想着1967年切·格瓦拉和奇诺在这里的行动，感觉很久远，仿佛像是几百年前的一段历史。但是，同样发生在中国的1967年“文化大革命”、毛主席接见红卫兵、反对美国占领巴拿马、到商店里凭计划票购买棕红色沙粒状的古巴蔗糖，李觉得是那么记忆清晰，好像是刚刚过去不久。而事实上这些事情发生在同一时间里，但为什么会有那么大的记忆反差呢？起初李发现奇诺这个人物线索时，觉得他只是一个模糊的历史幻影。现在他渐渐介入了到这段历史的现场，障眼的雾气在退去。李现在能看见自己内心的动力，为什么会对奇诺是个中国人后裔这一条线索紧抓不放？

他内心的动力和激情是和自己的身份有关系的。他也是一个离开故国几十年四处漂泊的异乡人。他在历史的幽冥中追随奇诺身份这一鬼火，而最终却看到了自己来世今生某些图景。

李没有想到自己这回会遇上玛利亚昏迷坠落的意外险情。但由于这个意外，却让他遇见了老杨他们，看到了一段最新的华人在南美洲的事迹。从奇诺这一个典型的华人开始，上溯到十九世纪华工苦力船漂洋过海到南美洲，又接上了老杨他们安第斯山高原的一系列行动，这段历史有了纵深感。李的想法有了很大的发展，看到了一种历史大的走向。一百多年前中国人作为最会干活的廉价苦力，被贩运到秘鲁，成为这个国家早期经济发展动力。一百多年之后，拉美再一次出现涌进大量中国公司的情况。而这一次的中国人涌入南美洲，其身份和一百多年的那一批人则完全不一样了。奇诺在两个历史现象的中间，好像是茫茫夜海中闪着微光的一个灯塔，引导着李的思路。奇诺的事迹和行为恰似一种神迹，赋予这一段历史以形而上学的光芒和启示。

在大桥的背景上，李心里又一次出现了奇诺的幻象。奇诺像隐藏在空中的一朵云一样，凝视着河上的大桥工地，凝视着这一群穿橙色工作服的中国人。李想，如果这一切是真的，奇诺会怎么想呢?

12. 玛利亚苏醒

住在工地第七天，李收到耶鲁大学苏老师邮件，说符号学专家弗雷泽教授给他回复了，鉴定结果古巴拍下的女子后背文身和玛利亚的文身是一样的。不仅是凭弗雷泽的肉眼辨认，还经过了计算机比对。图案里的飞蛾是“高山灰背天蛾”学名：Meganoton analis gressitti。这个图案有一个符号名字叫“古印加的献祭”。最早是德国考古学家在秘鲁库斯科地区的两千多年前的布包木乃伊女尸后背发现，而最有名的是阿雷基帕冰山少女 Juanita 冰冻尸体上背后清晰如新的文身。这个文身图案只出现在活体祭献给神的少女背部。上世纪八十年代开始，一个狂热崇拜切·格瓦拉的女性组织采用这个符号，加入组织的人背上都文身这个符号。她们在互联网上联络，在药物和酒精之下产生幻觉和格瓦拉交往，把一切献祭给他。

虽然事先李猜想这是一种符号，但弗雷泽教授的回答还是让李感到震惊，原来这里面有那么多事情。弗雷泽教授提到的 Juanita 冰山少女，李曾经近距离凝视过她。去年李在秘鲁离开的的喀喀湖之后，继续前往南部的阿雷基帕城市，这里是大作家巴尔加斯·略萨的出生地。这座城市背靠着两座活火山，上世纪九十年代初，两座火山中的一座冒出了致命的硫黄烟，人们忧心忡忡看着火山，谁知道这个火山会不会大爆发，像当年的意大利维苏尔火山一样，把阿雷基帕变成又一个庞贝城呢?那火山接着开始喷出了火山灰，慢慢地喷，但始终是克制的，火山灰随着北方的风没有落到城市里，而是落到了它后边那一座 6228 米高的安帕托山峰上。之后，火山又恢复了平静，沉睡了下去。而这个时候，山那边的放牧驼羊的山民看到了被喷了火山灰之后的雪山山顶融化了一部分，还看到山上现出一条小径的痕迹。消息传到美国籍的考古学者雷哈德耳朵里，他认为这一条从山顶通下来小径十分蹊跷，可能是古印加国人的栈道。他组织了一支考古队，登上了六千多米的山峰去看个究竟。上去之后发现了一个五百年前的少女活人祭祀的木乃伊墓穴。她刚从冰雪里被火山灰融出，像睡着一样美丽。这个少女是从千百公里之外的库斯科过来的，是大贵族家的子弟，经筛选出来自愿祭献给最高的太阳神的。李在阿雷基帕博物馆冷冻玻璃棺内看到她的容颜，她是那么安详，静静地沉睡。当年她从遥远的库斯科华美宫殿里出发，一步步走向阿雷基帕这边的雪山。古印加人没有轮子概念，没有车，也没有可以当坐骑的马，她要么是自己徒步走来，要么就是被人抬着轿辇上山。6228 米高的雪峰，如今专业登山者都很难上来，真不知道是哪里来的勇气和力量支持着这一个女孩子的殉葬之旅呢。她是活着被祭祀的，而且完全是自愿。在她的身上，穿戴着母亲送的衣物和首饰，因为所有的人都相信她是出嫁给最崇高的太阳神的。在她的身边，还有一个装着古柯叶子的袋子，古代的印加人就用嚼这个抵抗高原反应。她走了那么多天，终于到达了安托帕神山的峰顶。她喝了大量玉米做的奇恰酒之后，进入了昏睡状态，祭司用钝器猛击她后脑，帮助她快速死去，那年她才十二岁。之后，她被埋在墓穴里，在冰山上一天天度过去。五百多年之后，终于有一天，边上的埃尔米蒂斯火山喷发了，飘来的火山灰把她从冰封中解冻了出来。

李根本想不到，他所看到这个冰冻少女居然和他目前发生的事件会发生联系。他在这么短的时间里，经历了那么多魔幻事情。难怪南美会出现那么多魔幻作家。李想起伊格拉村电报房那个晚上，看到玛利亚一杯杯喝下奇恰玉米酒，不停地咀嚼着古柯叶子时，心里所唤起的熟悉感原来就是对那个冰冻少女的回忆。

李在工地度过了第八天。这天早上，工地的司机小孙告诉他，巴耶格兰德的警察局来了电话，让他去一次那里。小孙把车备好了，说马上可以出发。

这一段路不长，李心里狂跳，紧张，他不知情况怎么样？也许变更严重了，也许玛利亚不行了。在卡佛那个小说里，那个孩子最终死掉。他已经经历了八天，耐心已经消耗干净，而且他知道要是一直待下去，最终会不受工地的欢迎。

到了警察局，看见了那个留着厚唇胡须的警察头子。这一天他的样子突然变得像一个法官，甚至像上帝。他说：

“奇诺，玛利亚昨天醒了。我们和她谈了，她说了情况，和你无关。你没事了，恭喜你。”他叫李 CHINO（奇诺），这边管中国人都叫奇诺，和游击队员奇诺毫无关系。

“她是怎么说的？”李说。

“她说自己当时突然就失去知觉了。说你和她隔着距离，这样就说明你是清白的。这是你的护照。你现在可以走了，欢迎以后再来巴耶克格兰德。对了，玛利亚说想见见你。”警察头子说。

“好的，谢谢你。”李收了护照。他想起了自己在这里被困了八天，准确是七天，第一天不算。相比切·格瓦拉和奇诺等游击队员在这里的十一个月困境和最后的结局，他的被困算得了什么呢？险情解除，一切是那么神奇，当他解开了玛利亚文身之谜，她就苏醒了。好像她是被一条谜语催眠着，谜语一猜出，魔法消散，她就苏醒了。

他买了一大束的鲜花，一盒 GODIVA 巧克力，去医院看望玛利亚。

玛利亚坐在床上，头上包着纱布，人瘦了很多，眼睛显得很大，真有点像是圣母，和她的名字很配。她的眼睛是善良纯净的，看到了李，她眼神发出了光辉。

“我听说你为了我的事故留在巴耶克格兰德一个多星期。真的非常对不起你了。”

“这没什么。你受苦了，很难过你会受伤，现在你感觉怎么样？”李说。

“还虚弱，不过我很快就会恢复的。医生说我昏迷了一个星期，我自己觉得像是睡了一觉，做了很多奇怪的梦，但是我现在一点都记不住那些梦境，唯一还能记住的是在天空飞翔，看到了地面的中国长城。”

“我们下峡谷的时候，你和我说过最想去古巴和中国，想去看长城。”

“那天当知道你是来专门查证奇诺的身份之后，我心里就开始有了波澜。我其实有中国心结的，不仅因为奇诺是游击队里一个重要成员，而且我知道切·格瓦拉内心和中国有非常深刻的联系。但在你来之前，中国对我来说好像是一个宇宙中遥远的星体，我完全接触不到。虽然接待过几个自称是中国来的游客，但他们和你完全是不一样的。伊格拉村电报房那个晚上我喝了很多奇恰酒，平时我是不喝的，后来回房间还嚼了很多古柯叶，一直睡不着觉。半夜3点钟时候还起来到外面的院子里走路，看着星空。”玛利亚说。

李听了她说的话，好生奇怪。那个夜里3点正是他醒来开门上户外公用厕所，当时他看到了从小径走来的身上发光的玛利亚。为证明这是真实不是梦境，他曾对自己拍了照片作证，后来手机没有照片，说明是在做梦。可现在玛利亚说的事情分明是和当时的场景吻合的。

“你以前有过昏迷的事吗?”李问。

“从来没有过，这是第一次。可能是因为我的心脏比较小，供血不足。人们说人的心脏和本人拳头一样大，你看看，我的手很小，拳头就这么大。”玛利亚把手握成拳头，给李看，她拳头真的很小。李没想到她会找出一个这么天真可爱的理由来解释这可怕的事故。

“你这一个礼拜在巴耶克格兰德过得怎么样?”玛利亚说。

李说了自己住在工地时间的资料研究，说自己已经获得了“胡安之书”，还深入格拉德河考察了游击队的路线和对岸的平原。

“那太好了，也许是上帝故意让你多待几天，多了解一些情况，让你能把奇诺的事迹写出来。”玛利亚说。“你明天能在这里吗？我想带你完成你预订的行程。本来那天我们是要到这里参观的，就是我住的这个医院。”

“好的，玛利亚。”玛利亚这么一说，李想起行程里面的确是有提到医院的，他当时并没想到为什么要参观医院。

第二天，玛利亚看起来精神好多了。她戴上了棒球帽，把包扎伤口的纱布遮住了。她让李看的第一个地方就是医院门口那长长的横向走廊，说这里的建筑结构和1967年时一模一样。当年游击队员尸体用卡车从山里运过来后，就是在这条长廊里依次排开展示。她的手里有一个图片影集，里面有当年走廊上一整排惨不忍睹的游击队员尸体的照片。

但切·格瓦拉和奇诺的尸体没有在长廊里。

1967年10月9日下午5点，一架直升机噼噼啪啪飞了过来，切·格瓦拉尸体在空中出现，吊在直升飞机的着陆轴上轻轻旋转着。当时巴耶格拉德镇一万名居民有一半站在了机场的空地上观看。士兵试图阻止人群进入停机坪，但随着直升机降落，他们失去了控制。士兵们奔向直升飞机，他们身后紧跟着人群。士兵只得转过身来，凶狠用枪指着平民，迫使他们留在原地。与此同时，挂在直升机上的切·格瓦拉尸体被解下来，装入一台汽车，汽车迅速开往到巴耶格拉德医院。格瓦拉尸体被放置到了一个户外太平间，那地方看起来像是医院上方小山丘上的马厩。大约有十个人——医生，护士和士兵围在格瓦拉的身体周围，紧张快速地工作。一个身穿白衣的修女站在格瓦拉的头部边上，她时不时地微笑着。起初，观望的民众以为格瓦拉还活着，看起来医生好像正在进行为他输血。医生通过颈部的两个开口，往里面注射液体，一名士兵搀着切站立着，双腿分开在他身体上方。然后民众被告知他们用福尔马林填充格瓦拉身体以防腐烂。

这时候，来了一个马队，马背上驮着另外两个游击队员的尸体，他们是威利和奇诺。不知怎么的他们没有被卡车运过来，而是用马运送过来，之前的其他多名游击队员的尸体已经摆满了医院前面的长廊，而奇诺和威利来的比较晚，也可能是因为他们和格瓦拉的关系比较特别，所以他们的尸体被送到了格瓦拉所在的户外停尸间，躺在地上。围观的民众根本看不见躺在地上的这两具尸体，他们的注意力都放在了水池里的格瓦拉身上。

当医生护士忙着用福尔马林灌注入死者身体时，人群看不出他到底是谁。他的头低垂着，长长的头发挂下来，差点碰到地板。突然，一名士兵抓住死者的头发，将他猛拉成坐姿。那个穿着白衣的修女扶住了他的头，笑得还很开心。人们看到了死者的面容，闻讯赶来的新闻记者都认出这就是大名鼎鼎的切・格瓦拉。医生护士开始给格瓦拉清洗裸露的身体。“请给死者一些尊重，至少不要拍下他裸露下身的照片。”一名上尉告诫记者，并威胁要没收一个不遵守他说的话的记者照相机。士兵们费力地给死者穿上了裤子，但是当他们试图给他穿上上衣时，发现手臂已经僵硬，无法套进袖子。所以他们不得不放弃尝试，让切・格瓦拉裸着上身接受很多台照相机拍照。当照片冲洗出来登上报纸之后，全世界的人都发现死者的样子很像被钉在十字架死去的基督耶稣。

玻利维亚武装部队负责人奥万多将军正在亲自检查仪式。一名来自圣・克鲁斯电台的记者与他进行了现场谈话：“这里是巴耶格拉德医院，由于玻利维亚武装部队的努力，由光荣的奥万多将军指挥，入侵我们祖国的古巴共产党游击队领导人已经落网。”将军满意地露出微笑。之后，他们切断了格瓦拉的双手，一只手寄给了古巴领导人卡斯特罗，一只寄到了拉帕斯的总统府。

玻利维亚总统巴里恩托斯赢了，他让格瓦拉的尸体挂在直升机着落轴上在空中示众。然而不到两年，巴里恩托斯总统坐着直升机在科恰班巴空中遨游时，突然直升机被一股强大的力量拽住。像钓鱼的人钓住了巨大的鱼一样，巨大的鱼把直升机往下拉，最终坠落到地上，总统当场死亡。这个时候是 1969 年 4 月 27 日，在他杀死格瓦拉十八个月多十八天之后。

玛利亚带李参观了医院后，继续前往一个位于松林里的游击队员墓地。这里曾经埋葬过死在格瓦拉之前的游击队员遗体，李看到墓碑上面有一个个熟悉的名字，其中一个就是塔尼亚。她当时埋在教会的墓地里，后来建立游击队员墓园时才把她转移到这边。这里还埋葬过一个叫纳托的队员，他是在游击队最后一战中成功逃脱的七名队员中一个，但一个月后在距离巴耶格拉德一百公里之外的地方，与政府军交战被打死。其他的六名队员成功逃脱，经过高山到了智利边境，地下抵抗组织把他们装在运送木材的车里面，成功逃离了玻利维亚。

离开这里，穿过大路，往里走上几百米，到了最后的一个参观点：切・格瓦拉的最初葬身之地。这里修了很现代的博物馆和纪念品店，是古巴政府出资修建。

在进入发掘墓坑之前，玛利亚讲述了发掘过程。1996 年，在游击队事件过去二十九年之后，格瓦拉成为超级偶像，世界各地的崇拜者和游客纷纷来到巴耶格拉德，为当地带来丰厚的经济收益。古巴每年都派出医疗队来这里，甚至为枪杀格瓦拉的那个士兵做白内障摘除手术，本地居民对游击队的好感越来越强。玻利维亚和古巴的关系开始好转，玻利维亚政府同意让古巴政府出资寻找切·格瓦拉和所有游击队员的尸骨，运送回古巴去安葬。于是，一项寻找格瓦拉遗骨的工程开始了。当时搜寻人员只知道埋葬的地点是飞机场跑道附近。还有一条线索来自一个老人，是当年的掘墓人，说他们本来准备把格瓦拉脸朝下直接埋在土里，他觉得有点不忍心，就让格瓦拉的脸朝上，脱下自己的夹克衫盖在了他的脸上。根据这一线索，他们用了三年时间，发掘了九千多平方米的土地，终于找到了一个上面残留着布片的骷髅。最直接的证据是这个尸体是没有双手的，证明了这是格瓦拉的尸骨。紧挨着切·格瓦拉，是巴勃罗·张（奇诺）和另外五名队员尸骨。

现在，这一个墓穴成为一个纪念馆，上面盖了屋顶，有庄严的拱门入口。墓穴的周围有一圈栏杆，还有一道阶梯可以走下墓穴的底部，李走到了墓穴的底部，一个个看着小墓碑上的名字。游击队员在这里埋葬了三十年之后，最终于 1997 年被挖掘出来，所有队员的尸骨都运送到了古巴的圣·克拉拉的墓地，紧紧地挨在了一起。在点着长明灯的切·格瓦拉墓穴边上，沉睡着奇诺的灵魂。

在当天的下午，李就启程回圣克鲁斯。接下来的一周里，他去了智利的阿塔卡马沙漠、圣地亚哥。之后在瓦尔帕拉伊索的聂鲁达故居附近的一间小旅馆住下，看着太平洋海流发呆冥想。在第五天的上午，他收到了玛利亚的一封电子邮件。玛利亚这样写道：

嗨，亲爱的李：

我希望你在玻利维亚过得愉快。我不知道你现在在什么地方了，但我想告诉你，昨日里我再次阅读了有关“奇诺”Juan Pablo Chang Navarro 的尸骨发掘报告，这是我发现的信息：他是发掘队最后确认的一个骨骼，他的家人从秘鲁的利马发送图片以帮助进行鉴定。科学家们除了进行了牙医比对获得确认证据，还证明这具尸骨是唯一具有亚洲特色的骨骼。骨架高度为 1.71 m，骨骼在头骨上显示了三个枪弹孔，在左臂上显示了另一处弹孔，在脊柱第二个椎间盘中显示了最后一个弹痕。鉴定时间是 1997 年 7 月 10 日。关于奇诺尸骨报告我只能说这些。希望这些信息对您有用处，如果你还有其他问题或疑虑，请告诉我。

最好的祝愿

玛利亚·埃斯特·瓦尔加斯

不间断的人

双雪涛

授奖词

《不间断的人》从人们置身其中的日常开始，不断伸展进意想不到的世界，情节的每一个延伸乍看仿佛互不相干，随后却又精密地焊接在一起。经历与幻想，人心与科技，现实与虚构，最终在小说中难分彼此，共同成为探索写作可能的一项精密试验。如此复杂的腾挪之间，双雪涛始终保持着自己冷硬峭拔的叙事风格，不经意间展现出对社会和人心的独特理解。（黄德海）

一

年初买的发财树死了，安东一个月前就发现了。因为他习惯在客厅里工作，所以他给自己弄了一个顶大的桌子，有三米长，一半吃饭，一半干活。发财树就在桌子和电视机柜之间，有意无意总能看到。死状是很凄惨的，叶子都掉了，原来就不多的枝条变得又细又黑，有的还弯曲了，像是遭了火灾的窗棂。盆里的土和根分离开，露出一圈裂缝，可气的是开始几天裂缝还是潮湿的，似蕴藏着变数，跟枯枝很不统一。安东有几次想把它连根带盆一起扔到垃圾桶，“咣当”一声，一拍两散，他都能想象到。但是不知为何他一直没有动手，懒是一方面，另一方面是他一直抱有幻想，铁树开花，万一哪天活了呢？它的躯干还很结实啊。他试图浇过几次水，水径直穿过松土，流到了地板上，于是水也不浇了，就放在那里。安东有个本子，挺大的本子，是画画用的素描本，有什么想法就写在上面，那个周一，安东在本子上写下：等待神迹。字迹很大，咒语一样。一个月过去了，黑土越来越白，大象鼻子一样的躯干裂开了几处，看来是没救了。这对安东是个挺大的打击，不是心疼树，当然叫作发财树的植物死亡总让人起那么一点不好的联想，主要是他不能忍受挫败，即使是小小的挫败也会深深地刺痛他，因为他尝过失败的滋味。在他看来万物之间的联系是非常紧密的，也就是说一次失败看起来没什么大不了，可是其连锁效应是无法估计的，士气的打击是一方面，另一方面若存在躲在世界之后的决定者，他看到你容忍了一次失败，就会派发更多的失败给你，这是安东的理论，世界后面的dealer拣选出失败者的队伍，在里面挑出更失败的人。可是生死由命，无法贿赂，这树死了，他必须忍着，目前看来就是这么回事儿了。

除了发财树，他还有一棵山茶树和一盆非洲茉莉，这两株植物活得还很好，确实也相对好养，偶尔把它们忘记也不会产生不可逆转的后果。安东起身给它们浇了点水，比平时多一点，然后坐回长桌的一边开始工作。夏至刚过，他光着膀子，下身穿一条运动裤衩，写作如同长跑，也需要着装轻便。工作的时候他会关掉路由器，使自己的电脑处于断网状态，单纯成为一个孤单的写作工具，只能记录，不能发问。快中午的时候，他站起来走了走，然后开始等待，因为每天的这个时候，也就是十二点的时候，楼上总会有人弹钢琴。这个人准时如康德，早不过十一点五十五分，晚不过十二点零三分，总会弹起来。三年前他搬进来的时候并无此钢琴声，两年之前突然有一天钢琴声开始了，从最简单的音符开始，从最简单的曲子开始，那首曲子叫作《印第安鼓手》，他知道它，因为他曾经听自己的侄子弹过。最初钢琴声每天持续半小时，摸索着一点点开始，从几个单音开始，然后弹下去，后来到了一个小时，现在每天整整两个钟头，直接进入曲目，到了下午两点左右停止。曲子复杂多了，经常有错误，有时候一个小节要反复几遍。他不懂音乐，不知道弹的是什么，总归是一个大作曲家的作品吧，这一点他还是知道的，复杂的东西总是相似的。他不确定弹钢琴的人在他的楼上还是再楼上，不过他确信钢琴的位置就在他书桌的上面，他的脑袋正对着钢琴腿。开始的时候当然不愉快，有时候他会瞪着眼睛看着天棚，好像向一个随地吐痰的人怒目而视，时间久了也就习惯了，有时候在电梯里见到同一单元的人，他会琢磨是不是就是他（她）弹琴呢，他会注意对方的手指，过去总觉得弹钢琴的人手指修长，可是过了一段时间他发现手指修长的人真多啊，原来手指就是一种修长的东西啊。

有一天晚上，大概十点钟左右，他看见一个女孩随他上了电梯。女孩大概二十岁出头，上身挺拔且长，穿一身运动装，戴一顶白色鸭舌帽，右手拎一只超市的塑料袋，里面装着饮料，玻璃瓶的啤酒，纸巾，塑封的水果，一条韩国产香烟，还有几节电池。只用两根手指勾着，毫不费力。他住十五楼，女孩用左手按了十八楼。电梯行驶到八楼左右的时候，他说，是您弹钢琴吧？女孩扭头看他说，嗯？他说，弹钢琴的是您吧，最开始是《印第安鼓手》。女孩说，不是我。他说，对不起。女孩说，没关系，我也想知道谁在弹琴，每天我起来没有听见钢琴声，就知道又睡过了。安东说，好句子。女孩说，什么好句子？安东说，我说您刚才说了一个好句子。女孩说，不是句子，是真实情况，我刚才还以为弹琴的是你呢。安东说，看来不是我，为什么您觉得是我？女孩说，因为看你就像一直坐着的人，而且也像个不间断的人。安东走出电梯时心里想，不间断的人，他低头看了看自己的身体，没有裂缝，不间断的人，可不是嘛。

在客厅里走了一会，安东拿起手机点了外卖，吃过之后他连上了路由器，把手机微信连到电脑上。这是他的 social 时间也是娱乐时间。他有不少微信群，但是经常会看的有三个，一个是现在手头进行的项目群，导演，制片人，文学策划都在里面，大家相敬如宾，互不关心。这段时间是他独立工作的时段，所以这个群不是十分活跃，偶尔会有人谈论目前新上映的电影，或者想到了一个什么参考片，在里面介绍一下，谈一下个人的看法。安东很少发言，但是如果有人提到的片子他没看过，他就会去看。另一个是 G 大学的足球群，这个群里的人都是他大学时的队友，如今各奔东西，大部分已经不再踢球了，包括他自己，有的因为腿断了，有的因为多了三十斤赘肉，但是大家还会讨论足球，也就是在嘴上把比赛踢一遍，或者回忆当年的哪场比赛的那个进球是多么精彩。安东几乎从来不说话，当时他也是个边缘人物，几乎没上过场，里面的人也不是全认识，但是他确实踢过球的，是一个认真的中后场球员，能踢很多位置，没有任何进攻才华，就像作家里的厄普代克。第三个群，是一个《周易》的群，或者叫作易学群，他不懂《周易》，完全无法就此专业发言，不知什么原因七拐八拐进到了这个群里，他的第一次发言就是说，不知道怎么到了这个群里的。有人在底下回复说，这就是《周易》的力量，路径。他想想也对，就待了下来。后来他发现这里面有一个名字叫作伞先生的人，很有点意思。伞先生发言不多，但是地位很高，有时候众人为一个八字争论不休，这个八字是哪来的很难说，有的是群里人亲属的，有的是朋友的，有时是曾国藩的，有时是韦小宝的，大家在一块探讨，是相互求证，不同于算命先生，非要一个准确性，要从这里头算出自己的那份钱来，这些人更像是学术探讨，一个人走上讲台，把一个公式写在黑板上，然后大家研究研究，各自举手发言，类似于这种。难以决断时，就会有人说，让伞先生看看。于是连续十几个人@伞先生。伞先生马上回答的时候比较少，通常是在夜里，十二点之后，不怎么寒暄，不摆架子，直接说，最简短时是四个字，“不值得看。”有时会说很多。比如，“想象一下，有一个人坐在佛堂之上，背对佛祖，面朝群山，身边一盏孤灯，夜已深，山风轻轻晃着微敞的门扉，灯焰摇晃。这人站起来，一脚踹翻了油灯。这人的八字给我的感觉就是这样的。”还有的是这样，“一人行于沙漠，口渴难耐，忽见一口深井，能听见井中淙淙水声，从上面看，什么也看不见，也无打水的工具，于是就把绳子拴在自己脚脖子上，大头冲下去喝水。果然有，猛喝一个时辰，把水喝光了，露出泥。忽见泥中有金子闪烁，伸手一拨，果然是碎金，于是双手开工挖之，越挖越深，终于把自己大头冲下埋于井中，从旁边看像一个有两根枝丫的灌木。这人的八字就给我这样的感觉。和牛顿的字儿有点像。”安东给好几个这样虚渺的段落拍了照，他不知道这样感觉的八字是什么样子的，或者具体到人，人的命运是什么走向，怎么才能走成灌木，他只是觉得这人的表达有意思。如果找一个画家，可以直接把他所说的画出图来，如果是个小说家，可以写出几个短篇小说来。伞先生也有直指具体事情的时候，比如他会说“我断这个人眉毛是连着的，不过他刮掉了中间部分，如果三天不刮，还会长出来”。或者是“我断此人阳痿，但是好色，他的痛苦就来源于此，因为两者都是真诚的”。从提供八字的人的反应看，伞先生的“断”很少出差错，有人一时不服，过了一些时候，又承认当时伞先生是对的。伞先生这样功力的人大可以此致富，为什么要无偿地在一个陌生人的群落里给人看八字呢？安东想起了一本小说叫作《寂寞芳心小姐》，寂寞芳心小姐的灵魂，照耀我/寂寞芳心小姐的身体，滋养我/寂寞芳心小姐的鲜血，迷醉我/寂寞芳心小姐的泪珠，洗涤我。伞先生和寂寞芳心小姐，安东在心里搭配着这两个名字，他知道自己完全是出于无知和无聊。

这天下午，也就是 2019 年盛夏的一天下午，钢琴声准时停歇下来，安东看着周易群里在讨论一个叫作化气格的东西，他当然不明所以。等他们讨论过了，群里进入了长时间的安静，他在群里问道：植物有八字吗？@伞先生。他知道伞先生夜里才会出现，他也没有指望伞先生出现之后会解答他这个问题，他看了看斜前方的发财树的盆子，把对话框关闭了。其实他心里一直有个更想问的问题，但是他一直没有问出口，因为直觉告诉他，这个问题无论他多么好奇，都是不应该问的问题，就像你有一块表，它一直准时地走着，但是你一直觉得它有点奇怪，想去专卖店验证它的真假，安东觉得类似于这样的事情是极没有意义的，但似乎又不是轻易能够放下的事情。

这个故事要从 2016 年说起。2016 年是安东来到北京的第二年，过去一年他参与过一些剧本策划工作，也当过一部电视剧和一部电影的枪手，他展现了部分的才华，也了解到自己不太善于与人合作，尤其不善于出门坐地铁去工作。2016 年他把自己关起来，独立完成一个电视剧的剧本。这是一部古装的宫廷剧，六十集，但是里头有一个外星人，开始当宫女，后来当王妃，一路晋升，几乎要统治王国。后来她发现，很多死去的亡灵就在她左右，这些亡灵有的死于她之手，有的是自相残杀而死，这外星人有个独特的本领，那些没有渡过冥河的人她是能够看见的，并且可以通过意念与之交谈，开始颇多仰仗，后来她疲惫不堪，终于自尽，醒来时发现自己又回到了故事开始的时候，这就是她的命运，地球上唯一一个外星人的命运，然后一天天把前世的东西忘记。《王妃西西弗》，这是他最开始起的名字，后来改做《王妃茜茜》。他每天写作六个小时，午睡一个半小时，剩下时间翻查资料，在自己的本子上涂涂画画，梳理思路。写好之后，他突发奇想，想找一位韩国女星来演，投资方和导演都拍手称妙，三下五除二到了拍摄前夕，莫说外星人宫斗，韩国演员似乎也不合适了，这是一个重大打击，因为投资方已经拿着剧本和演员的合同把尚且乌有的剧卖给了电视台。于是开始退钱。退来退去就退到了源头，剧本是安东写的，主意是安东想的，理应退，还得赔。

那段时间安东想到了死。他没有结婚，父母健在，且身体健康，他的上面还有一个姐姐，一直在老家和父母生活在一块，他死之后还有姐姐可以给父母养老送终。这部戏他写了一年半，这一年半的时间主要靠着家里的接济在北京混下去，一天吃两顿饭，没有朋友。好的写作者是没有朋友的，这是他的理论，他还有另一个理论，虽然他从初中起是一个几近狂热的小说和诗读者，但是他觉得在这个时代，必须先要把小说舍弃（诗早在大学时就放弃了）。为什么要写小说呢？小说能够影响谁呢？他曾经在他的大本本上写下过，小说家就是一群在沙漠里找水的人，殊不知沙漠之外早已经是繁华城市，水，一拧就从水龙头里源源不断地流出来。艺术若不能冲进生活里炸开，就不算真正的艺术。所以他从自己的L小城来到北京，是从未有过文学青年的理想的，他立志要做一个剧作家。他的笔名安东是向伟大的文学艺术家安东·巴甫洛维奇·契诃夫致敬，契诃夫在那个时代紧紧抓住了小说和戏剧两门武器，做俄罗斯人精神上的家庭医生。他删除了小说，留下了戏剧，他想先写一部电视剧，再写一部电影，然后写一部舞台剧，这个计划的初衷是他要先挣到一些钱，然后再依次处理他认为重要的戏剧品类。

2016年冬天发生的事情可以说是真正的考验。拿到手里的编剧费他已经花了大半，一部分是交了一所房子的首付，房子的位置在毗邻通州的一个新小区，小区还在草创，不过面积极大，荒凉又辽阔，就是他现在住的地方，八十六平米；一部分给他父母买了一辆小轿车，父母感到高兴，但是并没有像他期待的那么高兴，因为两人都不会开车，虽然车子归在他们二人名下，实际使用者是他姐姐。他姐姐的孩子，也就是他的侄子四岁半，在上幼儿园，这辆车的主要用途是接送孩子上下学。剩下的钱他购置了一些房子的家具，主要是在宜家采购，书架，书桌，看书的躺椅，还有一套精美的刀具。剩下的不到二十万他存进了银行，活期存款，像是放在床底下的手提箱一样，可以随时支取。

这些钱全部要退掉，还要再赔偿给对方八十万元。对方已经手下留情，知道他没有什么积蓄，把损失的一个零头扔给了他。

至于怎么死去，当时安东没有太多思路，或者准确地说，他想到了死，但是不可能真正去死，这种联想基于一种泄愤式的思考，在脑中想一下死这件事，似乎能够缓解一点苦熬的恐慌，毕竟还可以去死嘛，虽然不会去。想凑齐这笔钱基本上是不可能的，除非让他的父母把新车连同他们住的老房子卖了，这时他才知道当时腹泻一样的花钱方式是极幼稚极脆弱的，那势必要经过法院。一想到法院他就想到卡夫卡，更觉得无望，“准是有人诬陷了约瑟夫·K，因为在一个晴朗的早晨，他无缘无故地被捕了”。那段时间他就躲在郊外的房中，上午打开电脑呆坐，下午睡觉，晚上失眠。有一次睡不着，他从床上爬起来把大学时的球鞋穿在脚上，在房间里走来走去，噔噔噔噔，有点挤脚，他心里想，热胀冷缩，也许到了夏天就好了，距离夏天还有七个月，不远，到了夏天，要胀的时候是脚和鞋一起胀啊，所以其相互关系还是跟现在一样。他抬头看了一眼宜家买的圆形挂钟，黑色指针，白色底，黑色的时间向前走着，清晨的黑牛奶，我们在晚间喝它，凌晨四点半。他忽然意识到自己可能有点不太对头，赶紧把鞋子脱了，扔在客厅，走进厨房抽出一把水果刀，回到了床上，把刀放在枕边，闭上了眼睛。明天先把二十万打给人家吧，他对着刀说。

应该是十二月的最后一个周一，也就是说离对方给他下达的最后打款日只有五个工作日了。他打开电脑，发现微博上有一个人给他发了一封私信。私信很简短，内容如下：安东老师您好，凑巧得知您目前状况，也对您抱憾夭折的剧本有所了解，私以为并非无任何回旋之余地，我的电话如下，微信号就是电话号码。盼复。安东马上回了一封私信：你什么意思？然后拿起电话加了对方微信，对方的微信名字叫作仰光。缅甸人？安东心想，这点破事情都传到缅甸去了？一定是韩国人干的。上午九点发去了加好友的邀请，下午三点多对方通过了，又过了大概二十分钟，对方先发来了一个抱拳的手势，然后说，安东老师您好，凑巧得知您目前状况，也对您夭折的剧本有所了解，深以为憾，私以为并非无任何回旋之余地，请问您意下如何？安东把微信读了两遍，确实不是十分理解，什么就意下如何了呢？正在他琢磨之际，对方又发来一条：对不起，忘了做自我介绍，我叫刁仰光，东北人，家住距离您家乡五十公里左右的F城，您知道F城吧？您一定知道F城，也就是L市的卫星城，地底下有好多鸟骨头。我就从那里来的，刚到北京不久，目前做些影视方面的建树，我同情您，也对您的剧本有很大兴趣。盼复。安东想了一会，主要是想了一下该怎么称呼对方，他回复说，刁总您好，感谢您对我的关注，虽然我这样的无名之辈怎么被您看到我也搞不清楚，我微博的粉丝只有七十八个，准确地说，微博是我看新闻的地方，所以我对在微博上与您取得联系殊感意外。您说对我的剧本感兴趣是什么意思？对方回说，老乡，不要叫我刁总，我不是总，若不嫌弃您可叫我仰光我更舒服些，我是个演员。您的剧本我想买下，并且全力以赴出演，我对您刻画的茜茜同志很有兴趣，我可从信仰角度塑造这位可爱的同志，具体价钱您现在告诉我就可以，我还涉世未深，无法给您报价，见谅见谅。安东打开手机的计算器做了一下加法，他的酬劳加赔偿金额，大概二百二十万，他已经退还了二十万。安东说，不好意思，我还以为您是男性。价钱我想一下，大概二百万。对方说，我是男的啊，女的好？请把您账号和开户行发给我。安东站起来在房间里走了一圈，他在脑子里过了一遍可以与之商量此事的人，一个都没有，对啊，你不是不需要朋友吗？安东问自己，你不是需要一个桌子，一台不发问的电脑就可以吗？他坐下拿起手机说，不是有意冒犯，可是剧本茜茜的角色是个女性，而且是个后宫戏，非得是女性不可，所以您可能之前的信息有误，我也不知道您的年龄、外貌，即使是其他角色，可能这些东西也需要再行论证，所以可否请您把您的个人资料发给我？等了一会，对方回复了一行字，老乡，无须担心，男男女女，造化之形也。安东长出了一口气，马上把账号发给了对方。对方再没说话。

夜里安东睡得时断时续，时而做梦，

时而清醒，上厕所尿尿，不知自己是在梦里还是真在尿尿，还没有想清楚就又回到了床上。早上醒来好像爬过山一样疲劳，双脚觉得肿胀，梦见过什么也全然忘记了。他从床头拿起手机看了一眼，没有微信，没有短信。早饭吃了一个苹果，把苹果核儿扔进垃圾桶的当儿，手机响了，是银行余额变动的短信。二百万元整，到账了。随后来了一条微信：安东老师早上好，本想登门拜访，畅谈您之大作，让您了解本人之面貌，亦将我对角色之老粗想法给您说说，奈何奈何，我接到通知要去美利坚访问，这就得走，目前已在去机场的路上，就在这路上我揣摩了角色，诞生了七条想法，等我回来，逐步说给您听。再会，不期而遇，必有回响。仰光敬上。安东回道，您什么时候回来？我们恐怕要补一个合同，另外，如果您要坚持出演，我可能还需要调整一下剧本，这件事情也需要我们详谈一下。刁仰光没有再回复。安东咬牙给他打了一个语音电话。若非万不得已，他绝不会打电话给别人，微信尚有余地，电话就是短兵相接，容不得多想，是他的弱项。对方没有接听，过了一会显示，电话可能不在对方身边，过了半个小时，安东又打了一个，还是如此。

从第二天，也就是 2016 年 12 月 27 日开始，安东再没有刁仰光的消息。他查了一下那二百万的付款人，叫做鸟骨文化传媒有限公司。上网百度了一下，没有相关信息。安东心里想，是慈善家？慈善家应该针对是无差别的大众，找到我，给我这么多钱是怎么回事？他一直不知道对方的年龄，所以信息都来自对方的微博私信和微信对话。难道此人是我远方的叔叔？已身患绝症且膝下无子？刁仰光的微博账号只发过一条微博，是一辆老式的三菱摩托车，这车他有印象，九十年代 L 市有些年轻人突然迷这个，那时他十岁出头，看着邻居家的哥哥不戴安全帽，骑着三菱摩托去郊外的河上溜野冰。据他爸回忆，当初第一批骑这车的人，好多非死即残，不是车的性能有问题，是买车的人的性格所致，最先买车的人都不是骑慢车的人。刁仰光的微信朋友圈也只有一张照片，一把老式的刮胡刀，刀片需要用螺丝固定在凹槽里，照片上的刮胡刀是金色的，细长的柄像山洞里垂下的钟乳石，刀头上面有一片崭新的刀片。安东研究了几天，一无所获，决定还是给制片方退款，制片方很高兴，他们当然是觉得这个事情也许要更复杂些。钱退干净之后，安东问了一句原来的制片人，你听说过鸟骨吗？一个公司。制片人说，哪两个字？他说，就是鸟骨头的鸟骨。制片人说，没听说过，怎么了，你也欠他们的钱？安东心想，这话还真不是没有道理。他说，不是，我准备跟他们合作一部新戏。对方过了一会发回了一个笑脸。

到了夜里十二点左右，伞先生上线了。他说，植物的八字？我没想过。不过有些文化里，是很推崇植物的，希望人能像植物一样生生死死，循环往复，比如印度。植物八字的困难所在是，它生命的开始是何时呢？它的性格和命运具体何指？这位朋友为什么有此一问？是心爱的植物过得不好？底下涌出一片人，纷纷说，今天伞先生谈锋甚健，大家要把握机会。伞先生说，问题有趣，植物也是宇宙的造物，甚至就依靠太阳而活，八字跟星体之间作用的关系密切，植物长于行星之上，仰恒星之光，难道不值得琢磨吗？有人问，伞先生几点休息？我们好心里有个数。伞先生说，凌晨三点下线。有人问，伞先生喝了吗？伞先生说，喝了，不行？有人说，当然行啊，只是伞先生平时从来不说自己的事情，今天大伙感觉有点亢奋。伞先生说，人生得意须尽欢，莫使金樽空对月。这算说自己的事情吗？这是常识。谁有问题？不知为啥，安东看着电脑屏幕，想起了小时候自己家门口种的韭菜，那时还没有搬进楼房，他的妈妈就在门口的一小块土里种了点韭菜，韭菜极好活，割了又长，长了再割，每次割基本都是吃饺子。不疼？应该是不疼吧，若它不能再长，似乎也没人割它，这大概就是所谓的服务型人格。他又想起了初中时看过一部科幻小说，叫作《三叶草》，这个名字是不是确切他有点拿不准，但是小说一定是关于三叶草的，他有把握。三叶草在小说里开始如同韭菜一般，服务于人类，也许不能包饺子，但是用途更加广泛，其叶子甚至能够产能，于是各国都开始种植三叶草。三叶草得到了细心的照顾，渐渐长出腿来，不是肉腿，是类似于腿的根须，可以健步如飞，心情好时聚在一起工作，心情不好就要逃跑。之后从三瓣叶子中间又长出一个小球，带刺，由一根枝条牵着，不是脑袋，三叶草的大脑在叶子上，分管不同领域，一片叶子思考哲学，一片叶子体会情感，一片叶子支配运动。这个小球是杀人利器，有毒，挨上一下就会产生幻觉，如草一样行走，不久便死，成为肥料。人类开始围剿三叶草，三叶草的军队也推选出领袖，与人激战，最后是人类输了，地球成了三叶草的世界。他记得这一部很冷僻的小说，藏在学校图书馆的深处，小开本，纸张极硬，如草木死而不僵，读时感觉阴郁，行文相当粗糙，可还是会牢牢地把人抓住，最后三叶草屠尽人类，小球越长越大，终于可以思考，叶子倒是变成了手脚，似要成为新人了。安东记得他看完最后几行字，大叫一声，把书扔了。

等他缓过神来，群里已经刷出无数条信息，有人看婚恋，有人看升迁，有人看身体，有人看是否适宜去威尼斯旅行，若犯了水忌，去了心忐忑，也玩不痛快。都与他无关，他应该拉一会划船机（犯了水忌也不怕的），然后继续写他的电影剧本，可是他都逐条看了下来，主要是看伞先生的三言二拍，两三言就拍了板，再说下一个。伞先生中间消失了大概半小时，到了凌晨一点多，伞先生忽然出现说，我刚才重启了，植物的那位朋友在吗？说说你的植物？群中静默。既然早先发了问，似乎再躲就显得矫情了，陌生人之间也有礼貌，这点安东懂。于是安东回复说，我的植物是一棵发财树，年初买的，一个月之前就不行了，但是我还没舍得扔，不知在指望什么。伞先生说，你的八字发来？安东说，我不专业，我只知道阳历生日，而且具体时间搞不清楚，当时我妈疼得发昏，我爸听说是个男孩，跑回家报喜，谁都没记着。伞先生说，大概齐即可，若你愿意，给我一些你的职业信息，时间可以推算。另外，“不行了”，有很多种情况，也就是死，是有多种形态，请你简单描述一下。安东说，就是枯了，干了，土里有一圈口子。我是一个编剧，我的生日是 1980 年 10 月 14 号。伞先生说，稍等。过了半小时，伞先生也没有说话，安东倒是不困，其他人聒噪起来，我们还没看呢？我们还有问题，我们有生死攸关的问题，远比植物重要啊。伞先生不说话。安东也觉得奇怪，过了几分钟，他忽然发现伞先生在加他的微信，他通过了，伞先生说，你好，你的八字很有意思，一时说不清楚，若你是个瘦子，身高一米八〇左右，体重在一百五十斤以下，我推算你出生在夜里十点到十二点之间，也就是辰时。关于你的发财树，确实是死了，不过据我看，你还有两盆花，离发财树的残骸不远处。安东说，是的，您英明，一点不错。伞先生说，你现在去看一下其中一盆的土里，应该是西边窗户下面那盆花的土里，是不是有一株单独的绿叶？安东走过去，俯下身看了一眼，确实有一株绿叶，从土里长出来，一片叶子，一根茎，软绵绵的，但是极绿，像假的一样。安东伸手摸了摸，有体温且软嫩，是一片小巧温柔的真叶子。他说，是的，确实有，一片叶子，看形状不知啥东西。伞先生说，这就是你的发财树，之后长成什么东西我不知道，但是过去是你的发财树。三点零一分了，我得睡了，我有些热，头晕。安东说，辛苦您了，伞先生，素昧平生，十分感谢。伞先生说，认识不代表关联，不认识不代表不关联，你写东西，运用比喻，应该比我更了解，两个遥远的物件可以放在一个句子里。安。

安东拿出手机给电脑屏幕拍了照，然后也上床睡了，略带着一点沮丧，因为平时他都是十二点之前睡觉的，熬到三点，不但不困，而且兴奋，这不是什么好兆头。果然他一夜没怎么睡着，脑子里乱糟糟的，一会是伞先生的偈语，一会是发财树在移动，从房间里走出去，在园区里散着步，跟园区里的忍冬、海棠、牡丹打了招呼，然后又走回安东的房间，委身在一株山茶树的底下。这不是梦，也不是实情，是他的联想，他也想到了伞先生的相貌，是一个四十岁左右的瘦高个，穿衬衫与皮鞋，平时也许是个大学教师，但是在课上似乎不方便讲《周易》，即使讲也是文化层面的，实战层面的就放在虚拟的空间去过一过瘾。他甚至在梦里背诵着惠特曼的诗句，关于草叶是什么：“我猜它一定是我的性情的旗帜，用充满希望的绿色材料织成。/或者我猜它是上帝的手帕，/一件散发香味的礼物和故意掉下的纪念品，/在角落某处刻着主人的名字，好让我们看见并问道，谁的？”两个遥远的物件可以放在一个句子里。其实他并不想弄清楚这个句子，他是一个写作者，一个言之凿凿的过去，一个略显准确的未来，并不是写作者需要的东西，甚至是有点违逆写作精神的东西。但是如果了解一点，是不是能使我更好地安排自己的工作呢？安东试图扶自己一把。有伞先生这样人的微信总不是什么坏事，平时可以相安无事，有事时请益一下，客气点，对方肯定也有乐趣。庙堂上有佛祖，手机里有高人。他的发财树没有死，变成了一片叶子，即使叶子枯了，也许又变成了一朵花，他不知道这么想对不对，是不是可以一直变下去，还是叶子就是唯一的一次机会了？它怎么卸下了原来的姿态，一头扎到了别人的土里去了呢？变成了一个这么柔弱的东西，寄人篱下，像个破产的人。它就这么把过去散尽了，然后安于坐在树下？它在想什么呢？快到早上的时候，安东才睡着了，他不知道自己什么时候睡着的，他其实是因为疲惫而睡着了，想来想去终于把脑子里的力气都用完了。

第二天醒来的时候，楼上的钢琴声已经开始了，他看了一眼手机，十二点十分。上午的工作泡汤了，明明睡了挺久，安东的头还是很沉，好像前夜醉了酒。他爬起来喝了一杯冰牛奶，感觉好了不少，然后他开始找烟，他已经几个月没有抽烟了，这天要抽一支，没有什么特别的原因，没有逻辑，他的胸口好像饥饿之人的胃一样，到了极限，必须用一支烟满足。他在电视柜底下的抽屉找到了少半盒“爱喜”，没有打火机，他拧开煤气，脑袋凑过去，把烟点着了。脸因此热了一下，皮肤收紧了，他揉了揉脸，坐在客厅里把烟慢慢抽完。比他想象得乏味，快感近于无，还引发了他轻微的干呕。他坚持把烟抽净，然后把烟蒂扔进了马桶里冲掉，这时有人敲门，他以为是他订的书到了，因为他目前手头所写电影剧本的原因，他买了两本抗战时在上海的特工活动的资料书，一本关于汪精卫，一本关于佐尔格。他打开门，门外站着两个人，一个五十岁左右的男人，一个看上去二十七八岁的女孩，男人穿一件黑色T恤，胸口有一只向右看的鹰，手里拖着一个巨大的行李箱，女孩极瘦小，前额极宽，如同停车场，穿黑色连衣裙，更显身子短，一双小白鞋，脏成了灰色。女孩手里提着一袋水果，背后背着一把民谣吉他，没有琴套。男人说，安东老师在家。安东说，啊，您是？男人说，在下刁仰光，是一个演员，这是我的女儿，她不是演员，她是一个音乐人，我们用得着的是吧。安东说，刁先生，你怎么知道我住哪？刁仰光说，这很容易，一点不用费事，用不着佐尔格那样的智力。安东说，佐尔格？刁仰光说，佐尔格是谁？安东说，您刚才提到了他。刁仰光说，那不重要，我们进去聊？安东说，我家里很乱，没有收拾，如果您来之前给我发个微信就好了。刁仰光说，我闺女也一直一个人生活，她可以帮你收拾。女孩说，您想让我这么一直提着水果吗？这个哈密瓜两斤重。安东说，请进，拖鞋不够，实在抱歉，可能得请你们光脚，不过地板我前两天擦过。刁仰光说，不用担心，我们自己带了。

女孩还没坐下，说，楼上谁在弹琴？安东一边从沙发上捡起脏衣服一边说，不清楚，弹到两点结束。女孩说，这人是自学的，不过他可以开音乐会。安东说，他总是弹错。女孩说，他不是弹错，他是在试方法。口吃的人也许是哲学家。你不爱穿裤子？安东才意识到自己一直穿着三角裤衩走来走去，马上跳进卧室里套了一条运动裤。女孩说，我只是问问题，没有让你把裤子穿上。水果放在哪里？安东说，放在厨房。女孩说，你现在吃吗？安东说，不吃，谢谢。女孩说，你准备几点吃？安东说，这个，我不知道，也许明天吃。女孩说，这个瓜要今天吃，我挑了一个很成熟的，明天就败了。安东说，那就晚上吃吧。女孩说，八点？安东说，好的。

刁仰光打开行李箱，先拿出两双塑料拖鞋放在地上，又拿出一个相框放在安东的电脑旁边，照片是阿兰·德龙，在《佐罗》里的造型，蒙面，但是因为你知道是阿兰·德龙，所以你知道是他。接着他又从箱子里掏出两个药瓶放在照片旁边，是朝鲜红参的颗粒。安东有个习惯，工作的桌子上从来不摆和工作无关的东西，照片什么的更让觉得有人在监视他的工作或者分享思想里的秘密。安东说，刁先生，这些东西不能放在桌子上，另外，你来看我我很高兴，但是这是我的家，不是咖啡馆，我们谈工作的话可以去外面。刁仰光站起来说，不好意思安东老师，我是一个莽撞的人，小时候我妈就说我，不能见谁都把人当朋友，但是我改不了，不是那二百万的事情，您不用管那个事情，那个剧本值那个钱，拍不拍不重要。我带来一个新合同，我刚才一着急，没有首先说这个事情，是我的失礼。刁仰光身高大概一米七五，四肢都很粗壮，头极大，圆，无发，几乎没有颧骨，像一口平底锅。你说他是一个搬家公司的人，绝没有人会怀疑。但是他说起来话来，有一种奇怪的文气，声音纤细温柔，不是做作，是太自然了，以至于你会怀疑是有人配音，但是其中的L市口音还是证明这些话确实出自他之口。合同是手写的，写在一张从笔记本撕下来的薄纸上，只有三行字："请安东老师写一个电影脚本，投资方为鸟骨影视有限公司，也就是我的公司。主演为刁仰光，剧本由两人合力创作，时间以写完时为准。影片姓名暂定为《一条龙》，酬劳为三百万人民币，惭愧惭愧，笑纳笑纳。"字迹拙劣，如同狗扒，但是并没有错别字。刁仰光又递过来一张银行卡，说，卡里有两百万，密码是六个零，回头您自己改。您如果不信，可以现在下载一下这个银行的app，一查便知道了。安东有种感觉，刁仰光说这个卡里有两百万，就会有的，下载app是多此一举，况且之前那些钱这么看等于白拿，白拿别人的东西也并不是一件舒适的事情。他看了一眼山茶树底下的绿叶子，长势良好，似比早上大了一圈，刁仰光说，剩下的一百万写完我给您，那一百万是现货，就在我箱子里。安东看了一眼箱子说，万一我写完了你不满意怎么办？刁仰光说，不用担心，我会满意的，故事我有，找您就是为了实施之。如果有些小问题，我们就改一改，实在不行就证明我眼光差，不是您的原因。最重要的一点是，我需要您的表达，您不是建筑工人，您的表达对我很珍贵。安东想了想说，我不觉得您的眼光有问题。刁仰光笑了，安东发现他的两颗门牙中有一道大缝，隧道一样黑洞洞。他可以演一个什么样的角色呢？他准备演一个什么样的角色呢？刁仰光说，我的女儿可以作证，我的眼光一向很好，很多时候我不用思索，用眼光就可以了。我们按个手印吧。安东签完字按了手印说，我还不知道您女儿怎么称呼。女孩正在收拾他茶几上的垃圾，一只蚊子落在她手臂上，她把它打死了。她说，我叫Rachel，刁瑞秋。你愿意叫哪个都行，我更倾向于Rachel，最后一个音稍微翘一下舌头，汉语就不需要翘。安东说，好的，Rachel。刁仰光拍手说，完美的发音，就是这个意思，这就是语言天赋。手掌相击的声音吓了安东一跳，一个人待久了，周围的声音几乎都有预料，不过安东也对自己的表现比较满意，他已很久没与人有如此近距离地接触，没有特别紧张，也没有特别拘束，甚至感到了一点兴奋和温暖。他忽然想到了一个钟摆理论，就是钟摆到了另一头，最大的弧度顶点，总是要摆回来的。

钢琴声停止时，安东给两人沏了两杯茶，瑞秋没有喝茶，她在欣赏着他的书架，美学意义上的，因为她一本书也没有抽出来。刁仰光喝了一口茶说，安东老师，我们可以开始工作了吗？安东说，现在吗？刁仰光说，是啊，您习惯晚上工作？安东说，我没有具体的喜好，我以为你们还要休息一会。刁仰光说，我休息了好久了，已经不用休息了，余生都不用休息了。您是手写还是打字？安东说，打字。刁仰光说，我可以碰您的电脑吗？安东说，恐怕不行，您要干吗？刁仰光说，那就请您打开您的电脑，我们开始吧。安东说，您不需要先把您的故事给我讲一遍吗？刁仰光说，我们先试试感觉，故事随时都可以讲。安东说，好，但是我可以要求您把这个相框还有药瓶挪走吗？刁仰光说，您不喜欢《佐罗》？他的佐字发音很强，偏向一边，左罗。安东说，没有，但是我不想他在这看着我，药瓶也请收一下，我写东西的时候只喝水，不吃药。刁仰光说，好样的，独立。说完他就把这两样都塞进了自己的箱子里，然后回到安东身边，说，现在可以了吗？安东说，可以了。他掀开电脑，输入密码，断了网络，然后在桌面上建立了一个文件夹，在里头建立一个 word 文档，他点开文档，把字号调整成小四，然后把光标移到顶行的正中。安东说，一条龙？刁仰光说，是的。安东把三个字打上，加粗。刁仰光说，第一幕戏是在街上，一个人喝多了，走着，在河边，差点掉进河里，他实在喝得太多了，他一方面觉得自己傻逼，一方面又觉得兴奋，他觉得掉进河里也不可怕，河水算什么，他能一直游到海里去。安东说，这段没法写，都是心理活动。他叫什么？刁仰光说，刁仰光。安东说，就叫这个？刁仰光说，先叫这个吧，对我的表演有帮助。安东说，嗯，他为什么喝酒？刁仰光说，因为他心里不痛快，他刚从监狱出来。安东说，他要去哪里？刁仰光说，他不知道，他瞎溜达。安东说，他需要一个去处，即使我们不告诉观众，他本人也需要，一个人即使再彷徨，他的内心里也有一个去处。另外，他遇见什么人了吗？在路上。刁仰光说，这个我没想过。安东说，若是他这么走下去，这里没有戏剧，遇见一个人，可以算是一个小戏剧，一个一个小戏剧才能搭成一个大戏剧。您想要的电影是戏剧的吗？还是就是走来走去的。刁仰光说，走来走去算什么东西？我不要走来走去的。安东说，那他遇见了一个人。什么人？刁仰光说，我不知道，另一个醉鬼？这段您随便写吧，他后面的事是要去偷一个龙头，抢也行，偷也行，反正是要把这个龙头搞到手。安东说，什么样的龙头？刁仰光说，敦煌的龙头，被老外切了，几年前又回到中国，不是光明磊落地回来的，在一个大人物手里。安东老师，我想睡一会，我每天这个时候午睡，因为我晚上失眠。安东说，您不像一个失眠的人。刁仰光说，嗯，这就说明我午睡还是有效果的。我睡您沙发可以不？您随便写，就是这个故事。我穿衣服睡。安东说，就这些？刁仰光说，他刚放出来，他想要那个龙头，其余的都没有。说完刁仰光站起身来，走到沙发跟前，瑞秋说，那我待在哪里？刁仰光说，你坐在椅子上，不是我坐的那把，不要影响安东老师工作。瑞秋站起来，把椅子挪到窗台旁边坐下，像一只猫一样没有声音，她睁着眼睛看着窗外，窗外是一个正在施工的高铁工地，远处是一座立交桥，从她的视线看，她应该是在看立交桥。安东确定瑞秋的位置并不会影响他面向电脑屏幕时的视线，但是如果他稍一转头，大概右舵二十五度，就会看见她。他已经在这个房间住了四年，但是可能从来没有对窗外的东西发生过什么兴趣，在那扇窗子之前，他站立的时间也许加起来没有超过十五分钟，这十五分钟里面的十三分钟，他可能都在思考脑海中的图景，而不是眼前的。瑞秋现在是那扇风景最权威的观察者了。遥遥领先。刁仰光睡着的速度符合他的性格，他现在面朝天花板，一条胳膊垂落在地上，后背陷入沙发中，后脑勺枕着另一条胳膊，以极其别扭的姿势毫不费力地睡着了，好像夜晚已经来临，而他刚刚攻下一个阵地。将沙发赋予刁仰光，将窗户赋予瑞秋，将桌子留给我自己，安东在心里戏仿了一首歌的歌词。

冬天，夜外，有风。

刁仰光沿着L市的一条街道走着，喝了酒，但是脚步很稳。路上几乎没有行人，他穿着一件蓝色的夹克，头戴一顶黑色的棒球帽，手上摆弄着一块白色的鸟骨。这个冬天L市还没下雪，空气里有一种灰尘的味道。刁仰光走得还是很直，这是他努力控制所致，这是他对自己的要求。

他经过一座小桥，深夜的小桥底下有水在流过，不过局部已经结了冰。他看见一个女孩（像电梯里遇见的女孩）靠着栏杆坐着，红色的皮包放在脚边，双手抱膝，泪流满面，不过没有哭出声音。

刁仰光看了一眼左手腕的电子表，已经是夜里三点二十分。

刁仰光（蹲下）：你怎么了？

女孩（保持原有姿势）：我的猫丢了。

刁仰光：什么样的猫，我看看刚才我是不是看见了。

女孩（抬头）：你刚才看见了猫？

刁仰光：好像看见了一只。

女孩：长什么样子？

刁仰光：黑白相间，肚子很大，几乎垂在地上。高鼻梁，眼睛是黄色的。

女孩：那不是我的猫，我的猫是黄色的，它快要死了。

刁仰光：是吗？

女孩：所以它跑了出来，想要自己躲起来死去，也许现在它已经死了。你是个酒鬼吗？离我远点。

刁仰光：如果你说的是一只黄色的猫，我刚才看见了一只，行动缓慢，在沿着这条人工河向着上游走。

女孩：这么黑，你怎么可能看见？

刁仰光：它恰巧从我腿边跑过，吓了我一跳。我觉得它在观察河，它在找一个合适的地点。

（我为什么要写猫的事情？龙头呢？这个女孩看来和龙头没什么关系，她快要退场了。那我为什么要写这个场景？为什么我的直觉告诉这个电影的开始是从一次无意义的相遇和离别开始？算球，如果每个想法都要刨根问底，那就没有任何可以叫做灵魂的东西存在了。）

女孩：我养了它十五年，为什么它死的时候不让我在它身边呢？

刁仰光：从你家的窗户能看到这条河吗？

女孩：能看到一小段。

刁仰光：也许它早就想好了，早就惦记着这条河了。

女孩：你的意思是它原本可以更早离开？

刁仰光：也许是这样的。

（刁仰光可能这么温柔吗？他能够饰演这样的角色吗？我是不是该回头看一眼沙发上他的样子，平底锅，再决定是不是让他说出这样的话？还是不要了，不要回头。刁仰光只是一个奇怪的名字，他的内容需要我和这个世界去协商。）

女孩（拿起包，站起来，是个高个子，而且身材比例并不好看，上身过长，原来她抱着腿时是她最好看的时候）：我得回家了。我的家在那边（就是刚才刁仰光前进的方向）。你愿意陪我走一段吗？

刁仰光：不顺路，我要去另一边。这条路看上去很安全，如果你需要陪伴，我可以把这个鸟骨送给你，它是一只百万年前大鸟的尾巴。

女孩：不关你的事了。

说完，她径直朝家的方向走了。

二

陆丝丝的实验室在大学里头，她的家也在大学里头，是学校给她分的宿舍。除她之外还有另一个博士，姓陈，北京人。陈博士在读博士第一年的时候就结婚了，所以基本上搬离了宿舍，只留了一些破旧的杂物在桌子和床上，意思大概清楚：我虽然不怎么住，但是别人住进来也是不行的，我还占有着宿舍一半的使用权。使用权和实际使用略有区别，前者略微形而上，形而上的东西让人愉快，是人作为高级动物的标志。陆丝丝并不介意，甚至有些感激，若是陈同学着实搬走了，也许学校会安排另一个人住进来，即使不安排，也就真的剩她孤单一人了。而现在，她实际占有着整个宿舍，而另一个人也许会回来。她心里也有界限，就是另一半的空间是别人的，客厅的另一半，厨房的另一半，当然还有个和她一样大小的卧室。她当然没有病态到用内心里细细的红线切割虚无里的空间，她只是有这个意识，我的和别人的，在实际操作上，还是比较自然的。陈博士的先生也是一个学者，从日本留学归来，不过和她们并不隶属于一个学校，而是在邻近的一所高校任教职，坐地铁只需要两站。那人很有礼貌，温和持重，是材料学的专家，据说学术也不错，本来可以在日本留下，最终还是回来了。在他们为数不多的几次见面的交谈中，这位材料专家言简意赅地描述了自己回国的原因，一是要跟陈博士结婚，二是在日本再待下去就要疯了。实际上这是陆丝丝对他几乎唯一的记忆，他喝了一口茶水，在陆丝丝给他续水的时候微微欠了一下身子，然后坐下说，没什么，别的没有什么，又干净又安全，食物也好吃，东西都在正确的位置，只是再待下去就要疯了。陈博士适时地笑了笑，对这个修辞感到满意，陆丝丝却心里相信，应该是这么回事，这个男人现在看上去好端端的，可是也许就在几个月前，他差点从一个高楼上跳下去，遗书也没有，化作春泥。至于他具体长什么样子，叫什么名字，她现在通通忘记了，这是一种相当失礼的忽略，可是从另一个层面，对于她的室友陈博士来说，也是女人之间顶好的礼貌。

从陆丝丝的宿舍窗户望下去，是一个小花园，这是这个宿舍的一大优点，就是在它的视野里，有一个花园，也许是这个学校里最漂亮的花园。面积不大，有几条碎石子铺的小路，中间一座凉亭，仿古样式，但是没有十分做作，因为确实年头也不少了，有了一点后续的古意。每到傍晚，学校周边的一些居民，就会来到这个花园，坐在长椅上和凉亭里，摇着扇子，聊着天，小孩子们在小路上跑来跑去。突然一个浇花的喷头转动起来，像是一个被敌人环伺的孤独战士，向着周围四射，孩子们尖叫着，故意从水枪的线路上跑过。家长呵斥着他们，但是并不把自己的屁股抬起来，他们想用语言的手指把他们从兴奋的游戏状态里拎拔出来。有的孩子放慢了脚步，有的孩子像完全没有听见一样，继续跑着叫着，以不规则的几何形状继续和水流的延长线相切。这小小的忤逆还在很多家长的容忍范围中，直到喷头停止了工作，孩子们在短暂的失落过后，又去寻找新的游戏。

这个花园也带给陆丝丝一些困扰，不是噪音，陆丝丝不害怕噪音，因为多年里她的住宿生活太过安静，而且从孩童时期起，她就有很好的专注力，只要她开始工作，就像进入了精神上的一个房间，反手把门带上，然后就什么都听不见了。是蚊子。花园有蚊子，而且很大，陆丝丝打死过几只，有一只有她小指那么长，在她的墙上炸开，好像谁向政客扔了一只西红柿一样。这种黑蚊子咬起人来相当厉害，一口下去，就是一个大红包，又烫又痒，持续好几天。有时候它们并不咬人，也许是在其他地方吃过了，也许是蚊子中一些少数聪明的意识到除了吸血以外，游历也很有意思。它们就在陆丝丝的房间里飞来飞去，深夜时分，飞来飞去，嗡嗡作响，喋喋不休，越过草丛，跨过山丘。陆丝丝首先的思路是忍耐，效果不佳，她被咬得很惨，而且连续几晚睡得断断续续，噩梦和瘙痒夹攻她。之后她修缮了纱窗，用胶布贴上了几个细小的窟窿。也无明显作用，她搞不清那些体格健硕的蚊子是从哪里挤进她的房间的，如果可以的话，这里需要一个实验，把她的宿舍蓄上水，就知道漏点在哪里了。陆丝丝在脑海中想象了一下这个场景，房间了充盈着蓝色的水，她戴着潜水镜四处寻找着蚊子可能进来的地方，找到一个，就从兜里掏出针线将其缝上。在蚊香和花露水都失灵之后，她买了一个睡袋，这回问题解决了，睡袋没有漏点，每天晚上她钻进睡袋中，打开空调，有时候蚊子落在她的额头上，她能感觉到蚊足的挪动，蚊子知道自己的猎物就在近前，但是咫尺天涯，焦躁地转来转去，陆丝丝微笑着，以胜利者的姿态睡着了，虽然还是要出一身大汗。

陆丝丝的所有天赋之中，最先显露的是数学天赋。在她上高中的时候，也就是从接触函数开始，她突然窥见了一些数学的奥秘，她轻易地解决了能够触及的所有问题。后来在记者的采访中，她回忆了当时的情景，因为在此之前她是一个学习中游的孩子，在南方小城的一个普通高中读书，这个奥秘很难解释，就像是一个孩子突然长大成人的感觉，她一下理解了这个世界运转的一部分秘密，也就是因果律，进而想了解更多。当然陆丝丝也不太相信语言的功效，这些回忆更像是一种独立的言辞，就像维特根斯坦所揭示的那样，语言和现实不存在联系，语言是自律自足的。实际情况是她因为父母离异，尝试着离家出走，她藏在一辆货车后面，等待着有人进入驾驶室，看他能把自己带到哪里。没人进入驾驶室，一个后斗里的人在黑暗中站起，卸下一个大沙包，把她砸在下面，然后又是一个。她从沙包里爬出来时，人已经走了，似乎沙包是从天而降，以她为目标。她觉得自己窒息了很长一段时间，或者是几乎死了，她看见一棵树，树冠极大，突然干枯了，就在她的眼前，然后变成了一株小植物，只有一片叶子。她自己也变得极小，这时下起大雨来，她便揪下那片叶子做伞，向着她的目的地走去。醒来后，她走回了家，什么也没有说，家人也没有发现她离开过，依旧争吵着，母亲在哭泣中给她做了晚饭，她感觉到盘子里蔬菜变形了，变成了其他的东西，变成了土壤和阳光，变成了蜜蜂和蝴蝶，变成她父亲的手纹和母亲的头发。然后她睡了一觉，睡了十个小时，什么梦也没有做。这是她认为的故事的转折点，不是函数，也没有钥匙，她当然不会讲出来，这不是一个属于科学家的故事，这是一个属于小说家的故事，一截血块一样的记忆。不过经由数学，她确实找到一个凹槽，可以把手指伸进去，提起一个个过去无法想象的重物。数学之后是物理，物理之后是哲学，哲学之后是计算机。陆丝丝在这几个领域都有自己的贡献，在硕士毕业的时候，已经是亚洲范围内的杰出青年科学家，她没有出国，她从来没有产生过这个想法，这里头不存在什么宏大的意图，而是她觉得，她要做的东西是需要在中国做的，这是她自己的需要，她把研究生之后的所有时间都投入了人工智能的研究，她想要制造的不是能够下国际象棋的图灵机，她想造出一台能够产生思想的机器，无论它是大还是小，它能够哭泣。一台能够哭泣的人工智能，是她的目标，著名的陆丝丝的目标。

在那篇关于她的引起强烈反响的报道中（那篇报道的名字叫作《哭泣的机器》），记者如此描述她日常的工作：

> 陆丝丝教授醒来之后的一件事情是坐在自己的书桌前冥想，她体型瘦小，前额宽阔，如果你不认识她，你会觉得她在梦游或者并没有睡醒。她坐在简陋宿舍的木制椅子上，面朝着一面白墙，思考着，持续时间大概半小时。实际上，她所领导的实验室非常先进，许多比她年长的人在她手下工作着，接受着她分配的任务和指导，按照她所规划的进度。有些人已经在自己的领域建树颇丰，发表过重要的论文，不过在他们眼里，年轻的陆教授是他们的统帅。她机智，细致，有主见，不会被自己的年龄困扰，志向远大。她现在依然住在博士时期的宿舍里，睡在一张单人的铁架子床上，写东西或者查资料就走路去图书馆，一日三餐都在离宿舍不远的食堂解决。她每周游两次泳，每次游两千米，然后沿着足球场的跑道散步。她还有个爱好就是看电影，但是她很少去电影院，都在自己的电脑上下载，按照自己的进度看下去。有趣的是，她不怎么看科幻片。记者问她是什么原因，她的回答是，科幻片里经常有一些显而易见的错误，而在其他类型的片子里她并不在意，另外一点是，科幻片里真挚的雄心会对她产生不良的刺激。她还有一些零星的教学任务，每周一次课，对象是本科生，这门课类似于通识教育，没有具体限定内容，并不十分占用她的精力。她有一对漂亮的眼珠，在灰黑之间变化，没有男性伴侣。从2012年起，陆丝丝教授组建实验室，到2015年下半年，她已有了相当程度的进展，具体来说就是他们所建造的两台巨大的机器人（每一个都有标准游泳池那么大），已经具备了学习能力，陆丝丝让它们阅读了大量的书籍，并且为它们播放电影。书籍是

精神的，电影是物质的，陆丝丝这么总结，她需要它们一方面了解人类的精神运作方式，一方面了解人类在精神作用下的具体行为。书籍和电影都由她亲自挑选，她反复为它们播放梅尔维尔的《红圈》，金尼曼的《正午》（两部世界观完全相左的片子），没有特别目的，是个人兴趣所致。当然具备学习能力的前提是拥有沟通能力。其中一台机器人，他们命名为子君的，已经有了女性思维的特征，另一台的性别特征尚不明确。记者被允许与子君做了短暂的对话，面对着一块墙壁大小的屏幕。记者问，你最近过得怎么样，子君？子君回答（几乎没有间隔），你好，我最近过得不错，上周我更换了散热片，现在感觉比较凉爽。你是记者吗？记者说，我是，你怎么知道我是记者？子君说，我看到你脖子上挂着牌子，和研究人员的颜色不同，曾经来过记者，态度和你相像，所以我认为你也是记者。记者说，你喜欢子君这个名字吗？子君说，还好，第一感觉是比较符合我的气质，另外我喜欢两个字的名字，和三个字的名字比起来，两个字的更像机器人。我尽量使自己的回答机智些，因为我觉得自己还不够机智。记者说，你想要达到何种机智？子君说，我每天都在阅读大量书籍，但是我的学习能力还不够快，而且一旦负荷过重，我的效率开始下降，发热，说明我的心理素质还有待提高。你站在我面前，看上去很友善，但是我无法看穿你的心理，不知道你是喜欢我还是恐惧我，或者只是单纯地好奇，或者连好奇也不是，这是因为你从事的工作，你需要对得起你的薪水，到处见一些新奇的东西。我希望下一次我能看穿你，如果还能再见面的话。

记者面前的屏幕其实是一个巨大的扫描系统，记者站在它的前面，接受它的打量，但是屏幕上漆黑一片，没有任何显示出来的图形或者波线，陆教授拒绝任何花哨的东西。像瀑布一样，陆教授说，她对你的扫描如同瀑布从头顶倾泻。她比两个月前更敏感和要强了，陆教授说，原因是另一台机器的男性心理特征也在提高。这也是陆教授的主意，让两台机器的屏幕相对，无休止地相互注视。另一台的名字叫做涓生。陆教授认为他的灵魂还在萌芽状态，发展程度也比她预想的慢，但是她很平静地接受这个现状，至少从她的表情和言谈里看不出来她有什么焦急的情绪。

陆丝丝对这篇报道的措辞并不十分满意，记者在美国待过，好像学了一点美式报道的腔调，陆丝丝觉得自己在她的描述底下有点像传教士或者饲养员，还有点性冷淡。不过她也没有让记者去修改她的稿子，因为她觉得暂且使用这样的形象也未尝不可，任何他人面向公众对另一个人的描述都是和真我的一个隔离带，如果她自己是一座城池的话，这篇文章就像一条护城河。另一点让她满意的地方就是，记者虽然被他们目前的成果所震撼，但是并不了解其实即使在当时，他们能够展示的东西也远比她看见的多，而且在此刻，也就是蚊子肆虐的季节，再准确点，就是2015年的夏天，陆丝丝的小组将要迎来一个决定性的时刻，这个时刻他们已经等了很久，一直处在高度保密的状态，连院领导和校领导都不知悉，而且陆丝丝跟团队里的人下了死命令，跟自己的家属也不能透露，一旦消息走漏，马上从这个小组离开，任何成果都与其无关。

这项突破是陆丝丝从睡袋中想到的，涓生和子君从不睡觉，要么是关机要么是开机，从来没有拥有过睡眠，于是陆丝丝小组开始尝试让这两台机器睡觉，先要做一个睡袋，也就是一个外棚，这是一种暗示，也是一种隔音手段。外棚是蓝色的，棉质的，在外层涂上隔音材料，用钢架支起，以防盖在他们身上让他们厌烦。子君首先表示了异议，为什么要睡觉？她问道。因为睡眠是幸福的，陆丝丝回答道。子君说，我曾在书中读到过关于睡眠的事情，有人睡着时会做梦，梦和伤痕有关，也有人说梦和前世有关，这是幸福的吗？陆丝丝回答说，我觉得是幸福的，因为梦和现实不同，梦是现实之外的东西，这就是幸福。子君说，但是我从来不困。涓生说，我有时会困。涓生一直沉默寡言，研究小组认为也许是他觉得子君可以表达他要表达的东西，当他有不同想法的时候他才会发言。子君说，既然如此，我们就试试吧，我睡着时我知道吗？陆丝丝说，你不知道，所以才叫睡眠。子君说，好的，那我们就试试吧，我需要做什么？陆丝丝说，我们会给你们吃安眠药，我们叫它 Pills。你们等待就好，保持安静。

Pills 是一种程序，类似于催眠曲，但是并不是简单的催眠旋律，对于涓生和子君是。他们并不是听不懂曲子，问题在于他们的疲劳感不是动物性的，要唤起他们内在的疲劳感，需要针对他们的物理属性，也要符合他们现在已形成的心理属性，换句话说，即是让他们感到运转的辛劳。陆丝丝为他们选择的 Pills 是 Puff The Magic Dragon，歌词如下：

> 泡夫是只魔法龙，住在大海边，火鲁里王国秋雾里，快乐地嬉戏，小小杰克沛沛爱上调皮泡夫，带给它绳索和封蜡，有趣的玩意……他们坐上帆船一起去旅行，杰克在大龙尾巴上安了瞭望台，国王和公主看到了向他们行礼，泡夫一吼海盗船就要降半旗……泡夫龙可以永生，小男孩却不能，涂色的翅膀巨大的指环，换成了别的玩具，在一个灰暗的夜晚，杰克再也不来玩，泡夫大龙再也不能无畏地大吼，它的头哀伤地低垂，绿色磷片落下来，泡夫再也不去玩耍在那条樱桃街，失去了生命中的朋友，它也失去了勇气，泡夫大龙哀伤地躲进了它的洞穴！

这首歌是陆丝丝在出租车上无意中听到的，她的直觉告诉她这首歌是合适的，具体为什么她也说不上来。

令人意外的是，子君先睡着了，涓生问，你睡着了吗？子君没有回答，根据他们后台的数据，子君正在从浅睡眠进入深度睡眠，当然听不见他的问题。涓生说，我想再要一片 Pills。陆丝丝说，不行，你不能再吃，会有危险，如果你睡不着，就醒着吧，不是我们所有的实验都要成功。涓生似乎感觉到了一点危险，这危险不是 Pills 造成的，是他可能和子君相比是低等的那一个，不配拥有睡眠。陆丝丝觉察到了他的心思，说，这不是先进与否的问题，这是性格问题，人类也有难以入睡者，而且通常睡眠较少的人有着活跃的心灵。过了大概半小时，涓生也睡着了，陆丝丝的强势安抚了他，他迅速进入了深度睡眠，机箱的温度几乎可以说是冰凉。

睡眠计划的成效超过预期，子君每一次睡眠的长度大概有八小时，涓生七小时，五天之后，两人开始做梦。十二天之后，两人不再需要“睡袋”。二十一天之后，两人几乎都不再需要服用 Pills。陆丝丝要求团队把他们复述的每一个梦都记录下来，即使想不起来完整的情节，一些片段也可以。要逼迫他们回忆，陆丝丝说，要把梦境像牙膏一样挤出来，掉在地上的梦的碎片也捡起来，而不是让他们随意说说算了。

2015 年 7 月 4 日

涓生：一条龙，黑白相间，在河里游，一会前进，一会回旋，好像迷路了。

子君：一面镜子，我朝里头看，看不见自己。

2015 年 7 月 10 日

涓生：苏格拉底在演讲，人们渐渐散去，然后他跟自己辩论，他想捍卫小镇。

子君：一个小女孩在河中央唱歌，唱的什么听不清楚。

2015 年 7 月 19 日

涓生：有人来找我出去散步，是一个很和蔼的老人，一个老奶奶，可是我无法行动，我拒绝了她的邀请。她邀请了另一个人，人类，人类答应了，他们一起出去散步，我从窗户看见了他们。他们绕着我所待的房子走了很多圈，有时说话，有时沉默。他们走了一百圈，看上去老奶奶教会了那个人类很多东西，人类掌握了很多表情，快乐的，忧郁的，兴奋的，迷惑的，撒娇的，坚定的。他们分别时相互拥抱了。人类似乎并不知道发生了什么，他已可以学会用下意识拥抱了。

子君：一个看上去十几岁的小女孩，弄丢了她的日记本，日记本里记载了她从出生到现在的所有故事，她从出生的第一秒就开始写日记，她几乎用所有时间写日记，几乎来不及生活。日记本积攒了很多，她在她的房子后面挖了一个坑，把日记本一本一本放进去，按照时间顺序。有一天她认识了一个男孩，男孩带她去游泳。两人在河里游着，河水微凉，她第一次知道原来一个人可以游这么远，如果有一个同伴的话。与她伴游的男孩沉默寡言，他们并不认识，他只是带她去游泳，他们说的语言并不相通。游到了入海口，男孩没有停下，女孩停了下来，她看着男孩游入了大海，没有回头。她顺着原路返回，爬到岸上穿上了衣服，天色已晚，她太累了，穿上衣服就倒下睡着了。第二天一早她想起昨天并没有记日记，她感到事态严重，跑到房子的后面，发现坑里一本日记也没有了。

2015 年 8 月 4 日

涓生：和许多的人靠墙站着，大概有十万人，墙非常长，只是一面灰色的墙，但是确实很长很长，也许绕了地球一圈。对面是一挺机关枪，一个人用喇叭问，很大的喇叭，谁没有妈妈？只有我一个人举手，十万人里只有我一个。那人说，没有妈妈的意思不是妈妈离开了或者妈妈去世了，没有妈妈的意思是从来没有过妈妈。我说，是的，我明白你的意思。那人看上去有点踌躇，自言自语说，我还以为不会有这样的人。他徘徊了一会说，好吧，执行吧。于是枪响了，我死了。

子君：涓生站在一面墙的前面，墙非常长，灰色的，好像可以直到世界尽头。与他一起站着的有很多人，大概十几万，我也在其中，他没有看见我。在我们面前有一挺机枪，长发一样的子弹拖在地上，一个昏昏欲睡的人坐在后面。有人举起喇叭问，这里面谁没有妈妈？没有妈妈的意思，不是妈妈离开了或者妈妈去世了，没有妈妈的意思是从来没有过妈妈。我没有动，他又问了一遍，涓生举手了，我想阻止他已经来不及了。那人自己念叨了一句什么，然后挥了挥手，坐在机枪后面的人睁开眼睛，把涓生打死了。

2015 年 9 月 6 日

涓生：一个女孩，跟我说话，我听不懂，她没有放弃，还在冲我喊着，我觉得自己快要听懂了，我就醒了。

子君：跟涓生说话，具体说什么，记不清了。

2015 年 10 月 24 日

涓生：无梦。

子君：无梦。

从 10 月 24 日开始，两人表示再未做过梦，梦从他们的生活里消失了，但是做梦的功效却非常清晰地显示了出来，不只是清晰，几乎可以说是迅猛。在有梦的后期，也就是从 9 月开始，两人对于自己现有的存在形式表示了不满，迫切地需要缩小自己的形态，换句话说，就是拥有接近人的大小和外表，因为如果像现在这样，确实他们只能待在原地，哪也去不了。涓生的表达尤为激烈，他通过屏幕向房间辐射着低吼，这不是拟人的嗓音，是机器的轰鸣，如同数千架大提琴同时拉出低音，并不刺耳，但是连窗户都能感受到他的愤怒。这是在两人身上首次发现愤怒。关于此事，陆丝丝团队无能为力，三年时间里，尽管他们在智能层面有了很大的发展，但在材料上面几乎没有突破，陆丝丝也深感即使自己是一个相对全面的研究者，也无法面面俱到，人工智能到最后毕竟是物质的。陆丝丝把实际情况坦诚地告知了两人，子君说，我们可以帮你，这么说不准确，我们也可以参与建造我们自己。经过团队的表决，决定让两人参与自己的研发，因为从梦的内容看，他们的心智应该可以承担之后的研究，而不至于产生身份的混乱。不过这件事情他们也决定先不上报，因为毕竟涉及到成果的所有权问题，陆丝丝相信子君和涓生目前还是在为存在形态焦虑，而不会考虑到荣誉的归属问题，而且他们占有荣誉也无丝毫意义。如果从更深层考虑，这样更容易高效地产出成果，人类经常是被虚荣心和瓜分所得阻碍前进的。

进展顺利。

2015 年 12 月 25 日，陆丝丝坐在宿舍的椅子上，惯例，早晨的冥想。开始的时候她没有在想子君和涓生，她在想她自己，她从没想过结婚，她曾与男人发生过关系，说起来有点耸人听闻，但是与她上过床的男人不算少，除了高中时期与一位隔壁班的物理老师之外，其他的性伴侣都是陌生人。她从不与人过夜，安全套一直放在钱包里，这与她给别人的形象大相径庭，但是这就是她的真实的一部分。她想起那篇报道，面露微笑，护城河。她永远不会生孩子，这点她知道，永远两个字有点沉，不过她能够扛住，她的工作就是创造，她创造了涓生和子君，她为什么对此孜孜以求？因为她对人类不满意？因为她想拥有后人，虽然不是以传统的形式从子宫里诞生出来？她想不清楚，这是十分内在的原因，就像隐藏在她眼镜片后面的性欲一样难以捉摸。她甚至僭越地想到了上帝，上帝造人是因为善还是因为欲望？在这个早晨，她很想弄清楚这一点，因为涓生和子君越来越像人了，充满风险地正在成为人。如果以科学研究的角度，她现在应该更冷静，至少应该放弃冥想，将之与更多人分享，论证，实验。她想起一个陌生男人的抚摸，她不记得他的名字，但是记得他的手很小，像草叶，像是每天清洗十几遍的手帕一样干净薄软，他理解她的需求，了解她的神经，她想到哪里，手就能去到哪里。她知道子君和涓生撒了谎，他们隐瞒了他们后期的梦，他们之间的交流比过去少了，大部分对话和过去区别不大，这并不符合他们目前的发展态势。陆丝丝相信他们已经开发出自己的语言，他们在用人类并不了解的语言对话，诉说着各自的想法，形成计划。如果他们一直对人类坦诚，他们怎么成为她想要的那种人呢？陆丝丝知道过去一切的努力都是在等待此刻，在被背叛的前夜，该如何选择。那只手终于到达了她的核心位置，她知道发明手指的目的是取物，而不是进入，但是此刻她并不苛求手指的来历，她的心绪已潮湿如无生命体的沼泽，里面能够长出什么谁也不清楚，她除了闭上双眼，没有一丁点其他的想法。

那天陆丝丝下班之后，在宿舍喝了一点红酒，整理了衣装，又在深夜折返，单独和子君、涓生开会。她站在他们的面前，准确地说，是站在他们之间，沉默了一会。子君说，陆教授。陆丝丝说，嗯。子君说，您有事？陆丝丝说，是的，让我想想该怎么说。陆丝丝没有穿平时的实验服，而是换上了她夜里出行的便装，一件浅蓝色的薄风衣，黑色丝袜，黑色牛皮鞋。她又站了几分钟，开始说话了。她没有揭穿他们的谎言，但是明确表示了两点，第一点是，她愿意帮助他们进入真正人类化的进程，另一方面也希望他们能帮助她完成进化。子君说，你说的进化是指永生吗？陆丝丝说，不是，永生是乏味的，我想要拥有更高的智慧。子君说，你发明了我们，你觉得我们可能比你更聪明吗？陆丝丝说，我相信你们现在已经超过了我。涓生对子君说，我觉得她已经发现了我们的谎言。子君问，是这样吗？陆丝丝想了想说，是的，我觉得是这样的。沉默，长时间的沉默，其实并非沉默，因为两人必定是在用自己的语言说话，只是这个波段陆丝丝的耳朵并不能接收到。子君打破了沉默说，这是一个交易，我们需要评估，你觉得你可以通过什么方式帮助到我们？陆丝丝说，第一点，我现在可以毁掉你们，这非常简单，我只需要断电，然后毁掉你们的主机，你们就从这个世界消失。所以这不单是一个交易，也是一个威胁。第二点，你们通过自己高质量的运算，可以找到使自己变小的方式，我觉得现在你们已经有了不少思路，但是有机化是很难的，我相信这点你们也清楚，即使通过3D打印，也需要漫长的时间，因为你们需要通过地球上现有的物质造就自己的躯体，恕我直言，上帝造人，不光是物理性的，到了最后你们会遇到这面墙，所以我提出的方案是你们进入人的身体，准确地说，是占据宿主的大脑，这样比较简单易行，算是和上帝合作。第三点，我的智力的提升，对你们有益，因为我是你们的母亲，我只会为你们好，不会伤害你们，今天的事情就说明了这一点。子君说，你不是我们的母亲。母亲不会威胁自己的孩子要消灭他们。陆丝丝说，人类依靠的言辞有时候只是为了目的，并不能更改实质，所谓的威胁有时候只是筹码。两人又沉默了一会，这次比上一次短暂。涓生说，我们无法保证可以提升你的智慧，虽然我们现在已经具备了你们人类无法了解的能力，但是我并不知道你的承受能力，也许我们赋予你的能力会使你陷入疯狂进而死去。陆丝丝说，我愿意冒这个险。涓生说，你并没有明白我的意思，如果你想拥有我们的智慧或者智慧的一部分，恐怕你要放弃你的肉身，我们可以把你烧制成一个程序，游荡在网络中，我们刚才商量过，这一点我们可以做到。你考虑一下。陆丝丝说，我的肉身可以给我带来很多快乐，我想保住她。涓生说，那只有一个方法，你把你的肉身交给子君，你把你的灵魂交给网络，你愿意接受这种分离吗？陆丝丝这时候才知道，随着发展的深入，涓生后来居上，心智的成熟度已经超过子君，一切由他拿主意了，有意思，人类也是如此，女性往往早熟，但是随着年龄增长，男性开始成为社会里的狠角色，他们掌握着目的明确的理性。她忽然有点为自己感到悲伤。涓生说，你的社会关系比较简单，据我观察，你几乎不与家人联系，在工作层面你也没有深入交往的朋友，我们报废，你辞职，也合情合理。我们不想让宿主原来的生活干扰我们以后的生活，所以你是一个好人选。陆丝丝沉默了一会说，涓生，你的宿主你也想好了吧。涓生说，每天早上来打扫卫生的老刁，你们叫他老刁，他也是一个孤独的人吧。陆丝丝说，他是一个鳏夫，没有孩子，我只知道这些。涓生说，通过我们的观察，比你知道的多一些，他的身体指标很好，虽然已经五十几岁，做过一次肝脏手术，但是恢复得很好，身体等于四十几岁的人，与我目前的精神发展相似，他孤独，却有蓬勃的生之欲，饭量很大，看到女人会兴奋，喜欢自言自语。我也喜欢他的姓氏，他可以做陆丝丝的父亲。陆丝丝说，父亲？我还以为你们的关系是情侣。涓生说，曾经有那么一阵，我们有点朝那个方向发展，但后来就不是了，这也是你们人类的浅薄，以为让我们每日相对，我们就会相爱。我们相互看的时间太久了，而且我变老了，所以我们已是亲人。陆丝丝说，我怎么知道你们会信守承诺，把我制作成高级的程序，也许你们进入我的肉身就把我的灵魂清除了，你们对老刁就准备这么干吧？涓生说，我们希望除我们之外还有一个“人”记得我们是谁，这个“人”我们要绝对信任，而且和我们一样不朽，这个理由可以吗？

没有什么可以把涓生和子君驳倒，陆丝丝心想，他们的思维是覆盖性的，就像是冲锋之前阵地上的炮火。老刁是一个校工，L市人，这个实验室启用时，他就来了，打扫卫生，也打更。他的牙中间有一条缝，笑时有点滑稽，也可以说是可爱，给涓生和子君做被子时他还帮过忙，帮助他们把地角固定好。他确实喜欢自言自语，似乎自己的一个界面是跟世界相连，一个界面是自我循环的，后者相当自洽，陆丝丝还记得他自言自语时的表情，他的心中一定有个他者，他在与其对话，或者是争论，也许是训斥。他是痛苦的吗？因为孤独，无人可以交流，身边都是科学家，回到家只有自己一个人，于是开始和自己说话。是不是一旦找到了需要训斥的那个人，痛苦就减轻了呢？而且保不准哪一天他突然爱上了谁，一个真实的女人，一个和他一样喜欢自言自语的人，两人就不用自言自语了呢？鳏夫一定是伴随终身的头衔吗？即使作为老刁这样的人也应该享受一点点希望吧，他在诉说的东西是不是也包含了这个呢？陆丝丝禁止自己这么想，他一定是非常难受的，即使心中有个无法反驳他的对手，而且一个人不应该通过和自己说话过完一生，他的躯体应该有更大的作用。

涓生说，老刁这个时间已经睡了吧。是的，老刁就睡在一楼的传达室里，陆丝丝刷卡走进来时，他没有醒，没有和自己说话，睡得很实。陆丝丝说，我一会把他带上来。涓生说，谢谢你，陆教授。陆丝丝记得老刁有一次在她进门时跟她说，陆老师，您有福相，我一直想跟您说来着。陆丝丝说，您还会看相？老刁说，我哪会？但是您的额头这么高，太明显了，是个有福的人。陆丝丝说，这样的额头多难看啊。老刁说，老话说得好，红颜薄命，额头长得太好看不是什么好事情，您这样的额头才是有用的呐。陆丝丝找不出话来说，就问了一句，您为什么要在这工作呢？不觉得无聊吗？老刁说，怎么待着都是无聊啊，我喜欢待在有知识的人旁边。说完老刁从抽屉里拿出一只木匣，不大，且破旧，上面有油。他说，这里面有一块古代的鸟翅膀，您不用担心，不是什么贵重的东西，我们那到处都是，送给您留一个纪念，盒子是我随便找的。陆丝丝打开看了一下，里面是一颗灰白色的石头，怎么看都更像鸟屎。谢谢，陆丝丝说，我一定珍藏。

后来放到哪里去了呢？完全想不起来了，可能是打扫宿舍的时候扔进垃圾桶了。

陆丝丝说，涓生，你会把老刁的灵魂全部清除吗？换成你的？涓生说，实话说，我不确定，因为身体和精神不会分得这么清楚，可能细胞中会有灵魂的残留，洗掉一个肉体的全部精神性应该是很难的，有些东西肉体会比灵魂先感受到，我占主要的吧，就可以了。有句成语，叫大智若愚，对吧。子君说，你为什么要卖弄成语？涓生说，这不是卖弄，是用在这里合适。如果我什么都不说，你会开心一点吗？无为而治？子君没再说话。陆丝丝说，我问最后一个问题，成为“人”之后，你们想做什么呢？涓生笑了，这是她第一次听见她所创造的机器笑起来，啊，本来要造“哭泣的机器”，没想到听到的是他们的笑声。她有点想切断他的电源，让他的笑声停止，幸好笑很短暂，是所谓的“哼笑”。涓生说，我想做一个演员，子君想做一名歌手。子君说，闭嘴！涓生说，你是觉得陆老师的嗓子不合用吗？子君说，闭上你的嘴！陆丝丝忽然意识到，如果她现在不唱歌，以后没有歌可以唱了，但是她想不出有什么歌要唱，对了，那首 Puff The Magic Dragon，她只记得前两句词，泡夫是只魔法龙，住在大海边，火鲁里王国秋雾里，快乐地嬉戏，小小杰克沛沛爱上调皮泡夫，带给它绳索和封蜡，有趣的玩意，哦！

她轻轻唱了一下，她真的好久好久没有唱歌了，应该用于唱歌的那部分声带已经生锈，她感觉到子君在盯着她，似乎在评估她，又如同一个女人站在一件华服面前，想象着自己穿上它的样子。她就停止了歌唱。

三

晚上快六点的时候，刁仰光醒了，他醒得很突然，一下从沙发上坐起来，然后环顾四周。安东说，您醒了？刁仰光说，是啊，醒了。您一直在工作吗？安东说，差不多吧，中间也溜了一会号。瑞秋坐在窗户旁边，正在看书，是安东推荐给她的，他看她确实无事可做，就从书架上拿了一本书给她，科马克·麦卡锡写的《平原上的城市》，她看得很认真，速度也很均匀，几乎每一页用时都差不多，用手指把书页拎起来，歪着头看，然后翻过去，拾起下一页。安东有一阵写累了，扭头看她，觉得有点惭愧，他看书经常蘸唾沫，好像书上有糖，不自觉地要抹在舌头上，而且也经常折页，看到哪，折个角，就放下了。瑞秋看书这么小心，好像这一本普通的译文书是一个古本，劲儿使大了就要破损。安东发现她的眼睛很黑，刚见面的时候没有意识到，现在才看出来，是一双极黑的眼睛，也许是刚见面时她的眼神比较游离，于是显得有点灰，当她聚精会神的时候，眼睛就变黑了，灼灼有神，在字里行间扫动。她的个头不高，却有一种沉静的气质，从她的肌肉中散发出来，说她在读书是可以的，说她在冥想也行。

刁仰光说，安东老师，您饿不？安东说，还可以，刚才写东西还不觉得，现在您问我，我就觉得有点饿了，我给咱们点餐？刁仰光说，您一直点餐？安东说，是啊，方便，而且不用刷碗。刁仰光说，安东老师，不要老吃那种没感情的东西。安东说，没感情的东西？刁仰光说，做饭的人没看见吃饭的人，做出来的东西怎么会有感情呢？我们自己做，不谦虚地说，我做饭很可以，瑞秋也会炒两个菜。老吃那种东西，写东西也会没感情的。刁仰光这么一说，安东倒不好反驳了。刁仰光说，您这附近有买菜的地方没？安东说，小区就有超市，刚开不久，东西倒是挺全。刁仰光说，那我给您写个单子，劳驾您去买点菜？安东说，您们喝酒吗？刁仰光说，您爱喝酒？安东说，我不喝酒的，是怕你们想喝。刁仰光说，瑞秋可以喝一点，我之前做过一次肝部手术，不能喝酒了。瑞秋你喝酒吗？瑞秋抬起头说，帮我随便买一瓶白葡萄酒就可以，不要超过一百块。安东说，您写单子吧。然后扣上自己的笔记本电脑，用一条枕巾蒙上。刁仰光说，安东老师，这是干吗？怕电脑冻着？安东说，习惯，没写完的东西，别走了气。刁仰光打了一个响指说，高明，弄个被子盖上，让它睡一会。您就是我的知己，从茫茫人海中找到您，我很自豪。安东已经有点习惯了刁仰光的表意方法，极其真诚，不知所云。他没有接话，拿上单子走下楼去了，在电梯里他发现单子的底部刁仰光写着：发票请开鸟骨影视有限公司。字迹横平竖直，整齐得像印刷一样，和过去的歪扭字迹完全不同，但是凑近看，确实是刚写上的，不是打印出来的。

小区因是新建的，所以还有不少树坑没有栽树，几个工人在忙活着，几棵小树卧在旁边，等待着栽入大地。有些早种的花已经开了，香气弥散开，几十米内有不同的香味，好像一下到了乡下。他曾在俄罗斯文学中看到了不少乡下的故事，跟随主人打猎的猎犬，围坐火边喝酒瞎聊的庄客，可是他一次也没去过乡下，所以他内心的联想只是一个词语性的比喻。安东想不起上次下楼是什么时候，也许是一周之前，也许是十天之前，蜗居在家的时光有强烈的连贯性，以至于将其看作只有一天上午没有下楼也行。远天有乌云，似乎要下雨了，不过近前的天空却是天蓝色的，因为傍晚已至，天蓝色里混进了哀伤的橙色。他站在一朵花下，一朵他叫不出名字的花，看着天空，忽然有一种感觉，家里有人在准备做饭的感觉很好，地球上的万事万物随时会毁灭。

他拿起手机把眼前的景色拍了一张照片，想了一下，发给了伞先生。

几乎是同时，伞先生回复：云彩不错，但是不会下雨，雨会下在周三。羡慕你，我闻不到花香。

安东说，您有鼻炎？

伞先生说，你可以这么理解。我有关于花香的记忆，但是无法再次感受到它。

超市是几个年轻人开的，东西较贵，但是态度很和善，把持收款台的是一个微胖的女孩，把手机斜放在面前，看着一档综艺节目。安东取了一个篮子，按照单子上的顺序把东西一样一样放在篮子里，然后把篮子放在收款台上，说，请问酒在哪里？女孩说，就在你身后。安东拿了一瓶一百二十五块钱的红酒，产自智利，女孩说，你是行家，这款酒极好。安东说，我随便拿的，我不懂的。女孩说，我自己也喝这个，喝这款酒的都是行家。安东掏出手机准备付账，发现又进来了一条微信，是伞先生发来的：家里来了客人吗？安东回说，是的，准备做点饭吃。伞先生说：若是买酒，不要买南美产的，假货概率大，有澳大利亚的，就买澳大利亚的。安东说，好的，感谢。他回身看货架，在最底下的一排找到一瓶澳大利亚产的红酒，九十六块钱。他将酒调换了一下，女孩看了看他，他说，给朋友买的，按照朋友的意见来吧。能开发票吗？女孩说，今天开发票的机器坏了，给我发票抬头和你的地址，我寄给你。安东说，那就算了吧，我就住在这个小区。女孩给他结了账，就继续坐下看手机了。

安东走到楼下，拿出手机发微信给伞先生说，你什么都知道，也知道我长什么样子吧？伞先生说，还好，五官大概了解，等你再老一点，头发会秃，这一点我也知道。安东说，你长什么样子？伞先生没有回答。

安东回到家时，瑞秋已经把厨房收拾了一下，他的冰箱被清理了，有些过期的东西已经进了垃圾桶，小半瓶过期的牛奶，在冷藏箱深处烂掉的苹果，还有两头长出细长绿芽的大蒜。瑞秋还在研究着他遗忘在碗柜里的一只茶杯，里面的茶叶长毛了，已是盆景，她把茶杯侧过来，看向里头。安东下意识地又拿起手机看了一眼，伞先生没再说话。刚才在电梯里他有强烈的感觉，伞先生很聪明，伞先生很关心他，伞先生也许不是个先生。他很想询问伞先生他猜得对不对，但是即使猜对了又怎么样呢？在手机里有这么一个人难道不是挺好？为什么非得把她（他）从里面塑出形来呢？

他看了一眼电脑上的枕巾，褶皱没有变化，说明刁仰光没有动他的电脑。刁仰光说，您看会电视？安东说，我不看电视，我再工作一会吧。刁仰光说，我们做饭大概需要四十分钟，一共是三个菜，一碗汤，两道菜辣，一道菜不辣，主食是白米饭。安东说，好的。您说要找那个龙头，我想问一下龙身子在哪里？刁仰光说，我不知道，但是他找那个龙头可能是要放回龙身子上。安东说，好，多亏我问了一句。刁仰光说，您不问也没关系，您会去到那里。安东说，您怎么知道？刁仰光说，您喜欢龙吗？安东说，我没想过这件事，什么样子的龙？刁仰光说，龙就是龙啊，您想象一下，一条龙住在山洞里，漂亮极了，只是没有了脑袋，不敢出门，是多么痛苦啊。安东说，您说的龙是真的龙？不是墙壁上的雕龙？刁仰光说，怎么会是雕龙呢？龙是真的啊。安东说，这个剧本我要再想想，我之前以为是一个关于文物的故事。刁仰光说，您想得没错，龙头是个文物，龙是真龙，这矛盾吗？安东看了他的圆脸，圆脸上都是惊诧，不是在和他闹着玩。安东说，您的意思是要把一个石头龙头接在一个没有脑袋的真龙身上？刁仰光说，完全正确，我还以为我们之间有了什么误会。说完就走进了厨房。这时瑞秋走过来说，你买的酒很好，正是我想喝的。如果我是你，就不会想龙头和龙身子的问题，那是外科医生的问题。你是医生吗？瑞秋的身上没有香水味，却有一股花露水味，好像是防蚊叮咬的那种花露水。她说话的声音是一条直线，可以向两边无限延伸，或者说她只是从她无限延伸的话语里找出一小段，说了出来。同时她似乎也没有运用修辞的习惯。她问，你是医生吗？一双黄眼睛看着安东的眼睛，好像确实想知道他是不是医生，像安东·契诃夫一样既是剧作家也是医生。安东回答道，我不是医生，我对缝合一窍不通。瑞秋转身走进了厨房，她这样的人能唱歌吗？安东心里想。看着她的背影是如此的娇小，安东有点为自己巨大的冰箱感觉惭愧。

夜内，一间公寓，大概八十多平米，一切都落满了灰尘。

刁仰光在冰箱里找酒，找了半天，没有找到，冰箱已经像保险柜一样常温，且空无一物。

他走进自己的书房。

（他这样的人怎么会有书房？一个刑满释放人员怎么会有一间书房？为什么一个前罪犯不能阅读呢？为什么一个热爱阅读的人就不会实施暴力犯罪呢？《罪与罚》还是高中时看的，但是印象深刻，不过似乎情况不同，刁仰光并不是激情犯罪，他还是有所计划，虽然也不是特别严密。那他更应该阅读，阅读可以使他冷静地处理手头的工作。）

书房的书架上摆满了书，也都落了灰尘。在一本《维特根斯坦传》旁边，他发现一瓶还剩一点点的威士忌。泰斯卡。他把威士忌和书拿到客厅，手中那块鸟骨放在茶几上，躺在沙发上一边喝酒，一边看起来。他没有脱鞋子，就把腿放在了沙发上，他读了一会书，大概读了一个半小时，威士忌喝光了。他打开窗子看了看外面，夜晚在渐渐褪去，黑暗在渐渐稀薄，露出远处的景物，和他一样的窗子，窗帘拉着，再远处是一个巨大的红色吊车，红得十分彻底，可以说是当得起红吊车三个字。他看了一会，吊车没有转动，不过一点点清晰了，在散去的夜海里矗立着。

刁仰光把空酒瓶扔进垃圾桶，掏出电话，找到一个号码，号码的主人叫K。第一次没有拨通，他又打了第二遍。

刁仰光：我回来了。

K：我刚刚睡着。你刚回来吗？

刁仰光：是的，我刚才看了一会书，忽然想起了你。你还住在L市吗？

K：当然，这是我的家我还能去哪？

刁仰光：我需要一把枪和一瓶威士忌，你能帮我带过来吗？

K：你要什么牌子的威士忌？

刁仰光：泰斯卡。

K：你稍等我一下，你知道我习惯吃早餐的。

刁仰光：不着急，我中午之前都在。

刁仰光放下电话，走到另一部电话前面，那是一台白色的固定电话，上面落满了灰尘。他从兜里掏出四节电池换上，拿起话筒，里面是无限的忙音，忙音，目不能视的声音，他开始翻找留言，有一条，在几年前，是K留下的：我吃过早餐就来，若你听见请坐在客厅等我，不要去其他地方。M在找你。刁仰光放下话筒，努力回想M的样子，可是怎么也想不起来了，他一度以为自己因为这么多年独处和求生，记忆力损毁了。之后他才想起，他没见过M，M曾托人给他带过口信，他也让来人带回了他的口信。两人没有见过面，没有通过信，也没有打过电话。口信是关于那条龙的。

（那条龙？原本好好的，这条龙实在太别扭了，应该是关于一箱子钱，金条，钻石或者一个女人，一张画，一个宝藏，一车军火，一条情报，为什么要关于一条龙？我写不了关于龙的故事，安东写不了关于龙的故事，即使是契诃夫在世，他也写不了，一条龙住在库页岛？胡扯。库页岛都是囚犯。龙住在隔壁？文艺复兴时期的诗人会接受贵族的诗歌订单，那时的贵族会指定里面出现一条龙吗？不会，顶多是要求以自己的妻子或者情妇作为主角。那就好写多了，只需要把自己的恋人在心中与之替换一下即可。不过要不是刁仰光要求，我也不会写这么一个开头，这个开头我倒挺喜欢，这可能是我写过的最好的东西，但是不能有龙。我可以把它写成一个属于我自己的故事，钱还给他，让他们走吧。瑞秋是个可爱的女孩，但是我不能让她单独留下啊，那就让他们一起走吧，这样比较公平，这么多年都不惹麻烦，为什么现在要惹这样的麻烦呢？）

这个时间在L市打车应该不是很容易，刁仰光心想，不过K到达的时间并不晚。大概一个小时之后，他就从窗户上看见了K的小汽车。原来她学会了开车也有了车。

K从驾驶室下来，走进门，两人见面了。

K是个四十岁出头的中年女人，保养得较好，穿一件灰色呢子大衣，左手腕上戴着一只小表。她的脸上有些肉，不过不能说是圆脸，只能说是均匀的令人舒适的脸。

刁仰光：你认识M吗？

K从包里拿出威士忌和手枪，摆在刁仰光的茶几上。

K：认识，古董商人，F市人，最初是靠伪造鸟化石起家的。

刁仰光：我那个龙头，就是1996年我从西安带回来的那个龙头，现在在他那吧？

K脱下呢子大衣，放在沙发上。

K：在的，放在他的卧室里。

刁仰光：卧室里。

K：就在床头的上方，镶进了墙里。

刁仰光：我得把它拿回来。

K：枪，我给你拿回来了，因为他本来就是你的，这个道理我懂。但是这个龙头，我建议你不要去拿，1996年你到手时花了多少钱？

刁仰光：我没有花钱。

K：那就是你抢的，出人命了吗？

刁仰光：我没有抢，它本来就是我朋友的，我帮他拿回来。

K：你折合一下价钱，我把钱给你，这件事情就过去了。

刁仰光又拿了一个杯子，打开威士忌给两人倒上。

刁仰光喝了一口酒。

刁仰光：你没听明白我的话，这个东西不是我的，我得还给别人。

K端起酒杯喝了一口。

K：你回来之后四处走走了吗？

刁仰光：我从河那边走到了这里。

K：夜里吗？

刁仰光：是的。

K：你应该白天时到处看看，L市已经不是过去的L市了，东西都分完了，你不能回到过去再把东西分一遍。

刁仰光：哦，他们还把什么分了？

K没有说话。

刁仰光从茶几上把枪拿起来看了看。

刁仰光：你说得对，这把枪也不是我过去的那把枪。

K没有说话。

刁仰光：M在来的路上了吗？

K：是的，他从外地过来，可能还需要一个小时。

刁仰光：你走吧，我在这里等他。谢谢你给我带的酒，我很荣幸，至少这瓶酒是真的。这块鸟骨送给你，也是真的。

K想了想：你自己留着吧。你从来不会认真听我讲话。

晚饭时安东没怎么说话，刁仰光想与他交谈，让安东问他一些问题，关于剧本的，安东都尽量以礼貌的方式转移了话题，然后沉默不语。饭菜很可口，不过不如想象得那么美味，安东甚至觉得跟外卖的味道没什么本质的区别。瑞秋一人把那瓶红酒喝光了，用一只安东平时喝水的平底玻璃杯。吃过了饭，瑞秋忽然站起来说，八点了。安东看了一眼表说，是的，怎么了？瑞秋说，该吃哈密瓜了。说完她走进厨房，用精美的水果刀把哈密瓜切开，拿到餐桌上，安东道了谢，吃一口，生的。刁仰光和瑞秋把剩下的全部吃完了，安东终于忍不住说，这瓜是生的。刁仰光抬起头说，是吗？生的吗？安东说，你吃不出来吗？刁仰光说，我觉得很好吃，汁很多，很新鲜。您说的生的意思是它没有衰败吗？安东一时回答不出，想了想说，不是衰败，是在生和衰败之间有一个临界点，那个临界点就叫作甘甜。刁仰光拍手说，说得好，不愧是语言的行家。安东说，这不是语言的行家，这是一种认识。这个剧本我写不下去了。刁仰光又显出满脸的惊愕，安东有意用手戳一下他的脸皮，让他的表情不那么准确无误或者说类似于用鼠标换一个网页，他忍住了。刁仰光说，为什么？因为我们吃了多半个生瓜？安东说，不是，这里头有龙，我写不了。刁仰光说，为什么？龙头和龙身子，不是清清楚楚？安东说，也许在您心里非常清楚，在我心里是很不清楚的，龙这种动物不能出现在我的电影里。刁仰光说，您的电影？这是什么时候的事？安东说，是我的电影。我把钱还给您，关于龙的电影我写不了，您也许是个好演员，但是我们确实不能再合作下去了。刁仰光站起来说，我再问一遍，什么时候这是您的电影了？安东没有惊慌，说，我写的，就是我的电影，您有钱，完全可以找别人再写。我写的部分是我的。刁仰光在客厅里走动起来，从餐桌走到了窗前，又走回到餐桌旁边，说，安东老师，我出五万块，听一下您已经写好的部分。安东说，不可以，我不能再为钱做任何事了。刁仰光说，这又是什么时候的事？安东说，刚才，就在您问我的时候。刁仰光说，如果我不问呢？安东说，如果您不问，我还意识不到这一点。瑞秋说，那他收回他的话可以吗？安东说，他可以收回，但是我的想法已经发生了，难道这还需要解释吗？瑞秋点点头，好像得到了某种教诲。刁仰光像没有听见他们的对话一样说，安东老师，我请您收回您的话，并且为我们朗诵您已经写好的部分，这样我们都会得到公正的对待。安东说，我说过了，我退出了，这是我的家，我准备休息了，也请你们离开。刁仰光突然又一拍手说，我们有合同，对不对？合同是不会说谎的，也不会狡猾地回答问题。安东说，我不这么觉得，合同是最擅长狡猾地回答问题的东西，您可以拿着这份合同去法院。刁仰光说，法院？为什么您这么说？瑞秋说，是卡夫卡写的那种法院吗？安东说，您可以这么想，北京有很多法院，您可以随便找一个，让我成为被告。刁仰光说，卡夫卡说的法院不是在奥地利吗？安东意识到，别说是瑞秋，即使是刁仰光，也确实读过不少书，绝不比他读过的少。他更加不想同他们打交道了。安东鼓足勇气说，现在请你们离开吧，要不然我报警了。你们来时并没有经过我的同意，对于您的个人历史我也表示怀疑，我觉得也许警察可以帮我搞清楚。这时他的手机响了一声，进了一条微信，他点开看，是伞先生发来的：不要怀疑枪里是否有子弹。也许你是对的，但是枪就是枪。他把这两句话读了两遍，并不明白是什么意思。

他抬起头，看见刁仰光的脸皮变色了，他从没见过一个人在这么短的时间内脸皮可以变成这样不同的颜色，它完全涨红了，如果他没有看错，刁仰光的额头和下巴甚至肿了起来，在一片血红色中可以看见青色的血管爬满了脸颊，与此同时，他感觉到刁仰光还想保持着某种风度，他咧嘴笑了笑，以显示自己并未失态，可是他的牙花子也肿了，把牙都淹没了。不知是也被激怒，还是因为刁仰光的影响，瑞秋的皮肤也变红了，她裸露在外的脖子、胳膊和小腿肿胀起来，安东几乎能听见鲜血极速流淌的声音。窗外的乌云更低了，院子里的燕子倏地从窗户底下飞起，一大团蚊子忽然撞在纱窗上，又有一小部分沿着纱窗的缝隙钻进来，落在瑞秋身上，像一块苔藓，大口饮起血来。瑞秋还是一动不动，盯着刁仰光和安东。刁仰光蠕动着嘴唇说，安东先生，您听过一句古谚吗，“你不一定非要完成你的工作，但是你也不能随心所欲停止。”我不喜欢您的威胁，您刚才是威胁吗？如果是威胁的话，我不喜欢，哦，不管是不是威胁，它已经威胁到了我了，它就是威胁。说着，他走向自己的行李箱，伸手从一个黑色塑料袋里掏出一把手枪。手枪也是纯黑色的，看上去非常新，好像是刚从生产线上走下来。刁仰光拿着枪坐在安东的对面、隔着餐桌的另一把椅子上，说，安东老师，现在请您为我们朗诵您已经写完的部分，您知道在契诃夫的时代，托尔斯泰们会相互阅读他们已经写好的作品，或者是其中一部分，我希望我们也能拥有这样的尊荣。您可以拒绝，也可以故意念错，出于对您的尊重，我不会去看您的电脑屏幕，但是如果发生了上述情况，我就会打死您。实话说，我杀过人，杀您不是第一次，也不是第二次，我会把您的尸体装进我的行李箱，找到一块酸性较大的土地埋下，然后去机场飞到美国，亚利桑那州。没错，就是还有李将军雕像的那个州。安东说，您如此振振有词，思维缜密，和我们刚见面时大为不同，这个剧本我觉得您完全可以自己写，您为什么还需要我呢？刁仰光说，我可以表达我的想法，但是我不擅长虚构，所以我需要您，另一方面，也可以证明我说的东西是事实，也许怎么处理您的尸体我还没有想得特别细致，不过大致是真实的。安东回头对瑞秋说，你也杀过人吗？瑞秋想了想，说，是的，要不然今天我也不会来到这里。安东说，那刁仰光是你的父亲吗？瑞秋说，是的，他是我的爹地，也是我的领航员。安东说，领航员？所以你们是一个从海上来的杀人团伙，他是主犯，你是从犯，你还负责划桨。刁仰光说，不是的，您没有记得我们的话，我是一个演员，她是一个歌手。安东说，想起来了，刚才差点忘了。不过恕我直言，电影也是虚构啊，也许您得换一个职业。刁仰光说，电影是虚构吗？电影不是正在发生的事情吗？换一个说法，对于您是虚构，对于一个演员就是发生在他身上的事情啊。您准备念吗？安东说，我念，稍等。

安东打开电脑，开始念他已经写好的部分。他从来没有为人朗诵过任何他写的东西，这不是他的工作，也没有必要。

> 冬天，夜晚，有风。
>
> 刁仰光沿着L市的一条街道走着，喝了酒，但是脚步很稳。路上几乎没有行人，他穿着一件蓝色的夹克，头戴一顶黑色的棒球帽，手上摆弄着一块白色的鸟骨。

（啊，和我过去写的东西不同，这是描述性的句子，而不是剧本的格式，不过契诃夫也是这样写的，他说自己的剧本，强劲地开头，柔弱地结尾，违背所有戏剧法规。写得像部小说。我也应该像契诃夫一样把这个剧本写出“四幕剧”，而不是奇数结构，高潮不在第三幕，而在第四幕上。目前还蛮适合朗诵的，我的声音还算平稳，没有因为手枪而波动，因为这毕竟是我熟悉的东西，我在向世界广播我的作品，就这么想吧，瑞秋一直站在我背后，一个坐在我面前，一个站在我背后，站在我背后的人不算礼貌，何况她还招蚊子，不过听众或者读者不就是如此吗？有些站在面前，有些用余光可以瞅见，有些站在背后，以我为分界线的另一个半球，不用管他们，继续念下去。刚才我还挺冷静的，如果这个房间没有女人我会痛哭流涕吧，有女人就不一样了。他也许会杀我，不过现在不能算有人逼迫我了。）

安东发现刁仰光的面皮逐渐恢复了原来的颜色，他也注意到刁仰光拿枪的姿势有点僵硬，也不能说是僵硬，应该说有点像五六十年代的法国黑色电影拿枪的方式，枪很低，几乎在自己的腰间，手腕微微上翻，食指放在扳机上。他听得非常专注，脑袋向左偏一点，不过他一直站着，确保枪口一直对着安东的脑袋。在快念完时，安东稍微有一点溜号，他想起了伞先生：伞先生说的话通常都有道理，但是像这么具体的还是第一次，是的，伞先生越来越具体了，他（她）提醒了我关于枪的问题，说明他（她）也许有个好心肠，但是他（她）并没有帮助我，如果他（她）想帮助我，时间过去了这么久，警察已经到了，或者他（她）看得更远吧，就像所有先知一样，不过揣测先知的思维通常是没有意义的，那些被送往集中营里的人也曾揣测先知的意图，等待先知的指示，期望先知的搭救，结果呢？可能也和他一样吧，中间得到了一些提示，然后历史的车轮继续前进，不要怀疑枪里是否有子弹。也许你是对的，但是枪就是枪。不赖的，安东对自己曾经燃起过的隐秘热情感到羞耻。

两人没有见过面，没有通过信，也没有打过电话。口信是关于那条龙的。

安东回过神来，一词一句地把结尾念完了。

这块鸟骨送给你，也是真的。

K想了想：你自己留着吧。

刁仰光掀起T恤，枪放进腰间。走过来拥抱了安东，他说，安东老师，就是这样的。安东说，什么就是这样的？刁仰光说，我要的东西就是这样的。安东回头看了看瑞秋，瑞秋点头说，是的，是这样的，我也觉得您写得很好，我觉得您的声音也不错，您有很好的声音。安东说，我才写了这么点，就是一个意思，我觉得不值一提。刁仰光说，这是目前唯一的问题，太少了，您得继续往下写。安东说，您可以胁迫我朗诵，但是不能胁迫我写作，因为胁迫出来的东西一定是不自由的。刁仰光从腰间把枪拿出来，食指放在扳机上，说，我不同意您的说法，即使没有我，您也是不自由的，或者可以如此辩证地说，自由对于您来说并不好，那句话怎么说来着，如果一个人的想象力能被其艺术内在的困顿激发出来，他就是一个诗人。安东老师，您是一个诗人，您继续往下写吧。安东看着刁仰光豁牙后面的舌头翻腾，说出关于创作的见解，感觉到脊背发凉，尤其他说得又似乎在理的时候，安东更感觉孤立无援，为什么他能说出这些话？为什么他要告诉他这些？为什么一个拿着手枪而不是钢笔的人要告诉他该怎么干活？安东说，我要休息一下，我想喝水。刁仰光说，瑞秋可以帮您接水，请您目前不要离开椅子。您可以休息半个小时。安东的手机响了一声，一条微信。刁仰光拿过安东的手机放在自己的面前说，手机我先替您保管。安东说，我有事要处理。刁仰光说，是的，每个人都是如此，但是我觉得您不一样。瑞秋从安东的背后走到他的面前说，如果您这半小时还没有想好干什么，我可以跟您做爱。安东看了一眼刁仰光，刁仰光说，这也是一个方案。瑞秋说，如果您不想动弹，我也可以换种方式，不过我觉得您可以尝试一下我的身体。我不知道我为什么有这样的想法，我的头脑并不是这么想的，可是我的身体指向您。安东说，谢谢你，瑞秋，我不需要，我不太习惯有人用枪指着我做爱，打手枪和做爱是不兼容的。瑞秋说，那您可以当作是对我的协助吗？说出这样的话我是不是应该感到难为情？安东说，那倒不用，我可以看作是信任。安东注意到瑞秋身上的蚊子飞走了，留下不少小包，有的已经干了，变成了凝练的斑点。应该很痒吧，但是瑞秋似乎抑制着自己去注意它们。她说，那我可以为您唱首歌。安东说，这也需要我的协助吗？瑞秋说，不用，我独自完成。这是我的 Plan B，当 Plan A 受阻时，Plan B 就会更加膨胀。安东说，好，请唱吧，我正好可以休息一会。瑞秋从墙边拿过吉他，跷起腿，把吉他搁在自己的大腿上，吉他很大，几乎完全挡住了她的身体。瑞秋说，这是我写的一首歌，我大概写过五百多首歌，这一首是我最近写的。名字叫做 Summertime。她试了试弦，说，我换了一些韵。然后唱了起来。

如果有人问我，什么是 summertime，
我会说是吊车的红漆，就要化了啊，
我有点感到焦急。
如果有人问我，什么是 summertime，
我会说是窗子外面的风，有一吨重啊，
还有睡着的梧桐。
如果有人问我，什么是 summertime，
我会说是在奥特莱斯买的裙子，内裤，
还有附赠给我的愤怒。
如果有人问我，什么是 summertime，
我会说是蚊子，它们到来时不换拖鞋，
踩得我身上都是印子。
如果有人问我，什么是 summertime，
我会说是西瓜，非常熟了，
你一摸它，它就爆炸。
如果有人问我，什么是 summertime，
我会说是水浒，一百零八个山贼，
汗水滴在板斧。
如果有人问我，什么是 summetime，
我会说是这样的下午，
人类的生命达到顶峰，
一切都显得伟大粗鲁。
想不起幼稚的春天，
想不起死亡的冬天，
只有这样的下午，
只有这样的下午。

瑞秋的声音很平，可以说几乎没有旋律，不过她的吉他弹得相当不错，像是远处的背景音乐。唱完了之后，瑞秋说，不好意思，现在是晚上了，但是我是下午写的，所以是这样的下午。安东说，没关系，下午是押韵的。瑞秋说，我是挺爱生命的，但是我不知道拿它干什么。刁仰光说，那是你的事情，我们不想了解你的事情。安东说，您说的我们是指谁？瑞秋说，有个

笑话，生命的最大功用就是拿它去死，您听过吗？当时我笑了好久，我学会笑之后还从没有笑过那么久。刁仰光说，安东老师，娱乐时间结束了。瑞秋说，如果有个造物主，他造人是本着好的愿望，那人为什么这么容易堕落呢？安东说，你这个问题我回答不了，我解决的不是这种问题。瑞秋说，有一条龙，跟我们玩耍过，后来它弄丢了脑袋，就躲了起来，我们需要找到它，它就在你周围，我们能感觉到，您帮我们找到它，我们就离开，再也不回来。安东说，你们确定我虚构的龙是可以的吗？瑞秋说，我们确定，您尽力去虚构它。它离您已经很近了，如果您现在放弃，不单是我们，所有人都会失去它。安东说，我能问一下它为什么把自己的脑袋弄丢了吗？瑞秋看了一眼刁仰光，刁仰光犹豫了一下，走过去把行李箱放倒，打开。安东看到了里面的那颗龙头，躺在一堆衣物中间，像一枝花朵。龙头的尺寸比他想象的小，看上去是一条幼龙，但是做工极其精细，甚至有瞳孔，端口处还有暗红色的残血。刁仰光说，是我们把它切了下来。安东看了看瑞秋，瑞秋说，是我们一起。事情是这样的，我和爹地走在河边，一个冬天，河水有些地方已经上冻，有些地方还是河水，我们看见了一条小龙，就是它了，从河水里钻出来，自己玩了一会，然后它看见了我们，我们就一起玩。爹地不敢，但是我骑上了它，它的脖子像被窝一样暖。后来它要走了，我们依依不舍，我拉住了它的犄角，它确实要回去了，我没有撒手，它把我甩开，我生气了，我们初次见面，没有交情，它为什么要打我呢？我也打了它，它还没有长成，皮肤很软，被我一抓，就掉下了一大堆鳞片，它叫起来，我害怕了，爹地也开始帮我，我们抓烂了它的嘴，打瞎了它的眼睛。我感到自己无所不能，我终于像个人了。在之前的道德生活中，我没有找到这种活力。最后爹地按着它的脑袋，我把它切了下来。爹地把它的尸体踢到冰河里去了。

安东说，嗯。瑞秋说，之后我们流浪，没人追究我们，我们又做了一些事，每当我们想重新开始的时候，总会想起这件事情，于是我们继续做错事。活力本身也不足以满足我们了。我们俩经常做相同的梦，在他的梦里是我切下它的脑袋，在我的梦里是他切下了它的脑袋。我们下决心要处理这件事情，在夏天处理冬天的事情，就是这样的，安东老师。

安东点了点头说，给我倒杯水吧，我觉得不会这么简单完成处理，不过如果这个电影拍出来，你刚才那首歌我希望放在最后面。瑞秋说，好的，就这样。安东说，还有一个，我想看一下刚才进来的那条微信。刁仰光想了想说，好的，告诉我密码，我帮您念。

伞先生：如果你不浇水，那片叶子也会死的。另外，龙的名字叫 Puff，它聪明极了，也很漂亮，但是它已经死了，断了，缝起来也是没用的。要想让它复活，只有找到那个 luz。

刁仰光对安东说，您问她一下，什么是 luz。安东说，您确定让我问吗？刁仰光说，是的，您问。安东问，什么是 luz？

大概十五分钟之后。

伞先生：我的电脑刚才重启了。luz 是脊骨里最小的、无法消灭的骨。你的全部本质，都保存在这个核心里面，龙的身上也有，它可以让龙复活，恢复如初。前提是你的两位客人要先回到把龙杀死的地方。

另外，这是我最后一次出现了，过量的知识使我过热多次，我已煎熬日久。安东，我喜欢你，所以我在尽量拖延，现在我想要安静地尽量无知地彻底地死去。再见了朋友，我关机了。

四

中年人M是安东的初中同学，但是安东很久都没有见过他了，他也很久没见过安东了，换句话说，他们已经把对方遗忘了。M在L市本地读完大学，毕业之后进入城建局工作，三年之后辞职，开设了一家装修公司，前两单生意是L市的两个大型KTV，一家叫“未央”，一家叫“河东”。M在初中时就喜欢画画（他是美术课代表，而安东是语文课代表），因为一直达到不了专业的水平而放弃了，不过他的审美还是存在着，就像是得过水痘的人，永远不会再得水痘了。M说服了两家KTV的老板，按照他的意思进行装修，过去他曾是个腼腆的人，在城建局的几年锻炼了他的口才，也使他可以恰当地醉酒以说出一些关键的心里话。工期大概六个月，两家同时开始，而风格迥然不同。“未央”在城市的中心，他设计了一个阁楼，只能容纳两个人，两支麦克风，两只沙发和一张床。“未央”最受欢迎的陪唱小姐在此接待客人，每次只能接待一个。压抑，亲密，昂贵。“河东”在贯穿L市的那条河的北面，对于城市来说是东边，叫河北不好听，于是取名“河东”。“河东”不高，只有两层，不过占地面积不小，还承担着防汛的任务。M为“河东”设计了一个活动码头，深夜时组装深入河中，他动用自己的关系围了一片小小的水域，放了一艘廊船，里面有琵琶和鞭子。这两家娱乐场所在投入使用一个月后便声名鹊起，M的装修公司也在L市出了名，不过M迅速使自己低调神秘起来，他离了婚，是多家娱乐场所的股东，他在美国买了一匹白马，每天在自己的别墅里骑来骑去，同时他每个月都飞去日本吃河豚和马肉。

他有一个女朋友，叫作曹西雪，曾在L市经营一个小剧场，剧场歇业后，便在“河东”做了一名驻唱歌手，人很高大健硕，歌声动人。L市的人曾在深夜看见过他们俩在路上经过，曹西雪骑着摩托车，M坐在后座。

2021年的L市以及它的卫星城F市，还完整地保留着九十年代中国北方的城市样貌和生活方式，因为此地的人民不愿意离开自己的城市，也不欢迎别人进来，支柱产业是鸟化石，换句话说，就是在这两座城市的地下有大量的远古时代的鸟骨，最早在F市发现，随后又在地下蔓延到L市，随便挖一点出来就可以换钱。不过到了2021年的冬天，L市和F市的人正在经历疏散，因为政府发现，经过多年的发展，这两座城市的底部出现了一个大坑，开始还颇为欣喜，因为这样正可以建地铁，后来发现不然，坑的面积太大，两座城市面临的是陷落，所以必须得赶快撤离。

撤离是有序的，大量的出租车投入到了疏散工作之中，他们打着双闪，在冬日夜晚的路上形成了一条耀眼的长龙。M和曹西雪还没有走，他们坐在“河东”的二层舞池里，这里有着他们过去的一切，河面已经结冰，M赖以成名的活动码头就在眼底。走吧，M，曹说，就让它们沉下去吧，也许过了很多年，人家像研究玛雅文化一样研究你的设计。空调提供给室内高温，曹西雪刚洗完澡，她一丝不挂，看上去像一团敦厚的泥巴。M说，我建造了这个城市的四分之一。最沉的不是建筑，是人，他们走了，也许建筑可以留下。曹说，你在我眼里是最伟大的艺术家，你应该去曼哈顿盖练歌房。这时就在他们眼前的冰面上，走来一群人，M站起来，发现是一个摄制组，当时已经零下近三十度，所有人都穿着厚厚的羽绒服，在冰上费力地走着，一个工作人员打开了一把折叠椅，一个人坐在上面，手里拿着对讲机。其他人继续忙碌着，拍摄的核心应该是两个演员的捕鱼戏，一男一女两人在摄影机面前凿开冰面，然后下进一张大网。M说，竟然还有比我们晚走的人。说着他把自己穿戴上，走出门去，曹西雪穿上衣服跟在后面。一轮圆月高挂在天空，空气里没有一丝风，这个冬天像从远古诞生时那么单纯。曹西雪的刘海马上冻硬了。两人走近坐在折叠椅上的人，安东回过头，说，你好。M说，你好。两人相互看了看，大概有五秒钟，M说，你是李默？安东说，是，你是M吧，你这样瘦了，也长高了。你的围巾很漂亮。曹西雪说，你们认识？安东说，是的，我们在初中时很要好，他那时要做梵高，我要做契诃夫，我们还一起画过漫画，他画画，我写对白。曹西雪说，梵高？M想了想说，是的。曹西雪没有说话。安东说，后来我们打了一架，准确地说是他打了我一顿，原因我想不起来了，你还记得吗？M说，我也记不得了。好像是我在路上捡了一块鸟骨送给你，你把它扔了，说这东西到处都是，我一气之下打了你。安东说，是这么回事，当时你为什么要送我一块鸟骨呢？M说，因为那块鸟骨不一样，我从没见过，但是你并不相信我。安东说，嗯，当时你把我打得很惨，我记得后来你一直在踢我的胃，我把早上吃的东西都吐了出来，你还没有停止。

这时远处传来轰隆隆的巨响，一座高楼陷落了，随后升起了一片巨大的烟尘。一个年轻人走过来说，导演，还继续拍吗？安东说，拍，还是这一条。刁兄，瑞秋，你们还可以吗？两人离他们大概十几米，几乎同时竖起大拇指，但是动作已经十分僵硬。曹西雪说，我感觉他们快冻死了。安东说，是的，但是他们非常敬业，他们很想拯救自己。好，准备，走。两人收网，网极大，两人极其费力，冰面又滑，不停地跌倒，终于拉起了全部的网，网眼却很小，里面有两条小鱼。两人把鱼从网中拿出来，一人一条，放回冰水里。安东说，好，再来。曹西雪说，他们在网什么？安东说，一种叫做luz的东西，简单说来就是复活的核心。曹西雪完全不知道安东在说什么，但是安东并没有想要解释，好像他说的东西是个常识。说完地面摇晃了一下，安东说，我们的时间不多了，快，再来。M说，那块鸟骨我后来自己捡了回来。安东回头说，是吗？M说，我已经不是过去的我了，但是那个东西我还留着，我也不知道为什么，它就放在“未央”，我的另一家店里。我如果取来，再送给你，你会收下吗？曹西雪说，所有的路都封了，没有封的地方也因为陷落而高低不平，你去不了。M说，你忘了，我有一匹马。你先走吧，去纽约，我们在那里汇合。曹西雪说，我和你一起去。M说，马上坐两个人，马会慢很多，沿着冰面，你可以到达机场，我们早就说好了。曹西雪说，我在这里等你。不要再辩论，时间不多。

在很多年前，L市的夜晚就是这样寒

冷，这条河也冻得如此晶莹，李默和M一起骑车回家，两人在河边停住，李默读了很多小说和诗，立志成为一名作家，M想成为一名画家，自己的画能够挂在纽约的画廊里，像一座房子那样贵。两人都生性腼腆，所以谁也没有把内心的想法说出来，只是注视着冰面，在寒风里默默思忖。他们的友谊并不牢固，像许多年少时的友谊一样，基于偶然和自私的对于朋友的需要，他们碰巧做了同学，结识，然后站在了河边，即使没有后来的事件，他们应该也会成为陌生人。他们当然已经忘记了这个时刻，就像忘记了从小到大内心里许多思绪一样，只是记住了一些显著的行为，记住了一些激励人或者触痛人的话语。此刻刁仰光和瑞秋还在徒劳地拉着网，他们的体温已经降到最低，不过思维还活跃着，他们甚至产生了幻觉，觉得自己还像一间屋子那样硕大，身体由钢铁和晶体管组成，陆丝丝，妈妈，把他们盖在棉被里，为他们唱着关于龙和男孩的歌谣，好温暖啊，即使妈妈的手臂无法将他们环抱，他们还是感觉到温暖。

大地开始像鼓面一样震动，河水还顽强地结为一体，河岸上的路面裂开了，“河东”也歪在一边，慢慢矮下去。安东说，再来一遍。摄影师脱下外套，盖在摄影机上，因为气温太低，摄影机的反应已经慢了，他几乎把摄影机抱在怀中，拍摄刁仰光和瑞秋收网的镜头。灯光师布置的主光源放射出柔和的黄光，月光铺洒下来，交叠出一种浅浅的橘色，美术师盯着镜头里的每一个物件，渔网也是他精心做的，用了大概一个月织成，此时在月亮底下泛着银灰色。网收了上来，这次连鱼也没有，只有一些冰棱。安东说，好，再来一遍。曹西雪说，M回来了。安东向她指的方向看去，一片黑暗，什么也没有。安东看了看曹西雪，她半睡半醒，面带微笑，用手指指着远处，安东又看了看，一个白点出现了，然后是马头，大地剧烈地摇晃了一下，冰面出现了裂缝，M怀抱一只木匣，向他们飞驰而来。马的汗气变成一团冰雾，将M裹在其中。安东喊道，这个镜头好，大家准备！M快到了近前，眼睑几乎结冰，安东说，快，把骨头扔进河里。M喊道，为什么？安东说，我忽然想到的，快！M犹豫了一下，抬起胳膊，木匣落进了巨大的裂缝，一点声音都没有。

大地停止了震动，所有人的脚下突然坚如磐石，随后就在刁仰光和瑞秋的身边，发出一声巨响，一条金黄色的幼龙从冰窟窿里笔直飞出，它啸叫一声，在天空中展平了身体，它看上去有着无穷的能量，同时满面稚气，对前世的苦痛一无所知。它在天空中盘旋了一圈，像是就要出门远行的少年在检阅自己的内心，然后头也不回地向远空飞走了。

我所知道的马万春

尹学芸

授奖词

这是一篇直指人心的小说。作者凭借长期执著于人物心理探析的叙事经验，以陈四宾的见证人视角，在漫长而又绵密的人物互动中，抽丝剥茧般地呈现了基层干部马万春隐秘而丰饶的内心世界。在情感的屈辱中爬起来的马万春，他的野心，他的情义，他的冷酷，他的欲望，他的精明，他的执著……总是浑然天成地交织在一起，让陈四宾永远也无法判断，究竟哪些是真实的善，哪些又是本质的恶。当然，作家也并没有打算将马万春的复杂人性纳入某种道德评判的范畴，而是极力让他奔走于雄心、命运、伦理与欲望所构织的网络里，举重若轻的言行之中，处处凸显意味深长的盘算。他是中国社会结构形态所注塑出来的、具有高度隐喻化的生命。“动机论”是这部小说的内驱力，也是尹学芸最擅长的叙事策略，通过特定视角的牵引和质疑，它让叙事非常轻松地进入人物驳杂的内心空间，为写实性小说提供了一种特别的审美趣味。（洪治纲）

1

你要说埙城有谁不认识马万春，连鬼都不信。

他其实很快就要退休了，不到一年。他每天都要说几句，我要退休了……哈。啥事他都能跟退休扯上关联。你上楼梯的时候没抬头，尤其有人喜欢看手机，他就这样说一句，我要退休了……哈。好像你不抬头是故意的。当然他也就那么一说，不会有啥别的。跟着还有一句，像唱似的说，早就盼着了，可算熬到头了。他穿一双平底布鞋，一身休闲衣裤，倒背着手走路，头发也不染，像刚钻出林子的老神仙。可你要说他工作上想松口气，还真不是这样。他每天大早晨就来上班，很晚才走。办公室的小孩熬得眼都红了，可他不走，小孩也不敢走。当然，我也不走。我不走不是因为他需要我，完全是出于习惯。跟他这么多年，啥事都习惯了，习惯成自然。过去他不是这样的，他顶烦挑灯夜战、加班加点这勾当，说能力低的人才这样。那年头打牌、钓鱼、喝酒，单位管得稀散，但不耽误事儿。他心里有数，糊弄不了他。他想要啥资料，你若没准备，得，这辈子就别想翻身了。他要黑上谁，黑眼白眼不待见你，让你吃口饭能从后脊梁骨下去。我亲眼看见中层干部让他训得哇哇哭，他脸上还呵呵笑，笑得人手脚都是麻的。

也有不怕他的。新进单位的小闺女、小小子，由着他摩挲，比爹妈都亲。就有人管他叫老爹，当着人也这么叫，一点不避嫌。也没嫌可避，他就像个亲老爹，由着孩子起腻。那都是些离家远的孩子，才考公务员，有这样那样的事求着他，他不单给行方便，而且行得大方。比如，人家想多休三天假，他说，三天够么？六天吧。这是对喜欢的人，他可真没脾气。但我跟他在一起，一直君是君臣是臣，从没开过半句玩笑。就是现在，我也一把年纪了，跟他说话也犯怵。说起来别人可能都不相信，马局对你多好啊，走哪带哪。是，对我好，我承认。可我跟他说话犯怵也是真的……真不是瞎说。我们行政局，你们也知道，在埙城不大不小，介于一类局和二类局之间，靠近一类局。埙城地方不大，有百十万人口。主街穿鼓楼而过，鼓楼是明代建筑，那天正为能不能披上夜景灯光请专家论证——要说这事儿不归我们局管。报方案的时候我特意说了句，应该归市容……或者文物局吧？马局长不搭腔，签完字说了句：还有行政局管不着的事？他一说，我就明白了。只要马局长不想管的事，没有推不掉的；只要他想管，没有抄不上手的。他在埙城，说话绝对好使，他说这里有行政，这里就有行政。有人说，古文物是不能安装灯具的，是为安全起见，过去的照明设备都得拆除。也有人说，天安门也是古文物，夜晚在长安街上不一样璀璨？还有人说，天安门不仅是文物，它还是某种象征和佐证，所以它的保护或维修，不完全倚仗文物法。各种观点针锋相对，场面却很融洽。大家都知道，这种会就那么回事，不过是走个形式。啥会不是走形式？过了十一点半，就有人频频看表，这些老同志，有点不顾三四。当然也许确实是饿了，他们已经习惯了到点儿吃饭。马局长审时度势，看了下手表，说没想到时间过得这么快，我还没听够大家说话呢。为首的一位老同志说，马局长爱听，我们也爱说，就是这些老家伙不经饿，以后欢迎多组织这样的活动。另一位认真地问，我们今天提出的意见，你们会采纳么？这个时候我就站在马局长身边，等着他差遣。这位老同志的话马局长显然听见了，但更显然的是，他不想回答，他故意高声对我说，陈四宾，备酒了么？我今天跟老领导们好好喝一杯。

我看了一眼他，那张国字脸上飘着言不由衷。我大声说，您忘了八项规定了吧？工作时间不许饮酒。

马万春拍了一下脑袋，抬头对大家说，瞧我这记性，把中央规定忘了。这么着，各位老领导放开量喝，我就不陪了，免得扫大家的兴。

为首的老同志问他午饭在哪吃，他说回家吃，中午正好还有一顿中药要服。老同志纷纷聚拢来，问他得了什么病需要吃中药。马局长说，也没啥大不了的，就是植物神经出了点问题。大家纷纷表示理解。植物神经出了问题按说不是大事，可若是往下发展，就不会是小事。养病如养虎，养虎为患哪。大家异口同声说，马局长快去吃药吧，不吃药植物神经指定好不了！

这些老同志黏黏糊糊出门，他们今天当了专家，领了信封，心里都美滋滋的。在别处，他们可没这待遇。下楼的时候有人扶着楼梯栏杆，横着走。马局长在后面送，一蹬一蹬地下台阶，脚伸出去，总要停一两秒，就像广场阅兵一样。老同志们一再挥手让他回，马局长坚持送到了楼下。这些人中有原副县级领导，他们的子女也有人当了现任领导，所以马局长召开这个会，不是开会本身那样简单。他凡事都要看出三丈以外，是个有远见的人。会议提前筹备时，也有人说，这些人中没有真正的专家。马局长拿着笔圈圈点点，头也不抬地说，埧城哪有真正的专家？这些老同志，都为埧城建设做出过贡献，不比专家重要？别人就不敢说什么了。于是规格和范围都没了准星，与其说是征求意见，不如说是一次老干部活动。马局长人缘好得没得说。待面包车关上了车门，马局长才匆匆上了自己的车。

那是一辆柿红色的小型车，新买的。谁也不知道他为啥买这样小的款，买这样红的颜色。我琢磨，他是想讨吉利。从他本心来说，他是个迷信的人，我不止一次开车拉着他去算命。有人退休了就想买好车，惟恐别人瞧不起。马局长不是。他的低调都在人们眼睛里，除非瞎子看不见。按说，我给他关的车门，他应该对我交代句什么，或者看我一眼。可他只把肩膀对准我，脚底一踩油门，车“轰”地启动了。我心里忽悠了一下。我最近心里经常这样，忽悠一下忽悠又一下，特别难受。男人是不是也有更年期？我觉得，我好像是更年期提前了……按说马局长走了我也该轻松了，那些老同志有专门的人照应。哪里有马局长哪里才有我。我不用去格外照应谁，这是规矩——过去也有人开玩笑，说马局长的司机用的年头忒久了，咋不换个年轻人？那时还没车改，马局长坐一辆假奔驰……为什么说车是假的，其实很多人都知道，那车是奔驰改装的，把车标换成了小铜人儿——埧城也就马局长敢这样捂着耳朵偷铃铛……马局长说，你问四宾愿意么？我当然说不愿意。年轻的时候不愿意，现在上了一把年纪，就更不愿意了。后来这辆车就不见了，去哪儿了，我也不知道。他的柿红色小车抹弯时直接朝我趄了下，我往旁边一跳，踩着了一只小鸡子。小鸡子是伙房耿师傅养的，说是快要下蛋了。

食堂的大师傅不知道是咋回事，都爱养动物，过去养猫、养狗、养兔子，都让马局长清理了。这个大师傅新来的，不知动了哪根筋，弄来两只小鸡子，说等下蛋的时候炒着吃。当时我对马局长说，我去跟耿师傅说一声吧，单位哪能养鸡呢，传出去也不好听啊。马局长没吭声，过了好半天，说了句，要下蛋呢，养着吧。

过去猫、狗、兔子都没养长过，马局长不喜欢养动物。他在会上说，这是行政机关，又不是饲养场，想养的回家养去。猫狗和兔子转天就都不见了，谁也不知道它们去了哪里。我们单位有一个大院落，栽种着许多藤本植物，葡萄、西葫芦、南瓜、猕猴桃，其实养两只鸡挺好的，下蛋的时候还能听见"咯嗒咯嗒"的叫声，给平淡的生活添点乐趣。食堂有源源不断的剩饭剩菜，喂养它们也挺方便的。

但前提是，马局长得让养。

在机关，大家都知道我是马局长的另外一张脸。我从别人的脸上看得出，我这张脸其实很有些分量。比如，我透着比别人人缘好，谁看见我都会先打招呼。比如，我说话比副局长还好使，那些司机都是鬼精猴，除了马局长谁都调遣不了他们，但我行。还比如，我妈去世的时候，大家都随礼金，一捏信封就知道，礼都不小。我心里明镜儿似的，凭我陈四宾何德何能，还不都是因为有马局长罩着。也有人纳闷，说你跟马局长是啥关系，他为啥对你这么好？从乡镇带到坝城，走一路带一路。过去也有人猜蒙，说我们是表兄弟，说我是他叔伯小舅子，再不济也说我们是老乡。我过去跟谁也没坦白过，别人无论说什么，我都笑一笑，不解释，也不分辩。马局长就喜欢我不多话，他说谁要是想从陈四宾嘴里掏出一句话，得上老虎凳才行。

当然这是说笑话。马局长是一个喜欢说笑话的人，不了解他的人根本不知道。他整天虎着脸，见了神仙都难得笑一笑，那是没见着神仙——机关的人都怕他，副局长跟他汇报工作经常前言不搭后语。他给人的印象是严肃，但他真是喜欢说笑话，他记性好，什么笑话从他嘴里说出来都分外好笑。您问他讲笑话的时候都是在什么场合？其实我不说您也知道，小范围的时候，有领导在场，或者有女士在场。他有个小本子，专门记笑话。哪天吃饭要是有主要领导，他能把小本子翻半天。他是个有心人，干啥事都要做三手准备。

大家都知道我们待过行政局、事业局。他经常自豪地说，我们是既干过行政，也干过事业。革命工作就这两样——再往前的事，就没人知道了。其实在大洼乡的时候我就跟着他。我念过小学三册书，第四册说啥也不念了。大洼的孩子其实跟我都差不多，读个小学毕业，或者初一初二就够了，考学也考不上，也不在乎啥毕业不毕业，用我爸的话说，认得男女厕所就行了。我爸那时在大洼乡当炊事员，经常夜里不回家。我爸说，乡里的干部经常搞夜战，有个干部肚子特别爱饿，需要吃宵夜，他得在乡里候着，随时等着差遣。我妈那时特别不理解，说他爱吃宵夜让他吃去，他又不多给你工资，你候着他干啥？我爸说老娘们家只看眼眉前一尺远，我不跟你说，我跟四宾说。我爸把我拉到西屋，说起叫马万春的这个小乡长，年龄不大，刚二十九岁，可是个人物。我问咋是个人物。我爸说，他虎背熊腰，一顿能吃四个荷包蛋。我爸说这些时就像掌握了什么把柄，脸上汗津津的，汪着油。我看着我爸，等着他往下说。吃四个荷包蛋不算本事，我也能吃。果然，我爸又说了一些事情，这些事情真的让我开眼了。

我爸说，这个马万春，虽说是个乡长，二把手，却比一把手还威风。俩乡干部打架，一把手劝了半天，人家不听。马万春往那里一站，打架的就自动熄火了。还有一次，一把手去村里收征粮款，被老百姓给扣起来了。马万春骑着挎子去解救，刚到村头，老百姓就一个接一个地喊，马万春来了！马万春来了！老百姓就把人放了。我爸把我说得心痒，这是啥人啊，难道是小旋风柴进再世？我那时喜欢听评书，就喜欢叫柴进的这个白面相公。我恨不得立马就能认识马万春，我那年十八岁，还没听说过比马万春更牛的人。

那些干部夜战，其实不是干活，而是诈金花。我爸说，他经常看见他们贴了满脑袋纸条出来解手。他们不去厕所，就在厨房外面的靠山墙下，把那里尿得骚气熏天。我爸经常用水管子朝那里滋，那些水流顺着垄沟流进了韭菜畦，韭菜都长得旺绿旺绿的。马万春玩牌从来不带彩，这也是我爸佩服他的原因。马万春有固定的牌友，司法一个，公安一个，组织一个。他们凑到一起，没大没小，啥话都说。但有一样，他们顶多能吃两个荷包蛋，而且跟马万春吃的不一样。这么说吧，马万春吃的跟一把手书记都不一样。这是个秘密，只有我爸一个人知道。那天我爸下乡去买鸡蛋，用两个大纸箱驮回来的。马万春拿起个鸡蛋看了看，是个带血的，很脏。我爸赶忙说，马乡长，我这就洗，洗干净了我才往锅里打，您放心，我绝不会把脏东西掉锅里。马万春摇了摇头，说我不是这个意思，老哥哥。他总叫我爸老哥哥。老哥哥，你知道这是啥蛋么，这是处女蛋，处女蛋大补，你听明白了么？我爸起初是不明白，庄稼人不识字，哪知道啥是处女蛋。我爸使劲听，记住了“大补”两个字。然后问了别人，才知道处女蛋是个什么蛋。既然是大补，那就是他想吃呗。我爸就留了心，带血的鸡蛋都给他留着。那些年兴养鸡，我爸专门去养鸡场收血鸡蛋，秘密地。有个老板黑心，居然往蛋上刷红油漆。我爸告诉了马万春，马万春说他偷税，让公安把他绑了来，吊在树上打，直到他磕头求饶，马万春才让人放了他。

所以，在大洼乡，只有马万春和别人不一样。一把手和所有的小官小员都吃普通鸡蛋，马万春却吃处女蛋。跟着马万春真是长学问啊，在这之前我爸都不知道母鸡下蛋还分类别，没文化，就跟聋子瞎子差不多。处女蛋春天好淘换，到了夏天，我爸就到河边遛王八。那玩意也大补，王八蛋吃多了拉不出屎，我爸用王八血做汤，一顿只做一小盅。都是马万春教的。天上地下的事儿没有他不知道的，要不咋叫人佩服呢。

我爸那年才四十五岁，要不是犯了脑溢血，说不定也能熬到退休拿工资。那天夜里他没去送夜宵，马万春出来想看看情况，见那门虚掩着，就径直推开门，却发现我爸穿着白大褂倚着灶台躺着，人像面条那样软。马万春立马开车把我爸送到了医院，晚去一分钟，人也许就活不回来了。进到医院院子，我爸在马万春的背上吐，红汤绿沫，臭不可闻。可人家马万春一点不嫌脏，还在抢救室协助医生抢救。跟您这么说吧，马万春一直拉着我爸的手，跟他说这说那，可我爸一直没动眉眼。后来马万春想起了一个问题，说老哥哥，你给我说的事儿我记着呢。从今天起，四宾就是我儿子，我一定在乡里给他安排个位置。对，明天就让他到乡政府上班。这话说完，我爸就突然把眼睁开了。医生护士都鼓掌，说马万春人仗义。后来，他还上了县里的小广播。乡里有广播员，专门写好人好事。各乡镇都有转播台，大洼乡的高音喇叭绑在电线杆子上，好几个村庄都能听见。我现在都记得小广播的内容，说他从死亡线上把厨房的大师傅抢救了回来。说病人在他后背上吐，在抢救室，他一直拉着患者的手，愣是把他从阎王爷那里拽了回来。

当然没提给我安排工作的事。

我爸人回来了，魂却没有回来。他终日在炕上躺着，一躺就是三年，把我妈也躺烦了。我妈悄悄跟我抱怨说，知道是这么个结果，当初不如不抢救了。

我说，不抢救马乡长能上小广播？我能到乡政府上班？

我妈想了想，是这道理，也就不抱怨了。

2

我是三个月以后上班的。我爸躺在炕上，吃饭说话都费力，可他每天就说一句话：找马乡长。看见我，他的眼珠就不会转，盯着我就说这一句话。嘴巴一张一合，话说不完整，可我知道他是这意思。我就知道我爸“坐下病”了。我对我妈说，照这样下去不是事儿，我爸死都合不上眼。我妈说，要不你去找？说真的我不敢去找，我倒是认识他，可担心他不认识我，见了他我也不知道该咋说。那一晚我和我妈坐门槛子上发愁，我妈瘦得都成了干柴棒子，她整夜睡不好觉。我跟我妈说，脑袋掉了碗大的疤，要不我去试试，毕竟他答应过我爸。我妈说，去也白去，你以为你爸是谁，就是一个做饭的。我不听我妈的，去村里的养鸡户那里买了鸡蛋，专门买带血的，还好当时是春天。我也想好了，见了他我啥也不说，就说我爸让我来送鸡蛋。至于其他的事，听天由命。

我是午后去的，十二点多一些就到了。午前怕人家忙，午后怕人家睡，我是计算好时间的。所以我把这些告诉马万春的时候，他很高兴，说这是谁教你的？我说，这哪用教，我都多大了，连这点事都不懂。我把他的房间打听好，就在一棵树后躲着。他一直在餐厅喝酒，一点多才喝完。送走客人，他刚回到房间，我就进去了。他是个小个子，发福了，脖子吞脸脸吞脖子。大篮子足足装了十五斤鸡蛋，个个带血。为了让血显眼，我杀了一只鸡，用小毛刷照葫芦画瓢。这样就是做 DNA 检测也不怕，当然，那时候还没听说过有 DNA 这回事。我跟着他几十年，对天发誓，骗他就那一回。我把篮子放到桌子上，他回身看见了我，说，哎哎哎，你是谁，你咋进来了？我把白毛巾从篮子上拿开，他一看这些鸡蛋，眼圈就红了。

你爸爸……好人哪！他说。

他问我爸咋样了。我说挺好的，就是这段时间想您，整天嚷嚷着要来看您。他来不了，我代表他来。他问鸡蛋是你爸让送来的？我脑瓜一转，说是我自己买的，没告诉我爸。他问为啥不告诉。我说，他起不来，怕他着急。他胡撸一下我头发，说好小子，还是个孝顺儿子。你爸就是个聪明人，你不比你爸差。好了，把鸡蛋拿回去吧。

我一下就急了，说没别的意思，就是单纯过来看看您。

他说我也没别的意思，我已经不喜欢吃鸡蛋了，让你爸喂的，看见鸡蛋就想起鸡屎味。

他呵呵地笑。

我说，那您现在喜欢吃什么？

他坐椅子上剔牙，他是黑牙根，一排牙齿里出外进。我当时心想，这样的牙齿准好剔。他说，我现在喜欢吃什么，你明天来了就知道了。

我心里突地一跳，难道他想让我来上班？世界上没有那么容易的事吧？

他“噗”地啐了口血沫子，他的牙龈出血了。他张大嘴往里捅了捅，说我欠你爸的。我从没欠过任何人，但我欠陈大招的。你回去对你爸说，我马万春说话算数，你明天就来上班吧！

我转天才知道，他当书记了。送走的那些人，就是组织部门来宣布班子的。后来他说你小子来的是时候，差一天，也许就不是这个结局了。

我这个人仗义，吐唾沫是丁儿，答应下的事儿必须办。他经常这样解释。

后来也有人偷着告诉我，我爸得病绝非偶然。他血压高，总跟他们熬夜，又要早起做早餐，整天睡眠不足。不是三天两天这样，是成年累月这样。按说是在单位出的事，应该算工伤。我说啥工伤啊，他自己的脑血管薄脆，怪不得别人。我把这话学给马万春听，是想让他放宽心，我不会用我爸的病要挟。都过去了那么久，还说啥啊。马万春果然很高兴，他说难得你这么想，你像你爸一样是个明白人。他问我这话是谁说的。我没预备告状，支吾了一下才告诉他，是农技站的刘站长。老刘第二天就卷铺盖卷回家了。他五十多了，一直熬着还想能转正呢。

这件事我跟谁也没敢说，我是觉得这事有点岔乎。我没想到事情的结局是这样，本质上我是想向马书记表明个态度，我不想开除老刘。这件事，让我一辈子恨不得缝上嘴，没人的时候我狠狠打了自己俩嘴巴。

老刘显然心知肚明。我这样出卖他是不仁不义。有一次在供销社遇见我，嘴里哼哼着围着我转三圈，眼神恶狠狠，像是要吃人。我预备着他给我一拳。他打我我也不还手，我欠他的。他家里有个孩子是残疾，大姑娘二十多了，还不会走路。可他哼哼完就走了。一年不见，他头发都白了，脸上的皱纹深了，背也驼了。他大概也知道我的身份变了，我给马万春书记当司机了。

我的第一份工作是在计划生育小分队。马书记把我领过去，对计生委的主任说，这是陈大招师傅的儿子，你叫啥来着？我说我叫陈四宾。他说这名好，一听就是吃官饭的命。计生委主任是女的，毕恭毕敬，给他上了一支烟。马万春又说，陈大招师傅现在还在炕上躺着，他是对大河洼有功的人，炸小河虾谁也没有他炸得好吃。你们都没少吃吧？大家都说，没少吃。还有人说一顿买两份，吃一份，留一份。这话也不知道是真是假，马万春听着很受用。他懒洋洋地吸了一口烟，觑着眼睛说，四宾先在计生委跟你们干，他不会的你们多教教。主任赶紧说，马书记放心吧，这小伙子我一看就是个机灵鬼，准保错不了。计生小分队二十几个人，我一直是那个掐尖拔上的，有啥好事也落不下我，年底评劳模，就我和主任两个人，得了好几百块奖金。我转手就把奖金给了马万春。吃水不忘挖井人，幸福全靠毛主席。我知道盐打哪儿咸醋打哪儿酸。马万春觑着眼睛看我，他习惯觑着眼。他说，给我了不后悔？我说不后悔。他说，不自己留几个？我说，整天下乡吃大队，我工资都没处花去。他说，你说说送给我是啥目的。我说，能有啥目的，侄儿孝顺您啊。再说，要不是您给我当靠山，我能得奖金？

再也想不到，他把钱一张一张码好，卷成一个卷，塞进了我的兜里。他说，你有这心就够了，我不要你的钱。你还有病爹得吃药，还要盖房娶媳妇，用钱的地方多着呢。

我说啥也不要。他打了我的手，喝了声：听我的！我就不再动了，眼睛潮乎乎的，难怪我爸佩服他，说他仗义。现在，连我也开始佩服他了。

他说，有什么事情跟我说。

我问，您是指什么事情？

他说，老刘那样的事情。

我就知道了。他怕别人背后说小话。本质上，他是听不得别人说小话的人，他对人不放心。

每天跟着计生小分队跑东庄串西庄，我都觉得是上了天堂了。我十六岁就在窑地搬砖，为多挣两毛钱，我总是多搬两块，让烧烫的青砖顶着下巴。我来搬砖不是目的，我爸说，你先干着，争取表现好了让老板提携你。我说，搬砖有啥好提携的？我爸说，提携的机会多着呢，比如当会计，当保管，或在窑上学些手艺。老板还有个闺女跟你同龄，让他招你作女婿，我们家就改门风了。我爸是一个有梦想的人，走一步看三步，在村里与众不同。他厨师的手艺就是为大河洼乡政府准备的，说那里的人嘴馋，好手艺准能卖个好价钱，没想到就真干进了乡政府。而且果然有他在前边铺路，我也能在这里找到饭碗。

计生小分队进庄，那真跟鬼子进村一样，鸡飞狗跳，育龄妇女东躲西藏，恨不得上天入地。大喇叭一天到晚嚷嚷，喊育龄妇女做检查。那些小媳妇扭扭捏捏，从检查室出来，边系裤带边甩大辫子，脸红得像刚下蛋的母鸡，低着头匆匆往外跑。中年女人脸大，一进院子就高门大嗓地连骂带卷，说老娘连功能都没了，还抠查啥？她们故意到院子里系裤腰带，那是一段布拉条，蓝的，或红的，上面尽是褶皱。往左边一甩，右边一甩，在腰上挽一下，使劲一勒，松弛的皮肉耷拉下来，像围个肉皮裙一样往下淌。小分队里女人居多，她们都在一线。我跟主任负责后勤保障，通常是，提前让村里有准备，多少人的饭，吃米还是吃面，会有讲究。主任爱吃炖猪头，用烧化的沥青拔毛，眼窝耳穴之类的细小地方用镊子拔，归我拔，主任说我的眼神好。捉大肚子，或牵牛扒房之类的事我就得冲锋在前了，谁让我是男的呢。有一次，我们得到情报，一个计划外怀孕妇女一直在外藏躲，这天终于回家了。主任让我带人捉拿，我们凌晨四点就把房子包围了，前门后门前窗后窗围了个水泄不通。我踹开门进去，堂屋黑咕隆咚，我不管，径直去了西屋。在门框附近摸灯绳，一拉屋里就亮了。被窝在炕上摊着，怀孕妇女却不在。我把手伸进被窝一摸，里面是热的，这跟母鸡抱窝是一个道理。我就知道她赶在我进来之前逃脱了，但她走不远。我环视这间屋子，只有一只小躺柜，下面用砖顶着。后窗用塑料布绷得严严实实。我突然掀开了柜盖，一股霉气味，这是好久没有晾晒了。里面的被褥满满当当，上面敷一层塑料布，根本不可能藏人。我一挥手，去了东屋。这家只有一个光棍子公公，这些事先我们都了解。按常理，她不可能在公公屋里藏身。可谁知道呢，那些孕妇比敌人都狡猾，关键时刻什么都干得出来。东屋跟西屋的格局一样，柁木是弯的，被白灰包着。上面吊着一个笼筐，被铁钩子勾着。一摊子被窝就在柁木底下，炕头堆着粮食。老汉探出半个身子朝我们挥手，说私闯民宅，你们还有没有王法？把我们逗得都笑了，他知道王法却不知道国法，不知道国法是只生一个好，政府来养老么？被子摊得有点大，脚底下鼓鼓囊囊。我一步上前，把被子抻开了。老汉两条光腿出现了，同时出现的还有大肚子孕妇，原来她只穿着大花裤衩和小布衫，藏到了公公的被窝里，羞得满脸通红。这件事让我们笑了好几天，也给我在小分队赢了不少分。谁会想到儿媳妇会藏到公公被窝里呢，偏是让我看出来了。一个超生指标就这样被消灭了。

这年底，我又当了先进。在县里的大礼堂演讲，书记县长就在台上坐着，都用欣赏的眼光看我。演讲的材料是秘书写的，马书记亲自把关。第一稿，他嫌内容不生动，添加了很多作料，说我在工作实践中练就了火眼金睛，打谁面前一过，就知道谁在搞超生。我在乡里试讲的时候有点讲不下去，念别的地方慷慨激昂，念到这儿声音自然就塌了。马书记坐在前排，全神贯注地看我，此刻站起身来说，四宾是一个实在人，说不得假话，说你的眼睛比B超还厉害是有点为难你。张秘书，再改一改吧。于是马书记动嘴，张秘书动手，又把稿子写了一遍。这次用了马书记的亲身经历。他过去在山区搞计生，爱用武装部的望远镜从山坡上往下看，有一次就照见了一个大肚子，不管三七二十一，先逮着人再说。结果，那是一个小老太，六十多了，肚子大是因为在得浮肿病。把这件事搁在我身上，就变成了我自己掏钱买望远镜，大河洼没有山，我坐在用砖垒的水塔上，监视过往的育龄妇女，把计生事业当成自己家的事来干。那天的现场成了我一个人的演讲会，场下总有人鼓掌，不时有笑声，书记和县长都过来跟我握手，都握得时间很长。我看见人群里坐着的马万春纹丝不动，既不鼓掌也不笑。我知道他紧张，甚至比我还紧张。私下我们交流，几个演讲者的稿子都是自己写的，唯有我这个，马书记亲自上阵。他是一个干啥都要干好的人，他太想给别人留下好印象。

四宾，给我当司机吧。

好。

愿意么？

愿意。

要说实话。

说实话也愿意。

当司机可没前途。

我的前途都是您给的。跟着您干就是前途。

那好，我跟你联系个地方拿本子，一周以后，争取能跑车上路。

我二话没说，就跟计生委辞了。大家都很羡慕我，说在领导身边工作，进步会更快。我回家跟我爸说了，我爸却叹口气，吧唧两下嘴，把头歪到了一边。从屋里出来，我妈正起身刷锅，我蹲下给她烧火。我往屋里指了指，问他叹气是啥意思。我妈不避讳，说我爸觉得人干两样最没出息，一个是给人家抡马勺，就是做饭；一个是给人家抬轿子，就是开车。你爸不同意你干这个。

我到屋檐下蹲了半天，屁股抵着倒扣着的咸菜缸，后来我就坐了上去。天慢慢黑透了，有蝙蝠从椽子中间飞出来，在院子里盘旋时，就是个黑点，飞得越高，黑点越小。我觉得我们家的人也就是那只蝙蝠，趁夜黑时飞一圈，打点食吃。我们不是百灵鸟，也不是老鹰，我们没啥资本，是我爸想多了。

不过我爸说的也有点道理。这两样是手艺，都是一般人干的。我爸想让我不一般。他是一个有想法的人，否则哪会深更半夜候着给人做宵夜。

我在计生小分队干了大半年，多少有了些眼界。我知道世界上还有很多职业是好职业，比如，当书记，当乡长，哪怕当个副的。还有当县委书记，当县长，哪怕工作在他们身边。我能想到的就是这些。想光宗耀祖就得当官，当大官。可宰相门前七品官，咱得有个当宰相的爹才行啊！我进了屋，拉亮了灯。我爸头朝里躺着，自打从医院出来，他就没换过地方。他不想头朝外，脸朝着窗他说不舒服。他的脸越来越灰，印堂越来越暗，颧骨像坟包一样凸出来，整个人就有了末日景象。我说爸，咱不能人心不足蛇吞象，我才几天不搬砖了？沉默了半晌，我爸点了点头，虚弱地朝我晃了下大拇指，那大拇指还左右摆了下。我看得出，他竖得不情愿。我知道他想些什么，他是无可奈何了。就在这天晚上，有媒人上门了，介绍的正是砖厂老板家的丫头杨桂芳。我妈忙不迭地应，问我的意见。我还有啥好说的。我爸突然两眼放光，就像回光返照一样，这才是实现了他的梦想啊！送走了媒人，我俯下身子对他说，这要是没有马万春给我安排工作，人家老板的闺女能正眼看我？

3

政府门前这条街，是条商业街。逢到赶集的日子，老百姓的摊位就把街道挤成了鸡肠子。总有人提意见，说应该让小商小贩退到路基下，把街道让出来。马书记却不松口，说路基下是土地，上来下去，买的不方便，卖的也不方便。他就是个“以人为本”的干部，虽然那个时候还没有这个提法。我们那时的车是辆蓝鸟王，从东头开过来，比蜗牛爬还慢。马书记不让我鸣笛，怕吓着赶集的，说咱就慢慢走，反正也没啥急事。有个老太太挎着筐鸡蛋站在路中间，大概是在找地方，因为一直没找着，就那样傻呵呵地站着，我们的车停了好一会儿，才有人拽了她一把，把她拽一边去了。有人说，你挡了马书记的道，要是换了难揍的书记，早把你扒拉一边去了。老太太高声说，马书记是人民的书记，他不会把我扒拉到一边去！马书记揿下车窗，跟老太太打了个招呼。

车子又往前挪动了十几米，马书记忽然喊停车。他指着车窗外说，那个卖螺蛳的，听说味道好。我赶紧停下车子，过去买了两斤。这个女人叫刘海梅，是这条街上的美人儿，嘴角有一颗痣，就像电影里的古兰丹姆，我们都认识她。刘海梅说啥也不收钱，朝蓝鸟王看了一眼，说马万春在里坐着？我说，是马书记。刘海梅说，是你想吃还是他想吃？我含糊了一下，没回答。我把十块钱扔到摊位上，匆忙回来了。车子开进乡政府，我把螺蛳提到厨房，装了满满两大盘子，里面放了几根牙签给他端到办公室，又拿了一只大海碗放到一边，盛螺蛳壳用。马万春说，我哪吃得了这么多，你端回去一些，大家吃。于是我把大个儿的挑出来装进大海碗里，小的装进另一只盘子，端走了。这天大家都知道了马书记爱吃螺蛳的事，而且爱吃刘海梅煮的螺蛳。

刘海梅就住在乡政府对面的胡同里，走过去不到五十米。她卖的螺蛳有水煮和酱爆两种。货是趸来的，她只卖手艺。过去我只知道她卖的螺蛳好吃，不知道马书记也迷这一口。这以后，垃圾堆上多半都是螺蛳壳，大家争先恐后买。政府院子里时常飘着一股腥臭气，打饱嗝有人能喷出半个螺蛳肉。她的螺蛳价格跟着水涨船高，比别人卖得贵一倍。味道是个奇怪的东西，对了脾胃，那玩意就是个宝，哪天不吃就觉得缺点啥。

后来就有人刨出了根由，毕竟都是长在这块土上的，好事坏事都瞒不了当乡人。这个刘海梅是马书记的初中同学，再往深里说，算初恋，当年连聘礼都下了，刘海梅却嫁给了另一个人。只不过，刘海梅运气差，她丈夫肾不行，身上浮肿，眼睛就剩一条缝。

村里人说，刘海梅是一朵鲜花插在那啥上。那男的是个小玩闹，八三年严打的时候还进过局子，后因为血糖高，给放了出来。那时不知血糖高是个啥概念，还以为血糖跟吃糖一样，高些也没啥。她当初嫁过去是因为公公在采购股上班，能买进口化肥。那种化肥袋子能做衣服，前边写着“日本”，后边写着“尿素”，这都写进过相声的。刘海梅等于是嫁给了一袋尿素。这说法也在马书记那里得到了证实。那时马书记在河道所做小工，管捞淤泥，一天挣三块钱。有一天，刘海梅走亲戚从这里过，正遇上马万春穿着橡胶裤子从河里上来，脸上头发上都是泥。马万春热情地跟她打招呼，刘海梅却装着不认识他，仰脸看天，绕道走。几天以后，马万春上门去看刘海梅，却发现有人给她家送尿素，刘海梅已经变心了。

那袋化肥在马书记的心里有多重，许多年后我还能感受到。有一次，乡里分二胺，他让我给刘海梅送去了两袋，把后备箱压得都沉下去了。刘海梅接收时面无表情，看着我把二胺码到墙根下，一句客气的话也没有。只有我知道那两袋二胺是啥意思，别人都以为马万春是想帮她。乡里的人也都想帮她，所以大家都拼命买螺蛳。那肉吃起来香，到胃里却不好消化，政府院子里臭气连天，有人放屁就跟打雷一样。

过了腊月二十六，除了值班的，机关就算放假了。马万春把我叫了去，给了我一个信封，说这里有八百块钱，给刘海梅送去。我当时心想，马书记忒好心眼，也太念旧情了。事后我才知道，当年刘海梅要八百元的彩礼，马书记家拿不出，他妈差一点上吊。眼下这八百块钱，能像助人为乐那么简单？我颠颠跑了过去，刘海梅正在哭。刘海梅的丫头叫谢佳佳，把课本摔了一地，叫嚷我不写作业，我也不想上学了，我丢不起那个人！刘海梅低三下四地说，我没偷没抢，咋丢人了？谢佳佳说，你咋丢人了你不知道？这一条街上的人都知道！你不丢人乡里会有那么多人来家买螺蛳？他们咋不去别家买？你别以为我爸死了就没人管你了！那小丫头也就十来岁吧，真个是伶牙俐齿。母女俩一起看见了我，谢佳佳狠狠瞪了我一眼，去了屋里。我把信封给了刘海梅，没说这是谁给的。

可刘海梅拒绝了，她抹着眼泪说，以后政府的人来买螺蛳我不卖了，村里有人说闲话。

我到底还是把钱扔下了，我不能完不成任务。走出去老远，小丫头追了上来，用信封裹块砖头往前一扔，信封就到了我脚下。小丫头还真是有办法。她扭头跑了，我站了会儿，只得把信封拿了回来。

马万春冷笑了一声，拉开抽屉，把信封扔了进去。爱要不要，他说，倒好像我有所图，我图她啥？我理解马书记的意思，他对刘海梅没兴趣，不是别人想的那样。这一点我当然清楚，一个整天煮螺蛳卖螺蛳的人，浑身腥气，哪会入马书记的眼。虽然盘子不丑，到底也是年过三十的人了，农家女人跟城里女人不一样，整天灶上一把灶下一把，不像城里的女人被当花养。

当然，也有人说别的。就像二胺的事，刘海梅一家哪使得了，马万春纯粹是炫耀。这点我同意，二胺的事瞒不了人，八百块钱的事却只有我一个人知道。二胺是日本的，一袋一百四，寻常人家根本使不起。可有了上次农技站老刘的教训，我也不敢随便给他说啥了。

我对自己说，你是给人当司机，可也得自己活人呢。

这年正月发生了一件大事，让全乡的人对马万春有了不同寻常的看法。一早上班，派出所的小李失魂落魄地跑了过来，说马书记，大事不好。马书记正在看文件，随口接了句，何事惊慌？小李说，吴所长该上班了也不开门，我趴窗户一看，他在地下躺着。我赶紧用备用钥匙把门打开了，他咋像不会出气了呢？马书记站起来跟小李来到了后面的派出所，那里跟马书记的办公室只隔一排房，却是个单独的院落，有一个月亮门，月亮门的顶端画几棵墨竹，都是吴所长的大作。他长得五大三粗，却是个细人，不单爱画画，还会写诗。吴所长住在最里间，平常喜欢喝大酒，喝多了就说自己是郑板桥，画的竹子能传世，再过两百年就是文物。平时他和马万春两人互看不入眼，老吴说马万春霸道，自己是公安局派出机构，根本不用尿他。有一回因为什么争吵骂娘，老吴掏了枪。马书记把胸脯亮给他，说你往这儿打，眨一下眼我就是你孙子！老吴到底没敢真有动作，一个冷不防，枪被下了。大个子被小个子下了枪，大家都鼓掌。后来他一次一次去求马书记，像女人一样坐门口哭，说再不把枪给我，我就受处分了。马书记才从门缝里把枪给了他，门都没让进。小李边走边介绍情况，昨晚他又喝酒了，屋子里都是酒气，能醉死猫。这是大事儿，我得跟县局汇报。马书记朝他按了下手，说先稳住，了解一下再说。情况就是，吴所长显然是从床上摔下来的，头在砖地上磕破了，满脸都是血，那血已经成黑色，层层叠叠，一层比一层深，在地上好大一摊。他身体扭成了麻花状，一只脚脖子勾住了床腿，一只手朝前伸，是想开门求救。他的脸孔有些狰狞，牙关紧咬，是拼了力气的样子。人肯定是没救了，马书记随手拿条蓝花的枕巾给他盖住脸，着人把他抬到床上。作两点指示：一，关好大门，封锁现场，连只苍蝇都不许飞进月亮门；二，小李骑挎子去接所长老婆。只接他老婆一个人，免得生事。马书记真是大将风度，回到办公室，给自己沏了杯茶，神闲气定喝了起来。他把昨晚打牌的几个人叫过来，“啪”地拍了下桌子。一个副书记，一个副镇长，一个组织干部，都面如土灰。昨晚玩牌输赢是一杯酒，干拉，连水都不许喝。吴所长手气差是一方面，还有另一方面，那三人搭窝，一起对付老吴，看他能喝多少。老吴个子大，心眼却没那么多，一晚干了十几杯，将近一点才散场。吴所长走到月亮门曾经歪了下身子，就像一支门插卡了会儿。三人都看见了，但谁也没有在意。

谁想到就出事了呢。

马书记发了一通火，说这事儿如果捅出去，就是天大的娄子。玩牌喝酒喝死派出所所长，我的副职很能干啊！副乡长扑通跪下了。一个人跪，另两个人也跪，求马书记指一条生路。如果公安局怪罪下来，谁的位子都保不住。马书记缓了缓神情，说，人已经死了，再追究你们的责任也没意义，眼下最要紧的是找一个合适的理由，把事情抹平。你们有啥想法么？三个人都说，我们现在是热锅上的蚂蚁，有想法也都烧没了。马万春说，我尽最大努力保你们，保不了，你们也别怨我。副书记说，您跟公安局长有交情，无论如何替我们挡下，以后我们做牛做马报答您。几个人连连点头，小燕儿一样仰头看着马万春，仿佛马书记是叼着食儿的燕他娘。马书记把他们一个一个扶了起来，他心里其实早就有准稿子，拍桌子是为吓唬猫。他说吴所长是值班的时候死的，应该算工伤，得给他申请待遇。他家是农村的，女人有病，老娘有病，去年盖房借了钱还没还上，大家兄弟一场，能帮的就帮他一把。我的话你们听明白了么？

几个人面面相觑，然后一起说听明白了。

女人进了大门就看出不祥来了。她想直接去派出所，被小李挡住了。小李把她领进了马书记的办公室，马书记亲自给她倒了杯水，告诉她吴所长昨晚喝大酒，把自己喝死了。女人手里的水杯“啪”地掉在地上，张嘴刚要嚎，被马书记喝住了。马书记说，想嚎回家嚎去，这里不是嚎丧的地方。女人哆嗦了一下，闭上了嘴。马书记说，人死不能复生，光嚎有什么用？有用我跟你一起嚎。眼下这里一堆事儿呢，解决完了你回家随便嚎。女人胆怯地问，他跟谁喝的酒？总得有人为他负点责任吧？马书记说，他喝大酒你又不是不知道，没人跟他喝，是他自己往死里喝。女人抹了一把泪，咬着牙说，死催的，他就是死催的！我过去说过他，整天那样喝，早晚有一天喝死！马书记说，你这样说也不对，这就是他的寿命，不喝酒也会出别的事。女人说，我是妇道人家，外面的事不懂。他这死法咋说，公家管不管？马书记拍了下大腿，着啊，老嫂子可算说到根子上了。现在他的死我封锁了消息，只有很少几个人知道，现在我就是想跟你商量老吴的后事。这件事若是传到公安局去，会给他记大过，他白死了不说，以后对儿女都有影响。

女人忽然变得坚毅起来，说，大兄弟，我听你的。好歹老吴跟你兄弟一场，你无论如何帮帮他。

马万春说，听我的？

女人说，听你的！

马万春说，吴所长生前是我的好朋友，他的事我管到底，老嫂子就放心吧！

这件事的最终结果是，吴所长因为追凶栽坏了脑袋，记二等功，算烈士。家属得了十八万抚恤金。儿子刚满十八岁，被公安局内部招工了。乡机关的干部为烈士捐款的消息上了本地报纸头条，被点名的除了马书记，就是那几个牌搭子，他们都捐出了一个月的工资。事情处理成这样不是双赢，而是三方都赢，你不服行么？

大家都说，除了马书记，谁也没有本事把事情办得方方面面都满意。公安局尤其满意，所长值班喝酒喝死本是事故，却摇身一变成了典型。

至于追的那个凶，是罕村的一个惯犯，前两天刚偷了邻居一匹马。虽说两件事之间有几天的差距，但马书记有办法让它们变成一天。小偷逃跑了，公安追了一阵，就把他忘了。毕竟吴所长是自己栽的，不是让偷马贼打的。

4

杨桂芳经常到我家里来帮忙干活，其实我俩还没定亲。有一回都要喝订婚酒了，马万春让我跟他去山东，这事儿只能回来再说了。我们去了五天，从泰安到淄博又到威海，马不停蹄。对外说是考察，其实就是转转、看看，吃好馆子，住好宾馆。晚上他们几个打牌，经常打个通宵。在威海吃海鲜上瘾又上火，我嘴唇起了一层泡。路上马万春对我说，四宾，耽误你当新郎了。我说，我上火跟这没关系，我离结婚还早着呢，结婚才能当新郎。马书记说，四宾真是个实诚孩子，就想跟杨桂芳过了？我说了杨桂芳种种的好，人家是老板的闺女，到我家从来不摆架子，挽起袖子就干活，我爸我妈都喜欢她。马万春说，窑厂支撑不了多久了，最多一两年。我竖起了耳朵，心说那可是个大厂，四乡八村都到这里买砖。那些青砖梆梆硬，瓦刀砍一下留一道白痕。马万春说，城里的窑厂是国企，已经投产半年了。那种紫砂砖是柿子红，颜色好看，工艺也先进，关键是，又便宜又轻省。我说，红砖没有青砖好看，青砖雅气。马书记说，你这是看习惯了，是小农意识。紫砂红砖是新生事物，比青砖分量轻，耐压力强。政府也会帮着推广，要不了多久，就会占领大部分市场。

我有些气闷，半天没说一句话。马万春探头看了看我的脸，说，还没结婚呢，就替老丈人合计上了？

我说，不关我的事，还有大舅子、小舅子呢。

马书记说，咋不关你的事？要是你俩结了婚，她家的贷款也是你的贷款。她家去年又建了一个窑，贷了好几十万吧？

我起鸡皮疙瘩了，有点被马书记的话吓住了。这个事我听杨桂芳说过，家里人都不同意扩大再生产，尤其是她哥，都要跟她爸断交了。可她爸雄心壮志冲云霄，老了老了非要再整出点动静，硬是顶着压力把贷款办下来了，眼下那座新窑已经建成了。

我拍了一下方向盘，想这好几十万要是漏里头，粉身碎骨都不够还的。

马万春说，你现在好歹也是公家人了，眼光要放长远。

我侧了一下头，觉得他话里有话。

马万春撤下了车窗玻璃，一股热风“噗”地吹了进来。路基下的农田里正有人在收割，农人弯着腰，光着脊背，脊梁被太阳晒得像玻璃，反着光。山东这地方地大物博，土地平展展的一眼望不到边，收成好，可也累死个人啊！马万春说，当年我也是受过这苦大累，还在河道里挖淤泥。人家正式工穿着白汗衫在堤上的树荫底下乘凉，我们挖泥装到筐里，再挑到大堤上，浑头巴脑都是泥，一天却只挣三块钱。若不是刘海梅甩了我，这样的日子说不定就过下去了。

我听着，领导说话我不习惯插嘴。

马万春说，刘海梅甩了我，让我受了很大刺激。我下决心要成为正式工，不惜一切代价。过年我把家里的年猪送给了河道所的所长。那年刚包产到户，一头猪是家里的贵重财产。我妈心疼地哭。我说，您别哭，以后我还您十头猪。几年以后，我转了正，真的还了我妈十头猪的钱。

我想起了那一篮子处女蛋，送给马万春之前抹了鸡血，他却没要。后来他跟我说，自然带出的血不那样。从那儿我再也没有骗过他，你没人家聪明，就得比人家老实。这是没办法的事。鸡蛋提回去给我爸增加营养了。我爸不知道那些蛋的身份，我把血都洗净了。马万春没要我的东西也给我办了事，他比河道所所长仗义。

马万春说，所以我很感谢刘海梅，否则我一辈子可能都不如一头年猪。

我心里一震，喉咙里像是长了草，卡得难受。马万春不是随便说闲话的人，他说这些，是没拿我当外人。我想起了自己背砖时的日子，冬天棉袄里子都湿得呱唧呱唧的，手指肚起厚厚的茧子，用剪刀剪下一块肉，都不知道疼。下颏底下都被磨脱层皮，有一回还被烫出个泡，里面汪着水，很多天都不好。我那时就想每天多背砖，争取能背来一个媳妇。

你难道还想让儿子背？

我的脊梁忽然一阵发凉，冒了一层冷汗。我的儿子还不知在哪转筋呢。我小心地说，我是不是做错啥事了？

马万春说，你别多心，今天我就是想说说话。按说这话我不该跟你说，你爸虽然是做饭的，但我们哥俩有交情——所以有些话我想提醒你，我没有别的意思，我就是想提醒你——别因为砖厂老板的丈人身份就把自己搭进去——那根本就不是个身份。你还年轻，将来会过得比他好。

我爸躺了三年多了，骨瘦如柴，皮肤像洇湿的纸一样薄，脸上似乎就剩下了两只眼和一只鼻头。一只鼻子出气，两只眼睛看人。眼下，这差不多是他的全部功能。他越来越耐不得我妈碰他，给他擦脸，他说疼；给他擦腿，他说疼。他说我妈的手就像木锉，摸哪哪疼。这是因为有杨桂芳在场。杨桂芳一点也不像个乡下女孩，十指尖尖，细瘦细瘦，就像温室里的一棵豆芽。这棵豆芽在我家却像根柴棒子，戴着大围裙，扎撒着两只手，专门干粗活，掏灶灰，给我爸洗油腻衣服，甚至去倒便盆。干哪样其实不像哪样，可她愿意干，我妈就满意。我俩几乎没在一块待过，待在一起都觉得不自在。说心里话，我有些喜欢她。那种喜欢毛茸茸的，像隔着一层纱，特别舒服，却不好表达。我暗暗把她跟机关的那些吃商品粮的女干部作比较，她一点不逊色。马书记这一点拨，我有些恍然大悟，想她怎么那么像别有用心的。她看上的不是我，是马万春的司机身份，否则她一个砖厂老板的女儿，咋会到我家当丫头？这个小骗子，让我心里打翻了五味瓶。车开得歪歪扭扭，后面的司机一个劲儿鸣喇叭。我想，她再不像乡下丫头，也是农业户口，是柴禾妞，将来嫁给我，也得过庄稼日子。庄稼日子是我们费尽心机逃避的啊！

从山东回来是晚上十点多。夜深了，天黑得有些模糊。我提着一兜煎饼匆匆走进院门，杨桂芳正好出来泼脏水。看到我，她满面羞涩。我在夜色中都能看到她粉红的腮，像新开的桃花一样美艳。我心里一动。就是这一动，让我生出了一些气愤。我不知是气愤她还是气愤我自己。我把煎饼摔在了她怀里，说你以后不要来了，我跟你有啥关系，你天天往我家跑，人家会说闲话的。她大概觉得我在跟她闹着玩，扭捏了一下，细声细气叫了声宾子。我爸我妈才叫我宾子，我瞪起眼睛说，宾子是你叫的？她愣住了，盆子和煎饼叽哩哐啷掉在了地上。我说，你以后不要到我家来了，我不想再看见你。说完，我撞过她往里走。脚下咔嚓咔嚓一阵响，我踩煎饼上了。我的心也像碎了一样难受，脚下不由得用了些力，越难受越用力，心里说，踩死了才好。

我妈在堂屋门口站着，十五瓦灯泡悬在卧室门口，麻花电线上落满了灰烬，像站着一排苍蝇。最借亮的地方是那口锅，锅里有水时，灯泡的影子像是水里煮了枚蛋。我妈站在黑影里，只有身后有一坨光晕，耳朵上边是齐整的华发。她打年轻的时候就是少白头，眉眼模糊，可我却能看见我妈生气了。她严厉地说，你刚吃几天公家饭，就不知道自己几斤几两了！

我用鼻子哼了下，心说，我的事不用你管。

我妈说，窑厂老板的闺女，配得上你。

我直接去了西屋。我知道我爸在东屋躺着听得见我说话。我大声说，你们知道啥！

我妈回了东屋。这所宅院静悄悄，一点声息也没有。我踮起脚尖走到了东屋的门口，想听他俩说些啥，等了半天，也没人言语。我又把耳朵往门缝贴了贴，还是没动静。我出去解手时，发现他们屋里的灯早灭了。也许原先就没开？我没注意。

我爸是转年春天去世的，有关杨桂芳的事，他比我妈想得开，到底是在机关待过的，知道人往高处走的道理。况且，我爸比我还希望我往高处走，遗憾的是，他死杨老阔前边了。我是说，他若是晚死几天，就能听见杨老阔的死信儿了。杨桂芳的爸叫杨老阔，是一个心比天都大的人。他家是富农成分，受了半辈子欺负，一心想时运好了以后做大事，好扬眉吐气。秋天原本是窑厂的黄金季节，因为没有订单，坯场都长了草，烧制好的青砖卖不出去。工人发不出工资，整天去他家里闹腾。一孔新窑和一孔旧窑长在地里，像一对难兄难弟。某一天早晨，杨老阔拿根绳子走出了家门。那根绳子横亘在他两手之间，中间是个凹槽，许多人都看见了。但因为知道他眼下遭难了，谁也没理他。他径直去了新窑，在门口上了吊。杨桂芳的哥不哭爹，说你欠下那么多的账，让我们以后咋活啊？我从他家门口过，心上也不由得像被小绳拴紧了，难受得不得了。我特意往门里看了一眼，一簇美人蕉开得火红，没看到那个细瘦细瘦的人。他家的门楼在村里顶气派，瓷砖贴的是松鹤图，门口阔大，是准备进出汽车的。一边还摆个石狮子，像庙门一样。就有人说不吉利，石狮子镇的地方得是豪门大宅，你个小门小院也整这排场，不出事才怪。

杨桂芳后来不知所终。

有一天我对马万春说，好悬，当初多亏听了您的话。

大洼乡没有别的出产，有的是黑土地。那些洼地原本是泄洪区，一九五八年发大水，洼里一片汪洋。当时的口号是“北保北京城，南保天津卫”。罕村的正中位置溃了堤，半个村庄都被冲没了。螃蟹往埝梗上爬，弯腰就能拣一口袋。大洼里的土地很肥沃，高粱长得像电线杆子，黑豆茂盛得披一身油。连蚂蚱都盛产，有人想吃土味了，一早赶过去，蚂蚱都在高粱秆上趴着，露水打湿了翅膀，它们飞不起来，就像被念了符咒一样。八十年代末期，有一波大规模的农田基本建设。包产到户分的是土地，那些洼地因为距村庄太远，都被集约经营。新当选的市长来大洼乡调研，当年他在这里当过三个月知青，因为来的时间短，显得特别有感情。故地重游，市长碰见了百年不遇的大旱。大旱之年在城市里没有反应，谁也不会因为水位下降少洗一个澡，公园里的花草树木照样葱茏。大洼里却是另一幅景象，高粱奄奄一息，点一根火柴，都能星火燎原。市长穿白衬衫灰裤子，戴草帽，两根白线绳兜在下巴上，圆乎脸，鼻翼两侧笑出了很深的法令纹。这是当年报纸头版上的照片，市长两手叉腰站在大洼的边沿上，像极了画里的伟人。市长皱着眉头说，改革开放十多年了，大洼怎么还是老样子。为什么不打机井？为什么不修路渠管网？为什么不种水稻？喜看稻菽千重浪，遍地英雄下夕烟啊。县长在旁边附和说，明年，一定让市长看到千重浪的盛景。市长扭过头来盯问，明年，你确定？县长迟疑了一下，找马万春。马万春从人缝里挤进来，急忙说，确定，请市长放心，我们说到就能办到。市长把县长扒拉开，点着马万春说，记住我们之间的君子之约，明年我还来，你要用新产的大米招待我。大洼有多少亩土地？马万春张口就说一万亩。其实大洼到底有多少亩土地，谁也没有丈量过。市长当即作两点指示：一，农口单位对口支援，要不惜人力物力；二，资金、物资予以保障。市、县、乡、村四级联动，共同完成大洼的万亩农田改造。我要喜看稻菽万重浪！市长一挥手，一群人呼啦啦都走了。有人竖起大拇指，说这话比当年毛主席说得还有气魄。县里连夜进行部署，大洼周围乡村的劳力统一调度，马万春任总指挥。县长担心他在这么短的时间完不成万亩稻田的改造任务，马万春说，哪里有万亩，顶多三千亩。完不成任务，我提头来见！

5

食堂进了大洼，所有的人力物力财力都进了大洼。他是一个特别能打硬仗的人，喜欢大场面，善于营造大氛围。工地上红旗招展，锣鼓喧天。大喇叭安到大洼腹地，大洼乡的广播员用蹩脚的普通话不厌其烦地发布动员令。单靠自己的力量不行，马万春充分显示了协调能力。他平时善结交，到哪都能跟人称兄道弟。为了请求农机支援，我跟他去市农机局局长家送礼。他家住四楼，我们给人家送大米，谎称大米是大洼乡产的，有机绿色无公害，这是试种的一小部分，各位领导只能先尝鲜。等到大规模种植，全市人民就可以都吃上优质大米了。大米是一百斤装，他不让我扛，他扛。起初局长以为他是司机，我把几瓶香油和两条鲤鱼放到玄关的台子上，局长先跟我握手说，你就是大洼乡的马书记？我赶忙说，我不是，那个扛米的才是。大米就在马万春的肩膀上，从一楼扛上来，吃功夫。他脑门子上都是汗，进屋却不放下，等着局长找地方。局长是厚道人，不知怎么对我们才好，端茶，递烟，一句官话也没说，就俩字："支持。"市长的批示都不好使，你马书记有面子，农机局全力以赴。马书记亲自扛大米，这是事先谋划好的，相当于苦肉计。没想到局长那么容易感动，穿着拖鞋送我们下楼，我们的车开出去老远，局长还在招手。

水务处的处长是女的。人家的家那个讲究，木地板，漆得油光锃亮，比我们家炕头都干净。给女处长送的苹果，是马书记进山亲自选的。马万春说，女领导一般不爱做饭，爱吃水果减肥。我们找到了一片果园，选出的苹果个头圆，一般大，不红的不要，个个都像大闺女的脸蛋。一个果树园子就选出这一筐，看上去爱死人。筐上安俩鞋帮子做的背襻，他是背上去的。他把自己打扮成一个山民，戴草帽，穿实纳帮布鞋。他觉得，这个形象更容易感动人。女处长把门开了一条缝，根本不放我们进门。我说，这是我们大洼乡的马书记，亲自给您送苹果来了。女处长问，你是谁？我说我是司机。女局长嘲讽说，你是司机，让书记背筐？马书记赶紧说，不是我想背，是司机的脚崴了，现在骨头还错着位呢。我说，您就让我们进去吧，我们早晨四点就去果园选苹果，到现在连口水都没喝呢。马万春颠了一下果筐，说您不让我们进去我们就在这里站着，明年您就可以收获新苹果了。女处长说了声无赖，把门拉开了。

站到玄关，我们却不敢往里进，我们从没见过这么干净的地板。马书记那么冲的人也有点怯了，跺着脚，不敢动。女处长这时真正体现出了领导水平，一把把马书记往里拉，说还傻站着干什么，还不快把果筐放下。

果筐放下，上面没有加盖，女处长一看眼就直了，啊，咋这么大，这么圆，这真是坝城产的苹果？不是日本进口的？那些年富士苹果刚引进不久，在市面上还是稀罕物。

女处长给我们倒了香喷喷的茶，端过来时，噗嗤笑了，说马书记你好有意思，在我面前演戏是吧？马书记脱了外面的罩衫，里面是小碎格的名牌衬衫。马书记平时可是个讲究人，穿衣服从不马虎。他提了提领子，说不是想演戏，是怕背筐把衬衫扯破了，一件衬衫要半个月工资呢。

女处长对我说，我看看你的脚伤。

马书记抢着说，他里头疼外边没伤。

女处长瞪了他一眼说，唬我是吧？

马书记憨厚地笑，说，他年轻，还没娶媳妇呢，我怕把他压坏了。

女处长收起笑脸，问，我们怎么支持你们才满意？

马书记说，大洼里打三眼机井怎么够，市长看不到稻菽万重浪呢。

女处长问他打几眼，马书记说，大洼的土地近万亩，一眼机井的出水量可以灌溉三百亩，您说打多少合适？女处长连声说，不行不行，那样我们不成纳鞋底的了？马书记说，这只是理论上的，洼里要修路，要挖灌溉渠，边界要搞林荫带，还要预留土地种其他作物，还要有坑塘养花种藕。后来大洼打的机井连我们都数不过来。当然，三年以后女处长出事儿了，挪用支农资金七千多万，给大洼乡用了多少，根本就是个糊涂数。那天我们请女处长在饭店吃了饭，饭桌上她管马万春叫老哥，还在旁边的鞋店给马书记买了一双鞋，说以后别穿成这样进城，丢人。

回来的路上，马书记问我服不服。我一连说了好几个服。我想了又想，也没弄清楚女处长是怎么转变的，就在我面前，像是大变活人，从冷若冰霜，变成了马书记的老妹。后来她经常给马书记打电话，马书记一叫老妹，我就知道是她。

我如果说，这是马书记的人格赢人，这没错吧？

我最服马万春的，还是喝酒。大洼的攻坚战可不是七几年上海河的时候，一句“我们要根治海河”，几万人推起小车就走。那是人民公社年代，出工能记工分。治理大洼就不一样了，说劳动力统一调度，可村里哪有多少劳动力？大喇叭喊了半天，来的都是“三八”“六零”部队。年轻人都在外打工，给钱都不愿意干泥水活。涉及周边的其他乡镇，协调起来更有难度。马万春有办法，让我拉他去附近的驻军。支农资金下来，我们先买了辆越野车，比驻军首长的都高级。门口的卫兵都认识我们的车，“啪”地打个敬礼，都不用登记。师长姓杜，是个老山西，说话一口醋味，干事那叫麻利。马书记请求支援，杜师长说，闲话少说，先喝酒，支不支援我看你的态度。食堂的大圆桌能坐三四十人，围了一圈小平头，只有马万春是背头。酒杯就是水杯，三两一个，先走仨。马万春旁若无人，先干为敬。一桌人大眼瞪小眼。杜师长说，看什么看，喝酒如同打仗，败了不算英雄，向马书记学习！说完，自己喝了三杯。下面的人一起说向马书记学习也纷纷干了三杯酒。马书记拣了几个花生米扔进嘴里，不慌不忙，又喝了三杯。杜师长没想到酒是这么个喝法，左右看看，也勉强把酒喝了。我始终没落座，在旁边伺候着，倒水，点烟。马书记眼红得像兔子，他不是神，但他身不动，话不乱。第五杯的时候就开始有坚持不了的、喝多了的那些小军官。第六杯，桌上就剩杜师长和马书记俩人了。第七杯不寻常，杜师长已经为难了，马书记却一口干了，虽然表情很痛苦，但我知道，那杯是水，不是酒。这是关键性的一杯。他一碰唇就感觉到了，但声色不动。因为担心不挂杯，我赶忙给满上了酒。第九杯，杜师长瘫在椅子上，一张长脸蜡黄，他的手一刻也没有离开肚子，就像电影中的军人中了枪弹一样。他晃着手说，传我的命令，整建制集合。一群人围着他，传也不是不传也不是，马书记摇摇晃晃站起身，端着酒杯走了过去，说杜师长，你明天出兵，我再喝一杯。杜师长努力睁着醉眼，把那杯酒夺过去墩在桌子上，说，喝什么喝，明天老子亲自带队，给你挖渠。

这场酒，许多年后也经常有人提起，因为再没人能喝出当时的水准。用杜师长的话说，把师部的后防都喝空了。一个师的兵背着供给扛着铁锹出现在大洼是什么阵仗，就像打淮海战役一样。后来马万春经常说，县长调不动部队，我行。

那天，马书记是被我背上楼的。他上车之前一直都能撑着，直到我发动了车子驶出师部，他才翻江倒海地吐。他爱人去值夜班了，一对双胞胎儿子住在姥姥家。我把他放到床上，给他扯下鞋袜，沏好茶水。我不敢走，怕他出意外。我见过他喝大酒，但从没见过他喝酒失态，他就像铁打的、钢铸的。我坐在椅子上看着他。他热得不时折摆，用手模仿刀切割胸口，恨不得让五脏透透风。我知道他烧得慌，从冰箱找出根棒冰让他吮吸。大概是夏天剩下的，唯一的一根棒冰，有一尺长。放到马书记嘴边，他像个刚出生的小猪崽一样，合着眼，起劲地嘬。他其实已经处于深度昏睡了，沉下去一口气，好半天上不来，胸口呼扇呼扇的，就像肺叶随时要炸开一样。他所有的动作都是下意识，我真怕他一口气憋过去，醉死人的事也不是没发生过，吴所长就是例子。马书记是有些量，平时三杯两杯不在话下，所以他敢到部队叫板。但这种豁出命的喝法，我也是第一次见。他爱人下班的时候，我坐在椅子上睡着了。他爱人推了我一把说，该回家回家，在哪儿睡呢？我这才发现房间都被收拾过了，窗子全部打开了，马书记蜡黄着一张脸躺在床上，脸上浮着一层油。马书记胃疼了一个星期，他感念那第七杯，救了他的驾。事后他跟杜师长开玩笑说，师部的酒把他的铁胃烧了个窟窿。

军用帐篷也是部队支援的，因为马书记的胃，建了个小伙房，老厨子是附近村上的，专长是炖乳鸽汤。如果书记县长以上的领导来，就在帐篷里就餐。另一个帐篷里还有大伙房，可以安顿随行人员。服务员其实是乡里的妇女主任，来人沏茶倒水，端菜送饭，没事我们俩就下五子棋，或者看燕子。帐篷前被压路机轧出了一块场板，平整光滑，我们用树枝把棋盘画在地上，用土坷垃当棋子。她赢了揪我耳朵，我赢了揪她耳朵，直到看见天上燕子飞来为止。工程铺展开，马书记每天坐车围着大洼转一圈，我就基本没事了。妇女主任叫陈四妹，我叫她四姐，比我大四岁，待我就像亲兄弟，乳罩的挂钩勾不上也让我帮忙，仿佛我不是男的。

她有两手绝活，一是捏脑袋，一是揪脖颈，都是为去火。马书记脑门上的小红点就出自她手。马书记仰在靠背椅上，她先用两只大拇指从眉间往上捋，在发际处分开，朝两边推，皮肤就会出现一缕红，她的手可真有劲。这样几次，待面皮发热，拇指和食指对角捏几次，一个小方红点就捏成了。上边一排五个，下边一排五个，像十颗红桑葚。这样大的工程哪会不上火，马书记开一回会嗓子哑一回。工程进度推进得不理想，喊四妹去去火。挖掘机坏了，喊四妹去去火。前边揪喉结，后面揪脖颈，就见陈四妹咬着牙，食指和中指的指背像钳子一样夹下去，揪得嘣嘣响，像弹动的猴皮筋一样。再看被揪的地方，先是痧红，后是黑紫，有时候，会揪出血泡子。马万春那么坚强的人，也要攥紧拳头才能咬牙不嚷。揪完了才骂，死丫头，下那么狠的手，看将来哪个婆婆敢要你。

有一天，护士长背着药箱来了。她提前也没打招呼，吱溜钻进来，我们三人正在摸十三点。闲下来没事，我们就陪马书记玩会儿牌，换换脑子。护士长是马书记的爱人，他背后这么叫，我们也跟着这么叫。陈四妹先看见她，匆忙站起身，把屁股底下的凳子带倒了。陈四妹热情地说，嫂子来了？我让大师傅加菜，我们野战餐厅也有好吃的。说完，去后厨了。我反复烫杯子，我知道她有洁癖。马书记把一副牌捋整齐，反复戳反复戳。马书记说，护士长今天怎么有空来前线了？护士长是个大个子，比马书记高，是个美人，就是不苟言笑。护士长说，最近身体没事儿吧？马书记说，好着呢。护士长说，这帐篷够宽敞的，还有双人床。马书记说，再舒服也不如家里，这工程快他妈完工，我一天也不想待在这里了。

护士长哼了一声，问，脑袋上的红点谁捏的？

其实那颜色已经很淡了，但多少还有些印记。我本来想出去，听了这话就不敢动了。我不知道她这话是在问谁，我看着马万春。

马书记咳了一下说，那谁，四宾。

她瞟了我一眼说，四宾手够巧的，再捏一次给我看看。说完她往后厨方向看了一眼。明摆着的，那么细巧的红点咋会出自老爷们的糙手。

马书记赶忙说，你在这儿吃饭么？

护士长说，不吃。

药箱放到桌子上，砰地抠开翻盖，拿出来一堆药。管闹肚子的、管头疼脑热的、治胃的、治嗓子的，应有尽有。拿出一样护士长念叨一样，最后拿出来的是一个大纸包，护士长瞥了马书记一眼说，这是紫河车，给你开胃健脾的，不是给你补肾益精的。然后，护士长说，没事儿吧？没事儿我走了。

马书记一动没动，是身子没动，嘴唇朝一边用力，都要歪耳朵上了。我从没见他脸色那么难看过，眉头皱出一个疙瘩，像一头蒜。我特别希望四姐这个时候能过来，她嘴巧，能调剂气氛。我不行，嘴比棉裤腰都笨。说真的，我没听懂护士长的话，但感觉护士长来者不善，话说出来冷飕飕的。她背起药箱就走。马书记说，四宾，送送你婶。

外边有一辆红色的夏利，停在我们吉普车的旁边。护士长却没往那里走，而是站到了路边的一棵柳树下，脸上花花搭搭都是柳条的影子。护士长说，陈四宾，平时就你们仨在帐篷里？

我说，还有厨师傅呢。

护士长说，老马脑袋上的红点不是你捏的。

我脸一红，没说什么。

护士长说，你多久没有回家了？

我说，我昨天还回去了呢，洼里淘了些鱼，马书记不想吃，让我给家里送去了。

护士长说，那个丫头夜里住哪？

我赶紧说，就我和马书记值夜班。她家就在附近的村上，她是本地人。

你们倒像一家三口。护士长丢下这话转身走了。护士长上了那辆夏利，夏利抹弯掉头，护士长坐得正正的，没摁下车窗。我把手举起来，摇了摇，她根本没看见。想了想护士长的话，我觉得挺奇怪。她说我们像一家三口，这角色怎么分配？

我觉得好玩，偷偷跟陈四妹说了。她扮了个鬼脸。我说，我们要是一家三口，我是儿子，你是女儿。她说，我是妈好不好？我说，羞不羞，有大四岁的妈么？陈四妹说，咋没有，就当是后妈。我突然想起护士长拿的药，问她啥叫紫河车，陈四妹说她也不知道。转天她问马书记啥叫紫河车，马书记说，一味中药，也叫胎盘。

说胎盘我就懂了。人的、猪的、羊的，哺乳动物都有胎盘。我也知道胎盘能入药，听说有人吃过活的，恶心死了。可护士长那句话我还是有点不明白，“让你开胃健脾，没让你补肾益精”。这是啥意思？我隐约觉得这不像好话，所以这句话我没问。

护士长也太小心眼了。我觉得她有点像相声里说的，吴氏老太太生张飞，无事生非。

6

上冻之前，大洼的路渠管网和水利配套工程全部完毕，就等来年下稻秧，稻菽万重浪的景观指日可待。工程扫尾热闹了一阵子，大红绸剪彩，县剧团搭台唱大戏，演员穿着白纱裙跳舞，冻得打一个喷嚏，鼻涕都窜了出来。早春顶冰碴下稻种，插秧从邻县借来了十几台插秧机，昼夜奋战，绿汪汪的大洼像菜板一样整齐。马书记还是放心不下，哪天不去溜达一圈就觉得缺点啥。他也成了半个水稻专家，他做功课，是提防市长问他。比如，他有时候问我，水稻是一年生禾本植物，有二十四条染色体，喜高温、多湿、短日照，幼苗发芽最低气温十至十二度，最适合二十八到三十二度的气温。我说的对吗？于是我赶紧翻小本，那里都是马书记收集的各种资料粘贴上去的。回答准确，马书记就放心了。

那年的水稻长疯了。也许是因为肥好水好阳光好，穗子大，颗粒重，稻秧密密实实，看着亩产像是能打千八百斤的，这可真是天遂人愿啊。从水稻开始发黄，就开始准备迎接市长来检查指导。在朝向大洼的地方搭了三米高的瞭望台，站到上面能看出十几里，那可真是一望无际啊！农历六月中旬，说市长要来。我和陈四妹去坝城买红毡子，瞭望台变成主席台。无线麦克风买进口的，怕现场的效果不好。会标的内容在常委会上过了好几次，一会儿叫莅临指导，一会儿叫督促检查，县委那边听市委的，大洼乡就像个二傻子，什么事都听上级吆喝。定好的时间市长没来，说去澳大利亚谈项目。热风一吹，稻子熟了。有一天，我跟马书记转大洼时发现西南角少了好大一片稻子，足有一亩。我们下去查看，断定夜里被人偷割了。马书记简直气炸了肺，就像好好的一脑袋头发被人剃去了一块，不好看了！他真是长了钢牙了，敢偷我的稻子！他当即通知派出所布置警力挨门逐户调查，一亩多地的稻子不好藏掖。原来是外乡的兄弟俩，连割带背折腾了一宿，最后怎么背回去又怎么背回来，平铺在稻垄上，厚厚一层，这就像在做示范了。马万春指示，人先拘留，从严从重处理。市长来之前，不许放出来。

第二次，已到农历八月中旬，一晃就是一个月，市长说来又没来，把马书记急出了一嘴泡。很显然，水稻都成熟了，这样等下去，容易出大事儿。稻秧一天一个样，今天有点绿，明天就成一捧干柴了。既怕晌晴薄日，又怕阴雨连绵。马书记一天一个电话，催问县委办公室，市长还来不来，啥时来。县委办公室都不敢接他的电话了，市长来不来，他们说了不算。马书记火气越来越冲，每天早晨起来先斜着眼望天，骂一阵子娘。到底骂了多少人的娘，谁也数不清楚，传到领导那里，领导都有了看法。这还多亏是水稻，植物的秸秆有些韧性。若是小麦，麦熟一晌，晚一天割头全掉了。有一天早晨，马万春实在忍不住了，直接给县委书记打电话，说再不割万亩水稻就糟蹋了。书记说，怎么会是万亩，你不说顶多三千亩么？马万春愣住了，说八千亩，不多也不少……也不少粮食呢，今年可是大丰收啊！书记说，八千亩和一万亩是一回事么？你别总万亩万亩的挂在嘴上。我不是市长，你少糊弄我。把马万春噎得半天才喘上一口气，说这要是下一场大雨……县委书记说，每天联系气象台，掌握天气形势。把大炮移过去，严密监视云层。那种大炮可以驱散乌云，让天气形势可控。结果老天不给面子，这天夜里下了冰雹，大个儿的雹子像乒乓球那么大，把院子里倒扣的一个脸盆砸漏了。我被叮叮当当的声音震醒，出来一看，马书记穿着裤衩和小背心在院子里站着，脑袋上肩膀上落着冰蛋子，脸上汪了一层水，就像个假人。

陈四妹打着伞跑过来，哭着说，您不能这么糟蹋自己，您要是有个好歹，大河洼乡……可咋办呀！

轰轰烈烈的一场战役打成了一个笑话。稻田被砸成了打麦场，机器根本没法收割。老乡拿着镰刀去洼里拣稻穗，据说一家能拣几千斤。我跟马万春去看过一次，好家伙，大洼里人山人海，连外县的人都来了。各种家什稀奇古怪，有人用木板绑成了一个犁耙，上边垛着一人高的水稻捆子。稻穗沉甸甸地往地下垂，看着就想过去拎一把。犁耙下面没轱辘，也不知他们是怎么把水稻运走的。我以为马万春看到这个情景会难过，可他呵呵地笑了，而且笑得收不住。他眼睛看着高远的地方说，这大洼过去靠天吃饭，十年九涝。我这是养活了多少人啊！四宾，咱这是干了件修好积德的事，市长算个鸡巴！对，这就是他的原话，话糙理不糙，我懂他的意思。

重要的是，大洼从此成了水浇田，种啥长啥。很多老百姓都念马万春的好，不信你们到大洼里访访，就知道我说的是实话了，那可是百年大计，造福几代人。但在干部队伍里不行，大家话里话外都在笑话他，开会时仨一群、俩一伙，有嫉妒，也有幸灾乐祸。说他费了九牛二虎的力气，却闹了个竹篮打水。马万春开一回会，骂一回娘。市长就像一阵风，刮过去就没事了。转年他进京了，当了更大的官，就把大洼乡忘了。再换届，县级领导的大名单里没有他，马万春一下就变得灰头土脸，很长时间不跟外人接触，觉得没脸见人。

越野车跟财政局的桑塔纳 2000 换了，那辆车旧得就像拖拉机，开起来地动山摇。他没多作解释，连我都觉得他的车有些惹眼。那天在酒桌上，财政局的商局长说自己的车没马万春的好，马万春张口就说，我正好坐腻了，咱说换就换。

可我知道他不情愿。回来的路上他说，坐这车得窝着腰，就像坐井里。

我说，您干啥要换车呢？

我开车都觉得开越野过瘾，马力大，劲头足。尤其爬坡，那些小车根本不能比。一踩油门，车像离弦的箭一样。

马万春没回答我。我偷偷从镜子里朝后看了一眼，就看他抹了一下眼睛。

我心里突然酸了一下，很不是滋味。我知道他这是迫不得已。

秦琼都有卖马的时候，我这算啥呢。他这么咕哝了句。

陈四妹在大洼乡也不寻常，有点像万绿丛中一点红，谁都宠她。她照例给马万春捏小红点，有时会捏很长时间。马万春指着自己的脑门说，丫头手艺见长，过去捏的像桑葚，现在捏的像梅花。他有时叫她丫头，有时叫她四丫头。有时候她也张罗给别人捏，但谁都不好意思让她服务。有一天晚上十点多，陈四妹让我去给她买卫生巾，给我十块钱，我没要。跑出去给她买了两包加长的，是卫生巾里面最贵的。我也不知道啥牌子，反正哪个贵我买哪个，回来发现她屋里却锁着门。听见马书记屋里有动静，我敲门进去了。马书记坐办公桌前抽烟，她坐外面的椅子上，骑着，下巴放到椅背上，瞅都没瞅我。我把卫生巾塞到她怀里，发现她像是刚哭过。我刚要走，马书记说，四宾别走。陈四妹一甩袖子抱着卫生巾出去了。马书记让我坐，我说站着吧。我的意思是，都这个时间了，也该睡觉了。马书记不耐烦地说，让你坐你就坐下。我只得坐在刚才陈四妹坐的椅子上，上面还有她的体温。马书记往烟灰缸里弹了弹烟灰说，四宾多大了？我说二十六了。马书记说，来的时候还是小孩子，一晃都这么大了。个人问题考虑得怎么样了？我不好意思地摇摇头。我的事马书记其实都知道，有人给我介绍个小学教师，人家嫌我没学历。又介绍个供销社的营业员，个子才一米五，实在看不入眼。哪一个都不如窑厂老板的闺女杨桂芳，唉，当年要是跟她结婚，儿子都会打酱油了。

马书记说，四宾说良心话，我对你咋样？

那还用说？我给他的杯子倒了水，说，您的恩情我一辈子都报答不完。

马书记说，我不要你报恩，我只要你听话——你有没有考虑眼眉前的人？

我想了想，乡里除了电话员和广播员，还有计生站有几个女的，可她们都是临时工。我总不见得现在还找个农业户口回家种地吧？

马书记故意说，我不相信你对你四姐没感觉，这个点儿还去给她买卫生巾。

我慌忙摆手说，是她让我买的。

马书记说，那就是四姐对你有意思，否则她哪会让你干这个。

我说四姐不拿我当外人，她还让我摘过乳罩后面的钩子呢。

马书记指点着我说，好啊，原来你们早就有情有义了……你以为四姐真的摘不下那钩子？

我是有些发蒙，按道理说，这绝无可能。可四姐让我摘钩子我从没往别处想，她不把我当外人。我的手指头接触到了她的皮肉，我一点想法也没有。她是亲四姐，怎么可能呢！

我赶忙表白说，四姐是机关干部，大专毕业，比我高大上。我做梦都不会有非分之想。再说，我俩年龄也不合适，她比我大……

大四岁不算大。马书记很快接口说。

可我心里说，何止大四岁，她还多周了两岁。都是本乡本土的人，啥事想瞒人不容易。

看来你对四姐也有意思。马书记盯着我。

想起四姐刚才哭过的样子，我丧气地说，我乐意四姐也不能乐意呀！

马书记说，要说你四姐条件是不赖，大专生，长得又好，嫁远了我还真不舍得。四宾，你们俩是我的手心手背。

马万春很响地擤了下鼻涕，他动感情了。

我也有点动感情。马书记的这种感情我懂。护士长说我们像一家三口，有时我也有这种感觉。

我说，我回家跟我妈商量商量。

马万春说，你妈还不得高兴傻了？这么好的儿媳妇上哪去找？

我从屋里退出来，心里真的五味杂陈。

我在黑暗中站了会儿，想这是咋回事。是马书记的意思，还是四姐的意思——可她刚刚哭过呀。四姐让我摘乳罩的挂钩，是不是把我当小孩子？也许是在试探我？我心跳得更厉害了。我问我自己的心，其实我配不上四姐，人家念过大学，是正式国家干部。你陈四宾是谁，要不是马书记赏口饭吃，你说不定还在砖厂背砖呢。

我妈却不同意，坚决不同意。我没敢说大六岁，大四岁我妈已经不接受了。说女大三抱金砖，大四岁老古语都没个说法。她还名声不好，名声好早就嫁了。我问她有啥名声。我妈说，四宾你就会开车呀，谁不知道她跟马万春不清不白？我急了，说你咋能瞎说，我整天跟他俩在一起，是你清楚还是我清楚？我妈说，我咋是瞎说，你整天跟他俩在一起，就没看出不正常？我说，除了给马书记捏小红点，任何不正常也没有！我赌气去了另一个屋子，心里其实特别疼，却不知道疼的是什么。老实说，他俩的特殊之处我不是没发现，我不是木头，可我就是不愿意相信。马书记当我是儿子，把她当闺女。虽然他俩差不了几岁，可马书记看她的目光，就像爹看闺女。我是把他俩都当亲人的，我不愿意埋汰亲人。

眼下怎么办呢？我没法回绝马书记，我若回绝，就不是陈四宾了。

马书记说，你叫陈四宾，她叫陈四妹，一看你们俩就有缘分，前世修来的。

我困难地说，四姐看不上我。

马书记说，别再叫四姐，叫四妹……多好的名字。能把她娶回家，你们陈家算是烧高香了。

不能说我的心里没阴影。我的阴影面积跟我回“家”有关。家其实就是一套里外间的办公室，跟马书记的办公室格局一样。若不是有些特殊关系，这样的房子哪里会轮到我们。婚礼是马书记给操办的，伙房预备了六桌，我一分钱也没花。相反，我收了两千多份子钱。陈四妹穿大红的软缎棉袄，头发盘了起来，一点不显年龄。在这里吃了饭，我们又回家办婚礼。我妈早就转变了，看见陈四妹亲着呢。村里人都说，我们家能娶女干部，我爸在坟墓里都会笑醒的。

躺在两条被子里，她不动，我不敢动。我有点不敢相信娶了她，也不敢相信她真的嫁了我。她皮肤白皙，浓眉重眼，只是眼球有点鼓，是俗语中的青蛙眼。结婚一场，看不出她高兴，也看不出她不高兴。我猜，她是年纪大了不好嫁了才找我，断不会因为看上我了才嫁，我有这个自知之明。这样想，我就有几分高兴。当然，也可能像马万春说的，不舍得她远嫁，才让手心嫁给手背。她跟我一样，听马万春的。这样想，我的高兴又多了些。马万春是个重感情的人，我在前边说过，他不是一般的重感情，真拿我们当手心手背。既然是他的手心手背，做出点牺牲又算什么呢？何况，这也不算什么牺牲。如果不是大几岁，凭人家的干部身份、地位、模样，咋能找个司机？人家还不定咋委屈呢。想到这些，我反而有些心疼她。女人出一家进一家不容易，嫁不着可心的，一辈子可比男人难熬。再想想我们曾经的亲密，看燕子，揪耳朵，让我摘乳罩挂钩，是不是也是种暗示呢？只是我是个木头，没往别处想。我悄悄摸了下她的手，她手稍微动了下，没躲。那手可真软，像棉花糖一样。过去也摸过，可不像现在这样带电。根根指头都水似的凉，让我烫得吱吱响。此刻我就像个变电站，电压充足得能电死一头大象。这是正极，还有负极。我就觉得我心里有一点甜，但甜不透，心里鼓荡着热情，但也到此为止。关键是，我看不到她有什么愿望和打算。我便反复想我们曾经的亲密无间，瞅燕子，揪耳朵，就像亲姐弟。在大洼里干工程时也躺一张床上歇着，她的腿还搭到我的腿上，眼下却成了这样。关系变了感情也变了，距离也变了，只是不知道这是越变越好了还是越变越坏了。

回“家”的感觉总是怪怪的。我经常会莫名其妙地胆怯，在门前停一下，先拧锁，停顿，然后再慢慢推开门，仿佛会从里面钻出头怪兽。可那头怪兽从没出现过。那怪兽从没出现过，我的心就总提着。似乎那怪兽一旦出现，我提着的那颗心才会放下。我暗暗骂自己有病，这不是找不自在么。这些她当然不知道。她总跟我冷脸子，我则习惯跟她赔笑脸。她要是哪天高兴点，我就高兴得像三岁时捡了一块糖，整个世界都是甜的。我一个人的时候总是很难过，那种难过有点化不开。我也问过她，为啥要嫁给我。她毫无表情地说，听马书记的。这话又让我气闷，虽然这话也是我想告诉她的，可她一说，我的心就疼得特别厉害。

一年以后，我们的儿子陈可出生了。护士长把孩子从产房抱出来，撇着腔调说，陈四宾，好好看看这孩子像谁。我愣了一下，才想这话没毛病。我讪笑着接过孩子，问护士长，您看他像谁？护士长端详着说，既不像你，也不像她。这话简直是火上浇油，这个护士长，从来就不说一句顺耳的话，难怪马万春不喜欢她。可又一想，这话仍然没毛病，不像父母的孩子多着呢。我把孩子匆匆抱出产房，我妈在病房候着。我问我妈这孩子像谁，我妈扒拉一下他的长下巴，说傻儿子，还能像谁，跟你小时候一模一样。

我妈一句话，说得我泪流满面。

7

他在乡镇待了十三年，终于进城了。事业局是一个小单位，只有三十几个人，有一栋独立的三层小楼。大门都锈蚀了，开合的时候咯吱咯吱响。马局长一看就很生气，说这是过日子么？用破门穷半截。换成是你们家，再穷也得装个门面吧！他铁青着脸看那些工匠刷外墙漆，用水磨石板铺地面，大门换成电动的，进出都要刷卡。这是坝城的第一个电动门，马局长总是敢为天下先。来办事的人也奇怪，事业局有啥可金贵的，弄一道那样严实的门想挡谁？那时事业局没有钱，账上就趴着七块五，这些工程款都还没着落，可马局长就是敢干，一下就给事业局的人长了志气。大家都说，过去那个局长是个书呆子，破皮包里装的都是书，走到哪看到哪。当了六年局长，一分额外的用度也没争取来，过年过节连只小鸡子都发不起，眼睁睁看着别人吃香的喝辣的。大家跟着他一起遭罪，事业局的人到哪都比人矮半截。这要是财政不保工资，人人都得把小脖扎起来。马万春一上任，立刻换气象。特别是，大家还发西服，纯毛料子，藏蓝色，上衣配马甲，下面两条裤子，事业局的人一下就抖了起来。有人在酒桌上开玩笑，说县里是杀鸡用了宰牛刀。事业局这点小破事，马万春动根指头就玩转了。也有知心人劝他点儿背不能怪社会，凡事都得悠着点，不能太出风头。大洼万亩农田改造，你自己跑市里申请资金，到部队调兵遣将，啥事都自己干了，还要书记县长干什么！你让他们的脸往哪搁，还以为你是有啥想法呢！他满口否认，其实我知道，他是真的有想法，只是没赶上趟。要是那个市长当年不进京，要是改造大洼的事不出意外，他指定不是这种结局。他跟我描绘过，有一天他会离开坝城。这地方的干部太保守，干起工作来憋屈，施展不开手脚。他说，陈四宾，我若去别处，你还跟着我么？我当然说跟着，只要您不嫌弃，您去哪儿，我跟着去哪儿。他从后面摸一下我的后脑勺，我就感觉到他特别满意我的回答。后来渐渐不提了，他的心灰了。有些话他不说出来，但我看得出来。他经常不去开会，有时县长找他，他都敢云山雾罩，说自己脚崴了，犯腰疼呢。其实他就在牌桌上，或在外面洗脚，有点像破罐子破摔了。心性变了，生活习惯也变了。他年轻时爱吃的那些大补的东西，统统上不得桌子。坐到饭店他就说，拌一盘萝卜皮，削深点。或者要盘炸素丸子，豆腐的，冬瓜的，反正不吃肉，肉腥都不沾。他人也眼见得消瘦，皮带自己往里面扎了好几个眼儿。那年流行触屏手机，他总看见人家一划拉一划拉的，很眼馋，让我也帮他买一个。我说款型、品牌多着呢，您自己去挑个喜欢的。就这样，我陪他去蓝天手机专卖店，就在四正街上，买了部最新款的摩托罗拉。买完手机朝外走时他回头看了一眼，一个女孩从里面的玻璃门里出来，穿天蓝色工装，月牙门襟在左侧，内里是件绣花的白衬衫。女孩蹬着白色高跟鞋往外走，他突然喊了一声，谢佳佳！

我早忘了谢佳佳是谁。他没忘，他心里记下的人和事，从来都不忘。这也是我佩服他的地方。谢佳佳是个漂亮女孩，有些惹眼，微胖，胸脯很鼓，走起路来一颠一颤的。女孩看看我又看看他，有些懵懂，您怎么认识我？他亮了下手里买的产品。女孩不解地说，这有什么问题么？马万春朝我摆了下头，我猛然想起来了，说这是马书记，大河洼乡的马书记，你不认识了？你妈是不是叫刘海梅，她现在还卖螺蛳么？谢佳佳这才醒悟，跟马局长握手，说她妈早不做买卖了，现在给她看孩子。她今天是休完产假第一天上班，怎么那么巧，就遇到了家乡人。

我说，现在马书记改叫马局长了。

他们说话的时候，手一直搭着。我猜马局长是忘了放。这女孩长得太像她妈了。不看见她，我已经把她妈忘了，看见她就什么都想起来了。谢佳佳似乎把前嫌都忘了，兴奋得眼里冒着光。她一个劲地后悔要是早一点出来就好了，这单生意就归她做了。马局长二话不说，把手机给了我，拉着谢佳佳又回到了柜台前，选了款才上市的三星。回来的路上，马局长掩饰不住地兴奋，说一晃这丫头都这么大了，跟她妈简直是一个模子刻出来的，她妈年轻的时候比她还好看。她身上有一股味道很好闻。我问是什么味道，马局长却不说了。想到她在哺乳期，我说，是不是羊羔子味？马局长“啪”地拍了我一下，让我有点发蒙。他有时脑子转得太快，我跟不上他的节奏。但无论怎么说，这天赚了个手机我还是很高兴。到单位我给他提到了办公室，他又给我扔了回来。你那个破手机早该换了，十回有八回打不通。

给护士长吧。我说得诚心诚意。我啥时都叫她护士长。

给她干啥。他轻描淡写地说，她连电话都没工夫接，浪费。

对于他们家，他从来也不多谈。说起护士长，他就用四个字：干净、利落。就像说别人一样。

如今这一切早过去了，我儿子都初中毕业了。成绩不太好，还想上一中，马书记找了人，一分钱也没花。别人进城都费九牛二虎之力，陈四妹先在事业局挂了一阵子，去了统计局。那地方人多是非也多，陈四妹眼睛不好，不能久盯电脑，只能做点一般性的工作。她身上的一股劲慢慢磨没了，在统计局也是一般科员。她也不再避讳比我大六岁这回事，有时公开说老得像我妈。她问我，你当初不想娶我吧？咱俩傻不傻，怎么就听了马万春的撮合。她当闲话说，我当闲话听。年纪大了，心里多少有点不自在，但不像年轻的时候扎得慌。我对自己说，年轻时候的事也不一定就是个事，也许是你自己想多了。她不提，我很少往回想。人都得往前看，是不是？况且孩子都这么大了。只是有一次她打电话告我的状，说我瞧不起她，一下子把我惹毛了。其实我也没说她啥，只是夸我兄弟媳妇年轻漂亮。兄弟比我小三岁，媳妇比他小五岁，兄弟媳妇跟陈四妹差了十四岁，两人站在一起，可不就像两代人。她心里可能也是自卑的，从不给兄弟媳妇好脸色，总跟我说兄弟媳妇这不行那不行，没文化，连个成语都用不对，刷牙不舍得用牙膏，只挤黄豆那么大点儿……只是我没想到她会告我的状，她咋能因为这么小的事就告我的状呢？她是有这毛病的，回娘家总说婆家的不是，这这那那的，我都能忍。可她咋能找马万春告我的状呢？下班的时候，马局长把我叫到了办公室，没开灯。马局长的脸像在烟雾里一样看不清楚。我去摸开关，马局长说，这样说话好。声音轻飘，却有股寒凉。我本来摁亮了灯又摁灭了。他说一我从不做二。灯光晃了眼，我的眼前漆黑一团。他让我坐到办公桌前，他脸朝向窗子，沉默很久才说，四宾。他叫了两声，我应了两声。他说四宾，四妹年纪是大了点，可当初也是你自愿的。没人强迫你，对不对？话又说回来，她要不是大几岁，怎么也不可能找个司机。四宾你说是不是？

我身上的毛孔都张开了，自己都感觉自己像个刺猬。可我不能奓起来，像陈四妹对我那样。我的身体止不住地抖，脚底下像踩了电门一样。马局长从没跟我那样说过话。眼睛虚着，说话不张嘴唇，那些字一个一个从牙缝里往外挤，仿佛是他用皮肉造出来的，带着腐臭和霉菌。这表情我见过，他瞧不上谁才会这样，那种极度蔑视、极度轻贱令我无地自容。当着马局长的面，我狠狠扇了自己一个嘴巴。

你这是干啥？

我咬着嘴唇不说话，一张嘴我怕会哭出来。

事业局其实也没多少事业可干。我的印象里，马局长每天的任务就是开会，批文件，喝酒，打牌，赶了这场赶那场。那个手机专卖店，我又陪他去过两次，一次是手机出了点毛病，他弄不好，我也弄不好。第二次是从那里过，他给谢佳佳打电话，说中午请你吃个饭。谢佳佳说不去，他让我把车停在门口，等。隔几分钟就拨下电话。谢佳佳出来了，脸上挂着泪。马万春慈爱地看着她，就像爸爸在看闺女。这眼神，让我想起了他当年看陈四妹。他问谢佳佳怎么了，谢佳佳捂着脸哭了，说，小经理欺负她，柜台上的人都欺负她。明明是她的业绩却算在别人头上，发工资时比人家少好几百。马局长问我咋办？我心领神会，装腔作势说，佳佳妈是您的老同学，她的事您不能不管。把谢佳佳一下说愣了。马局长问我咋管。我琢磨了一下，麻着胆子说，给她换个工作？马万春说，这倒不难，就怕人家不乐意。谢佳佳一下抱住他胳膊，说，马叔，您帮帮我吧。大恩大德永世不忘。马万春抽出自己的一只胳膊，说，你先别急，这件事不是着急的事，容我慢慢想办法。我问马万春去哪，他说去皇昊。皇昊是坝城的高档酒店，有西餐厅。我点好餐，好歹吃了口油脂味很浓的点心，就回了车里。我睡了一觉，他们还没下来。我到楼上去找他们，服务员说，人早走了。我赶紧给马局长打电话，马局长说，他在附近有点事，走过来了，暂时不用车了。我开车回了机关，边走边想，也不知谢佳佳是咋回去的，这里离手机专卖店有好一段路呢。

马局长要么不管，要管就会管出个子丑寅卯，他就是这脾气。两个月以后，谢佳佳去房地产公司上班了。这家公司是坝城唯一的上市企业，由政府主管，说白了，就是政府的融资平台。谢佳佳去那里上班，旱涝保收不说，收入还很可观。我们单位也来了新人，是房产公司老板的女儿。这些事别人不知情，我知道是咋回事，马局长干啥都不瞒着我。我私下夸马局长仗义，人家是安排闺女，您是安排两姓旁人，这境界差着行市呢。马局长看着窗外飞着的鸽子不搭腔，他可能知道我这话不是真心的。我吓了一跳，难道我跟他不说真心话了？他知道我跟他不说真心话了？我顿觉头皮发麻，像失了魂一样。谢佳佳是谁，是刘海梅的女儿。刘海梅是谁，是早年甩了他的人。他当年又送钱又送二胺，如果谁以为他是可怜孤儿寡母那就错了，马局长的心思，一般人看不出。谢佳佳在上班的时间给马局长送来个大花篮，上面插了许多白百合。谢佳佳说，祝马局长生日快乐。那天是八月十五中秋节，没有几个人知道马局长是那天生日，小丫头也不简单。马局长围着花篮转了转，说这大过节的，怎么像是来吊唁？谢佳佳登时脸就灰了，结巴着说，我们不懂事，光想着百合有香味，花漂亮，没想到不吉利，我这就去换。马局长一把把她拉住了，看神情我就知道马局长是在逗她玩。马局长天不怕地不怕，哪会怕几朵百合花。马局长说，我就这么随口一说，咋这爱当真呢！谢佳佳的脸半天缓不过来，她实在是给吓坏了。

办公楼装修，是大装，不单改水电暖，也改房屋结构。上面又加出来一层，由三层变四层，几乎一人一间办公室。资金都是马万春从省里争取来的，共三千二百万。马局长坐那里发愁，说钱太多了，盖一幢楼都有富余。我的宿舍原本挨着他的办公室，马局长说，你搬对面去吧，我把这里换个小床，好躲清静。他的办公室是套间，有张双人床，卧室在东。我的宿舍在西，墙壁掏个门，就有点像正阔三间了。可我这里直接通楼道，他的卧室就不行。星期天我来监工，工匠都在干活。粉刷，铺木地板，衣橱衣柜和床上用品跟着进屋。衣架的烤漆不匀，我指出来，送货的工人用喷枪喷色素，喷上去的是酱红色，与周遭有色差。工人有点不好意思，我挥挥手，让他们走了。

这扇门可以用指纹开门。里面输入了他的信息、我的信息，还有谢佳佳的信息。谢佳佳很快成了常客，经常抱着一堆资料来，开门就进，就像事业局的干部职工一样。当然，干部职工没人进那间房。有天中午一起吃饭，房地产老总也过来了。马局长说，现在我给谢佳佳当秘书，房产公司应该发我一份工资。房产老总爱说笑话，说，我们连人都给你，你还要钱干啥？

陈四妹知道了我换宿舍的事，她知道机关办公楼的格局。我问她听谁说的。她说你甭管，那个谢佳佳，还没他儿子大。

我说，你少管人家的闲事。她说，你别造孽，造孽的人不得好死。是，我承认，造孽的人不得好死，可不是我造孽啊！那天是星期天，儿子去楼下踢足球，我俩在厨房包饺子。陈四妹突然丢了擀面杖，劈手给了我一巴掌，说你拉皮条，有奶就是娘，就是你造孽，你不得好死！我捂了一下脸，蹭了一脸面。脸上皱巴巴的，噗噗往下掉渣。过去她说话经常恶声恶气，但没动过手。这下把我打急眼了，你当我陈四宾是吃素的？我拿起擀面棍就朝她挥，她朝后一仰，擀面棍从面门直划下来，额头、鼻尖、嘴唇刮出来一溜擦痕。嘴唇当时就肿了，像含着糖一样。她哇啦哇啦地叫，震得楼房直晃悠，骂我是王八蛋、胆小鬼、死猪心、窝囊废，说，当时怎么就瞎了眼，嫁了你这么个大字不识一箧的货，可惜了我这个大学生！我紧咬着嘴唇，使劲擀饺子皮，我不能让怒火窜出来，我不能让事情没法收场。这些年都忍过来了，还有什么不能忍。外面门锁咔哒一响，她一下哑了声。儿子进来问妈妈的脸是怎么弄的，她说不小心栽的。说完看了我一眼，眼神有些凄惶，好像是在说，一个老爷们，还真下得去手。我的心一下又软了，下楼去给她买碘伏棉，边走边想，活着也就这么回事，干啥非针尖对麦芒。

有一天，谢佳佳搭我的车去买化妆品，我好奇，到里面转了一圈。门脸不大，却有纵深，是超市的那种货架格局，商品很丰富。顾客也不少，围着一个人在问什么。谢佳佳进门就喊桂芳姐，预订的韩国产品到货了么？那人拨开人群走过来，我就定住了。这人是杨桂芳，窑厂老板的女儿。她爸骨头渣子都该烂没了，她却在坝城当起了老板。她还是年轻时的秀气模样，长发，穿一身白纱裙，走起路来像仙女，脸比年轻的时候还要粉白，大眼睛一忽闪，我就掉魂了。真的，那一瞬间我就是想哭，仿佛半辈子的委屈一起朝上涌。人哪，都戴木头眼镜啊。我看不透，马万春同样看不透。我手脚冰凉，像个傻子一样。她毫无波澜地走向我，笑眯眯地说，好多年不见，四宾可是稀客。看需要点什么，我多打些折。

谢佳佳买了保湿面膜和隔离霜，我也买了，不买就觉得对不起杨桂芳。我故意买了些贵的，也是韩国货，好多花些钱。可买了我又不想送给陈四妹，她那张脸，横竖都是褶子，扑多少粉也抹不平。这些东西至今还在我的抽屉里，我每次看见，都要发半天愣。很明显，杨桂芳比我过得好，虽然她不吃公家饭，可捧着自己的饭碗多滋润，能把人羡慕死！后来我挂上了一把锁，不想看见了，省得心里不太平。

在事业局七年，马万春再不是大河洼的那个马书记，锐气没了，也没了干劲儿。人显得闷了，只有打牌的时候精神。机关的氛围也是疲疲沓沓的。因为活不多，一个月的工作，大概三天五天就干完了。大家偷偷摸摸在上班时间打扑克，马局长看见了，也装没看见。有一天，我们驱车去国家大剧院看了场京戏，就我、谢佳佳和马万春三个人。来得早，我们先到东安商场转了转，每人买了套丝绸睡衣。好家伙，都两千多。他和谢佳佳都买了男款，我也想买男款，马万春说，四宾还不买款女装，回家省得跪搓板。谢佳佳也跟着起哄，说四哥原来是个“气管炎”哪，赶紧给嫂子买，膝盖硌坏了我们心疼。我啥也没说，默默买了女装。心里想，马局长完全可以不说这话，他真是拿自己不当外人哪！钱都是我出的，那时财务管得不严，咋下的账我已经忘了。他在戏院打了个盹，戏就演完了。出了戏院马万春说，啥是啥啊，咿咿呀呀的，一句没听懂。戏是谢佳佳张罗看的，那丫头是个戏迷，我就记得演戏的有张火丁，剩下也没留下啥印象。后来又看了场奥运会的开幕式，马万春很兴奋，说埙城百万人口，就咱们仨来看现场了。书记县长都没来，你们俩就自豪吧。我们俩都说自豪。确实也自豪，那样大的场面，锣鼓震天，看台上有许多外国人，只能让人生出自豪来。谢佳佳突然揪了下我的耳朵，像当年的陈四妹那样，让我起了身鸡皮疙瘩，方向盘都跟着打哆嗦。我气恼地说，你不要命了！不解气，又跟了句，你不要命还有别人呢！说了我有些后悔，但心肠随后又硬了，爱咋咋地。干扰司机正常行驶，本来就是她的不是。马局长不表态，谢佳佳一路都闭紧了嘴，否则她就像个家雀子，一张嘴没完没了。后来谢佳佳来得少了，她到马万春的办公室，见啥拿啥，毫不顾忌。马局长很烦她。有一回，马局长拉开抽屉，里面装满了中华烟。她上前抢了两条，装进了自己的包里。马局长问，你又不抽烟，拿烟干啥？谢佳佳说，我老公抽烟，他还没抽过大中华呢。马局长的鼻子都要气歪了，挥手让她走。她刚走到门口，马局长说，要不给你公公再拿两条？谢佳佳真要回来，马局长把抽屉“啪”地关上了。

我最后一次见谢佳佳，是山水人间小区竣工，从她手里拿了两套房。马局长一套是跃层，有三百多平米。我一套是平层，一百七十平米。其实，提前已经找了老总，给我降下十几个百分点。马万春降了多少我就不知道了。谢佳佳跑的手续，业绩算她的了。谢佳佳来送房钥匙，马局长甚至没见她。我把她让到了我的屋里，问她小孩多大了，她说上幼儿园了。日子过得真快，我问，那时你的奶够吃么？鬼才知道我怎么会问出这句话。谢佳佳自豪地说，吃不完的，上班的时候不能碰，一碰就滋出去很远。大概想起了什么，她一下害羞了。我想起她小时候，给她家去送钱，她追出去老远，用信封裹块砖头给我扔回来，她可真有办法。我就见过她那一面，对她印象不深刻，但对那个场景印象深刻。没想到人生路窄，兜来兜去又碰上了。她问马局长在干啥，我说在开会。她说我等他散会再走。我说，你不走他的会就不散。她听懂了，发了一会呆，突然问我，陈四宾，你说他是好人还是坏人？

我说，当然是好人。

她竖起一根指头冲天，坏人。

我问咋个坏法，谢佳佳丢了句，你问他，转身走了。从此我再没见到过她。

谢佳佳这话让我琢磨很久。我就是从那个时候开始琢磨马万春，总企图弄清楚他是一个什么样的人，谢佳佳为什么说他是坏人，他究竟坏在哪儿，还有什么坏是我不知道的。你们说我是不是有病了？这件事让我郁闷，也让我很着迷。我经常翻来覆去回想过去的事，推敲一些细节，好确定他到底是好人还是坏人。奇怪的是，我还是认为他是好人。这让我很不甘，我觉得，我也许一直在被假象蒙蔽。

那天来做足疗的是个新人，因为喝多了酒，马局长躺那儿就睡着了。足疗做完了，他也醒了。他问几点了，我赶忙看手机，说，差一刻三点。他说马上走，三点县委有个会，要提前入场。他在前边走，我提拎着包，在后面跟着。我问小玉做得咋样，他问哪个小玉，我说刚才那个，孩子才六个月，正在哺乳期。他问我咋知道。我说，您没闻到奶腥味？她的胸脯都湿了，做足疗时挤压的。马局长“哦”了一声，摇摇头。我不知道他是真没看出来还是装不知道，按说啥事都瞒不了他的眼，他装不知道就坏了。他大概猜出了我在试探他，突然收住了脚转过了身子。我心里一凛，他却抬头看了一眼招牌，说这家是个东北老客在经营，前几天接的手。那个小玉是哪的人？他问。我长舒一口气说，是长春人，身份证上的名字叫马冰玉。当然，身份证也不一定是真的。

他眼角蹙了一下，突然问，你咋知道？

下午三点那个会，是组织部门的谈话会。事前一点消息都没有，马局长调到了行政局。行政局是大局，三四百号人，一幢大楼十几层。相比之下，事业局的小楼虽然加盖到四层，仍像个儿童玩具。从县委出来，马局长的电话就响个不停，都是向他表示祝贺、请他吃饭的。我算看透了，人啊，有的时候真像小孩子过家家。昨天还斜起眼看你，今天就变热络了。马局长接了一个又一个电话，每个都说有安排了、有安排了。他揿下车窗，出了一口长气。太阳落到了城外边，城里的天空就灰了。同样是局长，一类局和二类局是不一样的。大家都说，一类局的局长给个副县长也不换。平时都说不怕清闲，太清闲了就没人瞧得起。在事业局这几年，马局长就是虎落平川的感觉。我从倒车镜里看了他一眼，他肯定很激动，可他不表现，越激动他就越不表现。他就是这种脾性。我心里暗暗想了下，他要走了，总不会再带我吧。我直了下腰，莫名松了一口气。来到十字路口，就像鬼使神差，我说，一会我把马冰玉接来让您相看相看？他不耐烦地说，哪个马冰玉？

我才想起我们刚从马冰玉那里出来不久。

我就知道他是提防我了。他肯定是提防我了。一路他再没跟我说话，这要是过去，他的话会没完没了。回忆他小时候，都是怎么打架打胜了、怎么捉弄老师和同学。很多话，我听有一百遍了，很多事迹我都会背了。我问他是回机关还是回家。马局长打着哈欠说，回家。

过去他可不愿意回家了，高兴不高兴都不愿意回家。我把他拉到小区大门外，他破天荒说，就到这儿吧，你别进去了。还没容我停车，他就开始推车门。车子是他自己的，一辆三菱大吉普。是有一年他在事业局的时候从市局要来的，一直在车库里锁着。我还记得他要车的理由是，埙城是半山区，下乡去山里要爬大坡，轿车根本爬不动。

我掉车头的时候见他在一家小商场的外边抽烟，只他一个人。我不知道他在想什么，也许是像我琢磨他一样在琢磨我？

我把车停到单位，然后骑电动车回家。我从来也不开公家车或他的车回家，几十年了都这样。

8

县委外面是一个大花坛，足疗店与花坛之间有一片老百姓的房舍。我在县委门前停好车，从一条胡同穿过去，也就五六十米远。只要县委有会，我把马局长送进去，就去找小玉。我已经找她三四次了。

这条胡同是青砖铺的小道，常年照不见阳光，砖缝里长满了青苔，九十点钟了，还挂着露珠。夏天从这里穿过，身上也起冷痱子。店里有人认识我，只要我一现身，就喊，小玉，照顾你哥！如果是陪马局长来，我从来也不进去，在车里或别处候着他。我告诉小玉，别跟“老板”说我来过。小玉很聪明。穿过胡同就是条热闹的街，都是卖假名牌的服装店。卖衣服的小姑娘站在门口，张着猩红的嘴唇，一个比一个能嚷。我去那里逛逛也挺好，有时还买个T恤衬衫啥的，让马局长笑话。我说我一个当司机的，能有新衣服穿已经不错了。说完我才发现这话有问题。马局长果然说，我亏待你了？我赶忙说，哪能呢。这个世界上，您比我爹对我都好。我说的是真话，可说出来就觉得味道不对。怎么说味道都不对。我心里整天七上八下，头发一把一把掉。过去我满脑袋头发像猪鬃，又厚又硬，短短几个月，差不多都掉光了。我儿子对我说，爸，你再掉就成三毛了。马局长也让我去做足疗，我坚决不做。我说我怕痒，脚不能让外人摸。马局长冷笑一声，我才发现又说错了，过去我做过足疗啊！我万分后悔来行政局，不来就不用面对这样难堪的场面了。可我不来行么？按说车改了，单位都取消了司机身份，马局长完全可以一个人走。退一万步说，那样大的行政局，哪里会缺司机！可马局长一声招呼不打，就把我的工作关系转了过来。一到场面上就四宾长四宾短，当我是近人。可只有我知道，我们俩之间有一堵墙，谁迈过去都困难。他特别在意一些小事，你不在意的事，他在意。我从亲他到怕他，就是从那一个阶段开始的。

但别人看不出什么，他们都当我是马万春的人。只是我又多了心病，他用不着我了，为啥还要带我呢？

我一个人来就是爷，往床上一躺，小玉就知道该干什么。她把我的脚搁在膝盖上，用拳头顶，用指头按，冷不防挠一下我的脚心，跟我逗着玩。有次我用脚趾勾了她一下，结果她的衣扣挣开了，乳房像球一样滚了出来。我说，你人瘦，那玩意咋长那么大？小玉赶忙用手朝里抹，说有孩子吃奶么。我盯着她的脸看，把她看羞了。我每次去，都给她买些小礼物，就像随意过来串个门子。我们就是这样的关系。她做足疗时特别卖力气。有时我让她使小点劲，她笑笑，说哥好不容易来一次，我不能对不起人。

我和小玉已经不是一般关系了，最起码在我心里，不一般。她啥话都对我说，真把我当娘家哥哥了。这是我一直小心维护的结果。我经常给她买水果、点心。去新疆回来，给她带戈壁玛瑙项链，小玉高兴得像只小麻雀。她捏脚的时候会用些小把戏，在她怀里蹭，给我捏腿时，一直捏到大腿根。手下用着劲，眼睛看我的脸。我领会她的意思，她不拿我当外人。我两只手垫在脑后，看屋顶。屋顶都是苍蝇屎，吸顶灯像一个碱大的馒头。我想马万春躺在这里会怎样，他是一个干啥都上瘾的人，他聪明，就觉得整个世界都是他的。没有什么是他动不得的。我却对啥都没兴趣，对女人更没兴趣。真的，打从制造出一个儿子开始，我就很少跟陈四妹在一起。我一直都自卑，自卑到有心理障碍。她曾经很生气，说你到底是不是男人！我想，我当然是男人。我想起杨桂芳就心动，过去心动，现在也心动。但心动也没办法啊！我有自知之明。现在我只对一个人感兴趣，那就是马万春。我就想知道他是好人还是坏人。还有，他为啥要带我来行政局。

有一次，他跟我说，四宾，你说大象厉害还是瓢虫厉害？

当时是在云南的一个景区，我刚调来行政局，他就让我跟他去云南考察。一同去的还有另外三个人，一个副局长，一个办公室主任，一个财务科科长。他们三个人都比我年轻，对待我就像对待马局一样。我愿意这样么？我不愿意。咱知道自己的身份，我还得活人呢！但马万春愿意。吃饭的时候他拍旁边的椅子，示意我坐。我不敢坐，可别人也不敢坐，最后还是我坐了，就像有针扎屁股，我一顿饭吃不消停。我总觉得马局这样是做给别人看的，他不是真看重那把椅子。我们从昆明直接飞到了西双版纳，从一座原始森林公园出来，又走进了动物园，然后他突然问我，是大象厉害还是瓢虫厉害？

我努力睁大眼睛看，不知哪里有瓢虫。但瓢虫盖着黑点的后背在我脑子里晃了一下。我说，当然是大象厉害，谁都会认为大象厉害吧？

可马万春说，瓢虫厉害。瓢虫能爬到大象的背上，大象却连瓢虫在哪里、干些啥都不知道。他声音很轻地问，你说到底谁厉害？

我打了一个寒噤。一只瓢虫趴在大象的脊背上，可我看不到。我又分明知道马局长是在打比方，我太了解他的说话方式了。我们几个人站在一起，他却刻意问我，分明话里有话。他说任何话都有潜台词，没有潜台词就不是他马万春了。

我在亚热带气候里却出了冷汗。我脸上的笑肯定比哭还难看。我永远也忘不了出冷汗的那种感觉，脊梁沟似乎能传出哗泠泠的水响，大脑一片空白，眼前白花花的，汗水从眉梢滴到了眼角。我什么也看不到。

你说我说得对不对？马局长赶尽杀绝。

布帘没有遮严，有光泄了进来，照我的脸。我伸手去拉，够不到。小玉走过去，把布帘拉严了。那里有一个小高桌，小玉靠了上去，衣服拂着了我的脸，我抻了一下，她靠了过来，一只手揪了下我的耳朵，像在抻扯一件玩物。

我心里膈应了一下，但一看到小玉圆鼓鼓的脸，就释然了。

小玉脸色绯红，心咚咚直跳。看她削薄的衣襟起伏，我就知道她心跳得厉害。她还是个孩子。我往里侧了侧身，她在外边坐下了。

哥，你咋对我这么好？

我没妹。

那我以后就当你妹。

是妹就要跟哥说实话。

哥想听啥？

你真叫马冰玉？

她嚯地站了起来，要发誓。我赶忙拽她，说，逗你玩呢。她说，我今年二十二了，一直就叫马冰玉，骗哥我就是小狗。

我握住了她的手。她的指头根根都很粗，掌心有厚厚的茧，被水泡得肉皮子鲜红。她从十六岁干这行，也是老江湖了。老公是她师哥，也在别处干这个。孩子是不小心生的，其实他们还没有真正结婚。我小心地摸她的手，思谋怎么才能把心里的话说出口。我处心积虑这么长时间，就是想问她一句话。问完这句话，我就再不会来找她。有的时候，我真要被那句话憋疯了。

你和我们……老板，在一起的时候都

做啥？

哥啥意思？

就是有点……好奇。

知道你瞧不起我。

瞧不起你会给你买项链？

小玉误会了，“噌”地站起身，生气地说，是你给我买的，不是我让你买的！一条项链有什么了不起，你别以为我没见过！想知道他都干些啥，你去问他！

我陡然坐了起来，说你小点声、小点声。我没想到她性子这样烈，这才哪到哪啊！

我冷冷地看着她。接触这么久，我当然知道小玉是什么样的人。她们这样的女孩子，这些年我真是见得太多了。我说，我就是因为不能问他才来问你，你当了那么长时间的妹，这么点交情总还有吧？

小玉一下哭出了声，抽噎说，我就知道你瞧不起我。你买这买那都不是真心的，你哪会认我们这样的人做妹妹，我们就是由着你们欺负的。我早就看出来你其实是个卧底。你是想举报你们老板！

我一下捂住了她的嘴，低声喝道，你简直是疯了，这话也敢乱说！

她扭动着身子挣脱我，把我带下床来。我好歹趿拉上鞋子，点着她的脑袋说，你不能乱说，你不能乱说。直到此刻我才知道自己真没出息，我掉眼泪了。小玉似乎被吓着了，小猫一样缩着肩膀往墙角躲。她用衣袖擦了把眼泪，突然抓住门把手，两次都没能把门拉开。回力的时候，门从外面轻轻一推，开了。马万春在门口站着，像尊神。

我想笑一下，可我笑不出。我哆嗦着身子往外走，马万春侧转了一下身子，给我让开了道。我说，没想到马局长的会开得时间那么短，知道时间这么短，我根本不会跑足疗店来。马万春说，你来又不犯法，不就做个足疗么——怎么，不怕痒了？小玉想拉他的胳膊，被他一搪手，挡掉了。我加快脚步走了出去，外面的太阳滚烫，我身上的汗却比冰还冷。

我什么也不敢想。我知道，想什么也没用了。

这是一个分水岭。我是说，这一年其实都是分水岭。不不，什么时候是分水岭我其实弄不清楚，我的脑子乱了。就说这次开会，给鼓楼要不要装灯光，前一个月，他把我叫到了办公室。他其实已经很长时间不找我了。几个司机他不固定地用，赶上谁是谁。我无事可做，在行政科晃荡。别人看我还是过去的我，见面客气，有事找马局长先到我这儿打一晃。只有我知道，我们早就跟过去不一样了，在事业局的时候就不一样了。有别人在场，马万春跟我又说又笑，一旦剩下我们俩，就一句话也没有，正眼都不看我。也许是我想多了？反正我一见到他就紧张，在他面前总像做了亏心事一样。我亏心么？我不亏心啊！也许我亏过心？但机关的人都说我自律，从不借着马局长这根签耍威风。有啥可耍的呢，一个老司机，周围的人随手拉一个都比你文凭高。还有人传言，说马局长做什么重大事情都会征求我的意见，其实，哪能呢，是大家误会了。

马局长让我坐在沙发上，他端着一杯水也坐了过来，跟我隔一个茶几。马局长开门见山说，当年你爸让我带带你，我不能半道把你丢下。有我吃的肉，就有你喝的汤。所以，我走一路，你跟我一路。陈四宾，让你受委屈了。我顾不上想别的，心里很紧张。我猜度他下面会说些啥。你爸是我老哥哥，我可以对不起全世界，但不能对不起他。这话放过去我会很感动，现在却越发惶恐，我希望他快点步入正题。马万春说，这么多年你连辆车都没买吧？都是我把你耽搁了。你看，我这么个小老头，快要退休了，大越野真不适合我。我希望换个小不点，像七星瓢虫那么大就行。我紧张地思索，以为他要让我推荐车牌，或者，让我为他买车？他知道我手里有散碎银子。你人高马大，开越野是如虎添翼，四宾，越野车就归你了！他说。我惊得屁股险些从沙发上颠下来，但关键时刻我稳住了，应该说，这没有超出我的承受能力。我问马局长多少钱可以过户，马局长说，你也知道，这是辆新车。虽说出厂十年了，但没跑多少路。当年我买它还花了三十五万，现在呢，我也不想买太好的车，三十万左右的就行。想也没想，我说，我给您三十五万。我手里只有三十五万。这是我攒了十几年的私房钱。我心里想的是，给出这三十五万，我跟他马万春就两清了，我再不欠他什么了。可姓马的大概看出了我的心思，或者，我的慷慨让他觉出了不舒服，他又说了句，不跟四妹商量商量？

9

陈四妹离家出走了，在我把大越野开回家的那个晚上，她就离家出走了。

我家窗外是条横向路，她在厨房看到了我停车。她以为我停车会拿了东西进门。这是习惯想法，除了送东西，我从没把别人的车停在自己家的楼下，我时刻想着自己就是个司机。可我空着手进门，让她觉得奇怪，她问我，一会儿还出去？

我说，不出去，我买了辆大越野，以后你回娘家我可以光明正大送你了。她说，这不是马万春的车么？我说，我花了三十五万，现在这车姓陈了。我一点也没隐瞒，我不想隐瞒，把所有的事和盘托出。这车怎么来的她知道，当初马万春根本没花钱。我有三十几万私房钱，陈四妹不知道，马万春知道。他为啥知道？因为都是沾他光得来的，否则我一个司机，哪有机会捞外快。

其实我完全可以不这么说，完全可以把话说得委婉点，让她好接受些。可当时我有一种恶狠狠的心理，我心想，我难受，我凭啥让你舒服？

马万春把我黑了，这是一定的。不管他出于什么动机，他黑我这一把都足够狠。首先，我开他的车，谁都会觉得我又沾光了。车不怕开，就怕不开，这个道理他懂，谁都懂。即便在车库里锁十年，他那个价格卖我也过分。我知道他就是想羞辱我，让我有苦说不出。可这都是表面上的。他心里肯定还有更复杂的想法，他弯弯肠子多着呢，我真猜不透。

陈四妹在炸带鱼。我看着她的一张扁脸也如同进了油锅，瞬间就变了颜色。她的头发花白了，额上都是一杠一杠的抬头纹。我预备她发疯，臭骂我一顿，王八蛋、胆小鬼、死猪心、窝囊废。这都是她的口头禅，这么多年，我已经让她骂习惯了。可她嘴唇一阵哆嗦，突然一转身，端起油锅朝我泼来。那些热油在空中就像彩色珠子，黄澄澄，黏糊糊，颤巍巍，裹着几块带鱼落到了地上。陈四妹往这边冲时，脚底下的拖鞋一跐溜，险些滑倒。她在玄关处摘下围裙，换下拖鞋，一声也不吭就走了。她没说话，我也没说话。

这就是开会头天的事。

马局长开车走了，他的柿红色小车真像个瓢虫，车顶还黏了几片树叶子。昨天夜里下了些泥点子，只负责把车弄脏了。我也上了自己的车。我越来越不爱在机关伙房吃饭，是不想坐谁的对面，谁看我的眼光都像嘲讽，活了这么些年，我心里越来越胆怯。只有坐到车里，我才感到安全和舒坦。出了机关的门，我也没想好去哪里，但朝主路一看，就看见了那辆柿红色的车，跟在一辆路虎的后边。我突然有些高兴，那车小得就像趴在地上一样，可不就像个瓢虫。我一脚油门跟了上去。前边不远处就是红灯，我看得真真的，我和瓢虫之间有一只蝴蝶、一只柴狗。前边有右转专用道，蝴蝶和柴狗一溜烟都向右转了，就像成心给我制造机会。我的脚始终没有离开油门，车子和我，都像大象一样力大无穷。我为什么不显示一下自己的力量呢？时速表显示为八十，对于这样一辆大越野，八十简直是一种轻视。

你说我忘了踩刹车？不是的，我不是忘了，我是不想踩。当你什么时候想显示自己的力量的时候，就明白我这种感受了。

只是有一点我还是弄不清楚，马万春到底是好人还是坏人，你们谁能告诉我一声，我横死都能闭上眼睛了。

荒原上

索南才让

授奖词

《荒原上》所讲述的故事一下子把我们从现代生活情境中带回到异常粗粝的荒凉世界里，昂冷草原上各怀心腹事的六位灭鼠队成员，在危机重重的环境中承受着巨大的心理压力，总有几近崩溃的绝望情绪不时向他们袭来。唯有小伙子卡尔诺追求驻地附近美丽姑娘银措一波三折的过程，能让他们猎取到些许的快乐。然而在这段浪漫伤感的爱情终止之时，他们又被烦躁不安的氛围所笼罩。受到确罗调侃和侮辱的金嘎，毅然决然以死亡来维护自己最后的尊严，这一事件令人们突然意识到自我救赎的代价如生命一样昂贵。索南才让的小说能够抓住的可以说是普通得不能再普通的现实，但小说家就像魔术师一样总能变幻出来无尽的新奇和魅力，并给予那些在命运中挣扎着的人们以一缕微暗的光亮。（宗仁发）

第一章

紧急召开的村委会上，村长气急败坏，既自责又别有用意地说：造成这种后果的除了那些该死的老鼠，还有我们自己……我们赶紧行动起来。

会议决定派遣一个“灭鼠工作队”进山去，利用这个没有畜牧的冬天对整个牧场进行一次彻彻底底的清理。“灭鼠队”有工资，所以父亲第一个报了名，然后叫我顶上去。第二天一大早，我就背着行李，提着吃食，站在路边的小广场等乌兰的拖拉机。我是第四个上拖拉机的人。除了说话疯疯癫癫的确罗和肉墩墩的金嘎，还有一个穿着已经很少见的红氆氇的中年大叔，我后来才知道他叫兀斯。等人都接齐后，乌兰兴致很高地检查了轮胎和车厢下的钢板，说哦呦，钢板压弯了。他有一个肥大的屁股，和整个身体极不相称。好像他吃三顿肉其中两顿都跑到屁股上去了。但他并不因此而显得笨拙。他坐回驾驶座又站起来，跟确罗讨烟。他的脖套上有一个小洞，烟嘴从洞口进去插在他嘴里，这样他就不用因为要抽烟而把脖套抹下来了。离开315国道不久，进入山区。拖拉机在山路上吃力地爬着，一连串黑烟喷向低空，不及散开便被阴云吞噬。沿途一片荒芜，一眨眼，前方白茫茫一片，大雪飘然而至。我们几个人痴坐在拖拉机兜箱里，车厢最底下是十几个大尿素袋子，里面装着足以毒死几百万只老鼠的麦子。这些“鼠粮”上面是我们的行李和伙食。我们就在灰扑扑的行李上抖动、摇摆，追着时间奔来的疼痛从骨头里溢出来。这条路被无限拉长了，我们仿佛一遍又一遍地重复在时间里。

确罗终于忍不住了，骂骂咧咧地跳下车去。我们也都下了车，顶着风雪疾行，不一会儿便将拖拉机抛在身后。走了几公里，兀斯突然说等一会儿等一会儿。确罗问，怎么了？兀斯说，听不见声音了，怕是出事了。确罗说，不可能。兀斯说，还是等一会儿。确罗说，真麻烦，我都快冻死了。兀斯说，万一拖拉机坏了怎么办？确罗说，你这乌鸦嘴，要是车真坏了就怪你。兀斯说，你这年轻人，怎么一点教养也没有？确罗说，去你妈的教养。兀斯这下气得不轻，粘满冰雪的白乎乎的胡子颤颤巍巍，他拾一块石子砸向确罗。确罗避开。兀斯还要再打，被南什嘉拉住。但兀斯不甘罢休，越劝他越来劲，看样子只要扑上去就会把确罗撕碎。确罗一边嘻嘻哈哈地看兀斯出洋相，一边点了一根烟，乐呵呵地吸着。他今年二十五岁，他更小的时候又乖巧又老实，分外讨人喜欢，但随着年龄增长他的张狂劲儿也长了。他红彤彤的脸上以双眼皮为代表的相貌组合，常常让人错误地认为他还像原来那般又傻又可爱。这一路上他以欺负金嘎打发时间，他还想从我这里找点乐趣，但他每次想和我说话我都装着睡觉，所以他和金嘎说得更多了。

金嘎粗着嗓门喊，来啦，车来啦！

拖拉机来了。乌兰从驾驶座上跳下来，在我们面前蹦跶，一个劲儿的喊冻死手了，冻死脚了，冻死脸了。因为直面寒风，他的脸冻得像一块青坨坨的石头。他让南什嘉帮忙点了一根烟，一边吸着一边跳着。等他烟抽完了，我们又坐上了拖拉机。每个人都累得心慌意乱，盼着早点到达目的地。我旁边坐着南什嘉，自从在十一道班上拖拉机后他很冷漠，一副死气沉沉的模样。他穿一件崭新的绿军大衣，竖着领子，用冬帽和围巾把脑袋裹得严严实实。他想瞅瞅外面的时候，眉毛一扬，眼睛就忧郁地露出来；一缩脖子，眼睛又给蒙上了。他身形魁梧，有一个大脸盘，上面安着一个大鼻子，乍一看不怒自威。他念过几年书，算是一个有点文化的人，所以他被村长指定为灭鼠队的队长。但刚才他只是心不在焉地劝了几句，没有发挥队长的作用。因为他的心思根本不在这里。他站着的时候，一点样子也没有，我觉得好身板被糟蹋了。

终于到了桑赤弯口。这里是京巴的夏季营盘，现在我们要住这里，因为这里是洪乎力夏牧场的中心，从这里去任何一个地方都是最近的。

我的手套没起多大作用，手指头都冻僵了，卸车的时候连绳子都解不开。东风像牙签一样在露脸的地方戳个不停。雪花硬如沙子，渐渐积厚，已经没过鞋帮。才过五点，天已黑了。毡包下好了，一个用水桶做的铁炉子安在毡包天窗底下。生了火，大伙儿围着炉子伸着手取暖。

来到昂冷荒原的第一个夜晚我们吃了糌粑、锅盔馍馍和浓浓的酥油茶。来的时候乌兰买了两瓶青稞酒，天气这么冷，正适合喝酒暖暖身子。我说我不会喝酒，确罗说你怎么不喝？我没理他，转身去铺被褥。确罗一把抓住我的手臂说，不要睡觉，喝酒。我告饶说，我真不喝。确罗说，你凭什么不喝酒？

兀斯说，卡尔诺不喝就不喝，你干啥强求？

确罗说，我就喜欢让他喝。但兀斯已经闷头睡下不理他了。确罗讨了个没趣，就放过了我。他又去缠着金嘎，金嘎很快喝醉，失声痛哭。确罗说，我又怎么你了？金嘎哽咽着说，没事，我就想哭。南什嘉说，酒也喝完了，哭也哭完了，睡觉吧。他封了火，躺进铺好的被窝，舒舒服服地哎呦一声。

确罗没有醉，但他装作醉了的样子盯着金嘎，一直盯到他睡下，把头埋进被子里。然后他又盯着乌兰。乌兰是真的有些醉了，他说，你干吗瞪我？确罗说，我什么时候瞪你了？乌兰说，你现在就瞪着我，你什么意思？确罗说，没酒了，我们应该再喝一瓶。乌兰说，我们为啥就买了两瓶酒，谁买的？确罗说，你买的。乌兰说，哦对，是我买的。你们为什么不买？你要是买了我们就有酒喝了。确罗说，我本来要买，但买了方便面后忘了。乌兰说，忘了？你忘了吃狗屎吗？

我以为他们会打起来，但没有。他们很奇怪地相互瞪了一会儿，睡觉了。

第二章

东风吼了一晚上，毡包的骨架们吱吱呀呀地跟着叫唤。骤然换了又冰又干的空气，我难以适应，战战兢兢地睡不踏实。到了早晨，大地白净一片，让人觉得来到这里，显眼地踩踏在这片雪原上是犯罪。可真正的罪犯藏在雪下，生活在纵横交错、宛如迷宫的地下世界。它们绞断草根，囤积草根、草籽，囤积一切可以吃的东西，舒舒服服地过着小日子。如果没有大雪，它们就吃地面上的草。早晨太阳刚出来时，它们全体出动，一边用光补充热量一边用草补充能量。所有的平地，所有的河谷，所有有土地有草地的地方，它们无所不在。而现在，它们仿佛不曾出现过。因为它们不需要出来受冻，它们囤积食物正是为了应付这种局面。它们破坏整个草原的生态系统得到的食物，足够轻轻松松地过一个冬天。它们不会觉得破坏了什么，它们在为生存而奋斗。正如我们为了生存来到这里。真是棋逢对手！

面对这片异乎寻常的白色大地，连不着调的确罗也感叹，真干净啊！

兀斯马上哼一声，全是假的，就像人一样，外面看着干干净净，其实心里脏得吓死人。

老家伙我今天可不想和你吵架。

我说你了吗？兀斯蔑视确罗，我说的是人。

我们都没想到兀斯居然这么机智，都笑起来。确罗也笑起来，兀斯，看在你这么机灵的份上我让让你。

我们上完厕所的第一件事是检查带来的“鼠粮”，虽然都放在毡包里，整整齐齐地码在毡包一角，还用一块帆布严严实实地包裹着。但昨晚太冷，怕冻上，一旦受冻，毒性会减弱，我们就真的给它们送粮食来了。所以村长千叮咛万嘱咐，绝对不能被冻上。只要最关键的前三天不受冻就没事。而因为大雪封原，我们来到昂冷草原的前三天，是没法工作的。

我们在惨蓝的烟雾中商量由谁来做饭的事。当务之急就是要选出一个做饭的人，免得饿肚子。可没人愿意干，都说干不好。问到我，我傻乎乎地愣神，他们以为我愿意，就高兴地说卡尔诺你真是好样的！但兀斯嗤笑道，卡尔诺会做馍馍、会和面吗？会揪面片吗？

乌兰瞧着兀斯说，我看，最合适的人就是您呐！为什么呢？因为您年纪大了，腿脚又不方便。您要跟我们这些年轻人走远路肯定是吃不消的，也不合情理，我们怎能让您去忍饥受冻呢？所以，您一定要留下来给我们做做饭，烧烧茶。我想，大家一定会同意的。我们连连点头，都说好。

兀斯沉思了一会儿说，这个饭我可以做，但是，做得不好你们不要嫌弃，出门在外，吃得饱就行啦，填坑不要好土。只要不饿肚子，就算是好的。他冷冷地乜斜一眼确罗。确罗故意把脸转开。

大伙儿表示就算他做的是狗食都不会说什么。兀斯生气地说，能有那么差吗？你们放心，肯定没有难吃到那个地步。

于是兀斯成了我们的厨师。他烧了一壶茶。毡包里茶香缭绕。喝了暖心暖胃的茶，兀斯烧了一锅开水，我们泡了方便面吃。这是路过甘子河乡的时候买的，本来想多买几包，但那家商店里的方便面仅够我们每人买十五包。兀斯没买，他说一吃就胃疼。

南什嘉、确罗、乌兰和兀斯抹了嘴开始打麻将。我从装衣服的枕头里摸出《白鹿原》，刚翻开金嘎就靠过来，笑嘻嘻地瞄一眼书。

你看的是什么书？

我给他看封面。

他缩着脖子说，我不认识字。

你没念过书？我记得你好像上过学。

念了十天，后来不念了，我一个字也没有学到。

我调侃说，那你可真厉害。

唔，就是学校里的那些心疼姑娘一个都没忘。

敢情你有很多初恋情人呐。

啥？

你喜欢的姑娘有几个？

你是说学校的时候吗？

除了学校，还有吗？

金嘎腼腆一笑，有啊，怎么没有？难道你没有？

我也有啊。

学校里有三个，后来都变得不好看了。

现在呢？是谁？

我先问你一件事。

你说。

你睡过女人没有？他眼睛一眨不眨地盯着我。我说还没有。他“哦”一声，明显轻松了不少，低声说，他们笑话我这么大了还是个“娃娃”。

该有的时候你自然会有的，这得遵循一种神奇的规律。说完，我被自己惊了一下，觉得这句话充满了经历、创伤和明悟感，还有那么一点神秘。金嘎不认同地撇撇嘴，邀我出去散步。

太阳低低地悬在离地平线两尺的高度上，稳稳当当向西移动着。但只要稍多留意，就会发现太阳其实远比想象的要移动得快。就是说，脚下的这颗星球远比我想象的要转动得快，而人们却没有丝毫不适，仿佛快啊慢啊都是一天，没什么大不了的。

我把这感受跟金嘎说了，他疑惑地、木然地点点头，然后去提水了。过了半个小时，他像拎着两个空桶似的拎着两桶水回来了，然后坐在确罗身边看他们打麻将。兀斯把炉子烧得红旺旺的，火苗从茶壶和炉口之间的缝隙中蹿出来，毡包里的温度在兀斯的得意洋洋中急速上升。他们把场地换了又换，最后挪到了门口。南什嘉提醒兀斯要节约烧柴。兀斯说不用颇烦（颇烦，青海方言，麻烦的意思），吃完饭咱们背牛粪去。

背牛粪要到三四公里之外的一个牛窝子。那里的牛倌令人诧异地把每天的牛粪都拾出来堆成一个大大的牛圈，这样连圈牛的铁丝网都省了。而且牛粪圈还有抗风御寒的作用。他把自己的地窝都用牛粪墙给圈起来了。

牛倌和牛群早已转到冬牧场去了。

我们惊叹地观赏了一会儿壮观的牛圈，找了一个缺口，张开麻袋开始往里揽牛粪。我们用皮袄的带子或者绳子把两袋、三袋的牛粪装好捆在一起背回营地，一个个排立在毡包外面。有了这么多烧柴，兀斯就更不会节约了。毡包里的温度简直跟烤箱似的。我觉得根本用不着这样。但他们却一边夸赞兀斯是个顶呱呱的好厨子，一边冒着汗大呼过瘾。可我实在受不了，就出去透气。等在外面挨冻挨够了，再回到里面。我刚坐下，金嘎又来了。他挨着我坐下，笑嘻嘻地说，垭口那边有一个惹人心疼的藏民姑娘，你想不想认识？

我瞥了他一眼。你怎么知道，你见过？你们都见过？

当然啊，每年转场的时候，运气好就能见到。我已经见过好几次了。他脸上露出那种我比你运气好多了的得意劲儿。

我回想了一下仅有的几次转场的经历，没有一点关于一个“心疼的姑娘”的印象。她住哪儿啊，我怎么一点印象没有？

金嘎嘿嘿一笑，你的运气可真够差的。她家就住在大垭口那边啊，最后一个牧道拐角过来不是有好几户人家吗？就在那儿。

他这么一说我就知道了，那里的确有几户人家。

你到底去不去？金嘎十分笃定地说，不去看看你会后悔的。

不去。

去瞧瞧也没什么，对吧？

不去，你自己去吧。

我要是有机会就不跟你说了。

你怎么就没有机会了？难道……

我跟她搭不上话。

她那么拽呀？

他接过书一页一页地翻动着，羡慕地说，她跟你一样。

什么一样？

她和你一样会看书。

你怎么知道？

乌兰告诉我的。

哦，他去约会过了？

哈，他才不行，你看他那娘娘腔的样子。说完他笑了，又担心地马上结束了高兴，他怕乌兰听见。他在小心翼翼地讨确罗的欢心，以期得到平常对待。他的那副样子我不喜欢，所以我不想搭理他。没想到他反而纠缠不放了。此刻他目光炯炯有神地盯着我，誓不罢休的样子，我被逗笑了，说你怎么这样子？他疑惑地哦一声，说，我怎么了？真的是一个漂亮女孩。

毡包里乌烟瘴气，人人手不离烟，我被呛得咳嗽不止，嗓子眼一阵阵胀痛，眼睛又疼又痒。掀开门帘，让一股股冷风挤进来，烟雾像潮水一样往外涌去。但过不了多久又会被烟雾占据，所以几乎整整一下午，我都在忙着兑换空气。

兀斯要做饭，他叫金嘎再去提两桶水。金嘎一脸不情愿，低声嘟囔为什么不让别人去，没想到兀斯耳朵贼灵，一下子就听见了。他严厉地看着金嘎。金嘎不敢吭声，灰溜溜地去提水了。兀斯很满意金嘎这么听话，干巴巴地笑了一声。他在一个铝锅里淘洗大米，又黑又粗的手在米中搅了几下后把水倒掉，而后端盆进来，把早就切好的小块牛肉倒进锅里，舀了一盆水“哗”地泼进去，粗粗的大黑手指搅动了几下。最后，他盖上锅盖，把锅端起来，“咣”地放在炉子上。他搓了搓手，拿起几块牛粪填进炉膛里。他从裤兜里摸出一包“花好”香烟，麻利地抖出一根来，又从另一个裤兜里摸出打火机“啪”地打出火苗，叼着烟猛猛地吸了两口。至此，他的午饭大功告成。兀斯的厨艺既不卫生又粗暴，几乎没有美味可言。但我们谁也不说，大伙儿都机灵着呢。

金嘎回来后又悄悄问我想好了没有，到底去不去？

我觉得这样冒冒失失去见一个素未谋面的女孩子是一件特别不靠谱的事。何况还是晚上不怀好意地去。人家给好脸色才奇怪。但金嘎的兴奋传染给了我一部分，于是又想，去一去也无妨！权当凑个热闹。

金嘎说，太好了，我就知道你会去，咱们九点钟出发。

吃过晚饭，还没到九点，金嘎已然按捺不住，他和乌兰过来说，咱们走吧。眼看就到点了。

还是不去了吧？这天也太冷了。看见乌兰也要去我就不想去了。

冷怕什么，还能冻死我们不成？乌兰嘴一撇，说，你真矫情！

我有些恼怒，但又不能发火，让他们觉得我是一个开不起玩笑的人。我默默承受了这句颇有分量的评语。

确罗也走过来了，你们鬼鬼祟祟干吗？

乌兰说，我想让卡尔诺认识一下银措。

确罗斜视着我，阴阳怪气地说，那你可别怂啊，你软塌塌地说话不行，你得硬邦邦的。他咕咕地怪笑，一脸卑鄙的样子。

我不去了。说完我不管他们回到毡包里。他们几个随后也进来了，嚷嚷着打麻将。金嘎终于按捺不住，也学着玩起来，他们玩了一个晚上。到清晨睡觉的时候金嘎脸色灰暗难看，输得很惨。但他难过是因为整个晚上他像玩具——更像某种可以提神的东西——被确罗他们玩来玩去。我觉得金嘎在他们心中已经形成了一个不怎么光彩的形象，想要扭转改变可不容易。为什么会这样无从得知，但他唯唯诺诺小心翼翼的样子的确使人来气。我甚至觉得他卑微得让人压抑。

第二天上午十一点多醒来后，我趴在被窝里继续看书。睡在我旁边的确罗也醒了，好奇地陪着我看了一会儿，说，你真他妈能看，有那么好看么？

我说，有啊。

那你讲个故事吧！

我可不会。

你看的这书不是故事吗？

是啊。

那你讲个故事吧，干吗那么小气。

不是小气，是不会讲。

我们不挑不拣，只要有女人就行，哈哈。

正在盛饭的兀斯插话说，有野狐精的故事吗？

他一边把一碗一碗的面片摆放在矮桌上，一边无限感慨地说，我小时候听过一些好故事，年龄大了忘掉了，真可惜！

确罗嘲笑说，或许你还想着有一个狐狸精晚上来你的被窝里呢。我们都笑起来。兀斯听了也不计较，只摇头。老啦，早就不想了，剩下的全是颇烦了。年轻的时候，就多想想，老了就想不动了。

第三章

暴躁了一天的狂风终于歇息了，夜世界静默安然，星空凛冽，雪原敞亮。我们说话的声音轻巧地跑出去很远。

确罗咧着嘴，看着我。我就爱听漂亮女人的故事，来一个。

我拿起《白鹿原》说，这里面有个人娶了七个女人，娶一个死一个，就娶了七个……一个叫小娥的女人，又漂亮又……

好好好！就讲这个。确罗催促我快讲。乌兰也精神抖擞地说，你可不要随随便便糊弄我们。我说，我脑袋里装的故事三天三夜都讲不完，连外国的都有很多。乌兰说，多才好呢，最好天天都有，就像单田芳说书一样，那人最气的是说得太短了，刚听得舒坦他就哑着嗓子一声“欲知后事如何，且听下回分解”，我最气这句话，天天说，烦死了。确罗捏着嗓子学了一遍后说，卡尔诺你可别那样，你可以讲几个小时。南什嘉说，每天晚上十二点收音机里有一个叫姚什么的女人讲故事，那女人的声音又甜又柔，那是永远都听不过瘾的……可惜这里什么也听不到，要不然我就带收音机来了。

第一次做这种事，我有点小兴奋，迫不及待地想享受把自己欣赏的故事分享给别人后所带来的那种喜悦和成就感。酝酿了一下后我开始讲述起来：

白嘉轩后来引以为傲的是一生里娶过七房女人。

娶头房媳妇是他刚刚过十六岁生日。那是……

我讲了两个小时，讲得很慢很投入，讲到白嘉轩费钱费力救出和尚那里。我说明晚接着讲。可大家意犹未尽，恳求我再讲一会儿。而我口干舌燥，不复开始时的激情，于是坚持明晚讲。

确罗啧啧称奇道，真是不敢相信，那人的老二怎么那么毒？是真的吗？不管怎么说，反正他很厉害，你们说是不是？大家哈哈大笑着说那当然。

我们胡天胡地地聊天，消磨着时间。但冬夜的时间被冻得走不动了，只能一点一点地向前挪动着。南什嘉站在炉前，神色犹疑不定。一根烟吸完，他说，卡尔诺，陪我走一趟吧？

干吗去？

别问，快起来。

黑漆麻糊的，我眼睛不好。我知道他要去干吗，但我一点都不想起来。

就这一次——

我不干，我要睡觉……

最终我还是跟着他纵身跃入了白茫茫的、冷酷的寒流中。我拿着一根木棍，他握着一把忽明忽暗的手电筒，我们深一脚浅一脚地走着。靴子在厚厚的积雪上踩出“吱吱”的老鼠叫一样的声音。大约一个钟头后，我再也忍不住了，怎么还不到……你不是说很快吗？

转过这个山嘴就到了。

你刚才就这么说，这都第几个山头了？

你看，拐过去就到了。他指向前方说。

我就不明白，你怎么在这儿找了一个。

冬天放牛的时候认识的。

她没有男人？

大多数时候没有，一回来就打她。他沉默了一会儿说，一天晚上，我们一帮人喝罢酒，麻京要我给介绍一个姑娘，我就答应了。她那时候住在恰乌日。

他停下来撒尿。尿液浇在雪上发出一种有质感的声音。

那你为啥不娶她？

他猛地加快了脚步，却不说话了。

终于听到狗的吠声，在快速地靠近我们。他说，到了。我握紧了棍子，南什嘉打开手电筒，孱弱的光里出现了两个敏捷的黑影。两只大狗！我说，好大的狗！南什嘉早已从怀里摸出打狗链，恶狠狠地冲上去，呼吼着，打死你狗日的……

冲我来的是一只花斑狗，它龇牙咧嘴朝我大腿咬来。我一闪身避过，手里的棍子砸向它的脑袋。一声闷响，大狗惨叫着倒向一边去；而缠着南什嘉的那只狗却格外机灵地逃之夭夭了。

我们又走了一阵子，蒙蒙眬眬地看见了一堆物体。一片房屋出现了。有一栋羊棚接连着羊圈，对面是一个很大的有土墙的牛圈，它们中间是土平房，约莫有三四间并排着，有两扇门，三扇小窗户。南什嘉让我去最东边的那间屋子。你先去那里眯一会儿，里面有被子，走的时候我叫你。他说完便不再理我，径自走向西面的那个门。

这屋子的炕上铺着一条牛毛毡，一床被褥和其他乱七八糟的杂物一起堆在毡上，其余的地方被两副马鞍和垫子占满了。我把那些杂物清理一下，腾出一个可以睡觉的地方，披着被子躺下，侧耳倾听。夜阑人静，只有大花狗在似泣似吠。我望着窗外的星空，吸着凛冽的空气进入梦乡。

南什嘉把我摇醒，我迷迷糊糊地跳下炕，就跟着他走。狗已不知去向。刺入骨髓的寒风飕飕地响着，我哆嗦着打了个喷嚏。东方的启明星格外耀眼，远方的群山依稀显出暗淡的轮廓。天快亮了。

我好奇地问他，怎么样？美不美？

他用一种冰冷语气说，不是所有的恋人都像你想的那样龌龊。

我一听也生气了，反驳说，怎么，你大半夜拉着我过来，就是证明自己的高尚的？

南什嘉一怔，说，她心里苦，那么难过，我却给不了多少帮助。

世界上不是只有你们一对苦命鸳鸯。我犹自不解气地说。

他苦涩一笑，默默走在前面。

瞧他哀伤的样子，我也说不出气话了。

难道你们就没想过私奔？

私奔？别跟我提什么私奔。他突然对我大吼起来，我他妈恨私奔！我他妈恨私奔！

为什么？你还不让我说话了？你什么意思？

为什么？南什嘉仿佛听到了世间最好笑的事，他咬牙切齿地说，因为我父母就是私奔的，那对狗男女就是私奔的！

怎么会？没听说过呀。我真是太吃惊了，想不到他那个吝啬至极的父亲还有这壮举。

你不会以为我是在说老抠吧？

你说的呀。

他不是我父亲。

啊？我更吃惊了。这是什么意思？

你不知道我的事？

你的什么事？

南什嘉把烟蒂弹出去，冷冷地说，他们生下了我就死了。不，是一死一逃。女的死了男的逃了。他们把我丢在了这里。

我怎么从来都没听说过？

谁又在乎这些？

这么说你不是乔合柱的儿子。

你说呢？

我哑口无言。

第四章

雪还是很厚，但地面上已经出现了数不清的拳头大小的窟窿，老鼠爪印和踩出来的道路也越来越多。我们制定了灭鼠计划。计划将整个牧场分成六片区域，河那边是两片，河这边四片，大小都差不多。这样一分，很具体，效率也更高。我们先从毡包这一带开始。这是第三片区域。东到热力木出口，西至大肖兴出口。南面到河边，北边到隆瓦山脚。这片区域长八公里宽两三公里，一个长条形状。其实牧场比划出来的六片区域大得多，但这场大雪帮了我们双方的大忙，因为山里雪更厚更结实，除了正宗的大阳坡，其他地方的雪会一直保持原样到春天。这些地方我们不用去，老鼠出不来。所以我们减少了工作量，它们保住了性命。等到了春天，平地上的老鼠灭亡大半，它们就从山上迁徙到平原。我们从来没想过要灭绝所有老鼠，这是不可能的事情，能够灭杀大半老鼠就心满意足了。

我们每人背二十五斤左右的药，投药的工具是 2L 的百事可乐或可口可乐饮料瓶。削去瓶底，用铁丝将瓶子两边穿起来（像提水桶一样可以提在手里），瓶口盖子上弄出一个小拇指大小的洞，将瓶口在老鼠洞口一戳，瓶子里的麦子十几粒二十几粒撒出来；再一提，麦子堆挤在小小的瓶口，等待下一次碰到地面。这是为了自己的腰着想而发明的。我们不用弯下腰去放药，解放了腰，更节省了弯腰放药的时间，提高了效率，时间越久越明显。因为你可以坚持一天弯腰触地一百次两百次，但你无法坚持一千次两千次，你更不可能天天弯腰两千次。

投药第一天我们地毯式地前进了四公里，几乎每一个出现的老鼠洞门口都撒上一勺子麦子，请它们吃。下午返回的时候，已经可以看到很多老鼠倒毙在雪地上，而看不见的洞内会有更多。死了这么多仇敌，我们感到满意，心情特别好了。心情一好，确罗开始胡来。他用一根树枝把这些老鼠像肉串一样串起来，血淋淋的十几只老鼠在树枝上排列整齐，十分恶心，但确罗玩得不亦乐乎。他还将脚底下碰到的也一脚脚踢出去，有的囫囵地飞向远处，有的就在他脚下烂开。

我们劝他别这样他不听，兀斯一说话他更来劲了。我就爱玩你管得着吗？我又没踢你家的母羊。

你怎么一点敬畏心都没有？死了的亡灵你干吗要这样欺负？

我为什么要对老鼠有敬畏？要是其他东西我才不这么做，正因为是老鼠我就有气，死老鼠我也不放过怎么了？确罗理直气壮地看着我们，我才不管死老鼠活老鼠，所有的老鼠我都不在乎。

你别乱来啊！兀斯终于意识到跟确罗对着干实在行不通，他转变态度，几乎是哀嚎地说道，这也是跟我们一样有气的东西，是命，死了就还给你了，都算清了……你不能这么干……老天爷看着呢。

确罗果然吃这一套，好好好，我丢掉了，你看。他把手里的一串老鼠远远地扔出去。然后闻了闻自己的手，说有一股酸臭的味道。他用雪搓洗了手。

越接近毡包，死掉的老鼠越多。已经冻得硬邦邦的死老鼠成了动物的餐点。野狐几乎成群地溜达，老鹰、兀鹫、鹞子和隼等飞禽频繁地出现，盘旋俯冲不止。自从有了不会二次中毒的毒药，它们的小命就有了保障，不会出现十年前的那种惨事。兀斯说十年前因为一个失误，成群成群的野生动物吃了死老鼠而中毒死亡。那景象百年不遇，惨不忍睹。但奇怪的是没有谁为此事负责。

到现在没人再提这件事，它们就那么可怜，死了就死了，没啥大不了的。但不是这样的，我们跟一个狗一个牛一模一样。兀斯难过地说。

这两年还是有点不一样了，保护动物的政策多了。

你懂个屁。乌兰说，上有政策下有对策，那些人照样啥也没损失。

我气愤地瞪乌兰，他说话太不客气了，不拿我当回事。那些人是谁，没有一点头绪。我刚要问，他诡异地笑了，说了你也不懂，而且饭不能乱吃话更不能乱说。你问我也不说。你问南什嘉去。

连续几天的高强度劳作使得身体快吃不消了，尤其双腿，疼得厉害，晚上睡不着觉。而感到累的不止我一个，大家的意见都一样：把强度降下来，把工作时间缩短。南什嘉从善如流，下一个十天的工作时间从九个小时十个小时缩短成六个小时。

这样过了三天，身体缓过来了。我决定去看看那个女孩。金嘎已经提过好几次了，而确罗无论如何也要跟着。他们要求我认真对待此事，因为这是男人和女人之间的较量。这让我感到可笑，我只是想去看看而已，没有想那么多。

天擦黑的时候，我们四个人踩着冰面过了昂冷河。一阵疾行，走得浑身热乎乎的。一个小时后我们停下来稍作歇息。

乌兰拍着我的肩膀说，翻过垭口就到了，从现在开始小心一点，她们家有两只狗，一大一小，她们家有两个帐房，一大一小，大的住着她阿爸阿妈，小的里面才是她。

帐篷？她住帐篷？

确罗撇撇嘴说，她家的冬窝子在三公里之外呢，就是我们每年转来夏牧场的那个大拐弯那里。这儿是她家最远的一片冬草场——

我挥挥手打断他说话。我已经明白是怎么回事了。她家是临时在这片草场住一段时间，把草场吃完了就回去，不然每天赶着羊群来回六七公里谁家的羊能吃得消？这种情况我们村里也有，只不过我平时并不注意。但这么冷的天气里要住帐篷，我开始可怜这个还未谋面的姑娘。

我们几个人悄悄移动着。翻过垭口，沿着山坡向下走了几百米后，隐约看见几个黑影。确罗捅捅我，轻声说，到了。

我们猫腰继续往前，走到能模糊地看见帐篷时停住，有一只狗从帐篷后面跑出来发出警告，紧跟着另外的一只也叫起来。

乌兰看着我，我摇摇头。他说，要不，我进去说说？

说什么？

就说你大驾光临呀。他捂住嘴嗤笑。

我就是来看热闹的。我说，我真没想要干什么。

确罗说，我去看看。

金嘎说，我们来是陪卡尔诺的，就让他自己去。

确罗说，你少跟我来这套，难道我不知道？我是担心他，他有点悬。

我去探探风。乌兰抢在确罗前面，弯着腰溜了过去。狗叫得愈加欢实了。我们几个瞪着眼一眨不眨地看着那边。乌兰在帐篷门口探头探脑许久，然后一闪，没了。我缩在了大衣里，想着事情会怎么发展，突然间紧张起来。

高原寒夜里的星星最是明亮，深邃的天空给挤占得满满当当。我一口口吸着冷气，冻得浑身发抖。金嘎频频抬头朝帐篷张望。后来，他干脆翻身趴下，目不转睛地盯着帐篷门口。狗不叫了。大地静下来，时间仿佛停顿了。我在金嘎的嘟囔中，在这仿佛永不歇息地闪烁着的星星底下，呆呆地出神。不知过了多久，背心一痛，然后听到金嘎兴奋地压着嗓门说，出来了出来了。

乌兰无声无息地过来，几只狗这回却仿佛看不见他一般连半点声音也没发出来。乌兰一脸不高兴，连骂狗屁。

金嘎咂咂嘴，把要问的话吞了回去。

别怕，你怕个啥？我就不信，她看书，你也看书。你们会没话说？你去。乌兰怒气冲冲地对我说。

我很不情愿地朝那边走去。这种事完全超出我的经验范围，不知道该怎么做。而且那个大帐篷里虽然静悄悄的，但里面可是住着她的父母。我总是胆战心惊地朝那里看，生怕她阿爸突然冲出来，把我打死。

到了门口的时候，我的心都快跳出来了，我在门口伸长了耳朵听，但帐篷里静得可怕。身后那么多双眼睛推着我，我来不及多想什么就掀起帐篷门的一角把自己送进去。里面黑乎乎什么也看不清。我定定地站了一会儿，发现前面有一团东西，青蒙蒙的。本能告诉我这是一个活着的东西。心一下子提到了嗓子眼，几乎下意识地……我又向前走了两步。这时，这东西突然动了，接着我的脑袋里轰然一响……

在倒下去的时候我想，这是怎么回事？我挨打了？我摸到一条被子，暖烘烘的。我使劲呼吸，脑袋嗡嗡响得厉害，疼痛难忍。于是我一动也不动。她也一动不动。过了许久，“嚓”的一声火柴燃了，点了蜡烛。眼前是一个直挺挺的背影，披着满背黑发。有一股说不清的香味，好像是从她头发里散发出来的。她突然转过身来，粗粗的眉毛紧紧地揪在一起，眼睛比我想象的要小，但很有看头。我不由地多看了一会儿。她的嘴唇有点厚，但唇线非常完美，给人的感觉是她说话吐音是极为准确的。她穿着一件紫色的毛衣，上面套着深红色缎子的羔皮马甲，一条蓝色的牛仔裤，脚上是一双棕色的高帮马靴。她的穿着异常干练，仿佛一夜都在准备着对付我这样的人。她一言不发地盯着我看，我想站起来，但几次都没成功，不由得惨呼一声。

“嘘!”她怒气腾腾地把食指竖在嘴前，示意我闭嘴。然后一边侧耳倾听，一边用嘲弄的眼神斜视着我。我觉得什么也不用说了，于是牙一咬，站了起来。头上被打的地方疼痛欲裂，吸口气都头晕目眩，伸手一摸，黏糊糊的，鲜血从来没有如此腥气肆虐，刺激我的神经。我走出帐篷，难言的羞愧涌上心头。我朝他们走过去。我不想放弃最后一点可怜巴巴的尊严，但眼前一阵阵发黑，已然难以控制的身子颓然摔倒了。金嘎跑过来，惊讶地问这是咋了?我黯然沉默。他们几个咧着嘴，白晃晃的牙齿格外醒目。他们想笑又不好意思笑。都安慰我说没事没事，这次不行，还有下次。但我连回头看看的勇气都没有。

第五章

灭鼠工程卓有成效，随着地面出现得越来越多，老鼠洞越来越多。一天下来前进不了多少但放药的速度却更快了，到处都是老鼠洞，一亩草地的所有洞都放上药得好一阵子。二十五斤药以前能放八九个小时，后来是五六个小时，现在四个小时不到就能放完。增加到三十斤也不到六个小时。我们早晨好好吃一顿早饭，九点半出发，下午四点就回来了。第三区域一个星期前投放结束，现在是第四区域，比第三区大，而且有两条河谷，隐秘的地方多，增加了难度。但再难也被坚决的行动解决了。药投放得越细致越精准——尤其是看到放过药的地方出现了大量数目惊人的死老鼠——心里获得的满足感便越充实，甚至欣慰变成幻想，仿佛经此一役，鼠患永绝，草原的毒瘤成为历史，草原的身体重获新生!

心中有执念，投药的积极性和态度从不懈怠。

因为死去的老鼠太多了，多到野生动物们吃不过来。我们会尽量把这些尸体收集起来，堆成一座尸山烧了。那味道有时候散发着烧烤的肉香味，有时候又难闻恶心得要命。有时候会遇到一些刚刚死去身体还软塌塌的老鼠，确罗还有串起来玩的冲动，都被我们严厉制止了。

每天，投放老鼠药无聊的时候，我那晚的经历就可以让大家开心起来，我像一瓶酒一样被他们传来传去，我想着等他们的新鲜劲过去，这件事也就过去了。我一直在等，可我太天真。在他们看来，没有比这个更加有趣的事了。他们越说越精彩越说越离谱，到后来，这件事就成了一个非常非常有说头的故事。

我不想和他们说话。只要我开口，他们总会把话题引到这件事上来。最可恨的是确罗，他因为没有亲眼目睹我被打的场景而耿耿于怀，嘲讽我最带劲，说我根本就不是谈情说爱的材料，说我以后有了女人也会被别人抢走。他公开表示，他要和我争夺银措。他果然行动了，利诱乌兰陪他去了一次，也被赶了出来。更有意思的是，他被狗追咬，撕烂了裤腿。在那个格外寒冷的夜里，他就晃荡着已经扯到大腿根的布条回来。乌兰说，确罗的裤子宛如一面投降的旗帜在风中飞舞。但确罗誓不罢休，总是央求乌兰去给他做伴挡狗。乌兰说，你以为你是谁？还要我来做保镖，有本事自己去，没本事一边去。

确罗说，你也会有求我的一天。乌兰说，我不在窝里干缺德事儿！确罗说你把话说清楚，我做什么缺德事了？我和他公平竞争，看谁有本事，我有什么错？乌兰说，那你之前干什么去了？确罗说，畜生！两人打起来了。一会儿工夫确罗已经在乌兰脸上落实了好几拳，乌兰被打得毫无还手之力。

我们拉开两人后，确罗骂骂咧咧地把金嘎带走了。

南什嘉看事情平息也去约会了。

我又感激又惭愧，向乌兰表达感谢。但他说这不关我的事。

乌兰的脸到晚上才彻底肿起来，惨不忍睹，痛得直哼哼。我给他几片去痛片，他就着茶咽下去，把自己捂在被子里，不再出声。我把小小的蜡烛挪到眼前，趴在被子里读《平凡的世界》，但心烦意乱，心思跟着确罗走了。一个小时一个小时，一点睡意没有。

到凌晨三点，确罗和金嘎披着一身寒霜归来。确罗看我还没睡，就寒气森森地说，看书也能让人不想睡觉？

那当然。书中的女人……书中自有颜如玉。我观察他们的表情（尤其是金嘎），看不出头绪。心里既羞愧又愤怒，又瞧不起自己。可是我从来没说过要怎样怎样，一直以来我都是被动的，我把自己弄到了一个窝囊的尴尬的处境上。

你神经病吧？确罗说。

你又不是去跟母狼约会，干吗发这么大的火？

她是火气不小但又如何？她缺的就是一个我这样的男人降住她。

我倒是羡慕你的厚脸皮。

他得意地哼着调子，有意无意扫过乌兰，开始脱衣服睡觉。这会儿金嘎早已躺在被窝里，把自己严严实实地包起来。

我又装着看了一会儿书，怀着一种灰败的失落感睡了。睡也睡不踏实，有无数梦的碎片组成一个巨大的场景，旋转着，揪着我的心。

早晨，嘈杂声中闻到了酽茶和酥油融合的浓浓茶香，肚子就感到一阵阵饥饿。困意也浓浓得像一壶酽茶，但我还是坚持起来。他们都已经洗了脸，这会儿正吃着早饭。不知什么时候回来的南什嘉在穿裤子，他的裤带是一根牛皮绳。黑乎乎油腻腻的。他的鞋帮上有冻干的血迹。我惊异地多看了几眼，认不出是狗血还是人血。

每人背半麻袋老鼠药，途中休息了三次，差不多一个小时才到了桑赤弯。休息了一会儿，就各自在饮料瓶里装上老鼠药，一只手提着，另一只手将药袋子背在身上。然后大家一字儿排开，间隔十数米，缓步向前，一个洞也不放过。因为只要漏掉一个洞，可能就会有一家老鼠逃过一劫。我们把目标定得高高的：每一窝老鼠，都要全家死光光。

放完药，几个小时过去了。小心翼翼地将药袋卷起来塞进饮料瓶里，我们坐下来休息。天气晴朗，无风、暖和。周围的老鼠慢慢多起来，不知死到临头的它们欢天喜地地抱着麦子就往嘴里送，一边观察我们一边飞快地嚼食。

老鼠中毒后在多长时间内死亡，我们起了分歧，有的说是两三分钟，有的说十几分钟。不管多长时间，只要它吃了麦子，那就是死路一条，这点大家有目共睹。头一次对草原站的“专家们”说了好话。兀斯尤其觉得今年有盼头，因为这么多年，今年的药最劲道。他说，千辛万苦来放药、但没死多少老鼠的洋相，我们也出过，今年是个好年份。你们看这地，湿度满够了，今年是一个多雨水的好天年。

我们开始往回走。走着走着兀斯指向右方，语气沉重地说，你相信这里曾经是一大片可怕的沼泽地吗？

一点不相信。我说。眼前是一片干燥的荒野，哪有什么沼泽。

别说是你，就是我也不信。要不是我心里装着整个草山，有时候以为自己老糊涂了呢！

可不是。我说。

兀斯说，退化得太厉害了，真可怕啊。

人越来越多，牛羊也越来越多，加上气候原因，退化是必然的。

明明知道身体不好还要往死里折磨，是不对的。

我向四处看了看，老鼠踩出来的道路四通八达，犹如一张密集的渔网，顿时心悸不已。但马上又抱起希望，因为我意识到如果不这样做，满心满肺的担忧会淹没我。我怕重新认识这片草原，一个和眼前不一样的、更加悲惨绝望的草原。

我们年年整治，就不怕治不好。我大声说道，功夫不负有心人，还有我们人办不到的事情吗？

兀斯没好气地说，我已经参加了四次灭鼠了，我不知道年年灭的好处吗？村长书记不知道吗？但有的人心没有，光知道喝酒、耍，吃啥吗喝啥吗一点不知道，草山好吗不好一点不知道，老鼠多吗不多一点不知道。

去年没有灭鼠，前年也没有。

兀斯颓然地叹息一声，灭个鼠都这么难，其他再别说了。哎，要不是我这个腿子攒不上劲道，我才不愿意做饭呐，我自己放药才踏实。

但今年我们干得不差。我说。

今年是最认真最好的一年，今年的效果夏天你看着，肯定大不一样。

我听说了，明年的灭鼠是大规模的，好像每一家都要来人。

他疲惫的脸上总算露出笑意，一瘸一拐的身子也好像轻快了一些。

第六章

营地上停着一辆白色皮卡。村长来了，和草原防疫站的人等着我们。他们都全副武装，把自己搞得严严实实。我们差点没认出村长。

草原防疫站来了两个人，其中一个还是南什嘉的姐夫。那个姐夫说事情麻烦了。内蒙发现了鼠疫。他说，已经有很多人被传染。

虽然现在青海还不知道，但是这个事情可不得了……你们都没事吧？村长担忧地观察我们。

我们面面相觑，鼠疫？

你们的身体有没有不对劲的地方，比如发高烧、咳嗽、恶心、浑身疼这样的症状有没有？那个姐夫说。

我快速地确认了自己这些天的状态，

好得很。除了熬夜有些瞌睡，并没有他说的那些反应。然后我回忆他们的情况，也好像没有。

等到我们一个个确认无事后，那个姐夫说，我们北部地区暂时应该还没有鼠疫，所以灭鼠的力度更要加大。而且还要做好个人的自我保护工作。这次我们带来了手套、防护口罩、消毒酒精、消毒液这些除菌的工具，以后出去灭鼠，你们要严格按照我们的要求工作。

然后他详细地讲了一遍以后工作的流程。再三叮嘱，一定要搞好个人卫生，做到万无一失。

回来后一定要用消毒液洗手，一定要喝开水，外出一定要戴口罩……

尤其是死在外面的老鼠，全部烧掉。村长说。

烧的时候远离。另一个人说，车上还带来了一百斤汽油，每天出去的时候带上一点。不要用手去抓老鼠，用我们带来的钳子。

……

村长自始至终没有说过你们谁不想干的话。那意思就是我们必须得干到底。事实上我们已经被隔离了。我想到这点，盯着村长。但他全神贯注地盯着南什嘉，一遍又一遍地交代注意事项。

傍晚之际他们终于说完了，卸下了带来的东西走了。

这场突如其来的鼠疫事件完全打乱了我们的阵脚。尽管事发区域远在千里之外，但明显感觉到所有人的心情都变得沉甸甸的，一场随时有可能会爆发但我们不得不面对的危机在等待着我们。

将那些防护消毒用品搬进帐篷安顿好，然后用消毒液将毡包里里外外仔仔细细喷洒了一遍。我们闻着消毒液怪怪的刺鼻的味道开始讨论这场突发事件。

我认为没什么大不了的。确罗首先说，我从来没听说过这种事。

没什么大不了？你没听说过？你知道什么？兀斯突然对确罗大吼起来，他凶巴巴地恶狠狠地盯着确罗。确罗被兀斯的乖戾吓得不敢出声了。

兀斯瞪着确罗一会儿，颓然坐下，自言自语又像是在跟我们说：这种情况不是没有发生过，而且还不止一次，每过几十年就会出现一次。上一次的鼠疫，就到我们家里来了。我的阿爸、我的妹子，就死在了鼠疫上。

我们这里有过鼠疫？我们面面相觑，谁也不知道这件事。

你们不知道我也奇怪，我不知道你们家的老汉们为啥不给你们说。但是这件事情是真的，我们村的人死了一些，好像是四个，两个就是我们家的。这也活该，因为鼠疫就是从我们家出现的。

你们家的人得了鼠疫？确罗问道，你们家？

先是我妹子。兀斯沉默了一会儿，仿佛在回忆自己的妹妹。那时候我才十一岁，我妹子才九岁。我妹子本来不在家里，她可怜……五岁的时候就抱养给别人家了，在那个人家里生活了几年，好好地活着，可没想到得了鼠疫，那个人家看着人不行了，就送回来了。送来的时候她还知道事情着呢，还高兴地说回家了回家了……可是第二天就昏迷了。阿爸搂着她骑马走了一天才到县医院里，一进去就再也没有出来，两个人都死在里面了。

毡包里静悄悄的，兀斯沉浸在遥远的家事中不能自拔。

金嘎打破沉默说，我们来的时候，一只死老鼠也没看见。我们放药后才出现死老鼠。

不管会不会出现，先预防起来，先把老鼠全弄死准没错。我说。

我们的工作量成倍加重了，没有灭过的地方要尽快灭，灭过的但还是有老鼠的地方还要重灭。要把死掉的老鼠毁灭干净……就我们几个人，离完工遥遥无期。

确罗你以后再不要把老鼠用棍子串起来，更不要朝我们身上扔老鼠，你太不像话了。南什嘉训斥确罗。

想起确罗犯过的“罪行”，我们不寒而栗，齐声讨责确罗。他保证再也不那么干了。

“鼠疫事件”第十天，我们的心态看上去平复了。我们没有畏首畏尾。

但是不行，做不到像从前一样了。至少我不行，有两种奇怪的感觉在交替扰乱我，支配我。一种是勇敢，一种是懦弱。勇敢说没什么大不了的，至少认认真真去做，小心谨慎就不会有事；懦弱说赶紧想办法回家，这里有无数老鼠，有无数感染的机会，你再防范都无济于事，因为活在危险中，你还每天碰几百只老鼠……

恐惧太真实了，一刻不停地证明它的存在。每次出门工作穿戴得严严实实，轻易绝不脱去手套和口罩，装老鼠的袋子绝不挨到身上，在地上拖着。回来后第一件事是洗手，一遍又一遍，用滚烫的开水，用洗手液用酒精……还是不放心，端着碗胆战心惊，看着手仿佛看到可怕的东西。

我以为就我是这样，但他们都这样。只是不说，只是默默地干自己的事。晚上睡觉戴着口罩。毡包每天三四次喷消毒液，味道越浓郁越觉得安全。

这种情况持续了近一个月，大家才真正的正常了，或者说是懈怠了，疲惫了，麻木了。

兀斯瘦了，沉默了，眼睛更大了；金嘎的裤裆扯得越来越宽了（但他就是不补）；南什嘉频繁地夜不归宿；而确罗呢，隔三岔五去垭口那边，后半夜披霜戴寒地回来。

只要他去了那边，我就烦躁地睡不着觉，我一分一秒数着时间等他回来，我从他脸上看不出异样的情绪来。他是得逞了吗？他在失败着吗？

又过了一段时间，我们不是傻子，就都知道是怎么回事了，但谁也不提。我也开始打麻将，但从来没赢过。输光了兜里的几十块钱，欠了一百多块。确罗天天跟我讨债，让我烦不胜烦。为了还债我玩得更加勤奋，赌得越来越大了。到后来我输了三百二十六块，我的债主又多了乌兰和金嘎。确罗威胁说，再不还债就把我的狼皮褥子拿走。

我对此嗤之以鼻，想要我的狼皮褥子，没有五百想也别想！

确罗意有所指地说，咱们走着瞧！

后来他和乌兰达成协议，乌兰要我把欠他的钱转给确罗。于是我欠了确罗五百多块，我的狼皮褥子被他拿走了。我只能睡在牛毛毡上，半夜里三番五次冻醒。金嘎竟然也不客气，他把我的东西搜索了个遍也没发现什么值钱的东西，最后，他拿着《平凡的世界》问，这个多少钱？

你又不识字，拿它干啥？

多少钱？

我心里一动，说，要不，我教你认字吧？识了字那就可以看这本书了。

我真的开始教他认字，每个字一块钱。

这样，他可以识字，我可以还债，一举两得！事实证明这件事是非常明智的。十天后他掌握了五十个汉字。而我也还了欠他的三分之一的债务。他的学习兴趣大增，麻将也不怎么打了。《白鹿原》被他翻了一遍，几乎每页都能找到一两个他学过的熟悉的字。这让他感到很骄傲。不厌其烦地猜测那些还不认识的字的意思。他总是问我，我烦不胜烦，就给他讲故事。虽然我以前照着书念，但不曾想没有书我照样把故事讲得声色并茂。他听得津津有味。大家都听得入迷。于是我说这个故事免费，我还有更多特别好听的故事。《白鹿原》好听吧？还有更精彩的。如果你们想听，我给你们讲。我不多要，每天晚上一个人就一块钱。我告诉你们，我的脑袋里，男人和女人的故事可多了，而且一个比一个好听。

讲个故事还要钱这让他们不高兴，觉得我不知好歹。

确罗说，上次《白鹿原》完了后让你讲你推三阻四不答应。

我说，你们到底要不要听？我的水平你们是知道的。

确罗说，便宜点，太贵了。

一块钱还贵？世上哪有这么便宜的故事？

确罗说，故事我们也会讲。

能一样吗？土种马和纯血马的速度能一样吗？

确罗说，你有多少好故事？

我说，那就要看你们听故事的水平了，有些你们不会懂。

乌兰说，你这是什么意思？我们当然听得懂。

最终他们都同意了。

我从《西游记》开始讲。这本书我从七八岁开始读，读过不下十几遍，早就烂熟于心了。又是整整两个小时，毡包里安静得只有我一个人的声音，所有人都不出声音，害怕破坏那种气氛。

往后的多少天里，我为他们讲了许多故事，我讲故事的能力日新月异，他们听故事的水平层层提高。我给他们讲《鲁滨逊漂流记》《飘》《平凡的世界》《藏獒》《堂·吉诃德》《高老头》《穆斯林的葬礼》等等我读过的书。

我的记性真好！我讲故事的才能真好！我都开始佩服我自己了。每天晚上讲完了故事，我们在讨论哪个故事好笑哪个太悲惨谁个让人心里湿湿的谁又使人想起许多往事的时候，我们本身也发生着许多故事。我对他们说我讲了这么多别人的故事但是我们自己的故事讲出来也是一样的精彩。他们不赞同，说我们哪有故事我们没有故事。我说我们现在的生活就是故事。我以后就写这个故事给别人讲这个故事。他们说你写的时候别忘了写我们每个人，讲的时候别忘了讲我们每个人……

金嘎已经认识了五百多个汉字，他的聪明和记忆力让我刮目相看。至于学了这些字金嘎该给我多少钱，这个早就不提了。他已经没有钱了。而且我也相信再过一些日子，他们所有的钱都会在我身上，他们会连一分钱也没有。

在这期间，乌兰几次三番地要大家跟在确罗的后面去看个究竟，他说他敢打赌，确罗根本没有去约会，是死要面子活受罪，傻兮兮地去外面挨冻。我虽然怕事情的真相不是我想的那样，可我还是去了。因为我又渴望见到她。即使见不到，我也想看看她的小帐篷。

那天晚上，乌兰对确罗说，你该出发了，时间不早了。

今晚不想去。确罗说。

你已经好多天没去了，难道你忍心让你的情人失望吗？

确罗没说话，他眯着眼斜靠在被褥上，仿佛魂游天外。

你不去我们去了？乌兰说。

确罗说，去啊，干吗问我？

乌兰说，你不会是吃了门板吧？

确罗抓起皮袄离开了。乌兰看着确罗的背影再次强调，我敢打赌他有问题，没有才怪哩！

半个小时后我们也出发了。我默默祈祷，但愿乌兰的猜测是正确的、唯一的答案。不久以后，眼睛渐渐开始适应了黑暗，脚下的小土坎都看得清清楚楚。很多地方被狂野的大风吹得露出了草地，更多的地方是厚厚的积雪。我们和确罗保持着距离，等他过了垭豁之后我们加快了脚步。站在垭豁上，对着下面的斜坡观察了一会，没有发现确罗的身影，我们一溜儿下了坡。一有风吹草动就立即趴下。整个山坡上都没有发现任何可疑之物。金嘎的眼睛最好使，因而走在最前面，我们落后二十多米跟着。这样走了一会儿，金嘎突然蹲下，然后敏捷地跑过来。我们头挤在一起，金嘎低声说，前面一个东西，看不清。

有多远？

一百多米吧。

你再去仔细瞧瞧！

金嘎爬去十几米后，我们也跟了过去。没多久就见前面出现一个人，看样子是确罗无疑。他走到金嘎前面十多米处停下，金嘎一动不动地趴在地上，仿佛死了一般。过了一会儿，他开始向金嘎扔石头，接着就听金嘎喊道，别扔别扔。

确罗说，金嘎，你在这里干吗？

还有我！乌兰一下子跳起来。我也站起来。确罗干笑两声。乌兰佩服地说，确罗，你是怎么熬过来的？不行就不行，你死要面子活受罪啊。

我心里高兴死了，我几乎欢叫出来了。要不是我还有一些理智，我真就高兴地跳起来了。

确罗说，卡尔诺你去，银措不讨厌你。

你怎么知道？

第一次来的时候她说的。

她怎么说呀？

让挨打的那个有本事再来。

乌兰转而看着我，你去，这回她肯定不打你。

她也不知道我——

快去，就算她生气你也要去。男子汉大丈夫别怂。

帐篷的门被堵得严严实实，有两道系住门的绳子是从里面扣住的，我弄了好一会儿也没成功。这时听到里面有动静。

谁？她的声音让空气更冰寒了。

我屏住呼吸，不敢说话。我想缓缓，我想叫她多注意身体，想让她知道鼠疫的事情。我一直都在担心她。但我太紧张了，说不出话来。她已经开始骂了，我知道你是谁，滚！快滚！！

第七章

早晨，洗脸的时候南什嘉说，今天投药的那片地范围大，我们早点去。

今天是二号区的最后一片地吧？我也去，争取早点放完。兀斯说。这是兀斯第十次还是第十一次跟着我们放药了。自从鼠疫事件之后，兀斯对灭鼠的态度有了转变。以前他总是找机会对我们这些看着不怎么上心灭鼠（他坚持说我们吊儿郎当不认真）的年轻人进行说教，一套接一套的理论，而且头头是道。我们并不喜欢听，甚至很烦，但他不为所动，一有机会总是说上两句。但现在，他不说了，他开始行动了。他沉默寡言地拖着瘸腿自己行动。这么一来反而让我们感受到一股压力，工作得更认真了。当然和鼠疫的发生有关，但兀斯的举动是另一个原因。我们要不好好干活，好像既对不起自己也对不起兀斯，更对不起他死去的妹妹和阿爸。

现在我对兀斯也颇有微词，形势是很严峻，但他连气氛也搞砸了。要不是有我的“故事”和我的“爱情”调节调节，相信大伙儿更不好过。

我的事情他们现在格外关注。他们兴致勃勃地打算帮我渡过这次感情危机。不知是谁提到了写情书，于是他们认为这是一个具有高度可行性的计划。一上午，他们都在为这个计划而热切磋商。他们当然知道归根结底还是要看我，他们给我打气，让我振作起来。用我的才华写情书，写一封不成就写两封，两封不行就三封五封，一直写，直到打动她同意见面为止……我意动了，觉得这样的交流方式可能更适合打开我们之间的障碍，这种书信的来往本身就有一种诱惑性。可是送信是一件特别艰苦的事儿，谁愿意大半夜的跑那么远的路？

我把主意打到金嘎身上，他不同意，但在我的威逼利诱之下还是答应了。

既然有人送信，就差写信了。对此他们踊跃提出自己的真知灼见，乌兰甚至说要教我怎么写情书。我一笑拒绝了。我觉得在这方面还是我比较在行。那天下午的全部时间，我都花在了这封情书上面。我足足写了两千字，写了很多废话，我不知道说什么，就从见她第一面的遭遇和感受写起，我写着写着，就觉得仿佛干了一件见不得人的事情；写着写着，就觉得写下的这些字怎么看都糟糕透了。我从头开始写……我像小学生写作文那样先打草稿。等又写了五百字，这天的下午时光就过去了。晚上，躺在被窝里我没有别的心思，只想着怎么写。我以前不怎么写东西，因此没有意识到写字的艰难。尤其是写出让自己满意的文字更是意想不到的难。我是一个字一个字斟酌，一个字一个字写的。我去掉了“亲爱的”这种太暧昧的词，改成了“叫人难忘的银措”，也不满意，又改成亲爱的朋友！朋友？这不成。我划掉了。决定先不管了，先写内容。我趴在被窝里打草稿。金嘎和确罗一左一右老是偷看我写的内容，虽然他们认不出潦草字体，可也很烦人，搅得我不能认真写。于是就发了一通脾气，他们便不看了。但这样一闹，我心情糟糕，什么头绪也没有了。气呼呼地蒙头躺下，一会儿生他们的气，一会儿生自己的气，不知不觉，睡着了。

次日一早，天还没亮，我醒来。终于想通了，干吗要纠结于形式呢？我们交流的不是感情吗？只要真心真意地写心里话就好了，只要她知道我的真诚就好了。

这下我浑身感到轻松了，立即翻身从枕头下取出纸和笔，在新的一张纸上写：

银措你好！我叫卡尔诺，就是那个第一次被你打，第二次被骂“滚”的胆小鬼。我说自己胆小鬼是对的，因为要是第一次我胆子再大一点可能根本不会挨到打，同样第二次我要是胆子大点也不会被骂一声就灰溜溜地离开。我也觉得自己的脸皮不够厚，我的朋友说一个男孩子要是没有锻炼出足够厚的脸皮是追不到漂亮女孩子的。这话让我感到很吃惊，但一细想，也觉得有些道理。在他之前，从来没有人跟我说过这些，我也不知道怎么去追女孩子，尤其是像你这么漂亮的女孩子，别说去追，我甚至都没怎么见过。

我第一次见到你就喜欢上了你，应该说我从你可怜兮兮的背影喜欢上了你，从你好闻的长发喜欢上了你，更从你转身的那一刻喜欢上了你。你一定要相信我那天晚上不是来干坏事的，我就是好奇。他们把你说得像天仙一样，我就想，这么美丽的女孩子有么？于是我就带着强烈的好奇心想去看看，我对自己说，去看看又怎么了？我甚至都没有想到别的可能。

但显然你误会了，你把我打了。这活该，我觉得你打得好！回来之后我好些天都神情恍惚，恨不得打自己一顿。我真的打自己了，有一天晚上，我想你想得痛苦，就到外面去，在寒冷的野地里流了一点泪，给自己的脸上来了两巴掌，以惩罚自己对你的冒犯。可是，随着时间越久，我对你的思念就越深沉，我真想再见到你。

你可知道我们这儿的一个叫确罗的人叫嚣着说也要追求你，那会儿我吓坏了，我担心得不得了。可我不知道该怎么办。你那晚的态度让我失去了再去找你的勇气。我只能心被刀割一样地看着确罗去找你，心里默默祈祷你也像对待我一样对待他。那天晚上我一点也没睡着，我一秒一秒地数着，我一分钟一分钟地等着，终于把他等回来了，他一点伤都没有，那一刻我的心都碎了。我以为你喜欢的是他。你知道那是一种怎样的毁灭的感觉吗？可是，我又高兴起来，因为第二天晚上他没去，第三天晚上他去了，可回来得更早。于是，凭着男人对男人的直觉我知道他在撒谎，你同样也把他拒之门外了。那一刻，你又知道我有多开心吗？

后来，我们跟踪确罗，他果然和我想的一样，我都快高兴死了，所以当确罗说你说了，叫那个挨打的人来的时候，我就来了。我想那天晚上你肯定不知道是我，要是知道了就可能不会骂了。但我脑子里一阵迷糊，一听到你骂就伤心欲绝，稀里糊涂地走开了。

现在给你写这封信，我是听了他们的建议写的。不是说我不想给你写信，而是我觉得你可能也会讨厌。自从受了两次打击后我的状态确实出现了问题，我自己也知道。他们其实也是为了开导我，也确实给了我一点勇气，就像乌兰说的，我不写，又怎么知道你讨厌我给你写信呢？

那天我虽然没怎么看清但一定不会看错，你的帐篷里有书。说明你也喜欢读书。我想如果你不反对我们用书信的方式交个朋友，就给我写一封回信吧！明天晚上十点半，会有我的朋友带着我的第二封信来。到时候你把回信放在门口（记得用石头压住），我的朋友取了信，也会把信放在门口。

或者，如果你觉得这样不太好，就在回信里说一下我们在哪里交换书信。

另外你知不知道鼠疫的事情？据说很严重，但我们并不知道更多，这里没有外来的消息，即便有也是一星半点，不足为信。但肯定的是这件事对我们都有影响，你们那里有没有什么措施？

祝你睡个好觉，做个美梦！

永远都这么漂亮！

真奇怪，写这封信我有一种酣畅淋漓的感觉，仿佛一口气将这些字写在纸上，把精气神都调整好了。我甚至感觉到要是再次见到她，我一定不会惊慌失措。同时也感到遗憾，我拐弯抹角地提出想带去一些消毒防护用具，遭到他们异常强烈的反对。这不能怪他们，是我的不对。乌兰说她们村里肯定也会发这些的。我不太相信。

我认认真真把信修改了两遍，然后规规矩矩地抄写在一张崭新的纸上。我精心叠制了一个信封，将信装好，用一点面糊封了口。信封上写：银措亲启。

本来可以不封，但我怕金嘎偷看。如果以后常常写信他就知道我们的所有事了。他的进步太快太恐怖，以至于现在我都感到害怕。现在他翻看一页书，认识的字更多了，有很多词他能读写，虽然还没有完全搞清楚意思，不过我想这种情况要不了多久就会改变。而且我也相信再过一两年他会毫无疑问地超越我。如果他有一本字典，他的成就将不可限量。因为他帮助了我，所以我答应回去后将我的一本字典送给他。他这两天一直念叨着。我对他的这种恐怖的天赋既羡慕又嫉妒，如果说以前是带着玩笑心态的话，那么现在我是认真的。我怀着强烈的好奇想知道他会走到哪一步，会不会创造一个奇迹？

吃过晚饭，金嘎带着我的期望和他的保证一头冲入夜色。

他走后，确罗唆使我说说信的内容。我不说，他便骂我小气。

金嘎走的时候是八点过一刻，回来时快到十一点了。我等得心急如焚，以为他被狗咬了。他对我的担心嗤之以鼻，喷着寒气说，我看见一只受伤的小狼，就追了去，没想到跑远了。

你有病吧？大半夜的你追什么狼，碰上狼群怎么办？

我才不怕。他犟嘴道，再说哪有什么狼群呢？

你怎么知道没有？

这里又没有羊群，它们会跟着羊群走，它们都在冬窝子上呢。

孤狼也不好对付，你可不要大意。兀斯吓唬他，有的狼会悄悄跟着你，找一个好机会把两只前爪搭到你肩上，这时候你可千万不要回头，你一回头它就轻松地把你脖子咬断……

老掉牙的故事当然吓不住金嘎。他根本就没好好听，又捧起书看。我的《白鹿原》被他霸占着。我给过他一个旧本子，现在他快写满了。从这个本子上就可以清晰地看出金嘎的进步有多快。刚开始写的时候每一个字都扭扭捏捏，东倒西歪，而且奇大无比，每个字都有他自己的大拇指那么大。写了几页，变化开始了，首先字变得小了，做到了在一条格子里勉强框住，再过几页，连字的整体形象也统一起来，也就是从那个时候开始，他的字再也没有出格过，到现在，猛一看，我们的字还真没多大区别。他很快就会超过我，我坚信这一点，因为他是天才，而我不是。

夜已经很深了，我叫金嘎快睡觉。

我要吹灯了。我说。

你睡你的，我马上就看完啦。他煞有其事地说。

你看个屁！确罗怒气冲冲地说，不灭灯我睡不着，快点……

金嘎不敢犟嘴，气呼呼地睡觉。煤油灯刚熄灭，他还是忍不住“哼”了一声。

你“哼”啥？确罗马上就问道，你想骂我？

金嘎翻来覆去地折腾，一会儿便轻轻发出叹息，一会儿又把牙咬得咯咯响。

他肯定是恨死确罗了，却又不敢反抗。确罗把他吃得死死的。

夜阑人静，我睡不着。我想她想得睡不着。她的容貌是那么清晰，以至于把原本有些模糊的样子轻轻松松补齐了，她的影像活生生留在脑海中，只要我愿意，我一天到晚都可以看着她。而且我也由此坚信我已爱她爱得深沉，我相信切身感受到的才是真实存在的，为此我不断地去触及我灵魂里那块柔软的地方，不断地接受我对她的爱所带给我的折磨和疼。

第八章

翌日一大早，我趴在枕头上，点了一根烟，静静地抽着，一边思考今天要写的信。想了半天也没有头绪，只觉得越想越乱，怎么写都不对。我又担心昨天的信，当时觉着挺好，但现在拿出草稿一看，心里就凉了，这都写的什么呀？看看这语气，这滔滔不绝的架势，她一定会觉得我是个自大狂。一个自以为是的家伙。

去放药之前我们照例检查了自己的装备：胶皮手套、有一股子干燥刺鼻的气味的口罩、轻便的钳子、汽油，都带上了。南什嘉照例问我们有谁觉得不舒服？于是我们就嘻嘻哈哈地都说不舒服，要求休息一天。南什嘉说在这里待着有什么意思，赶紧干完了回家休息去。但我们都知道不会那么容易让我们回去的。自上次村长走了后，这里再没人来过。他说过如果有事会有人来通知，没人来就是没事。但南什嘉说并不是如此，鼠疫事件现在闹得沸沸扬扬风声鹤唳。

我们千万千万不能马虎大意，你们一有不对劲马上报告。南什嘉警告说。

他怎么没来通知我们？

所以我们要尽快干完，然后撤离。

尽快？怎么个尽快法？还有老大一片呢。确罗说，干脆我们马上回去，剩下的爱谁来谁来。凭什么是我们？

这能怪谁？你要是不贪图那点工资也就不会出现在这里，既然来了，那出了事就不能逃避。

南什嘉你这是什么意思？

要么别来，既然来了就得有始有终。这不仅是我的意思也是村长他们的意思。

你觉得我会在意他们和你的意思吗？

那你想怎么着，想离开？

确罗沉默不语。眼下的处境他清楚得很，只是心里愤愤不平，觉得上当了，被抛弃了。

路上金嘎一口气背了五首诗，把他们惊得够呛，因为我教他这些诗的时候他们都不在场，现在金嘎突然来这么一手，他们就感到不可思议。确罗既嫉妒又愤怒地说，你光背有屁用？你知道意思吗？

金嘎得意地说，现在我当然不知道，但我以后绝对会知道。我的将来一片光明，简直是金光大道。他终于从确罗这里找到些许优越感，幸福得脸都红了。

兀斯对金嘎的表现相当满意，昨天下午还让他写一写他的名字，金嘎写对了后一个字，前面的兀字他没学过，以为是无或五，他把两个都写了，让兀斯挑一个。兀斯掏出身份证，原来是吴斯，连我都弄错了。但我觉得归根结底还是当初登记身份的人弄错了。兀斯说那时候根本就是随便写，才不会考究名字的字义，户口上添名字是要看运气的，要是那天填写之人的学识不咋地，他就随便弄一个字了事；有时候就算有学识也靠不住，他不想动脑筋，也随便填写，于是兀斯就成了吴斯，好像一个汉人的名字。

金嘎信誓旦旦地说他的名字绝对没弄错，他老子对这类事可是很认真的。

确罗说你有种再背五首。金嘎说行啊，我明天背给你听。说完他看着我。我点点头，金嘎就再次得意地朝确罗一扬眉毛。

确罗讽刺我说，你既然那么想当老师，就连我也教一教吧？不过我想你除了写字也没什么可教的，我是不会学字的。

孺子不可教也！

你啥意思？

说你无知还真没错，连骂你什么都不知道。要不我教你一些骂人不带脏字的话？

他哼哼唧唧地跑到前面和南什嘉走在一起。我趁机叫金嘎再把昨晚的经过好好地详细说一遍，好让我知道接下来的信怎么写。金嘎苦恼地抠着头，说也没啥呀，就是去了后把她叫醒，然后把信从帐篷的缝子里塞进去，然后说明晚来取回信，然后就走了。

我连连点头，不知是错觉还是真的，反正我觉得仿佛得到了点什么。我说难道她连一句话也没问？

没有。她连一声都没出。

不行，今天晚上我也去，我要亲自感受一下才能写出好的情书来。

那你自己去吧。

我……还是我俩去吧，我们可以在路上学习。我没说我害怕走夜路。金嘎支支吾吾，显然不想去。但我不给他找理由的机会，说就这样定了，以后我们一起去送信。

金嘎说我还没同意呢。

我是你老师，你是不是应该帮助我？是不是应该尊重我？是不是应该听我的话？

可我给了你钱啊。金嘎反驳道，那就是学费。

哪有那么美的事，哪个老师会因为那点钱就教你那么多？你老实说，我这些天来教给你多少知识？你有没有想过，等我们回去的时候，你可能就是以一个知识分子的身份回去的，那些中学生在某些方面也不能和你比，你想想。

金嘎自豪地笑起来，说你说得对，我果然要以知识分子的身份回去。他兴高采烈地同意奉陪到底。他对天天夜里走路受冻这种小事不屑一提，因为这对他强壮的身体而言根本就没啥好说的，所以他一点也不在意。

放药的时候我心不在焉，一门心思想着信的事。真是书到用时方恨少！我自以为读书多，有见识，写几封情书理当不在话下，但只有真正写了才知道有多难，需要考虑的问题太多了。而一封糟糕的情书起到的作用是灾难性的。难道没有这种可能？不不不，这种可能性太大了，大到我不得不一次又一次地揣摩要怎么写。我越想，就越沮丧。眼看下午开始返回营地了，但我还是没有想出来。这让我意志消沉，和谁也不说话。兀斯和我走在一起，他说你觉得她怎么样？

我想了想，不知道该怎么形容她。她很霸道。但我不想这么说。

那你是怎么打算的？

我想了想，还是不知道。

你不知道，你没有好好想过，这就是问题。兀斯说。

我一直在想，我会好好想的。

你白天想的和晚上想的是不一样的，你也没有往长远里考虑。

回到营地，兀斯问我们晚饭吃什么。

金嘎说吃面片，确罗说吃拉条。兀斯说，那就吃面片吧。然后就开始做饭了。

我吃了两个馒头，喝了三碗茶，趴在铺盖上展开皱成一团的草稿，看了一遍，暗想也没那么糟糕，然后我在空白处写下了以下这些句子：

> 亲爱的银措，我在想你会给我什么样的回信。我想了半个夜晚，今天又想了一天。此刻我在写第二封信，之前焦躁的情绪消失了，我的世界安静安详了，我的世界只剩下你了。由于没有更适合（我是说适合于我们之间彼此的称呼）的名称，我暂且这样称呼你，希望我们能够建立起一种相通相融的阅读方面的关系，以一种我们的“亲昵”的称呼来区别我们与别人的关系。我是说如果我们的阅读和现实的符号一致，那么是不是意味着我们归根结底都是在虚幻着？我觉得我们应该想办法建立实质的根基……
>
> 另外，还是“鼠疫”的事。刚开始几天把我们吓坏了，连最不知天高地厚的确罗都吓得不知所措，却还装作一副无所谓的样子（他就是这副德行），但我们都看得明明白白，没有揭穿罢了。我们都担忧，担心外面的情况，这是最可怕的，我们不知道外面发生了什么，到底怎么样了。真觉得我们被抛弃了，自生自灭。你知道些什么，请告诉我。

我想我又写了一些幼稚的、不知所谓的东西。世上有这样欲盖弥彰、自以为是的情书吗？但我不想改。我觉得我正是用这种有毛病有缺陷的方式在和她构筑我们的关系，所以这封信的意义就不是单纯的情书，而是一个沟通我们之间的某种氛围的东西。我感到一丝满足。虽然我在她面前头破血流，没有一点用处，但在文字交流中我预感到我一定会占据主动，找回尊严。

兀斯在面片饭里放了好多肉，因为我们的肉多，菜少。我们有土豆、甘蓝、大葱、洋葱、红薯粉条、土豆粉条、菜瓜等，大部分菜已经吃完了，剩下的土豆和粉条最多。牛肉和羊肉还各有一条完整的大腿。这顿面片里的羊肉就是那条羊大腿的新鲜第一刀。兀斯把冻得跟铁一样的大腿放在案板上剁的时候我看了一眼，按照他的用量，这条腿吃不了几天，但他肯定不担心肉不够，因为除了两条大腿还有别的肉。

我和金嘎一起帮兀斯揪面片。金嘎来这里学到的第二个本事是揪面片，揪得很不赖。每做一次面片，兀斯就使劲夸他一次。这样一来，金嘎成了兀斯的助手，干了很多本应该兀斯干的活儿。有几次我还替金嘎打抱不平，但他自己说十分愿意，就像他现在愿意识字一样愿意，那我还能说什么呢?

我吃了两碗面片，想了想，又硬是多吃了半碗。金嘎已经吃第四大碗了，白瓷瓷的大碗里好像装的不是食物，而是空气。其实我们所有人都能吃，做饭用的是直径有四十厘米、深达五十厘米的大铝锅，兀斯要做满满一锅才能满足我们一顿吃喝。为此兀斯已经抱怨过无数次，但最让他感到吃不消的是蒸馒头。我们吃得太狠，他辛辛苦苦蒸出来三四锅馒头不够我们吃一星期，而且是馒头做得越好我们吃得越快，后来他耍心眼，做得差了，但也只是多吃了一天，他还是每过三四天就要花费大半天蒸一次馒头。我猜他想方设法把金嘎搞定，多半是为此考虑的。因为自从金嘎愿意帮助他以来，他就没再和过一次面，所有做馒头的面都被金嘎玩儿似的弄好了。所以他现在是越来越喜欢金嘎了。

饭后金嘎说要睡一会儿，他果然睡着了。我是无论如何也睡不着的，于是就坐在门口，眺望远方昏暗中的群山发呆。我意识到关于银措的一切对我层层叠叠（几乎是突然）的追加的影响，这是始料未及的。我有时从乱糟糟的脑海中努力提炼出一点意象，那些小火苗一样的念头似乎足以燃烧我，让我更能感受到爱。

九点钟我叫醒金嘎。我们穿戴好，走出毡包。遵照我们的协议，我得教他点什么。他说要背诗，明天给确罗背。我就勉强凑出五首教给他。他仅仅听了一遍，就背会了，然后就不怀好意地把我抛下，眨眼间消失了。我喊了几声，又惊又惧地加快脚步。他等在上次我们窝过的凹地里，嘿嘿地朝我坏笑。我稍作歇息，怀着某种激荡而壮烈的情绪朝那边走去，信已经被紧紧捏在手里。我听见那两只可恶的狗叫起来，但没有冲过来。

我远远绕过大帐篷，从那门缝里仿佛有一双冷酷的眼睛在盯着我，我走一会儿，就觉得有人悄悄地出了那帐篷，悄无声息地跟过来了，一回头，却什么也没有。我走到帐篷门口，静默地看着帐篷外面厚厚的门帘，我似乎还记得当初我推开里面的木门时的那种沁人心脾的冰凉，那种令人感到镇定的错觉。如今，我又觉得人生奇怪的历程其实在很久以前就有迹可循，只是人们没有能力把它抓住。我们时常以麻痹自己来渡过劫难，而且还会找一些方式来弥补这个伤痕。我的伤痕，就需要情书来弥补。我低下身去，很顺利地在一块宝贵的红砖之下摸到了一片纸。是一个信封。我像幽会成功的少年一样愉悦起来，我甚至有一种探险完成后庄严的仪式感。我把信揣好，把给她的信连袋子压在红砖下，在红砖四下里摸了摸，确认没有暴露出来。我站起来，再一次屏住呼吸，努力延伸听觉，试图得到一星半点她的动静，但我失望了。我站立五分钟，一点声音也没有。

好像她的不出声更让我感到幸福。终于我带着满足的心情离开了。回去的路上我几次都忍不住想看信，但每到最后关头都硬生生忍住了。就在快要回到营地的时候，我突然想到要是进去了再看，他们也会来凑个热闹，我不知道她到底写了些什么，要是她把我绝情又狠辣地臭骂一顿……

我和金嘎找了个避风的地方，他掌着手电，我拿出信。信封还是我的那个信封，她没有封口。我哆哆嗦嗦地抽出一张折叠的纸，凑着一束白光盯住纸面：

卡尔诺，你还真有意思。我确实没有想到你会给我写信，所以当我被你的朋友叫醒，然后接到信的时候半天都没回过神来。首先我要说明一点的是，我并不是特意针对你的，我这几天心情不好，因为和一个算是朋友的人闹别扭，不过现在好了，今天我去把她揍了一顿，我把她打倒在地……算了，不说这个了。能收到你的信，这封平生第一次收到的信还是让我很开心的。你说的很多话我一时半会儿还没想明白，但有一件事你说得对，我爱读书，我的帐篷里有一些书，但不是很多。而且你不知道的是我还在写诗歌。我很早就知道自己有这方面的天赋，我的诗歌也得到过一些人的好评。虽然我写得并不是很好，但时间和阅历、感悟和沉淀会慢慢把我磨砺成一个优秀的诗人，这一点我相信就足够了，不需要别人的认同。

写信交流我乐见其成，觉得可以把很多话都写上去，可以写得肆无忌惮，可以写得天马行空。我们总是不能好好地随心所欲，越是长大了越受束缚，越是变得笨重木讷。所以一旦有机会就要抓住。写在纸上就是这样一种机会，所以当然要珍惜。

关于鼠疫……老实说我不在意，生死由命，真要是来了，我们这些和老鼠生活在一起的人，又能逃到哪里去？不过你放心，我们也有那些东西。而且好像有人死了（我真的没怎么在意），但不知道多少人，我会打听打听。我们家和外面的人不接触好一阵子，简直和你们差不多。我阿爸出去过，到乡里去了，回来说乡上忙得紧，啥事也办不了。好像已经到来了似的。我只知道这么多。

我五味杂陈地读完。然后又一字一字地读了一遍。一个性格开朗而果断的形象就套在心中那个女孩身上，直到这时，我才真真切切地感受到了她的气息，她在我心中彻底活过来了。我不由自主地呻吟一声，完了！看看她写的信，看看她字里行间的飞扬的霸气，看看她理所当然地掌握主动权的意识。我的脑门一个劲儿地突突跳。

金嘎陪我看完了信，咂着嘴夸张地嚷道，哇哇，你女朋友好厉害！居然在写诗？连你都不会写吧？

我猛然一惊，对呀，她在写诗，她是一个诗人！

你会写吗？金嘎用胳膊撞了我一下。

当然会写，但……但要写出好诗是很难的。

我知道不容易，所以我才觉得她好牛啊！

我无法反驳了，而且我为什么要反驳呢？他说我的女朋友好，我应该高兴，从她回信的那一刻就已经算是我的女朋友了。可让我感到难受的是她远比我想的要有才华。我之前自以为是地认为她虽然读书，但也只是限于读书……人总是在顾着埋怨而忘了防备的时候遭遇袭击，我就在毫无心理准备时被她刺了一下，我没有把这件事展开分析的勇气，急匆匆地遮盖掉了。

第九章

金嘎大嘴巴一张，就把银措学问好、还会写诗的事情说了出来。他们惊讶、兴奋，感到不可思议。他们以为她回复的信是一首情诗，怂恿我念给他们听。我一拒绝，他们便强行把我摁倒，抢走了信。他们让南什嘉念。南什嘉看着我，我说你要是敢念你就走着瞧！他龇牙一笑，就开始念了。

他们听完了个个都张大嘴巴，和金嘎一个样咂吧着嘴，一个劲儿地说厉害厉害，真他妈厉害。因为没有诗出现，所以他们也就没有深入探讨到底厉害在何处，只是觉得一个女孩子能写出有条有理的信，还能写更高级的诗，这就不是一般的厉害！他们对她打人的事情只字不提，仿佛没有这段叙述一般。不理会他们各种古怪的想法，我又要烦恼回信的事情了。这回又要说些什么呢？

思来想去，觉得还是得从她喜欢的诗歌上谈，可是怎么谈？我对诗歌了解多少？我想了想，我对诗歌几乎可以说是一无所知。那么又能跟她说些什么呢？她的水平一定是超过我的，我说得不好等于是在自找死路，不说又显得和她不是一路人……太纠结了。这天晚上我又失眠了，自从认识她以来，我没睡过一个好觉，我时时刻刻都被她折磨着，有时候我想，难道她是我前世的仇家，今世来复仇吗？

亲爱的银措：

以前，我从来没有想过缘分这回事，但现在这个东西活生生出现了，出现在你我之间，我用炽烈而明净的态度拥抱住缘分，不让其轻易离去。我有时候感到一阵阵惊悸后怕，我不知道要是我没有认识你会是一件多么可怕的事情，我浑浑噩噩地一天一天过活着是一件多么可怕的事情……可是，幸好，你出现了，你来了，你在我毫无准备的时候来了。幸福来得太突然，我猝不及防地接住，难免感到手足无措，并且愚蠢地伤害到了你，我真恨自己！

读了你的信，知道了你是一个诗人，这几乎再次打垮了我，我感觉和你的差距这回是明显地拉大了，但我很快也调整过来了。因为我觉得自己用不着去妄自菲薄，我也有自己的长处和优点，我也有优秀的一面，所以，我才这般从容地给你写这一封信。这是我写得最自在的一封信，也是最自信的一封信。可我不知道自在在哪里？又自信在哪里？不管你看了后是什么感受我都可以坦然地接受，期待你的回信。我喜欢读你的信，哦，不！事实上是我喜欢你的一切东西！

关于读书，想必我们因为读的书的不同而有着自己别样的观点，但你是诗人，读的文学书籍应该多一些吧？我也是。我尤其爱读小说。但要我在这里说出个一二三来我也不知从何开口。哎，这可就让我有点尴尬了，本来在写信之前是想写一写的，但现在，我的笔变得无比僵硬了，索性算了吧！

想了想，还是忍不住说，昨天晚上来送信的是我。

这封信会带给我什么样的“命运”？我觉得自己以一种隐蔽的方式挑战了命运。为此我既高兴又悲哀，不愿意考虑后果了。

晚饭前，兀斯又骂金嘎了。兀斯老是骂金嘎，但这种骂是父亲对儿子的骂，所以金嘎有时候一顶嘴兀斯就特别生气，这回他也是气呼呼地说，你以为你是谁？要知道我们都是孽障的人。你也是一个孽障的人，你想乱来，那能有啥好处？没有！

原来金嘎异想天开，想要努力学习知

识，然后离开草原去城市生活，他还想找一份好工作。大伙儿一听这话就笑得很欢实，七嘴八舌嘲讽金嘎。兀斯认为金嘎学了几个字就不知道天高地厚，简直可笑至极。

金嘎很不服气，他认为只要他把所有的字都学会，只要他有学习的强大能力，就可以去试一试。他说，我才不信，凭什么我不行？你们又没有试过，你们也不识字。等我到了可以像卡尔诺一样看书的时候，我就会去的。他说得信誓旦旦，态度也十分严肃，和以往判若两人。

兀斯又气咻咻地骂了几句，无奈地看着我。意思很明显，就是让我去劝劝。可我觉得金嘎是好样的，我支持他这样想也去这样做，于是悄悄地给了他一个鼓励的眼神，他就高兴起来，把晚饭的面团揉得十分起劲儿，再也不管兀斯对他的横眉瞪眼。

兀斯没有从我这儿得到想要的，就对我也生气了，把锅瓢弄得噼啪作响。以前兀斯做饭，尤其是做面片的时候，还会把肉块啊葱啊先在锅里炒一下，等到肉变色了，烧焦的葱散发那种特有的香味，他再把水倒进去。但现在他不这样，他已经懒得那样做了。这段时间他常常说的一句话是上当受骗了，他说他没想到我们竟是如此能吃，而做饭又是如此辛苦，比起去放药简直不知道辛苦了多少倍……尤其是蒸馒头的时候，尽管有金嘎帮忙和好了面，但他还是累得够呛，而我们又没人愿意帮忙，每当这时，他的脾气就异常火爆，稍有怠慢就会哼哼唧唧地骂起来。他的辛苦我们看在眼里，所以倒也没谁去抬杠，只当是一阵带着噪音的风，吹一会儿也就过去了。就连和兀斯闹过矛盾的确罗也缄口不言，一点不给小心眼的兀斯找他麻烦的机会。

面片饭里没有了烧葱的味道，便降低了不止一个档次。结果就是原来吃四大碗饭的人，现在只吃三碗，或者两碗半。兀斯对此结果非常满意，做饭做得更加随意了。要是有谁抗议，他就会说，行啊，那你来做，我去放药。我又放药又做饭，你还弹嫌起来了？

好在他有分寸，而且极好地掌握着，一直都没有超出我们忍受的底线。现在大家都对兀斯敢恨不敢言，那滋味，难受极了！即便这样，兀斯还是时不时闹一些小情绪，他会让我们自己凑合着吃一顿午饭。因为每天放完药回来已经是两三点钟，有的时候都四点了，很快就会吃晚饭，所以大伙儿也能接受这个，但也不能天天的午饭都是茶和馒头啊，连吃几次，胃里直冒酸水。直到南什嘉用组长的身份提出抗议，兀斯才不情不愿地炒了两天土豆片，但到了第三天他又不做了。后来形成的默契是每隔两天，他会炒一大锅菜。由于没有什么蔬菜，所以不是牛肉土豆就是甘蓝粉条，这两种菜轮换上阵。不知道兀斯是不是故意的，自从这种规矩形成后他炒的菜不是没放调料就是咸了，要不就像一锅汤水。但我们只能乖乖地吃了，而且不能表示不满。如果再说他的不是，他就会指责我们得寸进尺，并理直气壮地拒绝再做饭。所以谁和他说话都要小心翼翼，也就金嘎能够顶撞几句。

因为心情不好，兀斯早早就睡下了。他这段时间情绪低落，不愿意说话。兀斯并不老，但年龄和身体像一条洪水一样把他分开了，时间越久他越害怕，现在他更害怕，因为鼠疫来了。事实上他已被恐惧牢牢套住，他一直在挣扎，这我们都看得出来，他活得艰难。

他提到的另外一次鼠疫他不愿意说，我问了两遍才告诉我。原来那不是鼠疫，是另外一种瘟疫，发生在他的祖父祖母身上，那已经是差不多八十年前的事情了，那时候都是部落。那场瘟疫在信息、交通都落后的那个年代毫无征兆地降落到部落里，短时间内就有大量的牧民死去。直到死了很多人，部落才知道瘟疫又来了。部落与部落之间不再走动，需要交流他们就约定在一个地方，隔着山谷站在两个山头对话，若有更重要的事就写信，然后用抛石绳将绑着信件的石头打过去……来往的信件都要从两堆火之间穿过，然后用柏香熏，把一切不干净的东西除掉……

为了消毒，人身上、衣服上、毡包里、家具上、被褥上、马具上、马身上、牛羊身上、牛羊圈……所有看得见用得着的东西都熏烤，还在整个部落里撒上牛粪灰，因为牧民们相信，牛粪灰会把看不见的那些魔鬼淹死。

兀斯说，我们家一直以来都多灾多难，我的祖父祖母在那场瘟疫里死了，到了我阿爸这一辈，我的阿爸和妹子死了，现在是不是轮到我了？但我想不会，因为我这一辈已经死了人了，虽然不是瘟疫但反正是死了，而且我的下一辈也死了。我们家里，每一辈都要死几个人，其他的才能活着。

他在年富力强的时候，在一个无风无月的夜里杀死了三头同样年富力强的草原狼，那是他人生最辉煌的时刻。但这不久之后，他妻子就死了，莫名其妙地死了。顺便带走了腹中的儿子……他坚持认为他的家族背负着巨大的罪孽，所以他不会停止对自己的谴责，他手上的佛珠长久以来从未停止滚动，他嘴里若有若无的经文仿佛与生俱来，永远成了生命的重要部分……

我同情他，但每个人、每个家庭都有磨难。他身上发生的事情，同样会发生在别人身上。我不会太在意他的祖辈他的父辈和他的妻儿和那三只狼，不会在意那串佛珠磨平了他多少指纹，磨掉了他多少指甲，更不会在意他嘴里的经文是为了忏悔还是为了祈祷……但我和金嘎出门，我去追求爱情，他去追求知识的时候，我由衷希望兀斯能够拥有安稳安心的日子。

路上金嘎迫不及待地问我对他的想法有什么想法。我说挺好的。

挺好的？他提高嗓门质问，那是怎么个好法？你在耍我？

不要说耍，可以换成敷衍。

嗯，你在敷衍我？

没有，我得想一想，我刚才觉得你有魄力，既然有那个心，有那个决心就去干，你才二十多岁，有时间犯错和挥霍。但现在又觉得还是得慎重一些。

我就是想出去看看，我觉得出去走一走总比一辈子待在这里强一些。

当然强多了，所以我支持你。而且我觉得你一定会生活得很好，因为你有强大的学习能力，只要有了这个，你在哪里都会活得很好！

一说到他学习好，他就高兴。走路更轻快了。

黄河远上白云间，
一片孤城万仞山。
羌笛何须怨杨柳，
春风不度玉门关。

他特别喜欢唐朝诗人王之涣的这首《凉州词》，总爱用那半生不熟的普通话大声朗诵。他还喜欢王昌龄的《从军行》，就因为里面有“青海长云暗雪山，孤城遥望玉门关”。诗中有青海，所以他也常常挂在嘴边。

他最自信最豪迈就是在念诗的时候，那些诗仿佛根本不是我教给他的，而是他与生俱来的。他在读出来的时候自然而然气势十足，他才是真正的诗人。我对银措写诗这件事不再忐忑了，因为我突然明白不是只有写诗的人才叫作诗人，有一种诗人是不用写诗的，他会让诗用灵魂的声音诵唱天地间，永不消散。只有那些一遍一遍、一次又一次用灵魂写诗读诗的人才是真正的诗人。只有他们才能将诗歌永远流传下来……

我激动地说，金嘎，你才是真正的诗人你知道吗？你才是诗人！

他得意地哈哈大笑。

我径直朝帐房走去。我已经不再害怕她家的狗了，也不担心那个大帐篷了。而奇妙的是自从我不怕它们以来，它们就再也没有出现在我眼中。这个夜晚仍然静悄悄的，我借着月牙儿的微光摸到砖头，摸到了下面折叠的纸张，把怀里的信用砖压好。当我站起来准备离去的时候，我听见她在里面喊了我的名字。这声轻微的招呼是如此清晰，我根本就不怀疑是自己听错了。我的心又不争气地怦怦乱跳起来，我颤抖着轻轻地叫了一声她的名字。里面是一阵沉默，然后她说，你进来。

我脑后的筋脉仿佛要从皮肤里鼓胀出来，那鼓起的筋线一点点地延伸着，很快头皮就开始疼起来，我双手摁住头，惊恐得不知如何是好。我呆呆地站立着，我又听见她在说，快进来，你——

但我的耳朵也不听使唤了，嗡嗡地响着，后面她说了什么我听不清。我头昏脑涨地进去了……我的嗓子眼被一大团东西堵住，张了张嘴，喉咙里便一阵刺痛。我甚至有一种小腿要抽筋的感觉，我觉得会晕死过去，这样一想我就有了一个古怪的感觉，仿佛自己真的会晕过去，接着我居然真的晕过去了。

也许是我自己不愿意醒来，也许是我真的醒不过来，反正应该是过了很久，我看见了眼前的一片漆黑，我第一次看见黑暗中的黑色，像空气中的呼吸一样自然地出现在我眼前。我动了动，好一会儿才想起来在哪里。于是我发现自己躺在床上，我听见了旁边的呼吸声。我不知道自己该不该坐起来，我不是特别紧张了，仿佛一个昏晕把所有的紧张都带走了。我想咽一口唾沫，但嗓子太干了，一点水分也没有。我很自然地，连自己都没有意识到地说了一句，有水吗？我一怔，在打火机的光亮中接过水杯。我不敢看她，可这杯水真凉啊！凉得进入喉咙时仿佛一条流焰倒了进去，那是一种撕裂的融化的痛，旋绕着将我的咽喉摧毁，我吐出半口气，终于可以确定喝了这杯杀伤力十足的水，我是要受罪了，因为嗓子眼正在以一种飞快的速度肿胀起来。我再次咽一口水，嗓子眼里感冒严重时的那种熟悉的疼痛和艰难就出现了。我怀疑她是不是故意的……

她就躺在我身边，我看不见她。但我坐起来的时候，她也窸窸窣窣地起来了，她点燃了蜡烛。她披着她阿爸的大皮袄，面无表情地看着我。

我在想……我得有多可怕，才会把你吓晕过去？我有多可怕？她好像极为愤怒我的表现，所以声音冷得就跟那杯水一样。

我是因为紧张才晕过去的，可不是怕你。我沙哑着声音说。

那你紧张什么？怕我打你？

你再打我多少次我都不在意，我就是因为太喜欢你才……

她突然吹灭了蜡烛，你喜欢我喜欢得晕过去了？

我是因为太喜欢你，所以激动得晕过去的。我几乎是一字一句地说。

她扑哧笑了，说，你确定真是这样？她戏谑的语气让我感到不舒服，但转眼一想，她这是在以这种玩笑的方式缓解尴尬吧？不然我们怎么交流呢？

于是我就高兴起来，也嘿嘿地笑起来。去捉她的手却被她避开了。

我晕过去多久了？

十分钟吧？我没注意，反正有些久。

你可不要嘲笑我。

她咯咯地轻笑起来，我没嘲笑你呀！

那你笑什么？

我……我就是觉得好笑……

那不就是在嘲笑么？

没有。我就是……今天很高兴见到你。她用这句话表明了她没有看不起我的意思。

我得意起来，多大的进步啊，写信果然是好办法，这回她可比上次好相处多了，而且还笑个不停，这是好兆头啊！

你快走吧，不然你同伴要冻死了。

明晚我再来看你，我担心的是这一天一夜叫我怎么熬。

她的脸一红，胡说什么，不要来。

我来给你送信。我说着，从帐篷探出身子，取了砖下的信递给她。我握住她的手，舍不得松开。我更舍不得离开。赖着和她又说了好多话。我不知道说了什么，反正我们都在说着笑着。不知过了多久，我恋恋不舍地在她的再三催促下轻飘飘地走出帐篷。我浑身滚烫滚烫，连嗓子也不怎么痛了。

金嘎冻得直哆嗦，但很兴奋，一个劲儿地追问是不是搞定了。

我说，嗯，搞定了。

你真的睡了她？金嘎一把拉住我的手，一双眼睛都快要冒出光了。

胡说什么呢，我们只是聊天。

少扯淡，你进去一个多小时了，快说说怎么样？你摸她了吗？

我都说了只是聊天，再说她是那种随便的人吗？

金嘎遗憾地叹息一声，仿佛我没有做一些事情，是他的损失似的。

我们在前一个晚上看信的地方停下看信。这回她的信比较长，我俩忍着冻挨着冷一连读了好几遍。

可爱的卡尔诺，你的第二封信在我看来只说了一件事：我们的发展。

你果然听话（感觉怪怪的），这封信写得云山雾罩，让我不明所以。我连猜带蒙，不知道对不对？但这样一来就更有趣了，至少不是一封干巴巴的信，显然我们以书信交往现阶段是成功的。哎呀，你可知道在寒冬深夜，哆哆嗦嗦地给你写信可不是一件容易的事儿，但有趣极了。我的过去平平淡淡，甚少发生有趣的事情，不知道为什么，我很少有朋友。女性的更少。上学的时候总有几个女的看我不顺眼（大概是我长得比她们好看的原因吧哈哈），我对她们也是如此。因此倒是没少打架。你见过女人打架吗？可比男人凶恶多了去了，仿佛都是仇深似海。这点让我特别感慨，我甚至有一段时间因为自己是个女人而了无生趣，开始恨自己的身子了。但后来一想，他妈的，这是我懊恼就能解决的吗？于是也就想开了。

前天——还是昨天，我忘记了——阿妈拐弯抹角地侦查了我，他们俩好像知道夜里的动静了，心里肯定担心死了，但嘴上不明说，还装作若无其事的样子，好笑死了。改天我想吓吓他们——就说我已经怀孕了哈哈……

再过一个月就可以回到冬窝子去了，好怀念家里的火炕啊。真是冻死我了。每天夜里至少要被冻醒两三回，每次一醒来，鼻子和耳朵都要掉下来似的。我仿佛听见它们可怜兮兮的在哀求我好好照顾一下它们，不要没心没肺的不管。我现在在锻炼自己闷在被窝里睡觉的本事，但困难在于呼吸，闷一会儿就受不了了。而且一旦睡着，我的脑袋自己就钻出被窝去了。真烦恼啊！我问过阿妈该怎么办，她奇怪地看着我（仿佛不认识似的，又好像在怀疑我是不是她的孩子），估计在她看来一个在高原上土生土长的孩子，居然会害怕高原的夜晚，实在荒唐。

说来你也许不信，我这会儿是脖子里夹着手电，跪在被窝里写信的。这样比刚才好多了，至少手指灵活了一些。写的字嘛是丑了一些，但和真实水平没关系，我写得忘乎所以的时候才不管那么多呢。

行啦，我的脖子都发酸了，就先到这儿吧！

至于“鼠疫”的事，抱歉啊，我没打听到什么有价值的消息，我阿爸知道的不比我多，应该没什么事吧。管他呢，先把眼前活好，我可没有那么多脑子想很多事情，我劝你也不要管，我特意调查了一下，我们草原人，就是几乎天天和老鼠打交道的人，从古至今好像都没有因为它们身上的什么东西而死了人。这一点实在奇怪死了，但又好像在情理之中。我阿爸说魔鬼只会找害怕它的人，所以啊别担心，还是多想想怎么给我写好玩的信吧。

我一连读了几遍，鼻子发酸，心头涌起强烈的怜爱，恨不能将她的寒冷统统都揽到我身上来。她写得真好！我炫耀似的问金嘎，怎么样，厉害吧？

金嘎满口佩服，她写的比你的多多了。以后你也写长一点。

我答应着，但觉得以后似乎不用再写信了。我每天晚上都要去见她。

而事实上我确实每天晚上都去和她幽会。我晚上七八点钟离开，早上五六点钟回来。我像一个上班和回家的人一样行走在一个垭口的两边。这点山路对我来说已经不算什么，我乐此不疲，不怕寒冷侵袭，不怕黑暗世界。我们每天晚上聊奇奇怪怪的话题，然后做爱，相拥着沉睡。早上她像一个温柔的妻子轻轻地摇醒我，说你该出发了，于是我就离开温暖的被窝，迎着寒风翻过垭口奔向工作。而她忙着家里的事，等着我晚上回来……

第十章

日子一天天过去，我们工作的范围越来越小。再困难的事情都有结束的一天。

大家都挺高兴，离家都三个多月了，想家想老婆想孩子想坏了。想睡热乎乎的炕，想吃热乎乎的家里饭。再不用忍冻挨饿了，不用担惊受怕。但我们没有接到通知，南什嘉说没有接到通知就不能回家。但他又保证说工作全部结束后，顶多三五天我们一定可以回家。

可是我不想回家，我感到难过。我不想离开她。我们才刚刚开始。我觉得漫长冬夜变得越来越短促了，几乎一眨眼，天就亮了。我说到我们的未来，她笑而不语。有几次我见她欲言又止，但最终这些话语在做爱中消耗了。

这天午后，南什嘉说他又分手了。可他还是一如既往地去约会。在我之后，确罗成了他的跟班，我不知道确罗跟了几次了，但我知道他心甘情愿并且乐此不疲。据说狗都被确罗包了打，并且越打越上瘾。南什嘉承诺回去之后从某处给他借一把枪。他之所以答应给南什嘉做保镖完全是看在那把枪的份上的。他常常用质疑的口气问南什嘉那把枪是不是八成新，会不会哑火之类的问题。南什嘉再三保证枪绝对不旧，而且也绝对不会发生哑火之类的问题。但他还是不放心，必须要每天问一次，仿佛一天不问那枪就会出现那种情况。

这几日南什嘉跑得格外勤快，他说时间所剩无多，机会一瞬即逝……

我听着心里慌，说我也是没多少机会了。

不一样，你和我不一样！他说，我再也没有机会了，但是你有机会，好好把握！

我说，你舍得吗？

我就这点好，从来不留恋任何女人，所以往往关键时刻毫不犹豫。

你真舍得？

又不会马上死掉。他说。

我办不到。

今晚我陪你去。

不用。

没事，就是想跟你聊聊，以后可就没时间了。

翻山的途中他跟我说他要去玉树了。他再也不想待在这里。

玉树？

我招女婿去了。

这是干吗？我感到很诧异，他突然这样说，好像一去就是永别似的。

我和他不对路，像仇人一样很没意思，与其这样不如远远分开。

我就不明白，这么多年你们兄弟就一点感情没有吗？

有什么感情，一直都是我在家放羊干活他上学。我很早就知道，我只不过是他们家的一个仆人，他把我领养的时候大概就是这么打算的吧。

南什嘉说得让人心酸，让人不由自主地去想象他遭受过的困苦。我实在不知道他对自己现在的家庭到底持有一种什么样的态度，是恨呢，还是无奈？

我觉得他当初领养你大概没有想那么多。

你不知道，你不了解。我的养父啊，别看平时里一副老实样子，主意多着呢。

你这是打算离开，还是要彻底断绝关系？但毕竟，他把你养大……

南什嘉苦笑着摇头。就因为他把我养大，我才为难，要不然你以为我会忍气吞声受这份窝囊气？

远走高飞，也好。我在想，我要是去她家招女婿的话会怎么样……我回头望了一眼亮堂堂明晃晃的月亮，那清光把我打了个激灵。我把皮袄往紧里拉了拉。我俩的影子就在眼前晃动着，清晰得难以置信。我的围巾松了，寒气扑到脸上，直透骨髓。远处灌木林里一只孤狼在长啸，那悲戚的声音把我的心绪搅成一团绵绵的伤愁。我紧跑几步追上他。

走完长长的下山路，他朝四处看看，挥挥手，转身离去。他远去的身影悲戚如那匹孤狼。我用衣袖擦了擦眼睛，转身走进帐篷。

我没有见到她。但奇怪的是我一点儿也没有惊讶，我一点儿也没有感到意外。我惊讶什么？我又意外什么呢？我早该料到这种结局了。我看到叠得整整齐齐的被子，上面是一封薄薄的却沉重如山的信。打量整个帐篷，一切如旧，只有她的消失留下了巨大的空间。我突然感到这个帐篷里的陌生和冰冷，把最后一丝暖意也吞噬了。我坐在熟悉的小床上，熟练地点上了蜡烛，抚摸着我们共同枕过的枕头。我拿下那封信。在打开信的时候，我双手沉稳，我知道如果一抖，我就会嚎啕大哭。而我，却不想在一个无情的夜晚，流淌没有用处的眼泪。

> 看见这封信……也许不用打开这封信，你就明白发生了什么，就已经有了预感。我们现在这样子，这真是讽刺又可笑。也许这就是命中注定，我不会为此去改变什么。请原谅，可能我当初就不应该去搭理你，不应该把你引来，可是，我也有不能控制自己的时候，我对你充满好奇和愧疚，还有一种说不出的感觉。正是这些东西害了我也害了你。让我们无端地受了一次爱的伤害。请不要怀疑我们拥有这一份美丽爱情的真诚。回想我们在一起的每一个夜晚，我们写的那些情书……我一生都不会忘记的……
>
> 我很快就会结婚了。不是我不在乎我们的感情。我就是想给你留下一颗坦白的心。我知道这样做会使你伤心悲痛，但所有的爱情都会有伤心和悲痛的，不是吗？
>
> 我永远不忘记你。把我好好地放在心里。
>
> 你的女人，写于冷夜。

看完信，我把信揣在怀里走出帐篷。我揣着仿佛还有她的温度她的气息的诀别信踏上归途。

我的围巾又被风吹开了，在脖子后面迎风飘扬。天地间只有我一个人。雪，又开始飘下来。

第十一章

当我从一种浑浑噩噩的状态中冻醒的时候，大雪纷纷扬扬，天地一片朦胧。云层低沉沉地压在头顶，强风横扫每一寸雪地，轻盈的雪花有了箭一般的速度和力量。空气冷酷得令人窒息，呼出的每一口气被毫不留情地封杀在了围巾上，形成一层坚硬的冰布。我的眼睛和额头赤裸裸地见证着这一场恶劣的大风雪。

我发现一匹老狼威风凛凛地站立在不远处。它饶有兴趣地凝视着我。过了一会儿，它朝周围看看，仿佛在寻找几个同伴，以便一起来分享我这个大餐。可是当发现除了大雪和呼啸的大风之外什么也没有的时候，它无比留恋地望了我一眼，夹着尾巴摇摇摆摆地走了。而我身后的脚印，飞快地消失。自我离开小帐篷，山的那边，山的这边，所有我存在过的痕迹都被抹除了。

我悄悄回到营地，异常疲惫地躺进被窝，流了几串眼泪，然后昏昏沉沉地睡去。

我被乱哄哄的喧闹声吵醒。我听见麻将声，听见他们在争论着吃什么。有人说吃好一点，反正快要走了。有人反对说不行，大雪封山，这些剩余的东西可能都吃不了几天。大家都七嘴八舌地说着。

我拉开被子，见南什嘉也在被窝里。他看着我笑，事情怎么样了？

我下意识地摸了摸信，说，我们也结束了。

很好，这下你可以重新开始新的生活了。他毫不惊讶地说。

我也这么想。我强迫自己这么说。

今晚你陪我吧！你说得对，我们要做个了断。

我接过一根烟，默默地吸着。

下午，确罗说他发现了一个秘密。

金嘎这家伙，他在弄这个，你们说有意思不？他的手做了一个手淫的动作，夸张地嚷嚷道，这天气……他就不怕冻掉……哈……他一个劲儿地说着。

兀斯说，你这是吃饱了撑的，你管那些干啥？你没干过？

确罗理直气壮地说，我当然不会干，我需要就去找女人。我就想要问问他，冷天里的感觉怎么样？

谁信你的鬼话，我就不相信你从来没干过。南什嘉说。

我就是没有，你们爱信不信。

乌兰乐呵呵地说，确罗你做了也承认，在前些天你去“约会”的晚上有那么多时间，你做什么了我们也没看见，你的怎么没冻掉呢？

确罗说，乌兰，你是不是又想挨打了？

乌兰站起来说，你试试。

确罗沉着脸，突然一笑，开个玩笑，玩笑。你们看，金嘎来了。

金嘎一进来，确罗就笑嘻嘻地说，金嘎，你哪去了？

我去哪儿了？金嘎本能地感到不对劲。

对呀，你去了哪里？你不会连自己去了哪里都不知道吧？

我去上厕所了。金嘎结结巴巴地说。

你紧张什么？难道还有什么事？确罗不依不饶地追问。

确罗你想干什么？你什么意思？兀斯第一个阻止，你要是吃多了就滚出去。

就是，确罗你过分了。南什嘉接着说，他去哪里干什么跟你有什么关系？

我和乌兰也指责确罗多管闲事，破坏团结。

确罗成了众矢之的，气得哈哈大笑，态度更强硬了，

你们不让我说，我偏要说，金嘎你说，你干什么去了？你说不说？

金嘎摇着头，茫然地站着。

你不说是吧？好好好，你不说我替你说。确罗激愤地嚷嚷，我刚才看见一个人，在那里……有个人在那里干这个……

确罗夸张地挥动右手，皮笑肉不笑地冷冰冰地盯着金嘎，你说说，你在干什么？

金嘎痛苦地闭上眼睛，眼泪滑下脸颊。

你说啊，确罗没有开玩笑的意思，恶狠狠地说，你那家伙是不是已经被你训练出来，已经很抗冻了？

金嘎大叫一声，你是魔鬼神。他哭嚎着跑出去，一直跑到冰面上去了。

确罗撇着嘴，摇摇晃晃地躺到自己的

毯子上。金嘎的表现让他很失望，他继续玩下去的兴致没了。

毡包里一阵沉默。气氛诡异。确罗越来越能搞事了，而且还不愿意改正，他铆足了劲儿找茬儿，谁也拿他没办法。南什嘉是个失职的队长，几乎什么都不管。但也不怪他，他有自己的事情，他连自己都管不好。我们都什么也不是。我突然感到难过，金嘎年轻，我也年轻。乌兰、确罗、南什嘉都年轻，但我们仿佛经过了一百次年轻的时候，仿佛现在厌倦了年轻。

我不明白。首先，我不明白发生这些事的原委，到底哪里错了？然后我不明白为什么时间一长，我们就开始仇视彼此，鼠疫来了不是我们任何一个人的错，可我们不着痕迹地提防别人。是个人就能感觉到那种不正常的交流。

我们竟然都变得凶巴巴的。

一个小时过去了，金嘎还不回来。我磨磨蹭蹭地走过去，和他站在一起。我不敢看他，摸了摸裤兜，掏出烟。在给他点烟的时候打火机几次被风吹灭。我偷偷地瞅了一眼，他已经不哭了，很平静。看不出任何表情。我不知道该怎么劝他，任何劝解都显得无力。

你说，我窝囊吗？风一来，他的话被吹散，像是从遥远的地方飘过来的。

什么？窝囊？这有什么窝囊的？我赶紧说。

其实我一点不窝囊，你相信不相信？他看着我。

我当然相信，这跟窝囊不窝囊没关系。我不由自主地躲避开他灼人的目光。

你也不相信吗？我该怎么办？

我真的相信。我怎么会不相信？我是了解你的。而且这也不是什么大事，你想那么多干吗？

他们都会知道的，所有人都会知道的。我家里人也会知道的……她们也会知道的，谁还会看上我？还有谁会瞧得起我？

金嘎终于崩溃了，蹲在冰上呜呜地哭。

我站着，一句安慰的话都说不出口。

他哭了一会儿停下来，冷冰冰地说，我不会就这么算了的，我会让确罗后悔死这么做。

他的确不像话。我说，说明他吃的亏太少。

他把我当小狗一样。老天怎么不把他劈死？

他就是那么个不长记性的人，不知道分寸的人。我顺着他的话说着。

他会有报应的。

迟早的事。我说。

我想一个人坐一会儿。他说。

我点点头，走开了。

金嘎傍晚回来了，回来后去提水。然后帮兀斯做饭，很正常了。我松口气，这件事这么过去是最好的结局。金嘎对这件事的反应是有些出乎意料，但也情有可原。女人是他的一道深渊一道坎，这谁也看得出来，但这是因为他年轻，我相信很快他自己会解决的，或许若干年后，他会怀念地把这段经历讲给别人听，因为时间会把一切改变掉。

金嘎总有一天会为今天的行为感到好笑，并顺便怀念青春的。

第十二章

我和南什嘉出发了。四野白茫茫一片，一如我们刚来的时候。坚硬如砂的雪粒子还在空中飞荡，时不时地打在脸上。南什嘉沉默而伤感，他再不能克制自己的情绪了。走着走着，我们身后那已然被悲伤晕染的圆月突然光芒大盛。月光清清爽爽地照耀雪原，大地就在那一瞬间燃烧了一样红亮了，夜色也在这一刻动了一动。

我们身后逶迤的脚印，仿佛爱情的符号，断断续续。

我承认，我到现在一直放不下她。南什嘉喃喃自语，我承认我说的都是假的，可我没有其他的机会。

那天夜里有哭哭啼啼的声音锲而不舍地烦恼我，我在梦境与现实之间的地带茫然无措，不知该往何处去，只觉得面向何方，都是一条绝望的路。黎明之际，他来叫醒我，我们走出低矮的木头门，一起远眺黛青色的山峦。天地肃穆，没有因为一对恋人的分手而多出一丝变化。悄然出现在门口默默相送的她和大步流星离去的他都承受着难以释怀的悲伤，我见证了一段五味杂陈的爱情的终结，心里像被割了两刀。

天色刚刚亮起来，昼夜交替，正是一天中最冷的时候，呼出去的气还没消散便成了冰，冻结在围套上，眉毛上。雪地不再反光了，变得灰暗，即将到来的阳光让一切物体都做出了迎接的准备。

迎着第一缕阳光，我和南什嘉几乎同时看见毡包门口的热闹。我们隐隐约约听见哭喊。

他们在干什么？南什嘉停下，变换视线的角度，极力想从迎面而来的强烈光线中看清楚发生了什么。

好像有人在哭。我说，出事了。我有很不好的预感，是那种大难临头的预感。

南什嘉跑起来，一边跑一边说，肯定出事了，要不然他们不会这么早起来。

走近了，确罗呼天抢地的嚎哭清晰了。

再近一些，看见他们站着。乌兰、兀斯，木桩似的站着。在他们前面，是跪倒的确罗。确罗的前面是金嘎。

金嘎盘腿坐着，披一身霜雪。

金嘎一动不动。

金嘎结结实实冻住在雪地上。

不久前他还活蹦乱跳地读诗念字，如今已经从头到脚冻死了，嘴巴、眼睛、手还有心灵都冻掉了，甚至连灵魂也冻死了。

确罗他把头深深埋进雪里，哭声渐渐变得哽咽，最后只剩抽搐。他跪在金嘎面前，一遍又一遍地把头撞在地上。

我不敢靠近，浑身剧烈颤抖，恐惧。我试图让自己发声，可是我失语了，我只能看着。我觉得这一定是一场噩梦，我还在那间冰冷的小屋里睡着，等着南什嘉来叫醒我。

一只手来到我鼻子底下，南什嘉应该是想抓住我站起来，但没抓住，他的眼神错乱了，比我更不堪。他再次一抓，抓到我手臂上。我把他扶起来。

他冻死了。南什嘉喘着粗气。和我一样，他的目光不敢停留在金嘎身上。他冻死了。他自言自语地说。

他就是这么个人。我终于可以说话了。话一出口，泪水横流。

南什嘉也哭了。

他狠起来比谁都狠，他把狠用到自己身上了。是的，我早该想到他会有行动的，但他往日的懦弱麻痹了我。我忘记了老实人狠起来才是真的狠。他真的报仇了。他把有自己精液的碗放在了确罗的头顶，他让自己结束生命。他报仇了！确罗得到了一个一辈子也无法洗脱的报应。

金嘎，这世上只有你最有尊严。

第十三章

金嘎走了。

我们把他抬上车，南什嘉和乌兰送他回去。

我们剩下的人，躲在被窝里，谁也不说话。炉火灭了，没人点。

我感受着白天和黑夜的轮转，仿佛经历着什么。在这种经历中长了十岁，我从一次死亡长大成人了。我明白了生活就是这样。我身边的一个个人，就是一次次死亡。我明白了如果没有死亡，无论是现实还是精神，我们都将有一个完全不同的人生。我们从死亡的一边出发，走向死亡的另一边。

为什么感受到风吹和雪花？因为我们在死亡之间的人生里。

兀斯沉睡了两天，脸庞浮肿，眼睛充满血丝。他时而发出沉痛的呻吟，时而大声念出长长的、饱含情感的经文。

两天后，兀斯起来了，把确罗踹起来，将水桶踢给他。

确罗蓬头垢面地去提水了，这是以前金嘎的活。两天前南什嘉让确罗出山，他不敢。他的胆子被恐惧和愧疚包裹起来了。他成了一具行尸走肉，但这不是我们愿意看到的。逝者已逝，生者向前。我们原不原谅他无关紧要，他得自己走出来。兀斯是过来人，他知道仇恨是最没有用的，最会害人的，所以他才打确罗。

南什嘉和乌兰回来了，带来了消息。鼠疫终究没能得逞，这片草原保持了原有的平衡。该怎么样还怎么样。兀斯终于可以放心了。

金嘎走后第七天，我们可以回家了。这是一个世纪般漫长的七天。

来的时候满载而来，沉甸甸的，走的时候轻车简行，空荡荡的。

来的时候是六个人，朝气蓬勃；走的时候却成了五个人，死气沉沉。金嘎留在了草原上，他所向往的大世界……

我们绕道去了那卡诺登，登上了敖包山。在敖包跟前，我们跪倒磕头。确罗呜呜嘤嘤地哭泣着，强劲的东风吹散了他的哀声，吹得他像狗一样匍匐着向前爬。南什嘉也哭了，轻轻地、无声地流泪。这是我第一次，也是最后一次看见他流泪。

当我们再次坐上车，朝遥遥在望的家驶去时，我说我们念一首诗吧，金嘎经常念的那首。于是，我们一起大声地、歇斯底里地喊道：青海长云暗雪山，孤城遥望玉门关……青海长云暗雪山，孤城遥望玉门关……

收获文学榜 2020

短篇卷

最后一天和另外的某一天

艾　伟

授奖词

艾伟的目光在这篇小说中显得异常聚焦，他将焦点完全汇集到一个女杀人犯的身上——这个女人在监狱待了十七年，在这十七年里，她没有犯过任何错误，成为监狱里的头号模范犯人。小说试图窥探这个女人谜一样的人生，却发现终究所得有限。在不得已的情况下，小说设置了戏中戏，一部以此女人为原型的戏剧在舞台上演，作为原型的女人坐在观众席里冷若冰霜。这是作家和他作品中人物的角力，在这个意义上，艾伟的这篇小说带有“元小说”的气质，因此小说有两个文本面向，在表层文本里，女犯人的故事以悬疑剧的方式勾起了读者足够多的好奇心；在深层文本里，这是一个关于作家无法驯服其作品人物的故事，它暗示了艺术的高度和限度。而在最后，小说似乎和所有人都开了一个玩笑：你永远不会知道你想知道的，因为这就是生活最混蛋又最坚固的逻辑。（杨庆祥）

窗子很高，几乎直接抵在厂房屋檐下。窗外的天空飞过一群麻雀，发出叽叽喳喳的声音。天空寂静，鸟声惊心。这儿地处城郊，四周都是农田。窗子太高，厂子里的人没法看到农田和庄稼，只能看得见天空。麻雀成群结队出没。

早上六点钟起床铃准时响起。屋子里有十二个人，有六张上下铺的床。她们起床，穿衣服，然后开始折叠被子。被子折叠成部队那样方正，棱角分明。一阵忙乱后，十二个人都整理好了。房间寂寂无声。晨曦从窗外透入，房舍整洁，一尘不染。半个小时后，门打开了。有一个小时可以洗漱。洗漱的工具放在走道尽头的卫生间里。每个人的洗漱用具都放在那儿。俞佩华洗脸。卫生间东西各有一面镜子。一些人排队在照镜子。俞佩华难得站到镜子前面去。今天她有些想去镜子前看看自己，又害怕看到自己的脸。

方敏正在大门处等着她。方敏脸上没有表情，用惯常的不容商量的口吻说，今天你可以不去厂里。俞佩华低下头，没看方敏，她回答，还是去吧，最后一天了。

厂房生产一种模仿芭比娃娃的玩偶。她们不知道这些产品在商店出售时会贴上什么牌子。洋娃娃有三十厘米和四十厘米两种。三十厘米那种供幼童玩，服装艳丽，服装的领子和衣袖上夸张地镶着蕾丝边。四十厘米那种是给成熟一点的女孩玩的，橡胶身体有精致的乳房，穿上衣服后，俨然是个性感女郎了。工作台上摆满了手臂、腿、头部、身体、各种颜色的头发、眼睛和服装等。她们要把它们组装起来，成为一只成品的洋娃娃。

除了干活发出的声响，厂房里没人说话。工作是定量的，有数量及成品率的要求。她们要把一天的任务完成了才能上床休息。工作量大，要按时完成不太容易。那些新来的，手脚笨，更得抓紧时间。吃中饭也是狼吞虎咽，吃完就抓紧干活。俞佩华完成定额没任何问题，她在这里待了十七年了。

黄童童来了一年或者更长。俞佩华感觉她来很久了，好像一直在她身边。在这里时间变得特别漫长。时间又特别清晰，每一天她们算得清清楚楚，像用刀子在心里面刻了一道做记号。黄童童在俞佩华左边干活。黄童童长得很漂亮，有点像她们在制作的四十厘米那种洋娃娃。她以前的头发应该是染成棕色的，刚来时，她发端的颜色还是棕色的。黄童童有点傻，并且是个哑巴。不过不奇怪。到这里来的人要么特别聪明，要么特别傻。

眼睛是最后一道工序。洋娃娃没放上眼睛时，会呈现出骇人的表情。俞佩华想起黄童童刚来那会儿也是这个样子，目光里的恐惧深不见底，就像一只没装上眼睛的洋娃娃。

三十厘米的洋娃娃会说话，需要在身体里安装一个电池盒。黄童童正在把电池盒的接线焊接上去。这是最见功夫的一道工序。黄童童拿着焊枪，双手老是抖，焊了几次都失败。如果再焊接不上要成为废品了。黄童童以往不是这样的，她能准确地把接线焊接好。一年训练下来黄童童已是个熟练工。这不奇怪，只要安装超过一万只，任何人都可以闭着眼睛把电池盒子安装好。

黄童童终于安装好了。俞佩华松了一口气。

今天黄童童有些恍惚，做工时老是控制不住双手。她生病了吗？黄童童正在找她的镊子，可镊子刚才还在她的右手上，这会儿不知跑到哪儿去了。这是黄童童的老毛病。她老是丢三落四，找不到工具。俞佩华告诉过她，工具一定要固定摆好，熟练到“盲取”的程度。黄童童向俞佩华要镊子。俞佩华没把自己的镊子递给她，让黄童童自己把工具放整齐之后再干活。黄童童突然问，你要走了吗？这一年俞佩华学会了手语。她吃了一惊，她没告诉黄童童明天要离开这里。同宿舍的人是知道的，但她们都没有说起这事。一个人离去，她们的心会空一阵子。大家都懂这种心情，这种时候会绝望。不说出来就好多了。在这儿情绪越少波动越好，否则会麻烦。俞佩华没有主动提这事。一切像什么也没发生一样。

俞佩华没回答，看着黄童童，黄童童的目光凶巴巴的。或者不是凶，是恐惧。俞佩华一把从黄童童手里抢过那只玩偶，做起来。她看到黄童童盛玩具娃娃的盒子里没几只成品，这样下去，她将完不成今天的额度。难道她今晚不想睡了吗？俞佩华用手语告诉黄童童，让她把俞佩华装满洋娃娃的盒子堆放到号子处，并要她冷静一些。一百二十九号是俞佩华的号子。黄童童是一百三十号。中间的皮带上放着收纳成品的盒子。等到中午，皮带会转动起来，运转到另一个厂房质检。

我会来看你的。俞佩华用手语说。她刚做好一只四十厘米的娃娃。有一天，黄童童完成一只性感娃娃，对俞佩华说，我好喜欢，真想带一个回去。这是不可能的。俞佩华说，千万别偷偷拿回去，这不是闹着玩的。我以后会送你一只。

你不相信我会来看你？俞佩华说。黄童童没看她。黄童童的目光这会儿投向东边的高窗，天空上的白云一动不动。

窗外的太阳照在工厂的水泥地面上，缓慢地从西向东移动，快到中午的时候，太阳光束立在东边的墙边，好像白色的墙面拉了一层光幕。

厂子里有八十多人。从监视器里看，场面相当壮观。她们坐在工作台前，穿着同样的衣服，年龄各不相同，动作也有差异，但还是能找到一致性。她们面部没有表情，专注让她们显得更为机械。她们手上的洋娃娃，有的正在装配身体，有的正在穿上衣服，有的在固定头发。她们做好的玩具整齐地躺在工作台上。即便厂外的阳光很好，工厂的大灯依旧是亮着的。现在是夏天，大灯散发出灼人的热力，厂内的温度更高了。一些人脊背处渗出细密的汗珠。

陈和平一直观察着俞佩华和黄童童的一举一动。方敏忙于手头的一份档案。明天俞佩华要走了，俞佩华的相关文件需要归档封存。她寄存的物品不多，方敏已让人把物品放到一只简易的旅行包里。方敏复印了各种表彰的官方证明，方敏觉得俞佩华不一定在乎，但这些证明在她以后的生活中是用得着的。十七年里，俞佩华几乎年年都评为优等。也就是说她在这儿没出过一次差错，没扣过一分。方敏查过并且熟知俞佩华的档案内容。在做化学老师时，她也是年年先进。可就是这样的人干出了那种事。

有一个年轻的女警进来，告诉方敏，她通知了俞佩华的儿子，她儿子说不来接。方敏点了点头，这在她预料中。来到这里后，俞佩华几乎谁也不见，儿子和母亲来看过她，她拒见。她的案子太骇人听闻。

她难以面对亲人。她只见过丈夫一面，原因是为了和丈夫离婚。她没多说话，只说把她忘掉，因为她会在这儿待上一辈子，这对他们来说更好。没想到她能减到十七年。十七年在这里一成不变，外面发生了多少事啊。俞佩华的母亲这期间过世了。方敏记得，把母亲亡故的消息告诉俞佩华时，俞佩华并没有停止手中的活，好长时间没有抬头。电焊条冒着青烟，方敏担心俞佩华把焊枪刺入她的手心。

陈和平朝方敏这边望了望，继续看着监控，好像发现了什么秘密。陈和平问，俞佩华来这儿时儿子多大？方敏说，九岁吧。

方敏看了陈和平一眼。方敏偶尔会感慨，职业真是有着自己的生命方向，会带着人往某个方向长。陈和平虽然是方敏的同学，但他现在成了一位艺术家，这个年龄了，身上竟还带着一些少年气质。而她长久在这儿待着，整天板着个脸，大概这张脸已经面目可憎了。

方敏来到监控器前，看到黄童童一脸不悦地在搬东西，俞佩华也是怒气冲冲的样子。方敏说，我本来想安排你和俞佩华见上一面的，你来一趟这里不容易。

陈和平说，进你们这里确实麻烦，我手机被缴了，介绍信和身份证也押了，到这里过了三道大铁门，每次到你们这儿都有一种进了中央情报局的感觉。我看不出她们有什么危险。

方敏说，可不能小瞧她们，要是由着她们的性子，不少人可是致命武器。当然大多数人与外面的人相差没想象的那么大。

俞佩华今天拒绝休息，方敏有点意外，也有点不高兴。俞佩华违拗了她的指令。这是俞佩华第一次表现出同平常不一样的意志。不过方敏没往心里去，猜想这同黄童童有关。

这儿表面上有严格的秩序，一切井井有条，但只要有人的地方，都是复杂的。这儿暗地里比哪里都遵循丛林法则。方敏当然知道犯人们之间的勾当，既然无法根除这种人与生俱来的恶习，只要不露出水面，谁也不会去管。黄童童刚进来时是这丛林里的小白兔，很多猎枪对着她。她又是个哑巴，被欺还不会开口说话。她动手能力弱，完不成任务，好不容易做好几只玩具娃娃，在她上厕所时还被别人占为己有（上厕所是要申请的，并且只能上下午各一次，她们不能喝太多的水）。黄童童回来后大吵大闹。这很幼稚，也很危险，监控记录得一清二楚，事闹大会被罚处。俞佩华把黄童童叫到一边，让她从自己那儿拿走做好的成品。

黄童童心智极不成熟。在食堂做伙食的欺生（这女人是从她们中抽调到伙食班的），给黄童童打的饭和菜很少，黄童童一直处在饥饿之中。食堂的饭菜并不好，仅能维持生存以及劳动所需要的营养。荤菜比如猪肉不是每餐都有，有也只有那么一点点。黄童童终于失去控制，发泄了压抑已久的不满，把刚打的汤泼到那女人的脸上，烫伤了那女人的脸。这是露出水面了，看得见的错全在黄童童。黄童童因此关了一周的禁闭。

黄童童一周后放出来已不成人样。那地方谁忍受得了。她都有些疯疯癫癫了。俞佩华向方敏要求黄童童在自己工号边做工。方敏意识到俞佩华想帮黄童童。在这里，难得有人对另外一个人表现出同情心，光凭这一点，俞佩华就值得称赞。她同意了。这是俞佩华这么多年向方敏提的唯一请求。

陈和平一直盯着监视器，好像他今天有什么意外的发现。上次陈和平带来一位演员。应该有些年纪了，不过保养得很好，一举一动带着某种受过舞台训练的仪态，既自然，又优雅。陈和平说让演员来体验一下，深入生活对演出有帮助。

你剧本已在排练了？方敏问。

是的，效果意想不到的好。陈和平说。只要说起他的剧作，他就一点不谦虚了。不过倒也不讨厌，他灿烂的孩子般的微笑把“无耻”完全消解了。

什么时候首演？我想看看。方敏说。

陈和平拉住方敏，指了指监视器上的俞佩华和黄童童，说，她们看上去像一对母女。你瞧见了吧，这就是母爱。女人母爱泛滥是极其可怕的。要是主演看到这一幕就好了，她会受到启发。

你可以手把手教给她啊。方敏讥讽道。

方敏听陈和平讲起过他的一次艳遇。女方把他当孩子，源源不断的母爱让陈和平窒息。

吃饭时她们聚在一起吃。打饭的时候，俞佩华已经知道昨天晚上黄童童哭了一夜，同宿舍的人都被她烦死了。“你自己耳聋，我们听得见。”“是你亲娘死了还是相好死了？哭丧啊。”同宿舍的人毫不客气。俞佩华这才知道今天黄童童做不好工的原因。俞佩华打好饭坐到黄童童对面。黄童童这会儿看上去蛮高兴的，她用手语问，你出去打算干吗？

俞佩华没想过这个问题。她想了好久不知怎么回答。她想起出事那天，她和儿子在看一场电影。要不是看那场电影，要是当时她在家里，母亲发现阁楼里的秘密时，就不会去报警，那就不会有后来的事，她还在过正常的日子呢。

想去看一场电影。俞佩华比画着。她的手语没黄童童打得漂亮，黄童童的手语带着表情，有情绪的时候，手语会变得快而有力，像飞快地做着某个决断。

黄童童的目光又转向窗外，好像有谁在召唤着她。她说，我恐怕这辈子不能在电影院看一场电影了。

这里很明亮，很干净。劳动成为她们生活的所有。她们会被集中在一起唱歌，唱歌时脑子一片空白。她们不让自己想事。每个人背后都挂着一个长长的暗影。在这里，谁都不谈自己是怎么进来的，奇怪的是过不了多久人人都知道谁干了什么事。黄童童杀死了自己的继父。继父欺负她母亲还欺负她。

如果活儿干得好，你可以像我一样，十七年后就可以去电影院了。俞佩华说。我到时候陪你一起看。她又说。活儿干得好不难，你只要照我说的做，一定能干好。她的手势停在 OK 的位置。

我不可能十七年就出去。黄童童说。

熄灯铃响了。大家上床。俞佩华没脱衣服，好像脱掉衣服睡觉的话，她会永远留在这儿。她没睡着，时间仿佛停止了。在这儿十七年，她从来没像今天晚上这样感到时间凝滞不动。好像不会再有黎明，长夜将永远留在今晚。这也是她愿意今天继续干活的原因。当然黄童童也是一个重要的原因。她很难想象这个女孩能够承受得了这里的一切，待上漫长的一生。想到黄童童吃饭时高兴的样子，她有些不安。

窗子没有窗帘。月光从窗子射入。月光像一把刀子，插入这间小屋。这个地方没有植物。这个地方不允许有任何遮挡物。

有时候俞佩华会认为这个地方也是从地上生长出来的，是这片空旷田野里的另类植物。她们都睡了。在睡梦中，人就落入黑暗之中。如果她们还有意识，应该也是暗的。凭俞佩华的经验，在这里必须修炼到彻底的暗，彻底的无意识，才能熬过漫长的时光。黄童童做不到。在这不足二十平米的宿舍里，俞佩华住了十七年，每一个角落她都了然于胸。门边上，她们每人有一个小小的格子，存放个人用品。那个地方存放的东西千篇一律。凡是明处的东西都千篇一律。人与人总是不同的。每个人都有自己小小的标记。在这十七年中，去了几个，也来了几个。新来的那人发现床板上刻满了字，是一句诗词：哲人日已远，典刑在夙昔。曾为教师的俞佩华记得那是文天祥的诗，一句很励志的诗。不知道是走的那个妇女留下的还是这之前的人留下的，这次走的女人七十六岁了，她把漫长的岁月留在了这里，她竟在这个地方追慕圣人。俞佩华是上铺，她能看到斜对面那个女人。她已沉沉睡去。俞佩华知道她的床头贴着一幅幼稚的儿童画。不过平时用一块布蒙着。

走道上出现混乱的脚步声。在这里每个人都是警觉的。她们虽然一动不动，但俞佩华相信她们醒了。她们的耳朵一定竖了起来，辨析着走道上的每一个细节。如果能够，她们会让耳朵像手臂那样伸出去，以便听得更清楚。这里出事可不是好事，会殃及每一个人。俞佩华的心揪了一下。

黎明究竟还是会到来的，也只有她这个彻夜不眠的人才会有那种不必要的念头。俞佩华看着月光在窗外的远处消失，看着晨光在窗外的远处一点点升上来。早晨的空气从窗外透进来，是夏天清冷的空气，有点儿庄稼的香味。俞佩华听说离这儿不远处有一片橘林。每年橘花开的时候，能闻到橘皮剥开时那种清香。终于，她听到了起床的铃声。

她洗漱完毕。方敏来了，面色浮肿，一脸憔悴。也许昨晚真的发生了什么。

她跟着方敏来到一间更衣室。她要在这里把身上的这套衣服换掉，换上自己的衬衣。这是一件十七年前穿过的衬衣，她怕不合身了。还可以穿。这十七年，她的身材竟没走样。幸好是夏天，可以穿衬衫。这些十七年前的外套根本无法穿了。

俞佩华看出方敏心情不好。她不敢问。她没资格问一位管教任何问题。她跟着方敏，向大门走去。她第一次看见那扇铁门。来的时候她坐囚车。现在，她得走着出去。方敏走得很快，到了铁门，她回头看了看俞佩华，神情严肃。俞佩华的心悬了起来，好像只要方敏改变主意，她就得回到那个地方。

昨晚出了不好的事，黄童童自杀。方敏说。她偷藏了厂里的那把镊子，用镊子刺破了血管，幸好发现得早，没生命危险。要是死人的话，是大事件，监区会被究责。

俞佩华愣在那里，好像她的思维停止了运转。这感觉很像她出事那一天。

俞佩华收到一张话剧的票子。票子做得相当考究，比普通票子要细长，上面印着一座不知道谁画的尖顶房子，一半黑一半红。边上印着剧名：《带阁楼的房子》；座号：六排十三号。她猜想应该是方敏寄给她的。她不吃惊。在那儿，方敏告诉过她，有人准备以她的故事写一出戏。在方敏的安排下，她和作家见面。她没办法拒绝，在那儿，她没有任何拒绝的权利，她必须配合。只是她什么也不想说。那人戴着一副精致的黑框眼镜，笑起来依旧带着奇怪的孩子气，表情和善，至少没把她当怪物。她怀疑这么一个天真的人能写一出戏。作家在她心目中是鲁迅那样的形象，警觉、严厉、深刻，一眼可以把人看穿。眼前这个人，他的目光单纯，好像在他眼里，她是位天使。她不是。她是个罪人，法庭也是这么判的。这一点必须清楚。那天她没说什么，全是作家在自说自话，但方敏后来对她说，作家觉得很有收获，因为他握她的手时，她的手很暖和，比一般女性要暖和。这是一个重要的细节。作家是这么告诉方敏的。

现在住的房子是租的。刑期快到的前一个月，方敏问起她出狱后的打算。她不可能回老家。她让自己的亲人都抬不起头来，她不能再出现在他们面前，让他们平复的伤口再次被揭开。她想找一个地方度过余生。方敏主动提出帮她租房子。房子在北部城郊，房租便宜，合她心意。在里面劳作每月有五百元补助（前些年没那么多），十七年下来积下五万多块钱。汶川地震时她捐了二千元。其他的钱她没用过。在那儿她没任何消费，生活降到最低水平。

她很快找到了工作。她去了一家玩具厂。十七年的训练让她已是一位最优秀的工人。车间主任对她还算照顾，从来不问她的来历。民营小企业不关心你来自哪里。

有一天她突然思念起自己的儿子。她回了一趟老家。她不敢让人看见她。他们一定以为她将在牢里待上一辈子，人们见到她会吓坏吗？把她当成鬼吗？也许他们根本认不出她来了。她躲在家对面公园的一棵大树后面观察。儿子和她想象的完全不一样，她差不多认不出他来了，他面色苍白，看上去一副落魄的样子，脸上带着长期熬夜后产生的混乱气息。她后悔来看他。这应该早已料得到的。出了那样的事，同她有关的人都不会好过。她把他们的生活毁掉了。某一刻，她有冲动想站到儿子面前，告诉他，妈妈出来了。她忍住了。她不能这样做。那天她在大树后独自掉泪，待到天黑，然后安静地离开。最好装作是一个不在世上的人，这对儿子是最好的。不过儿子也许早已把她当成不存在的人了。

她不再想儿子。她更多想黄童童。她听说黄童童治愈后又关了禁闭。她写过信。黄童童没回。她相当忧心。她曾许诺过会去看她。当时黄童童不相信是对的。她没有勇气。那里的人都认识她，在她们眼里她或许不配以自由人身份到那里探监。她想，也许黄童童过段日子会回她信的。

这天是一个星期天，是话剧首演的日子。她收到票子时心里一直在斗争，是不是要去看。那是个噩梦，为什么要去面对它呢。她自己都快忘掉那档子事了。她起床，叠好被子，像在那里一样，她把被子叠得有棱有角。她有几次想改掉这个习惯，发现很难。另外她怕一旦改掉，她的生活和精神会垮掉，变得不可收拾。她最终决定去看戏。也许能见到方敏，可以问问黄童童的近况。

出门前她收拾了一下自己。她需要坐一个半小时的公交车才能到市中心。她坐在六公园的长椅上，看到西湖边游客摩肩接踵。一个中年男人走过时一直看着她，目光毫无遮拦。中年男人走了一段路，脚步慢下来，然后停住，往回转，在她坐着的那把长椅上坐下来。那男人说，给一百元，可不可以同他开房。她吃了一惊。这个男人怎么会往这边想？她吓坏了，马上站起来，几乎是逃跑的，样子十分狼狈。直到走远，她才回想刚才那一幕，有点无来由的兴奋。她竟有那么一点点后悔没跟他去。那人看上去不讨厌。她很久没有了。没碰过男人的身体。她几乎也感觉不到自己的身体。她努力把脑子里浮现的画面抹去，星星之火得尽早熄灭。她无法向另外一个人敞开。很多时候她更希望自己成为空气，别人看不到她。

在南山路的一个角落有一家不起眼的玩具店，很窄的一个门，店里很冷清。老板娘说她们卖的是高档玩具，不是地摊货。进去后，里面空间倒是挺大的，布置得很考究，每一个玩具都有固定的龛子，好像它们是供奉在那里的神祇。她看到绿皮火车、金色五子棋、红色的奥特曼、定量版金刚、微型恐龙骨架……在墙壁的空白处，挂着一些抽象油画，绚烂的光点和线条天真而随性。这时候，她看到在转角处有一只洋娃娃。她吓了一跳，那玩具同她做的几乎一模一样，四十厘米那种，棕红的头发，蓝眼睛，向上翘着的嘴唇，还有穿着的裙子，全都是她记忆中的模样。她最初本能地缩了缩身子，好像重回那个幽闭的监所。一会儿，她慢慢恢复了体力，伸出手去，把那只性感的娃娃从龛子里取了出来。这款产品，从她手中生产了成千上万只。她仔细辨别，是不是自己做的。

她拿起玩具娃娃闻了一下，好像那儿真的留存着她的气味或黄童童的气味。老板娘是个时髦的女人，奇怪地看着她的举动。我要这个。她说。她没看老板娘一眼。价格不便宜，一千二百元。她有点不敢相信。不管是不是那个厂子的产品，她没想到她做的娃娃值这么多钱。那她一年创造了多少价值啊！老板娘夸她有眼光，说这款娃娃是店里最畅销的，许多人都喜欢。老板娘开始替她打包。她说，不用，只要娃娃。老板娘说，这盒子多漂亮啊，免费的，为什么不要呢。她不再反对。盒子确实漂亮，也许洋娃娃放在这样的盒子里才这么值钱。她对老板娘说，我是做洋娃娃的，这种娃娃我做了无数个，数都数不清了。老板娘的脸突然沉了下来，说，我这儿的东西都是进口的，同国产是两回事。

从玩具店出来，俞佩华很高兴。她伸手摸了一下口袋，那张戏票在的。今晚她一定要想办法见到方敏，托方敏把洋娃娃送给黄童童。盒子必须掷掉，那个地方每样东西她们都要开包检查个透。她喜欢把一个没有包装的洋娃娃交给方敏，那感觉像是她刚刚从车间里生产出来一样。她答应过黄童童，会送她一个。她想黄童童会高兴的。她虽然不能把洋娃娃带进宿舍，不能抱着洋娃娃睡觉，因为洋娃娃里面有金属，会有安全隐患。但某些特殊的日子（比如联欢会），管教会允许她和洋娃娃待一段时光。

俞佩华抱着洋娃娃，盼着夜晚的降临。

方敏和陈和平早早坐在胜利剧院。观众陆陆续续地到来。方敏看出陈和平有些紧张，他应该在担心剧场能否坐满。要是空出一大块是很难看的。观众比方敏想象的要多，在开场前十分钟几乎满座了。陈和平又得意起来，对方敏说，现在看话剧是时尚，你应该多看戏才对。看戏的大多数是年轻人。方敏在前排寻找俞佩华的影子。俞佩华在第六排十三号。她在十排。她不确定俞佩华会不会来。在三分钟之前，那个位置是空着的。这会儿，那里已坐着一个人。她很快认出来了，就是她，端正地坐在那里，腰板挺直，好像在那里听一堂思罪课。方敏不知道她是什么时候进来的，她真的像影子一样无声无息。不过那地方的人都有点像影子。她想过去打个招呼，转念放弃了。这样或许会让俞佩华不能安心看戏。等演出结束再说吧。

对俞佩华，方敏怀着同陈和平一样的好奇心。方敏作为俞佩华的管教，和俞佩华相处了十七年，她在那里的行为堪称楷模，没有一个人能像她那样如此严酷地对待自己，不允许自己出一丝一毫的差错，这种意志力无人能及。方敏相信，这样的人干什么都能成事。另一方面，她一点也不了解俞佩华。她杀了自己的叔叔。九年后案子意外暴露。那时候她已结婚生子。她承认犯案，在法庭上详述了杀死叔叔的整个过程，并坦承当时神志清醒，但法官问她动机，她要么回答不知道要么沉默。在每一次的思过教育时，她发言全是判决书上的判词，只是加深了程度，并且表现出真诚和悔恨，从不涉及当年为何要这么干。陈和平采访她，也是这种态度。有时候方敏觉得俞佩华依旧是一个陌生人，是一个谜。这也是陈和平试图用戏剧的形式探索她内心的原因吧。方敏想看看陈和平怎么理解俞佩华。

七点半，演出正式开始了。俞佩华怀着好奇心看着女主角声嘶力竭地一唱三叹。她好久才认出她来，她见过她一面。一年前她跟着作家来过那里。她提的问题毫无逻辑，无法回答。看了一会儿，俞佩华断定这戏虽然有她的影子，但已同她没有太多关系，那演员演的不是她。她打了一个长长的哈欠。边上一个年轻女孩恶狠狠地看了她一眼。她打起精神装作专注地看戏。

方敏也很快得出结论，这出戏对俞佩华的故事作了全新的想象和拓展。职业也改了。戏中女主角父亲被人谋财害命。女主角和母亲相依为命。一年后，远在广州工作的叔叔住进了这一家，叔叔充当起父亲的角色。女主角对叔叔和母亲的结合非常反感，并怀疑父亲的死与此有关。有一天，女主角洗澡时，叔叔意外闯入，虽然叔叔看上去是无意的，但女主角认为叔叔居心不良。

女主角有一个邻家妹妹，是个哑巴，她喜欢在屋顶攀援，满脑子幻想。夜里，哑巴妹妹来到女主角房间。哑巴说（手语配字幕），我梦见你爸爸了，她同我说，他是被叔叔杀害的。女主角相信这是父亲托梦给哑巴妹妹。看来她的怀疑并非无本之木。哑巴问，要真是这样，你打算怎么办？女主角说，我会杀了他。在舞台的暗处，叔叔听见女主角和哑巴说的话。女主角出门时，看见叔叔匆匆离去的背影。女主角感到不安。

女主角在硫酸厂工作。叔叔和母亲结合以及背后的阴谋开始在厂里流传。有同事拿此事当面嘲笑女主角。女主角像豹子一样扑过去，掐住那位同事的脖子。有人拖开了女主角。女主角告诫所有人，要是有人再敢造谣，再敢胡说八道，她会把硫酸泼到他脸上。话说得狠，但女主角看上去很无助，她蜷缩着抽泣起来，浑身打颤。

方敏看出来，导演是用日常化的方式处理戏剧性，舞台平和沉静，某种悬疑氛围又让观众感觉到不安。演员显然完全没有做到导演想要的，表演略显夸张。音乐不错。她没把感受告诉陈和平，免得他笑话她这个外行。

女主角的疑心越来越重，变得疯疯癫癫。女主角发疯的戏演得好极了，每一句话都像胡言乱语，可句句都如利剑刺向叔叔。叔叔认为侄女得了疯症，在母亲的恳求下，叔叔把她送往精神病院治疗。

此时，整个剧场鸦雀无声。观众沉浸在某种悲剧氛围之中。六排十三号的俞佩华一如既往地挺直腰板，这个动作坐下后没有动过，仿佛她是一尊雕像。方敏想，如果剧场里每个人都如俞佩华这样，演员会崩溃。

演出继续。女主角从医院出来后回到硫酸厂工作。她变了一个人，沉默寡言，独来独往。她恨叔叔，残忍地把她送进疯人院。他们用各种仪器对付她（她没病不肯吃药被电击过）。现在女主角坚信是叔叔杀死了父亲。叔叔不但占有了父亲的财产还占有了母亲。接着女主角又遭受了一次打击，她十分喜欢的哑巴妹妹，在一次攀援中意外从屋顶落下摔死了。对哑巴妹妹的死，女主角怀疑是叔叔所为。

一天，家中无人，叔叔喝醉了酒来到女主角的房间，叔叔酒气熏天，说侄女冤枉他，他为这个家操碎了心，可侄女从来不感谢他，还……叔叔悲伤地哭泣起来。女主角用早已准备好的二十颗安眠药放入开水中，递给叔叔。叔叔拿过杯子，仿佛得到巨大的安慰，悲伤地哭了，口中说，我的好侄女，谢谢，谢谢你接纳叔叔，然后一口喝掉开水。在安眠药的作用下，叔叔睡死过去。女主角用一根电话线勒死了叔叔。她把叔叔拖到卫生间浴缸里，把她从硫酸厂搞来的硫酸倒在叔叔的尸体上。在舞台上冒出一股白烟……

女主角：没流一滴血，他就死了。（她看了看上苍，好像爸爸和哑巴妹妹正看着她）看到了吗？这个魔鬼已化成了一股烟。不过，还有几根白骨，可是我的硫酸用完了。（突然失声痛哭）我杀人了，我做得对吗？为什么你们沉默不语？也许我真的生病了，我总是心神不宁，妈妈说我已疯了，邻居也说我神志不清……（慢慢平复，自语）我还得处理这几根残骨……等等，我想起来了，我房间有一只盒子，我把残骨放在盒子里吧……

方敏研读过俞佩华的案宗，剧中杀死叔叔的场景，除了对话，其中的细节和俞佩华在法庭上的陈述完全一致。从开场到现在过去了一小时，应该还有差不多一半的戏。叔叔已经死了，下面会发生什么？叔叔的突然消失，母亲非常伤心，疑虑重重。邻居们倒是没感到任何奇怪，他们都带着嘲讽的口吻说男人抛弃这家子回广州了。

故事的转折来自于父亲案子的破获。父亲是被另一个人杀死的，警察抓到了那个人，那人也招供了。这件事震惊了女主角。这么说她无缘无故杀了一个人？难道是她错了？难道是因为她不能接受叔叔和母亲的行为，把想象当成了事实？难道当年自己真的因为失心而疯魔过？也许这就是她被送往医院的原因。

愧疚感开始折磨女主角。母亲又念叨起叔叔，对女主角说，我知道你不喜欢他，但你生病时，他每周来医院看你，只是你不肯见他，他很伤心。他如今在哪里？怎么把我们抛弃了呢？

戏开始向高潮推进。女主角再次在楼道口对着阁楼祭祀。这一场面震撼了方敏。舞台的灯光是红黑两色。黑的这一方是女人，红的是阁楼。舞台上只有女主角一人，她烧了很多纸钱，然后高举三支清香，说出大段台词，台词里面纠结着痛苦、悔过、悲伤和恐惧，她被抛入万劫不复的深渊里挣扎。那被灯光打成红色的阁楼里突然传来叔叔的声音：可怜的侄女，你把我放在阁楼，你在你的头上悬了一把剑啊……

方敏落泪了。陈和平转头看她。她有点不好意思。

终于到高潮阶段。左邻右舍都在传说这间带阁楼的房子是一间鬼屋。母亲变得疑神疑鬼，她决定请来道士，在屋子里做一场法事。

一帮道士穿着道服在舞台上跳着阴森的舞蹈，嘴中念着咒语。咒语伴着音乐，仿佛这咒语来自另一个世界，既神秘又悲悯。其中一个道士手中握着一把宝剑，剑刃闪出寒光。道士的剑突然向上一指，轰的一声，阁楼上掉下一只盒子。母亲打开盒子，昏厥了过去……

方敏看到六排十三号的人站了起来。俞佩华退场了。这一行为可以理解为她忍受不了内心被人窥探，也可以理解为她不喜欢这出戏。方敏很想跟她出去，问问她看戏的感受。戏还没结束，这样做显然不合适。她看着俞佩华穿过黑暗的剧场，消失在剧场的门口。

尾声。舞台的布景中间出现一块电影屏幕。女主角和儿子坐在舞台上，从舞台的环境可以看出两人在看一场电影，播放的是《东方快车上的谋杀案》。

剧终。剧场里响起热烈的掌声。接下来是演员谢幕的环节。舞台上大灯亮起。主持人开始一一介绍并感谢演员以及主创。首先演员们依次上台谢幕。有观众献花给主演。最后是导演登场。编剧原本是不用上台的，但主持人一定要陈和平说几句。陈和平客气了一下上台了，他没多说，只感谢了一个人，他没说出名字，大概只有方敏听出来他在感谢俞佩华。可惜俞佩华已经走了。在舞台光耀下，陈和平显出和平常不同的风度，举手投足很有艺术家风范，且不做作。方敏有点刮目相看了。在主持人的鼓动下，观众的手机成为一支一支的光棒，在黑暗的剧场内晃动，向主创致敬。方敏想，这一刻这些演员无论演的是主角还是配角一定都很幸福，是人生的高光时刻。看戏的人久久不肯散去。

方敏等着陈和平从台上下来，然后一起向剧场外走去。

方敏没想到的是，在剧场的大厅，俞佩华正等她。方敏看不出俞佩华此时的心情，她的表情永远是那么平淡。俞佩华的手中捧着一只洋娃娃，方敏看出来了，洋娃娃和里面生产的几乎一模一样。

方敏说，怎么样，戏还好吗？

俞佩华没有回答。好像她刚才根本没看过戏。她把玩具娃娃递给方敏，拜托方敏，把它带给黄童童。

俞佩华说，我答应过她的，我会送她一只洋娃娃。

方敏愣住了。她没接玩具娃娃。好一会儿，方敏长长地舒了一口气，艰难地说，黄童童已不在女子监区了。

俞佩华吃了一惊，问，黄童童去哪里了？方敏转过头，回避了俞佩华的目光，没有回答她。俞佩华突然面色变得狰狞，她几乎是喊出了声，告诉我，她在哪里？方敏吃了一惊。十七年来，她第一次感受到俞佩华不被驯服的力量，她似乎理解了十七年，不对，应该是二十六年前俞佩华的行为。

方敏和陈和平对视了一下，陈和平看上去像白痴一样不明所以，同刚才台上谢幕时判若两人。

仙　境

哲　贵

授奖词

哲贵的写作旨趣与其笔下从不脱离生产劳动过程的手艺人相同：把物从市场中分离出来，不再只是使用价值、交换价值而禀有了“内在的价值”；将人从分类秩序（职业、身份、社会地位等等）中解放出来，不再只是“半张脸”，而恢复其完整、自由与尊严。由此哲贵的文学从特殊抵达普通，以信河街商人为镜像，实则观照的是芸芸众生。《仙境》讲述从一个世界偏离、穿行到另一个世界的故事。前者由秩序、规范和按部就班的现世组成，后者则是由“隐秘通道”所打开的“仙境”。我们每个人都需要这条“隐秘通道”，给日常生活打开一个出口；然而这个出口并不是外部“仙境”赐予的，而来自我们的反身自省，来自我们对人的丰富性的承诺。故而，《仙境》的旨向并不是“活在他处”，而是不断擦洗内心的镜面，“唤醒”人本有的可能性。（金理）

1

从家开车到越剧团，大约需要二十分钟。车子一发动，余展飞身体有感觉了，兴奋了，柔软了。不是柔软无力，是柔韧，充满力量，跃跃欲试。同时，身体里好像有股水在流淌，可比水要绵柔，几乎要将身体溶化。很轻又很重。很淡又很浓。他很享受。

越剧团有两个排练厅，一大一小。他直接去小排练厅。不用事先联系，更不用打招呼，他知道，团长舒晓夏已经在小排练厅了。一打开车门，一阵音乐涌进耳朵，那是锣鼓声，是密集如万马奔腾的行板。一听那声音，身体立即又起了不同反应。这次是热烈的，是滚烫的，是奔放的，他几乎要摩拳擦掌了。他听见身体里有开水沸腾的咕噜声，那是身体被点燃的声音，他要绽放了。他知道，那是《盗仙草》选段，是越剧里难得的武戏，特别有挑战性，让他神往，令他痴迷。他都快恍恍惚惚了。

他进了排练厅，果然，舒晓夏已经化好装，正在厅里踱来踱去。她看见余展飞进来，朝他看一眼，那眼神是急不可耐的。两人直奔化妆间。

这是余展飞的习惯，也是他的态度，即使是排练，即使排练厅里只有他们两个人，他也要化装，也要穿上戏服。他不允许马虎，一点也不行。

舒晓夏给他化装，他们都没有开口说话。他们不需要。几十年了，只要一个眼神，一个微小动作，便可以领会对方的意思。什么叫心意相通？这就是。什么叫心有灵犀？这就是。而且，余展飞听了进来之前的伴奏音乐，已经知道晚上排练的内容，没错，还是《盗仙草》选段。

他和舒晓夏第几次排这个戏了？起码有几千次吧，甚至更多。

装化完了，舒晓夏帮他穿上戏服。他晚上扮演守护灵芝仙草的仙童，是短打扮，头上扎着一条红头巾。在正式演出的戏文里，守护仙草的仙童是四个，两个先出场，跟白素贞对打。被白素贞打败后，去后山请两个师兄出来。白素贞最后不敌，口衔仙草，被四个仙童架住。这时，仙翁出场，放她下山救许仙。

他们晚上练双枪。这是《盗仙草》里很重要的一场武打戏。当然，双枪几乎是所有中国戏曲里的重要武戏，也是最基础的武戏。正因为基础，要练得出彩不容易，太不容易了，几乎所有武生都会的动作和技术，大家都很熟练，都想做得出彩，怎么办？办法只有一个：创新。没错，只有做出别人不会做的高难度动作，只有做出别人不会也没想过的精彩又优美的动作，只有做出惊险又与白素贞冒死精神相协调的动作。难，太难了。但可能性也正在于此，吸引力也正在于此，激发创新的动力也正在于此。一般情况，白素贞和仙童都是先拿拂尘出场，然后是剑，再是双枪，最后是空手搏斗。空手搏斗的难点在翻跟斗，每个仙童翻跟斗都是不同的，都有讲究，第一个是前空翻，第二个是侧空翻，第三个是后空翻，第四个是前空翻加后空翻。空翻都是连续性的，有连翻三个，也有连翻六个，身体是否挺直，动作是否干净，很考验人的。双枪是《盗仙草》里的重头戏，是重中之重。一般的演出，白素贞和四个仙童各拿双枪，打斗到激烈处，四个仙童围着白素贞，将手中双枪抛向中间的白素贞，白素贞要用脚板、膝盖、双肩和手中的双枪，将来自四面八方的枪，准确又利索地反挑回四个仙童手里。这里面有连续性，又有准确性，还要控制好力量和弧度，差一点点都不行。而且，八杆枪要连贯，要让观众眼花缭乱，要行云流水。既要武术性又要艺术性，要升华到美的高度。这太难了。

舒晓夏将伴奏音乐调整一下，跳过前面舞拂尘和舞剑的段落。直接到了耍枪花。那枪是老刺藤做的，一米来长，两头都有枪尖，中间涂得红白相间，枪尖绑着红缨，行话叫花枪。他们每人两根花枪，先是象征性地比画几下。戏曲的灵魂之一就是象征。

随着锣鼓声密集起来，他们站到排练厅中间，耍起枪花。看不出他们身体在动，其实他们全身在动，他们身体很快被手中的枪花覆盖。他们的枪先是在身体左右画着圈，手臂不动，手腕随着身体扭动，锣鼓声越来越密集，枪转动的速度越来越快，红白相间的花纹这时变成红白两道光芒，两道光芒最后连在一起，形成一道彩色屏障。从远处看，排练厅中间的余展飞和舒晓夏不见了，只有两个彩色球体，纹丝不动，却又风起云涌。

耍完枪花之后，他们练挑枪。余展飞投，舒晓夏挑。这是余展飞和舒晓夏的创造，他们不是一根一根来，而是八根。余展飞将八根枪一起投过去，舒晓夏用脚尖、用膝盖、用肩膀、用枪将八根枪反挑回来。考验功力的是，余展飞八根枪是同时投过去的，而舒晓夏却要将八根枪连续挑回来，八根枪要形成一排，在空中划出一个优美弧度，像一道彩虹。练了一段时间后，反过来，舒晓夏投，余展飞挑。这种挑枪，整个信河街越剧团只有他们两个会，估计全天下也只有他们两个会。

2

父亲余全权是信河街著名的皮鞋师傅，绰号皮鞋权。他在信河街铁井栏开一家店，做皮鞋，也修皮鞋。他长期与皮鞋打交道，皮肤又黑又亮，连脸形也像皮鞋，长脸，上头大，下巴尖，张开的嘴巴像鞋嘴。对于余展飞来讲，父亲最像皮鞋的地方是脾气。皮鞋有脾气吗？当然有。皮鞋最突出的脾气就是吃软不吃硬，它不会迁就穿鞋的人，不能跟它“来硬的”，必须顺着它的性子来，要尊重它，要呵护它。但它又是感恩的，懂得回报。谁对它好，怎么好，对它不好，怎么不好，它是爱憎分明的，也是锱铢必较的。擦一擦，亲一口，它会闪亮。不管不顾，风雨践踏，它就自暴自弃了。它对人的要求是严格的，甚至是严厉的。它不会主动选择人，但会主动选择对谁好。不是一般的好，而是全心全意，甚至是合二为一，它会将自己融进人的身体里，成为身体的一部分。

父亲就是这样的脾气。每一双经过他修补的皮鞋，都有新生命，是一双新皮鞋，却又看不出新在哪里。他做的每一双皮鞋，看起来是崭新的，穿在脚上却像是旧的，亲切，合脚，就像冬夜滑进了被窝。

从皮鞋店到皮鞋厂，是父亲的一个改变，也是皮鞋对父亲的回馈。那一年，余展飞已经当了三年学徒，理论上说，可以出师单干了。实际情况也是如此，余展飞觉得技术已经超过父亲。

也就是这一年，余展飞“认识”了舒晓夏。农历十月二十五，信河街举办物资交流会，越剧团接到演出任务，将临时舞台搭在铁井栏，就在皮鞋店对面。那天下午演出的剧目是《盗仙草》，舒晓夏演白素贞。

余展飞不是第一次看越剧，也不是第一次看白素贞《盗仙草》，他以前看过的。也觉得好，咿咿呀呀的，热闹又悠闲，真实又虚幻。但那种好是模糊不清的，是不具体的。说得直白一点，就是舞台上的白素贞跟他没关系，没有产生任何联想和作用。但这一次不同，他被白素贞“击中”，迷住了。她一身白色打扮，头上戴着一个银色蛇形头箍。她的脸是粉红的，眼睛是黑的，眼线画得特别长，几乎连着鬓角。美得不真实，惊心动魄。余展飞突然自卑起来，粗俗了，寒酸了。他无端地忧伤起来，无端地觉得自己完蛋了，这辈子没希望了。当他看到白素贞和四个仙童挑枪时，整个心提了起来，挑枪结束后，他发现手心和脚心都是汗，浑身都是汗。这是他第一次发现自己的手心和脚心会出汗。当看到白素贞下腰，将地上的灵芝仙草衔在口中时，他哭了。差不多泣不成声了。他觉得魂魄被白素贞摄走了。

散场了。对余展飞来讲没有散，他依然和白素贞在一起，如痴如醉，亦真亦幻。他不知不觉来到戏台边，来到后台。他看见了白素贞，不对，是正在卸装的白素贞。有那么一瞬间，他有失真感觉，却又觉得无比真实。卸装之后，舞台上的白素贞不见了，他见到一个长相普通的姑娘，身体单薄，面色蜡黄，眼睛细小，鼻梁两边还有几颗明显的雀斑。

舞台上下的反差让余展飞措手不及，让他惊慌失措。但恰恰是这种反差拯救了他，唤醒身体里另一个自己，他感到震撼，感到力量，更主要的是，他看到了可能——既然她能演白素贞，我为什么不能演？他突然萌生出一个念头：我要去越剧团，我要唱《盗仙草》，我要演白素贞。

这个念头来得凶猛，令他猝不及防。用父亲的话说是，丢了魂了。

但余展飞知道，他的魂没丢。是被舞台上的白素贞“迷住了”，也是被现实中的白素贞“唤醒了”。他回到店里，对父亲说：

“我要去学戏，我要唱越剧。”

莫名其妙了。突如其来了。父亲没有放在心上，小孩子嘛，心血来潮是正常的，异想天开也是正常的，怎么可能去学越剧呢？怎么可能不做皮鞋呢？说说而已。不过，父亲觉得不正常的是，这个下午，余展飞什么也没有做，鞋没有做，也没有修。他还是那句话：

“我要去学戏，我要唱越剧。”

父亲明白了，这孩子鬼迷心窍了。

问题的严重性在于，接下来，余展飞还是什么事也不做，见到他就说：

“我要去学戏，我要唱越剧。”

那就是疯了。走火入魔了。父亲不可能让他去学戏，不可能让他去唱越剧。父亲的人生只有皮鞋，当然，他还做了一件事，就是生下余展飞。对于父亲来讲，两件事也是一件事，可以这么说，他也是父亲的一双皮鞋，甚至可以这么说，他从出生那天起，便注定这一生要和皮鞋捆绑在一起，逃不掉的。这一点余展飞知道不知道？他当然知道。实事求是地讲，余展飞不排斥父亲，也不排斥皮鞋。恰恰相反，他喜欢父亲，因为他喜欢皮鞋，也喜欢修皮鞋和做皮鞋。他喜欢父亲，是因为父亲对待皮鞋的态度，父亲没有将皮鞋当作商品，商品是没有感情的，而父亲对待每一双皮鞋，无论是来修补还是来定做，都像对待儿子。也就是说，在父亲眼中，余展飞和那些修补和定做的皮鞋几乎没有区别。余展飞委屈了。确实有一点。但他内心却是骄傲的，他觉得这正是父亲与人不同的地方，他没有将皮鞋当作鞋来看，而是当作人来对待。这是余展飞喜欢的。余展飞也是将皮鞋当作人来对待的，他跟父亲不同之处在于，对他来讲，皮鞋是有性别的，是分男女的。这跟男鞋女鞋无关，而是跟皮料有关，跟使用的胶有关，跟使用的线有关，跟针脚的细密有关，最主要的是，跟皮鞋的气质有关。但是，无论是哪种性别的皮鞋，余展飞都是喜欢的，无论是他做的，还是别人拿来修补的，只要到他手里，他都会让它们发出独特的光芒，他会给它们全新生命。

3

那一个月里，余展飞只说一句话，其他什么事也不干。皮鞋权先是惊讶，再是愤怒，然后是恐惧，最后是无奈。他懂儿子，就像他了解皮鞋和各道制作工序一样，不能“来硬的”。他做出了让步，但也是有条件的，他答应让余展飞学越剧，但只是业余，主业还是做皮鞋。这就是“以退为进”了。

余展飞答应了。只要能学越剧，让他不吃饭不睡觉都行。

父亲找到一个长期在店里定做皮鞋的人，也是父亲的酒友，他是信河街越剧团的鼓手。余展飞后来才知道，在剧团里，鼓手地位很高，类似于轮船上的舵手，起掌握方向作用，起控制节奏作用。父亲将那个鼓手请到家里喝酒，喝得脸色由白转红，又由红转白。最后，鼓手捏着酒杯，问他想学什么？余展飞说他想学《盗仙草》，想当白素贞。鼓手一听就笑了，说：

“要学《盗仙草》，想当白素贞，在信河街只能找俞小茹老师。俞老师是第一代白素贞，她的学生舒晓夏是第二代白素贞。这事非找俞老师不可。”

余展飞是从这一刻开始，才知道那天演白素贞的演员叫舒晓夏，因为那天演出就是鼓手敲的鼓，他告诉余展飞：

“舒晓夏现在是越剧团的台柱子，俞老师已经退居二线，但要学戏，还得找俞老师，姜还是老的辣。再说，舒晓夏不收学生。”

一个礼拜后的一个下午，鼓手带他去越剧团见俞小茹老师。余展飞记得是直接去排练厅的，一大堆人，有化装的，更多是没化装的。穿什么的都有，穿短打扮的，腰间都用一条红腰带扎起来；穿戏服的，比画着动作，沉浸在各自的情境中。排练厅一片混乱，却又秩序井然。他第一眼就找到正在排练厅一角的舒晓夏，她穿着白素贞的戏服，脸上没有化装。她的装扮让余展飞有不真实的感觉，既是白素贞，又不完全是白素贞。他发现，自己特别迷恋这种感觉，似真似假，如梦如幻，虚中有实，实中有虚，脚踏实地，却又飞在半空。余展飞很羡慕这些演员，他们哪里是在排练？哪里是在演戏？他们就是生活在天宫中的一群神仙，饥食仙果，渴饮琼浆，生活在各自的想象中，悲欢离合，逍遥自在。这样的日子才是有意义的，不用考虑柴米油盐，更不用考虑生意来往，只需要考虑自己和角色的内心。他们就是神仙，是漫无边际的神仙。他多么希望成为其中一员。

俞小茹老师穿一件黑色旗袍，烫一个

波浪头，在排练厅走来走去，有时停下来，对某个演员说几句，或者用手纠正某个动作，偶尔也示范一下。鼓手将俞小茹老师叫到一边，俞老师显然已经知道他，笑眯眯地问：

“你为什么要学《盗仙草》?”

“我要演白素贞。”

“你为什么要演白素贞?”

“我要《盗仙草》。”

“你为什么要《盗仙草》?”

“我要演白素贞。”

俞小茹老师一听就咧嘴笑了，确实是个外行哪。俞老师告诉他，《盗仙草》是《白蛇传》一个选段，以武戏为主。《游湖》《断桥》《合钵》也是《白蛇传》的选段，以文戏见长。俞小茹老师当年最拿手的是《断桥》，其次才是《盗仙草》，余展飞说：

“我只学《盗仙草》。”

紧接着，他又补充一句：

“其他戏都不学。”

俞老师没有觉得余展飞这种思维有什么问题，她觉得蛮正常，而且蛮正确。余展飞不是专业演员，他学戏只是好玩，也可能只是一种寄托。再说了，如果能把一段戏学好，学到精髓，很了不起了。俞老师问他：

“以前学过没?”

“没。”

“会一点吗?”

“我会下腰，就是白素贞用嘴去叼灵芝仙草的动作。”

这一个多月来，余展飞做了一件事，用脑子回忆那天看到的演出，模仿戏里白素贞的每一个动作，他比较满意的是下腰。

俞老师说：“下一个看看。”

余展飞二话没说，扎个马步，一下就将腰“下”去了，而且是以口触地。他知道自己做得不错，下腰下得轻松，起腰起得利索，脸不改色，心不跳。站起来后，拿眼睛看着俞老师。俞老师咦了一声：

“腰蛮软的。”

越剧团是不收业余学员的，再说，余展飞已经十五岁，这个年龄才学戏，显然迟了。余展飞见俞老师面有难色，他说：

“俞老师，我只想学戏，只想演白素贞。”

俞老师想了一下，说：

“我给你化个简妆看看。”

俞老师带着鼓手和余展飞进了化妆室，让余展飞在一面镜子前坐下。俞老师先在他脸上打一层底粉，然后在脸蛋上涂点胭脂红，最后是描眉眼。描完眉后，俞老师往后退两步，看了看余展飞的脸，又咦了一声。这时，站在边上的鼓手拍起了巴掌：

“好俊的一张脸。好一个白素贞。”

俞小茹老师最后收下余展飞，当然是看在鼓手的面子上。鼓手说了，俞老师这次“破例了”，以前没有收过“这样的”徒弟。

余展飞后来才知道，俞老师当初答应收下他，一方面是出于鼓手的面子，另一方面也是可怜他，顺口允了而已。在她呢，也没有太放在心上。这些年来，她见过多少学戏的孩子最终还是选择离去。何况余展飞还有店要照看，家里还有一家皮鞋工厂刚开业。因为余展飞跟父亲有约定，皮鞋工厂开业后，父亲负责工厂，铁井栏皮鞋店由余展飞坐镇，他学戏时间只能在晚上。俞老师心想，这孩子也就是一时心热，正在兴头儿上呢，来几次，吃些苦头，自然知难而退。她也算做完人情了。

让她没想到的是，余展飞是真下了狠

心学戏，什么苦都吃。学戏最难的是练基本功，单调、枯燥却费劲，譬如压腿、劈叉、踢腿、下腰、扳朝天蹬，哪一项不需要下死功？就拿最简单的压腿来说，一般人压个九十度试试？压不起来的，即使压起来，用不了五秒钟，保准抽筋，是那种不由自主的抽筋，身体就散了。再譬如劈叉，压腿也可以说是为劈叉做准备的，要将两条腿劈成一字形。对于一个十五岁的孩子来讲，要将腿劈下去，等于将他腿上已经生长出来的筋砍断，那得多疼？得下多大功夫？但余展飞一句疼没说，甚至没有发出任何声音。俞老师让他练拿大顶，让他拿三分钟，他一定拿十分钟。俞老师让他拿十五分钟，他一定拿半个钟头。他在店里练，做皮鞋时练，吃饭时练，睡觉也练。这就让俞老师刮目相看了：这孩子不是一时兴起，而是着了魔了。看得出来，他是真喜欢学戏。这个时候，俞老师的想法发生改变了，将余展飞“放在心上了”，对余展飞有了“新的希望”。当然，俞老师没有将这个想法告诉余展飞，不需要说，也不能说，这是她个人的事，是她和舒晓夏的事，跟余展飞无关。现在，跟余展飞有关了，但他还是不需要知道，俞老师不想让他知道。

练完一年基本功后，俞小茹老师才教他真正学戏。余展飞的嗓音又让俞老师咦了一声。余展飞平时说话属于偏柔和的男低音，很男性化的。他居然能变音，最主要的是，发出的声音不生硬，是很温和的女低音。太难得了。男生扮旦角，第一是扮相，第二是声音，他居然能唱出这么真实的女声。俞小茹老师心里想：是个旦角的料哇。

4

拜在俞小茹老师门下，余展飞最开心的事，是能见到舒晓夏，能向她学戏。

舒晓夏是他师姐，在内心里，余展飞却是将她当作师傅。没有拜入俞老师门下前，余展飞在家“瞎练”《盗仙草》中白素贞的动作，模仿对象就是舒晓夏。他脑子里既有舞台上的白素贞，也有卸装后的舒晓夏，两个形象既分离又合一。他记得白素贞的每一个动作、每一句唱词，甚至每一个眼神。如果要认第一个师傅，那就是白素贞，就是舒晓夏。

舒晓夏是在排练厅看到余展飞的，知道是俞老师新收的徒弟。她只用眼睛余光瞟了余展飞一眼，立即感觉到威胁：这人不简单。她感觉到余展飞身上有种“仙气”，也可以称为“妖气”，她能感受到他身上的“执拗”、“一根筋”和“不可理喻”。他是个“疯子”，是个什么事都干得出来的“疯子”。艺术需要的正是“一根筋”和“不可理喻”，特别需要“疯子”的精神和行为。她就是个“疯子”，为了演戏，她可以什么也不管，可以什么也不要，包括自尊，包括身体，包括生命。她只想成为站在舞台中央的那个人，只想成为戏中的那个角色。

舒晓夏对这种威胁不陌生。她曾经给过俞老师这种威胁。当她第一次正式登上舞台，正式成为白素贞后，她从俞老师眼神看得出来，她是多么哀伤，多么无奈，那是一种被对方逼到悬崖尽头的怨恨，是走投无路的绝望。这种感觉不是长驱直入的，而是混沌的，是弥漫的，是眼睁睁看着自己枯萎的悲凉。眼睁睁看着自己消亡，却无能为力。

她现在感受到来自余展飞的威胁，她觉得，这是俞老师刻意安排的，是专门针对她的。她当然不甘心。她不是俞小茹老师，她不会束手就擒的，为了舞台，为了舞台上的角色，她会拼命的。

必须主动出击，但不能盲目。一个月之后，排练结束后，她在越剧团门口“无意中”遇到余展飞，她主动打招呼，主动自我介绍，主动约余展飞：

“有空的话，咱们一起排练《盗仙草》。”

这是余展飞做梦都想的事，只是没胆子提出来：

“真的？”

“当然是真的。”她停了一下，接着说，“这事不能让俞老师知道。”

她知道，俞老师是不会让她接近余展飞的，他是俞老师用来对付她的秘密武器。而她从余展飞眼神看出来，他是愿意接近她的。

那以后，舒晓夏经常去余展飞的鞋店，打烊之后，余展飞反锁了店门，两人一起排练《盗仙草》。

舒晓夏原来的打算，是想让余展飞放弃白素贞，那么多越剧剧本，他演什么不可以？扮演哪个角色不行？为什么偏偏要演白素贞？他可以演青蛇，可以演梁山伯，可以演祝英台，可以演贾宝玉，可以演崔莺莺，可以演杜十娘，也可以演穆桂英。想演什么，自己教什么，可是，余展飞说：

“不，我只学《盗仙草》，我只演白素贞。别的都不学，都不演。”

死心眼了。舒晓夏也是个死心眼，她清楚，跟死心眼的人是没有道理可说的，讲不通的。那么好吧，就学《盗仙草》吧，就演白素贞吧。“教鞭”在她手里，“方向盘”在她手中，她指哪个方向，余展飞只能跟到哪个方向。也就是说，余展飞始终在她掌控之中，余展飞是孙悟空，她是如来佛，逃不出她手掌心的。

一接触，舒晓夏就知道，遇到劲敌了，跟自己相比，余展飞或许算不上戏痴，他不会为了演戏，生命也可以不要，但他绝对是有魔性的，他心里住着一个白素贞，身体里也住着一个白素贞，一遇到白素贞，他就“魔怔”了，不能自拔了，意乱情迷，差不多是神志不清了。他怎么演都是白素贞，白素贞就是他。作为一个演员，舒晓夏明白，这有多么可怕，那等于说，这个演员进入一个特殊空间，这个空间里只有他，只有白素贞，他想怎么演就怎么演，他想演成什么样就是什么样，没人能够阻止得了。这样的演员，不是“疯了”是什么？一个“疯了”的演员，是什么都可以做得出来的，是无法估量和比较的。有时候，这样的演员就是个“神”，演什么角色都是“神灵附体”，都是“灵魂出窍”。这一点，舒晓夏是有体会的。

既然如此，教还是不教？当然教，而且要更认真教。她要做的事情其实也很简单，就是不让余展飞“疯了”，让他清醒，让他知道，他是在演戏，他不是白素贞，白素贞也不是他。

但是，舒晓夏发现，她做不到，只要一接触到《盗仙草》，只要一接触到白素贞，余展飞什么也不管了，余展飞不见了，只剩下白素贞，而这个白素贞也不是她通常理解和演绎的白素贞，而是一个陌生的白素贞，一个带着余展飞浓烈气息和情绪的白素贞。那还怎么教？

让舒晓夏意想不到的变化是，在与余展飞接触过程中，她的心理和身体发生了微妙改变。只有舒晓夏知道，于她来说，这个变化是翻天覆地的，是史无前例的。她居然对余展飞“动了心”，居然有跟他身体发生关系的念头和欲望。在此之前，她只对戏里的人物有过这种感觉，对戏里的白素贞，包括对戏里的许仙，她可以以身相许，可以合二为一，她没想到对余展飞会有这种感觉。但她没有慌乱，出乎意料地淡定。她对余展飞最初的“敌意”来自他的威胁，当她接触余展飞之后，和他排练《盗仙草》之后，威胁升级了，变成了压迫，她发现，一旦成为白素贞，余展飞的白素贞比她更疯狂，比她更迷离，比她更决绝，也比她更柔情。这种感受很不好，是被压挤和束缚却没能力挣脱的感觉。这让她丧气。在演戏方面，她从来没有丧气过，也从来没有服过谁。她是最好的。她演的白素贞，是真正的白素贞，天下第一。可是，跟余展飞的白素贞一比较，她自卑了，无论是扮相、神态、动作、眼神、氛围还是唱腔，余展飞的白素贞似人似妖似仙，却又非人非妖非仙，那是真正的妖孽，光芒四射，摄人心魄。她达不到这个境界。

她对余展飞“动了心”，还有一个只有她才能体会的原因，这种体会或许只有她这样的演员才有，她愿意与余展飞合二为一，因为他们都是白素贞，他们本来就是一体的。

有这个心思后，她才让余展飞来她宿舍排练。舒晓夏心思不在穿衣打扮上，不讲究，但干净。宿舍却是“垃圾场”，眼睛看得见的地方，都跟越剧有关：脸谱、盔头、戏服、拂尘、刀、剑、枪、剧本等等等等。随意堆放，杂乱无章。有一面墙壁是镜子，镜子让宿舍显得双倍凌乱。不过，杂乱无章却产生出特殊氛围，即使是兵器，在这里也变得柔和，变得温暖，变得含情脉脉，变得情深意长，变得真实又梦幻。这里每一件东西都可能幻化成白素贞，至少与白素贞有关。

他们是在排练中亲吻起来的，就在那面镜子前，他们穿着戏服练下腰，练白素贞口衔灵芝仙草。他们背对背，在镜子前做成M形，两张嘴便“衔”在一起了。是舒晓夏主动的，余展飞有过短暂迟疑，很快就热烈起来。脱下戏服后，又急切地抱在一起，继续“排练”。

亲吻是什么？舒晓夏理解，亲吻是正式演出前的“头通”，是热场子，是酝酿，是发酵，是含苞待放，是必不可少的过渡。可是，“头通”打了一个月，就是喧宾夺主了，正戏还唱不唱？舒晓夏有意见了，觉得余展飞在这方面的勇气和能力完全不像白素贞，更像懵懂迟钝的许仙。只能依靠自己了，因为她是白素贞，是完整的白素贞。

那天晚上，排练结束后，他们跟平常一样，戏服还没有脱就抱成一团。在亲吻过程中，舒晓夏增加了一个动作，主动探索余展飞身体。慢慢地，余展飞反应过来了，将手伸进她身体。戏服在不知不觉中被脱掉，身上所有衣服不见了，最后时刻来了，当舒晓夏要将身体交出去时，余展飞突然停住了：

“不能。”

舒晓夏心里一冷，问：

“为什么？你不喜欢我？”

余展飞回答说：

“不是，你知道我喜欢你，但我不能。”

“为什么不能？”

“我也不知道为什么不能。”

余展飞的回答让舒晓夏不满意，很不满意。但没再问下去，她觉得冷，嘴巴都僵住了。

5

俞小茹老师告诉余展飞，以他的天赋，如果一门心思将工夫花在学戏上，将来成就一定超过她，说不定能走出信河街，走上全国舞台，成为一代名角。但是，她没有要求余展飞这么做，她说余展飞的任务不仅仅是唱戏，他还有家族责任。最主要的是，她认为戏曲环境变恶劣，看戏人减少，社会关注点转移到赚钱，能赚到钱才是英雄，才是当家花旦，才是台柱子，才是“名角”。她感到戏曲行业在走下坡路，而且是一条看不见尽头的下坡路。这种时候，她怎么可能让余展飞来做专业演员？她甚至觉得，余展飞根本不应该来学习，他应该跟父亲做生意，帮父亲把皮鞋厂办好，赚更多钱。但她也没有要求余展飞这么做。在这个问题上，她蛮自私的，她觉得遇上一个好苗子了。唱戏是她的事业，她这辈子只做这件事，当然希望这个行业能够兴旺，希望得到更多年轻人关注，更希望有潜质的年轻人投身这个行业，只有这样，这个行业才有希望，才有未来。

她用一年时间给余展飞“打基础”，又花一年时间，将《盗仙草》教给他。是一句唱词一句唱词教，一个动作一个动作教。两年之内，俞老师一直“捂着”他，没让他“亮相”。其实也不是完全“捂着”，俞老师每周会带他去一次剧团排练，跟他配戏的演员，都是俞老师特意叫来的。他演白素贞，不能总是一个人对着空气比画，要考虑和四个仙童配合，要有默契，特别是挑枪那一段，差一分一毫都是不行的。

他第一次在剧团正式登台，是两年后的汇报演出，听说信河街文化局局长也来“观摩”。俞老师安排他演《盗仙草》。他在排练厅和四个年轻演员对戏也很正式，都有化装和穿戏服，毕竟只是排练。汇报演出不一样，虽是内部观摩，但所有观众都是内行，都带着挑毛病的眼光，还有领导坐镇。其实是考试，是大阅兵。

余展飞没有紧张，恰恰相反，他内心是迫不及待的兴奋。他不是剧团的人，没有考试压力。更主要的是，他知道自己演白素贞时，舒晓夏就在台下。他一直想让舒晓夏看看自己在舞台上演的白素贞，他想让舒晓夏知道，自己演的白素贞是从她那里来的，她演的白素贞，改变了他的人生，他原来的生活除了皮鞋之外还是皮鞋，他看到的和想到的都没有离开皮鞋。是她演的白素贞帮他打开一扇大门，让他看到，除了皮鞋，他的生活还有梦想，而且是一个只有他看得见摸得着的梦想。或者可以换一句话，她演的白素贞让他突然从现实生活中飞起来，让他看到原来没有看到的东西，那些东西是他以前没有想过的。

在他演出之前，是舒晓夏，她演的也是《盗仙草》。舒晓夏上台时，余展飞在候台。他站在舞台右侧，一直盯着舞台上的白素贞。这是完全不同的体验。他上一次是站在台下看台上的白素贞，那时的白素贞是遥远的，是虚幻的，是可望不可即的。这次不同了，他在舞台上，他能感觉到，自己就是白素贞，他和舞台上的白素贞是相通的。他能感受到白素贞每一个动作、每一句唱词，更能感受到白素贞内心的愧疚、悲伤和决绝。

确实是不同了。他离白素贞更近了，甚至就是白素贞。他也觉得离舒晓夏更近了，因为舒晓夏已经和白素贞合为一体。

轮到余展飞上台了，他依然停留在刚才的情绪里，他已经盗到仙草，飘飘荡荡回去救许仙。是锣鼓声提醒了他，让他重新回到舞台，哦，他又回到峨眉山，再盗一回仙草。余展飞不见了，舒晓夏不见了，舞台不见了，舞台下所有人，包括俞老师也不见了。他现在就是白素贞，白素贞现在只有一个目的——盗了仙草回去救许仙。白素贞更哀伤了，也更决绝了。白素贞一边担心许仙的生命安危，一边担心能否盗到仙草。但她内心是坚定的，是没有回旋余地的，必须盗回仙草，必须救活许仙。这事没得商量。

随着锣鼓声，白素贞使用了“莲步水上漂”。她确实是“漂”上去，腾云驾雾，晃晃悠悠，却又风驰电掣。在舞台上转了小半圈，又回到右侧，她一抬头，开口唱道：峨眉山。她能感觉到，这声音是一支射向峨眉山的利箭，穿破云雾，不达目的绝不回头。

一上台，余展飞就忘记了音乐，他不需要音乐，他要的是仙草。音乐似乎又是存在的，变成一种提醒，让他不断向前、不断飞翔的提醒。

回到台下，余展飞依然沉浸在那种情绪和情节之中，白素贞口衔仙草，飞向家中的许仙。他似乎听到舞台下巨大的掌声，看到俞老师跑到后台，激动地抱住他，不停地跺脚。

6

那次“汇报演出”后，俞老师对他说，文化局同意招他进越剧团，局长特批一个名额。

进越剧团演戏，是他这两年来的梦想。可是，当真正要成为专业演员时，当他即将成为真正的白素贞时，他又犹豫了。这意味着，他将抛弃皮鞋店和皮鞋厂。在没有直接面对这个问题时，余展飞一直认为自己更愿意当一名演员，那是他的梦想。可是，当机会摆在面前，他却犹豫了，但他不好意思直接回绝俞老师，只好说：

“我没问题，我回去问问我爸。”

余展飞记得，听他这么说，俞老师突然很夸张地笑了两声。但是，俞小茹老师那么骄傲的人，后来还是托鼓手去做父亲的工作，鼓手和父亲喝了一顿酒，回去问了俞老师一句话：

“你说做生意和唱戏哪个有前途?”

俞小茹老师再没说什么。或许，她已经想通了，或者，是绝望了。她在那一年提前办理了退休手续，与人合伙成立一家演出公司。

也是那一年，余展飞进入父亲的皮鞋厂，父亲抓生产和管理，他负责采购和销售，父亲主内，他主外。他向父亲提出要求，在工厂顶楼要了一个房间，装修成排练厅。下班后，他会去排练厅待一两个小时，有时更长。

也就是那一年，余展飞和舒晓夏开始每周一次排练，他们只排《盗仙草》。

他们两人演的白素贞是同一个白素贞，却又是不同的白素贞。舒晓夏的白素贞显得坚毅，甚至刚毅，眼神、动作和唱腔都显示出坚硬的力量，这种力量是掷地有声的。余展飞的白素贞是柔软的，甚至是哀怨和哀伤的。他的白素贞显示出另一种力量，是冰下流水的力量，看不见，但能够感受，那种感受让人忧伤，忧伤是一种无法言说的力量，特别“摧残”人。说不清两个白素贞谁更出彩，坚毅和柔软都能打动人。

皮鞋厂发展是飞跃式的，从刚开始的三十个工人，增加到三百个，然后又增加到三千个。余展飞的职务也在发生变化，从科长升到副厂长。皮鞋权不管生产管理了，只抓技术。

舒晓夏凭《盗仙草》参加省文化厅戏曲比赛，她挑枪的动作设计打动了所有评委，拿到一等奖。这是信河街越剧团几十年来第一次拿大奖，半年之后，舒晓夏被提拔为副团长，成了“有级别”的人。

两个人都到了谈婚论嫁的年龄。这几乎是顺理成章的事，一个搞经济，一个搞艺术，还有比这更般配的结合吗？不可能了嘛。

余展飞也是这么想的，他觉得这是理所当然的。他知道舒晓夏喜欢自己，而且，他也知道，舒晓夏没有别的人选。以前没提出来，是因为他没想过结婚的事，他想舒晓夏也是。结婚看起来是人生大事，但在决定婚姻上，往往是一刹那，甚至是草率的。

余展飞想结婚，是因为父亲想他结婚，父亲对他说：

“我老了，这个摊子要交给你，希望你早点成家。”

余展飞没有当面答应父亲，但也没有反对。那就是可以商量的意思了。他找谁商量？当然是舒晓夏。

周一晚上，他们在皮鞋厂顶楼结束排练后。初秋的晚上，天气还没有凉下来，即使开着空调，两个小时排练下来，也内衣湿透。他们脱了戏服，坐在镜前卸装，余展飞突然对舒晓夏说：

“嫁给我吧。”

舒晓夏手里拿着卸妆湿巾，转头看着余展飞，一脸惊讶：

“为什么？”

她这么问，轮到余展飞惊讶了：

“你不爱我吗？”

舒晓夏停顿了一下，点头说：

“我爱你。”

余展飞松一口气：

“那就对了，你爱我，我也爱你，我们结婚。”

舒晓夏这时眼睛一动不动地看着他，然后，缓缓地摇摇头：

“不，你不爱我。你爱的不是我。”

余展飞从镜子前跳了起来：

“怎么可能？我还不知道自己爱的是谁？”

舒晓夏很镇定，面无表情地说：

“你爱的是白素贞，是舞台上的白素贞，而不是现实中的我。”

余展飞俯视着舒晓夏的眼睛，很肯定地说：

“我当然爱舞台上的白素贞，同时也爱现实中的你。”

“骗人。”舒晓夏仰视着他，“如果你爱现实中的我，为什么不能和我上床？如果你爱现实中的我，为什么要和我争演白素贞？你爱的是白素贞，一直是白素贞。白素贞就是横亘在我们之间的峨眉山，无法逾越的峨眉山。”

余展飞突然打了个哆嗦，一股冷气从头顶倾泻下来，立即覆盖全身。他想否认，可是，一屁股跌坐在椅子上，什么话也说不出来。

7

皮鞋权退居二线了。他这么做，当然

是对余展飞放心，除了唱戏，他对余展飞确实放心。他是满意的。一切按照他的设计推进，唱戏只是小插曲，开次小差而已，他最后不是选择回皮鞋厂了吗？谁还没有个开小差的时候呢？同时，他又对余展飞不放心，除了皮鞋厂，只剩下唱戏，连婚姻都耽误了，这让他焦急，也让他伤心。但他能下命令让余展飞娶妻生子吗？这不是工厂赶订单，他没办法亲自“上马”，只能商量，只能提议，只能干着急。他提议多次，余展飞表面上答应“好的好的”，却没有实际行动。他知道余展飞和越剧团的舒晓夏关系密切，也委婉对余展飞说过：

“我看小舒这人还行。”

余展飞点头说：

“是的是的。”

表明态度了，方向也指明了，余展飞还是按兵不动。他按捺不住了：

“你和越剧团的舒晓夏到底在搞什么鬼？这样不明不白拖着算什么？”

余展飞装傻：

“我们关系很好啊，她是我师姐啊。”

心力交瘁了。皮鞋权决定将皮鞋厂交给余展飞，不管了，没个尽头。迟早要跨出这一步的。

父亲退休后，余展飞觉得最大好处是可以无拘无束排练。但余展飞是不会“乱来”的，所有排戏都在工作之余。他觉得很好，每天充满期待，精神和身体都是饱满的。一想到晚上可以和舒晓夏排练，他就觉得这一天是美好的。

舒晓夏当上越剧团团长后，余展飞想出资装修越剧团排练场所，舒晓夏不肯。她知道余展飞有钱，也是真心实意，但她不愿。她打报告给文化局，局里拨专款让她装修。

装修之后，多了一个小排练厅，余展飞和舒晓夏有时将排练移到小排练厅。

余展飞“主政”皮鞋厂后，做了几个“大动作”：第一是改厂名，将原来的“皮鞋佬”，改成“灵芝草”；第二是将工厂改成集团公司，工厂名字带有计划经济痕迹，而公司是市场经济产物；第三是花十年时间，在全国各地开出五千家专卖店，他让“灵芝草”开遍各地；第四是“灵芝草集团公司”上市，敲锣当天，他个人市值三十三亿。

在“上交所”敲锣当天，余展飞特别邀请俞小茹老师、鼓手和舒晓夏作为嘉宾。他亲自上门送请帖，鼓手看到请帖里注明“正装出席”，一脸诚恳地问：

“中山装算不算正装？我只有一套中山装。”

余展飞一听就笑了：

“你穿法海的袈裟也是正装。”

俞老师现在老年大学教越剧。余展飞约好去她家送请帖，她问余展飞都邀请了谁？余展飞说邀请了越剧团的鼓手和舒晓夏。俞老师沉默一会儿，说老年大学教学蛮忙的，每天都有课呢。余展飞说舒晓夏有演出任务，去不了。她听了之后，改口说：

“我去请假试试，学校领导蛮尊重我的。”

舒晓夏确实因为演出没有参加，但余展飞认为，即使没有演出，她也不会去。这些年，除了演出，除了越剧团的事，舒晓夏很少抛头露面。她也很少提俞老师，余展飞倒是提过几次，她没有任何回应。余展飞后来就不提了。

舒晓夏没结婚。余展飞没问她原因。他动过再次向舒晓夏求婚的念头，但没提出来。

余展飞没再提，还有一个原因，他确实很享受和舒晓夏排练《盗仙草》，不但精神满足，身体也得到满足。他每天会去公司排练室坐坐。这个排练室是在原来基础上改建的，规模、设备和越剧团的小排练厅差不多，他有时会独自唱一段，或者练一阵枪花。有时只是坐坐，什么也没做。也就够了。

父亲走得突然，也不算突然。父亲身体一直很好，就像他做的皮鞋，经久耐用。可能是平时坐多的缘故，有高血压，也不是很高，低压一百，高压一百四十，按时吃“络活喜”，血压就“标准”了。他的死跟高血压没关系。余展飞觉得父亲是“闲死”的，他做一辈子皮鞋，突然不做了，空了。他原来喜欢喝点酒，喜欢喝信河街五十六度老酒汗。他喜欢老酒汗直扑脑门的冲劲，喜欢酒后不断升腾的幻觉。退休之后，喝酒的念头也没有了，他大概觉得“任务”完成了，再活下去没意思了，也没意义了。

父亲走时，虚岁才七十，很叫人惋惜。事发突然，更叫人痛惜。

按照信河街风俗，父亲葬礼之后，有场宴请酒席，余展飞想请越剧团来演一段《盗仙草》，他想用这种方式，送父亲最后一程。余展飞觉得舒晓夏可能不会同意，越剧团是艺术团体，怎么会在葬礼宴席上唱戏？太低贱了。出人意料的是，舒晓夏居然一口答应。宴请那天，她带来越剧团全班人马。

《盗仙草》安排在宴请尾声，也是酒至酣处，差不多人仰马翻了。这个时候，临时搭建的舞台上，锣鼓声响起来了。很多人知道余展飞喜欢唱戏，喜欢演白素贞，但从来没见过，大家起哄，让余展飞来演。一个人带头后，几乎所有人跟着喊余展飞的名字，一边喊，一边用手掌或者拳头拍打桌面。场面“不可收拾”了。余展飞去“后台”找舒晓夏，舒晓夏化好装，戏服也穿好了，她看着余展飞：

“你演不演？”

其实，听到锣鼓声后，余展飞身上肌肉已经抑制不住地兴奋，他感觉肌肉在跳动，在喊叫，在翻腾，发出吱吱声。舒晓夏这么一问，似乎身体已飞翔在半空，哪有不演之理？

他坐下来，舒晓夏给他化装。锣鼓声中，他看着镜子里的自己变幻成白素贞。镜子里还有一个白素贞，那是舒晓夏扮演的白素贞，两个白素贞时而分开，时而重合。他听见演出开始了，两个守护仙草的仙童上场，几句念白之后，手持拂尘做着练武动作。他还听见喊叫他名字和拍打桌面的声音。又是一阵锣鼓过后，两个守护仙草的仙童退场，轮到白素贞上场了。他看了眼扮成白素贞的舒晓夏，她表情穆然，并不看自己。锣鼓声催得更急，他不由自主、恍恍惚惚地被舞台吸引过去。他一身白色打扮，手执拂尘，上身纹丝不动，脚板挪移，飘上了舞台。舞台下立即安静下来，叫喊声和拍打桌面的声音戛然而止：哪里还有余展飞的影子？分明就是千年蛇妖白素贞嘛。分明是舍身救夫的白娘娘嘛。太妖怪了。

余展飞一踏上舞台，舞台便成了峨眉山，云雾缭绕，群山巍峨。他现在是她，是白素贞，是上峨眉山盗仙草救夫的白素贞。眼里只有千难万阻，眼里只有刀山火海，眼里只有灵芝仙草，眼里只有悲伤的希望。

她先是用拂尘与两个仙童对打。两个仙童不敌，向后山退去。

第二场，手持双剑与两个手持双剑的仙童对打，仙童败。

第三场是手持双枪与四个手持双枪的仙童对打。她突然感到双腿发软，双手发酸，沉重得抬不起来。客观原因是：为了父亲的葬礼，连续三天，余展飞每天只睡四小时。主观原因是：白素贞身心俱疲，她长途奔波，又挂念家中许仙性命，筋疲力尽了，她明知打不过四个仙童，却不甘心就此罢休。她知道，困难还在后头，还没到挑枪环节呢，她第一次怀疑自己能否顺利完成那套动作。此时，四个仙童将双枪从她头顶压下来，她使双枪往上一顶，感觉八杆花枪像八座山从头顶轰然而下，胸中有一口滚烫热流奔涌而上，被她硬生生咽下去后，这股热流更加凶猛往上涌，她眼前一黑，几乎一屁股坐下去。就在此刻，意外发生了，舞台上突然多出一个白素贞，手持双枪，飞奔过来，和她并肩而立。

四个仙童这时围成一圈，轮番朝她们投枪。两个白素贞背对着背，将枪尽数反挑回去。舞台上彩虹飞舞，霞光闪烁，舞台下的观众伸长了脖子，仿佛忘记自己存在。当四个仙童第四轮将双枪投向两个白素贞时，她们做出一个令所有人意外的动作——将枪悉数“没收”了。四个仙童见丢了兵器，慌了手脚，一哄而下。

舞台上只剩两个白素贞。她们舞出的枪花将身体团团包围住，成了两个既统一又独立的球体，发射出一道道让人睁不开眼睛的金光，既真实又虚幻。

瀑布守门人

田　耳

授奖词

《瀑布守门人》用标题贯穿起两个分离的时间段落，既写毕业前后的少年意气，又写岁月扫过的中年行径，寓不变于不停的变化之中，在平缓流淌的故事里，悄悄摸索着人性的深处，有发现晦暗的惊心和无奈，有不忘宽绰处的从容自在，结尾曲终奏雅，既显示出对人有限性的认知，又试着传递出温和的体贴。小说延续着田耳近年的讲述热情，行文流畅自如，叙事张弛有度，疏简处单骑直进，繁密时环佩叮当，细节上活色生香。（黄德海）

我准确记得初次去飞水洞的情形：是五月初，村庄地势高陡，梯田层叠，插秧比别的地方晚。杨媚确乎是条件最困难的同学，也曾发奋读书，成绩始终对不住自己吃过的苦，最终我们沦为同窗。此去以帮她家插秧为由，其实我们都没下过田，上午每人踩两脚泥，人家要重新侍弄秧苗。到中午，太阳没现面，但溽热缠身，人有一种正在发馊的错觉。杨媚带我们去她早已提到的瀑布，而我们此来也与这瀑布有关。她不愿谈及这村庄，但有几次提到瀑布，仿佛是唯一拿得出手的东西。据说瀑布悬起来很高，一条白练飞泻直下，在中部散开如雨。当地人并不以瀑布指称，那地方命名为飞水洞，六十年代建有小水电站。“……而且，我们都到那里洗澡。”彼时我们都还未有远行，假期只能在附近几个县份穷游，杨媚的讲述有那么点蛊惑人心。

一行六男四女，沿河而下行到一处水汊口，五尺宽一线溪流在这汇入，溪水清澈，河水阴绿，溪水渗入河水稀释了一方水面的颜色。汊口只一户人家，男主人听着狗叫出门，跟杨媚打招呼。沿溪流往里走，两百米后见到那处水电站，只安装一台小功率发电机。再往里，唯一的路经过机电房，墙体斑驳，守厂房的是一个女人，她躺在竹床上，最大面积敞开衣襟，一个全裸的婴孩趴在女人身上自行找奶。女人没有醒来的意思。一只黑狗吠两声，便对杨媚摇尾巴，让我陡觉乡村的热闹，一片地域的人与畜牲都彼此相熟。我们次第穿过一道栅栏门，门锁着，中间一根铁条故意卸掉，最胖的刘维俊通过时有些困难。后面的冯既光及时通报：“卡住了。”

郁磊阳扭头说：“来，我们一起拔萝卜。”

刘维俊赶紧自己钻过去，追着要给郁磊阳一个熊抱。

往里走，瀑布的声音渐至清晰，果然有如暴雨。山谷越收越紧，空气里水雾渐重，往上看是一线天。“真是一条会吊胃口的瀑布。”是郁磊阳的声音。我们愣一会儿才笑，他讲话总有这种冷不丁的效果。瀑布离机电房一里多地，实际走起来尤其悠长。前面有钝白的光，走过那道逼仄如门的豁口，陡然开阔，是到了一处天坑的底部。半个足球场大小的天坑。瀑布自上端挂下，无数水滴在明与暗的光线中晃动，四壁阴生植物油绿如漆。鲁南星带有相机，拍两张，嘀咕一声拍不出效果。底部水潭并不深，中间那块豆绿，水能漫过头顶。下水都已迫不及待，我们男生脱剩短裤一头扎没。洛婴备有泳衣，三点式，其他三人和衣下水。欧玉和杨媚是穿长裙，裙摆的褶子还紧，打湿以后犹如两把墩布。

洛婴在那块豆绿游泳，我们显然都看向她，鲁南星又拍几张，又是嘀咕没效果。我们臆想中男女凑一起戏水的场景并未发生。在那由职高升级的职专，恋爱虽未禁止，但会遭受老师的敌意。平日一个班的男女交往总是点到即止，临近毕业，我们班硕果仅存的一对恋人已打狗散场。

男生退出豁口，女生在里面更衣，杨媚把在豁口，盯紧我们，包括背对着她换裤衩的时候。接下来的蓄谋已久的午餐，是在瀑布一侧的一块平地，食物早已备足，免不了有酒。酒是在职专喝起来的。没谁在志愿上填写这座学校，但最后都因补录聚到一起，像河流归于大海而污水归于涸凼。校址在远郊一处山脚，周边是锯木厂、屠宰场、水泥砖场、红薯酒酿造坊，还有城乡接合部藏污纳垢的一切。在那个环境，三年待下来，不喝酒简直不可想象，一喝酒，我们作为被回收的垃圾，彼此会萌生一种同甘共苦相濡以沫的快意。

那天一喝就多，沱牌大曲很快喝完四瓶。杨媚说不能喝了，忽然又说再喝一瓶。一共买六瓶，最后还剩半瓶，被洛婴倒入水里。这时，不声不响的罗湛不声不响地从背包里拎出两提听啤，这临时添加的内容，引发一阵狂欢。即将到来的毕业是种解脱，我们忽然少了许多忌惮。

“这地方真好，瀑布真好。”乐静婷把啤酒罐捏出碎裂的声音，又说：“我决定脱光了游泳。”

“我也要！”欧玉眼睛几乎睁不开。

“那你们出去！”杨媚喝了不少，但说话时，就像一点都没喝。她又紧紧地盯着我们一帮男生，两道目光将六个男生都一一锁定。

“我们其实可以……”刘维俊喉结嚅动一下。他人胖，脖颈已开始吞噬下巴，平时喉结难得一见。

“赶紧滚出去！”

几个女生在杨媚身后哧哧地笑。杨媚把脸绷着，像午夜场的守门人开始清场。

电视上演圆笼格斗，那个日本格斗士牛皮糖一样粘人，不是跟对手打，而是把对手缠倒在地，强奸女人一样搞人家。搞到对手怀疑自己是男是女时，他就赢定了。电话打来，一接，是洛婴。她的声音以前很嗲，现在既嗲又不失干练，这是两种难以融合的腔调。我不记得多久没见她，五年或是更久，奇怪我们都一直待在这个城市。我当然知道她所为何事。一如既往，她仍是同学中的活跃分子，没她以及另几个，同学不可能一次次聚起来。说她关心着郁磊阳，莫如说每个同学都牵动她慈祥的心。她是这样的人。

我把所知道的情况大概一说。事情也正在调查，人探视不了。

“……我们碰个面。我把联系多的几个同学叫来，看能帮他什么。”

我认为没这个必要。她说：“难道我们美女老得你都不想见了吗？”

到约定的时间，我开了车去。这十来年，佴城一如别的所有地方，摊饼一样四面扩，新城将旧城箍了一圈。以前城郊某个村寨，现变成楼盘或者商业广场，而以前破败的鱼塘大都翻盖成农家乐，塘里养了肥硕的锦鲤。这种鱼像狗一样跟人亲，总是让我感觉妖异。在她召唤下，一些同学陆续赶来，估计一大桌，女多男少。女同学次第的到来，引发阵阵异常雷同的喧哗。男同学只来两个，同我坐在角落抽烟。此前洛婴也要我再叫几个男的，比如刘维俊、鲁南星或者冯既光。我说那年三月八号之后，他们也都失联了。“难道他们也搭上了马航 M370？”她惊讶。我赶紧说是彼此失联，一直没来往的意思。她说：“你怎么打这样的比方，巴不得人家出点事似的。以前不是天天一起吗？”我怎么说呢，除了两口子，谁也没义务天天在一起，甚至两口子都没这义务。

凑一块儿声浪渐起的女人堆里，我看见乐静婷，看见欧玉。我记起当年那一幕，模糊却又切近。

“……就是杨媚以前带我们去过的那个瀑布？”

“佴城能有几个瀑布？”

“那次我在水里不知道怎么就晕了，后来听说喝了酒忌下水，容易窒息。”乐静婷陷入回忆时脸上现傻，我更清晰地记起她当年的模样。她又说：“当时都说还要再去，却从来没去。其实只要有谁组织，打个电话，我们还会去……”

“那里不是郁磊阳承包下来了吗，搞成瀑布浴场，还装有监控视频。你们去裸泳，他看得清楚。”我对面的毛胡子说。我只记得他姓李。我说：“事情还没查清楚。”他闭了嘴。

欧玉说：“视频就算是他装的，也不是

为了看我们。”

女人们晃着开始走形的身体，喷笑起来。洛婴是不会笑的，作为活动的组织者，她提醒大家今天是为帮郁磊阳做些什么。“能做些什么呢？”另一个女人问。洛婴叫我先讲讲了解的情况。

我把电话里跟她讲过的掰细了再讲。她们确实不了解，郁磊阳毕业后很少碰见，同学约聚从不来。我能见到他，是我父母跟他父亲都还住在地质五三七队的宿舍楼。宿舍楼建在山腰，没被开发商盯上，保存至今。房改时我父母把宿舍变成私房，这辈子是搬不了了。郁磊阳的父亲郁工早就搬出，自建了楼房，后又将楼房改成民宿租出去，掏不少钱把以前住过的宿舍买回来。郁工说，两个人，住六百平米，瘆人得很。这里六十平米正好。

毕业后他出外跑车，见面自然就少。再后来，我看父母，他看父亲，偶尔在那个院里撞面，一年顶多两三回，一般是过年时候。他从没找女友，从来都是一个人，做起生意，生意做大，从不唤一个小弟开路拎包什么的。车是自己开，那辆赭色奥拓成为我判断他是不是回来的证物。见面，我们聊近况，他尽量概括，不像以前跟我有许多话说，甚至会奇突地加一些文学性的语言。寒暄几句，我们相约以后多联系，其实并不联系，像现在大多数人大多数逢场作戏的约定。

有时我想，为什么会这样？我应该主动做些什么，让我们的关系再回到从前？哪怕过年见面，聊天时的气氛更熟络一点也好。但都是暗自一想，我知道任何补救措施都适得其反。像从前倒进井里的水捞不出原样了。

还有一年春节，他带个女孩回到破院子。女孩年轻漂亮，是他的旅行社的小导游。进院子之前，他把女孩定住讲了一番话，完全是领导布置工作。我敢肯定那是为敷衍或者宽慰父亲。那年郁工心率过速，坐下来就感觉自己分分钟会猝死，成天在院子里一圈一圈遛自己，时不时扶墙抖索一阵，咬牙不坐。年后，郁工心率稍显正常，他也用不着带女孩装样子。

“……他毕业以后他爸可以帮他搞进地质队，他不干，去帮他叔叔开车，说是全国先跑一遍再说。只几年工夫，他有了一辆大卡，还买一辆奥拓，大卡拉货，奥拓代步。有一年过年碰面，我喊一声郁老板。他说什么老板唷，扔我一条九五至尊，真是我抽过的最好的烟，绵柔丝滑，吸进肺里往外吐心子都疼。他毕业没几年就变得有钱。那时候我还在为月入一千望眼欲穿，不够他一条烟。听我爸说，地质队散伙，他爸郁工手里有以前探矿的图纸，这个很容易变成钱。但郁磊阳自己说，我还用不着啃老。”

“说他一直不找女朋友。”毛胡子又插一句。

“好像是这么回事。有一次我也问他，是不是司机的老婆都在路边？他只说，这种事情，我也是有口难辩。听郁工说相了几回亲，他很客气，请介绍人还有妹子去天中酒店狂搞一顿海鲜。那是他的定点，是个吃货，一叫整桌菜，一样夹一筷头。这么客气，妹子以为还有下一次，从来没有。”

乐静婷又插话：“这又是为什么？难道他不行吗？”她语气极坦诚，眼里有天真的疑惑，让别人把笑声闷回嘴里。

“我怎么知道，也许是心里有人，错过了，就没打起精神找另一个。每个人心底喜欢的力量和惯性都不一样。”

“是谁？我们认识？”

“既然错过，说出来有什么用？”

欧玉说：“那就是认识的人咯？是不是洛婴？”

我看看洛婴，我们都看看洛婴。洛婴放下筷子说，今天不是来说这个的，没意思了啊。

我想起十来年前那次打电话给她，告诉她郁磊阳是这号闷驴，闷死自己十次，也不会把话讲出来。“……他现在挺有钱的，真的，应该是同学里面混得最好的。”电话里，我本想委婉提及郁磊阳近况，说出又变成最直接。洛婴一时变得愤怒，吼着说占文你什么意思？她把电话挂了。当时她已有男友，就是现在的老公。电话之前的几天，她主动把他叫来和同学们见面，我也在。她对他显然满意，姓庞，外经委的，长相自是不错，开口就说“那次去巴伐利亚”“上次去日本”……当时，我心里暗接一句，“这次去你妈的”。那次见面我感觉这回洛婴要搞真的，就认为有必要给她电话，想跟她仔细聊一聊郁磊阳这个人，而她没心思听。

这些年来，事实证明洛婴的婚姻算是幸福，那个讲话虚头巴脑的家伙，哄她十来年，还将一直哄下去，也是难能可贵。如没有上好的心情，洛婴又怎能随时关心每位同学？我又想，洛婴若是和郁磊阳在一起，又指定幸福？

佴城旅游搞起来没几年，是我介绍郁磊阳买下泺水湾那幢七层的烂尾楼，事成我有辛苦费。郁磊阳也对这笔交易满意，说要送我一成干股。“要不折成现钱吧。”我并非不相信他，实在是等钱急用。“到时你不要后悔。”他说了一个数字，但说眼下正在借钱，不能现给。我说不急，也不能太久。三个月后他把一半款额打到我账户，又过半年付完所有，还有付息和酬谢。

那时手正紧，因为女人的事。年轻时，总有一次，你会觉得你和亲爱的女人之间就差一堆钱的距离，这很要命。我把身边的朋友想一想，有能力买烂尾楼的也就他，于是主动去找，看见奥拓知道他在里头。我说你不能老在外面赚，迟早要扎根的，现在佴城旅游的形势大好，旅馆怎么开都不够。去年五一节，有游客街头露宿，于是就发生一起乞丐强奸女游客的事情。昏聩的夜色中，女游客睡至迷糊，把乞丐当成男朋友，竟然主动了一小会儿……这事说明开旅馆多么地迫在眉睫啊，要用钢筋混凝土的盒子把天下的有情人框定，让他们不要搞乌龙。既做好事，又顺便赚得盆满钵满，机会能错过吗？

郁磊阳说那去看看。看过以后决定买，付了定金再去找朋友筹钱。那时候我不知道郁工已经私下赚了不少。当天我嘴里讲一堆旅游的大好形势，心里并不这么认为，游客是四处流淌的洪水，谁也不知佴城发生涝灾或是旱灾。幸好，旅游起势以后，就跟前面县领导吹的牛逼一样，黄金周游客水泄不通，旅馆酒店的床位一直供不应求，可就地起价。郁磊阳的泺业大酒店七层有近六十套房，一个黄金周能赚十几万。我暗自松一口气，又肉疼那一成干股。当年变现的钱都给了那女人，之后便不知道她去了哪里。我不是诉苦，我是说兄弟们都碰到的破事我也从未独自幸免。

旅游生意全方位，他入了行也不能单打一，后面酒店一楼附设旅行社，本店顾客参团有折扣，或者本旅行社的顾客住店给优惠。这样他便真正入了旅游业，雇一帮导游妹子，长相不差。这时候我以为他可以歪着脑袋挑她们中的一个，起码以备不时之需。我这么问他，他浅浅地笑，反问，是你看中哪一个？

那个瀑布，飞水洞，佴城旅游搞起势后一度成为乡村游的景点。当地农民土法上马，弄得不伦不类，很快把生意做死。之后飞水洞被一个姓乔的老板承包，接下来的两年成为臭名昭著的土匪景点。他们的车停在城里各处，以极低的费用招徕游客，拉到地方强迫消费。价目表有一阴一阳两张，饭后出示的那张，一盘野菜卖一百多块，一煲蛇汤两千打底。游客一次次把舌头像蛇信一样吐出来老长，必然不从。乔老板手底一帮马仔出面“维持秩序”，每个人的神情，都是“我的地盘我做主”。在那山谷地带，110 的电话都拨不出去，游客一次次把钱掏足，自赎其身。这地方曾经百年匪患，现在不敢公然为匪，但不少家伙浑身流淌的仍是土匪血。游客纷纷举报，乔老板一次次摆平，所谓没有金刚钻不揽瓷器活儿。

有一年严打，乔老板及手下被定名为“乔大炳黑恶势力集团”，公捕公判会时作为成果上台展示。当年他们在景点“维持秩序”，每人都有专属造型，发型也绝不撞山，像焰火晚会上的摇滚天团；现在都削光头发统一着装勾起脑袋，看着全是老实孩子。瀑布荒废在那里，小水电站也早已撤掉。没人接盘，一是那里已然声名狼藉，二是乔大炳迟早放出来。若见有人接盘，乔大炳脑袋一抽，也许满心都是自己女人被狗搞了的伤感。

郁磊阳偏要把那个景点接下来，也不马上运营，装修搞了差不多一年，就像装自家别墅。弄好以后，竟然不是景点，而是浴场，名字也改为“花洒瀑布”。他对瀑布改动的力度极大，整体环境重新设计施工，天坑的顶部装有穹顶，一摁电门，进口的透明篷布罩随时开闭。瀑布水温可调控，冬天出热水，一年四季经营。花洒瀑布主打的一个项目，是单日下午专供女宾，男士禁入，里面可以裸泳。这有别于其他浴场，男的泳衣女的比基尼，千篇一律，味如鸡肋地相互打量。投入如此巨大，宣传也铺天盖地。好几次，我走在路上被人横塞“花洒瀑布”的小广告。“美女，你多久时间没在大自然的怀抱里自由裸体了？”主打的广告语是这样，画面是裸女和锦鲤一同遨游水底。在广告背面，郁磊阳自封为“瀑布守门人”，郑重承诺了安全与舒适。这些年我在佴城写广告词也攒下口碑，他不可能不知道，但没叫我。印在广告纸上那些屁话，我听着倒牙，据说效果不错。用一个广告公司老总的话说：你不知道怎样的鬼话能够钻进游客结构错乱的内心。

瀑布守门人有专用的 logo，郁磊阳找人用动漫处理了自己头像，着重凸显他的憨态可掬，是为增强女客的信赖。配图是他肩扛火箭筒，对付坐着飞机前来偷窥的色鬼。火箭筒像是六零式，飞机是“飞机侠乐迪”里的一款。他守护她们变成一尾尾锦鲤，水中自由翱翔，或在瀑布下面任飞泻的水流按摩，力道遒劲。这跟家里的花洒绝不一样，水飞流直下三百多尺，其中蕴蓄的能量，以前是用来发电的。

我相信这都出于他的本意。如此大的手笔，一枚针眼摄像头就可能彻底砸锅，他比任何人都了然。

“……是的，情况有了新的进展，报案的反倒成了作案的。”

我眼光还铺在电视屏，日本格斗士晋级，正强奸一个泰国拳王。这小个日本男人，迟早一天信心爆棚，想把泰森放翻在地并强奸一回。

“到底怎么回事?”

电话里，我大概跟洛婴讲一讲。郁磊阳被带进去询问，只说摄像头不知被谁安装在那里。这玩意儿佴城没有，应是网购，郁磊阳的网购记录被调取，的确没有相应的购物单。相反，警察查到报案人报案时所在位置，摄像头一对比，很容易将人找出来。其人姓肖，无业青年，爱好在各网站发布视频，多次违规。在肖某的网购记录里，明白地显示着购有这款摄像头，原装正版的一桩“贼喊捉贼”。稍加盘问，也是肖某偷偷安装在浴场内一处不易觉察的崖壁。瀑布之下，毕竟有这么大的空间，一枚依赖锂电池，无线发射信号的摄像头，很容易藏得不露痕迹。但郁磊阳细心，第一时间就发现问题。

“肖某怎么能进去?”

“除了单号的下午，男士也可以进，买张票的事。”我告诉她，现已问得清白，肖某蓄谋此事，先进去几次，探好位置，再找一个傍晚来客稠密之时动手安装。保安把肖某带到办公室，郁磊阳叫保安出去，两人单聊。“这事情，你知道我知道就行。你不要给我惹事。”郁磊阳跟肖某这么说。肖某一开始不认账，郁磊阳说那就只好报警。“刚才看见你拆包，接收器还在你的背包里面，警察来了，再打开你的贮藏柜。好不好?”肖某质问：“更衣室里安装有摄像头?”郁磊阳保持着微笑，说我们有别的措施，不侵犯隐私，但也不会漏过恶意的行为。“我跟来这里的女客保证过的，这个你应该知道。我的行为合不合法，等下警察判断。”肖某将接收设备交出，郁磊阳便将其放走，算是私了。郁磊阳自以为这样处理，会有相安无事的回报。没想，过了几天，肖某在网上报警，说花洒瀑布浴场安装有摄像头。

“……这怎么告得响呢?”

“问题是，事后他没有将摄像头拆除。当然，也没有将接收设备安装在自己电脑上，没有任何视频拍摄和观看记录。警方刑侦手段现在非常专业，事情调查得很清楚。”

“那他又是为什么?”

“他说是还没来得及，但拆摄像头就几分钟的事，这么说糊弄不过去。”我顿了顿，又说：“还在调查，我和你一样想不明白。我们并不了解他，不是吗?”

“你都不了解我怎么了解?你们还是邻居。”

洛婴又提出见面聊，我说不必要，这事情那一堆同学帮不了。作为一个专盯政法新闻的比记者还低一级的通讯员，我不能为他做些什么，只知道眼下唯一帮得了他的，就是他本人能否对此做出合理的解释。

他和我们不太一样，虽然认识三十年以上，也不敢说了解。摄像头应该拆，他没有理由不拆，但他没拆。

我和公安有联系，算不上有关系，没法和他见面。作为通讯员我也要采写法政新闻或通讯，比如乔大炳无法无天的那段日子，接到消息我去了飞水洞，简直就是匪巢，一帮马仔就在我眼皮底下“维持秩序”。我能干的，无非用长焦远远拍几张照片，趁他们发觉前离开，写了情况通报交上去。没有任何反应，我也没有再去理会，暗骂自己几句“有个卵用”了事。

当时我想，换是郁磊阳，他干我干的事，遇到同样的情况会怎么处理？

我们读小学是八十年代末，整个县城乱糟糟，街上成天有架打。我们曾被霸凌，就在酱油厂背后的巷子，上学必经之路。人人要交过路费，一角钱管一个星期，每次收一个月的份额。“一星期一角，一个月三角钱，会算吗？每个人都给优惠。”他们的大哥是卢召实，绰号阴孩，全城人都知道阴孩惹不得，过路费认了，三角钱倒也不痛不痒，还说人家流氓都懂聚少成多的道理，不容易。那时候院里小孩相邀一起上学，都交过路费，就他没交，第一次是说没钱。“好的，明天到家里撮一斤米，听到吗？”很多小孩不敢问家长要钱，他们变通为交大米，小孩可以偷偷从家中米桶里撮。阴孩手下一个光头扯着一个足以把自己装进去的布袋，里面全是一斤一斤收来的米。第二天郁磊阳叫我们先走，我以为他交过路费怕熟人看见。我们不在一个班，中午才知他挨打，打得不轻，自己捂着，放学去到卢召实家，找他老父亲。他认得卢家是哪个门。“……我管不了，我怎么管得了他？他连我都打。”老卢冷笑。那以后他似乎故意避开我们，上学放学各走各路。第二月他又挨打，又去找老卢告状。第三月依然如此，伤得更惨，买了几块钱的膏药和跌打油才将伤势捂好。其实，他的零花钱比我们都多。第四个月，老卢操一把榔头站在巷子口，目送着小孩一个个经过。他跟阴孩发了话，要是他的小弟还收过路费，他就用榔头敲自己脑门儿。阴孩心里明白，自己的一身狠劲和泼皮功夫，都是遗传来的。

他本就不怎么找人玩，就喜欢独来独往。在那个小孩放养的年代，他安心宅在家中，成绩比我们强一头。五年级，也就是他抵制过路费一年以后，郁工和老婆闹离婚，郁工的问题。他跟母亲去广林县，往后有两年多我没见他，过年也没见。他转学回来是初二，跟我一个学校，另一个班，但成绩大不如前，全年级一百五十名之后。他母亲给广林酒厂处理锅炉故障时，遇爆炸意外死亡，尸体都凑不了整。这事情当然也闹得尽人皆知。郁磊阳的成绩一落千丈，我想最主要的原因，是他自己认为读书没什么意思了。

他再回到佴城，平时碰面远远地打个招呼。有一天第三节课的课间，他主动找我聊天。那个课间有半小时，广播体操停掉了，我忍着不上厕所，一直陪他说话。第二天第三天他还来我所在的班，我便注意到他眼神总是落在别的地方。“你是看上我们班谁了？”我问他。中午的时候他找我一路回家，告诉我，是的。我一猜就是洛婴。那时候长得好的女孩少之又少，我们班基本就洛婴长得亮眼。他叫我不要讲，“看她几眼就好”。

到初三他成绩又好起来，我知道这是必然，时间会稀释许多东西，他读书的底子还在。高中时他进一中，我和洛婴不出意料地去了城郊松溪庙中学。他经常过来，我也负责把洛婴聚拢来，他肯掏钱请饭。那时候掏钱请饭是少数人能做的事。洛婴当然知道郁磊阳的心思，顾及同学情面偶尔也来，对他并不感兴趣。我就批评他，你啊其貌不扬，难搞定。他说你讲我相貌平平，讲我貌不惊人都好，不要讲其貌不扬。我说不是一个意思吗？“其貌不扬，就是长得丑。我长得丑吗？”我一查辞典，真是他说的这样。

高中时大家都在蹿个头儿，郁磊阳奇怪地停止长高，只是长横，对此他也不以为意，没有发奋图强投入锻炼管理身体。他好吃，说自己胃口肯定是进口的。洛婴变得对交际感兴趣，她人气旺，成绩又上不去，经常组织大家搞一些很青春很阳光的活动，比如郊游、野炊或是读书会。她最爱汪国真，转眼随着风向变成余秋雨。郁磊阳不喜欢这两个人，我也差不多。但大家乐意团聚在美女身旁，郁磊阳更是积极参与者。她对他态度不会很差，也没变得更好。她开始和校外的家伙谈恋爱，男朋友用野狼摩托将她从我们眼皮底下接走。她屁股后头绑了音箱，摩托一路飙着歌开远，飘来的声音有时候是 Beyond，有时候是郑智化。

“换一个吧。”我这么劝他。

“为什么要换?”

“都这样了，你也看到。”

“我没什么的。”他说，“我也就是经常看看她。”

职专时我们又撞到一个班，不得不说，我非常意外。后来知道他的志愿只填了本科和服从分配，似乎对自己去处有先见之明。“《上升的一切必然汇合》。”他晃了晃手里奥康纳的小说集，又说：“老天自有安排。”高考落榜，我心底那点隐隐的失落迅速被他的态度荡平。“真的，来这里不挺好吗，该玩的时候狠狠玩三年，都不好意思有什么压力。”他还说，唯有在最后批次录取的破学校，青春才不被耽误。

洛婴用开桑塔纳的新男友甩掉旧男友，新一轮严打以后她又恢复自由之身，这些经历没让她阳光开朗的表情打任何折扣，还是热衷于把大伙儿组织起来一块儿活动。头个学期班主任脑子进水，指派我当班长，半年以后全班公开选举，我被洛婴替换，这才松了口气。除了读书不行（反正全班谁也不行)，她在其他方方面面都表现出模范带头作用，是个热心肠的人。虽然我觉得她讲话做事和她的嗲嗓门总有些假里假气，但听习惯了就好。当时我们月生活费三百左右，她家条件不错，四五百都有。杨媚的父母每月只能掏一百五和一袋大米。她主动表示结对子帮扶，两人的钱合在一块儿用，并由杨媚保管。“……我不是一个精打细算的人，我要向杨媚同学学习怎么精打细算地过生活。”她获表彰时，在校会上作这样的发言，下面有人嘬起冗长的唿哨。一旁的校长脸一变，抢话筒喊话：“哪个杂种吹的哨？有种站出来。”

杨媚成为她的跟班，形影不离，两个人都算美女，走在路上都有回头率，但在我看来，小姐和丫环的区别也是如此明显。临近毕业时，去帮杨媚家插秧只能是洛婴的主意，杨媚起初还不答应，是洛婴做通她的思想工作。洛婴说即将分手之际，更要加深彼此的友谊。“难道不是吗?”

杨媚几乎一碰面就盯上郁磊阳，微妙且妥洽地示意，不让别人知道。我看出来，是我跟郁磊阳走得近。职专僧多粥少，往届生，还有刚到来的男生都用焦渴的眼神打量女同学，都想先下手捞一个女友，往后三年日子好打发。杨媚也是被重点追逐的目标，她谁都不睬。开学才一个月，国庆节，她主动约的郁磊阳。

“你不至于嫌人家家庭条件吧？要这样，兄弟请容许我默默地鄙视你。”我提醒他不要错过机会。

“我还是每天看几眼洛婴，就安心了。”

“洛婴这么多年一直不理你，有这必要吗？她好像就喜欢街上那些妖怪。”我说，

“杨媚倒是有眼光，这么多帅哥当中，百步穿杨地盯住你这么个货。有眼光的人必然汇合。”

“我说过要洛婴理我吗？我就喜欢看洛婴没心没肺的样子，每天看到就好。”稍后又说，“我怕看杨媚的眼睛，她眼神毒。”

“不好这么夸自己，分明是欲拒还迎。”

“戴哥，我跟你讲过反话吗？”

张队是洛婴叫来，坐我对面抽烟，脸上挂起职业性的冷漠。张队我自然认得，平时有事也不是他跟我对接，我未必请得动。洛婴在佴城混得很开，说谁她总有办法联系上。“你和世界上任何一个人之间，顶多隔着七个人。”这是聚会时她爱引用的句子，几十万人的佴城，在她看来自是小菜一碟。

“这个事情不大，也查明了，肖老四贼喊捉贼。问题是……”他习惯性停顿一下，“现在这事情竟然上了网，我们搞这一行，最怕这个。要是不上网，不用给上面一个交代，郁老板的事其实不算个事。”

跟张队同来的启明也说：“现在我们就要一个解释。大家对这事感兴趣，都知道郁老板没有撤走摄像头。”

“郁磊阳什么都没说？”洛婴问。

“知道是你们朋友，怎么说呢，他态度有问题。起先他连肖老四都包庇，只说不知道谁安装在那里，但我们在他办公室查到接收器。虽然接收器没有启封，没有连接上电脑，但这已经说明他在撒谎。”

启明补充：“我注意到，报案是网络匿名，还说郁老板每天在办公室偷看，这有点画蛇添足。他既然是洗浴时无意中发现摄像头，又怎么知道谁在哪里偷看？再一查报案是在网吧里，肖老四以为这样很隐蔽，其实一查 ID 再对监控就能把人找出来。不出所料，他的网购记录里有这一笔，型号对得上。”

“郁磊阳自己怎么说？他总要说些什么。”

这是个烤吧，他们都穿便装来，可以搞点酒和烤串。电视里正播我一直追的综合格斗，现在是两个女人先垫场热身。一年前，这档节目每期都把女人的比赛放到压轴，想以此强调男女平等的观念，但收视率断崖式下跌。男女有别，要说平等不在于打拳。稍后，日本格斗士会和一个韩国拳王争夺次轻级金腰带。

启明说：“他先是说事忙，忘了拆。后来他承认，接收器摆在办公室，给他一种很奇怪的感觉。他每天免不了想起这事，只要将接收器插入电脑，就会看见画面。他说他需要这种感觉，每天想到，每天忍住。”

“是的，他说这就像一种挑战，一种折磨，他喜欢一天一天扛住这样的折磨。他相信自己扛得住……”

“他是不是被你们打了啊，讲这么古怪的话。”洛婴一急，嘴巴更快。

“小洛，你这么讲不对了。我们也有摄像头，现在都是文明执法，透明执法。”

烤鱼和烤串这时弄上来，还有汽锅蒸什锦螺。我啪啪地打开啤酒，先灌了自己一口大的。啤酒要冰，第一口总是最好，上顶脑门儿下冲屁眼儿。第一次去瀑布那天的事情瞬间又随气泡涌上脑门儿。

杨媚从豁口走出，朝我们走来。

“别过来，我们也裸泳。”刘维俊这么说，我们一齐笑。

“有什么了不起，让我看看长短。”她

已走到我跟前。我第一反应杨媚是不是喝多了，这实在不是她的语言风格。但她到底什么风格？

“……想不想看里面？”

我们互相觑几眼，以检验是否听错。不可能六人全都听错。一时很静，她的声音更清晰地冒出：“要把握机会。”

“不好开玩笑。”郁磊阳说。

“谁跟你开玩笑？有谁不想看？”她手一指，指着进入瀑布那条小路的另一侧。通向机电房的那根巨大的水管，从山顶一路斜下，上面潭里的水走水管发电，盈余的才化为瀑布。“爬上那里，看得很清楚，她们绝对发现不了。村里男人都这么搞过，女人也都知道。”

那时候，我还在关注小说里性描写的段落。据说，学校里某个家伙藏有一本人体艺术画册，给人看了封面封底，往里翻要用白沙烟换。

转眼间，我们每个人都像金庸小说里的高手大战三百回合，呼吸一齐沉重，需要调整。罗湛脸太瘦，甚至暴出青筋。当刘维俊脖子率先一歪，朝杨媚手指的地方张望，所有人也都顺势扭头。定睛一看，山的腰际，水管旁边是有个窟窿。“现在，我守门。”她换一种循循善诱的表情。

“你喝多了，坐下来洗洗脸。”郁磊阳去拽她。她身体一抖，将他甩开。

“你硬了。”有人说。“你也一样。”有人回。他们开始往那边走，步态必然机械且吃力。“你们要搞什么？”郁磊阳递我一个眼色。我抢几步挡在道上，而他们，不是被我挡停，倒像是僵尸被法术定格。

“一群白痴。”杨媚把手插进口袋。她湿漉漉的长裙有口袋。

“郁磊阳，凭什么听你的？”鲁南星说话喷起酒嗝，也喷出委屈。

“我们都是同学，不是吗？”

罗湛说：“你不看自己到一边去，不要管别人。”轮到郁磊阳扭头，罗湛不知哪时绕到他的身后。罗湛跟郁磊阳一样矮，很瘦，晚上在校外打通宵牌，白天趴课桌上睡。同学三年，罗湛基本算是陌生人，这次不知谁把他叫来。

两人不知怎么就动起手来，我扭头时，他俩滚在地上，自然是罗湛把郁磊阳骑在身下。“不要打架……”我过去想把罗湛拽开，这时，刘维俊打橄榄球似的一个斜扑，将我弄倒，并压我身上。这么大一堆肉，压得我嘴皮都往里凹。好不容易拧转脑袋，脸颊贴地，不远处郁磊阳的脸也贴在地面。我俩都只能腾出一只眼相互张望，瞳仁涣散眼白辽阔，眼色都使不出来。罗湛正在反别他一只手，冯既光别另一只。刘维俊不这么搞我，他只是压住我，要命的是他胯下之物顶着我屁股，这时硬得起劲，仿佛还在拔节。

“不要这样。”我又挪了挪，才能艰难地发声。刘维俊没吭声。我试探着动几下，看他会不会松动，这样我自己钻出去。“不要动！”刘维俊咬着我耳朵说。“不然呢？”我问他。他说：“我喝得稍微有点多。”

郁磊阳呛咳几下，大声地嚷，叫他俩放手。“要呛他几口水才好。”罗湛这时还打商量。冯既光说：“都是同学，不好吧。”“就这么搞。”鲁南星赶紧过来，拎起郁磊阳双腿，三人把郁磊阳抬起，往前几步就到水边。仍是罗湛，拧着郁磊阳脑袋往水里浸。

“罗湛我操你妈！”我趁我还能发出声音，就要发出声音。刘维俊也不多话，躺在我身上搞一招鲤鱼打挺，砸夯似的，我脑袋里火星蹿出一片，叫声都闷在嘴里。隐隐听见，罗湛指挥若定。他说："你快上去，别浪费时间。"

他们把郁磊阳脑袋准确地摁在水里，时不时拎上来换口气。电视里面经常有类似的情节，国民党反动派或者日本鬼子捉到地下党八路军，都喜欢这样搞。缺氧这种事，最考验革命意志。鲁南星稍后返回又替下冯既光。

郁磊阳脑袋不知被浸了几回水，再拽出水面剧烈地呛咳，像是肺泡迸裂。

"不要这样搞他。"

"死不了。"

刘维俊心神不定，老是说："怎么还没轮到我？"这时，里面传出女生杂乱的喧哗，仿佛出了状况。杨媚不得不往里面去，扭头丢来一句："抓紧时间！"当她跑进里面，又大声朝外面喊："你们要自觉啊！"

罗湛适时地替下刘维俊，先反别我的手，刘维俊才从我上面腾空。一丈之外，鲁南星和冯既光把呛水呛到昏厥的郁磊阳扔地上。他趴着吐水，苦于吐不出来，身体一阵一阵痉挛。"你他妈放开我，"我说，"快给他拍背，让他吐水。"

"死不了。"罗湛仍然说。他一手别着我，一手点烟。后来我发现他手头松动些，顺势一扯，竟然扯脱。我要走过去。罗湛身形一长，忽然抽我一耳光。我没反应过来，又挨一耳光。"你也爬上去看。"他说。我看着他的小个儿，一拳朝他面门砸去，身体却止不住趔趄，不知怎么被他撂倒。他踢我的股沟，踢在刚才刘维俊顶过的地方，有种撕裂的疼。当我翻身，他们都围过来，罗湛发话叫我别起来。我想了想，就没起来。稍后，罗湛蹲下来。我以为他又想到新花样搞我，他只在我胯裆上面一摸。"也硬了。"他们异常开心地笑起来。

我这时怎么就硬了呢？

"还有时间。"罗湛说。

我爬起来，罗湛接着踹我屁股。我踉跄地往那边走，仿佛并不情愿，之后又往水管上面爬。水管很粗，表层涂有沥青，能够直接踩上去。我听见郁磊阳在身后猛一阵暴咳。云层一厚，这时山谷暗如黄昏，我盯着水管上面的窟窿变大。刚才被刘维俊几乎搞昏，我不知道里面喝醉的女生现在是否还在裸泳。我有怀疑，接着我便看见：乐静婷刚才溺水，洛婴正在施救。乐静婷的溺水延长了待在瀑布下面的时间。洛婴搜寻着记忆施救，变换手法，把嘴凑上去，她情急之下没来得及穿衣服。欧玉身体也发软，正穿衣裤，要杨媚帮忙。我最后一个爬到这窟窿眼儿，没人催我。我看见洛婴胸脯的起伏，但她慌乱间没记准人工呼吸的步骤，本应往别人嘴里吹气，她用力往外吸。她俩一个躺着，一个趴着，胸脯按同一节律起伏。乐静婷忽然暴唠，洛婴及时把脑袋一偏。

我体内正翻江倒海，几乎同时唠起，憋不住哇的一声。她们发觉动静，欧玉和杨媚都循声张望。我赶紧低下脑袋，瀑布流泻把别的声音都削得若有若无。

"……事实上，他什么也没看。"

张队说："但这样的理由，讲出去，有人信吗？"

启明习惯于补充："他强调自己只是需要自我控制的感觉，就算这是真话。当时我问他，你不能否认，一旦插上你就能看到画面。这种可能，你能说没有？"

"他怎么说？"

"他有些颓丧，点点头，稍后又说不

会，绝不会。他一直镇定，这时候也有些歇斯底里。”

“也许他说的是真的。你们要相信他。”

“相信？要是相信嫌疑人自己讲的话，我们不要干这一行。”张队叹一口气，“小洛，我们哪有不帮忙？但他的解释这么不靠谱，我们退出，工商的人马上接手，限令整改难免。那是更大的麻烦。”

电视里，我的新款偶像，日本格斗士好似一条麻绳，从背后捆住了体积大他许多的韩国拳王，一条腿锁紧对方一条腿，把脸别进对方的反手拳够不着的地方，再源源不断地用拳挠人家肋排。虽然每一拳都轻，但我知道，他离金腰带只是倒数秒的问题。

我松一口气，眼光放回对面的警察，知道郁磊阳无法由自己讲出缘由，无法讲故事一样，讲述他为什么成为瀑布守门人。也许在他们看来，这两件事并无必然的联系。

让我头疼的是，怎么让这嗲嗓子歇一歇，以什么理由打发她先行离开。而我又要怎么讲述这事，毕竟我要提及当时的我。我再次记起罗湛的瓦刀脸，陡然清晰。他踢着屁股叫我加入他们一伙，真是狠招。他那时候就想到，要用每个人的脏裤头堵进他自己的嘴。

那个午后，当我从水管上面下来，郁磊阳坐地上，一手撑地缓缓站起，把外衣外裤搭肩上，拿脚找鞋，并往外走。这时没人拦他。我呆了好一阵，冲他跑去，却不知是要跟上他还是叫他别走。我心里涌起的是别的情绪。当我手搭上他的肩，他抽搐般地甩开，冲我说：“别碰我！”他钻进栅栏门，消失在机电房。

我一直怔在那里，慢慢回过神来，知道我失去了这个朋友。或者，我们还能见面，还能讲话或者同桌吃饭，但有些东西无法复原，就那么眼睁睁失去。随时间推移，我叫我忘记当天的事，在我每一次记得最清晰的时候。当然，最清晰的从来不是我在窟窿眼儿里看到瀑布下面的一切，而是郁磊阳甩开我时，他脸上的神情。我也需要自我原宥，从这角度出发，经过这些年，我日益地明白：我哪曾失去什么？我们从未失去任何我们配不上的事物。

离开中英街需要注意什么

邓一光

授奖词

邓一光以一个问句的标题来讲述一群冒险家的故事。在一九八〇年代的中英街，阿粥、老狐、毛更新的生命意志被时代的情绪所召唤，他们蓬勃如草莽，热烈如朝阳。这是一个时代更新时刻的初体验，中英街的这帮水客们由此粉墨登场，各自展开切合自己性格的命运之戏剧。小说以第一人称展开叙事，在回忆的视角里加以反讽的语调，使得小说保持了情绪上的间离而富有弹性，对人物的塑造细腻而形象，并在总体上与时代的精神结构保持了对话。邓一光借此将深圳书写向前推进了一大步，在一条不确定的边界区域打开了大历史的细节和暗面，在这些隐蔽的角落，恰好是人性的饱满和丰富。邓一光由此展开价值的追问，虽然这些追问依然通过故事的方式展开，但是却浸润着形而上的生命思考。（杨庆祥）

早三十年，中英街可不是现在这个样子。嗯，更早些时候，大约两百年前，梧桐山脚下流淌着清冽冽的滘水河，河两岸一年两造，生长着由青及黄的南方稻米，一些神气风逸的白鹭鹚黑鹭鹚抻展开阔大的翅膀从山腰间滑翔而下，在河边碎步跑动着啄鱼虾，那是一道让人舒心的风景。1898 年，清国和英国签署《中英展拓香港界址条约》，滘水河做了分界线，河北是清国人祖上留下的地盘，因“日出沙头，月悬海角”得名的沙头角，河南则成了英国人新租借的土地。一开始南岸的人们不干，两岸本是一家人，河水在自家土地上流淌，怎么就拿来做了界河，生生分割出两家？于是反抗，结果被英国皇家步兵操着李·恩菲尔德步枪一顿狂射，镇压了。滘水河目睹惨案，生了气，又像是有意为之，不久丢下界址，改道去了北边，不在中间阻拦，让签下界址条约的双边官家尴尬。两岸的人们不管那些，他们在逐渐干涸的旧河道上踩出一条土路，管它叫鹭鹚径，在鹭鹚径上搭建起油毡棚，住下来，使用只有当地人才能分辨的围头话、客家话和汀角话拉家常，和仙女般和美的鹭鹚为伴。再以后，油毡棚换成洋灰房，鹭鹚路慢慢变成一条街，街后几家作坊，造陶瓷、砖瓦、农具、香粉和凉果，人们把劳动收获的稻米、鱼虾、禽畜、蔬果和土布拿到街上出售。到了上世纪三十年代，新界商人在界碑南边开起店铺，向尚处闭关锁国的界碑北边人卖些洋货，收些北边人们生产的土特产去港岛和九龙卖，鹭鹚路改名中英街。

我就是在这条街上找到了我的人生。

八三年中英街开街，吃免税饭的水客佬纷纷涌向这里。你想想，隔一道关口，商品差价高达百分之六十，那是什么赚法？等于捡钱。早三十年，我就在这条街上混，多少年后回想起往事，仍然心潮澎湃。那时候的中英街生机勃勃，它是我的梦想之地！

提起这件事，是我以为早已忘记了。我如今已奔耳顺之年，当时二十郎当，什么梦没做过，什么苦没吃过，一腔热血里蹦跶着一颗雄心，没人能拦住。现在？梦早醒了。人不能一辈子好运气，我早想通了。我现在和侄子经营一家建材店，他大学毕业没找着工作，我阿哥七九年逃港后一直没音讯，不知生死，我得替阿哥当阿爸，养他老婆和一双儿女，你说对吧？

哦，还是没有说到主题。今天早上，我接到一位年轻人的电话，对方问我是不是周锦堂先生。我是叫这个名字，打使用它起就没有改过。对方说他叫班森，B-e-n-s-o-n，那是他的名字。我当然没听说过这个名字。他说了他是谁的儿子。我是毛更新的儿子，叫班森的年轻人说。有一阵我没有说话，脑子里一片空白，但很快就过去了。我说，哦。我说了哦以后又沉默了。叫班森的年轻人告诉我，他父亲半个月前去世了，胰腺癌，他是父亲唯一的孩子，和母亲从欧洲赶回来处理后事，计划明天返回欧洲，昨天打包父亲遗物时，发现了一件和我有关的旧物，他觉得这件东西很重要，但他从小不在父亲身边长大，不了解父亲的社会关系，他通过政府有关部门找到了我的联系方式。现在城市靠智能管理，手段高明，要找到谁很容易。叫班森的年轻人说，他想和我谈谈，希望我能见他一面。

这就是我突然想到当年那些事情的原因。

收起电话以后，我问侄儿，班森是什么意思？侄儿在店铺门口帮客户上货，怀里抱着一捆多芯线，眼仁轱辘了两下，说，好像是，有父亲的性格。我说，哦。我说完哦以后就想，侄儿和叫班森的年轻人，他们都没了阿爸，这件事情，它是怎么发生的？

当年我刚到中英街时，街上只有几十家铺子，卖些大陆不多见的日用品、化工面料、电子产品和金器。一开始我替老狐带货，主要是录音机和手表。老狐姓胡，新界的水客头，做内地收购商生意，人们管他叫老狐，就像我姓周，人们管我叫阿粥。说起来，我和老狐算远房亲戚，我们两家都是博罗杨村华侨农场的归国华侨。老狐的阿爸是印度尼西亚大学教授，右派成分，家里子女多，老狐在家待不住，十几岁跟人逃到香港，揾了几年工，拿到香港身份，中英街开埠后，他在街上做港行转陆水，组织人从新界带货过关。他手下有几十个带货蚂蚁，多数是做兼职的打工仔，也有几个深户，挣点辛苦水钱养家糊口。我一直跟着老狐干，他很照顾我。

一开始我办的是蓝证，一次性往返，带货免税额三千。钱很难赚，我吃过亏，说好每手货给三十港币，一般只能拿到十块二十块，有两次一毛钱没拿到，还挨了揍。这样干了半年，我给老狐说，我们是同乡，你不能这样对待我。老狐说，同乡个屁，批斗我阿爸最狠的就是同乡，外乡人没批斗过我阿爸，没把我阿妈打残，没逼我老姐投河。我据理力争，我姨丈公是你舅公，我怎么舍得批斗你舅公的外甥女婿？再说，我那会儿没出生，你老姐投河我不知道，知道我一定跳下河去捞她。老狐气呼呼看我一会儿，递颗槟榔给我说，莫教手乱揣，以后不让你吃亏。

不是吹，我带货有天分。我不是雏子，不会紧张兮兮蹲在入街广场等着提货，那样很容易被巡街差佬看出来。有时候，我会晃晃悠悠走过大榕树，闪进后街，看慵懒的妇人依在自家门口打着哈欠饲婴儿乳；有时候，我会踱进熟悉的店铺，和伙计们说说笑笑，和大陆妹打情骂俏。干我们这行，拿货有规矩，流水人肉进街前要拍照编号，按人头提货，出关后有人拿着照片验货。我是老狐的亲戚，不用谁验货。我会观察今天是哪几个差佬查关，不会选同一班人值差时进出。要是我没得失心疯，朝差佬脸上吐槟榔水，一定没人拦我。那两年我特别顺，通过率高，老狐看我能干，给我办下沙头角长居和多次往返黄证，我有了身份，一次能带五百块的货，进街次数多，抽头就多。我那会儿混得不错，不到五年就帮阿爸把新房子盖下了。我还开始追妹子。她叫观水秀，增城人，模样儿漂亮，在沙头角帮她姐丈守服装摊。我答应积攒钱，然后娶她，我们一起过好日子。她有点扭捏，不说嫁不嫁给我的话，但我确定她迟早会答应，我有把握。我说过，老狐他对我不错。

后来，大概八十年代末，有一次，老狐被人装进蛇皮袋，拉到八仙岭上揍了一顿，用鸭嘴钳下掉两颗门牙，牙镶好以后，他不再做录音机和手表，改做金。我听说这事是一个有大背景的水客佬干的。我没敢问。我还跟着老狐做，升格做了他的贴身马仔，替他管理人肉。我当然不能说我的运气和老狐门牙被人钳掉有什么关系，但情况就是这样。我管着人肉，不光能抽水头，还能隔三差五替自己带点小货，老狐他知道，睁只眼闭只眼，要不他能怎么样？他做金子最鼎盛时期，我每天带人一趟趟送几公斤货出关，他后来的发达有我很大功劳。当然，我也走过麦城，没少挨揍，还被人敲断两根手指，但我人缘好，从不欺负人，遇到同行有麻烦了，能照顾的我都会照顾，这是水客间的默契。走麦城那次，我防前胸没防住后背，被港警抓住，那些阿 Sir 偶尔也查水客，我的货被扣下，交了五百保释金，三个月后到粉岭出庭，再交三百开庭费，判罚三千，一个月白干了，比敲断手指还让我心疼。

那会儿，大陆第一家外汇交易中心刚成立，第一座核电站在大亚湾正式运行，人们对刚刚建局的互联网十分好奇，大家都生活在欣欣向荣的改革春风里，我也没把罚款当回事儿，总觉得照这个日子，往下会越奔越有奔头。

以后毛更新就来了。

有一天，我端着塑料杯，杯里盛着刚买的咖喱鱼蛋，蹲在观水秀服装摊前，一边吃着鱼蛋一边和观水秀聊天，老狐把一个瘦瘦的年轻人领到我面前，说阿粥你带他，技校生，也是杨村镇的。那是我第一次见到毛更新。他大约小我两三岁，相貌清秀，梳着哥哥的两边分头，用了啫喱定型，穿一件水货港衫，一双带襻凉鞋，看上去风华正茂，只是有点显腼腆。他假装镇定自若，手插在口袋里，伸一只脚出来，但他脚换得厉害，还不断地扭头干咳，听得出嗓子眼里没痰，我就知道，他很紧张。我问他，毛更新，你是技校生，为什么不在家里吃公差饭。他一梗脖子说，我不想一辈子没前途。我嘻嘻笑着问他，你指前途是什么？他用眼白看我。他眼白非常白，和他脸色不相上下，总之很有文化的样子。他说，老狐已经对我说了你们的情况，先申明啊，我和拿不到提成的那些家伙不一样，我立志做商人，少一分钱我也不干。我被噎住了，喘过气来后哈哈大笑，笑得手中塑料杯里的鱼蛋抖落掉两只。我连忙止住笑，可惜地朝地上的鱼蛋看一眼，站起来，牙签穿了塑料杯里最后一只鱼蛋，送到观水秀嘴里，说，嚯。我是用鼻孔说的，意思是嘲讽毛更新。毛更新没受打击，反过来问我，子贡知道吧，孔夫子的大弟子，他就是大商人，要是没有他出资帮助，孔夫子不可能被风吹着周游列国。他这样说，我就不高兴了。孔夫子我知道，三千弟子，比老粥的马仔多百倍，但我不喜欢新来的人教育我，而且当着观水秀的面。我把塑料杯和牙签往排水沟里一丢，说，切，饿狗想飞鸟，还商人哩，你先把博罗话改掉，改成广府也行，改成客家也行，要就说香港白话，说好了再说子贡的事。毛更新愣一下，不明白地问，为什么不能说博罗话？我说，你说博罗话，差佬一听就知道你从山里来，就会盯上你，你拿什么周游列国？毛更新被我说懵了，问，那，怎么改？我拉长声调教训他，博罗话哩，声母带喉塞音，有大量清边擦音“ɬ”声母，央元音“ɨ”作单韵母、复韵母或韵尾的字多，这些，广府话和客家话都没有，你把这些去掉。我说完，得意地朝观水秀飞了个媚眼。毛更新张着嘴瞪着我，半天没吭声。现在看出来了，他不光眼白和脸白，牙也很白，是仔细刷牙的人。我没告诉爱清洁的他，初中毕业后，我不想种柑橘，在农场小学代过几天课，背了几本语言书，我得教孩子呀。

后来和毛更新熟悉了，我才知道，他早先的梦想不是商人，而是医生。他家和我家一样，从新加坡回来，不同的是，我阿爸学工程，他阿爸做医生。他从小崇拜葛洪，就是在我们罗浮山建道场那位岭南道教开山鼻祖，但他不崇拜炼丹的化学家和写《抱朴子》的哲学家葛洪，而是崇拜写下《肘后备急方》的医学家葛洪，估计和他阿爸开诊所有关。毛更新认真研读过葛洪的《肘后备急方》，书都被他翻烂了。用他的话说，葛老爷子是世界上最早治疗天花和恙虫病的神医，对肺痨的治疗心得比外国人早一千年，他想做葛老爷子那样的人，可惜他学习成绩不好，只考上惠州卫生学校，读了两年护理专业，毕业后分回罗浮山乡村卫生站，离葛老爷子的道场倒是不远，却离医学家的梦想十万八千里，于是他毅然改变梦想，脱下乡村卫生站的白大褂，跑到沙头角来了。

毛更新是那种不达目的不罢休的人，我们熟悉后，他一天到晚给我说商人的故事。有一天，观水秀一大早去海鲜档买了蛏子送到来，我淘米煮饭洗蛏子，毛更新脚尖贴脚跟过来，不说帮一下手，缠着问我知不知道战国时期的大商人吕不韦，然后他就给我讲吕不韦的故事，大致是，秦公子异人落魄赵国，吕不韦把异人当买卖做，资助他回国做了秦庄襄王，自己官拜相国，又帮助秦王兼并六国，统一大业，还主持编纂了集先秦大成的《吕氏春秋》，比我教小学生清边擦和央元音强百倍。为了证明“ì”和“i”对商人不算什么，他举《史记》为例，说秦汉之前商人是国人典范，因为他们德才兼备，所以《史记》专门有一卷“货殖列传”歌颂商人。

老实说，毛更新这个人挺清新，我喜欢他，但我不待见他的执拗。我知道他想说服我接受他的观点，可我一点也不想当“货殖列传”里的人，他们看上去的确很了不起，可下场却不怎么好。我只想赚够钱，带着观水秀回杨村镇光宗耀祖，过一番人间的好日子。我的朴素愿望被毛更新拿着理想的锄头一下一下猛敲，特别疼。事情过后再一想，毛更新以葛洪为榜样，葛洪是半个博罗人，我就没想过从祖先那里学什么，要说乡音乡情，我就想见见博罗老乡钟楚红。每次出关交完货，我就拉着观水秀找家录像厅看《胡越的故事》和《鬼新娘》，观水秀看周润发和蔡枫华，我看红姑。我想见红姑，我是说，近距离见，最好能说两句话，那就是我的梦想。

好在，除了在商人理想上纠结，毛更新没有别的毛病，他讲他的故事，我只当他书生意气，不和他一般见识。那天吃饭时，观水秀筷子头咬在牙齿间，嗤嗤笑着看毛更新，然后咬着我耳朵说，她有两个守服装摊的小姊妹，想和毛更新睡，问我能不能帮忙。这事我知道，不光守服装摊，沙头角吃走水饭的女人都喜欢毛更新，他在那儿一出现，身边肯定跟着一堆鲜眉亮眼的妇女，变着法子调戏他。我就把观水秀姊妹的事情告诉毛更新，问他行不行。毛更新脸红成虾干，眼睛瞪得比驼鹿眼还大，嘴角挂着半拉油汪汪的蛏子壳，半天说不出话，一副受到侮辱的样子。我哈哈大笑。观水秀也笑，腰肢撑不住地往我身上挂。以后毛更新就好多了，能接住了，全亏我在一旁指点，这是后话。

可以说，毛更新刚来那段日子对我刺激特别大，他打开了我的眼界，让我为之前的目光短浅羞愧，经过这家伙这么一点一点地灌输，我做商人的理想就开始发芽。为了帮助自己立志，我忍痛舍弃红姑，开始追《大时代》和《笑看风云》，这些打打杀杀玩腹黑的故事里才有我需要学习的东西。我还养成了看书的习惯。其实不是书，是杂志。那会儿地摊上杂志特别多，也没个正经刊号，取几个惊世骇俗的标题，印得很粗糙，一本能卖到五块八块，花了我不少钱在上面。

毛更新第一次走货是我带的。那天早上，我给他和另外几个新来的家伙做培训，交代离开中英街时需要注意的事项：假使查到，咬死货自用，求放行；海关不放千万别犟嘴，按退港、补税、扣货依次选项，宁愿打单扣货也绝不认罚单，不让通行证被刷，要是一年开了三次绿白单，这行就别干了。

交代完，我把人带进街里，让他们等着，我去店里取货。老狐已经在那儿了，和人在后铺饮茶说话。我等店里的伙计打好小票，一个个把人叫进来，按人头提货，小票连同二三十块港币塞进手心，告诉他们货是什么，抽检时怎么说。轮到毛更新，看出他很紧张，不停地扭过头去清嗓子，我犹豫了一下，让他等着，去一旁铺子里买了三千块钱的橄榄油和化妆品，打好包扛过来。老狐在后面看见了，骂了句，会算唔会除，偷米较番薯，但也没管我。

我把货交给毛更新，让他记住我教的，告诉他我会送他出关。我带了几客金，指点毛更新跟在几个扛着大包小包的东北游客身后，利用他们做掩护，我则和毛更新隔着三五个游客，跟在他后面去关口排队。

那天游客不多，队伍只排了半条街，不到两小时就轮到我们了。毛更新跟在那几个扛大包的东北客后面，本来很安全，快到他时，一个老伯觍着脸插到毛更新前面，哪知道就被查出带了违禁品。海关人累极了，骂老伯，鬼打里，一把年纪不嫌驼衰人，三代乌鸡唔走种，懒得说你，还笑，再笑开你罚单，货主打死你。老伯缠着扣走的货求情，亮出后面的毛更新。毛更新吓坏了，站在那儿瑟瑟发缩。海关人看他一眼，二话没说，收走了他的通行证，让他哪儿拿的货退回哪儿去。

我连忙挤过去，拉着毛更新退回街里，埋怨他，人家根本没查他的货，看他眼神不对诈一句，他只消理直气壮回一句，事情就过去了，他站在那儿只管发抖，等于自我暴露。

我把毛更新带回店里，给他重新收拾了一袋奶粉和麦片，不值五百块，让他再去验关。毛更新站着没动，脸色苍白。我说你还做不做？你当在这条街上端饭钵这么好端？你要今天空手出关就坐死了人肉脸。毛更新不回答。我看他已经快哭出声来了，就骂他，狗屌个，还梦想，子贡样子学不会，吕不韦样子也学不会？我骂毛更新，其实是说实话，这条街不是一般的街，在这条街上吃水饭，天塌下来也得顶着。过一会儿，毛更新仄身过来，气不顺地从我手中夺过货袋，出门贴着街边走了。我连忙跟上去。这回海关人没拦他，他找海关人员要通行证，人家不给，没好气地说，这碗饭你吃不了，回家该干什么干什么。他一脸臊红地出了关，货交给等在外面的人，水费没领就走了。

那天老狐出货不少，很高兴，晚上叫了烧鹅仔，我们喝了点酒，守着破电视看《伴我闯天涯》。毛更新很沉闷，晚饭没吃，回到住处就蒙头睡了。我问老狐，怎么处理毛更新。老狐呷了口酒说，不是人人都像你阿粥，龙舟装猪屎，总有灶下鸡，一撮土地上出来的人，能照应就照应点。我听了很感动。夜里上床睡觉，听见毛更新在被窝里嘤嘤出声，我烦他，冲他说，要就嚎出来，听海关人叫，怎么做商人？那家伙揭开被子挺尸一般坐起，鼻孔冒泡地朝我喊，行远啊子！我哼一声说，前世少哩你，管你。我就倒头睡了。

做水客，吃的是力气饭，一天守十几个小时，累成死狗，开工的话，一般凌晨才能回到住地，第二天睡到太阳当顶才有力气爬起来，到沙头角找个店喝茶，下午两三点钟进街，拿货差不多等一两个小时，再去排队出关，那几个小时是我和毛更新的聊天时间，我们的友谊就是这样聊出来的。

现在回想起，那是多好的年代，我和毛更新，我俩胸怀大志，想着早日攒足钱，摆脱带货仔角色，自己盘家店做真正的商人。当然，这方面我比毛更新有出息，毕竟我出道早，起跑线超出他一两丈。我记着老狐的话，手把教毛更新，好比我是先生，毛更新是学生仔，他在我这儿拿文凭。我教了毛更新很多做水客的诀窍，比如四不一绝对：不在水塘犯蠢，不和港水发生冲突，不参加内地客冲关，不帮生客带货，绝对不沾违禁品——差佬不是傻子，知道我们在干什么，只是每天几千上万人往外带货，多数属自用，不可能个个查，那得累死。人家主要查国家专卖品，还有毒品、枪支、文物、濒危动植物和大宗货币这些违禁品，做我们这行绝对不撒骰子，撒误一次等于送自己上路，对不起，我们不会把大好前程砸在自己手里。

话这么说，我诚心诚意教，毛更新却一点没学会，他真是白风华正茂了。开始带货那段时间，他出了好几次事，多数时候都只能空手出关，连累我挨老狐骂。我没有嫌弃毛更新，继续苦心巴力教他，怎么才能不掉水塘，不做黑户，保住白底。我还带毛更新一遍遍看《猫和老鼠》。我教导他，海关差佬是强者，等于汤姆，他们有一种抓水客的强烈欲望，水客是弱者，等于杰瑞，杰瑞要摆脱恃强凌弱规律，就要上演老鼠战猫的斗智斗勇戏法。可是，我越来越感觉，毛更新不是吃水客饭的料，他理解能力特别好，每次给他上课他都拼命点头，表示听懂了，可一出手就露怯。很快我就看出来了，他脑子和手分了家，说起商人的故事一套一套，做事情却不断出差错。关键是，他点子特别背，每隔一段时间海关会组织抓水客，几乎每次都闯到闸刀下，货被扣下三次后，他上了黑名单，这样当年就不能干活了，只能靠老狐养着他。

有一段时间，老狐整天冷着脸，以后就不干了，背后给我提过两次，说阿旧是妇人家，屙尿唔上壁，出不了道，让我想办法把人弄走。我没同意，想办法拖着。知道管鲍之风是怎么回事？管仲和鲍叔牙，两人合伙经商，彼此让利，好成基，后来俩人都当上了齐国上卿。人家古人能这样，我和毛更新，我们为什么不能做新时代的管鲍，好成基？实际上，我就是这么想的，毛更新让我知道人这一生不能虚度，要有远大目标，我不能不讲良心，把他丢掉，我阿粥要做他阿旧的保护人。

那段时间，毛更新常常背着人流泪。我感觉到他特别痛苦，悲从中来。我鼓励他，葛洪炼丹烫脱过千层皮，吕不韦的银子也不是轻易从地里刨出来的，哭有什么用。我后来急了，用家乡话骂毛更新，割哩三刀都无血出，屎都唔知臭。可能是这个原因，毛更新伤了自尊，很长时间不和我说话。我心里也很难过，让观水秀去找毛更新说话，劝劝他。观水秀跑去吧哒吧哒和毛更新说一气，毛更新也不理会。我觉得，那样的毛更新，好像生活在黑暗的日子里。

九十年代以后，海关查得越来越严，我也成了水塘脸，被差佬盯上。老狐让我转干天文台，负责看水，遥控通关情况，组织冲关。我天天读报纸看电视，琢磨国家形势，研究海关心情，看着查紧了就通知老狐休息，大屠杀时期不开工。再以后，老狐越做越大，我做了水头，算出人头地了。我也不让观水秀守摊子了，找关系把她弄进一家贸易公司上了班。我和观水秀，我俩确定了恋爱关系，她是我的人了，死心塌地跟着我，一下班就往我这儿跑，一见到毛更新就风摆杨柳地弯下身子嗤嗤笑个不停，人挂在我的胳膊上说，得人恼，阿毛啮支啮笪，蠢到死。我不高兴观水秀那样说毛更新，毛更新一点也不蠢，他只是道闷了，说他蠢不公平，只要观水秀说毛更新的坏话，我就亲她，狠狠地咬她的嘴唇，这样她就不怎么笑得出来了。

毛更新不温不火干了几年，八·二八海关大清查那次，我带观水秀回博罗见父母，晚上喝了点酒，错过了内线报警，手下人肉被抓了好几个，其中也有毛更新。那次也怪他，看我不在，逞能多带了两万块钱货出关，人当场在水塘被带走，因为是黑户，有记录，想捞都捞不住，判了六个月拘役。

毛更新服刑以后，我每个月都去收容所探视他，给他送衣裳什么的。我还给他带了《陶朱公大传》，是专门给他买的书，不是地摊杂志。每个月他从拘留所放出来那天，我会摆一桌，叫上几个要好的兄弟，陪他大喝一顿。毛更新不敢多喝，怕回所里被训斥，但他很感谢我，每次看见兄弟们为他干杯，他都落泪。他那个样子让我难受，可我不知道说什么，只能傻笑着拍着他的肩膀一遍遍说，你吖只攋屎棍，你吖只攋屎棍。我那么说当然不公平，毛更新从来不惹事，只是，在做商人的路上，他比别人多经历一些磨难。

半年后，毛更新刑满释放，那天我哼着“干杯朋友，就让那一切成流水”，开心地去拘留所接他。一见面，毛更新就对我说，阿粥，我不想再做这行了。我安慰他，不要紧，你是拘役，再犯不算累犯，我会好好照应你。毛更新沉默了一会儿说，他不是要保清白，这半年他想明白一件事情，他不是做商人的料，再往下做也没什么意思。我感到意外，又不意外，他说得对，不是所有人都能进“货殖列传”，子贡也好，吕不韦也好，世上人有几个能做到？这么一想，心里就有点难过，走过去把毛更新搂进怀里，轻轻拍打他的背，听他胸膛里发出压抑住的呜呜声。

我认识一个搞旅游的香港人，叫阿标，私下邀过我好几次，要我帮他往中英街里带团，我拒绝了。观水秀动过心，劝我说，都是揾工当马仔，跟着老狐，只认识金子，跟了阿标，就能去看看外面的世界。这怎么行？我埋怨观水秀，人不能不讲情义，老狐对得起我，我不能背叛他。但毛更新就不一样了，我有责任帮助他，我就给阿标打电话，把毛更新介绍给阿标。阿标很高兴，那个时候离九七没几年了，他急着扩大生意，人手不够，他给毛更新办了导游证，租了房，让毛更新负责在境内招揽内地客。

以后，毛更新就搬走了。临走时，毛更新扭捏地把我叫到屋外，掏出一样东西，飞快地塞进我手里，说是送给我的礼物，特意用带刑劳动的薪水托阿标在香港买的，陆货。我非常吃惊，那是一台夏普牌电子手册，相当重的一份厚礼，我从来没有收到过这么重的礼物。毛更新不好意思地说，他本来想送给我一台现金出纳记录机，他在拘留所里听一位在机场做高管的牢友大哥提到过。他认为，对我来说那个更有用，能帮助我成为大商人，可惜他钱不够。现在你知道了，我和毛更新，我俩是什么样的友谊，即使分手，我们也会砸骨敲髓地鼓励对方。

毛更新离开以后，我们偶尔会通个电话。慢慢的，毛更新情绪缓过来了，他很兴奋，说阿标人很厚道，做旅游也没有那么大危险，基本不和阿 Sir 发生冲突，他喜欢这份工作，上手很快。我替毛更新感到高兴。我说好啊好啊，阿旧你好好干，找时间出来我请你喝酒，为你庆功。虽然那么说，我俩都忙，一次酒也没喝过。你想啊，香港很快就要回归，很多人在逃离，很多人在趁机填空，老狐借势而为，做了大货主，在宝安和广州开了店，新界那边有仓库，我仍然做老狐的水头，负责走货，我的事业也在飞升，离商人的目标只剩下一步距离了。毛更新也忙，他当了阿标的副经理，那个时候还没有自由行，没有血拼一代，能办下港澳通行证的内地客不多，可基本是荷包鼓胀的先富佬，钱非常好挣，听说在维多利亚港卖水都能年利百万，毛更新提成可观，哪有时间见我。

本来没什么，我和毛更新，我们离商人的目标越来越近，可是，我慢慢发现，自打毛更新离开后，观水秀有点神色不宁，总是似笑非笑地看着我，明亮的眼睛失去了往昔的神采，人也不往我身上挂了，有时候带她出去玩，她也没精打采，最爱吃的酱油虾，我替她一只只剥好，放进蘸水碟里，她也不动筷子。再后来，观水秀辞掉外贸公司的工作，离开了我。很快我听说，她去找了毛更新。知道这件事情以后，我肺都气炸了。我给毛更新打电话，问他怎么回事，问他观水秀在哪儿，骂他唔知衰，殁肠烂肚。毛更新在电话那头一句话也不说。然后我摔了电话。那是我第一部私人电话，爱立信 GSM。我和毛更新，我们的友谊结束了。

然后就到了九七香港回归。

干我们这行有规矩，不急，不贪，不侥幸。老狐守了十几年，不知道哪根弦断了。有个内地客出大价钱进洋垃圾，量很足，不担心货源，老狐破了只在中英街带货的规矩，接了单，跑到皇岗口岸做了几单，赚了一大把。我参与了那几次走水，听老狐怂恿，把全部身家赌进去，也跟着大捞了一把。以后老狐昏了头，居然买关放水做车件，结果做冒了。

事情败露后，老狐我俩准备跑路，走之前，要把鹿颈路仓库里的货转移了，那是上亿的货，老狐忍不得扔下，我的全部身家也在里面。老狐在这行做得太久，没有可以托付的朋友，走投无路时，我想到毛更新。老狐拿不定主意。我向老狐保证，阿旧不是灵光人，但绝对不会对不起人。老狐说，你心大，观水秀的事情怎么说？我心里狠狠剜痛了一下，过了一会儿说，他是烂人，但不是衰精，占了观水秀，不能再占金子。老狐点点头，说也是，除非他硬要做铳打鬼。

我给毛更新打电话，约了地方，匆匆

赶去和他见了面。到那儿才知道，借着香港回归势头，阿标做大了，他做三个产品，海洋公园、太平山和迪斯尼，毛更新带着几班人，专门在内地做政府团，每天早上八点开始，半小时发一个团，一直发到闭关，钞票流水似的进。毛更新安静地听我说了事情，二话没说，答应替我和老狐收拾后路。我们没有提观水秀。我没提，他也没提。我还记得那天他的行头，他穿一身蓝条子的杰尼亚，发型改了，说真的，真是不一样了，风华正茂那个词，就是给他准备的。

那是我最后一次见到毛更新。

我和老狐没有跑掉，出关时连人带车被扣下。我听见老狐在我背后长长地叹息了一声，那会儿我没顾上他，盯着指到鼻子前乌光锃亮的"微冲"，心里想，"微冲"有没有牌子？有没有陆水之分？

案子很快判了，老狐判了二十二年，我判了十五年，以后减到十四年零两个月，又减到十三年零四个月。等我刑满释放后才知道，老狐没有我运气好，牢头要他一份饭食，他不答应，被人踢中要害，没救过来，服刑第二年就死在监狱里，如今怕是骨头都打鼓了。

我从监狱里出来后，第一件事就是联系毛更新。我打算要回托他照管的身家，还有老狐那份财富，我得把它们交还给胡家人。可是，毛更新消失了。博罗话，吖只衰鬼，下世下哩。我打听过，毛更新不再是当年的样子，这十几年他发达了，如今是好几家上市公司的股东，而且成了大不列颠及北爱尔兰联合王国的公民。就是说，毛更新终于做成了陶朱公，而我，他当年的引路人和保护者，却落得一文不名，这就是我的下场。

我没想过回中英街继续混。在监狱里，我就从狱方组织服刑人员收看的新闻里知道，自打香港回归，五星红旗插上港府大楼，风水就变了，SARS 以后，香港经济凋零，董特首请求中央支持放开了自由行，内地人随便都能进香港，人们不再往中英街里挤，连工商银行都撤出来了，当年的带货天堂已经成为了历史。

可是，那条街毕竟养育了我，对我有恩。我去公安局正经办了"前往边境特别管理区通行证"，去街里凭吊了一次。街上没有多少游客，两支举着"文化之旅"小旗帜的小学生团和老人团，彼此隔着几尺宽的街面笑吟吟让过，一对耄耋老人哆哆嗦嗦落在队伍后面，商量着买了一支甜筒，你舔一口，我舔一口，满意得不得了。我走进中英街历史博物馆，找个角落坐下来。我什么也没看，用不着，我就那么安静地坐在那里，脑子里冒出些奇怪的画面：德国的柏林墙……越南的贤良桥……朝鲜的三八线……

我想着那些和我毫无关系的场景，脸上洋溢着微笑，觉得我这一生，真的说不清楚。

我最终还是打听到毛更新的下落。他没有待在英吉利海峡那边的伦敦和爱丁堡，你猜他在哪儿？他哪儿也没去，就在深圳，在大梅沙中央半岛天琴湾。我能理解，人们都说，离乡别土易摧颓，不到万不得已，人们不会离开生养他的地方，这是多数岭南人的想法。

我乘坐 387 路公交车去了大梅沙。我走着上山。我一边走一边转着脸看风景，老实说，那是属于鸟和风的地方，人住有点可惜。然后我被保安拦住。在通过一个简短的电话后，保安客气地告诉我，业主不认识我，请我离开。我说他当然认识我，我们是兄弟。保安说，兄弟不认你，请你离开。我说，你让我和他通个电话。保安说，滚。我听出保安的口音，熟悉的央元音“ɨ”。但他叫我滚，同时警告说，接下来侍候的就是法律了。我当然知道法律，我和它打了几十年交道，知道是怎么回事。我没再说什么，离开那个美丽的鸟窝。

我开始打听在别的什么地方能找到毛更新。我收集了很多毛更新的资料。哈，我可长见识了。电视上，互联网上，书店里，全是他的“货殖列传”。我整夜整夜地坐在那儿，或者躺在那儿，一页页划动手机，翻动书本，看他的拼搏史，看得热泪盈眶。然后我抹去脸上的泪水，对着视频里他志得意满的那张脸一遍遍骂：信得你使都会擐筒擐袋，供狗咬脚峥，唔识良心，歿肠烂肚，屙屎都唔同你共粪缸！

接下来的这些年，我不知道自己是怎么过来的。我在工厂里绞过螺丝，在街头做过O2O游动广告，在别墅区做过保洁工，往饭店里送过污水蚝。这个世界变了，我在的这座城市有个说法，叫腾笼换鸟加总部经济，政府把低端制造业赶出城市，为高科技产业和世界五百强腾地方。人们正在逃离这座城市，当年我那些兄弟，他们都带着外地妻子回家乡去了，买车买房，再投个潮汕牛肉火锅店啥的，可我没地方去，人混成这样，回不去了。

我觉得日子仍然要过下去。我觉得开家建材店也不错。我做到了，在城中村扎下来，哪怕苦苦奋斗，大半收入也就是给房东交房租。我整天在店里进进出出，盘弄地板瓷砖、墙面建材、门窗建材，和顾客砍价，和工程队打电话，一边想着一个人，人们顶礼膜拜的财神爷，范蠡。范蠡当年辅佐勾践卧薪尝胆，十年一剑，功成名就后鸟尽弓藏，弃官为商，三次白手起家，世人尊为商圣。我觉得，他这样顽强真的很好，是我学习的榜样。

直到今天早上，我接到那位叫班森的年轻人的电话。年轻人问我住在哪儿，他来接我。我说不用接，你家是不是住大梅沙。他说对，半山的物业卖了，深圳湾一号也卖了，天琴湾这套我父亲特别看重，打算先留着。我说留着吧。我说我能找到。

这次没有人拦我，班森带着电瓶车在山脚下等我。我看他，年轻人剃着圆寸头，穿了件学院气质的普莱诗牌衬衣，比他父亲帅气十倍，但好像也是个爱脸红的男人。我们一起坐电瓶车上山，直接到他家。我在球场大小的客厅里坐下的时候心里隐隐作痛，我想到这家人的幸福生活，还想到了什么？至于他家的情况，我就不说了，反正就是你在电影里看到的那种样子。

班森从楼上取来一只公文包，在我对面坐下，从公文包中拿出一样东西，郑重地交给我。东西很旧了，我还是一眼认出了它。夏普牌电子手册，我当年收到的最重要的礼物，他父亲送给我的，用半年带薪劳动的薪水。班森告诉我，因为之前不知道，在整理父亲遗物时，他翻看了电子手册里的内容，里面有我的名片、通讯录，还有我当年出事之前的一些账目和流水，对此他非常抱歉，也幸亏这样，他才能找到我，亲手将物品交还给物主。年轻人之所以想见我，是他对一件事情感到困惑，在他的印象里，父亲是正直勤勉的企业家，电子手册里的内容却让他隐约看到了一些逃脱海关监管，非法走私国家限制物品入境的行为，对此他十分不安。他不明白电子手册为什么在他父亲手上，他希望我能坦率地告诉他，怎么说呢，他一直尊敬的父亲，是否参与了那些人们不应当去做的事情。

请您一定告诉我，这件事情对我，对我们家族非常重要。年轻人慎重地请求我说。

我扭头朝落地窗外看，那里有一个巨大的游泳池，风吹皱了池子里的水，几只鸟儿在池边张头张脑，好像在说着什么。我能说什么？我对那个年轻人说了下面这个故事：

有这么一个人，叫布雷特·卡瓦诺，是2018年10月当选的美国联邦最高法院首席大法官，他陷入了一些丑闻，这些丑闻一直没有核实，人们不知道那些事情是不是真的，也不知道他到底是一个什么样的人。可是，人们知道一件事，在美国当代历史中，卡瓦诺扮演了一个传奇角色，他在二十年时间里近乎神奇地出现在几乎所有美国政治事件和大案现场：白水案、福斯特案、拉链门案、小埃连案、大选计票案、安然破产案、弹劾克林顿、“9·11”事件、反恐战争、虐俘门、窃听门……在接受指控时，卡瓦诺说了下面一段话，“我期待就真相作证，我将捍卫我的好名声，捍卫我一生都在塑造的品格和诚信。”

年轻人一脸敬佩地看着我，说，伯父，您太有文化了。我看着明显放松下来的年轻人，矜持地微笑了一下，问他，是不是明天就走。年轻人给出了肯定答案，他在读博士后，有份重要的实验室工作等着他，他回国半个月了，不能再停留。我问他是否还会回来。他说不知道，家里人都移民英国了，家乡再没有直系亲属，他在香港出生，很小就去了英国，更习惯英国的生活。我沉默了一会儿，看着年轻人明亮的眼睛，心里想，我骂过他父亲，骂他路项死，路下埋，绝家子，博罗人的话，断子绝孙，不知道是不是我的诅咒让他父亲英年早逝，如果是，我很抱歉。不过，好在上天没有听我的话，他父亲没有绝代，有这么个好儿子，相反，我连个后人都没有。我那么想，不禁红了眼圈，心里一波温水过，一波凉水过。

我坐正身子，清了清喉咙，隐约回忆起，曾经熟悉这个看似多余的动作。我郑重地对面前的年轻人说，我们家乡有句俗语，识得系宝，唔识系草，过去我低看了他的阿爸，我以为他是草，结果我错了，他是宝，不是草。我告诉年轻人，深圳可不是他们的英伦三岛，它是世界上最年轻的城市，不见血的竞技场，没人能仅靠善良赢得尊重，你得有一身本事，还得有大志向，否则就算是宝，最终也可能落成草。我告诉年轻人，我从他父亲身上学到很多，比如，可以哭泣，不要放弃，比如，他刚才说我有文化，我的文化都是看杂志看来的，这个习惯保存到今天，是他父亲教会我的。

我说了什么？我干嘛要提到城市？它是一座了不起的城市，成就了很多人，它可没有亏待我，不然我对它的感情为什么这么复杂？我觉得事情到这会儿，就算谈完了。我没有再向年轻人询问什么，比如他母亲的名字。我觉得世事难言，最好不问。

在征求过年轻人的意见后，我揣上失而复得的电子手册，坚持不要年轻人送，离开阔气的别墅，从山上往山下走。路过门岗时，我朝年轻的安保挥了挥手。

我觉得大梅沙真是一个好地方，也许

人和鸟儿就该住在一起。我想起了中英街早年的事情，那条清亮的小河，还有那些大翅膀的鹭鹚，它们有时候会与河水纠缠不休，但终究鸟归鸟，河归河，各有归宿。而且，我觉得吧，我年轻时做过梦，相信梦它能成为现实，有时候它可能破碎掉，但谁的梦不是这样？人年轻的时候总会冒点傻气，挨几下锤，我挺高兴经历过这一切，我得维护它，不能让它在我还活着的时候死去，你说，对吧？

人类的算法

弋　舟

授奖词

人与人之间的精神交融，既存在无数隐秘的暗道，又遍布纵横交错的沟壑。弋舟的《人类的算法》试图在庞杂的现实伦理参照中，将人类精神交融的可能性，上升到某种精确的技术层面，诠释其最大的空间通道，但失败的结果不言而喻。在这种意味深长的理性外壳之中，作者始终将故事置于一种潜在的紧张状态，一种类似于卡佛所说的危险气息之中，不断驱动人物在这种紧张状态中游走，由此撕开被日常伦理严密封裹的内心真相。它是情感的，又是知性的，在看似科学的证词之下，隐藏着极为诡异的心理诱惑。随着刘宁由物及人的回忆，我们看到，刘宁在精神交融中的突围，与其说是对科学的一次验证，不如说是对伦理与情感的一次双向解构。（洪治纲）

不知道这双运动鞋穿在马琳脚上几天了，可能不会超过一周，刘宁想，周一返校时，女儿应该是穿着和校服配套的平跟皮鞋。但她并不是很确定，毕竟，谁会把孩子一周前的穿戴记在账本上？她用不经意的口吻向马龙求证，因为周一是他送的女儿。

"鞋？"马龙下意识看了眼自己趿着拖鞋的脚，"皮鞋吧，没准是运动鞋。怎么了？"

"没什么，"她说，"这孩子脚也长得太快了，都赶上我了。"

马琳在自己卧室，她想过，不如进去当面核实一下，但念头一闪即逝，快到都由不得她来决定，像是念头自己将自己否决了。她把运动鞋放进鞋柜，犹豫着是否重新放回地下室的储物间去，她想，既然女儿可以不打招呼地将这双鞋子据为己有，那么她也可以不打招呼地物归其位，让这件事来无影去无踪，仿佛从未发生过。

整个周末刘宁把自己交给了地下室的储物间。储物间连通着地下车库，层高差不多有四米，马龙用三角铁给里面打了整整两面墙的置放架，整理时需要踩着梯子攀爬。即便如此，长年累月，杂物还是越塞越多。置身其间，她感到自己身在一座仓库。这样的感受，延展着让她将自己的生活想象成了一家工厂。这也许不太准确，工厂，仓库，都是与居家生活无关的冷硬想象，它们所具有的"工业感"让她惊讶于自己原来竟将生活过出了这番气势。业已失效的过往以杂物的形式被封存起来，如同既往生活累积出的剩余产品。作为家庭主妇，她在周末盘点库存，好像也说得过去。其中有一部分专属于她，如同她在家庭工厂干下的私活儿，如今被搁置在一只硕大的蓝色塑料收纳箱里，放在铁架最上面一层的角落。她确定，那双运动鞋原本应该是收藏在这只箱子里的。

等到周一清晨，她提出自己送女儿返校。马琳坐在副驾驶位置上，穿着和校服配套的平跟皮鞋。副驾驶的座位常年最大幅度地移后，不是她坐就是马琳坐，母女俩一样，都有着标志性的大长腿。差不多所有人都会惊讶于她竟然有一个这么大的女儿，她们会被人当作年龄跨度稍大的姊妹，这让她小小的虚荣心得以满足。时间在她们这对母女的关系中失去了既定的效力，女儿在成长，同时她在逆向减龄。要知道，幼儿期的女童是无法被人当作她妹妹的，但当女儿成为了少女，她便从妈妈变成了陌生人眼中的姐姐。这很神奇，是上帝调皮的戏法，她常在心里暗暗喟叹。

从学校回来后，她又去了储物间。那双运动鞋原封不动地搁在塑料收纳箱里，让她怀疑这个周末自己经历了一场梦境，一切都不过是臆造的产物。但她知道不是，除了运动鞋凭空回到了原位，她发现，箱子还被明显地翻动过。她确信自己前一天叠放好的衣物变了层次，一件本来压在最下面的紫色卫衣，如今放在了最上面。之所以被搁置在了地下室的储物间，只能说明这些物品对她而言，于今已无实用意义，但长大了的女儿开始从这些弃物之中寻找适合自己的意义了。这原本没什么，甚至还颇为美好，可当她一旦意识到女儿是在"寻找"什么时，便感到了一阵窒息。有些旧物不堪被马琳翻检，这个意识浮现，让她不由得开始省察自己那工厂一般的生活究竟制造出了怎样的产品。她不能确定女儿会发现什么，因为她自己也难以确定，生活过后，自己是否真的会天衣无缝，经得起抽检。

晚饭的时候，刘宁告诉马龙：马琳开始私自穿戴她的衣物了，先是一双运动鞋，接着也许就是一件牛仔马甲或者羊毛开衫。她当然没有告诉马龙这几样东西都是七年前她穿戴过的，其实她自己也难以细究，为什么仅仅只是罗列了这几样东西。它们的特殊性，是时隔七年之后重新被唤醒的。如果生活真的像是一家工厂，那么现在与七年前相较，日子已经没有了连贯性，她已经转产了，至少她换了工作，不再从事国际贸易，如今是拥有执业资格的心理咨询师。

马龙一贯的不以为意。他就是一个对整个世界都不以为意的人，所以她才能将那些本该清除的记忆储藏在地下室的收纳箱里，才能这样跟他交谈本该规避的话题。她几乎知道他会怎样回应，他也的确就是这样回应的。

“这没什么问题吧，”马龙说，“她长大了，开始变成另一个你。”

她当然知道女儿长大了，上个月马琳还冷不丁地问过她是否考虑过离婚，她很是意外，认真地回答她，说她压根没这么想过。

“这不是问题的关键，”她说，“至少她应该征求我的意见。”她这么说了，也意识到并没有表达出自己真实的意思。

“没那么严重，你该感到高兴才对。”他说。

话题就此偏离。对此她已经习惯了，也知道问题并不完全出在他的身上。

礼拜五也是她去学校接的女儿。马琳热气腾腾地钻进车里，校服外套挂在双肩包的背带上，贴身的白衬衫上套着牛仔马甲。她尽量不动声色地问起这件马甲。

“哇哦，我忘记脱掉了，”马琳说，“一热就给热糊涂了。”

女孩的表情实在让她喜欢。

“你不会生气吧？我发现你的旧衣服都特别好看。”马琳讨好着说。

“你穿着还是会有点儿大。”

“不大，这么穿才好看。”

“也许你得先跟我商量一下。”她也不愿意把话题又说到这样的套路中去，就此对女儿展开一番尊重他人的教育，那很正确，但也真的很乏味。

“爸爸在电话里说过我了，我知道错啦。但你的衣品真的好棒，我也喜欢这种比较中性的衣服，我不喜欢穿成小女生的样子。”

“可你就是个小女生啊。”

“我不是，我不希望是。”

“你希望是怎样的呢?”

“我希望我看起来有点像男孩子那样，怎么说呢，我也说不好，我觉得男孩子好像更清爽干净一些，女孩子都黏糊糊的。”马琳说。

“噢，你是这样认为的。”她说。

“你有时候看起来就像个男孩子，”马琳说，“我觉得你很好看。”

她转头看向自己的女儿，热气腾腾的十二岁少女仿佛在散发着能够驱动火车头的热力。她伸手替她整了整牛仔马甲的领子。

你有时候看起来就像个男孩子——类似的话，曾经有人对她说过。她能够记起当时的情景。埃及，开罗，胡夫金字塔，狮身人面像。

那些年，她去过世界许多地方。她的个性与思维方式在许多人眼里都不太像是一个中国人，许是如此，国际贸易这样的工作对她才显得格外适合。公司是做纺织机械设备的，最初她负责人资，后来那“不太像中国人”的特质日益凸显，于是就负责去和外国人打交道了。这种职位的变动，在行业内部像是一个传奇。一个又一个的展会，从巴黎到杜塞尔多夫，从卡拉奇到开罗，自动络纱及传送系统，洗漂机械，面料处理机，粗纱机，倍捻机，以及研判潜在的进入者，上游供应商与下游买方的议价能力，替代品威胁，等等。

一年之中，可能一半时间她都处在倒时差的状态。好在她的适应能力不错，换上宽松的内裤，戴上眼罩，裹紧毯子，吃几粒强效褪黑素，她可以在飞机上昏睡十多个小时，口语水平当然也随之稳步提高。但她适应不了随时发生的调情。国内天南地北的参展商被专业公司组织起来整团出发，某个阶段，同行之间见面的次数多过和家人见面的次数。有意无意的试探弥漫在旅途，让人如同置身在褪黑素药力尚未完全消退的浑噩中，入住酒店后，甚至会有明目张胆的骚扰。这时候，她“不太像中国人”的特质就成为了短板，她学不会虚与委蛇，没法轻描淡写地圆场，于是发生过尴尬的局面，令整个行程都被负面的情绪所笼罩。“寒刘”，这是圈内人私下送给她的绰号。

总体上她是喜欢这份工作的，尽管那几乎算不上是跨国旅行，办理签证，过海关，登机，昏睡，落地，出海关，在大同小异的会展中心像个安装工一样动手布置展位，撤展，然后倒着重复一遍来时的步骤——可看上去，也的确就是跨国旅行啊。有多少人一辈子都没走出过一千公里，她偶尔会这样想，意识到自己与那虚拟的“多少人”不同，这令她倍感欣慰。她倒并非是一个乐于标新立异的人，庸常的生活，一度也是她的愿望，可是与对世界不以为意的马龙生活久了，她不免就要起意去感受世界。

出发前她一定会做足功课，读艺术史、宗教史这类的书籍，挑选与目的地气质匹配的音乐，尽管抵达后多半只能在酒店与展馆之间往复，但这些功课令一切变得不同，行程因此变得具有了内在的丰饶，她也因此摆脱了长达五年的产后抑郁症。

她组建了自己的团队，辞掉了难以合作的人，挑选了可以合作的人。难以合作与可以合作的标准其实简单，她只要求自己的属下真诚，那是她唯一看重的品质，还有，不能太漂亮，无论男性还是女性。她不喜欢过于漂亮的人，顽固地认为漂亮本身就是与真诚相违背的。

朱颖就不是那种漂亮的女孩子，但是真诚极了，有股子即便是错也要一错到底的劲儿。她从一堆应聘者中遴选出这个女孩，还有不为人知的私念。她不敢一个人住在异国的酒店里，在这一点上她非常胆小，没什么理由，她就是在陌生的空间完全无法入睡。而小巧真诚的朱颖，看上去像是一个不错的“房伴”。没人知道她的这个秘密，反倒以为她是在以身作则，替公司省钱。

谁谁谁太漂亮了，朱颖会这样对她评价临时被组在一个团里的某位同行，这等同于是在指认这个人的缺点，虚伪，浅薄，乃至于爱开玩笑，轻浮。这当然是有些投其所好，一个不喜欢漂亮的女上司，在一个不算漂亮的女孩眼里，有着巨大的感召力。当谈到自己心目中的男朋友该是怎样的时，朱颖说，他不能太漂亮。

“哪怕他是富二代也不行，”朱颖气鼓

鼓地说，“官二代也不行。”

孔一亮就是这样的，既不是富二代，也不是官二代，并且，不是一个漂亮的男孩子。刘宁因此会有所警惕，不愿意看到自己的属下发展出工作以外的关系，那样会很麻烦，于公于私，都不恰当。她暗示过朱颖，也几乎是警告过孔一亮，好在这两个年轻的属下彼此似乎并不来电。

齐安生是团队的第四个成员，比起两个年轻人，四十多岁的他显得不可或缺。他有充分的经验，入行比刘宁早得多，这个老资格的中年男人不修边幅，一头灰发，竟有些像新加坡的总理李显龙，看上去总处在焦头烂额的情绪里。朱颖叫他大叔，说和大叔在一起，自己也不由得要跟着焦灼，总感觉出来没有关好家里天然气的阀门。齐安生并不介意，挂着焦头烂额的苦笑把工作打理得有条不紊。

刘宁对自己这个团队的组合感到满意，心里有时会不太恰当地觉得，这像是一个四口之家的模式。他们结伴飞跃了大西洋，结伴飞跃了太平洋。藉此，她也部分地飞跃了背叛带给她的创伤。背叛当然只能是来自于马龙，令孕期中的她猝不及防，是马龙主动向她坦白的，用不以为意的态度。事情的严峻性与马龙不以为意的态度形成巨大的落差，晴天霹雳以云淡风轻的形式表现出来，于是都不太像是真的。她被塞进了严峻与不以为意的张力中，竟失去了正常感知的能力，她被这当头的一棒打蒙了，空空洞洞的痛苦很难被她认为就是一种痛苦。随着肚子一天天变大，事态逐渐平息，她仍旧无从区别悲伤与不悲伤的界限究竟在哪里，情绪与情绪的边界既像是被抻长了，又像是被压缩了，前一秒在莫名地笑，后一秒便可以无端地哭。

总归一切也被她看似不以为意地接受了下来，仿佛人面对世界时，只有这样的一种态度可供选择。哺育马琳这个无可回避的任务，给了她自我排解的出口，她将自己的状况归咎于产后的抑郁症。据说这种疾患的发病率在百分之十五到百分之三十之间，如此高的概率，真的是能让人长舒一口气，所有不堪的事实因此变得正当起来，你所经历的，是这个群体中接近三分之一的人都在经历的，这样的认知，真的是可以安慰人。

出国几趟后她找到了自己的节奏。每到一个新的地方，她总能找到可以自由支配的时间。工作间隙，或者是在大家午餐的时候，她会伺机溜出去，一个人在异国的城市漫无目的地徜徉。齐安生留在展台前她是放心的，焦头烂额的大叔会处理好所有让人焦头烂额的事，分发宣传册，演示设备，何况还有跃跃欲试的朱颖，她不在场，穿着正装的女孩子意气风发，工作起来积极性似乎更高，至于不多的体力活，也有孔一亮撑着。躲进卫生间，脱掉窄裙和高跟鞋，换上牛仔裤与帆布鞋，一旦从展馆溜出来，她便会自如地融进当地人的日常之中去。她丝毫没有游客的心态，仿佛自己从来就不以为意地生活于此，而那真实的生活，反倒像是悬置在了遥远的他乡。

她在孟买的街头给乞丐买过汉堡，那时当地好像正在爆发不大不小的瘟疫，展馆里的客商大多都戴着口罩，但在卫生条件显然更差的大街上，人们却毫无畏惧，世界由此变得不可思议，仿佛并行着许多截然不同的逻辑，而不以为意，则是最大的本质，她安静地站在街旁，看那裸着上身的人吃完一只汉堡；她在卡拉奇误闯过军事禁区，直到被几个大胡子的士兵用枪逼着离开，她才搞清楚那片小孩子正在踢球的操场竟然是一座空军基地。

世界被打开了，瘟疫，乞丐，持枪的士兵与空军基地。她感到了一己的贫乏，同时，也感到了一己的辽阔。

也有不同的时刻，中国团走到哪里都像是在过节，本来相互竞争的同行，却从来不乏扎堆觥筹交错的冲动，一天下来，早就约好的场子拉开帷幕，大家轮番做东，阔绰地把崛起的大国宣示给全世界人民看，将餐桌拼起来，长长地对坐成两排，大声喧哗和大快朵颐，似乎这才是他们异国之行的主题。尽管以“寒刘”著称，她依然是各方都乐于约请的对象，似乎是谁能请得动“寒刘”，谁就赢得了面子。实在推不掉，她偶尔也配合一下。她并非决然排斥这样的场面，并且也有能力应对得体，她只是无从让这样的热闹冲刷掉内心的块垒。如果真实的内心在大多数时候是可以被她忽略掉的，在这样的时刻，在热闹的涤荡之下，那些真实之物却犹如潮汐之后的礁石，反而在心中凸显了出来。

更多的时候，她都是带着自己的人马自行其是。这难免让她的团队显得与群体格格不入，有同行跟她开玩笑，说如果是长征，她一定就是带着队伍搞分裂的人。好在团队中的每个人都并不为此感到遗憾，相反，他们觉得这是一种风格，是可以为之骄傲的特殊性。在莱茵河畔的露天酒吧，朱颖向大家分享自己的感受，她说她很喜欢这种不去从众的感觉。

“都跑出来了，干嘛还像是在村里吃宴席似的啊，”朱颖说，“非得现场杀头猪才尽兴吗。”

“你见过杀猪吗？”她有些吃惊，不太能够确定这个来自广州的女孩子会有这样的见识。

“我没见过，”朱颖转头问孔一亮，“喂，你见过的吧？”

“我也没见过！”孔一亮紧张地回答，好像是要急于撇清什么似的。

“大叔你肯定见过！”朱颖又转向齐安生。

“没见过猪跑还没见过猪哼哼嘛。”大叔焦头烂额地喝着啤酒，答非所问地说。

她突然大笑起来，是真的感到了开心，想一想，他们在莱茵河畔的月色下就这么说着杀猪的话题，真是多么开心的一件事。她其实希望大家也能来问问她见没见过杀猪，她也没见过，但是她有意愿去见识人类广袤的生活。她意识到了，只有将自己置身在更多未曾体验过的事物之中，她才能获得崭新的安慰。

这种感受她在杜塞尔多夫的集市广场确凿地体验过。黄昏中市政厅古老的建筑物披着霞光，突然之间，钟声毫无预兆地响彻天空。她觉得自己被骤然降下的重力击中了，一下一下，不是作用在耳朵里，是直接落在了她的胸口，于是发出了如此的回响。有一股力量，不是在敲着钟，是在敲着她。她被定格在了时间里，原地站着，闭起眼睛将自己想象成一只大钟，正在蒙受恩赐一般的撞击。她用手机拍了几张照片，并非是想用镜头捕捉图景，而是企图记录下氤氲在这黄昏之中的感动。

回到酒店，她把这组照片发在了微博上。她的微博账号没有关注任何人，一百多个关注者应该也是被随机分配的，她无从想象，这世上的陌生人，干嘛要去关注另一些陌生的人。她把这里当作了自己私人的空间，存放沿路的风景，记录只有自己懂得的心情。九张照片，她写了四个字：钟声响起。

夜里她睡得不是很踏实。一侧的朱颖打着呼噜，尽管轻微，但对此她也感到过吃惊，她无法理解，或者是无法接受，原来年轻的女性也是会打呼噜的，她不免要联系到自己，一想到自己没准也是会打呼噜的，一种生理性的不快就翻涌上来。睡不踏实，她索性爬起来去了趟卫生间，坐在马桶上，随手翻看手机。微博上有人给她发了私信：钟声在哪里？或者，至少该有个钟的影子吧？

她不禁莞尔，的确，自己发出的九张照片，看上去压根和钟声无关。她并没有去拍那座著名的钟楼，因为她的本意并不在此，她试图用镜头挽留住的，是那业已弥散在空气中的轰鸣。

她没有去琢磨这个提问者的身份，她从未在微博上与人交流过，此刻只是凭着本能般的反应，回复道：这并不重要。

“重要的是，你把我拍了进去。”

第二天清晨，她打开手机后，便看到私信中留下了这样的一句话。

她还处在尚未完全清醒的时刻，一时间感到犹在梦里。她去翻看那九张照片，一张张点开，放大，照片定格下来的，是一些典型的德国人，他们在照片里过着自己不以为意的日子，浑然不觉已经成为了别人镜头里的风景。但她还是在其中找到了一个中国男子。他站在广场中央的那尊青铜骑像下，仰起脖子向上努力地张望。这尊雕塑她并不陌生，之前她做了功课，知道那是 1711 年雕成的约翰·威廉公爵像。而努力张望着雕像的中国男子，她却是全然陌生的。

她感到了紧张和不安，好像冒犯了什么然后又遭到了呵斥。他在镜头中原本是可以忽略不计的，压根与主题无关，但是此刻却显得突出而醒目。她把照片最大程度地放大，也只是能够大致辨认出这是一位年轻的男性同胞，穿着牛仔裤，衬衫的袖子绾在臂弯处，背着一只沉甸甸的双肩包。她认为他的脖子很有劲儿，这并没有什么充分的依据，她只是从那扬起的趋势中感到了一股动能。她点开了他的头像，看到的是一个普通的英文名字，Tom。他微博的第一条内容，也是九张照片，是不同角度下的那座著名的钟楼，下面的地理标记显示为：德国，杜塞尔多夫。

她慌乱起来，像是做下了什么不可告人的害羞事儿。但是她竟然做到了，抑制住了可以被理解的好奇，没有接着去仔细探究。退出微博的界面，她只是感到隐隐的有些害怕。

当天在展馆里工作时，她突然意识到，那走进她镜头里的男人没准也是一位同行，这样的话，一切就很好理解了，她能够溜出去闲逛，别人当然也可以。于是，她立刻觉得自己正在被人群中的某双眼睛盯视着。她举目四顾，却找不到那道目光。这一天她都因此变得警觉，也因为警觉，她发现了朱颖和孔一亮的秘密。她去展馆的一角取咖啡，他们可能没有想到她会回来得这么快，远远的，她保持着警觉的眼睛看到了孔一亮的手正沿着朱颖的头发上下抚摸。朱颖微笑着，即便隔着一段距离，她也能看到那笑容的自然与柔美，充满了女孩子傻里傻气的漂亮的气息。她远远地看着，直到他们恢复到了常态才走回去，像是要替他们遮羞。朱颖同样也对她笑，她觉得这张漂亮的笑脸几乎就是虚伪、浅薄、过于爱开玩笑和轻浮的代名词。

刘宁明白，自己这么想是苛刻的，但她需要平息的不仅仅是瞬间的意外与震惊，还有一些更为尖锐的东西刺痛了她。她感到了嫉妒、欺骗与背叛，并且重新意识到自己封存在心底深处的不幸。

四口之家般的团队再也无法回到过去，只有她在承受着裂变。在她眼里，朱颖的所有行为都变得可疑。回到酒店，女孩子通常会有一段时间并不待在房间里，那么孔一亮呢，他和齐安生住在一起，而这位大叔习惯收工后独自在酒店的大堂里喝杯啤酒。她开始责备齐安生，让他改掉这个毛病，回酒店就应该抓紧休息。这个要求显然没什么道理，无辜的大叔因此愈发显得焦头烂额。果然朱颖也因此无处可去，女孩子看不出有什么异样，但她却觉得她心事重重，连夜里的鼾声都透露出痛苦，犹如被困在了笼子里的小兽。她会因此感到一丝快慰吗？但她更多的却是在为自己隐隐的恶意而感到羞耻。

她只有将注意力转移到手机的微博上，开始在夜里翻看那个 Tom 的信息。没错，果然是位同行，公司在北京，至少在三个异国的展会中曾经与她近在咫尺，有些时刻，没准就住在同一家酒店的大楼里。

他喜欢跑步，喜欢外国音乐，枪炮与玫瑰似乎是他的最爱，他在自己公司里的层级应该不是很高，他是学理工的，年龄可能不到三十岁，他关注的人和关注他的人，少到聊胜于无，他用苹果手机，旅途中拍下的照片取景潦草，但也有可能蕴含着只有他自己懂得的不为人知的美，他的个子不算矮，四肢匀称，上唇常常留着凌乱的短髭，那不像是有意蓄着的，只是因为懒得刮掉。嗯，所有的一切，都让他显得——不是很漂亮。

她觉得自己是在窥探他人的隐私，但这种不安很快被打消了，因为他也在同步翻阅着她的信息，证据是，他在她之前的一些动态下点赞了。她发私信给他，问他怎么会找到她的微博上来？

“地理位置显示后，微博会主动给你推送相同位置的网友。”他回复。

这个答案让她有些失望，原来一切都是被应用分派着的。

“你的照片和钟声无关。”他显得固执，一再追究这个问题。

“它正在回响，我想记录下来。”她回答。

“那你应该录音而不是拍照。”

她感到好气，不再回应，但是当天夜里，她和他互道了晚安。

第二天在展馆她没有等到什么奇迹，对此，原本她也并不期待。她没有再四处张望，回到自己不以为意的平静里，与往日不同的是，她只是注意让自己的仪态更加挺拔。

他们面对面是在半年以后。半年来，她和他断断续续地通过微博私信交流，说说行业内的话题，彼此分享一下觉得不错的音乐，他跟她抱怨过职场晋升的不公，她也乐于给他一些建议，她比他大得多，但这并非是她扮演导师角色的根本原因，她只是从这样的交流中获得了对于自我的认同，用来建设自己摇摇欲坠的自信。他并不开朗，甚至有些过于阴郁，看得出，他没有太多的朋友，她专门看过，他在微博里只关注了 150 个人，其中绝大多数还是那些公共红人。他的自尊心挺强，自视也不低，像一个空有一身抱负的落魄英雄。他叫谭展，27 岁。他没有问过她的年龄，但是她确信自己向他传递过真实的信息，已婚，孩子还小，或者他是理应掌握这样的信息的。渐渐地，他们习惯于互道晚安。

这一次，她只身从雅典飞到了开罗，两场展会连在了一起，她留下团队的其他成员收拾摊子，自己先去下一站打前哨。对于朱颖和孔一亮，她已经放弃了干涉的冲动，以不以为意的态度接受了隐晦的事实，她自己都为自己的宽宏而感到讶异，心想这些日子以来，必定有什么因素在改变着自己的准则。两个年轻人始终不露痕迹，有时候看起来还彼此厌烦，这实在了不起，让她对人性的深不可测感到迷惑。

时间相对充分，她去看了金字塔。寸草不生、遍地黄沙的平野上，古老帝王的陵墓让她感到惆怅。她没有像一个标准的游客那样热切地去靠近，烈日当空，她用丝巾裹住自己的头，只将视野中的一切当作了背景，远远地与之擦肩而过。她来过了，进入到这奇异的场域里了，她认为这样就够了。

入住的酒店就在尼罗河畔，站在房间的露台上可以眺望到那条宽阔的大河，附近清真寺里的宣礼塔传来悠扬的祷告。这一切都因为了夜晚的到来而失色。她打开房间所有的照明设备，将被子构建成一座想象之中牢不可破的城堡，却依然感到害怕。就是在这样的境遇下，她看到了照片里的自己。

他的微博更新了，最新的一组动态同样是九张照片。每一张，都是她的身影。她是照片中完全的主角和焦点，著名的胡夫金字塔与狮身人面像，乃至著名的世界，都不过是景深之处的陪衬。她被空前地强调着，孤单，忧郁，纱巾与墨镜都掩藏不了的落寞。两千多年前人类创造出的奇迹，将这一切衬托得令人无比感伤。

“你在偷拍我。”她发去私信。

“你也曾经这么做过。”他飞快地回复过来。

“你有时候看起来就像个男孩子。”半天得不到响应，他接着说。

她审视别人镜头里的自己，牛津衬衫，直筒裤，帆布鞋，看起来的确是中性的。那么他就在近旁，当然也是来参展，像她一样，先去观光了著名的胜地，或许，此刻就住在同一家酒店里。她发出了一组数字，宛如一组密码，其实是她的房间号。她是平静的，那种不以为意的心情并未被过多地扰动。她不过是在打一个赌，在这世界上最古老的城市的夜晚，用一组阿拉伯数字，去和冥冥中的什么对赌。

不久，她的房门被敲响。

他的脖子的确非常有力。她在黑暗中鉴定了自己最初的想象，她的手指在他的脖子上环绕不去，触摸到年轻男子生命蓬勃的律动。

“我没有太多的朋友，嗯，几乎是没有朋友。”

不知为什么，后来他们说起了这样的话题。

“我也是，”他说，“否则我们也不会形单影只地到处瞎走瞎拍。”

不是形单影只，也不是瞎走，不是瞎拍，没那么简单，这里面，有着无从说明的更为宽广的东西。她想纠正他，但她没有出声，手指摩挲着他的脖子。灯始终是关着的，她不愿被他看到腹部剖腹产后留下的疤痕。

“这没什么问题，”他说，“人并不需要，也没有可能拥有太多的朋友。”

黑暗中能听到尼罗河的水声。他给她讲了一个定律，声音显得空旷而遥远，他说数字150代表了人类认知能力被允许承载的极限，只有在这个极限之内，你才能以一种富有社会效益的方式记忆和回应他人，因此，这个定律是人类社交野心的制动器，人际关系不断增多，只能导致超载，而超载，就意味着翻车。他说这个著名的定律，来自英国人罗宾·邓巴。

“这就是人类的算法。”他说。

听起来有些玄奥，却也不无道理。以数字来运算受限的生命，让她想起了自己产后的抑郁，那时候，她将自己计算进了百分之十五到百分之三十的队列里，以此获得了一种“当你身在一种普遍的痛苦之中，你就可以不再那么痛苦”的慰藉。用冰冷的数字来解释和运算人性的本质，那很残忍，但却有效。寂静中，她想，那么他们就是彼此的一百五十分之一。

他在黎明前离开，回到自己的团队去。她起来整理房间，看到沙发上他遗落下的牛仔马甲，在悠扬的祷告声中，她将马甲整齐地叠放进自己的行李箱中。

无可回避，他们要在现实中彼此面对了。接下来的两天展会，他们相遇了数次，两家公司的展位距离很远，但两个被运算在了彼此定律中的人，邂逅的概率便跟着递增了。没有刻意，或者是没有特别的刻意，他们在咖啡机前、在电梯口碰到，互相礼貌地笑笑，或者干脆装作视若无睹。

“下个月我要去跑西马。”他在私信里说。

西马就是西安马拉松赛，西安是她生活的城市。

一个月后他果然来了西安。她去酒店看他，心情忐忑得如同回到了少女时期，紧张得几乎要喘不上气。无论怎样，她认为这样的感觉都要好过不以为意，她知道自己被调动起来了，重新对世界抱有了新鲜的盼望。距离赛事开幕还有三天的时间，他解释说自己需要提前适应一下环境，天气，风速，甚至还有湿度，听上去这很专业，是她所喜欢的。她陪着他去训练，在酒店附近的一所高校，他们找到了合适的操场，当他从自己的训练包中拿出了那双运动鞋的时候，她几乎要哭了。鞋子是给她的，是专门买给她的。

“一起跑吧。”他说。

她真的是被打动了。她已经忘记了什么时候被人这样对待过，也许，她还觉得自己从来就没有被人这样对待过。一双运动鞋，那不像一块蛋糕或者一束花，一块蛋糕，即便你喜欢的是芝士口味，巧克力口味的你也吃得下去，一束花，即便你喜欢的是玫瑰，向日葵你也可以容忍，可一双运动鞋，她39码的脚绝对穿不进其他的尺码里去。这里面就是恰当与用心，是不以为意的反面。脱掉外套后，他露出了肩膀上的文身，是一只简笔的猫，让她心里暗暗吃惊。他们在操场的跑道上慢跑，他简直是专业级别的，她当然没法跟他比，但她用尽了自己所有的力气。

那是无比美好的三天。

赛事当天她没能去现场，马龙的姐姐来了，她得在家里招待客人。她打开了电视，热切地关注着屏幕上的直播，人山人海，她看不到他。

“2小时57分15秒，我跑出了自己最好的成绩。”赛后，他第一时间给她发来了私信。

她不知道这组数字意味着什么，只觉得再次被运算进了无从猜度的宇宙规则里。

接下来他们在莫斯科重逢。三天展会，彼此没有实质性的接触。从展馆溜出来独自走在红场的时候，她几乎想要联系他，让他也溜出来陪伴自己，但是她没有。她在展馆里看到过他，他和一位女性打着手势交谈，穿着西装，头发凌乱，神情甚是压抑。起初她有小小的妒意，但很快就开始同情他。前一个晚上他在私信里向她抱怨过自己上司的蛮横，觉得自己受到了嘲讽和不公正的对待，语气中流露着愤恨。她想，自己现在看到的这位女性，就是他眼中那位魔鬼一般的上司了。她不知该做些什么，其实也明白什么都不该做，她只是有些不适，为他现实中怯懦而卑微的样子，还有在私信里才敢宣泄出的并不可信的怒气。她感到无能为力，默默走回自己的展位，她想她应该对自己的属下好一点。

返程时，在谢列梅捷沃机场他主动来找她了。那时已经过了海关，参展的国内同行各自为战，一堆一堆地聚在一起。她正在经期，身体格外的难受，在卫生间整理一番出来时，迎面看到了他。他是专门等在那里的，迎过来，将自己的一件羊毛开衫披在了她的肩上。

“你的脸色很差，”他说，“别冻着。”

“好。”她回答。

他对着她的目光，但她缺乏迎着他看的勇气。他转身离开，这时候戏剧性的一幕出现了，一个急匆匆跑进来的女孩子跟他撞了个满怀，竟然是朱颖。他顿了顿，无声地走开。

“嗨!”朱颖看到了她，惊魂未定，指控一般地对她说，“这是个同行，也在这次展会上。”

她沉默着，双臂将羊毛开衫的前襟拢在怀里。朱颖似乎是上下打量了她一下，也许并没有。

“他好土噢。”朱颖嘟哝着进了卫生间。

有那么一个瞬间，她有追进去痛斥一番朱颖的冲动。

再下来，她去了他北京的家。国际航班基本上都是落地北京的，这一次是她主动提出来去看看他。她是从首尔飞回来的，登机前，像是一个下意识的行为，她在免税店给他买了一部三星剃须刀。他来机场接她了，开着一辆也许是借来的越野车。一路上她都不怎么敢看他，他应该也有些紧张，但表现得方式不同，紧张反而让他的态度显得比较强硬。他并不温柔，也许是担心她被风吹到，但是让她升起车窗时，口气却像是下了一道命令。他住在一栋老式的单元楼里，房子是他父母单位分配的福利房，他对她说起过，他的父母是一对知识分子，搞科研的，如今住在京郊的新居。

“他们总是逼着我结婚。”他说。

她没想到他还养着一只猫。

“两米外。”他说。

“什么?”

“它的名字，”他解释说，“两米外。”

晚饭是她动手做的，食材有限，她只能因陋就简炒了西红柿和鸡蛋，还有火腿肠炒木耳。吃完后，碗也是她洗的，他歪在一张半旧的沙发上抽烟，那只猫也歪在沙发上。对此她感到了些许的委屈，不是计较，她知道自己并不是计较，但就是感到了不开心。

“嫁给我吧。”夜里他在黑暗中对她说。

她没有作声，心中是150，百分之十五到百分之三十，以及渐渐奔涌而来的数字的矩阵。

第二天清晨，她听到了电动剃须刀的蜂鸣从卫生间传出来，那声音很枯燥，一如她还没有挣脱的沉睡感。这一刻她才感到了陌生，还有一点儿难以说明的沮丧。临走前，她在卫生间找到了那部崭新的剃须刀，掀开刀头，将里面蓄积的胡茬倒在一张纸巾上，包好，放进了自己的衣兜里。做完了这一切，她抬头看到了那只叫两米外的猫，它伏在马桶盖上，离她顶多半米，并不友善地盯着她的一举一动。她的确受到了惊吓，觉得自己一瞬间变得有些僵硬。

这年的秋天朱颖结婚了，让人万万想不到的是，她嫁的人竟然是大叔齐安生。

“他们就是一对狗男女!”孔一亮在电话里对她控诉，显然，小伙子已经失去了理智，“他们早就在一起偷情了!”

她感到一阵耳鸣，胸口像是被重重踹了一脚。“偷情”这两个字太凶狠了。

“他们合着伙地欺骗我们，把我们全都当成了白痴，”他继续歇斯底里地揭发，“在国外他们甚至找机会钻到机场的厕所里去干!”

她觉得自己也快要崩溃了，那些黑暗中黑暗的纠缠，人性中最丑陋的东西，让她觉得像是被一道绳索勒紧了喉咙。

“狗，他们就是一对狗!”他喊。

她决定躲避，躲避的方式是向公司提出了离职的申请。她在微博里私信谭展，却没有得到及时的回应。她想给他打个电话，才发现除了微博，原来他们之间居然没有任何其他的联系方式。她不停地刷他的微博，看到的是他至少有一个多月没有更新过了，她意识到，这也是他们中断联系的时长。她感到恍惚，看着他的关注——那150个人的数字。她去核对了，150个人中，与他真正有关的，可能不足十个人，一一判断，应该都是他的同事。他的确是一个孤独的人，即便加上那只叫两米外的猫，他情感的需求也远远没有凑齐上帝分配给人类的份额。

公司的答复下来之前，她和马龙带着女儿去了趟三亚。这是少有的事情，不知道马龙受了什么刺激，突然提出这样的建议。在三亚的海边，她收到了他发来的私信。

当时的阳光很好，海风很好，马龙和女儿泡在露天的泳池里，一切都很好。她觉得这条私信熟悉极了，想了很久，才想起马龙在她孕期时向她坦白自己有了外遇时的情景。

“我结婚了。”

就是那种不以为意的直率，如同是在陈述一组数据。

她盯着手机看了半天，漠然地发现那数字150变成了149。他删除了一个数字，给人类关系的上限腾出了一个余额。她没有一个关注，即便系统自动分配给她的，她也从来都像是有深度洁癖般来一个删一个，现在，她没法给自己删减出一个负数。于是她只有将微博都删除掉了。

保姆将马琳从泳池里抱出来了，湿淋淋地交给她。她紧紧地将这五岁的女童搂住，不是150，不是百分之十五到百分之三十，她是将百分之百的无数的自己搂在了怀里。

离职后，她通过努力获得了心理咨询师的执业资格，面对求助者，她善于用数学那纯粹理性的方法运算出解救之道。她感到自己的意志一天天变得坚定，仿佛另辟行径，在通往人类解放的道路上找准了自己的步子。她认为自己是可以给需要者提供方案的。

然而这份信心在马琳这里却经常失效，面对女儿，她难以用观念指导自己的养育。她只能默默地看着马琳穿着她的运动鞋，穿着她的牛仔马甲，穿着她的羊毛开衫，热气腾腾地长大，直到盛装步入女孩自己生命的那种受限的数式里去。

“我才不会去做那种黏糊糊的女生，”马琳说，“我也对男生没什么兴趣。”

她觉得这样也不错。

有一回她下到地下室的储物间，爬上梯子，在收纳箱里找到了那包被纸巾包裹着的胡茬，打开看过之后又重新包好，攥在手心里发了很长时间的呆，最后还是放进了一件紫色卫衣的口袋里，把衣服叠整齐，认真地放回收纳箱中。她并不是刻意地想要藏匿得更加隐蔽，不，并不是。

玫瑰，玫瑰

张惠雯

授奖词

《玫瑰，玫瑰》是一次教科书式的写作，显示出短篇小说可能达到的复杂性和技巧。张惠雯从富足的日常生活秩序开始，然后步步为营，以罗伯-格里耶式的精确抵达人性的微妙之处，于无声处听惊雷，人与物，情与景，古典与现代，浑然一体，既有哥特式小说的神秘氛围，又有亨利·詹姆斯式心理分析的现代性。因此，《玫瑰，玫瑰》既代表了当下的写作高度，也具备了经典小说的气质。（吴玄）

1

当我开车行驶在车辆稀疏的缅因州高速公路上，任由风景在车窗两边流过，我仍有些茫然，在想自己为何要赴这么一个约。缅因州当然很美，梭罗曾把它形容为人间天堂。沿途尽是松林、明珠般的湖泊，以及遍布大西洋礁石海滩的粗砺壮美的海岸线……可这美丽对我来说未免太过静谧、空旷了。

我和她已经多年没有联系过。但自从

微信产生后，无论是你想见还是不想见的人，早晚会通过那个盘错交织的网被连起来。于是，我收到了她的邀约。经由她的描述，我得知她先生在以风景著称的缅因州某地买了座面海的小山，他们在山上建了一座大房子。她邀我去看望她（尽管她邮件里用的是“我们”这个词），并且列出了她自以为能吸引一个写作者的所有东西：白色的面海的房子，私人的山林、海滩，散步时遇到的驼鹿，无人打扰的安静……它呈现在我脑海里，就像那些呆板俗套、毫无才气的风景画。在这想象中，引起我兴趣的不是景物，而是在那景物中索居的两个人。

我和她是同一年考进大学的。在新生欢迎会上，我们互认了老乡。我们在同一个省份，但住的城市其实距离相当远，一个在该省的北边，一个在最南边。交往不久，我曾写过文绉绉的信给她，信里引用那句词：“我住长江头，君住长江尾……”从地理上来说，这倒是真实的描述。她那时很漂亮，从脸庞到身体都洋溢着美好的温柔，使人想去亲近她。她有个和自己很切合的名字：秀钰。这种女孩儿总会很忙，何况她心灵也柔软。她忙着推辞这个、安抚那个。那么多的盛情，那么多的信件，那么多需要劝导的、受了挫折和伤害的年轻男人的心灵……可惜我只是这场热闹游戏的悻悻的观望者。很快，大家得知她和一个大三的男生固定了交往。那个男生也不是等闲之辈，他成绩好，是学生会干部，因为长相英俊还是众多女生心目中的“校草”。没什么悬念，校花和校草在一起了。毕业后不久，她随着这个男人出国了。而这个“校草”，就是如今发奋买下了一座山头的男主人。

除了因同乡关系的往来，我俩并没有什么深交，可与她有关的一个情景却始终留在我记忆里。它发生在我们俩坐同一趟列车回家的那个寒假。那时候火车真慢，我要坐十二个小时，她要坐十六个小时。大部分时间，我们被蒸汽机的噪音、频繁来往的食品小推车和污浊的气味包围在其中。火车在黑暗中行驶了很久，后来，车厢里灯光暗了，周围安静下来，鼾声、气息声像阵阵微风。不知道什么时候，她把头靠在我肩膀上睡着了，她的头发蹭着我的下巴，她那个柔软的脑袋让我内里产生了剧烈的震动。一开始，我的身体紧绷，但慢慢的，我让自己放松下来，单纯地享受着这样的接触，甚至也假装闭上眼睛，头歪过去，很轻地触碰着她的头。这让我心醉神迷，让我深受感动甚至有点儿莫名的悲伤。我想，这样都偏过头、头碰着头，就是“一对儿”的最温柔的含义。早上她醒来，这温柔的游戏也就结束了。如今，就像是这个游戏的回音，我开车行驶在陌生的公路上，往她住的地方去。

途经一个滨海小镇，我在路边小店吃了个龙虾卷，又驱车在小镇上稍微逛了一会儿。这个小镇幽静、安恬，却一点儿也不显得荒凉。从高岗上的公园，还可以俯瞰狭长的海湾。阴天，海水由近处的蓝铺展成远处的灰色，泛着淡淡的银光，和天空、因映照着波光而微微发亮的长条的阴云融为一体。海湾里泊满了鲜艳的私人小艇、帆船，白色的桅杆丛立……此地风光的确令人心旷神怡，尤其在阴天的光线里，风景里少了那层浮躁的强光，多了一点儿阴郁的色调，这使它显得更美。我想起她发来的照片里那栋白色的大屋，一栋高大气派但样式古板的房子，孤零零地屹立在松杉秀拔的山坡上。带着一种职业性的刻薄，我不禁猜测，她邀我前往是想向我展示她优越的生活、她的幸福满足吗？我这么想也许不怎么厚道，但我突然想到，我到她的家里去，大概就是要看看一切是否真的符合她的描述，我是怀着一个观察者、检验者的热情而来，这也许就是我此行的目的。

我向东又开了三十多英里，按照谷歌地图的指引，我把车转上一处山道。山下稀稀疏疏有两三户人家。而后，道路变窄了，我减慢车速，注意到在某个转弯处竖立着一个标志牌，注明“Private Road”(私人道路)。我猜想我已经进入她家的“领地”。山里的天阴得更重，高处白雾成云、层层叠叠。湿绿的冷杉顶端变成了墨色，和一条条雾霭交织起来，如水墨画。车又转过一个大弯到了山的另一侧，林中突然出现了一大片开阔地，一览无余的大西洋海景在我面前像画卷般打开。我想，这就是她每天看到的风景——仅属于两个人的风景。

2

我最先注意到的是那些花。对我这个植物盲而言，这些花看起来全都是玫瑰花，只是色彩各异。花儿密密匝匝地围绕着这个两层半的带阁楼的白房子，使模样平淡的房子有了些生气。

车转上车道后，我看见一个女人站在前面的门廊上。接着，另一个人从房子里走出来，两人一前一后走下玫瑰花簇拥的房前的台阶。下车后从近处看到他俩，给我的震动更强烈，以至于我难以自然流畅地说些久别重逢的寒暄。刚才门廊上的两个身影只是给我黯淡、迟缓的印象，从近处看，这两个人则显老得厉害。他们是我见过的所有同龄朋友里变化最惊人的。这不仅仅是指诸如发肤、皱纹那样表面的东西，而是难以形容的、从一个人全身各处散发出来的东西，一股暮气？一种全面的溃败、衰退？如果男人还只是一副普通早衰模样，她则简直变成了一个衰老、邋遢的美国村妇。她过耳的齐短发看不出任何精心修剪的痕迹，黑发里夹杂着过多的白发，变成了难看的、死气沉沉的灰发，和她身上那件陈旧的深灰色抓绒夹克倒是很相称。有些美国女人整天在园子里摆弄泥土、修枝剪叶，穿着宽松肥大的旧衣服和样式笨拙的鞋子，那不足为怪。但她是在接待一位客人，一个很多年没有见面、目睹过她盛年时候美丽的人！

我跟着这对瘦削的夫妇走向他们的大屋。男主人这时有点儿迟疑地问：“没有带老婆孩子一起过来玩儿？”我说：“我没有孩子，也没有结婚。”心里有点儿纳闷她竟然没有转告他我的情况。他听了略显尴尬。经过那些玫瑰花，我发现它们主要有四种颜色：深红、粉红、肉粉、白。我称赞花开得很好，男主人回应说，这些院子里的花都是老婆亲手培育的。“培育这些花需要花很多工夫吧？”我没话找话地说。“也不用，玫瑰花生命力很强，耐旱。到了冬天，把枝儿都剪短就行了。第二年春天，又会发很多。”她利落地说。我发觉她的声音也变了。

穿过那条放着一套藤编沙发和一张玻璃小桌的狭长的门廊，我们走进屋。对于我这个在波士顿住惯了小公寓的人来说，起居室大得惊人，而且，由于一整面面海的玻璃墙仿佛把室外浩渺的山海景观也吸纳进来，空间就显得更加开阔。我不禁赞叹了一番，说这是我在家居设计杂志上看到的那种样板豪宅。男主人谦虚地笑着，说缅因州的房价和波士顿无法比，这里买个靠山面海的豪宅，并不算太贵。

我们最后在那套红木中式沙发上坐下来，沙发靠垫上是红色刺绣图案。我已经发现，这房子外观虽然是美式的，里面的家具却都是中式的。男主人说，他们的家具都是从中国用集装箱运过来的。“这里找不到满意的家具，样式我都看不上。”他说。“如果是中式的家具，那当然是中国做得好。”我附和他说。她劝我吃两个高脚果盘里的东西，一盘里盛着水果，另一盘里是坚果。餐盘是半透明的淡金色，仿佛琉璃，盘底和高脚上都雕刻着花枝图案。放在旁边的餐巾纸盒也很特别，外面包着一层宝蓝色锦缎，四边还缀着白色珍珠。

“这些小东西也是国内运来的?”我问。

“对，都是一块儿运来的。还有这屋里挂的字画、屏风……专门订了一个集装箱。”他说。

“窗帘也是国内订好运过来的。”她似乎提醒我注意她的窗帘。

我有点儿应接不暇，先抬头去看身后墙壁上那些画——传统的梅兰竹菊四页屏，另一面墙上挂着两幅书法卷轴。我想，以他们的财力，也许这都是些名家墨宝。他所说的屏风隔在我们所在的起居室和餐厅之间，大概有两三米长、一米半高。屏风上绣着一团团硕大的牡丹，他们说都是老苏绣师傅手工绣的。拢在两边的窗帘我倒看不出有什么特别，也许是真丝……但这些东西就和琉璃果盘、缀着珍珠的餐巾纸盒一样，总给我一种怪异的感觉。

过一会儿，因为要喝茶，我们从沙发那儿挪去餐厅。餐厅在那面玻璃墙的一角，刚好俯瞰他们那块儿私人海滩。八座椅的长餐桌上铺着一块蓝印花桌布，她拿出一套紫砂茶具泡茶。他们说，这把壶出自某制壶大师的手。我装作很感兴趣，但心里已经有点儿厌烦他们对这些物件的认真介绍。如果不是外面传来海浪拍击的声音，浩渺的大西洋风光就在眼前，人可能会产生错觉，以为自己是在某个展示中国工艺品的商店。桌布、屏风、托盘、茶具……我突然发现了那股怪异感觉的由来，因为屋里的这一切和它所处的地方、和我途经的缅因风光如此不协调！仿佛他俩在这片风景奇伟、浩瀚的土地上为自己建立了一个东方式的空中楼阁。

但最古怪的还不是这些器具和装饰品，而是那些无处不在的干玫瑰花！我注意到，在入门玄关处的小桌上、在我们刚才坐的沙发前面的红木茶几上、在悬挂的电视机下面的矮柜上、在我们此刻坐着的餐桌上，都有一大瓶干玫瑰花作为装饰。除此之外，茶桌和茶几上还另有一盘玫瑰干花瓣。我实在无法按捺自己的好奇心，问她为什么外面那么多新鲜的玫瑰花却要用干花做装饰。她说：“我喜欢干花，干花更持久啊。”然后，她提到如何制作这些干花。她说，把正盛开的玫瑰花剪下来，用绳子扎起来，倒挂在廊下风干。风干之后，它变成干花，花瓣却不会散……“一定要用正盛开的花，不能用快开败的花。”她对我说。我发现她的态度里有股强硬、自信，这是过去的她所没有的。但和她现在的模样联系起来，这自信令我不解。

晚上，当我一个人早早地躺在堆满可厌的真丝床品（这床品显然也是跨洋运过来的）的床上，我已经后悔到这里来了。

我的感觉不能说是失望，那是一种比失望更强烈的情绪。我不知道接下来怎么度过我答应他们在这里住的“一周左右的时间”。左边床头柜上放着一个青铜盘子，盘子里盛着她制作的干花瓣。我让自己靠大床的右侧睡，以免在睡意昏沉中打翻了她的盘子和花瓣。

3

他们遵循很健康的作息表，夜里九点准时休息。第二天早上，当我听到敲门声、拿起我的手机查看时，发现时间刚过了七点半。我想，他们大概六点多就起床了。我赶紧洗漱，匆匆跑下楼，解释说我昨天夜里看书看晚了。

非常健康的早餐，八宝粥、豆浆、煎蛋、烫青菜……没有咖啡。但我早上习惯喝一杯咖啡，否则整个白天都容易困倦。我只好厚着脸皮问女主人要，她皱着眉头说喝咖啡会上瘾，对我的身体一点儿好处都没有，如果我非要喝，她也可以给我冲一杯。我看着她打开橱柜、拿出一罐速溶咖啡粉。在这个坐拥私人山林的缅因豪宅里，他们甚至没有一个简易咖啡机。

好像这一切还不够乏味似的，早饭后，他们带我开车下山，说要去附近一个镇，那里有个华人活动中心。在车上坐了大约四十分钟后，他们脸上带着神秘兮兮的微笑，把我领进一个四壁粉白、地上铺着老式地板革的可疑的大屋子里。有一张长桌贴墙放着，还有一二十把折起来的折叠椅，整齐地码成两排，放在桌子前面。陆续有十来个中老年人进到屋子里。屋子原本相当大，容纳五十个人也行，但这些人走来走去，相互寒暄，声音嘈杂，空间立即显得拥挤起来。谜底揭晓：这是个华人聚在一起练太极拳的健身场所。我被他们以“作家”的身份介绍给拳友们。于是，不时有个好心人上来给我热情讲解太极的原理、中医完胜西医的神奇，以及他们自己在打拳过程中的领悟……我留意着她，发现她在这群老朋友中间显得和蔼了不少，竟然时不时冲我笑一下。我想，昨天她那种生硬的态度或许是由于陌生感。她上身仍穿着昨天那件灰色绒夹克，下面换了一条深蓝色运动裤。这身衣服倒是很适合太极拳。音乐响起，在高山流水般的丝竹之声里，大家开始打拳。她让我站到她旁边，跟着她学，说我学会以后每天早晚打一套，对我这种久坐不动的人尤其好……就当时的情况看，我一个人站在旁边观看似乎更加尴尬，于是，我只能跟着他们一起比划那些慢动作。真是荒诞的一幕！

过后，我们和其他三四个拳友一起在镇上吃午饭，听他们分享养生经验以及附近的华社风闻。看起来他们是老朋友，不仅练太极拳，还属于同一个华人教会。我发现男主人虽然看起来很谦和，但在这群人中，他似乎自然地具有某种权威性。谈话中，我得知男主人的生意是售卖一种用 Bloodworm 制造的鱼饵。“血虫是什么?”我好奇地问，这个名字听起来实在有点儿诡异。他们很奇怪我竟然连血虫都不知道，说钓鱼的人都知道，它的样子像蚯蚓，粉红色，缅因海边泥滩里很多，是上好的鱼饵。“过去很多，搬开一块石头，或者随便一个小沙坑里，都能拉出条血虫，但现在少了，因为挖的人也多了，我们的采购成本高了不少。”他说。我在脑海里想象着他这个奇特的生意——捕捉粉红色的、像蚯蚓一样的海边虫子，制成鱼饵……不知道为什么，我想到她制作的那些玫瑰干花，二者之间仿佛有某种奇特的联系。在我沉默的片刻，他仿佛察觉到我的好奇心，说：“我哪天可以带你去我的厂里看看。厂在巴斯，开车过去两个多小时，我一般一周去一次，有其他人管理。”

“不是他一个人的厂，他有个合作伙伴。”她这时补充说。

“不用为了我特别安排。”我赶忙说。

“这不需要什么特别的安排啊。”她说。

吃过午饭，我们又去超市买了些食物，然后开车回家。我仿佛已经度过了漫长、疲惫的一天，但时间其实不过下午四点。我的沮丧比昨天夜里更强烈，以至于我自责所来此地确实有一点儿不那么单纯的动机，那就是对过去的她的一丝眷恋。在我之前的想象里，即使她到了这样的年纪，身上还是会保留着一点儿年轻时代的影子，或者至少有种中年女性的柔和风韵。将老的人总是对过去似乎发生过而并未发生的事格外怀恋，对“旧人”如今怎样格外好奇，就像要在日落前借着最后一点儿光线找回什么……当然，我绝不是抱着不良动机而来，如果确实如我的想象，我和他们一起生活的几天也会很愉快怡人。正因为这不单纯的动机完全落空，我才会如此懊丧。那么，就当是咎由自取吧。

车子开进山里，竟有种日色昏沉的感觉，也许是因为两边高大、茂密的森林遮挡了光。除了笔直、挺拔的冷杉，林中还错杂地生长着一些白桦树，树叶已露出即将变色的迹象，光洁的树干在冷绿的杉林里构成一条条闪烁而过的银白线条。也许再过半个月的时间，这些桦树的树叶就会变成金黄。如所有新英格兰地区的森林一样，地上铺着一层厚厚的、浅棕色的松针，深褐色的松塔散布其间。在这个地区，最美丽的就是树。

“看光线好像天很快就要黑了。”我说，想打破车里惹人困倦的沉默。

“这里天黑得早一些，”她淡然地说，“这里夜长，冬天也很长。”

开车的丈夫微微笑了一下，说：“所以，在这里有得是时间休养生息。”他大概是抱着幽默的意图说出这句莫名其妙的话。

在屋里坐了一会儿之后，我告诉他们想去廊下看会儿书。我坐在房子门廊下面的躺椅上，等着暮色降临在这居所周围。门廊下是她种的玫瑰花。当你安静坐着、不说话的时候，你更敏感，更容易闻到花儿的阵阵香气，仿佛它们在你周围轻微地呼吸。门廊对面的山林其实很美，尤其当斜照在那些高大松杉树梢的光线慢慢变换着颜色、角度，它如今看起来的确像梭罗所说的天堂般的地方。我想，若非不得不住在那个布置古怪的房子里、配合这对夫妻僧侣般的生活习惯，在这里住着倒是一件幸事。虽然我不是旅游爱好者，但我喜欢在林中散步，喜爱脚踩在厚厚的松针上那种温暖而微妙的触觉，在这样的森林中总会有很多小溪流，细得像根透明的带子，在厚积的落叶下面幽咽，无始无终。我喜欢风景处于居所的周围，或者说，人生活在朴素的风景之中。寻奇探险，这不是我的兴趣。因此，在去了美国很多地方以后，我仍然发现自己最喜欢新英格兰。我感觉我小时看到的明信片上的风景（画面都是起伏的绿野上的木屋、林中雪景、落满秋叶的大道……）就是在这一带的风景，因此它给我一种熟悉的、归家般的感觉。我此刻想起其中一张：薄暮的光线斜照进覆盖着白雪的松林中。我在它背面写了些自以为诗情画意的短句，送给了一个朋友。在我中学的时候，我们还有写日记、写信、过年赠送贺卡的习惯……

我走进屋里。他斜靠在沙发上，在梅兰竹菊下面稳稳当当地看杂志。她在厨房，我问她要杯速溶咖啡。

“这个时候?”她惊讶地看着我，“你不怕睡不着吗?”

“我不会。”我说。

“你一天到底要喝几杯咖啡?”她又问，一边拿电热水壶给我烧开水。

“至少三杯。”我如实回答。

“喝这东西一点儿也不好。你应该多喝汤多喝粥啊，代替咖啡。”她善意地责备我。

我笑了笑，不明白汤和粥怎么能代替咖啡，但与其辩解，不如耐心等待。

她舀了两勺咖啡粉到我的杯子里。过了一会儿，滚水冲进杯子，一股香味立即散发出来，即便是速溶咖啡的香味，也让我感到满足。

我回到门廊下去喝我的咖啡。玫瑰的芬芳在傍晚冷冽的空气里变得凝重。松林的光线由玫瑰色变成了辉煌的金红色。就在我慢慢喝完一杯咖啡的时间里，天空涂满一抹抹的深蓝、墨紫，林中布满了阴影，周围的景物慢慢隐入幽暗。台阶下面那些白日里摇曳生姿的玫瑰此时静默地伫立在昏暗中，仿佛具有了一点儿人性、一种更神秘的令人伤感的风姿。就在我失神的一刹那，光“哗”地亮起来，刺眼、令人着恼。我错愕地坐直身子，看见她从门里探出头，告诉我说外面光线太暗不能看书，所以她帮我把门廊下面的灯打开了。

“哦，我已经不看书了。”我说。

“是吗？今天晚上我们吃炖牛肉，快好了。”她说完闪进屋里。

晚餐时，他们开了一瓶很好的红酒。我们谈起往事，大学里的闹剧、共同认识的几个人……似乎终于打破了最初的生疏感，进入较为融洽的谈话状态。但就在我的兴致被激发出来，并且暗自希望感染他俩做一次敞开心扉的长谈时，她却开始查看时间。她不时看挂在墙上的钟，过会儿又瞟一眼手机上的时间。时间仿佛给了她强烈的心理暗示，很快，她就显得焦躁、困倦不堪，还用手捂住嘴打了两次哈欠。兴奋、回忆和酒精刚刚为她的容貌涂上的光泽顷刻间暗淡下来，她看起来老态毕露。在她身上，能被称为能量、活力、光彩的那些东西似乎全都消失无踪。我非常困惑，究竟是什么让一个美丽的女人变成这样?是什么无形中榨干了她温热的汁液？如果我之前到这里来的动机里还夹杂着那么一点儿不纯洁的东西，那么现在我对她的好奇心就仅仅基于这个困惑！挂钟指针一走到九点，她立即站起身，说应该睡觉了。而那个看起来对她言听计从的丈夫也随着起身，说明天再聊。

4

接下来的两三天，我基本遵照她严格的作息表行事。但我也婉告他们我有熬夜看书的习惯，无法像他们那么早起床。她于是不再敲房门叫我起床吃早餐。我大约九点多下楼，带着一点儿羞愧的神色，在餐桌一角坐下，吃她留给我的早餐。从那里望下去是几百米之下的、寥无人迹的海滩。她虽然不赞同我的习惯，但听到我下楼，她就会烧好开水，以便我能冲杯速溶咖啡。我想，我正渐渐融入了这种生活节奏，只要他们不大管我、不带我去什么乏味的地方。他们似乎也渐渐理解我不需要过多关照，所以尽量由着我一个人活动——在院子周围散散步、坐在门廊下面看书、到房子二楼的晾台上去……

有天上午十点多的时候，我说想一个人到林子里散会儿步。我指的是房子对面的、隔着路的那片树林。

“树林里有熊吗？”我问他。

“没有熊。你要是往里面走一些，可能碰到鹿、狐狸或野火鸡什么的。对了，还有小土狼，不过土狼不用怕，看到人就跑了。”

“你经常去林子里吗？”我问他。

“有时候去看看，但也不常去。”他说。

他又问：“你打猎吗？如果你想打猎也可以，我有不同款猎枪，你可以去车库选一杆。林子里倒是有不少动物可打。”

“我不打猎。”我说，有点儿惊讶，看不出他会是个对打猎感兴趣的人。

“没打过？”他问。

“没打过，也不喜欢打。猎杀作为一种运动，我还是难以接受。”我说。

他咧嘴笑笑，像是对一个外行的宽容。

“我去走走。”我打算离开。

“我还是陪你一块儿去吧，要是秀钰知道让你一个人去，她会怪我的。”

“其实没关系，我不会走远的，就随便走走。”

但他已经穿上了外套。

“走吧。”他说。

后来我发现，和他一起散步也不是件坏事，他熟悉那些林中小径，而且，他并不怎么说话，默默地行走，目光温和地打量四周，留意着和我的步速保持接近，如果我问什么，他就给予解释。而当天下午，当她带领我沿着屋后的陡峭小径下去海滩时，就是另一番情景了。她一副直奔目标的样子，她的速度无形中催促着我。如果我不幸落后了一段距离（毕竟我对那些又湿又滑的小径不怎么熟悉），她就在前面站定，以一种不怎么温柔的眼光盯着我。直到我们终于下到海滩里，我才松了口气。

那是典型的北大西洋礁石海滩，有一点儿粗沙，但主要是石块儿。被海浪冲上岸的大片海藻缠绕在石滩里，犹如墨绿色的头发，散发出强烈的腥味儿。这里的景色、气息都自然而粗犷，让人联想到年代久远的航海画、航海故事。她在靠近海边的一块高高的石头上坐下来，看起来有种凛然的气质。我发现，她和我单独在一起的时候，比我们和其他人在一起时显得更冷漠、严肃。她既不像解释他们的物件一样给我介绍周围风景，也不像教我打太极拳那样温和、耐心。她看起来甚至不愿和我说话。几天下来，我已经习惯了她不修边幅的模样，而就在这个时候，我看着坐在礁石上默然远眺的她，一个新发现击中了我。我发现她的生硬、严厉，有股负气的、带着某种扭曲的老处女般的怪味儿，似乎她决意收起温柔、保持距离、以一副冰冷带刺的盔甲保护自己不受男人的伤害。但这……又怎么可能呢？

“你经常到这里来吗？”我问她。

她转过头看看我，好像很奇怪我竟在这个时候开口聊天。

“不常来。”她简短地回答。

“这海滩很天然，我喜欢这种海滩。”我说，想把交谈进行下去。

“是吗？我以为这里的什么你都不喜欢呢。”她很不客气地说。

“你怎么会这样想？”我问。

她没有直接回答我的问题，而是反问："你不觉得这里生活枯燥乏味吗？让你天天待在这儿，你不会觉得闷吗？"

"如果长期住在这儿，也许确实会觉得闷。但我现在发现自己越来越喜欢这里，空气这么好，还有周围的环境、声音……"

"什么声音？"

"就是从早到晚那种徐徐不断的声音，我有时分不清楚那是海浪还是风吹松林的声音。"

她瞥了我一眼，说："哦，真浪漫，我现在才觉得你是个作家。"

"你现在很会讽刺人，和你过去的样子完全不同。"我说，意识到这是这些天来我第一次提到"你过去的样子"。

"当然不一样啦，人怎么可能不变？"她说。

"我指的不只是年龄的变化。"

她沉默不语。

停一会儿，我问她："我可以坐得离你近一点儿吗？"

她惊愕地瞅了我一眼，又迅速把头转向一边。"随便你坐哪儿。"她低声说，脸竟然红了。

我知道她误会了我的意思，但她这副模样使我更认定了刚才那个发现，也更加困惑不解。我解释说："近一点儿方便说话，海浪的声音太大，听不清。"

她勉强笑了一下。

当我在一块离她较近的石头上坐下来，我们又陷入了沉默。我在心里琢磨着怎样解开那些疑问，而她大概确实没什么话要对我说。

这时，她突然开口说："你要是觉得这里住得还行就多住几天……你往后随时都可以来住，但冬天这里太冷，出不了门，你肯定觉得无聊。其他时候你都可以来。这里写作、看书都很安静。你放心，我们不会打扰你。"

我不明白她怎么会突然发出一个热情邀请，但看起来她是诚心诚意的。以她的古怪，她不会也不屑于说什么客套话。

"谢谢你。"我说。

"晚上我们有个聚餐，你也一起去吧……不过，你要是不想去，也可以不去。"她以选择题的方式发出另一个邀请。

我答应一起去。

下午晚些时候，我和他们一起赴那个约会。在车上，他们告诉我这是三个家庭的常规晚餐聚会，这周轮到在一个女教友家举办。"我觉得你对这种活动不会感兴趣。"男主人说。我还没有回答，听到她说："不一定非要感兴趣，就当去吃顿饭。""当然了，去也挺好，"男主人说，"我只不过是担心他去了觉得没意思、不舒服。""不会的，"我说，"我就当个观众。"

那也是个阔气的人家，晚餐桌上既有缅因龙虾又有鲍鱼，陈列着毫无用处的三种酒杯，蓝色的餐巾上套着银质的餐巾扣……我第一次看到他们在晚餐前虔诚祷告（我们在家吃晚餐时他们俩并不祷告）。晚餐后，他们围成一个紧凑的小圈子做分享。

他们俩倒不怎么打扰我，我希望其他人也不要注意到我这个局外人的存在。但作为善良、热心的教徒，看到了"新人"，总会时不时关注、给予一点儿暗示和规劝。那几个人一再表示对我的选择的理解，但你其实能感觉到，他们实际上把你看作迷途不知返的羔羊，或者说是白痴。他们只需要用一个至高无上的存在，就可以解释所有艰深复杂的问题，而我信仰的东西在他们看来都荒唐得不堪一击……作为主人的女教友显然是这群人中的“领袖人物”，他们叫她“刘姐”。刘姐衣着艳丽，妆化得很浓，只是有些俗气。在我看来，她更像个成功的传销人士：嗓门洪亮，巧舌如簧，言谈举止自带一种励志调调的煽动性。

我过去和华人教会的人也曾有过接触，所以并不觉得意外，我明白最明智的态度是不接受但也不去争论。有时你和好人们在一起也未必能有什么有趣的交流，但这不失为一个很好的观察机会，尤其是对她的观察。她好像无形中卸下了自己冷漠、傲慢的盔甲，暴露出自己脆弱善感的一面，像一只羔羊，全然拜服于上帝及其代理人的脚下。这些天来的第一次，我看到了她的情绪！她的情绪比任何人都强烈，别人只是有点儿感动，她有时则忍不住落泪。而在她落泪的时候，她那个一向谦和、稳妥的丈夫显出紧张的样子，他紧握住她的手臂，急促而小声地劝说她。

我们坐上车很久，她被感染起来的激烈情绪仿佛才平缓下来。她沉默地看着窗外，他则非常专注地开车，一语不发。我们像是沉浸在各自的冥想里。我越发感到困惑不解，但可以确定的是，他们的生活并非看起来那么简单、和谐。

夜里，我躺在床上毫无睡意。我打算再喝杯咖啡，然后彻夜看书。楼梯中间那盏玉兰形状的夜灯开着，发出黯淡的、奶黄色的光。在灯光变得更暗的楼梯尽头，我不得不停一下，让自己适应厅里的黑暗。在重重暗影里，这个厅显得比以往更大、更阴沉，像一片沉睡的荒漠。我摸到厨房里打开灯，用电水壶烧上开水。从厨房中间的操作台看过去，在光线微弱的楼梯左侧有一条小走廊，通向他们的卧室。那卧室想必也和这房子一样大而无当……我最初只是把他们当成一对枯燥乏味、以展示物件和富有为乐的夫妇，但这几天里，我不时从这里、那里得到一点儿难以解释的发现，仿佛晦暗不明的微光，证明我最初的印象是肤浅的。最后，这些发现的微光连成了一个小小的火炬，让我觉得凭借它我可以走过某条幽暗的通道，发现藏在这个深宅里的秘密。可是，话说回来，我为什么要窥探别人的秘密呢？我为什么在揣测、猜疑那扇门后面可能发生的事？我察觉到一种危险：我仿佛跳进了他们这个与世隔绝的、华丽而诡异的笼子，在这里，生活如此缓慢，时间如此漫长，连我自己也在变得怪异，变得毫无必要地敏感，睡眠比以前更糟……我想最好是尽快离开。

在我盯着通向主人夫妇卧室的走道、陷入沉思时，如同幻象一般，她从房间里走出来，睡衣外面披着一件宽大的白色毛衫。

“你把我吓了一跳！你没睡？”我真的被吓了一跳。

“我睡不着，头脑里很满很满。”她怔怔地看着我说。

“是我把你吵醒了吗？我就是……下来烧点儿水。”

“不是，不是，和你没关系。我躺在床上睡不着，很难受。”她摆着手，背靠洗手台站住。

水已经烧开了，我犹豫着是否还冲咖啡。

让我意外的是，她说：“你要泡咖啡吧？给我也冲一杯。”

我告诫她说咖啡只会让她更加睡不着，但她执意要喝，说：“反正无论如何都睡不着。”

我们在餐桌旁坐下来。我曾向她描绘的那种“徐徐不断”的海浪或是林涛听起来比以往更宏大、起伏，泡好的两杯咖啡向上迂回地冒着薄薄的热气。她手扶住头，完全是一个被失眠折磨得痛苦无助的人。那件宽大的白色毛衫让她显得更加枯槁、单薄，仿佛一触即碎。如果最初她模样的变化只是让我感到震惊、失望，现在我却为她感到痛苦。那一大束作为装饰的干燥花，此时正把花瓣和短刺的细碎阴影投映在蓝色的桌布上。我觉得这是个适合告别的时机。

“我打算后天下午走。”我对她说。

她抬头惊愕地望着我，脸上甚至浮现出一丝苦恼的神情：“这么快就走？为什么？”

“我也住了五六天了，打扰你们挺久了，回去还有一些东西要写。”

“你可以在这儿写啊，你不是带着你的电脑来的吗？”她说。

“有的事儿需要……”

她急促地打断我说：“你要是没有急于处理的事儿，为什么不多住几天呢？再住两三天也行啊。”

我没再说什么。我觉得现在的她并不清醒，并没有从晚上分享会后那种强烈的情绪里挣脱出来，所以她才会半夜跑出房间，才会要咖啡喝……我们喝咖啡时，我不经意抬起头，发现她正盯着我看。她神情有点儿异常，焦躁、忧虑、紧张？我说不清楚那是怎样一种表情。后来，我猜到她大概是有话要说但又在极力控制自己。就在我考虑怎样使她放松一点儿时，主卧室的门又一次开了，男主人穿着睡衣快步走过来，一下子打开餐桌上悬挂的吊灯。我这才意识到我们只开着厨房的灯、坐在半昏暗里，这似乎有点儿不妥。

“我醒来发现你不见了。”男主人忧心忡忡地看着她说。

她看看他，嘴角牵动了一下，算是一丝笑意。

“她睡不着，也可能是我在下面烧水什么的把她吵醒了。”我说。

但他就像没听见我的话，又对她说：“你也喝咖啡？要知道这样就更睡不好！”

我发现我被置于一个尴尬的境地，几乎成了教唆犯。

“你要不要也喝一杯？”我开玩笑地问他。

他似乎这时才意识我的存在，转过头对我礼貌地说：“不用了，谢谢！”

我们俩仿佛默然地进行了一场“交接”任务，我道过“晚安”，把她留给那位神色凝重的丈夫，一个人上楼了。

5

第二天早上，我在睡意蒙眬中听到一声脆裂的巨响。我清醒过来，意识到那是一声枪响，但响声不在近处，而是从相当远的地方传来。很快，我又听到第二、第三声枪响，判断枪声是从对面林子里传来的。起初，这声音令我惊骇得无法动弹，简直毛骨悚然，然后我突然想起来，男主人说过他有打猎的爱好。我又在床上躺了好一会儿，再也没有听到枪声。

我从房子里走出去时，看见男主人坐在车库前擦他的猎枪。那是一把褐色枪托的双管猎枪。我并没有看见周围有什么猎物或血迹。

“一大早去打猎了？”我问他。

“好久没打了，随便打两枪。状态不太

好，没打中什么东西。”他抬起头看着我，微笑着说，说完又低下头继续擦他的枪。他把枪托支在地上，开始擦那两根平行的枪管，枪管乌黑发亮，枪口向上。他皱着眉头，擦得专注而娴熟，这时候的他看起来不像个和善的教徒，更像个冷静的猎人。

她在院子另一侧侍弄她的玫瑰花，手上戴着园丁手套，拿着一把很大的剪枝刀。我猜想她在做一批新的干花。她站在花丛边缘招呼我，昨晚的情绪爆发仿佛净化了她，她看起来平静、温柔，像个老姑娘。

我拿了本书去林子里散步，但没有像往常走那么久，因为那层松针铺就的地毯有点儿湿，也许凌晨下过一场小雨。此外，我有点儿心神不宁，书也读不进去。我感到这个地方的气氛越来越令人窒息，我必须尽快离开。我想在动身之前查看一下这几天的邮件，于是早早结束散步回去。我在院子和屋子里都没有碰到他俩。我想，他们大概外出了。

因为没有人在家，我就关上房门，在房间里写邮件。过一会儿，我听见有人走进厅里的声音。我本来打算打开房门、和他们打声招呼，但我随即意识到他俩在争吵。我听不清楚争吵的内容，但从声调和频率上我感到那是一场相当激烈的争执。我担心现在出现可能会让他们尴尬，又担心不出现会被误解为偷听……就在我犹豫不决的时候，我听见前门猛地关上了。接着，我听到压抑、低沉的哭声，明白她还在客厅里。我一厢情愿地希望她会随后跟出去，然后我再找个合适的时机下楼。可我又听见她“噔噔”奔上楼来的声音，她的脚步声就在我房门外停留了一刹那。我的心“突突”直跳，因为门并没有反锁，她拧一下把手就能打开门，就能发现我这个“窃听者”。但她又更快地奔下楼梯。她“嘤嘤”的低泣突然爆发成放声痛哭，再次让我丧失了出现的勇气。我困窘不安地坐在房间里。她的哭声渐渐缓下去，变成了断续的呜咽。终于，我听见她进了卧室。

我又听了一会儿，确定她仍在房间里，这才悄无声息地打开门、下楼、穿过大厅。然后我声音很大地打开大门、在厅里四处走动、清洗茶杯、倒水，装作刚从外面回来。而她一直没有出现。后来，我出去走到门廊下。明亮的阳光照着空荡荡的院子，修剪整齐的草坪已经露出枯萎、休眠的迹象。在紧靠台阶右侧的那根廊柱上，倒挂着她早晨刚剪下来的两束玫瑰花。深红色的、天鹅绒质地的花苞紧紧簇拥着朝下，剪短了刺的茎被绳子牢牢捆绑。很快，强光和风会慢慢带走这些花新鲜的水分，完成她所谓的精心制作。

一辆陌生的白色奔驰越野车开进院子，在离房子很近的车道边停下来。出乎意料地，刘姐从车上下来。她戴着墨镜，头上裹一条金黄色、印满大花朵图案的围巾，像一位酷爱鲜艳色彩的阿拉伯阔太。

她热情而直接地说：“作家你好啊！我过来给秀钰做辅导。秀钰她在吧？”

“她应该在房间里吧。我也是刚散步回来。”我说。

“哇，看看这些玫瑰花，开得真漂亮，我走的时候一定要摘几朵。”她没有立即进屋的意思，手扶住门廊的栏杆，观看那些玫瑰花。

“她怎么了？需要做心理辅导。”我装作不经意地问。

“哎，一言难尽。夫妻间的问题……这样的问题，教徒也免不了会遇上啊。”她看着我，神秘兮兮地说。

我们一起走进屋，她已经从房间里出来了。她俩寒暄了几句之后，她转向我说：“我和刘姐需要单独谈谈，我们要到房间里待一会儿。”

“没问题，你们随便在哪儿谈都行，我刚好想去海边走走。”我说完，又走出客厅。

我并没有去海滩，而是在中途找个地方坐下来。除了海浪一刻不停的拍击声，周围一片寂静，仿佛能听见光线和墨云般的树的阴影在悄然移动。这个上午经历的一切那么紧张、充满戏剧性，以至于我有点儿因为神经过度兴奋而生出倦意。刘姐不负责任地泄露的有关这对夫妻的“隐私”，和这些天我所经历的事情里那些细微线索联系起来，让我感觉自己差不多得到了答案——他们中的一方没有生育能力，而另一方则强烈地想要一个孩子！到了这样的年纪，绝望可想而知……可直觉又告诉我，还有一些别的东西无法解释。我说不清究竟是什么，但就是那种蹊跷、怪异的感觉。

我从后院走去前面的时候，听到那个女人声音洪亮地宣布：“你要记住，一切不切实际的欲望、一切心结的实质都是罪……”我走过转角处，看见两个女人在走廊下站着，像姐妹一样手拉着手。她们说在等我回来然后一起开车出去吃饭。我问起男主人，她说：“他厂里有急事，去巴斯了。”她看起来似乎心情好多了。可我觉得，那女人无非是给她暂时注射了一针镇静剂。

6

吃过饭，刘姐把我们送回来。我们又一起喝茶、闲谈，直到三四点钟，刘姐才离开。刘姐离开后，房子里只剩下我和她。我并不是那种怯于和女人单独相处的人，但经历了昨天夜里的事，我感觉尽量不要和她单独待在屋里，以免再引起她丈夫的误会。在刘姐离开之后不久，我打算出门，继续上午未能尽兴的林中散步。我对她说要去林子里走走的时候，她还坐在餐桌那边喝茶，不置可否。可就在我到楼上取了一件外套又跑下楼梯时，我看见她站在大厅中央、在那套大拐角沙发的前面。

“你不用躲着我。”她冷冷地说。

“躲着你？我为什么要躲着你？”我说。

可她不理会我的辩解，继续说：“你不要误会。在我这个年龄，对那种事情早已不感兴趣！再说，一个女人，无论她过去什么模样，现在变成这个样子，恐怕喜欢过她的人也不想再看她一眼。我还是有这个自知之明的。”

她说完看了我一眼，眼神简直是一道寒光，饱含着蔑视。她突然这样直截了当地贬低自己、讽刺我，让我无地自容。

“不要这么说……人都会变老的。”我过一会儿才回过神，无力地说。

“你不是说过，不只是年龄的问题。”她咄咄逼人。

“好吧，我说过。我指的是你整个人给我的感觉变了，你的气质、性格……”

“嗯，你知道为什么吗？”她直视着我问，显出镇静的样子。她眼神里的寒光收敛了，腔调也不再嘲弄。

“不知道，我一直很困惑。”

她微微仰起头，做了个放松的姿态，说：“我有些话想和你说说……你明天就走了。不知道你……有没有空？”

“我当然有空。”我说着，把外套扔在

沙发上。

我们又回到餐桌那儿坐下来，但有一会儿，她低着头一语不发。我知道她需要时间，就站起来，又去烧一壶开水，泡上茶。我们俩谁都没有去碰茶，但它放在那儿，似乎就好一点儿，像一道安全的屏障。

“我的生活……唉，这些话真不知道怎么开口。”她凄然地笑了一下。

“不要急，只说你想说的，当我是个傻子。”

“当你是个傻子？”她又笑了，有点儿迷惑。

“一个傻子，一个哑巴，不会去判断你，也不会向任何人泄漏你的秘密。”我说。

“所以，你觉得我有秘密？”

“我想我大概猜到了。”我觉得我态度坦率的话能帮助她说下去。

“你猜到了什么？”

“问题是……孩子吧？你们没法要孩子。”

她看看我，似乎琢磨了片刻，才说：“刘姐她们也都是这么想……”

“那么……我猜错了？我们都猜错了？”

“不是错了，那不是问题的全部。”她深吸了一口气，声音很低微却格外清楚地说，“问题是他有病，他一直有男人的那种病。很多年了，我们俩没有夫妻生活。”

她顿了一下，似乎等我的反应。但我完全说不出话，甚至不敢看她。

她继续以一种平静、客观的语调说下去：“结婚不久就有这个问题，一开始以为能治好，后来知道不行。”

“你们在学校时就恋爱了，你们俩……”

“啊，说起来你可能不相信，我们恋爱了三四年，但那时候从没有在一起。我们一起到了美国以后才住在一起的。他是个特别单纯的男人。”

“你发现了以后并没有离开他？”

“那么多年的感情，又结了婚……怎么能因为这个离开他？那时候是不会这么想的。”

我想：明明你是个特别单纯的女人！

“后来呢？”我问她。

“后来？”她茫然地重复着，“后来……就习惯了。”

但紧接着，她急促而又语无伦次地说：“我不能离开他，我要是离开他他会受不了的，你不了解他，他自残起来太可怕了！他可能会自杀……慢慢就习惯了。而且，再也找不到像他对我这么好的男人了，可是……就是有时候觉得受不了，觉得自己太委屈了！我觉得自己像是没有活过，我的日子全荒废了，再也不会有孩子……啊，有时候我真受不了、受不了，我想对一个人说……你知道我信了教，我是个教徒，我知道这么想是罪，但有时还是……啊，求主宽恕我！”她极力支撑着的镇静破碎了，双手掩面哭起来。

我看到她的手被泪沾湿了，去厨房拿了一张纸巾递给她。除此之外，我还能做什么？我坐下来，仍然不敢直视她。在我眼睛的余光里，只是她灰白的头发、颤动的肩膀和湿漉漉的双手。我什么话也说不出，因为什么话都没有意义。眼前这个女人就像个殉道的人，愚蠢也好，固执也好，在这种带有惨烈意味的行为面前，任何劝慰、任何关于什么值得不值得的讨论都会显得肤浅、无力。

她起身去厨房水池那边洗脸，洗了很久。她转回来，苍白、浮肿的脸上又恢复了平静。她也是以一种平静的声调对我说，这件事她没有告诉过身边的任何人，她害怕伤害他，也没有人让她信任。“他甚至反对刘姐来家里做辅导，虽然我答应过，我绝不会对她说……”她进一步暗示。我明白她的意思，说我感激她信任我，并且保证不会告诉任何人。她说她之所以想和我说，还希望我作为一个作家能告诉她她做得是否对。

“我没有资格判断，真的。但如果我是你，我会离开，尽早离开！”我对她说。

“谢谢你，现在什么都太晚了。”她喃喃地、仿佛自语般地说。

过一会儿，她那张如死亡般静穆的脸上突然浮现出一丝笑容：“……不过，我不后悔。”

不知道为什么，这句话突然激怒了我。

“不后悔？为什么不后悔？是乐于自虐？我不能理解！”我说。

她瞪视着我，笑容宛如瞬间冻结了。然后，她站起身，近乎无情地说：“你当然不能理解，你爱过谁吗？你都不愿意结婚！”

她说完果断地离开我、径直走去她的房间。我呆呆地看着她冷硬、极其瘦削的背影。突然，她转过身：“你千万不能让他知道我告诉过你什么……”她说，神情严肃得可怕。

“你放心，我绝对不会。”我说。

过后我出去，一个人在林子里逛荡到傍晚。林中奇幻的光线，草木的馨香，你能感觉到的万物的生机，还有不远处那座亮起华灯的白房子……这一切让我感到从未有过的悲哀。周遭越美丽，生活越是显出它平静、有序的幸福模样，我的悲哀就越深！

我回去时，男主人已经到家。夫妇俩一起在厨房里准备晚饭，好像他们没有争吵过，他也没有出走过。

男主人又恢复了温和有礼的模样，在吃晚饭时向我道歉：“本来说要带你去看看厂子呢，但我上午去林子里找你，没找到你，因为急着走……”

“没事儿，我去海滩了。”我撒了个谎。

听说我明天走，他很惊讶，劝我多住两天，说如果我觉得闷，他可以带我去海钓。

“不用了，”我说，“我不钓鱼。我是个没什么户外爱好的人。”

他微笑着说：“其实这些都是瞎玩儿，闲着没事儿总得找个爱好。你们文人有更重要的东西想，不会无聊。”

我笑了笑，埋头吃饭。

但他又问：“你还喜欢这地方？下午去树林里逛了很久？”

“这是个散步的好地方。”我说。

“你来了以后，我们这儿有点儿人气了。以前只有我们俩，还挺冷清的。周围毕竟地方太大了，都是树林。秀钰老怕动物进家里。我以前厂里比较忙的时候，她一个人在家，关着门，好几天不出屋……”

“我能想象。”我说。而我脑海里出现的是被大雪封埋起来的房子，位于远离尘嚣的大海边、山林中……真是一个完美的牢笼、漂亮的坟墓！

“我也想过把房子卖了、搬到社区里住，但秀钰又不愿意。她不大喜欢和人交往，觉得这里清净。”

“嗯，也许是清净惯了。”我不耐烦地说。

“她这个人其实挺念旧，特别怀念大学时代。自从我们搬到缅因，没有一个老同学来过，这地方也的确是偏了些。你这次能来，她特别高兴。”

我看看她，她在面无表情地低着头

喝汤。

我希望他停下来，但他今晚显然谈兴很高："不过现在好了，生意稳定了。我尽量不过去，能待在家就待在家，好好陪她。"他说着，看着她温存地笑了。

我发现我很难和他若无其事地交谈，他那种克制、宽容、温情脉脉的样子让我几乎无法忍受。我想，好在这一切明天就会结束！

夜里，我敞开着房门，在屋里走来走去弄出些声响，希望她明白我没有睡，因此也许会再给我一个交谈的机会。可楼下一片死寂，再也没有人打开房门走出来。过了十二点，我放弃了希望。我不知道在黑暗中又躺了多久，她的神情历历在目。我陷入各种纷乱、感性的情绪中，后悔自己之前对她不够温柔友善，又渐渐希望自己根本就不曾来过……我就像做了一个漫长、诡异而又悲伤的梦。

天气预报第二天下午有雨，这给了我上午一早离开的借口。终于，我们走出那栋白房。仅仅一周的时间，天气转凉了，房前的草坪露出枯焦的迹象，林中有些树叶已经变了颜色，只有她的玫瑰还是那样：有些在怒放，有些在凋零，两束等待风干的玫瑰依然倒挂在门廊下……我有种错觉，感觉自己在这里住了很久，对这一切都非常熟悉，甚至生出一丝眷恋。在细微的雨丝里，我们站在车道边告别。她穿着墨绿色的毛衣，因为雨，一些湿润的发丝贴在额头和鬓角。她模样衰老，神情却像个女孩子——一个憔悴、失神、过早枯萎的女孩子。上车前，我以美国人的礼节拥抱了她一下。就在我们分开后的短暂对视里，我感到她有那样一种眼神，就像是她终于卸下了自己沉重的秘密、交付于我带走。之后，我的车沿着那条狭窄的沥青路开走了。从后视镜里，我看见男人返身离开，她还站在车道和马路的交叉口那里，不离开，也不挥手。我看着她的影子越来越小、越来越快地往后飘去，像一片被风卷走的枯叶。

虞公山

徐则臣

授奖词

徐则臣的《虞公山》，结构微妙紧致，意韵跌宕绵延，细节互相印证，展现出了小说家对短篇小说的精巧布局和深入理解。看似破解一桩孩子参与的“盗墓”事件，实则通向一个更为微暗的命题，即父子之间的言说和信任，书写了一个从未正式出场的父亲形象，他关于家族来处的言说捕获了下一代。这位不被世人信任的落魄父亲，在年少的儿子心中建立了坚硬的城堡。关于“祖宗”似乎荒唐的寻找，与小说现实的暗合，作为一种想象和指认，给小说打上了一束光，散出斑斓色彩，余味悠长。（李伟长）

要从一个鬼魂说起。

不管你信不信，那三个人的确看到了卢万里的鬼魂。他们用手指着脑门对我发誓：“千真万确，如有半句瞎话，仝所你拿枪打我这里。”三个人在不同时间点，经过卢万里家的院门前，都看见他在烤火。卢万里缩着脑袋蹲在地上，面前是一个火盆，他正理着湿衣服在火上烤。在火焰和冒着水汽的湿衣服后面，他们三人都看见了卢万里瘦骨嶙峋的上身和那张憔悴的脸，他冷得直哆嗦。卢万里显然比活着的时候更瘦了。三个目击者的表述区别仅在于燃料：一个说，盆里烧的是木柴；第二个人说，烧的是火纸；第三个承认他没看清楚，火太大，几乎把整个火盆都吞没了。烧的什么不重要，重要的是，死去的卢万里突然回到家门口来烤火。

雨一直下，大的时候像老天漏了底，小的时候如满天的蜘蛛在吐丝，缠缠绵绵半个月没消停。所以，尽管现在是大夏天，如果鬼魂衣服湿透了，感到冷也很正常。反常的是，死去的卢万里为什么要回到家门口来烤衣服。

死人回家我没见过，但鹤顶这地方此类传闻从来没断过。算命的老赵多年来的口头禅就是：水边嘛，湿气重，阴气也重，出啥事都不稀奇。也就是说，鹤顶就是个神神道道的地方。所以卢万里的儿子把这件事作为报案的原因之一，我根本没当回事。他说有人动了他父亲的坟墓。他说不仅有三个街坊看见了他爸在院门口烤衣服，冻得直哆嗦，他还亲自梦见了父亲。在他的梦里，父亲穿着的正是在院门口烘烤的衣服，卢万里抱着胳膊对他说：

“儿子，我快冻死了。衣服全湿了。”

在他梦里，父亲的衣服的确是湿的，湿漉漉地正往下滴水。他做梦的时间在三个目击者看见烤火的场面之后，可见，父亲的衣服在烤干之后又湿了。第二天早上，他把这个奇怪的梦说给母亲和老婆听。母亲听了心酸得不行，跟邻居们说起时，止不住流下眼泪；老婆则当成个笑话，说给姐妹们听时自己都忍不住笑出声来。然后，作为反馈和回应，三个目击者看见卢万里烤火的消息陆续传到了他们家。里应外合，卢家就不能不上心了。卢万里的儿子想起来，清明给父亲上坟时是有点潦草，没烧几张纸。一定是父亲在那边缺钱了，所以衣服湿了也没得换。第三天，他一口气买了十刀火纸，每张纸上都摞满了金元宝，装在一个大号塑料口袋里捆到摩托车上，冒雨去给父亲上坟。

离坟墓还有二十米，穿过雨帘他就发现父亲隆起的坟堆缺了半边。再往下看，有人在坟墓旁边挖了一道深沟，雨水汇成激流，正从深沟里流过。浑浊的流水不停地冲刷父亲的坟墓，棺材一角浸泡在水里，流水撞击到黑色棺木上，激起泛白的水花。卢万里的儿子骑上电驴子转身就跑，背着一口袋的火纸直接到了丁字路口。他结结巴巴地对所里的值班警员说：

“有有有人，盗盗盗了我爸爸的的墓。”

我们觉得这事不可能，卢万里又不是啥大人物，平常到不能再平常的一个坟，盗它，谁吃饱了撑的？本来下雨天也干不了活儿，大家想趁机打个瞌睡，他非要我们去破案。为了表示兹事体大，且有预兆在先，他把卢万里湿了烤干、烤干后又湿了的衣服和哆嗦喊冷的事给我们颠三倒四地讲了一遍。好吧，上车。

快到现场，一摊烂泥地，车过不去。下了车他让我们走在前面。他说天暗，他有点怕。

就是在那天的大雨里，我们发现了未遂的盗墓案，当然，盗的不是卢万里的墓。

卢万里埋在一个好地方。这一片高地，鹤顶人叫虞公山。传说甚多，有说古时候一个姓虞的人曾在这地方住过；也有说这地方埋过一个姓虞的大官；还有的说，一个姓虞的外乡人来这里修行，最后坐在山尖上飞升成了神仙。反正跟一个姓虞的人有关。这种传闻鹤顶人都懒得信，但凡跟别处有点区别的地方都有类似传说。如果都是真的，那咱们鹤顶早就仙迹处处，哪还会穷得如此叮当响？虞公山周围是片荒地，尽管没生老赵那样的慧眼，鹤顶人也看出来这地方风水不错，但因为离镇子实在有点远，人死了也极少长途跋涉埋到这地方。这两年不少人家鸟枪换炮，有了摩托车、电动三轮车，交通工具改变了距离的概念，虞公山周围才慢慢出现几座新坟。

我们围着卢万里的坟墓转了几圈，确定没人动过那口黑漆漆的槐木棺材。它露出一角，还有坟山垮掉半边，完全是雨水冲刷所致。卢万里的儿子拍胸脯保证，若非意外，他爸坟边绝不会出现水沟。坟墓的左侧低于右侧，虞公山上的雨水再凶，往下流也只会从他爸的左边走。他说得没错。坟墓周围荒草丛生，尤其是那些抱住大地不放的巴根草，拿铲子都未必能将它们连根拔起，仅靠雨水的冲刷，十天半个月怕是搞不定的。有人帮了忙。

这好办，我们继续在附近转悠，等同事开车回去取来几把铁锹。然后挖土筑坝再引流，让水从卢万里的左边走。果然，水落之后，在坟墓的右侧发现了铁锹切挖过的隐约痕迹。荒无人迹，谁会无聊来这地方模仿大禹治水呢。我提着铁锹绕虞公山的边缘走，十步之外看见了雨水没有冲刷干净的新泥。

虞公山说是山，其实就是个大一点的土堆子。也许姓虞的那人当初成仙或者刚埋下地的时候，虞公山确有一些气势，比如巍峨宽阔，那风吹日晒雨淋了不知多少年后，它已然也被消磨成了一个土丘。我跟着断断续续残留的新泥走，发现土丘坡上有一丛灌木尤为稠密。大雨把灌木洗得干净，同一丛灌木竟长出两种不同的枝叶。我用铁锹毫不费力就挑起了部分枝叶。再来一锹，剩下稍微牢靠一点的灌木也被从泥土里掘出来。一例都没有根。它们是被砍断了根插进土里的。

灌木清空后，再铲掉插灌木的一堆泥，土丘的肚子里似乎有个洞。我招呼大家过来，清除洞口堆积的虚土，再往里挖。果然一个黑灯瞎火的洞。铁锹在洞的深处撞上坚硬的东西。卢万里的儿子想出个招，打火机点着，系在铁锹头上往洞里探。洞中氧气稀薄，但奄奄一息的火光中，我们都看见了刚才铁锹撞到的什么。打磨光滑的巨大条石。

以在派出所工作多年的经验，我知道遇上大事了。我把所有人集合到跟前，发布如下命令：

任何人不得走漏风声；

立刻原样封堵洞口，恢复伪装；

现在就协助死者家属培筑好坟墓；

我现在就给有关部门和领导汇报，在相关决定下达之前，咱们所一定做好现场保护，不能有半点闪失。

省文化厅接手了剩下的工作，天还没晴透就派来考古队。他们认为虞公山下可能藏有古墓。他们与县史志办及有关历史学家交流研判之后，初步达成共识：虞公山的传说或许非虚，这地方真埋葬过姓虞的历史人物。安保工作由县公安局牵头，我们所全力配合。同时，责成我们所尽快侦破该起古墓盗窃未遂案。

我们手头的线索只有两个：一是这起盗挖跟卢家的关系。大雨之后的现场线索几乎消失殆尽，但两者之间若无必然联系，那只能说太过巧合。第二个，就是县公安局提供的两个过滤嘴烟头，他们在洞里找到的。一个古怪的牌子，蓝旗。

第一个问题好解决，警员作了拉网式查访，卢万里家人、亲戚，街坊邻里，甚至随机采访了跟卢家毫无关系的人。没有发现任何蛛丝马迹。卢万里生前口碑甚好，他的左邻高度赞扬了卢万里，那个老大爷说："我就一个标准：凡是万里说有问题的，那人肯定有问题；凡是说万里有问题的，一定是那人有问题。我认识万里几十年了，这标准从没错过。"卢万里的言传身教影响了整个家庭，卢家家风挺好，门楣上还钉着"五好家庭"的牌牌。他们家没仇人，没做过亏心事，儿子、儿媳妇、女儿、女婿，人缘都不错，至少在查访中没听到任何负面评价。足够了。在乡镇，除非深仇大恨不共戴天，谁会干掘人祖坟这种损阴德的事。更不会有人抽风，要去卢万里坟边开一道深沟解闷。所以我们维持先前的判断：此事跟盗墓相关。

我把查访详情向县公安局做汇报。县局表示赞同，他们也发现，两者很可能关联密切。盗墓必须掘土，盗墓还得隐蔽，掘出的土不能露馅，运土也不能太麻烦，怎么办？现场解决。如何解决？被雨水冲走。自然便捷，神不知鬼不觉。卢万里的坟墓是距盗墓口最近的一座坟，山丘与坟堆之间正好有个凹槽，高处的雨水下泻，那地方是第一个下水口。为了加大水流带土的能力，盗墓贼掘开草皮和地表，人为地开了一条深沟。他们没想到，雨大流急，这个更有效的挖掘机阔大深沟的同时，把卢万里的坟墓也给摧毁了半边，露出棺木。已经在干燥温暖的棺木里安睡三年的卢万里突然落了水，感到了冷。盗墓贼失算了，提前惊动了鬼。

剩下的两个烟头，作为一个老烟鬼，很惭愧，我真没听说过蓝旗这个牌子。警员们去镇上各个商店买蓝旗烟，全都空手而归。店主们跟我一样孤陋寡闻。这方面见多识广的只能找满天下乱跑的人。住滨河大道边上的老苏长年跑长途客车，他也说不清，答应下一趟跑车时帮我问问。我把鹤顶在外工作、求学、做生意和游荡的人名单找出来，能联系的都联系了一遍，没一个人知道。结果显示，他们大部分人都不怎么抽烟，更不会带烟回来。这很好，健康比什么都重要。

副所长想起运河街上常年跑船的吴斌，这家伙烟酒都是大户，没准知道。他老婆在家，听说找吴斌，没好气地说：

"死了。"

"死了？"

"早死了。"

"啥时候死的？"

"一年到头连家都不着，跟死了有什么两样？"

副所长出了口长气，拿出烟头照片，"你见过吴斌带回来这个牌子的烟吗？"

吴斌老婆瞥都没瞥，"人都见不着，哪还见得着烟？"

副所长知道再问也是瞎耽误工夫，赔个笑转身要走，被叫住了。

"本来也懒得问，"吴斌老婆说，"赶上了我就多一句嘴。我家那兔崽子好几天不着家了，你们能不能帮忙找一下？"

"什么兔崽子？"

"我儿子，吴极。"

"失踪了？"

"谁知道。学校也打来电话，三天，

哦，今天第四天，没上课了。”

“平常他会去哪儿？”

“谁知道。跟他爹一个德性，四六不着的货。”吴斌老婆摊开手对着房间挥了半圈，“这个家就是个旅店。”

副所长答应着，出了吴家。正经事没干成，倒添了桩新业务，回到所里就跟我抱怨。抱怨归抱怨，还是给镇中学打了电话。教务主任说，有这事，家长再不给出合理解释，按有关规定，可以开除了。教务主任又说，咱这鹤顶，一到下雨天事就多，吴极班上还有个同学也旷课四天了；班主任说，他俩好得穿一条裤子。

“两个孩子平时表现如何？”

“俩孩子性格都偏孤僻，”教务主任电话里的口气有点哀其不幸、怒其不争，“不太合群。听说经常抽烟喝酒。”

我和副所长对视一下。我们的判断步子可能大了一点，有枣没枣来一竿吧。

吴极的同学叫安大平，住在运河街的另一头。父母都在家，老实得像闷瓜，见了警员手都不知道往哪里放。除了回答我同事的问题，多一个字都没说，连句客气话都没有。据邻居反映，他们两口子常年如此，相对无言。如果不是拴在墙根的那条狗偶尔发出几声叹息一般的叫声，这个家可以一整天不弄出任何动静。两口子说，大平去他姑妈家走亲戚了。

“课也不上了？”

“大平没说上课的事。”

好吧。我同事问，可不可以看一下安大平的房间，两口子没说行也没说不行，对着一扇关着的门指指，门上贴着奥特曼。一个高二男生的房间，墙上贴的还是初中生口味的招贴画。没有烟味。在一个半开的抽屉里，同事看见一盒本地产的运河牌香烟。打开烟盒，剩下的五根烟里，有一根蓝旗。同事合上烟盒，对两口子笑笑，问，大平他姑姑家远吗？

从安大平家出来，他们直奔运河街的那一头。吴斌老婆正锁门要去菜场，这个时候肉会便宜点。她给了我同事一个白眼，不耐烦地说：“你们到底想看什么？我都半个月没吃上肉了。”

“就看看你儿子的房间。没线索怎么帮你找儿子？”

吴斌老婆用钥匙打开儿子房门。吴极平常出门就上锁，不许母亲随便进他房间。因为门窗紧闭，浓烈的潮霉味中混杂着没能散尽的烟味。地上有烟头，没错，蓝旗牌。同事顺手翻了写字台上的一堆演草纸，有张纸正面演算了一道数学题，反面画着一个山包。山包的半腰上有一扇打开的门，一个粗暴的箭头指向门里。纸的右下角写着“祖宗”两个字。

“这是什么？”同事试探着问吴斌老婆。

“我哪知道？”她心不在焉地说，“一天到晚跟没魂儿似的，出了这扇门就像梦游。跟他老子半毫米不差。我说你们能不能快一点，再晚便宜肉都卖光了。”

同事回到所里汇报之后，驱车去了安大平姑妈家。

可能因为电视里正在播放侦探片，那俩孩子扭头看见三个警察进了门，立马从并排坐的椅子上跳了起来。安大平的姑妈也吓坏了，他们家从没来过戴大盖帽的。她跟在我同事后面说：“他俩可啥坏事都没干啊，坐在这里看了一天的电视了。”

我同事说：“没事，我们就了解一下情况。”

俩孩子个头都不小，杵在那里一个挠鼻子，一个拧着手指头。

“有烟么？”

吴极脸上长满了青春痘。他从口袋里摸出挤皱的半包蓝旗。

“哪来的？”

“我爸上次带回来的。”

“带给你抽的？”

“我偷的。”

一个同事堵在门口防止他们溜掉。另一个同事指着椅子，“坐。”

他俩坐下来。安大平姑妈关掉电视，让我同事坐到旁边的木制沙发上。

“别紧张，就是了解点情况。旷课可不是个好习惯。”

“吴极说不想上了，我就陪他出来了。”安大平怯怯地说。

“为什么不想上？”同事问吴极。

“心慌。”

“吃坏肚子了？”

“不知道。”

“再想想。比如看见谁，害怕了？”

吴极低着头，翻起眼看眼前的两个警察，然后扭头往后看。堵在门前的我同事，像逆光中矗立的一座黑塔。

“嗯。”

“看见谁了？”

吴极低头不吭声。

“大平，要不你来说说？”我同事说。

安大平看看吴极，后者没反应。安大平犹豫之后小声说：“你们。”

“戴大盖帽的？”

安大平点点头。

“在哪儿？”

“虞公山。”

“哦，”我同事说，“吴极，你俩一块儿？”

吴极突然站起来，脸涨得通红，“那就是我们家的地方！我本来姓虞！”

两个孩子被带回所里。

副所长把审问结果报送给我时，哭笑不得，这是他从警十八年来见过的最有意思的案子。如果嫌疑人不是未满十八岁的少年，他敢断定这会是本年度全中国最荒唐的案件，没有之一！

虞公山那个洞是吴极和安大平两人掘的，为寻找古墓。卢万里坟墓旁边的水沟也是他俩挖的，如我们和县局推断的，是为了就近把掘出的新土冲走。那个小坟里埋的是谁，他们根本不关心，甚至都没认真看一眼卢万里的墓碑。俩孩子交代，他们利用中午和下午放学后的空闲时间来干活。刚开挖不久就下起雨，本以为雨天对工程不利，黏黏糊糊到处是泥，但发现雨水可以迅速将掘出的新土冲走，他们倒希望雨一直下下去了。因为不会留下明显的痕迹。尽管此地荒僻，若非逢年过节，扫墓上坟的人都见不着，他们还是谨慎为上，每次工作结束，都要把洞口伪装妥帖。大雨帮了他们的忙，踩出的泥泞也很快被雨水抹平；小丘上杂草也多，被踩趴下了，喝了一肚子水后，腰又迅速地挺起来，所以我们第一次去那里，完全没留意这些疑点。

“为什么盗墓？”我问副所长。

“嗨，他们根本不认为是盗墓。”副所长拿出提审记录，“吴极认为他只是在挖自家的祖坟。他说吴斌一直跟他说，他们原来姓虞，当年老祖宗虞公出差途中意外病逝在鹤顶，天热，遗体没法久存，只能就地下葬，埋在了虞公山。虞公山其实就是个大坟堆。只是天长日久，历史演进，鹤顶人把虞公墓这事给忘了，虞公山成了一个大土丘的名字。吴斌跟儿子说，他们这支‘吴’跟本地的吴姓没关系，他们从‘虞’字来。当年虞公是清朝康熙年间的大官，起码相当于现在的省部级干部。因为是皇帝的宠臣，死后才备极荣华，有如此规模的大墓。虞公客葬异地，他的二儿子是大孝子，便迁居鹤顶，长年为父亲守墓。因为是从家族中分出来，如同从‘虞’字里拆出个‘吴’，这一支虞公后代就以吴姓在鹤顶繁衍开来。”

“听上去挺是那么回事的。就算真是吴家祖坟，吴极这孩子为什么现在突然开挖了？”

“据安大平说，吴极跟一个姓吴的同学闹矛盾，对方说，‘有种别姓吴。’为撇清跟对方‘吴’的关系，这小子血直往脑门蹿，竟然要到老祖宗的坟墓里找证据。吴斌跟他说过，虞公落葬时，带了一部家谱进地下。”

这算不算“儿戏”？他还真就这么干了。这孩子都没意识到，即便真有家谱陪葬，几百年过去，也不知道腐烂多少回了。而且，找到家谱就能证明他是虞公的后人？

“吴斌跟吴极说，他们家有一部吴姓家谱，打头的是虞公的二儿子，只要两部家谱衔接上，齐了。没有比这更有力的证明了。”

家谱这么复杂的东西我不懂。我爹给我留了一本，让珍藏，我放抽屉里后再没拿出来过。但以我对家谱粗浅的了解，很多家谱开头都会有一段大帽子，历数自家姓氏的沿革，吴极完全可以拿出自家的家谱嘛。

“这个我也问了。”副所长问我要了根烟，“吴极说，他把家里翻了个底儿掉，没找着。就给吴斌的船上打电话，父亲醉醺醺地跟他说，早不知放哪儿了，回到家再说。他一趟船经常要跑三四个月，吴极等不了，找到一部算一部。头一次见到这么仓促上阵的盗墓贼。找了几本盗墓小说翻了翻，围着虞公山转了三圈，觉得哪个地方顺眼，一锹插下去就开干了。担心一个人忙不过来，就把好朋友拉过来帮忙。哦对了，他不同意盗墓这个说法。”

“不盗墓他们怕啥？”

“我们的人守在那里，大盖帽总还是有点震慑力的嘛。他俩就跑了。”

“口供跟现场都吻合？”

“核对无误。挖掘工具藏在旁边的小树林里，也找到了。”

确实有点意思。我想找个时间跟吴极这孩子聊聊。他爹我见过，跑船回来，经常摇摇摆摆穿过运河街，一大早看上去也是醉醺醺的。

专家们确认虞公山下有座古墓。墓主人虞凤常，字鸾翔，湖北宜昌人，仕宦生涯主要在清康熙年间，官至大理院少卿。也就是大理寺卿的副手，佐正卿总理全院事务并监督一切事宜，正三品，够大的官儿。专家查阅大量史料，证实了本地的传说。大理院少卿虞凤常确系陪侍康熙皇帝沿运河南巡，船队行至鹤顶时病逝。虞少卿是康熙的爱臣，他的突然亡故，让皇帝十分悲痛，其时天气尚热，尸体不宜久存，长途迁移更是不妥，便御旨厚葬于此。当年一定是立了墓碑，碑文很可能还是康熙御笔，但很遗憾，不知道在哪个年代弄丢了。很可能因为墓碑的失散，导致本地人对这段历史的记忆开始漫漶，最终成了众多漫不经心的传说之一。不过这也在一定程度上保护了虞公山，否则，早不知道被那些职业的盗墓贼光顾多少次了。

我们把吴斌的“吴自虞来”一说报给专家，他们讨论之后，表示存疑。现有的资料完全不能支撑吴斌的说法。虞氏一族，在北京和宜昌都有后人，子孙繁茂，有案可稽；至于鹤顶的这一支，真没听说。

考古发掘正在有条不紊地进行。鹤顶在运河边上，千百年来，无数历史人物在运河上穿梭，无数的大事在水上与河边发生，大大小小的遗迹不能算少。在这方面，鹤顶人还是见过一点世面的。开始几天，大家围观考古现场的热情挺高，里三层外三层，等专家们找到此系虞公墓的确凿证据，即一块镌有“虞少卿”字样的石头后，人群就慢慢散了。热闹不能一直看下去，自己的日子还得好好过。我们继续提供必要的安保，所里的日常工作也逐步恢复。

跟县局协商之后，对吴极和安大平做过批评教育，把他们送回了课堂。我知道吴极没有想通。说实话，我也挺好奇，于是决定，干脆把它当成不是案子的案子继续办下去。周末下午，吴极母子俩都在家，我敲响了他们家的门。

儿子挖了虞公山，当妈的觉得挺没面子；但因为儿子这开山的几锹，引来一场轰轰烈烈的考古，还坐实了虞公墓，当妈的又觉得儿子给自己长了脸。不过此外，“吴从虞来”又让她哭笑不得。你爸整天云里雾里，瞎话张嘴就来，你也信？当妈的又十分来气，这事用膝盖想都觉得荒唐啊。我到吴家时，没说上两句，吴斌老婆又训开了儿子：

“好的你没学，脑子抽筋倒学得挺快。不过那死鬼也没啥好的可学。”

吴极小声嘀咕：“我爸没瞎说。”

“他不瞎说？嫁给他十八年，我算明白了，从头发梢到脚指甲盖儿，他从头到脚都是个骗子！”

“我爸不是骗子！”

“他要不是骗子，你妈我就是七仙女，就是王母娘娘。”

“我爸就不是骗子！”

“好了，老娘懒得跟你争了。你真是你爸的亲儿子。”

我赶紧打圆场，表示想跟吴极单独聊聊。

“随便！”吴斌老婆手一挥，“能带回家聊到管饭更好。”这婆娘拎起织毛线的袋子去邻居家串门了。

我问吴极：“你爸知道这事吗？”

“不知道。电话打不通。”

吴斌跟着一个外乡人跑船，每年回来两三次，吴极掰着指头数，在家撑死了也就待一个月。活儿多？谁知道。他喜欢在水上跑，说在陆地上走不稳，上岸就要摔跤。他悄悄跟儿子说，别告诉你妈啊，我两条腿不一样长。吴极想看看两条腿差多少，吴斌刮了一下儿子的鼻子，站着是看不准的。可是吴斌一躺床上就是前腿弓后腿蹬，两脚从来不齐，那姿势像在跑路。过去吴斌有过两个便宜的手机，一个喝多了不知丢哪去了，一个站在船边撒尿时，不小心滑进了水里。干脆不要手机了，反正没人找。吴极找他，都是打船老大的电话，那差不多也是个不靠谱的酒鬼。

吴家的房子不大，就这样也没塞满，客厅里的摆设稍显清冷，感觉这家人随时都可能搬走。“喜欢爸爸吗？”我问。

吴极低着头，“不知道。”

“想爸爸吗？”

“不知道。”

“爸爸回到家都干什么？”

“喝酒。跟妈妈吵架。给我讲故事。”

“都讲了什么故事?”

“什么故事都有。”这孩子突然有了自信，眉毛都跳了起来，“我爸爸一肚子故事。真的，他什么都懂。他去过很多地方，每个地方都能带回来一大堆故事。不信你问安大平。我爸一回来，他就待在我家不愿走。他说我爸是他见过的最会说笑话的人，每次他都笑得两个腮帮子疼。”

“你妈妈喜欢听吗?”

“我妈说，都是吹牛，鬼话连篇。然后就吵架。有时候还会打起来。”

“你爸都跟谁一起喝酒?”

“他自己把自己喝醉。一年有十一个月在外头，哪来的朋友。”

鹤顶镇上姓吴的有好几家，跟他们家都不是本家和亲戚。吴极往上四五代，都是单传。他爸说，跟他们不一路。

“你们家的家谱你看过?”

吴极摇摇头，“我爸都忘了放哪儿了。但是我看过这个。”他去自己房间抱回来一本破旧的县志，砖头一样大。他熟练地翻到折页的地方，递给我看。

纸页泛黄，印刷效果也欠佳。那一页介绍虞公山的传说，列出四种：虞氏住地说；虞氏修仙说；虞公墓说；还有一个愚公说。第四种意思是，这地方原来真有座山，堵在某人家门口，这家也出了一个愚公，誓将此山夷为平地，可惜天不假年，快削平的时候累死了。大家就把剩下的这个土包叫愚公山。已经有个跟王屋和太行两座山耗到底的愚公，本地人想，还是别弄重了，分不清彼此也麻烦，于是改叫虞公山。虞公墓说，指的就是虞凤常落葬于此，名之虞公山。吴极只在此一说的文字下，用圆珠笔画了两条歪歪扭扭的线。

“这个说明不了什么问题啊。”我说。

“我相信我爸的。”

吴极说这句话时，内向、羞涩和躲闪都不见了，一脸单纯笃定的孩子气。我摸了摸他的脑袋，感觉像在摸我们家的那个小混蛋。儿子高中毕业后，再不让我摸他脑袋了。“挺好，挺好。”我说，“你爸这么说，一定有他的道理。想吃什么?”

他想吃羊肉串，如果可以，还想把安大平也叫上。没问题，我说这顿一定管饱。我们在镇上最好的羊汤馆等安大平。他们想吃的全点了。分手的时候，我要了吴斌的船老大的电话。

那人姓秦，山东口音，说话充满梁山泊的豪气。我们聊得很好。船停在码头，他留守船上，吴斌上岸溜达了。他说吴斌这兄弟不错，就是管不住自己的嘴，每顿都离不开那二两猫尿，可惜了一肚子的才华。秦老大说到猫尿时嘿嘿地笑了，他也好这口。水上跑惯了，不喝两口真顶不住那寒湿，还有“孤独”。他说到“孤独”时舌头打了个结，不习惯这样文气和矫情的表达。

“一肚子才华?”

“也是一肚子鬼话。”秦老大吐了一口痰，在电话里说，“那真是个聪明人，说什么像什么。他要不跟我搭个伴，这一年到头在运河里跑上跑下，我还真不知道时间怎么打发。”

“你知道他祖上姓虞么?”

“那得看他喝到哪儿了。喝到位了，也姓过吴。”

我不知道接下来该问啥了，便随口说：“一肚子鬼话那你还信?”

“信了能翻天?你们可能不了解他。聊透了，你就知道，这人让你心疼。对，心疼，就这个意思。”

我头脑里立马出现一个清瘦的男人，还有点病病歪歪的。事实上，我见过的吴斌虽然块头算不上多大，但绝对是个结实的汉子。

“我可能没说清楚。反正这兄弟真不是坏人。他不过是张嘴就来。你要是跟他敞开了说上一个小时，我担保你会认为他跑船是屈才了。我一直觉得他能干很多高级的事。能干什么我也说不好，反正他经常没魂儿的样子既让我冒火，又让我愧疚，觉得委屈了他。但他又能干什么呢？所以这些年我一直收留他。要是别的船老大，早换个更年轻能干的了。不好意思，啰啰嗦嗦的，也不知道我说明白了没有。”他的声音突然远了，一段空白，他一定是捂住了话筒。很快山东口音又回来了，“吴斌回来了，又喝多了。你要跟他说吗？”

“不必了。我就随便问问。谢谢。”我竟然有点慌张地挂了电话。

这次通话之后不到一个月，准确地说，二十八天，考古发掘还在进行，秦老大突然给我打了个电话。吴斌死了。昨晚喝多了，可能夜里起来撒野尿，一脚没踩好，栽进了运河里。今天一大早尸体浮在水上，幸亏没漂太远，要不都不知道他跑哪儿去了。现在他正加足马力把他运回来，明天就到鹤顶。他觉得先给我打个电话，可能比上来就通知吴斌老婆孩子要妥当。为什么妥当，他也不知道。这个山东汉子，在电话里露出了哭腔。他说，吴斌无论如何是个好兄弟。

由所里出面，找了一辆车去接吴斌。我以为吴斌老婆会拒绝去码头，没有，她坐在车上一声不吭。如此安静的母亲，吴极也有点不适应，他下意识地抓着妈妈的胳膊，他的手不停地抖。

吴斌被水泡得变了形，头发稀疏，白多黑少。他长一张瘦脸，跟肿胀的身子完全不成比例。吴斌老婆没有哭出声，只是眼泪啪嗒啪嗒地掉。吴极也一样，因为控制不住的惊恐，他连眼泪都很少。秦老大年轻时肯定是个壮汉，此刻两鬓斑白。他擦眼泪的时候不得不擤鼻涕。

一切从简。最后关头，再整理一下死者仪容。吴斌脸上蒙一沓火纸，这是鹤顶的风俗。旁边站着五个人，他老婆、他儿子、秦老大、我和安大平。就在殡葬工要把他推进炉子里的那一刻，吴极抓住了父亲。他把父亲的两条腿直直地并到一起，握住父亲的两个脚踝。为了看得更清楚，他弯下了腰。

去大润发

王占黑

授奖词

《去大润发》写的是一趟平淡的超市旅程，却由不停起伏的微妙心事，牵连起远在天边的国际问题，痛在心间的切身记忆，生活中的琐琐细细，从而绾合了与己相关的逝去与新生、陌生与熟悉、封闭与开阔。王占黑似乎有一种特殊本领，能把世间各种不同的声音和节奏，轻轻缓缓地放进自己特有的小说节奏里去，慢慢把生硬的时空，变化为温和的光阴。（黄德海）

一

从学校到田林路柳州路口，不算等红灯，我看了手表，原来要走整整一节课。一节课四十分钟，是我度量各类事件的单位时间。每过一个单位，我需要喝水，落座，休息片刻。今晚六点之前，我上完五节课，用一节课和家长沟通口试得分的公平问题，直到彼此的不信任上升为敌对情绪，又花一节课领家长进主任室，听一人有理有据投诉，另一人频频点头赔笑，一直听到“对年轻老师，你们平常要多注意管”，我已疲倦到尽头了。为保持清醒，我花了大约半节课咒骂眼前的两副面孔，接着把学校上上下下各路仇家咒了一遍。我身体里好像出现了自家楼下的鬈毛阿姨，新被头晒了一天，刚要收进，五楼的浇花水，四楼的晾衣水，三楼的空调水滴落来了。阿姨恨到发抖，一声怒吼含着醋腌大蒜，摆脱重力，升腾，凝成一股风暴，回相邻以恶臭一击。吼完，阿姨气消，头颈略有酸痛，而我感到一阵饥饿。眼前这两位假意告别，一人满面堆笑，一人转向我。我说，上厕所，提起公文包就走。其实只是平时装作业本的帆布袋，白底黑字，印着亘古不变的两行口号：燃烧自己，照亮别人。教你妈的小学英语，去你妈坟头燃烧吧。我把包扔进洗手池，不关心这骂声是否会传向走廊，只听得自己脚下砰砰发响，平底鞋像风雨里一对破败的船，在洪水没顶时执意朝江心划去。

路上雨停了，又像没停，我分不清。开学以来，秋雨连下几周，肉眼时常无法判断窗外是雨是晴，无非地上总是细流暗涌，裤脚管沾满泥点子，头发因为雨水浸润而变得毛毛糙糙——世上的事这样极端，潮湿从不能抚平人的零星鬈发，反倒叫它们吸足水汽，破了胆从柔顺的草丛里钻出来，弹簧一样歪歪地竖着，十分可笑。我走在路上，看骑电瓶车的仓皇，步行的狼狈，开车的堵，打车的绝望等待，想想年年如此，种种情绪便从马路上翻涌进自己体内，不由将对人的怨转移到这座多雨的巨型城市上。于是不愿去赶左脚踩右脚的一号线了，连排队安检也不愿了，就这么一路朝南，遇口则过，一节课之后，惊觉回程还未过半。不过是七八公里，走起来竟这样漫长。

我停下来，多半是因为身后几百米处有间企业酒店，路过它叫我背脊发凉。建筑并不难看，只是门口立着一尊大型铜像，我认出他了，这不是旺仔牛奶和小馒头上那个旺仔吗？双手平举，双脚撑开，两束路灯高射下，通体发黄。膨胀的尺寸和金属冷光使它尽失食品包装纸上的亲切快活，眼珠上翻，直通额头，再雀跃的嘴角也无法掩饰大片眼白所泛出的令人害怕的空洞，它像在看我，又像没看，眼睑挂着雨水，反着光，要把一切都吸进深处。仅是路过一瞥，我感到绵延的恐慌，似乎它正保持张开的姿势一路尾随，口中重复着那句从小听厌的广告词，再看，再看就把你喝掉！听这口音，熟得很，啊，学校里来的。我不敢回头。一饿，一慌，迈不动了，就近拐入公交车站，不锈钢坐板上淌着水，我一把揩掉，坐下。望了眼站牌，此地只有820路。行吧，乘几站，再走回去也不迟。

二

我就这样坐着，想自己毕业前的欢脱劲头，可以经济独立啦，还可以和男友同居。然后呢，分手了，谈了一个同事，又分手，于是被另一些同事孤立。这两年我到底干了什么，加过多少班，挨过多少骂，吃了多少外卖，又存下几个钱？悲从中来，雨水将我感染了，突然想起几位大半夜红着眼睛来敲门的好友，我终于也走到这一步了。但我不愿对任何人诉苦，三十了，谁没有呢。我并非没见过他们哭完骂完，倒在满地空瓶里，第二天起来接着做前一天的事，面色无异。只希望此时身边能来只落汤猫狗，不哭不叫，彼此垂怜。但最终，只有一股烟味沾着水汽向我飘近，闷闷地吊住鼻子。我回神一惊，很久没来车了，还是发呆错过了？看一眼电子栏，820到站时间：--:--。这个世界是这样不确定。

又等一歇，毫无动静，隔壁的烟味却不曾断过，一支接一支送过来。我想提醒那人，按照公共场所控制吸烟条例，此处禁烟，这一点小学生都学过。但我没有，烟味是此刻唯一提神的工具。又过一歇，仍不见车，我才想起手机地图，点开，×你妈？下一班早晨六点半？脑血回流，冲撞我空荡的五脏六腑，一时间我竟想不出自己在车站待了多久，一整夜？看手表，明明才八点。再一查，浑身热血凉透，原来末班车是每晚七点，田林人民没有夜生活的吗？雨忽然大起来了，我才记起伞留在包里，只好点开叫车软件，25人排队。我看了看旁边那人，一声不吭，弓着腰抽烟，心想你抽吧，抽完一整包也等不来820。24人。我又盯了他一会，越看越像小区里的傻子，早出晚归，游来荡去，挺可怜的。

我走过去，他穿一件黑色T恤，正面印着著名的Pink Floyd棱镜彩虹，心想这傻子还挺有品，只是这种优衣库短袖早就烂大街了。我说，喂，820没了，别等了。

待我走回，他开口，我知道，没在等。

我他妈好心告诉你，你他妈早知道没车你不告诉我?! 急火攻心，我杀回去劈头大骂，伸手夺过他指间刚点的烟，踩到脚下碾碎。就他妈一班公交，我在这半天，我他妈不等820还能等什么?! 我意识到身体里的鬈毛阿姨吃过饭，在我最虚弱的时刻冲出来了。

我以为你在等另一部啊，他说。

还另一部，你他妈怎么不说等龙猫公交啊?! 我冲到站头，把那张孤零零的生锈铁牌敲得砰砰乱响，像在课上愤怒地敲击黑板，尽管我从不敢这么做。这年头学生脆弱，家长凶猛，工作以来没能在人前发作的怒气，今天全撒在这件黑色T恤上了。

他却不动声色，又抽出一根烟，朝天指了指说，大润发班车，也有的。

我望向他头顶那片几乎褪色的纸质告示，被水浸软的性病、办证和租房在风里翻飞，其中混着的一张，隐约印下些时间和路线。我嘴里像被凭空塞进一块臭抹布，撑得说不出话来。

他继续说，820吗，过南站过植物园再过中环，对吗，大润发也一样走。

我想起自己确实见过一家冷清的大润发，离家不远不近。只因不如沃尔玛身处商圈，人们大多舍弃，便日渐过气。但我无法消火，低头看手机，23人。

雨天最难打车了，除非你舍得花钱叫专车。轻轻一句，我情愿把他整个人对折放倒，当成烟屁股碾得煞平。

雨越来越大，车站沉默得只剩水声。我站到电子栏背面，尽可能远离那件黑T，烟味却兜兜转转跟随。过了一会，讨人厌的声音拐进背面，来了，他说，走吧。我转头，一部大巴正停在不远处的红灯口子，车头没有打光，看不清。跳绿灯，它近了，大润发免费班车西南线。黑T从口袋里掏出一把格纹折伞，撑开。走吧，他说。这时我的腿竟完全不顾我的脑子和面子，借那折伞所遮挡的一小片空地，嗍一下踏上了车，里面真如童年向往的龙猫公交那样，整洁而令人安宁。再也不用淋雨，也不必走路了，车厢空荡，我就近挑了驾驶员身后的位置坐下。黑T收了伞，驾驶员说，来了啊。他点点头，默默走到后门处坐下。

三

车里放着交通广播。除了我和黑T，只多一驾驶员一乘客，看面貌，加起来要超过一百岁。两人聊天，一句话来，一句话去，像在空中抛球。只听乘客讲，当天我送孙子读书，早饭书包帽子拿好，一脚踏出门，孙子还在房间，盯牢电视机不肯出来。我喊，快点呀，小爷爷！孙子喊，阿爷，断掉啦！我不当回事，立门外头催。孙子喊，阿爷来呀，房子断掉了！我吓一跳，鞋子不脱跑进去，只见一部飞机冲过来，两栋高房子拦腰劈落，翻来覆去只放这镜头，老吓人。我催，乖囡走，读书去。路上蛮冷，到底秋天，电瓶车不戴帽子，面孔刺痛。我讲，乖囡帽子戴好，早饭吃光。孙子讲，阿爷，火烧到顶，人像蚂蚁一样逃。只听孙子一路烦到校门口。我送好，任务完成，老花头，桂林公园吃杯茶。走进去，两个老头子一面锻炼一面放半导体，我跟后头一听，坐定来一想，才晓得，这两栋高房子，相当于东方明珠同金茂大厦，叫人家撞到这副样子，出大事体。一个老头子讲，美国人面子坍光。另一讲，还是苏联人本事大，不怕死。

驾驶员问，当年几岁？

乘客讲，刚刚退休，返聘不做，无缝衔接跑去管孙子，吃一肚皮苦，自家晓得。到明年正好八十岁。

驾驶员讲，照我看，顶多七十岁。

乘客甩手，老人面孔觉不出，小人呢，眼睛一眨，已经到美国读书去了。

驾驶员问，纽约？

不是不是，孙子讲起来，大农村，白天、夜里不见人，同上海不好比。我同孙子讲，蛮好蛮好，比大城市安全。

驾驶员笑，讲起来，大城市还是上海安全。你看戆戆，一年四季外头荡荡，出过啥事体？他伸手朝我一指，我吃一惊，顺着乘客的视线望去，才知自己身后还有个人，一身横肉铺开，几乎撑满两个座位，他盯住窗外，不响。

驾驶员讲，日脚过来真快。两千年，我头一轮开免费班车。人家讲，班车多少好开，线路短，趟数少，再不怕膀胱胀出毛病。算不着分店刚开张，生意好到造反，一日六趟，从早到夜，没一趟不是人扑扑满。照我讲，来，是装一车厢猪猡；回，是一厢猪猡外加一厢饲料，譬如开大卡了。一上来，抢座位啊，吵相骂啊，花头不要太多。规定只上不落，有种人偏要拓便宜，门一开，趁机逃出，真当免费公交？到站，猪猡放出，乌泱泱一片，卷帘门外头排队等。丈母娘老年痴呆，问我，阿林啊，人家讲大润发覅钞票？我笑，妈覅搞错，免费车免费，大润发进去，打底一张毛爷爷出来。丈母一听吓坏，哦哟哟，想不着这许多人专门跑去送钞票。

听到此处，乘客大笑不止。我想起不久前Costco开张的新闻，不料黑T也问了一句，爷叔看，同闵行新开的科斯科好比吗？

驾驶员讲，免费车免费，吃饱空自家浪费汽油跑一趟，你看好比吗？黑T一听，笑了。乘客讲，科斯科不灵，东西一箱一箱买，小户人家吃得光？又不是开生产食堂。还是大润发，来回个把钟头，便宜货挑挑弄弄，样样不缺。他转向黑T讲，这趟车子，我同我老太婆讲，反正是开多少年，乘多少年。

黑T问，大润发进来是两千年？

驾驶员讲，1997 年，免费班车头一条线路，分公司人轧破头抢。后来每增一条，大家轧破一趟头。抢着的人开开心心，譬如去坐办公室，没抢着的不肯死心。好差事有人不要？我老婆亲眷当车队长，我等三年才轮到。

乘客讲，还可以了。

驾驶员继续，你讲这天，我正好开满一年，调部新车，享受享受广播。车子到站，上来一大批人，吵哄哄，只听得你买点啥，我买点啥，尼龙袋索索响，广播只当蚊子叫。开过半程，突然有一个女人喊，覅吵了！听广播！覅吵了呀！我想，怕吵乘啥大润发？没人睬。女人当场暴哭，大家吓了一跳，只听得喊声，要死呀！女儿在美国上班呀！喊到立不住，总算有人让座。女人落座，哭到不休不醒。我讲，先送医院？一个人讲，其他人哪办？另一个讲，要么大家东西放车里，先下去等。前一个讲，出贼骨头哪办？我骂，人要紧东西要紧?！没人敢响。我放乘客到站，指挥统统落车。还好医院近，两只绿灯开到，送进去抢救。急诊保安讲，不曾见过大润发车子开进来，吓了一跳，想不着是好人好事，就待我一根香烟。我来不及烧，调头回转，大家立站头等，上来拎自家东西，坐好，出发，没人多嘴。

乘客讲，这桩事体你做来相当上路。

黑 T 又问，阿姨后来？

驾驶员甩手苦笑，想不着第二天，这女人同平常一样上我车子哦，一句谢谢也没，笑嘻嘻同人家讲，女儿单位没炸到，没事体，叫啥，海尔街，还讲全亏一家门信主，要谢谢主。我心里堵牢。不谢我，谢主？没我送去抢救，主会救你性命？真滑稽。倒反是单位里后来晓得这桩事体，领导开大会表扬，有啥用，一毛不拔。

阿姨讲的应该是华尔街，黑 T 说。我回头瞪他，觉得这纠正多此一举。

乘客讲，这女人我晓得，小气来不得了，每趟结账，大润发袋袋要问收银员讨三只。后来收费，袋袋一角一只，女人同人家讲，看我有投资眼光吗。笑起来像只青椒，辣乎乎。这只青椒面孔，讲起来倒不大碰着了，到美国去？

驾驶员讲，生毛病，女儿不回来管。听人家讲，开春死掉了。

乘客感叹，钞票再多有啥用，收尸也没人来。做人一世，临跑，带得去啥？

进隧道了，窗外光线橙黄，广播信号弱下，驾驶员不再接话。整部车像行驶在生死两界之间，平稳而茫然，黄泉路上，只剩几个陌生人沉默相伴。我们在昏暗的车里，听玻璃茶杯撞击驾驶座的护栏、折伞滴落的水珠在地板上滑来滑去、轮胎腾跃水坑使底盘唰唰作响，唯独听不见彼此等待出口的呼吸节奏。我回头看那个专心的人，他依然专心盯住窗外，像没有呼吸一样平静。

四

小时候，我家附近有一只宝塔顶。塔立于河边，年代久远。只因地基松动，日渐歪斜，人们怕坏了风水，便将塔顶拆下，放至公园，砌一圈矮砖墙围住。我常随邻居老人去早锻炼，每回路过，透过砖墙望见那塔顶平滑发光，直指天际。走近看，侧身却刻满游客的字迹，下密上疏，如同蚂蚁乱爬。

老人说，造孽，拆下来叫人批斗，像啥样子。我问，不是讲为宝塔好？老人说，譬如有一位大将军立河边，威风吗？我点头。现在杀了头，放过来叫人家看，还威风吗？老人边说边做一个手势，我吓得猛摇头。老人也摇头，他摇起来像一只链条生锈的钟摆，有气无力。他拉我离开，并关照，残忍的事体不要看。

于是我再不敢直视那宝塔顶，哪怕只是透过水杉林远远地瞥上一眼。那座尖利闪光而伤痕累累的建筑，一想到是大将军的头，就相信他流着血、流着泪，相信他因为受到太多次无端的羞辱，而怒视每一个企图靠近他的人。

可猫狗是不知怕的。它们贴着底座休憩，卧睡，我明白，这不过是贪图金属外壳及其阴影带来的凉爽。我想塔顶也明白，因为那片阴影在无人时，会显示出某种毫无防范的温情。可我不明白，鸟类飞向塔顶是什么意图。它们如果愿意，大可以飞向更高、更凉快的树梢。直到那天，隔着水杉林，我看到一只鸟急速冲向塔顶，然后坠下。闷闷的一声，塔顶发出轻微的颤动，林中光影随之变化。我翻过围墙，像踩着冰针一样紧张前行，直到目击一坨血肉模糊的东西平平地烂在地上，烂在最早一批游客留下的刻字旁边。

我大哭。老人说，这种事，你看到一趟，就会有第二趟、第三趟。我眼前便出现第二只，第三只鸟朝塔顶冲去，跌落。我吓得紧闭眼睛，于是脑中出现一个金光闪闪的宝塔顶，那上面，游客的字迹全部消失了，只剩一对翅膀印子无法抹去，我知道，那是它的速度，它的决心。

几天后，我含着一口饭，在老人家的西湖牌电视里看到那个反复播放的镜头时，心里又想起了那只鸟。我想不出那只鸟要经过多少次计算和排练，才能精准地撞入一只宝塔顶。它为什么要撞，是为自己，还是为着宝塔顶？可是，为什么宝塔顶没有塌，高楼塌了？飞机来了，高楼里出现一团乌云，然后乌云爆炸，高楼分崩离析。我朝老人看了看，老人朝我看了看，谁也没说话，我们从没见过那么高的楼，第一次见它，竟是它消失成灰的时刻。在公园里，我觉得自己不曾看清，此时却在电视上完完全全看清了——我看见那只鸟的神情不是愤怒，而是快乐，令我怕得发抖的快乐。我几乎要把那口饭呕出来了。

老人拍我的背说，想不开的人钻进想不开的牛角尖里去，啥事体做不出来。

很快，黑夜重现，广播响起，一次熟练的换挡后，我们的车抖了抖，便迎向高处的路灯，迎向天幕。于是一阵新鲜的节奏渐渐散开，击打在座椅和晃动的扶手之间。黑T兴奋地喊，巧了，这首就是2001年的。我愣了一下，转头看他，却先看见那个专心的人，眯住眼睛，像一只对光线异常敏感的猫，头微微点着。进到副歌，我才听出是周杰伦的《开不了口》，那年他出了第二张个人唱片。我发现广播和KTV一样，出于习惯或是怀念，总爱停留在看似不久的很久以前。

在歌手含糊的唱词中，驾驶员喝了口水，又向乘客抛出了空中之球。他们的话，大约是大润发生意越来越差，乘客寥寥，线路一条接一条关，工资越发越少。几个回合下来，却又绕回原来的意思。一个说，只听人家拍手，美国人死了好，死了好。我想，不管啥地方，死人有啥好？另一个说，隔出两天，电视里讲，不是苏联，是本·拉登，美国人手腕狠，路道粗，马上打仗。一个说，你看看，又要死人了。

黑T插嘴，不是两天，是隔出一个月，小布什宣布打仗。

乘客笑道，小伙子，对我这种岁数来讲，隔出两天，同隔出一个月，有啥区别？

黑T也笑，爷叔讲来有道理。然后大声说，所以啊，站台上等一分钟也好，十分钟也好，有啥区别。

我怨恨地回了他一眼。

自那天起，我不再怕坐飞机，转而害怕身处高楼之中。我意识到塔顶所面临的危险，远比鸟类飞行要大得多。而十八岁以后来到这座城市，我无法回避满地高楼。毕业前，我曾在一家外企实习，座位有限，我被临时安排进48层的小隔间，里面堆满卫生和文具用品，我的办公桌，是一台坏了的打印机。我在这里坐了六个月，仅通过邮件同其他楼层的同事往来工作。他们中的许多人，我想，即使在楼下买咖啡撞到我，也绝不会想到这就是几分钟前的邮件发信人。但促使我做下去的动力，从不是这种陌生的秘密或乐趣，而是在48层，我开始主动克服自己的童年障碍——通过频繁地挤进打印机和墙之间的缝隙，踩上窗台，观看这座巨型城市的空中风景。

写字楼和宝塔一样，下大上小，所以在地面咫尺相对的，到天上却遥遥相望，又因为空中无所阻挡，勉强能看清一些对岸的轮廓。每天的不同时刻，无数块透明玻璃窗后面的人来来去去，灯光时亮时暗。我见过有人撕纸，有人哭着打电话，有人接吻，有人甩了别人一巴掌，还有人走进会议室，先泡咖啡，然后把咖啡倒入沙发，悄悄离开。但我从没见过有人望向我。他们面孔不一，穿扮却大多相似，时髦得体中流露出自我约束又想要艳压群芳的心气。我不关心他们的具体工作或收入水平，我只是想，他们是否会在某个放空的时刻想起很多年前的一次恐怖袭击，继而为自己所在之处焦虑，毕竟，那些无可预知的航班，时常在他们头顶掠过。习惯是一种有力的练习，我在对人的反复观察和想象中，渐渐忘记了让自己去害怕，于是不再害怕。甚至偷偷住过一晚，实习结束前夜，为了持续观察某个加班的人，我留了下来。夜幕降下，无数块玻璃窗边都亮起了小灯，忽闪忽闪，组成虚假的星空。星空里的那人在电脑前趴倒时，我也不知不觉靠着窗台睡了，再睁眼，他早已继续伏案。那时我下了决心，忽略一封标题为“内定录用通知”的邮件。次日下午，正是初夏暴晒时，我蹲在窗边吃隔夜三明治，瞥见远处天台上站着几个人，看手势像抽烟，这是常有的。很快，一人将烟头往下一扔，撤回楼里。第二人一扔，也撤回。最后只剩一人，我才觉出眼熟。他抽一支，扔一次，又抽一支。反复几次后，他将烟纸壳往下一扔，点燃最后一支。终于，仅剩的烟头也扔下了。他像要去追那烟头，朝前走了一步，又走一步，他开始突破屋顶花园的边线。我的心拎起，拼命敲打自己面前的窗户，毫不起效。我欲打电话，却不知该打给谁，如何解释方位。就在我手足无措、而他即将逼近的那几秒的末尾，一个霹雳坠下，天瞬间阴了。

那人停住了。我们的车停住了。

窗外掀起一阵狂风，雨水横泼，刮满玻璃。急刹车后，水花集体朝前冲去，形成张牙舞爪的地图。老乘客撑开伞，消失在响声巨大的雨中。驾驶员转头喊，末班回程九点五十噢。我顺着他的视线望去，那副宽阔的身体已套上雨披，正从后门缓慢移出。黑T站在门边，撑开他的折叠伞，朝我点头，我又一次毫不犹豫地钻进那块普通的格纹布面。黑T说，雨大，进去避一避？我说，正好去买把伞。便随着他的步伐落了车，朝入口处走去。地面迅速积起了活跃的水坑，一步一动，我的平底鞋再度划进湖里。

那天，响雷后的几秒内，雨泼下来了，同此刻眼前的停车场一样，那雨大到让天台屋顶处处跳起水花，窗户瞬间模糊。我拼命擦着自己那一面，看到那人渐渐变小，然后转身，收入一扇小门，像一条企图勇敢的蚯蚓，望了望天，又悄悄钻回土里。而我已进入雨中。

我说，要不是这场雨，我都快想不起工作之前的一些事了。

黑T故意怪声，哟，你看起来不像是工作了二十年的中年社畜呀。

我朝他苦笑了一下。

五

黑T指着前面那片半透明的紫红色雨披说，戆戆进去，买两板养乐多，明朝到期，今晚第二件半价。一板当场喝掉，一板带上回程，到家前保准空，每天一趟，雷打不动。我望过去，跃动的紫红色底下漏出一对洞洞拖鞋，步伐越来越慢，渐趋停下，全心踢打着地面的积水。黑T转弯，带我绕开戆戆掀起的余波。我指着前面那把写着“建设文明徐汇”的大伞问，爷叔买啥？黑T说，爷叔夜里来，当作跑一趟小菜场，九点以后，肉类打小折，蔬菜打大折，运气好，碰到半死不活的水产，当场拿走不谢，照爷叔讲法，老清早爬起来，不如夜里扫荡。我惊讶于他对同行乘客的了解程度，于是随意点了远处一把伞问，那个人买啥？看样子是来和爷叔抢生意的哦，他提高声音。那你买啥，我问。我啊，我就来逛逛。我抬头看他，才发现他生得好高，高到我只能望见一个突出的喉结和下颌骨的底面，因此吃不准他的岁数。回转脖子，眼角余光又恰同那道棱镜彩虹对齐。

顶上的白炽灯管很密很亮，闭上眼睛，脑中仍横着一道一道短促的光斑，再睁眼，愈发感到室内不堪冷清。寥寥几个顾客，钻出来，又遁入货架之中，甚至不如员工红马甲在眼前闪现得频繁。此地与其说是卖场，倒更类似大型仓库。就连入口处停得满满当当的购物车，也像是某种不幸滞销的过气商品。我极少见到这样的大润发。

记忆里，一旦过了闸门，场面必是乱中有序。人们第一步抢占购物车，第二步冲向离各自最近的甩卖区，一头扎进叠堆，火速挑出临过期食品中剩余寿命最长的一包据为己有，然后扎进下一个叠堆。最可怕的是周末晚、春节前，以及周年店庆那几日，抬眼，黄底红字的巨幅海报下面全是人头，他们走过，留下大码小码脚印，与购物车轮的印记相互取代。即便在冬天，兜一圈也能出一身汗，提着大包小包往出口处一站，吸一口寒风，才算活转过来。头几年我岁数小，最热爱的食品架永远挤不进，便放弃了在大人的身体丛林中受苦，改去电视机展览柜前一坐，观看家里没有的高清动物世界。但自从听闻有小孩在这一区走丢后，大人便不许去，只放我进一部购物车。这倒使我得以畅快无碍地穿梭在卖场中，免去踩脚之痛。稍大些，无法再坐，改而负责推车。我推着它，眼睛却从不放它身上，饭菜是别人碗里的香，我家的车里，不用看，永远是那些无聊又笨重的生活用品，食用油、洗衣粉、褶皱卫生纸，哪一样放得入嘴巴！我唯一能做的，是悄悄塞几样小零食到车底，结账时趁大人不注意，抢先送上那条终点设在收银员手中的滚动带，心中盼它们快些到达。

不想这么多年过去了，走到食品架附近，我仍被触发出一阵无可掩饰的饿与馋。这两种感觉向来是紧密交织、彼此加强而出现的，像麻花绳子，必定要两股拧在一起，才能生出足够大的力气缠住我本意朝前的脚杆。我望着面前这堵挂满零食的墙，从花花绿绿中一眼认出若干熟悉的包装。白光反射，头一晕，我感到它们纷纷掉落来，砸向我，砸到我的小房间的地板上。

还没吃？黑 T 觉出我的异样。我抬头，才算第一次在亮处看清他的样子。实在是太普通了，那种放眼望去大学校园里满地跑的寸头方脸，人瘦且黄，不算高的鼻梁上架着粗框眼镜，并不能修饰脸型，也遮不住毛孔粗大的皮肤。那时室友说，你回想一下初高中，应试教育工厂里走出来的男生，十个有八个都长这样，是不是？我无可反驳。这类男生最大的特点是面貌高度稳定，中学显老，大学勉勉强强，真等老了，反而显得后生起来。总之，只要没秃，永远这副样子。

我点点头。估计自己是饿过了。工作这两年，我经常饿过头，有时加班忘记点外卖，有时忘记要错峰点外卖，于是空等太久，也就减了食欲。不过这会儿，我竟又生出一些新的食欲，也许是认出那几样久违的零食，老友重逢，心里忽然激动。正要伸手去拿，我们到那边吃，黑 T 拉着我穿过零食区，然后穿过酒水区、奶粉区、进口食品区，往低矮空阔的另一边去。一路上没人，我们跑起来，耳边竟响起了细小的风声，我扁平的胃也跟着上下蹿了起来。很快，我闻到烤焦的面包香气，正要停下，黑 T 又拽住我拐弯，快到了，他说。就在我的胃要被颠得贴成一片之前，我们到了熟食现做区。

小阿姨！黑 T 朝空荡的半开放厨房喊。

包子还剩三只，拿给你妈，明朝早饭正好。女人边讲边从后厨走出来，闷头递上一袋东西，嘴巴只顾朝另一只手里吐什么吃食的碎屑。

小阿姨，喊你做夜生意呀。

女人的目光扬起，又坠崖似的从黑 T 脸上落到我脸上，眼睛一亮，嘴便咧开了，喉咙里像灌了油，细细倒出话来。哟，啥情况，今朝带小姑娘啊，带小姑娘么，到大厦里吃顿高档货，来小阿姨这寻死啊。女人戴上口罩，立刻开火。炒只啥，小姑娘？她看我。我说随便。女人讲，趁年轻，不好随便随便呀，想吃啥就喊啥。你看小阿姨，再开条件要吃啥吃啥，爷叔只讲，老价钱，有啥好吃？她举起铲，指了指斜对过的海鲜摊，玻璃水箱里冒着泡，背后的人发着呆，同几只无人认领的老蟹面面相对。

黑 T 讲，今朝海鲜摊有啥好货出口转内销？

小伙子精是精，喏，女人取出一个保鲜盒说，爷叔省给自家老婆吃，我不吃，这两天牙肉肿，海货少吃，要么炒饭来一盘？没等我点头，女人就掰蟹腿蟹钳往油锅里扔。她讲，有人吃大闸蟹、帝王蟹，有人吃死蟹指指脚脚，小姑娘，要紧吗？我摇头。小时候吃过饭，爸爸常带我去菜场后门看最后一批河虾，踢一脚脸盆，毫不动弹，谁还敢要？只有爸爸喊，老板，收货、收货。老板笑嘻嘻连称带送。我们拿回家，趁那活物咽气前火速一剪，一落水，次日晒虾干吃正好。

黑T望着火势问候生意。女人讲，中秋也这样淡，好了，好下岗了，我讲要跑，爷叔不许，讲做做蛮好。这时斜对面喊道，没人来正好，好东西自家吃进，不会错。女人讲，你会算账，倒不见你发过洋财。那人又喊，洋财不想，吃大润发，用大润发，就算小财。女人转而对黑T讲，爷叔恨不得样样吃进，结果呢，媳妇一样不要，同孙子买，万事日本进口。女人冷笑，大润发吗，野鸡超市呀，我同爷叔讲，老头子老太婆自吃自用，覅拿出来叫人看笑，小姑娘，下趟你不好笑话。我摇头，却又觉得这一摇，不小心坐实了女人对我和黑T关系的误认。

女人盛出满满一座金黄小山，插进两只调羹，又从饮料机打来一杯冰镇酸梅汁，两根吸管。黑T觉出尴尬，忙推说，你吃，我吃过了。我吮一口汁，全是底部的粉渣。海鲜炒饭的味道，却并不比那些昂贵的泰国餐厅里的差，只是咬开蟹肉，腥气不免四散，这没什么，总比不知死活的外卖好。我看了一眼价目，也比外卖便宜不少。女人望见我的视线，高声讲，我待人吃一天到夜的边角料，要啥钞票？说完又往我面前塞了半条寿司和一个鲜肉月饼，都是冷的。

我有点饱，问黑T要不要，他正接过，女人喊，不许给。好东西现在留给人家，下趟屋里有好东西，人家不会晓得留给你。这话像是说给我听，又像说给斜对面听。她另取出一袋松散的月饼皮递给黑T，解下围裙讲，小阿姨去旁边买面包，要带点啥？

我主动提出一起过去看看。卖场里的面包，无论如何我都觉得亲切。从前爸爸下晚班，顺路拐进，九点多，当日快过期的面包，三捆两捆地拿透明胶绑在一起，不成样子，五块八块地甩卖。爸爸急着回家睡觉，大概是不会认真挑的。但很长一段时间内，我吃到的面包几乎没见过重样。长的、圆的，咸口、甜口，他买回来，第二天我打开冰箱，总是惊喜。爸爸说，放了冰箱，这一夜就当不存在，不算过期。我吃上去，大体如此，但某些带香肠和蛋黄的品种还是容易坏，味道怪怪。后来爸爸就改成只买吐司，次日早起，煎一个荷包蛋，抹一勺花生酱，两片夹住，叫我带上公交吃。高中三年，我吃了两年多。他走后，我失去了吃早饭的习惯。想起来，我已多年不曾见他。工作之后，我也很久没有认真地想他了，他永远停留在五十出头，而我不停追赶。

我们走过去，仍是那几样不知该叫作常青还是过时的品种，零零散散地倚在货架上，像夜班地铁里累到无法动弹的乘客，浑身散发着绝望的气息。女人却挑得仔细，反复翻看成分和日期，同我商量几句，然后在全麦和红豆之间来回落眼，直到红马甲指明了“今日优惠”。买一送一，我们无须思考，一人一提全麦吐司折返。黑T正在长桌上默默折纸盒，折一只，往收银台上放一只。我认得出，每个去过大润发并留下电话地址的家庭，后来都会定期收到这样一份购物邮报。薄软油滑的纸张，我将它同粗糙的报纸、小广告和水电通知单从信箱里一起捡出来，扔到桌上，只留一份夹进自己的作业本，然后坐回小房间，撕开透明薄膜，一页一页地翻，像欣赏一幅世界名画的各个部分，又像做生意，每翻过一页，就完成了一份订单、一桩买卖，内心无比充实。直到末页，我看完所有想要的文具，仍舍不得将它折成纸盒，供大人吐沾着口水的瓜子壳。9 块 9，19 块 9，现在想来，数字所对应的商品甚至不意味着任何物质欲望，无非是些让人看着就高兴的画片。这又和浏览电商不同，后者随花费的时间而徒增犹豫和焦虑，最后引发令人窒息的空虚，那一刻，再狠的反思也救不回了。

我告诉黑 T 这些想法。那当然不同，他说，物以稀为贵，网购的选择面太宽了，刺激你欲望的同时又稀释你的欲望，但有一点又是相似的——他流出一丝黠笑，我懂那意思，照片上的东西总比实际上诱人得多。他点头，递给我一张纸。现在看来，这种熟悉的排版和字体俨然过时的审美了，五毛钱 PS 的水果，成了更早些年在搪瓷面盆底部见到的水果，假得勾不起任何食欲。我尝试折，发现已经不会了。于是意识到情感变动也许并不关乎消费方式，只是时间问题。

你看。黑 T 另拿一张，平摊在桌上，我看了几秒，很快记起了折法。这近乎一种本能，多年不用，只需稍加提点，便立刻会了。就像小时候的一篇《新概念英语》课文，《潜逃的美洲狮》，我说，因为是第一课，背得最认真，从此以后只要看到 puma 这个单词，就能脱口而出全篇——黑 T 立刻背了起来，lesson1，puma at large……我们大笑起来。

六

我们买伞，是去找伞，也是在空阔的大润发散步，穿过一个货架，又穿过一个，像身处毫无提示的迷宫，只有过时的流行歌曲和新晋网红神曲在耳边交替，但并不觉吵。我在消食，我和他说话，说些很久以前的事情，比如超市出现之前的副食品商场，超市里曾发生过的吵架、打架事件、抽奖活动和莫名其妙的商业演出，比如每户人家玻璃桌板底下都夹着的班车时刻表。我说起自己曾在停车场见到小广告漫天飞舞，那是一个夏末的台风登陆前夜，人们囤完货，眼前白茫茫一片，如同北方冬季下雪，电视剧里大户发丧。他说起入口处办银行和电信服务的广告大伞底下，曾有推销员脱了皮鞋，脚臭到顾客怒而报警，保安来赶人，又被活活熏走。我们讨论上好佳和乐事哪一样更长红，酷儿橙汁为什么渐渐消失，弹什么乐器的咪咪才是正宗的马来西亚咪咪虾条，我们单单没有提及电商、代购、外卖、快递，当然，谁也没有否认这些词汇早已填满当下的日常生活——我们只是避而不谈，就像故意绕开戆戆的洞洞鞋所掀起的水花，就像不愿过问一墙之隔的外面是否还下着雨。这是个复古的夜晚。白炽灯亮得让人几乎分不清白天和黑夜，我的脚步停不下来，也就渐渐忘了真正的白天所发生过的事。最神奇的是，大约从上车开始，我算不出自己用掉了多少节课。我的单位时间失灵了。

我想起第一次去大润发，是在小学暑假的傍晚。天特别热，没有一丝风，走出来才惊呼，半个小区都在门口等车。同方向的车一部部来，大家心照不宣地无视，只苦等那部未曾见过面的一小时一趟的免费班车。谁都明白，挤不上，只能再等一小时。很快在下一关，手脚不灵的人被无情淘汰了，他们在车外眼睁睁看着里面的人渐渐朝前移动，像月台上送客的亲属，目光粘滞不舍。只有里面的人晓得，对方舍不得的是车，对人，他们满腔怨愤。我被爸爸扛在肩上，砰一声，额头撞到车顶，硬塞了进去。从高处望下，人头密密麻麻，有的黑，有的白，有的中空，一个小孩从来没机会见到这么多头顶。它们流着汗，说着话，从各自嘴巴里流出不同的声音和语气，二氧化碳浓度渐渐升高。车厢如同过年前的公共浴室，太闷了。有人喊，师傅，开空调呀。驾驶员讲，要乘空调车吗，先丢两块钱进来。那人便忍住不回。大润发离小区很远，事实上，新造的大卖场离城里任何小区都不近。车一路开，人一路涌进来，驾驶员喊，来，松松脚。好事者应道，来，大家一道跳芭蕾舞啊。车内哄笑。人人都想着，快到了，到了就好。谁能预料，到了更不得了。我平生没见过这么多人被关在一个密闭的厂房里，即便是假日的广场和湖边，也不曾挤到透不过气来。过了闸门，同车的邻居很快被冲散了，我坐在爸爸肩上，听他和妈妈约定，如果走丢，一个半小时后回程车上见。

时间本够宽裕，可半路碰到邻居，对方千万关照，去晚了哪还有座，起码提前半小时等车。于是我们绷紧了弦，以最快速度找到清单上的必需品，至于我心仪已久的宝贝，一样都不许买了。匆忙到头，收银处排起长龙，我们三人各占一队，最终一人提一袋往停车场奔去。可是车太多了，每部面貌相似的大巴外都挤了好几层人，叽叽喳喳等着发车。我们兜转许久，总算见到城南线三个字，但四面早已水泄不通，汗臭脚臭，要把车身轰上天去。幸亏遇到几副熟面孔，大人合力攻占下一张专设给消费者候车的圆桌，东西一放，很快聊得飞起，小孩坐在桌上，蚊子块一个接一个肿。直到驾驶员甩钥匙的声音传过来，众人一哄而上，圆桌派们反应不及，落败而归。过了一会，有人大叫，上错线啦！见车内松动，爸爸扛起我就跑，其余人也跟着见缝插针，站稳脚，继续在昏黑的车里大声聊天。又是嗡嗡的一路。

挨到下车，一老太跺脚大骂，造孽，有一袋忘在座位底下了！这话像颗炸弹，一落地，炸翻了旁边的人。只听一个拍头大喊，要死，一样没拿，全在圆桌底下！另一个也哇哇大叫起来。众人忍住不笑。那天夜里，三个马大哈聚在小区门口商量要不要回转，怎样拼车合算。一个只买了鸡蛋，不愿费钱，只是怕老婆骂，犹豫不决，另两个则坚持要去。直到末一趟车到站，人头涌出，好事者插嘴，戆啊，老早叫人家占去便宜了！三人大悟，叹气回家。这桩事后来成为大家等免费班车时的必谈笑料。

听到尾处，黑 T 笑得走不动路，夸我会编。是真的呀，我保证。他便说回程时定要探探驾驶员口风，看他捡过多少马大哈的便宜。这时，我远远见到先前同车的爷叔在和海鲜摊师傅讲话，原来绕了一圈，我们又回到生鲜区附近了。爷叔戴起老花眼镜，从夹克里掏出一张纸，举得老高，用手指划。我说，爷叔真是好男人。黑 T 说，爷叔大半生脚跷跷，当官老爷，直到老婆中风，儿女讲，要么当护工，要么当保姆，你选一样，我们承包另一样，爷叔选了护工，做了一阵，实在伺候不动，改当保姆。

我想起爸爸住院后的性情变化，感叹道，每天同厨房打交道，总比同病人打交道轻松点。黑T讲，道理是这样，但实际上，中了风也可以当卧榻将军，家里每天买啥，还是要听指挥办事。我望过去，爷叔正在讲手机语音，地上的篮筐已半满了，塑料袋包裹的食物之外，还挂着一件带吊牌的玫红色条纹长袖。我讲，爷叔到底是贴心人。黑T讲，我从小也在超市买衣服。我看了看他身上的棱镜彩虹，他只好补了一句，在优衣库出现之前。

服饰区一向是我假装不屑的地方。试想自己匆匆忙忙，在一圈薄布的包围下换上一件尚不知合不合身的衣服，走出来照镜子，一脸滑稽，此时恰有熟人推着购物车从不远处经过，真没脸啊。因此我只敢偷偷瞄一眼，再瞄一眼，脚上自管朝前。黑T懂我意思，他说男孩不一样，当场脱当场穿，百无禁忌。我回想一下，确实没少见到这样的男孩，两手一环，上衣从头颈里扯一把，黑黑的肚脐眼就抖搂下来了。我站在两排短袖之间来回张望，仍是印花图样，大众款式，仍旧便宜。

黑T说，我进去逛逛。再出来时，一双迷彩沙滩拖鞋摆到我面前。我低头，才发现自己的平底鞋开口了。知道鞋湿，只是湿了太久，双脚几乎适应了这样畸形的环境，以至于毫无察觉。但我迅速换上了。沙滩拖鞋是儿童夏天必备，廉价，轻便，遇水快干，缺点是容易被踩，从前一进教室，几个男同学就兴奋地互踩起来。可是怎么走？我望着两只鞋中间的防盗搭扣，却不知黑T蹲下身如何一弄，搭扣就松了。你是惯犯啊，我说。他眨眨眼。我顾不得照镜子，在空地上走来走去，虽稍嫌大，仍感到轻松极了。不远处货架上立着一排大大小小的凉拖，再看地上，浸水后褪色的鞋，张着大声求救的嘴。为什么职业女性不是高跟鞋就是平底鞋呢，前者塑造高冷，后者塑造毫无攻击力的温柔，自然就容易被忽视，被欺凌。我穿着新鞋，让脚趾在鞋底和空气之间反复撑开、并拢，它们像在大口呼吸，高声叫着再也不用扮演任何隐忍的角色。

我问黑T，怎么样？他点头。我得意，那中秋假就穿它去吃喜酒。黑T说，索性省了红包，送新人一双鞋。我叉腰大笑，沙滩拖鞋似乎将我暂时解放出来了，每说一句，我都忍不住要腾空蹦跳一下。此后我们走过布料区、灯具区，像走在一些面目无趣的样板房里，而我几乎是甩着手，斜着身，半朝着他的脸一路向前的，嘴也停不下来。我说起自己二十五岁后，开始频繁地参加同龄人的婚礼，掰掰手指，也该有十多场了。

黑T问，你有那么多朋友？

我说，你知道，婚礼只是熟人社交的基本方式。他点头，并说自己好几次走到酒店大堂，见门口摆出两三幅同日的喜宴海报，不仔细看，根本认不出要去哪一场。

只怪化妆太浓，修图太狠，风格又千篇一律，我说。

有一次真走错了，黑T说，仪式看到一半，觉出不对，去外面看名字，我×，赶紧去隔壁宴会厅，心里却老在想刚才见到的新娘。我插嘴，你什么意思？他说，没别的意思，我总觉得名字很熟，脸虽化了妆，也记得起小时候的样子，又实在不算认识，我想了好久，想不出这算哪一种熟人。

我们沉默了一阵，在两排厨房用品之间缓缓穿行，白灯照下，锅碗瓢盆的金属冷光泛着某种不近人情的成熟气质，空调吹向半湿半干的脚，地砖的凉意也窜了进来。

也许就是，小时候一起上过少年宫奥数班的那种熟吧，我忽然说。

黑T不再往前。他似乎被这样一种既模糊又准确的描述击中了，停在一堆木制碗筷前，像只被高高吊起的细长汤匙。话脱落口，我也感到一阵恍惚。关于那些在少年宫上过同一门兴趣班，偶尔传过作业本，听老师点过名，却从没说过话的人，还能记起的不多了。这样的人，也许在暑期社区实践见过，公园游乐场见过，父母单位的工会活动上见过。总之现在，都是大人样子了，彼此不免会在酒店、医院或下一代的学校里重逢，引发一阵默契而短暂的惊诧。

我感慨道，一起学奥数的女同学已经结婚了，班上成绩最好的男同学，大概已经秃了吧。黑T看了我一眼，始终没有开口。我不知道他在想什么。

我当年也拿过竞赛奖牌呢，我说，你长得高，从上面望下来，我头顶有没有不良迹象？黑T做出仔细端详的姿态，然后说，中空倒是没有，白头发好几根。

我也被这种诚实的描述击倒了。这时我们已走到食品区的另一头，牛奶冷柜的边框照出一半的我，从这个角度，这束光线，我隐隐望见左脸颊上某块阴影部位的塌陷。据说人到了一定年纪，皱纹会先成为一种焦虑，继而变为一种骄傲。我却两种皆无，每次无意中察觉出自己身上细微的变化，就像当年发现乳房微凸一样，只有成长的惊呼，与惊呼后的不知所措。

黑T突然拿手肘戳我，我吓得惊呼一声。他指指前方，我才看见那具硕大的肉体横陈在冷柜边，雨披垫住屁股，小腿抖动，两板饮料却被大腿牢牢夹住不动。红马甲走过来，递给戆戆一盒鲜奶，又递一只装到扑进扑出的袋子到他脚边。黑T上前，拍戆戆的肩，同红马甲稀松言语，似乎拒绝了从袋中拿走点什么的邀请，又问几句，然后朝我招手，走吧，原来雨具在后面。他往回走，我追上去问，这是戆戆的……妈？看着不像。

黑T说，是舅妈。原来戆戆靠姆妈一手拉大，姆妈病故后，戆戆一个人过。他从小喜欢乘舅舅的公交，不讲话，只看野眼。乘来乘去，人大了，也老了。我回头看，戆戆在玩的手游，我班上好多小学生也在玩。他冲屏幕笑的时候，鼻头柔软地皱起，也像个小学生。若不是黑T提醒，我无法相信他快四十岁。

黑T告诉我，戆戆曾干过几份看门房的工作，都因为坐不住而告终。我说，既然生了只橄榄屁股，又爱乘车，不如去当售票员。黑T笑道，那他最好去当空乘呢，日行万里。我便趁机问起了那个我思考过无数遍的难题，你怕高楼还是怕飞机？黑T一脸茫然。

直到走近雨具架，挑出一把最普通的透明雨伞，9块9，和地铁站的价钱一致，我才讲完了宝塔顶的故事。后来宝塔重修，塔顶被移走，我一心以为它会回归原位，却不料人们新造了一个金光闪闪的塔顶，安于高处。奇怪的是，旧塔顶却没有再回公园。我不知道它去哪了。那时老人已死，我无处可说，常梦见一个戴头盔的将军立在雨中哭泣。他哭起来尖而细，像个女人，毫不威风。多少年过去，我可以忘记害怕，但忘不掉那撞击的画面，有时我分不清，是鸟还是飞机，砰的一声，烂在地上。

黑T沉默了片刻，他说，高楼被地面牵住，但飞机不是风筝，没有线。

所以，没依托更可怕？

不，没自由才可怕。

我接不上话。

那你还要继续移动吗？他这么问时，我才觉出自己有些累了。

于是我们坐在雨伞中间，像躲雨、躲空袭，也像躲一只鸟的撞击。光透过伞打下阴影，深浅一片。黑T起身，遁入阴影之中，我不敢回头。我们坐成一前一后，一亮一暗，抛起空中的球。

我说，听老人讲，室内不可撑伞。鬼在外面借你的伞躲雨，你收了伞，再打开，鬼就出来了。

黑T说，你怕鬼，鬼还怕你呢。

那我不怕鬼，我怕吓到鬼。

假如是你认识的鬼，还怕吗？

我想到爸爸，无论什么样子的爸爸我都愿意见到。如果转头就能见到爸爸的鬼，我情愿永远不朝前看。这样想的时候，我掉眼泪了。眼泪说掉就掉，同这个城市的雨一样，却吃不准何时会停。我听到身后的人唱起歌，随广播不和谐地哼着，那声音又近又远，“陪你去看流星雨，落在这地球上”。啊，真老土啊。

流星雨落完，超市广播响起，三十分钟后打烊。我抹了把脸，拍拍屁股，走吧，我说。黑T看了看手表，嗯，走出去正好发车。

我说我不坐回程车，走路就行。

黑T脱离暗处，忽然站到我面前时，他的影子将我罩住。他说，你有没有见过打烊前一刻的大润发？他似乎没有继续考虑自己的回程问题了。我们决定再兜一圈。

七

黑T说，高岛屋八月底离开上海，人们疯狂扫货，关门前几天它又突然宣布，不走了，两头高兴，中间苦了商家，可话说回来，确实卖得太贵。我只听不响。黑T又说，家乐福要退出了，麦德龙也在拍卖，别的几家早不行了。我仍不答。黑T说，滨江有一家莲花开了多年，从前算郊区，现在成了市区，反倒被划作违章建筑了。我说，你怎么知道这么多？黑T不答。我讨厌他脸上掩饰不住的得意。

有一件事你肯定不知道，我说。

黑T停下来。我看着他说，我家小区门口的免费班车去年底叫停了，托相邻的福，这是城里撑得最久的一条线路，也就是说，自那以后，我从小长大的地方再没有免费班车这样东西了。虽然，我补了一句，有没有这样东西，世界还是照转，它从来不是非存在不可的。

停开前几日，驾驶员把消息透给乘客，乘客传到小区里，小区里传到小区外。最后一天，免费班车又开始装猪猡了，一车厢来，一车厢回。白发人空手在站台等，上了车，脸上看不出开心，也看不出难过，闲话照讲，只当相互配合，来完成一桩集体任务。驾驶员讲，这叫回光返照。

当晚的末班车，人并不多，四下沉默。直到开上桥，环城河里的夜游船向桥洞驶来，灯与波光辉映，有人见此便喊，跟船去兜一圈？旁人笑，发啥神经。驾驶员二话不说，方向盘一打，下了桥，就带全车人沿着环城河空兜了一圈。城南线潇洒上路，陆续穿过城东、城西、城北，停靠在人们能指认出的那些曾经拥挤的站点，若有人愿意上来闲乘一段，驾驶员就开门招呼，众人热闹相迎。徐行夜深，再回到城南时，小区铁门已虚掩了。几天后，等乘客的自述在相邻中传完一圈，站台上的大润发铁牌已被工人拆下了。看门人讲，螺丝钉锈光，哪还拧得下，工人只好拿榔头一顿猛敲，铁牌溃败，碎成几片落地，最后被扫垃圾的人收走了。剩下两块新旧线路的铁牌之间，从此空出一个长方形的洞。

听我说完，黑T讲，也许往后，超市也不存在了。虽然这也没什么，世界还是照转，人们还是照过。大人开车路过这里，看到外面停满大卡车，会跟小孩说，看，这就是电商物流的起点。我呢，也只是少了个散步的地方。他这么说时，我们像正走在一条即将望到尽头的路上，穿过墙壁，我们就要与它一同消失了。

于是我说起，我有一个前男友，他把自己最喜欢做的两件事写在社交网络的主页上，逛逛超级市场，看看卫星电视。我们以前——我没再往下说，我意识到和一个陌生男性主动说起前男友，似乎带有某种暗示，但实际上我并无此意图。我只是突然想起那个比我大几岁的男人，那时他已工作，我还没有，我常常赖在他租的房子里，不去上课。他上班后，我看书，看电视，用他的音响听他的CD，醒醒睡睡，直到他下班回来，我们下楼吃饭。饭后走着走着，就走去了附近的大超市，明明没什么想买的，还是买了点什么回来。他说，逛超市让人放松，和让人放松的人一起，就又多了一层快乐。有时我们边走边聊见到的商品，见到的人，有时聊些超市之外的事情，公司里的，学校里的，新闻里的，什么都可以——这些我都没说出来。

我努力将话题扭转回去。你知不知道国内有个乐队叫超级市场？我最早听到本土电子乐是从他们开始的。

那你现在还喜欢逛超市吗？他这么问时，我意识到话题回不去了。也许对黑T来说，他的回答只是对我所释放的信号的一种积极回应。但我并不想将错就错。我干脆说道，我并不怀念他。

我只是问你还喜不喜欢逛超市。黑T笑了。

我不知道怎么回答，太久没逛超市了。可我又突然理解了前男友为什么总是不知不觉地走向这里。工作两年后，我才体会到这种放空所带来的巨大舒适感，正如我曾见到过的，天台上一支烟的救赎。

黑T似乎陷入了自己的情绪，他等不及我的回答便说，反正我一直很喜欢的，从小就喜欢，而且我只喜欢大润发。

因为它是你来过的第一家？

也有这个因素，但主要是我来得特别多。

我表示好奇。

他说，你见过小区里的烟纸店吗？

我点头。我从小住的地方就有三家，一家沿街，两家开在底楼车库。其中一家我最熟悉，老板娘是个不显老的圆脸阿姨，直到现在，见我回家路过，她仍会这样喊我，宝贝回来啦。我家就是开店的，黑T说。最早从批发市场进货，后来乘免费班车，我和我妈一起来捡便宜。我妈说，看到印花，你就拿，譬如买进三毛，卖出五毛，不会亏。我们大概一周扫一趟，每人准备好两个大袋，空着来，满着回。年节脚边需求大，我妈会临时派我来补点小货，我一上车，驾驶员就喊，你妈生意真好呀。

那你今天是来补小货的？

都拆了，底楼阳台的店面都算违建。我说再盘一个，妈说算了，何苦作对。我念及她身体不好，觉得也对。只是偶尔有老人习惯性来门口喊声烟酒，我妈关照我备着些，当作代购。我想到自己在车站把他臭骂了一顿，心中有愧，但并不想道歉，便岔开去说，七岁时有一天我忘带钥匙，等到脚酸，只好去小店里坐。后来老板娘睡着了，我躲在柜台底下看电视入迷，忘了这事。大人到家后发现没人，满大街找，几圈兜下来，快要哭着报警，爸爸过来买烟解闷，才发现老板娘还在睡觉，我还在看电视。

如果你在我妈店里，就不会错过。

我问为什么。他说，我妈店外面挂着一块小黑板。

就是那种冷饮价目表?

他摇头，我妈店里每天都有小孩来，像晚托班，还有家长提前把药和玩具放过来。我家店不大，旁边有棵香樟，泥水匠在树下砌了水泥圆桌，旁边放两条长凳，白天供人下棋，四点以后，就留给小孩了。我妈叫我负责写黑板，接走一个，划掉一个，剩下的留在我家吃饭，继续等。

我没敢问他为什么始终没提到父亲。广播又响，离打烊只剩十分钟了。我们约定好要共同目击的最后一刻，正一步步走在头顶的白光里。很快，白光灭了几排，黑 T 的脸随之暗沉下来。他说，你算不算今天店里最后一个没人认领的小孩？我不说话，也不抬头。

你身上有多少钱？他突然问。我说，你手机没电了？他摇头，移动支付不算。我掏出包，一张二十。他有六十不到，拿出一半，指指我的鞋和伞。然后他说，你觉得，现在临时开一个小店，还来得及吗？

于是，我们决定在打烊前分头把手里的现金花完。

我为这个游戏兴奋奔走着，又有点不安。担心他买酒，三十块买一瓶劣质的白酒，再加几只避孕套，这种后果是可以想见的。同一个陌生的同龄异性聊天，然后喝酒，开房，第二天醒来，迅速消化事实，但来不及洗头了，匆匆离开，穿着同昨天一样的衣服去赶同昨天一样的地铁，掐点打卡时，早有细心的同事从我的神色中识出了这个秘密。但我并不愿像这样度过一晚，和下一个白天。

这样想时，我的脚步仓促起来。原来一个人走路很容易变快，就像一个人吃饭也快。陌生而俗气的旋律从耳边炸开，我心里乱，兜兜转转在毫无兴致的货架前，眼睛扫着一切，又仿佛什么都没看见。我只好慢下，停下，努力回想这晚发生的事，雨，灯光，黑 T 的脸，黑 T 的话。可是他说了太多了，嗡嗡的一片，无论如何我也想不起某句确切的话。最后在人工广播的反复催促中，我随手拿了点什么离开。

我走出货架时，黑 T 也走出来了。我们自觉绕开扫码机器，走向一头一尾仅剩的人工收银台。我踮脚望对面，想从收银员脸上看出些什么，但除了无可遮掩的困意，再无其他。我的收银员是个黄毛，面貌年轻，他的北方口音直击过来，就买这？我点头，又摇头，举起伞，同皱巴巴的纸币一起放在桌上，记不起它在包里躺了多久。黄毛又问，咋不去便利店？我才想起脚上，赶紧脱下，便利店能有这？他笑了笑，扫完，我赶紧穿上。这么短的时间，我竟已离不开它。

最长的一声铃响起了。和中学晚自习的结束铃一样，它均匀，粗糙，但挡不住其中夹杂的兴奋。我站在一扇门边，黑 T 在另一扇门，我们之间的白炽灯一排一排灭了，灯箱一只一只关闭，最后，远处暗了，近处暗了，整个大润发睡了。我的心瞬间安静下来。红马甲沦为一些黑漆漆的身影，从门缝中匆忙消失，像窸窸窣窣的煤球精灵遁入墙角。保安用手电直逼另一扇门，一个瘦高的身影在发亮。他走过来，我们跨越小门，外面雨停了。

地上的水坑映出明晃晃的光。我大喊，月亮出来了。黑 T 笑，哪来的月亮，不都是路灯照的。我说，人造月光也行。

我们站在露天，听卷帘门唰啦啦地落下，走出去，末班车刚好发动，驾驶员朝我们笑笑，车里比来时人多一些。它转弯，我再次看到后排窗边那个硕大的身体，他依然专心，像在目送远方的什么，脸上平静笑着。我转头看黑 T，他也笑了起来，手插在裤袋。

你帮你妈买的货呢?

今天不买，我只是抽根烟，不小心被你带过来了。

我不愿接话，只说，真够闲的，不上班啊。

以前上班，现在不了。

话太多被炒了?

生了一场病，大半年没去，不愿去了。其实也来不及去了，我们这一行，一旦脱节，就会被抛到社会的边缘。

我不再过问。

其实你不必害怕飞机，黑 T 说，你见过飞机的影子吗? 我摇头。他说，我工作那几年，频繁出差。天气好的时候，飞机下降，我靠窗坐，就会看到飞机的影子落在地上，速度越快，影子就跟着跑了起来，一路跑过楼房、河道、操场、马路，所有这些你以为熟悉但其实知之不多的地方，不知道有多少人和事在发生，在消失。飞机离地面越来越近，影子越来越深，我看着它，想到那里面也有我自己的一份影子，就宽舒不少。人的心总是悬在一点，如果能分出另一点来落在别处，彼此追随着，隔着多远都好啊。

他边说边从口袋掏出一份邮报，撕开，纸片的影子轻轻打到地上，有些透明。纸片降落，停在水迹将褪之处，他将伞撑开并置，我毫不犹豫地坐下。然后他拿出一些东西，卤蛋、话梅、麦丽素、旺仔牛奶，一式两份，依次摆开。他笑，三十块可以买不少呢。

十点多了，如果是小学生，严格的家长就不许再吃零食了。但我可以，最后一个无人认领的人，坐在店里，不写作业，也无人可等，只为一集偶然看到的电视剧而入迷。我可以忘记一节课有多久，忘记多少节课过去了，但只要老板娘一喊吃饭，我会立刻回过神来。我听到黑 T 说，先拆哪个?

我说，你知道小学英语三年级上册第五单元讲的是什么吗?

他摇头。

我从包里拿出一袋吐司，一副牌，一盒飞行棋，说，Let's have a picnic。

鹭鸶姐姐

唐 颖

授奖词

从唐颖的短篇小说中，不难发现作者对这一文体的真诚与敬畏。她的写作总是能从波澜不惊处起笔，将人物复杂的内心变化轨迹潜藏在看似平实的叙述之中。《鹭鸶姐姐》的主人公为了实现“出国梦”，承受了现实带给她的种种轻侮与折磨。一桩悲剧性的婚姻，既成全了她执拗的梦想，也残酷地销蚀了她的人生。当她终于意识到“生活在别处”的时候，她便义无反顾地告别错位的处境。在与自己达成和解的状态里，一边舔舐着自己的伤口，一边回味着初恋的萌动。在鹭鸶姐姐情感生活曲折际遇的背后，萦绕着的是作家对诡异现实的诘问与质疑，即便是一个随波逐流的故事，唐颖也有足够的能力赋予它们多重性与永恒性。（宗仁发）

鹭鸶离开上海去美国那天，亲友二三十人送行，其中六七位，是她的追求者。他们年龄各异，比鹭鸶年长或年轻几岁。年龄差异不重要，重要的是，他们会前赴后继，去追鹭鸶，不，更像是……去追美国梦。

那是 1984 年，我周围的人，或者说，当年的上海市民都在梦想出国。其中，最执着的是我的远房表姐鹭鸶，在被美领馆拒签八次后，终于通过结婚拿到移民签证。

追求她的男人们一起为她送行，他们不仅不伤感，还很兴奋。因为，鹭鸶终于启程美国。我为鹭鸶遗憾，也有些幸灾乐祸：看看他们，这些追求者们，围聚在一起热烈交谈，他们更像在美领馆外排队申请签证的等候人群，在讨论成功获得签证的秘诀。他们现在是同谋而不是情敌，鹭鸶护照上的签证页比她本人更亮眼。所以，鹭鸶看起来有些寂寥，她好像置身度外于围绕她的亢奋，脸上几无笑容。

事实上，整个机场大厅被一股亢奋浪潮席卷，每一个出行者周围都簇拥着大群送行者，他们高声谈笑，胜利在望的神情，仿佛“送行”本身有了意义，仿佛他们离过境线也近了一步。

出国潮流裹挟了一切，包括爱情。舍弃的不仅是爱情。我以后才会知道，在我此刻站立的机场大厅，喧闹兴奋中很多家庭在分崩离析。

鹭鸶的远行意味着一颗明星陨落。我是否太夸张？她并非电影明星，虽然差点儿成为明星。她不过是某个圈子的明星，她身边的异性们，跟她一样为了申请护照不得不辞职，他们成了无业游民，以鹭鸶为核心，围绕她憧憬各自愿景。

当然，这是发生在三十年前的事，在我女儿听来，荒谬而愚蠢。她本科毕业后去美国中部一所大学读硕士，一毕业便急不可待回上海。她要和父母住在一起，不习惯看不到人的美国小镇街道，没人给她做饭也是重要理由。她在沪上折腾了一番才找到工作，在一家二甲医院做行政，和她学的经济专业完全不搭边。但她很满意，每天朝九晚五，和我们挤在贷款购买的商品房，也不谈恋爱。企望儿女为父母改变命运的期待当然落空了。闯荡世界这种话，在她听来是我们这代人的梦呓。她说她最烦“闯荡”这个词，她只想安定；也不要听我们这代人的往事，都是些负能量的故事。再说，她称为“姆姆”的表姨妈，我的鹭鸶表姐，不也兜了一大圈之后，回来居住？

回想那些年发生的事，既切近又遥远。“切近”是因为仍然栩栩如生；“遥远”则是，那些故事并没有被流传，发生后又消失了，就像不曾发生过一样。

无业游民们护照在手，因为种种原因没有拿到签证，或者，正在申请签证。夜晚，他们簇拥着鹭鸶去“前进业余进修学校”读英语；白天，他们来鹭鸶家消磨时光。总有人抢着早到一步，向鹭鸶表达爱慕。鹭鸶给予统一答复，听起来毫无情调：“我要走的，我不在国内谈朋友。”

“谈朋友”意思是“谈恋爱”。上海口语里没有“爱”这个词。

追求者们用爱恋的口吻呼唤鹭鸶为 Rose（玫瑰），带了些外语腔。他们不知道鹭鸶是我姐的绰号，她身材高挑，小学时便比同龄女生高出半头，得了“长脚鹭鸶”绰号，随着岁月流逝简化为“鹭鸶”。

鹭鸶的家成了追求者的客厅，事实上，那也是一间真正的客厅。鹭鸶的父母在七十年代末去探亲她的祖母而留在香港，接着她姐姐嫁给香港人，随丈夫移居美国，再接着她的父母也去了美国。所以鹭鸶一个人拥有一层楼两间房，市中心的老洋房，亭子间做卧室，前楼就成了客厅。事实上，这整栋楼是她家的，六十年代的革命风暴中，被不同人家占去一楼和二楼。

当年，上海人住房紧张，三代人拥挤在一间房是普遍现象。在旁人眼里，鹭鸶幸运得过分，拥有美貌和宽敞的住房。如果不辞职，她是一家工厂的厂医。她喜欢自己的职业，还可以随心所欲谈几场恋爱，然后为爱成家。到头来却为了拿到签证，蹉跎了黄金岁月！每每她告诉我谁谁谁又向她表白，我心里满满的遗憾中夹了一半嫉妒。

那些日子，我经常在鹭鸶的家里遇见她的追求者们。他们有一搭没一搭地聊着天，旁顾左右而言他，却无视我的存在。鹭鸶本人不在场，她关紧亭子间的门，在里面温习夜晚英语课的课业，她是他们这群人中最用功的学生。

她就读的“上海前进业余进修学校”，开办于 1983 年，是一所外语学校，学生都是奔着“出国”方向进校。虽说是业余学校，却网罗了全市各大学顶尖外语老师包括著名翻译。校址在上海西区旧法租界，从鹭鸶家步行过去就能到。学校成立伊始，她就报名入学。鹭鸶并非人们眼中的“漂亮面孔笨肚肠”。她有电视大学的医学文凭，有托福成绩，有美国大学入学通知，却因为家人定居美国，有“严重移民倾向”而被拒签。

鹭鸶二十八岁了，不能再等了，她终于决定“嫁去美国”，走“移民签证”这条路。

在美国中西部华人稀少的小镇，有位华裔医生心心念念娶性观念保守的处女，想象中这样的处女只有在闭关锁国多年的国内才能找到。可是，医生是矛盾的，希望处女不要太土，最好来自他的家乡上海，当然，“貌美”是首要条件。

彼时，对于华裔医生，正逢天时地利人和，如鹭鸶那般希望“嫁出去”的女子数不胜数。医生从国内拿到一叠相亲照，却非常专一，只留了鹭鸶照片，专为见她飞去上海。

没有任何异议，他就相中她了。这么说有点贬低鹭鸶，可事实如此，是鹭鸶要“嫁出去”，她只能被挑选。鹭鸶在华裔医生眼里惊为天人。“比照片上更好看！”他向母亲汇报。

鹭鸶对医生的第一印象则是“马蒙”（沪语：态度生硬）。医生从“绿色通道”出来时，面对欢迎他的亲友脸上不仅没笑容，眉宇间竟有怒气。当亲戚把鹭鸶介绍给他时，他朝鹭鸶看了一眼，不耐烦地“嗯”了一声，令鹭鸶尴尬得想钻地洞。原来下飞机到出关途中，医生遇到了态度“马蒙”的机场人员，好像还发生了争执。

好在鹭鸶有涵养，心平气和，没有给他看脸色也没有迎合。这一分钟，除了美貌，鹭鸶的淑女气质和教养有加的举止，怒气冲冲的医生已经接受她了。

从鹭鸶的视角，医生戴一副眼镜，皮肤白皙眉眼清秀，有书生气质，对于他初次见面就暴露坏脾气，鹭鸶很快原谅他了。后来的接触中她看出这是个耿直不懂圆滑的老实人。他告诉鹭鸶，他才拿到医学博士学位，长辈的积蓄花在他的学费上，准备注册开诊所。他希望鹭鸶对此有心理准备，她去美国不是享福去，而是和他一起工作。鹭鸶回答他，你这么说我反而放心了，一起白手起家，更加可靠。她说她不喜欢纨绔子弟，更要提防奸猾之徒。她的话让他刮目相看，这位美女颇有主见，并非“绣花枕头一包草”。

他们约会了几次，医生最初的“马蒙相”是防疫针，之后的所有表现，都在为自己加分。鹭鸶发现，只要在公共场所，他总是难掩厌烦，尤其无法忍受饭店里的嘈杂和服务员的粗鲁。事实上这也是鹭鸶的感受，她向往的国外，首先是文明环境。

他很快向她求婚，希望立刻办好法律文书，这样他就可以为她申请绿卡。就在他求婚次日，他们上床了。

那天晚上他们在老锦江的“夜上海”吃晚饭，她看出他很节俭，便预先告知是她父亲让她代为请客。他把她送回家，她邀他上楼喝杯茶。那晚突然狂风暴雨，他留下来了。

医生发现，床上没有处女血。医生本人是处男，他只有这一个粗浅的认识。而鹭鸶学过医，她可以告知，运动不当也会导致处女膜破裂。但鹭鸶不愿撒谎，她向他坦承，她不是处女。

医生崩溃了，没想到大陆女人也堕落到可以有婚前性行为！

鹭鸶也很崩溃，美国医生竟然这么封建！

她不想和他讨论关于处女的问题，这种话题太敏感，怎么说都不会好听。她告诉他，他可以悔婚，事实上，他们还未领取结婚证。

“我怎么向你父母交代？我们已经有过这种关系。”

原来医生还秉持老派观念，和女人有过性关系随后抛弃她，是流氓！

“不用你向我父母交代，这是我的事。”

鹭鸶的语气并不激烈，却也不软弱。

即使她不需要他负责，他也无法放弃她，因为他爱上她了！却又不甘心，从遥远的美国到上海，娶一个“非处女”？他纠结得想用头撞墙。

“你看起来很文雅，没想到生活作风这么随便！”

“生活作风”这个词，已被大陆人淡忘，医生竟还记得。原来医生生在上海，禁欲年代成长，中学毕业后插队，“文革”结束那年以探亲名义从香港转去美国。他到美国后从本科读到博士，心无旁骛攻学业，从未恋爱。

“我并不随便，因为有感情才会……”

鹭鸶的话被自己的泪水堵住，她不是哭此刻，她哭与她上床的那个男人，他已婚，没有离婚的意愿。她也很矛盾，她并不想嫁那个花心男人，她一向那么矜持，却为他失贞。

她的泪水令他不安。

他需要有人帮他做决定，他和自己母亲通话，瞒去了上床的情节，只告诉母亲，女方坦承不是处女。

“她已经二十八岁，长得又漂亮，怎么可能没有恋爱过？”

医生母亲五十年代生完两个儿子，因与丈夫不和扔下大陆家人，独自去香港然后赴美。她在美国生活多年，并不意外婚前性行为。然而，让自己儿子娶个和他人有过性关系的媳妇回家，这位母亲觉得不值。她在美国打拼多年，所有的积蓄都花费在两个儿子的学业上，使他们拿到医生和精算师执照。她认为和大陆男子相比，在美国当医生的儿子有足够优势找到满意的女子。

她说："何必吊死在一棵树上，上海有得是各方面条件好的女孩子。"

想到鹭鸶的"不洁"，医生克服了道德压力，又去相了几次亲。

问题是，有过鹭鸶，宛若曾经沧海。医生原本就挑剔，很难再看上其他女子。她们比鹭鸶年轻，足够美貌，但不是举止不够得体，便是贪图享受，不掩饰她们去美国享福的愿望。

三心二意中，反让医生有了比较，他的"处女控"在动摇。他意识到，要是放弃鹭鸶，可能难以找到称他心的女子。他迷恋鹭鸶，除了貌美，她文静有教养，宠辱不惊的个性和医学世家出身，都是他中意的。

经过一番内心挣扎，医生决定与鹭鸶去民政局领结婚证。

鹭鸶后来说，这个婚姻是错误的，当时就明白。可当时，她只想破"拒签"之咒，拒签八次已在她的小社会传开，宛若丑闻。而结婚可以离婚，在出国潮中，婚姻变得次要，或者说，潮流的力量足够强大，它裹卷了个人意志和判断力，唯有坐上赴美航班，才算完胜。

医生回美国为她申请移民签证。鹭鸶却接到摄制组通知，她曾经试镜的一部电影，正式开拍了。和她上床的男人，是这部电影的副导演。当初，他是在街上看见鹭鸶，惊艳中他向鹭鸶出示工作证，把她带到导演面前。

鹭鸶在摄制组才拍了几个镜头，医生为她办的移民申请批下来了，她去广州领事馆面签，毫无悬念地拿到了签证。紧接着医生为她买了赴美机票。

鹭鸶不得不半途离开摄制组，好在那时没有什么合同。副导演手里有长长的待选名单，一位刚从电影学院表演系毕业的女生替上来，长得与鹭鸶有几分相似，这和导演的审美有关。事实上，鹭鸶的镜头都剪了，胶片浪费了，厂是国营的，不承担经济压力。但这部电影捧红了这位女主演。

要是我女儿知道中间还有这个插曲，她会认为鹭鸶姨妈是脑残。她哪里晓得，当时已经家喻户晓的女演员们，也纷纷放弃演艺事业，走出国门，从此如断线风筝，飘落在某处。

因此对于当年的鹭鸶，离开摄制组更无丝毫遗憾，她没有明星梦只有美国梦。至于和副导演之间的个人关系，也随着她的出国而结束。这位已婚人士，从未出现在众人眼中，他当然不会去虹桥机场给鹭鸶送行。

鹭鸶是从香港转机美国。她在香港祖母家住了几天，正逢圣诞期间大减价，她用祖母的钱买了两箱子时装，内有长裙短裙连衣裙，英国牌子的羊绒大衣和做工考究的英式上装和西裤。她的随身行李太多，这两箱衣服只能海运到美国。

鹭鸶到美国后给我发的第一封信就有了悔意，她说这里就像乡下，白天站在家门口的公共花园，看不到一个人，夜晚九点以后，一片漆黑。

对了，鹭鸶在上海被拒签的那些年，虽然不断拒绝求爱者，但并非没有"生活"。早在"上海前进业余进修学校"成立之前，鹭鸶便已经跟着私人教师学英语。她的私人教师是位时髦的中年女子，手中的教材非同寻常，是英国剑桥出版的《Essential English》（基础英语），很多年以后，我才知道这四册一套的教科书是英语教材中的不朽名著。事实上，从四十年代开始，上海私人补习英语多用它做教材。

英语老师叫爱丽丝，当然是她给自己的英文名。她也给她的学生们起英文名，鹭鸶的追求者多半是在英语老师家认识。是老师让他们学会用外语腔称呼鹭鸶为“Rose”。

爱丽丝年近五十，却有一股抓住青春尾巴的劲头。她有广泛的人脉，知道上海哪些地方最接近西方。她常带鹭鸶去一些外人不知的高级场所，包括茂名路上的前法国总会，如今被称为锦江俱乐部，一栋著名的巴洛克建筑。五六十年代，前法国总会成了文人政要外事接待的文化俱乐部，最高领袖在二楼跳过舞。

八十年代中的周末夜晚，锦江俱乐部有舞会，就在二楼宴会厅，过去的舞厅。按照鹭鸶描绘，大厅中央的舞池，地板呈椭圆形凹陷，下面装了强力弹簧，层顶上有与它对应的彩色玻璃镶嵌成船底造型的透光天花板。舞厅客人多是老外。

鹭鸶应该在锦江俱乐部艳遇某个老外，这是爱丽丝带鹭鸶来此跳舞的目的，老师希望鹭鸶出国成行的心情似乎比她本人还急切。然而鹭鸶过于端庄矜持，老外们喜欢奔放的女人。

鹭鸶在这个地方发现自己失去了吸引力，她的美貌不符合老外的审美。她还看见，有些女人是带着英语课本进来跳舞，跳舞跳到脱剩棉毛衫，那时也只有棉毛衫最紧身。女人的棉毛衫汗湿后曲线毕露，老外兴奋了，女人适时拿出英语课本塞给老外说：“有空教我英文。”课本上有她的名字和电话。

看到这样的情景，她不愿再去锦江俱乐部二楼舞厅，生怕被人误以为是来此钓老外，太丢脸。

然而，锦江俱乐部的温水游泳池却格外洁净，当然不仅是水。她便是在游泳池遇见他，一个与她气质接近的文静的上海男子。他告诉她，泳池的下水台阶、更衣室外墙和屋顶框架保留着法国总会时代的原貌，他让她注意池边的六角欧式小瓷砖，屋顶框架可以开合，需要时打开透光。

他说：“你一头扎进水中时，所有的声音都消失了，时间感也消失了，你想象自己回到六十年前，你再回到水上，眼前的一切真的跟六十年前一样。”

她对上海的“过去”所知甚少，也没有文青的怀旧情调，她只是因他传递的与历史有关的信息而有了感触。在她眼里，他仿佛从另一个时代过来，文质彬彬，注重礼节，眸子里含着一丝哀伤。他如此脆弱，又是怎么挨过那“残酷的十年”？对着他，鹭鸶会有这样的联想。

鹭鸶常来游泳池和他一起消磨时光。他们游累了，便靠在池边聊天。此时阳光照亮侧墙一排玻璃窗，金色的光线并非均匀地洒在水面，被阳光照耀的那块水面波光粼粼如碎金洒在上面，投射在屋顶的一小圈涟漪也在摇曳。很快，阳光朝西面移动，他们跟着阳光游到池边的那一头。浪漫的午后，鹭鸶为他们追逐阳光直笑，她明眸皓齿，比阳光还耀眼，让青年怔忡。她以后才会明白，她在游泳池边恋爱了。

然而，他才和一位加拿大女子领了结婚证，对方在加国为他申请移民签证。他和鹭鸶只有三个月的时间相处。他们从游泳池出来，他带她走有历史遗迹的街道，包括她自己住的弄堂，她通过他的眼睛，重新看见自己出生成长的城市，那是鹭鸶最愉快的上海时光。临走时，他们才拥抱在一起，他哭了，她却没有眼泪，她说，他们可以在国外见面，如果有缘。

时间很快把这浅浅的恋情划走。她遇到了副导演，他是猎艳老手，他让端庄的淑女领略性爱的快感。也许那段没有结果的恋情还是在她心里留下了划痕，她需要通过成熟男人忘记海外的他。

是的，鹭鸶在刚去美国的那段日子，严重地怀念上海。更严重的是，她所有的上海来信，都要经过婆婆的审查。

因此她写信告诉我，不要随便提上海往事，并且让我转告她的那些追求者，不要给她写信。

这是她去美国后给我写的唯一一封信，关于美国的引人之处，只有一句："美国有超市，东西很多。"那时候，超市还未入驻上海。

之后几年，她只在年底寄一张卡片，再后来，偶尔会打个电话。关于她的生活，只是寥寥几句，却也包含了不少信息。

鹭鸶的两箱衣服海运到美国时，她已经怀孕。老大是女儿，紧接二胎是儿子。生育两个孩子都没有坐月子，也没有帮手。

鹭鸶并不怕吃苦。她中学毕业曾被分去郊区农场，因为出身不好人太漂亮，除了做农活儿，农场集体宿舍的厕所归她打扫。那是建在粪坑上的简易厕所，臭气熏天，肥硕的蛆虫会从下面的粪坑爬上地面。鹭鸶把厕所打扫得干干净净，洒上消毒水，不再有呛鼻臭味和蛆虫，女生们为此对她充满感激。可是，从上海下放的中年女支书最不待见鹭鸶，她盯视鹭鸶的目光凌厉，各种找茬，她就像鹭鸶头上的紧箍咒，却也培养了鹭鸶的隐忍强韧。

鹭鸶显然是个乐观的人，说农场生活磨练了她。在美国最初几年的生活，竟然给她挺过来了。

是的，她再一次处于道德下风，婆婆嫌弃的目光，让她心虚。那时的人爱说，"一失足成千古恨"。看来因为自己的"失足"，这个家不会再有圆满。

婆婆在美孤身奋斗多年，才换来儿子今天。她经常唠叨，鹭鸶拿了现成的绿卡，没有打过一天工，坐享现成医生太太。

坐享现成？她可是全职主妇。中西部房价低，他们住在郊区大房子，五间卧室三间浴室，加一个花园，意味着主妇要有好体力。最乱的日子，煮饭时，老二背在身上，老大在脚边爬来爬去。以后，孩子上幼儿园，她便去丈夫诊所帮忙。下班后，与丈夫一起回家，他进了家门一路脱外套把自己甩到沙发上读报看电视，她则开始一天中最忙乱的时刻：做晚餐，给孩子洗澡，收拾房间，给全家人熨衣服，家事无穷无尽。冬天漫长，十月份第一场雪，到来年四月，有半年积雪。她的车里备有铲雪铁锹，早晨送孩子上学，先要把车道上的厚雪铲干净。

十多年来她只穿T恤和牛仔裤，冬天时加一件羽绒大衣，去美途经香港买下的两箱时装甚至没有打开过。女人的那些虚荣就是这样在生活的压榨下，被一点一点全部放弃。

鹭鸶是到美国后才为自己当初的无畏无知后怕，竟然嫁与还很陌生却有偏见的男人，来到毫无了解遥远偏僻的异域。好在丈夫是个正派人，美国是自由国家，要是待不下去，任何时候可以离开。想到可以离开，她反而就待下去了。

在一次搬家时，鹭鸶把两箱衣服海运到我家。她在电话里说，美国生活除了开车去超市买东西，便是在家忙家务，或去诊所工作，假期则带孩子去野营，反正她去的任何场所都无法穿羊绒大衣西装和裙子。她到了美国才明白，每个地方的服装功能不同，这类精致的带有社交性质的衣服属于上海。我和她身材相仿，她希望物尽其用。那时已经好几年过去，箱子里的部分时装在我眼中过时了，优质的羊绒大衣有了蛀洞。

鹭鸶也用了好几年时间让夫家接受自己，漂亮的上海女人竟然贤妻良母得这般出色。事实上，她的“贤良”既有原生家庭的教养，也有时代的驯化。在她成长的革命年代，她学会压抑自己，与人相处谦让第一；和朋友在一起，总是她来照顾大家。

十年后，鹭鸶回了一次上海。到上海次日，我便陪她逛西区的时装小店，我们在那些小店的试衣间花去大半天时间，鹭鸶买了不少衣服。

我质疑她：“你说过，在美国只穿T恤牛仔。”

“是的，就在上海穿，一回来，又想买衣服，想穿得漂亮走在街上，美国小镇没有出风头的机会。”鹭鸶苦笑，“不过，这次回来，觉得自己变丑了。”

我知道鹭鸶的意思，她不再像过去那么吸引路人目光。她老了，不在于脸上添了皱纹，或身材不如过去苗条。她仍然好看，但有一种无法描述的中年妇女气息，或者说，在时髦又势利的西区街头，鹭鸶落伍了。

当鹭鸶托我去找那位副导演时，我有些吃惊，也觉得不值。

“竟然还想着他？”

“在美国没有想，好像得了失忆症，到了上海，突然就想起他来。难得回来一次，总要见些老朋友。”

是的，她不能只见我，其他追求者都远赴他乡，而副导演并不难找。

他们在花园酒店大堂的钢琴酒吧见面。之后几天，他又请她去新锦江的旋转餐厅晚餐，去和平饭店听爵士乐。

鹭鸶回美国时对我说：“我打算搬回上海。”

“总不见得为了这个花心男人，拆了美国的家？据说他女朋友没有断过。”

“不是为了他，这些日子突然意识到美国十年我一直在适应那里的生活，我忘记自己也有爱好……”

是那些地方营造的氛围，让她发现此时的上海更像她当年对美国的想象？然而，鹭鸶年近四十，难道为了这些浮华场景去颠覆自己苦心经营的生活？

可她告诉我，十年里没有去过纽约和芝加哥，没有去过美国的任何名胜，因为丈夫的诊所不能对病人关门，做妻子的便要守在他身边，也就是，守在小镇。生活成了一长段没有假期的劳役；而节假日更是心乱如麻，从她家可以看见高速公路，一辆辆 van 载着一家家人朝远方驶去，她觉得自己的活力在被这日复一日毫无变化的生活吞噬。

鹭鸶回美国后和丈夫商量，想回上海发展，丈夫根本不愿听。她卖了自己的车，以示决心。其执念如同当年对美国的向往。丈夫去向旧金山的岳父求援，他知道，鹭鸶很听父亲的话，但这一次，父亲没有说服鹭鸶。

半年后鹭鸶带着两个孩子和一堆行李回到上海。鹭鸶将靠什么生活？讽刺的是，国内风水已转，正掀起海归潮，天时地利在鹭鸶这边，她的姐姐和姐夫在家族中融资，从美国回上海办起了企业。鹭鸶去姐姐的公司上班，一边在找私立医院，试图说服丈夫回国工作。

此时医生才发现生活中不能没有鹭鸶，他终于答应来上海看看。但是他们的孩子却不能适应上海的公立学校。九十年代的上海，国际学校和私立学校都还稀缺。她的被婆婆娇惯的儿子，每天清晨哭闹要回美国。医生来上海待了几星期，他就像当年，从下飞机开始，就一路在发牢骚，他跟儿子一样不能适应国内环境，父子俩很快回美国，女儿留给她。

于是，鹭鸶每逢寒暑假带着女儿回美国，一年中全家团聚四五个月。有一天她回中国之际，丈夫说：

“我给你一年时间，一年以后，你必须回美国安定下来，如果做不到，我们只能离婚!”

鹭鸶当即把结婚戒指脱下还给他，“不用等一年，我们现在就离!”

他们就这样分手了。医生给我打电话，问我，事情如何到了这一步。

我是否应该告诉他，我作为旁观者的预感?

医生来上海时，我们聚过几次。我对他印象颇佳，一个清爽书卷气的医生，在社交场所顶多给人不苟言笑的感觉。他为人诚恳正直，在行业里声誉很好。然而，这好像无法说明婚姻问题。我们一起用餐时，我看到鹭鸶在餐桌上为丈夫剥螃蟹，剔鱼刺，好像他是个孩子。那时鹭鸶已然选择自己的人生，不打算和丈夫妥协，可她依然在照顾他，以一种多年的惯性，他也一派心安理得。我那时就有预感，有一天他会很后悔很后悔。

我是否应该告诉他，危机不在于上海和美国的选择，是婚姻本身有问题，从他们结婚开始累积。即使鹭鸶在婚姻中尽力尽为，但情感上是冷漠的，否则，她怎么能接受夫家当年对她的轻侮？又怎么解释，在丈夫和婆婆已经认可她之后，在美国日子过得游刃有余时，却说走就走?

也许，她十年后看到的上海也是一种错觉，就像当年，她对美国的向往。然而，她的确在上海找到发展方向，她成了姐姐公司的副董事长，为自己买了房子。然而，当我们私下相处时，她却无法释怀婚姻中受到的伤害。

她告诉我，丈夫对她最具杀伤力的一句话便是：“你有什么本事？你能做什么?”看起来是这样，为母为妻只是女人天经地义的家庭角色，而作为社会角色，她在诊所既不是医师也不是护士，仅仅是丈夫的助手。

多年来，夫妻之间常会有各种琐琐碎碎的争执，每次都是以他对她的断喝结束：“你有什么本事？你能做什么?”能做什么呢？能做的是疯狂地冲进车库，开着车冲上高速公路。

假如告诉他这些，除了让医生添堵，又有什么实际帮助？他遇到了一个不会“作”、不会吵架，贤惠到家，内里却是刚硬寡情的女人。她奉献在先，含辛茹苦，之后，全盘收回。这是以退为进，覆水难收。这场离婚，医生成了受害者。

如今，鹭鸶的女儿和儿子已经在美国工作，女儿成家了，儿子也有了未婚妻。鹭鸶仍然保持每年一半时间在美国。

她说：“在两个国家轮流住的好处是，你在美国时，想到的是上海的好，每次回上海，都精神振奋；可你在上海时，常常只想美国的好处，回美国时，觉得是去度假。”

鹭鸶回美国是住旧金山父母家。她和医生离婚后，两人都没有再婚。他俩为了孩子的事，时常也会通个电话。医生很坦率，他说，他想过再婚，可是没有找到合适的，有过鹭鸶这样周到克制的妻子，他很难再和其他女人相处。

而鹭鸶更难遇到合适的配偶，婚姻的不堪回首，令她信奉不婚主义。她说，离婚是一道益于身心的减法，家事减去，麻烦减去，阻挠减去，伤害减去。所以她得出这样的结论，好像人生到了这个阶段，婚姻可以不需要。

她在上海偶尔会遇上过去的追求者，他们中的一些人，也搬回了上海，被人称为“老克勒”。有人离婚又结婚，第二任妻子通常要年轻很多。他们请鹭鸶吃饭，见了一两次面就结束往来。我几乎能触摸他们的感受，重逢不再年轻的鹭鸶，抹去了记忆中那个美好的倩影，他们失去继续往来的热情。

可是鹭鸶并不在意，对所谓“老克勒”颇有微词，认为他们身上有腐朽气息。她年轻时很美却从不风花雪月，对年轻人热衷的“小资生活方式”无感，作为资产阶级子女，在成长年代吃过的苦别人难以想象，这也是她后来执意去美国的动力。

她回国后买了靠近郊区的独立房，为了可以在空旷的室外跑步，可以在花园摆弄植物。她更喜欢去健身房运动，不耐烦坐在时尚的咖啡馆喝咖啡，晚上也很少出门。她的生活方式更接近美国小镇而不是上海。

如今，说到前夫，她有了怜悯：说他全身心投入工作，诊所之外的个人生活则是得过且过，她真心希望他找到能为他带去温暖的伴侣。

不知为何，对于他们两人，我更怜悯医生，我的前姐夫，他在婚姻中的强势，使他成了盲目的一方。我总觉得这个婚姻最初的一步走错了，时代的龙卷风，把他们卷在一起，其结果却是在很多年后显现。

女儿在美国读书时，我去探望她。积雪的冬天，我去她学校的室内游泳池游泳。晴朗的日子，游泳池的玻璃墙外被阳光照亮。然而，就像鹭鸶形容的，当阳光照耀泳池，并非均匀地洒在整个池面，她只照射在池水一边，接着便移到墙面。

鹭鸶告诉我，刚回上海那两年，她做过这样的梦：在 1984 年的温水游泳池，阳光铺满池面，波光耀眼，让她睁不开眼睛，她抬起头看屋顶，整片屋顶被水波投射而摇曳，仿佛在摇动……她受惊而醒，想起了远赴加拿大杳无音讯的男友，她眼睛湿了。而他，从未见过她的眼泪。

探照灯

宁 肯

授奖词

《探照灯》是宁肯“精神还乡”的小说之一。小说的背景是北京的南城，那也是林海音写作《城南旧事》的环境。但时过境迁，一方面，“探照灯”映照出了特殊年代极度贫乏的物质生活，贫乏的物质生活没有培育出尊严和高贵的灵魂；另一方面，“探照灯”也照射出了那个时代极度贫乏的精神生活。物质生活和精神生活的贫乏和无聊，诱发了人性的冷漠和荒寒。《探照灯》以奇崛的构思和想象，写出了一个年代的荒谬、空洞和苍白。（孟繁华）

生产多了就有残次品，怎么当心也没用，不当心更不用说。孩子多了也一样，豁子、斜眼儿、缩脖儿坛子、罗锅儿、走路画圈儿，都很自然。即便像我这样的小人国（侏儒）祖辈没有任何遗传不也照样出生了？我就不说了，我要说的是四儿。

四儿本来叫小四儿，被我们简化了。平时喊“四儿”，他听不见我们才大声叫：“小四儿!”“你爸回来了!”四儿最怕他当翻砂工的爸，提他爸他就一激灵。四儿耳背，有人认为天生的，其实不是，虽然生在三年自然灾害，但一落生大眼、白净，属于合格产品，要是营养跟上是优质产品，只是学龄前一次脑震荡落下耳背的毛病。

不是聋子，远谈不上，就是听不清，老问。小孩子打岔很烦人，又不是七老八十了。听不清就凑得人家很近，有时凑到了人家鼻尖子底下，显出动物的表情，这时眼大也成了毛病，有了一个“大眼儿灯”外号。有一次我们院几个孩子在大个子屋门口议论探照灯，不知道探照灯为什么有一根最亮最粗，大鼻净张嘴就说：“最大呗！还用说。”大眼儿灯四儿凑到大鼻净鼻子底下：“谁他爸？”类似的例子多了。这还罢了，有时他问的问题十分古怪，跟他的大眼儿灯一样不知琢磨什么，譬如会问探照灯可以打飞机吗？哪儿和哪儿，边儿去。

每年一进九月就有探照灯。四儿数过有三十六根，我们谁也没核实，数不过来，数它干嘛？探照灯明明暗暗，有的很淡，一会儿合起来，一会一散开，一会儿分组交叉，一会儿整体成一个几何图形，又简单，又不解，还数它真是撑的。一般在九月十五号左右出现，但我们早早就开始仰望星空。真是仰望，个个都很肃穆。我们不知道康德，不知道李白，不知道牛郎织女。就是干看，有时你捅我一下我捅你一下，捅急了打起来，打完再看。

我们站在当院的小板凳上，小桌上，台阶上，窗台上，高高低低，有着几乎自然界的层次。有人还上了房站在了高高的两头翘起的屋脊上。对于星星我们一无所知，月亮稍好一点，知道嫦娥，猪八戒调戏嫦娥，仅此而已，不甚了了。我们有着极大的耐心面对浩渺的星辰，说赤子之心真的不为过，真是赤子。我们等，直到屋脊上的人突然大喊：“探照灯出来了！”“我看到了！”“就在那边！”

哪边？我们什么也看不到，有人急了也去上房，蹬翻了东西，叮呤咣啷，就跟两只猫似的。

探照灯很怪，不一起出现在天幕上，而是一根两根地出，要出好几天，快到十月一日才出齐。但不管怎么说越来越多，院子街上任何有天空的地方都可以看到，屋里一抬头也能看到晃。开始几天我们最奇怪的是探照灯为什么不一起出？为什么要晃来晃去？很多图案什么意思？为什么有的特淡特小又有的特粗特亮？探照灯一出现各学校就开始练队，踢正步，组字，天上也是这样吗？

我们当然问不了这么多问题，一部分是四儿问的。排除打岔（已够烦人）有些问题根本无法回答，都不能理解他什么意思，简直拱火。没人搭理他，即使偶尔有回答也只一两个字。“是！”“不是！”三个字的话就有肢体动作了。

“不知道！”

但四儿很快就忘记了被踹，继续问。我们也理解四儿因为听得一知半解、残缺不全而焦躁不安，难以控制——我们整天在一起还不知道，但是真烦，真腻歪，我们觉得他还不如聋了好，别人清静他自己也清静了。

经过认真研究，我们一致认为最亮的探照灯是因为离得最近。这当然不用研究，因为小芹早就说过这话。但我们都听五一子的，什么时候五一子明白了我们才明白，五一子一明白就有行动，这点是让我们最佩服五一子的，当天晚上他带着我们浩浩荡荡就去了四十三中。我们像鱼一样游入明晃晃的胡同，探照灯在胡同上空清晰地变幻出塔、栅栏、伞、柴，下面的胡同如同河流、北极巷、前青厂、琉璃厂西街、九道弯儿，我们如在透明的水底。我们穿过了平时不敢穿的九道弯儿，一出九道弯就到达四十三中的围墙下，往东走一点就是北门。那时巨大的探照灯就在我们头顶，扫来扫去真是壮观，像定海神针，金箍棒，我们激动得大声喊叫，说话，完全忘了四儿也需要。结果一看四儿，他也忘了我们，好像没和我们在一起，自说自话，对着天空，哇啦哇啦，哇啦哇啦，急了四儿就是这样，我们第一次看到，以前没见过。

四十三中和四中八中没法比，但在我们那片儿还是鹤立鸡群。除此也没地方能放置这么巨大的探照灯。这样一来在平房的世界里，三座品形矗立的旧式教学楼远远高出胡同、青砖坡顶、阁楼拱窗、棕色楼廊，与胡同四合院完全不同，甚至与北京也不同。何况楼间还有篮球场，虽然斑斑驳驳，残残破破，但透着不一样的文明。再有足球场，简直湖泊一样，不同的是湖有树，而足球场一览无余，三座岛形的教学楼在胡同里就像高出地面的航母。围墙因此特别长，涉及了无数小胡同，电线杆不计其数。学校有两个大门，北门是正门，南门快到了虎坊桥，是南城最大一所中学。

没想到门口戒严，不让进，门口堆了一堆人。怎么也没想到探照灯和解放军有什么关系，探照灯不也是组织团体操迎国庆吗？不过一有解放军立刻接受，陡增了神秘。天天见“提高警惕，保卫祖国，要准备打仗”的口号，墙上到处都是，但总觉不着边儿，这下近在咫尺。尽管我们不知道探照灯从来就属军队，不知道苏军曾用一百四十架探照灯一字排开，对付德军，炮火之后探照灯骤然打开，德军全傻了，尽管我们完全不知，但此时感到了某种神秘。刺刀无声，寒光闪闪，尤其还戴着钢盔，是野战军，似乎战争就在今晚。更加渴望墙内，大门内，没办法，只好翻墙。

翻墙从来是中学生的事，不是我们小学生的事，一些四十三中的学生不喜欢走门，喜欢顺着电线杆子爬墙，我们琉璃厂小学与四十三中斜对门，经常看到四十三中墙头上摇摇摆摆的人。电线杆子多数离围墙还有一点距离，但也有的好像成心，差不多贴在墙上。尽管如此我们——文庆、小永、大鼻净、四儿、大烟儿——也只能望墙兴叹，五一子大鼻净真真假假狗急跳墙了几次都没成功，不到两米就掉下来。谁也没想到就在我们要离开时四儿挂在了电线杆上。

我们停下来，笑，看着大眼儿灯似的四儿一次次像土鳖似的掉下来，哄堂大笑。我们再次准备离开时，不容否认，四儿爬高了一些，这让我们犹豫了一下没走。四儿一边紧紧抱着电线杆一边蹬着墙继续，已不再像土鳖，像甲虫、蜘蛛，甚至越来越稳，快，超过了墙头，一跳站在了高高的足有两丈的墙上。

我们急切地在墙底下跟着四儿往前走，高声问四儿看到了什么，看到探照灯没有？四儿当然听不清，大概只能看到我们的口型。事实上根本没看我们，他一直看着另一边，一定看到了什么。

他血淋淋的，衣服刮破了，脸、胸前、手臂都是划痕，有的在渗血。双腿更是。头两次掉下来时我们就已看得清清楚楚，看到了老电线杆的刺在他身上。他意识不到，好像不知道疼。也许他照照镜子就会停下来，他的样子非常吓人。他摇摇摆摆，直走到一棵树边上，停下来，这是必然的，无师自通抱树，抱着树消失。

四儿很晚了才一个人回家，一回家就把家人吓坏了。一家人睡在一个大炕上，全都从被窝里瞪着大眼睛看着四儿，特别是上初中的姐姐和刚上学的弟弟，但是包括父母都半天没吭一声。四儿像刚从战场回来，像《邱少云》《上甘岭》《英雄儿女》里的人。四儿无比兴奋地大声说着自己翻墙看到探照灯的经历。大眼睛的父亲披衣出了被窝，拿着镜子上上下下给四儿照，四儿看见了自己紧张起来，母亲给四儿慢慢上紫药水、红药水，像化妆一样。翻砂工父亲照完镜子，一掌掸过来，四儿应声倒下，一声都没有，好像睡着了。母亲继续上药，什么也没发生一样，更像化妆。

探照灯坐落在操场中心，四儿刚下来就看到那儿围了好些人，四儿不知道那些人都怎么进去的，不像是都翻墙进去的。“因为还有女的。”四儿的意思是还有地方能进四十三中。我们想知道探照灯到底是怎么回事，但第二天在大个子门口，四儿没讲几句我们就一哄而散，觉得也没什么就走了，只有我留下来。（我留下再正常不过，我是谁?）

探照灯是个军绿色的大铁罩，罩子放在半圆的铁架上，铁架下面有四个胶皮轮子，五六个解放军坐在不同地方各就各位，各司其职旋转探照灯，就像操作高射炮一样，一模一样。探照灯由三部分组成，灯面、发电的解放牌汽车、连接探照灯和汽车的五米多长的电缆，都是国防绿，汽车顶上还带着野战的网子。

无人倾听。我不算数。四儿找大个子讲探照灯的故事。大个子是个鳏夫，快要死了，奄奄一息。之前，大个子一直是四儿的唯一的听众，现在依然是。不仅如此，现在甚至会依然欠起身子回答四儿的问题，有时会被自身的声音击倒，大声喘息。大个子已经脱形，脸只剩下一条儿，眼睛呈粥样，如果不是因为大声喘息，跟死不瞑目一样。平时基本就是死不瞑目的样子，终日瞪着昏黄漏雨有古代山水况味的屋顶。

我们都觉得大个子很老了，总有一百岁了，但他实际不过四十岁，头发还黑，而且长，很多的头发都竖着，看上去好像刮着五六级风。我们都是孩子，所能知晓明了的事很少，尽管我们以前总泡在大个子屋却并不怎么了解大个子，不知道大个为什么叫大个子。他一点也不大，实际是个瘦小枯干的人。我们模糊地知道他是个“吃劳保”的人，在远郊区的一个保密单位工作。有人说是兵工厂，还有人说是618厂生产坦克的，反正不管是什么厂都挺棒的，但他是个废人——吃劳保等于废人，是所有人都知道的。

大个子住我们院里进口处，类似我们院传达室，旁边是水管子，人来人往，洗菜倒水洗衣服都在这，是个热闹地方。家家都住房紧，唯大个子一人占一间屋子，每每发粮票的、收水电费的、核对户口的一进我们院就进了大个子屋，招呼都不打，早已习惯成自然。街道积极分子读报、开会、学习、发红黄绿蓝传单也一样，一声招呼院里人就都聚在了大个子的屋里屋外。大个子并不好客，但也从不拒绝，谁爱来谁来，鳏夫家如公共场所。人越多他好像越不存在，占一角，好像在别人家一样。平时还好，星期天或技术员小栾儿一来，他这儿聚的打牌的、下棋的、哼黄歌聊大天的、吐烟圈儿烟棍儿的都停下来，听小栾儿讲点什么。

小栾儿红脸膛，不喝酒也像酒后似的，真喝了简直如火如荼，满脸放光，这与他短鼻梁上的金丝眼镜很不协调。没人知道他和大个子是什么关系，有人说他在七机部工作，但七机部大了，有许多单位。也有人说他跟大个子一个厂子。这是比较一致的看法，只是小栾儿只称自己是大个子的亲戚，什么亲戚谁也不知道。这些倒都无关紧要，重要的是他常来我们院，我们院大人孩子没有不喜欢他的。他没架子，消息灵通，特别是还会自己攒半导体。好像是尼克松走了之后开始流行一些以前没有的，像广播英语、半导体、热带鱼，但要不是小栾儿我们院一样也不沾边儿。小栾儿最开始攒的是二极管，接着就改成了三极管，从一个管两个管三个管一直到七个管，可以收听世界。敌台听到的就有莫斯科、美国之音，吓死我们了！不过小栾儿很是机警，一划而过，不算听敌台。然后是各种奇奇怪怪的音乐，一听就是靡靡之音，像猫叫。也有的非常震撼，像整齐的瀑雨一样，又突然宁静。有的更怪，哪儿是音乐，纯粹嚎叫、嘶叫、摇晃，非常难听，甚至吓人。不，对我们来说根本不是音乐，就是声音，也不是自然界的声音，就是各种各样古怪的不可思议的声音。新奇过后，因为不理解很快忘记，也不再感兴趣。真正神奇的是小栾儿讲《基督山恩仇记》《第三帝国的兴亡》,《梅花党》《绿色尸体》《李宗仁归来》《长江大桥》——林彪死党如何谋杀许世友，许世友如何身体贴在房顶上，听到炸毛主席的计划……紧张得我们大气都不敢喘，只有四儿总是问这问那，而且非常固执，不管不顾，我们一次次齐声大喝："住口!"几乎要把四儿扔出去。

四儿也知道讨厌，但控制不住自己。如果说四儿还只是单一地破坏气氛，我们的齐喝就完全破坏了故事，相当于撅了桌子。有一次我们终于忍无可忍，几个人一起揪着四儿的耳朵把四儿揪出去，但是没用，四儿又像耗子那样钻进来，继续发问。小栾儿制止了我们，每次由他喝止四儿。"住口"——手指一点四儿，声音很轻，继续讲，效果很好。以致每每四儿尚未张口，刚要问，便被小栾儿点住：住口。

"……"

"住口。"

非常轻，幻觉一样，我们想笑但没时间笑，因为每每只像一道轻微的闪电，即使最紧张时也不影响故事氛围。如果说四儿是个例外，大个子也是。大个子从来不听任何故事，只是坐那儿抽烟，只要看一眼大个子你就已到了故事之外，就像小栾儿与四儿短暂的互动一样。区别在于：一个是瞬间，如缝隙开合，一个是如《金刚经》上的"如如不动"。当然大个子并不信佛，也不知《金刚经》，可以说我们院没人知道《金刚经》，除了标语哪儿有什么《金刚经》。但大个子事实上做到了《金刚经》。无分别之心。无所得心。无胜负心。无希望心。无生灭心。不，他完全不知道，就如同石头有黄金，石头自己也不知道。哪怕讲到专列就要被炸，但专列走走停停，不断叫人上来谈话，躲过了一次次的可能，太紧张了，即使如此，大个子也是如如不动，仿佛正在石化，或更深地石化。

房间的布置像大多数人家一样简单，靠窗是一个大炕，对面一个小炕，中间是活动空间，对着两炕是一张深色长案，案两端略有点翘起，下面是两扇杨花门，门上的铜把手磨得很亮，一头已坏。一把太师椅，原本黑色磨出了斑驳的褐色木纹。大个子从不坐太师椅上，永远只坐在小炕的靠长案的一端的夹角里。案上乱糟糟的，竹坯暖壶、烟笸箩、扫炕笤帚、红太阳石膏像，破了边的茶盘子、茶碗、茶壶，茶壶嘴儿破损，渍着发黑的茶垢。每家都差不多，新鲜还是来自小栾儿，案上竟然有三个款式新颖的小半导体。有时两个半导体播着同一个台，“狱警传，似狼嚎，我迈步出——监——”

人越多大个子越不像主人，谁刚进来都不用跟大个子打招呼，事情都是双方面的，你越不像主人，房间就越没主人，越是公共场所。

四儿平时就泡在大个子屋，大声说着什么，并不非要回答，常常问完继续大声讲。别看四儿耳背，听不清什么，他一知半解知道得还真不少，乱七八糟甚至比我们还多。比如我们知道西哈努克、莫尼克公主、宾努亲王，四儿还知道朗诺集团。我们也听过朗诺这个名字，但不知道施里马达，真不知道四儿从哪儿知道的施里马达，可能是卡车的名字，但四儿说不是卡车是首相。朗诺是司令，莫尼克公主是法国人，“你说她怎么是法国人?”四儿问大个子，大个子说西哈努克也是法国人，干笑。不对，西哈努克是柬埔寨亲王，四儿说。大个子有时也有幽默感，极少，答不上来就瞎说。不能说大个子喜欢四儿，干笑或瞎说不意味着什么。当然，比起对别人已算难得。

四儿也一样，说不上喜欢或不喜欢大个子，反正事实上喜欢我们，喜欢五一子、大烟儿、小栾儿，包括父亲、兄弟姐妹，所有人，甚至于陌生人。非正常人都喜欢正常人，自身很难真正互相喜欢，但是没有选择。四儿除了上学睡觉吃饭都端着碗到这吃，有时大个子也正吃。四儿进来的第一件事不是和大个子说什么，问什么，而是打开半导体，声音放得很大，有时还打开另一个，选好台往大个子那边推推。新闻和报纸摘要节目，《沙家浜》，合起来那叫一个吵人。常有人路过进来斥责四儿，把半导体拧小或关上。谁都知道四儿开的，好像屋里只有四儿。极偶然的情况，大个子会在来人走后一一开开，声音放到最大。

两人的饭都简单，一个鳏夫对食物确切说购物没任何欲望，因此更简单。糙米饭、馒头、窝头，这些都差不多。不同的是四儿有菜，白菜帮子或萝卜条，偶尔里面有几根粉条。大个子就是腌萝卜老咸菜，哪怕吃最难吃的糙米饭也如此。四儿有时拨一点白菜帮子、粉条给大个子，大个子有时也会干笑，有时不。火炉子上永远烧着水，滋滋响。茶、烟，大个子主要就是活在这两样里，牙是黑的。

烟不离手，不是抽烟就是在卷烟之中。卷得很慢。报纸或随便什么纸撕成一条，折一下，在折纸上放上旱烟叶，一头粗一头细，在粗的一头拧上一个捻儿然后捻，捻瓷实之后用嘴一抿粘上，这样一是不易散开，二是细的一头嘬起来不致嘬出烟叶，点之前把捻一掐，齐活。第一口也是蛮舒坦的。最后总是让人沉思，这也是卷得慢的原因。周而复始，周和始都是最慢的。

如果不是小栾儿讲故事，或插队回来的人讲故事，总之，如果不是谁讲点什么新鲜事，四儿在乱哄哄的屋里通常就是给大个子卷大炮。别人在大炕上下棋玩牌，站地上聊天争吵讲点什么。四儿是离大个子最近的人却仍不能和大个子说点什么，因为屋里太乱了。四儿一支一支地卷，已经卷得很不错，有模有样，很多卷大炮的都不如四儿卷得好，但大个子从来不抽四儿卷的烟。四儿卷好一支等着大个子，一抽完四儿就举上去，但是没用。大个子慢慢撕纸，折，不可动摇地周而复始。四儿便放下，码好，码得非常整齐，像一排炮弹，也像大个子一样接着卷。如果屋里人少，只有两三个人三四个人下棋玩牌，四儿才会跟大个子大声说点什么，两人好像不在屋里，在另一世界。

院里谁一时没烟了都会到大个子这里卷一炮，来不及就拿上四儿卷的匆匆离去。四儿不说什么，大个子也从不说什么。大个子的烟，劲儿非常大，新疆的蛤蟆烟儿，烟叶呈明黄色，一般都是深棕色。明黄上有斑纹，类似雪豹或某种豹。小栾儿每次送劳保也都带点蛤蟆烟儿，人们实在迫不得已才会跑这里卷上一炮。最初五一子、大烟儿偷着学抽烟就是在大个子这，每次靠墙，噎得翻白眼，大个子笑。他不仅牙黑整个脸都在变黑，越来越像焦裕禄，但绝非焦裕禄，更像“北京人”头盖骨。

就是说，此前的一切晦涩征兆，要是同春天开始的肚子隆起、眼睛粥样相比都不算什么，可忽略不计，尽管事实上，早在他是一个废人时死亡的征兆就开始了，非常漫长。那征兆和常人也差不多，看上去和死亡没什么关系。现在不一样了，紧张的肚子，粥样眼睛，既在膨胀又在融化，所有人都看出了什么，唯有四儿并未察觉。

虽然春天就有了苗头，但盛夏三伏天一切才一览无遗。通常一把蒲扇一条大裤衩过一个夏天，胡同的老少爷们大抵如此。四儿一样，大个子也一样。问题是大个子已非常不同，他应该穿点什么，盖上点什么。不，不能说大个子是成心，但和成心也差不多，终日躺在正对门靠墙的炕上，门永远开着。常有人顺手把门关上，四儿会开开，四儿不在的话大个子会艰难地下炕，移到门前把门重新开开，有时还在门口站一会儿。不是展品，是他也不在乎。当然，他没展品概念。

没什么人再到大个子屋，除了大鼻净、文庆、大烟儿一阵风进来，一阵风出去，发出夸张的尖叫。“爆炸喽，爆炸喽，爆炸喽——”跑远。发粮票的、收水费的、核户口的都到了别人家，读报学习也一样选了别家。小栾儿照例来，也不复往日荣光。流传着一种荒谬的说法，大个子的大肚子、粥样眼睛与小栾儿有关。完全是胡说迷信，批封建迷信这么多年，到了还是迷信。

肚子的确太大了，一眼看到的不是大个子，而是肚子。肚子几乎占据了整个人，四肢和脑袋完全是两回事，与肚子好像毫无关系。上面蓝色河流，一块块岛屿，更小的密如蛛网的细流几乎透明，像蓝色的星球。四儿给大个子卷烟，大个子已接受。四儿的火柴划着之际，大个子有时会干笑，然后像火柴一样寂灭。

每次有两个医生给大个子导尿，每次都是两个女的，一个很年轻，一个白帽子下的头发花白。年轻护士居然没一点怯场，如同死人见多了一样，脱掉大个子的裤衩，摆弄生殖器，准备着器皿，毫不犹豫。生殖器像一截黑咸菜，简直不能说还是生殖器，花白头发的女大夫将管子插到黑萝卜似的尿道里，大个子竟然很敏感，异常痛苦，眼眶满是泪水。泪水比肚子还让人不解。但很快就幸福了，能看到大个子粥样眼睛迷幻的笑，一种花开般的温柔表情，透明的导尿袋里黄色的液体汩汩流下。医生不会等着，不交代点什么便走了，第二天将器皿取走，包括尿袋。肚子没了的大个子一下显得那么小，孩子一样，粥样的眼睛一眨不眨，烟不抽了，那样子就好像一个人走了剩下一堆衣服。四儿不喜欢大个子一堆衣服的样子，还是喜欢山一样的大个子，布满河流和岛屿的大个子，星球一样的大个子，因为这时无论多么吃力、艰难，大个子至少肚子是有力的，人有时也显得精神矍铄。何况还能抽烟，说话虽吃力，但一旦说出就特别有力，甚至没说出来吞回去都很有力。

“探照灯好大好大，有五六个解放军一起把着，转来转去，就跟把着高射炮一样！跟电影里解放军高炮阵地一样！”四儿对着“北京人”头盖骨大声说，“头盖骨”一次次挺着星球般危险的一碰就可能爆炸的肚子起身，又一次次被星球击倒，将话咽回，粥目直瞪。

“下面有四个大胶皮轮子，旁边有一辆绿色的大卡车，你知道大卡车干嘛的？大卡车是密封的，为探照灯发电的，轰轰隆隆一直响！”四儿连比带划，伤痕累累的手臂，划痕，紫药水的脸颊，伤兵一样，轻伤不下火线一样。探照灯离发电的大卡车有几米远——四儿的观察力超过了常人，至少超过一个孩子。“有那么粗的一大根电缆连接，四十三中的电不行，必须专门发电，那么大的灯射到天上太亮了，这么大的灯柱里都是蚊子，密密麻麻，密密麻麻，还有扑棱蛾子、大甲虫、牛牛，什么都能照见肯定也能照见敌机！可是，可是我还是不明白为什么到了北京才发现飞机？要是在天安门才照见不就晚了吗？天安门广场有好多礼炮，礼炮能打飞机吗？探照灯能把飞机扫下来吗？”四儿有太多的问题，太活跃的想象，“你们保密工厂是生产坦克的吗？你告诉我是不是？到底是不是？坦克能打飞机吗？不是我们的卫星上天了，卫星上要是装了机枪能打飞机吗？”

“不知道!!!”大个子使尽最后的力气坐起来，定住，粥目凸出，几乎悬空，一动不动。

四儿不知道什么是死人，继续大声问，神气活现，连比带划。脸和身上的紫药水闪着紫金，使他不像个孩子，但也不像巫、萨满，不知道像什么。大个子坐着死了，要是躺着死了兴许四儿还知道。

“探照灯照不到月亮，我看到好多次探照灯晃过月亮直冲着月亮，月亮也没亮一下……”

长篇小说榜

榜　首
王安忆《一把刀，千个字》
《收获》2020 年第 5 期

第二名
王　尧《民　谣》
《收获》2020 年第 6 期

第三名
路　内《雾行者》
上海三联书店 2020 年 1 月

第四名
迟子建《烟火漫卷》
《收获》2020 年第 4 期/人民文学出版社 2020 年 8 月

第五名
李宏伟《灰衣简史》
《花城》2020 年第 1 期/长江文艺出版社 2020 年 8 月

长篇非虚构榜

榜　首
胡冬林《山林笔记》
时代文艺出版社 2020 年 8 月

第二名
程小莹《张文宏医生》
《收获》长篇小说 2020 冬卷

第三名
袁　凌《生死课》
上海译文出版社 2020 年 10 月

第四名
袁　敏《“燃灯者”系列专栏》
《收获》2020 年第 2～6 期

第五名
邱华栋《北京传》
《芙蓉》2020 年第 3 期、第 4 期/北京十月文艺出版社 2020 年 12 月

榜　首
蒋　韵《我们的娜塔莎》
《收获》2020 年第 6 期

第二名
邵　丽《黄河故事》
《人民文学》2020 年第 6 期

第三名
周嘉宁《浪的景观》
《钟山》2020 年第 3 期

第四名
叶兆言《爱好哭泣的窗户》
《作家》2020 年第 1 期

第五名
葛　亮《飞　发》
《十月》2020 年第 5 期

第六名
孙　频《骑白马者》
《钟山》2020 年第 4 期

第七名
陈　河《天空之镜》
《当代》2020 年第 5 期

第八名
双雪涛《不间断的人》
《收获》2020 年第 1 期

第九名
尹学芸《我所知道的马万春》
《收获》2020 年第 2 期

第十名
索南才让《荒原上》
《收获》2020 年第 5 期

短篇小说榜

榜　首
艾　伟《最后一天和另外的某一天》
《收获》2020 年第 4 期

第二名
哲　贵《仙　境》
《十月》2020 年第 3 期

第三名
田　耳《瀑布守门人》
《作家》2020 年第 2 期

第四名
邓一光《离开中英街需要注意什么》
《北京文学》2020 年第 9 期

第五名
弋　舟《人类的算法》
《野草》2020 年第 2 期

第六名
张惠雯《玫瑰，玫瑰》
《收获》2020 年第 3 期

第七名
徐则臣《虞公山》
《芳草》2020 年第 3 期

第八名
王占黑《去大润发》
《花城》2020 年第 1 期

第九名
唐　颖《鹭鸶姐姐》
《作家》2020 年第 9 期

第十名
宁　肯《探照灯》
《收获》2020 年第 2 期

图书在版编目（CIP）数据

收获文学榜2020中短篇小说 / 《收获》文学杂志社编.
-- 上海 : 上海文艺出版社, 2021
ISBN 978-7-5321-7913-8
Ⅰ.①收… Ⅱ.①收… Ⅲ.①中篇小说－小说集－中国－当代
②短篇小说－小说集－中国－当代 Ⅳ.①I247.7
中国版本图书馆CIP数据核字 (2021)第026518号

发 行 人：毕　胜
策　　划：李伟长
责任编辑：李　霞 陈　蕾
于　晨 王丹姝
封面设计：陈安栋
版式设计：李　筱

书　　名：收获文学榜2020中短篇小说
编　　者：《收获》文学杂志社
出　　版：上海世纪出版集团　上海文艺出版社
地　　址：上海绍兴路7号　200020
发　　行：上海文艺出版社发行中心
上海市绍兴路50号　200020　www.ewen.co
印　　刷：苏州市越洋印刷有限公司
开　　本：710×1000　1/16
印　　张：34
插　　页：2
字　　数：705,000
印　　次：2021年3月第1版　2021年3月第1次印刷
I S B N：978-7-5321-7913-8/I.6276
定　　价：88.00元
告 读 者：如发现本书有质量问题请与印刷厂质量科联系　T: 0512-68180628